[增订版]

I

沈奇诗学论集
ON POETRY AND POETS

沈奇 著

中国社会科学出版社

图书在版编目（CIP）数据

沈奇诗学论集/沈奇著.—北京：中国社会科学出版社，
2005.8（2013.8 增订版）

ISBN 978-7-5004-5205-8

Ⅰ.沈… Ⅱ.沈… Ⅲ.诗歌-文学评论-中国-文集
Ⅳ.I207.22-53

中国版本图书馆CIP数据核字（2005）第091248号

出 版 人	赵剑英
责任编辑	任 明
责任校对	林福国
装帧设计	蓝点形象设计
版式设计	魏亚妮
责任印刷	王炳图

出 版	中国社会科学出版社
社 址	北京鼓楼西大街甲158号（邮编100720）
网 址	http://www.csspw.cn
	中文域名：中国社科网 010-64070619
发 行 部	010-84083685
门 市 部	010-84029450
经 销	新华书店及其他书店

印 刷	北京奥隆印刷厂
装 订	北京市兴怀印刷厂
版 次	2005年8月第1版
印 次	2013年8月第3次印刷
开 本	880×1230 1/32
印 张	39.5
字 数	984千字
定 价	88.00元（全三册）

凡购买中国社会科学出版社图书，如有质量问题请与本社联系调换
电话：010—64009791

拙著三卷本《沈奇诗学论集》，承蒙中国社会科学出版社错爱，于2005年8月出版，两年半后又于2008年1月再出修订版，并获第二届"柳青文学奖"，始料未及。今又得本书出版策划人任明先生告知二版也已售罄，提议再出增订版，更生鼓励而欣然应约，并深心感谢所有关爱和激赏此书的读者诸友。

本书修订，仍基本保持初版体例，并再次作了认真校勘。之外，则特别增补十余万字自二版后近年新得文章，以满足新老读者可能的阅读期待。

学界清苦，为减轻书价起见，本次再版冒昧删去前两版中所有序言和书评，仅在各卷封底标出谢冕、洛夫、于坚三位师友原序文中的关键语录，特此说明。

最后，再次向支持出版此书的中国社会科学出版社致以衷心的感谢！

2013年5月于西安大雁塔印若居

诗学 诗潮 诗话

【辑一】

新诗与新世纪

在一个欲望高度物质化了的、非诗的时代浪潮中，我们送走了二十世纪的最后一片黄昏。回首世纪之初，正是新诗的破晓之声，为我们民族的精神空间，撞开了新的天地，继而成为百年中国人，从知识分子到平民百姓，尤其是年轻生命之最为真实、自由而活跃的呼吸和言说。不无尴尬的是，我们由此而虚构过一个只知诗而不知金钱的时代，随即又陷落于一个只知金钱而不知诗的时代。世纪交替，爱诗、写诗，反而成了远离大部分中国人的精神遗迹，本属于诗人的桂冠，现在在商人和文化明星头上闪耀。

然而，一个让精神黯然神伤的民族是不成熟的民族，一个让诗情诗意远离人生的生命是不完整的生命——过渡是必然的，在这个艰难而迷惘的过渡时空里，令人欣慰的是，总是有更多年轻的生命，加入到对诗的挽留与热爱中来，有如野火般地传承着一个民族的诗情、诗心和诗的传统。或许，这才是我们民族精神的根系所在。

中国新诗自二十世纪初呱呱落地，便野孩子似地长了八十余年，至今还是"野性未改"的样子。没路自己踩出一条路，没家自己找家或干脆自认在路上就是在家中，自由自在无拘无束无纪律没定所，是以叫"自由诗"。自由到世纪末，就要到新的一个世纪里行走了，人们难免要操心：这"野孩子"到底长成什么样了？是基本定形定性该成个家了的成人，还是依然没个定准的半大小子？新诗当然还要发展壮大，但是是按成人的要求发展，还是按未成人的要求发展，显然是不一样的，看起来这样打比方有些不着调，其实颇有些说头。

实则新诗从诞生至今，人们就一直操心着想为之定做几套像样的行头，好让这个新文学家族中最让人心爱和自豪的"宁馨儿"，有个中规中矩的模样，免得外人说闲话，自己人也常犯嘀咕，心里没底。可这样的操心，到了不是量不准尺寸，就是做了衣服不合身，只能跟在一路撒野狂奔的身影后面乱比划，这是中国新诗理论与批评一直难以摆脱的尴尬与无奈。越是这样，越是想有所作为，无论是诗人还是评论家，心里都揣着个要为新诗早日"度身定做"的谱，以尽快结束"自由放任"的局面，理论成系统，批评有标准，创作有参照，那该多好？

而"定做"的前提是先要"度身"，弄清对象到底长个什么样，不然就会差之毫厘失之千里，不是"缺席"，就是"失语"。譬如我们判定经过这八十多年的成长发育，新诗确已基本成人、定形定性，不再会有大的变化了，自然就可以量体裁衣，划定一些尺寸与规范，使人们有些基本的确认标准来。反之，如果我们判定就艺术的生长期而言，八十年只是一个开始，新诗依然还是个没长大的孩子，恐怕就不宜过早"定做"什么，还得任其伸胳膊伸腿地自由发展一段，以免伤了根性影响健康，反做了事与愿违的事。其实新诗走到今天，还远未穷尽其各种发展的可能性，自然也就难以过早"度身定做"了。我们过去所犯的种种尴尬，大概与太注重对所谓正确性的关注而忽视对可能性的认领有关，嘴上已学会了说"多元化"，心里还是消解不了那个"崇一而尊"的老情结。

看来，如何最大限度地开发其可能性而不是过早框定其正确性，恐怕在未来相当长一段进程中，还将是首当其冲的一个命题。何况人活一口气，诗也活一口气，文以气为主，古今诗学都认这个理。诗是语言的艺术，更是生命的艺术，语言实现的背后，是生命意识的内在驱动，是自由呼吸中的生命体验与语言的诗性邂逅，自然而然生成了诗的各种形式，而非在现成的语言模式中填充进生命意识。尤其对现代人来说，早已失去可通约的文化与生存背景，一人一形，千人千性，无以正确"度身"，又何来正确"定做"呢？

或许新诗的"野性"也就是新诗的本性，本性难移，就不妨继续自由放任。即或如此，也不是说就无事可做。例如至少可以从已有的八十多年的发展中，总结出一些无论哪个路向哪种写法都不可缺失的基本元素，将诗与其他文学体式区分开来的基本元素，以此界定此在的正确性和预测未来的可能性，加以符合这种正确性和可能性的导引，或不无益处，也才落在了实处。

而新世纪的中国新诗，该有一个新的出发。当多元文化将新诗挤迫到一个极狭小的生存空间时，只有直面认领这种宿命，方可安妥诗的灵魂，以求再生。诗在未来相当一段时空下，或将不再充当精神号角或灯塔的角色，而很可能只是物化世界之暗夜中的几粒萤火虫，以她微弱而素朴的光亮引发人们对她的重新认知和热爱。因此，就诗的理论与批评而言，似该告别日趋空转的学术产业，回归感性体验，回归生命诗学；就诗的创作而言，更须拒绝高蹈与傲慢，转换话语，落于日常，回归素朴与坚实，培养读众也亲近读众。有如理想催生过虚妄，现实也正期冀着虔敬与沉着。水静流深，任重道远。新诗尚年少，有过卓越的追求，也不乏骄人的成就，然百年一瞬，其实一切才刚刚起步。时值社会转型，历史将诗再度"放逐"，收摄于小众，冷寂于边缘，正负考量，正好退虚火、消妄障，抖掉出发时不期而然背上的种种包袱，轻装净心，重新上路，自有更纯粹、更灿烂的前景亮丽于新的清晨和黄昏。

2000 年 3 月

口语、禅味与本土意识

展望二十一世纪中国诗歌

诗，是否正在成为一种退化的文学器官？

或者说，在经由二十世纪各种始料不及的重大变故（诸如科技影响、市场冲击、文化生态重构等）之后，诗，是否将仅仅作为一种"过去时"的精神遗迹与文字游戏，乃至像人们欣赏文物一样，勉强残存于新世纪的文化景观之中？这确实是一个需要直面而思的问题。

中国新诗，曾经是开启中国新文学的"神经元"，且在整个二十世纪的中国文学发展中，屡屡成为撬动新的变革、新的跨越的有效杠杆。同古典诗歌一样，新诗也曾经一再扮演着一个什么活都干的"老祖母"的角色，多层面地作用于文学进程，自然要受到多层面的外部剥离而致自身的内部裂变。某些功能逐渐被"他者"所取代，某些功能在新的"接受效应"的转换中自行萎缩。新诗因此被迫喜新多变，仅八十余年历程，已是风潮迭起，样貌代异，所谓"各领风骚不几年"。仅其命名一项，就有白话诗、新诗、自由诗、现代诗、现代汉诗等变迁，还有以各种主义和分年代指认的流派命名，更为繁多。手法上，则已广涉"作诗如说话"（胡适）、新格律（闻一多）、散文化（艾青）、戏剧性（痖弦）、朦胧美（北岛）、口语（韩东）、小说企图（于坚）、新歌谣/摇滚风（伊沙）等等。如此多变求新，既有"增华加富"、生发新的生长点的正面效应，也难免附带"因变而益衰"（朱自清·《诗言志辨》）的负面效应，且已在总体上渐显变量衰减乃至耗竭的迹象。

文化场景的急剧转换，造成了诗的外部生存危机，这是不以诗人意志为转移的，有些危机已成世界性的普遍存在，对此，盲目悲观或妄自清高都不可取。诗是人类精神的猎犬，诗人是人类语言保真和增殖的祭司，无论人类将自己的精神/文化领域扩展或转移到怎样的疆界，诗都是那游猎于疆界之外的探险者。也就是说，诗是最小量依赖于其他存在（衍存条件）的一种艺术活动，终究不会失灭到一无所存的程度，这是我们的自信之所在。因此，世纪交替的诗学重心，还是要回到诗自身的内部省视上来。这其中，之一，是要追索一下新诗/现代诗何以至今难以寻求到元一自丰的规律和范式？其"类"的丰化何以导致了"度"的递衰？之二，作为曾经贵为"文学中的文学"的诗，经历百年淘洗，到底发生了哪些裂变？其本质属性，有哪些还未被剥离且将成为最终唯诗所凭恃的特性？之三，在所有求新求变所开启的新的生长点中，哪些是一时炫华而不结正果的"谎花"，哪些是有潜在发展生机亦即有前瞻性与号召力，尤其是可能被新人类文化餐桌所接受的"正根"？限于本文题旨，这里仅就第三点作一简要推想。

新诗革旧体诗的命，首要的原因，在于旧体诗的一套话语方式，已与中国人新的生存现实严重脱节，所谓"打滑"、"失真"，如于坚所指出的："人说不出他的存在，他只能说出他的文化。"① 这一弊病，后来新诗自己也渐次害上了。其原因，除百年中国社会变化过于纷繁剧烈之外部因素，就自身而言，一是"先天不足"，过分背弃传统基因，多以西方诗质与翻译语体为底背，汉语意识稀薄；二是"后天不良"，一味虚妄高蹈，奇情异技，自我膨胀，完全摒弃共性，进而疏离当下生存现实与文化境遇，或言不由衷，或词不达意，或孤芳自赏、空心喧哗，以至再度打滑而失真，成为"沙丘上的城堡"（郑敏语）。说"失真"，自是就总体而言，只写给自己看或刻意写给未来人去理解的诗，也不能就说真不真，关键是如何落实为大部分诗爱者（包括专业性的与非专业性的读众）所接受的真。由此便要说到功能转换的问题。人同时生存于三种精神时空：其一"过去时"，回忆、怀旧、历史情结；其二"现在时"，当下、手边、现实追问；其三"未来时"，想象、憧憬、浪漫情怀。三种存在状态，都需要在诗以及一切文学艺术中寻求承载和呼应。由于文化陈因所致，过去中国人多注重"过去时"和"未来时"，忽视"现在时"，而二十世纪之文化巨变的重要结果，是国人对精神乌托邦的放逐，开始注重"现在时"的精神质量，这是不容忽视的一个关键所在。通俗一点说，二十一世纪的国人，至少在相当长一个时段里，将滞留于较为现实乃至世俗化的文化心态中。同时，由于高度老龄化的人口结构，怀旧思绪的弥漫，将成为又一大精神诉求。另外，全球一体化的文化走势，也会逆转激发新的民族自省与本土自重意识，同样是不容忽略的背景参数。

由此我想，在世纪末之各路诗歌走向中，有两脉诗风，或许将成为新世纪诗歌发展的主要流向：一是口语化风格的；一是现代禅诗。

---

① 于坚：《棕皮手记·从隐喻后退》，《棕皮手记》，东方出版中心 1997 年版，第 243 页。

作为"口语诗"，不仅契合上述功能与背景转换之诉求，仅从语言策略和接受效应上讲，也有合理之处。简而言之，即朱自清先生所说的"求真与化俗"，"化俗就是争取群众"，"所谓求真的'真'，一面是如实和直接的意思……在另一面这'真'又是自然的意思，自然才亲切，才让人容易懂，也就更能收到化俗的功效。"① 新诗发展到后来之所以打滑失真，主要在其语言的过于欧化和任意扭捏，"口语诗"即是对这一流风的逆转。口语是活话语，不断生成于当下，较少观念结石与指称固化，既平实，又鲜活，且易及时吸纳和表现新精神气象与时代气息。或涉意象，也非刻意经营，尽弃矫饰，清爽硬朗，力量在骨子里。"口语诗"阅读阻力小，有亲和性，写作到位的话，更可于平淡中见深沉、文本外见张力，理应为广泛的诗爱者、尤其新人类所乐于接受。

"现代禅诗"一路，我主要看重其易于接通汉语传统和古典诗质的脉息，以此或可消解西方意识形态、语言形式和表现策略对现代汉诗的过度"殖民"，以求将现代意识与现代审美情趣有机地予以本土内化。从这路诗风已初步形成的风格来看，其语境大都清明典雅，有古典诗质的再造肌理；意象的营造也多恪守本味，不着"洋相"，读来有中国味。当然，既是"现代禅诗"，骨子里便少不了现代感的支撑，古典的面影下，悄然搏动的，仍是现代意识的内在理路，只是这"理路"中多了几分"禅味"而已。诚然，身处杂语时代，众音齐鸣，人心浮躁，谈禅无异与盲人说色彩，这也是现代禅诗清音低回、难成局面的原因之一。实则小禅在山林，大禅在红尘，越是红尘万丈、时世纷纭，越是"禅机"四伏。而禅无功利，只在自明明人，其不无宗教意味的慰藉与托付，或许将为未来时代之信仰无着的新人类和孤寂怀旧的人们所亲近。是以认定，"现代禅诗"之由式微而转倡行，恐

---

① 朱自清：《论雅俗共赏》，三联书店1998年版，第2—3页。

只是迟早的事。

　　如此，以"口语"悦众耳，以"禅味"娱独坐；不失奇情，不鄙常情，或化奇情为常情；增强本土意识，加大汉语诗性的"份额"，"坚持那些在革命中被意识到的真正有价值的东西"（于坚语），认领原本的宿命，寻找更新的光源，或可在不再热闹却更本色的新世纪的步程中，再造几分生机、几许辉煌——而这一切，又同时取决于诗的创造者们，其艺术基因的纯正与心理机制的健康。暮鼓晨钟，历史自会清浊分明，此处不再赘述。

1999 年 1 月

重涉：典律的生成

当前新诗问题的几点思考

新诗新了快一百年，是否还可以像现在这样新下去，确实是一个该想一想的问题。新诗是革新的产物，且革新不断，当年作为形容词的"新"（以区别于旧体诗），今天已成为动词的"新"，且唯此为大，新个没完。是以有关新诗的命名，也不断翻新：白话诗、新诗、自由诗、现代诗、现代汉诗，以及朦胧诗、口语诗、实验诗、先锋诗等等，变来变去，虽常生"增华加富"之功效，也难免"因变而益衰"（朱自清语）之负面。边界迷失，中心空茫，先锋变味成"冲锋"，前卫转换为"捍卫"，以随意性去不断打破应有的局限，走到极限，便是标准的丧失与本质的匮乏，以及观念欲望上的标新立异和挥之不去的浮躁与焦虑。由清明的新，到混乱的新，由新之开启到新之阻滞，迫使我们百年回首，对"新"重新发问。

一种艺术的存在，在于与另一种艺术的区别，亦即形式的界限，包括材质、语感等基本元素的不同，及由此生成的脉络、肌理、味道等审美特性的差异。新诗不同旧诗，首先在于道之不同；文以载道，所载之道变了，载法自该要变。但怎么变，作为诗这种文体的本质特性不能变，或者说，怎么变，也须是有界限的变。即或是大名鼎鼎的洋学者德里达（Jacques Derrida）也指出："无论诗歌的目的是什么，涵盖范围有多大，都必须简短，洗练。"这里显然是在作形式的界定。形式非本体，但系本体之要素。形式翻转为内容，成为审美本体的有机组成部分，是现代艺术的一大进步。所以有不在于说什么而在于怎样说的普遍认同。中国有句老话叫"安身立命"，身即形，无定形则无以立命。新诗百年，至今看去，仍像个游魂似的，没个定准，关键是没有"安身"；只见探索，不见守护，只求变革，不求整合，任运不拘，居无定所，只有幽灵般地"自由"着。如此"自由"的结果，一方面，造成天才与混子同台演出的混乱局面，一方面，是量的堆积而致品质的稀释。从表面看去，新诗在今天是空前的普及空前的繁荣，实则内里是早已被淘空了。只见诗人不见诗，到处是诗没好诗，已成一个时代的困窘。有如我们身处的文化背景，看似时空扩展而丰富了，实际是虚拟的所在，真正导致的却是时间的平面化、空间的狭小化，以及由此而生的想象力的弱化、历史感的淡化、生命体验的碎片化、艺术感受的时尚化……风潮所致，诗也难免"在劫难逃"，何况本来就"身"无定所而"道"无以沉着。

当代新诗的混乱，不仅因为缺乏必要的形式标准，更因为失去了语言的典律，这是最根本的缺失。格律淡出后，随即是韵律的放逐；抒情淡出后，随即是意象的放逐；散文化的负面尚未及清理，铺天盖地的叙事又主导了新的潮流；口语化刚出一点鲜活爽利的气息，又被一大堆口沫的倾泻所淹没。由上一世纪九十年代兴起继而迅速推为时尚的叙事性与口语化诗歌写作，可以说是自新诗以降，对诗歌艺术本质最大化的一次偏离，至此再无边界可守、规律可言，影响之大，前所未有。这就向我们提出了一个迫切的思考：新诗的变革空间，是否永无边界可言？在意欲穷尽一切可能的背后，是否从一开始起，就潜藏着一种"江山代有人才出"，不变不新不足以立身入史的心理机制的病变在作怪，以致猴子掰玉米似的，总是只剩下当下手边的一点"新"，而完全失去了对典律之形成的培养与守护？

可能，就眼下而言，回答这样的问题是十分艰难的，但至少我们应该直面现实的真切感受——当下流行的许多诗歌写作，已经变成失去源头的即兴演出。不但失去古典诗质的源头，甚至失去新诗自身发展过程中所积累的典律，一味皮毛抓来，互文仿生，玩前人他人早已玩过的"花活"，还以为是自家的创新，实则只是开了些文化虚根上的"谎花"。诗，向来是年轻生命的自然分泌物，但分泌不是创造。时尚的鼓促，网络的便宜，使曾经虔敬投入的创造性青春写作，蜕变为或心气拼比、或力比多宣泄式的消费性青春写作，亦即由诗歌的心理学／抒情时代转向诗歌的生理学／叙事时代，或也不乏"勇于创新"的姿态，但大多则沦为"即时消费"的游戏。在另一些诗人那里，又将汉语的性灵挥洒转化为一种机械智能的操作，看似注重技艺，实则看重的只是策略的效应，而非本体的建设。以此形成的过分欧化与叙事性的语感，极大地触扰了汉诗语言本源性的感受，造成严重的异化与隔膜。而凡此种种，皆以"先锋"和"现代"而名之，盛名之下，让人难识庐山真面目，其实已成积弊。

典律即根性。今日中国之诗坛，真该大声疾呼一声"把根留住"才是。汉字、汉语、汉诗，是现代还是古典，总有其作为一门特殊的语言艺术之基本的品性所在。"汉语的灵魂要寻找恰当的载体。"（黄灿然·《杜甫》诗句）既然大家都认同诗不在于说了些什么，而在于它不同于其他艺术门类的特别的说法，就得研究这说法经由汉语的说，又该有怎样的特别之处。有如饮食，无论中西男女，都求的是得营养以养身，但在实际的吃喝中，又都求的是得味道以饱口福。百年新诗，轰轰烈烈，但到今日读旧诗写旧诗的仍大有人在，甚至不少于新诗人众，不是人家老旧腐朽，是留恋那一种与民族心性通合的味道。新诗没少求真理、启蒙昧、发理想、抒豪情、掘人性、展生命以及今日将诗拿来见什么说什么，但说到底，比之古典汉诗，总是少了一点什么味道，以致只有自己做的饭自己吃，难以作盛宴去招待人。

从表面看，今日新诗依然热闹非凡，局面盛大。但支撑这局面的几根柱子，恐怕迟早是靠不住的。一是靠长期中小学教科书和官方诗坛所共谋的所谓新诗教育所形成的诗歌传统，维持着一个相当大的谱系，且因携带现实功利的诱因而生生不息。但因其先天不足的审美取向，早已是沙滩上的堡垒，仅存其形而已。再就是大量诗歌青年的前仆后继，簇拥造势，成为创作与阅读最基本的支持。但我们知道，这种支持最终大多只是支持了支持者自身，一种量的重复，自产自消费，归属于时代而难归属于时间。真正有意义的支持，来自于那些成熟心智的认领，那些具有历史感和苛刻眼光的专业性阅读，那些艺术殿堂的"美食家"，爱挑剔的追随者。就此而言，新诗很难说有多少自信。有意味的是，当这两种支撑都行将摇摇之时，又平生了网络的热闹，有如一支强心针，一下又活色生香起来。但明眼人心里清楚，那更是靠不住的一束光柱，它照亮的是诗的消费（包括将写作也转化为一种消费），而非创造；它可能引发一场最为诱人的诗歌普及运动，但也必然同时导致一场诗歌艺术品质与创造力的空前耗散。诗是一种慢、一种简、一种沉着中的优雅，若转而为快捷的游戏，怕就是另外什么味道的东西了。于此想到当年钱穆先生的一段话："古人生事简，外面侵扰少，故其心易简易纯，其感人亦深亦厚，而其达之文者，乃能历百世而犹新。后人生事繁，外面之侵扰多，斯其心亦乱亦杂，其感人亦浮亦浅。"以此思量今日新诗的处境，当能清醒许多的。

因此，支撑新诗作长久而深入发展的，只能是诗本身——它的本质，它的品位，它的不可替代的语言特性。新诗的危机是存在的，不可夸大，更不可忽视。新诗的危机不在外部际遇，诸如市场、时尚、商业化、物质化或者什么多媒体的冲击等。新诗的危机一直存在于它自身内部：根性的缺失与典律的涣散，以及心理机制的各种病变。百年匆促，新诗这条路，我们走得太急，也太功利，时常拿诗派了别的什么用场，较少关心新诗自身到底该怎样。当此极言现代而复生"文化乡愁"的新世纪，我们该稍稍放慢一下步程，在冷静的梳理与反思中，重新认领传统，再造典律，构筑坚实的历史平台，以求新的飞跃。

2003 年 4 月

告别时尚写作

也谈新诗标准问题

我曾说过一句话：写诗是个简单的事，弄得太复杂就没了意思。这话的潜台词是想强调心性的自由，思、言、道和谐贯通自然生发，而不至勉强为之，成了纯技艺的经营。同时这句话还可换个说法：写诗是个复杂的事，弄得太简单也就没了意思。这样说是反过来强调，凡写诗的人首先要尊重诗，有虔敬之心，不要玩诗。现在的问题是玩诗的人越来越多，视世界上最难干的活为最好干的活。诗人多如牛毛，好诗却越来越少，可谓进入了一个繁荣与混乱并盛的时代。

新诗是"自由诗"，"不自由，毋宁死"。但"自由"了八十多年的新诗写作，其实还是有一些基本的审美元素为大家所认同的：简约、含蓄、意象思维、象征意味以及必要的语言造型和节奏感。既是原发性的"灵魂事件"，又是出人意料的有意味的"语言事件"；"诗的艺术特点是它的直接如闪电式的穿透，和它的无边际的暗涵。"（郑敏语）① 这些元素虽说尚未形成"科学"的"标准"（实际上也不宜去标准），但写诗的人都是可意会而心照不宣的。只是到了九十年代以降的现代汉诗写作中，随着"叙事"与"口语"的风行，在极大地扩展了现代诗的表现域度的同时，也引发了大面积的"无标准""无难度"的写作倾向。于"口语"，将轻快、鲜活、谐趣变味于轻薄、生猛、游戏化，甚至拿粗糙当锐气吓人，乃至成了心气与姿态的拼比。伊沙将顺口溜写成了诗，他的追随者们却将诗写成了顺口溜，这其中的本质性区别实在值得深究。于"叙事"，也由早期的简洁、单纯变得繁琐、含混起来，以拆成分行排列的平庸文字，复述在别的文体中讲过的东西，且因过分的逻辑感、析释性、知识化而加剧了语言的欧化和诗的散文化的趋势。两者还有一个共同的误区：在回到存在的真实和语言的真实以消解精神乌托邦困扰的同时，又仅止于"还原"而忘了诗的本质更在于"命名"；一切都消失了，只有真实出现了。当然，我们宁可没有诗，也不可没有真实，可没有了诗的命名，所谓的真实之还原，又有何意义？更要命的是，当这种我称之为"只在指事"的口语或叙事写作已演化为一种时尚写作时，它就变成了一种伪真实，而伪真实和伪抒情、伪理想主义、伪神话写作一样，都是非诗的，有害于生命和艺术健康的。

　　这是个唯时尚是问的时代，看似个性张扬，实是无性仿生。而诗是最忌时尚的——诗的本质在于跳脱公共话语的驯化，重返生命本真，时尚正是商业时代公共话语的最大制造者。因此，当前新诗写作的首要命题是告别时尚写作，回归独立人格和自由心性，并重新认领诗的美学元素，以求在守护中拓进的良性发展。

2002 年 1 月

---

　　① 转引自《诗是什么——二十世纪中国诗人如是说·当代大陆卷》（沈奇编选），台湾尔雅出版社 1996 年版，第 19 页。

"体制外写作"与写作的有效性

　　自古文学写作，本就是个人之事，只是到了二十世纪下半叶，国人非得将这种个体劳作和国家体制挂起钩来，方有了后来所谓"中国特色"的文学尴尬，即体制内与体制外两种不同的写作机制和文学道路。几十年至今，许多有关文学艺术创作的论争，无不与此有关。如今，将"体制外写作"作为一个严肃话题公开提出并予以讨论，是具有历史意义的。既有思想史的意义，又有文学史的意义。

　　其实大家都明白，这个"结"早就该解了。记得两年前，我在一则日记中写下过这样一句话："在体制或时尚的网络上，诗，永远是一只失效的鼠标。"这里的"诗"，不单指写诗，更多地指向诗性生命意识，套句老话，即"独立之人格，自由之精神"。这句话，当时也只是顺手划过，现在翻出来与"体制外写作"挂钩再细琢磨，觉得颇有意思。首先，我发现我无意间把"时尚"与"体制"挂靠在一起，将其并轨为同一"网络"，是无意中触及到了有关"体制"的外延问题。体制不单是意识形态化的。体制无所不在，时尚、风尚、市场经济等等，都可能转化为一种体制。我在《诗刊·下半月刊》组织的"新诗标准讨论"笔谈中，就指出："这是个唯时尚是问的时代，看似个性张扬，实是无性仿生。而诗是最忌时尚的——诗的本质在于跳脱公共话语的驯化，重返生命本真，时尚正是商业时代公共话语的最大制造者"。① 这里并非避重就轻，而确实就是感到"时尚"已成为当下诗歌写作为害最烈的东西。这种对个性的抹杀，对本真言说的驯化，本质上就是体制性的，话语体制或叫作体制性话语。当然，比起政治体制、经济体制，它显得比较隐蔽一些，不那么明目张胆、咄咄逼人，但也因此更危险。由此可否认为，体制有显性体制与隐性体制之分。就前者而言，所谓"体制内写作"及"体制文学"，可能只是一些个别现象，尤其是在二十世纪的中国，表现得特别突出。就后者而言，恐怕就是一种普遍的人类现象了，更值得警惕。从这一思考出发，我赞同"广义的体制"的说法，即"体制外写作"必须是从所有的体制化角色中撤出，只以本真自我为基点的，甚至要警惕连"体制外写作"也可能演化为一种姿态、一种时尚，进而成为一种新的"体制"。由体制（不论何种体制）去定义个人，而不是由个人去定义体制，一直是我们的老传统，是我们难以排拒的文化基因。这种可称之为"体制合作主义"的东西，已成为中国知识分子的一个文化潜意识，是以时时刻刻总想往体制上靠，既安全，又保证了功名，很难一下子消除。市场经济的推行，局部消解了一些旧有的人生依附关系，但对于依附成习惯的中国文化人，是否又会自觉地去依附别的什么"庞然大物"，譬如变体制人格为时尚人格，以及其他等等，恐怕一时难以完全排除。因此，对"体制内写作"或"体制文学"的反省，必须是全面的反省，不能仅局限于某一范

---

① 　详见本书本卷《告别时尚写作》一文。

畴。否则，当寄植于其中的某一范畴之体制转型之后，是否就不存在"体制外写作"的逻辑对应关系了呢？再者，个人的自由思想与艺术追求，是个不断展开的过程，特别是诗人、作家与艺术家，他们是永远的"游牧民族"，因而，"体制外写作"的提出，就应基于对所有体制化人格的退出，而不是仅针对某种体制而言。"君子不器"，"不"得是所有的"器"，而非一时一地之"器"，由此才能进入一种自觉的"体制外写作"，避免其仅成为一种姿态，或转化成别的什么。

这就要说到写作的有效性问题。

文学写作与艺术创造，本质上是个人性的，非"独立之人格，自由之精神"难以达到真正意义上的"登堂入室"。这个"堂"是艺术殿堂，这个"室"是思想密室。也就是说，真正的文学艺术，是个人担当精神和超越气质的结晶，是其生命激情与艺术灵感的个人性产物。尽管这种个人性不免要受到世道人心、时代风尚等文化语境的影响，但具体到运思及落于文本的过程，应是完全独立的，自由自在的，以个人的真情实感为基点。由此生成的文学艺术，也才谈得上是现代人之独立人格、自由精神的获救之舌。文学艺术的本质功用，在于解放性灵，重返本真，以跳脱各种体制性话语的拘押与驯化，免于成为类的平均数。让世界听到每一颗心灵的声音，人类才会变得真实而年轻。从这一点来看，所谓"体制内写作"或"体制文学"，实际上是一种失效的写作或失效的文学，因为它反其道而行之，背离文学艺术的本质属性，成为体制化人格的工具，与体制性话语共谋，来化掉本应重新找回和确立的个人之独立与自由。百年中国新文学、新文艺，回头审视，自会发现：凡是"体制内写作"占主导的时代，必然是艺术匮乏、文学失效的时代。而一旦"体制外写作"得以恢复、得以崛起，文学艺术也必得以复兴，且得以回返本质在性，成为有效的写作。对此，我曾在一篇文章中，将中国新诗最有效写作部分划分为三大板块，即：上世纪二三十年代新诗拓荒期为第一板块，五十年代至七十年代台湾现代诗勃兴为第二板块，七十年代末崛起，横贯八十、九十年代的大陆现代主义诗潮为第三板块。并由此指出，追索这三大板块形成的根本原因，无非是"自由创作，同仁刊物"这八个字。事实是，即或还有陈旧的语文教材仍在那儿坚持着陈旧的诗歌教育，但在真正的诗歌阅读（包括大众与小众、欣赏性阅读与研究性阅读）那里，几乎所有"体制内写作"的诗歌，那些徒有诗型而无诗性的应景之作，都早已烟消云散，不复为人们记取，是谓"无效的写作"。这种写作的根本问题，在于它从一开始，就是失却主体人格支撑的一种寄生性写作。寄生必然依附，或有别的依附可替代，便转投他图，而一旦所依附的寄主不复存在，寄生者也自然不复存在而随之失效。

同理可知，所谓"体制外写作"，最终也还是要归结为"有效的写作"这一点上来。"体制外写作"由于其发生学上的合理性，为写作的有效性提供了可能，但绝不是保证。它有"有效"的属性，但属性的实现又是另一回事。这样说的意思是想提醒："体制外写作"不是一种身份，甚至不是一种写作立场，好像立场和身份转换了，写作就有效了。而且，落于身份与立场的认知，也容易落入二元张力的陷阱，或可一时发奋，终难持久发展。如前所言，"体制人格"已成为中国知识分子的一种文化潜意识，不是换一个身份与立场就可以解决的。"体制外写作"更多应强调的，是一种孤绝的精神气质，方能保证写者对艺术的真诚和对思想的虔敬，进而保证写作的起码的品质，即其有效性。当然，真正的有效，思想和艺术的双重有效，精神和气质之外，还有赖写者的才具之高低。"诗有别才"，道成肉身，真实的言说与言说的真实（艺术的真实）之间，还有一段过程。不过，那又是另一个话题了。

2003 年 4 月

我们需要怎样的新诗史

关于中国新诗史写作的几点思考

我们需要怎样的新诗史？

提出这样的命题，显然有悖常理。历史不能需要，历史是先于需要之前的一种客观存在，不可能应需要而发生或改变。但人们也知道，历史的存在是一回事，对历史的书写又是一回事。作为文本形式存在的历史，必然是经由文本书写者无可避免的误读而生成的另一种意义上的写作。写作不是记录。写作更多地指向当下，或许还指向未来。就当下而言，它必然要体现写者的立场、观点、方法，以及其精神底背和文化语境的影响。就未来而言，它还需提供可能的开启、导引与理想。因此也可以说，书写的历史总是应某种需要而书写的，所谓客观，所谓权威，还有所谓公正，可能终归只会是一个逻辑神话。重写文学史已成当前学界的热门话题，有的则已率先付之具体的文本呈现。一个世纪的结束，又一个新世纪的到来，特殊时间节点的提示，引发某种回应的需要，有如历史总会在某些特别仪式中被特别地记取。不过，这种需要很可能只是一种借用。对现行各种文学史之陈旧与缺憾的不满而求修正，才是本质意义上的需要。这需要由潜在而凸显，由学术探讨而付诸现实，不能不说是一大历史的进步，当然更是一种挑战。

看来"需要"已成共识。接下来的问题是：谁的需要？有写者就有读者。有对历史的书写就有此书写的受众。历史的书写者不可能依从受众的需要而书写历史（怎样的受众？怎样的需要？肯定是无法先行解决的问题），但也不能由此忽略受众对历史书写之合乎历史的吁求。历史书写常常是由书写者个人来完成的（小的集体写作也属于个体的范畴），这种完成所形成的文本，却须经由读者的接受，才得以最终的或者说有效的完成。过去的各种历史书写，尤其是文学史，之所以问题成堆，其关键之一，就是完全不考虑受众的存在，唯上是问，唯主流意识形态是问，强行给予，被动接受，是以难得亲和而徒有形式。由此想说的是，重写文学史，既是学者/写者的需要——出于对历史的负责，也是读者/受众的需要——出于对现实的感受。本文命题中的"我们"，正是站在新诗史之受众一面，代表普泛的诗人、诗歌研究者与爱好者，对中国新诗史的写作，提供一点专业外的思考。当然，这种"代表"是否具有代表性，也很难去自我认定，只能是自命的真实。

说思考，实际也未及作学理的深究，只是一些由体验而生发的建议，概括而言，可归总为六个修复，即：对历史真实的修复，对艺术真实的修复，对知识分子立场的修复，对民间立场的修复，对独立、个在的写者立场的修复，对新诗之典律的修复。

一、对历史真实的修复

这是首要的修复，所谓"重写"的前提。这种修复，从技术层面来看，或许也是一个逻辑神话（怎样的"真实"？是史实的真实还是意义的真实？是再现与还原的真实还是书写的真实？）。

大概真正能落实的，首先是对历史负责的态度与立场。至少要剥离意识形态的纠缠，减少政治框架的制约，把诗歌史的写作还给诗歌本身，还给诗学本身。比如先行找回在此前被体制性话语所遮埋或扭曲的部分，以此为基点，校正偏颇，弥补缺失，尽可能地恢复新诗发展的本来样态，尤其是其内在理路，并运用新的观念来予以整合。特别在当代诗歌史部分，如何看待和处理官方诗歌与民间诗歌的矛盾，社会政治及多元文化语境与诗歌本体的矛盾，实验性诗歌写作与常态性诗歌写作的矛盾等等，就更需要超越性的目光和开放性的胸怀，以及富有创建的具体写作策略。在这一方面，陈思和先生在其主编的《中国当代文学史教程》（复旦大学出版社 1999 年版）中，表现出来的胆略与智慧，尤其是诸如"潜在写作""民间文化形态""共名与无名"等新的认知理念的提出，并由此形成新的文学史架构，以摆脱旧理路的困扰，不失为一种成功尝试，深值借鉴。

　　二、对艺术真实的修复

　　比起别的文学样式，中国新诗的发展，显得特别复杂和混乱。诗与非诗，纯诗与伪诗，泥沙俱下，鱼龙混杂，特别需要艺术层面的廓清。能否绕开所谓社会、思想、语言形式三大要素并举的老套路，着力于诗歌艺术发展的理路之梳理与开掘，来搭建新诗史写作的新平台，无疑是一个巨大的诱惑。我们甚至期待一部新诗语言艺术史的出现，乃至仅以经典文本细读为基本框架和叙述脉络来展开的新诗史写作。总之，那种多以现象的指认，史实的辨识，疏于审美意义与艺术考量的做法，实在是早已该从根本上予以改变的了。而诗歌发展的现实，也早已为新的平台的建构提供了丰富的资源。至少，就诗的品位而言，可见出"纯正的诗"与"庸常的诗"的分野；就诗的品质而言，可见出"有原创意识的诗"与"派生/仿生的诗"的分野；就诗的创作立场而言，可见出"生命性写作"与"社会性写作"的分野；就诗的艺术造诣而言，可见出"专业性写作"与"非专业性写作"的分野。以及"重要的诗及诗人"、"优秀的诗及诗人"、"重要而不尽优秀的诗及诗人"、"优秀而并不重要的诗及诗人"、"既重要又优秀的诗及诗人"等等的区别。这样界定，并不是为了划分什么阵营，而在于力求廓清理论认知，以图不再将不同质的东西作同一的比较。从社会学的角度而言，那些徒具诗形的诗（如各类政治性、宣传性、工具化的诗歌）也有存在的价值，但从诗学的角度而言，必须指出它非诗性的属性，不能混为一谈。这样，不但可以增加新诗史写作的内在张力，提供更多的"可写性"，也能有效地提升对新诗从诗体建设到诗学建设的认识。

三、对知识分子立场的修复

这里的"立场"有两个指向：一是新诗发展历程中，所凸显或隐含的知识分子立场；二是当下新诗史的写作中，所应持有的知识分子立场。百年中国新诗（尤其是上世纪八十年代以降的大陆现代主义新诗潮），已成为百年中国文化最为真切的呼吸，成为百年中国人尤其是中国知识分子精神生命与思想脉息最为真实的隐秘居所。彻底的批判精神，超越性的先锋意识，持续攀升的艺术探求，对东西方诗质的创世性熔铸，与世界文学的接轨和对人类意识的认同——这些由新诗创作成就所产生的历史意义，无不与一代又一代具有独立人格和艺术抱负的知识分子参与其中而息息相关。不断消解狭隘的阶级利益与狭隘的民族利益的困扰，顽强对抗各种意识形态暴力的迫抑，在坚守艺术良知的前提下，不失对时代忧乐、世道人心、文化乡愁等诗歌精神的担负，已成为中国诗人某种深度承传的优良传统。这一传统，既是新诗史写作的重要对象，也是其重要动力或基本立场。没有这一基本立场的修复，上述历史真实的修复与艺术真实的修复，都可能付之空谈。百年中国新诗史，既是中国新的诗歌形式的艺术探索史，又是中国知识分子的精神奋斗史，二者相辅相成，互为链接，成为推动新诗发展的深度链条。抓住这一链条，自会避免以往的偏失或肤浅。

四、对民间立场的修复

这里的"民间"，依然是两个指向：其一，特指上一世纪五十年代之后，大陆新诗发展中，一直存在的非官方、非主流以及非公开的，以民间或地下诗歌社团和报刊为运作方式的诗歌创作形态。正是这一形态，构成后来朦胧诗、第三代诗和九十年代诗歌的基础与中坚，成为百年中国新诗又一创世般的造山运动，并由此彻底改写了二十世纪下半叶大陆新诗发展的格局，成为其真正的制高点和灵魂所在。这是一种极为特殊的诗歌现象：它以潜流的形态隐伏于民间，却又最终成为真正意义上的主潮，一直是当代诗歌的活力所在，方向所在，价值所在，具有不可忽视的影响力与号召力。即或当时代转型、民间诗歌已为官方诗坛所接纳或兼容，不再有生存的困难时，大量先锋诗人依然乐于选择这种独立自由的运作方式，以至成为一种传统，其隐含的心理机制和美学意味，深值得追究。可以说，对于当代中国新诗史而言，大陆民间诗歌的存在，具有根本的、决定性的意义。不可想象，如果没有对这一宏大而持久的民间诗歌的书写，没有对"今天"、"非非"、"他们"等民间诗派的深入研究，当代新诗的历史将是何等的困乏和苍白！由此，必然要涉及新诗史写作者的立场转移的问题，亦即"民间"指向的第二重意义。一方面，若依旧抱着"庙堂意识"和体制性话语的老套路来看待民间诗歌，难免会导致歪曲或改写。另一方面，面对民间诗歌写作方式之个人化和隐蔽状态所造成的历史书写之技术层面的极大困难，若不转换立场，引入民间视觉，以保持一种写作的在场性，包括必要的"田野调查"，而一味在二手资料中打转转，也难免不生隔膜，乃至造成失语的尴尬。同时还需要指出的是，民间立场的修复，不仅是诗歌现实对历史书写的吁求，更是历史书写本该就具有的一种精神品质。中国新诗史的写作，是否也可以像当代民间诗歌写作那样，"坚持独立精神和自由创造的品质"（韩东语），时至今日，大概已是不言自明的认知了。

五、对独立、个在的写者立场的修复

无论是知识分子立场还是民间立场，其共有的灵魂都是个人性与独立性。长期以来，由于教育的国家化所导致的教科书的国家化，使文学史的书写一直难以改变其刻板、教条、僵化的面孔，所谓"严谨"，所谓"科学"，也便常常成了缺乏独立思考与个人担当的托词。教科书式的历史书写，不但剔除了历史进程原本的鲜活肌理，也使书写本身变得毫无生趣，对这种书写的阅读自然也成了乏味之事。走出教科书的阴影，回到独立、个在的自由天地，在尊重历史、坚持学术性的前提下，不失写作者个人的思想、情怀以至学养和文采的寄寓，以改变此前的困境，看来已成重写文学史的必然选择，正如洪子诚先生在其《中国当代文学史》（北京大学出版社 1999 年版）"后记"中所言："当代文学史的个人化编写，有可能使某种观点、某种处理方式得到彰显。"尤其是"处理方式"的个人化，更有可能从根本上解决学术性与阅读性的矛盾，甚至不再排斥写作者个人书写风格的因素，使之不再那么生硬，在史实的脉络与学理的骨架之外，尚有肌理感的存活，以及叙述风格的可欣赏性。对于诗歌史写作来说，这一点更为重要，失却个在的感性体验与言说方式，仅凭观念、学理和资料来书写，总难免会差之毫厘而失之千里，更难说有多少创造性的建树。

六、对新诗典律之生成的修复

新文学以诗为旗，几乎在百年中国文学发展的每一转折处，都扮演着开路先锋的角色。一切有关美学、哲学、文化思潮的先锋性命题，无不率先以诗为载体而折射、而实验、而导引。或许正是这种不堪重负的角色促迫，加之唯新是问的运动情结，使得新诗一直难以回返自身艺术本质与特性的确立，长期处于失范的、变动不居的状态中，以致至今我们还在讨论有关新诗标准的问题。新诗似乎越来越成了一种随遇而变的写作，不但远离古典诗质的源头，甚至连自身发展中所积累的一些传统，也随生随扔，便总是只剩下当下手边的一点"新"。因此，有关新诗危机的提醒和追问，一直未曾中断过。究其因，最根本之处在于形式的失范与典律的涣散。由此，多年来，在整个文学研究领域中，新诗理论与批评虽不乏活跃，且常有得风气之先的佳绩，但每每一遇到有关诗体建设等基本问题时，总难免有说不起话的尴尬：缺乏可通约的艺术指标，给不出基本的诗美元素表，只能多以诗潮来说话，与时而变，因时而异，且总是各说各的，难以在一个共同的谱系中展开对话。对这一问题的勘测与省视，能否通过新诗史的写作，予以有效的探求，看来已成为一个颇为诱人的新课题。至少，可通过宏观的梳理，在多变中找出不变的因子，重新认领新诗自身构成的一些基本元素，来给予正面导引的参照，以求强化典律的意识。或者，从对非诗因子的清理入手，包括对那些在新诗发展中起过重大影响的创作路向之负面作用的清理（譬如艾青的"散文美"等），以证伪的方式来剥离出潜在的典律之可能。特别是在与新诗史配套的作品编选中，更应将典律的生成作为首要的编选理念来实行，尽量避免"流变史"式的习惯路数，强行"引入意义"，建构谱系。

应该还有其他的一些修复。如对新诗历史版图的修复：不再将台湾新诗"打入另册"，整合进统一的框架，"进行整体的观照和同步的论述"。[①] 再如对不同发展阶段之新诗命名的科学性的修复，对那些以政治概念命名所带来的后遗症予以必要的清理

---

　　① 　洪子诚：《中国当代新诗史引言》，《中国当代新诗史》，人民文学出版社1993年版，第5页。

等。对此，本文尚未有成熟的思考，这里只作建议提出。

　　而所有的建议，都是说来容易做来难，尤其是新诗史的写作，更是难中之难。在当代一切有关文学的话语中，对诗的言说不但早已成寂寞之说，更日益变为艰难之说，何况要为诗治史？然而越是难说之处，也越是能产生有创造性之说，真正有志现代诗学的人们，自会守寂寞以沉潜，历艰难而超拔，给时代的吁求一份出色而坚实的答卷。

2003 年 4 月

"说人话"与"说诗话"

　　新诗潮以降，有关诗歌的理论与批评，折腾了一整，也就是折腾成了一个"突围"，之后便找不到北了，且随着学术产业的急剧膨胀，也便很快身陷其中，成了"翰林文字"，远离了新的诗歌潮流。实则自朦胧诗之后，真正对后来的先锋诗歌起了实际性影响和富有成效的推动作用的，还是诗人们自个儿说出来的那三句话——

　　诗到语言为止。

　　拒绝隐喻。

　　诗歌要说人话。

　　韩东的"诗到语言为止"，为朦胧诗与第三代诗歌划了一道界线，及时地提醒先锋诗歌从精神的狂欢中回到语言本身，"我为诗的构成而写诗"，"真正好的诗歌就是那种内心世界与语言的高度合一"。韩东的这个"醒"提得非同小可，它为第三代诗人们的"艺术突围"作了历史性的导引，至今仍然为诗人们所重视。①

于坚的"拒绝隐喻"，虽然是个悖论式的命题，却令所有对现代诗有思考的诗人为之心头一震，感到一个"警言"式的提示，理会到在我们习以为常的诗性思维与诗歌文本写作中，存在着一个巨大的"词不达意的隐喻黑洞"，我们必须由此脱身，"在语言的意义上重返真实"，我们才能说出我们的存在，而不是沦落于总体话语的陷阱。只是于坚的这一"警示"，稍嫌"玄"了点，在实际的影响中，也只到"提示"为止，孤独而超迈的"老于坚"只能自己去身体力行。

真正在九十年代下半叶，也就是世纪之交时空下，影响最大并最终形成风气，且与重蹈语言贵族化覆辙和文化迷障的知识分子写作分庭抗礼的，是伊沙的那句："诗歌要说人话！"这纯系一句大实话，无涉什么诗学深义，却一下子捅开了一张迷惑人们太久的窗户纸，极具号召力。加之伊沙本人在九十年代的创作影响，很快将几近冷寂的当代诗坛搅得天翻地覆，并由此开启了一股新的先锋诗歌潮流。

这是一次更为彻底的决裂和更为极端的实验。在一个按传统诗学观念看来，诗性元素极为稀薄、诗美域度极为狭小的边缘地带，一下子簇拥了几乎一多半的青年诗人，且有更年轻的生猛者拥上去，要"说人话"乃至要回到"下半身"——伊沙放出了一个魔鬼，从此诗坛不得清静！

十多年来三句话，成就了三位重要而优秀的诗人，推动了两度先锋诗歌的再出发，当然，也留下了不少的误区和陷阱。但比起日益脱离诗歌现实，趋滑于空心批评和术语聒噪的学术产业来说，这三句话依然是举足轻重的，不断作用于诗歌历史并为历史所记取。

---

　　①　转引自《诗是什么——二十世纪中国诗人如是说》（沈奇编选），台湾尔雅出版社1996年版，第202、205页。

　　然而传统始终是强大的。大部分人，甚至包括学术产业中大部分"搞文学"、"搞诗"的人，始终受制于对诗的习惯性认识，"优美"、"典雅"、"缘情"、"言志"这些几乎已成公理、名理一样的诗歌观念，总是先入为主地将诗认定为只能说高言美词的雅事，酸掉牙也是本分。诗人成了只会说"诗话"（以及各种梦话、神话、胡话、文化话）的酸腐文人，穷嫌富不爱，只是在香艳虚妄的自恋中自我麻醉，或自得于所谓时代心声之代言人的角色。久而久之，好像诗就该如此，致使所谓的"诗意"，常常成了遮蔽生存真实的迷障，成了"情感范式"或"文化作秀"，不及物，不言体（精神／灵魂／思想之外的一切实体），一味虚浮高蹈，不着人话——这是中国诗歌美学中最顽固的禁忌，它极大地妨碍着尚处于生长发育阶段的新诗，各种潜在的可能性的开启与拓展，好比"春天里，灭人欲"，硬给现代小姑娘缠裹脚布。

　　其实诗本该就是最多自由、最少禁忌的一种文学体式。人是语言的存在，在一种语言范式中生活久了，不免成为语言通约下的精神平均数，使生命成为总体话语的投影亦即他者生命的复制。现代诗的本质，正是在于通过诗的获救之舌，来不断颠覆我们生来遭遇的语言制度，以求在新的语言之光中找回独立鲜活的生命个性，使这一"诗的过程"，真正成为跳脱文化符号之"硬化"的自由的呼吸，成为现代人得以不断回返本真自我的"回家的路"。

　　为此，以伊沙为代表的更年轻一拨的先锋诗人们，针对唯美唯雅只说"诗话"的诗坛积弊，提出诗人也要说人话，要言体及物，力图让诗变得有血有肉，有生命痛感和生活气息，不再那样滥情矫情和伪贵族气，实在是又一次革命性的进步。我们曾经将诗作为向庙堂献礼的祭品，后来又将诗局限于精神后花园中的散步，总之转来转去，总转不出高蹈酸腐的调调。现在终于有一只年轻的手，将诗拽回到我们生存的现实、生活的大地和日常生命状态中来，让它说点人话，多点人气，变得更坚实、清朗和亲和一些，甚至性感一些，不失为对积弱甚久的中国新诗一剂"壮阳补钙"的良药。正如年轻诗人们所说的：说人话是为了更好地说诗话，有如回返"下半身"是为了找到更真实的"上半身"。

只是如此一来，习惯于诗之雅的人们又要伤脑筋了，觉着这样的诗未免太落俗了，太不浪漫太不灵魂太身体化了，全没了诗的标准、诗的基本元素。另一方面，一些为伊沙的成功所诱惑，没想清楚就抢着要"说人话"的青年诗人们，又总是疏忽了这其实是一场有"高风险的革命"，或者又习惯性地将革命弄成了目的，弄变了味。

仅就语言来说，抒情加意象，是传统唯"说诗话"是问的修辞标准，叙事加口语，则是"说人话"的语言策略。前者是在一个很容易出所谓"诗意"的审美开阔地上作业，好赖都能沾点诗的意味；后者则好像在悬崖边玩玄，不小心就会跌入非诗的深渊。叙事诗在当代诗歌进程中的不灭而自亡，早就在提示叙述性语言的非诗性本质，必须予以再造，灌注进新的语感元素才行，譬如寓言性、戏剧性、小说企图、象征意味、文本外张力等。这些在韩东的《有关大雁塔》、丁当的《时间》、于坚的《尚义街六号》、《〇档案》、伊沙的《车过黄河》等杰出诗作中，都有到位的创化。现在却是非诗性叙事泛滥成灾，过犹不及，把诗搞死了。"口语"的问题更多。读一个伊沙，觉得口语很来劲，读一堆"伊沙"，立马傻眼堵嗓子，全成了皮毛的复制，骨子里的那点劲没了。我曾多次对伊沙说：口语不能扎堆，不管是自个儿扎堆还是一伙人扎堆，一扎堆就露怯，就自个儿把自个儿灭了！这里的关键，其一是口语诗一首是一首，生孩子似的，不容易出精品，更无法模仿与复制；其二是不是谁都适合用口语写诗，看是"玩"似的，其实"是写作的至高境地。有人永远不懂"（伊沙语）。是伊沙式的生命形态选择或决定了伊沙式的口语风格，这是学不了的。进一步说，是真正健康硬朗的人才能说真正健康硬

朗的"人话"，否则，你还不如是什么就说什么的好，不然肯定
露怯。说到底，不管是"叙事"还是"口语"，它最大的风险就
是无法藏怯，无法如"抒情"和"意象"那样掩住怯处蒙人。

　　遗憾的是，这些问题至今不为"革命中"的年轻诗人们所正
视，只顾眼下的热闹。在相当多的作品中，叙事已完全成了无聊
的絮叨，成了日常生活的简单提货单，口语则完全成了无节制的
口沫，一点讲究也没有，掉入粗鄙浅薄的烂泥坑，败坏了人们的
胃口，也就怨不得本来对"说人话"还感兴趣的人们，又掉头思
"雅"去了。看来，如何在"说人话"与"说诗话"之间作有度
的取舍，或者说，如何说诗化的人话、人话化了的诗话，恐怕是
张扬"说诗话"之诗歌立场的先锋诗人们，需要冷静思考与及时
解决的问题。

　　但不管怎么说，让诗退回到"文化后花园"是绝不可取的。
文化发出的声音只对文化负责，就像上帝派出的仆人只对上帝负
责一样，尤其对我们这样充满虚伪和矫饰亦即"瞒"和"骗"的
高阁文化而言，它一向缺少的都不是夜莺，而是牛虻！由唯抒情
是问到冷抒情到反抒情，由"言志"而"言体"（肉体、身体、
生存实在之体），这或许是现代诗必然要经由的又一革命性历程。
至少，它会有一种证伪作用，以洗刷伪抒情、伪"言志"的陈词
滥调，最终呈现纯正的抒情与言志因子。何况，无论现代文明将
人类的精神疆域和文化视野推展到何种地步，诗都只应该是游走
于那疆界和视野之外的猎犬而非宠物，这是诗的本质，也是诗人
的天职。

2000 年 9 月

九十年代先锋诗歌的语言问题

刚刚过去的九十年代，是现代汉诗进程中，一个繁荣与混乱并盛的时代。九十年代没有八十年代那样具有显赫的历史影响，却由诗歌内部发生了极大的变化。返回写作自身和对技艺的重视，成为这一时期先锋诗歌的显著特征，并由此全面激活与丰富了汉诗写作的内部机制，在一个非诗的时代里，反而有效地拓展了诗的疆域，光大了诗的荣耀。

而成就凸显的时代也正是问题凸显的时代。仅就语言层面而言，"叙事"的倡扬与"口语"的泛滥，已由当初的正面驱动效应逆转为当下的负面影响，由发展的另一指向的开启逆转为发展的临时告竭。实际的情况是：随着"叙事"与"口语"很快上升为九十年代现代汉诗写作的显要地位，并由此造就了一批有影响的代表诗人，从而发为显学，形成很大的号召力，一时趋之若鹜，任运不拘，但随后的局面便不容乐观了。

先说"口语"。

"口语"在九十年代现代汉诗语言中的彰显，

似乎又一次在验证着艾略特（Thomas Stearns Eliot）的那些论断："诗界的每一场革命都趋向于回到——有时是它自己宣称——普通语言上去。"而"不论诗在音乐上雕琢到什么程度，我们必须相信，有一天它会被唤回到口语上来。"① 尽管我们知道，在新诗的发展过程中，对"口语"的"唤回"不仅是这一次，但确实只有这一次是革命性的，产生了巨大影响而形成潮流的，尤其在"七〇后"更为年轻的诗人群落中，"口语"几乎已成为写作的"图腾"，蜂拥而上，以至泛滥成灾。口语入诗，确有它的许多优势：轻快、有力、鲜活，包孕着生活化语言以及身体化语言的丰富性、生动性与复杂性，处理得当，更能产生普适性的审美效应，增加阅读的亲和力，不隔膜，人气足。口语诗另一个特别的品质是易生谐趣。按照朱光潜先生的说法："谐趣的定义可以说是：以游戏态度，把人事和物态的丑拙鄙陋和乖讹当作一种有趣的意象去欣赏。"② 而这样一种审美趣味，恰好应和了这个时代的审美心理，是以无论于写作还是阅读，都成为积极的响应。但实际上，口语入诗是诗歌写作中最难干的活，按我惯常的说法，这是在可诗性域度最狭小的地带作业，很难成气候。即或在九十年代一路风光且影响至今，也只造就了屈指可数的几位诗人，经得起苛刻审度的好作品更是不多。有意味的是，口语热一旦热起来就高烧不退，让人想到是否刚好契合了这个时代之浮躁、粗浅、游戏化的心态而发展成为一种"时尚"？最难干的活现在成了最好干的活，轻快流于轻薄，生动变成生猛，唯宣泄为快，或拿粗糙当锐气吓人，以至于成了心气与姿态的拼比，结果是量的堆积和质的贫乏，大多成了一次性"消费"（甚至谈不

① 艾略特（Thomas Stearns Eliot）：《诗的音乐性》，《艾略特诗学文集》（王恩衷编译），国际文化出版公司1989年版，第180、187页。

② 朱光潜：《诗论·第二章　诗与谐趣》，《诗论》，安徽教育出版社1997年版，第20页。

上"阅读"）的物事。本来，口语是有其历史功绩的。在第三代先锋诗人和九十年代真正到位的口语诗人那里，对口语的有机运用和创造性发挥，极为有效地阻止了现代汉诗写作中，重蹈语言贵族化的倾向，洗刷矫情、装饰、伪抒情的酸腐调调，使之及物言体，多点人气，说点人话，使现代汉诗不再是一本难念且不易消化的"圣经"，而是可以抚摸、可以亲近、可以消受的东西，进而开创诗体坚实、诗句简约、诗心自由的一路新诗风。遗憾的是，这一初见成效的开创，已被后来大面积覆盖的"口沫诗"之复制品所掩埋，令人难识庐山真面目。时至今日，口语诗正演化成为一种技术难度最小的汉语写作，或偶有一点冲击力，但基本上无品位性可言，其诗质稀薄的负面因素，还大有愈演愈烈之势，让不少始作俑者深感担忧。

再说"叙事"。

现代汉诗对叙事策略的引进，在八十年代的第三代诗歌运动中即已显端倪。我当时曾有这样的表述：以真实世界的客观陈述，来弥补传统新诗想象世界的主观抒情之风尚的不足与缺陷。[①] 之后，我在另一篇文章中作了更进一步的指认："叙述性语言在现代汉诗中的复活与重铸，主要源自叙事诗体的消亡，同时也来自对传统抒情诗语言中的矫情与虚假所致的委顿之不满。"并将这路诗风概括为："主题取向的寓言性，主体意识的客观性，语言表现的叙述性"，进而细分述为："之一，语言大体是叙述性的；之二，有一定的情节和叙事成分；之三，这种情节和叙事成分是其他文体不易处理或未经处理的；之四，这种情节和叙事成分的深层是带有寓言性性质的；之五，这种叙述整体效应是诗性化的。"[②] 上述理论表述，现在看来不尽科学和完善，但其所指

① 沈奇：《过渡的诗坛》，《拒绝与再造》，西北大学出版社1999年版，第86页。

② 沈奇：《终结与起点——关于第三代后的诗学断想》，同上书，第52—53页。

认的基本语言特质，在第三代诗人（甚至可以上溯至朦胧诗人，譬如江河的名作《客人》之类的诗）尤其以"他们"诗派为主的一些诗人的创作中，得到了很好的发挥。同时，此时的叙述尚比较单纯、本色，且保留了诸如戏剧性、寓言性和象征性的诗性元素做配伍，产生了一批有影响的作品，可谓开风气之先。

到了九十年代，"叙事"成了一面旗帜，奉为"显学"，推为风尚，一直影响至今。后来这一"叙事"策略的引进，基于进入九十年代后，青春型写作和激情型写作之结束，中年写作和智慧性或智性写作之开启的理论认知，意欲借此摆脱绝对情感和箴言式的写作，维系住生存情景中固有的含混和多重可能，并及时消解神话写作、意识形态写作的负面作用，使叙事主体具有强盛的叙述他者的能力和高度的灵魂自觉性。① 确实，借由这一修辞策略的驱动，不但有效地开掘出了新的写作资源，同时也深刻地改变了现代汉诗的写作风貌，扩展了现代汉诗的表现域度，使之在一个更为开阔的地带作业，从而造就了一大批风格迥然的优秀诗人，从根本上改善且丰富了现代汉诗的语言品性，其正面作用，是具有历史意义的。然而同样遗憾的是，同"口语"一样，一种修辞策略一旦被推为"风潮"而致泛滥，其负面的影响便接踵而来。"叙事"到后来，已由早期的简洁、单纯逐渐变得复杂、含混起来，许多叙事变质为絮叨、啰嗦、黏滞、拖泥带水，以拆成分行排列的平庸文章，复述在散文中讲过的东西，文体的界线几已荡然无存，从而加深了诗的散文化的危机。且因过分的逻辑感、析释性、知识化而加剧语言欧化的趋势。

总之，无论是"口语"还是"叙事"，都已在九十年代行将结束时，暴露出高度透支后的衰败相。究其因，主要由于九十年代诗歌的领衔人物大都出自这两路诗风，诱发后来者将其"神话

---

① 此处参照欧阳江河《1989年后国内诗歌写作：本土气质、中年特征与知识分子身份》、陈超《可能的诗歌写作》、程光炜《不知所终的旅行》等文。

化"或叫作"时尚化",引发大面积的仿生,形成了两条诗歌"生产线",大量复制堆积(包括成名诗人的自我复制),缺乏更新的或更深入的创化,将"高难动作"变成了"庸常游戏",造成名诗人多多而名作寥寥无几的困窘局面。一句话,是心理机制的病变导致了语言机制的病变。

同时,从学理上讲,有一个误区一直被疏忽:当诗人们由抒情退回到叙事、由感性转而为智性、由主观换位于客观后,大都止步于由虚伪回到真实、由矫情回到自然、由想象回到日常的初级阶段,只求"还原"而忘了诗的本质在于"命名"。换句话说,我们曾用各种虚浮造作的比、兴掩盖了存在的真相,现在,人们又只停留于还原真相,指出"月亮就是月亮"而不再深一步说什么。这种还原,相对于"月亮代表我的心"这样烂俗的比喻而言,是一种进步,但进步仅止于此,似乎又成为另一种退步。我们由此回到了"真实",却又远离了诗歌。事实是,从八十年代到九十年代,从"口语"到"叙事",一大批诗人真的就停在了这里,以为发现了一个天大的诗歌境界,可实际上只是由虚妄退回到了真实,而真实既非诗的起始,也非诗的结束;它可能是一个新的支点,但那找到这新的支点的杠杆,却再也没有发生更大的作用。于是这个支点便转化为一个陷阱——口语者,将诗写成了顺口溜,写成日常生活的简单提货单;叙事者,将诗写成了分行散文分行杂文乃至分行论文,写成现象学的诗型报告。到了,"这不是什么新的发现/也不存在令人费解的东西"(借用吕德安《日出时回家》诗句),而只是"口语"、只是"叙事"而已。

说到底,九十年代的"叙事"与"口语"热,只是为现代汉诗提供了新的语言经验和新的表现可能,而非包打天下的"全能冠军",甚至还需要与其他修辞策略相结合,才能发挥更有效的作用。至少,若缺乏戏剧性因素的支持及寓言性、象征性的缩束,或转化为隐喻性叙事与意象化口语(这样的实例,就整体现代汉诗而言,其实并不乏见),就很难避免诗质稀薄、空泛乏味的结果，乃至伤及汉诗语言的本质特性。这并非危言耸听，其实郑敏先生早在1998年的一篇文章中就指出过："当代汉语诗语几乎完全舍弃了古典与二十世纪上半叶的新诗诗语，而转向彻底吸收移植西方语言的翻译体，又由于在半自觉中模拟西方叙事体，及七十年代美国诗歌的垮派诗体，以致使今天的诗语大量的散文化，远离汉诗诗语的凝练、内聚和表达强度。诗愈写愈长，愈写愈散，愈写愈忘记汉语诗语对诗人的约束要求。"① 这样的指认，到今天看来，依然是十分中肯的，并启发我们对现代汉诗语言的"变"与"常"，予以新的审视与认知——以"变"求"常"，守"常"求"变"，在有限的约束中，逐渐收摄并确立现代汉诗的语言特质和审美体系，以求在守护中拓进的良性发展。

2001年12月

---

① 郑敏：《试论汉诗的某些传统艺术特点》，《诗歌与哲学是近邻——结构·解构诗论》，北京大学出版社1999年版，第347页。

现代汉诗语言的"常"与"变"

兼谈小诗创作的当下意义

一

现代汉诗语言变数太多，居无定所，只见探索，不见守护，以至完全失去了其本质特性的参照，正成为一个越来越绕不开去的大问题。

讨论这个问题是颇令人尴尬的。就创作而言，短短八十余年的新诗发展，其实各方面仍只是刚刚起步，生长发育阶段，自由放任惯了，不宜过早去框定什么，以免伤筋动骨或有妨根性元气。但就理论与批评而言，却又不能因此也自由放任，或只是跟着创作后面"打扫战场"，该有自己的目的和任务；这任务不是空对空的自我完善，更重要的是要有问题意识。这些年，理论与创作的脱节现象日趋严重，很难于实际的诗歌发展生发作用，大多是各行其是，有影响力和号召力的常常是来自诗人们自己的一些说法，从而导致一些显而易见的问题也一再延搁在那里，这其中，最突出的便是语言的混乱。诗是语言的艺术，诗的实现首先是生命意识的内在驱动，是自由呼吸中的生命体验与语言经验的诗性邂逅，但其落实于文本则最终是语言的实现。这种实现在中国古典诗歌中，是有其基本的美学元素作参照的，并逐渐形成了中国诗歌的语言传统和精神传统，正是这传统滋养了古典诗歌的辉煌，且至今仍滋养着某些传统艺术（如中国书法、水墨画等）的生存与发展。然而到了今天的现代汉诗创作中，语言的实现则完全无"常性"可言了，一味"移步换形"，既失去了老传统，也疏于对新传统亦即朦胧诗、第三代诗某些优良品质的发扬，只讲差异、讲个人化，结果反而面目不清，空前的散文化、非诗化，同时也导致当代诗歌在整个文学及文化格局中的自我迷失与边缘化。

诗歌创作一时唯求新求变是问，是无可厚非的，理论与批评则应从"变"中求"常"，从激进的"拓进"中求稳重的"守护"——基于上述指认，本文试图寻找现代汉诗的语言演进中，是否仍有可确立的一些不变元素，进而追索中国诗歌的语言特质，并想以对小诗创作的当下意义的思考，来寻求发扬中国诗歌语言传统的新的切入点，以稍稍改变我们的困境。

二

按照陈仲义《扇形的展开——中国现代诗学谫论》（浙江文艺出版社 2000 年 2 月版）一书的总结，现代汉诗至今已呈现十六种分支形态，包括"偏重于西洋移植嫁接的意象征诗学、超现实诗学、智性诗学"，"完全本土化的新古典诗学、禅思诗学、意味诗学"，"九十年代兴起的语感诗学、摇滚诗学、日常主义诗学"，以及"势不两立的解构诗学和神性诗学"等等，真可谓移步换形，日新月异，其变数之大，前所未有。尽管这里是作为诗学的分类，其实语言的变数也已包含在内。如今尘埃落定，就要在新的一个世纪里"变"了，回首来处，不免就想起一句西方的谚语——"滚动的石头不生苔"。

现代诗本质上是"自由诗"，"不自由，毋宁死"。自由则生变，不变何来自由？但这种自由也许在某种有限度的约束下才会生发更有价值的成就，亦即只有具有一定约束能力的诗人才有权并更有效地行使这种自由。这里的关键是，"变"并非只在创新、只在拓展，它同时还附带有修正、填补、完善那个可能存在的"常"的属性。因变而"增华加富"，生发新的生长点，这是"变"的正面效应，但同时变得太多，伤及常性，也就难免生出"因变而益衰"（朱自清《诗言志辨》）的负面效应。是以"变"与"常"的关系，应是既冲突又互补的关系，"变"为"常"生，"常"久则生"变"，再"变"更新"常"，"常"在"变"中，"变"才有意义的归宿。有如"移步换形"，"移步"是必须的，今人不能做古人，必须接纳新的人生经验，进入新的文化语境，表现新的精神世界，不移步不行。但"移步"的同时是否一定要亦步亦趋地去"换形"呢？古典汉诗从诗经"移"至唐诗，千年之移，其间精神变故应该不算小，但其语言形态也只是由四言"换"到七言。再往后"移"至宋词，也只"换"到"百字令"，基本上是一种守护中的演进，至少，那点简约、精微的语言根性，是从不换的。现代诗的问题是深受百年来进化论、不断革命论的影响，创新求变的欲望压倒一切，把"新"和"变"摆在一切价值的前面，始终难以形成一个基本稳定的诗美元素体系作根本，以便得以在守护中拓进的常态发展。

古语讲：常人求至，至人近常。诗也是这样：常诗求至而至诗近常。这里的"常"含有两层意思：一是寻常，本色、本真、不着迁怪、同中求异、从心所欲不逾矩，是一种风度，一种境界；二是常规，本质、本源、规律性、共认共守的艺术特质，所谓由限制中争得自由，由规范中见出生气，一种专业风度，一种化境。读诗读久了，自会发现，真正优秀的作品反而是那些在形式上看去并不怎么特别而近于平常的作品。也就是说，真正优秀的诗人，总是能持一种守常求变的立场来深入语言的经营，在某种有限度的约束下寻求创新的自由，这种约束看似消极，实则反而带有创造性和解放性。一味求新求变不求常，看是积极、是自由，实际上隐藏了另一种不自由——心性的不自由，将革命弄成了目的，驱动转化为迫抑，为新而新，为变而变，"因变而益衰"，也就谈不上有"常"可守了。古典诗歌在那样逼仄的形式框架中，反而显得心性自由，游刃有余，容纳了那样漫长、广阔而又丰富的精神历程，而今日的自由诗却以其"类"的丰化导致"度"的递衰，只能表明，我们的诗歌语言机制出了问题。正如艾略特（Thomas Stearns Eliot）曾经指出过的那样："文体极端个性化的时期将是一个不成熟或者一个衰老的时期。"而"任何民族维护其文学创造力的关键，就在于能否在广义的传统——所谓在过去文学中实现了的集体个性——和目前这一代人的创新性之间，保持一种无意识的平衡。"①

　　其实这种"平衡"，这种在变中守常的创造机制，在现代汉诗的进程中一直不乏存在，只是总易于被唯新唯变为上的时代潮流所冲淡，疏于认领。譬如被马悦然称誉为"中华文化的一座里程碑"的台湾现代诗，② 到位的研究者都知道，其总体艺术成就，至今还应说是其前行代诗人们的创作最具实力和经典性，高标独树，领一代风骚。而若稍做考察便可发现，这一代诗人们，无论其属于哪一流派、何种路向，是《创世纪》、《现代诗》还是《蓝星》，是"超现实主义"、"新古典"还是"现代派"，诸种面貌，各种体式，极尽探求，但其作品背后的语言基质，却带有明显的一致性，很少变化。正是这种一致性，形成了台湾诗歌语言守常求变的良性机制，有一个评判诗歌品性的基本标准，大家都在这一基本标准下用心用力，常态发展，而不致"各领风骚三两

---

　　①　艾略特（Thomas Stearns Eliot）：《什么是经典作品》，《艾略特诗学文集》（王恩衷编译），国际文化出版公司1989年版，第192、193页。

　　②　马悦然：《二十世纪台湾诗选·中文版序》，台湾麦田出版社2001年版，第2页。

年"。除了其他各种因素之外,这一点,恐怕是前期台湾诗歌取得辉煌成就的主要原因之一。而后来的中生代、新生代诗歌之所以未能取得超越性的成就,除文化形态变故、工商社会迫抑及前辈影响之焦虑诸原因外,语言机制的变数逐渐增大,花样翻新,失去常性,恐怕更是关键所在。

在大陆诗坛,近年也有不少实例。譬如"非非"诗派创始人周伦佑,在八十年代的诗歌创作中,语言变革创新可谓最激烈也最极端,有《自由方块》、《头像》等实验作品令诗界瞠目结舌,乃至遭遇"只有理论没有作品"的非议。但到了九十年代的写作中,经由"在刀锋上完成的句法转换"(周伦佑诗集名,台湾唐山出版社 1999 年 2 月版),换回到常态语势,杂糅叙事、口语、意象、抽象、解构、结构、象征等修辞策略,整合融会,颇有控制感地创作了《刀锋二十首》精品力作,令人刮目相看。其中不少代表作,不但成为诗人自身创作的精华,也是大陆现代汉诗创作中十分难得的佳作。更有意味的是,诗人用并不怎么"先锋"的常态语言,却能直抵为一个非常时代之重大创伤作诗性命名的深境,其意义更值得我们深思。再如于坚,一贯被称之为大陆先锋诗歌的重要代表,于坚自己却不买这个账,甚至经常宣称自己是"向后退的诗人"——不是退向保守,而是退向常态,退向整合。为此,于坚在完成了他极端性实验文本之长诗《0 档案》后,潜心创作了另一部长诗《飞行》。仅就语言品质而言,这部长诗最大的特点是其复合性的品质,一种"软着陆"式的整合与创化,几乎运用了现代汉诗写作的各种修辞手法,中正平和,一点也不"前卫"。诗人甚至重新引入被先锋诗人们放逐已久的抒情之维和意象思维,与其擅长写实、精于叙事的看家语感一起,融会为集原创与整合于一体的复合语境,让我们不仅切实地领略到现代中国人自己的现代意识,也真正领略到熔铸了东西方诗质的现代汉语特有的语言魅力和审美感受,不失为现代汉诗的精品力作。可以看出,对于坚而言,实验从来就不是目的,先锋也只是一时的姿态，正如他自己所言："反传统的诗人，负有双重的使命，他既要在传统的反叛中创造历史，又要让这历史成为一种新的传统得以延续。"① 从不断革命的角度看，正如一些同路人所说的，《飞行》相对于《〇档案》是一种"别有野心"的大倒退；而从守护中拓进的立场去评价，《飞行》则是一次划时代的整合，一次由"变"而"常"的飞跃。实则于坚的"野心"一直并不在什么先锋的位置或时代的前列，而是要经由自己的创造，来建立现代汉诗写作新的传统、新的语言典范，"成为经典作品封面上的名字"（于坚语）。同样有意味的是，多年来，于坚的创作，于坚的语感风范，很少见大量的仿写者，总是"高处不胜寒"，独来独往。这其中，既有难度的存在，更因为于坚在本质上是一位综合性的诗人，"坚持那些在革命中被意识到的真正有价值的东西"② 的诗人——在这样的诗人这里，"变"是手段，是过程，"常"是根本，是目的。

<h2 style="text-align:center">三</h2>

那么，到底什么是汉诗诗语的"常"之所在呢？也就是说，经历百年淘洗后，汉诗诗语的基本属性有哪些是不能再"变"而需加以悉心守护的呢？可以说，这不仅是个难题，而且是多年来诗学界一直回避的问题，即或有涉及者，也总是拽着古诗来谈，一触及现代，就少言寡语或言不尽意。现代汉诗是用现代汉语写作的，其西化的成分很重，但它毕竟是汉语，并没有完全同古典诗歌的语言基质"恩断义绝"，还是有不少一脉相承的"基因"可言的。这些"基因"，按海内外论家一概而言之（不分古典与

---

① 于坚：《棕皮手记·1994－1995》，《棕皮手记》，东方出版中心1997年版，第280－281页。

② 于坚：《棕皮手记·1994－1995》，《棕皮手记》，东方出版中心1997年版，第280－281页。

现代）的诸多说法概括之，至少有这么几点：

1. 简约性：言简意赅，辞约意丰，少铺陈，不繁冗，以少总多，不以多为多；

2. 喻示性：意象思维，轻逻辑，重意会，非关理，不落言诠；

3. 含蓄性：非演绎，非直陈，讲妙悟，讲兴味，语近意邈；

4. 空灵性：简括，冲淡，空疏，忘言，重神轻形；

5. 音乐性：节奏，韵律，抑扬，缓急，气韵生动。

上述"基因"，尽管已是最基本的几个"元素"了，但其实也已大多在当代汉诗写作中丧失殆尽，无"常"可守的了。汉诗语言的过分西化，使我们在一个日益变得无根无基的世界中，更加难以听到我们自己的声音，辨认自己的精神家园，而说到底，诗本应是辨认民族精神和语言的指纹啊！当然，必须承认，上述"基因"中，确实已有不少成分与现代诗的本质（现代意识与现代审美情趣）要求相去甚远，乃至十分隔膜，已无必要"守护"，但作为诗之所以为诗这一门艺术的语言品质，总还得有一点与其他文体相区别开来，最终唯诗所凭恃的成分，同时又不失为汉诗语言的指纹所在吧？我想，至少"简约"这一点，是应该作为"底线"来加以守护的。

简约是中国诗歌最根本的语言传统，也是中国文化及一切艺术的精义。闻一多曾指出："中国的文字，尤其是中国诗的文字，是一种紧凑非常——紧凑到最高限度的文字。"[①] 即或如提出"作诗如作文"的胡适，在谈及自己的诗歌追求时也特别提到："要抓住最精彩的材料、用最简练的字句表现出来。"[②] 卞之琳则

---

① 闻一多：《英译李太白诗》，《闻一多全集》第 6 卷，湖北人民出版社 1993年版，第 67 页。

② 胡适：《谈谈"胡适之体"的诗》，《胡适研究资料》，十月文艺出版社1989 年版，第 421 页。

说得更明确:"诗的语言必须极其精炼,少用连接词,意象丰富而紧密,色泽层叠而浓淡入微,重暗示,忌说明,言有尽而意无穷。"①尽管三位新诗先贤在作这样的指认时,大体依然是以古典诗语作参照,但这一简约之根性,并未在他们以及整个早期新诗创作中有多少减弱,卞之琳更是以四句《断章》独步百年。当代汉诗尤其是九十年代以来的大陆先锋诗歌,许多创作路向则几乎是背道而驰,由约而博,由简而繁,由含纳而铺陈,由精微而粗糙,由跨跳而爬行,由灵动而黏滞,松散冗长,臃肿不堪,可以说,已无最基本的"底线"可守,只剩分行而已。台湾诗人余光中曾说"许多新诗人昧于简洁之道",不幸言中,且现今已发展成普遍现象。因此郑敏先生在特别强调"汉诗的一个较西诗更重视的诗歌艺术特点就是简洁凝练"的同时,更特别指出:"在近百年的新诗创作实践中,始终面对一个语言精练与诗语表达强度的问题。"②

看来简约确实是汉诗语言的"底线",是第一义的诗美元素。当然西诗也讲简练,庞德(Ezra Pound)在谈到诗的语言要求时,就一再提到简练和硬朗,反对"把文章拆成一行一行"的"诗"法,并且还借用一点"中国功夫",写出两行《地铁站上》的名诗,恐怕是西诗最短小精简的了。但从语言根性上来说,西诗的简约与汉诗的简约还是有本质区别的,不然,为何这多年"西学"为上,却反而越学越松散,越学越丢了简约的根本了呢?(这细说起来,得有另一篇大文章)总之,再怎么折腾怎么变,"简约"这个底线不能丢。诗的简约之起码要求,不仅是对语言的高度浓缩形式,以合乎文体要义,也是对生命体验的高度浓缩

---

① 卞之琳:《今日新诗面临的艺术问题》,转引自杨匡汉、刘福春编选《中国现代诗论选》(下编),花城出版社1986年版,第292页。

② 郑敏:《试论汉诗的某些传统艺术特征》,《诗歌与哲学是近邻——结构·解构诗论》,北京大学出版社1999年版,第347页。

形式，以免于成为公共话语或体制话语的平均数。在这里，简约已不只是语言品相，更是一种精神气质。正如欧阳江河在论及北岛时所指认的："……北岛和他所喜爱的德语诗人保罗·策兰（Paul Celan）一样，对修辞行为持一种甚为矜持的、近乎精神洁癖的态度，常常将心理空间的展开以及对时间的察看压缩在精心考虑过的句法和少到不能再少的措辞之中。这种写作态度与当代绘画中的极少主义和当代建筑中'少就是多'的原则在精神气质上有相通之处。'少'在写作中所涉及的并非数量问题，而是出于对写作质地的考虑，以及对'词的奇境'的逼近。"① 另外还应看到，在当代文化语境中，简约本身也是一种特别的力量，既是直击人心的力量，又是亲和的力量。近年大陆先锋诗人中得此要义而获大益的典型例子就是伊沙，其作品广受阅读欢迎，且引发大面积追随乃至成为"公害"，最主要的一点，就在于他恢复并提升了简洁的力量，短小精悍，打的是"直拳"，却又不乏直击后的渗化兴味，且读来不隔不绕，颇为亲和。进一步需要说明的是，强调简约，当然不是强调诗行诗篇的长短繁简，而是说要讲究语言的质地和表现的强度，别太水，太绕弯子，以至散漫无羁而致乏味，尽量以最少的字来聚敛并表现最多的含义与韵味，以有限浓缩无限。只是这种讲究，对于"昧于简洁之道"甚久的当代汉诗来说，恐怕不借助于某种外在形式的约束，是很难有所改观的——由此自然便想到了小诗。

四

　　有如简约是汉语诗歌的正根，小诗其实也是汉语诗歌的正根，只不过一种新文学总是先放才收，依然在过渡途中的中国新诗，很难一时归宗于哪种体式。小诗的兴盛，也只是在冰心、宗

------

　　① 　欧阳江河：《北岛诗的三种读法》，《站在虚构这边》，三联书店2001年版，第199页。

白华几位前贤中，于二十年代小试牛刀而倡扬一时，此后便未再举盛事，更乏善讨论。

　　到了八十年代，先行遭遇大众文化"洗劫"和工商社会挤迫的台湾诗界，面对现代诗空前的"消费"空缺，才转而直面现实，探讨为诗"消肿"，回归简约以求亲近读众，从而开始持续不断地关注和倡扬小诗的创作。1979年由罗青编选的《小诗三百首》（上、下册）尔雅版隆重登场，反响不错。作为小诗运动的一直积极推动者张默，八十年代初，便在《创世纪》诗刊专辟"小诗选专栏"，编发小诗作品，随后又潜心编著了《小诗选读》，1987年仍由尔雅出版社出版，一年内三印，颇受欢迎。1997年，由向明、白灵编选的《可爱小诗选》，再度由尔雅出版社推出，并以"像闪电短而有力，像萤火虫小而晶莹"的标举，引起广泛阅读兴趣。白灵在该书序文中指出："诗之所以为诗，应是深深挖掘，轻轻吐出，所谓'深入浅出'是也，但诗人甚多不明'浅出'不仅是词语之浅近，还应包括字数之节省。雷霆万钧之力常只宜将能量发挥于一瞬，拖沓太久，则早涣散殆尽。不论闪电也罢、萤火也好，其能引人注目，即在于一瞬，因一瞬乃不易把持、易具变化和新鲜之感，因闪烁不定故可引世人之好奇、注目。此即小诗有机会成为新诗大宗之利基。"有"诗魔"之称的洛夫，可谓当代两岸诗界最能于限制中创造语言奇迹的诗人，在多年多方位的创作中，一直醉心小诗，不单将其视为"意象体操"，更作为诗质饱满的"小宇宙"去精心打造，并于1998年出版了《洛夫小诗选》（台湾小报出版馆），成为"现代绝句"的经典展示，也是自有新诗以来，小诗创作的集大成者。洛夫在其题为《小诗之辩》的代序文章中说："……中国古典诗从诗经发展到近体诗的五七言绝律，都是小诗的规格……所以，如说中国诗的传统乃是小诗传统也未尝不可。"进而直言："我认为小诗才是第一义的诗，有其本质上的透明度，但又绝非日常说话的明朗。散文啰啰嗦嗦一大篇，犹不能把事理说得透彻，不如把它交给诗，哪怕只有三五行，便可构造一个晶莹纯净的小宇宙。"

　　基于上述共识和实际性的推动，小诗创作在台湾已逐渐形成传统，也确实有效地改善了现代诗的"生存危机"，且大有成为"新诗大宗"的趋势。为此诗人们还就现代小诗的规格提出各种议案：罗青主张以古典律诗行数的双倍即十六行为最大极限；张默主张以十行为限；洛夫认为十二行较妥；白灵则认为小诗规格与行数无关而与字数有关，提议以百字为限。尽管如此细究，稍嫌牵强，但这种不可为而为之的敬业精神和科学态度，确实令人感佩。

　　反观大陆诗界，对这方面则很少关注，或偶有涉及，也一直未形成热点、拓开局面。这其中，一是长期疏于对现代汉诗的诗体研究，任其"自由"发展；二是一贯漠视阅读境况尤其是非专业性、非研究性阅读境况的反应，自管自地"高视阔步"，或以"生存危机"为"宿命"，不图改善；再就是从心理机制上就瞧不上小诗创作，认为不是正宗，成不了大气候，同时也怕因诗体所限，伤及诗思的展开与诗艺的发挥。确实，小诗看似好写，其实最难，既难工，又难有分量，弄不好就将简约弄成寡淡，将精微弄成轻浅，成为小摆设、小饰物，难以涵纳更深邃、更复杂的现代意识和现代审美情趣。但问题是，一方面我们必须看到，在商业文化的挤迫下，诗已不再能充当现代人精神之号角或灯塔的角色，而很可能只是物化世界之暗夜中的几粒萤火，以微弱而素朴的光亮引发人们对她的重新认知和热爱。另一方面也应该看到，真正优秀的小诗也并非就挑不起"大梁"。这方面的例证很多，如前文所举卞之琳的《断章》，还有艾青的《我爱这土地》就很典型。当代作品中，昌耀的《斯人》，周梦蝶的《刹那》，痖弦的《上校》，余光中的《乡愁》，洛夫的《金龙禅寺》，罗门的《窗》，郑愁予的《错误》，北岛的《迷途》，多多的《从死亡的方向看》，严力的《还给我》，于坚的《避雨的鸟》等，都在百字左右，而尽能于刹那间见终古，在微尘中显大千，象清意沉，骨重神盈，闪电般的照耀后，更有无尽的悬揣意趣令人神往。而女诗人夏宇的《甜蜜的复仇》："把你的影子加点盐/腌起来/风干//老的时候/下酒。"只短短五行十九字，却已写尽爱之沧桑，可谓现代情诗之绝唱！当然一般而言，小诗多以轻灵取胜，但若轻的是一只飞鸟而非一片羽毛，也不失为一种可贵的价值。洛夫的小诗就大多能表现这种妙趣，看似信手拈来，不着经营，实则用心良苦，深得汉诗语言之精义，于方寸之间，熔铸生命关照，时见禅意，又带反讽，妙姿神韵，融古通今，极具形式美感，又充满现代意识，让人对小诗不敢轻视。

五

　　就诗学研究而言，试图提出一个新问题，是个诱惑，而试图解决这个新问题，则不免是个陷阱。因而必须指出的是，上文对小诗的强调，绝非要设计一条什么新的出路，而只在提示，经由对小诗创作的重视，或可改善某些困境，弥补某些缺失。至少，其一：可以增强我们的诗体意识，不至过于散漫无羁，变得没了根本；其二：为越写越长越松散的现代汉诗"消肿"，重新找回并确立汉诗诗语简约、精微的本质特性；其三：拿小诗来"练功"，提高语言的控制能力和表现强度，补充一点"基本功"，以求心里有底，笔下有数（小诗很难"掺水"作假，得见真功夫，而当代诗人比起许多前辈诗人而言，语言功底和艺术修养确实逊色太多）；其四：以小诗"闪电"与"萤火"的艺术魅力，或可在非专业性、欣赏性阅读层面亲近读者，"收复失地"，进而增进与扩展现代人对诗的关注与热爱。

　　当然，对于多年为"移步换形"、变动不居所困扰的现代汉诗来说，仅借小诗作收摄，以简约为旨归，难免有些褊狭或将问题简单化。或许，以变动不居、混乱杂交的语言和体式，来表现变动不居、混乱杂交的现代精神，正是这时代的必然选择亦即无法脱身他去的创作机制？而寻求"变"中之"常"，又是否会伤及刚刚获得的多样性与差异性，使其还包含着更多没有开发而需要更长时间来实现其可能的潜在资源，受到不必要的限制？

但我依然想说的是：越是变化最剧烈的时代，越是要保持住自我的存在——我们已迷失太久，是该找回我们借以安身立命的现代汉诗之精神指纹和语言归所的时候了。而上述的思考，也只在提示：这可能不是一个必要的"出路"，却不妨是一个"出口"。

2001 年 11 月

关于"字思维"与
现代汉诗的几点断想

一、沉着与优雅

"字思维与中国现代诗学"的讨论，已在《诗探索》持续了六七年之久，显示了一种别具沉着而优雅的学术风格，令人心仪！

长期以来，我们一方面过多纠缠于诸如"时代"、"社会"、"思潮"、"主义"、"运动"以及"现代化"等等一类空壳大词，难得于具体的诗学问题上深入思考、做点细活；另一方面，又很快陷入急剧膨胀而高速运转的学术产业之困扰中，计较投入与产出，流于量化和规模，以至于学术话语泛滥而学术思想空泛，更难说对诗歌创作的现实有何影响。而中国新诗至今未能摆脱的尴尬处境是：若抽去由新诗这种轻便载体所传递和高扬的现代人寻求真理、追求光明、针砭现实、呼唤未来和慰藉人生的所谓新启蒙与新思想之光芒后，仅就其艺术特质和文体意识而言，确实难以说出多少辉煌之处，乃至至今仍在讨论关于诗歌标准这样的基本问题。社会和历史条件是造成这种结果的部分原因，诗歌自身的创作和理论与批评，一直忙于赶路而疏于收摄与整合"有益于属于诗这种共同文体"（T. S. 艾略特 Thomas Stearns Eliot 语）的要素与特质，任其移步换形、变动不居，则是更主要的原因。

反观其他文学艺术门类：小说不管怎么变着"说"，其基本的美学元素和文体风范，却是一直持有一些可通约的说法的，是以小说理论与批评长期活跃繁荣，且时有理论与创作共谋的佳绩，不像诗歌评论总是跟在创作后面跑；中国画几度被新潮批评判为死刑，实际上却越活越自在、越风采，追根寻源，并非求新求变一条道走到黑，而是对其本质要素"笔、墨、意、韵"的有机挽留与不断开掘，根系本味，枝发当代，方死里逃生而生生不息；尤其是书法，按说是最难存活于现代化语境中的旧物事，今日却成了传统艺术中最为昌盛发达的一脉，以至成为显学。这其中，除了书法艺术比其他传统艺术拥有更广泛深厚的民间基础，不易为主流文化与时尚所左右外，中国书法与汉字的血缘关系一直亲密无间，也决定了书法与大众文化心理与审美情趣的天然亲和性，不至于枯竭或式微于高阁文化之殿堂中，并成为中国人最悠久也最牢固的一个传统，即或在电脑时代也不减弱，实在是个奇迹。

因此，当画家石虎先生走进诗界对我们说："诗是在缔造语言中超越语言的。一首诗写出了一个新思想、一种新观点，可是在语言文字的运用上却毫无特色，索然寡味，那么它所表达的思想、观点再'新'，也很难说与诗有多大关系。很遗憾这恰恰是我读许多'现代诗'的感觉。"① 这番话，以及整个"字思维"诗学观念的提出，确实是对诗歌界的一个特别的开启，使我们回

---

① 石虎：《当此关口：并非仅仅关于诗的对话》，《字思维与中国现代诗学》（谢冕、吴思敬主编），天津社会科学出版社 2002 年版，第 8 页。

返汉诗语言的根性上去找问题、谈问题，而不再是赶潮趋流式的空热闹，或学术产业式的话语空转。

二、移洋开新与汲古润今

新诗是移洋开新的产物，且一直张扬着不断革命的态势，至今没有一个基本稳定的诗美元素体系及竞写规则，变数太多而任运不拘，"滚动的石头不生苔"。当然，我们始终没忘记强调"两源潜沉"，但实际的情况却总是偏重于西方一源，自我异化和边缘化，所谓"资源共享"，依然是西方主导的叙事。

由此形成了三度背离或转型（相对于汉诗语言的根性和古典诗质而言）：

其一，对字、词之汉诗诗性思维基点的背离。即由汉诗传统中以字构（炼字）、句构（炼句）为重转为以篇构为重，忽略"字斟句酌"之功，缺乏"诗眼"的朗照，以至脸大眼小，面目模糊，难得眉清目秀之美；

其二，对汉诗语言造型性审美风范的背离。即由"诗赋欲丽"（曹丕·《典论·论文》）转为指事究理，视语言为工具、为载体，唯言志载道是问，重意义价值而轻审美价值，导致普遍的粗鄙化和愈演愈烈的散文化；

其三，对自然的背离。这里的"自然"，包括"天人合一"的自然观和神性生命意识。即由寄情山水、师法自然转为忘情都市、追慕现代化，由诗美之审转为诗智之审，引进戏剧性、小说企图等叙事策略，虽极大地拓展了现代诗的表现域度，也难免淡远了汉诗语言的某些审美特性和精神质素，重于时代/社会之维而轻于时间/自然之维，变"家园"的追寻为"漂泊"的认领，虽影响于当下，却难潜沉于未来，大多则变成了即时消费的物事。

以上三点，其一、其二属于新诗急剧变革与拓展中难以求全

而致忽略的问题，本可避免。其三则是整个社会形态和文化生态
的巨大变故，所必然产生的结果，无可厚非。同时应该看到，正
是有了这三度背离与转型，新诗尤其是晚近的现代汉诗，也为我
们创造了不少有别于古典传统的新的财富，如：a. 抗争的意绪；
b. 激越的精神；c. 人文批判的立场；d. 与世界文学和人类意
识接轨的意识；e. 现代意识和现代审美情趣。这些"财富"，虽
大多仍偏于意义价值，但一个无法回避的关键问题是：是现代汉
语造就了现代中国人，且经由长期的西方式教育体式和文化模式
的驯养与渗化，已彻底改变了现代中国人看世界的眼光，作为这
一现代化进程中的一部分，新诗有无可能脱逸于整体的拘束，或
干脆转换承载现代意识和现代审美的功能，拓殖另一种出路？这
里显然存在着一个悖论：一方面，因了汉字的特殊指纹，中国诗
歌（或许可扩展为整个中国文化）应该是最有条件成为全球区别
于西方文化的特殊一元的，不应该沦为所谓全球一体化的附庸；
另一方面，以移植为本，以新民、兴国、启蒙、救亡为发轫之根
的中国新诗，百年奋进，与时代血肉相连，形成了无法抽身他去
的语言处境和必须认同的历史境遇，又如何脱"现代之身"而还
"母体之魂"？

　　由此可见，生于"移洋开新"的中国新诗，要重新归宗认
祖，强化其母语指纹，也只能是"汲古润今"，而不能作二度移
植，连根移到祖宗后院里去。该强调的是"两源潜沉"，不能变
成由一头沉再换为另一头沉。汲古是为了润今，特质之润，技艺
之润，本体还是今而非古。因此我认为，有关"字思维与中国现
代诗学"的讨论，还是要落在汲古润今这个点上，在技艺的层面
而非本体的层面谈问题，以防伤筋动骨。于此，我特别赞同唐晓
渡的看法："必须避免一个思维方式上的陷阱，就是长期以来一
直困扰着思想文化界的现代/传统、东方/西方之间的二元对立。
应从'之间'跳到'之上'。这意味着既重返创造的源头，又抓
住新的创造契机。落实到诗上，就是汉语诗歌之成为汉语诗歌的

所在，以及它如何存在这样一种双重的追问。在这个意义上，我高度评价石虎先生提出的'字思维'概念，同时希望它不至于被阐释为一个过于拘泥和狭隘的概念。"①

三、水晶与积木

汉字是珠贝，不是链条。

汉诗语言的内在机制有如水晶的生成，而非积木式的配置。水晶自主、自明，靠自身发光；按图拼接的积木，一旦拆开后就什么也不是，它是靠逻辑结构而存活的语言组织形态。

这大概是汉诗与西诗在技艺层面的根本分歧。是以汉诗思维多以字、词为基点，遇字引象，由词而句构而篇构，如石虎先生所言："胸中并无成竹"，乃"无中生有，象来不期而至，象来不期而果。"② 故古典汉诗多有警句亮眼、诗眼惊心；现代汉诗也有核心诗语的存在——它既是一首好诗中的高光点、核心和关节，自明自足而又照耀与支撑整体，而将其单独抽离出来看，依然如水晶般独成诗意，不依赖篇构之力。这样一种生成过程和语言机制，凡在汉诗创作中潜沉既久者，大概都有切身的体悟或意外的惊喜。

水晶是造型性的，积木是结构性的。水晶式的诗思，"小处敏感，大处茫然"（借用卞之琳句），"非逻辑之知构之物"③；积木式的诗思，则可谓大处清楚，小处茫然，缺乏语言肌理的妙趣，是以散文化。

---

① 　唐晓渡：《当此关口：关非仅仅关于诗的对话》，《字思维与中国现代诗学》（谢冕、吴思敬主编），天津社会科学出版社2002年版，第5页。

② 　石虎：《神觉篇》，《字思维与中国现代诗学》（谢冕、吴思敬主编），天津社会科学出版社2002年版，第15页。

③ 　同上书，第16页。

现代汉诗由审美／载道之维向审智／问道之维转型后，着重力于指事、究理，强调知性与理趣，是以其语言组织形态多以篇构为重，忽视字构、词构及句构功能，造成有意义而无意味、有诗形而无诗性，且体态臃肿，眉目不清，缺少肌理感，确实是一个积之已久的弊端。诗毕竟是诗，是有律动感与造型性审美趣味的语言艺术，汉诗尤其如此。试想，当所谓现代意识已逐渐经由大众传媒化为当代人共有的普及性意识，而所谓现代审美情趣已为其他艺术、亚艺术所能承载与传播时，我们的现代诗还有多少"诗味"能赖以立身和凭恃呢？今天的中国人，无论老少，仍不少喜爱古典诗词者，绝非仅仅是聊以舒解点怀旧思古之幽情，而就是真心喜爱那一种"诗味"，感受一种特别的语言亲和性。正是在这里，石虎先生破空提出"字思维"之说，并将其提升到有关汉诗本质的高度来认识，确有"一语惊醒梦中人"之功。我们有一坛窖藏已久的老酒，却一直沉溺于即时饮料的狂饮之中。对现代汉语的过于信赖，和对古典诗质的长久淡远，确实使我们在逐渐失去汉字与汉诗语言的某些根本的特性，变得越来越陌生。如何在现代性诉求与汉诗诗语之本质的发扬之间，寻找到一些可以连接的相切点，以拥有新的主动和自信，是"字思维与中国现代诗学"的讨论所开启的最关键的命题。

实则在当代汉诗创作界，并不乏这样探求的实例。十年前台湾诗人洛夫就"玩"过一次绝活，突发奇想，以一年多的工夫创作了一批"隐题诗"，并结集出版。[①] 洛夫的隐题诗整体而言，虽不免有些牵强，未臻完善，属实验之作，但其出发点颇有同"字思维"相合之处，即意欲回到汉字的本质属性挖掘新的诗美质素。所谓"隐题诗"，即以诗题中的每个字，依序作为诗篇中每行诗开头的一字，以此强行作为句构的触发点，展开诗思，还须自然浑成，不失篇构之统一与完整。而被用来拆解的诗题本

---

① 　洛夫：《隐题诗》，台湾尔雅出版社1993年版。

身，也须是一首独立完整的小诗，即由一首诗的字符字象，引发、衍生、增殖、转换成为另一首诗，且二者之间没有意旨上的必然联系。这种实验的关键处，正与石虎先生"字思维"的某些想法不谋而合：不是先有构思而后按图搭积木，而是被动受字，以字动思，随缘就遇，无中生有。如此处处受制而处处生变，由解构而重构而变构，充满偶然性，从而有效遏止了语言的逻辑关系，不至写得太顺溜而复制自我或复制他者，得奇遇，生张力，且极具造型意味。这种唯有汉字汉诗才可能生发的文本实验，以及通过其成功之作所证明并不失现代意识和现代审美的承载，无疑说明汉字与汉诗诗语的潜质，确实还有许多可挖掘可再造之处，并非就不能融于现代性的诉求。遗憾的是，因为各种原因，洛夫创生的这一新诗型及其潜藏的诗学价值，未能得以更深广的研究，今天以石虎先生"字思维"作参照再去看，实在不失为一次超越性的文本实验，值得我们再作借鉴。

四、材质与品质

有如建筑的材料决定建筑的品质，诗的品质取决于诗语的基质。

一般人都知道，用石头、木头、竹子和布一类材料做的东西，和用水泥、塑料、钢铁和玻璃、马赛克一类材料做的东西，味道总是不一样。前一类材料即所谓传统材料，即使不进入建筑结构，我们也可单独欣赏它，它天生本然的肌理、纹路、质感和韵味，使我们忍不住想去亲近它、抚摸它。后一类材料即所谓现代材料，则只能在整体的建筑结构中得以展示它的风采，否则只能是一堆"死"的东西，我们不可能去欣赏一袋水泥或抚摸一块马赛克，因为在这样的接触中，我们得不到任何东西。显然，前者是活的语言，后者是死的符号——尽管，在现代社会中，我们已离前者越来越疏远，而越来越倚重于后者的存在。

正是在这里，我理解到石虎先生提出"字思维"的出发点。"汉字有道"，法自然，存诗意，涵美感，发神思，是如同石头、木头、竹子和布一样的"活语言"，一种在急剧现代化过程中，没有完全"死去"并期待着重新认领的"传统材料"。这种"认领"在中国书法、中国水墨等艺术领域中，一直得以高度重视与呵护，是以一再"死里逃生"并不断拓展其领地和影响。但在新诗这里，却一直是个问题。完全认同于"现代材料"的拿来就用，忽视或干脆放弃对"传统材料"的有机合成，且按照别人的图纸造了我们的房子，虽早已住惯了，但总脱不了或词不达意、或言不由衷的困惑，常有"生活在别处"的迷乱。当然，必须指出的是，说"材料"的"现代"或"传统"，绝不是说孰对孰错以及由此判别品质的高低，而只是强调"味道"的不同。材料变了，味道也就变了，而"味道"看似小事，实则是关乎"心性"的大问题。无论就研究性、专业性阅读而言，还是就欣赏性、非专业性阅读而言，新诗八十余载，虽有创世之功、造山之业，但具体到阅读，总有诗多好的少的遗憾，读来有意思（意义、思想之意思）没味道，或者说是没了汉语诗质的味道，难以与民族心性相通合，这大概是大家公认的一个问题。

然而，要解决这个问题又谈何容易？如前所言，现代汉语已造就了现代中国人，至少在年轻一代中国人那里，其实连心性也早已大变了，只认"在路上"的爽快和"酷"，不再作"回家"的打算，他们要的就是这一种没味道（传统味道）的"味道"。因此，"字思维"的提出，只是从语言基质的角度，指出了新诗问题的所在，让我们相信"汉语诗歌内部同样存在着巨大的变革空间"。① 而如何将这种"变革"的可能性付诸现实，则仍将是一个极为漫长而艰难的过程。

---

① 石虎：《当此关口：并非仅仅关于诗的对话》，《字思维与中国现代诗学》（谢冕、吴思敬主编），天津社会科学出版社2002年版，第10页。

五、可能与局限

在经由百年来覆盖式的现代化注塑之后，我们陷入了双重的现代性焦虑：既怕失去世界，又怕失去自己——失去世界的自己是孤弱的，失去自己的世界是迷惘的。

当此关口，我们必须重新认识世界，我们必须重新找回自己。

而诗的本质是对世界的改写——经由语言的改写，逃离普遍化词语的追赶，跳脱体制化语境的拘押，在时尚的背面，在公共的缝隙，写一行黑头发的中国诗，索回向来的灵魂、本来的自我！

使一切发生混乱的根本原因在于语言。于是我们回到汉字来重新思考世界，思考诗。以此来改变我们的处境——不是改回去，也不是改到别处、他者那里去，而是改归汉字的、汉语的、中国的，超越了传统、现代以及未来而将其整合为一的。

由此，从现象的梳理到命题的创立，"字思维"开启了一个具有普遍意义并涉及多种学科的新视角。这一视角虽很难聚焦，且有很大的分延性和歧义性，但也因此而充满诱惑，提供各种可能的出口。

具体到现代汉诗，应该说，石虎先生的"字思维"说，对诸如新古典一路诗风，是具有现实的启示意义的。这路诗风所凭恃的隐喻系统、想象世界和抒情维度，仍与汉语文学传统本体保持着血缘亲情，故可以以"字思维"为新的参照，更加深入地探究作为汉语诗性与诗意的源泉之汉字根性，在现代语境中的再造与变构。但就作为现代汉诗之主流路向即现代主义一路诗风而言，"字思维"之说，恐怕就真的如石虎先生所自认的："完全可能是一个浪漫的'语言乌托邦'"①，很难发生实际的作用。这路诗风大体已由口语替代了书面语，或由叙事性语式替换了抒情性语式，且注重于指事、究理的审智功能，疏离乃至放逐取象（意象）、立意（意境）的审美维度，讲究谋篇，不求字、词之功，"视语体的欧化为先锋的标记"（郑敏语），并已形成一套行之有效的语言机制，于此谈"字思维"，无异缘木求鱼，隔膜得很，也只是提个醒而已。

实际上，冷静下来看，石虎先生的"字思维"说，包括其半文半白的那种说法，确实存在着"背离现代人的生存语境和现代诗的艰难探索"②的嫌疑，尤其初读时，颇有隔世之感。新诗毕竟还年少，该给他一个伸胳膊伸腿自由成长的时期，过早的局限或修正，难免会遏止其多样的可能性。不管其艺术形式上有多少缺陷，新诗还是负载了百年现代中国人，尤其是中国知识分子最真实的言说和最自由的呼吸，当然，也同时埋伏了背离汉语诗性本根和民族审美特性的危机。问题是，我们该在何种时空和语境下，来指认与解决这种危机？"回家"是必须的，我们离家出走得太久，以至已认这种"出走"为新的生存居所而不再有乡愁的烦恼，以至于让我们感到所谓"回家"竟有点"出家"的味道——而对大多数中国人而言，或就整个当代中国文化境遇而言，与现代化以及全球一体化的"热恋"，似乎才刚刚"入境"，又何谈"出家"呢？

显然，"字思维"在当下的提出，颇有点"不合时宜"的困窘：它是前瞻的，又是后退的；它是传统的，又是先锋的——一个充满悖论的命题，从局限中触发可能——而这，不正是现代诗

① 石虎：《当此关口：并非仅仅关于诗的对话》，《字思维与中国现代诗学》（谢冕、吴思敬主编），天津社会科学出版社2002年版，第8页。

② 高秀芹：《"字思维"与现代诗歌语境》，《字思维与中国现代诗学》（谢冕、吴思敬主编），天津社会科学出版社2002年版，第114页。

的内在机枢之所在吗?

　　或许,正是这种"不合时宜",让我们提前触及被这时代遮埋已久的一些命题,而每个世纪总要带来一些不同的东西,需要保持的只是:沉着而优雅的姿态,以及本质地行走。

2002 年 8 月

现代汉诗杂记

读瞿小松《音乐杂记》共鸣

2004 年《读书》第 1 期，刊出瞿小松《音乐杂记》一文，初读之下，如闻天籁，脑海中翻翻滚滚，涌动许多感想。我不懂音乐，所治专业为现代汉诗理论与批评，似乎两不相干。可小松的文章，却让我多年思考中的一些现代诗学问题，豁然间有了明晰的理路，遂比照其体例，仿写一篇《现代汉诗杂记》，以作共鸣，并求证于方家。

一

小松言："听古琴曲《幽兰》，每一音皆如完整独立的生命，平等于万物，自在于天地，音间的静默暗示万物之虚空。"

古今好诗也是如此，尤其汉语诗歌，每一语词皆有其完整独立的生命，非依赖于结构而存活。是以古诗中有诗眼，有集句；现代汉诗中有我称之为"核心诗语"的东西。它们都是一首诗中的"眸子"，自明自足，既照亮其他部分，又可以脱离于原诗而抽离出来也足以独立欣赏。诗人一生的心血，都在为寻找与创造这样的"眸子"作努力。所以说，诗不靠诗的结构而成为诗，诗靠诗的语言而成为诗，靠语言的肌理、味道所生发的诗意、诗趣而成为诗。结构属于散文的作法，有如搭积木；诗是水晶之物，是水晶的串连与集合。水晶打碎仍是水晶，积木推倒则一无所是。

讲结构则必讲逻辑，而诗的要义首在反逻辑、超语义。诗是日常生命中保持沉默的那一部分，是为面具人格所日常遮蔽的本真自然的那一部分。切断语言的逻辑链条，便是切断我们与世界的逻辑链条，亦即经由对语言的改写，来改写我们同世界的关系——在这种改写中，"七窍"死，"混沌"开，"含容万物之虚空"，开我生命之本初。

诗者，"私"也——在公共话语的背面，在体制人格的裂隙，演奏一段无主题、无逻辑的乐音，且自明，且自足，且自在。

二

小松言："听印度古典音乐，琴声如轻烟空中飘浮，松弛宽容，无所拒无所取。"

是"烟"就好，不必加一"轻"字。

汉语有"往事如烟"一词。诗说到底，就其发生而言，皆是一种"忆"——回忆、浮想、追思、向往，皆属于"忆"的意涵。故诗也该"如烟"才是。古诗"大漠孤烟直"一句，改解为诗歌美学理念，最是到位。"大漠"者，物质之漠、欲望之漠、世俗之漠、精神荒寒之漠，而一烟孤直者，诗也。

"如烟"，则"松弛"，则"宽容"。诗既是人松弛状态下的言说，也是松弛性的言说。诗不能紧，一紧就僵硬。新诗又称"自由诗"，不松弛何来自由？所谓"愤怒出诗人"，大概出得只是几句警句、格言、壮语，一时发聋振聩，与真正的诗境无涉。好像连鲁迅也曾反思说：峻急难成佳作。真正诗的意境总是松弛的，有极大的"宽容"性，亦即有充满歧义性的联想地带。诗是开启，是邀约，而非强行给予。诗不在于已说出的那些语词，而在已说出的语词所引发的那些言不尽意、未说出的部分，在语言之外沉默的部分。没有这一部分的存在，松弛而宽容的"空"与"无"的部分的存在，诗只能是即活即死。

这一诗美本质，在古典汉诗中是如影随形地存在着。到了现代汉诗，尤其是当代新诗创作中，则日趋稀薄。化简为繁，化清为浊，化松弛为紧张，想说的太多，越多越无"宽容"性。追根寻源，在于当代诗人心理机制的病变：端起架子写诗，摆起姿态做诗人，了无"松弛"，何来"宽"与"容"？今日诗坛有如战场，功利迫抑下，成名诗人紧张，未成名诗人更紧张，实则是针尖上的角斗，自个做自个的敌人。诗多好的少，诗人多好诗人少，量的堆积，野草的疯长，大都成了一时过客、一次性消费的物事。当今中国诗歌界，真该大力提倡一种优雅的诗歌精神才是。

"如烟"之美，美在烟之外；

"自由"之诗，诗在"松弛宽容"，"无所拒无所取"。

三

小松言："西方自文艺复兴以降的作曲家们的音乐，有清晰的起始，有动力的展开，有编织推进的高潮，有平息之后明确的终结。时间是一条目标清楚、方向确定的线，是一支离弦之箭，射将出去便顾不了左右，一往直前冲向终点。构建的基点则是由几个音组成的动机，时间分寸微以寸记，而音们则是结构的奴仆。"

新诗的美学问题也正在这里。

新诗受舶来之影响，重结构，轻语词；重意旨（思想、内涵、志、道），轻意境（肌理、韵味、体、身），一弊百年，百年求新不求诗。

其实汉诗语言与西诗语言有根本的不同。

　　汉语的造句，本就是"积词组而成句"（郭绍虞语），没头没脑，共时交错，"藕断丝连"，重"道"（意会之道）不重"器"（逻辑结构之器）。古典汉诗遵从这一以词积句的本质特性，讲词构、句构（炼字、炼句），再求谋篇（炼意）。尽管也有四言、五言、七言、词、曲及格律诸制，但那仅是一个外形，形内的字词依然是独立存活的，且活色生香，自明自足，是主人不是仆人。①

　　新诗引进西语之逻辑语法、文法，过于讲求因承结构，不得已而先求篇构，再求词构、字构，只要谋篇有成，谋不谋词、字便成次要。今日又迫于求更新的"新"，复引进"叙事性"、"口语化"、"小说企图"、"戏剧因素"等等，实则都在谋篇上下工夫，以补因词构、句构的缺乏所导致的语言肌理的不足。如此看似扩展了新诗的表现域度，但却再度将语词深陷于结构的拘役，不得独立自明，是以滞而板、呆而木、繁冗而散漫，背离了诗美的本质属性。都说新诗有意思没味道，其根本原因，概源于此。

　　而于艺术，"味道"乃至关重要的品质属性。譬如人间烟火，无非衣食住行，却因地域、民族、文化源流的不同，万千差异，皆差异在"味道"不同。失了汉诗语言的"味道"，便是失了汉诗的根性与指纹；根性不同，何来诗运长久？指纹模糊，怎得安身立命？

　　新诗是一次伟大的创生。是新诗让中国现、当代诗人找到了表现中国人自己的现代感的言说方式。但这种言说要成为一门成熟的艺术，恐怕还得走很长一段路。

　　关键在于，如何走出"他者"的投影，重新认领"自我"的根性，从而不再重复"见到作品却听不到音乐"（小松语）的遗憾。

----

　　①　转引自申小龙著《汉语与中国文化》，复旦大学出版社 2003 年版，第 154—155 页。

四

　　小松在谈到听一弹三昧线的日本女子演习"声明颂经"的感受时，指认其吟咏中："每一音都如完整的生命在时间中展延生灭，不同的音是不同的生灵，并不承担'整体结构'的责任，漫长的音间却有其自然的因缘，而托底的则是绵长沉缓的吐纳。"

　　诗亦该如此。尤其汉语诗歌，字词自明自在自鲜活，不必承担"整体结构"的责任。即或共存一诗中，也只是如不同的友人共处于一"沙龙"式的"派对"中，不存在为单一的音旨而委屈自己的要求。

　　新诗看似散、松、弛，其实紧、滞、实，难得呼吸，无内敛之故。即缺少小松讲的"间"，字词外的空间，供读者联想的空间，被结构锁闭了，没有供吐纳的"间"。所谓太想有为而致无，无为反生有，"有"在"间"中。小松在文中一直强调音乐中要有"呼吸"。"呼吸"何来，概有"间"存焉。

　　由"间"想到"简"，并推及"洗练"。

　　"炼"者，精炼，简约，以一当十。这是作诗的基本功，也是诗美的底线。

　　要"炼"，则必得"洗"。洗是减法，古诗深得此要义，惜墨如金，由四言到七言，竟小心地走了一千多年，为的是守住那个减法，不敢轻易去加之。新诗用的是加法，思维上是发散的、外张的，语词上是累积的、叠加的，生怕说不够，看似丰富，内里却已空泛。

　　洗尽铅华，方见本质。本质弱化或遮没了，外在怎么折腾，也支撑不起真正的诗美。

　　美要"呼吸"——于诗，于音乐，于一切艺术，都是一个绝妙的提醒。

五

小松言："于德奥系统的西式作曲家，单独的音，并非独立的存在，它的意义在于其在结构中的位置。类似于西方古典油画，单笔无有独立意义。而中国古典水墨，南宋的梁楷，元代的吴缜，尤其是明末清初的朱耷，一笔细含大千，数笔立见天地。"

这里还是在讲中西语言本质的不同，即结构性语言与非结构语言的差异。汉语古诗中有一些很可说明这一问题的例子——

例 1：大漠孤烟直

一句诗，从原诗结构中抽离出来，依然可视为一首诗，有独立的意义，如日本的俳句，可改排为：

大漠
孤烟
直

怎么排，这一句诗都是可独立存在的一首诗。甚至可以倒过来看，同样成立——

直烟孤漠大

分行排列可为：

直烟
孤漠
大

与原诗句意境不差，还另有一些意味和情趣。当然，这不是一个普遍现象，但也足以说明一些问题。一句诗，不依存于原诗结构而存活，有独立的生命，而这句诗中的词（字），居然同样不依赖于原诗句的结构而存活，分离出来后，也还有自己独立的生命，是以可重新任意组合，这在西方诗歌中是难以想象的。

例2：孤帆远影碧空尽

分行排：

> 孤帆
> 远影
> 碧空尽

倒装排：

> 尽空
> 碧影
> 远帆孤

甚至比原句的诗味还要浓，还要有特别的意境。这就如同中国水墨，其笔兴墨韵是可以脱离所书文字所写景物来单独欣赏的，因其"一笔"之中，已"细含大千"矣。

六

小松言，音乐"起脚的地方，恰巧是语言的尽头"。此话极妙。

那么诗呢？是否"恰巧"是语言的起始？

新诗是一个新的起始。是现代汉语造就了现代中国人，我们只能用它来言说我们的"现代",舍此无路可逃。问题是,这个"新的起始"是以断裂与革命的方式得来,而非以修正与改良的方式衍生,其立足处,是否就根基不稳?

语言是存在的家。我们照"他者"的图纸造了"自我"的家,住了一百年,似乎已住惯了。无传统成了最大的传统,无风格成为最后的风格,再经由教育注塑、驯养对位,早就"反将他乡作故乡"了。只是独静处时,总时有词不达意、言不由衷、"生活在别处"的憾意,复生新的"文化乡愁"——尤其在那些被称之为"种族的触角"(庞德 Ezra Pound 语)和最先醒过来的人们,即诗人与艺术家们那里,这一缕"乡愁",更是一炷心香而复灭复燃。

诗人的生命形态与一般人的生命形态的不同,首先在于他是一个从体制人形壳中跳脱出来,重新归属自我的人,具有不可重复、不可替代的精神个性,生活在自己选择的精神王国中,亦即不再生活于他者的思想模式、概念范畴以及种种意识形态掌控中的人,具有自由独立人格的人。这种"掌控",既包括本土,也包括外来;既包括传统,也包括现代。

诗,站在语言的起始处,方成为有命名性、原创性的言说;

诗人,站在历史的起始处,预先领略了未来,又重新发现了现实,方说出别人说不出来的"说"。

而艺术之神,最终总是青睐那些在所谓"历史进程"中敢于原在的人!

两源潜沉,我们大多只沉溺于"现代";

多元开放,我们已习惯于只盯着"西方"。

看来还需要二度"出家"或应称之为"回家"?

——回到现代诗的话题,最终想说的是:在现代性的诉求与汉语诗性本根与民族审美特性的发扬之间,是否可以也应该有一个相切与通合的地带,以供养"我的中国心"。

到了还是"心"的问题。

"好音乐发于心，达于心"。

诗当然亦如此。

复又想起当年钱穆先生那段警世之言："古人生事简，外面侵扰少，故其心易简易纯，其感人亦深亦厚，而其达之文者，乃能历百世而犹新。后人生事繁，外面之侵扰多，斯其心亦乱亦杂，其感人亦浮亦浅。"

"素心人"（钱钟书语）要"素心地"养，而今"人地两生"（夹生之生），何来好诗好音乐呢？

也只能是一时受小松之"杂记"点化，发发议论而已。

2004 年 4 月

为诗消肿

· 这些年的海内外现代汉诗，我读得不算少了，总体印象是诗多好的少，一看就忘了，遗憾多于惊喜。究其因，一是诗人们写得太随意，缺乏文体意识；二是语言不讲究，写得太水，太散文化。说"诗是语言的艺术"，大家都知道，其实等于没说，因为所有文学都是语言的艺术。应该进一步强调：诗是有控制的、有造型意味的语言艺术。控制感加造型性，才是诗歌语言的特质与底线。尤其对新诗而言，除分行之外，语言的简洁、精警、以少胜多，才是其区别于其他文体的根本属性。诗是闪电，是萤火，以它瞬间的惊异与辉耀，照亮物质的暗夜，引发精神的震颤，延展惊鸿一瞥后的无尽暗涵。从审美效应上看，诗更像雕塑，以最小限度的语言空间，引发和拓展最大限度的文本外张力，是一种开启、引领、邀约，而非完整地给予。因此，诗最忌在文本内把话说尽，把意思说明，讲究的是以一当十，言简意赅，少铺陈，不繁冗，以有限浓缩无限。

　　所以从古到今，就一般阅读层面即纯欣赏性而非研究性阅读而言，长诗总没有短诗讨人喜好，长留于人们阅读记忆中的，大都还是精短有味的作品。窃以为，也只有在小诗、短诗创作上，才能见出诗人语言才能的真工夫，比较出诗质的分量。把诗写得更精炼些，把长诗写成短诗，把短诗写成"现代绝句"，省了别人的时间，也省了自己的力气，何乐而不为呢？可这些年的新诗创作，颇有些背道而驰的倾向，无论是先锋性的，还是常态性的，包括许多优秀诗人，都失去了应有的控制感，更缺乏语言造型意识，散漫无羁，雾化膨化叙事化，长且啰嗦着。开始，好像还有点开掘诗歌表现领域、以图求新的可能性的正面效应，后来就越来越得不偿失了，让人读着不免生累，于是喊出了"为诗消肿"的口号。作为老字号的"读诗专业户"，我十分倾心这个口号，乃至成了心病，见诗就首先想能不能将其再改短改小一些，少点水分。其实好诗除少量天成自然"生"出来的外，大部分是反复推敲几个来回"改"出来的，写诗的人都有这种经验。我非诗歌编辑，无权随便改别人的诗，便常在阅读中拿熟悉的诗友的作品"开涮"，以验证自己的"诗学理念"。这样做本有些犯忌，自己生不出好孩子，拿别人的孩子论短长，是否心理机制有问题？好在出发点是为诗把脉，无涉个人声誉，虽未征求作者本人意见，但也非盗版剽窃，想来是可以谅解的。

　　先举一例。

　　新近读到严力的一首近作，题目为《回家了》。原作抄录如下：

　　　　回家了
　　　　他把肩膀脱下来放进衣橱
　　　　松弛下来的弹簧
　　　　陷入自己的沙发
　　　　回家了

把与枕头失散多年的梦
还给睡眼
回家了
脸上的僵局不得不被打破
微笑从眼角奔向下巴
又奔回眼角
回家了
虽然茧子还在奔波的脚上
余音未消
但已转换成回味的咏叹调
回家了终于回家了
他看到所有的家具
比猫还会撒娇

　　严力的诗，以语感取胜，于幽默与谐趣方面，别开生面，极为老到，其代表作《还给我》至今是此一路中的上品。这首《回家了》，仍可见宝刀未老，尤其开篇和结尾的两个意象，极见"严家"风采，也是本诗的诗眼。只是中间部分铺陈多了些，也未有再超过诗眼的精彩处，反显得沙子遮埋了珍珠。其实读第一遍，就觉得此诗有开头结尾四句就够味了，不违主题，也不失分量，还更有表现强度和回味之处。再反复琢磨，遂妄改之为这样的《回家了》：

回家了
他把肩膀脱下来放进衣橱
转过身——
他看到所有的家具
比猫还会撒娇

这样改，只是将"叙述"改成了"写意"，"中景"改成了"特写"，短诗改成了绝句，还谈不上"消肿"，因为原诗并不臃肿，且从结构上说也有它的合理性，二者都应成立，不过是一首诗变成了另一首诗，但其中的差别似乎还是颇有意味的，不妨留给读者去讨论吧。

再举一例，是属为"消肿"而改的。原诗为李汉荣的《李白晚年对镜》，系李汉荣新近出版的诗集《想象李白》中的一首。原作抄录如下：

一

想象我会在镜子里走失
在虚幻的深处
到达另一片沧海

二

走很远很远的路
只为了最终返回来
看看自己老去的
脸
地老天荒，一方铜镜
消磨了
古今多少过客

三

青山、白云也挤进镜子
构成此刻的布景
一只鸟飞过镜面
镜子深处

有羽毛和风摩擦的声音
一只苍蝇索性蹲在镜的中央
打量我，同时用复眼
打量它的倒影
海啊，要挥霍多少沧浪
才把我和这众多事物
运送到
同一个渡口？

四

青丝和白发
叹息和微笑
掉落在镜台上
强大的王朝
美人的脸
一转身，都从镜中
消失
永不生锈也永不被人占有的月光
是镜台上
唯一的
遗物

汉荣是我多年深交的诗友，知其恪守传统抒情诗一路，以过人的想象力和真情实感以及独自深入的现实意识，在潮流的背面拓殖一片虽不先锋却也品质不凡的个人天地，有《河边》、《草帽》二诗入选谢冕、钱理群主编的《百年中国文学经典》。汉荣的问题是语言意识不够强，缺少原创性的打造，着力于主题开掘，但在怎样写上下工夫不够，是以作品质量参差不齐。这首《李白晚年对镜》，立意很深，一、二、三节中都不乏令人惊异的意象，但整体上写散了，说多了，过犹不及。尤其第四节纯属说理，且是见惯说熟了的理，遂成为赘语，其浮肿之病是很明显的。但这首诗的基质不错，完全可以删改为一首佳作，读来读去，思来想去，便让我重新拼贴为下面的样子：

> 走很远很远的路
> 只为了最终返回来
> 看看自己老去的
> 脸
>
> 地老天荒，一方铜镜
> 消磨了
> 古今多少过客
>
> 想象我会在镜子里走失
> 在虚幻的深处
> 到达另一片沧海
>
> 镜子深处，
> 有羽毛和风摩擦的声音

　　原诗 33 行，现为 12 行，立意、情趣、语感都未变，只是结构变了，而生发出更多的想象空间和余韵。尤其结尾两句，变原诗中一只实在的鸟"飞过镜面"，为现在说不清楚是谁的"羽毛"在"和风摩擦"，或许是幻化为大鹏展翅的李白精神吧？这样似乎更多些蕴藉，且有峭拔的生动，以玄秘的"声音"与开篇的"返回"看脸和中间"在镜子里走失"而"到达另一片沧海"相呼应，在动中戛然而止，不做绾束，任由分延弥散，而使其文本外意味更加深永了。

两首诗的改动，前者系换位而思，将原诗改成了另一首诗，后者系消肿还原，将一般化的诗改成了不一般的诗。二者的共同点，一是将实改虚，多些言外之意；二是将散改精，多点语言的造型意味和表现强度。

当然，这种改法和由此生发的这些说法，都是个人一家之见，是否妥当，还请原作者和诗友们多多指教。这里，也只是一时生趣，说出来供大家"疑义相与析"，权当开了个小小的诗歌Party。

2002 年 5 月

诗性、诗形与非诗

诗与其他文体的区别，自是在于其独具的文体特性。

在古典诗词中，这种特性比较明确：固定的体式，讲究平仄押韵，言志、抒情、寓意、情景交融等，在规范中较量才具的高低与见识的深浅，且有较稳定的、可通约的文化大背景作凭借，写什么，怎样写，写得到位不到位，大家一看都很清楚——我将此种写作称之为"在家中"的写作。

在现代诗中，这种特性似乎越来越成为一种可意会而不可言传的东西：可意会的是种种说不清道不明的"诗意"、"诗情"、"诗味"、"诗感"等，且众说不一；可言传的则只剩下一点，即"分行排列"，且只在"分行"，如何"排列"，也无定规。写作者无"范式"可依，无"公约"可求，便完全返回自身，返回个在的对诗的认识，加之文化背景的变动不居和多元差异，写作遂成了一种失范的、同样变动不居的状态——我将此种写作称之为"在路上"的写作。[①]

于是，只要是用分行排列形式写出来的文字，便都称之为"新诗"，有关"诗性"的界定好像总无从落实。对于依然"在路上"的现代诗而言，规定什么是诗的，显然是错误的，但指认什么不是诗的，还是可行之举。实则无论是台湾诗坛，还是大陆诗坛，经由半个多世纪的步程，尘埃落定，已逐渐开始分流归位、朗现格局。粗略去看，至少，就诗的品位而言，可见出"纯正的诗"与"庸常的诗"的分野；就诗的品质而言，可见出"原创的诗"与"派生/仿生的诗"的分野；就诗的精神立场而言，可见出"生命性写作"与"社会性写作"的分野；就诗的艺术造诣而言，可见出"专业性写作"与"非专业性写作"的分野。由此便分出两大类诗，即"具有诗性的诗"与"徒具诗形的诗"；也便分出两大类"诗人"，即"真正的诗人/诗人艺术家"与"一般写诗的人"。

这一分野是历史性的：后者尽可向前者过渡，但不再如过去那样混杂一起，影响现代诗从诗体建设到诗学建设的良性发展。

同时，这一分野也使我们对现代诗的本质亦即其诗性特征，有了如下比较而言的认知：

（一）作为"具有诗性的诗"的写作

1. 具有独立的、自由的鲜活人格。作为超越社会层面的私人宗教，以本真的生命体验，深入时间内部、生存内部，开启新的精神光源，拓展新的精神空间；

"诗是出自灵魂又归向灵魂的返照，是生命运动淋漓尽致的写意。是人生复杂经验的凝聚。是个我人格的最高塑造。"（陈

---

① 有关现代汉诗之"在路上"的本体特征的论述，详见本书本卷《拓殖、收摄与在路上》一文。

仲义语)①

"洗心饰视，发挥幽郁。"（陈子昂《与东方左史虬修竹篇序》)②

2. 具有独特的审美体验。作为人类"最敏感的艺术器官"，这种体验必须是原创性的、不同于任何他在的，最终必须要求富于新奇感、惊异感、意外感，成为一次原发性的"灵魂事件"，于瞬间开启对生命与存在之奥秘的特殊体悟；

"诗的艺术特点是它的直接如闪电式的穿透，和它的无边际的暗涵。"（郑敏语）

"赏好异情，意制相诡。"（刘勰《文心雕龙》）

3. 具有独在的语言质素。作为诗性文体的最本质凭恃，这种语言质素的要义在于：

（1）是恢复了语言命名功能的；

（2）是超语义的；

（3）是与精神同构而非仅作为载体的；

（4）是造型性的而非通讯性的；

（5）经由出人意料的组合而脱离语言习惯与语言制度，成为有意味的语言事件；

"诗是改变语言的语言"。（任洪渊语）

"具有最大限度含义的语言就是诗，具有最小限度含义的语言就是散文。"（洛夫语）③

"诗赋欲丽。"（曹丕《典论·论文》）

---

① 转引自《诗是什么——二十世纪中国诗人如是说·当代大陆卷》（沈奇编选），台湾尔雅出版社1996年版，下同。

② 转引自陈良运主编《中国历代诗学论著选》，江西百花洲文艺出版社1995年版，下同。

③ 转引自《台湾诗论精华》（沈奇编选），陕西人民教育出版社1995年版，下同。

（二）作为"徒具诗形的诗"

1. 主体人格模糊。或"代圣立言"，成为声明主张之事；或解说时代，成为主流意识的"诗形说教"；或戏仿他者，成为附庸风雅式的交流。从未超出与社会／时尚共谋的角色出演之局限；

"节之以礼，制之以义，归之以道。"（董仲舒《春秋繁露》）

2. 审美趣味趋众流俗。作为创作主体，从未超出社会人的层面而进入审美人的层面；滞留于初步的观念，用持之不变的兴趣和同样不变的声音，去传唱大家都熟知的东西，只有表面的内容，没有隐蔽的暗涵；"辑事比类，非对不发；博物可嘉，职成拘制。"（萧子显《文学传论》）

3. 语感陈旧庸常。作为语言制度的奴仆，使用的是流俗而无改变的、被过于肯定了的、社会性的、常规化和总体化构成的语言，虽经表面的分行处理，终因其工具性、通讯性、雷同泛化、无歧义、无新意，而致诗质稀薄，徒具诗形。"诗绝非是把语言当作在手边的原始材料来运用，毋宁说，正是诗首先使语言成为可能。"（海德格尔 Martin Heidergger 语）①

诗是什么？虽然有一千位诗人，就可能有一千种定义，但通过上述的比较，我们总可以有一些较为集中的、大体的界定。这一界定的意义不是为了划分什么阵营，而在于力求廓清理论认知，以图不再将不同质的东西作同一的比较（这似乎是一种最基本的理论常识）。从社会学的角度而言，"徒具诗形的诗"也有其存在的价值，但从诗学的角度而言，必须指出它的非诗性的属性，不能混为一谈。当然，还应指出另一种非诗性的存在，即在"专业性写作"的范畴里，某些因过于超前或推向极端的实验作品，所造成的阅读困难，包括连专业性阅读也难以企及的困难，成为不具备任何现实阅读效应的东西，或可为未来的阅读所识别，但在当下的时空，人们有权利也将它划入"非诗"之列。只

---

① 　转引自《西方诗论精华》（沈奇编选），广东花城出版社1991年版。

是这依然不能同前一种非诗（实则是"伪诗"）混为一谈，至少就其创作立场来看，后者还是由纯正的、原创的、生命性的源头出发的，即使是"非诗"的，也属于可谅解的"自杀"行为，而非先天性的"他杀"。

1998 年 3 月

诗与歌

　　"诗"不是"歌",尽管我们常常习惯性地在行文中将"诗"称之为"诗歌"。潜心于现代诗学者会发现,在许多现代诗理论与批评者的研究与写作中,已有意识地尽量避免再使用"诗歌"这个词,即企图将这其中的区别有所显示。实际上,"诗"与"歌"的分离,已成为现代诗之所以成其为"现代诗"的根本属性,许多诟病于现代诗的人们,大概正是在这一根本属性上犯了迷糊,疏忘了对诗的现代性功能转换这一基本常识的认领。

　　作为"文学中的文学",诗,曾经是什么活都干的老祖母。随着文学的不断变迁,诗也在后来不断的剥离与裂变中,渐次放弃了某些"活儿",越来越潜沉专注于除了自个,他者再无法去替代的"活儿"——由记事而缘情,由"道志"之"言"(作为圣人之道/公共话语的代言之声)而"情志"之"言"(疏离于圣人之道/公共话语的个在心声),由主"志"而主"道",由格律谨严而自由散漫,由风情万种之古典韵致而专纯独立的现代风度,由诗、歌同体而诗自诗、歌自歌……从形体到内涵到功用，现代诗与古典诗歌，都有了质的转换而不可同日而语。

所谓"若无新变，不能代雄"（萧子显《文学传论》）。[①]

诗与歌的分离，使诗不再承担诸如传达社会浮泛情感、流行观念以及有韵能唱之类的功能，专纯于自己的不可再剥离的职守，成为现代人之"最想说，又从没说过，又非说不可，又只能这样说的话"。（绿原语）[②]

诗与歌所处理的内容可能有相近或相交的部分，但其处理的方式，主要是语言的方式，则大相径庭。"歌"者，是尽量用大家所熟悉的语言，抒发一些可能新的但必须为大家所理会的内容，且要符合谱曲及听赏的某些特殊要求；"诗"者，则是尽量用大家所生疏的语感方式，抒发为一般人所隐蔽不察的内容。

"诗是对不可知世界和不可企及之物的永恒渴望；诗是对已有词语的改写和对已发现事物的再发现。"（翟永明语）

"歌"的功能在告之，"诗"的功能在启示。随着歌的当代受众之审美情趣的提高、现代意识的增强，"歌"的作者，也开始大量汲取和借鉴"诗者"的质素，包括摇滚在内的许多现代歌曲的词作（如大陆崔健、台湾罗大佑等）已远远比那些大量"徒具诗形的诗"还要高超许多。由此便启发人们对那些非诗性的"诗"的存在，有了一种新的界说参照，以便从类型上将"诗性的诗"与"非诗性的诗"明显便捷地区分开来。

这种处于现代诗与现代歌词两者之间的过渡形态的分行文字，正好可以分担人们一直想强加于现代诗的某些功用：晓畅、明朗、通俗、可解及类型化的形式特征，浅情、近理、时尚、政

---

① 转引自陈良运主编《中国历代诗学论著选》，江西百花洲文艺出版社 1995 年版，下同。

② 转引自《诗是什么——二十世纪中国诗人如是说·当代大陆卷》（沈奇编选），台湾尔雅出版社 1996 年版，下同。

教等社会学层面的内容指向，软着陆，轻消费，贴近时代需求与大众口味，易为非专业性阅读所接受。显然，这些特征和指向，遵循的是实用主义与重功利的原则，好比"快餐"和"软饮料"，较为契合工商社会消费文化的心理机制，因社会所需，大量长期订货而历久不衰，自成体系。

对于这一体系，有青睐者命名为"轻派诗歌"、"热潮诗歌"，看重的是其一时的社会效应及其轻便快捷的热销卖点；有蔑视者称其为"快餐诗歌"、"商业诗歌"，不屑的是其应用性的写作动机和脱离诗性的复制性"产出"。其实从文化多元的理解出发，此类诗歌/歌诗的存在，本无可厚非，只是因其长期身份不明，混同于纯正诗作的阵营，且常常被其代言人亦即一些平庸的诗评者，作为一种对比参数或曰"口实"，搅动舆论与批评界作出一些无谓的反应和争论，混淆视听。看来仍需"正名"，所谓"名不正则言不顺"。实则这一体系的作品，包括那些以"以道制欲""美善相乐"（荀子）为宗旨的"庙堂诗歌"在内，大概才正是人们习惯认识上的所谓"诗歌"或可叫着"歌诗"之类的东西：其形式与内容，均与真正意义上的现代诗和现代歌曲（词）只是相仿相近而无本质上的血缘脉息，是诗的仿生，是歌的派生，且倾心于"流行"，不妨统称之为"流行诗歌"。

如此正名，将庸常写作之"流行诗歌"与纯正写作之"现代诗"彻底划分开来，实在有莫大的好处，有如像科学界将纯科学/基础科学（pure science）与应用性科学（applied science）划分开来一样。如此，便不再将完全不同属性的作品纳入同一价值体系去讨论，而造成许多不必要的误解和障碍，从而使各自以其不同的承传"基因"，在各自不同的理路中去发展或者消亡。

1998 年 3 月

诗与道

世纪末的中国，日益商业化的社会与日趋幽闭的诗歌，形成一种尴尬的疏离局面。书商与出版人视诗为"票房毒药"，一般大众读者视读诗为"犯酸"，总之是处处不讨好，于是有关"诗歌危机"的呼喊此伏彼起。

其实诗由大众层面回归小众层面，或者说由社会学层面回归美学层面，本是今日时代情理之中的事，几乎全世界都是这样，不值得大惊小怪。或许对诗这门艺术而言，反是好事，经剥离而重识本根，经淘洗而再现本味，甩掉不该干的活、不该扮演的角色，在新的时代语境下，重新定位诗何以而为诗。

这是就诗的外部境遇而言。话说回来，当代诗歌，尤其是九十年代中国诗歌本身，也并非没有自身的责任，而一味将"危机"的原因推给时代的变迁。至少从诗的创作与生存现实的关系来说，当代诗人们确实有些重犯"不食人间烟火"的旧毛病，按谢冕先生的话说："我们拥有了无数的私语者而独独缺少了能够勇敢而智慧地面对历史和当代发言的诗人。"并指认九十年代的诗歌是"既丰富而又贫乏"。

实际上，生存的问题在这个时代是越发尖锐了，也就是说，我们依然处于一个充满危机的时代，而我们的诗人们却大都重新钻进了象牙塔，只管自地高蹈着、自恋着、空心喧哗着。不可否认，在"技术至上"风潮的推动下，诗的样貌与技艺是空前发展和成熟了，诗的灵魂却有些走神，语言的狂欢下面，是精神的缺失、使命的缺失，乃至人格的缺失——新手依然层出不穷、出手不凡，成名者更是盯着"席位"，奔向"国际"……失重的时代，游戏的时代，妄自狂欢的时代，诗神和历史一起，在新世纪的门槛前跳起了"狐步舞"。

有狂欢就有守夜人——这是时代唯一没有缺失的规律，也是真正有现实责任感和历史使命感的诗人，无法抛掷的立场定位。在这样的诗人写作中，"积累的不是专业知识而是疑问。"（布罗茨基 Joseph Brotski 语）他们从来不屑于做搔首弄姿的票友或一己之得的新贵，而自甘远离功利，沉潜岁月，深入生命中的每个时空，以良知、救赎、历史情怀与现实关切为精神底背，以诗的方式对时代的文化状态和生命状态，作深层次的、不断的介入与指涉，以此赋予时代以精神的方向、目的和意义。

这样说来，似乎要惹重弹"载道"的嫌疑。其实古往今来，无论中外，诗以及一切文学，何时能完全脱得了"载道"的干系？一般而言，诗的产生，多源自对抒发个人情感的需求，不苛求承担为时代代言的重任。但一方面，个人情感尽管可疏离于时代，却又无不与时代语境发生千丝万缕的联系，"诗是在陆地生活，想要飞上天去的海洋动物的日记。"[①] 飞是愿望，根还是在陆地生活中，在时代的海洋中；另一方面，诗毕竟是提高了的语

---

① 　卡尔·桑德堡（Carl Sandburg）：《关于诗的十条定义》，转引自《西方诗论精华》（沈奇编选），广东花城出版社 1991 年版，第 6 页。

言，这"提高"，既指比一般的语言（言说）要多一份陶冶性情的审美快感，也指其含有思想教益的意义价值，"诗歌是被交流的一种深刻的真理"[①]。按中国人的说法，"真理"就是"道"之所在，亦即个人情感的内核所在。没有这个核，个人情感就变成了一己私语，可作小女儿家自我抚慰的呢喃，却难免失去了交流的意义。

诚然，"道"若载得太重，必有伤诗之风姿、诗之筋骨，这方面的教训我们已有太多的认识，但一味话语缠绕，不着承载，也难免成无骨之皮相、无根之浮萍，自哄哄人而已。看来"道"不在于可不可载，而是载什么样的"道"和如何载的问题；有载无载，定品位，定风骨，如何去载，定风格，定流派。我们依然乐意在诗歌中领略天堂的圣乐、家园的呼唤、玫瑰与夜莺的抚慰，但日益尖锐的生存迫抑与生命痛感，使我们更愿意接受那种"说人话"的诗，有"含金量"的诗——一句话，在经由诗人们富于诗意的言说中，我们不仅要感受到诗美的阅读快感，也要获得诗性的力量。

如此便分出了重的诗与轻的诗。强调诗的"含金量"并不排除轻的诗存在的价值，但轻的诗应该轻得如一只飞鸟而不是一根羽毛；同理，重的诗也要重得有骨头有肉有风韵，而非一块道学家用来唬人的惊堂木。负重而不失灵动，耽美而不失心魂，其间分寸的把握、得失的忖度，到位的诗人，成熟的诗人，自有其无言的领会。

1998 年 3 月

---

① 阿莱桑德雷（Vicente Aleixandre）语，转引自《西方诗论精华》（沈奇编选），广东花城出版社 1991 年版，第 3 页。

小众与大众

诗,步入当代,越来越归属于小众文学,正成为不争的事实。现代诗对大众的疏离,有多方面的原因,对这些原因不加客观深入的分析,仅以社会对诗的"消费量"的消长来评判诗的发展,纯属庸俗社会学批评的旧习作怪。

中国向来是个"量"的社会,以"量"代"质",人云亦云,已成习性。于是"大众"便成为一条"戒尺",一条未辨明是非刻度仅拿来作"棍子"用的"戒尺",随时祭起来"唬人"。好在时代不同了,被"唬"的人也渐学会反诘:怎样的大众?是物理空间的大众,还是心理空间的大众?是时代意义上的大众,还是时间意义上的大众?诗的常态写作,是一种私人化的个体劳动,且大多没有确切的"消费对象",至少在写作当中,它是"为诗而诗"的,亦即只为精神与语言同构的瞬间诗性感应而存在,此外不再考虑到别的什么。

"如果一个求爱者在他的情书中引用我的诗,我一定很得意。但我的诗不是为他而写的。我的诗不为任何人而写，甚至也不是为我自己。我为诗的构成而写诗，就像泥瓦匠盖房子并不考虑由谁来居住。他为房子的标准而建造。"（韩东语）①

由韩东的比喻想到另一个比喻：一位日本老人，在"大众"已完全习惯于使用各种现代工业产品的情况下，坚持用原始木材、原始手工制作各种并不实用的木桶、木盆、木碗等，引来旅游者的观赏，使他醉心的手艺变化为艺术，使木桶变化为诗。人们是否从对这些木制品的注目与抚摸中，亲近到森林的呼吸与大自然的拥抱，那是人们的事，老人只为一种心爱的手艺而工作——电视镜头中那老人忘情专注的神气，使我们想到真正的诗人。

今天的诗人不可能为所有的人而存在。其实不论在什么时候，诗的发生都始于"为自己"的驱动。许多现在为大众所熟悉亦即"大众化"了的古典诗句，最初的写作，也只是出于抒发一时的个人情怀。"桃花潭水深千尺，不及汪伦送我情。"李白的名句，当时是写给汪伦老兄一人的。至于以后这名句如何"诗化了大众"，则另当别论。孔子讲诗可"兴、观、群、怨"，那个"群"，只在指出"引起共鸣"而已，并非指引起共鸣的有多少。

诗的传播可以集体模仿个人，诗的创造却绝不可以个人模仿集体。或者说，诗可以穿越时空去逐渐化大众，而绝不可作当下的大众化。因为正是这种疏离与超越，决定着诗人存在的价值和言说的质量。诗所企及、所深入、所敏锐地肯定的东西，常常是大众话语所欲使之被忘却的东西。无论时代将大众的感知的疆界推移到怎样的范畴，诗人都只可能是这疆界之外的言说者。由此我们才好理解艾略特（Thomas Stearns Eliot）下面的这句话："如果诗人很快赢得非常多的欣赏者，那么这种状态无疑是令人怀疑的；我们不得不作这样的假设：这种诗人实际上没有提供任

---

　　①　转引自《诗是什么——二十世纪中国诗人如是说·当代大陆卷》（沈奇编选），台湾尔雅出版社1996年版，第202—203页。

何新的东西，他们只不过是把读者早已习惯了的，读者在以前的诗那里早就知道了的东西发给了读者。但是，真正重要的倒是，应该使诗人获得能与其相称的不多的同时代欣赏者。永远应该存在一支不大的先锋队——一些通晓诗歌，不为自己的时代所局限，并能在某些方面超越时代，善于很快地掌握新事物的人。"①

诗的本质上的个人性与小众化，并不妨碍其"化大众"的可能。中国历来是个讲究"诗教"的国家，古代社会甚至将诗作为个人道德修养的基石、科举应试的必要才能以及民间文化与人际交往的普遍形式等，延之千年，遂使名诗家喻户晓、熟读能背然后解得化得。但社会看重"诗教"，主要在其通过诗的形式媒介所起的教化效应而非审美效应，当这种教化效应日趋式微亦即无法或无必要再利用时，社会便不再为诗的"化大众"负责。尤其当现代诗剥离掉许多传统的功能，使自己收回到最单纯的深处，彻底游离于社会主流话语之外时，其功能与价值已失去共识性后，社会对它的淡远便在所难免——这是当代诗的世界性境遇，是其当下的不幸，也是其可能的未来之幸（免遭商业利益的腐蚀）。同时，"大众"也有裂变。当人们指责现代诗疏远了大众时，他所想象和指称中的"大众"，其实早已为大众化的视听艺术、亚艺术所"教化"；即时消费时代的各种媒体，早已组成以"实用、时尚、快感"为旗帜的大军，侵占了工商社会几乎所有的物理空间与心理空间，能留下多少空隙给诗呢？显然，此一时的"大众"与彼一时的"大众"是不能等同而观的。我们有过"拿起笔作刀枪"、人人能写"诗"的大众，有过"八亿人民八个戏"的大众，有过仅通过文字性阅读了解和认知世界的大众，最终又有了主要通过视听音像与广告来了解和认知世界，其想象力已被加速炮制出来的商业文化快餐所吸干了的"大众"，被各种

---

① 艾略特（Thomas Stearns Eliot）：《诗歌的社会功能》，转引自《西方诗论精华》（沈奇编选），广东花城出版社1991年版，第394页。

文化/亚文化、艺术/亚艺术之杂乱趣味彻底分解了的"大众"，由这样的大众所构成的时代，有学者命名为"无名时代"，并将与之对应的、具有文化与艺术共鸣空间的以前时代命名为"共名时代"。这一命名旨在指出：因了个性的尖锐与突出，身处今日时代的严肃文学与纯正艺术，无论是对"历史风云"的言说，还是对"个人天空"的言说，都无法再拥有巨大如往昔的"社会效应"了。所谓"轰动"与"流行"，至少对现代诗而言，已是一个过于虚妄乃至视如谎言的说法。

这是一个非诗的时代，一个诗的厄运的时代，但是，忠实于现代诗精神的诗人们，并不为此而气馁——"我们简短的过去所产生的这些伟大作家都是孤独的，而过去的一个世纪没有能减轻他们的孤独。对于他们的后继者来说，要继续他们的艺术，肯定必须依靠诗人自己顽强的、固执的、不求实利的献身精神，而无法依靠他们的艺术满足公众要求。"① 这便是诗的当代处境——作为"献给无限的少数人的艺术"，"诗不追求不死而追求复活"（奥·帕斯 Octavio Paz 语）。或有"一种诗能立竿见影，但过后即消失于无形；而另一种虽长眠不动，但它若有能力的话，总有一天会再醒过来的"②。

由此可知，真正的诗，只属于小众，不可度量的小众，并希望以小众之诗去化大众之视；而真正的诗人所关心的，是写作中的状态而非写作后的命运，是作品的诗学价值而非社会价值——因为他们知道：写给时间的诗与仅仅写给时代的诗，是不一样的。

1998 年 4 月

---

① 丹尼尔·霍夫曼（Danniel Hoffman）：《诗歌：异端流派》，转引自《西方诗论精华》（沈奇编选），广东花城出版社 1991 年版，第 345 页。

② 蒙塔莱（Eugenio Montale）：《诺贝尔文学奖获奖演说》，转引自《西方诗论精华》（沈奇编选），广东花城出版社 1991 年版，第 392 页。

说"懂"与"不懂"

　　"懂"与"不懂"，作为人云亦云、普泛被使用着的文艺批评话语及批评尺度，看似非常简单、方便、明确，有很大的通约性，似乎大家都明白这两个词的用法和意思，然而实际上，它却一直困扰着创作、欣赏与批评三个方面，由此带来的一系列问题，至今仍未得以清理。

　　无论是面对外来的文学艺术作品，还是本土的，尤其在面对各种新的、探索性的、实验性的作品或思潮出现时，在普泛的读者和普泛的文艺批评者那里，仍然总是要首先提出"懂"与"不懂"的话题。在普泛的读者那里，是作为一种习惯性的、通俗化的方式提出的，在普泛的批评家那里，则常是很认真地作为一种理论性命题提出来的。现在看来，这确实已成为一个一误再误的大误区，假如我们的一代新人类，也仍带着这一误区走向二十一世纪，就成了一个世纪的遗憾了。

　　什么叫"懂"？什么又叫"不懂"？对于自然科学，譬如一条物理定理，一道数学算式，一篇科学论文等，不懂可真就是不懂，因为它对你可以说没有任何触及；而懂了可就真是懂了，不再有任何疑问和言外之意。

艺术则是另一回事，尤其是现代艺术。在一幅抽象画面前，在一座现代雕塑面前，在一曲无标题音乐之中，以及在一首现代诗里，要怎样的欣赏程度才叫"懂"或"不懂"呢？毕加索用废自行车座和把手凑成一个公牛头状，遂为名作，你说"懂了"？可真问你"懂了什么"，恐大都难以说清或千人千状；你说你"不懂"？可它不就是一副车把手一个旧车座摆出一副公牛头状吗？看着有趣新奇就得了，还要"懂"什么？尤其在音乐中，这种和绘画、雕塑与建筑一起被称之为"世界语"的艺术，似乎人人都可"懂"，而人人都难说清"懂"得是什么；可即或是再不懂音乐的人，只要在音乐的感染下，或摇头晃脑，或抖腿扭腰，或静坐出神，或忘情游走，你又怎么能说他"不懂"呢？

诗也是如此，它是文字的音乐、语言的雕塑、神性生命的私人宗教。诗的艺术本质先天性地决定了它和欣赏者的关系只是一种感染、一种触动、一种激活、一种启悟、一种邀请——使你和作者一起跳脱日常生存状态，进入另一生命氛围和言说方式，去激动或沉浸一会儿。至于你到底激动了些什么沉浸了些什么，与这首诗有多大关系是否与他人激动得一样沉浸得一样为什么一样又为什么不一样以及如此等等，诗和诗的作者全不理会——只要你激动了或沉浸了乃至只莫名地愣了一神，诗就应该也只能这样认为你就是如人们常说的那样——"懂了"。

对于自然科学，不懂就是一点也没得到什么。而对于文学艺术，只存在得到的多与少、深与浅的判别，不存在"懂"与"不懂"的问题。遗憾的是，它又总是要成为一个"问题"。

"问题"的病根出在教育上。

从小学到大学，从学生到老师，长时期以来，都在念着同一本乏味荒唐的"经"——什么"中心思想"、"段落大意"、"主题"、"意义"、"象征着什么"、"代表着什么"、"说明了什么"

……让孩子从小到大都像猜谜或推导公式一样去阅读文学欣赏艺术，实则既非阅读也非欣赏，只是在那里判别"好人"、"坏人"、"懂"或"不懂"。于是看"不懂"现代电影，听"不懂"现代音乐，欣赏"不懂"现代绘画和雕塑，更读"不懂"现代诗以及后现代诗了。于是犯傻，于是不反省自己为何犯傻而反过来怨怪现代作品为什么不让他"懂"，于是喊叫"是现代诗失去了读者而不是读者抛弃了现代诗"以及诸如此类。

好像回到传统回到古典就会"懂"？

一部《诗经》总共才几万字？可诠释它的书足可以装满一个小型图书馆，且至今仍在那作新的诠释以用于新的"懂"，"懂"得更多。《诗经》的诠释的必要在于其语言编码与当代人的完全不同，故要如外国诗一样去"译"。《诗经》时代的读者是否需要诠释我们不得而知，但我们至少知道，连老百姓也理会得诸如唐诗要"熟读唐诗三百首，不会写诗也会吟"，强调的是"熟读"而不是"懂"。至于后来的学者教授也多在注疏其背景、来由、典故，诠释其含有社会学的、思想性的、历史性的部分，以及一些浮面的所谓"诗意"，而真正感动我们影响我们使我们身心为之震颤的东西，谁也没法去诠释去叫你"懂"——故有"诗无达诂"之经典论断。

回到现代诗上来。

其实相比之下，现代诗应该更好"懂"些，只是你必须要换一种"懂"法。至少现代诗是现代诗人们用我们熟悉的现代汉语和我们人人都浸染其中的现代意识写给我们现代人看的，关键是你不敢再用老"懂"法，先入为主，硬要从现代诗中逐句逐段地找出个什么"意思"来，有如中学生顺从老师的指教，硬要从各种活生生的文章中总结出一个干巴巴的"中心思想"一样，那可就真的"不知所云"了。在现代诗文本中，语言能指增大，多层面多向度展开，所指一再后移乃至脱逸于文本之外，留下更大的空间让读者自己去填补去参与去完成。于是，那些习惯于被动地被给予被笼罩被说明被教诲式的传统读者及传统理论与批评家们，便只有"犯傻"了。

看来需要问的只是一句话：你要"懂"什么？朦胧诗刚问世时，传统的理论与批评家们大呼小叫看不懂，太朦胧，群起而围剿之。等发现"教授"看不懂学生却爱看一看就"懂"不看就"落伍"，于是认真看一看渐渐也看"懂"了一点且习惯了一点"朦胧感"时，却又面对追求口语化、平民化一点也不朦胧的第三代诗人的作品，再次喊叫"看不懂"了！如此再有更新的探索作品出现呢？岂不要永远不懂下去？那又何必谈"懂"？

这是理论上的说法，不可否认，在现实中，懂与不懂已成了一种俗成约定、积久成习的客观存在。但这属于另一问题，即阅读与欣赏层面的问题，不能以此作为唯一的、通用的价值尺度以判定作品。一个层面看不懂的，并不就代表所有的层面都看不懂。还有一个时空问题，今天看不懂，明天也许就懂了；这一代人看不懂的，也许下一代人看去还嫌太好懂。

诗人以及一切文学艺术家，本就是人类意识的先行者，探索和超越是他们的本能也是其天职。而个性的自我张扬又是他们、尤其是那些走在时代前面者不可或缺的优秀品质，他有权利只为和他一起孤独前行的人们或只为未来的人们乃至为自己而创作——总之，今天的诗人和艺术家们，已不可能为所有人而存在，问题是我们中国人太好"归一"、"大统"、"一元化"，很难进入多元共生、各得其所的现代心态。而多年陈旧的教育模式，又养成人们的阅读惰性，也就怨不得喊喊叫叫了。

至此，使我想到查尔斯·纽曼（Charles Newman）的一句话："我们正处在那些我们只能询问我们怎样弄清楚常识的历史关头。"（《后现代氛围》）

是的，时代发展到今天，是该到普及这样一个常识的时候了——在一切文学艺术面前，永远不要说"我懂了"或"我不懂"，犹如提醒人们在欣赏交响音乐会当中不要随意鼓掌一样。

　　更应该给那些传统而褊狭的理论与批评家们，和为他们所误导的读者们一个提示：在包括现代诗在内的所有现代/后现代文学艺术面前，"懂"得越多，得到的越少。

1995 年 7 月

小析"语境透明"

现代汉诗在语境取向上,一直存在着两种主要类型:一是繁复/朦胧的美,一是单纯/透明的美。前者常因所谓"晦涩"、"怪异"、"看不明白",为非专业性的读者所诟病;后者常因被误导为所谓"明朗"、"平实"、"浅显易懂",为非专业性写作者弄变了味。

从专业的角度看,繁复/朦胧之美,来自对"意象化语言"的营造,注重经由密植意象及其附带的表现手法,增强语言的歧义性和张力感,运用得当,很有阅读冲击力与震撼性。但同时,若运用过度,则容易造成阅读的滞重感,局部张力的饱和与不间断地刺激,反带来整体效应的空乏,亦即"张力互消",非不懂,而系"难以消化";作为诗研究,或可费力去读解,作为一般性欣赏,就难免有些"隔膜"了。在一些非专业写作者那里,更将此演化成一种矫饰和伪贵族气,造成意象肿胀或散漫无羁,看似"繁复",实则紊乱,一些碎片式的流泻或堆拥,自己心里并没整明白,拿奇词怪语蒙人。读者诟病，多因这些流弊所生，反影响了对真正到位、亦即有内在理路可寻的繁复/朦胧之美的理解。

单纯/透明之美，来自对"叙述性语言"的再造，注重事象与意绪的诗性创化，简缩意象，并有机地引进口语，以高僧谈家常事说家常话的手法，追求文本内语境透明而文本外意味悠长，有弥散性的后张力。读者较为轻松地完成了阅读，却为阅读后所开启的诗意之悟久久浸染，欲罢不能，有绵长的回味和互动的参与，所谓读者的"二度创造"。这种语境，看似好进入，其实很难把握，要有知繁守简的修为，而非由简而简。所谓"高僧说家常话"，首先得是"高僧"而非"家常人"；"家常"的是"说法"，而"说什么"、"怎样"说，则有冷峻而独到的选择——那是一种将语言逼回到最单纯的深处，再重新发掘其可能的诗性品质乃至再造其命名功能的探求，所谓"如空中之音，虽有所闻，不可仿佛；如象外之色，虽有所见，不可描摹；如水中之珠玉，虽有所知，不可求索"。（明·黄子肃·《诗法》）

持有这类语境的诗，又可以"寓言性"、"戏剧性"、"禅意"等分脉，是熔铸了中西古今诗质后，充分发挥汉语的审美特性，在现代汉诗中的拓殖，也是有可能为新人类的诗美选择最为倾心的一路走向。至于一些非专业性的批评与创作者，将"语境透明"误导误识为所谓"健康明朗"、"贴近大众"，鼓噪出一些浅情近理的"流行诗"，轻消费，软着陆，小情调，伪哲理，虽热闹一时，为非专业性阅读所亲近，其实已与现代诗之本质相去甚远，更与上述诗脉风马牛不相及。

在此，我一再将诗的批评与创作分为"专业"与"非专业"，可能会招致非议。实则这正是现代汉诗经由八十年之发轫、拓殖、裂变、澄明的过渡期后，一次历史性的分野之标志，明者自明，错者自错，小文所限，不便展述。

这里只简要说明，所谓具有专业作风的诗之创作，其基本标准至少有两点：其一，经由诗人的言说，说出了一些为我们日常体验所忽略了的存在的秘密或叫底蕴；其二，他的这种说法，为现代诗艺术的发展，或多或少地有所新的开启或推进。也就是说，为现代诗的言说方式，提供了一点或更多些的、具有原创性的说法，而非毫无创新的仿写——这样一种认知，对于有根性的、已进入专业性写作的诗人，已成为一种常识，一种基本的创作要求。对于那些无根性或扎根甚浅的非专业写作者而言，则可能总是一种"秘密"。

1998 年 11 月

诗美三层次

　　一切诗美，似可纳入三个层次去审视：情趣，精神，思想。

　　第一层次：情趣

　　情趣者有情有趣。情不必多说，已成千古定论，即或是"走向后现代主义"以及别的什么主义之后，只要是诗，必是作者情思起了颤动而需用文字来叙说，或聊以自慰，或欲与人交流，总是自己先动了情的。只是由于浪漫主义诗歌将一个情字弄得弥天彻地以至矫情难耐，进入现代主义诗潮之后的诗人和诗论家们常讳于提及。实则那情依然动着，只是动得更实在，更清爽，动出了不动声色的别种动法而已。

　　有情则有趣，情动之于心而表现为文字，趣即来自对文字的阅读过程中。作品价值的实现，首先在于被读到被接受，不被接受或一读之下就拒绝接受的作品，其价值属于可能存在而未被实现的。有阅读趣味即审美快感的作品，读者才能被抓住读下去读完。当然趣味不定于一二，或新奇，或切近，或灵幻，或平实，或壮阔，或幽邃，或清丽，或繁复，或坦畅，或冷峭，或典雅，或朴拙，如此种种，有如人之貌相不同，但总得有吸引人之处，方可亲近。但凡人读诗文，多是找朋友寻慰藉，而非寻导师求知识，毫无趣味的作品犹如毫无趣味的人，交往隔膜，进一步的深入就无从谈起了。

情趣即入道，是起码亦即初步的要求。情趣源自作者文字（语言）背景，即常说的语感。一切的诗人、作家，说到底首先是"玩"文字的，满肚子蝴蝶飞不出来，那蝴蝶等于不存在。先得会"玩"，才可说怎么"玩"，文字语言不过关，不入道，仅凭一点热情、几分模仿的机智，瞎撞出几首诗来，最终只能是个小"玩"家，门外的"玩"家，终难登堂入室。尤其是现代新诗，看似文字简单、语言平实，又不讲格律，似乎谁上来都可以"朦胧"一阵，"口语"一阵，实则那份语感的讲究、文字的修养常比写古典诗词还深沉，还艰难，非浅易之功所能奏效。

情趣即"色"，功在取悦，悦而后动情动心，由了然而至深的理解。

这是第一层次，有"色"而入道。

第二层次：精神

精神即"气"。文以气为主，古今诗学之要义，别的诗美元素尚常见争议，唯此一要义，向来无有歧义者，可见气之重要。气可感而不可见，见得是文字，而字里行间，则有气存活流溢。无气的诗文，文字水平再高，也只能动"视"动"情"而难动心；一读之下，心血沸腾或启悟顿开而不能自已，必有大气灌注于中。譬如女子，有色而无气韵，即现代人讲的气质，终只能讨得一时之喜而难得百日之好，讲究的人家，更是不屑一顾了。

精神源自作者的人格背景，即流行的"生命感"之说。艺术本是生命郁积或生命热情的一种宣泄，有如水之源泉。但这并非单指生命力的强弱，而主要是说一位诗人对自身生命以及整个人类生命存在的感悟能力之大小。即或是那些甚解文字之玩法，且又继承了前人大小思想的智人学者，若缺失对生命本体的参悟能力，也是与诗无缘的。

气有先天之气后天之气。先天之气是为"慧根"，即善良之根，对人类有深的爱心；为"文根"，即语言之根，有特殊的语言敏悟力。后天之气关涉到诗人整个诗性灵魂的成熟与广博：信仰、生涯、智性、悟性、修养、思考和对大地与天空的长久凝视；恶人绝做不了真诗人，粗俗之辈绝成不了优秀诗人。是大诗人必对人类有大爱、大恨、大悲悯、大关怀、大思考而至大精神。文字（语言、技巧等）好学而人格难成，人小则气小，人假而气虚，唯大气真气方可为诗为文而感人于至深。

气即入神，心醉神迷而至顿悟；由情趣的导引而至精神的熏陶升华。这是诗美第二层次。

第三层次：思想

第三层次即思想层次。诗（凡艺术）有两种价值属性：审美价值和意义价值，缺一不可。意义价值即作品的思想性。

思想源自作者的哲学背景。按笔者个人习惯，称其为"宗教感"。即对生命之存在（个体的和总体的、人类的和自然的）存有敬畏，有敬畏才有思考，即进入神性生命意识，那生命才会有诗的灵光。所有的艺术，说到底都是一种"发言"或叫作"言说"，即对人类与宇宙的一种"叩问"。音乐家用音符旋律，画家用色彩线条，诗人用语言文字，言说方式不同，追寻的东西是一致的：一是为自身生命的一种娱乐即自慰，一是为人类存在与宇宙自然存在之神秘关联的问寻——"我们从哪里来？我们向哪里去？我们是谁？"这是现代人类刚刚认识且必将继续认识下去的大命题（尤其对中国诗人们来说）。诸如狭隘的阶级利益和狭隘的民族利益这样一些所谓的思想性，是该在如此大命题下稍有消解才是（尤其对诗——作为文学中的文学而言）。

故思想乃诗美之骨，骨之不存，肌肤无从附着，只是一堆死肉。思想又是诗美之魂，比之健男美女，再健再美，无气则板，无魂则呆。色（力）在动目动情，气在动心，魂则在动思。

思想即入圣。诗是语言（存在）的宗教，诗人是现代精神、现代意识、现代人生命本质的探险者和传教士。如此，诗方能代表人类同上帝对话，也同时代表上帝同人类对话。

归纳上述，可简化为一个公式——

情趣（色、形）→自文字（语感）→动情→入道→第一层次；

精神（气、韵）→自人格（生命感）→动心→入神→第二层次；

思想（骨、魂）→自哲学（宗教感）→动思→入圣→第三层次。

无论情趣、精神、思想，皆有大小之分。有无是一回事，大小是另一回事；有无成真伪、定品位，大小则成风格、定流派。三者或缺或盈或大或小，不同比例成分之组合，遂成不同诗质文品。由此建立一价值尺度体系，作者可自审自度，读者亦可为评为释。

不同比例成分之组合：

试作举例：

其一，大情趣小精神小思想（或有情趣无精神无思想）。

精神或先天不足或后天早泄而兼思想僵化苍白，唯以文字取胜，阅读可人而后空白无着处，所谓入道而不入神，是为高手匠人之作，小家子成小气候，有如小家碧玉，以色悦人而已。此类作者，病在无根，无生命意识，视艺术为棋术，很会入道，且迷且痴，而终难成正果，到了一场误会。

其二，大精神小情趣小思想（或有精神无情趣无思想）。

文以气主，气血充盈，必有表现。但气大者不一定文字工夫就高，思想境界就大；纯以气驭文，行云流水，率而不细，感而不化，爽而不沉，如春潮勃发，横溢漫流，难成气象。病在准备不足，凭热情投入，眼高手低，有素质无修养。

此类作者，多属年轻气盛者，阴虚阳亢，缺少控制，而写作实乃控制的艺术，只图宣泄之快则难有精品力作。好也好在年轻气盛，若渐解控制之法，内（气）外（语感）双修，再加一份持恒、一份诚实，终有大成。

其三，大思想小精神小情趣（或有思想无精神无情趣）。

对于诗，思辨和哲理不是主要的，但确系重要的质素；闪光的理性也是一种美，运用得好还可成大美、圣美、强力之美，在小（多以短诗见长而鲜有问鼎长诗）、巧（一般构思都比较纤巧）、灵（诗感灵动）、纯（情感纯真）的诗风流行乃至泛滥的今天，这种大美已成稀罕物了。

然思想是个"硬物"，必须化入精神，融于情趣，若弄到满纸理念，板着面孔假诗行而行道学，不管真道假道，也均是社会学的东西，所谓离哲学近，离美学远，即或入圣也未入道，出神而不化入，类似冰美人，内已变性，人皆远之。

还有多种大小比例不同的组合，读者可自行试着分析一些诗人诗作，会发现许多有意思的问题。

仅就当今中国诗坛概况而论，笔者认为不缺情趣，也不乏思想，缺的是艺术与诗的大精神，那种圣徒般的"殉诗情怀"，那种来自生命本能的诚恳、严肃、激情之大气底蕴，所谓观念易变、语言也易变而其血难变难换啊！

总是狭隘，总是猥琐，总是功利性太强或极易满足，少了那份原生态的生命血性，此种贫弱之风不可再长。而根本的转变，恐还得有待于整个中国文化大背景和生存状态的转换，所谓一方水土养一方人。水土变了，生态环境好了，猛生生成长起一代新人类，血也纯，气也真，再加上这多年拓荒的积累及已拥有的高度，那种集大思想、大精神、大情趣为一体之大作品，自然会应运而生，领风骚于适时了。

1993 年 3 月

不期而遇的诗意之旅

　　诗之来临，总有些预感。这时诗人的心态，有如处于暴风雨前的低气压之下，有些迫抑，有些烦乱，更多的则是一阵阵莫名的冲动——你不知道这冲动来自何处，更不会知道它将"冲"向哪里，如同不知道风将从哪一抹草叶间吹起，闪电从哪一片乌云中跃出……诗人们的个性、气质和创作方法各有不同，唯其这种预感、这种特定的冲动却似乎总是比较同一的。

　　而冲动的出现不等于诗的出现——一个令所有诗人都会困惑的定律：你不能对自己说，"我要写诗"；你只能说，"我必须期待……"

　　期待一次不期而遇的诗意之旅。

　　许多诗友谈到这样的诗歌经历：在户外活动中，在正骑自行车时，突然"遇"上了诗——一些未经酝酿而又天然成熟的诗句，甚至是一首几近完成的诗，在刹那间于脑海中闪现、奔突，便赶忙想及时记录下来，但或因为没有带纸笔，或因为记录的速度赶不上诗的涌现的速度，而常常不得其十分之三五。于是抱憾不已，怨怪人类记录大脑思维的笨拙，幻想科学家们有一天会发明一种思维记录仪，或脑后或太阳穴一贴，便任你是天上地下的奇思异想皆一丝一缕立即转而"翻译"成文字记录下来，那该是怎样一个全新的诗的世界?!

可谁又能抓住闪电和风呢？

笔者也常有这样的际遇，但从不即时记录。一则从未养成出门带"诗囊"、纸袋、笔记本的文人习惯，二则早年就认定人手之速度是永远无法与大脑思维速度可比的——我们失去的太多，真正能记录下来的只是万分之一，实实是沧海千斛，只能舀得一瓢矣！无怪连雪莱（Percy Bysshe Shelley）也叹息"流传世间的最灿烂的诗恐怕也不过是诗人原来的构想的一个微弱的影子而已"。也正如瓦雷里（Paul Valéry）所说的："当我们诗兴勃发时，诗兴占据我们，在我们心胸中燃烧，又渐渐地熄灭。就是说，它是非常不规则的、反复不定的、不知不觉而然的，又是容易消逝的。我们突然把它捉住，又常常突然把它丢掉。在我们生活中有些期间里，这样的情绪及其所发出的种种幻象，我们自己预先并不知道，我们甚至于不以为这是可能的，这只是偶然的机缘将它们交给我们，还是偶然的机缘将它们带走。"①

便形成自己的"记录"方式——当突发的诗句出现时，一方面听任这灵感的小鹿去奔跑、去追寻，不要惊动和中止，一方面在脑子中反复记忆这已出现的诗句，且主要是重复和体味那句中的意象、意味，而非句子本身；实际上，若是一些本身已经"完成"了的，十分新奇、精到的诗句，也无需死记便深深留在脑中再也抹不掉的。这样，待坐到桌前，那特定情绪流中迸溅出来的诗句之浪花，还依然或隐或显地活跃着，只需加强回味，重新投入那种情绪流中去，一首诗便会自然地流泻在你的稿纸上。

---

　　①　瓦雷里（Paul Valéry）：《诗与梦》，转引自《西方诗论精华》（沈奇编选），广东花城出版社1991年版，第277页。

记录得来的东西总是死的，是结束了的。只有体味得来的才是活的，而且是尚处于生成过程中的——你并不了解它会发展到什么地步，也许你暂时捉到的只是一只灰鸽，到最后从你手中飞出来的却是一只凤凰。

经验证明，在这种不期而遇的诗之旅行中，可能会有一刹那间，一首小诗整个儿完整而熟透地出现在诗人的脑海，毫不费力、甚至无需作任何修饰地"落"在稿纸上的"天运"，似乎是上帝在无意间遗落给你的诗之花环。但大多数情况下，你在这灵感的机缘中得到的只是一些带有一首完整的诗的胚基和要素的"种子诗句"而已，而你必须凭你诗的感悟能力和创作经验，使它最终开出一片绚烂的花儿。

这样的诗句有时仅一两句，但却是了不起的一两句，是灵魂，是核，是主旋律，是一首将要诞生的诗中最本质同时又是最表象的"实在"——它是最终需要表现的，因而又最先表现出来。抓住它，就如同抓住了一串葡萄的"把"；你只管全身心地拥抱住这一两句"上帝的梦话"，沉浸在它所引发的启悟之氛围里，并稍稍警觉地期待着……于是，你的脑海开始出现一些不太规则的、反复不定的、不知不觉且极易消逝的、与那首诗有关的粗糙的意象，像一群小妖围着先前出现的诗句闪跃和舞蹈，而你依然期待着，相信不是你，而是那处于中心位置的已生成的诗句会自己去选择并制服它们，使这些灵性的（处于想象中的）意象最终变成智性的（处于语言形式中的）意象……最后，那早先出现的一两句诗句会自然而然地带出其他合适而又必需的诗句，带出一串鲜活晶亮的葡萄来——那将是一首较短小的、十分自然而优秀的诗。

有时，在这种不期而遇的诗之机缘中，灵感的爆发会是连续性的，于是会接连跳跃出好几句、甚至一整节新奇、成熟的诗句，这样的话，你就可能会幸运地得到一首较长一些且较丰富些的诗作了。

　　这时，你必须敏感地意识到：这些诗句很可能都在未来成型的诗的关键部位上（一般是处于开头、结尾或过渡性的中间诗节中），就像项链上的几颗主要的大珍珠，暂时无序地散落着，需要的是找到其余的小珍珠和一根能恰当地将它们串起来的线。你必须紧紧抓住那已出现的诗句群，不停地敲打、延展它们，直到迸发出火花，那是你作为诗人的生命之原始体验的回闪，是你先前从动态生活中贮存下来的感觉和印象的燃烧，是你平日里长期运思和体验的积累和核裂变……在这不断地敲打中，你还必须同时在脑中进行速记式的构想，使用不同的意象去捕捉那闪电般迸发的"火花"，选择、剪辑、归位——把那些新生的可爱的小珍珠和早先出现的、骄傲的大珍珠有机地组织在一起，最后，以你诗人应有的机智将它们串起来——一首诗，一串精美的诗之项链，就这样自然而又必然地诞生了。

1990 年 3 月

角色意识与女性诗歌

做诗人，且做女性诗人，是一种诱惑，也是一种陷阱。

至少在现时空下的中国，我们还没进步到已经在文学阅读中消解了性别意识的地步。在普泛的读者那里，对女性诗人/作家的作品欣赏和对男性诗人/作家的作品欣赏，依然是不同的。我们在读北岛、读于坚的诗作时，即或在潜意识中，也很少出现"我在读一位著名的男诗人的诗"这样的意念，而非常自然地呈现为"我在读一位著名诗人的诗"。然而，甚至包括普泛的理论与批评家们在内，当他或她（女性自己）面对舒婷、面对翟永明的诗作时，无论在意识的浮面还是深层，都会非常自然地呈现为"我在读一位著名女诗人的诗"。

男性诗人可以代表整个"诗人"世界，而女性诗人只能是"女诗人"世界的代表——这种由男性话语权力强加于女性诗人的性别角色意识，一直是包括台湾诗坛在内的中国现代主义诗潮中，一个一再被忽略了的理论问题。

谁设定了这种角色？

在女性诗人/作家那里，被强调了的性别角色意识是一种驱动还是一种困扰？是对女性创作主体的一种敞开还是一种遮蔽？

对性别角色意识的考量，在于由此深入到对包括性别角色意识在内的所有角色意识的检视和清理。

这多年，在两岸诗坛，尤其是青年诗界，无论是成名的或待成名的诗人，无论是男性或女性诗人，都在那一起喊着"生命写作"的口号，但骨子里真正进入生命写作的又有几个？这其中核心问题是没有摆脱角色意识的困扰。对社会/历史大舞台的倾心和对生命出演的潜意识渴望，使普泛的诗人们很难潜心于本真生命的写作，最终皆陷入为预设或后置的各种各样的角色而写作。对于女性诗人来讲，性别角色的困惑又使之多了一重障碍。

生命是一种偶然的给予。父母在偶然间给了你肉体，上帝在偶然间给了你灵魂。社会、文化、历史还有你愿意不愿意适合不适合都要给你的"角色"等待你的出演；现实的场景以及虚妄的欲求等等，无不给鲜活的生命暗自套上种种角色行头而迫使你就范、就位、出场，不知不觉地演下去，直到你只是角色只是行头而不再是你自己。人生有如舞台，我们生来就被迫（派定）或自愿（选择）在这个大舞台上出演各种各样的角色；心和脸分离，生命被逐步肢解……对现代人来说，面对远离自然、更加舞台化也更加角色化了的人生，选择生比选择死还要不易，选择在场比选择遁世更为艰难，更需要勇气。问题在于：在这种既古老又现代且弥漫至今的"角色病毒"中，当普泛的人们已习惯于成为麻木的病者时，作为诗人的你（男性的和女性的），是否既不怕成为生命中一个偶然的存在者，又始终对角色亦即对生命的"出演"持有一份深层的警觉和断然拒绝，使这种"在"成为真实的诗性存有。

生命的存在（本真）和生命的出演（角色）应该是两回事，有如所谓的"创作"和真实的写作是两回事：写作是本真生命的自然呼吸而成为一种私人宗教，创作则是角色生命的出演而成为一项所谓的"事业"。

整个中国现代新诗潮的进程，多见于角色生命的出演而难得有本真生命的自然呼吸。无论在男性诗人或女性诗人那里，角色意识一直是个被暗自加强的东西，只不过在女性诗人那里表现得更为明显、更为特别，亦即多了一层性别角色而已。

在男性诗人/作家那里，由于长期占统治地位的据有和出演，舞台的概念和角色的意识在表面上已渐趋于一种不在的在，人们对他们的阅读也渐习以为常地消解了性别的暗示。女性诗人/作家的出场则不一样，舞台在她那里仍然是一个欠缺的、突兀的存在，而角色意识经普泛的读者特别强调后，在她那里成为一种不由自主的迫抑和驱动。

或许她们之中一直就有清醒者认识到这是错误的出场，但面对依然强大的男性话语世界，她们首先需要跨出这一步，宣布对女性诗歌缺席和哑默的否定，亦即对舞台另一半的据有。

而实际上，她们大都是有意识地、自觉自愿地选择了对包括性别角色在内的角色的认可和进入，有的则不无功利之心（按新的流行语叫"自我包装"）地自我强化着这种意识。于是男人写诗写关于女人的诗，女人写诗更是在写关于女人的诗，尽管她们笔下的女人之内涵，已扩展为广义的女性生命体验，但总还是囿于传统的性别角色定型观念，在二元对立的话语场中，强调着另一元的存在而已。

是她们演了角色？

还是角色演了她们？

从舒婷的《致橡树》，到翟永明的《女人》组诗，到唐亚平的黑色系列诗以及伊蕾的组诗《独身女人的卧室》等；从大陆女性诗歌在现代新诗潮中的崛起，到台湾自五十年代以后成批涌现且不断壮大的女诗人群体，可以说，是一个女性主体意识亦即性别角色意识在现代汉诗中由确立到全面强化的过程。在短短不足八十年的中国新诗舞台上，由女性诗的缺失到女性诗的强烈出演，角色意识成为最初的驱动又最终成为一种困扰。

到了的问题依然是：在人们阅读一位女诗人的诗时，是否已消解了同时还在阅读一位女诗人/女人的意识？

非女性（角色）之女性诗的概念由此提出：无女性（不在）→女性（角色出演）→非女性之女性（角色退出，另一种在）。

正如桑德拉·吉尔伯特（Sandra Gilbert）所极力主张的："在超越两性区别的地方，还存在着多形（multiform）自我或者说无性别的特征。"①

因为说到底，"人类的心脏是没有性别的"②。

艺术生命的最高层面应该是超性别、超角色的，由此才能触及到人类意识之共同的视点和深度，去"混沌"而真实地把握这个世界。持这种视点和深度的女性诗人/作家/艺术家，无论在生命中还是在艺术文本中，都不再企求从男性话语场中找到一个支点，或者针对男性话语场为女性自身找到一个支点，亦即不再是以一个女人或假装一个男人去认识和思考人类，而是作为人类整体去认识和思考所有的男人和女人，作为女性诗人/作家/艺术家而又超乎女性立场的视野去表现男女共有的人类世界——生与死、苦与乐、现象与本质，以及未知的意识荒原与裂缝……以此逼近一种可称之为无性或双性的诗性生命本质。

---

①　转引自玛丽·雅各布斯（Mary Jacobus）：《阅读妇女（阅读）》，《当代女性主义文学批评》，北京大学出版社 1992 年版，第 21 页。

②　埃莱娜·西苏（Hélène Cixous）：《从潜意识场景到历史场景》，同上书，第 23 页。

　　进入这一诗性生命本质的要点在于对角色的退出或逃离。我们一直习惯于喊叫要发现什么、寻求什么、探索什么，最终发现最需要的却是丢弃、剥离、退出和逃亡！实际上，对于临近世纪末——一个旧的终结和新的出发的过渡时空下的所有中国诗人们，尤其是真正具有探索/前卫态势的青年诗人们（无论男性女性）来说，对角色意识的清理程度已成为最终的检验。

　　引申开去想：中国知识分子百年来有意无意间参与或促成的种种历史悲剧，不正是抽空了独立人格的角色意识在那里作祟的吗？

　　逃离角色就是逃离生命的"出演"而返回本真的"在"。

　　逃离不是消失，你仍然在场，因为在骨子里，对生命/生活的爱依然如火如荼，但这种爱必须是从自身出发，从自身血液的呼唤和真实的人格出发，超越社会设置的虚假的身份和虚假的游戏，剥弃时代与历史强加于你的文化衣着，从外部的人回到生命内在的奇迹——成为一个在场的逃亡者：作为生命/诗的在场，作为角色/非诗的缺席，以永远处于多向度展开的、诗性生命的途中。

　　退出角色便是退出至今困扰我们的二元话语场，去寻求另一种话语方式，乃至对所有既成话语范式、模式及权力的全面清理和重构；不再是哪一性别哪一类角色的代言人，而是真正个人/人类的独语者。这种作为人类共有本质意识之触角的、独在的诗歌视角，必然要求一种同样独在的诗性话语："当作家的生命与作品的生命汇合一处，消除了主体与客体之间、写作的妇女与被写的妇女之间、阅读的妇女与被读的妇女之间的种种界线，生命才得以最充分的展现。"①

　　显然，在这种消解了"种种界线"的诗性话语中，一切矫饰

_____

① 　埃莱娜·西苏（Hélène Cixous）：《从潜意识场景到历史场景》，《当代女性主义文学批评》，北京大学出版社1992年版，第38页。

的、伪装的、虚浮的、涂有性别色彩和角色情调的东西都必须剥离干净。这种"剥离"是严峻的，对于那些生命原质中本就没有诗的诗人来说，剥离之后可能是完全的空无；对于那些生命原质中有诗的诗人，剥离之后则是更加的纯正与真实——客观、超然、明澈，非制作、非包装、非角色。

这是另一向度的展开：仅仅作为男性话语的诗性存有是不够的，在两个单向度展开的诗性生命之外，在超脱了生命角色同时也自然地消解了性别角色意识之后，另一向度——可称之为第三向度的诗性生命空间无限深广，令人神往！

对角色意识的清理和由此引发的对第三诗性话语向度的探寻，仅只是作为一种新的诗学思考在这里提出，不存在任何价值评判的意图。

就现代诗学来讲，我向来习惯于去检视其发生与发展进程中多了些什么，少了些什么，而不愿纠缠于什么是对的，什么是错的。不是说没有角色意识就一定会写出更高品位的诗，有了角色意识就一定不对。从新诗七十余年的历史上去看，女性诗歌毕竟才属于刚刚崛起、初步成形的阶段，即或是单纯表现女性主体意识的作品，也还远未能充分展开和深入，似乎无需过早地加以理论干涉。

然而提示总是必要的。当代中国新诗潮的历史价值，不仅在其宏大的进程和辉煌的成就，更在于它永不衰竭、不断超越的探索精神。从各种角度、各个层面出发的实验诗歌，为现代汉诗的全面深入和成熟带来了强大的驱动与勃勃的生机，同时也为现代汉诗诗学提出了许多新的、本体性的命题。当大多数女诗人仍在那里思考着怎样获得与男性诗人平等的话语态势，或怎样充分利用自己的女性话语优势时，有关角色意识与第三话语向度的提示，或可为之开启一种新的超越性的视角。

1994 年 1 月

终结与起点
关于第三代后的诗学断想

上

1. 判断一切文学艺术作品是否有生命力的主要尺度在于它是否被"重读"——哪怕是"误读式"的重读。

1. 1　作品的价值实现首先在于被读到。价值先于实现而存在，但完全没有实现（被读到）的价值存在是无意义存在，即作品虽生犹亡。

1. 2　同一部作品被重读的次数越多，表明其艺术生命越强，价值实现越大。所谓"经典"和"名著"的根本属性正在于此。

1. 3　凡一部作品经"初读"之后便不再被重读，其艺术生命便告结束——引用经济学的一个概念，称其为"一次性消费"。

2. 在一个缺乏共同标准的时代，除了任何其他的尺度之外，"一次性消费"已成为判断文学艺术作品价值的较为科学的尺度——这一尺度的建立和实现，将使许多纠缠不清的问题变得直接而明确。

2.1 "一次性消费"严格定义为同一部作品在同一个或同一代读者中经"初读"后不再被"重读"。新一个读者或新一代读者的重新读到以及创作者本人"自恋性"的重读均不属于此意义重读概念。

2.2 在读者——艺术消费者那里，一次性消费的含义体现为看过就忘（即用过就扔）而不再去看；在作品——艺术创作者那里，一次性消费的含义体现为仅仅产生一定的新奇性和轰动效应——而艺术的根本效应在于渗透力。

2.3 进入二十世纪，现代人类精神加速度地跌入物欲和消费漩涡。一次性消费由物质消费进入文化消费，由通俗作品制作侵入严肃作品创作，从而使这一命题的提出更加显示出特有的现实意义。

3. "一次性消费"观点的提出，不仅仅在于对文学艺术作品之生命力的判断，而主要目的还在于试图以此角度进入对艺术文体属性的重新审视。

3.1 就文学整体而言，诗，应该是第一耐消费的，其次是各类散文随笔。

3.1.1 人们对诗的消费总是多次性的。一首真正的好诗，常被反复阅读，并给读者带来一些新的不同感受。诗同音乐一样有着很强的艺术再生能力和增殖能力。

3.1.2 诗是从文体属性上避免了一次性消费的一种高贵品种。也即是说，非一次性消费是诗歌最根本、最基础的文体属性——这正是诗的骄傲，也正是作为诗人的荣幸。

由此我们重新理解到何以称诗为"文学中的文学"。

3.2 在所有的文学品种中，小说则从文体属性上最先天性地接近一次性消费。事实是，小说也确实成了当代人类消费最大而单位作品消费最短促的一种文学品种。

3.2.1 无论小说艺术进入现、当代之后翻新了多少种花样，但其本源的也是其基本的立足点是"讲故事的艺术"。同一个或同一代读者很难在听完一个故事后再度返回这个故事，只希望去听另一个故事。而对小说的重读则主要来自故事之外。

3.2.2　因此，对小说家来讲，首要的和根本的创作目标在于如何逃离一次性消费的陷阱。

3.2.3　经典性的小说名著已提示出一些"逃离"方式：其一，具有历史意味的。如《三国演义》、《战争与和平》等。除专业的历史学家和研究者外，一般人总喜欢从小说中去读历史，使其"历史情结"在文学形式中得以满足。人们在这种艺术化了的历史演义中，感到了人类文化的久远和宏大，并因此消解个体生命的孤弱感。

其二，具有"宗教"意味的。这里的"宗教"一词与神圣、崇高、理想化、精神重构等同构。此类作品如《红楼梦》、《约翰·克利斯朵夫》等。人们在这些小说中得到一种从普泛的生活场景和人生际遇中升华出来的精神感召和抚慰，一种终极关怀的浸洗，一种生命的净化和升华过程，读一次，便如进一次教堂，经一次洗礼，之后总有一种新的目光生成。

其三，具有寓言意味的。尤其在现、当代小说中，如《阿Q正传》、《老人与海》等。在对这些小说的重读中，人们已更加不再是与故事和人的重逢，而是反复沉浸于其文本中所蕴藏的生命意义和哲学意味。同理，对一般人来讲，这些理应从哲学著作中直接获取的东西经由文学作了赋有艺术快感的间接给予。

3.2.4　特别有意味的是，一部分优秀的武侠和魔幻小说（如《西游记》及金庸先生的作品），竟也脱离了一次性消费的危险。其可能的原因是：生活在现实世界中的人们永远需要一个想象世界的诱惑——作为人之本性存在的冒险、游历、猎奇、梦幻、乌托邦等欲望，在这个虚构的、游侠魔幻的世界里，得到了暂时性满足。

3.2.5　以上几种经典小说的揭示，对于反观当代诗歌的内质和外在，都具有深刻的参照价值。

3.3　有必要补缀上对艺术门类的简略的一次性消费试验，以为后面理论的展开佐证。音乐、绘画、雕塑等，无疑是从根本上摆脱了一次性消费的。还有摄影艺术。

比较特殊的是，动则几千万乃至上亿投资的电影和电视——这个起源于摄影且集现代艺术之大成者的庞然大物，却大体是属于一次性消费的。更有意味的是，假若只需简单地将电影或电视中某些画面定格凝冻为摄影作品，悬置于墙上，却又成了非一次性消费的东西。①

4.整个对一次性消费观点的提出和验证之终极目的，在于在经历了十年现代主义新诗潮运动之后，我们必须重新认识到：作为消费时代的诗，依然必须是避免了一次性消费的"文学中的文学"。

4.1　对于步入"后现代主义"后的世纪末诗歌，这已是一个世界性的命题。作为物质消费发展出现的一次性消费趋势，正如癌细胞一样，向包括诗在内的各种文学艺术领域渗透与扩散。进入第三代及第三代后的中国现代主义诗歌，也正出现这样的倾向并日趋发展。

4.1.1　文学界（中国以及世界的）对诗的漠视和忽略是当代文学的悲哀；文学消费界（中国以及世界的）对诗的漠视和忽略是当代人类的悲哀。然而作为诗自身，绝不能屈就于时代乃至自甘堕落——假如诗也成为一次性消费品，这个世界将完全"失明"。

4.2　遗憾的是，我们的诗坛太像一个混杂繁乱的"市场"和"运动会"，普泛的诗人们又太一味迷恋于创新举旗、趋流赶潮而缺乏基本的反思精神与整合意识。

4.2.1　无论是朦胧诗时期还是朦胧后即第三代时期，我

---

①　此段思考系与诗友高大庆一次谈话中，受其对摄影艺术的思考所启发。

们对整个现代主义新诗潮的崛起与迅猛发展缺乏心理和理论的准备。传统的断裂使我们扎根甚浅，长期的闭塞又导致对外来文化的生吞活剥，严重消化不良，而历史又必须迈出这一步。

4．2．2　历史就这样走了过来——硬是靠了两代诗性灵魂之热血浇灌，中国现代主义新诗之树才得以在贫瘠的土壤中长大。同时，在艰难而辉煌的过渡之后，开始全面暴露其内在的不足、外在的困惑而面临新的选择。

4．3　有需要探索的时代，也有需要巩固已经获得的疆域的时代。这个时代已经降临——它将是中国现代主义汉诗诗学之建构在本世纪末的一个终结与起点。

中

5．诗是语言的"宗教"。

5．1　诗，从"言"，从"寺"。"言"者，语言；"寺"者，寺院、庙堂、净土、家园、彼岸……"宗教"。

5．1．1　这里对"诗"的解字绝非《说文解字》式的。这里的"语言"也非一再被误读了的海德格尔（Martin Heidegger）所说的"语言"。

5．1．2　这里的"宗教"与神化、圣化、纯化、崇高性、理想性、神秘性同构，即"宗教性感受"而非"宗教"本身。"现代人的麻烦不只是不能相信我们祖先所相信的、关于上帝和人类的某些东西，而是不能像他们那样感受上帝和人类。"[1]

5．2　诗是自然与人类精神之"神化工程"——通过语言的纯化、圣化、返真、再造而最终进入新的创世。

5．3　亦即诗是"宗教"——创世的语言，是对自然和人类

---

[1]　艾略特（Thomas Stearns Eliot）：《诗的社会功能》，《艾略特诗学文集》（王恩衷编译），国际文化出版公司1989年版，第239页。

精神的终极眷顾。

5．4　故诗的存在是家园的存在——对于迷失的现代人，诗已成为我们唯一来反抗生命中的无意义以及对现代科技文明的焦虑与迫抑感，从而获得充实与慰藉的最后栖息地。

6．诗人的存在有两种形式。

其一为诗性灵魂与诗的邂逅而形成一段诗性人生之美好回忆——作为本然生命的诗性居所；

其二为诗性灵魂与诗的融合而形成真实、纯粹、全然的诗性生命历程——作为神性生命的诗性归宿。

6．1　相对于完全或终生与诗无缘的混沌生命存在，我们赞美一切或长或短或热狂的"诗性邂逅"或叫作本然生命的诗性冲动，以及作为青春期诗恋症的大量的诗歌演练。

6．1．1　这种人生旅程中与诗的邂逅以及亲近，其性质基本属于自慰性、依托性之状态，和作为"驿站"与"绿岛"之意义存在。

6．1．2　这种存在既不会产生对整个现代主义诗歌运动发展的内在驱动力，也很难提供新的诗歌美学思考。同时，也从另一种意义上成为一次性消费诗歌的诱发因素。

6．1．3　这是一种必然而又必要的、从创作到消费的过渡性存在。

6．2　真正的诗人是整个生命与诗的彻底融合和完全投入，是圣徒般的虔诚与献身。在这个世界的黑夜里，他代表人类向上帝发问，又代表上帝同人类对话。

6．2．1　在真正诗人的全部诗性生命历程中，他总是既作为此在又作为彼在，既作为审美价值的存活，又作为意义价值的存活，既是"家园"的构建者又是家园的永久性公民，以此来恢复诗人存在的真正意义。

6．2．2　真正诗人存在的使命，是作为精神的先知，通过对终极价值始终不渝的诗性叩寻，给日益物化和虚无的生存现实提供意义和慰藉、爱心和祈愿，最终给碎片似的今日世界一个精神整体的投影和神性的光明。

　　6.2.3　这是诗人与非诗人、大诗人与小诗人、圣者诗人与世俗诗人之本质性区别。

　　7.神性生命意识的普遍缺失，是朦胧诗后，现代主义中国诗歌创作主体的显著特性。这一特性一方面驱使第三代诗人历史性地进入了对传统的全面拒绝和对现存的全面解构，进一步推动了现代主义诗歌的历史进程，一方面也逐步显露出艺术生命的内在困乏。

　　7.1　表现在诗歌内在质素方面，一个有待修补的、理想主义化的想象世界，被一个无法修补的、虚无主义化的客观世界所代替了。

　　7.2　表现在诗人形象方面，一个世界整体的"参与者"被一个世界断片的"目击者"所代替了。

　　7.3　依赖于本然生命的诗性冲动和经验的偶然性，第三代及第三代后的许多作品，已仅仅成为一种现代社会事实和现代人生命状态的诗型"提货单"；读者已不再是在沉静或激动时，去聆听一只夜莺的歌唱，或者一位圣者对生命与世界意义的诗想，而只是与一些业已存在的事物不期而遇，如一只冰箱、一瓶啤酒、一则新编寓言、一段生存行为剪辑，等等。

　　7.4　反神圣、反崇高、反深沉、反智性、反优美、反抒情、社会性、世俗性、官能性、荒诞性、片断性——一种准备不足的现代主义及后现代主义冲动，在很短的时间内，将他者的现代感全面引进并接种于现代汉诗之年轻的肌体，既促进了对旧诗质的代谢，也同时种下了新的非诗化隐患。

　　7.5　拒绝——解构——再造，作为现代主义诗歌的世界性进程，在西方是经历了一百多年的探索与发展的，我们却在短短几年内作了形式上的演练，其先天不足和后天不良之弊端是可想而知的。

　　7.5.1　拒绝与解构的目的是为了再造，缺乏再造意识的拒绝与解构只能是一种冲动与混乱。我们将朦胧诗"pass"得太快，又对第三代诗认识得太肤浅。"各领风骚三两年"的口号下，呈现的并非是艺术生命的丰沛与强力，而是困乏与迷惘，加上中国式的"布尔乔亚情结"与"运动症"的作怪。

　　7.5.2　我们还一再疏忽了冷静而沉着地游离于朦胧诗主体诗人和第三代主体诗人之外的、对整个十年现代主义诗潮作深层参与且保持独立诗性和超越目光的、可称之为边缘性诗人的从作品到人格的关注和研究。他们是另一族类的诗人，也许历史从他们肩头跨过去时，不会断裂和陷落。

　　8.呼唤诗人由本然生命的诗性冲动与邂逅而重返神性生命的叩寻与归宿，呼唤作为人类精神家园的诗歌重返崇高、神圣与纯正，是防止和消除走向后现代主义之后的现代汉诗向一次性消费趋滑的根本出路。

　　8.1　不可否认的是，对于从本质意义上看，连"拒绝"这一历史进程都尚未彻底完成的当今中国诗坛，上述命题的提出只能是一种遥远的提示——我们只是刚刚将几颗诗性的头颅拱出了泥潭而仍身陷旧垒。我们似乎才迈出艰难的第一步，超越遂成为一种呓语。人们已经很难相信在这样一个即时消费（物与欲的）的时代，竟还有人"落后"和"乖僻"到要继续信仰什么以及将目光投向更遥远神圣的目标。

　　8.2　对此，著名青年诗人岛子主张："怀着宗教情感的终极关切，对存在进行解构中的综合。"①

　　8.3　这一主张重要价值在于：在一味迷恋变革与创新的当代诗坛，郑重提出了解构中的综合之必要，且在充分肯定拒绝与解构的历史性意义的同时，提出这种拒绝与解构是必须怀有宗教情感和终极关切的——没有这种关切，我们只能从旧的非诗化泥

　　————————

　　①　引自岛子1991年9月致沈奇信。

潭陷入新的非诗化的深渊。

8.4　重温海德格尔（Martin Heidergger）的名言是必要的："凡没有担当起在世界的黑夜中对终极价值追问的诗人，都称不上这个贫困时代的真正诗人。"

下

9.神性生命意识的缺失，导致现代主义诗歌的内在困乏；对诗歌文体的本质性偏离，则导致现代主义诗歌的外在迷失。

9.1　十年现代主义诗歌运动，是一次对现代汉诗文体和语言的最宽范围、最大面积、最为彻底的实验和突进。这一革命性实验所产生的正面效应，已为理论界充分肯定与鼓吹，而其随之带来的负面效应，却一直未被注意或暂时未来得及顾及。

9.1.1　现实的原因在于确实到目前为止，从普泛的诗作者到成名的诗人，从权威性的理论家到平庸的批评界，从诗的"生产（创作）领域"到诗的"消费（欣赏）领域"，一直沉迷于对"新"的追求而忽略对"正确"的认识。

9.1.2　历史的原因在于我们短短不足八十年（其中还有相当长一段几乎是空白式的断裂）的新诗，一直处于对古典诗的逃离、被迅速出现的新的文学和亚文学品种的剥离、以及自身形式的探索这三重困惑之中。

9.1.3　于是在这个艰难的过渡时期，诗的标准便自然形成为：只要以诗行排列、以诗的名义发表的皆为诗。

9.2　诗的灵魂似乎趋于成熟了，而现代汉诗的躯体却远未成熟——当我们从新诗中抽去那些闪亮的理性之光和现代启示录式的声音之后，我们的诗还剩下多少辉煌？而当现代意识已逐渐成为一代人所共有的、普及性意识，且通过别的艺术载体（如影视、流行音乐等）更直接获得时，我们在"什么"这个"主题革命"的意义上还能停留多久？

9.2.1 无怪乎一些西方汉学家已经在那里带着极端的偏见和嘲讽的口吻提出：被翻译过来的中国现代主义诗歌，只不过是经由中国人翻译过去的西方现代主义诗的误读、仿写或再版。

9.2.2 我们创造了些什么？我们丢弃了些什么？我们应该丢弃的是什么？我们可能创造、应该创造的又是什么？

9.3 让诗成为"诗的"，成为具备并符合诗这种文体之基本要素的"东西"——我们再度面临这一古老的命题。

9.3.1 想到一个老旧的比喻：诗好比舞蹈，散文好比散步。这一比喻的恰当之处在于舞蹈的基本要素为：其一要有一定的形式编排，其二要依赖于音乐的伴构。而散步则完全只是不具备也无需具备上述属性的、随心所欲的走走而已。

9.3.2 针对诗歌中越来越过分散文化的趋势，这一老旧的比喻实在值得新解。近来相当一部分诗人和理论家再次提出诗的全面散文化是未来诗歌发展的必然和唯一出路，已无异于将诗推向消亡。

我们也确实面临着一个离散文最近的非诗化的时代。

10. 在对当代中国新诗表现内容即主题的全面突破与拓展的同时，朦胧诗复活、解放并进一步发展了"五四"以来传统新诗的语言形式。进入后现代主义冲动的第三代诗人及其更年轻的后来者，则对现代汉诗语言作了历史性的全面解构与实验。叙述性语言在现代汉诗中的神奇性复活与运用和口语化的被唤回与新生，是这一实验的杰出贡献。

同时，也随之出现了对诗的意象、韵律、凝练性等基本文体要素之需求的最大距离的偏离倾向，以及可称之为最简单叙述派的产生与泛滥。

10.1 由于单位面积（一首诗乃至一行诗）意象与联想的过于密集繁复所造成的阅读障碍和张力互消，使部分朦胧诗逐渐造成阅读心理上的一次性趋向——因为读起来太累而不愿再读。但本质上，朦胧诗并未偏离文体要素，拥有"重读性"与"经典性"的属性。

10.2　第三代及其后来者的许多作品，尤其是趋于"最简单叙述"的诗作，不但颠覆了抒情，甚至摒弃基本的意象需求，排斥优美形式的愉悦，仅仅成为一些偶然的、随意的、简单平俗的、打电话聊天式的实存生活场景和现在时心理冲动的分行白话或诗型代码，从而造成文本上的一次性趋向——因为读起来太简单而不必要再读。虽说其文本内在的东西可能更直接、更鲜活、更具现代性和个人化些。

10.2.1　这类诗的诗爱者（主要是青年读者）实则在阅读中已完全丢弃了对诗歌文本的审美享受，纯粹被其传播的现代心理感受和新闻化的生存呓语所抓住，读完后，他们会说："噢，原来在流行音乐和电影里感觉到的东西，也可以用诗写的！"随后扭头离去或进行"下一首"的一次性消费。

10.3　而作为真正严肃的、出于对一种具有更坚固的质地和更纯粹的形式之语体愿望的第三代代表诗人们的语言实验，则完全不是这个目的。

11.经由第三代代表性诗人复活与重铸的叙述性语言，进入现代汉诗文本的几年实验后，逐步显露出可诗性叙述与非诗性叙述之二重性质。

11.1　叙述性语言在现代汉诗中的复活与重铸，主要源自叙事诗体的消亡。同时也来自对传统抒情诗语言中的矫情和虚假所致的委顿之不满。

11.1.1　经过十年现代主义诗潮的冲刷，叙事诗体几已完全消亡。尽管是由于太过于默默无声的消亡，但一种曾经何等显赫的诗歌文体的不存在了，居然在理论界如此悄然无争，实在令人惊诧。

11.1.2　实则，这是现代诗一次极为重要和深刻的文体剥离——面对新的多极文化世界，我们还需要用诗的语言、诗的形式去"叙事"吗？（一点极不成熟的发问，且不易在此展开。）

11．1．3 剥离的东西并非无价值的东西，新的人类会从中提炼出新的价值。而在剥离过的地方，原有的空白必然会有新的东西生长。

11．2 主题取向的寓言性、主体意识的客观性、语言表现的叙述性，是第三代代表诗人成功作品的三个主要艺术特征，可以细分述为——

之一：语言大体是叙述性的；

之二：有一定的情节和叙事成分；

之三：这种情节和叙事成分是包括小说在内的其他文本不易处理或未经处理的；

之四：这种情节和叙事成分的深层，须是具有寓言性及象征性的；

之五：这种叙述的整体效应是诗性化的。

11．2．1 在以上属性中，叙述性语言的被重铸和有机运用，无疑是最为关键的。这些经由第三代代表诗人的天才性创化的叙述性语言，如同滚动的石头和飞翔的金属一样硬朗、坚实和纯正，并与其寓言性的取向和谐同构而相得益彰，最大限度地实现了自身的潜力和特质。

11．2．2 相对于一般所指的抒情诗来讲，语感的特别和寓言性内示的特别，使第三代代表诗人的代表作品，产生了全新的、卓尔不群的艺术特质。这一特质给当代诗坛带来强烈的"撞击感"，但却只有少量的诗人把握并逐渐进入"撞击"之后的"渗透"。大量的诗人及其追随者则很快停留在仅仅迈出的第一步，同时陷入非诗性叙述之负面效应的怪圈。

11．2．3 对叙述性语言的再造之表层意义，在于对传统抒情诗中的矫情、虚情、经渲染而强制性让读者接受之情的根本清除。其深层意义，在于对汉诗语言的原生状态和再生能力的一次划时代追寻，并重新发掘叙述性语言的诗性资源。遗憾的是，大多数第三代诗人及其后来者，均未进入更深的探索而迷恋于已有成就。

11.2.4　而"寓言性"的建构更不易。一个时代经得起几则"寓言"的解读？一位作家又能从上帝那偷得几则"寓言"？海明威终其一生唯有《老人与海》，韩东的《有关大雁塔》、《你见过大海》又能复制几多？

11.2.5　委顿随之出现。对于既无力继续向新语境掘进，又无意向"抒情之维"反弹的第三代后，遂纷纷成为先行者的误读和赝品——非诗性叙述的泛滥，无内涵意义的"后现代主义情结"作怪——使其在"现代寓言意识"缺失和诗性叙述的枯干乏力状态下，依然摒弃诗的本质要求，乃至发展为无意象语及无意象诗等完全非诗化倾向，从而加速并扩大了对诗歌文体的本质性偏离。

另一部分后来者诗人，则尾随和徘徊于对朦胧诗的误读性复制之中。

12.　仅就诗歌文体而言，朦胧诗代表诗人和第三代代表诗人恰好趋于"人"字形的两极突进并均已临近终结。

12.1　朦胧诗是一次意象密林中的诗性舞蹈。

12.2　第三代诗是一次现代寓言式的诗性散步。

12.3　"在一个时代将近结束时，我们就会见到这一类的诗人，他们只具有过去感，不然的话，就试图通过否定过去来建立对未来的希望。同样，任何民族维护其文学创造力的关键，就在于能否在广义的传统——所谓在过去文学实现了的集体个性——和目前这一代人的创新性之间保持一种无意识的平衡。"[①]

12.4　"整合"和"归一"，常常是十分诱人而又在当代总会被斥之为保守的一种美好意愿。尽管这一趋势已经开始出现，但我依然倾向于问题的提出而不是解决——解决是创作自身的选

---

① 艾略特（Thomas Stearns Eliot）：《诗的社会功能》，《艾略特诗学文集》（王恩衷编译），国际文化出版公司1989年版，第193页。

择而非批评的要旨。

结　语

1. 神性生命意识的缺失和对诗歌文体本质性的偏离，是中国现代主义诗歌进入第三代后的切实存在和必然过程。

2. 这一存在和过程，启示我们重返对现代汉诗从语言形式到内在价值的新的诗学建构。并相信在对十年积累的反思与整合中，在排除掉诸如"市场性"、"运动性"、"功利性"、"媚俗性"等非诗性印记和其他文体所剥离和负载的东西之后，现代主义新诗会更纯粹地实现它自身的目的。

3. 一切跨越艺术革命关头的探索不可避免地是偏执而又深刻的。关键在于如何在新的时代面前坦诚反思"唯我独具现代"的"现代主义情结"或"后现代主义情结"，同时善于利用过去的强大资源，最终以我们自己民族的语言写出我们自己民族的此时此地的现代感。我们毕竟还是达到了某种辉煌的境地，而诗又确实是一种"永远面临永无止境的冒险的艺术"。（T. S. 艾略特 Thomas Stearns Eliot 语）

4. 在日趋复杂混沌的现实世界面前，一切的批评文本都仅仅只是一种不同角度的注释与提示而已。作为第三代诗的较早关注和鼓吹者，本文无意指涉当代诗潮自身体内的创造性流向，而只在于以一种较为特殊的角度和深刻的偏激，以引发诗界真正深刻而有价值的思考。像维特根斯坦（Ludwig Wittgenstein）所比喻的那样：只是提供了一架供登高一望的梯子。也许本文的立足点完全失当，也许"一次性消费"是当代及未来文化消费之必然，也许高质量的"一次性消费"远远超过低质量的任意次"重读"，也许对诗歌文体的本质性偏离会导致一种新的诗歌文体的诞生——而我们确实无需给刚刚获得一点自由进程的现代主义新诗，套上任何一种新的枷锁。

　　5. 维特根斯坦（Ludwig Wittgenstein）曾在谈到哲学时作过一段惊人的评述："一个人陷入哲学的混乱，就像一个人在房间里想出来又不知道怎么办。他试着从窗户出去，但是窗子太高。他试着从烟囱出去，但是烟囱太窄。然而只要他一转过身来，他就会看见房门一直是开着的！"①

　　——是的，房门一直是开着的。

1991 年 11 月

---

　　①　转引自马尔康姆（N·Malcolm）著《回忆维特根斯坦》，商务印书馆 1984 年版，第 45 页。

1995：散落于夏季的诗学断想

世纪末

"世纪末"或"世纪之交"，已如新版货币，在当前的理论界"通货膨胀"起来。文化批评、文学批评，当然也包括诗歌批评，都在用它。然而它却是一张未标明"面值"的货币，谁也说不清这两个词确切的负载是什么。有一些反思，有一些前瞻，还有一些些焦虑情结。

我想提示的是：仅就文化而言，"1999"这个年号，对西方人来说，或许只是一百年或仅只十年的世纪末，对中国人，则可能是一千年乃至两千年的世纪末！是千年的反思、千年的焦虑，用老百姓的话说，是个"大坎"。

……断裂与承传，坍塌与支撑，剥离与裂变，驳杂与梳理，清场与重建，分化与整合，现实与理想，以及困窘与尴尬——所有的命题（或问题）都呈现空前的凝重与严峻。

而文化乃诗之母液、之土壤、之大气层。文化的世纪末即诗的世纪末，作为"危机时代的诗人"，谁又能完全逃逸于这时代的危机？

我是说，诗人不应成为"文化动物"，但也不能对文化毫无思考；按时下流行的理论术语来说，我们无法脱离当下的"语境"来言说当下或言说历史与未来。多年来，我们一直在呼唤中国诗歌及中国文学的大师而终不得一见，其根本原因何在？

表象：主体人格的破碎和主体精神空间的狭小；

深层：赖以植根的文化土壤的"失养"和诗人、文学家以及一切文化人对此"失养"的迷思与失语。

大师产生于开始意识到自身危机的民族和时代。

世纪之交的中国新诗

这确实是一个特殊的时空点，一个终结与起点的重合，一个拒绝与重涉的交汇——所有的命题以及所有的步程，乃至我们已使用习惯所谓"约定俗成"的所有用语（诗学的与非诗学的），都需要重新检验与梳理，需要新的思考。

到世纪末，中国新诗八十年，如此短暂而匆促的步程，却成就了世纪的辉煌，我们该为作为这个世纪的中国诗人而骄傲！尽管身处一个非诗的时代，我仍然坚持认为：整个二十世纪中国文化的艰难进程中，唯有新诗是其最为闪光的深度链条，是身处多重困境的中国知识分子唯一真实而自由的呼吸，并成为与世界文明进程和人类意识对接的最敏感最前沿的通道；我们再造了诗的国度，也最终仅以诗为最大的慰藉。

八十年，拓荒者已成为历史庄严的记忆，第二代将成为世纪的大树，新生代将作为跨世纪的一代步入中年的成熟，并用他们的肩膀去扛来新诗百年大典。尤其令人欣慰的是，使用同一母语而在不同时空下形成的中国新诗之三大板块，正经由两岸数地有志之士的推动，渐趋于历史性的对接和整合，从而成为逼临新世纪的大中国诗歌一片初露的曙光。

在世纪之交的特殊时空下，我们该有我们的成就感和自信心，同时也要清醒地看到我们所面临的挑战和自身存在的问题。

回视来程，三代诗人在"三大板块"三度不同的时空下，将浪漫主义、现实主义、现代主义以及新古典、后现代都不同程度地匆促走了一遍，且因匆促而止于初步的深入。实则我们基本上一直在参照他者所提供的"图纸"建造着现代汉诗的各种房子，并渐渐"定居"了下来。现在是到了重新审视这些"图纸"和这种"定居"的时候了——我们该有我们自己的设计和建筑，至少，是更多的自己。

实验性、探索性、发散性——缺少的是：自律性与自足性；必须寻找新的、自己的光源！

我们经历了一个普遍放任的时代，因而，控制、提高和浓缩便成为必然的重涉——对经典的重涉：创造一种新的规则，并拥有号召力，而不是任何他者（西方的或我们前者）的投影或复制。

守望与孤寂

金钱、物欲以及以视听文化为主导的商业文化的全面笼罩，已将纯正的诗歌边缘化为一座孤岛，"守望者"的称号正成为这个时代对诗人苍凉的命名。

守望什么？

人类灵魂的诗性和语言的创世性。

保持并不断拓展一个民族和一个时代中的诗性精神空间，以此抗衡原始本质和技术控制对精神的"钙化"，从而让生命得以新生与鲜活，让诗性灵魂在意识形态混乱和金钱挡道之中继续前行。

　　然而，当时代的共同想象关系解体后，个人化的诗性言说/写作，又何以重构集体乌托邦式的所谓"人类诗性灵魂"呢？

　　不敢妄谈"使命"。或许，我们只是以跋涉为神庙的香客，播撒的是破碎而静寂的足音（钟声!?）。我们只有固守自己的孤独和崇高，而期望更多这样的"自己"的额头渐渐明亮起来时，那"世界的暗夜"（海德格尔 Martin Heidergger 语），也就渐渐有了光亮！

　　在不老的山河（田园、乡土、自然……）面前重新审视自身生命的孱弱和空乏；在家园的追寻中反视现代人迷失的生存状态；使世界的无意义显出意义，使人类的世俗存在显出神秘存在，使生命的混沌性显出澄明性——这是我们共同的守望。

　　怎样的一种"守望"呢？

　　"在时空上保持某种程度的孤立，是产生伟大作品不可或缺的要素。……事实上，我们所受的痛苦，不在于神学信仰的贬值，而在于孤寂气质的消失。"重温罗素（Bertrand Russelle）的这段话是必要的。

　　让我们平静下来，做孤寂而又凝重、沉着的人——守住，且不断深入，进入科学而诚实的工作状态；精神的持久力量，承担的勇气，承受的意志，以及为存在及万物命名的语言敏感——这是时代所要求于"诗城守望者"或"孤岛住民"的人格魅力与精神状态。

　　守住：爱心，超脱，纯正。

　　从容的启示。

呼唤与呕吐

　一个有意味的现象——

　　以浪漫主义为发端的中国新诗，历七十余载探寻与展开，在世纪末的时空下，又大有复归浪漫主义（或披着现代主义外衣的浪漫主义）主流的趋势。随着实验诗歌在九十年代的全面式微，一种不无逃逸性的、自我抚慰式的、空心吟诵和复制的"时尚"，便悄然主导了诗坛的流向：我们的现代汉诗再次变得更"丰富"，也更贫弱。

诗的意义价值在于对人类精神空间的打开与拓展。近代中国人的精神空间几度归闭，从未真正打开过。现代汉诗的历史性崛起，对民族精神的拓展是空前的。这种拓展一直作两个向度的展开：呼唤的、吁请的、期盼的和呕吐的、批判的、质疑的，前者落实于文本，为想象世界的主观抒情；后者落实于文本，为真实世界的客观陈述。两个向度，两脉诗风，正负拓展，不存在优劣对错之分。问题在于：就诗运而言，前者总是倡行兴盛，后者常遭阻遏沉寂；就诗质而言，反是前者总是充满了语言的焦煳味和精神虚妄症，至今难以见到真正让人感到真切可靠的言说，后者则拥有如北岛、于坚、洛夫、痖弦这样彻底的现代主义代表诗人及其经典诗作，以及于九十年代异出的伊沙式的后现代创作。

人是能想象未来的存在者，也同时是能发问此在的存在者；拒绝与再造，清场与重建，以及呕吐与呼唤，将是跨世纪的诗学命题。我们绝不拒斥呼唤，拒斥给这个日益枯燥的世界更多的诗的抚慰、诗的梦境。然而，面对日益增生的生存毒素（包括文化承传中的和现实后积的）与语言毒素（包括意象迷幻、隐喻复制、观念结石、言说范式等），我们是否更需要诗的拷问、诗的力量呢？

呕吐——导向语言意识的革命和生命状态的重塑。而这种抱有终结与重建的"呕吐"，需要更坚强的意志和承受力。

传统正审慎地归来；

先锋有待新的出发。

想象界，真实界，神话写作与人的言说——重涉的两极展开。

面临同一个挑战：如何穿透文化工业的迷障，使处于后现代语境下的诗歌阅读进入新人类的"文化餐桌"成为可能。

批评的转型

在现代汉诗由诗歌精神的革命转向诗歌语言的革命，由群体性/运动性写作转向个人化/专业性写作后，诗歌理论与批评的转型遂成为必然。

批评成为自在的文本、自足的言说而非创作的附庸；理论不再只是关于诗的话语而是对诗说话。在对诗歌作品诠释的同时进入诗学本体的建设，且对以往诗的批评与理论概念予以清理和重构，以阐明此前含糊不清、人云亦云的问题与命题，进入有理论支撑的批评，发掘那些存而未说的东西——引进新知识，进入新语境，对新的挑战（如大众传媒、视听文化）发言，开辟新视野，建立新权威。

目标要求：科学性、本土性、现场性、历史性、权威性。

现代诗的出发是多向度的，它永远处于途中，没有统一的终结。这样，对诗的批评也就先天性地难以用一个尺度——如老旧的二元论："懂"与"不懂"；好与坏；大与小（境界）；高与低（品位）；冷与热（情调）；晦涩与明朗（语境）等，也存在着多种展开的可能性。但不能由此便忽略批评的自律和自重。

现代汉诗多元展开的可能与形成之间、诗思的自由性与诗体的局限性之间、主体构想中抵达的深度与文本凝结后抵达的深度之间，所隐藏的对立与误差，可能是现代汉诗诗学最主要、最基本的命题。

对能力的考察和对技艺的关注。

转型——对所有的用语重新审视；

转型——对所有的命题重新发问。

诗意的困扰

当代诗人的困境在于他们已被所谓"诗意的"语言团团包围，黏滞或陷落于其中，而依然要进行所谓"诗意的"言说。

这就有如一只靠吃蜂蜜而非靠采花粉来"酿蜜"的蜜蜂，只有"酿"（酝酿、酿造）的行为，失去了"采"（采寻、发现）的过程。如此酿出的"蜜"的味道，便可想而知了。

于是你会发现：所谓"诗意盎然"原来是个很可笑的词。那些看似非常有诗意的分行文字，其承载的却是我们早已熟悉的东西，成了"诗意厌倦"。这种因语言缠绕所蒸腾的诗意的迷雾，常常让正常的人发晕！

过剩导致了匮乏。

于是出现了一个荒诞的命题：我们所谓的"诗的语言"不是太少了，而是太多了?!

流俗的诗意与生疏的力量。

或许跳出诗意反而救了诗？

问题在于普泛的诗人们一旦想做诗人或已经做了诗人，便渐渐只会或只想说"诗的话"而忘了或不再会说"人的话"——真诚而坚实的、富有铁质和血性的、普通人的话。

"在这样嘶哑的时代飞着的鸟

它与我们有什么关系"①

语言的贵族化导致了诗意的流俗。

想到西方哲人的一句话：如今，唯一真正的作品是非作品之作品。

让我们重新"粗糙地"开始……语言与诗意的搏斗。

---

① 此处借用沙光《让我们面对力量之轻》一诗中诗句，见《中国诗选》1995年卷。

语言的困惑

需要更深的追问是：什么是诗的语言？

该令当代诗人们追怀的是那个离我们已很久远的、第一个把雨称作"雨"、把女人称为"花"的诗人——一次命名，就是打开一个新的精神空间——那真是全新的、未被任何"东西"触及过的、完全陌生的精神空间。

能为我们打开新的精神空间的语言便是诗的语言吗？应该是这样的。至少，它应是诗的语言的基本功能。命名、开启、创世的功能。

可对于现代人类而言，什么样的精神空间才是"新的"呢？是别人以及大家都不曾熟悉的，或只有诗人一个人可领略的陌生吗？

另外，是由诗人自己"打开后"呈现给读诗的人，"请君入瓮"式的新的精神空间，还是经由诗人间接激活而"开启"了读者原就存在但被遮蔽的精神空间呢？或者二者都是？

我已被自己提出的问题所困扰而失语。

回到语言本身——

在普泛的诗人那里，在传统诗学中，语言是作为被创作主体所役使的工具而存在的。这是一个很大的、长期不被人警觉的误区。持这种语言态度的诗人，常常反被语言所役使，失去自己言说的真在。这里的语言，当然是指仅仅被作为工具看待和接纳的"他者话语"。

语言既是给定的，又是生成的；既有能动性，又有遮蔽性。一般人较注意语言的如何使用，对使用中的遮蔽性则常为忽略而反为其累。有如我们是被偶然间抛入到这个世界上来的一样，我们也同时被偶然间抛入了这个给定的语言环境。在我们使用它之前，它已存在了，涵纳着前人、他人的智慧，又暗藏着这智慧无意间构成的陷阱。在它的生成发展过程中，不断被古人、前人、文人、圣人、高人、凡人、智者、庸者以及外来者填充进无数的理念、概念、观念、俗成约定之念等"硬物"——沉淀、钙化、累积；定义、定形、定势，渐渐失去它原初的命名性和鲜活的能指性，成为"语言结石"和"语境范式"。此即古典诗到了现代必然被新诗话语所替代的根本原因。即或是新诗，历经几十年的打磨填充，也渐生积弊，有待革新与再造。

到了当代，诗人们与语言的关系又经历了一次有意味的换位——由做语言的主人，变为语言成了言者的主人；言说者或听由语言的牵引，或依附/寄生于语言，语言成了役使者。是一次进步的换位，也依然是一次迷失的进步。

既怀着敬畏之心去侍奉语言，与之交心，与之对话，潜心倾听语言在给定的面目之后，那隐秘的呼唤和提示。同时，又带着灵动之思去叩问语言，使之显形，使之变化，在去蔽而后敞亮之中找到与你生存体验相契合的新的语素、新的语境。持这种态度，方得语言真谛，并最终形成一个优秀诗人应有的、独特的语言品质。

在熟稔中敲出陌生！

远离惯性，转换视点，给出一个新的说法或说出一个新的东西，便是给出或说出了一个新的精神空间——

"一滴水被隔于水外，它学会了言说
并要持久地经历：是什么水"[①]

意象与张力

一个老旧的诗学话题，却总是需要重新提起。

---

① 此处借用沙光《像推土机一样笨重地前进》一诗中诗句，见《中国诗选》1995年卷。

有一种说法：写诗就是创造意象；有如写一首"坏"的诗，不如去创造一个新的意象。

一个意象能否成为一首诗？

一首没有意象的诗能否成为"好"诗？

两者都应成立。

其一，上节《语言的困惑》最后所引两句诗便只有一个意象，即"学会了言说"的"一滴水"。尽管这两句诗是从诗人一首诗中抽离出来的两句，但一旦分离出来，可以看出它足以独立成为一首完整的诗。而在原诗中，它是其眸子，自明的光亮照耀着非意象的成分；是其核，自足的张力支撑起诗中其他部分。这种自足自明的意象，我称之为"晶体意象"；这种诗句，我称之为"纯粹诗语"。

其二，没有意象也可成"好"诗（沿用这种模糊的说法），古今中外，可找到不少的例证。意象是诗的主要元素，但不是唯一元素。诗的成败，主要看各个元素的配置和构成。少用意象甚至不用意象，这样的写作，需要更高的智慧，并成就另一脉诗风，其主要特性是语言转换，即再造口语和诗化叙述性语言，所谓高僧说家常话，但这家常话中所含的"高深"底蕴却非家常人之能所为。

其实我们读诗，不仅只为几个新奇的意象，几句不凡的句子。真正的读者是求整"篇"的审美效应。而意象本身也有词构、句构、篇构之分，或实意实象（单质的），或虚意实象（多质的），或虚意虚象（深度弥散的）；而大象无形，大意无旨，意在象外，象外有象，不一而足。此外还有"事象"，即含有戏剧性张力的事物原型，同样可以入诗。

唯意象是问，实已成诗坛积弊。这里有一个诗学误解，即以为诗的张力即来自意象的营造。于是许多诗人靠"密植"意象来"挤"出张力，却不知你挤我我挤你，反而产生了张力互消的负面作用，读中乱云飞渡，读后一片茫然。如此过于繁复密集的意象堆砌，常导致语境生涩黏滞，需要的是严谨的组织肌理与古典式的制约。

诗的张力有二：一是产生于阅读过程中的局部张力，我称之为前张力；一种是产生于阅读后的整体张力，我称之为后张力。真正优秀的现代诗人，多着力于对后者的探求而成大气。

实则大多数诗人所经营的意象，多属于"流质的"、不能自明自足的"意象碎片"，个体质量不足，便难免要靠"密植"取胜，到了却成为"意象浮肿"，反为其害。

聚焦、收摄、内凝、朗现，回到肌质，抵达语言的原生状态和命名功能；

进入智慧的写作。

完整与碎片

仅就诗而言，完整的概念不是指作品经由起、承、转、合而达到的所谓结构的完整，那反而可能是一直需要打破和予以解构的东西。

完整，是指作品内含的独立性，和作为一首（部）作品的完成性。

这是一个因了"完整"这个概念的传统性，而一再被忽略的问题——谁提谁就"保守"，但它又总是成为一个问题，最基本的问题。

在一些伪实验诗歌中，在普泛的青年诗歌界，因完全没有"完整"意识所致的放任与随意化，使其作品成了碎裂的、断片式的播撒（借用后现代的一个词）。我们从他们充满诗的狂热的手中得到的，常常只是一杯草率勾兑出来的"鸡尾酒"，而非经自己苦心酿造且长久窖藏而后示人的陈年佳酿；或常常只是一盘各式水果的切片而非一只只浑圆的果实（切片从何而来，另当别论，但可以肯定的是，很少是自己种自己摘的）。读多了便会发现：一个意象是另一个意象的影子，这"首"（应该算"段"）诗是那"首"诗的延续，流质的飘移，全无定所，作者心里可能还明白，可凝结于文本中的文字所表现出来的，却一点也让人不明白；知道他想说啥，但没说成。

在一些诗人那里，你可以认为这是一个实验性的过程而非目的；在另一些诗人那里，则永远是个问题。

也有以此为"目的"、为"创新"、为"探索"、为"荣"者，且终于找到理论依托，自号为"后现代"，实则根本扯不上。

虚妄而缺乏内省的自信，使年轻的目光总难发现：表现出来的与想要表现的之间那隐秘的落差。

而碎片只是碎片。

而写作是控制的艺术；

浑圆地生成，宁静地坠落，带着汁水、芳香和核。

一个完整而独立的创造。

原创性或说法与说

原创性——这是大诗人与小诗人、卓越的诗人与庸常的诗人最本质的区别之处。

原创性的诗人，常常用一句或几句诗，就为我们打开一个全新的精神空间——所谓"警句"亦即上述"纯粹诗语"的意义大概就在于此了。

非原创性的诗人，则只是用许多诗句和意象去解说一个原本就已存在的精神空间——尽管是诗性的，亦即有一定诗美情趣的言说。读多了，我们会发现，他们并未说出什么新意，只是其说法与前人、古人、他人稍有不同而已。

介于此二者之间，还有一种诗人：他的诗的言说，虽然也是指向一个业已存在的精神空间，但不同的是，一经他那样说了之后，别人就不必要再说！

瞎子摸象，明眼人画象，好猎人捉来一头象；
天才与象为伍，并拥有一座陌生的森林。
一个空间只有一个焦点，你要找到它；
一个时代有无数新的空间，你要发现它。
即或说不出新的东西，也要找到新的说法。
——诚实、赤裸、灵动、好奇；
拒绝既成性，拒绝惯性写作，回到"初始状态"。
诗，是原创性的艺术，创世的言说。
永远的冒险！

最后的悖论

在上个世纪，上帝"死"了；
在这个世纪，人"死"了；
在今天的中国——
知识分子"死"了——教育者向被教育者认同；
启蒙者"死"了——指路人先得为自己找路；
大写的诗与大写的人也"死"了——在集体乌托邦式的写作消解之后；
书写文化也正在"死"去——在视听文化空前的肆虐下……
诗该怎么活?!
一边开启了生命的本质、人的目的，一边又迷失于"手段"的王国——言说即是言说生命，可生命的本质缺失之后，言说又有何意义？
最后的悖论，也是最初的悖论；
世纪的迷津——空心喧哗。
何谓：人诗意地栖息?

谁一无所有，谁就不存在；

我们几乎一无所有，可我们暂时还有诗。

有诗，我们存在。

就这样——只能这样……

1995 年 5 月

拓殖、收摄与在路上

现代汉诗的本体特征及语言转型

一

　　一个古老的、曾经那样辉煌而有效地命名并锁定了古典中华民族精神空间的诗的中国，在二十世纪下半叶，最终被另一个诗的幽灵所彻底解构，离散为千沼百湖状的多元状态，实在是一个千年的巨变，是这个世纪之中国文化进程最为重要的遗产。

　　从白话诗的发难，到现代汉诗的全面确立，现代中国诗歌精神，经由几代诗人的努力，实现了历史性的转换：由超稳定性的、以传统文化为核心的古典封闭系统，向变动不居的、以现代生存经验为底背，且与外部世界打通同构的多元开放系统的转换。这一转换，对二十世纪中国人的精神空间和审美空间，发生了创世性的拓殖效应——在这个充满忧患、对抗和各种危机的世纪里，现代汉诗已成为百年中国文化最真实的所在，成为向来缺乏独立人格的现代中国知识分子真实灵魂的隐秘居所，也同时成为中西精神对话最真实的通道。在不断消解狭隘的阶级利益和狭隘的民族利益的困扰，和顽强对抗各种意识形态暴力的迫抑之艰难过程中，现代汉诗最终以其独立的现代精神风貌和丰满的现代艺术品质，与世界文学接轨，与现代人类意识交汇，成为二十世纪世界文学进程中，不可缺少的一个重要组成部分。

这是一场从精神到语言的全面变革。变革的过程，大体可分为三个阶段，我曾由此将其划分为三个板块：第一板块为二十年代至四十年代的新诗拓荒期；第二板块为五十年代至今的台湾现代诗；第三板块即大陆自七十年代末崛起，横贯整个八十年代，继而深入九十年代的现代汉诗大潮。如此划分的目的在于想指出：现代汉诗的历史性转换，最终是由后两大板块共同完成并确立的，而"现代汉诗"这一区别于以往"白话诗"、"新诗"等称谓的新的诗学框架，也应大体框定于后两大板块——所谓"现代汉诗诗学"，我想，应该是以此为出发而作展开的。

诗歌精神的转型，是伴之诗歌语言的转型而生的。由"五四"开启的"白话诗"，经由全面拓荒后形成的第一板块，主要完成了由古典话语向现代话语的转型，而后两大板块，则经由多向度的突进，深入推动了新诗更深层次的语言转型——

其一，由一元中心的意识形态话语，向多元分延的生命话语的转型；

其二，由以集体记忆和历史记忆为核心的共识话语，向消解了共同想象关系的个人话语的转型；

其三，由单一的，以想象世界的主观抒情为主的抒情性话语，向分流的、以真实世界的客观陈述为新表现域的叙事性话语的转型。

前两度转型，导致了意识的革命和生命的重塑。第三度转型，则直接促使新诗表现域度的大跨度拓展和根本性变化，也是现代汉诗诗学最值得着力研究之所在。

二

或"言不由衷"，或"词不达意"，脱离由启蒙运动开启了的新的精神空间，无法成为新生活的组成部分而形成"语言空转"——这是新诗向古典诗发难的根本动因。一方面，现代汉语已开始创造现代中国人，现代中国人的精神面貌已体现在现代汉语中，这是必须直面的历史现实。另一方面，经由上千年的打磨，古典诗语已过于光滑，以致使现代人无法再自由行走，需要新的摩擦力，新诗由此迈向了由古典诗语向现代诗语转换的步程。这一步程的启动，主要来自对西方诗质的接种，且逐渐打磨出新的"光滑"，出现了新的"语言空转"——生存的问题越是尖锐，诗人的言说越是虚脱，重新泛滥于九十年代大陆诗坛的语言贵族化倾向，使我们对由单一抒情性话语向分流的叙事性话语的转型之必要性与重要性，有了更深刻的认识。

新诗显然已形成了一些新的传统，这些传统是高蹈的、抒情的、翻译性语感化的，充满了意象迷幻、隐喻复制、观念结石以及精神的虚妄和人格的模糊，失去了对存在发问、对当下发言的尖锐性，也失去了进入新人类之"文化餐桌"的可能性。其实有别于这一"传统"的另脉诗风，早已存在于现代汉诗的进程中：活用口语，再造叙事，回到日常语言的大地并激活出生疏的力量，以富于寓言性和戏剧性的细节与经由选择而控制有度的叙述，赋予非抒情性的自然词序和平凡语言以全新的诗性和更广阔的表现力，真正抵达融语言的真实与人的真实和世界的真实为一的境界。这一转型，不但极为有效地拓殖了现代汉语的诗性功能，也改造和丰富了现代汉诗的语境，成为现代汉诗中更为深入而坚实可信的诗性言说。

由诗性的歌唱转而为诗性的言说，由想象界转而为真实界，由神转而为人，这是更为智慧、更需意志力而非仅凭激情与想象的写作。这种写作不只是找到了一种与当代人生命质素更相适应的表层形式，同时更表达了对一种生命形式的寻找——本色、真实、直面存在、体认普泛生命的脉息和情绪，投射出健康而富有骨感的人格魅力。由此诗性主体发出的言说，具有更单纯的力量和更深的内涵，消解了为想象而想象的矫饰、为抒情而抒情的虚浮，同时也便拆解了想象界与真实界、说"诗话"与说"人话"亦即可说与不可说的界限，使现代汉诗成为一个真正广阔而坚实的开放场。而仅就语境而言，这一语言转型所生发的澄明/硬朗之美，也是对抒情传统的繁复/朦胧之美的极为重要的互补。走出一再被复制的隐喻系统，直接进入存在，用口语化的陈述敲击存在的真髓，同时注意对事象与意绪的诗性创化，以"高僧说家常话"的语感，来追求文本内语境透明而文本外有弥散性的后张力——很明显，这样一种语境，是更契合我们这个时代且向未来开放的，也使现代汉诗之专业的或非专业的阅读者，有了更多的信任感。在多元文化语境下，这一信任感的确立，对现代汉诗的生存与发展，无疑是至为关键的。

三

对叙事性诗歌话语的高度评价，旨在全面确认现代汉诗的本体特征，以重新梳理其建构策略。

谁都明白，失去想象力的现代汉诗依然是"不可想象的"。我们依然要维护诗的高蹈性，使之避免成为公共舆论机构和大众传媒所造就的"消费文化"的牺牲品，保持其"精神家园"的理想境界。与此同时，我们又必须伸出一只臂膀或叫作垂下一只臂膀，深深插入现实的大地，作负面的承载，清除日益增生的生存毒素和语言毒素，以让真的生命、真的诗性在价值观念混乱和金钱挡道之中继续前行。

这是从诗歌精神的角度而言。换一个角度，单从语言说起。

我们知道，进入九十年代之后，一直在整个现代文学的进程中，起着启动与前导作用的现代汉诗，已逐渐失去往日的影响力而变得孤弱沉寂起来。尽管从现代汉诗诗运而言，这是一个必要的间歇，由放任的拓殖到自律的收摄的间歇，是成熟起来的表现。但由此也激发了诗学界的思考，不少学者便首先落视于对语言的检视，提出诸如"重新认识传统"、"母语的纯洁性"、"文本失范"等等问题。

　　这里首先需要确认的是：现代汉语是否就是我们的母语？如果是，那么在用此母语思维和写作时，不断提出对传统消解的警惕是否有意义？传统具有过去、现在和未来三个向度，是流动于过去、现在和未来整个时间性的一种过程，传统始终是我们的一部分，而非只是过去时的。实际上，百年文化变迁已形成了我们无法抽身他去的语言处境，我们再也无法握住那只"唐代的手"（借用柏桦《悬崖》诗句），只能站在现代汉语的土地上发言。诚然，现代文化的变迁，使我们猛然间失去了古典中国的"家园"，从此踏上了不归路的、永远在路上的行程，但这是我们必须认领的历史境遇，我们只能就此前行，不再作"回家"的梦。显然，"在路上"的写作与"在家中"的写作有着本质的不同，原因是，"在路上"的生命状态对艺术的诉求，和"在家中"的生命状态对艺术的诉求是不一样的。"在家中"的写作，无论是出世的还是入世的，是"仙风道骨"还是"代圣立言"（"圣"与"家/国"同构，"言"即"志"），都有一个较稳定而可通约的文化背景作凭借，因而其言说是具有公约性和可规范性的，写作者也在有意与无意间追求这种公约和规范。"在路上"的写作，则完全返回自身，返回当下的个在生命体验，且因文化背景的巨大差异性和变化性，无法再有"规范"可言，写作者也不再顾及这种"规范"，亦即写作本身也成了一种处于变动不居的、"在路上"的状态。

　　实则经过多年的纷争，大家都已开始认识到，语言在使用中必然要不断突破原有系统，突破语言规律而不致被冻结，使语言在艺术直觉中不断自我超越，这正是诗的本质所在。由此我想到，有如长期纠缠于诸如传统与现代等所谓"基本问题"（实际已成"不良问题"），不如回过头来，体认现代汉诗就是"在路上"的这一最根本的本体特征，潜心于对这一特征之内部语言机制变化的勘察，大概是现代汉诗诗学最可着力而有所作为之处。

　　以此去看上述两类诗风的语言走向，自会有新的领悟。几十年的实践已表明，高蹈之作，总难避免重蹈语言贵族化的倾向，这已成积弊。要说现代汉语入诗，有让人不放心的地方，就是因移植而形成的翻译语感在作怪，以及由此生成的语境的隔膜感。许多诗人写的诗，完全是西方诗歌的中国式"高仿"，恐怕翻译成英语比汉语还漂亮。而当语言复杂和隔膜到令人疲惫不堪的时候，人们自会感到厌倦而失去审美兴趣。其实所有那些人类智慧的大师，都是口语表达的奇才，而能在寻常生活中抓住生命要义的人，亦即能用平常语言言说生活真义和诗性的人，才是真正得诗之真谛的诗人，也才是真正有能力对存在发问、对当下发言的强者诗人。这种强者诗人之强，在于其语言的独立，且是独立的活话语，能更直接、更灵活地反映不断变化的时代语境与精神实质，同时也从根本上得以消解因"语言殖民"所导致的从语势到语义的仿生性和复制感，富有原创性地、鲜活而生动地言说我们自己的现代处境。应该说，所谓现代汉诗之跨世纪的深入发展，也才由此落在了实处。

　　新诗八十年，三大板块，三次崛起，都是以精神拓殖为主导的——启蒙思潮之于"五四"白话诗；文化放逐所致的文化乡愁之于台湾现代诗；人的复归与生命意识之于大陆新诗潮——可以说，我们经历了一个极言精神而疏于艺术收摄的过渡时代。随着几度语言转型，随着"运动情结"和"角色意识"的逐步消解，随着富有专业风度之终生写作姿态的出现，我认为，这一漫长过渡应该结束了。

有倾心于拓殖的时代，便该有潜心于精耕细作的时代。诗是语言的艺术，精神的拓殖最终要经由艺术的收摄来予以体现、予以完成。一个从未学过书法的诗人是否能成为书法家？同理，一位从未深入过诗歌写作的哲学家是否可以成为诗人？这是不言而喻的。依然普遍存在的"词不达意"或"言不由衷"，有主体人格的问题，更有艺术质素的问题。实际上，随着意识形态的中心坍塌，现代汉语的诗性想象与诗性言说空间，是空前的扩展了，其精神资源也更加丰厚了，它给当代诗人提供了一个极为难得的历史际遇。遗憾的是，我们大部分的诗人，却在这时猝然间老去！

仅凭精神驱动造就的是大批热爱写诗的人，以及几个"登高一呼"式的"风云人物"，只有那些潜沉于诗歌艺术，且具有整合能力的诗人，才会成为真正优秀的、跨时代的诗人。

"收摄"的命题由此提出。

对于依然"在路上"的现代汉诗，收摄不是锁定，不是整合为一统的所谓"经典范式"。收摄是指在每一向度的精神拓殖中，找到更契合这一精神向度的言说方式——各自饱满的方式；麦子的饱满和水稻的饱满，而非只种一种庄稼。同时注意让各种潜在的新的艺术质素，得以充分生发。

对于在"对抗"消解之后，处于严重失语状态的现代汉诗诗学，收摄则是一个全新的开启。我们多年来已习惯于以前导性的姿态发言，失于对诗学本体的深入，包括技术层面的研究，陷入大话的自我缠绕和脱离现场的理论空转。实际上，当现代汉诗已呈现为一种有边缘而无中心的集合，一种弥散性的扩张状态时，我们有许多十分具体的工作可做。譬如——

1. 深入文本的"技术性"分析：

a. 是否说出了新的东西，亦即对一个新的精神空间予以了诗性的命名？

b. 是否同时给出了新的说法，亦即命名的原创性？

c. 其言与其思与其道之间是否达到了和谐贯通，亦即说出的与想说的之间有着怎样的落差？

2. 深入创作主体的"状态性"分析：

a. 什么样的状态？

b. 是复制性的还是超越性的？

c. 是专业性的还是非专业性的？

d. 是否具有人格的独立性和语言的独立性？

3. 就语言而言：

a. 用西方时间性/知性的语言逻辑接种于空间性/感性的汉字母语，到底发生了怎样的裂变？这裂变与我们的精神进程有何契合或悖谬？

b. 现代汉诗经由多次语言转型后，出现了怎样的艺术差异？有无整合的可能？怎样的可能？

4. 就诗与非诗而言：

a. 规定什么是诗，肯定是错误的思路，但指认什么不是诗，是否是当代诗学应该考虑的问题？

b. 只能这样才算好诗与无论怎样都可以写出好诗之间，是否该有个可通约的过渡带？怎样通约？

5. 就编选科学而言（这是问题最多也最混乱的领域）：是否能在每一种"主义"或路向的范畴里，把原创性的作品留下，把投影和复制性的作品剔除掉，再研究其原创的份额和程度，一些有关诗歌本质的问题可能会由此清楚一些。这是编选的历史任务，不能再搅在一起乱编下去——把麦子的优良品种挑出来，也把稻子的优良品种挑出来，然后重新播种。

鉴于本文的重心所在及篇幅所限，以上仅作问题提出，不再展述。而我最终想说的是：我们无法脱离当下现代汉诗已具有的现实广原，去建构他在的什么诗学体系。打破线性的文学史观，以更为开放的视野，反思"精神拓殖"、着眼"艺术收摄"、体认"在路上"状态，真正进入一个科学工作的时代——在这个时代里，我们知道我们只能做什么和只能怎样做，从而在一种更为严谨的自律中，去求得更大的自由与成就。

1997年5月

第三代后：拒绝与再造

谈当代中国诗歌

一

从朦胧诗到第三代诗，整整两个五年，我们经历了一个拒绝的时代。

朦胧诗是一种政治上的拒绝；第三代诗是一种文化上的拒绝。

夹在这两代拒绝者诗人之中的，是那些作为艰难时世中个体灵魂之自慰性歌唱的隐逸者诗人，作为顺应芸芸众生浅近精神需要和依存时代工具意义的文化快餐式的消费者或涉世者诗人，以及作为青春期诗恋症的大量的诗歌熟练工。

而几乎所有这些诗人们的目光，都是投向过去和现实即此在的。

由于自身与历史的双重局限，由于手中握着"拒绝者接力"的最后一棒，即使是最具有先锋意识和语言才华的第三代诗人们，也未能从情感上屈服于上界的力量和突入超越性的境界，同时还受到来自急剧扩张的消费文化的心理困扰。

因此，他们几乎完全生活在此岸世界，或漂游于只属于此岸的物事；他们只是深刻地向人们提供了有关其真实处境的诗性思考，而并未向人们发出神明式的启迪和给予终极价值的关怀——从而他们作为诗人的一切意义只能仅仅来自这个世界。

他们是此岸与彼岸之间过渡性的一代诗人。

二

同时必须再三称颂这是一次辉煌的过渡——相对于过去的历史，这种称颂怎么过分都显得并不过分。

以"我不相信"（北岛·《回答》）粉碎昏热的时代神话，以"你不是一个水手"（韩东·《你见过大海》）推倒虚假的文化英雄，在对"政治动物"和"文化动物"（韩东语）作了全面、彻底的拒绝之后，拒绝者诗人们历史性地促使中国现代主义诗歌，回归到人的真实同时也回归到艺术的真实，并追随国际诗歌一起进入了现代意识，从而宣告伪现实主义和伪理想主义在中国诗歌中的彻底破灭。

这种为再造而举行的全面拒绝、探索和实验，无疑是具有重大的历史意义的——这几乎是一次狂飙突进式的、大跨度的飞跃，没有这一飞跃，我们也许至今还在愚昧、虚伪和完全非诗的泥淖里爬行。

然而问题的关键在于，假若我们从更深、更宏观的历史角度审视这一段"辉煌的过渡"，我们会发现它的主要价值只是将自"五四"以来中断的新诗革命再次复活并仅仅跟上了国际诗歌的发展，一句话，这主要的是一次新的革命而远非创建。而整个二十世纪近百年历史的中国文化，已是太多的革命而太少创建了！

遗憾的是，作为十年现代主义诗潮的主要代表人物中的诗人们，本是可以率先超越此在，注目彼岸，作为圣者——再造者诗人去开辟另一番天地的，却大多过早地枯竭或陨落了。

对此，一位多年来坚持圣化诗歌、恢复诗歌终极关怀精神的青年诗人李汉荣指出："朦胧诗诗人主要是以'政治场'为感觉对象的。第三代诗人则主要是以'社会场'为感觉对象的。而这都不是诗人的场。诗人的场是贯通了天、人、神的宇宙场、自然场或天/人场……诗应该关心更根本的东西：那是极感性的又是极抽象的东西，它关涉到我们生命的最核心的内涵。恐怕表现孤独、荒谬、绝望、死亡、迷茫……并不是诗的最高使命，诗并不是也绝不该是仅仅为表现这一切的工具：诗，它本身的含义就是一种宗教的意味，以一种深深的万古情、万古心给人以爱和安慰——因为人本身就是一种很悲哀的生物。"①

而另一位时代的清醒者、青年诗人肖沉则明确提出："我们将诗歌转向'宗教'的意义是明智之举。自诗歌诞生那天起，就决定了它是最具理想色彩般的面目的，它仅仅有权提出拯救灵魂的一切善意的理念，这种理念的脆弱已接近无穷大而成为愿望的化身，它解决了什么并不是诗歌的任务。——对诗人来说，诗歌的任务是重建精神的殿堂。"②

应该指出，对于处于二十世纪末的中国诗人们，这些发自青年诗人们的圣徒般的声音，无疑是历史性的提醒和昭示——可惜今日中国诗坛真正超越性地悟到此境者并不多见。

三

而缺憾的阴影正由此降临——随着第三代诗人们将拒绝推到极致，我们就真的只剩下"此在"之"荒原"了：传统几乎全面沉没，远离所有的幻想、真理和神性；人们在文化的废墟间飘游，在现实的呕吐物中迷茫，一边用"沙器"式的艺术证明着自己的存在。

这几乎是一个世界性的缺憾——在绝望的尼采（Wilhelm

---

① 引自青年诗人李汉荣1991年5月24日致沈奇信。

② 肖沉：《诗歌实验室手记》，美国《一行》诗刊总第12期，第139页。

Friedrich Nietzsche）扼死了上帝，将人们从绝对精神的"伊甸园"放逐之后，在萨特（Jean-Paul Sartre）存在主义的"恶心"之后，艾略特（Thomas Stearns Eliot）再次抛给现代一个巨大的"荒原意识"……现代人类精神由此进入一个悬空状态，并加速度地跌入物欲和消费之漩涡；人类几乎是过度地消费了这个世界，而这个世界也便过度地消费了人类，特别是消费了我们作为地球和宇宙唯一特殊有机体的神性之光！为现代文明所困扰、所钝化的现代人类，似乎再也难以听清古人之"天籁"——而那是作为既神圣又孤弱的人类唯一超越造化、反抗死亡的声音，是对我们短促生命的终极安抚和最后的慰藉。

对此，西方人中越来越多的清醒者早已开始"重建精神家园"的"神话工程"（且不说作为西方文明的核心和基础之基督教文化大背景还一直元气未伤）。我们却从本世纪初至今，一直只是热狂于砍大树、毁庙堂、倒偶像的"造反有理"和"不断革命"而缺乏起码的再造。这样的悲剧，我们几乎整整演习了一百年，假如我们再不清醒，当二十一世纪钟声响起之时，我们就只能向自己宣布我们是永远的弃儿了。

于是我们最终发现我们又一次为自己"创造了"新的困境：旧的精神家园已经破灭，新的精神家园尚不存在或尚未找寻。我们只是在迷惘而孤弱地流浪。相对于一个闭锁禁锢的封建庄园来讲，流浪无疑是一种解放一种进步一种轻松一种洒脱……但流浪不是归宿！

我们为何成为诗人？

我们必将何往？

还是那位圣徒般虔诚的青年诗人李汉荣的话让我震动："他们没有所由来的家园和所要去的彼岸，他们是无根的，因而长不高、长不大……"①

---

① 引自青年诗人李汉荣 1991 年 5 月 24 日致沈奇信。

而那位"荒原"意象的"创造者"艾略特（Thomas Stearns Eliot）则多次提醒人们："在还没有学会栽种新树之前，我们不应该砍掉老树。"

四

客观地讲，我们实际上已经部分地学会了栽种新树，并已成长起一些幼林，问题在于我们似乎过于迷恋更新、一味主张变革，而同时失去了古老而神奇的原始森林——诚然，这不仅是当代而是几代知识分子和诗人的近百年的失误。

再造的前提是全面拒绝，而全面拒绝的目的则是为了再造。当步入二十世纪末的中国诗人们终于发现了"荒原"与"此在"的局限和个体生命的孤弱，重新回到"家园"和"彼岸"这样的命题——让诗歌转向它的本源即"宗教"与"彼岸"的意义。

对于迷失的现代人，"彼岸"并非虚妄，"宗教"也并不可怕，可怕的只是对"彼岸"与"宗教"意义的完全无意识。

拒绝者诗人们，尤其是第三代诗人们的诗歌光芒，来自至今尚未被运用过的语感体验，和未被全部展开的生命内在。在饱受欺骗和失望之后，从他们的诗中，我们得到一种亲切的、兄弟般的个人关怀，有如老朋友相聚，一杯酒，一支烟，一种暂时的轻松与快慰。

然而人生本来是孤弱的。在造化面前，在社会面前，在命运面前，在不可抗拒的死亡面前，这种兄弟般的关怀和个人的慰藉有如雪地萤火而转瞬即逝。在大部分时空里，在基本上总是独自一人面对世界的境况中，我们需要听到的是另一种声音——那是来自彼岸世界的上帝般的终极关怀之语！

总之，我们期待的是这样一种诗人——

在一个文化分割、物欲横流的时代，他将承受着过重的负荷，高擎那瓣古老的心香，超越肉体、感官、消费和现代技术文明，在一个四散的碎片似的世界里聚合起一个精神的整体，重新恢复英雄和神话在诗中的地位；他的诗与彼岸世界息息相关，一种与神爱大爱终极之爱融和亲近的圣乐，一种精神世界的圣化宗教，一种诗歌圣化工程——通过这个工程，通过再造一个人们久已淡忘和漠视的彼岸世界，来赋予此岸以新的意义。

圣者/再造者诗人——这将是历史对他的尊称，而他的诞生和崛起，将取决于第三代后的诗人们对已有的中国文化及世界文化的重新认识与整合的程度，对未来人类精神的深入程度，以及继续上升的艺术动力。

五

这实则只是一个古老的命题，笔者只是再一次重新提起。而这又肯定是一个创世纪式的出发。

对于眼下的中国诗人们，尤其是刚刚走出传统之巨影的年轻的第三代诗人们，此时提出此议，无疑是极为反感和排斥的。在历史面前，谁也无法先知先觉，或许这一超越性命题真是一种虚无、苍白乃至荒谬，有如一个刚吃饱肚子的农夫在那里喊叫要超越贵族，而实在我们又确实并不具有西方式的从工业化到后工业化的生命历程。然而问题的要害在于：我们是否真的必须步西方之后尘，把包括后现代主义在内的所有西方精神与艺术历程乃至他们的恶心与呕吐都再经历一遍？经历之后我们又会站在哪里？我们不是已经跻身于"荒原"了吗？仅就诗歌来讲，我们不是已经自信地认为而事实上也确已和国际诗坛处于差不多同一地平线了吗？那么我们是否可以或者应该提前"立定"，转个身，从另一个维度跃入新的空间，再造一个新的、超越性的诗歌工程，一个完全洗刷尽世俗性、工具性而恢复固有的圣洁与神性的精神家园？！

其实我们根本别无选择：造就一代圣者——再造者诗人，让诗歌回归它本源的神性与宗教性，是第三代后中国诗歌的历史使命，也是对整个现代文化缺陷的一个补救——我们已经有了十年的积累，十年的高度，现在是该完成这历史性一跃的时候了！

　　这听起来似乎有点像痴人说梦，"在这样一个时代，最好的建议也很容易被人忽略"（艾略特 Thomas Stearns Eliot 语）。然而如果我们没有用手捂住自己的耳朵的话，你就会听到无数这样的声音正遥遥归来——

> 终于，那拒绝的光芒
> 开始黯淡了——
> 你向流浪的人们说
> 此岸不是归宿
> 穿过缺憾的阴影
> 你以绝对的虔诚
> 以一个个永不收回的手势
> 辞别荒原
> 辞别世纪的沉沦
> 将所有诗性的目光
> 投向那最高的山顶
> 给碎片似的世界
> 一个精神整体的投影
> 和神性的光明……
> 在拒绝了拒绝之后
> 从另一个维度
> 圣者孤独地跃入
> 新的时空！

　　　　　　　　　——沈奇：《圣者诗人——致李汉荣》

　　　　　　　　　　　　　　1991 年 10 月

运动情结与科学精神

当代中国新诗理论与批评略谈

　　"……初起的潮头已渐渐远去，奔突于峡谷中
的激荡亦已渐平息。'山随平野尽，江入大荒流'，
流深而水静，十年现代主义思潮终于以大江长河之
势冲入二十世纪的最后十年，并开始它更雄浑、更
深沉的行进。"

　　这段文字，是笔者在一篇题为《站在新的地平
线上——中国现代主义诗歌运动十年概述》的文章
中，对进入九十年代之中国新诗的形象化描述。①

　　绝非虚妄的乐观。今日中国诗坛，至少就理论
与批评来看，所谓"正宗诗坛"亦即官方诗坛之
"主流效应"，尽管仍时有回潮，但终已渐近式微，
真正实在的"第二诗坛"，亦即当代中国现代主义
诗歌之代表力量以及广大的青年诗歌界，几乎已无
人理睬这种"权贵理论与批评话语"的存在。包括
一代年轻的诗人理论家（徐敬亚、周伦佑、韩东、
于坚、蓝马、唐晓渡、欧阳江河、王家新、陈超、

---

　　①　全文原载台湾《创世纪》诗杂志，1991 年 7 月号总第 84 期。

岛子等）在内的"新崛起"（或"新时期"）理论与批评家们，经过十年的奋争与突围，已形成自己的明确立场和坚实的抗衡力，并为现代主义诗歌创作实践所确认，从而并肩进入实质性的、自在自主的发展时期。

这是一次辉煌的"突围"，现代汉诗之理论话语权已经转移，我们面对的未来之挑战，将主要来自我们自己。

站在新的地平线上，回顾和反思十年之艰难"突围"，应该清醒地看到，我们的现代主义诗潮，从作品到理论与批评，都带有强烈的"运动态势"。这种"态势"于"突围"时期是完全必要的，也是不可避免的，可称之为"史的功利"。问题在于"突围"之后，若不及时消解这种"态势"，依然滞留于其惯性之中，就难免会成为今天重新起步的障碍。

"新崛起"理论是在对抗中生成和壮大起来的，一旦对抗消散，我们还有没有自我行动的能力？即或是对抗依然存在，我们是否也应该把更多的注意力放在自身的建设和早已"远去"的创作实践上去？尤其重要的是，似乎很少有人反省到，过去极大地推动了现代主义新诗潮发展的"新崛起"理论效应中，有相当的成分是带有可称之为"运动性导引"的性质，而非纯粹的理论建构的。当运动逐渐消解，现代汉诗渐次进入更深层次、更个性化发展时期时，这种理论效应便渐显乏力，出现"二度滞后"状态，乃至一些诸如"抢山头"、"争话语权"等不良心态和分裂现象也渐现端倪。究其深层原因，除了理论与批评家们个人人格与文化根性之外，我们在过去十年的策略性运作中，不知不觉所借重的"运动情结"，已同样不知不觉地形成了新的遮蔽。

这种"遮蔽"，实在可以说是由来已久的中国特产。近百年中国历史所演出的种种悲剧，其深层症结，无不含有"运动情结"这一固有之病根，它几乎已渗透进每代和每个中国人的血液之中。无论是朦胧诗时期，还是朦胧后即第三代时期，我们对整个现代主义新诗潮的崛起与迅猛发展缺乏心理和理论的准备，传统的断裂使我们扎根甚浅，长期的闭塞又导致对外来文化的生吞活剥，而历史又必须迈出这一步。于是，再一次借助于这种"运动情结"，从而使我们的诗坛太像一个混杂繁乱的"市场"和"运动会"，普泛的诗人和理论家们又太一味迷恋于创新举旗、趋流赶潮，缺少基本的独立思考和科学精神。

在探索的时代、奔突的时代，这些都无可非议，而当这时代结束，这种历史性的"遮蔽"就成为首先需要突破的东西。

还有另一种遮蔽——来自西方的遮蔽。引进变成附会，借鉴演化成阐释权，"抢占理论制高点"以趋于新的"话语权力中心"，正成为新的功利诱惑——如此等等。

实则这些完全只是理论与批评界自身的困扰，远离当前新诗发展之实在，也必然与创作实践相脱节。

这种"怪圈"理论界已多次坠入。当年轻的"新崛起"理论家们，尚沉醉于刚刚争得对朦胧诗的阐释权时，更年轻的诗人们已开始"第三代"亦即新生代诗的突进而远远将朦胧诗抛在身后；当学院中的新批评家们，尚在"后现代"、"解构主义"等西方最新文学理论概念中清理思绪时，这些"主义"的诗文本乃至土生土长的理论文本早已在《非非》、《他们》等第二诗坛形成和发展；当所谓"主流话语权力"渐近式微，作为十年现代主义新诗潮之理论代表们，开始关注新的"理论话语中心"构想时，进入九十年代的新诗创作本身，则早已既不认那个中心，也不认这个中心，只是"独善其身"，或进入可称之为"边缘中心化"状了——对于现代汉诗，这无疑是天大的好事，对于现代汉诗理论与批评，则是一个新的挑战。

于此，我们不能再沉迷于策略性运作而难以潜心诗学本体，建设是比"突围"更艰难也更重要的事情。在精神暴力困扰尚未解脱，而经济暴力困扰又猛烈袭来的新困境中，我们更应保持自己的一点纯洁性和责任感，而面对如此动荡与不平凡的世纪末，现代主义新诗理论也必须重新调整自己的方位。

对此，我主张"二度拒绝"与"重新进入"——

首先是对一切或旧时的或新式的"运动情结"的拒绝或叫作消解，尤其对一些含有过多策略性、运动性的，从理论到创作的实验，应适当持一份冷静的保守态度。提倡科学精神，提高整合意识，进入自由、自主、多元而又严谨的理论态势。这里面包括对传统的再认识（我们反对强加予我们的所谓"传统之精华"，但绝不能就此放弃对传统之本真血缘的追寻与再造），以及对十年现代汉诗理论已有成就的再认识。

其二，拒绝对西方诗学生吞活剥、亦步亦趋式的附会，进入"本土意识"，关注本土诗歌创作与理论的生成和发展，探究现时空下中国人自己的现代生命体验与现代诗歌体验。这里绝非重弹"越是民族越是世界的"陈腐论调。

我们深知，狭隘的民族利益和狭隘的阶级利益，是导致中国新诗以及整个文学无法形成世界性影响、与经典作品相形见绌的根本症结。但不能因此就想象自己要成为非中国的"世界诗人"，乃至以西方诗学为唯一的价值尺度，去赶这主义、那主义的"场"。西方现代诗学植根于西方人的生存现实，而我们有自身的、完全不同于西方的生存现实。引进甚至拿来都是必要的，我们只是想提倡一种扎根本土的开放，否则，最终都只能演变为附会，而附会则是自我的消亡。

其三，拒绝虚假的批评作风，以及由此生成的大而空泛的新形式主义的批评文本。新的时代已不再需要虚张声势，期待真正严肃公正的批评家，和诚实的、实质性的、艺术的、个性化的批评精神。

以上三点，其根本问题是消解"运动情结"，讲求科学性、原创性、本土性和自主性，使理论成为理论，既非创作的附庸，也非"舶来品"之"炒卖",自成体系,有自身的驱动力、生命力和超前性,以最终求得从另一个维度,跃入新的时空,创建我们中国自己的、面向未来的现代汉诗之诗学殿堂。

1992 年 8 月

过渡还是抵达

关于后现代诗的几点思考

　　进入九十年代后的中国新诗，无论要谈理论还是谈创作，似乎都已不能仅仅着眼于大陆诗坛。随着近年两岸诗界日趋准确、全面的历史性"对接"与"整合"，一个可称之为"大中国现代汉诗"的"场"已客观存在。至少，台湾现代诗发展的现实，已成为我们思考诸多理论问题的不可或缺的参照。谈后现代诗，更是如此。

　　就大陆诗界而言，自八十年代中期，亦即朦胧诗后崛起的第三代（以 1986 年现代诗大展为标志，又称新生代）诗，可以说是充满了"后现代式"的喧哗与骚动的，一部分诗人的作品也颇具后现代意识。但从 1986 年后至今的新诗潮总体进程来看，无论是理论批评还是创作本身，似乎一直处于未界定状。至少，鲜有文章指认谁是"后现代诗人"，怎样的作品是"后现代"的，亦未有诗人自己打出这面旗号来。而这期间海子、骆一禾的非后现代之轰动，所谓"麦地诗"、"乡土诗"的滥觞，新古典、新现实旗号的招摇，也使 1986 年大展前后的

"后现代"态势日趋式微。这一两年又"火"了起来，也多在理论界"炒"来"炒"去，创作方面则不显山不显水。

从理论上讲，台湾诗界尤其是青年诗坛，应该说是"过来人"了——颇具寓言性的"乡愁"情结，自上一代延传下来的文化根性之阉割，对归宗传统的迷失与漂泊，尤其是步入接近后工业社会后的生存现实，整体上确已进入"后现代氛围"。然而作为一种"后现代诗"文本的确认，尚一直未有定论。故有"有后现代理论，无后现代作品"的说法。

这便是东方的迷津！谈中国新诗乃至一切艺术的"后现代"，首要的问题是如何面对这一迷津。

实则对于眼下的中国诗坛来说，挂在人们嘴上的所谓"后现代主义"，大都是趋于一种从后现代的角度去看或从后现代意义上去说的"意向性趋动"，而非真正进入理论的建构与导引。尤其诗人自己，更无法确定"我要写后现代诗了"等等。假如纯粹拿引进的西方各种后现代主义理论概念来套中国诗的现实，则又难免只是一种虚拟，落入另一种非后现代性的话语权力中心了。

看来先得弄清的是：其一，中国有无后现代主义的现实存在？其二，现时空下中国人自己的后现代感是什么？其三，由此产生的诗创作的基本特质有哪些？

作为晚期资本主义后工业社会的一种文化现象，台湾显然已是一种较广泛的现实存在。大陆虽不具备理论意义上的经济依据，但作为一种世界性的精神话语，后现代主义的文化因子也已日趋急速地渗入人们的生存之中，并经视听、广告、快餐以及各种流行媒体而畸形膨胀。黄河照样流，长江照样流，只是两岸的风景已变了味。

提出现时空下中国人自己的后现代感之命题，在于必须面对东西方语言与生存的本质性差异，这种差异必然导致作为西方文化进展产物的后现代主义进入中国本土的异变现象。任何无视这种异变的理论，都是自欺欺人的"玩虚"。有无后现代感是一回事，产生怎样的后现代文本又是另一回事。

表现在大陆上的后现代感可主要归纳为：

a. 历史感、责任感的消解与对商业文化现实的初步认同；

b. 神性生命意识的缺失与世俗化的繁衍；

c. 对所谓"主流话语权力"的拆解或忽视，由此产生多元共生或边缘中心化趋向，以及个性自由的空前张扬；

d. 不可遏止的反传统冲动，包括对所有既存艺术模式、理论、语言的再审视，及由此生发的多层面多向度实验；

e. 表现在各类艺术文本中的新潮性、时尚性、世俗性、反讽性、不确定性、混杂性、宣泄性、无主题、无深度、冷叙述、反高雅、反抒情、反英雄等；

f. 对语言的全面关注、质疑与再造。

看来，连这块古老的大陆也相信"后现代"了，实则也只是知识界、文化界及圈子里的一种初始存在，但其日益扩大的影响已不可低估，其中"感染"最甚者首推诗与绘画。短短几年，各种后现代、准后现代式的演练，已全面改变了包括台湾在内的当代中国新诗的面貌，但若要对其归纳出基本的特质，似又比较空茫。尽管上述中国式的"后现代感"，在这些演练中都有不同程度的表现，但就文本来说，总体感觉尚是一种对现代主义的继续，一种现代与后现代的过渡性文本。一句话，我们已经存在诗的后现代之氛围和气候，而后现代的诗之存在则有待认知。

于是又回到那个东方的迷津——何以 1986 年后现代式喧哗之后又趋于平静？何以喧哗六七年之后仍虽有气氛而鲜有文本？何以即或一些颇具后现代态势的诗人们一旦进入作品后，又总是常常将后背"靠在旧文化之母体"上使之走调变味？何以连台湾这样基本"后现代化"了的地方，也只是有理论而无作品呢？

也许我们连真正的现代主义都未能深入？如同我们很少有过真正的现实主义一样。

什么都喜欢拿来"耍耍"，什么都最终"耍"不彻底，"耍"

变了味——这就是中国；

理论的全面引进与文本的全面异变（已出现和可能出现的）——这就是中国"诗的后现代"。

一种过渡而非抵达；一种渐进的、家传的、不可逾越难以拆解的改良而非飞跃。

必须赶紧声明，上述用词都不含褒贬色彩而属中性的。正视也不是认同，是中国文化的祸还是福，仍是一个无解或有无数可能解的命题，一个"后现代"式的后现代命题。

回到题目上：本文的"过渡"和"抵达"有两层意思：其一是指认中国诗的后现代目前是一种"过渡"还是"抵达"；其二是想提出需要的是"过渡"还是"抵达"？我是说，假如异变是不可消解的，我们"抵达"的又是什么？必须"抵达"吗？"抵达"后的中国新诗又会站在世界格局中的怎样的位置？

到了的感觉是：现在谈诗的后现代，不是早了一点，就是虚了一点。

1993 年 4 月

间歇与重涉

对九十年代文学流向的几点认识

进入九十年代的中国文学创作，就小说而言，总是给人一种"空心喧哗"的感觉。除极少数作家还持有一份对精神价值的关注及历史责任感外，大都沉溺于个人记忆和话语狂欢的"醉感"之中。由此带来的正面效应是小说艺术的空前发展和多向度深入，如此大面积的语言与形式实验所取得的艺术成就，是此前小说创作进程中从未有过的。即或是普通的读者也会感到，现在的小说确实比以前好读多了——这里的好读是指阅读过程中新增的语言快感亦即艺术享受而非简单易读。

由此带来的负面作用，则是意义价值负载的单薄乃至缺失。好看而不耐读，缺乏"含金量"，远离经典性，是大量流通的小说文本共有的弊病。愉悦之后没有震撼力，软着陆，轻消费，留不住什么更凝重深切的东西，从而不断使人们的期望落空。这里面不可忽视商业操作所造成的混乱，尤其是长篇小说，常常搞得畅销书不像畅销书，严肃作品不像严肃作品，生出一批怪胎。应该说这是一个不可避免的过程，只是我们在这一过程中逗留的时间已经太长。"空心喧哗"之后，恐怕将会重涉"铸灵性"的命题。一个民族、一个时代；不可能总是这样"失心疯"似的，将诗性言说变成"艺术的"聒噪；由语言/形式向度的单向突进转而为对意义/精神向度的兼济或叫作同步，将成为中国小说进一步深入发展无法绕开的选择。

诗歌则恰好有些相反。在八十年代的文学步程中，诗的语言与形式上的探索和实验远远超过小说，进入九十年代后，则明显滞后了。这里的滞后不是说缺少创新，而是说对已有的探索和实验未作更深入的追求以臻完善和沉凝。不断鼓噪求新求变，造势不成形，成气（小气候）不成器的做法，已成诗坛积弊，且成为滞后的主要因素。

我一直认为，第三代后的中国诗歌面临的主要问题是技艺问题，即诗歌表现力的问题。当代中国诗人们，在精神向度方面的探求已经相当深入——从他们的各种理论文章、宣言、谈话录、创作随笔以及可触摸到的文本指向等可明显感知到，但其真正通过作品所抵达的精神深度与他们思考中抵达的精神深度之间，亦即他们想要言说的与经由书写言说出来的之间，存在着相当的落差和缺失。尤其在普泛的青年诗歌界，片断感、随意性、流质的东西太多太多，我们从他们那里得到的，大都只是一些生涩的、未完成的诗的"切片"，而不是一颗浑圆成熟的果实。多年来，我们一直沉浸于对诗歌精神的言说（包括诗人和诗评家两方面），很少深入触及到对诗歌技艺的研讨。这两年，我有意识地转而集中研究了一下台湾现代诗，发现尽管因"气场效应"的作用，其精神质地确实较弱于大陆现代汉诗，但其在诗歌技艺上的探求深度和广度及已取得的成就，却正是我们所缺失的，实在值得借鉴。当然，说诗歌的精神向度探求已相当深入，也是就阶段性和与语言向度形成落差的相对性而言。实则就整个当代文学的创作流向来看，价值失落和精神空泛，依然是一个严峻的现实。

由此，理论界已开始重提中国文学的"理想主义"这一命题。在逼临世纪之交的特殊时空下，这既是一种诱惑，又是一种冒险。

说冒险，基于两个方面的考虑：其一是对于这种含有命名性质的重大理论命题，总还是要给出个确切的说法。在过去十几年内，我们已经有过太多不甚科学而后人云亦云随之约定俗成的命名，留下多少遗憾和尴尬。其二是要充分考虑到"理想主义"这个词在过去历史记忆中的"异味"。用所谓"思想"、"理想"等乌托邦神话作精神迷幻剂，使人成为非人，是二十世纪人类的一大遗产，带有血腥味的惨痛教训至今记忆犹新。如何在重涉这一命题的同时，彻底洗刷这一"异味"，使"理想主义"式的言说具有更实在些的可接受性，恐怕是首当其冲要解决的。

说诱惑，是说中国文学发展到今天，确已无法绕开这一重大命题的挑战。进入九十年代的当代文学，经历了一个横向进取的时代，文学的言说空间有史以来空前地被拓展了。这个肩负着语言去蔽运动的横向进取，无可避免地造成了一个价值失落和意义空缺的间歇时空，但同时又应该看到，正是这种横向进取，为我们提供了导引新的意义价值取向的驱动力。没有这样一次对文学中的"旧灵性"亦即"伪理想主义"实行反拨或叫作"清场"性质的"空心喧哗"，我们也就无从重涉所谓"新理想主义"文学的命题。

实则所谓"理想主义"，说到底本就是个悖论式的命题——给出理想就是给出一个"家"，一个精神家园，而在这个一切都走向不归路的时代里，所谓"家"以及"家园"，最终只是一个永远在途中的、几乎听不见而又不能舍弃的许诺或期许；说生活在家中（现实中的家）是一种谎言，说生活在别处（乌托邦）也是一种谎言，真实的生活只是在离开现实之家和走向/返回理想之家的、真实而自由地展开的"途中"。

因此，就个人而言，我更乐意将现时空下中国文学的"理想主义"命题，仅看作是对民族精神空间的拓展，广义性质的拓展且关注于拓展本身（行动），而非定于什么主义的进取。假如说八十年代的文学进程，是对民族精神空间的一次打开，即对原已成形（可上推到"五四"）而后被长期锁闭的精神空间的重新开启，那么，九十年代的文学，在经由语言空间的全面拓展之后，必然会带来对民族精神空间的一次重新拓展。从文学的形式突进（空心喧哗/语言游戏）返回文学的本质突进，亦即对语言的创世性和唤神性的重涉，将成为世纪之交的中国文学一次全新的出发。

　　这里还附带想到一个颇有意味的问题：就整个当代文学创作来看，凡是有影响和比较成功的作品，大都是那些带有强烈的批判意识的、可称之为"呕吐性"的创作文本，读起来显得比较坚实、真切而有质感。反之，那些带有理想色彩或可称之为"呼唤性"的作品，却总避免不了语言的焦煳味和精神的虚妄感，难以抵达读者的深心，成功的范例罕有见到。这种现象，对我们重涉"铸灵性"和"理想主义"的命题不无参考。

1996 年 3 月

分流归位　水静流深

世纪之交大陆诗歌走势

逼临二十世纪末的最后十年，也是中国大陆诗坛最为驳杂动荡的十年。以1986年秋《诗歌报》和《深圳青年报》联合举办的"现代诗群体大展"为启动，继朦胧诗之后的第三代诗潮，进入了一个社团林立、群雄纷争、流派分呈、变革迭起的"大摇滚"时期，成为中国新诗八十年中最为壮观也最难把握的一道风景线。显然，这是一次极为重要的裂变，经由二次"能量释放"之后，泥沙俱下、混杂不清的大陆现代诗潮，逐渐开始分流归位、朗现格局。其大体脉络，以我个人诗学观念而言，可作如下划分：

一、从艺术造诣分层，可见出专业性写作与非专业性写作的分野。这一分野最终使绵延十余载的"诗歌群众运动"之负面效应，亦即"运动情结"所造成的非诗因素得以消解，使现代汉诗开始步入依从艺术规律作良性发展的稳健阶段。水静流深，沙自沙，泥自泥，专业与非专业，诗性的与仅具诗形的，各得其所；非专业性写作尽可向专业性写作过渡，但不再混杂一起，影响艺术层面的拓殖、收摄与整合。

二、从诗歌立场分层，可见出生命性写作、知识性写作和社会性写作三个层面。"生命写作"虽一度成为第三代诗人个个挂在口头的标志，但大多数并未有真正深切的生命体验和生存痛感作支撑，只是将"青春期诗恋症"误作了生命写作的基因。于是其中一部分，尤以大量"学院派诗人"，便改由间接的知识性生存体验为精神底背，通过阅读与思考，专注于与文本而非生命和生存现实的对话，所谓"书斋写作"。其中不乏专业层面的高手，但其精神源流，总还是与当下有隔，尤以本土文化根性的丧失和语言的过度"翻译化"为弊。至于社会性写作，乃主流诗歌亦即官方诗歌的传统写作，大都借用新诗的表面形式，作社会学层面的布道之说，或浅情，或近理，或登高一呼，皆有其诗形而无其诗性，属于非诗的另一极，但此种写作因社会所需要，大量长期"订货"而历久不衰，且易为非专业性阅读所接受，遂构成与纯正诗歌长久并存的一大景观。

三、从所承传的诗歌源流看，大体仍在现代主义、现实主义、浪漫主义、新古典四大路向中分流发展。尽管从朦胧诗到第三代诗，大家似乎都以打出"现代"旗帜为己任，但各自所承继和认同的遗传基因不一，最终仍大体分属了不同的路向，只是比原先的各种"主义"，其表现略有不同，或有所发展，或互为融通，但其底背所在，还是较为分明的。至于后现代主义，至少就眼下而言，尚只有极少数企及者，未形成流派阵营之势。

四、从语言走势看，可见出三脉路向：其一是以营造意象为能事的抒情语势；其二是以活用口语为主导的叙述性语势；其三是二者兼济的可称之为"第三向度"的语势。其中又有或过于欧化，或追求本土化，或再造古典诗质的不同倾向，取舍不一，所形成的语境也各具特色。

五、就创作状态而言，又可分为激情性写作与智慧性写作两大类。前者重在诗歌精神向度的拓殖，后者重在诗歌艺术向度的拓殖，虽各有千秋，但后者的重要性，正被越来越多的诗人所认同。激情的滥觞之后，"怎样写"依然是首要的命题，这也是现代诗运渐趋成熟之后的标志性认识。

以上五点指认，只是大略把握，粗线条勾勒其一个轮廓。需要特别指出的是：两个十年的大陆现代主义新诗潮，一直均以"现代性"为旗号，虽然各自承继的遗传基因不一样，却都为这一旗号的号召所鼓促，簇拥前行。实则何为"现代性"，什么是中国人现时空下自己"现代感"，在初起的潮流中，都是含混不清的，则后来的分化也便在情理之中。中国新诗，向有"舶来"之嫌，两个十年的大陆新诗潮，更是全面引进和演练西方各种主义之思与诗的空前盛会。这一"盛会"，一方面及时开启并激活了当代中国大陆的诗性思考，形成了新诗八十年中，最为宏大的诗歌造山运动，无论其拓殖的精神空间还是艺术空间，都是前所未有的；另一方面，也逐步显露出种种无法回避的后遗症，其中尤以文化失根、精神失所、语言失真、品格失范为烈。为此，如何在世纪之交的时空下，及时调适自己的内在理路，在反思、整合与超越中，开启新的步程，以不负新诗百年的呼唤，已成为中国大陆诗界共赴的使命。

1998 年 7 月

热闹中的尴尬与困惑

从诗坛两个"排行榜"说起

不久前，由《诗刊》社搞的"新诗现状调查"，最后排出"最有印象的现当代诗人"50名"排行榜"。这个调查，其对象以《诗刊》刊授学员与订户为主，"加之其他一些因素"（某媒体报道用语），使其"排行榜"的可靠性颇令人生疑。其实就学理而言，我并不看重这个调查本身有何意味，重要的是这一调查结果所暴露出来的当代诗歌传播与教育的问题。让人难以置信的是，我们的诗歌体制和大学、中学教育，怎么就培养出了这样几乎完全不搭调的读者口味？显然，我们的普泛的诗歌读者，已在多年的驯化模式中，失去了辨别真伪的能力，实在令人遗憾！

"诗教"的问题首先源自诗歌传播的弊病。充斥于公开诗刊、诗报以及装点副刊的那些徒有诗形的各类"杂碎"，那些天天见面、月月"闻名"、知其名不知其诗的"诗人们"，却因了反复地占据传播要津，遂成"谎言说一千遍便成真理"的效应，使不在"此山中"的广大读者总难识"庐山真面目"。同时，一批又一批春风吹又生的诗歌青年，为了"登堂入室"，过把"青年诗人"的瘾，便总得要无形中就范于这样的"圣坛"，当好一个"小学徒"，进而为"师长们"（其实主要是"编辑诗人"们）所认可，功利驱使加上集体无意识，造成长期弱势因子互惠共存而致虚假的繁荣。

问题存在许多年了，《诗刊》社的调查，实际是个迟到的大暴露。尽管近二十年中，因了民间诗歌社团的奋力抗争，渐次形成较为纯正的第二诗坛之阵营，但毕竟由于体制所限，传播不畅，虽为海内外真正到位的理论与批评家们所看重，且为专业性阅读层面所熟悉认同，但在大众阅读层面，还是需经由公开出版物的中介，变味走调，难免"杂烩"一起。非诗满天飞，好诗无人知，诗歌的真正繁荣，有待于文化体制的彻底改革。国家不再背官方诗坛这个包袱，让诗歌创作和诗歌传播一律民间化、市场化，看谁能真正赢得读者、征服未来。

对此，作为当代中国文学"精神圣地"的北京大学，终于率先作出了反应：由北大文学社负责人向"全校范围内的诗歌行家及爱好者"发出 100 份调查问卷，改《诗刊》社"最有印象"为"最具实力"之意义指向，也排出了一个 36 人的"最新排行榜"。因其仅只在 1999 年元月 1 日出版的《中国大学生》杂志简短刊出，不妨在此作以转抄，以便行文对照。"其名单按得票多少依序为：北岛、海子、舒婷、穆旦、艾青、冯至、西川、戴望舒、顾城、徐志摩、何其芳、郑敏、食指、戈麦、欧阳江河、芒克、多多、江河、闻一多、卞之琳、翟永明、骆一禾、余光中、牛汉、杨炼、王家新、郭小川、郭沫若、韩东、于坚、臧棣、杜运燮、蔡其矫、西渡、黑大春、任洪渊。"这个"排行榜"比起《诗刊》社来说，虽然纯正公允得多，对历史还算交代得过去。但也不乏值得商榷的地方，且有一些值得玩味之处。

其一，昌耀漏选，让人费解，窃以为仅就原创性一项指标而言，榜中少一半诗人不及昌耀；其二没有伊沙，不费解却遗憾。

既然榜已排至九十年代青年诗人群体，何以将独具一格、影响甚大（尤其在青年诗歌界和新人类诗爱者当中）的伊沙排除在外？有失"兼容并包"之北大风度。其三，"北大情结"突出，36人中北大出身的诗人占了不少，难免狭隘。其四，作为新诗百年三大板块之一的台湾诗歌，仅以余光中一人作代表，连痖弦、洛夫、郑愁予这样在世界华文诗歌影响巨大的诗人都弃之不顾，不知是阅读有限还是其心理机制有问题，难免有失公允、贻笑大方。其五，若以新诗浪漫主义、现实主义、现代主义、新古典四个"球根"亦即四大流向之说去看，北大排行榜中，浪漫主义诗人的份额明显居大，而其他流向尤其是现代主义流向的代表显得薄弱，是个最值得深究的问题。

这就要说到当代诗歌鉴赏与评论中，有关"学院审美口味"这个长期为人们忽略的命题。这么多年来，我个人一方面置身民间诗歌之潜流，一方面又侧身学院诗歌批评之阵营，常无意间于两栖中作些比较。遂感觉到，在历史进程的认领与诗歌发展格局的宽容之外，学院"诗歌行家和诗爱者"们，似乎一直为浪漫主义余绪和抒情情结所困扰，是以尽管承认以"他们"诗派为代表的第三代诗人之口语化、叙事性诗风的存在，但内心里还是有"另类"之嫌，不作"正宗"视之。"玫瑰"式的高雅，"夜莺"式的婉转，优美朦胧的意象加上高屋建瓴式的真理呼唤，才是他们所看重所倾心的诗歌圣殿。由此"朦胧"过后盼着新的"朦胧"，神化海子后期待新的"海子神话"，以及所谓"九十年代知识分子写作"重蹈语言贵族化和精神虚妄症的泛滥成灾。实则"有心栽花花不成，无心插柳柳成荫"，为学院诗歌行家们所倾心的诗歌路向，至今并未产生多少让人信服的精品大作。按老百姓的话说：总是将菜烧得糊里叭叽，难以下咽。其实就我个人"审美口味"而言，多年来也是作如此虔敬倾心的，但总是失望，反而最终是被并不"高雅"、"优美"的口语化"另类"诗歌所征服，感到真实、亲近、可信。本来正、负承载，多元共生，是当代诗歌的常态，不存在谁是"正宗"，谁是"另类"。看来还是浪漫主义的"瘾"没过够，可又总是没法"过"，而中国的社会现实已基本转型现代化——这也是多年困扰我自己的一个问题，且认为许多纷争与误会，都与此"死结"有关。

由此又扯出另一个话题，即民间诗歌写作与学院诗歌批评之间的调适问题。我个人就常遇到这样的情况：在民间诗歌写作那里，听到的是对学院批评的抱怨，责其偏颇、守旧、不深入；在学院批评那里，听到的是对民间诗歌写作的抱怨，责其偏激、本位、失于交流和理解，等等。当然，九十年代后的学院批评，也发生了一些新的变异。一方面是战线拉得太长，顾此失彼；一方面也不排除个别新派学院批评家，夹杂以制造新的理论话语权力为策略的"圈地运动"，以偏概全，形成不必要的纷争。总之矛盾已经出现，能否得以新的调适而复归和谐？还是不管不顾各走各自的路？既然是两方面的原因，调适的可能就是存在的，所以我依然期盼着纷争之后的理解，进而再造同步共谋的新局面。

诗坛排行热，历史犯尴尬，其背后显露的文化心态，实在值得注意。真正对历史负责的，还是静下心来多研究点问题、做点实事为是。

1999 年 1 月

秋后算账
1998：中国诗坛备忘录

中国新诗自"五四"发轫，历八十年匆促的步程，即将进入新的世纪。中国人算账爱求个整数，于是临近世纪末的 1998 年，便成为中国诗坛提前到来的"大清盘"之年：新诗八十年，新诗潮二十年；三代诗人、三大板块（大陆、台湾、海外）、三路军团（"辫子军"、"洋务派"、"民间社团"——这里仅就当下大陆诗坛而言），都要在重新上路之前，于这个特殊的时空点，讨个像样的说法——其实庄稼还都才长得半生半熟，急于收获的人们已开始摆出"算账"的谱。

首先是南方《华夏诗报》以"旗帜鲜明"的"学术立场"，展开对"朦胧诗派"、"实验诗歌"、"先锋诗歌"、"崛起论者"、"后新诗潮研讨会"的连续"批评"（实质是批判），颇有点"置于死地而后快"的架势。与此同时，北京的《诗刊》，以权威官方诗刊的身份，于 1998 年 9 月，向公众亮出了一份《中国新诗调查》，令所有具有基本常识和良心的人们为之震惊。

其二，于 1998 年 3 月在京举行的"后新诗潮研讨会"，及由程光炜主编的《九十年代文学书系·诗歌卷·岁月的遗照》的出版，在纯正诗歌阵营引起强烈反响，表明这一阵营内部，从理论到创作的分歧乃至分化，已成不可逆转的趋势，为海内外汉语诗界所关注。

其三，1998 年 5 月，由小海、杨克主编的《〈他们〉十年诗歌选》，由漓江出版社公开出版发行，以此为坚持非主流立场的民间社团，丢掉幻想，重返民间，注入了一剂强心针。

出于急于进入历史书写的驱动，1998 年成为中国大陆诗坛共赴的"秋后算账"式的约会，这其中，上述一个调查、两部诗选，大概是最具代表性的、别有意味的"账目"，让我们从头"算"起。

"我不相信"——对《中国新诗调查》的质疑与思考

诗刊社《中国新诗调查》的亮相，爆出了中国诗坛临近世纪末的最大新闻——它令人震惊到难以置信的地步，但我们知道，这很可能就是我们必须直面的现实。此新闻为许多报刊发布后，立即引起各方面的强烈反响。有报载：位列"最有印象的当代诗人"前 50 名之一的青年诗人西川接受记者采访时声称："我感到耻辱！"而另一位入选者于坚，在电话中对我说："我无话可说。"颇显尴尬和无奈！对此，我也曾在我的教学和几次讲座中广泛听取大学生们的反应，得到的是对这一调查结果的普遍不理解、不相信乃至哄堂大笑。与此同时，已有各种传闻对这次调查的真实性表示怀疑，更多诗界人士，则将此看作不屑一顾的笑料而不置可否。

而我则坚持认为这次调查的"结果"是真实的，且不想追索其调查动机和策略的纯正与否，正因为其真实，它才成为一个事件，一个"具有很高的参考价值"（某媒体语）的"病案"，值得深入分析和研究——

　　1．文本分析。

　　《调查》最引人注目的，是最终给出了一个"按所得票数顺序"，排列前 50 名的中国新诗诗人"排行榜"。这一"排行榜"，在稍有常识的人看来，至少有以下几点令人吃惊与不解：

　　（1）作为"快餐诗歌"（有青睐者称其为"轻派诗歌"、"热潮诗歌"）的代表人物汪国真赫然位列其中，且居第 14 名，排在郭沫若之前；而鲁迅、闻一多、何其芳等大家名家则均排名 40名之后。

　　是"百花齐放"，还是鱼龙混杂，明眼人一看就清楚。将具有原创性的诗人艺术家与徒具诗形而无诗性的普泛诗人混淆一起，所谓"老、中、青三结合"，实在让人啼笑皆非。而将并不以新诗为重的一代伟人鲁迅先生排名第 43 位，真不知是"抬举"还是辱没？

　　（2）作为新诗八十年发展史上三大板块之一的台湾诗人群体中，只有余光中、席慕蓉二人入选，仅占"排行榜"总人数的 4％。

　　两岸诗歌交流，已有十多年了，却依然无视彼岸的成就，以我为主、褊狭、隔膜，乃至停留于道听途说、人知我知的流布层面，岂不可悲？实则实际的情况恐并非这样，至少如痖弦、洛夫、郑愁予等诗人的影响还是很广泛的，哪能如此以偏概全。

　　（3）作为大陆新诗潮之开创性人物、朦胧诗代表诗人北岛未列入选。

　　无非是因阅读的被迫中断而致淡忘，或者是被汪国真式的诗人取而代之了？其实二者都只能是发生在大众阅读层面上的事，真正到位的诗人和诗爱者，是绝不会对历史无知到此种地步的。

　　（4）50 人"排行榜"中，身为此次调查的"主持人"诗刊社的编辑诗人（包括编委、顾问）竟有 15 人之多，占总人数33.3％；若再加上曾经做过《诗刊》编辑或编委者，以及其他官方诗刊的编辑编委者，已近半数。

这大概是此次《调查》最让人质疑之处——其实这已成见怪不怪的"光荣传统"。八十年代初期我曾作过一个抽样分析，同期几家省级文学刊物上的诗歌栏目，编辑诗人之间的交换率高达96％，几乎占据了全部公开刊物的诗歌阵地。由此我们方明白，一批伪诗人是如何成名的，而坚持纯正写作的青年诗人们，又是为何被迫选择了走民间办刊的艰难道路。变权力为权利，以量的影响造成虚假的声名，已成体制内诗歌的不治之症；没有谁真正为历史负责、为诗神敬业，有得只是一批又一批以诗为生业为名义的市侩、政客和生意人！

2. 文本外考察。

反映在《调查》文本内的谬误是显而易见的，乃至使人有不屑一顾的蔑视。真正值得深究的，是文本外提出的问题：调查的结果虽然荒谬却是真实的，并非如传闻中所猜想的是否"有意操作"，而何以便有了这样一个被调查对象的集合和这样一个可笑的结果，遂成为问题的焦点。

按调查者的说法："我们的调查是以文化程度较高的中、青年诗歌爱好者为主体"的，或许连调查者自己也对调查结果，尤其是"排行榜"的构成感到心虚，是以委婉地说明："我们发现部分被调查者对新诗缺乏最基本的了解，许多人对近年涌现的优秀诗人所知甚少……"云云。这里的"部分"一词应该换成"大部分"，因为调查的结果表明，被调查者基本上是属于仅从官方教材和出版物了解诗歌状况的读者群体，可称之为"体制内诗歌族"。我们知道，新时期以来（并非是"近年"）二十年中，大陆诗歌的进程，一直是以官方与民间两种形态存在并各行其道的。官方诗歌虽一直拖着"十七年文学"及"文革"遗脉的辫子，难得有真正意义上的诗学变革，但由于长久占据传播要津，且因社会所需、大量长期订货而历久不衰，从而逐渐成为"体制内诗歌族"的阅读重心，视此为"正宗"、为"典范"、为诗的"历史"。

民间诗歌虽历经二十年的艰苦奋争，彻底改写了中国当代诗歌的格局，以其纯正的写作立场、全新的精神世界和高品位的审美价值，成为真正意义上的主流、典范和历史的创造者。然而，由于长期无法进入正常传播渠道（间或被接纳进入，也属点缀陪衬性质，以示其宽容姿态），是以只为专业性阅读层面所了解，无法去"化大众"，去占领"时代的大舞台"，为此还担上"脱离时代"、"疏离大众"的罪名，实则谁是这时代的灵魂与眸子，谁是这时代的胎记与皮屑，早就是不言而明的了。

　　而问题的症结也正在这里：绝大多数的诗爱者和阅读者，一直被权力纳入其许可的或无法选择的诗歌知识范畴，从而逐渐造成其所熟悉、所理解的诗歌知识，转而为建构其理解力和熟悉度的权力，使他们一再成为当代中国诗歌历史的误读者。同时，这一权力还通过其生产机器，不断制造出大量的复制品，更通过其具有现实利益性的诱惑力，培养出一批又一批的追随者——这就是我们所面对的"大众"，这就是我们所身处的境况，这就是诗刊社《调查》所给予我们的最终启示——在这样的权力宰制下，出现这样荒谬的《调查》结果，就不足为怪了。我是说：中国诗歌真正要进入良性发展还有待时日，有待教育体制和诗歌环境的进一步改善，直至一再被遮蔽的历史恢复它本来的面貌。

　　至于诸如《华夏诗报》等一类"辫子军"对新诗潮"反攻倒算"式的"口诛笔伐"，实在是不值一驳的"沉渣泛起"，一场不具备对话级别的无聊闹剧。时至今日，当许多现代歌曲的词作，也已远远比那些大量徒具诗形的诗还要高明许多，并逐渐取代了流行诗歌的存在价值时，这些始终没弄明白现代诗学基本问题的遗老遗少们，依然抱着那些空磨了几十年的老话旧题纠缠不清，实在只是为着自己那点即将为历史所封存的旧日的名分，鼓噪出一点自我慰藉的气氛而已。从哪里走来的，终将回到哪里去；历史可能会有反复，但历史绝不会视老朽为归宿，它只能沿着新的生长点向前走去，并将已经死去的东西、寄生的东西，无情地抛在身后。一个漫长的艰难过渡的时代即将结束，世纪末的中国诗歌终将以它新生的力量为主导，在新的世纪里朗现其新的格局。

无地彷徨——从"后新诗潮研讨会"的争论说起

1998 年 3 月，一个由"在京和来自全国各地的重要诗歌评论家、诗人和学者四十多人"参加的"后新诗潮研讨会"，在北京开了三日，按荒林所作研讨会纪要的说法："涉及议题广泛，争鸣热烈深入，展示出对中国当代诗歌批评全面反思的势态。"[①]

与此同时，由程光炜主编的《岁月的遗照——九十年代文学书系·诗歌卷》出版发行（社会科学文献出版社 1998 年 2 月版）。敏感的媒体很快品啜出了这部诗选的特殊性，《北京青年报》率先在其"一句话书评"栏目中，作出"没有选入伊沙的诗成为这部诗选的遗憾"这一有意味的报道。

同样有意味的是，作为世纪之交特殊时空下，对纯正诗歌阵营带有总结性质的这次研讨会，没有邀请对"后新诗潮"作出重大贡献（无论是创作还是理论）的于坚、韩东参加，实际上等于排除了这一阵营中，几乎有多一半代表性的声音。而在程光炜的诗选中，不仅排除了"后新诗潮"最具影响力（至少在青年诗歌界）之一的伊沙的存在，即或是无法避开的于坚、韩东的存在，也仅只是作为一种不得已而为之的附庸与陪衬入选的（二人只选入二首小诗），另外如小海、丁当、杨克、侯马等近年影响日盛的一批青年诗人，以及如周伦佑这样写出了《刀锋二十首》等重要作品的代表性诗人，还有诸如王小妮这样闪耀着特异质素的优秀女诗人，也均未入选。由此，这次研讨会和这部诗选，在整个纯正诗歌阵营引起了不大不小的震动，其暴露出来的问题，正越来越为人们所关注。

---

① 　详见《诗探索》1998 年第 2 期，中国社会科学出版社 1998 年版。

　　显然，一种新的分化正在这个阵营内部发生。如果说"后新诗潮研讨会"尚因"争鸣热烈"而对这一分化未置可否的话，程光炜的诗选，则已毫无保留地划清了界线。

　　从"后新诗潮研讨会"的发言中可以明显看出，研讨的重心，在于给滥觞于九十年代的一脉所谓"知识分子写作"的诗歌一个权威性的认同，并作为九十年代纯正诗歌写作的主流予以历史性的充分肯定。不管由此引起了多少争议，其研讨的对象和主旨，似乎并未超出这一脉诗歌的框架范围。尽管会上也有王一川、陈旭光等独持清醒者，试图对九十年代纯正诗歌写作中另一脉走向的存在作以指认，但他们的声音在这样的框架中，难免显得单薄。问题的关键正在于此：所谓"知识分子写作"的诗歌路向，是否就能代表九十年代纯正诗歌写作的全貌或者实质？排除了"他们"、"非非"以及其他大量坚持民间写作立场的诗歌成就，仅以"知识分子写作群体"作为"后新诗潮诗歌"的指认，是对历史真实的忽略，还是一种别有用心的策略？

　　于是需要进一步发问的是：究竟谁是九十年代中国大陆诗歌中"最为坚实、成熟的那部分"（王家新语），在所谓"身份危机"和"文化焦虑"中，什么是真正消解了那种"剽窃的策略"和"创造力的危机"，而真正从本土发生且发展起来的、新的诗歌生长点？

　　这使我想起在1997年武夷山现代汉诗诗学国际研讨会上，针对我的论文中将以于坚、韩东、伊沙为代表的一脉诗风，称之为"现代汉诗中最为深入而坚实可信的言说"，并指出某些"高蹈的、抒情的、翻译性语感化的，充满了意象迷幻、隐喻复制、观念结石以及精神的虚妄和人格的模糊，失去了进入新人类文化餐桌的可能性"之诗歌弊端，程光炜曾善意地指正我过于偏颇，并提醒我是否对另一批诗歌创作现象太不了解，我当时含蓄地回答说：对你说的那些诗，我其实读得不少，只是不喜欢，头晕！

　　也许"头晕"这个过于感性化的词太无学理可言，但又是最为真切可靠的阅读感受。读所谓"知识分子写作"之类的作品，我们无法得到任何可资信任感的审美感受和亲和性的精神感受，只剩下充满了上述种种弊端的技术性操作让人不知所云。谢冕先生指认的那种"浅薄和贫乏"的缺陷，在这一类文本中可说是比比皆是，而这种浅薄和贫乏又是以所谓"复杂的诗艺"（程光炜语）为外表，就更加令正常的阅读者生厌！实际上，"知识分子写作"是纯正诗歌阵营中开倒车的一路走向，他们既偏离了朦胧诗的精神立场，又复蹈入语言贵族化、技术化的旧辙，且在精神资源和语言资源均告贫乏的危机中，唯西方诗歌为是，制造出一批又一批向西方大师们致敬的文本。正如程光炜在其选本的序言中所指认的："西川的诗歌资源，来自于拉美的聂鲁达、博尔赫斯……庞德"。张曙光的"作品里有叶芝、里尔克、米沃什、洛厄尔以及庞德等人的交叉影响"，欧阳江河"同波德莱尔一样，把一种毁灭性的体验作为语言的内蕴……"且"使阅读始终处于现实与幻觉的频频置换中，并产生雅各布森所说的'障碍之感'"。而"阿波利奈尔、布勒东是怎样渗进陈东东的诗句中的，这实在是一个难解之谜"。而"王家新对中国诗歌界产生实质性影响，是在他自英伦三岛返国之后"，如此等等。正是这样的精神与语言背景，使这些以"知识分子写作"为要的诗人，大都成为脱离中国人生存现场的"暗房工作者"，专注于"二手材料"的对话（这些材料包括各种来自西方的文化遗产、精神遗迹、远去大师们的身影，以及各种国际化幻影等），在这种"对话"中，确实不乏富有"技术含量"（程光炜语）的"匠心和经验"（西渡语），但这种缺乏历史情怀和当下关切的、与我们时代的生存挤压和生命痛感毫无关系的"匠心和经验"，究竟有多少价值可言？当生命弱化时，人们才依赖技术存活，唯技术是问的复杂形式直接就表达着柔弱的本质，而图解知识与图解政治也没什么两样。由此，中国诗坛在庞大的、只知其名而不知其诗的"辫子军团"之外，又有了一批只知其名而不知其诗的"洋务派"诗人，他们当中，除王家新、西川、欧阳江河、张曙光等少量代表诗作外，我们很难在阅读记忆中，更多地找到"知识分子写作"的深刻印象——他们存在着，如同幻影、呓语和"虚无的力量"，若不走出"暗房"、重返大地，或许真会成为"岁月的遗照"和"虚幻的家谱"，封存于历史的"抽屉"，供"梦游者之听"！（《岁月的遗照》中的诗名）

对此，于坚在其《棕皮手记：诗人写作》一文中尖锐指出："对于诗人写作来说，我们时代最可怕的知识就是某些人鼓吹的汉语诗人应该在西方诗歌中获得语言资源，应该以西方诗歌为世界诗歌的标准。这是一种通向死亡的知识……它毁掉了许多人的写作，把他们的写作变成了可怕的'世界图画'的写作，变成了'知识的诗'。"[1] 同时谢冕先生在"后新诗潮研讨会"上也尖锐地指出："我们拥有了无数的私语者，而独独缺少了能够勇敢而智慧地面对历史和当代发言的诗人。"想来谢冕先生的这一指认，是面对以"知识分子写作"为主体的这一诗歌路向而言的。问题在于，谢冕先生所期待的那种诗人，是否在整个九十年代的诗歌写作群体中都不存在呢？其实我们不乏这样的诗人的存在，于坚的长诗《〇档案》、伊沙的一系列短诗作品，都是"面对历史和当代发言"的杰作，并在国内外不少研究者那里得到强烈反响和高度重视。就在"后新诗潮研讨会"结束后不久，坚又发表了他史诗般的巨作《飞行》，以其极具整合力和超越性的高度，拓展了我们这个时代的期待视野，乃至使诗界以外的作家和一般读者，都为之惊叹和震撼——于坚的存在，已成为二十世纪的中国诗歌，继艾青、北岛之后，又一位完成了"历史的综合"而成为"我们民族自己的成熟的诗人"。然而不无遗憾的是，对这样"一个历史期待已久的诗人"的存在，我们却总是一再予以忽略或难

---

① 　见《星星》诗刊 1998 年第 11 期。

以重视，也就一再成为难以弥合的历史性的遗憾！①

　　而这，也正是笔者十分痛苦地书写这一节文字时，最终想要提出的问题——这么多年来，作为一个野路子出身的理论与批评工作者，在怀着虔敬的心情认识并参与了学院批评后，便渐渐生出一份担心：我所敬仰的师长们所敬重的学长们，会不会在九十年代特殊时空下，或因天时，或因地利，或因资历与头衔，在及时填补了因时代转型而出现的权力真空后，为"中国特色"式的权力迷障所困惑，成为某种新的、非官方意义的"主流话语"，而出现偏离民间视觉的理论误区与批评盲点？现在看来，这份担心并非庸人自扰：一些令人可疑的现象正在出现，一些令人失望的事情正在发生，早期患难与共、同舟共济的"语境"正悄然远离我们而去——这是令人痛心的变化，却又是无法回避的变化，这变化迫使我们重新做出选择，不再为错误的愿望耽误行程。

<h2 style="text-align:center">重返民间——由《〈他们〉十年诗歌选》
公开出版所想到的</h2>

　　将《〈他们〉十年诗歌选》的公开出版发行，列为世纪末中国重要诗歌事件作以讨论，绝非小题大做。了解中国大陆五十年代后诗歌历史的人们都知道，一份长期疏离于主流文学意识、坚持自由立场的民间文学刊物，能在我们身处的社会环境中撑持十年之久，且最终得以公开出版自己的选集，实在不是一件小事。历史允许了这颗"异类"的种子生根、发芽以至开花、结果，说明了历史的场景已开始转换；而这颗种子能在体制外的本土艰生带繁衍为一片呼风唤雨的森林，更说明它自身承传的精神与艺术基因，是怎样的纯正、坚实和富有生命力。

---

　　①　此处借用钱理群、温儒敏、吴福辉合著《中国现代文学三十年》"艾青"一章中语，北京大学出版社1998年版。

　　新时期以来的二十年中，迫于主流话语的宰制，中国诗歌一直以官方与民间两种形态并存，成为文学史上一大特殊景观。诸如小说、散文等其他文学样式，是如何很快消解了这种官方立场与民间立场的对立，而融合为一或取而代之，这里不作展述。仅就诗歌而言，这种对抗从未消失过。此伏彼起的民间诗歌团体和民间诗报刊，如野火般由七十年代末燃烧到世纪末，且一直充当着新时期文学思潮的拓荒者与前导者的角色，以其不断拓展的精神空间和不断更新的艺术生长点，影响着其他文学的发展。这其中，由于各种原因，绝大多数民间诗歌团体和民间诗报诗刊，都流于或昙花一现或各领风骚三两年的匆促展现，未成大的气候。产生过影响的"非非"、"莽汉"、《现代汉诗》、《锋刃》、《北回归线》、《南方诗志》、《诗参考》等，也因或风格不明确或中途夭折，未能撑持更大的局面。我们知道，这种撑持有多么艰难，而唯其如此，方感佩坚守者的不易！应该说，整整激荡二十年的民间诗潮，真正产生历史性的巨大影响，且形成某种足以催生并导引新的诗歌思潮和诗歌生长点的，当属早期的《今天》和1985年后的《他们》（应该还有严力主办的《一行》，但因其不在本土，当别论）。《今天》移师海外后，《他们》便成为从八十年代中期持续深入至世纪末的一方重镇。这方重镇的存在，不仅有力地改变了朦胧诗后中国大陆诗歌的发展格局，于诗学和诗歌作品都提供了富有影响力的经典文本，还以其既具凝聚力、号召力，又具延展性的艺术气质，滋养了当代小说和散文的新的生长——以一个民间社团的小小存在，竟然极大地改观了当代文学的样貌，实在是我们这个时代极为罕见的一个杰作！

　　这是注定要改变历史的一种集合：作为《他们》"实际上的主编和'灵魂'人物"① 的韩东，没有将他创生的这份刊物，办

---

　　①　语出《〈他们〉十年诗歌选·后记》，漓江出版社1998年版。

成文学青年"过家家"式的"小沙龙",或利益同盟者围着取暖的"小火炉",而是以其敏锐的历史眼光和严谨的专业风度,将其内化为一种思想、立场与人格的集合。实际上,《他们》对作品的集结,已成为第二位的运作,它真正的意义,在于对气质的培养和对思潮的推动,由此方形成了它独特的社团风格和卓有成效的创造业绩——前后三块诗歌方阵,已成为当今中国诗坛一列耀眼的名字:早期的韩东、于坚、丁当、小海、小君、于小韦、吕德安等,中期的朱文、鲁羊、刘立杆、吴晨骏、李冯、翟永明等,后期加盟的伊沙、杨克、侯马、李森、徐江等。同时,韩东还以他的诗学论文、小说,于坚以其诗学论著、随笔、散文,以及由朱文、鲁羊、李冯、吴晨骏等组成的诗人小说家方阵,为跨世纪的中国文学留下一抹凝重的记忆——这就是《他们》,影响了整个十年来中国当代文学发展进程的《他们》,且必将深入影响到新世纪中国文学步程的《他们》。每当我思考这一可称之为"《他们》现象"的文学命题时,我总是由衷地想到鲁迅先生当年对"沉钟社"的赞誉:"中国的最坚韧、最诚实、挣扎得最久的团体。"这个团体以"对于一切专断与卑劣之反抗"(《语丝·发刊词》)为精神旗帜,强有力地洗刷了当代文学进程中那些早该洗刷的东西,建构了一些早该重新建构的东西,而这一切的洗刷与建构,乃是由一个小小的民间刊物来承担,是否该引发我们更深入些的思考呢?

　　熟悉中国新文学历史的人都知道,从"五四"新文学的发轫,到二三十年代新诗流派的滥觞,无不依赖于各个时期文学社团的兴起和支撑。胡适、刘半农、沈尹默之于《新青年》,郭沫若之与"创造社",汪静之、应修人之于"湖畔诗社",冯至之于"沉钟社",徐志摩、闻一多、朱湘之于"新月社",戴望舒、卞之琳之于《现代》杂志、《新诗》月刊,艾青、胡风、绿原、阿垅、牛汉之于"七月诗派",穆旦、郑敏、杜运燮之于"中国新诗派"，等等。综观新诗前三十年的艰卓拓荒与蓬勃发展，可以用"自由创作，同仁刊物"这两点作概括，没有这两个核心支点，很难想象是否还能取得那样辉煌的历史成就。这些年我研究台湾现代诗的发展，追索其何以能形成近八百位诗人、一千三百多部个人诗集、一百多部各类诗选、二百多部诗评论集、先后一百五十多家诗刊诗报的宏大局面，且成为与新诗前三十年和大陆新时期二十年并肩而立的中国新诗三大板块之一，其根本原因，也无非是"自由创作，同仁刊物"这八个字。这是历史已经一再证明了的必由之路，尤其是对诗歌这样的文学样式而言。然而自五十年代起，由于各种因素所致，我们几乎已完全丧失了这一历史规律的滋养，乃至成了谈虎色变的禁区。只是到了新时期以后，年轻的诗人们才冒险闯入这一禁区，非常艰难地重涉"自由创作，同仁刊物"这一诱人的诗歌理路。仅就这一点而言，新时期二十年的中国大陆诗歌，不仅以其造山运动般的创作成就和深具开启与前导性的艺术思潮，推动着整个当代文学的发展，同时还以其持久的民间立场，为跨世纪中国文学体制的改革产生了不可估量的影响。同样无法想象，设若没有民间诗歌团体与诗歌报刊和官方诗坛的长期抗争，新时期的诗歌步程又将是怎样的一种状况。这样一种唯有这个时代才发生的特殊文学现象的存在，其最重要的历史意义在于指出并证明：所谓当代诗歌的种种"危机"，说到底，是违背文学艺术生存与发展规律的"体制的危机"，诸如什么"小众与大众"、"懂与不懂"、"传统与现代"之类的所谓理论之争，以及什么官方与民间、主流与非主流、专业与非专业之类的名分之争、宗派之争等等，都源于官办诗坛这个"怪胎"的存在！二十年风起云涌的民间诗潮，从根本上讲，均在于对这一"怪胎"的负面效应予以解构，以重归"自由创作，同仁刊物"的诗路历程。也只有回到这样的诗路历程上后，一些看似不可避免、实则十分荒唐的所谓"危机"，才可能自行消解——先锋者自以先锋的孤独为乐，流行者自以流行的热闹为荣；愿意呆在"暗房"工作的，自有他的道理，愿意围着"小火炉"取暖的，自有他的兴味；潜心纯正写作的，自可与真正的诗爱者为友，热心社会诗歌的，自可与从政者为伍；愿自掏腰包献身诗歌艺术的，自是心甘情愿，而那些本想从诗歌中捞取现实功利的，自会自动清场——如此"天朗气清"，泾渭分明，国家省钱省心，诗坛相安无争（当然不避免艺术之争），诗运繁荣昌盛（至少不再如眼下这般混乱、困窘与尴尬），岂非是真正堪可告慰历史的进步？

　　然而这毕竟还是一个过渡形态的时代。非但上述种种仅止于一种理论空想，即或绵延二十年成百上千的民间诗社和民间诗报诗刊，又有多少将此作为理念与目的，而不是过程与策略？不断地成立、创刊，又不断地夭折、消亡，在生存环境过于严酷这一客观因素之外，大量的"过客们"，其实是失陷于自身。长期形成的依附心态和功利情结，使多数民间诗人，对其所操作的民间诗报诗刊，是否可以以及有无必要坚持下去（尤其在所谓的"功成名就"之后），并没有十分的信心和明确的理念。"他们"则不同，因了"基因"的纯正，"他们"拒绝任何浅近功利的羁绊，摒弃由"边缘"向"中心"过渡的诱惑，只为自身的存在而负责。连接"他们"的，只是一种气质，一种可称之为"他们式"的文化与精神气质，正是这气质使"他们"与其他民间文学流派卓然不同：成员相对稳定，风格较为一致，持续印行刊物，深入影响文坛，直至得以公开出版其总结性的十年诗选，并最终使其大部分成员，成为当代文学中重要的一员。联系到二十世纪下半叶中国的历史现实，这无疑是一个证明、一种特殊的感召，使那些依然为各种错位的愿望迷惑和彷徨的人们，看到了另一种希望、另一种未来！

　　是的，历史的场景正在转换，先行者的道路已经扩展，而百年中国新诗，实则只是尚未脱幼稚的形成期：只有那些基因纯正的诗人们，有望穿越世纪的迷障，走向新的黎明，去自豪地呼喊：诗安，二十一世纪！

1998 年 10—11 月

中国诗歌：世纪末论争与反思

  二十世纪末的中国大陆诗歌，是以一场"民间立场"与"知识分子写作"的论争为浓重记忆而结尾的。对于这场论争，在一般诗歌公众看来，似乎是由"民间"一方率先发难，"知识分子"一方被动应战的"是非之争"、"权利之争"。"知识分子"一方的一些代表诗人，利用阐释空间的褊狭，在九十年代的中国诗歌界占尽声名、定为主流，"民间"一方不免给人以"造反"、"争风"的嫌疑。同时在急于进入历史的"学术产业"那里，更将唯"知识分子写作"为旨归的所谓"九十年代诗歌"，视为已可论定入史的事，是以必然视不期而遇的"民间立场"的"揭竿而起"为"争名夺利"的"闹事"。其实这场论争的肇因潜伏已久，论争爆发的形式不无偶然性，但还九十年代中国大陆诗歌一个公正全面的历史真实的吁求与辩白，是迟早要发生的事。在这里，真正被动应战的，是一再被遮蔽、被忽略、被排斥在"阐释话语权力"（这一权力如何生成，将在后文展述）之外的"民间"一方诗人，亦即非"知识分子写作"圈内的诗人以及大量代表着更新的诗歌生长点的年轻诗人。毋庸讳言，被迫应战或者说挑战的"民间立场"一方，在诗学之争的同时，带有强烈的"权利之争"的色彩，但说到底他们争的只是同一阵营多元共存的"生存权"，是在"知识分子写作"者们越来越咄咄逼人的"宰制权力"面前，向历史讨一个公正的说法！

然而今天看来，连这种"讨公正"的想法都已变得幼稚和悲凉。一方面，在"盘峰诗会"上，一些心胸狭隘的"知识分子写作"之诗人和评论家，先入为主地刻意将不同时空下，非"知识分子写作"诗歌对来自"知识分子写作"诗歌的漠视与排斥所作的散点式的反弹，阐释为《年鉴》是个阴谋，《算账》要搞运动"（王家新语），从而导致变了味的论战；一方面，在"盘峰诗会"之后，又迫不及待地抛出化名"子岸"编撰的《九十年代诗歌纪事》，在《山花》杂志刊出，紧接着又拼凑出一部《中国诗歌·九十年代备忘录》（王家新、孙文波编），由人民文学出版社出版。这两次举动，再次震惊了纯正诗歌阵营（尽管它已变得不那么纯正了，但仅从非官方的自由写作立场而言，我仍然坚持这一命名与认同）。看来，"知识分子写作"者中的一些人，已经在"历史"的促迫下，扮演起"诗歌政治知识分子"的角色，将一己的成就及圈子化的存在推为至尊，造势为主流，以再次强化"宰制权力"而无视历史的真实。对此，作为九十年代诗歌——时空概念而非圈子概念的九十年代诗歌——的观察者之一，我想就这场论争及《备忘录》所涉及的一些问题，提出一点纯属个人的看法，并对重新上路于新世纪的现代汉诗，提供一点个人化的思考。当然，再次执笔于这样的文章，对于至今恪守同一阵营论争理念的我来说，无疑是一次新的精神磨难而不无沉重之感。

一、命名与正名：谁的"九十年代"

谁都知道，作为时空概念的中国大陆之"九十年代诗歌"，是一个多种路向并进、多元美学探求并存的集合。这种集合中，有八十年代朦胧诗、第三代诗的分延与再造，也有在生命形态和美学趣味上与八十年代判然有别的新的诗歌生长点的开启与拓展。承继新诗潮的运作策略，民间诗刊、诗报仍然是这十年纯正诗歌阵营的主要阵地，在《他们》、《非非》之后，又相继创生了《反对》、《象罔》、《倾向》、《现代汉诗》、《诗参考》、《北回归线》、《葵》、《锋刃》等，成为九十年代诗歌集结的重镇，其中《诗参考》一直坚持至今，成为横贯整个九十年代的重要文献。大体而言，仅就九十年代诗歌最有生气、最具诗学意义而形成较大影响的优秀部分来说，有以于坚、韩东、小海等为代表的"他们"诗派，以周伦佑、杨黎、何小竹等为代表的"非非"诗派，以西川、王家新、欧阳江河、张曙光、陈东东、臧棣等为代表的后来合成的"知识分子写作"群体，以翟永明、王小妮等为代表的女诗人群体，以伊沙、侯马、余怒、马永波、盛兴等为代表的年轻诗人群，以车前子、树才、莫非为代表的"另类写作"群体，还有牛汉、郑敏、昌耀、任洪渊、林莽等中老年杰出诗人代表，和一大批坚持独立写作立场而品质不凡的诗人，以及创作于八十年代而成名影响于九十年代的天才诗人海子——这样的一种集合（尚不包括旅居海外的大陆诗人），即或仅就观念层面而言，也各有所长，以各具特色的成就，共同构成了整个九十年代的宏大诗歌景观。但很快，这种景观就被一些人改写为唯"知识分子写作"为主为尊的新版图，由原来的多元视野变成转来转去就那么几个人的圈子视点，且刻意以"九十年代诗歌"命名之，造成严重的遮蔽，也同时埋下了纷争的肇因。其实"圈子"也是一种合理的客观存在，且每一个"圈子"都必然会对其他"圈子"有一定的排斥性，但这样的"排斥性"应该是限于美学趣味范畴的，只是到了"知识分子写作"者那里，却因了各种因素的促成，演变成了一种宰制性的权力话语。

有必要梳理一下这种演变的过程。

1994年10月23日，在北京大学中文系，由谢冕、杨匡汉、吴思敬主持的题为《当前诗歌：思考及对策》的座谈会上，吴思敬就八十年代中期到九十年代中期的诗歌成就，开列了一个代表诗人的名单并予以简括评价，指出"海子本身就是一部大诗"。西川"有明确的方向，最终以他为代表的新古典主义形成了很大的影响"。韩东"提出了一种新的观照世界的方式，尽管有偏颇的地方，但开创了一个新的诗歌时代"。于坚"是一种比较复杂的构成，有很多新颖特殊的艺术主张，创作跨越几个时期，有代表性"。王家新"也很独特，由朦胧诗人向新生代诗人过渡完成得很好，他这两年的一些代表作品，其哲学和诗学的思考都很深刻，而且坚实质朴，不玩虚词"。陈东东"方向感很强，有特别的诗质，形成影响"。"作为整体的存在，四川'非非'的贡献不无合理的成分，其革命性的诗学主张有精神方面的影响。""女诗人中，则有伊蕾、陆忆敏、翟永明、唐亚平等一批优秀者。""1990年以后，伊沙是最突出的，也是最值得重视的，伊沙的存在是特殊的、独在的，……可以说是'后现代诗'的代表，已构成一种伊沙现象。"吴思敬当时所作的这个简括勾勒，在今天看来，都是较为全面、客观和公允的，不失为对九十年代中期大陆诗歌景观之最突出部分的合理描述。在这个会上，程光炜的发言特别强调了"当前的诗歌发展可以说已到了一个临界点，大家都面临着新的挑战"。臧棣的发言则正式提出："可以用个人写作这个概念，来概括目前当代诗歌正在经历的一个诗歌阶段：当代诗歌正呈现出一种个人写作的状态。这个概念，在许多优秀的当代诗人那里，比如在欧阳江河、肖开愚、西川、陈东东、孙文波、张曙光、王家新、翟永明、钟鸣等人身上达成了共识。"很明显，

臧棣开列的这个名单，已构成后来的"知识分子写作"群体的雏
形，再加上西渡和臧棣自己，就成了沿袭至今的所谓"九十年代
诗歌"的主力阵容。（顺便说一句，这一阵容中的诗人大名和他
们的理论与批评家们的大名，在化名"子岸"编撰的所谓《九十
年代诗歌纪事》年表中，几乎年年突出、月月有名，而其他所有
在九十年代诗歌进程中同样不懈努力且成就卓著的诗人、评论
家，统统成了他们的陪衬甚至化为乌有！）有意味的是，臧棣在
这个发言的最后又开列了另一份名单，并特别指出："此外，我
们也应看到还存在着'另一个九十年代'的诗人群体，其中代表
性的诗人有清平、西渡、余弦、朱朱、余刚、桑克、郑单衣、伊
沙、王艾、刘立杆等人。对这些诗人的状况，当代诗歌批评甚至
没能提供一份粗略地勾勒其状况的报告。"当然，这份"另一个
九十年代"的诗人群体，还应包括臧棣本人，而无疑，同时作为
批评家的臧棣，此时的胸怀和视野，还是宽容和广阔的。①

　　这次由《诗探索》编辑部在例行碰头会之后顺便召集的小范
围讨论会，不幸真的成了一个"临界点"，此后的纯正诗歌阵营，
逐渐开始出现了裂变和分化。先是北大中文系部分学生在神化圣
化海子的同时指斥于坚的长诗《０档案》是一堆语言垃圾。对
此，在我的提议下（此提议被子岸指称为"奔走游说"），由谢冕
主持的北大"批评家周末"举行了"对《０档案》发言"讨论
会，到会的大多数连同谢冕先生，都对这部作品给予了充分肯定
并展开了一些有益的论争。与会的臧棣在发言中也认为："说
《０档案》是一堆'语言垃圾'，我不同意。""《０档案》确实是
由一个有创造力的诗人提供给我们的一首有创造性的诗，显然这
种创造性并非如某些论者所说的那么杰出与罕见。"并特别指出
"这种创造性也正是我所要质疑的东西。""我质疑的是，不能以
此来作为评价和批评诗歌的标准。"然而作为"标准"的确立，

---

①　　此处引论详见《作家》1995年第5期《当前诗歌：思考及对策》一文。

此后很快成为"知识分子写作"者指认"九十年代诗歌"的专利，"个人化"、"叙事策略"、"知识分子立场"、"西方资源"等等，将一小部分诗人达成的"共识"，标举为整个九十年代诗歌的经典范式，由此引起的非"知识分子写作"者们的"质疑"，则被斥为"阴谋"，不知又算哪一路子"学理"？随后，由谢冕、钱理群主编的《百年中国文学经典》（1996，北京大学出版社）中的九十年代诗歌部分，既收入了欧阳江河、西川、王家新的作品，也收入了周伦佑、伊沙的作品。其间谢冕先生还主持编选了十六卷的《中国女性诗歌文库》（1997—1998，春风文艺出版社），对横贯八十年代和九十年代的女性诗歌写作，作了一个颇为厚重的总结。

时值世纪末，历史虚位以待，成名诗人们忙着确认自己的位子，"学术产业"加速扩展势力范围，一切都显得过于浮躁与虚妄，但一切又似乎都在情理之中。此时，各种带有总结性的诗歌选本陆续问世，其中较为突出的有纯属诗社诗选的《打开肉体之门——非非主义：从理论到作品》与《〈他们〉十年诗歌选》，和两部标有"九十年代"的综合性诗选，即由杨克主编的《九十年代实力诗人诗选》和列入"九十年代文学书系"，由程光炜编选的《岁月的遗照》，前者或许失于风格模糊，但因其较为客观、公允和全面的视野而获得普遍认同，后者则引发了后来的论争。

按说，一位评论家依照自己的研究框架与美学趣味，编选一部合乎其框架与趣味理念的诗选，别人是无权横加指责的。问题在于，《岁月的遗照》并未声明是一部纯风格式诗选，或是一种流派或社团诗选，而基本上是以为九十年代诗歌作总结为主旨的，这从选本中收入了于坚、韩东的诗，以及几位诗坛新人的诗可以看出。但实质上，整部诗选却又完全是在为观念意义上的"九十年代诗歌"亦即圈子意识上的"知识分子写作"者诗歌张目代言。于坚、韩东的入选则完全成了"门脸"的需要和陪衬。正是这种实质与主旨的严重背离，引起了纯正诗歌阵营的普遍质疑：这是谁的九十年代诗歌？

　　其实连为"知识分子写作"者们辩护者也承认："'九十年代诗歌'是一个有些含混的说法，它引申出的相关论述，比如知识分子写作、个人写作、叙事性等，并不针对整个九十年代这个历史时段，也没有穷尽当下写作的全部现实。当下诗歌现实仍是'巴尔干化'的，不同的地区、不同的诗人群落占有着不同的知识结构，秉承着不同的观念和理想，甚至是在不同的时代里写作，当然其中也存在着雷同、模仿和偏执倾向掩盖下的浪费。不仅如此，'九十年代诗歌'旗下的代表性诗人，虽然分享着某些共同的写作理论，但随着'个人诗歌谱系'（唐晓渡语）的建立，其间的差异和分歧远远要超过假想的一致性。"① 既然是"含混的"，缺乏"一致性"，就很难讲是"风格"或"观念意义上的编选"，反过来说，它就是为时空意义上的九十年代诗歌作总结，作"另一意义的命名"（程光炜语），带有"史"的意味，主旨是明确的。这就难免涉及到这样的推理：九十年代诗歌就是"知识分子写作"群体的"九十年代诗歌"，再加上一点点绕不开去的于坚、韩东，其他的存在都是次要的、另类的、无足轻重的——这正是这部《岁月的遗照》之所以引起广泛异议乃至"揭竿而起"的问题所在。而这个问题其实又很简单：只需将于坚、韩东去掉，改成"岁月的遗照——九十年代知识分子写作诗选"不就行了吗？不就是一部很纯粹很漂亮的流派诗选吗？有如朦胧诗《五人诗选》，有如《〈他们〉十年诗歌选》等，可为什么不呢？！而且在论争之后，依然刻意以《中国诗歌·九十年代备忘录》为名，再次将"知识分子写作"群体推为九十年代中国大陆诗歌的圭臬，而无视"巴尔干化"的"诗歌现实"。该《备忘录》还以"子岸"化名，编选出一个所谓的《九十年代诗歌纪事》，10 年

---

　　① 　姜涛：《可疑的反思及反思话语的可能性》，《中国诗歌：九十年代备忘录》（王家新、孙文波编），人民文学出版社 2000 年版，第 148、137 页。

116 个月（1999 年编至 8 月）里，只见"知识分子写作"者们的频频亮相，一诗一文每行每动都记录在案，其他"群岛上的对话"之诗歌人、事，皆不是陪衬，就是化为乌有，通篇充斥着"唯我是九十年代代表"的权贵之气。这里仅举一例：作为这十年中，对现代汉诗诗学作出了很大贡献的陈仲义先生，连续出版诗学专著五部（全部出版于九十年代），发表大量理论与批评文章，于创作论、诗人论、诗潮论、方法论等诸方面都多有建树，影响卓著于海内外，却因为"身处边缘、民间，无须顺应主流，附庸他者，服膺正宗"①，而在"子岸"的《纪事》中，仅只有蜻蜓点水式的提及，可想而知，其他"非我族类"的诗歌人、事，会遭遇怎样的"历史待遇"。这是一次毫无遮掩的暴露，其偏执与虚妄到了令人难以置信的程度！

其实问题同样很简单，无论是《备忘录》还是《纪事》，只需删除"非我族类"的陪衬，冠以"知识分子写作"的命名，不就是一部很有流派价值的历史文献吗？可并非"弱智"，也从不"头晕"的"知识分子写作"者们，何以非拽着"九十年代诗歌"这张大旗做虎皮呢？可见，从一开始，所谓"九十年代诗歌：另一意义的命名"，就不纯粹是观念意义上的，到《备忘录》的抛出，事情已相当明了了。

相比较于"诗歌政治知识分子"们对中国大陆九十年代诗歌版图的"宰制性"歪曲与改写，有必要在这里再举证另外两种对九十年代诗歌的编选指认：一是由李少君主持的《天涯》杂志"九十年代诗歌精选"专栏；一是由台湾青年诗人、诗评家黄梁主编，台湾唐山出版社 1999 年初出版的"大陆先锋诗丛"（收朱文、海上、马永波、余怒、周伦佑、虹影、于坚、孟浪、柏桦九人个集和一部九人诗学论文合集），其严肃纯正的专业眼光和兼

---

① 陈仲义：《深挖一口井——我的写作与诗学道路》，《扇形的展开——中国现代学谫论》，浙江文艺出版社 2000 年版，第 401 页。

容并包的学术情怀（有情怀的学术而非产业化的学术）无异于一种鉴照，所有熟悉九十年代诗歌进程的人们，都不难在比较中得以明识。

二、历史与现实：批评的吊诡

纯正诗歌阵营的这场纷争，有源自诗人们心理机制病变的肇因，更有诗歌批评境遇的变异所埋下的危机，这是更深层的肇因——批评的吊诡，使我们共同被历史所捉弄，从而过早地催生了意气，当然，也同时提前开启了对批评空间的重构。

这里的首要问题是，在纯正诗歌阵营里，所谓批评的"话语权力"是否存在？尤其在当代批评已不再充任价值判断的角色，批评已成为与作品的对话乃至对批评自身的阐释，成为自在自明的另一种意义上的写作时，人们时刻顾忌的那种"裁判的权力"、"史的权利"以及人们习惯性地赋予批评的种种"权力"，是否因此而"缺席"或至少是减弱？正是在这里，我看到，当"民间"诗人们纷纷质疑或指斥程光炜的《岁月的遗照》时，连同编者本人在内的批评家们所流露出的那种不无真诚的窘怒（情感上的）和不无矜持的蔑视（所谓学理上的），那无疑是在提示：都什么时候了，还如此无理取闹？实则假如有关诗歌批评的"话语权力"，以及由此而共生的有关"知识分子写作"的"宰制权力"话语真是一个"假想敌"的话，那么，至少就对《岁月的遗照》的指斥而言，确实就成了无理取闹，成了被姜涛所指污的所谓"市井叫骂战略和泼皮智慧"[①] 了。然而事实并非那么简单。

对诗歌批评的梳理与反思，要从两方面去看：批评自身的演变和批评期待的实在。新时期以来，这两个方面一直因了历史的

---

① 见姜涛：《可疑的反思及反思话语的可能性》，《中国诗歌·九十年代备忘录》（王家新、孙文波编），人民文学出版社 2000 年版，第 148、137 页。

成因而紧紧纠结在一起，成为互为依赖互为指涉的共同体。只是到了九十年代后，随着对抗的初步消解，纯正诗歌写作地位的初步确立，一部分批评家开始疏忘批评期待的存在，或认为那已是一个过时的存在，很少深入考虑到，对当代中国诗歌而言，这种期待的心理惯势，不但没有因对抗的消解而消解，也从未因地位的确立而稍有减弱。与此同时，随着批评的急剧学术化、产业化、非现场化，还有诗歌批评资源的相对匮乏，批评（作为批评家那里的）与批评期待（作为诗人那里的）之间的矛盾与冲突便日趋加剧，而危机正由此产生。

是历史的荣耀使后来的诗人们总是难以忘却那最初的胜景：以朦胧诗为主体的新时期崛起诗群，是怎样因了"三个崛起"论者的"铁肩担道义"，获得巨大的精神支撑和理论支撑，从而共同创造了一个批评与创作同舟共济、息息相通的伟大时代——这个时代的诗歌批评效应，有如晨星般地留在了在黎明中出发上路的第三代诗人心中，也不无诱惑地时时回闪在奋进于九十年代的诗人心头，最终成为一个难以磨灭的情结。即或时代转型、批评转型，由这份情结生成的批评期待却也总是难以随之"转型"，看似有违学理，却又在情理之中；而所谓诗歌批评以及所谓诗学，在我看来，从来就是离生命更近、离学术稍远的一种特殊学科，离开情怀的照拂，离开对鲜活的诗歌现场和诗歌生命的呼应，所谓的学理与学术，将是何等苍白！

由此逐渐生成了一个令历史犯难、令批评家犯窘的诗歌批评境遇：一方面，批评自身要返身学科化，甩掉涉嫌"社会学批评"的包袱，以图成为"学术产业"的一个合理部分，成为科研项目或博士论文；一方面，依然在路上，在作新的、更深层次的"突围"的诗人们，却一如既往地期待着九十年代的诗歌批评，要如新诗潮出发时那样呼应和评判他们的存在。诗歌批评家们在"转型"中力图尽快寻找与确立在"学术产业"中的"权威"，诗人们却硬要拽着自顾不暇的批评家们，继续充当对当下诗歌发言的"权威"。坦白地讲，就理性认识而言，诗人们并非不知道批评"转型"成什么样子，但从感情上、从心理惯性上，总是难以接受对那份批评期待的"断奶"——进入批评家的视野，在权威诗评家那里去讨说法，已是大家都熟悉、都认同的诗歌现实——而矛盾的焦点也正在这里。

　　表面看起来，所谓诗歌批评的"话语权力"，是满怀"过了时"的"批评期待"的诗人们强加给批评家们的，但处于"转型"中的诗歌批评家，尤其是那些身在学院而已由历史塑成声名的权威批评家们，并未能由此而脱离"权力"的干系。人们知道，是他们在撰写"诗歌史"，由他们编选的诗选具有史的影响和现实的号召力，因此，他们发出的声音，总是不可避免地带有"权力"的影子，以至让诗人们总是发出猎犬般敏感的嗅疑。这是历史与现实的合谋所形成的批评境遇，加之诸如文学机制、教育机制等中国特色的因素所形成的局限，身处其中的诗歌批评家们，谁也无法"撇清"或"高蹈"。试想，由我和李震参与具体编选，由亲友们捐资出版的《胡宽诗集》（漓江出版社1996年7月版），假若未举荐到北京权威批评家们那里，通过"胡宽诗歌作品研讨会"得以追认，这位天才诗人的存在岂非至今还是不为人知的亡魂而成为历史的缺憾？而这样的缺憾，亦即因批评"转型"和阐释空间的褊狭导致对诗歌现场的一再疏离，对被杨克称之为"冰山在水面下的这一大部分"的漠视所造成的缺憾，又何止胡宽一例？且到九十年代已发展到何等严重的地步？乃至久抱"期待缺憾"的诗人们，看到带有总结意味且打着"九十年代诗歌"旗号的《岁月的遗照》，竟然仍只是对"冰山"上面的一小部分给予"学术观照"及史的指认时，人们的不满与愤怒不正是理所当然的吗？

　　这是历史的吊诡，批评家和诗人们实则都是被这"吊诡的历史"所捉弄的受害者。批评家可以指责诗人们过于看重"名分"，且这"名分"的指认也非批评所能完全承担的，但面对诗歌的普遍被冷落，有情怀的批评家是否也应该对那一份"期待"的渴望予以充分的理解，视为批评暂时无法脱身他去的一点责任，而不是用所谓的学术替代情怀。同理，广大的诗人们，尤其是"冰山在水面下的"那"一大部分"诗人们，更应该及时消解因历史所形成的那种"批评期待"的幻想，自甘认领寂寞前行的宿命。历史确已走到了一个新的"临界点"，多元生存的诗歌空间已初步形成，无须再"弱智"地依赖观念意义上的权威与中心。而且，历史和现实也已一再证实，人们期待中的那种公正与全面的批评视野，早已成昨日黄花，难以为继，要怪只能怪自己过于"天真和幼稚"（诗人中岛语）。更何况，今日批评家们所急于书写与编撰的历史，因了时代的局限性，依然只能是过渡性的，一切才刚刚开始，人们的眼光应该看得更远些，不必过于计较眼下浅近的些许功利。

由此可以说，"盘峰诗会"及其后的论争，其涉及诗歌批评及诗歌编选的部分，发难者和回应者双方的观点都不无合理性，同时也自然谁也无法说服谁。而正是循这个思路出发，我特别看重"民间立场"试图重建诗歌批评空间的意向，包括以非主流、非中心、非权威姿态而进行的《中国新诗年鉴》的编选，都无疑是在历史的"临界点"，一举解开了长期困扰于纯正诗歌阵营中那个"批评的吊诡"的死结，开启一条无限广阔的生路。《年鉴》编选的立场，重心在为"冰山在水面下的这一大部分"诗歌现实代言，并由此不断发现与推举来自"这一大部分"中的新的诗歌生长点，从而充分展示"更为健康的诗歌地平线"。这一带有"田野考察"风格的民间化编选立场（这一风格几乎是整个九十年代诗歌批评一直缺少的），无疑是对"庙堂圈点"式的学院化编选的一种历史性反拨，也同时是一种历史性的互补。反拨的意义，在于结束多年来越演越烈的唯北京中心/学院中心为是的一元化批评诉求与阐释模式，从根本上消除由此引起的各种偏颇、缺失与误解；互补的意义，在于给很难进入学院及权贵批评视野而大量散落于民间的诗歌新人、新的生长点以新的集结与阐释的可能，从而修复九十年代以降，因各种因素所致，被一再精英化、单一化而致狭隘化了的批评空间，使之回到真正多元健康的状态，回到丰富深广的大地和共同呼吸共同拥有的天空——这是一个时代的呼求，这呼求终于在世纪之交得以艰难的实现，并由此改写了所谓"观念意义"上的"九十年代诗歌"秩序，实在可算是中国诗歌的历史之幸。同时，这一改写也表明，作为中国诗歌最活跃、最坚实、最富生气和锐力的这一部分，亦即永远坚持"独立精神和自由创造的品质"（韩东语）的民间写作诗歌部分，其不可遏止的创造活力和不可估量的勃勃生机！当然，需要再一次提示的是：在这里，"民间"不是身份，而是一种姿态。

三、虚妄与真实：面对共同的新世纪

历史的虚位以待，个人心理机制的病变，圈子意识的膨胀，"学术产业"的迫抑，诗歌批评资源的相对匮乏及其单一化的形态等等，共同构成了一个历史性的"陷阱"。在这个共同的"陷阱"中，没有谁是"猎手"，也没有谁是"猎物"，有的只应该是对虚妄的消解和对真实的恢复。正如谢有顺在为《1999 年中国新诗年鉴》（杨克主编，花城出版社 2000 年版）撰写的题为《诗歌在前进》的序言文章中指出的："我从来不认为诗学争论是什么一方对另一方的打击，而是把争论理解为一种恢复，即，把每一个诗人、每一种写作恢复到他本应有的位置和空间里。……这实际上是个艰巨的清场过程，只有保证了这一过程的完成，诗歌的继续革命才有进一步的可能。"

确实，在我看来，中国诗歌在世纪末那场论争，最有价值的命题就是"恢复真实"，恢复"每一个诗人、每一种写作"的本来面目和位置，以此为基石，才能谈得上进入建设性的对话与共进。然而这种"恢复"又是何等的艰难?! 因为从一开始，在

"知识分子写作"者们看来，这个"命题"就不存在，那个"九十年代诗歌"的历史之场，本来就是"清"的，何须再"清"？是"民间立场"故意搅混水，以图改写已为权贵话语认定了的"历史"，并指认这种"改写"是"以'知识分子写作'为对象的新一轮的丑化行动"（臧棣语）而发动的。如此，"知识分子写作"者们从"学理上"认定"民间立场"人为地制造了两个"假想敌"：一个是为诗歌批评的"权力话语"所宰制的"假想敌"，一个是诗歌历史被"主流话语"所改写的"假想敌"。前者，我已在上文予以初步论述；后者，则只需引用一下《中国诗歌：九十年代备忘录》中，"知识分子写作"者们自我缠绕不清的"陈述"，即可自明其白。

在《当代诗歌中的知识分子写作》一文中，臧棣开篇即指认："'知识分子写作'从它的自我命名之日起，就面临着被丑化和庸俗化的双重危险。庸俗化的危险主要来自其内部，或者说，来自它的参与者的自我神话的潜在倾向。但是，在这里，既然被论战所吸引，我更想谈论的是它目前所身陷的被丑化的处境。"从行文中可见，"知识分子写作"之"庸俗化的危险"从一开始就存在且"主要来自内部"，这种"危险"主要是其"参与者的自我神话的潜在倾向"，怎样的"自我神话"，臧文虽没作明示，但整个九十年代诗歌进程中尤其是在九十年代下半时段里，这种"自我神话"早已由"潜在"而公开，也正是这种"自我神化"的急剧膨胀，成了催生纯正诗歌阵营裂变与分化的重要因素，而"神话"、"史化""知识分子写作"所形成的遮蔽与伤害，在包括"民间立场"在内的所有非"知识分子写作"者那里，也早已成路人皆知的事了！文章进一步指出："八十年代以来，在诗歌领域，丑化作为一种文学行动，一直就没有中断过它的表演。""第三代诗人的写作包含了值得激赏的文学觉悟，但它最主要的美学动力，却是从丑化朦胧诗而来……"第三代诗人如何丑化朦胧诗，臧文同样没有展述。① 这笔旧账其实是有必要做些清理与反思的，但有意味的是，我在整部《备忘录》中所看到的，除了"知识分子写作"者们自相矛盾的指涉与鼓吹外，大量出现的，却是对伟大的八十年代、对不可磨灭的第三代诗歌极为可疑的"反思"。换句话说，对"知识分子写作"的"神话"，是以贬损乃至改写八十年代诗歌运动及第三代诗歌价值为其"美学动力"的，有些偏见已到了令人震惊的地步。例如：孙文波在《我理解的九十年代：个人写作、叙事及其他》一文中，竟指认"八十年代是产生了少量的好诗人，而不是产生普遍的好作品的时代，曾经有过的、某些作品的价值不是看错了，就是其真正的意义被夸大了，一代诗人的成熟还需要时间的打磨。革命之后的发展才更为关键"。这些话表面看来冠冕堂皇，其实心机埋得很深也很明确，这就是以削弱八十年代和第三代诗歌的历史地位，来为抬高唯"知识分子写作"为是的所谓"九十年代诗歌"的历史地位作铺垫。这种削弱与抬高到了陈晓明的《语词写作：思想缩减时期的修辞策略》一文中，干脆直陈："'非非派'之类的胡闹在九十年代已经销声匿迹，取而代之的则是神圣肃穆的沉思默想。"作为第三代诗歌的重要诗派，无论是理论还是创作都产生过巨大影响的《非非》竟被斥之为"胡闹"，而"知识分子写作"则是"神圣肃穆"，如此的恶贬猛褒，简直让人瞠目结舌（顺便说一句，陈晓明先生一直是我心仪和敬重的批评家，不知何以在此竟武断到如此地步？同时申明，我也不同意于坚对《非非》的某些论断）。倒是这篇文章中论及"知识分子写作"的一些说法，无意中印证了所谓"民间立场"对"知识分子写作"的"丑化"，并非无理取闹或一家之言。文中指认西川"一度还试图从书本中发掘诗的文化资源，这可能是一个极端热爱书本而回避现实的诗

---

① 全文见《中国诗歌：九十年代备忘录》（王家新、孙文波编），人民文学出版社 2000 年版。

人在特殊的历史时期不得已而为之的举动"。"在历史的断裂处，已经无路可走，对于思想和表意策略都面临改弦更张的一代诗人来说，就势必落入一片精神深渊——以个人的方式隐蔽于其中，这几乎是绝处逢生的机遇。这对于欧阳江河、西川、王家新等本来就热衷于知识的诗人来说，更有一种如归故里的惊喜"。谈到王家新"不断地借用西方或苏俄的思想资源，王家新构造了一种'后政治学'的表意策略。……他的诗里总是大量出现西方文化场景，不断地重写那些现代派经典作家和诗人，发掘他们的精神，构成王家新写作连续性的主题和灵感"。① 只要细读这些文字，不难发现，文中对"知识分子写作"代表人物的指认，与"民间立场"所发出的指认——如"读者诗人"、"脱离中国人生存现场的'暗房工作者'"、"图解知识"等，除了说法上的不同，并无多少本质上的区别。写诗成了纯粹知识与语词之大脑的活动，"这里的词与物完全脱离当代社会现实"（陈文中语），无血无肉无生命的痛感，也无行走于田野街市的身体与灵魂，恰如林贤治在《五十年：散文与自由的一种观察》一文中所指出的："当今时世，人们都喜欢使用大脑，丢弃心灵，甚至憎恶真诚和朴素。"② 这种被杨远宏称之为"没有血热的'冷热'"的"知识分子写作"，确实"是并非一切都无可挑剔"的。③ 至于"个人写作"、"叙事"、"反讽"等所谓"更具建设性"和"深刻变化"（王家新语）的写作认知与修辞策略，连王家新自己也知道"绝不仅是限于某个小圈子里的'知识气候'"（《备忘录》代序），它

---

① 陈晓明：《语词写作：思想缩减时期的修辞策略》，《中国诗歌：九十年代备忘录》（王家新、孙文波编），人民文学出版社2000年版，第97、100、101、102页。

② 全文载《书屋》杂志2000年第1期。

③ 杨远宏：《暗淡与光芒》，《中国诗歌：九十年代备忘录》（王家新、孙文波编），人民文学出版社2000年版，第89页。

甚至可以追溯到八十年代第三代诗歌的写作中去，而绝非"知识分子写作"的专利。那么，最后的问题是，"知识分子写作"者们到底站在哪里、意欲何为？还是程光炜总结得最清楚："朦胧诗人希图重建的是一种二元对立模式里的政治意味的诗学秩序，第三代诗人则通过'达达'的手段对付复杂的诗艺，文化的反抗被降低为文化的表演。《倾向》以及后来更名的《南方诗志》对《今天》、《他们》、《非非》艺术权威的取代，不是一般意义的一个诗歌思潮对另一个诗歌思潮的顶替，它们之间不是连续性的时间和历史的关系，而是福柯所言那种'非连续性的历史关系'，它们是两种不同文化背景下的'知识形构'。或者说它们不是一种'艺术趣味'能够涵括得了的。在我看来，这个同仁杂志成了'秩序与责任'的象征，正像彼得堡之于俄罗斯文化精神，雅斯贝尔斯之于二战后德国知识界普遍的沮丧、混乱一样，它无疑成了一盏照亮泥泞的中国诗歌的明灯。"① 找到一个权威，确立一种秩序，对九十年代诗歌作"另一意义的命名"，以其"明灯"般的光耀进入历史、改写历史——这，就是"知识分子写作"者们的全部逻辑和最终立场。

　　的确，已经没有必要作太多的引证了，但有必要把我的观点作一归纳：其一，《算账》不是要搞运动，而只是向为一种自我蒙骗的虚妄搞昏了头的同路人提个醒；对"运动情结"的清理，大概我算比较早提出的②，不会"弱智"到自己打自己的耳光，且自认也搞不起什么运动；其二，《年鉴》不是阴谋，只是对一再被改写的九十年代诗歌历史的一种公开的反拨与修补；其三，"知识分子写作"既不等于"九十年代诗歌"，也不代表"九十年代诗歌"，它只是"九十年代诗歌"较为突出、具有相当诗学价

---

① 程光炜：《不知所终的旅行：九十年代诗歌综论》，《中国诗歌：九十年代备忘录》（王家新、孙文波编），人民文学出版社2000年版，第346页。

② 见拙文《运动情结与科学精神》，原载《诗歌报》1992年第11期。

值的一部分。同时，它也并未能"明灯"般地照亮其他诗歌部分，它照亮的只是它自身，而它所意欲建立的秩序无异于一种反秩序，或者顶多是无视民间存在的"庙堂秩序"；其四，借用张曙光的话，"对于九十年代诗歌的整体评价由后人来进行肯定要比现在急于盖棺定论会好得多，客观得多"①，由此分延出一个提示：一切急于进入历史的人和事，必被历史所修正；其五，心理机制的病变亦即欲望与权利的文本化、言论化、学术化，是九十年代诗歌的通病，这种病变在纯正诗歌阵营几个路向中都有不同程度的存在，只不过有的敞亮、公开，有的阴暗、隐蔽，表现形式不同而已。不道德的只是那些假学术与学理之名行欲望与权利之实还故意撇清的人，且必须指出：伪造历史比所谓的"市井叫骂"和"泼皮智慧"更要不得。

　　而时光已由"岁月的遗照"中走出，我们面对的是共同的新世纪，同时也共同面对一个更强大更坚硬的挑战者：网络、媒体、高科技以及欲望的普遍物质化、非诗化……

　　为此，我在这里再次呼吁——

　　结束目前不无虚妄与意气的论战，回到真正有益于团结、有益于建设性的对话与反思中去；

　　回到我们出发的源头上去；

　　回到我们诗性生命的初稿上去；

　　回到谅解、回到宽容、回到善；

　　回到共同面对的新世纪，重建我们共同拥有的爱心和共同承担的守望，用共同的创造，去开辟新的诗歌地平线。

2000年5月

---

①　张曙光：《九十年代诗歌及我的诗学立场》，《中国诗歌：九十年代备忘录》（王家新、孙文波编），人民文学出版社2000年版，第3页。

从"先锋"到"常态"

先锋诗歌二十年之反思与前瞻

一

今年（2006 年），是以"1986·中国诗坛现代诗群体大展"为标志的先锋诗歌运动二十年，也是以"今天派"为开启的大陆现代主义新诗潮运动三十年，在这样的时节点上来反思过去二三十年的现代汉诗发展历程，便有了特别的意义。从二十世纪七十年代中期新诗潮的"突围"，到伟大的八十年代先锋诗歌的滥觞，以及九十年代纯正诗歌阵营的诗学纷争所启动的跨世纪先锋诗歌的全面突进，时至今日，可以说，大陆现代汉诗的历史性崛起，已彻底改变了百年新诗史的书写理路，并逐渐形成了一些新的传统。这些传统总括而言，可归纳为以下几点：

1. 体制外写作

将原本就属于个人性的诗歌创造，硬性纳入由国家意志掌控和意识形态主导的体制化写作轨道，

迫使秉承"独立之人格，自由之精神"的本源性诗歌精神，异化
为狭隘的时代精神的传声筒和徒有诗形而无诗性的模式化复制，
是"中国特色"下大陆绵延近半个世纪的官方诗坛的基本机制。
这一机制凭借与之相应的官方诗歌教育的支持，至今虽然还发生
着不小的影响，但已基本丧失了它的权威地位和宰制作用而日趋
衰微。

　　从二十世纪九十年代以来，当代中国诗歌的创造机制，在先
锋诗人们义无反顾的决绝进逼下，已逐步非体制化。包括于体制
内生存的诗人在内的所有具有纯正诗歌精神的诗人们，无不以脱
离体制化写作的禁锢而重返独立自由的个人化写作为归所，并经
由经得起时间汰选的创作实绩，证明真正有效的诗歌写作，是非
体制性的亦即体制外的写作。这一历史性的转化，是新诗潮和后
新诗潮前仆后继一脉相传的先锋诗歌运动所产生的最为重要的历
史功用，并经由以周伦佑为代表的后期"非非"诗派的学理性讨
论与确立①，为纯正诗歌阵营所共识，且已渐渐内化为一种基本
的诗歌创作立场，从根本上保证了现代汉诗的良性发展在发生学
和心理机制上的合理支撑，并呈现出空前的活跃与繁荣。

　　2. 民间立场

　　让诗歌回到民间，与当代中国人真实的生存体验、生命体验
和审美体验和谐共生，以重建现代诗歌精神，并彻底告别官方诗
坛的辖制，以自由、自在、自我驱动与自我完善的民间化机制，
开辟现代汉诗的新天地，是二十世纪先锋诗歌运动为我们留下的
另一笔至为重要的精神遗产。

　　实际上，在由杨克主编，于1999年2月出版的《1998·中
国新诗年鉴》封面上所特意标示出的那句口号"艺术上我们秉
承：真正的永恒的民间立场"，已提前为先锋诗歌的这一精神遗

―――――――――

　　①　详见《非非》诗刊2003至2004年卷"体制外写作讨论专号"，新时代出
版社2004年版。

产作了确切而虔敬的认领，并予以方向性的倡导（这一"口号"式的用语，在持续八年的《中国新诗年鉴》编选与出版中一直沿用至今）。同时必须指出，这一"遗产"是由包括被划分为"知识分子写作"和"民间写作"在内的、所有参与先锋诗歌进程的诗人与诗评家们所共同创造的财富，而非单一的哪一诗派哪一诗歌阵营的"独家经营"，其间所经历的艰难"突围"与艰卓奋争，以及各种挫折、磨难与考验，更是共同承受的历史担当。

如今，这一遗产已转化为纯正诗歌阵营的一个优良传统。我们可以看到，即或在官方诗坛迫于当代诗歌发展的现实挑战下，开始越来越多地主动接纳先锋诗人和他们的作品，将其划归主流诗歌版图，显得空前的宽容与开放时，大量的先锋诗人们（无论是"老先锋"还是"新先锋"），依然坚持以民间立场写作、在民间诗歌团体活动、在民办诗报诗刊及诗歌网站发表作品为荣，俨然已成为另一种"主流"，并大有取"天下"而代之的趋势。因主流意识形态的困扰而长期被单一化的诗歌生存状态，终于为多元共生的合理生态所替代，从而使当代诗歌呈现出前所未有的活力与生机，不能不说是一个历史性的转换。

3．对存在的全面开放

由"第三代诗歌"所开启的真正意义上的先锋诗歌运动，以及随后展开的第三代后民间诗歌浪潮，除延续"朦胧诗"对官方主流诗歌意识的反叛外，更进一步地消解了"潜意识形态化"的早期先锋诗歌立场，将"写什么"的问题导引至对存在的全面开放——从"生命写作"到"下半身写作"，从海子式的后浪漫情结到伊沙式的后现代意识，从学院化、知识化的生存体验到民间性、草根性的生存认知，从人性、诗性生命意识的复归到对日常生活经验的接纳——百年中国新诗，从来没有像今天这样，对现代中国人的生存与生命现实，有着如此真实、如此真切和如此广泛深刻的表现。

这其中，对一再被制度与潮流所遮蔽的存在之"真实"的探求成为最核心的着力点。

从题材和内容上看，掩藏在主流话语背后的当代中国诸般生存真相、生活样态、生命轨迹，以及反映在物质、精神、肉体、思想、心理、语言等各个层面的世态百相，无不有所涉及。包括新世纪以降，在急剧推进的市场经济和商业文化主导下，当代人生陷入被时尚所设计、被消费所宰制而生的迷惘、郁闷和新的彷徨，也得到多层面的反映。从主体精神上看，为鲁迅所指斥的那种"瞒"与"骗"及虚假的文化形态之遗脉，在先锋诗人这里，遭遇到全面的质疑与彻底的反抗，并经由诗的通道，找回了生命的真实与言说的真实。尤其在年轻诗人那里，毫无顾忌地袒露自己的心声，事无巨细地追索存在的真相，直言取道，尽弃矫饰，宁可裸呈，也不造作，视虚假、虚伪、虚张声势等为诗性生命之大敌，一扫伪理想主义、伪现实主义、及精神乌托邦在诗歌中的遗风。

尽管，在这种对"真实"的急于认领中，当代诗歌暂时付出了诸如精致、典雅、静穆、高远等传统诗美品质欠缺的代价，但就诗最终是为了护理人的生命真实，以免于成为文化动物、政治动物和经济动物这一本质属性来说，我们宁可少一点所谓的"诗意"，也不能再失去真实。何况，或许只有在这片复归真实的新生地上，我们才有可能复生真正可信任可依赖的诗歌家园。就此而言，这样的追求与进步，已不仅仅是诗的、文学的进步，更是文化学、社会学意义上的进步。

4. 语言意识的空前活跃

人是语言的存在物。改写语言，便是改写我们同世界旧有的关系。因此，诗是经由对语言的改写而完成的对世界的改写——在这种改写中，我们重新找回为"成熟"所丢失了的本真自我，以清理生命的郁积，调适灵魂的方向。

自"第三代诗歌"开始，绵延至今的先锋诗歌浪潮，在继承"朦胧诗"的精神传统，对存在全面开放的同时，更将语言的问题提升到本质性的高度予以持久的关注和多向度的探求，从而极为有效地扩展了现代汉诗的表现域度，也极为深刻地改变了中国新诗的表现方式和语言形态，其繁复、驳杂、多变及空前活跃，都是其他时代所不及的。

考察先锋诗歌的语言演变历程，大致可以归纳为四个向度：a."抒情性思维"向度；b."意象性思维"向度；c."叙事性思维"向度；d."口语性思维"向度。四个向度各有短长，也不乏交叉互动，造就了不少风格独具、傲视百年的优秀诗人和经典作品。这其中，尤其是"叙事"与"口语"两个向度的引进，极大地改变了旧有的语言格局，并发展为自二十世纪九十年代至今先锋诗歌进程的主要方向，影响极为广泛。以于坚为代表的一些重量级的诗人，更超前一步将四个向度有机地杂糅并举，创造出具有整合性的新的语言形态和诗歌样式（如于坚的代表作《飞行》等），展现出前所未有的诗美质素和诗想深度，为现代汉诗的发展奠定了一个更为坚实广阔的基础。虽然，这一方兴未艾的"叙事"与"口语"浪潮已开始暴露出一些负面的问题，但何以能在今天造成如此盛大的局面，并和作为诗歌思维之传统本质属性的"抒情"与"意象"一起，生成为新的传统，乃至使旧的传统相形见绌，无疑为现代汉诗诗学提供了一个新的课题，也推动了现代汉诗诗学的深入发展。

二

当代中国大陆二十年之先锋诗歌进程所创生的新的传统的逐步形成与确立，已作为当代中国诗歌历程的深度叙事而立身入史，并渐次由"运动"而"守常"，进入"水深流静"的"常态"发展阶段。"运动情结"的消解（失去明确的方向感），"先锋机制"的耗散（失去何以"先锋"的理由与对象），由"边缘"而"主流"，由"反方"而"正方"，由"孤军作战"而"众声喧哗"，以及由"走向世界"、"与西方接轨"而回归本土、自足自立，跨越世纪的当代中国先锋诗歌正在逐步丧失它的本源动力与意义，边界模糊，目标含混，只剩下一个趋于时尚化的外壳。尽管依然有新的、年轻的"生力军"出来以"先锋"为旗号，鼓促新的"先锋运动"，但就其诗学理念和创作实际来看，与真正意义上的先锋诗歌相去甚远，大多只是因"先锋性焦虑"而生，仅持有一种姿态而已。

因此，在对二十年先锋诗歌所形成的上述传统之正面作用给以充分肯定之后，需要再度反思与清理其遗留下来的一些负面的影响。

以"今天派"为代表的早期先锋诗歌，以"地火的运行"和"造山运动"般的"崛起"态势，开辟了一个新的诗歌时代。其"运行"的内在机制，是一种以个人的独立人格、独特才华与独在的精神气质为前提，在特定时空下走到一起的松散的"联合体"。这样的"联合体"，除了诗歌理想的共同抱负和对政治风险的共同承担外，几乎再无其他什么可"共同"的了（包括共同的美学趣味和利益关联）。这样的运行机制，其实是一个在今天看来显得特别超前而尤为可贵的传统，是之后又"先锋"了二十余年而需要重新找回的理想境界，许多冷静的诗歌研究者，多年来一直遗憾着后来的先锋诗歌运动过于仓促地中断了对"朦胧诗"传统的有机继承与发扬而急于"另起锅灶"，大概不无此意。

"第三代"及其后的先锋诗歌，则一直是以不断"运动"的方式和"波浪推进"的态势来展开的，其运行的内在机制，带有明显的"群体性格"，或多或少地要受制于共同的美学趣味和利益关联的拘束，难免失于立场的褊狭与浅近功利的诱惑。从"pass北岛"到小山头林立，从诗派、诗代的急促划分到"小圈子"意识的逐渐泛滥，"运动"成为一种"情结"，后浪推前浪变为后浪埋前浪……作为具有"史的功利"的先锋诗歌运动，渐渐起了变化，派生出一些原本是先锋之本义要反对的一些东西。

这其中，有两点尤为突出：一是心理机制的病变，一是创作机制的病变。

　　具体来说。其一，心理机制的病变，造成先锋诗歌运动之历史合理性的偏离，并形成惯性驱动，致使独立、沉着、优雅的诗歌精神长期缺失，而这样的精神，才是使诗歌回到诗之本体的良性发展的根本保证。视诗坛为"角斗场"，或虚设假想敌，鼓噪时势以借势生辉，或急于"扬名立万"、进入历史，遂陷入姿态与心气的比拼，鼓促浮躁气息的蔓延。久而久之，"先锋"成了一面徒有虚名的旗帜，缺乏实质性的内容和明确的方向，大家都在争，但争的只是那个"先锋"的角色和虚妄的名分，或者说只是在争那个以"先锋"为标志的话语权。这也是造成后来纯正诗歌阵营多种纷争的主要原因之一。

　　其二，创作机制的病变，造成先锋诗歌品质的越来越贫化、矮化、平庸化，所谓谁都在先锋也就没了先锋，唯以量取名而已，致使经典的长期缺失，以至于连已有的经典（从"朦胧诗"到"第三代诗歌"所产生的经典）也失去应有的作用。许多后来者视写诗为便利之事，只由当下入手，流上取一瓢稍加"勾兑"得标新立异之利就是，看似个性，实是无性仿生，有去路，没来路，开了些炫耀一时而不结正果的谎花，更谈不上"保质期"的长短了。究其因，无非经典意识的淡薄所致。这也是近年来大家趋于共识的"诗多好的少"的主要原因之一。

　　这里有必要补充讨论一下先锋性写作的发生机制所隐含的一些问题。

　　所谓"先锋"以及"前卫"、"探索"、"实验"等一类写作，从发生机制来看，必然是以打破已成范式的原有创作形式以求突破为出发点，即"变法"以"求新"。具体而言，假设一种文体（或艺术种类）已形成一些基本的、常规的审美要素和结构模式（如诗歌的分行、精练、意象思维、抒情调式等），那么要变法求新，无非两种取道：一是元素变构——取其文体要素之一二，放大变形，挖掘个体元素中新的审美潜质；二是结构变构——打破范式，重建关系，探索结构生成中新的审美质量。可以看出，两种取道的结果都是一样的，即重在"可能性"，以获取新的生长点、开辟新的道路。这样一种机制，在文学与艺术发展的庸常期或停滞期，自是会生发摧枯拉朽而开风气之先以更新发展的强大作用，包括与其伴生的各种先锋运动，也自是不乏"史的功利"。然而，任何的探索最终都是为了普及，有如任何的实验最终都是为了落于推广。如果只是求新求变不求常，一味移步换形，居无定所，则必然导致典律的涣散与边界的模糊，使现代汉诗的诗性与诗质长期处于不确定状态，那又谈何经典与传统呢？

现实的状况是，正是这种不确定性，一方面加剧了当代诗歌语言空间的破碎、隔膜、各自为是，导致雅与俗、经典与平庸成了两个互不相关的审美谱系而无从整合，一方面又造成个人话语的时尚化、体制化（时尚也是一种体制），沦为新的类型性话语的平均数。诗人们在无边无界无标准的景况下自以为是，野草疯长，大树寥寥，只见新、见重要，难得优秀。

而经典毕竟是永远的诱惑，焦虑也随之产生。遗憾的是，大多数诗人都将新的焦虑习惯性地转向新的"先锋"而不是"保守"，孰不知可能性并不保证就可能导向经典性；可能性常常造就的只是一些重要而不尽优秀的诗人与诗歌作品，而经典的生成，总是趋向于整合了先锋与传统的有价值的东西而落于常态写作的创作机制。这使我们想到于坚的一句警言："在此崇尚变化、维新的时代，诗人就是那种敢于在时间中原在的人。"①

三

综上所述，可以看出，绵延二十多年的中国大陆先锋诗歌运动已然到了一个临界点，必须重新找到一个正常的自我定位，而

---

① 于坚：《于坚的诗·后记》，人民文学出版社2000年版，第404页。

跨越世纪的现代汉诗，也由此历史性地进入了一个全新的发展阶段——这个阶段的开端，将由以先锋性写作为主导的运动态势，过渡到以常态性写作为主导的自在状态，并由此逼临一个以经典写作为风范的诗歌时代的到来。

这里所谓诗歌的"常态写作"，参照以上思考，可简述为：

1．是消解了"运动情结"和"群体性格"而真正回到个人的写作；

2．是超越了狭隘的时代精神和摆脱了时尚话语的影响而深入时间的写作；

3．是回归诗歌本体而仅由诗的角度出发的写作；

4．是带有一定的经典意识和传统意识（渴望成为经典和传统的一部分）并自觉追求写作难度的写作；

5．是葆有从容优雅的诗歌精神（主体精神的优雅而非指写优雅的诗）和自我约束风度而本质行走的写作。

实际上，上述看似预言似的指认和对"常态写作"的初步归纳，早在一些有远见卓识的优秀诗人那里得以提前认领，并及时完成了"过渡"——"我终于把'先锋'这顶欧洲礼帽从我头上甩掉了。我再次像三十年前那样，一个人，一意孤行。不同的是，那时候我是某个先锋派向日葵上的一粒瓜子。如今，我只是一个汉语诗人而已，汉语的一个叫于坚的容器。"① 在发出如此带有"终结"意味的"告白"之前，于坚还在其由东方出版中心于1997年出版的诗学随笔集《棕皮手记》"自序"文中坦言："我的梦想只是写出不朽的作品，是在我这一代中成为经典作品封面上的名字。"我们知道，近二十年来，于坚一直是先锋诗歌的重要人物和产生巨大影响的重要代表，从"史的功利"来说，他也因此"获利匪浅"，大可顺势"借道生辉"下去。但正是这样一位"老牌先锋诗人"，出于更大的"野心"即其"梦想"的

---

① 见《作家》2002年第10期，实际的"表白"时间应该更早。

召唤，以及由此而生的清醒或者说"狡黠"，率先甩掉了"先锋"的"礼帽"，认领常态写作与整合意识，开辟通向经典之路的新境地，并告诫同路人："八十年代的前卫的诗歌革命者，今天应该成为写作活动中的保守派。保守并不是复古，而是坚持那些在革命中被意识到的真正有价值的东西。"①

有意味的是，虽然在长达二十年的先锋意识主导下及先锋浪潮的惯性驱使下，整个纯正诗歌阵营并未完全摆脱其余绪的困扰，年轻的新生代更以一尝"先锋"为乐事，难以理会"于坚式"的提醒与示范，但大部分有远见卓识的成名诗人，已开始尝到"静水流深"的甜头，并厌倦了"运动"的驱使。大量迹象表明，一个经由反思、修整而重新出发的"过渡形态"的诗歌进程，已在新世纪的步履中悄然形成，同时也遭遇到以物质狂欢、肉体狂欢和话语狂欢为标志的文化转型之挑战；一些新的问题在生成，许多旧的问题更有待清理，我们再次回到一个共同的起点，背负历史的总结与现实的担当。

2006 年 5 月

---

① 于坚：《棕皮手记·1994—1995》，《棕皮手记》，东方出版中心 1997 年版，第 243 页。

怎样的"口语"，以及"叙事"

"口语诗"问题之我见

一

跨越世纪的中国当代新诗，以"民间诗歌"立场的全面确立和"网络诗歌"的迅猛发展为标志，在获得空前多元、空前自由、空前活跃的良好"诗歌生态环境"的同时，也随之出现了空前游戏化、时尚化、平庸化的现象，从而进入了一个趋于平面化的繁荣时期。爱诗、写诗的人更多了，好诗、名诗却不多见，二者之间没有必然的因果关系，只是共同构成了困顿的现实。新手蜂拥，名家落寞；语感趋同，个性趋类。浮躁、粗浅、游戏化的心理机制，无标准、无难度、只活在当下的创作状态，已成时弊。

这其中，尤以"口语诗"写作的问题最为突出。

早在上一世纪谢幕之际，我在一篇题为《九十年代先锋诗歌的语言问题》的文章中就指出："无论是'口语'还是'叙事'，都已在九十年代行将结束时，暴露出高度透支后的衰败相。究其因，主要由于九十年代诗歌的领衔人物大都出自这两路诗风，诱发后来者将其'神话化'或叫作'时尚化'，引发大面积的仿生，形成了两条诗歌'生产线'，大量复制堆积（包括成名诗人的自我复制），缺乏更新的或更深入的创化，将'高难动作'变成了'庸常游戏'，造成名诗人多多而名作寥寥无几的困窘局面。"①

几年过去了，这样的局面并没有得到有效的改善，某些方面还有越演越烈的趋势。尤其是"网络诗歌"的迅猛发展，诱使大部分诗人的当下创作，趋向于快意的、毫不费力的、无难度也无深度追求的方面，难免生出"抄近路"的心理，纷纷加入"口语诗"以及"叙事"性诗歌写作的行列，推波助澜，以求推"时势"造"英雄"，"各领风骚三两天"。由此达到的诗歌品质，是可以想见的。他们引领我们走过的是常走的道路，达到的是可想而知的终点。阅读此类作品，确实只能给人留下三两天的印象，大量的则只是即读即忘，少有耐人回味的东西可言。而无论是"口语"还是"叙事"，都已像过于流通的新版货币一样，既失去了新的鲜活，也充满了流通中所沾染的各种病毒。

于是，对"新世纪诗歌"的发问，又首先回到了这样的话题：在"口语"与"叙事"推为"时尚"、发为"显学"、乃至成为"语言神话"的今天，该如何重新认识其正负价值的双重在性？同时，有没有另一向度的语言策略，能有机地将"口语"与"叙事"的负面影响降到最低，使这一为当代诗人趋之若鹜并将其主流化了的语言机制，发挥它真正有价值的诗歌美学作用？

① 全文详见本卷34至39页。

二

在深入对这一问题的辨析之前，不妨先梳理一下"口语"与"叙事"诗歌的现实状况和历史演变的过程。①

潜心关注诗歌发展的人们大概都已注意到，新世纪以来的诗歌写作，以"口语"与"叙事"为能事的作品，几乎已经成为大面积覆盖的态势。无论是包括民间诗报诗刊在内的各类纸本诗歌刊物，还是各种风起云涌的诗歌网站，以及各类"年终盘点"式的年度诗选，占绝大多数篇幅的，都是此类作品。让人不免兴叹：由韩东、于坚们开启，复由伊沙们予以"中兴"的这一路诗风，确已由当年的星星之火变成当今的燎原之势，但后继者常常仅得其形迹而未承其精魂，更遑论超越，大量的只是一种投影或仿写而已。

记得二十世纪八十年代初，我在认识韩东，读到他的《你见过大海》、《有关大雁塔》、《我们的朋友》等诗作（有的还首发在我主编的"地下诗刊"《星路》上）后，曾与韩东讨论说：你的诗绝对是一个奇迹，开风气之先。只是假若有一天大家都来写你这种诗了，恐怕也是一件让人担心的事情。之后，九十年代伊沙领一路风骚，导致众多追随，我再次指出：伊沙将"顺口溜"写成了诗，他的追随者们却又将诗写回到顺口溜。并再次提示："口语诗"是更大难度的一种写作，不能将其视为轻便的捷径；"口语诗"进门易出门难，出精品力作更难。是以这种写作千万不能"扎堆"，一"扎堆"就露怯，就出问题。

这里的关键在于：是韩东、于坚、伊沙式的生命形态和精神

---

① "叙事"作为一种诗歌修辞策略的引进，在当代中国大陆诗歌发展中，渐次分流为两种走向：一是以口语为主的、民间化的"叙事"，一是以书面语为主的、泛学院化的"叙事"。本文中讨论的"叙事"，主要就前者而言。当然也不乏对后者的指涉与参照，并认为有些基本的问题是一致的。

气质决定了他们各自不同的语言形态,二者是不可分离的。新的
"口语诗"写作者,必须先确认自己个在的生命意识和精神立场,
再认领真正契合这种意识与立场的语言形态,而不是仅止于皮毛
的认同与追慕,失去个在的本真追求。

　　试举例来看——

　　二十多年前,韩东写出《水手》(又名《告诉你》,作于
1983 年 8 月)一诗:

> 顺流而下的水手,告诉你
> 大河上的见闻
> 上游和下游的见闻
> 贫穷的水手
> 卖给你无穷无尽的故事
> 两片嘴唇
> 满是爱情的痕迹
> 连同明亮的眼睛
> 一闪而过

　　此诗当年在与韩东聚叙时,曾听他自己轻轻读来,使当时还
滞留于浪漫主义诗歌中的我如闻天籁,惊叹新诗还有这样看似简
单实则极不易得的写法。今天再读来看,依然亮眼动心,一点也
没有陈旧失效的感觉,可谓孤迥独存,耐人回味。

　　之后不久,便有了于小韦的那首《火车》:

> 旷地里的那列火车
> 不断向前
> 它走着
> 像一列火车那样

此诗一问世,便被传为《他们》诗派中的名作,影响很大。但至今仍让我有点敬而远之的"莫名"。对这种只剩筋骨没有皮肉的诗,我总有一些担心,担心它铤而走险的取向,是否有违诗的本质?不过,此诗早晚读来,还不失一点新奇与惊异。若再将其还原到二十世纪八十年代的语境中去看,《火车》以近于"极简主义"的美学意识所生发的特殊语感,对消解诸如矫情、矫饰、精神"乌托邦"和语言贵族化等积弊,以及附着在"火车"这一名词上的意识形态意涵与文化色彩(如"时代列车"之类)等虚假所指,确实起到了振聋发聩的作用。

这列诗的《火车》开出二十年后,我们看到这样的《木棉花开》:"木棉花开了/像我不知道它名字的时候/一样/开了"(全诗完,原载《诗选刊》2002年12期)。再往后,我们遭遇到这样的《大饭店》:"'姑娘倒酒——'/已经有人开始改口//'小姐一词坚决不能用了'/许多人这么说//许多人都会心一笑"(全诗完,见《2005·中国最佳诗歌》,辽宁人民出版社2006年版)。两首诗可谓"异曲同工":都是"一根筋"式地写来,只在指出一个事态,再无其他。而且这样的"指出",也只是如常人般的"指"法,不知为何要让诗人来"指",或者说不知为何要让诗人来如常人一样地去"指"?穿透虚伪矫饰的文化面具,指认存在的真实,这无疑是一种进步。但仅止于这样的进步,又无异于退步了。因为即或是进步,也只是社会学意义上的进步而非美学意义上的进步,与诗何干?何况这样的"进步"早已被前行代的诗人进步过了!遗憾的是,此类作品的仿写者,却大都以为是新的发现与开创,比试着看谁能将"饭菜"还原为"植物",将高僧说家常话还原为家常人说家常话。

其实也不乏真正进步了的探求。同样的"口语"与"叙事",在刚刚过去的2006年中,收获了唐欣的《北京组诗》和中岛的《我一生都会和一个问号打架》两首(部)精品力作,一时传为佳谈。

唐欣的《北京组诗》，发挥其一贯的"日常视觉"中的细节捕捉能力，以一种"漫写"方式，将现实印象和历史记忆杂糅并举，于"握手言和"式的心境中播撒反讽的意趣，看似漫不经心随意道来，实则剪辑有度处处藏有玄机，读来饶有兴味。这部巨制，通篇也只是在那用普通的"口语"说事，所说之事也不乏琐碎与庸常，却总能让人不忍释卷。究其因，一是"实"中有"虚"，表面叙事的背后，有独在的人生况味和独到的人文情味做底；二是口语中有"作料"，有别趣，有清通明白之余的语感肌质引人入胜。特别是如"谐趣"这样在汉语诗歌中的稀有元素，被唐欣化来而得心应手，成为其标志性的特征，也为"口语"与"叙事"之一路诗风树立了别开生面的典范。

中岛的《我一生都会和一个问号打架》是典型的"直言取道"之作，没有玩什么新花样，却是诗人拼却大半生的民间生存挣扎与生命漂泊之痛苦体验和尖锐感受，而集中爆发、发为一"问"的大哉问，且"问"得真，"问"得切，"问"得撕心裂肺，震撼人心！这一"问"，套句"新华语体"的说法，是以"问"的形式，"喊出了我们时代的最强音"。可见"直言取道"（"口语"与"叙事"的变体模式）的关键在于那个"道"，无"道"或乏"道"的直言，只是大白话，与诗无关的。

三

经由上述粗略梳理，似乎可以为理论的辨析打开点思路了。

转换话语，落于日常，以口语的爽利取代书面语的陈腐，以叙事的切实取代抒情的矫饰，以日常视角取代庙堂立场，以言说的真实抵达对"真实"的言说，进而消解文化面具的"瞒"与"骗"和精神"乌托邦"的虚浮造作，建造更真实、更健朗、更鲜活的诗歌精神与生命意识，是"口语诗"的本质属性。从发生学的角度去看，口语是一种不断生成并更新于当下的"活话语"。比起书面语，口语负载着更多新鲜而真切的现实信息量，且因其具有亲和力与普适性而易于流通，便于接通新人类，打通新媒体，是以一旦倡行就会一发而不可收拾，成为近二十年来先锋诗歌与年轻诗人之创作的主要驱动力。虽总是良莠不齐，但其蓬勃的生机和旺盛的活力，却让人不敢小视。

问题在于，这路诗风所存在着的一些先天性的弱点，一直被它的追随者们所疏忽，因而总是易习为广大而难成精微。

一般而言，口语的语态宜于"说"，不宜于"写"，很难拿这种语态去抒发情感经营意象，故要放逐抒情、淡化意象，拉来"叙事"为伍。而选什么样的"事"来"叙"以及如何"叙"才是具有一定诗性的，又成为一个考验，弄不好就变为"说事"，变为日常生活的简单"提货单"，或现象碎片的简单罗列。诗的"叙事"（无论是口语式的"叙事"还是书面语式的"叙事"），须脱"事"而"叙"，不是"说事"，而是对"事"的"说"，意象性的说，戏剧性的说，寓言性的说，或别样的什么说，总之要成为有意味的"说"，诗性的"说"，说"事"不可说之"说"。严格地讲，"口语"与"叙事"都是一种"诗性"因子含量较少的话语，若不借助和融会其他的诗歌元素，难以提炼多少真正深厚的"诗意"——虽然我们知道，没有哪种语言是先天性就具有诗性的，即或有，也正是现代诗所要警惕乃至要排斥的。但我的本意在于，如何从"口语诗"的审美效应来划分其语言功能的是与非。

需要补充说明的是，这里所说的"诗性"与"诗意"，依然是依据传统诗歌美学的说法来说的，但我们毕竟还有那么一个源远流长的诗歌经验存在着（从古典到现代，包括诗歌创作和诗歌欣赏），不可能完全脱离其影响来谈当下。从接受美学的角度而言，只有那些与旧经验又联系又差异的新经验，才最易于产生审美快感，为有诗歌阅读经验的人们所接受。这也是多年来包括"口语诗"在内的各种先锋诗歌创作，一再予以忽略了的问题。

再者，口语的爽利常会导致直言，它虽然契合了现代人尤其是现代青年的心理取向，不想绕着弯说话，却也难免直白空泛、坐得太实。美国"垮派"诗歌代表人物金斯堡（Allen Ginsberg）确实说过：跟缪斯说话要和跟自己或朋友说话一样坦白。不过我想这句话是在强调一种"坦白"的诗歌立场，并非就指要说"坦白"的话。过于高蹈晦涩的诗歌，容易犯像庞德（Ezra Pound）所比喻的那样：飞起来毫无着落。但今天的诗人们的问题，尤其是那些过于依赖"口语"和"叙事"且只以日常为重的诗人们，却常常是有了着落而再也飞不起来。

另外，口语诗歌容易上手，便于传播，有较强的亲和力与流通性，影响所及，导致大量的追随者簇拥在一个可诗性极为狭小的作业地带打拼，也难免带来大量的仿写与复制，从而很快出现严重的"族系"相似性和"同志化"的状况，并将个人语境与民间语境又重新纳入了制度化语境和共识性语境，造成普泛的同质化的诗歌立场，而这本是引入"口语"与"叙事"策略的初衷所主要意欲反对的东西。

由此可见，真正到位的有价值的"口语诗"写作，是一种需要更高智慧的写作，也是一种更需要独在个性和原创力的写作。那种只图"轻快"和"热闹"的普泛的"口语诗"写作者们，却将"高难动作"变成了庸常游戏，将实验诗歌、先锋诗歌变成了大众狂欢，有趣味，没余味，有风味，没真味，随意宣泄，空心喧哗，唯以量的堆积造势蒙世，已严重危及到这一路诗歌的良性发展。

四

诗，是传统的还是现代的，是"先锋"的还是"常态"的，说到底还是要成为一种艺术，一种具有造型性的语言艺术。无论是"口语"还是"叙事"，都只是形成诗的可能的要素，是形成诗的要素的一部分材料。有人用这样的材料写成了好诗，有人则写成了庸诗坏诗，可见材料不是决定性的因素。创造性的诗歌写作,是一种生育形态而非生产形态。不是像工厂那样,旧产品不行了,引进一套新技术新设备新的生产线,就马上可以生产出一种新的产品出来。这似乎是一个常识,却总是容易被忘却。

遵从这一理念,综合上述讨论,我在这里试图给出另一向度的语言策略,以探求将"口语"与"叙事"的负面降到最低,使之发挥它真正有价值的诗歌美学作用的可能。

概括而言,可归纳为三点:

1. 情感的智慧化(相对于情感的激情化);

2. 口语的寓言化(相对于口语的写实化);

3. 叙事的戏剧化(相对于叙事的指事化)。

三点可单项发展,也不妨融会打通,更希望看到那些出人意料的组合——集合了"口语"、"叙事"、"意象"等多种修辞策略的有机而和谐的出色组合或叫作"雕塑"——语言的雕塑,诗的雕塑。

鉴于本文篇幅所限,这里不再展开论述,仅作一点参照。

2007 年 5 月

"动态诗学"与"现代汉诗"

再谈"新诗标准问题"

一

诗学家陈仲义先生《感动 撼动 挑动 惊动——好诗的"四动"标准》一文的发表，引发了新一轮有关"新诗标准问题"的热烈讨论。

仅新世纪以来，大体同样的讨论就已有两次，分别由 2000 年《诗刊》下半月刊和 2004 年 10 月《江汉大学学报》发起组织，响应者不少。在此之前，1997 年 8 月由诗学家王光明先生发起，福建师范大学、中国社会科学院文学所联合举办的"武夷山·现代汉诗诗学国际研讨会"，以"现代汉诗的本体特征"为主题，所开启的在"现代汉诗"命名范畴下有关"诗歌本体"问题的理论研讨，以及由国内独家诗歌理论刊物《诗探索》于 1996 年至 2002 年之间，连续组织的有关"'字思维'与中国现代诗学"的大讨论，实际上也都是对诗歌"标准"问题的一些分延性的深入探讨。

　　短短十余年内，对大体同一命题的不断切入，且不断形成热点，只能说明，这一看似总是"不得其门而入"的诗学命题，确实是新诗理论研究始终绕不开去的大难题，试图对此大难题有所解决的愿望，也显得越来越迫切。

　　一个命题反复被重新提及，又反复以无可总结而结束，再等待新的提及，是否是个"伪命题"？至少，仅就现实中的新诗创作来看，这样的讨论对其几乎产生不了什么作用，诗人们想怎样写照样怎样写，而当我们感到对此已无话可说的时候，诗歌自己却早已发生了新的变化，展示出新的景观。于是难免让人对这一命题的根由提出质疑：它何以存在又有何意义？

　　由此推论，就涉及到对新诗之"伪"的追索。新诗自诞生之日至今，有关"新诗只有新没有诗"的指认便从未断过，乃至有更极端者认为新诗的存在是一个百年"大谎"。极端者之言显然不足为论，但前者的说法却颇值得引入对"新诗标准问题"之真伪的推论。也就是说，假设承认新诗百年，从驱动到结果，其总体发展态势，确实只是唯新是问，任运不拘，谈不上或还顾及不上诗歌本体的建设与发展，则有关"新诗标准问题"的讨论，就暂时失去了立论的依据。反之，若认为新诗百年，已经在创作实践中具备了本体意义上的诗质的认同，此一立论才具有学理上的合法性。

　　如此强词夺理般的机械推论，只是为重新认知新诗的现实存在及其与"标准"问题的关系理清思路。

　　新诗百年，从外在形式看去，除了分行和文字简约，之外似乎再无文体标志可辨识。即使是分行，即如何建行本身，也无可通约的标准可言；而文字简约也多以只在字数，并未完全达到审美意义上的简约。尽管在新诗发轫的第二个十年开始，便已有闻一多"新诗格律化"主张的提出和"音乐美，绘画美，建筑美"的鼓吹，以及后来卞之琳、林庚、冯至等前贤对新诗技巧与形式的惨淡经营，以求找到新诗"自己更完美的形式"①，寻求新诗形式的规范及至定型，但最终还是被后来各种各样的"新"所淹没不计，以至到今天依然需一再重涉那个从一开始就不断涉及的"标准"问题。

　　然而有意味的是，若单从结果来看，正是这样无所不自由的写法，却支撑了百年新诗的强势发展，从而为我们民族的精神空间，撞开了新的天地，继而成为百年中国人，从知识分子到平民百姓，尤其是年轻生命之最为真实、自由而活跃的呼吸和言说，也同时成为东西方精神对话的有效通道。尤其是近三十年来大陆中国的现代主义新诗潮运动，更是在不断消解狭隘的阶级利益与狭隘的民族利益的困扰，顽强对抗主流意识形态辖制与胁迫的奋争中，最终以独立的现代精神人格和独特的现代艺术品质，走向世界，与世界文学接轨，成为二十世纪人类文化宝库中不可或缺的一个重要组成部分。

　　由此可以发现，任何时候对新诗的任何发问，都要首先面对并认清上述悖论，而有关"新诗标准问题"的讨论，更是只能在这样的悖论前提下予以展开。

　　接下来的问题是：新诗不成熟的"肉身"与早熟的"灵魂"，何以能越百年而自由共生协调发展？亦即唯"新"是问的新诗，何以取得大体尚属于"诗"的审美品质与审美效应？被称之为"新诗"的诗性之"性别"又属之为何？

二

　　新诗之"新"，比之古典诗歌的"旧"，看起来是外在形式的区分，实际上是两种不同诗歌精神亦即"灵魂"的分道扬镳。尽管，当年胡适先生确实是经由诗的语言形式方面为新诗的创生打

---

　　①　林庚：《〈问路集〉自序》，转引自钱理群、温儒敏、吴福辉合著《中国现代文学三十年》（修订本），北京大学出版社1998年版，第285页。

开的突破口，但不要忘了，包括新诗在内的所有新文学的发生，
从一开始就是一个"借道而行"的产物，本意并不在美学意义上
的语言、形式之"道"的探求与完善，而在借新的"灵魂"的诗
化、文学化的高扬，来落实"思想启蒙"与"新民救国"之
"行"的。换句话说，推动新诗发生与发展的内在心理机制之根
本，是重在灵魂而非形式的，由此渐次形成的诗歌欣赏习惯，也
多以能从中获取所谓"时代精神"的回应为标的，并渐次成为新
的欣赏与接受惯性。这也便是新诗百年，总是以内容的价值及其
社会影响力作为压倒性优势，来界定诗歌是否优秀与重要的根本
原因。而新诗的灵魂也确实因此得以迅速成熟和持续高扬，乃至
常常要"灵魂出窍"，顾不得那个"肉身"的"居无定所"了。

　　显然，新诗的诗性，从一开始就完全不同于古典诗歌。时至
今日，诗是语言的艺术，语言是我们存在的家，"诗歌是语言的
如何说的历史，而不是说什么的历史"① 等观念，几乎已成为一
种常识为人们所普遍认同。但落实于具体的诗歌写作，在年少的
新诗这里，却总是以"说什么的历史"带动或改变着"如何说的
历史"，"灵魂"扯着"肉身"走，变动不居而无所不往。这里的
关键在于，百年新诗所处历史语境，实在是太多风云变化，所谓
"时代精神"的激烈更迭，更是任何一个历史上的百年都无法比
拟的，以至回首看去，百年新诗历程更像是一次"急行军"而难
得沉着，更遑论"道成肉身"式的自我完善。

　　对此，我曾在《拓殖、收摄与在路上——现代汉诗的本体特
征及语言转型》一文中，形象化地将古典诗歌的写作比喻为"在
家中"的写作，将新诗的写作比喻为"在路上的写作"，进而指
出："'在路上'的写作与'在家中'的写作有着本质的不同。原
因是，'在路上'的生命状态对艺术的诉求，和'在家中'的生

---

　　① 于坚：《棕皮手记：诗如何在》，2008 年 7 月 6 日，诗生活网站诗观点文
库。

命状态对艺术的诉求是不一样的。'在家中'的写作，无论是出世的还是入世的，是'仙风道骨'还是'代圣立言'（'圣'与'家/国'同构，'言'即'志'），都有一个较稳定而可通约的文化背景作凭借，因而其言说总是具有一定的公约性和可规范性的，写作者也在有意与无意间追求这种公约和规范；'在路上'的写作，则完全返回自身，返回当下的个在生命体验，且因文化背景的巨大差异性和变化性，无法再有'规范'可言，写作者也不再顾及这种'规范'，亦即写作本身也成了一种处于变动不居的、'在路上'的状态。"

现在看来，这种"在路上"的状态以及对此状态的个性化表达，本身已构成了新诗诗性的一部分，而且是主要的部分。敏锐，新奇，活力，有效，这些作为新诗不断发展与跃升的主要驱动力，同时又转换为新诗诗性审美的主要指标而为人们所认同。而所谓"变动不居"本来就是新诗的本质属性之一，由此带来的写作现象就是不断地标新立异及无标准的自我标榜。而以"移步换形"且繁乱无定的语言形式来表现同样"移步换形"且繁乱无定的"时代精神"，或许正是身处百年文化大语境下的必然选择？

由此看去，以"新诗"为命名下的诸多诗学问题，都可以以"动态诗学"（笔者生造的一个命名）为绾束——"新"与"动"以及"自由"，遂成为理解和阐释有关新诗问题的第一义的关键词。离开这三个关键词的基点，怎样说，到了都是一本糊涂账。

不过，内容之"道"与语言形式之"肉身"的纠结与撕扯，却依然是年少的新诗从未了断且始终挥之不去的根本问题。有如成长的法则不能替代成熟的法则，年少的新诗之过渡性的唯新是问，也不能因此就"过渡"个没完。新诗无体而有体：各个有体，具体之体；汇通无体，本体之体；本体不存，具体安得久存？这是新诗一直以来的隐忧。而当下的诗歌现实是，经由近百年"急行军"式的、无所不至的创新探索，几乎已踏平了诗性生命存在的每一片土地，造成整个诗性背景的枯竭和诗性视野的困乏，成为一种无边界也无中心的散漫集合。或许当下时代的现代汉语诗歌，依然还是更趋向于多样性而不是完美，需要更长的时间来实现自己的潜能，甚而还包含着更多的没有开发的可能性。但必须同时提醒的是，在它具有最强的变化能力的同时，更需要保持一种自我的存在——本质性的存在。

于是，如何将"唯新是问"的价值属性，适时导入"如何新才好"的价值轨道，便成为新诗诗学的一个新命题。而这一命题是否成立的前提，是先要判断在"新诗"命名范畴下的现代汉语诗歌的发展，是否已临近一个由年少而步入成熟的"转换期"？

三

"新诗"的前身是"白话诗"，之后又有了"自由诗"的命名。与三种命名下的诗歌精神相伴行的，是由"白话"而"国语"而"现代汉语"的语言嬗变。诗因诗人的特殊语感而生。一时代之诗人的语感，必受一时代之语言形态所影响，进而再经由诗人们的语言创造，反过来影响一时代之语言形态的变化。这种相生相济的互动嬗变，在百年中国大语境下，无不和"现代"这一"超级关键词"息息相关。实际上，尽管我们一再将整个近百年的汉语新体诗歌写作习惯性地统称之为"新诗"，但同一指称下的"新诗"，无论是其"灵魂"还是其"肉身"，早已大为不同——尤其是在"现代性"这一点上。可以说，自二十世纪五十年代中期台湾"现代诗"的发轫及其后的滥觞，到二十世纪七十年代末大陆中国现代主义新诗潮的一发而不可收拾，所谓"新诗"百年，已然明显划分出两个大的时代板块，即"新诗时代"和"现代汉诗"时代。

作为正式的学理性命名，"现代汉诗"的提出，以及对此做出全面深入的理论性阐释者，是当代诗学家王光明先生，并通过他的有关专著《现代汉诗的百年演变》，建构起一套理论体系，影响甚大。现在看来，这一命名及其影响，是具有突破性意义的。这一意义的关键，正在于正式而名正言顺地将"新诗"和"现代汉诗"区分开来，从而也就从学理上，就如何将"唯新是问"的价值属性适时导入"如何新才好"的价值轨道这一命题，提供了一个适当的切入点。也就是说，只有先行将有关"新诗"之"新"的言说，适时导入"现代汉诗"之"现代"的言说，并重新梳理"新"与"动"以及"自由"三个关键词的正负价值在性之后，有关"如何新才好"亦即"新诗标准问题"的讨论，才不至于再次成为一本说不清还得说的糊涂账。

那么，拿什么来判断年少的新诗，确然已进入了一个新的生长发育期，不能再像以往那样"自由散漫"，也可以不再像以往那样"任运不拘"？或者说，"新诗"向"现代汉诗"的转换，是以什么为指标来作为其"临界"的判别呢？

就此，以笔者学力所限，暂时只能大而化之地想到三点：其一，现代汉语之阶段性的基本定型；其二，现代中国文化语境之阶段性的基本定型；其三，体现在诗歌及整个文学艺术中的现代意识和现代审美精神之阶段性的基本定型。

我想，假如这三个"基本定型"可以成立，我们就可以告别"新诗"之"新"的反复困扰，进入"现代汉诗"的命名范畴里，展开对所谓"标准"问题的有效讨论。

这就要说到"自由"，因为有关"标准"的讨论，必然同时也是对有关"自由"如何约束的讨论尽管我们也知道，完全没有约束的自由实际上反而是不自由。现代诗的自由，不仅是解放了的语言形式的自由，更是自由的人的自由形式。对于包括文学艺术在内的百年中国文化进程而言，自由是无比珍贵的，也是来之不易的，我们不能没有自由，但今天的我们更要学会如何"管理"自由；有如我们不能没有真实但也不能仅仅为了真实性而放逐了诗性——诗形的散文，诗形的随笔，诗形的议论，诗形的闲聊，以及等等，唯独缺少了诗性。时至今日，当多元已成为价值失范的借口，自由已成为不自由的焦虑，对"自由"的"管理"，便成为无可回避的问题。具体到诗歌本体上来说，如何在自由与约束的辨证中，寻找新的形式建构与语言张力，遂成为"现代汉诗"命名范畴下，必须要面对的首要命题。正如王光明所指出的："……即使是自由诗，也不能永远以不讲形式为形式，甚至不能以'每一首诗都有自己的形式'为借口，那是矜才使气，而不是写诗。诗永远要在自由与约束的辨证中寻找张力……没有基本形式背景的诗歌是文类模糊、缺少本体精神的诗歌，偶然的、权宜性的诗歌，是无法被普遍认同和被传统分享的诗歌，正如未被形式化的内容是粗糙的素材或灵感的火花一样。"①

如此绕了一大圈，是想证明：有关"新诗标准问题"的讨论，既是"伪命题"，又不是"伪命题"；对于"新诗"之命名范畴来说或许是个"伪命题"，对于"现代汉诗"之命名范畴来说就不是"伪命题"。也就是说，只有在进入"现代汉诗"这一新诗发展的新阶段，才能越过前述悖论的困扰，使有关"标准"问题的思考，真正落在实处，具有现实意义。当然，这里的"现代汉诗"，是指建立在诗歌本体意义上而非单纯诗歌史意义上的"现代汉诗"。借用诗评家荣光启在其《"标准"与"尺度"：如何谈论现代汉诗》一文中的话，可分解为"不仅'现代'，而且有'汉语'的质量，而且是'诗'"。②

就此，越过"新诗"这道坎，我们似乎可以心安理得地来尝试有关"现代汉诗"之"诗歌标准问题"的讨论了。

四

新诗先脱"古典"之身而成幽灵，再得"现代"之体而寻典律——"现代汉诗"的确立，为新诗的诗体建设，提供了可能的

---

① 王光明：《现代汉诗的百年演变》，河北人民出版社 2003 年版，第 143 页。
② 荣光启：《"标准"与"尺度"：如何谈论现代汉诗》，《海南师范大学学报》2008 年第 1 期。

平台。至少在这二三十年的诗歌进程中，包括笔者在内，我们其实都一直在这个平台上说话，说与"标准"问题或贴近、或分延、或困惑的相关话题。为此，在我试图想就这一话题说出一点新的东西之前，我得先看看我已就这一话题说出过些什么，它们是否还有效于当下，以确定我确实还有新的可说，或者有无必要再说什么。

就个人研究所限，对"现代汉诗"之诗美标准的思考见诸于文本表述的，大体梳理下来，有以下四个方面的观点尚值得重新复述：

一、关于"诗美三层次"的论述

此观点见于1993年发表于《诗歌报》月刊第6期及台湾《文讯》杂志10月号总96期的《诗美三层次》一文。文章出于普及性的目的，将一切诗美简单归纳为三个层次去审视：情趣，精神，思想。并以此从诗歌创作／发生和诗歌欣赏／接受的双向角度，给出了一个"尺度"公式：

情趣（色、形）→自文字（语　感）→动情→入道→第一层次
精神（气、韵）→自人格（生命感）→动心→入神→第二层次
思想（骨、魂）→自哲学（宗教感）→动思→入圣→第三层次

同时辅助说明：无论情趣、精神、思想，皆有大小之分。有无是一回事，大小是另一回事；有无成真伪、定品位，大小则成风格、定流派。三者或缺或盈或大或小，不同比例成分之组合，遂成不同诗质。由此建立一尺度体系，作者可自审自度，读者亦可为评为释。

二、关于"诗性""诗形"与"非诗"的划分

此观点见于1999年发表于《当代作家评论》第6期的《诗性、诗形与非诗》一文。文中首次提出将现代汉语诗歌作品分为"具有诗性的诗"和"徒具诗形的诗"两种不同性质的文本样式，

以明确真正可称之为"现代汉诗"的基本标准，并将这一标准初步指认为：

1. 具有独立的、自由的鲜活人格。作为超越社会层面的私人宗教，以本真的生命体验，深入时间内部、生存内部，开启新的精神光源，拓展新的精神空间。

2. 具有独特的审美体验。作为人类最敏感的"艺术器官"，这种体验必须是原生性的、不同于任何他在的，最终必须要求富于新奇感、惊异感、意外感，成为一次原发性的"灵魂事件"，于瞬间开启对生命与存在的特殊体悟。

3. 具有独在的语言质素。作为诗性文体的本质属性，这种语言质素的要义在于：（1）是恢复了语言命名功能的；（2）是超语义的；（3）是与精神同构而非仅作为载体的；（4）是造型性的而非通讯性的；（5）经由出人意料的组合而脱离语言习惯与语言制度，进而成为有意味的语言事件的。

三、关于"现代汉诗语言应遵循'守常求变'法则"的论述

此观点见于 2002 年发表于"北京香山·2001·中国现代诗学国际研讨会"的《现代汉诗语言的"常"与"变"——兼谈小诗创作的当下意义》一文。文中指认"现代汉语诗歌之语言变量太多，居无定所，只见探索，不见守护，以至完全失去了其本质特性的参照，正成为一个越来越绕不开去的大问题"。由此提出当代诗歌发展应遵循"守常求变"、"变"中求"常"、守护中求拓进的语言机制，和重视"常态写作"、重涉"典律之生成"的诗学命题。并从"简约是中国诗歌最根本的语言传统，也是中国文化及一切艺术的精义"的理念出发，强调作为审美意义而言的"简约"这一点，应该视为诗歌语言形式的"底线"来加以守护。并由此重估小诗创作的美学价值，提倡"为诗减肥"，推动新的小诗运动。

四、关于"'口语'与'叙事'等语言策略"的论述

此观点见于 2007 年发表于《星星》诗歌月刊（上半月）第

9期的《怎样的"口语",以及"叙事"——当下"口语诗"问题之我见》一文。文章一方面充分肯定九十年代以来的当代先锋诗歌,"转换话语,落于日常,以口语的爽利取代书面语的陈腐,以叙事的切实取代抒情的矫饰,以日常视角取代庙堂立场,以言说的真实抵达对'真实'的言说,进而消解文化面具的'瞒'与'骗'和精神'乌托邦'的虚浮造作,建造更真实、更健朗、更鲜活的诗歌精神与生命意识",一方面指出由此而生的"严重的'族系'相似性和'同志化'的状况,并将个人语境与民间语境又重新纳入了制度化语境和共识性语境,造成普泛的同质化的诗歌立场,而这本是引入'口语'与'叙事'策略的初衷所主要反对的东西。"由此给出另一向度的语言策略,以探求将"口语"与"叙事"的负面降到最低,使之发挥真正有价值的诗歌美学作用的可能。并将其概括为三点:

1. 抒情性写作的智性化(相对于抒情性写作的感性化所带来的虚浮造作及滥情);

2. "口语性"写作的寓言化(相对于"口语性"写作的过于写实化);

3. "叙事性"写作的戏剧化(相对于"叙事性"写作的"指事"化弊端)。

以上四点,现在看来,将其重新纳入有关"现代汉诗"之"标准"的讨论,似乎依然有效而并不过时。至于新的思考,目前只想到一个有关现代诗歌本质的再认识的问题,或可有益于"标准"问题的讨论。

先回到荣光启对"现代汉诗"定义的精当拆解:"不仅'现代',而且有'汉语'的质量,而且是'诗'。"

就"现代"而言,应该说,在包括台湾和海外在内的当代汉语诗歌写作中,已属普及性的常识。我们再也无法握住那只"唐代的手",只能在现代汉语及现代文化语境下,来言说我们中国人的现代感和现代诗性生命意识。对"汉语"的诗性特征以及当代诗歌写作中的"汉语性"的再认识，也不乏普遍的重视，乃至有诗人认为"汉语是世界上少数直接就是诗的语言"①。这里最关键的是对"而且是'诗'"这一判语的认定。实则有关"新诗标准"的讨论，说到底，就是对什么样的诗歌作品是真正符合诗的，特别是"现代汉诗"的基本文体属性的讨论。再具体点说，是对构成这一基本文体属性的基本元素的讨论。而这，也是最难以沟通和统一认识的核心点。是以大多数有关"标准"的言说，都属于在此核心问题之外绕圈子的话，或分延及子问题的思考。对此，我只能结合古今诗歌的共性与差异性的相切地域和联结地带，勉强总结出一个"四象标准"，求证于同道方家。

所谓"四象"：一为"意象"；二为"思象"；三为"事象"；四为"音象"。

其一，诗是意象思维的结晶，意象是诗歌语言的根。诗并非因为有特殊的话题要说，才开启特殊的说法，而是因为有特殊的语言感觉，亦即特殊的语言表意方式的诱惑，方说出那个特殊的话题。诗以沉默为本，不得已而说，说不可说之说；诗以语言为行迹，而诗心本无言，只求意会，会存在无言之境，遂取意象而言，言言外之意——这一诗歌本质的核心属性，无论古典还是现代，大概都是首要之取。

其二，诗是诗性生命意识的表征，所谓"诗言志"，有关"灵魂"与"精神"的言说。在现代诗的创造中，一首好诗，既是一次新奇而独特的语言事件，也是一次新奇而独特的灵魂事件，包括新奇而独到的人生感悟和新奇而独立的生命体验。用通俗的说法，这就是诗的思想性。但诗是对思想的演奏而非演绎，即让语感代思想去寻找更深藏隐蔽的思想。故还得诉诸于"象"，是为"思象"。仅从发生学而言，也可等同于"心象"，以及一些

---

① 于坚：《棕皮手记：诗如何在》，2008年7月6日，"诗生活"网站"诗观点文库"。

诉诸于形象化或感性化的意绪、理趣与顿悟等。

其三，诗同时也是生活事件的见证，所谓"诗言体"（于坚语），有关"存在之真"与"身体之惑"的言说。现代社会中人的生活和人的命运，无不充满了各种变量，乃至比虚构的文学还要富于戏剧性和故事性。加之物质世界的日益凸显等现实因素，迫使当代诗歌必须脱身单纯抒情的"精神后花园"，转换话语，落于日常，及物言体，引"叙事"为能事，拓展其表现域，是必然的出路。由此，对"事象"的经营便发为"显学"，也便成为现代诗与传统新诗最为不同的本质属性之一。诗有虚实，意象为虚，叙事为实，虚实相济，方生诗意无穷。但"叙事"不是"说事"，而是对"事"的"说"，故也还是要回到"象"上来说：意象性的说，戏剧性的说，寓言性的说——诗性的说，说"事"不可说之"说"。

其四，诗是有造型意味和一定音乐性的语言艺术。汉语自"白话"起一直"现代化"到今天，确实已经和古典汉语分身为两个截然不同的语言谱系。新诗引进西方拼音语系的逻辑句法、语法及文法，讲求因承结构和散文化，诗思的开展，大都由篇构而句构而字构（与古典诗词刚好相反），字词皆拘役于整体结构，是以大大削减了音乐性的存在。但一方面，现代社会的生活空间和话语空间充满了噪音，诗要从这噪音中凸现出来必然要借助于音乐性。另一方面，新诗语言"编码"虽越来越散文化，但也并未完全丧失其韵律基因，依然有发挥的余地。其实，在新诗和现代诗的许多优秀作品中，都不乏音乐性元素的存在，只是已内化为一种语感中的呼吸——根据心境、语境、意境的不同，而呈现不同的韵律与节奏感。显然，这种现代"内化"性、潜在性的音乐感，已非传统诗学意义上那种可直接感受到的音乐性，故称之为"音象"。

以上"四象"，也和前述"诗美三层次"一样，呈现在具体的诗歌作品中，或缺或盈或大或小，不同比例成分之组合，遂成不同诗质诗品。由此建立另一尺度体系，或可和上述诸观点一起作为参照，有助于当前诗歌"标准问题"讨论的深入展开。

五

然而最终，作为诗歌理论与诗歌写作双栖的诗爱者，对有关诗歌"标准问题"的讨论，我还是深感迷惑。

首先"标准"这个词本身就很麻烦，尤其是拿来用于对诗的言说，非常别扭。诗贵自然——如生命之生成，不可模仿；如自然之生成，不可规划。创造性的诗歌写作，是一种生育形态而非生产形态，不是像制造业那样，旧产品不行了，引进一套新技术新设备新的生产线，就马上可以生产出一种新的产品来。而一位好的现代诗人也无须事先认领什么"标准"才去写诗，他会主动地理解现代诗的诗体形式，尽管这形式在现代诗中是如此的自由无定，似乎没有了任何的文体边界，但若下心体会，这个"自由"还是有它基本的、区别于其他文体的语言形式，以及基本的不可或缺的诗美元素，且已潜移默化为诗人写作的经验之中。同时，一首诗必须有它自己的生命，由自己内在的生命波动与压力所驱使，尤其在现代诗这里，"成就最高的诗往往拒绝接受任何一种韵律或既成的模式，因为形式只能由诗人的创作动力来决定，当这种动力迸发时就会采取适当的表达形式"①。

说到底，谁能"标准"闪电的样式和花叶的绽放呢？或者换一个角度来说，从诗歌接受方面而言，谁又能在今日文化语境下，实现调千口而适百家的美好愿望呢？

于是重新想到我所生造的那个"动态诗学"的命名。

新诗是一个伟大的发明，一个自在自足并富有生殖力的伟大新生命。新诗肯定会按照现在已普世性地运行惯性或叫作传统

---

① 巴·德·塞林古（B. D. Salingo）：《华·惠特曼：批评与研究》，转引自《西方诗论精华》（沈奇编选），花城出版社1991年版，第122页。

（新的诗歌传统）发展下去，不可逆转。而包括"诗歌标准"讨论在内的一切有关新诗或现代汉诗的理论言说，都可能只是一种"动态诗学"式的后设性自圆其说，且不再幻想有多大作用于实际的诗歌发展；或许有一定的提醒作用，或对诗歌爱好者提升一点欣赏水平，但都无关紧要——正如魏天无在《新诗标准：在创作与阐释之间》一文中所指出的：新诗标准问题属于批评而非创作范畴，其目的不是为了束缚而是为了释放诗歌中"异己"与"抗议"的声音与力量，并由此提供多元化阐释空间。[①]

　　也许，只有真正认领了这样的可能与局限，我们才能真正说出点什么。

2008 年 7 月

---

　　① 　魏天无：《新诗标准：在创作与阐释之间》，《海南师范大学学报》2008 年第 2 期。

谁永远居住在诗歌的体内

试论：作为生命与生活方式的女性诗歌写作

一

至少从诗歌接受学的角度而言，在我三十余年的诗歌阅读和研究过程中，从未有意识地将诗歌分为女性的和男性的不同类别来看待。换句话说，当我阅读一位女诗人的诗作时，一方面我从未有意识地意识到我可能的男性立场和男性视角，一方面也很自然地消解了我在同时阅读一位女诗人／女人的意识。

在我看来，艺术生命的最高层面应该是超性别的，由此才能触及到人类意识之共同的视点和深度，去浑然而真实地把握这个世界。持这种视点和深度的女性诗人/作家/艺术家，无论在艺术人生还是在艺术文本中，都不再企求从男性话语场中找到一个支点，或者针对男性话语场为女性自身找到一个支点，亦即不再是以一个女人或角色化为一个男人去认识和思考人类，而是作为人类整体去认识和思考所有的男人和女人，作为女性诗人/作家/艺术家而又超乎女性立场的视野，去表现男女共有的人类世界——生与死、苦与乐、现象与本质，以及未知的意识荒原与裂缝等等。

这样说来不免有"虚拟超前"的嫌疑，因为上述观念应该是在有关"女性诗学"滥觞之后的梳理所得，在我这里却似乎变为先验性的本能认同。如此推理下去，还不免生出更深一层的嫌疑：其一，在你意识的深处原本就没有女性诗歌之精神性别的认识，而本然地成为男性主导的立场；其二，在你意识的深处原本就存在女性诗歌之精神元素，而本然地忽视其来自另一性别的文本化的呈现。对此，不妨先"存疑"待论。而如此绕了一圈的目的，在于想从无话可说的诗歌接受学中解脱出来，试图换一个角度，即从诗歌发生学方面来切入本论题，看能否有一点新的发现。

为此，仅限于大陆诗歌现场来看，有三个现象引起了我的注意：

其一，当大陆当代诗歌于上个世纪八十年代中期以后，逐渐由庙堂转而为民间，由主流转而为边缘，由神圣化转而为日常化，由先锋性写作转而为常态性写作，由传统诗学及诗教的"立言""载道"之"大事"转而为现代中国人边缘化之个体生命书写的"小事"后，女性诗歌写作反而呈现出前所未有的活跃与繁盛。尤其是进入新世纪以来，无论是其创作数量和作品品质，都占有越来越大的比重，其分割"半边天"的历史景观，实可谓"盛况空前"。①

----

① 根据由黄礼孩、江涛主编的《诗歌与人》诗歌丛刊 2004 年 10 月号总第 8 期"最受读者喜欢的 10 位女诗人"专辑显示：在《诗歌与人》就"最受读者喜欢的 10 位女诗人"进行的问卷调查中，其有效票的 826 份所涉及的当代大陆女诗人，就有 212 位之多。而能进入这些答卷者（包括诗歌读者、诗人、作家、评论家、编辑、大学生等）的视野并予以举荐者，肯定已是较为优秀并有一定影响的女诗人，可见其整体阵容已扩展到怎样庞大的地步。另，本次评选出的"最受读者喜欢的 10 位女诗人"依序为：翟永明、王小妮、舒婷、尹丽川、蓝蓝、郑敏、鲁西西、陆忆敏、宇向、海男。

其二，在绵延三十余年的大陆先锋诗歌或可称之为纯正诗歌运动发展历程中，几乎很难发现有女诗人"立山头"、拉派系，更少见女诗人参与任何一次无论是纯粹或不纯粹的诗歌论战——她们似乎只在乎诗歌写作本身，而很少关心诗之外的任何问题；她们不但如璞玉般地"光而不耀"（老子语），且润而不语，只是守着天生的那份诗性、那份散淡自适的写作状态，将男性诗人仰慕的荣誉之追逐，还原为一种诗性生命之不得不的托付，和乐在其中的生活方式——正像台湾前辈女诗人蓉子《维纳丽沙组曲》诗中的写照："你不是一棵喧哗的树"，"你完成自己于无边的寂静之中"。

其三，由于女性在生存方面的现实困扰（婚姻、家庭、生育、琐碎事务的承担与经济人格的完善等），女性诗人很难像男性诗人那样全身心持续投入其创作追求，而常常要被迫受阻，或一时中断或长时间沉寂。但当她们一旦能够在坚硬的现实中撕开一点缝隙时，便会一如既往地投入写作，并迅速恢复其艺术生命力，而且照样无怨无悔地沉默于我们中间，持平常心，做平常人，写不平常的诗，做我们平和、宁静的"隔邻的缪斯"。

显然，在上述现象的后面，我们或许可以触摸到女性诗歌与男性诗歌在写作出发点上的不同，并由此切入对女性诗歌写作之心理机制特征的辨识，从而领略其诗歌精神的真正风貌与义涵。从学理上讲，在"谁在写""写什么""怎样写"方面，似乎都很难分清女性诗歌和男性诗歌的根本差异，只有在"为什么写"这一问题上，才显露出本文命题的要义，即女性诗歌写作与男性诗歌写作之根本不同处，在于她们能够更为本能地居住在诗歌的体内，将其写作锁定在作为生命和生活方式的所在，而非其他。

二

一般而言，男性写诗，除个别天才之外，大都是先从诗中（经由阅读、仿写等过程）发现了自己的灵魂所向而后进入创作；

女性写诗，则大都首先是从自己的灵魂所向中发现了诗，然后自然而然地进入分行的记录而为诗。这，大概是男性诗人与女性诗人、诗歌能手与天才诗人之间最根本、也是最让人沮丧的分野——在普泛的男性诗人竭力想以诗的言说深刻地解说世界的时候，女性诗人们则已轻松地创造了一个诗的世界。

由此可以说：诗在本质上是女性的。

大陆诗人李汉荣（男性）曾在《诗是女性的》一文中指认："诗是女性的。""女性天生都是诗人。上天派女性来到大地，就是让她们写诗的。其实她们是上天写好了的诗，她们只需把自己呈现出来，也就把诗呈现出来了。""她们身上保留着比较多的自然性、本源性和诗性。男人是在写诗，女人却是在呈现诗。"进而认为："一部诗歌史虽然主要是男性诗人们的档案，但这些诗的男人，主要是他们身上的女性元素帮助了他们，培育了他们，丰富了他们，造就了他们。""只有当女性元素在诗人身上起作用的时候，诗人才会把肉眼变成灵眼，由物视进入灵视，才能进入诗的空间，看见隐藏在物象后面的灵象，才能真正与诗相遇。"①

作为一个诗人，李汉荣的这些谈论虽缺乏严谨的推理，只是在发一些感慨和议论，但确实既说出了一些学理上说不清楚的东西，也暗合了不少学理上的说法。尤其以"呈现"指认女性诗歌写作的发生机制，可谓点在了关节处。

所谓"女性元素"，在我看来，主要体现在"母性"、"自恋"、"潜意识"和"感性力量"四个方面。稍有诗学常识的人都不难发现，这四点，都与诗歌的发生机制息息相关。

一切艺术的创造，尤其是诗歌，在技艺与修为的储备之外，落于具体的创作，情感的丰富与饱满和潜意识的启动与调动，无疑起着关键性的作用。这样的"潜意识"和"感性力量"，在女

---

① 李汉荣：《诗是女性的》，原载《诗探索》1997年第1辑总第25辑，第106、108、109页。

性那里似乎从来不缺乏，也无须去修炼，只是以往的时代一直没有提供可以让她们自由发挥的文化语境而已。而写作的过程无异于生育的过程，无论在女性诗人还是在男性诗人那里，都具有明显的女性特征。"富于创造性的作品来源于无意识深处，或者不如说来源于母性的王国。"[1]　如果说"母性是关怀和保护生命的原则"[2]，女性则是关怀和保护诗性生命意识的原则。由此我们才好理解，在许多优秀的男性诗人那里，从文本到人本的考察中，我们都总能找到那一份女性的敏感与细腻。至于"自恋"，更是一切具有诗性生命意识的男性和女性所共有的气质特征，或许在女性那里表现得更为明显与突出而已。正如评论家徐岱所指出的："从人类学上讲，自恋是人与生俱来的一种文化基因，它是个体自尊自爱自保的生命基础，也是审美与诗性文化赖以滋长的根据。文明的发展并非是要克服自恋，而是使之门户开放，最终容纳天地宇宙于一体，从而通过自恋而学会珍惜人生，品味生命与存在的意义。所以在某种意义上讲，艺术创造就是这种被放大了的自恋的一种符号化表现。"[3]

在上述四点之外，其实还有一点，即"趋于虚无化的生命本真"，才是"女性元素"更重要的所在，也是决定女性诗歌写作的发生机制与男性诗人根本不同的主要因素。

从文化学的角度来说，诗及一切艺术之于人类的意义，主要在于将个体的人从社会化的类的平均数中分离出来，解放性灵，解脱体制性话语的拘押和社会人格的驯化，得以重返本真生命的

---

① 荣格（C. G. Jung）：《心理学与文学》，北京三联书店1987年版，第142页。

② 别尔嘉耶夫（Nicolas Berdyaev）：《论人的使命》，上海学林出版社2000年版，第309页。

③ 徐岱：《边缘叙事——20世纪中国女性小说个案批评》，上海学林出版社2002年版，第26页 。

鲜活与个在，如伍尔芙所说的那样，"拥有一间自己的房间"；尤其是现代诗，常被诗人们比喻为现代人之独立人格、自由精神的获救之舌；实在是极为恰切的指认。

应该说，在现代社会中，这样的"房间"、这样的"获救之舌"之于女人和男人，都是一种渴望而不得完善的欲求，只是因了功利的侵蚀，男性诗人及男性艺术家们，总是常常将其搞成了所谓的"事业"而偏离了本来的意义。而一方面，"就女人来说，她的天然气质是艺术化的。爱本身就是艺术，它排斥任何功利；如果它一旦和功利纠缠在一起，它首先伤害的是它自己。"① 另一方面，按照诗人哲学家萌萌的说法，在本质意义上，"女人是一种虚无化的力量"，"虚无化是对男人文明理性的硬结的消解"，"她本然地要在男人建立的巨大世界面前显示出它的虚无并重返大地"。② 而正是这种"趋于虚无化的生命本真"，方使真实的个人和真实的诗性生命意识从公共话语语境中脱身而出成为可能。

由此可以理解，许多男性诗人在写作中，何以总有一个放大了的"读者"，并为此而"写诗"。细读女性诗歌文本，则总会觉着她似乎只是在和自己说话；换句话说，在女性诗歌写作中，她们会很自然地从过于同志化的"公共场所"退回到个我的本真密室，埋首于一己的诗性生命意识，"扬弃有用性，扬弃社会性，达到超越自然而又回复自然的自然性，达到超越生命而又回复生命的生命形式，进入诗"。③ 由此生成的作品，在示人之前，先是作给自己"享受"的，是从一己之诗意的心灵而生，变成另一个自我来与她做伴的——好比山与山岚的对话，水与水波的呢喃，只是那样原生性地在着，快乐或痛苦地在着。

这里不妨借用女诗人杨于军《没有窗户的房间》一诗作以感

① 萌萌：《哲学随笔》，《萌萌文集》，上海译文出版社 2007 年版，第 15 页。
② 同上，第 7 页、第 17 页。
③ 同上，第 65 页。

性的佐证：[①]

> 你独处在没有窗户的房间/甚至没有门牌/就像你无意中/在计算机上按下的空格键
>
> 诗歌是否值得你付出一生/这种符号/是否真正揭示我们的存在/是否有人/在很多年后/在曾经代表文明/已经消亡很久的纸上/读到我们的片段
>
> 文档会被有意无意删除/纸张经不起水和火的洗礼/还有什么可以留下/什么可以永恒
>
> 而你/仿佛对这一切/并不在意/我的书已被蛀虫占领/我的手稿有异类游走的足迹/岁月有痕/划分时代和传说/心绪无限/连结万种风情

很明显，诗中所透露的诗性的感觉，已不再是同男人以及男人的历史（history）纠缠着的女人的感觉，而是一个女人自足地守着内心的自然的感觉。由如此心态生成的女性"呈现"式的诗歌写作，与那些为"诗歌史"的"定货"或为"名头"许身式的所谓"创作"，有着根本的不同。这种作为"精神自传"性的女性诗歌写作，既不会像男人那样写，又不必刻意地像女人那样写，而只是"这一个自己"的写，且本能地消解了观念的困扰与功利的张望。也正是在这里，女性诗歌写作与男性诗歌写作才有了本源性的差异——从写作发生的那一刻起就存在的差异。

三

毋庸讳言，本文从立论到展述至此，一直是使用"女性诗歌"而非"女性主义诗歌"这样的指称来谈论女性诗歌写作，其

---

① 杨于军：《冬天的花园》，香港高格出版社 2006 年版。

动因在于：一方面是有意避开尚未辨识清楚的"女性主义诗歌"的说法，一方面也想借此引申出本文立论的另一条线索。

至少在大陆诗学界，有关"女性诗歌"与"女性主义诗歌"的学理性区分，至今难以看到十分明确的规范化辨识。大多数的论述是将二者混为一谈，少数区分者，也多以"女性意识"（包括"女性性别意识"、"女性身体意识"、"女性性意识"等）、"女性经验"（所谓"深渊冲动"、"沉沦冲动"、"死亡冲动"等）和"女权主义"为说辞，且莫衷一是。问题在于，即或是按照"女性主义"所开列的这些"元素"来做辨识，似乎也难以完全自圆其说。无论是"性别"、"身体"、"性"，还是"深渊"、"沉沦"、"死亡"，在现代社会中，都是女性与男性之现代人共同深陷其中的生存体验与生命困惑，并非唯女性所有的"专利"。唯一可能的是，或许各自对此感受的深浅与敏感程度有所不同，以及对此言说的方式与角度的不同，但还不足以构成本质意义上的根本区分。同时，严格地讲，上述"元素"更多应属于社会学的范畴，即或于强调中有所表现与进步，那也多属于社会学上的进步；或许由此可以拓宽现代诗歌的表现域度，但也不足以就此划分女性诗歌写作与男性诗歌写作的属性之不同。尚不说所有这些"元素"，仅就女性而言，其落实在每个女性个体生命体验中，又该有多么大的差别而难以通论。

因此，囿于个人的有限学识和本文开头所存疑不论的"先验"之"嫌疑"，我一直习惯于将有关"女性诗歌"的讨论，仅仅限定于"女性所写的诗歌"这一定义域中，并不无褊狭地将过于强调的女性主体意识之出演，指认为性别角色意识的作祟。

对此，我在一篇题为《角色意识与女性诗歌》的文章中提出："在女性诗人/作家那里，被强调了的性别角色意识是一种驱动还是一种困扰？是对女性创作主体的一种敞开还是一种遮蔽？"的问题。由此提示当代诗人之所以难以真正进入生命写作的深层，核心问题是没有摆脱角色意识的困扰。进而提出"逃离角色"的诗

学主张，认为"逃离角色就是逃离生命的'出演'而返回本真的
'在'。逃离不是消失，你仍然在场，因为在骨子里，对生命/生活
的爱依然如火如荼，但这种爱必须是从自身出发，从自身血液的
呼唤和真实的人格出发，超越社会设置的虚假的身份和虚假的游
戏，剥弃时代与历史强加于你的文化衣着，从外部的人回到生命
内在的奇迹——成为一个在场的逃亡者：作为生命/诗的在场，作
为角色/非诗的缺席，以永远处于多向度展开的诗性生命的途中"。
而"退出角色便是退出至今困扰我们的二元话语场，去寻求另一
种话语方式，乃至对所有既成话语范式、模式及权力的全面清理
和重构；不再是哪一性别哪一类角色的代言人，而是真正个人/
人类的独语者"。① 这种作为人类共有本质意识之触角的、独在
的诗歌视角，必然要求一种同样独在的诗性生命形态，如同埃莱
娜·西苏所言："当作家的生命与作品的生命汇合一处，消除了
主体与客体之间、写作的妇女与被写的妇女之间、阅读的妇女与
被读的妇女之间的种种界线，生命才得以最充分的展现。"②

　　其实，在真正独立而具有超越意识的当代优秀女诗人那里，
对因女性主体意识的过于强调而致的角色意识的出演，一直不乏
警惕与反思。这里试举两例：

　　其一，被理论家指认为大陆"女性主义诗歌"开风气之先且
最具代表性的翟永明，在写出被视为表现女性意识之标志性作品
《女人》组诗之后，面对一度大面积仿写而出现的"翟永明式"的
"女性主义"诗歌作品，及其后分延泛滥的表现女性"身体意识"
和"性意识"的诗写热潮，提出明确的警告说"'女性诗歌'固定
重复的题材、歇斯底里的直白语言、生硬粗糙的词语组合，毫无
道理、不讲究内在联系的意象堆砌，毫无美感、做作外在的'性

---

　　① 　沈奇：《角色意识与女性诗歌》，原载《诗探索》1995 第 1 辑总第 17 辑。

　　② 　埃莱娜·西苏（Hélène Cixous）：《从潜意识场景到历史场景》，《当代女
性主义文学批评》（张京媛主编），北京大学出版社 1992 年版，第 38 页。

意识'倡导等，已经越来越形成'女性诗歌'的媚俗倾向"。①

在另一篇回答诗人、评论家周瓒的访谈中，翟永明更总结性地指出："来自善意的对女性写作的赞美和评定，与来自霸权系统的对女性写作的导引，都呈现出一个外表华丽的美学陷阱。女性文学必然既是身体的，又是文学的，它的价值也应当是对这二者双重思考的肯定之中。"②

其二，以一直疏离于"女性写作"之"主旋律"而特立独行，并由此得以持续穿越整个大陆三十余年现代主义新诗潮，为"女性诗歌"写作造就另一片风景线的王小妮，在回答评论家来信提问为什么在她的诗中使用的人称都是"他"而不是"她"时，颇有意味地说道："人都是复杂的变体。在诗的氛围里，我不自觉地运用了一个形象不断转换的'他'，这个'他'可能还包括着叙事者我，一个性别不定的人。如果使用'她'，是不是我等于放弃了更广大的自由？我从来没有想过使用'她'。"③

看来，对主要来自社会学层面而派生的有关"女权主义"和"女性主义"的诗歌观念，持一份更为审慎的态度是较为明智的选择。至少在具体到每个女性诗人的实际创作中，崇尚自然的生长，期望能原生性地面对自己的生存体验，在说出生命的痛与执着之外，"依靠对美的认识巧妙地掌握身体、心理和语言的平衡"④，来说出更高的平等和超然，大概是更为合乎情理的许诺。

需要赶紧补充说明的是：带有强烈女性主体意识和角色化特征的"女性主义诗歌"，是当代诗歌之社会文化际遇中的一次必

---

①　翟永明：随笔集《纸上建筑》，东方出版中心1997年版，第232页。

②　翟永明：随笔集《正如你所看到的》，广西师范大学出版社2004年版，第55页。

③　王小妮：诗集《我的纸里包着我的火》后记，春风文艺出版社1997年版，第226页。

④　娜夜：《获得苍茫中的一点》，《中国诗人》2004年第3期。

然的反映，从创作实践到理论研究，都起到了疏通与拓展性的历史功用，为当代女性诗歌写作输入了新的血液，并极大地丰富了其表现内容与影响力。这里只是想提醒的是：这一历史行程在整个女性诗歌发展中，无疑只是一段必要的过程，并且需要及时消解其负面的作用。

说到底，"生命的存在（本真）和生命的出演（角色）应该是两回事，有如所谓的'创作'和真实的写作是两回事；写作是本真生命的自然呼吸而成为一种私人宗教，创作则是角色生命的出演而成为一项所谓的'事业'"。[1]而也只有重新回到生活现场的真情实感，回到一己本真生命的体验而非观念和主义的演绎，女性诗人才真正发挥出她们特有的敏感、清越和宽容，使男性诗人们自愧弗如。

四

按照诗学家陈仲义的总结，从上一世纪八十年代中期到九十年代末的当代大陆女性诗歌，"明显度过相互促进发展的三个阶段，这三个阶段同时也是女性诗歌三个相对独立的内在空间，用简明的语言可以压缩为：1、角色（性别）确证；2、角色（性别）张扬；3、无角色（无性别）在场"[2]。

三个阶段的第一、二阶段，在我看来，基本上是共时性展开的不同空间表现：如果说，作为先导的舒婷（《致橡树》、《神女峰》），尚在历史时间与生命时间的顾盼中，展开女性诗歌之"角色"的"确证"与"张扬"（委婉的"张扬"与不委婉的"确证"），以翟永明（《女人》）、伊蕾（《独身女人的卧室》）等为代表的那一波"造山运动"般的女性诗歌大潮，则已比较彻底地沉

---

① 沈奇：《角色意识与女性诗歌》，原载《诗探索》1995第1辑总第17辑。

② 陈仲义：《扇形的展开——中国现代诗学谫论》，浙江文艺出版社2000年版，第212页。

入到生命时间中来展开他们的"确证"与"张扬"。这无疑是可称之为具有"史的功利"的一次角色出演，没有这次划时代的"出演"，我们无法想象后来的大陆女性诗歌该如何走下去。这次"出演"的后遗症在于，大潮过去后，角色意识被有意无意地强化而至"溢出效应"——当然，这是必然的过程，由此方有了第三阶段的过渡——严格地讲，这个阶段只是一种过渡，或叫作间歇，且主要体现在理论与观念层面，并未形成可视为一个相对独立阶段的创作之文本化实存。这个过渡阶段的一个重要收获，是人们在反思中认识到，同属于那次大潮的代表诗人王小妮、陆忆敏的写作中所体现的异质元素，何以能如陈仲义所指认的"以本色的'女人——人'亮相"，"给女性诗歌增添另一种自在、本真、散淡的谱系"而"构成丰富生动的互补"，①并为下一步的广阔进程准备了可资参照的坐标。

从角色到本真，从张扬到沉潜；从刻意寻求人世的广度，到返身再探人性的深度；从倾心历史时间的生存，到认领生命时间的生存——经历三个阶段洗礼的大陆女性诗歌，在重返作为生命与生活方式的写作心理机制，并以"更高的平等和超然"步入新的一个世纪的诗歌进程中，确实展现出了更为广袤而沉着的风格样貌与精神品质。

仅以新世纪前后个人有限阅读所及，印象中最为难忘的优秀诗歌作品，大部分来自我们的女诗人——从祖母级的郑敏先生到"九〇后"的天才小诗人高璨②，几代女诗人各显风采，繁花似

---

① 陈仲义：《扇形的展开——中国现代诗学谫论》，浙江文艺出版社2000年版，第220、222页。

② 高璨，女，1995年生，西安交通大学附属中学初一（13）班学生。2003年初开始发表习作。2004年至今，已出版《路边没有相同的风景》等四部诗集和两部童话集与一部散文集。曾获首届冰心作文奖，被有关媒体评为十大"九〇后"作家。系大陆目前最年轻且影响广泛的天才小诗人。

锦，盛况空前。其作品大都无涉"女权主义"和"女性主义"的诗歌观念，而是在更为宽容与豁达的心境与语境中，所展现的"女性诗歌"之新天地、新境界。

试举二例——

先看王小妮的《月光白得很》：

> 月亮在深夜照出了一切的骨头。
>
> 我呼进了青白的气息。
> 人间的琐碎皮毛
> 变成下坠的萤火虫。
> 城市是一具死去的骨架。
> 没有哪个生命
> 配得上这样纯的夜色。
> 打开窗帘
> 天地正在眼前交接白银
> 月光使我忘记我是一个人。
> 生命的最后一幕
> 在一片素色里静静地彩排。
>
> 月光来到地板上
> 我的两只脚已经预先白了

　　全诗四节十四行，无一字生涩，无一词不素，低调、本色、从容，纯粹的语言形态和纯粹的生命形态趋于统一，并以超逸空濛、清隽旷达的意境，更新我们的感觉方式，向信任她的读者，传达她独自深入的灵魂的歌吟，和被这歌吟洗亮了的审美视觉。全诗结尾两行，方透露一点出自女性视觉的经验细节：是自然（上帝？）的呼吸使我们重获呼吸的自然，与澄明有约的一颗灵魂，在月光照拂之前，已预先将自己洗白了……读这首诗，慧眼者更可在字里行间品味到一种特别清朗与优雅的写作心态。素心人写素色诗，朴素之美，美在人真，此诗可证。

再看娜夜的《起风了》：

> 起风了　我爱你　芦苇
> 野茫茫的一片
> 顺着风
>
> 在这遥远的地方　不需要
> 思想
> 只需要芦苇
> 顺着风
>
> 野茫茫的一片
> 像我们的爱　没有内容

全诗仅九行五十余字，其中两行还是重复使用。就这，诗面上也没多说什么，只是寥寥数笔，将我们在北方、在西部、日常见惯的"野茫茫的一片""顺着风"在着（此处不宜用别的什么词）的"芦苇"描绘了一下，顺便平平实实地说了两句类似感言的话，便戛然收笔。如此有限的寥寥数笔，却笔笔生力，搭在关节处，于无中生有中，精准传神地透显出"在这遥远的地方"，存在之荒寒与生命原始的忧伤，以及人与自然、人与存在、人与命运那一种不得不的认同感，和由此而生的那一缕淡淡的清愁、那一声淡淡的叹咏——从对不免沉重和忧患意识的爱的承担："这份孤独在夕阳中是悬崖上母猿的孤独 / 妈妈 / 最深重的绝望莫过于此 / 你要我以怎样的无奈坚持这种族？"（阎月君：《爱仇》，1988 年）①到对已然"没有内容"的爱之空茫的淡定认领，娜夜的这首小诗，将具有北方地缘特质的女性诗歌推进到一种更本质也更开阔的境地，且尽得所谓"西部诗歌"的真魂。更重要的是，此诗透显出的那份简、淡、空、远，以及"仿佛同自然面对面地交换着呼吸的冷暖"②的心境与气质，无疑为当下时代的女性诗歌话语，增添了新的感知风度。

由此可以看到，在告别角色出演而重返个体本源质素之后的女性诗歌写作，就此展现出怎样丰富多样的纵深景观——或许这样生成的作品不一定能引发多少理论性的话题，但总能让我们感受到一些直接来自生活与生命本身的气息，一些既超脱又平实且自由专注的心音心色：诚朴、亲切而不失生动与深刻。诗歌作为一种艺术，在这里回到了它的本质所在：既是源于生活与生命的创造，又是生活与生命自身的存在方式。

有必要再引述一段翟永明的话："我一直觉得诗歌无派。如果真有，那女诗人算是一派。尽管有时候因为身边的男人们的影响，她们偶尔会加入某些群体；尽管因为表现手段的不同，她们对诗歌的看法有分歧。但是，因为天性中的恬淡、随意，对诗歌本身的热爱和虔诚，使女性不会真正去为诗歌之外的东西争斗吵闹。而女性在写作中'惺惺相惜'的心灵沟通，使相互间的理解和认同，超越了那些充满硝烟的文学派别之争，也使她们的创作生命力绵延悠长。"③

男性爱诗及艺术，常常会爱及其背后的什么东西；

---

① 　阎月君系活跃于大陆 1980 年代的北方优秀女诗人，曾和周宏坤合编《朦胧诗选》，影响甚大。本文所引其诗句摘自阎月君诗集《忧伤与造句》中《爱仇》一诗，春风文艺出版社 1997 年版。

② 　萌萌：《我读女人之二》，《萌萌文集》，上海译文出版社 2007 年版，第412 页。

③ 　翟永明：《非非女诗人秘事》，转引自大陆"诗生活"网站"诗观点文库"，2008 年 7 月 6 日发布。

女性爱诗及艺术，爱的只是其本身。

——自发，自在，自为，自由，自我定义，自行其是，自己做自己的主人，自己做自己的情人……然后，自得其所，并以平常心予以认领，而由此安妥了一段不知所云的灵魂。

这不正是诗及一切艺术存在的真正意义吗？

在本文这里，到了的结论只能是：无论是女性诗人还是男性诗人，只要你坚持永远居住在诗歌的体内并成为其真正的灵魂而不是其他，你就会超越时代语境的局限而活在时间的深处，并悠然领取，那一份"宁静的狂欢"。

2008 年 8 月

"自由之轻"与"角色之崇"

有关"新世纪诗歌"十年的几点思考

自由之轻

新世纪十年，回顾与反思当代中国大陆诗歌发展，或可用"告别革命之重，困惑自由之轻"概言之。

经由朦胧诗时期之意识形态与审美形态双重意义上的革命，八十年代的"第三代"诗歌运动时期之文化形态与生命形态意义上的革命，"九十年代诗歌"运动时期之语言形态意义上的革命，"新世纪诗歌"时期之诗歌生态意义上的革命——四个阶段，合力奋进，作为"现代汉诗"意义上的当代中国大陆诗歌，终于迎来了二十世纪下半叶以来最为宽松自由而空前多元活跃的发展时期。

与此同时，显而易见的是，一个造山运动般的大时代也随之结束了——告别"革命之重"，我们无可选择地被进入到"自由之轻"和"平面化游走"的困惑境地，乃至颇有些无所适从的尴尬。

……什么都可以写，怎样写都行；无标准，也无典范；无中心，也无边界；无所不至的话语狂欢，几乎荡平了当下生命体验与生存体验的每一片土地，造成整个诗性背景的枯竭和诗性视野的困乏。新人辈出，且大都出手不凡，却总是难免类的平均化的化约；好诗不少，甚至普遍的好，却又总觉得带着一点平庸的好——且热闹，且繁荣，且自我狂欢并弥漫着近似表演的气息，乃至与其所处的时代不谋而合，从而再次将个人话语与民间话语重新纳入体制化（话语体制）了的共识性语境。

而我们知道：个人的公共化必然导致个人的消失！

并且，只要我们还在用体制化的语言和宣传性的心理在言说（广义的"宣传"），哪怕是言说非体制性的生存感受，就依然只能是失真的言说和失重的言说；既难以真正说出存在之真实，又难以真正企及具有诗性意义的说。

这真是一个历史性的悖论：为自由而抗争的现代主义新诗潮，在好似自由已降临的时刻，却又难以承受自由之轻！

正如韩少功所指出的：我们的文学正在进入一个"无深度"、"无高度"、"无核心"及"没有方向"感的"扁平时代"，"文化成了一地碎片和自由落体"，并在一种空前的文化消费语境中，在获得前所未有的"文化自由选择权"的情况下，反而找不到自己真正信赖和需要的东西。①

一个有意味的间歇与过渡——不乏广大与生气，却难见精深与高致。

由时代的投影到时尚的附庸及时风的复制，没有边界的舞台，没有观众的演出——谁，是那幕后的真正的导演？

"我以为现在是再次思考为何写作的时候了。"（于坚语）

自由是无比珍贵的，也是来之不易的，我们不能没有自由，

---

① 韩少功：《扁平时代的写作》，原载《文艺报》2010年1月20日版。

但今天的我们更要学会怎样"管理"自由。有如我们不能没有真实但也不能仅仅为了真实性而放逐了诗性——诗形的散文，诗形的随笔，诗形的议论，诗形的闲聊，以及等等，唯独缺乏对诗性本质的规约与守护。

在此，不妨套用艾略特（Thomas Stearns Eliot）的话以作提示：或许这个时代更趋向于多样性而不是完美，它需要更长的时间来实现自己的潜能，或许还包含着更多的没有开发的可能性。但必须要提醒的是，在它具有最强的变化能力的同时，还能保持自我的存在——本质性的存在。

角色之祟

当代中国社会的急剧转型，制造了一个空前巨大而虚拟的"荣誉空间"与"交流平台"。

这一表面巨大而诱人的"荣誉空间"与"交流平台"，其实并非历史与现实的真实诉求。一方面，它是应转型后的主流意识形态之"虚假抚慰"所需，制造出来的精神泡沫；另一方面，则是在商业社会与消费文化的共谋下，应空前发达的媒体机制所需，制造出来的文化泡沫。

有意味的是，连同许多优秀的灵魂在内，都无可避免地深陷于其中，忘了真正实在的荣誉本不属于这时代，而真正有效的交流，也有待于另一个新的时空的确认。

当代中国诗歌界也难脱此俗——在虚构的荣誉面前，在浮泛的交流之中，无论是成名诗人还是要成名的诗人，都空前的"角色化"起来，乃至陷入角色化的"徒劳的表演"（陈丹青语），忘了作诗还是做诗人，都是这世间最真诚的事。

诗人原本就自恋，"自恋"原本就潜含"角色意识"。而新世纪十年，由媒体、圈子、文化产业、形象工程等所鼓促的各种评奖、编选、活动、会议，以及重写诗歌史、重写文学史或与世界接轨等等"造势",合力搭建起一个空前广泛而热闹的"诗歌平台",并以"兼容并蓄"的"软性机制",让身其中的诗人们,不由自主地越发"角色化"起来——成名诗人在新的历史书写中找到了新的"角色"定位,并要为保持这一"角色"的现实形象而继续努力;新生的诗人们在新的语境中如鱼得水而争当"角色",并要为如何在其中获得"标出效应"而争先恐后,从而使整个诗歌界渐次弥散出一种耐人寻味的"表演气息"。

想到罗兰·巴特(Roland Barthes)谈摄影的话:当我"摆起姿势"来,我在瞬间把自己弄成了另一个人,我提前使自己变成了影像。这种变化是积极的,我感觉得到,摄影或者正在创造我这个人,或者使我这个人坏死。[①]

此便是"角色之祟"!

角色意识,角色化人格,所有的人,凡人或诗人,卑贱者或高贵者,一旦要面对某种角色的"召唤"或"诱惑"(摄影既是召唤,又是诱惑,看似邀约,其实带有强制性的意味),要"摆起姿势"时,都会于瞬间变异,"变成了另一个人"。对此巴特说得极为精确:尽管这种"角色"之"摆"常常是被迫的、强制性的,事后会有许多托词来解说,但进入角色的人为适应这种角色而作出的反应与变化却都是积极的。

当然,对大多数"角色"惯了的"角色们"来说,最终得到的肯定不是被"创造",而是"坏死"——人格的坏死,乃至整个人的坏死。

在这里,我们若将"摄影"置换为"权力"(镜头常常就透露出一种权力的意味),置换为"时尚"(时尚是另一种权力话语),置换为"虚构的荣誉"和"热闹的平台",这个时代的许多诗歌乱象的问题之所在,不是都昭然若揭了吗?

---

① 罗兰·巴特(Roland Barthes),《明室——摄影纵横谈》,赵克非译,文化艺术出版社 2003 年版。

或许该提醒当下诗人们的是，在这个"自我推销"的时代里，如何克服"自我高度评价的愿望"（艾略特语），大概是个首先需要解决的问题。

诗乃心侣，需以诚待之，或功利化，或游戏之，都无疑是一种亵渎。

真正的、纯粹的诗人，只是愿意为诗而活着，绝不希求由诗而"活"出些别的什么——从自身出发，从血液的呼唤和真实的人格出发，超越社会设置的虚假身份和虚假游戏，剥弃时代与历史强加的文化衣着，从外部的人回到生命内在的奇迹——初恋的真诚，诺言的郑重；独立，自由，虔敬……还有健康；尤其是心理的健康。只有健康的诗人，才足以在沉入历史的深处时，仍能发出自信而优雅的微笑。

多与少

新世纪十年，可谓新诗问世以来"出产量"最多的年代。

网络的便利，民间诗报诗刊的滥觞，以及"娱乐化"、"游戏化"、"自我推销"等外部因素的促生之外，"叙事"和"口语"之"修辞策略"的泛滥，更是推波助澜的重要原因——"叙事"成了新的"生产力"，"口语"成了便捷的"流水线"，由此进入一个充满"散文气息"和再无标准可言、无边界可守而唯"话语狂欢"为是的诗歌时代。

所有严肃而优秀的诗人都清楚，真正创造性的诗歌写作，是一种生育形态而非生产形态。不是像现代制造业那样，旧产品不行了，引进一套新技术新设备新的生产线，就马上可以生产出一批新的产品出来。

由此人们有权怀疑那种大批量生产诗歌的诗人，同时也有权怀疑那些大批量出产诗歌的时代。

实则诗歌创作的潜在美学原理，正在于对"沉默"的管理。

诗乃沉默之语，不得已而说。故从发生学的角度而言，诗的写作从本质上就决定了它必然是以最少的语言表现最大的沉默的一种言说。

这里的"少"有两层意思：一是说出来的"少"，二是"少"说。

当下诗人们的问题正在于，他们在这两种"少"上都没有意识，反而比着看谁说得多，说得啰嗦——尽管他们从来也不承认这种啰嗦是啰嗦，且拉来所谓"叙事"和"口语"为由头做幌子——把酒兑成酒水或干脆就是自来水，管饱管够不管味道如何，只要有量在。

再就是比着谁能发狠，发狠到什么都拿来写都敢写，且写得越直越白越离谱便越得意。如此发狠地写或啰嗦地说，渐次沿以为习，习为时风，大家都跟着走，以便混个脸熟，或及时扬名，反正只是活在当下，管他身后如何。

而"沉默是金"——表面的热闹与繁荣之下，空前活跃的量的堆积之下，我们留给历史的"当代诗歌"，其"含金量"实在是太少太少。

诗是一种慢，一种简，一种沉着中的优雅。若转而为快捷的游戏，怕就是另外一些什么味道的东西了。

北方的雪很厚，南方的雨很多，而水晶依旧稀有！

本质之在

最终，静下心来深入考察，当代中国新诗整体而言到底缺了什么？

一是缺乏更高远的理想情怀；

二是缺乏更深广的文化内涵；

三是缺乏更精微的诗体意识。

缺了这三样，再大的热闹也只是热闹，无实质性进步可言。

可能的"药方"：一是"简"，简其形；二是"整"，整其魂。

最关键的是：由话语狂欢重返生命仪式。

诗，不仅是对生命存在的一种特殊言说，诗也是生命存在的一种特殊仪式。

作为物质时代的精神植被，在一个意义匮乏和信仰危机的时代里，诗更不能沦为仅仅活在当下手边的物事，要有重新担当起对意义和信仰的深度追问与叩寻的责任：包括对历史的深度反思，对现实的深度审视，对未来的深度探寻等，并以此重建生命理想和信仰维度。

这或许是我们应该重新认领的诗歌精神之"理想情怀"。

诗，以直言取道求真理以作用于"疗伤"与"救治"；

诗，以曲意洗心润人生以作用于"教养"与"修远"。

在解密后的现代喧嚣中，找回古歌中的天地之心；在游戏化的语言狂欢中，找回仪式化的诗美之光——再由此找回：我们在所谓的成熟中，走失了的某些东西；我们在急剧的现代化中，丢失了的某些东西；我们在物质时代的挤压中，流失了的某些东西——执意地"找回"，并"不合时宜"地奉送给我们所身处的时代，去等待时间而非时代的认领。

这或许是我们应该重新认领的诗歌灵魂之"文化内涵"。

而尤其需要重新认领的是诗歌的"文体意识"——在这个充满散文化、娱乐化气息的时代里，诗歌如何保持自己文体的边界和精神的尊严，实在是个有必要时时提醒的问题。

"诗言志"，"文以载道"。"志""道"为诗文之根本，但这"根本"要生出枝叶开出花朵，才算"艺术地"完成。

什么都可以写，大概学理上还讲得过去，怎样写都行，却难免不是个问题。新诗百年，仓促赶路，居无定所，怎样写的问题，一直是个挥之不去的隐忧。而道成肉身，文以体分，体式混乱无准，所谓新诗的灵魂和精神，又何以沉着和深入？

从发生学讲：摒弃百年新文学被"借道而行"、以"宣传"为旨归的路数，重返古典精神之"自得"而为的路数，了悟是人类对世界的体验和对其体验的不同的"说法",构成了人类的文明史和文化史,而非说出了什么。

所谓"文章千古事"。

而诗是语言的未来。人是语言的存在物——没有诗性的语言,就没有诗性的生命;没有诗性的语言的未来,就没有诗性的生命的未来。因此,原生态的生存体验,原发性的生命体验,原创性的语言体验,是诗人在任何时代都不能忘记的法则。也只有遵从这个法则,诗与诗人才会免于被所谓的"时代精神"(在当代中国语境下,这个"时代精神"常常与主流意识形态混为一谈)所辖制,成为开放在时间深处的生命的大花。

"敏锐,活力,有效"(陈超语),是新诗不断发展与跃升的主要动力。伟大的诗国似乎永远也不缺乏诗的热情,总是有更多年轻的生命,加入到对诗的挽留与热爱中来,犹如野火般地传递着一个民族的诗情、诗心、诗的传统。只是,如何能将这种热情转换为持久的力量和更为沉着的步程,而非此伏彼起的过眼烟云或青春"派对",仍是一个不轻松的话题。

长途跋涉,上得一座峰顶、拥有一份自豪后,出现一个舒缓而平面化的间歇是未可厚非的,但由此更要适时反思自由之轻,整合现代与传统,进而重涉典律的生成,以避免一味变动不居的负面而再造经典之辉煌——在我看来,这是间歇后新的出发的必由之路。

而新世纪诗歌的整体发展,也需要在打理日常与梳理理想之间,在直言取道与曲意洗心之间,在"道"之言说与"形"之艺术之间,在想象世界的未知地带作业与真实世界的不明地带作业之间,以及在各种写作路向的探求之间,建立更稳健的平衡,以求在自由与约束的辩证中,寻找新的精神建构、形式建构与语言建构。

尤其是心理机制的平衡,大家都能渐渐从过于浮躁的时代语境中超脱出来,进入一种"专、宜、别、畅"的境地——

专：心无旁骛；

宜：语言形态与生命形态和谐共生；

别：别有所在，非类的平均数；

畅：心手双畅，思、言、道通达无碍。

——有了这样的心境，才可期望我们的新世纪诗歌，在经由表面的"自由"之"轻"与"繁荣"之"热"之后，重返任重道远的上下求索。

2010 年 7 月

梳理、整合与重建

《中国新诗总系》初读谫论

中国汉语新诗，在历经近百年的发展后，渐次呈现为一种空前繁荣而又空前浮泛的平面化状态。"奇迹没有发生"（谢冕言），加之网络诗歌的迅速普及和发展，确如诗评家张桃洲所言，"中国新诗处在一个新的转折点上"①。

当此要津，由北京大学中国新诗研究所组织编选，北京大学中文系谢冕教授担任总主编的十卷本《中国新诗总系》，经由人民文学出版社隆重推出，以集作品、理论和史料为一体的宏大结构和空前规模，全面梳理并立体展现其历史全貌，以此重新认领百年汉语新诗的所来之路，以及重心、坐标和方向的所在，可谓正当其时。

---

① 张桃洲：《导言：杂语共生与未竟的转型》，《中国新诗总系》第 6 卷"导言"第 45 页。人民文学出版社 2010 年版。

一

凡文学编选，大体来说，除"史志"功用之外，总是要或鲜明或潜隐地体现某种文学价值取向的"标举"作用。在这里，编者选取并构建怎样的"价值坐标"体系，是决定其编选样态和实现"标举"宗旨的关键。纵观百年中国汉语新文学的进程，这样的"价值坐标"之选取，最大的困扰在于如何处理"历史化"和"经典化"的对立统一关系。就此而言，《中国新诗总系》的编选，可谓跨出了突破性的一大步。

《总序》作品部分的编选（共八卷），按照有关资料和媒体报道的说法，是以总主编谢冕先生提出的"好诗主义"为其核心理念的。这个理念，表面看起来更像是一个"口号"，其实若置于此前主流文学史主导下的各种编选样态来看，确已隐含了以作品为重、以经典为要、尽量避免"历史化"之局限的一种学理性"翻转"或"革命"。

至少就百年汉语新诗历程来说，"历史"和"经典"这两点，在大多数情况下总是难得统一的。"历史"有其必然的"时段性"和"时代性"之局限，而所谓"经典"，则至少应该跨越一定的"时段性"和"时代性"并且能深入"时间"维度的。而以往的历史事实也一再证明，一些在"历史"叙述中因其具有强烈的"时代性"，或者说，在某一历史时段中以其强烈的"时代性"而成为重要作品的文本，大部分都于"时过境迁"之后成为仅停留在"历史叙述"中的东西，成为不再被新的阅读所接受，仅仅具有"史"的"节点"之"标记性"作用的、非"经典性"的作品，而真正经典性的作品则不存在这些问题。同时，一些以"探索"和"实验"为要，开启了某种新的诗学发展之"可能性"而一时振聋发聩，但并未达至"经典性"意义的作品，尽管与"时代性"无关，甚至在某种程度上还超越了时代局限并具有一定的先锋性，但依然应该纳入"史"的维度、作为重要作品而非优秀作品来看待。

这里就提出了有关"经典"和"好诗"的定义域，到底如何理解的问题。

记得我在八十年代中期发表的一篇诗论文章中，曾将包括诗在内的一切文学艺术作品及其作者，粗略分为优秀的、重要的、优秀而不重要的、重要而不优秀的、既重要而又优秀的五大类，成为我日后从事诗歌及文艺研究的一个批评基准。在我的认识范畴中，所谓"经典"，大体属于"既重要而又优秀"的部分，若再加上"优秀而不重要的"的这一部分，大概就相当于我所理解的、《总系》编选中所主张并标举的"好诗主义"之要旨了。至于在具体编选中如何落实好"好诗主义"，则难免仁者见仁、智者见智，会有许多差异。发生差异的主要部分，在那些"重要而不优秀"、"优秀而不重要"的诗人及作品的认定与取舍上——也正是在这里，选家的立场、学养、学理、诗歌史观、审美趣味及艺术直觉的区别便显现了出来，也是难以求同划一的关键所在。同时，返观以往新诗编选种种，还存在着"治史者"之选与"知诗者"之选的不同取向，更是导致差异与分歧所在的重要原因。

不过在这样的诠释中，所谓"重要"，依然是以"史"的存在为前提的，是一个后设的、比较生硬的前提。正是有这个"前提"的存在，我们才一直为那些"重要而不优秀"的诗人和诗歌作品所困扰。如果换一个角度，仅从接受美学来看，大概又得分开"读诗的人"和"研究诗的人"，亦即纯欣赏性的、非专业性的阅读和研究性的、专业性的阅读两大类，或者还有二者兼具的读者。那么编选的"受众"定位到底为何？又成为一个无法回避的问题。尤其在大型的、权威性的、带有"文学史书写"意义的编选中，能否放下身段，兼济"庙堂"（包括"学院"）与"天下"（广大的民间），兼容研究性阅读和欣赏性阅读，以有效避免"历史"与"经典"的纠结，而提供别样的腾挪空间，实在是一个重要的考验。

二

基于以上思考，并结合我个人曾经的编选体验，我认为，《中国新诗总系》的编选达到目前这样的体系、规模和样式，已经相当不易，可谓百年一选，高标独树。其基本的成就，以初读后的粗浅认识，试用"钩沉疏浚"和"重建谱系"概言之。

所谓"钩沉疏浚"，在这里有两方面的意思。

一是指在《总系》的编选中，以"好诗主义"为宗旨，深入近百年新诗发展历程之显在与潜在的方方面面，刻意打捞和发掘过去因各种原因被遮蔽或被忽略了的优秀诗人和优秀作品，力求多角度、多层面、全方位、严谨而科学地展现汉语新诗的"经典"之所在，进而至少"阶段性"地全面梳理并基本恢复了百年新诗历史之大体的真实与完整。

二是指在《总系》的编选中，以相当的魄力和学理性，及开放的心态和开阔的视野，不但打通两岸四地与海外之诗歌地缘，而且消解了以往的"打通中"总是"以我为主""他为陪坐"的狭隘心理（这样的心理在两岸以往的编选中都普遍存在），回到以诗为重、以作品为重的基本原则上来，客观对待，积极整合。尽管依然有一些遗憾之处，但总体上所达成的格局，可以说是刷新以往所在而具有历史性突破的。尤其在洪子诚先生主编的第五卷（1959－1969）中，这一历史性突破意义得到了最为坚卓而突出的体现，其"破冰导航"式的重大作用，必将影响深远。

所谓"重建谱系"，包含一个主义和两大特点。

一个主义即"好诗主义"，前面已作简要论述。两大特点，一是"规模宏大"，二是"兼容并包"。"规模宏大"指其样貌，或"谱系"的外在构架，一看便知，史无前例；"兼容并包"指其"谱系"的内在结构，包括立场、视野及价值取向，确系突破性的重建。

这一"重建"的主要落脚点，在于五个"兼容并包"：其一，

"历史性"与"经典性"的兼容并包;其二,两岸四地及海外全方位诗歌地缘的兼容并包;其三,"体制内写作"与"体制外写作"的兼容并包;其四,"民间写作"、"学院写作"和"庙堂写作"的兼容并包;其五,"探索性"或"先锋性"写作与"常态性"或"守成性"写作之不同路向的兼容并包。篇幅所限,这里只作概要指认,不再展开论述。

三

然而,以如此规模的编选,再分以十位主编"联手合奏",而要力求总的编选宗旨和"重建谱系"和谐有效地得以完善体现,不留遗憾,实在是很困难的事。尤其是前八卷诗选部分,出现了一些值得商榷的问题,不妨在这里稍作认证。

先说编选体例的问题。

《总系》前八卷入选作品的编排,主要以"主题"分类方式分辑编排结集,而这样的"主题"分类,要在如此规模的大型选本中采用,确乎既是创新之举,也是一种冒险。

首先是各卷主编对"主题"的理解和参照系不可能一致,导致对体现"主题"的各卷分辑的命名也各自为是:有的是以"流派"命名,有的是以"社团"命名,有的是以"时代背景"来命名,有的则沿袭以往文学史、诗歌史的既成说法来命名;有的是实有所指的命名,如"文学研究会诗人群"、"台湾的现代主义"等,有的则采用了虚泛的或意象化的指认,如"多元的收获季"、"特殊的歌唱"等。其中,王光明主编的第七卷,在实有所指地命名了卷中前三辑后,被迫为第四辑选择了"其他诗人的诗"这样令选者和被选者可能都不免尴尬的命名。程光炜主编的第六卷中,以"岁月回望"作为1969至1979十年台湾诗歌一辑的命名,也显得不甚确切。张桃洲主编的第八卷,则分别用"转换与延续"、"拓展与深入"、"探求可能性"、"多向度选择"这样完全虚指的、学术化的语词为其四辑命名,难免会造成辨识上的困惑及逻辑上的含混。例如被归为"拓展与深入"的诗人及作品，是否就不具备"探求可能性"的质素？或者如此类推，也都难免不生抵牾。

与此共生的问题是，作为八卷一体的作品部分，又是按十年分卷，不免有许多诗人要跨卷入选，于是就出现了同一位诗人在不同卷中被作了多次的，几乎完全不同的"命名"，而由孙玉石主编的第二卷则又没有作分辑和命名，与其他七卷判然有别，由此造成一些不必要的阅读困惑。诸如这样的问题，对研究性的、专业性的阅读受众而言，可能还不是什么问题，但若置于纯欣赏性的、非专业性的阅读受众那里，恐怕就有些难堪了。

其次是择选诗人与作品的问题。

所有的诗歌编选，其最难求全也最容易为人诟病的，是如何择选诗人与作品。以"历史性"与"经典性"兼容并包为要旨的《总系》之编选，在这方面可说是较为有效地实现了预期的理想，但依然存在着一些局部的、不大不小的遗憾。

首先从整体上宏观比较，可以看出编者还是以史为要，习惯性地较为偏重"历史性"的或"教科书"式的考量，对那些"优秀而不重要的"诗人和作品的遴选显得有些保守和犹豫。而在具体入选作品的"数量"把握上，也存在着一些学理上的矛盾。比如有的入选诗人在整部《总系》中只有一首或两首作品存在（单个诗人最多入选的作品则有二三十首乃至五十多首，如穆旦58首、艾青33首、牛汉28首、北岛24首），如果这种情况出现在早期新诗的编选中，尚可理解为"钩沉"之举，这首诗或者是一首长诗、或组诗力作、或传世绝唱也说得通，但若非这些原因，而仅仅是一首短诗且并不怎么"经典"却被入选，就面临一个疑问：它是以诗人之不可或缺的历史位置或身份入选的，还是以作品本身的品质入选的？而这样的入选若再纳入整部《总系》中作比较，更会出现对其入选价值的疑惑不解。加之所有入选者概无作者简介，那些仅以一首作品出现的诗人，就存在让普通读者包括新的研究者不知就里的可能。

再就是个别漏选问题。虽然这个问题因编者的"天赋差异权"（笔者生造的一个词），本来是无可置喙的，但作为如此规模和规格的权威性编选，还是有必要求全责备以臻完善。

这里首先让熟悉当代诗歌发展历程者大为不解的是严力的漏选。从早期朦胧诗崛起到新世纪十年新诗现场，跨越三个时代的严力，以其独特的语言魅力、犀利的思想锋芒及持久的先锋意识，在有效扩展现代汉诗表现域度的同时，更为这种"表现"增强了世界性的视角和人类意识的底蕴，影响遍及海内外。代表作《还给我》可以说是有口皆碑，耳熟能详，不亚于北岛的《回答》。其综合成就，置于任何类型的选本都是不可忽略的，却在如此重要的《总系》中被轻易抹去，实在是一大硬伤！

再如主编过《朦胧诗选》的优秀女诗人阎月君（代表作《月的中国》等），"他们"诗派的代表诗人丁当（《时间》、《房子》、《抚摸墙壁》、《落魄的日子》等），现代西部诗歌的杰出代表张子选（《阿拉善之西》、《西部二题》等），此前均入选过诸如陈超所著《20世纪中国探索诗鉴赏》等影响广泛而被公认为重要而优秀的选本，有的还被写入洪子诚、刘登翰合著的《中国当代文学史》，在《总系》中却都不见踪影。

再如近十多年来奇峰崛起的诗人麦城，作品获得李欧梵、陈晓明、唐晓渡、程光炜、陈超、王家新以及瑞典诗人卡耶尔·艾斯麦克（1988至2004年诺贝尔评委会主席）、日本诗人谷川俊太郎等许多名家好评，并已有英语、德语、日语、瑞典语诗集在海外出版，影响广泛。评论家张学昕称其为"孤独的探索者"，"为现代汉语诗歌建立了一种审智的方式"。①尽管麦城迟至2000年才出版第一部诗集，但所结集作品有相当部分创作于上世纪八

---

① 转引自《钟山》文学双月刊2010年第5期《十大诗人（1979—2009）：十二个人的排行榜》之二十五条"麦城"部分。

九十年代，且不乏精品力作，如《直觉场》（1885）、《视觉广场》（1987）、《现代枪手"阿多"》（1988）、《在困惑里接待生活》（1998）等，却一首未选。

还有，在上世纪九十年代发轫而于新世纪十年影响日盛并具有鲜明风格的西部诗人古马、女诗人娜夜，前者的《青海的草》（发表于《鸭绿江》文学1999年第1期、《诗刊》1999年第2期）等代表作，后者的《起风了》（初刊于《金城》文学1999年第5期）等代表作，早已是广为称道的名篇，也付之阙如。

另外如台湾板块中，《创世纪》代表诗人碧果（台湾前辈诗人中一直坚持"超现实主义"路向而大器晚成、独备一格且持续上升、横贯整个台湾现代诗运动的优秀诗人）、新生代女诗人颜艾琳（被痖弦称之为"创造性很强的女诗人"）的漏选，都不免有些遗憾。再有，洛夫的系列实验诗作《隐题诗》，在上世纪九十年代初的两岸诗界，曾引起许多反响，可谓一个不大不小的"诗学事件"。尽管因各种因素所致，这一"诗学事件"未得以更深广的研讨，但只要新诗的形式问题依然是个"问题"，就有洛夫的"隐题诗"作为此一"问题"的参照价值而存在。或单就作品本身而言，诸如《危崖上蹲有一只独与天地精神往来的鹰》等，也实可谓现代汉诗中的异品佳作。可以说，无论从"历史性"还是从"经典性"哪一方面来考量，都不宜弃之不顾。①

此外诸如赵野、黑大春、李森等别具诗学价值的优秀诗人的缺失，也都值得再作斟酌。

我们知道，任何的诗歌编选，都不免是遗憾之事，所谓好的编选，只是将遗憾降到了最低程度而已。总括上述，笔者认为，《中国新诗总系》的编选，总体上确然不失为一部里程碑式的宏

---

① 洛夫的"隐题诗"集中创作于上世纪九十年代初，先是在两岸诗歌刊物陆续发表，引起关注并引发许多模仿追随者，后于1993年结集《隐题诗》由台湾尔雅出版社出版。

编巨制，谱系明确，脉络清晰，高屋建瓴，独备格局，于中国汉语新诗之历史的重新书写和典律的生成光大，都具有继往开来的重大意义。虽然，因规模、时间、合作方式及时代语境等诸方面因素所限，在具体文本中出现了这样那样的"肌理"（相对于"脉络"而言）和"枝节"（相对于"谱系"而言）方面的问题和缺憾，但都既不影响大局，也完全可以在新的修订中予以弥补和完善。

当然，与此同时，我们还必须认识到的是，我们身处的这个时代，从更宏观的历史视野和时间维度来看，依然还是一个艰难过渡的时期。于此，我们方可更清楚地把握住，在这样的过渡时代，哪些是我们能够做到并做好的，哪些是还不能完全做到和做好的——或许，只有真正具有了这样的视野和心态，所有当下的成就和问题，都会在我们认定的诗性生命历程中，化为新的创造动力和新的探索精神。

2011 年 3 月

不可或缺的浪漫与梦想

关于新诗与浪漫主义的几点思考

重审跨越世纪、以"现代主义"为主潮的当代汉语诗歌写作，并重新关注浪漫主义汉语诗歌写作路向——此一诗学考量之取向，表面看去，似乎在于纠偏求全以完善历史构架，其实另有可说之处。

一方面，所谓"现代主义新诗潮"滥觞至今，也确实出现了不可不正视的诸多问题，如"叙事"的泛化，"口语"的泛滥，"日常"之琐碎，"当下"之纠结，以及"反讽狂欢"下的游戏心理和"自我表现"下的"秀场机制"（笔者生造的词）等等，综合为不堪"自由之轻"与"角色之崇"的"现代场域"，陷落或沉溺于其中的当代诗人及其诗歌写作，看似自由开放而写法各异而千姿百态，其实内里却无非是"同一性差异"，无数诗人写着几乎一样的诗而致"彼此淹没"。置此，无论于普泛诗歌爱好者的欣赏性阅读而言，还是于诗歌理论与批评者的研究性阅读而言，大概都难免其"郁闷"。

另一方面，由于理想情怀、文化内涵和诗体意识在当代诗歌中的长久缺乏，也难免催生出另一种"诗美乡愁"，即对汉语诗歌之浪漫精神的反顾，包括现代汉语语境下的浪漫情怀，及古典汉语中的庄骚传统，而重涉诗歌美学范畴的浪漫主义以及古典理想的现代重构之命题。实则无论是诗人还是诗歌写作，只活在浮躁的当下与只活在虚妄的精神乌托邦中，其实是一样的问题。过去的一个时期里，我们过于强调了当代诗歌的"求真"、"载道"与"社会价值"功能，与另一种"载道"与"济时"（时势、时代之"时"）之官方主流诗歌形成二元对立而实际一体两面的逻辑结构，忽略了诗歌作为语言艺术和精神家园之"净化心灵"与"捡拾梦想"或"复生理想"的美学功能。于此，至少从接受美学的角度来看，反顾美学浪漫主义之"诗美乡愁"的诉求，实可谓"当春乃发生"之必然。

但上述两个方面的概述，依然还是属于表层现象的考量。有关浪漫主义诗学的重新讨论，若向更深处追究，则牵涉到现代汉语诗歌发展中，如何处理好一些带有根本性的、有关诗歌本体的美学关系问题，这里试就以下三点稍作讨论。

一、"质"与"饰"的关系问题

"质"与"饰"的问题，说起来是个无关大局的写作方法问题，但至少在现代汉语下的浪漫主义诗歌这里，却每每成为一个首要的问题。

虚浮造作与矫情夸饰，是现代诗人对"准浪漫主义诗歌"和"伪浪漫主义诗歌"主要诟病之处，唯恐避之不及。中国古典文论中，也有"质有余而不受饰"之说。然诗歌的生发，诗歌之所以叫作"诗 — 歌"，确然又有它不同于非诗歌文体的特质所在。汉语诗歌虽一直以"志"为"质"，但又总苦于"言不尽意"或"意不尽言"，遂借"歌"的外在之"饰"来力图完美表达其"志"。《毛诗·大序》曰："诗者，志之所之也。在心为志，发言为诗，情动于中而形于言。言之不足，故嗟叹之。嗟叹之不足，故咏歌之。咏歌之不足，不知手之舞之足之蹈之也"。可见"歌"之"饰"于"诗"之"质"实为一体两面，不可偏废其一，关键要处理好两者之间的关系才是。

新诗百年，在经由郭沫若等早期浪漫主义之主体精神的夸饰、新中国"红色经典"时期革命浪漫主义之时代精神的夸饰、和以部分朦胧诗为代表的"政治感伤"情怀的夸饰之后，以"第三代诗歌"为主潮的新生代诗人们及其后追随者，以真实世界的客观叙事为新的美学原则，彻底放逐想象世界的主观抒情之传统，为新诗现代化开辟了崭新的广阔疆域，直至发为主流和"显学"。至此，"诗"与"歌"分离，"质"与"饰"分离，"潮流"与"典律"分离，现代汉诗逐渐趋于"散文化"和"同质化"的平面，再难有奇迹的发生。

然而，现代汉语语境和革命文学主旨生成下的现代中国式的浪漫主义诗歌之种种弊端的存在，并不能说明浪漫主义诗歌就此过时，再无意义。毕竟，诸如"神性"、"超验"、"批判"、"梦想"及"抒情"、"韵致"等纯正浪漫主义美学元素的存在，对于身处急剧现代化之坚硬语境中的现代中国人而言，虽不免有奢侈与矫饰之嫌，却总是一种潜在的诱惑而不可或缺。

仅就诗歌文体之本质属性而言，完全脱离"饰"之增华加富及润化功能的所谓"质"的存在或者"真"的追求，是否还是"诗歌意义"上的"质"与"真"，也是一个绕不开去的问题。尤其是理想气质的缺失和抒情之美的贫乏，大概早已郁结为一个隐在的"诗美乡愁"，遥遥于新诗未来的期待中。

为此，在一个充满散文化、娱乐化和物质主义气息的当下时代里，当代诗歌如何保持自己文体的边界和精神的超越，实在是一个需要时时提醒的命题。

二、现实与梦想的关系问题

诗歌与人，与生俱来，原本就生活在真实世界和想象世界两个基本空间中，荒疏任何一面，都难以真正安妥诗性生命之完整的精神与灵魂。

新诗及与其开启的新文学，自发轫之时便被"借道而行"所累，加之百年来新诗诗人所面临的现实问题确实太过纷繁与沉重，故唯现实主义和现代主义为首要取向，也是情理之中的事。但诗的存在，毕竟还有她非现实性的一面。古人谈诗书画之雅俗问题，常常将过于切近现实之作归之为"俗"，即在强调艺术的审美功能和超现实性。百年新诗，西学为体，当下为是；人学大于诗学，观念胜于诗质；每重"直言取道"，疏于"曲意洗心"一直是个悬而未决的大问题。其实就中国式的所谓"诗教"而长久来看，大概"洗心"的功用还是甚于"取道"的功用的。

反观今日现代汉语诗歌，已基本谈不上什么美意养心而行之"修养"与"教化"了，或有一点"直言取道"的精神感召和思想震动，也无济于大的改变。实际的情况是，我们强调了那么多年的所谓文学以及诗歌的"思想价值"和"社会价值"等等，却也与世道人心的改变并无多大作用，以至于连诗人——这个社会群体中原本该是最少功利之心、经营之心而最为本真、纯正和可爱的一群，如今却也大多反"道"为"器"，转而为"时人""潮人"乃至"小人"，转而为自以为是、自我膨胀、自娱自乐的"诗歌共同体"，或可玩点诗的技巧以沽名钓誉，而诗心早已远离纯粹的真善美之艺术本质和艺术境界了。

由此，当宏大的历史叙事和崇高的精神追求悄然退场，日常生活渐次成为时代的主潮时，诗歌该如何定位现实与理想的关系，而不至于再次沦为时代的传声筒，实在是个大命题。

诗人是超越时代和地域局限的人类精神器官，而非时代与时尚机器的有效零件。在一个意义匮乏和信仰危机的时代里，诗更不能沦为仅仅活在当下手边的、"一次性消费"的物事，而要有重新担当起对意义与信仰的追寻和叩问的责任。而浪漫与梦想是永远的诱惑——在失去季节美感的日子里，创化另一种季节；在失去自然神性的时代里，创化另一种自然；在解密后的现代喧嚣中，找回古歌中的天地之心；在游戏化的语言狂欢中，找回仪式化的诗美之光——诗歌既可以是"直面现实"之勇士手中的利器，也可以是吟唱于"自己的园地"中的夜莺。在一个越发枯燥越发单一化了的世界里，作为纯正浪漫主义诗歌的梦想气质和神性生命意识如期归来，大概也是情理之中的事了。

而当代中国新诗的整体发展，也需要在打理日常与梳理理想之间，在"直言取道"与"曲意洗心"之间，在"道"之言说与"形"之艺术之间，在真实世界的不明地带作业与想象世界的未知地带作业之间，以及在各种写作路向的探求之间，建立更稳健的平衡与协调才是。

三、抒情与叙事的关系问题

浪漫主义诗歌的另一重要诗美特质，在于它所提供的特别的抒情语境和抒情调式。

诗是经由语言的改写而对人类深刻思想与复杂情感的一种特殊演绎，这一演绎的传统手法，主要在于"意象性思维"和"音乐性思维"。作为诗歌艺术形式的本质属性，这两种手法，在古典主义和浪漫主义诗歌中，表现得尤为突出。从接受美学角度来看，包括文化背景与精神历程几乎完全与古典主义和浪漫主义时代无关的"八〇后""九〇后"等新新人类，也常常会反顾于古典诗歌和浪漫主义诗歌而为之感动，究其"感动点"之关键所在，正是那种经由"意象"之精微和"韵律"之曼妙而合成的抒情语境和抒情调式。譬如徐志摩的《再别康桥》，诗中所言之事所抒之情，与现代诗读者很难说能产生多少共鸣与感动，但许多年轻的诗爱者依然喜欢，细究其因，一者或钟情于那种浪漫气息，二者无非喜欢诗中与其事与其情琴瑟和谐的形式美感，即俗话所说的"调调"。

诚然，现代社会中人的生活和人的命运，无不充满了各种的变数，乃至比虚构的文学想象还要富于戏剧性和故事性，加之物质世界的日益凸显等现实因素，迫使当代诗歌必须脱身单纯抒情的"精神后花园"，转换话语，落于日常，及物言体，引"叙事"为能事，拓展其表现域度，实乃势所必至。但这不等于就要完全放逐浪漫抒情，唯叙事为是。这里的关键，是要注意将纯正的、发自真情实感的浪漫抒情，与虚假浮夸的政治抒情及无病呻吟一类的浪漫抒情区别开来。即或是"叙事"，若仅作"记录"性的就事说事，或顶多加上一点所谓"戏剧性元素"及"反讽味素"而后分行了事，无诚恳鲜明的生命感悟与真情实感灌注其中，则到了也只是现象之复写，看似真、似切、似实，似反假、反虚、反妄，但底里还只是那点事而已。何况此类"叙事"诗学所依赖的各种修辞手法和审美元素，大多是从小说、戏剧与散文文体借用转化而来，就诗歌文体属性本质而言，到底还是属于"退而求其次"之举。

回头重新认领浪漫主义诗歌的抒情语境和抒情调式，其另一要旨在于强调诗歌难以割舍的形式之美。

我们常说"诗是语言艺术"，其实更合理更全面的说法应该为"诗是有一定造型意味和一定音乐性的语言艺术"。汉语新诗引进西方拼音语系的语法及文法，讲求因承结构和散文美，诗思的开展，大都由篇构而句构而字构，字词皆拘役于语法文法逻辑结构，是以大大削减了音乐性的存在。但一方面，现代社会的生活空间和话语空间充满了噪音，诗要从这噪音中凸现出来必然要借助于音乐性。另一方面，汉语原本不乏音乐性元素，并未因现代化而完全丧失其基因，还是大可有为于其中的。今日新诗诗学界一直在为新诗标准问题探求不已，若以诗美基本元素而论，大概在"意象"、"思象"与"事象"三元素之外，还需不忘"音象"为是。

以上三点外，影响浪漫主义诗歌由曾经的虚浮滥觞到后来渐趋式微之因素，其实还有更重要的一点，即新诗百年进程中屡屡受制于文化大背景的问题——先是要"启蒙"，要"新民"，要"配合中心任务"，要"反映时代精神"等等，继而要与"体制"抗衡，要与"国际"接轨，要与"网络时代"相协调等等，转来倒去，总有一个预设的"角色"与"姿态"在那里守候，或总有一种"历史位格"与"主流方向"等非诗学的外部引力在那里牵扯，因而一路走来，多是以"道"求"势"，"势"成则"道"亡，循环往复，唯势昌焉。

受此影响，每一时代之诗歌发展，总是随潮流而动，借运动而生，导致诗人主体"自性"的模糊和诗歌艺术"自性"的丧失，有心无斋，"与时俱进"，遂成时代的投影、时风的复制、时尚的附庸，乃至连"多元"也成了一个价值失范的借口。沿以为习，大家都在"势"的层面踊跃而行，疏于"道"的层面潜沉修远，也便每每顾此失彼，或将"后浪推前浪"变成"后浪埋前浪"的"格式化"程序，唯"创新"为是，唯"先锋"为大，难得"传承有序"及"自得而适"了。

同时还应该看到，新诗起源，本质上是一次仿生而非自生，有待慢慢转化而渐得自在。由此想来，或许纯正的浪漫主义诗歌精神，在百年来的新诗进程中，时有"不合时宜"或"水土不服"，也无可厚非。至少体现在西方浪漫主义诗歌中的某些气质和情致，包括汉语诗歌源流中的庄骚传统，是一时"拿"不来也学不来的，需要一个长期的、自然生长的过程。而未来新诗浪漫主义路向的开启与深入，依笔者之拙见，一是要强化现代意识，切忌老调重弹；二是要内化浪漫情怀，不作无病生吟；三是要润化抒情调式，摈弃虚浮造作。落实于具体创作，则须谨守四个基本要素：其一情感要真率；其二音韵要纯正；其三意境要切实；其四风骨要诚朴。篇幅所限，此处只作理念提出，不再赘述。

　　作为西方谱系的浪漫主义思潮，历史性地去看，在其作用于政治以及其他意识形态方面，确实也产生过许多问题乃至灾难性的结果，但作用于美学范畴，至今仍不失为一种未竟的诱惑（想想海子和穆旦的不绝影响）。而说到底，作为诗歌浪漫主义的美学核心，在我看来，更主要的是一种气质，这种气质于今日时代的诗人而言，大都不具备，或者说一时难以具备——在如此坚硬与单面体的现代汉语语境下，何以产生纯正的浪漫与梦想？我们甚至连我们曾经的苦难都难以述说真确，又去哪里落脚而足以支撑浪漫与梦想的跳板？是以暂时只能以现代主义和现实主义为要领，并时而回望一下浪漫的诱惑和梦想的召唤了。

2011 年 11 月

回到自性与单纯

有关新世纪诗歌的几点考察

关于新世纪十年来的当代诗歌生态

新世纪以来的诗歌生态，仅由表面看去，或仅从社会学层面而言，确实是自二十世纪下半叶以来，最为自由自在而无所拘束、多元共生的阶段；怎么写都可以，什么都拿来写成"诗"，其普及程度和活跃程度及其"出产量"，都可谓"盛况空前"。

只是诗歌生态亦即诗歌外部环境的改善，与诗歌生命亦即诗歌本体品质的改善，其实并非相辅相成的关系，有时"风调雨顺"反而可能生出些"懒庄稼"。

实际上，这十年的诗歌内在生态并不容乐观，在诗歌外部生态获得空前多元、空前自由、空前活跃的同时，也随之出现了诗歌写作同质化、游戏化、时尚化的现象，无数的诗人在写着几乎一样的诗，大家都在"势"的层面争先恐后（"形势逼人"

"顺势而为""时势造英雄"等等），而少有潜沉于"道"的层面以求水深流静。

我在1993年一篇题为《运动情节与科学精神——当代中国新诗理论与批评略谈》的文章中所特别指出的，有关当代诗歌从创作到理论与批评，都严重存在的"运动态势"与"运动情结"的问题，现在看来，依然是影响普泛诗人群体之创作心理机制的重要因素，有待全面而深入的消解才是。

新世纪十年的当代汉语诗歌，在艺术方式、美学取向等方面发生的变化

最显著的变化有三点：

一是"口语"与"叙事"的滥觞，极大地扩展了新诗表现域度，对当下生存、生活和生命体验的"扩容"达到极致，也因此很快走向泛化、钝化、平面化，习为广大而难成精微；

二是"散文化"以及"跨文体"写作的滥觞，在有效拓殖和丰富诗歌样式的同时，也将当代诗歌写作带入了一个无所不包又无所不能的境地，使诗歌文体的边界越来越模糊；

三是"大众化"与"日常写作"的滥觞，由此促使进而巩固了当代诗歌由"庙堂"即体制内写作向"民间"即体制外写作的转型，但随之也衍生出写作难度的消解，和精英意识的困乏的负面因素，将个人话语和民间立场重新纳入了制度化语境和共识性语境。

网络对于新世纪诗歌的影响

包括文学艺术在内的当代人类文化发展，整体上都难以逃脱"科学逻辑"和"资本逻辑"的"绑架"，除非你转过身去彻底背

离"现代化"而另寻他路。

因此，网络媒体是我们迟早要直面相对的"逻辑存在"。新世纪中国诗歌生态的空前多元、空前自由和空前活跃的盛况之获得，与网络这条新的"生产线"和"传播体"的迅猛发展有直接的关系，其正面的作用不容低估。未来的诗歌乃至整个文学的发展格局，必然会以网络和纸媒二分天下的态势而行之，且最终可能会以网络独领天下而了之。

问题的关键在于，对于那些真正自由而个在的诗人和文学家来说，怎样与网络为伍而不失"自性"——包括诗人主体自性和诗歌文体自性，实在是个大考验。

网络在本质上是一种更加体制化的存在，且更具"改造"能力，稍失警惕便会反客为主，为其所"役使"，由"介质"性存在转化为"本质"性存在。而诗歌天生是非体制性话语的产物，其主要功用也正在于将作为类的平均数的"社会人"（将来的"网络人"、"机器人"）重新带回到本真自我的精神空间，而不至于完全体制化或物质化。因此，如何处理好二者之间的关系，是未来诗歌发展必须要面对的大问题。

此处需要提醒的是："网络"的存在与挑战，依然是一种"势"的层面的存在与挑战，真正自由而个在的诗人，还是要坚守于"道"的层面去思考去应对，或可葆有一己之艺术自性的"生命之树长青"。

新世纪诗歌刊物的状况

当下中国大陆的诗歌刊物，依然以官办和民办两种形态并行不悖，只是前者的影响力越发式微而已，且有的官办诗刊也逐渐以开门办刊的形式悄然转型为民间形态，以求新的生存与发展。

显然，民间诗刊的普及与壮大，已成为新世纪前后近二十年来激发并支撑当代汉语诗歌空前繁荣的主要力量，仅由"史的功利"而言，实在是功不可没。

不过，和上世纪八十年代及九十年代前期的民间诗刊相比较，新世纪民间诗刊的创办和发展，大多是一种松散的、即兴的，或圈子化、地缘性的集结与展示，缺少明确而持久的方向、重力与风格所在，只求一时的"标出"效应，尚未形成如当年的"今天"、"非非"、"他们"等真正意义上的流派价值。好在平台已经搭就，有待潮流过后的泾渭分明而作新的确认。

在"娱乐至死"的时代氛围中，诗歌与娱乐文化、流行文化之间的关系

在一个充满散文化、娱乐化气息，以及唯"话语狂欢"为是的时代里，诗歌如何保持自己文体的边界和精神的尊严，确实是一个需要时时提醒的命题。

仅从新世纪诗歌十年的外在形态来观察，说句不恰当的话，怎么看怎么都像一个诗歌的"大秀场"——各种诗歌派对，各种诗歌评奖，排座次，写历史，编选与出版，真正成了诗歌盛世似的。由此，许多诗人换身为"时人"，反"道"为"器"、"与时俱进"而乐在其中，倾心于表面的热闹，只活在当下，活在自以为是、自我膨胀、自娱自乐的"诗歌共同体"中，乃至不惜各种形式的炒作以求吸引，进而成为当下娱乐时代的附庸。

当此关口，在一味求新、求变、求快的娱乐文化和流行文化的促迫下，尚能坚持诗歌理想的诗人，更有必要求真、求静、求慢才是。

对此我给出的理念是：回到自性，重返单纯。

——在一个无标准无重心的时代，只有个人才具所提升的艺术自性，方能在诗歌美学的实质性拓展中，起到关键性的作用。而当外部世界变得越来越驳杂越来越混乱时，单纯的言说就显得尤为重要而令人眷顾；在今天的时代，无论是作为文本的存在还

是作为人本的存在，"单纯"都不仅仅是一种稀贵的美学气质，更是一种难得的美的力量。

"口语诗歌"的成就与误区

在纸媒时代，口语诗歌奇峰突起，转换话语，落于日常，解构宏大叙事，直面当下生存，以其鲜活、爽利与直接的语感，以及求真、及物的立场，很快获得与抒情、叙事三分天下的显豁地位，影响广大，发为显学，成为近二十年最具活力的写作路向，这已是无可置疑的诗歌现实。

口语诗歌的主要功用，在于能借此不断生成于当下生存与生活中的活话语，来避开书面语言所主导的文化体系的拘押与影响，进而消解文化面具的"瞒"与"骗"和精神"乌托邦"的虚浮造作，建造更真实、更健朗、更鲜活的诗歌精神与生命意识，从而易于接通新人类，打通新媒体。

这一长处进入网络时代，自是一拍即合，越发生猛活跃，乃至成为新世纪十年网络诗歌的主流所在。

但与此同时，也便日渐暴露出它的负面问题：那种借由网络和口语的双重"轻快"和"热闹"的普泛的"口语诗歌"写作者们，已将"高难动作"变成了庸常游戏，将实验诗歌、先锋诗歌变成了大众狂欢，有趣味，没余味，有风味，没真味，随意宣泄，空心喧哗，唯以量的堆积造势蒙世，严重危及这一路诗歌的良性发展。

实际上，"口语诗歌"是一种难度更大且需要更高智慧的写作，也是一种更需要个性和原创力的写作。但就眼下来看，口语诗歌与网络诗歌不谋而合所生成的写作误区，恐怕很难在短时期内有大的改观。

诗歌写作与现实生活的关系

诗是生命孤独的言说，诗是天地沉默的言说，所谓说不可说之说。

诗与世界的对话主要展开于三个向度：一是与人和社会的对话；二是与自然的对话；三是与"神"的对话。至少从后两个向度的对话来说，诗人与他人、与社会保持一定的距离而恪守艺术自主性与独立性，可能是必要的、甚至是宿命性的选择。

而当下中国诗歌写作与现实生活的关系实在是过于紧密了，是以"闹"，是以"泛"，是以"轻"。

实则新诗自发轫至今，都一直未能彻底摆脱被"借道而行"的根本困扰，难以真正抵达与完善艺术自性。重载道而不解润化；重思想而无视语言；重社会学价值而轻美学价值——看似重在当下反映现实、干预现实的诗歌功能作用，实则贴得越近离得越远，以至于真正遇到困惑，也反而常常要去古典诗歌中找答案找慰藉，此中悖论，应该引起当代诗人们足够的反思。

当前诗歌创作存在的主要问题

当前诗歌创作，其主要问题，概括而言：一是缺乏理想情怀；二是缺乏文化内涵；三是缺乏历史视野；四是缺乏诗体意识。

以上四点中，诗体意识的缺乏，最为关键。

大家都知道诗歌是语言的艺术，但所有的文学都是语言的艺术，那么体现在诗歌写作中的语言艺术，与体现在其他文学样式中的语言艺术，到底有何本质性的区别与差异，却一直缺乏明确的理论认知和典律性的写作依据，结果只有"无限可能的分行"，和"移步换形"式的"唯新是问",成为新诗与其他文学样式唯一可辨识的文体边界。

到了新世纪这十余年,连这样的"边界"也更为模糊,以"叙事"和"口语"为主潮的诗歌"语言表达方式",既极大地扩展了当代诗歌对现代社会与现代人生命体验、生活体验和生存体验的容纳性和可写性,也极大地稀释了诗歌文体的美学自性与语言特性。

追索此中根源,关键是当代诗人过于信任和一味依赖现代汉语,拿来就用,完全置古典汉语于不顾,从而造成从语言形式到内容指向,皆只取舍于当下,局限于所谓"时代精神"和"时代语境"中。

由此可以说,当代汉语诗歌在未来的路程中,到底还能走多远,还能拓展开多大的格局,很大程度上将取决于是否能自觉地把新诗"移洋开新"的写作机制与话语机制,置于汉语源远流长的历史传统的源头活水之中,并予以有机的融会与再造。

内化现代,外师古典,融合中西,再造传统——以此为纲,或许是新诗百年后求再生之路的可能途径?

2012 年 9 月

我写《天生丽质》
兼谈新诗语言问题

一

追随当代中国先锋诗歌理论、批评与创作近三十年，近年却返身完全与"先锋"无涉，甚至还有点"开倒车"嫌疑的《天生丽质》系列实验诗之写作探求，并以其广泛传播为诗界所关注。此举之下，无疑已将自己置于一种与当代主流诗歌发展相悖、也与自己此前的"诗歌身份"相悖的境地。

这就先要说到有关诗歌批评与诗歌写作"双栖者"的相关话题。

仅就当代诗人诗评家群体而言，应该说，其中绝大多数的批评立场及诗学主张，与其写作立场及创作理路都是大体一致的，亦即是一体两面的存在状态。而我个人的诗歌写作，则与我所投身其间的先锋诗歌理论与批评的走向并非完全同步，且时有游离。一方面，与"先锋"为伍，为之鼓与呼，在我来说，更多的是出于一种基于人文精神及历史成

因的担当与责任。正如我在我的三卷本《沈奇诗学论集》第一版
"后记"文中所言："只是在命运的驱使下，误打误撞地对当代中
国诗歌说了一些该我说或者我该说的话而已。"包括对海内外诸
多诗人诗作的研究，也多是顺着文本谈感想的即兴文章，一种借
题发挥式的写作，而非价值判断式的传统批评。而另一方面，潜
心纯诗学思考时，以及在近年的具体诗歌写作时，我又一直在暗
自"钻牛角"中，梳理和逐渐建构着并非"先锋"的诗学理路，
并于不断反思中，寻求对新诗由来已久的一些根本问题的破解可
能，以求于新诗文体的探求或典律的生成多少有所裨益或启示。

一句话，脱身"势"的裹挟，潜心"道"的求索，以图再生
——这其实才是我真正内在的诗歌精神取向，只是多年"人在江
湖，身不由己"，一再难得返身，近年方渐得跳脱，加之心境的
渐趋沉静，自然而然地走到了这一步。

这是心理机制方面的"返身"，下面再说具体创作的"返
身"。

我断断续续三十多年的诗歌写作，总体而言，可以说一直是
一种随缘就遇式的即兴记录，较少有确切方向和目的性，或者说
一直处于一种"业余状态"，虽真诚而乏创造。直到《天生丽质》
的"不期而遇"，才真正找到了一点"实现自我"也不乏诗学探
求的感觉。我在《天生丽质》的创作笔记中坦言：半生追随现代
汉诗发展历程，亦步亦趋、如履薄冰而虔敬有加。近年忽而反思
之下，实验《天生丽质》，小有所得：内化现代，外师古典，汲
古润今，融会中西而再造传统，以求在现代汉语的语境下，找回
一点汉语诗性的根性之美——或可为只顾造势赶路的新诗之众提
个醒。

由此可以说，《天生丽质》既是作为"过气诗人"一次"回
光返照"式的自然生成之作，也是作为诗评人个在诗学思考的一
次特别实践之作；或者说，是我在忘却"诗评家"身份，返身个
在本真诗性生命意识和个在诗歌美学趣味后，一次不期而遇的

"诗美邂逅"。至于是否与"主流"或"身份"相悖，写作时倒全无所虑，但作品的整体风格出来后，确实感到和自己过去"被认定"的基本形象有些相悖，不过不仅没有觉着尴尬，反而有一种特别的欣慰。特别是关于新诗语言问题的多年思考，可以说，在《天生丽质》的写作中，终于有了一点自证其明的小小成就感。

而尤其幸运的是，尽管这批诗作与当下诗歌主流大相径庭，却得到出乎意料的发表垂青，乃至有刊物主编打电话明言发过的也可以再发。是以仅六十余首的《天生丽质》，连同重复发表和选载等各种形式在内，至今已刊载近三百首（次）。这其中，以发表小说为重的大型文学双月刊《钟山》，不惜版面，在 2010 年第 6 期上，以卷首位置一次性整体全貌推出《天生丽质》五十首，更是空前之举。而让我深受感动和欣慰的是，我与《钟山》主编贾梦玮此前仅在应邀做其主持的"十大诗人（1979 － 2009）"评选评委时通过两次电子邮件，后于南京一次会议中见过一面，回西安发电子邮件礼节性问候中顺便附了刚整理好的《天生丽质》五十首，谨作交流，未想他很快回信说要全部刊出，当时简直都不敢相信！

《天生丽质》的发表过程，是我个人诗歌发表史上所获得的一次"特别礼遇"，大概在当代诗坛也是一个较为特别的"发表事件"。想来，除了编发这些作品的编辑们不约而同的"错爱"之外，这组从语言到内涵都迥异于当下主流诗歌的作品，或许在不经意间触及到了当代汉语诗歌所欠缺的某些美学取向，而为识者所留意。

同时，在以纸质媒体陆续发表前后，我也一直经由电子邮件的形式，断续与学界前辈及诗界同道和文学艺术界朋友交流并求教，先后得到赵毅衡、陈思和、杨匡汉、吴思敬、陈仲义、唐晓渡、陈超等学者、诗评家和诗人洛夫、李亚伟、柏桦等师友不少激赏和鼓励，包括诸多小说家、画家、美术评论家等诗界外友人的垂青与认同，让我颇有"吾道不孤"的安慰。

二

《天生丽质》的写作，无论从我个人诗歌创作历程还是从当代主流诗歌发展趋向来讲，都更像是一次"横逸旁出"式的"试错"性写作，其要旨在于对汉语诗歌美学的一种"可能性"的探求而非"示范"。坦白地讲，仅就基本语感而言，我是将这些诗作为相当于古典诗歌中"词"的形式感觉来写的，尤其是在字词、韵律、节奏和诗体造型方面，不过换了现代汉语的语式而已，并杂糅意象、事象、叙事、口语、文言等元素，及现代诗中诸如互文、拼贴、嵌插、跨跳、戏剧性等手法，一边汲古润今，一边内化现代，寻求一种真正能熔融中西诗性的语言与形式理路，以避免新诗一直以来存在的同质仿写、有"道"无"味"的弊病。

这点"心机"的萌生，最初来自《茶渡》一诗的写作。此诗初始只有题目"茶渡"两个字耀然于心，但当时就惊喜地发现，仅此二字便已经构成一个元一自丰的完整意象，及其所衍生的诗意内涵和诗性联想空间了，包括能指与所指，都几近"元诗"的境地。这便是汉字和汉语的"诗性基因"之所在：字与字、词与词偶然碰撞到一起，便有风云际会般的形意裂变，跳脱旧有的、符号化了的所指，而生发新的能指意味，新的命名效应，及新的语感形式。遂"顺藤摸瓜"，由字而词而句而篇，于一个多月后完成全诗——

野渡

无人

舟　自横

……那人兀自涉水而去

　　身后的长亭
　　尚留一缕茶烟

　　微温

　　可以看出，此一诗写的完成，实际上是顺着诗题"茶渡"这一形质并茂的诗性语词，所展开的一种相互阐释和对话的衍生过程。具体说，是字词之思在先，而后引发、延拓、聚合与此字词相关联的句构与篇构，类似古典诗学所谓的"文生文"之发生机制，与我此前的写作经验完全不同。写时无意，诗成后方发现此中"别有洞天"，随之又顺此路数写了《岚意》、《依草》、《青衫》、《小满》、《星丘》、《胭脂》等诗，并渐渐从理论上有了较为明晰的认识，总结出后来的基本创作理念——

　　　　《天生丽质》是本于"古典理想之现代重构"的理念，
　　　　及返顾汉语字词思维的一次诗歌文本实验——实验要求每首
　　　　诗的题目用词本身就是"诗的"，或与汉语诗性"命名"（包
　　　　括成语）及诗性记忆有关的，再相对性地就这一形质并茂的
　　　　诗性语词写首诗，并形成迹近天成的互动关系。通过这样一
　　　　种内化现代、外师古典、融会中西的诗歌语言实验，来重新
　　　　认领汉语诗性的"指纹"及现代诗性生命意识的别样轨迹，
　　　　进而开启历史经验与文化记忆的另一层深度链接。

　　这一理念的关键，在于对一直以来过于信任和依赖现代汉语的新诗写作，所长期形成的"通用语言机制"的翻转。
　　当然，理念是一回事，经由创作实践到底实现了多少是另一回事。我一再强调《天生丽质》的写作只是一点点实验性的开启，其价值的认定与充分实现尚有待时日，但其中引发的思考还是可以说清楚的。

三

新诗是"移洋开新"的产物，且百年来一直张扬着不断革命与创新的态势，至今没有一个基本稳定的诗美元素体系及竞写规则，变数太多而任运不拘。虽然，在新诗一路走来的各个阶段，从创作到理论，始终没忘记强调"两源潜沉"，但实际的情况却总是偏重于西方一源，或者说是由翻译诗歌主导的发展模式。

我们知道，现代汉语虽沿用汉字，但其组织结构却是套用西方文法、语法而成，从而改变了汉语本源性的运思机制。汉语是世界上现存的唯一保留文字与语言双重元素之合成机制的特殊语言。汉字一字一世界，以形会形，意会而后言传，传也是传个大概，惚兮恍兮，其中有道，是历史经验与个体生命体验的活的生命体。故汉字运思具有不可穷尽的随机性、随意性、随心性、随缘性：字与字"胡碰乱撞"，常常就可能"撞"出诗意"碰"出隐喻来，因而对"万物之道"的"识"与"解"也多是"意会"，直觉感悟，混沌把握，不依赖于理性认识及逻辑结构的链接。也就是说，从发生学上讲，古典汉语诗歌及文章，是以文字组织语言，语言跟着文字走。新诗则刚好相反，是以语言组织文字，文字跟着语言走。这样一来，就从根本上改变或削弱了汉语诗性的发生机制。

诗由语言之体和精神之魂合成其作品生命。写诗即是由诗人之生命体验与语言体验、生存经验与写作经验的有机融合为一而至文本化的过程。而诗的发生，多起于诗兴。古诗起兴，既生于"情"（"情生文"），亦生于"文"（"文生文"）；心动（缘情言志）而发为"词"动，落于文本，由字构而词构而句构而篇构；先由妙词佳句起兴，再牵引相互字句生妙意成奇境，发为新的生命，所谓"语不惊人死不休"。新诗起兴，多以"心"动为止（且是已被"现代汉语化"了的"心"），由情感而观念而主题，重在"情生文"。落于具体写作，重篇构、重意义，而少佳句、弱意境。

这是语言层面的比较。再就精神层面来看，新诗以"启蒙"为己任，其整体视角长期以来，是以代言人之主体位格向外看的，可谓一个单向度的小传统。其实人（个人及族群）不论在任何时代、任何地缘，都存在不以外在为转移的本苦本乐、本忧本喜、本空本惑，这是诗歌及一切艺术的发生学之本根，一个向内看的大传统。新诗百年，基本走的是舍大传统而热衷其小传统的路径，是以只活在所谓的"时代精神"中，一旦"时过境迁"（包括"心境"和"语境"之迁），大多数作品即黯然失色，不复存在。这是新诗至今没有解决好的一个根本问题。

语言是存在的家，所有有关"文化身份"、"文化乡愁"及"精神家园"之类所谓"现代性"的问题，其实都是语言的问题。而人与语言的遭遇又是"被给定"的，确实难以返身他顾。但语言毕竟不是铁板一块，而是一个不断变化和生成发展中的活的生命体。有如我们人的生命历程，既有先天"基因编码"之规定性所限，也有后天"养以移性"之创造性所变。诗及一切文学艺术的终极价值所在，正是在语言的规定性和发展性之间，起着保养、更新、去蔽、增殖而重新改写世界的作用——由此我们可以给诗下这样一个定义：诗是经由对语言的改写而改写世界、或者改写我们同世界的关系的一次语言历险与思想历险。

与此更须明确的是，在全球一体化的今天，何为"汉语的"存在之家？我认为，必须包含并重新确认了"汉字"这个"家神"的存在，才足以真正安妥我们的诗心、诗情及文化之魂。而这个"家神"，自现代汉语以来，尤其在新诗中，实在与我们疏远太久了。

由此回头来看，新诗既是一个伟大的发明，也是一个伟大而粗糙的发明——近一百年间，新诗在社会价值、思想价值、生命价值及新的美学价值等方面，都不乏特殊而重要的贡献，唯独在"语言价值"方面乏善可陈。换句话说，新诗百年的主要功用，在于经由现代意识的诗性（其实大多仅具"诗形"）传播，为现代中国人的思想解放和精神解放开辟了一条新的道路。但解放不等于再生，真正的再生，还得要回到语言的层面作更深入的探求。实际的情况我们也可以看到，有关历史的反思、思想的痛苦、真理的求索、现实的关切、良知的呼唤等等，在新诗的发展历程中并不缺乏，且一直是其精魂所在，甚至可以说无所不在，但何以在国民的教化与人文修养方面收效甚微，乃至即或有问题，也反而常常要去古典诗歌中找答案、找慰藉呢？或时而产生一些"直言取道"的精神感召和思想震动，却也与世道人心的根本改变无多大作用。

同时还应该看到，新诗起源，本质上是一次仿生而非自生——西学为体，当下为是；人学大于诗学，观念胜于诗质；每重"直言取道"，疏于"曲意洗心"。如此一路移步换形、居无定所，而致汉语诗性之本质特性渐趋式微。百年中国历史走到今天，其最大的偏失也正在于对汉语诗性的本质性偏离：所谓中华文明的根本，所谓汉唐精神，说到底是诗性生命意识的高扬，而这个根本与精神得以孕育与生长的基因，正在于汉语的诗性本质！

世界是原在的，从个体到整体，人类的一些基本问题其实是一直存在且不可能解决的，因此，是人类对世界的体验和表达这种体验的说法亦即"表意方式"，构成了人类的文明史和文化史，而不是由说了些什么所决定的——就此而言，语言及文字之于文体（一切文学艺术乃至整个文化），无异于一种"物种意义"而至关重要。

正是在这里，近百年汉语诗性的不断被消解，才是我们今天所面临的诸种问题的根本症结之所在。当然，现代中国人已经被现代汉语所造就，我们再也难以重握"那只唐代的手"，但身处今日时代语境下，在现代性的诉求与传统诗歌血缘的传承与发扬之间，能否寻找一些相切点，以提供新的语言体验与生命体验之表现的可能性，以再造一个与我们文化本源相契合的"精神家园"呢？

四

由"启蒙"而"宣传"而"运动"而"时尚",新诗百年,与随其开启的整个新文学一起,从发生到发展,一直是被"借道而行"的一种运行轨迹(连"新诗"的命名都难免意识形态化)。这样的一种"轨迹",在现代汉语小说和散文的发展过程中,因其文体属性所致,还时有游离或跳脱,唯有新诗是愈演愈烈。

百年新诗发展历程,回头看,多是以"道"("启蒙"、"宣传"、"运动"、"时尚"等外在之道)求"势","势"成则"道"(诗之道)亡;而其"势"也并非顺理成章、水到渠成之势,大多是出于功利(尽管也不乏我称之为的"史的功利")而造出来的——"时势造英雄","英雄"再造新的时势,"形势逼人",后来者再跟着"顺势而为"——如此循环往复,唯势昌焉,而诗之道(本源、本体、本质、本在)则无以定所,只剩下分行之外形可依,实则内里是早已耗尽了的。或也形成了一个小小的传统,却又因其飘移不定而终非长久之计。

这里的关键是"自性"的丧失,包括诗人主体"自性"的丧失和诗歌本体"自性"的丧失。诗及一切文学艺术之"自性"的丧失,必然导致反"道"为"器",君子转为小人,诗人转为"时人",或可玩点诗的技巧或鼓噪点诗的运动、诗的虚荣,而诗心早已失矣——话语盛宴的背后,是人文价值的虚位和主体精神的无所适从。

所以我们才一直为运动所裹挟,为诗之外的各种因素所困扰,乃至形成"运动情结",倾心于表面的热闹,只活在当下,活在自以为是、自我膨胀、自娱自乐的"诗歌共同体"中,乃至成为当下之娱乐时代的附庸,对真正有益于诗歌发展的探讨和研究无法深入,进而导致"类诗"泛滥而真诗寥寥。

实际上,百年新诗的发展中,一直起重要影响和制约性作用的,有两个基本方面:一是文化形态,二是心理机制。包括对创作和研究两方面的影响。也就是说，新诗在其发展中所不断出现的各种问题，有其先天性的"负面基因"所致，但更多则是后天的、外部的一些东西在起作用。前者尚可在发展中自我调节，后者则常常不易纠正。换句话说，新诗的语言问题既是先天"仿生"性之内在发生机制所遗传，也是后天"功利"性之外在发生机制所影响。其实对这一问题的认识，一直以来大家都是明确的，只是新诗似乎太年轻，有太多的青春元素、激情力量和现实诉求蓄势待发，难以在"道"的层面潜沉以求，只能随时代变化而潮起潮落。但与此同时，也为那些真正优秀的诗人和优秀的诗歌写作，提供了"反常合道"以求本体显明和自性所在的空间，有志者自会上下求索而潜行修远。

诗，是在语言的历史中写作，而非在历史的语言中写作。

新诗因其年轻，并因其外部激素的促迫而不断发展与跃升，一再显示并很快形成了其自由、敏锐、活力而有效的精神传统，以致达到今天这样空前活跃和繁盛的景象。但所有这些"有效"，都只是在一个短暂的历史语境中展开，并主要作用于思想和精神层面，若从语言的历史维度去看，其"有效性"就另当别论了。一方面，大量的当代汉语诗歌，其实写的是汉语的外国诗，或者说是翻译诗歌的仿写；另一方面则是"散文化"的泛滥，即用分行的文字写那些毫无诗意和诗性可言的东西，甚至连好的散文随笔也不如。表面上看去，当代诗歌因其空前的自由开放而写法各异而千姿百态，其实内里却是整体同质，无数诗人在写一样的诗。包括近年来发为显学、倡为主潮的"口语"和"叙事"，都已习为广大而难成精微。

为此，我在"内化现代"的前提下，提出"汲古润今"或可称之"外师古典"的理念，实在是想为自由放任的新诗写作，在语言层面和形式层面找一点约束，亦即在自由与约束的辩证中，寻找新的形式建构与语言张力。而这样的约束，就汉语而言，恐怕也只能从语言的历史中上溯古典诗歌，探寻现代诗语与古典诗语的"同源基因"之所在，来为今天的汉语诗歌提供一点可能的提示与裨益。

再从接受美学来说。当代中国社会转型，"集体的人"转为"个人的人"，文学之社会性的"启蒙"与"疗救"作用大体随之降解，而如何作用于"个人教养"的问题，则上升为第一义的要旨。具体到诗歌的存在，所谓"诗教"，到底是重"言志"（所谓"直言取道""直击人心"），还是重"养心"而化"教育"为"润育"，以消解现代之"戾气"，以承传古典之"雅气"，大概也是该重新考虑的时候了。

总之，长期以来，我们似乎过于看重了新诗的思想与精神作用，疏于其作为一种语言艺术而润化人心的作用，所谓"言之无文，行而不远"（《左传》）——于是想自己来试一试。

五

这就该说到《天生丽质》的具体写作了。

实则如此"试错"，十分危险，稍不注意就会落入"酸"、"伧"、"陋"的"冬烘气"和"造作"之弊，与现代性背道而驰。这里的关键是如何处理好"现代"与"古典"的关系，不致纠结不清或拿捏不准，导致"酸馅味"，失去现代诗的基本品性。便想到在语境上尽量导向古今盘诘与对话式的"悬疑"状态，再将"意象"（包括"字意象"与"词意象"）作为戏剧性角色来编排，由此或可形成另一种"现代性"。再就是有机引进"现代禅诗"的运思维度。

所谓"悬疑性"，即将诗中所有的意象和意境，均置于一种不肯定、不明确、自我盘诘、古今对话的"悬疑语境"中，以求生发更多的弥散性意涵和歧义性，以尽量避免单一的旨归或闭锁性的联想。尤其在使用古典意象时，包括直接使用古典诗句，或自己在诗中刻意虚拟的所谓"古意"，都要将其纳入现代视角予以处理，或戏仿，或反衬，一种印证或对质，或者说，一种"命题”而非解答。

所谓“戏剧性”，即有“预谋”地将诗中的各种意象，包括作为互文性使用的古典意象，和自己原创的核心意象与衍生意象，以及连同诗题在内的一些核心语象，均将其作为“戏剧性角色”来看待，并将其纳入一个戏剧化的语境中或戏剧化的场景中，令其互动互证，有机转换，从而获得一个新的生命体。这一点与现代诗人中惯常以择取生命体验与生存体验中的具体“戏剧性细节”为“戏剧性角色”的“戏剧性”写法，或所谓的“小说企图”，有本质性的区别，也是我在整个《天生丽质》的写作中，较为看重而欣慰的小小收获。

至于“现代禅诗”，早在上个世纪末，我在题为《口语、禅味与本土意识——展望二十一世纪中国诗歌》[①] 一文中，就将其列入二十一世纪汉语诗歌发展的主要路向之一，并指出“主要看重其易于接通汉语传统和古典诗质的脉息，以此或可消解西方意识形态、语言形式和表现策略对现代汉诗的过度‘殖民’，以求将现代意识与现代审美情趣有机地予以本土内化”，进而说明“既是‘现代禅诗’，骨子里便少不了现代感的支撑，古典的面影下，悄然搏动的，仍是现代意识的内在理路，只是这‘理路’中多了几分‘禅味’而已”。同时认为“身处杂语时代，众音齐鸣，人心浮躁，谈禅无异于与盲人说色彩，这也是现代禅诗清音低回、难成局面的原因之一。实则小禅在山林，大禅在红尘，越是红尘万丈、时世纷纭，越是‘禅机’四伏”。而“‘现代禅诗’之由式微而转倡行，恐只是迟早的事”。遗憾的是，此论十年过去，似乎不着应验，恰遇《天生丽质》之举，便自己稍作探路。至于收效如何，有无前途，面对滔滔大势，也只能“独善其身”了。

最终，回到开头的话题。作为一个追随当代先锋诗歌三十余年的诗评人和诗人，在《天生丽质》的实验写作中，确实也不免

① 　原载《作家》杂志 1999 年第 3 期

困惑：现代汉诗是否必须要确立自己的语言特征，确立自己的精神指纹？或许变动不居、移步换形正是其语言机制的本质所在，而以杂交的语言表现杂交的文化语境，正是这时代的必然选择？那么，即或"是以现代视角回眸传统"而求"古典理想的现代重构"，对于早已"基因裂变"而唯新是问的现代汉语诗歌又有多大意义？

不过，当我们面对当前汉语诗歌之语言与文体意识的缺失、文化与历史意识的缺失以及经典意识的缺失时，我想，即或背上"开倒车"的嫌疑，也值得为此一求。至于我在《天生丽质》的写作中，对自己所提倡的理念实现了多少，实在并不重要。如前所言，《天生丽质》是一次"试错"而非"示范"性写作，这一点我一开始就很清醒，但一时认定了它有诗学上的特别"提示性"实验价值，方甘冒天下之大不韪而为之。

无疑，这样的写作，其当下的意义，大概更多只能是反衬出此在的困境，而难以提交它去的路径——或许多年后会有识者感叹：在那样一个现代汉语时代，居然还有人以那样的文字感觉和那样的语言意识写那样的诗——那就够了。

就这一点来说，我有足够的自信。

2012 年 9 月

诗心、诗体与汉语诗性

对新诗及当代诗歌的几点反思

进入新世纪后，有关新诗与当代诗歌的问题讨论又热了起来，连同主动与被动，我也说了不少：说"先锋写作"与"常态写作"的问题，说"口语"与"叙事"的问题，说"体制外写作"与"写作的有效性"问题，说"动态诗学"与"诗歌标准"的问题，说"自由之轻"与"角色之崇"的问题，说"诗歌生态"与"网络诗歌"的问题，等等，以至于想要应邀或自在地对之再说些什么，都不知该怎么说了。

尴尬的是，回头一看，你自以为还算说到点接近问题要害的话，到了还是"说归说，行归行"，只顾埋头赶路以图"与时俱进"的当代诗歌之旅，很少能真正静下来瞻前顾后调整"内息"的，这似乎已成为百年新诗的一个"老传统"，或曰"痼疾"。是以有关诗歌理论与批评的话语，多以兀自空转，说了也白说。这实在只是一个积累问题而非解决问题的时代。

谈论新诗，无论是反思"五四"白话诗之新，还是虑及当代诗歌之进程中各种的什么"新"，总会常常先想到两句话，一是"身不由己"，二是"枉道以从势"（孟子语）。

在现代汉语语法中，"新诗"是个偏正词，主词是"诗"，为"新"所偏正，以区别于"旧体诗"。以"旧"指代可谓汉语文化传统之基因"指纹"的"古典诗歌"，是"五四"新文化的一大"发明"。显然，从命名上便可看出，这一大"发明"的明里暗里，都是社会学层面的理，与真正意义上的"诗"之"道"没多大关系。其发生学上的要旨在"新"而不在"诗"，所谓"借道而行"。

"身不由己"。在新诗这里，"新"是"大势所趋"，诗之"道"是一直被"新"所"偏正"而裹挟运行的。包括以上世纪七十年代崛起的"朦胧诗"为发端而延伸至今的现代主义新诗潮（第三代诗歌、九十年代诗歌、新世纪诗歌等），也都大体以此为轨迹，少有跳脱时代潮流而自在自若者。对此，我曾在九十年代初连续撰文发表，提出警惕"造势之风"与消解"运动情结"、反顾诗歌本体和诗学本体的问题，到了也只是自己给自己提个醒而已。

如今回头看，这个"唯新是问"而"与时俱进"的"势"实在太大了，我们仅仅从新诗百年的不断重新命名，和所谓代际标出与流派纷争之繁多与混乱，就可知道"势"的推力之大和影响之烈，以致每每将"见贤思齐"变成"见先思齐"，导致"诗心"浮躁，难得水深流静。太多"运动性"的投入，太多"角色化"的出演，缺乏将诗歌写作作为本真生命的自然呼吸进而成为一种私人宗教的主体人格，也就必然生成太多因"时过"而"境迁"后，便失去其阅读效应的诗人及其诗歌作品，唯以不断更新的"量"的繁盛而高调行世。

进入新世纪这十余年间，因意识形态张力的降解和网络平台的迅速扩展，当代诗人们发现似乎不再需要以"运动"来助推其

"新"，可以稍得自在地返回个我的"创造"与"标出"了，实际"造势"与"争锋"依然不减。这里面有诸如人格缺陷及集体无意识等积习所致，也有新诗与生俱来的基因问题所使然：门槛低，无标准，"挺住意味着一切"。加之身处"数字时代"和"娱乐至死"的文化语境下，大多数诗人愈发成了"时人"与"潮人"，活在当下与形势的热热闹闹中，沉溺于"一个'扁平'的世界里众声喧沸"。（韩少功语）所谓"诗之道"到底为何，大概少有思考的。

想到二十年前读外国文学研究资料丛书之《现代主义》一书，其中有格雷厄姆·霍夫（Craham Hoff）题为《现代主义抒情诗》文中的一段话："诗歌最充分的表现不是在宏伟的、而是在优雅的、狭窄的形式之中；不是在公开的言谈、而是在内心的交流之中；或许根本就不在交流之中。"①

新近读陈丹青笔录编纂的《木心讲述：文学回忆录》，特别感慨其中一句话："诗人不宜多知世事。"②我理解现代中国的"世事"，总不离"时势"所然，"多知世事"，难免就会为"时势"所裹挟。复又想起钱钟书先生那句话："大抵学问是荒江野老屋中，二三素心人商量培养之事，朝市之显学必成俗学。"

这样的诗人，这样的素心人，现在哪里去找？

木心还有一句妙语，说"植物是上帝的语言"。转喻来说诗之道，可谓"诗是植物的语言"：自然生长，不假外求；为天地立心，为生命立言——据原抱朴，守住爱心，守住纯正，以及从容的启示，而以大自在之诗心，通存在之深呼吸。

① 格雷厄姆·霍夫（Craham Hoff）：《现代主义抒情诗》，转引自马尔科姆·布雷特伯里（Malcom Bradbury）、詹姆斯·麦克法兰（James Mcfarlame）编《现代主义》，胡家峦等译，上海外语教育出版社1992年版，第285页。

② 木心：《木心讲述：文学回忆录》，广西师范大学出版社2013年版，第56页。

何以得"大自在"？先得脱"势"以从"道"：去机心，弃虚荣，潜行修远，卓然独成。

这是说"诗心"之道，还得往下说"诗体"之道。

先说文体的意义。

《文艺争鸣》2012年第11期，在头条"视点"栏目刊发当代学者孙郁先生题为《文体家的小说与小说家的文体》大文，开篇劈头就直言指认："当代小说家称得上文体家的不多。小说家们也不屑于谈及于此，大约认为是一个不是问题的问题。"进而指出："在文风粗鄙的时代，不谈文体的批评界，好像是一种习惯。其实也可以证明，我们的时代的书写，多是那些不敬畏文字的人完成的。"随即以木心为例证，引申及结语："我们今天的作家不敢谈文体，实在是没有这样的实力。或说没有这样的资本。"

读此文颇感共鸣不久，便读到《木心讲述：文学回忆录》，其中有一段新解孔子"不学诗，无以言"的话，认为其意思是："不学《诗经》，不会讲话。他懂得文采的重要。"其后又说："我认为，有时候文字语言高于意义。"①

两位振聋发聩之言，实在又是返顾常识之思。

我们每个人都活在"故事"中，何以还要有"讲故事"的小说？大概要的是小说的那种"说法"；小说之所以成为小说而不仅仅是讲故事的特殊文体的"说法"。好的小说，故事、人物、意味之外，那语言也必是好的。在承载叙事、演绎情节、塑造人物的同时，作为其"介质"的语言本身，也有其独到的审美品质。亦即，"叙事"与"被叙事"一样，成为小说艺术审美的有机组成部分。

---

① 木心：《木心讲述：文学回忆录》，广西师范大学出版社2013年版，第138页、775页。

同理，我们每个人多少都有过"诗意年华"的体验，何以要有"诗"的存在？大概要的是诗的那种独特表意的"调调"；诗之所以成为诗这一特殊文体的"调调"。诗的审美本质接近音乐，是对包含在诗性语言形式中的思想、精神、情感、意绪诸"内容"的一种"演奏"；好的诗歌不在于其演奏的"内容"为何，而在其"演奏"的独特风格与方式让我们为之倾倒而洗心明道。

诗缘情，文以载道，关键不在要"缘"的那个情和要"载"的那个道，而是那种诗与文的"缘"法和"载"法。是以我们有了老子、庄子、孔子、孟子等先哲们，还得有屈子、李白、杜甫、苏东坡等诗人文豪们。这里的逻辑前提是这世界本是说不明白的，说不明白才有意思，才有新的"说"来不断活泛这个世界的灵魂。"文章千古事"，是"说法"亦即表意方式而不是说的什么，才是生生不息、在在感人的千古不废之事。

这便是文体的基本意义之所在。

具体到诗歌，"体"的意义就更其显要了。

"抒情诗人之所以运用语言的每一种特性，就是因为他既没有情节，也没有虚构的人物，往往也没有使诗歌得以继续的理性的论述。致力于字句的准备和完成，不得不取代一切。"①

以"语言的特性"及"字句"为"体"要，遂成为诗歌写作之发生学层面的关键。

这还是西方学者说的话，是身处有语言而缺乏真正意义上的文字"基底"的拼音语系中的学者说的话。而汉语文学自古便离不开文字，离开字词思维，就没有了根本意义上的文学思维。按照饶宗颐先生的说法："中国文学完全建造在文字上面。这一点，

---

① 苏珊·朗格（Susanne·K Langer）：《情感与形式》，刘大基等译，中国社会科学出版社1985年版，第300页。

是中国在世界上最特别的地方。"①也就是说，汉语是包括发声的"言"和书写的"文"原道共融、和谐而生的诗性话语，文字是其根本、其灵魂。故汉语诗学向来就有"情生文"与"文生文"两说。

　　新诗以胡适"诗体的大解放"为发端，且以"白话"继而以"现代汉语"为"基底"，以"启蒙"继而以"时代精神"之宣传布道为"激点"，"作诗如作文"，"作诗如说话"，只重"情生文"，无视"文生文"，一路走来，"与时俱进"，直至当代诗歌之"口语"与"叙事"的滥觞、"散文化"及"跨文体"的昌行，除了无限自由的分行，再无其他诗体属性可言。失去汉语诗性修为与文采美感追求能力的当代诗人们，遂二返西方现代"翻译诗歌"的借鉴，拿来小说、戏剧、散文及随笔的情节、人物、戏剧性、理性论述等"他者"元素，来"开疆拓土"以求新的"新"。而问题的逻辑悖论是，如此拿"他者"彩头充门面的事，是否到了只能是更加"降解"了自身的本质属性而导致诗体边界的更加模糊？

　　现实的状况是：大体而言，当代汉语诗歌真的就只剩下假以"诗形"而自由"说话"与"作文"的"范"了。

　　由此可以看出，当代诗歌以无限可能之自由分行为唯一文体属性，其根由源自失却汉语字思维、词思维之诗性基因的传承与再造，过于信任或单纯依赖现代汉语之"通用语言机制"而放任不拘，从而越来越远离了汉语诗歌的本味。同时，这样的文体属性和语言机制，看似自由，其实反而是不自由——写来写去，分（行）来分（行）去，只是一点点"同一性差异"；从分行等外在形式层面看去似乎千姿百态、千差万别，其实内在语感、语态、语序及理路与品质并无多大差异——随便翻览当下任何一本诗

---

　　① 《文学与神明·饶宗颐访谈录》，施议对编纂，生活·读书·新知三联书店2011年版，第42页。

刊、诗选集以及网络诗歌，都会发现一个基本现象：无数的诗人所作的无数诗作，都像是同一首诗的复制，或同一首诗的局部或分延，结果难免"彼此淹没"。所谓"人各为容，庸音杂体"。而"独观谓为警策，众睹终沦平钝"。（钟嵘·《诗品》《诗品序》）

　　因而我一直认为，若还认同诗歌确有其作为"文体"存在的"元质"前提的话，那么汉语新诗至今为止只能算是一种"弱诗歌"。这个"弱"的根由，在于新诗一直是喝"翻译诗歌的奶"长大的，且单一凭靠现代汉语的"规矩"所长成，故无论比之西方现代诗还是比之中国古典诗，打根上就难以"青出于蓝而胜于蓝"，且总难摆脱"洋门出洋腔"的被动与尴尬。

　　一个民族的文化根性，来自这个民族最初的语言；他们是怎样"命名"这个世界的，这个世界便怎样"命名"了他们。而诗的存在，就是不断重返并再度重铸这最初的语言、命名性的语言。当代中国人，包括年轻人，之所以还有那么多倾心于古典诗词者，实在是由衷地倾心于那种留存于汉语文化深处的"味道"，倾心于这个民族共有的情感原点和表意方式。这样说不是要重新回到古典的之乎者也合辙押韵，而是说要有古典的素养作"底背"，才能"现代汉语"出不失汉语基因与风采的汉语之现代。

　　故，今天的汉语诗人们，要想真正有所作为，恐怕首先得考虑一下，如何在现代汉语的明晰性、确定性、可量化性之理性运思，与古典汉语的歧义性、隐喻性、不可量化性之诗意运思，亦即"翻译体"与"汉语味"之间寻求"同源基因"的存在可能，以此另创一条生存之道，拓展新的格局和生长点。

　　对此，我给出的答案，依然是这些年我总在那讲的四句套话：内化现代，外师古典，融会中西，再造传统。

　　回头还得再说文体的另一重意义——以"雅气"化"戾气"的意义。

　　当代诗人于坚给诗下过一个别有意味的定义，说诗是"为世界文身"。在汉语世界里，"文"同"纹"，"文，画也"。(《说文解字》)"集众彩以成锦绣，集众字以成辞意，如文绣然"。(《释名》)可见"为世界文身"的功能不在改造世界，而在美化、雅化世界。

雅，在现代汉语中是形容词，在古代则是名词，意为"正"，正以"礼"，正以"道"，正以丘壑内营，真宰在胸，脱去尘浊，与物为春。现代之"正"，则正之有教养的公民；正之本真自我的独立之人格、自由之精神。文生于野而正于庙堂，故常常要"礼失求诸野"。至于后来将"雅"与"礼"搞成"雅驯"与"理法"，存天理灭人欲，并不等于今天就要反其道而行之，完全弃"雅"与"礼"而不顾。实际上，连当今的西方也知道，在上帝虚位、哲学终结之后，艺术与美的存在，已成为现代人类最后的"获救之舌"。

新诗"移洋开新"，本意在思想启蒙，前期多求时代之"真理"，当代多求日常之"真切"，唯以"情生文"为要，一直疏于对诗体之"文"、诗语之"雅"的"商量培养"。其实要说真，人世间最大的真无过于一个"死"字，人人明白的真，却依然人人都"伪"美着活下去——可见"真"不如"美"，虽是哄人的东西，却是实实在在陪着人"伪"活一世的东西。故许多真理都与时俱"退"、与时俱寂灭了，唯诗、唯艺术，万古不灭。

由此转而想到：一人，一族，一国，一时要发愤图强，必是于斯时斯地先堵了一口气、进而再赌了一口气起而行之的。如此，生志气，生意气，生豪气，也必不可免携带生出些"戾气"来。此一"戾气"，可谓百年中国之时代"暗伤"与国族"隐疾"，发展到今天，无须讳言，从庙堂到民间，教养的问题已上升到第一义的问题——此一要害问题解决不好，必然是谁也过不好，也必然难得长久之好。而"戾气"何以降解？唯有以"雅气"化之。而这"雅气"，从古至今，汉语文化中，总是要诗文来负一点责任的。

众所周知，古今汉字文化圈，连一片茶叶，也可由"药用"而"食用"而"心用"，终而达至"茶道"之境，洗心度人，功莫大焉。反观烈烈新诗，却由最初的"药用"（启蒙）到后来的"时用"（反映"时代精神"），便一直停留在与"时"俱进之"势"的层面，难以达至"雅化"之道的境界，显然，其内在语言机制是大有问题可究的。

人是语言的存在物，尤其是现代人。语境可以改变心境，已成不争之常理。汉语古典诗学将过于贴近现实的诗及艺术皆归之于"俗"，其本意或许就在这里。长期以来，我们一直过于看重了新诗的思想与精神作用，疏于其作为一种语言艺术而润化人心、施予教化的作用，是个重要的缺失。

"在某种意义上，可以说粗糙、更不用说粗暴的语言与粗糙、粗暴甚至残暴的心灵是相互助长的。正如有什么样的生活和心灵也就会有什么样的语言，反过来也一样，有什么样的语言也就有什么样的生活与心灵。当代国人心灵的浮躁、粗鄙、浅薄及矮化、同质化，与当代文学（尤其诗歌和小说）有其推卸不掉的责任和关系。"①

这是一位"八〇后"年轻学子的一段话。我想，关于文采、文体及诗体之重要性的另一重意义，就此也便可不证而明了。

2012 年 3 月

---

① 宋宁刚：《透过汉语的优柔与沉静——评〈天生丽质〉兼及汉诗的一种可能性》，原载《南京理工大学学报》社会科学版 2012 年第 2 期。

新世纪诗歌面面观

答诗友二十问

1、新世纪以来，市场经济下的商业文化影响日渐强大深远，很多诗人表现出与此不相容的精神姿态。这种姿态是正常的吗？物质的丰富是不是真的会挤压精神空间？

能自觉地表现出与商业文化不相容的精神姿态，才是真正纯粹的诗人、正常的诗人。

商业文化和消费文化对纯粹的诗歌精神肯定是一种挤压，但不一定就不能相容；姿态是一回事，现实是另一回事。现实是，在所有的文学艺术种类中，诗大概是最不易被商业文化与消费文化所同化、所彻底"吃掉"的一种品类；诗既不能被改编，又不好利用，能借用一点的，反而可能正是纯粹的诗所想要抛弃的。

物的世界是一种"借住"，诗的世界才是永生。

所以应该说，"挤压"其实是好事，是能让诗更是诗也更可体现诗的价值与作用的好事。作为物质时代的精神植被，诗的存在只会随之挤压而更纯粹，随之丰富而更繁荣，对此我们该充满信心。

2、电脑和网络的兴起，是否提升了人们（包括诗人们）利用个人时间的能力？文化语境的广泛娱乐化和时尚化，是否已导致了个人习惯、态度、价值准则更趋一致，包括人们自以为不一致这一点？

关键要看提升了怎样的"能力"？是"量"的提升还是"质"的提升？就"质"而言，我们甚至还不如用毛笔写字的遥远的古人。在以"快"与"新"为关键词的当下文化语境下，诗人应持一份"慢"的优雅心态才是。"快"生事，"慢"生诗，古人深得此中奥义。

当代中国的整个文化体系确实都在加速度地时尚化和娱乐化，结果必然是趋于一致化、平面化、平庸化。而诗原本是一种"尖锐"而"突兀"的存在，当下这种空前的传播速度与时尚化的交流方式，很容易将所有的创造个性抹平，将这种"尖锐"与"突兀"抹成"一马平川"，诗人对此应保持最高的警惕心。

诗的存在之根本意义，就是要使人从类的平均数中跳脱出来，重返本初自我的鲜活个性。因此，原创、原在、原生态，是诗人在这个时代时刻不能忘记的法则。也只有遵从这个法则，诗与诗人才会免于被时代所辖制，才能真正成为开放在时间深处的、生命的大花。

3、你认为当下个人化的诗歌创作和媒体以及大众审美习惯之间的关系需要调整吗？如果需要，应该如何调整？

媒体以及大众审美习惯，都属于"体制性话语"系统，而诗的发声方式，天生是个人化的，是反体制的——一切的体制！

　　需要反复强调的是：诗的存在，一个最基本的功能，就是让人免于成为"体制性话语"的类的平均数，重返未被"体制性话语"所改写掉的生命的初稿。仅就此而言，诗歌创作和媒体以及大众审美习惯之间的关系不存在相适相应的调整关系，反而应该时时警惕其负面的影响。

4、诗歌是否可以作为一个民族的精神符号？这个精神符号是否总是表现为一种滞后的状态，也就是说更多地驻足于所谓的"前文化"领域，而来不及解答现时代的困惑？

　　有一种说法：无论人类将自己的精神疆域扩展到什么地步，诗歌永远是游走于那疆域之外的一只猎犬。我认同这样的说法。

　　相对于时代的发展而言，诗歌既是超前的，又是滞后的，且总是难以同步的。同步就成了传声筒，失去诗的意义。诗的本质意义只在于提供一种非现实的精神参数。诗无力解决任何具体问题，只是在人们需要的时候，给人们提个醒，想一想诸如"我们从哪里来？我们向哪里去？我们是谁？"这样的问题。或者让人们偶尔感受到：有些秘密的漏洞，存在于时间之外，是诗人的语言之灯，让它在一瞬间显形；有些神奇的感觉，存在于事物之外，是诗人的灵视之光，让它在一瞬间永存。

　　相对于正常社会而言，诗甚至是一种"疾病"，一种可增加免疫力的"疾病"——免于使人成为人类的平均数，免于使人成为世界的平均数，免于使人成为公共话语的平均数，免于使人成为正常人的平均数——如此而已。

　　我们过去所犯的最大的错误就是常常过于看重或夸大了诗及一切艺术的现实功用，且成为一种情结，时不时要发作一下，其实早该消解了。也正是因了这种相对于"与时俱进"式的所谓"滞后"，使当代诗歌反而产生了真正有意义的现实作用。可以说，百年中国新诗，从来没有像今天这样，对现代中国人的生存与生命现实，有着如此真实、如此真切和如此广泛深刻的表现。而这，正是由于当代诗歌卸掉了许多原本不该她背负的包袱，较为彻底地回到了诗本身所带来的。

5、现在，常有很多诗人从偏远地区涌入城市，但城市并没有为诗人的才能和抱负提供什么出路，他们好像只有在极其边缘的地方和狭小的空间从事诗歌活动，才能在一定程度上保持其个性及独立性。那么，诗歌和社会之间到底应该保持何种关系？

诗是社会不变的那一部分，诗也是人心不变的那一部分。社会会为诗的写作提供一些新的话题，但不会改变诗人原初的诗心。在成熟的、优秀的诗人及艺术家那里，个性与独立性是天生的，是天性使然，走到哪里、在哪个时代都不会丧失的。

说到底这是一个艺术根性的问题。根性浅或无根的诗人，本就没有个性及独立性，又谈何保持？时代走到这一步，恐怕难以再埋没真正的天才、人才和他们的创造性了。一些诗人奔大都会去，奔话语中心去，主要不是为了诗的创造，而是为了获取对他的创造的及时认定，岂不知这可能反而会影响真正的创造，影响有个性和独立性的创造。

6、二十世纪八十年代，你也参与过那次有名的"中国诗坛·1986 现代诗群体大展"。你觉得八十年代的气氛在精神方面是否比现在更好？为什么？八十年代是否象征着一种更单纯、更质朴的精神气氛？

二十世纪八十年代确实是百年来中国人，尤其是中国知识分子之精神历程中最为特殊的一个年代。

不能说这个年代的气氛比哪个年代好，只能说这个年代太特殊了。特殊在于，仅就"理想"与"激情"这两个词而言，可说是在二十世纪最后的一次集中释放与展现。单纯、质朴并十分真诚，且立足于对存在的真实、人的真实、历史的真实的探求，很少有以前的种种虚妄和不着边际。

由此划开了两个时代——此后的中国人（包括知识分子在内）似乎永远告别了这样的"理想"与"激情"，变得史无前例的现实、功利和个人化。也许从社会学的角度而言，这可能是一种进步，从文化学的角度来看，又不免是一种遗憾——告别八十年代，无论是哪一代中国人，似乎都在活得更健康、更自在的同时，遭遇到"平庸"与"郁闷"这两个词的缠绕，从而复生对"理想"与"激情"的一缕"乡愁"。

7、这么说，你是认为二十世纪八十年代的诗歌状态比现在辉煌吗？为什么？你经历过那个年代，当时发表过多少作品，怎么发的？现在呢？

假如把激情、理想及单纯视为诗的主要特质的话，八十年代的诗歌形态无疑是百年来最为壮观的，甚至超过"五四"时期。但跨越世纪的当下中国诗歌，也有它不同于八十年代的壮观：转换话语，落于日常，多元共生，空前活跃。这样的盛大局面也是前所未有的，并可以想见，它必然会为新诗的下一个飞跃，尤其是质的飞跃，奠定不可估量的基础。

两个壮观之间的差别在于：前者是仪式化的，后者是日常性的。需要提醒的是，在后者的"日常性"中，夹杂了一些游戏化、平面化、平庸化的负面因子，须时时警惕才是。

作为已然过时的诗人，我自认为是永远的"八十年代人"。几乎所有为自己所看重的我的作品，都是在那个年代写下和发表的——自印诗集，自办诗刊，也在公开刊物上发表，只要能传播，怎么都行。现在更无所谓了。只是偶尔也羡慕现在的诗人有那样广泛而自由的发表渠道，而不堪回首我们当年那种"地下工作者"式的艰难境遇。

8、在二十世纪八十年代，一代人曾普遍地把兴趣集中在诗歌、文学、心理学、哲学、社会学上，尽管为时不长。那是形成今日中国诗人以及一般男女公民的世界观、期望和理想的具有关键意义的年代吗？

是的，对那一代人来说，那是一种难得的幸运，却又不免成为他们今天的人生中挥之不去的尴尬。因为今天的现实要求的是几乎完全不同于二十世纪八十年代的世界观、期望和理想，只有极少数人能守住那出发时的瞩望，且必须忍受得了边缘化的存在与寂寞的恪守。

我相信对于可称之为"1980年代精神"的重新认领，是不久的将来在中国必然要出现的事情。那不仅是一代人的精神内核和生命的初稿，也应该是现代中国人尤其是人文知识分子所不可或缺的精神质地。

9、一种开放的精神态度在"文革"结束后开始缓慢地发芽，其精神营养来自各种各样的几乎是完全不同的价值观和抱负，但在二十世纪八十年代却能彼此相容，要很多年后才出现思想交锋。为什么那时候的诗人能够彼此欣赏其差异性呢？

关键是"单纯"，不携带生存的考虑、名利的考虑，像一群刚入学的孩子、刚上路的伙伴，各自奔各自的理想之追求而去，除了诗，没有其他。

那时的诗歌界，不但能够彼此欣赏其诗歌与艺术追求的价值与抱负的差异性，连彼此诗之外的一切都能宽容乃至激赏。天下诗人皆友人。尤其在民间诗界，有多少佳话在今天看来都像是做梦。而今天的诗人以及所谓知识"精英"们，大概已经很少再做梦，或只能做"低梦"而难做"高梦"，基本是为空泛的话语狂欢、狗撵兔子似的物质狂欢和无所适从的肉体狂欢所主宰了。可是如果连诗人都只能做"低梦"甚至不再做梦，这世界就真是很乏味了。

10、我们换个话题。你如何看待中国传统诗歌？你认为新诗九十年的历史足以形成一个新的传统吗？

这个话题太大。

现代汉语造就了现代中国人，我们只能用这样的语言言说我们的存在。现代汉语与古典汉语已是两个不同的语言谱系，从人是语言的存在物而言，今天的中国人与古典中国人也可以说已是完全不同的两种人，尤其是二十世纪下半叶之后。但不管怎样，只要我们还在用伟大而神秘的汉字写作和组织思维，我们就与我们的中国传统诗歌以及传统文化脱不了干系，并最终会重新认领我们的血源和"初乳"。

新诗是一个伟大的发明。新诗的出现及其后的发展，使现代中国人、尤其是年轻生命及知识分子，得以经由这样的语言艺术形式，在被迫承受的文化错位和意识形态混乱的双重羁押下，发出较为真实、自由而明锐的心声，来灵动便捷地表达我们自己的现代感。一部现代汉诗的历史书写，便是一部现代中国人心灵史的历史书写，这已成不争的事实。

新诗的灵魂（诗心、诗性）已渐趋成熟，新诗的肉身（诗形、诗体）还处于生长发育阶段，远未成熟。因此，就前者而言，可以说新诗已形成了自己的、足以和古典诗歌并肩而立的传统，自由、灵活、宽广、求真求新、在勇敢的探索中不断发展的诗歌精神的传统。就后者而言，新诗还无法证明自己有何可作为其标准与典律性的传统，而这，正是当下和未来的诗人们必须面对的历史使命。

11、有诗人认为他找不到可以依赖的传统信念，诗人和他的环境以及周围的人没有密切关系。这种孤立是社会现象吗？有社会学原因吗？

　　传统是一条继往开来奔流不息的大河，成熟的诗人本就在这河流中得其所然，怎么可能无所依赖呢？能自由自在地徜徉于传统大河中的诗人，和现实的关系稍稍疏离一点倒也不妨。

　　诗，是生命孤独的言说，诗，是天地沉默的言说，所谓说不可说之说。诗与世界的对话主要在三个向度：一是与人和社会的对话，二是与自然的对话，三是与"神"的对话。至少从后两种对话的角度来说，诗人与他人、与社会保持一定的距离可能是必要的，乃至是宿命性的选择或叫作际遇。

12、当代诗人是否缺少一个有关诗歌所处的历史地位，以及诗人应有的责任的明确的定义？是否因为这种缺失，才导致了诗人之间很难达成一致意见？

　　诗人以及一切文学艺术家，都是不合群的狮子、老虎或野狼，有各自的艺术立场和艺术志向，不可能就具体的什么达成一致明确的意见。诗人的责任只是写好诗。今天的诗人甚至照样可以去写旧体诗，只要你写得好，写出了前人古人没写到的妙处、高处，也是尽了一份诗人的责任。

　　所谓的历史地位总是一种线性的、时间性的安排，可诗人并不在历史的流水线上工作。诗人与诗的存在，无论是责任还是意义、价值以及地位等，主要还是空间性的，如星空的存在，散乱而耀眼。

13、你如何看待诗和当代艺术之间的关系？除诗歌外，你还比较关注哪种艺术形式？

这是个很有意思的话题。

当代诗歌，无论是从其发生还是从接受两方面来看，都应该紧密联系当代艺术的发展才是，只有好处没有坏处。至言皆通，这是为文为艺术的大道。只"一根筋"式地埋头于诗，终成不了大气象。

看看于坚就知道了，他何以成为真正的大家——于坚的图片摄影艺术多棒！他对许多艺术门类的见解多棒！而这方面的学养无疑滋养了他的诗与诗学的发展。再想想古代的苏东坡，那是多么令人神往的诗性人生啊！

我原本就是先喜欢美术后再爱上诗歌的，现在还兼着陕西美术博物馆的学术委员，平时多是和艺术界的朋友在一起。特别关注现当代中国水墨艺术、书法艺术与陶瓷艺术，从中获益匪浅。

14、作为同是诗人与诗评家的你，怎样看待当代诗歌批评？你认为诗歌批评对诗歌创作的影响如何？

我做了二十年的诗歌批评，同时断断续续写了三十年的诗，现在居然到处讲一个来自我自己经验之谈的理念：有效的欣赏，无效的批评。

一方面，当代诗歌批评（也包括所有的文学艺术批评）已成为自在自足的另一种写作，与价值判断及历史仲裁无关。另一方面，老祖宗早就说过"诗无达诂"，所谓的诗歌批评又何以去影响诗歌创作呢？倒不如回到欣赏的角度来言说更好些。中国古代诗歌的理论与批评大体都是欣赏性的文字，且是自足的美文，好看有味开心窍，真好！正是这样一些看似不着学理不成"样子"（按现在的所谓"论文"样子看）的小文章，相伴了伟大而辉煌的古典诗歌，并没丢面子，还一同流传于世，不值得我们今天那些操着"洋八股"腔调和惯于"尸体解剖"式的批评者们回头想想吗？

文章，感觉，学理，能将这三元素融会贯通来作诗歌批评的，当今真是少见。这其中最为关键的是"文章"（若真的认同批评是另一种写作的话）。"文章千古事，道理一时明"，这是我和贾平凹、谢有顺一次聚叙时，说给二位的一句感言，他们深以为是。既不成其为文章，又说不出点新东西，搞那批评做甚？所以我多年喊叫：所谓"诗学"，是离生命更近、离学术较远的一种学问。

与现行的学术产业保持一点距离，先学会读诗，然后学会写文章，再有一点自己的情怀加上一点问题意识，或许才是当代诗歌批评者该遵从的"学理"，也才谈得上对诗歌创作产生一点影响。这也是为什么当代中国诗歌发展过程中，真正有影响的对诗的言说，常常反而来自诗人们自己的原因所在。

同时，仅就当代中国而言，诗歌创作版图的辽阔广大和诗歌批评资源的过于匮乏，也是诗歌批评难以胜任而时时处处捉襟见肘的尴尬原因之一，甚至是根本性的原因。对此诗人们既不必存太大希望，也不必抱怨不休，有兴趣有本事，你自己站出来说话就是。

15、你不觉得中国当代诗人说得太多了吗？太多不相干的言谈是否反而妨碍了诗歌创作？

多也无妨，只要不是废话、重复性的话。关键是当代诗人的话语场域似乎太狭小，故一说就重复。这或许还与其知识背景和阅读趣味有关系。从诗人们的文本中可以觉察到，大量的诗人们出于急功近利的驱使，好像只是"一根筋"似地在读诗在想诗，以便多写出些诗，来好早些成名成家，这实在是一种误会，忘了老祖宗"工夫在诗外"的遗训。

诗人本该是世界的大知者、大智者、大自在者，我们则更多的是一些小才子成就了一点小气候——这是我憋了多年想说的一句话，这次借此终于说了出来。其实这也正是当代中国诗歌以及整个文学界，很难长出几棵像样的大树、很难成为一片像样的大森林的根本原因。

16、再换个话题。诗在你的生活中占据什么地位？在物质时代中，诗歌的意义与前途何在？诗人自身的生存处境与价值冲突对诗歌创作有何影响？

对我而言，诗既是生命之仪式化的神圣托付，又是日常化的生活方式。以工作来养家养自己，养好了再拿来养诗，再拿诗来养心，好正常地活着。

诗是物质时代的精神植被。对一个长期缺乏宗教文化背景，且与传统断裂甚深甚久的国家来说，诗的存在对当下中国人的精神世界无疑是至为重要的，其作用是任何其他文学艺术所无法替代的。

因此，我从不担心诗的前途。如果有一天发现再没有人读小说了，我不会奇怪，因为小说的功能可能已完全被影视或其他什么新的艺术、亚艺术形式所替代了。而诗不会。诗是在物质时代与消费时代最少量依存于商业文化存在的艺术，因而也是最少可能被商业与时尚所吞噬掉的，有独立、独在、独活之生命力的艺术。何况她现在已自甘边缘，退身于民间广阔大地的丰厚滋养，自有广阔的未来令国人期待，令历史重新认领。

在此，我想引用一段法国人让·贝罗尔的话，作为诗与物质时代、与当代人（包括诗人在内）的生存处境与价值冲突的最为恰切而深刻的说明："在一切都欲置我们于罗网之中，一切都欲使我们失去活力、变得标准化的时代，诗歌以其特有的方式构成了一种解毒剂，促使我们变得清醒，变得有活力，变得美妙异常，变成完美的自我。"

顺着这句引言再多说一句：只要真正认诗为生命的初稿并准备托付一生的诗人，就不会因任何时代风潮的变化而改变初衷，且乐于活在时代风潮之外而深入时间的更深处。

17、在诗内和诗外，你如何理解"自由"？

在中国语境下谈"自由"，是否有点过于奢侈了？

或许是要讨论诗人内心的自由和写作的自由？那更是个遥远的神话！

当今的中国大陆诗人，成名不成名的，无一不在焦虑中，各种的焦虑，谈何自由？还是那个上面所说的"小才子"气在作怪！"飘飘何所似，天地一沙鸥"，谁有这样的"心斋"？

因此近年来，我反复提出要倡导一种优雅的诗歌精神，一种"现代版"的传统文人风骨，不过就眼下来看，大概也只是一厢情愿的另一个遥远的神话而已。

18、那你又如何评价新时期以来的民间诗歌运动及其精神呢？

经由朦胧诗的崛起，以及继之而来横跨二十世纪八十年代、九十年代的现代主义新诗潮，历时三十年的合力奋进，当代中国诗歌终于形成了属于自己的精神传统，而不再左顾右盼、无地彷徨。这其中，尤其以民间诗歌运动所产生的"民间精神"的确立与发扬为特别突出。

在今天，只有诗歌，在先后遭遇了意识形态暴力、体制机制拘押，以及商业文化进逼和消费文化洗劫的多重近于严酷的考验后，率先彻底告别延续半个世纪的文学创作与文学传播之主流机制，全面地、毫无保留地返回民间，以体制外写作和体制外传播为新的运行方式，而获得了空前的自由，也同时恢复了诗的尊严。数以千计的民间诗社，数以百计的民间诗报和网络诗歌论坛，数以万计的民间自印作品，在"自由创作""民间传播"的理念支撑下，集结为新的阵营，并一步步由边缘而主流，进而成为真正代表当代中国诗歌发展的方向、坐标和重力场。

可以说，这是一次划时代的剥离，一次超越文学而具有文化史意义的伟大进步。它不仅是对"五四"新文学传统的恢复，更是对以《诗经》为源头的中国古典诗歌传统的恢复。有了这样的恢复，便有了可以持之恒久的自信，和由这自信所保证的不可限量的未来。

但同时也应该看到，当民间诗歌运动及其"民间精神"逐渐由边缘成为主流之后，一些浮躁、功利的东西也在随之伴生与蔓延，表面的热闹与繁荣下，也存在不少危机。对此不宜过早下什么结论。

我只是在想：我们经历了那么艰难而漫长的过去，难道就是为了争得今天这样表面的话语的盛宴，而失去诗性生命之"初稿"的、仪式化的存在吗？

19、能否就新世纪以来的当代诗歌现状发表一点见解？

新世纪过去六年了，当代诗歌可用"分流归位，水静流深"八个字来形容。

比起潮头初起的二十世纪八十年代，现在好像处于一个有意味的间歇期。名诗人少见有新的名作让人惊艳，在高水准上作低水平的重复。新诗人虽常常出手不凡，但大多写出几首佳作后便平庸起来，格局不大。整体去看，呈现一种平面化、平均化、平常化的状况，似乎已耗尽现有的精神资源和语言资源，期待一次新的注入与再生。至于一些表面上的热闹乃至"事件"纷生，都与诗无关甚而有害，尽管也害不到哪儿去。

20、有没有一句有意思的话来作结尾？

不是一句，是两句——

现代诗的自由，不仅是解放了的语言形式的自由，更是自由的人的自由形式。

诗贵有"心斋"，方不为时风所动，亦不为功利所惑，而得大自在；有大自在之诗心，方通存在之深呼吸——诗的存在，生命的存在，历史的存在。

2007 年 7 月

从"大中国诗观"到"天涯美学"

与洛夫对话录

2004年夏，应洛夫先生邀请，赴温哥华参加首届"漂木艺术节"，欣赏题为"因为风的缘故"的洛夫诗歌朗诵音乐会。会后，做客洛夫家，得与洛夫先生作了一次轻松而深入的诗学对话。回国后，整理出文字稿，寄与先生校勘修订，遂成这篇既有纪念意义，又较有价值的诗学对话录，以求正于世界华文诗歌界。

沈：终于有幸来温哥华，在先生的寓所与先生谈诗，感觉很特别。首先感兴趣的是，您将这幢漂亮的房子起名为"雪楼"，不知是因为加拿大多雪、您也爱雪而随意想到的，还是潜意识中尚有别的什么深意？

洛：欢迎你来雪楼做客，近年来造访雪楼的名家不少。有叶维廉、痖弦、白先勇、铁凝、苏童、池莉、刘登翰、马森、龙彼德、徐小斌等。你这次远从西安来访，算是老友重逢，倍感亲切。

我一直有这么个感觉，由台北移居加拿大温哥华，只不过是换了一间书房，每天照样读书写作，间或挥毫书写擘窠大字，可说乐在其中，活得潇洒。我曾说过：愈到晚年，社会的关系网愈缩愈小，书房的天地愈来愈大。这种现实世界的萎缩，心灵空间的扩大，或可视为一种修养，但多少有些无奈，却绝非逃避。书房毕竟是文人作家上焉者读书养性、制造梦幻，下焉者鬻文卖稿、为稻粱谋的场所。如此重要的空间，总得为它取一个既风雅而又符合自己身份的斋名，于是我也为我新居的书房取了一个不太酸也不够风雅却相当冷的名字：雪楼。取这个名字固然由于冬天可在二楼的书房窗口负手看雪，但也像鲁迅的名句一样，"躲进小楼成一统，管它春夏与秋冬"。多少暗示我这纯净冷傲的个性，和目前这与世无争的隐逸生活。

沈：临来之前，在北京参加了由《新诗界》主办的"首届新诗界国际诗歌奖"开奖新闻发布会，得知先生荣获此奖中的终生成就奖"北斗星奖"，代表海外华文诗歌写作的最高成就，殊荣难得，在此先表示祝贺！

作为此奖评委之一，我觉得这个被称为"旨在打造在中国举办的属于世界诗歌领域的'东方诺贝尔'品牌的权威奖项"，确有一些特别的意义。首先它是纯民间性质的，因而保证了纯净诗学的价值；其次评委构成也较纯正，学术性强，非一般奖项可比。再就是评选目标定在世界诗歌领域，也算是空前的高规格了。而先生好像也是第一次在祖国大陆获如此大奖，不知有何感想？另外，据悉此奖海外诗人候选人中，您与余光中先生竞争很激烈，且余光中此前在大陆的名声也确实远远大于先生的影响，而最终还是由先生获得殊荣，对此又有何看法？

洛：很高兴我有幸获得在"中国"名下所创设的首届具有国际性的诗歌大奖。这还是一个含有引导方向、确立标杆之意的"北斗星奖"，这就更感荣幸了。我在台湾也得过不少大奖，有官方的，也有民间的，但坦白说，我更加珍重北京的这个奖，因为正如你所说，它是纯民间性质的，因而具有纯净的诗学价值。象征地说，台湾那些奖虽也有"纯净的诗学价值"，但毕竟只能代表几千万人，而北京这个奖却暗示了一个不平凡的意义，它的背后不但有十几亿人民，还有一个庞大而深厚的文化传统在撑腰。

这个"新诗界国际诗歌奖"，我是以海外诗人的身份获得的。其实我这一辈子，政治（国家）身份有点复杂，湖南出生成长，然后流放台湾，我的文学生涯的发展与成就不能不归功于这个小岛，但我一直受到中华文化的哺育，未曾中断过汉语诗歌美学的熏陶与传承，我的文学心灵始终不曾自限于那方狭隘的时空。我是台湾诗人，但我更是中国诗人，我的文化身份，我的中华诗魂永远不变。因此能第一次获得祖国的大奖，实在感到莫大的荣幸。

我特别珍视这个奖的另一原因，是它经过一个极为客观、公正而严格的评审过程，而评委们又都是国内极负盛名、一向为我所敬重的权威学者与诗评家，获得此奖不会有"浪得虚名"或"当之有愧"的感觉。记得十几年前某一国际组织要颁我一个"荣誉博士"，我就因为这个头衔并未经过严谨的推荐与评审过程而毅然婉辞了。一个诗人应重视真的荣誉，轻假的桂冠，因此，我这次能得到国内评委的肯定，比获得任何一个世界性的大奖更具意义。尤其使我感动的，是他们在欣赏我的意象世界和诗歌的独创性的同时，也能容忍我那冷涩孤绝的语言风格。

在诗歌的领域内，各人有各人的路子、风格和成就，在台湾和大陆的影响下，也各人有各人的一片天空，我用不着跟任何人去争。余光中的成就，尤其是散文，大家都有目共睹，他有他的读者群，文笔淳雅，充满机智幽默，题材多元，历史感和社会意识都很强，是"明星"型的作家。痖弦幽默甜美，有一枝富有戏剧性的笔，虽洗手诗坛甚久，但喜欢他的读者并未忘情于他。在台湾诗坛，余光中、痖弦和区区在下，一向是被两岸诗评家追索探究的对象。余光中近年来走红大陆，有两岸二余之称（另一余为余秋雨），他们都在官方和书商的操纵下，炒得极热。不过大陆一般读者在传媒的误导下，以为余光中只有一首《乡愁》什么的。其实这类乡愁诗，既不是他最好的作品，也不算是诗坛上最好的作品，他另有一些更具有深度的作品反而没而不彰，这对余光中颇不公平。

　　沈：这次奖项的开展及先生获奖，使我想到一个有意思的话题：先生早在上世纪八十年代中期就提出了"大中国诗歌观"的命题。显然，这是经过深思熟虑的一个提法，它牵涉到百年中国新诗之历史书写、版图梳理和对台湾及海外华文诗歌重新定位等大问题。

　　依我个人揣度，先生及不少台湾前行代诗人，恐怕从来就不乐于被"历史老人"认领为"台湾诗人"或"两岸三地"什么的，这样的措辞很别扭，本来台湾诗人就是中国诗人，一脉相承的大版图中的一个特殊的板块而已。可长期以来，却一直各自为阵，且各自以我为主为重，蒙上挥之不去的意识形态阴影。本来大陆应该更主动些，却一直在各种的历史书写框架中，屡屡将台湾和海外诗歌单列，将一个序时性的顺理成章的架构，硬拆为不同的板块。或单列一章，续于尾后；或另行成书，难以整合。这已成为一个历史症结，困扰至今。当然，台湾诗人也很尴尬。一方面，抛开政治分割，从文化的归属和诗学本体去看，本就是一个历史整体，理所当然该纳入一个框架内去看待的；另一方面，又确实是台湾这块土地，这段"双重放逐"的特殊经历，造就了你们这批诗人，造就了这段相当悲壮也相当壮观的诗歌历程，有其与那块土地和那个时代血肉相连的体验与记忆，以及为此而骄傲和自豪，因而也难免常有独书历史又何尝不可的情结存在。先生高屋建瓴，在两岸诗歌交流展开不久，就慨然提出"大中国诗观"，看来还是想还历史以本来脉络，且不甘于或被"打入另册"，或自行"另立门户"。但遗憾的是，好像此一具有重写诗歌史、文学史的命题，至今依然是曲高和寡，未得以两岸实质性的认同而展开。尽管此间我也曾提出过以"三大板块"整合百年中国新诗论，以及此次"新诗界国际诗歌奖"也在无形中呼应着这种整合的理念，但总体而言，似乎还是未有大的改观。近年大陆新出版的一些颇有突破性的各种现、当代文学史，诗歌史，在这个命题上依旧沿袭旧套路。而台湾文学理论与批评界，受"本土化"、"去中国化"的恶劣影响，似乎也大有以"自立门户"为归所的趋势了。这是个十分沉重而令人痛心的话题，如今先生"自我放逐"于异国他乡，超然"两岸"，回头客观再审视这个问题，可有新的思考？

洛：你提到的这个问题是一个"大哉问"的问题，点点滴滴在心头，大有寒夜饮冰水之感。这也是我在第二个问题中尚未答完的话题，现在我愿借此机会再表示点意见。

我重视北京的这个国际诗歌奖还有一个原因：这就是我在漫长而孤寂的诗歌旷野中和历史的坐标上，今天总算是找到了一个恰当的位置。正如你所指出，我在上世纪的八十年代中期，曾率先提出"大中国诗观"的宏观视角。我这一主张乃企图整合中国新诗的历史版图。现在看来，我的"大中国诗观"其实也就是"一个中国诗观"，目的在消除你曾指出的"因历史原因所形成的两岸三地和海外各自为阵、各以自我为中心而造成的尴尬和困扰"，遗憾的是，我这一呼吁并未获得两岸诗坛的积极回应，反而经常遭遇到这种尴尬和困扰。所以这次获奖是一个极为重要的关键，不但象征对我历史定位的一次校正，同时也表示，这才是我精神和心灵的回归。

其实所谓"中心"与"边缘"，只是两岸三地中国人的各自表述，这种争论不休是毫无意义的。我从来没有听到任何一位大陆诗人提到谁是中心，谁是边缘的问题，也从来没有见到任何一位台湾诗人因自己所处的位置区域化而感到自卑。当然我也发现两岸三地的诗人和诗评家在探讨历史发展过程，或诗人为自己寻求历史定位时，无形中也会产生一种现象，即一种霸气凛凛然凌驾于另一种霸气之上。这又使我想起你提问中的一句话：你说，"另一方面，又确实是台湾这块土地，这段双重放逐的特殊经历造就了你们这批诗人，造就了这段相当悲壮也相当壮观的诗歌历程，有其与那块土地和那个时代血肉相连的体验与记忆，以及为此而骄傲与自豪，因而也难免常有独书历史又何尝不可的情结存在"。事实上，你指出的这种情结的确存在。他们早就有一个共识，认为大陆的小说远非台湾的可比，但就诗而论，大陆则不如台湾。不管这是"骄傲自豪"或"夜郎自大"，的确有一部分台湾诗人并无强烈意愿并入中国诗歌的历史版图，甚至有人不愿去大陆访问或开会。近年来在强烈的"本土化"、"去中国化"的政治意识形态熏染下，更是变本加厉。这种"以狂对狂"的心理只能证明双方的小气。诗人是民族的精神象征，是世界人类的良心，它超越一切界限而独立于宇宙万物之中，中心与边缘之争实属无谓。我个人认为：地大物博，人口众多，可能成为政治或经济中心，而文学中心是耸立在一个个伟大作家和诗人的心灵中，中心应是多元的，地域上的区隔等于是画地自牢，没有任何意义。有人说："大师在哪里，中心便在那里。"这一说法也不无道理。

沈：由此使我联想到先生的另一个提法，即在长诗巨作《漂木》问世的同时，郑重提出您的"天涯美学"的概念。这个概念，在我看来，表面上是代表个人或者一个漂泊族群的诗歌美学之追求的重新定位：即我不再纠缠于所谓文化版图意义上的归宗认祖，而就是遗世而立的一个特殊历史族群，以天涯漂泊之独在的文化身份为终极归所，我诗故我在，我的行走就是我的家、我的历史，不再作"回归"或"还乡"的梦，一种无奈中的超拔。当然，从大的历史观、文化观来看，今日全球一体化笼罩下的地球村人，哪一个族群又何尝不是从此步入"不归路"的漂泊与放逐境地呢？不过，我还是想追问的是：在潜意识中，先生"天涯美学"的提出，是否还与那个"大中国诗观"的无从落实而失望，于是重归孤绝之思有关呢？您觉得这样一次观念的转换，是一次跃升，还是一次无奈的退隐？

洛：我认为当年揭橥的"大中国诗观"与晚近倡导的"天涯美学"，实为两个不同的概念，但二者并不相互冲突和抵触。换句话说，"天涯美学"并不是"大中国诗观"的转换，无所谓"跃升"，也无所谓"无奈的隐退"，这是两码事。"大中国诗观"主要在检讨两岸近五十年来各自发展的诗史，引介一些现代诗歌美学，以促进当时大陆诗歌的独立性和现代化，并希望借理论与创作的交流，以消除狭隘的地域性、族群性的意识形态阴影，使两岸的诗歌既能保留其精神上和风格上的独特性，也能整合为一块完整的大中国诗歌版图。

其实这些思想，我早在1983年10月出版的《创世纪》社论中提到："深盼从事现代诗创作的朋友们千万别把诗的题材局限于某城某乡某一地区，诗文学是没有时空束缚的，大至宇宙，小至沙砾，无一不可入诗。我们何不于热爱台湾现实的小乡土之余，同时也热烈拥抱整个中华民族的大乡土？"不过我得立刻声明，我心中的"大中国"包括两岸三地及华人活跃的海外，亦即一个意义更为广袤的文化中国。

而"天涯美学"，基本上诚如你所指出："代表个人或者一个漂泊族群的诗歌美学的追求。"这个理念也是我开始写《漂木》长诗时的核心美学思想，但后来始料不及地扩展成为一个庞大的美学结构，而它的发展是与《漂木》的写作时序同时并进的。最后完稿时，我才发现，《漂木》的思维结构可归纳为三个层次，也是三个相交的圆：第一个，也是中心的圆，乃写我个人二度流放的漂泊经验与孤独体验；第二个圆范围较大，宏观地写出对生存的困惑和对生命的观照，并包括对当下大中国（两岸）政治与文化的严肃批判；第三个圆周就更为广阔，它概括了宗教的终极关怀和超越时空的宇宙胸襟。

当然，这种抽象理念的陈述是很难说得更具体、更清楚的，除非你能从头到尾把《漂木》读透一遍。

沈：回到"天涯美学"的命题上来。我认为这一命题，是新世纪以降，以汉语写作的诗歌领域，乃至文化领域特别重大的一个命题。传统的强行断裂，全球一体化的无孔不入，不知其他人感受如何，至少在大陆文化界，在那些尚存有汉语根性和传统文化记忆的诗人及知识分子那里，放眼今日处境，确有望断家园无归处的困窘。我们虽然没有肉体放逐的亲历，却不乏精神放逐的痛苦体验，找不到自己的家，成了有家而不可归的另一种漂泊者，所谓"同是天涯沦落人"。因此，我特别认同先生所解释的，你的"天涯"，并不指"海外"，也不指"世界"，而主要是精神上和心灵上的，放逐或自我放逐的生存感受。记得十年前，读到北京大学一女生在一首诗中写过这么两句："在这片土地上／我找不到自己的家／祖国　我要为你生一个父亲。"至今想来都很震动。它代表了新一代的迷惘，这迷惘在今天是更加沉重了。"漂泊"一词，已真的正在成为整个地球村人共有的姓氏。由此重新认领先生的"天涯美学"，颇具共鸣。只是您在具体的阐释中，将其限定于两个基本要素，一是悲剧意识，一是宇宙境界；一指向与存在的关系，一指向与自然的关系。这是否显得过于高蹈？至少在大陆诗界，现在年轻诗人更多注重的是对当下生存与生命体验的记录与书写，不太关注诸如终极关怀一类的命题了。

洛：这个问题我在动笔写《漂木》时就已考虑到了。一开始我就把它定性为一种高蹈的、冷门的，富于超现实精神和形而上思维的精神史诗。诗中的"漂泊者"也好，"天涯沦落人"也罢，我要写的是他们那种寻找心灵的原乡而不可得的悲剧经验，所以我也称它为"心灵的奥德赛"。

有一点比较特殊，上面已提到过，现在再强调一下：就是《漂木》也涉及到某种程度地对现实层面的触及，譬如第一章第三、四、五节，我运用了一些反射现实的意象和特殊表现手法，对大陆与台湾两地的政治、文化、社会现象，作了深刻的批判。不过《漂木》中仍有大量篇幅探索了一些形而上的命题，只是这种抽象思维都是通过具体鲜活的意象来表现的。"天涯美学"虽以诗性为主要内容，但它必须具备哲学基础，这就是悲剧意识和宇宙境界。它的确会给人以"高蹈"的印象，但我的考虑是，两岸诗人都在狭隘的民族主义和本土主义两种强烈的意识形态阴影下画地自牢，动弹不得，我们如能把创作心态提升到浩瀚无垠、超越时空的宇宙境界，我们的心灵便可得到更大的解放。广义地说，每个诗人本质上都是一个精神的浪子、心灵的漂泊者。"飘飘何所似，天地一沙鸥"。杜甫以漂泊天涯的沙鸥自况，他应是一个最能体味这种心境的诗人，在人生中他有过大失落，体验过大寂寞、大痛苦，但他在写那些具有宇宙境界的诗时，他便获得了解脱。

　　前两年，在另一篇访谈录中，提问者要我对当前年轻诗人说几句话，当时我感到这个问题很难回答，不过我提到一点，我说我们已有很多优美的抒情诗和代表民间性的叙事诗，但诗人较少在捕捉形而上意象这方面去努力，以至他们的作品缺少哲学内涵和知性深度。这其中，是否沉溺于当下境遇，尚来不及去观照更大范围及世界性的问题？或许，这也是我们今天尚未出现大诗人的缘故？

　　沈：如果认同精神放逐已是个全球化的问题，那么，又该如何界定先生"天涯美学"中的汉语性呢？我是想问：汉语性的"天涯美学"与全球性的"天涯美学"有何共性与区别？同时，更想进一步了解，先生在持续半个世纪的现代诗写作中，从"魔"到"禅"，从超现实主义的《石室之死亡》，到"天涯美学"的《漂木》，有没有关于"汉语性"的生发或盘诘？另外，在您的写作中，对不足百年尚处于生成发展中的现代汉语之诗性书写，有过多少的信任或多少的怀疑？并以此来调整自己的语言创造，以求有所创新与突破，还是从来就没有过这样的问题？

　　洛：所谓"汉语性"，这个名词对于台湾诗人多少有些暧昧，很难准确地把握它的含义。据我个人的理解，其潜台词似乎是指诗歌的根性和民族性。如果我没有说错，则汉语性的"天涯美学"与全球性的"天涯美学"是一体的两面，汉语性是它的根，全球性则是它的翅翼、它的飞翔、它的梦幻、它的理想。文学的特性本来就是个人风格的特殊性（particularity）与世界观的共通性（uniddersality）二者的有机结合，而个人风格又无不是建立在他民族语言的特色上，这两点可说是所有伟大作品的基础。"天涯美学"的汉语根性是与生俱来的，不假外求、无须强调的。我还以为，所谓汉语性的含义不仅仅指语言文学，更应扩展到具有民族特性的哲学，譬如表现东方智慧的老庄道学和禅学，以及亘古传承不息的历史和文化。我可以毫不讳言地说，不论是四十多年前写的《石室之死亡》，或最近写的《漂木》，不论是超现实主义（修正过的）或天涯美学，骨子里都浸漫着民族的哲学思想和传统文化。

事实上，老庄哲学对我的影响早在我的第一个诗集《灵河》中即已出现，我在这个集子的自序中已作另外分析与举证，当时我只有二十来岁。但二十来岁的大陆第二代与第三代诗人却不是这样，他们在一直未曾消退的"文革"语言的无形影响之下，对我那种汉语性甚强的诗公然表示难以接受，我也曾亲耳听到他们对古典文学与唐诗的厌弃。好在现在时移势转，近十年来大陆许多诗人、学者和诗评家都自觉在探索研讨如何重建"现代汉语诗歌"之美的问题，于是我便有了"吾道不孤"的温馨感。1996年我移居加拿大，临老出国，远走天涯，人在漂泊中虽割断了两岸地缘和政治的过去，却割断不了养我育我，塑造我的人格，淬炼我的精神和智慧，培养我的尊严的中国历史与文化。其实，漂泊海外的华裔作家和诗人，他们作品中的汉语性有时远远超过国内的作家和诗人。

在现代诗的创作过程中，现代汉语的运用正在日渐调整完善中，我对自己在这方面的探索与实验颇具心得和自信，因为我曾长时期地投入对西方现代诗歌美学，尤其是对象征、意象、超现实等主义的深入探讨，后来又专程翻箱倒柜地对中国古典诗的再认识与价值重估，然后长时期在实验中将中与西、现代与传统的诗歌美学加以有机性的融合，便奠定了台湾称之为"中国现代诗"、大陆称之为"现代汉诗"的基础，这可能就是中国新诗的传统。

沈：语言与形式问题，是新诗百年如影随形的困扰。近两年国内诗界有两个重要的讨论：一是《诗刊·下半月刊》组织的关于"新诗标准问题"的讨论；一是郑敏先生与吴思敬先生就"新诗是否已形成自己的传统"的论辩。前一个讨论，以诗评家陈超的理论为旨归，认为"现代诗写作的标准，像一条不断后移的地平线"，并坚持他一贯的看法，将新诗的本质定位于追求"活力、有效性、可能性"这三点。我自己则认为还是要逐步寻求一个典律的生成，不能一味变动不拘。主要观点已在刊于《新诗界》第四卷的《重涉：典律的生成》一文中表述，先生想已看过。后一个讨论，郑敏先生认为新诗并未形成明晰的传统，并对此一直担忧，对任运不拘、唯求新求变是问的积弊提出批评。吴思敬先生则认为新诗已形成了自己的传统，这传统就是一种"永远在路上"的状态，以对自由精神的向往和不断的形式探索更新着新诗的面貌。看来，两个讨论的焦点，最终可说是落在了"可能性"与"典律性"这两个关键词上，对此，先生可否依您半个多世纪的创作与观察，谈一点自己的看法？

洛：近年来不论是在文章里、讲演或座谈中，我都一直不遗余力地在为失落很久的汉语诗歌之美招魂，把它的纯粹、精致、气势、意境、韵律（非指格律）、象征、隐喻、妙悟、无理而妙、反常合道、言外之意、想象空间、暧昧性、朦胧美等找回来，予以重建。这正是对你"重树典律，再造传统"之说的呼应。你在北京《新诗界》第四卷的《重涉：典律的生成》一文中所提出的意见，深中肯綮，颇获我心，尤其你指出的那些时弊与问题，我读了几乎要拍案而起。譬如你说："格律淡出后，随即是韵律的放逐；抒情淡出后，随即是意象的放逐。散文化的负面尚未及清理，铺天盖地的叙事又主导了新的潮流，口语化刚化出一点鲜活爽利的气息，又被一大堆口沫的倾泻所淹没。由上个世纪九十年代兴起，继而推为时尚的叙事性与口语化诗歌写作，可以说是自新诗以降，对诗歌艺术本质最大的一次偏离，至此再无边界可守、规律可言，影响之大，前所未有。"这一段一针见血的肺腑之言，正是许多人想说而不便说的。

我对大陆诗界所谓"叙事性"的崛起与泛滥，感受极深，这绝对是当代诗歌的一大误区，吸鸦片上瘾，最初都是以治病为借口的。我发现许多诗人对"叙事诗"本质上的误解甚大。叙事性绝不是诗的本质，只是一种诗歌策略，一种诗歌表现手法，西洋史诗都采用叙事体，我国唐诗中也偶见叙事诗。如李白的《长干行》，杜甫的《兵车行》，韩愈的《石鼓歌》，崔颢的"君家住何处/妾住在横塘/停船暂借问/或恐是同乡"都是叙事手法写的诗。不知你同意否，我的那首小诗《窗下》，也应算是一首叙事诗：

> 当暮色装饰着雨后的窗子
> 我便从这里探测到远山的深度
>
> 在窗玻璃上呵一口气
> 再用手指画一条长长的小路
> 以及小路尽头的
> 一个背影
>
> 有人从雨中而去

可时下所读到的叙事诗，只见叙事不见诗，即使叙事也多是婆婆妈妈、琐琐碎碎、满纸口水。我以为，要写好叙事诗，得考虑戏剧手法的穿插，即使胡适主张作诗如作文，追求口语化散文化，他也认为好的诗中都有情节，不过这种情节如未经高明的戏剧手法的处理，也就谈不上什么诗味了。

关于新诗是否已形成自己的传统问题，我较靠向吴思敬这一边，他的"还在路上行走"的解释比较接近事实。传统是时间和智慧的累积。实际上传统也就是历史，只不过一种可大可久的传统，并不是由走过来的每一个脚印所堆积而成，而是必须经过历史的梳理和论证的辨析后所形成的共识。最近我为《创世纪》五十周年特辑写的一篇纪念文章，题目就叫《创世纪的传统》，我认为《创世纪》五十年来所形成的传统可归纳为两项：一是追求诗歌的独创性，重塑诗歌语言的秩序；二是对现代汉诗理论和批评的探索与建构。最后我谈到，《创世纪》五十年来先跋涉过西方现代主义的高原，继而拨开传统的迷雾，重见古典的光辉，并试着以象征、意象和超现实诸多手法，来表现中国古典诗歌中那种独特美学，经过多年的实验，我们最终创设了一个诗歌的新纪元——中国现代诗。这不仅是《创世纪》在多元而开放的宏观设计中确立了一个现代汉语诗歌的大传统，而且也是整个台湾现代诗运动中一项不可置疑的傲世的业绩。这里我所说的传统，其实也正是一种新典律的建立。新典律最明显的性格是创造性。求新是它的指标之一，但新典律不能只一味地求新而忽略了求好。当下许多年轻诗人一脑门子的求新求变，写出的诗光怪陆离，在后现代的旗帜下兴风作浪。但"新"并不等于"好"，"新"一夜之间可成，而"好"则非经过长时间的淘洗与锤炼不可。今日诗坛的时弊即只顾求新求变，而忽略甚至有意鄙弃了成就一首诗的诸多条件，如抒情性、象征性、意象结构、想象空间等。当年胡适为了使新诗明白易懂，他改革了语言，不幸也革掉了诗，今日民间派追求诗的大众化，拒绝了隐喻，也拒绝了诗。

沈：为新诗塑形，是一个乌托邦，还是一个可探求的事，实在有些两难。新诗是一次伟大的创生，如春潮勃发，一发而不可收拾。这个春潮，若无法度拘束，任其横溢漫流，难免会散乱成百湖千沼，难以汇流成海。但若拘束过早或太甚，也会导致一汪死水，生腐而败。但"法度"或"标准"的问题总是存在着的，百年进程中，不断被重新涉及，重新讨论，就说明这问题总是悬而未决、悬而待决，不决就生困扰。道成肉身，安身则立命。"身"不安，"道"就总是如幽灵般漂游不定，也难成正果。国人至今还有不少的旧诗爱好者，恐怕不是一词"传统"或一句"怀旧思古"所能解释的。古典汉诗的那种形式感，那种中国韵味、汉语诗性的肉身，依然在现代审美中具有吸引力和欣赏性，可能是更重要的因素。有如传统的书法艺术在今天仍能生发新的审美效应一样。可新诗的形式美感在何处呢？只剩下分行和一些现代意象的经营，再具体讲，就讲不了多少了。这是新诗的一个"软肋"，迟早都操着这份心。包括先生前些年作"隐题诗"的实验，恐怕也非一时心血来潮玩一把而已，深层心理机制中，还是在寻求形式的可能性。我当时就很敏感，为之大呼小叫了一阵，可惜先生的一番苦心孤诣，又未得以深入理解，不了了之。看来，一心"在路上"奔走的新诗，暂时是不做"回家"的打算了……

洛：我从来没有意愿要去研究、创发一种诗的形式，或诗的格律，前人在这方面的努力，今天看来仍是一种徒劳。严格说来，我的隐题诗不算是格律，格律二字太沉重，隐题诗充其量可称之为一种严肃的游戏。在《隐题诗》这个集子的卷首，我虽说过："诗，永远是一种语言的破坏与重建，一种新形式的发现"这样的话，但这种形式并不意味着一种格律。我一向钟情于自由诗，我以为一个作品的偶然性是决定其艺术性的重大因素之一，而自由诗的偶然性远远大过格律诗。格律当然也有它的优点，否则不可能流传数千年，但不可否认的是每种诗体用久了势必趋于僵化，不但内在情感变得陈腐，对事物感受的方式也日渐机械化。抒情语言更是带有浓烈的樟脑味。一般人仍留恋旧诗，是出于一种心理的"固定反应"（Atock response），读起来和写起来都很方便，就像买鞋子，因有固定的型号，穿上合脚就行了。韵文时代已一去不返，用散文体写格律诗，读起来怪别扭的。语体诗还要押韵，感觉十分做作，很不自然。

不可否认，任何一首诗都有它的形式，它被创作出来的那个样子就是它的形式，每首诗本身就是一种形式，它并不排斥"中国韵味"，它同样可以具有汉语诗歌的优良品质。格律本身是一个机械性的载体，而一首诗的存在是形式与内容不可分割的有机体。我赞成诗应有形式感，但那不是格律。我也承认典律的重要性，但并不以为典律必须依附于某种固定的形式。

沈：典律的缺席，形式范式机制的缺失，造成百年中国新诗的发展，越来越倚重于诗人个人才具的影响力和号召性，而非诗歌传统的导引。由此，那些足以代表这百年新诗进程之"重心"、"坐标"与"方向"的诗人，重要而优秀的诗人的写作，以及他们的代表作品，方成了唯一可资参照的典范和标准。这是个很有意思的问题，探讨这个问题恐怕需要另一次专门的对话。这里我只想借此引出个轻松一些的话题：假若让先生开列一个以百年及全球汉语诗歌写作为框架，而足以代表这一"重心"、"坐标"与"方向"的大诗人、典范式的诗人名单，不知在先生的视阈中，该有哪几位？当然，先生应该名列其中的。所以这样的发问可能有些不合适，但我还是想满足一下好奇心，请先生不妨作玩笑答一答。

洛：依我的看法，"典律"并非指一种诗型的生成，而在强调一种内在的机制，它应是一种诗的气势，一种诗的精神样貌，一种知性的深度，尤其是一种前所未有的特殊的语言风格。以此而论，我认为上面讲的那种典律并未完成，我实在难以列出谁处于百年以来汉语诗歌中具有"重心"、"坐标"与"方向"的位置而当之无愧。何况我个人说了不算，这种事不能处以"戏说"的态度，而须得到多数诗歌读者与诗学专家的共识与公断，尤须经过长时期的淘洗与考验。李杜的光芒照耀千古，而百年来的新诗史上虽也江山代有才人出，可他们领风骚也就那么几年。其次，我对前面涉及传统的意见，想作一点翻案文章：如果说"大师就是传统的创造者"，或干脆说"大师就是传统"，这一说法能够成立的话，我又不得不赞同郑敏教授的"新诗并未形成明晰的传统"的看法。当然。我所谓的大师也就是你说的具有"重心"、"坐标"、"方向"等标准的诗人。

2004 年 6 月于温哥华
2004 年 10 月改定于西安

传统与现代
与郑愁予对话录

　　郑愁予是当代世界华文诗歌颇具影响的重要诗人之一，他所创化的"愁予风"，已成为中国新诗浪漫主义一脉的典范之作。作为台湾诗学的大陆研究者，笔者曾以《美丽的错位》为题（全文收入拙著《台湾诗人散论》，台湾尔雅出版社1996年版）对郑愁予的诗歌艺术进行了较为系统的论述，并由此引起包括诗人在内的各种争议和讨论。对郑愁予的诗，两岸诗界皆已十分熟悉，但对诗人的诗歌观念和理论认知，则少有所闻，笔者也一直期待着能有这样的机遇，与郑愁予先生就此方面作一交流。1997年3月12日，任教于美国耶鲁大学（Yale University）的郑愁予先生休春假做客西安，笔者有幸两次与先生聚会长谈，并就许多诗学问题以及愁予先生的创作方面进行了较为深入的对话，现整理出来，以飨两岸诗界。

沈：很高兴在西安见到您，感谢您电话约请我们的聚会，可以面对面在一起交流诗学和诗谊。先生的诗作自八十年代介绍到大陆后，引起了相当广泛而持久的影响，以至在许多青年诗人和诗爱者那里，形成一种迷醉，更想从其他方面了解到您的情况。而最近我又获悉，台湾《文讯》杂志刚作过一个"最受欢迎的作家"的问卷调查，先生荣登"诗人"排行榜第一名，可见两岸诗爱者对您都存有持久的热忱，不知先生对此有何感想？

郑：很不好意思提这种排名的事情，因为最受喜爱的诗人也不见得就是最好的诗人，我也不知道为什么得票最高。好在这次调查不是商业化的，不是看销路的。我相信调查本身显示了一个文化的素质在里面，因为它调查的方面很广，从学者教授到街头上一般行业，是个很有趣味和说明性的事情，但不必当回事。

沈：但我觉得这种调查还是很有意义的。尤其在工商社会中，诗与其他纯文学已被大众文化及其媒体挤压到一个很孤寂的角落时，先生的诗还能获得如此大范围的、各个层面的欢迎和热爱，我想其中还是有许多内在的话题可谈的。

郑：从文化的角度来看，优秀的诗歌作品，必然是能够对中国的文化发展有一定深度的反映的；这个文化包括传统和现代，包括过去单一的儒家思想，到后来加入的道家、佛家思想，到现在的多元化社会。由此我想到台湾《中国时报》和花旗银行，也组织搞过一个评选影响台湾现代化过程三十年最具影响力的三十本书的调查，竟然也选了我的诗集，这倒是我比较高兴的事。我觉得一部诗集能多多少少影响到整个社会的现代进程，而不视它为只是一个消闲的或感伤怀旧的文学形式，这表明诗在整个的文明与文化的进程之中，还是扮演着一个重要的角色。我们同时还可以看到，现代诗在整个现代文学艺术进程中，不但领导或至少是影响到小说、散文、电影、戏剧等等的发展，还深入到广告艺术中去。诗在现代社会中有这样的重要作用，表示我们诗人在现代社会中仍然是尖端，文化的尖端。

沈：您对诗如此看重，如此持乐观态度，让人十分感佩！您所提出的诗必须对文化有深度的反映的观点，也极具见地。由此我想到，诗是诗人写的，人们在熟悉了诗人的作品之后，难免有时还想知道一点诗人本身的情况，譬如"创作经验"之类的，尤其是对健在的、生活在我们时代我们同一个时空下的诗人。无论是在大陆还是在台湾，一般的读者还是专业的研究者，对郑先生颇感兴趣的一点是：您那么早就成名，就一下子写出了那么多非常成熟乃至经典的作品，成为真正"中国的中国诗人"（借用杨牧先生语），大家对此可能都有些神秘感。而这方面的资料，就我研究过程所接触的范围，还少有涉及，先生是否可作点介绍？

郑：人们的年龄很难说明与成就的关系。我写诗极早，至今已四十多年了。从知识背景说，在我刚发蒙时，就有机会接触许多文学作品。那时是抗战时候，我四五岁时，有一个堂兄在河南乡下，他有许多手抄的本子，有诗、有散文，使我从很年幼的时候，便对文学产生了极度的兴趣。另外我觉得，一个人喜欢文学、喜欢诗，常常是一种天性使然，其生命中，基本上有一种大浪漫主义的情怀存在。譬如当时我在乡下道路旁，看到去前线的大部队行进的场面，我非常感动，两眼发直，一直看到部队走完；看到火车经过时，也是这样，非常神往。像这些情景，都是引动我作为一个诗人早期情怀的，而不是风花雪月。当然美的风景也自然会影响到我，像夏日的农田，高粱地种种景象，都逐渐引发我想用文字来抓住那些神往的感触。这大概是我很早就写诗的内在动因。同时，大一些以后，我广泛读到二三十年代的新文学作品，又读了一些四书等古文，开始有所比较地认识文学，对一些新诗、白话诗常常觉得工夫不够，不到位。所以，在开始我的诗歌写作的时候，我就有一种反抗，想使白话诗写得能够在艺术成就上和古典诗相比美，而不是简单地用文字把感情抒发出来就算了。这样，也许很多人就会觉得怎么我年纪轻轻就写得比较成熟，实际上，主要是没有模仿当时比较流行、一般人都比较散漫的写法。

沈：这个说法很关键。如何在个我的创作中避开流行与复制，来创造性地不断推动诗歌艺术的发展，是大多数诗人都想要解决的问题。我们的新诗，自一开始到现在，都始终受到"翻译诗"的投影和自身语言不成熟的双重困扰，也就是我们常说到的过于散文化和诗质稀薄的问题。如何使与生俱来的西方诗质在新诗生成过程中的影响逐步本土化、中国化，同时承传并重铸古典诗质，而又不减弱对现代意识的接纳、现代精神空间的拓展，确实是个不断重涉的命题。真正有作为的诗人都在这方面付出了努力，只是有人做到了有人没有做到，这也是判定一位诗人是否重要，作品是否优秀的主要指标。先生在这方面的成就，应该说是个典范，具有相当的原创性，因而影响到几代人、几方面的诗歌板块。由此我想到，在经过两岸十多年的诗歌交流后，大陆诗界仍有相当多的人认为台湾现代诗境界小，所谓"小而美"、"就那么回事"的说法，作为彼岸的代表诗人，您对此有何理解？

郑：我想看诗首先要看它的本质，这个本质常常反映了一种精神，这个精神的力量不是从大或小，或者是从场合看得出来的。譬如说我们最早的《诗经》，就很难说它是宏大的还是细小的作品。再比方说在香港，一般人人云亦云说它是一个"文化沙漠"，其实它很注重传统的东西。当然一般而论，台湾的诗，可以说有点海岛风，大陆诗有所谓大陆风，两者之间是有些差别，特别在语言方面。台湾诗的语言一般比较明洁，有肌理，有张力，大陆诗的语言一般比较松散。至于内容，关怀的事情不一样。大陆过去的诗，常常是由大及小，从大的方面谈到小的方面去，台湾则多由小及大，从诗人的本身感触出发，然后再扩大，甚至扩大到生命观、宇宙观这样一些层面。因此我想，比较两岸的诗，首先要从诗的本质上去把握，然后从不同的角度去看待问题，笼统地说什么大什么小，没有意义，也不科学。同时就我个人而言，从不注意这些理论的纷争。写诗是个我的创造，由自己作为出发点，将可能的技巧和自身的性情发挥好就是，对理论不能当营养去用，何况真正好的理论认识总是诗人写的。

沈：由两岸诗学的比较，自然会想到中西诗学的比较。西方诗质对中国新诗的影响，是自有新诗以来便如影随形的东西，而双方的文化背景及语言属性又显然是大不相同的。郑先生早期的作品，一向被理论界称之为最具东方意味、古典色彩和本土特性的。成名后去了美国耶鲁大学教书，可以说是由一位纯诗诗人转而为学者诗人，由中国式的文化语境转而进入西方式的文化语境。由此变迁，对中国现代诗在世界诗歌格局中所处的位置，以及中西方诗歌的本质区别，肯定有一些特殊的感受和独到的认知，请先生就此谈谈。

郑：到目前为止，我觉得中国诗歌对西方真正有影响的，还基本停留在古典作品方面。现代诗，包括现代文学，由于一些原因，比如翻译的问题、学术方面的问题，受到的重视远落于传统经典的后边，至少从教学方面是这样的。而西方对中国新诗的影响，确实由来已久，愈演愈烈。这里主要的问题是，许多搞现代汉诗的人，常常不自觉地把自己变成一种"车厢"，将西方现代诗及其现代文学当作"车头"，总是挂在别人的"车头"后面，别人怎样跑自己就怎样跑。别人停下来，或改变方向，自己也就跟着停下来或改变方向。这种"车厢意识"，我曾多次谈到，是妨碍中国现代诗发展的主要方面。这里不仅是形式的问题、技巧的问题。主要的是我们所遭遇的现代性和西方是相当不一样的。比方宗教问题，西方许多流派的转变常常受宗教意识的变化影响，成为一个文学发展的重要因素。这个因素在中国就比较淡了，这是很大的不同。当然同时要看到，有些方面还是一样的。我常说诗就它的内容而言，从《诗经》开始至今，就没有多大转变，因为它表现的是人类共有的基本状况，如爱情、对生与死的敏感、对自然的接近和抗拒等，人类尽管已由农业社会转为工业社会，但诗所表现的这些基本内容没有改变。作为一个诗人，他应该理解到宇宙之间生命本体该有个意义，这个意义不是有神论或无神论，而在人如何体验到作为一个人存在的价值，以及和自然与宇宙的关系，这在中西方是一样的。我想这样来发挥诗的内涵，会使我们的现代诗有更深入的发展和影响。

　　沈：就我个人的理解，刚才郑先生所谈的这些，似乎大多是就中西方诗的精神层面而言的。但诗毕竟还是语言的艺术，现代诗是用现代汉语写的，而现代汉语仅仅不足百年的历程，是一种尚有许多问题、处于生成转换中的未成熟的语言。尤其是诗，受翻译语言的影响极大，而正如您所讲的，中国人所面临的现代性和西方精神又大不一样，用这样夹生的语言来表现错位的精神，其思、言、道三者之间的许多矛盾纠缠，显然是一直困扰中国新诗人的大问题。对此，近两三年来，海内外不少诗人和学者提出了许多很重要的看法，不知郑先生持何观点？

　　郑：语言是一首诗的最重要因素，不管诗人的气质如何好，表现的内容如何好，如果语言不到位，等于浪费了自己的长处。所以我常常说一个人要有诗情还要有诗才，诗才就是指怎样才能使语言运用得好。有许多人不太知道白话的基本结构，因为每天都说着这种话，我个人以前也没有专门研究过，但一开始写诗时，就觉察到运用白话文写诗的不成熟，内心中有一些反抗和追求，这一点我在前面已经谈到。怎样能够使新诗的语言成熟到像唐诗宋词那样一种境地呢？我看主要还得看诗人自己，因为诗人是有语言特权的人。其实现代汉语本身还是很有弹性的，容纳更广，问题在于诗人如何把它运用得更好，有新鲜感，有歧义性，进行自由的创造。包括对古文、外来语言的使用，都可以重新来组织。除此之外，特别是中国字、词，本身有一种音乐感，有四声，写新诗是不是应该把它忽略掉呢？我看不能忽略。唐诗宋词的形式直到今天我们还喜欢欣赏它，因为它把中国字、词的音乐感组成了一种至美的形式，没有办法再将其置换。那种音乐感和我们的情感本身有些很微妙的关系，是值得我们现代诗人借鉴的，这也是对现代诗人很大的挑战，所以我常说做个现代诗人是相当不容易的。

沈：确实是这样，一般诗爱者总以为现代诗好写，不像古诗要有那么多语言限制，是以许多文学青年投身写作多喜好从诗人手，好像容易获得成功。其实要真正成为一位现代诗人，何其困难！因为没有现成的语言形式供你使用，你得自己去创造形式、创造语言。也许正是这样的困难，造成现代诗太多摹写式的、复制性的或投影性的作品，以及夹生的作品、游戏性的作品，真正到位的、具有原创性的诗不是很多，尤其是那种深具整合力和开启性的大师级诗人更为难得。这就使我想到诺贝尔文学奖的事，因为在我的教学中，常有同学提出：为什么我们中国作家和诗人不能获奖？大概这种"诺贝尔情结"在两岸都有存在，我们不必对此作对与否的价值判断，只是作为一个轻松的话题，来请先生作一个轻松的回答。

郑：这应该是一个很轻松的话题。具体去看，首先是中西文化的隔膜，造成西方对中国文学的了解很不容易，尤其是诗，特别困难，各种语言的、技巧的、苦心经营的汉诗诗美品质，到了英文翻译中就荡然无存，这就造成了标准的混乱。像我自己的诗译成英文，就有这样的差异。1968年我应邀到爱荷华大学时，他们要出我一部诗集，指定这部诗集的名字叫作《燕云》，写北京的，我写了十首，用很传统的写法，语言很绵密，其中还用了许多地名，造成趣味，翻译过去后反映很好，而我自己认为我以前写的那些比较有现代感的诗，他们却觉得好是好，但没有这十首重要。所以中国诗若有好的翻译，且内中有很好的表现中国文化的东西，还是有很多有水准的西方读者可以欣赏的，倒不一定非要追求西方式的现代化。像沈从文先生的作品，就有一种非常东方式的情操，表现在他的小说中非常有趣味，同时也有一种跨越时空的伟大性，西方人也完全可以接受。记得香港文学会曾经要推荐我去拿那个诺贝尔奖，那时沈从文先生还在世，我当时就说：大家一起好好把沈从文先生的作品译成英文，推举出去才对呀！现在大家都急起来了，好像两千年的文化没人承认，我想大可不必这样子，早晚会有人得，不得也没关系。

沈：是这样，作为中国的诗人和诗爱者，完全可以不管诺贝尔不诺贝尔的，关键是要有自己的好作品，出自己的大诗人。我们谈得已很久了，这里再想问一个轻松的话题：早就听说先生善饮，是当代诗人中的"酒仙"，今天看来果然老当益壮，想请先生谈谈酒与诗的关系。

郑：诗与酒，酒与诗，我就此曾写过一篇好玩的文章，在香港《明报月刊》发表。我说："一个喝酒的人，活一生过两辈子。"这两句被好多人传去。喝酒到微醺之后，是另外一种境界，常能唤起我们的潜意识，而写诗的时候，潜意识的作用非常之大。这个潜意识包含你过去的所有经验，放在一起以后又重现出来，好像一个梦。喝酒以后，这个梦境就带出来了，所以我的第一部诗集就叫《梦土上》。这个"梦土"不是说有一个什么美好的世界，而是说，我写诗的时候，我这个梦是从潜意识里面升华出来的，我是在这一片梦土上面写诗的。所以我写诗的时候，常常是过去的一些经验的再现，有人以为是现实的抒写，其实不然，许多都是过去的综合，这可能跟饮酒有关系。

沈：最后想请先生谈一下来西安的观感。

郑：陕西是我们中国文化的摇篮，这大家都知道的。一个人进入陕西的时候，别的都不重要，最重要的是浓浓的友情和历史感，好像一进了西安，到处都可以获得这种感觉。西安虽然是大都市，但似乎没有一般大都市的那种浮华，呈现出一种相当纯朴的美。西安的古典不仅在建筑物，而在每一个人说话和表情里面，这是我非常欣赏的，我会争取再来做客。

1997 年 4 月

诗心·诗学·诗话

与简政珍对话录

  简政珍是享誉台湾诗界的中生代诗人和诗学家，台湾中兴大学外文系教授。系《创世纪》诗社同仁，曾任主编等职。1992年秋，来大陆讲学路过西安与我相识，一见如故，分手后多年尺牍来往，交流颇深。1999年9月，我应邀赴台湾南华大学作短期参访讲学，适逢"九·二一"大地震，稍稍安定后，即往台中雾峰政珍兄家慰问聚叙，并作了一次十分难得的诗学对话。返回大陆，根据录音整理成文字稿，寄政珍兄校勘修订，遂成此具有特殊意义的诗学对话录。

  沈：我在大陆研究台湾现代诗将近十年。个人认为，在台湾，真正能进入现代诗诗学本体研究而有建树者，尊兄算是不多的几位之一。由此我想先了解一下，你近年在诗学研究方面，有些什么新的成果和想法，以就此展开话题。

简：我个人多年的诗创作和诗学研究，可能跟台湾某方面的走向有些不一样，很多台湾的诗评家和诗学研究者，着重点可能只是对某一些诗人发生兴趣，谈一谈感受。我则一直想抛开一些个人的面貌，来深入到一个诗的本体的角度，来看诗人是不是真的有一个自己的样态。换句话说，诗本身的文学的面貌，它的重要性要超过我对某位诗人面孔的记忆，由此有更多的可能深入到诗的本质方面的探讨，这是我的一个立足点。

近年来，我又将思考的重点放在"放逐诗学"的命题上。这个题目实际上是我当年写博士论文时的命题，现在重新拿出来做，有许多新的感受。当年写博士论文时，虽然探讨的诗人对象大都是大陆来台的前行代诗人，但当时就发现我虽是地道的台湾人，且是年轻一辈的中生代诗人，但在"放逐"这个命题上，有相当大的认同感，觉得它不单纯是一个空间的转移，而且，即使空间本身没有转移，心态上转移了，都可以造成一种放逐。就当时而言，我就觉着与整个社会有一种错位的失落感，当然这是比较原始的。这十年台湾的变化就更大了，面临着很复杂的社会结构，包括本土化意识的加强，都对像我这样基本上是从中华文化的传承中成长起来的学者、诗人，产生很大的冲击。要在这样一种众声喧哗中保持一种理想，就难免有孤立之感。而有一段就去了国外，可这种感受就更强烈了，成为二度"放逐"。我有很多有关"放逐"的诗，都是前年在国外讲学时写的，在毕竟不属于自己的文化空间中，加深了原来就存在的感受。这就像海德格尔（Martin Heidergger）讲的，邻居跟邻近是不一样的，虽然是邻居，可能彼此是完全陌生的人。在国外也好，在台湾也好，都有这种孤立的感觉，正是这样一种感觉，造成了精神上的"放逐"，文化空间是模糊的，只是觉着非常邻近，但找不到归属感。

沈：看来你对台湾诗学中"放逐"这样一个十分重要的关键词，灌注了更新更深广的内涵，和过去那种带有社会学性质的说法有些不一样了。所谓"深"，就是注入了一种生命意识，也就是说，"放逐"已成为现代人（无论年龄上的哪一代）一种宿命性的东西了，找不到一个可以定位的精神家园和精神归属，无以安顿，只有漂泊；所谓"广"，即这种"放逐"感，已成为一个超社区、超族群、超生存空间的普遍现象、普遍问题，尤其在二十世纪下半叶，在人文知识分子那里。你将这样的命题作为近年诗创作和诗学研究的重心，肯定会有特殊的收获的。

这就让我想到另一个问题：一个高水准的诗学家是如何同时保持诗的创作的鲜活与个性的？你是在当代两岸诗坛，比较好地将诗与诗学集于一身的人物，二者并重，成就斐然。但一般而言，好像诗人一旦从事理论研究后，就容易在创作上走向钙化、观念化，变得生硬起来，出现负面的影响，失去原创性的质素。同时也存在另外一种现象，像北岛这样的名诗人，好像又在诗的理论方面很少建树。不知你是如何看待又如何处理这个问题的？

简：这可能和一个人的思维方式有点关系。我在我的第二部诗集的序言中讲了这么一句话："报纸上所登载的事，都是你的事，只是用了别人的名字。"我的意思是说，我阅读的最大文本来自人生、来自社会；也就是说，一个只写个人的事的诗人，成就总是有限的。诗人必须去好好读更广大的人生，有更广大的体验，同时要注意细小的心灵的颤动，宁静中的颤动，因为很多动人的景象都在这细微之中。所以诗人首先要非常有感觉，对人生有敏锐的感觉，时时处处与外部世界有一种互动的精神交流。

因此我想，第一点，面对人生的时候，我首先是个诗人，不是诗评家，我得直接面对人生而不是诗歌理论。假若写诗的时候，没有面对人生后产生的跃动感，而只是借助空洞的文字，或者什么诗学观念，就会出现你刚才讲的那种"钙化"、"抽象化"、"概念化"的情况。同时，任何诗人写完他的诗以后，第二天再拿出来看时，他就成了这首诗的读者了，那时我就会回到我的批评家的身份，来审视这一作品。所以，我在创作时和任何诗人一样，只是面对人生体验，不想什么理论。这两者处理好了，应该是相辅相成的，我从不觉得有何障碍和矛盾。

另外，一个诗人在面对人生的时候，要逐渐有一些哲学眼光的支撑：诗要传达的那些深层的东西，可能比哲学还要深刻，这就要有一点理论的基础，但不是概念化的东西，而是要化为意象思维。我在大学教书搞研究，看很多美国当代诗和诗学，原文的，觉得其中有很多深层的东西，有很大的震撼力。而台湾的诗人好像都很容易满足自己，没有更深的追求，还时不时给自己贴上一个国际性的标志。诗人到一定的时候一定要念点书，有理论的修养，不是说掉书袋，而是提高自己的想法。当然，真正投入写诗的时候，这些想法不能直接跑出来，要将所有的想法和感受予以意象化。

沈：按说，你也算学院派一类的诗人了，可我从你的作品中并未发现多么浓厚的学院派气味。我说的学院派，主要是指一种生命形态，不仅指一种语言和风格的划分。可是在大陆，我个人的观察，好像学院派的诗人很容易滑向一种知识化的写作，不管他搞不搞理论。写出来的诗，给人的感受不是以生命去和语言碰撞，而是通过阅读来产生写作的激情。读这样的作品，很难感受到生命原生态的激情，诗人既不在生存的第一现场，也不在第一时间，总是隔了那么一层，只有文字和技术层面的感受，变成知识化人生的呓语。

在这一点上，坦白地讲，我是"野路子"出身，学养单薄，比较简单，所以，我一向对那种过于繁复、不着边际、拿文化符号的堆积蒙人的诗歌有强烈的排斥感。我认为诗首先要有一种生命的疼痛感在里面，既要悦目，还要动心，哪怕语言打磨得不是很到位，只要内含的生命激情不掺假或"钙化"。但我读你的诗，包括你的诗学文章，感觉还是鲜活的，没有学院气，是生命意识很强的诗，是生命诗学，而不是知识化写作。你的诗作表面看起来是比较冷静的，不是那么激情洋溢，很有控制感，但骨子里是有生命激情的，一种深层的冲动与激荡，且充满诗性的哲思。你的诗学研究也是这样，不摆端起架子做学问的谱，而是从研究问题入手，从诗歌现实出发。你那部《诗的瞬间狂喜》，几乎都是用随笔性的文体来写的，见解独到、深入，文字却又十分灵动、好读。我想这肯定不是一个知识结构的问题，而是生命形态所决定的了。对此，是否请你谈一下这方面的经验。

简：首先说一下我对"学院派"这个提法的认知。美国有很多大学教授是很出色的诗人，但他们自己大概不会愿意被称为什么"学院派"。实际上，一切好的诗人在写诗的时候，首先是以诗人的状态来面对人生，而不是学识或身份。所谓诗人，是对人生有所感动而用诗行诠释人生的人。这种诠释是直接的感受，不是抽象的理念。一个人写东西有两种倾向容易滑入，一是情绪化地来喊他的痛苦或宣泄他的喜好，再就是抽象地用理念来表达，这两种倾向都是写诗的大弊病，造成泛滥或"钙化"。我是生活在学院里的诗人，但我个人观察外在世界，长期形成一个习惯，就是时时处处用意象性的思维来看这个世界。意象性本身有个很大的好处，即它是显现性的，而不是直接告诉，用英文来说就是show，而不是tell。显现是尊重读者可能的体会，tell则暗示读者没有能力，我才告诉你，也就是言明，这一言明，诗中许多内在的、沉思的、活跃的空间，就被摧毁掉了。从这方面来讲，诗又确实是抵制商业文明的很重要的武器，假如你坠入那种僵死的、平庸的、概念化的东西时，就跟其他的东西一样了，不是诗的了。诗人最大的本领，就是他在展现诗的文字中，赋予文字相当大的可能性和活跃空间，而不是僵化的各种概念，这是我写诗时一个主要支撑点，有了这个支撑点，我想是不是学院的，就不重要了。

沈：我还想深入追问一下这个问题。因为我觉得这里面有个生命的知识化、虚妄化和知识的生命化、人格化的命题值得我们追索。至少就我个人所接触到的两岸诗人状况来说，好像有"学院派"倾向的诗人，很容易造成一种书斋化的生命形态，对外部的观察常陷入一种知识化的观察，或者可称之为一种阅读性的观察。当然，我们也得承认表现书斋化、知识化的生命形态自有其存在的合理性，但这种表现很容易出现诸如内容的狭窄、语言的贵族化倾向等。我们没有权利指责在总体的现代诗的格局中，有一部分人去表现这种东西，一个人就是一个世界嘛，你不能说这个世界不对。只是这种生命形态下的诗性言说，对大多数人来说太疏离了，语言打磨得那么光滑精致，内在的东西又那么优雅高蹈，让人敬而远之，缺乏亲和性。

可读你的作品，诗也好，诗学文章也好，感觉没有这种毛病。说起来，你算是学贯中西的了，外文系的教授，可以用英文写作的了，可你的文本中没有欧化的痕迹，汉语意识很强烈。作为人本方面，则有些家事、国事、天下事事事关心的状态，主体精神既是学者，又是平民，哲学的眼光，平民的情怀，整合得很好。我想，这里面还是有经验可谈的了。

简：这个问题要讲清楚并不容易，我只能还是从具体的写作上来说。比如你写一首诗时，是真的为一种强烈的生命感受所驱使，非写不可，还是要借这一首诗打磨一种理念，把一种概念化的东西借诗这种语言形式表达一下。这就是你说的那种问题，那种知识化的味道，只看到知识，没看到人生。实际上，真的到了生命知识化后，连生命的感受都不存在了，还写什么诗呢？那只是把既有的东西排成诗的形式而已，变成一种机械性的演练，已经离诗很远了。我个人主张是要有包括哲学在内的深厚知识作内在支撑的，但这种支撑是生命化了的支撑，已经成为我生命体验的一部分。这里最关键的是要有真诚感，没有这个真诚感的话，许多东西都变虚伪了。

沈：我想，这中间是否还和诗人或诗学家个人天性中的某些东西有关。或许有人并不在学院，也不是什么高级知识分子，反而更趋于生命知识化、"钙化"的倾向。而在学院里的，真正通达无碍的，也会一生不为观念所缚，永远处在性情和感情之中。真正的精神贵族应该是通天通人的，是一个生存的在场者，敏锐而又纤细。可我们的时代造就了许多假贵族，这些年大陆诗坛一批诗人提出"知识分子写作"的口号，而且成为九十年代一个主流性的走向，其中的问题就是这种伪贵族气，语言假，人气也假，最终导致了一场世纪末的诗学论争。当然，这样的论争也有好处，将一些创作中的问题暴露出来，纳入科学的研讨，有助于诗的发展。譬如像语言问题，新诗八十余年的历程，语言问题一直争来争去，没个定论。翻译语感化的，口语化的，新古典的，各个时代的诗人们取舍都不同。台湾的现代诗也是这样。是否请你就自己的创作谈一下这方面的体会？

简：我的诗表面看去很冷的，内在情感当然是纤细的，不过埋得深一些而已。情感其实常常会造成语言的障碍，需要我们冷静地控制好这个情感。语言在诗的写作中是一个活的生命，不是工具，拿过来就随便用的。诗人跟语言是一个商量的、对话的关系，将生命的感受融于这种与语言的互动之中。处理不好，就会一方面出现滥情、纯情绪化的东西，一方面或许就陷入你所讲的那种学院化的、僵硬空洞的东西。

我一向认为，过于翻译语感化的语言对诗人而言是一种失败的语言，基本上是将外来的东西硬邦邦地拿过来，没有生命的，只是搬过来的一个工具。口语则要适当使用，和意象交叉运用，有机结合，诗的语境会有很大变化，譬如戏剧性的出现等。但过于口语化，白到某种地步，又缺乏戏剧性的支撑，就会陷入诗与散文模糊不清的泥潭。我个人在写作中对口语不太信赖，偶尔为之。

沈：大陆第三代先锋诗人对口语的侧重，可能与台湾所谓"口白体"的实验还不是一回事。大陆的口语化写作，主要是针对朦胧诗过于密植意象，趋于高蹈和贵族化倾向而提出的，想让诗回到更硬朗、更平实而又富有文本外张力的语境上来，所谓高僧说家常话。

简：是有这样的问题，有些诗看起来写得很浓很艳，翻译成外文，一点味也没有了，因为它的意象的骨质不扎实，靠花架子撑着，看着好像挺有诗味的，实际平淡无味。而有的诗看起来淡淡的，但译成外文还是那么棒，这就是诗的骨质好，淡要淡中见奇，浓要浓在实处，不在乎意象的多寡或用不用口语。

沈：还有"叙事"，在大陆诗坛，近年成为一种主导性的修辞策略。你的诗中也不乏这种策略，不管是情感事件还是别的什么事件，都有一种小说企图和戏剧性的东西在里面，成为一种支撑。心动的是那些惊艳的意象，整体的构架则带有叙事的经纬，运用得很适当。但这个"叙事"弄不好就搞得一点诗味都没有。许多叙事完全变成了非诗性的，散文化，成了日常生活的简单提货单，这是大陆这几年诗歌的一个大弊病，泛滥成灾，许多人还依然趋之若鹜，因为写起来很容易。

简：诗和小说的叙事，包括散文的叙事当然应该是不同的。诗的事件是隐隐约约的，因为事件对诗不重要，是事件引发的感觉重要。过去的叙事诗，是先有事件再有诗，而今天假若要用诗来表现事件，是先有诗才有事件，这个本末要搞清楚。打个比喻，一棵树的横截面，只有年轮，但我们可以感受到在这个年轮的空间里，似乎有什么意念在发生、在延展，我们没必要顾及横截面以外的树干与枝叶，假如全顾及到都描述出来，就成了小说或散文了。诗只表现这个朦胧的年轮的空间，只是隐隐约约有什么事件存在或发生，而不言明或说清楚是什么事件发生，这才是诗性的空间。

沈：好了，让我们暂时从这种具体的诗学问题上跳脱出来，关注一下大的走向。世纪末，两岸诗歌的处境都不太景气，成了纯粹的小众文学，于是大家都在关心这种处境的更进一步发展将如何，《创世纪》为此还开辟了一个专栏进行讨论，不知你就此有何想法？

简：诗变成一个小众文学，应该说是一个必然的事。包括艾略特的《荒原》，第一版也只印了一千册。美国人口三亿，那里一本好的诗集也才印五百至一千册。比较起来，台湾还算不错的，我一本诗集还印两千册，可台湾人口只有两千万呀！以前我讲过一句比较泄气的话：当你的诗变成畅销书时，你就该反省了。总之，诗要想再度走向大众化阅读，我想根本不可能。老实讲，文明的演进，往往由少数人在推动。爱因斯坦一个人的思考，造成人类几十亿人的变化。所以说，诗必然只是能享受沉默之美的少数人才能感受到它的好处，不可能是多数，没什么悲观或乐观的。

沈：看来在这个问题上，你始终是个顽固的保守派。在你这里，关于诗的命运的思考始终是个伪命题，甚至连推广都是一种可能的伤害。为了维护诗这种特殊文体的纯粹性，你从不考虑它遭遇外来的各种挑战后所产生的变化，而只考虑：其一，它是不是诗？其二，它是不是好诗？其三，诗本身的发展如何？对此之外的不太分心。

对这种态度，我是理解的。得有一批诗人、学者来潜心做这样的事。但这不等于关于诗的命运的思考是多余的。今天的诗，确实越来越远离大众，几乎正变成一种诗人们之间的"私人邮件"，诗评家就成了这种特殊邮件的邮差。这种状态，当然会在艺术上起一种"保真"作用，然后期待在可能的未来，领取一份高贵而有品位的文学遗产的荣誉，而不至于为了迁就大众，成为没有诗学价值可言的糟粕，这是应该坚持的。但同时，是否还是需要一部分人来做另一种工作，就是在保证诗的本质、诗的艺术特性不受贬损的前提下，增加它的传播面。比如说在语言策略上有所变化，不再那么生涩和古板，吸纳一些新人类的语感，让阅读变得不那么滞重，有亲和性。总之，既注重培养读者，也多少注意一下亲近读者，这样的命题是否也应该是成立的？像台湾洛夫的诗，包括他的诗歌立场，也是相当高蹈的吧？但当他读到陈义芝在《创世纪》撰文提出现代诗要"拒绝傲慢，回归素朴"的观点时，也欣然致信认为这个提法他很赞赏。我自己多年对口语入诗和语境清明有兴趣，到处鼓吹，也是想通过这种语言策略的改进，可以在保证诗质不薄的前提下，去抵达新人类的文化餐桌，不致让我们的现代诗，越来越变成沙龙式的一堆傲慢的文化呓语，渐渐没了人气。包括这几年张默、向明、白灵他们推动的小诗运动等，都是一种认领之后的操心，既认领诗的宿命性的当代际遇，又不甘于这种际遇，力图做一些改变，做一些调适，我想，这还是很必要的吧？

简：改变什么？一个不喜欢诗的人，你怎么变着写，写得再明白，他还是不看的。现代人已被驯养成一种只会在动中生活的人，而诗是一种静的东西，这两者你怎么可能调适？在他没法接受静的语言、沉默的语言的时候，你不是去加强你的静和沉默，而是用各种"动"去吸引他，那么，你要"动"到什么层次呢？

这样"动"下去的结果是否会适得其反呢？如果仅为了推广和调适，连诗的真诚感都要被调适掉，那就变成一种伤害了。比如说"口语"，是否就能改变诗的传播状况，成为抵达新人类或大众阅读的直通车，我是持怀疑态度的。

所以我反而觉得应该守住这个"静"，这个"沉默"，在流行的动中留下一点空隙，让人们觉得惊异："哦，还有这种空间的存在?!"这样可能反而使人们重视这个空隙。打个比方，在演讲中，人们可能为不停顿的演讲声而昏昏欲睡。这时如果演讲人突然停下来了，一片安静，昏睡的人反而会醒过来。诗是沉默之美，假若"沉默"守不住，许多艺术，不只是诗，都很难再存在。今天，不管你把诗写得多么白或多么高蹈，不看的人照样不看。诗人们对诗的认识，有那么一点点小小的悲剧感是正常的。不过事实上似乎并没有那么悲观，只是我们总要拿诗去和大众化的媒体去比，那当然就会觉得我们是很孤单的一群了，但千万不能这样比，没有可比性。真正爱诗的人还是不少的，且永远不会太少，我是有自信的。

沈：我想换个话题，谈一下诗歌批评的问题。不管是大陆还是台湾，现在可以厘清两种基本的诗歌批评路向了：一种可称之为"学院化"批评，基本上是以西方的理论学养作底背，成体系，很规范，有一套大体相近的批评策略，在两岸占主流批评地位；一种可称之为"民间化"批评，多是诗人出身的感性化批评，重在体验与感受，强调本土意识，没那么多条条框框，随感而发，也成不了什么体系，但却常有真知灼见。这两条路向的区别已很明显了，现在我在思考：有没有将两者整合起来的可能。我可以算是一个专业读诗评诗的人了，一年到头看诗，一看看了二十多年，越来越发现，完全用西方的批评模式和批评策略来对待现代汉诗的写作，是否有些错位？同时又觉得，纯粹用一种学科化的模式去拆解和诠释一首诗，将它拆成一些理念的碎片，好像总不是那么回事。有时还不如完全放弃批评理念，纯以一个普通的读者的心态来同一首诗遭遇，完全感性地接触，反而觉着得到的东西更多、更细致。当然，不能将这两者混为一谈，还是要划清专业性阅读和非专业性阅读的界线。我的意思是说，在专业性阅读的诠释与批评中，也能否加入一些鲜活的、率意的、印象式的、直觉性的东西进去，不要把批评搞得那么呆板、生硬。我们的古代诗话，不就很活泼感性吗？有的简直就是很妙的散文随笔，也并没有什么体系化、学科化，却伴随了那么辉煌的古典诗歌时代。所以我就想将两者怎样融会贯通，才更对路，更符合中国现代诗发展的脉息。

简：在西方，海德格尔（Martin Heidergger）不就是把诗性的和学理性的结合起来的吗？其实我在西方诗学里面看到的像我们古代诗话那样灵动的东西到处都是，并不像我们在转借过程中那样，往往把好的东西去掉，只剩下干巴巴的东西，只剩下灰色黯淡的框架，套过来硬用，许多闪光的、智慧的火花都被熄灭了，失去了精华，这是批评的最大悲剧。所以我在我的"当代文学理论"课上，开篇即告诉我的学生："所谓文学理论，就是对语言的哲学性思维。"一个好的学者、诗学家首先是思想家，不是什么理论的贩卖或套用者，你可以把全世界的理论都学个遍，集于一身，但到你思考与写作时，应该是毫无痕迹的了。所以，我个人一直不觉得你所说的那两种路向有什么冲突，大概只有在三四流的批评家那里才成为一个问题。

沈：不过在批评界，确实还存在这样的问题。许多批评家写的东西，已经和诗的现实不搭界了，还是我那句话：既不在第一时间，又不在第一现场，对诗本身的触摸与感受完全没有了，只剩下术语满天飞，剩下一个吓人的架子，读完以后什么感觉也没有。这种批评，这种诗学，只在那个所谓的学术圈子里面转，没有什么现实意义。

再者说，"诗无达诂"，老祖宗早就看得很明白。古代诗话很少用术语，不是拆解性的，而是感受式的，甚至用意象化的语言去诠释诗中的意象，所谓可意会而不可言传。我们一直在叫喊要确立我们自己的诗学建设和诗体建设，却一直是按照别人的图纸在搭房子，这是世纪之交大家都在关心和思考的主要问题。当然，这也是我们多年弱势文化境遇所造成的心理病，一遇上问题就要去找洋人师傅讨法子，这种态势是到了该结束的时候了。

简：实际上，仅从台湾目前已出版的各种用西方话语诠释中国新诗的著作看，错位是很多的，没有消化好，自己感受又差，只有把西方的东西拿来生搬硬套，当工具用，当流行服装来处理。结构、解构，升旗、降旗、再升旗，变来变去，停留在时尚层面，这是很悲哀的；但西方的诗学还是大有用的，我认为主要在于其对生命、对人生的感受上是相通的，在这一点上，黄皮肤、白皮肤都是一样的，因为人的心灵是不分肤色的。就像有人问我：你在美国读美国文学，怎么能比得上美国人？我回答：既然文学是触及普遍人性的东西，搞不好我这个外来者的感受比你美国人还强！因此，在挪用西方理论时，实际上是检验它与我们的人生体验生存感受有没有相关的东西，有没有产生一种互动性，关键在这里。

沈：从批评回到创作。新诗八十多年了，至今还有人对它的形式提出非议，分行排列都是诗，找不到可通约的东西，文本失范，基本元素不定位，这是最尖锐的问题。有人从语言上去追索，现代汉语本身就处于生成发展之中，没有定形；有人从文化背景去思考，不断革命、求新求变，缺少控制与整合。其实说来说去，有一个事实是大家公认的，就是现代诗是一种"在路上"的写作，百年激荡，都还只是处于摸索之中，一时不宜度身定做什么的。我们知道，"在家中"和"在路上"，其生命状态应该说是大不一样的，那么，由这种生命状态发出的声音以及这种声音寻求表现的形式也是不一样的。

不过，我们毕竟在路上走了八十余年，摸索了这么长时间，是否也应该考虑由拓荒期转入精耕细作期，在现代诗的形式上有所整合，至少就其不可或缺的基本元素做些确认与通约？比如洛夫在做"隐题诗"的实验时，大概也是想在形式上再做一些探求，找到更合乎汉语特性的诗体模式。那么，就现代汉诗的文体特性而言，哪些是可以通约、整合和发扬光大的，哪些尚需要继续试验与探索。或者，新诗这种变动不居的"怎么写都行"本身就是一种常态，一种"在路上"的合理存在形态，所谓的"整合"、"规范"及有关诗体模式的命题只是伪命题，不必要过多考虑的，随着时间的推移，它自会形成自己的合理的路向。

简：新诗又叫自由诗，它最可贵的精神或叫本质就在于，它可能不再如古诗一样，用一定形式来限制现代人可能要表达的复杂的情感。因此，任何形式的固定或许都是在宣告现代诗的死亡。这样说，好像无整合可言了，其实不然，一些小的地方还是有整合的必要的。比如诗行在安排过程中，就有一些基本默契的技巧，只能这样断和连更好些，而不能那样断和连，似乎大家还是有不约而同的认知和遵从。但大的方面，现在提所谓诗体的建设，似乎早了些，新诗的生命力才刚刚开始，这种生命力之所在，就在于赋予我们相当大的自由度，透过这样没有限制的文体，展现现代人更复杂的生命体验。如果过早给它一个限定或规范，可能就破坏了这种包容性，也扼杀了各种可能性。

1999 年 10 月于台湾嘉义

2000 年 10 月于西安

典律、可能性、与优雅的诗歌精神

与李森①对话录

沈：今天的对话，我想集中到我们共同关心的三个话题，就是有关新诗典律、可能性和提倡一种优雅的诗歌精神的命题。我认为，这是三个很有意思也很有现实性的话题，值得深入思考。

李：你就先解释一下"典律"这个概念吧。

沈：首先说一下提出典律这个问题的背景。我经常遇到一些小说批评家和散文批评家们，他们就要问，说你们成天作新诗批评，你们依据的这个基本的诗歌美学的标准是什么？包括《诗刊·下半月刊》，也于去年在林莽的策划下，展开了对新诗标准的这么一个讨论，我觉得都是很有意义的。那么这个典律的概念，我是想，新诗说短吧，也近百年了，说长吧，把它纳入一个大的历史时段里，好像

---

① 李森：诗人，作家，云南大学艺术学院教授。

也是很短促的。但短也好、长也好，关于诗歌标准的问题实际上是一直困扰着我们的基本问题，包括当年有关格律的讨论。那么我所说的这个典律，是想我们新诗百年这样一种历程，能不能从中抽离出一种诗之为诗的美学元素，列出一个元素表来。这个元素表不等于一个固定的形式，而是指必须有一些可以通约的、基本的诗性的特征，或者叫诗性的因子。这些因子组合在一块儿，它就具有这种基本的诗性。不是像现在，怎么样写来，只要分行都成，这是个问题。当年就有学人指出，新诗新诗，只有新没有诗。这个问题是不是今天还存在呢？尤其是，当我们随着先锋诗歌摸爬滚打了这二三十年，冷静下来后，是否有可能来涉及到这么一个命题。

李：新诗作为中国文学史上一种新的文学样式，已经有近百年的历史。但是就这近百年的历史当中，新诗有没有像我们的古代文学史上那样，形成某种典律一样的东西，某种可通约的原则，就像唐诗宋词一样，既是一种美学的诗歌原则，同时也是一个时代的诗歌原则。这种东西，能不能找到，我认为，到目前为止，还是比较困难的。但是新诗，一个时代的文学，它的确有一个时代的文学的特征。这个特征与形式有关，更与诗性的内涵有很大的关系才对。其实，理论是另外一码事情。即使是与文学无关的、没有意义的东西，理论家也可以搞出一些套路来。当然，有意义无意义，要视情况而定。

沈：我这里补充一下这个前提，我谈的这个典律，不单单指的是形式的，它包含了诗歌精神在内。

李：对，对，我知道这一点。就是说如果一个文学，它是一个好的文学的话，首先应该是一个时代的文学，是能够进入一个历史的审美视野的文学。它除了它这个时代的形式特征以外，肯定还包含一种普遍的诗性特征，具有审美的普遍意义。这是一个基础。但问题是，我们如何来理解新诗的这个典律的问题。我们现在来谈这个问题，是到时候了，还是为时尚早？

沈：当我在思考关于新诗典律这个命题的时候，我也很犹豫。就是说，新诗看起来快一百年了，但是呢，要给它找典律，找一个文体的基本体系，可通约的一个标准时，那就说明这个文体已经是个完成了的，或者说是基本成熟了的。打个比喻，就是说，它已是一个基本发育成熟的成人，我们才可能去给他量身定做。如果他还是一个小孩，还处于一个发育成长阶段，我们就不可能去给他量身定做。

李：那么这就要来判断，新诗现在是否已经到了一个阶段性的成熟？

沈：成熟永远是个逻辑神话，你没有永远的成熟，所谓这个永远的成熟就是终结啊，那就死掉了。就像一个果实一样，它已经长到最后。黄灿然曾经在《读书》杂志发表一篇文章，谈到古典诗歌的这种成熟的时候，他就打了个比喻说，相当于一个果子成熟了，成熟以后就要离开它的母体，掉在地上，然后它那个果核会重新再去生长另外一个过程。基因是一样的，但是，它是另外一个形态和另外一个过程。这个比喻我觉得非常恰切。中国新诗的这个百年，相对于古典诗歌来讲，还是很短促的。可是我们要知道，今天，不管是文学也好，还是文化也好，整个文明的进程也好，它的发展和成熟的这个速度，是不可和古典中国及整个古代人类社会相比较的。所以我们这个话题展开的基本前提，是要先判断现在有没有一个阶段性的成熟。

李：我的看法是这样的。一种文学样式，一个时代的一种文学，它是不是走向一种成熟，我认为是有几个标准的。

第一，它必须集中体现出某种外在的语言形式。你比如说，古代的诗人写作，不管是诗经时代，还是律诗时代，都各自形成了一整套的语言表达形式，这种形式本身非常自主、圆满和流畅，体现出时代特征。从语言形式上来说，可以视之为成熟。就是说，这个时代的诗人，面对这个时代的文学，创造了一种属于这个时代的，人们都共同认可的一种形式，也就是说，创造了一个文学的主流。如果没有这个大家共同认可的主流，那么我们就无法再来谈论这个典律的问题。从这一点来说，就新诗来谈一个像典律这样一个非常艰难的问题，我依然认为它是成立的。另外一点，在创作方式上，要体现出某种内在的语言风格，某种独特的创作方法。这种语言风格与传统相比，要有创造性，比如象征主义、意象主义，它们之不同就体现在内在的语言风格，也就是创作方法上。还有第三点，我觉得，一种文学，一种诗歌，它是否成熟，关键还在于，它的审美是不是一种"当代性"的审美，它审美的原则是不是建立在当代的审美原则的基础上。现在有很多人还在写旧体诗，很多画家也在画传统形式的绘画，比如说，画一朵梅花，画一棵竹子，还有松树。那么这个呢，你不能说他自己没有倾注一个诗人和画家的诗性在里面，他自己没有一种审美的原则，你不能这么说。但他的这种审美的样式，他的审美的原则，已经不是当代人的一个审美原则，他在当代的审美原则当中，是失去意义的，失效的。所以呢，传统的一枝梅花，你画得再好，也是缺乏一种创造性的。可能对他个人来说是有创造性的，对他的审美，他的人生，甚至对他作为一个人的心智或心灵的养成，这一点上都是起着重要作用的。但是呢，从艺术史上来讲，是过时的一种审美，失效的审美。

总之，一个时代的文学是不是成熟，可以从语言形式上看是不是创造了一种新的诗性表达形式。不管这种新的形式是与传统有关，还是直接与当下有关。而这种语言形式本身又兴起了一个潮流，形成了大家都公认的一种审美的原则并固定下来。这是衡量一个时代的文学、诗歌是否成熟的基本的标志。

　　沈：对。一个命题的提出，有时是纯理论的探求，不去具体解决一个现实的问题。有时候它又迫于一个现实的需求，反过来找一个理论的依据。

　　提出典律这个命题，更多是迫于一个现实的观察。我们当下诗歌的发展，所有的眼光都在盯着什么呢？盯着一个实验性的写作，或者叫探索性的写作，或者叫先锋写作，主要的目光都盯在那里。对此，我曾提出一个常态写作的概念。就是说先锋写作、实验写作、探索性的写作，这些写作的重心就在不断地寻找一种新的可能性。那么这就有个问题，这种新，不断地新，不断地追新，不断地探索实验，不断地以先锋的姿态追求未来，它既具有开拓性，又具有遮蔽性，把实际上已经出现的一些可能会形成通约的东西不断丢失掉，或弃之不顾。那么我说的常态写作呢，就是想通过对先锋写作所开启出来、所探索出来的新的可能性，进行整合，整合出一个可通约的、典律性的东西。所谓的先锋，所谓的探索，不走极端是谈不上先锋的，不走极端是谈不上探索的，也谈不上实验。它很可能只能在一个诗性的美学原则、美学体系，或者说一个美学元素表里边，发挥一点，不及其余，这才谈得上探索，谈得上实验。常态写作就是要从这种姿态中向后退，退到对各种可能性的整合上来，去企及一种经典的集结和积淀。

　　我可以举两个典型的例子。像"非非"的周伦佑，他早期的诗歌写作是绝对实验性的，那他只是指出了一种可能性，而并没有把这种可能性变成一种经典性的东西。后来他往后一退，变为一种常态性的写作，吸纳了其他的诗美元素，写出了《刀锋二十首》。那我觉得《刀锋二十首》就他个人写作来讲，好像给人感觉是一种后退，但就整个当代的中国诗歌来讲，它却是一个经典性的作品。无论是在欣赏性阅读层面，还是在研究性的阅读层面都是经典的。另一个例子，于坚的《○档案》及《尚义街六号》，《尚义街六号》是口语的这个元素的一个极端的实验，一时影响很大，因为以前没人这么写过；《○档案》是对那种戏剧性效应的可能性的一个极端的实验，颇为震撼人，但也有许多不同的看法。我把它们都叫作极端实验，因为只有极端才有实验。到了后来呢，他退回到常态，包括那种整合意识，对古典诗歌的那种互文性的引用，以及整个语言风格的五彩斑斓，他照样写出一些很有分量的、既重要又优秀的作品，欣赏性的阅读和专业性的阅读都能接受的，带有经典意义的作品。针对这两个例子，我就在想，在这种不断的先锋性、实验性过程中，在追求多种的可能性的过程中，追求实效和活力的过程中，至少对我们的理论与批评家而言，是否应注意挖掘、归纳，整理出一些典律性的东西来，作为一种弥补才对。

由此，我觉得我们今天谈论的这个话题是很有意义的。典律和可能性是非常有意思的两个对立面。完全没有典律，这个可能性也是没有意义的；完全没有可能性，典律也是不存在的。典律肯定是通过这个可能性积淀以后，把它提炼然后归纳出来的。我在上个世纪八十年代中期的时候，就发现一个问题。当代中国先锋诗歌，给人有一种印象，就是总是占山头，开辟根据地。但又总是不去打扫战场。在创作上来讲，它还带来一个问题，就是不断地追风逐浪、趋流赶潮，难以沉着。而我认为真正成熟的一种文学创作不在先锋，而在常态，不在实验，而在整合。在常态和整合性写作当中，才能产出经典的作品。而所谓的先锋，所谓的实验性写作，它常常只会产生一些重要但不优秀的作品。

李：可能性与典律，先锋写作与常态写作，无论是从诗歌研究还是从诗歌创作方面来说，这两者都是非常重要的。当然，作为一个批评家呢，更注重对于这个典律的一种寻找，现在国内的很多批评家，包括一些诗人，都在寻找这样一种审美原则，有这种意识，也有这样的痛苦。

沈：不然的话我们就都成运动员了，不断跟着先锋往前跑。这造成一个很大的问题，就是使我们的诗歌创作过程中充满着运动情结，如果老是这样一种状态的话，那不行的。这二十多年先锋诗歌创作的好多矛盾、好多问题、好多冲突、好多论战的内在的一个心理机制的病变都来自于这里，来自于这个运动情结。

李：对，尤其是理论与批评家，确实要有一种抱负和责任。要努力寻求建立一个时代文学的一种典律性、一种审美原则。

沈：不然就仅仅成为创作的一个依附，老跟着创作跑！

李：实际上现在很多当代的批评家，已完全成为一个创作的依附，跟着创作跑。然后呢，把自己认为写得好的，某些诗人的作品，提得非常的高。同时，不管他有没有相关的文字的评价，事实上是在忽略甚至贬低其他诗人的创造性的劳动。这一点也说明，中国诗歌的批评界是非常不成熟的。寻找一个时代诗歌的一种审美原则，或者是一种典律，我觉得可以把它当作一个批评家的价值追求，或者说是一个目标的追求。至于能不能达到这样一个目标，能不能建立一整套的话语方式，来把这个时代的一种审美原则确定下来，实际上是个未知数，但是，有这样一种可能。同时，杰出的理论与批评家要有自己的独立人格，包括诗学人格和思想人格。要有发现新人、新的美学原则和诗歌方向的能力，整天炒那几盘冷饭，有多大意思？

沈：这就是我刚才讲的两种目的性，一种目的性就是面对现实，针对问题来解决问题。还有一种目的性，是空对空的，一种纯理论的探求，就是基础理论，也得有人来做。

　　李：关于文学研究的基础和出发点问题，我想谈一点。我不太认为文学有什么本质，理论也没有本质。但是，我们现在姑且认为它有一个本质。因为在讨论语言的时候，有些词语是你无法撇开的。

　　就从本质上来说，创作和理论它本身还是两条道路，这两条道路，最好的状态是，两条轨道，各走各的。都是走向同一个方向的，但是中间永远保持着一定的距离。除非你这个人既是一个写作者，同时也是理论家。即便如此，在一个人的身上，创作和理论中间还是有很大的空隙的，这个空隙是永远无法填满的，也不可能填满。如果填满以后，那文学就不成为文学了，它就降低到一种知识和技术的层面上去了。诗歌创作，或这样一种诗性生命的表达形式，之所以被创造出来，很大程度上，就连诗人本身也并不一定很明白。就是说，他成为形式化的那部分东西，只是诗人诗性追求得以体现出来的很小的一个部分。诗人对于诗性的一种追求，对于诗性的一种看法，他创作出来的最形式化的那部分，最个人化的那部分，永远小于他对诗性的那种混沌状态的关注，或者那种感悟。诗歌本身和它那个诗性的本体，和一个人的心智心灵里面对诗性的这种渴求，对审美原则的一种创造性的渴望，这之间有很大的距离。

　　同时，在表达方式上，理论的创造性劳动和诗歌的创造性劳动也有很大的区别。最好的理论也是一种创作，也是一种创造性的劳动。这点，目前在中国的批评界是缺乏的。一种把理论研究本身，把一种批评本身当作一种创造性的劳动，这种精神还是比较缺乏的。当然，可能在个别的评论家身上有这种体现，但是整体上，它还没有形成一种共识。（沈：共识应该说差不多了？）但是有没有能力达到，有没有文本化，那是另外一码事情。就是说，理论也好，创作也好，当它们达到圆满或自足状态的时候，都应该是一种创造性的，都应该有它自身的一种追求。应该说，真正好的理论和真正好的创作有可能是各说各的。就是说，一个诗人，他写出一首好诗来，但可能这个诗人对这首好诗好在什么地方说不清楚。但一个理论家说这首诗非常不得了，把这首诗用各种各样的理论、各种各样的说法，用一套完满的系统将这首诗的审美特征、审美原则非常清楚地表达出来。这时，它就可能使这首诗成为一个经典，具有典律的效应。这两者在很大程度上是相辅相成的。一首好诗，好在什么地方，不好在什么地方，有时候是非常难以判断的，很多东西只是一种内心的交流，同一个审美层次的人之间会心一笑的一种交流。可能一首好诗再换一个人，他就不喜欢这首诗。他认为另外一首还要更好。他又同样可以用一套理论，把那首诗的审美原则总结出来。

在这一点上，诗歌的创作和研究之间，关系很微妙。所以，所谓一个时代文学的典律，某种程度上来说，也是有很多的变数，很多的可能性，很多不稳定性。

沈：我觉得这两个词——典律和可能性，它们是互为激活又同时可能是互为遮蔽的两种东西。只关注可能性，肯定会遮蔽了典律的存在。但是典律反过来又有一个问题，因为所谓典律就是范式啊，从语言学上来讲，它是非常体制性的语言，而体制性话语是诗歌的天敌。诗就是要通过改写语言来改写世界。人被迫进入了体制性话语以后，同时被体制性话语变成一个可通约的平均数，成为一种符号化的存在，而诗及一切艺术，目的就是让人从这种符号化的存在，从这种类的平均数里面，从这种体制性话语里面跳脱出来，重返本初自我。这是一个基本的美学原则。但是，这两个词之间有没有一个通合的切点？这当然又得回到刚才那个前提，就是这个典律是否存在的前提，即我们的新诗是否已经有了一个阶段性的成熟？

再回过头来，重复一个分延的话题。举例说，落实到写作，问题很明显，只要是先锋，只要在诗歌发展的关节点上，写了几首重要的诗，就成了文学史的优秀的诗人，万人瞩目的诗人，并带来一定的影响力和号召性。这种影响力和号召性并不是落实于一种更经典的写作，而是一种更先锋的写作。你牛，你抢占了山头，好了，我要抢占下一个山头。这种不断地抢占山头，不断地所谓超越，它有没有美学上的合理性？就像我说的这个运动情结。实际上现在我们发现，先锋已经成为一个遮蔽性的东西。它遮蔽了什么呢？它遮蔽了常态性的写作。难道我们的常态写作，那个作为金字塔三分之二的部分，作为一座冰山十分之七的部分，就没有优秀的、经典的存在可能性吗？实际上，今天的诗歌理论与批评，由于过于把精力、视野着力于这个先锋，本身也遮蔽了这样一种常态写作。所以呼吁典律的另外一个现实目的，就是想挖掘常态写作中的这样一种典律的可能性。

李：你讲这个问题非常重要。先锋这种写作已变成一种时尚，一种虚假的光荣。特别是在我们这个时代，因为先锋是最容易获得批评家的青睐，同时也最有话说。就是说，本来大家都在暗处，现在搭了一个台子，一个戏台，在灯光未亮起之前，大家都在暗处。这时批评的灯光一亮，照亮的只是很小的一个部分，也就是向台上冲得快的那几个人。反应慢一点的一些诗人，或者说不愿意挤到前边去的诗人，可能是非常好的，但是就因为那个灯光照亮的地方吸引了人们的视角，其他部分，暗处的部分，便被忽视了。

沈：这又扯到另外一个话题了。我曾经在一篇文章中谈到过，就是诗歌批评资源的相对匮乏，和这个庞大的诗歌创作队伍对批评的过于强烈的期待，所形成的这样一种对立性，这样一种差异。

李：我是说，批评家不要只看见灯光照耀的那部分，阳光照耀大地，万物生长啊，看得更全面一点。

沈：问题是阳光在哪里？只能有更多的批评家、更多的理论家，加入进来，才能形成更大范围的一个聚光灯，一个扫描器……

李：按照你这个话题说下去。就是说，先锋这个东西，肯定是会造成一种遮蔽的，当然传统也可以造成一种遮蔽，两方面都可以同时造成遮蔽，两者可以各打五十大板。

有些诗人为了追名逐利，为了先锋，抢到前边去，是不顾一切的，甚至不顾最基本的原则，做人的原则也好，文学的基本原则也好。先锋就是革命啊。如果一个时代没有这种先锋的精神，确实是不行的，但如果搞得太过头，超越了文学的一种基本的限度，也是非常可怕的。这时，一个时代的批评家，就负有更大的责任。因为很多时候，暗处的那些鉴赏者，普通的读者，是在失语状态下进行欣赏的。他们也可能有自己的审美惯性在里边。但是在一种先锋的东西出来以后，聚光灯往往把他们的目光误导了。许多批评家就是掌握那些聚光灯的人。沉默的大多数，在很大程度上是被为先锋摇旗呐喊的批评家所左右的。从人类知识发展的这个历史上来看，也是这样的。任何一种先锋的东西出来，可能是一种少数，就因为一批知识精英和一批批评者不加批评地引导，误导了大众的倾向，把大众的审美倾向带上了一种误区，当然，有时也带进阳光地带。我觉得这是非常可怕的。

当代诗歌就存在这样一个问题。无论是"知识分子写作"也好，还是"民间写作"也好，都有一些好的诗人写出了一些好的诗歌。但两边的批评家都在炒着两边的，鼓吹各自的革命方向，把一种开放性的诗性创造误导向一种非诗化的非文学化的误区。我所说的非诗，不是对哪一方的指认，两方都有非诗。就拿"民间写作"这一方来看。你打开网络，那些口水化的诗歌，铺天盖地而来。然后就有一帮评论家，甚至自己作为自己的评论家，将其推向一个经典诗歌的层面。就是说，在他们的话语体系里边肯定是要求经典的，但他们对经典化的要求是时尚化的。如果仅仅只是一种时尚，那还好说。因为宋词也曾是一种时尚，一种歌词啊，当时是一种时尚。当时那些人，像柳永，他和那些艺妓一起创作，弹琴，写词。但他并没有想到经典，要为文学史写作。而当代一些诗人，有的才写了几年，就想把一种劣质的诗歌变成一种经典！

沈：我觉得你这是一种误解。这种状况我觉得它还是一种时尚，背后还是运动情结在作怪。它实际上也是提供了一种可能性啊，只是在这个可能性的追求过程中，无论它的创作者和理论批评者，可能就是把它过于极端化，造成这样一种印象。实际上，应该也是提供了一种新的可能性。而且我认为，即便是那些口水诗，包括下半身写作，其实就整个的大的格局来讲，它至少还是提供了一种新的可能性，还是扩大了新诗的表现域，至于这种新的可能具备不具备经典性，或者具备不具备一种诗的基本的审美原则，另当别论。而且，这种表现，就现实的这个结果来看，为什么拥有了那么多读者、响应者。或者说，换一个说法，拥有那么大的影响力和那么多的号召性，那还是说明在我们现实的这样一种生命形态和文化形态中，它需要这样一种形式的吁求，需要这种形式的表现，那这种存在就是合理的。这种合理是不是经典的，那是另外一个概念了。

李：我同意你刚才的看法。就是说，这种口水诗，它也是提供了一种创作的可能性。它在很大程度上降低了写作的难度，以一种解构主义的立场，对堆积在诗歌上的一些垃圾的清除，或者对一种传统的老掉牙的审美理念、审美习惯的反动。这是从学理上讲的。不过口水终究是口水。必须指出，理论不过是种翻来覆去的说法。一首坏诗，你也可以把它说得天花乱坠。

沈：或者以西方的说法来说，是一种试错和证伪。用这个试错和证伪，它可能会导引出一种对口语的重新认识。

李：在这点上是没有必要怀疑的。我刚才说的是，他们实际上更多的是从一种急功近利出发，急于出名，急于占山头，急于点燃革命的火种，把先锋变为冲锋！比如说，一个人，他可能是一个非常先锋的青年，他可以留长发，他可以讲各种各样莫名其妙让你听不懂的话。但是呢，它有个限度。如果你把一种革命、一种先锋，变成了一种踩在别人身上的东西，或者对其他可能性创作的一种排他性的蔑视，甚至使用一些恶劣的手段，就是另外一种问题了。

沈：这种问题我觉得只是个别的现象。因为按道理讲，"下半身"和"口语"这种极端性的审美体验，它首先要操心的是别人对它的绞杀，它怎么去绞杀别人啊？这是个悖论！应该说，它的生长是更艰难的。而且所有的先锋，所有的这种诗歌实验，如果没有"排他性"作为前提的话，四平八稳，中庸式的，那就谈不上先锋，谈不上这个实验了，它首先面临着的是别人对它的指责，别人对它的绞杀啊！

李：是的。革命一开始总是有很大的危险性，总是面临着别人对它的绞杀，但是革命根据地一旦建立以后，它就开始绞杀别人了。

沈：你已经进入了一种纯逻辑推理了，我觉得没有这么严重。所谓先锋，我有一个比喻，常常是一种悬崖边的实验，它是站在悬崖边的，它并不具备广大的根据地。那么我倒是理解你说的那个问题，我想应该换一种说法，就是心理机制的病变，这是近几年我一直追索的比较重大的命题。我们的理论批评界，对我们一百年来不断革命不断追新，这么一种运动情结所主导下的历史，大都只注重对文本的文学史的写作，再加上对社会学层面的一些流派的关注。我倒是觉得从语言的变迁角度和从心理机制的病变角度，再写两部文学史和诗歌史，那就更有意义、更加全面了。我是想，为什么在诗歌这么小的一个名利场上，会发生这么严重的一种心理病变？我把它叫作针尖上的角斗。放在一个大的利益场域，假设我们现在面临着一个很大的利益场域，这个因写诗而获得的名利，简直就是一个小小的针尖啊！可我们会发现，现实中的诗坛，它居然是一个炮火连天、弹痕遍地、杀声遍野的角斗场。而且荒诞的是，在这么一个场域里边发生这么大的一个病变，这么普遍性的病变。我告诉你，我说普遍性的病变，不仅是在"口语"，也不仅是在"民间写作"、在"知识分子写作"，我认为是在整个诗歌界。

李：这个问题我觉得是太重要了！比如说我们可以用西方的诗坛和中国的这样一种诗坛来作比较，可能这个问题比较容易说得清楚。西方的诗坛，诗歌是比较边缘化的，浪漫主义时代除外。西方人当中，一直有人写诗，可西方的诗人比起当代中国的诗人来说，平静得多啊。人家追求真善美的这种心理机制非常的健康、大气。但是为什么中国这种诗坛如此的病态！本身就没有什么利益，本身就是一根骨头！一丝肉都没有，这个骨头上仅仅只是有点腥味。为什么这么多的人，奔向这个骨头，挤开其他奔向者，要来啃这个骨头呢？

这个，它有一个民族心智的问题。中国当今社会通过二十多年来的经济建设，早已经把诗歌，把整个文坛都边缘化了。但是，很多诗人，你别看他很先锋，其实，还是一种非常传统的心

理在作怪。就是说他们诗歌创作的出发点，还是修身齐家治国平
天下这样一种老套路。他在心理机制上，有这样一种要求，要成
为社会的主角，必须挤进社会这个主流上去，成为一个人物。他
要通过这种诗歌创作，在社会上获得高人一等的角色。这是一个
很传统的心理机制。

　　沈：我理解你说的意思，这实际上是我们传统文化某一种负
面基因在当代社会、当代诗坛的重新爆发和病变。这个已经很明
显了，就是光宗耀祖、追名逐利啊！这是我们的老传统了。过去
我们通过文学，包括诗歌在内的写作来改变人生机遇，来农转
非，来做文化干部，来调动工作，等等。到了当代，改革开放以
后，这种追求因为下海、经商这些其他的因素，分流出一部分
去，应该是淡化了。又变成通过写作来改变自己的社会角色，来
改变自己的社会身份这么一种心理机制。
　　我想再补充的，就是这个心理机制的病变，我们刚才谈的实
际上是文化背景的问题。那么它有没有和青春性有关，因为诗人
是更带有青春性的。除了今天的文化环境造成这种过于急功近
利、过于浮躁以及这种欲望物质化和欲望焦虑化之外，是不是还
有这个青春性在里边起着作用。

　　李：这个作用应该是有的，因为一个青年人开始写诗的时
候，天生就带有颠覆性，这个肯定是有的。但同时，也是他地位
所决定的。你不能不承认，一个青年，他什么都没有，房子没
有，甚至工作都没有，在这种情况下，他的社会地位本身是处在
一个比较下风的位置，甚至很多人连吃饭都很成问题。在这种情
况下来说，他也急于想通过这个东西尽早获得他的地位。

　　沈：这就导致他的行为前提不是首先来认同一个典律或范
式，而是首先要砍掉、要打倒这个典律和范式。首先是排除障

碍，而不是认同一个标准。对此，我想现在应该提出一个关于优雅的这么一个概念。我说的这个优雅不是把诗写得优雅，不是美学的优雅，而是诗歌精神的优雅，即提倡一种优雅的诗歌精神。

李：一个成熟的诗人，一个好的诗人，他对诗歌精神的追求应该是优雅的，作为一个文人存在状态下的优雅！我觉得这点是很重要的。

沈：实际上不用说西方了，我们古代的诗人们，我们没有跟他们生活在一起，但我们从他们的文本来看，他们的创作心态是很优雅的。

李：即使他是一个大的政治家，即使他是在体制里边的人，他若还是个文人，也应该是很优雅的。今天我们提出这个问题，可能是一个非常重要的问题。（沈：诗歌精神的优雅性！）这种优雅性，与人性里边的一种渴望、一种需求，渴望获得名声，获得大家的尊敬，是没有冲突的，这是正常的。一个人，一个诗人，一个作家，他想在文学史上留下一笔，或者通过他的创作获得社会的承认，这是非常正常的，也是人的一种天然本性。但是这个东西有一个底线，不能破坏生态。你不能说，我这个树为了长得高一点，要把其他的树砍掉。（沈：其实那时候他这个树也就没有意义了。）对，它的高度也就没有什么意义了，是不是？你这个孔雀开屏开得再厉害，没有其他孔雀的观察、观看，你有什么意义呢？这个东西一定要控制在一定的人文底线，我不说是道德底线。

沈：你是不是要表示，诗歌精神的优雅可能比诗歌写作的成功更重要？

李：是这样。就说我自己吧，我是希望出名的，但这个出名，是希望通过我的作品来出名，通过我的创造性的劳动来出名。在这样一种尺度上我是想出名的。如果说，在这样一个尺度上，你真正变成了文学史里边的一个人物，甚至你在活着的年代，就能享受到这种荣耀，我觉得那也是人生的一种非常美的境界。当然，从我来说，现在我生活各方面并不靠写作，我也能保证我的一个社会地位，这个社会地位是通过我的劳动获得的，足以保证我的心理健康。我不会通过文学的一种极端的方式，文学政治学的方式，一种体制化的方式，去获得我在江湖上的位置，去占领一个山头，我不会的。

沈：从现在来看，的确有这种情况存在。就是说，整个的诗坛也好，文学界也好，很多人是把文学、把写作变成一种做生意、搞政治。这确实严重伤害了诗歌精神。

回到我们的话题上，我们提出这个优雅，它会不会成为一个陈腐的词？相对于我们唯先锋诗是问的这么一个时代，它有没有可能妨碍到先锋诗歌的发展。

李：我认为不会，因为任何一个词，不论它已成为一个传统的词，甚至成了一个积淀了很厚的文化垃圾的这样一个词，我觉得从一个词的发展历史来看，它都没有罪过的。我们不可能重新创造一整套的语词，来建立一种先锋的观念。当年的"非非"诗歌有这样一种想法，但后来他们也分裂了，也没有坚持下去。一个作家，一个诗人，你使用的语词，它主要还是以日常语言为基础的，以这个文学语言、书本语言为基础的。这两只脚是一只都不能瘸的。

沈：对，我们说的优雅不是传统意义上的优雅，而是当下我们这种语境下的一种优雅。那么我们这样倡导的同时，还应考虑到：第一，具有优雅的诗歌精神这样一种诗人，他有没有可能同样也是一个先锋诗人？第二，这种诗歌精神的优雅的提出，和我们当下所处的这样一种解构形态的大的语境，是不是显得不是很协调。

李：我认为，优雅这个词的内涵本身，没有传统和现代之分。只要我们给它注入新的语义、新的内涵它就能活起来。文学创造性的劳动，就是要给约定俗成的词注入一部分新的内涵。这部分新的内涵的注入，并不是说要把传统的内涵全部抽空。我们给"优雅"注入新的内涵，说到底是要推崇一种诗歌价值、诗歌追求、诗歌人格，使诗人和诗歌回归到自身的独立性品质上来。这是非常重要的一点。然后，在这种优雅的诗歌精神的背景下，再来谈论创造的可能性。这里也包括先锋诗歌，可能性这个东西未必是向前冲才是先锋，撤退为什么就不是先锋呢？

沈：对，这个于坚已经在他的理论文章里谈得很明确了。这点我觉得于坚是有贡献性的。于坚一直是主张向后退的，他说，我已经把我的这个先锋的帽子扔到太平洋去了。

李：海德格尔（Martin Heidergger）的哲学就是后退的哲学，但谁能说海德格尔不先锋！那么在这种优雅的诗歌精神上，我们再来谈论文学的可能性，就与你那个常态写作接上轨了。常态写作，我觉得是一种非常重要的写作方式。在世界文学史上，大诗人很多并不是出现于先锋的那几个人和最先攻占山头的那几个人当中。李白、杜甫，他们的诗歌体系最先也不是他们创造出来的。

沈：李白、杜甫是我所说的那个常态写作中的集大成者，他们不是先锋诗人，也不是实验诗人。

李：当然先锋诗人当中也可能会出大师的。但在优雅的、常态写作的精神背景下，文学创造性的可能性和空间会更大，就可能出现各种风格的大师和经典的作品。诗性的发生，创造的可能性，在此达到一种极致。诗歌的历史就回到了它真正的诗歌的历史，也回到了正常的历史。这其中当然有一个时代风潮的问题，但更重要的它是诗人个人的历史。因为一种诗歌辉煌的历史，总是要有大师把这种可能性创造到极致。在这种极致的基础上我们再来谈文学的可能性，我觉得就很清楚了。这种极致并不是一夜之间搞一套说法来攻占一座山头可成就的，它是一个诗人终其一生铸就的一种审美原则。

沈：我们换一个角度来说，这个优雅的提出还有个更大的作用。你刚才谈的是创作，我从创作的心理机制来讲，只有优雅才能消解紧张。它消解了一种什么紧张呢？一种先锋的紧张，一种成名的紧张，一种没有成名的紧张。而紧张啊，所谓的焦虑，是一个很大的问题。

李：因为焦虑而失去了方向！像我们这样的诗人呢，不管怎么说，已经建立起一整套我们对文学的看法，不会跟在哪一个诗人背后，攻占一个山头，为小队长当炮灰。但是，很多年轻的诗人，他这种焦虑，这种可怕性，我们必须充分认识到。因为这种焦虑的可怕性就在于他要拼命地去追逐，要冲到前面去。那么在这个过程当中，他自己的创造性、可能性就失去了。他个人的诗歌创作的一个本源，来自于他个人的心灵和心智，来自于他个人的沉默的那部分、混沌的那部分诗性的发生，他忽略了。他忽略了这个东西，就把自己的创造的可能性给灭掉了，只存在那个"山头"的可能性了，那种时代风潮的可能性了。革命最可怕的地方，就是个人的消解，消解个人创造的可能性。现在要呼吁的一点就是，一方面，肯定先锋写作对传统审美原则积极突破的一面，同时要警惕它对个人的创造性及常态写作的遮蔽。

沈：我们可不可以总结一下。就是说，先锋开辟了可能性，而优雅的诗歌精神将导致一个经典性的可能。

李：我再补充一点，先锋是对某种创作的可能性的开辟，但它未必就与诗有关。

沈：对，还要加个可能。

李：有可能是对某种诗性创造的可能性的开辟，有可能。不是说所有先锋的，所有冲到前面的人都是好的。同时，不是先锋的、常态写作的诗人当中，未必就没有先锋的东西。

沈：我们再把它归纳一下，就是说，先锋可能开辟一个可能性的诗歌时代，而诗歌精神的优雅可能会开辟一个经典性的诗歌时代。

最后我想回到我们最初的话题。谈可能性也好，谈典律也好，都取决于我们是否正在逼临一个时代的成熟、一个阶段性的成熟，包括文化形态，包括生命形态，包括诗歌美学。我说的这个逼临，不是我们去逼临，而是时代本身是否已经接近一个阶段性的成熟。只有在这个判断的前提下，我们才能回到最初的那个典律的提出的合理性。我个人觉得这个成熟已经是出现了。我是这样看的，就是它已经形成了一个相对稳定且具有相对共性的这么一个生命形态、文化形态和审美形态。

李：我还看不出来。单从新诗的历史来看，是已经逐渐成熟，逐渐形成一种非常成熟的这样一种艺术形态。但是刚才你说的这几种形态加起来，我倒是还没看出来。比如说审美形态、文化形态，已经形成或已经接近一种典律的，一种普遍性的、带有时代特征的原则，我个人还看不出这一点。也许我再看看，会看得出一些门道。

沈： 先说新诗。我们对新诗的命名已经有了白话诗、新诗、新格律诗、自由诗，然后又有了现代汉诗。从语言形态上，我们有了意象的、口语的、新古典、叙事性、戏剧性、小说企图等等。从所书写的题材范围看，我们从充满幻想的眼睛一直写到下半身了。然后从流派、主义来看，我们已经从浪漫主义、现实主义、现代主义、新古典主义一直又写到了所谓的后现代。难道到此还不能形成一个相对的阶段性的成熟，或者一个可通约的基础吗？如果没有这个基础，从何谈典律？

李： 仅仅从一种诗歌的审美原则，从新诗的历史来看，我觉得中国当代的诗，作为一种表达方式，作为一种对可能性的探索，已经成熟。我说的这样一种成熟，可能跟你说的成熟有一些差距。你说的，更重要的是在于作品本身的一种成熟。我说的这样一种成熟，不仅是一些作品已经成熟，还在于它已经在文体的表达方式上，已经有创造好的文本的可能性。

沈： 从整体来讲，我们是否可以这样来断言，中国的现代汉语诗歌已经走出拓荒期，同时已经摆脱西方诗歌的投影，开始确立自己的独立性、自主性和自信心，已经到这个时候了。

李： 从这点上来看，我觉得已经接近了。从文学发展的历史来看，它已经从一个文体的形成，到一个时代的诗人都以这样的"新诗"形式进行诗歌可能性的探求了。这个是从创作上来讲，还有一个方面也必须提到，就是中国已经形成了一个新诗的阅读群体，包括这种审美习惯、这种接受的历史。（沈：生生不息，野火烧不尽，春风吹又生，非常庞大的一个集体，所以我认为新诗是一个伟大的发明！）而且中国的当今诗歌，已经形成各种流派的纷争与差异，我想正是有这种差异，我才认为它是趋于成熟的。如果没有这种差异，当代诗歌照样只是一种先锋状态，照样只是处于一个先锋诗歌阶段，没有抵达开阔地。

沈：今天的对话，让我感到非常欣慰。看来，我们这次对话所提出的关于典律和可能性的命题，都是有存在的前提的。我们希望我们的同仁，对这一话题的关心者，能更多参与到这个话题的讨论中来。

2004 年 6 月

个人、时代、与历史反思

答诗友胡亮①问

胡：作为五十年代出生的诗人与诗评家，写诗、评诗、编诗三十余年，从个人经历到时代变迁，都不乏话题可谈。

我们先从上世纪六十年代说起，那时可称之为你的"勉县时期"。你在家乡勉县读书、失学、经历"文革"而后插队务农，并大量阅读古典诗歌及文学作品。这样的早年经历，我想，可能已潜移默化为你日后从事现代诗写作与批评中，不能轻易揭去的一层宿命般的文化皮肤。具体地讲，古典诗词的规定与支使，让你的写作与批评在哪些角度或方面呈现为对于古典传统的呼应？是写作中禅味的闪现，还是批评中语感的铿锵？

沈：无论是作为生存体验的积累或是诗歌美学体验的积累，这一可谓苦涩年少的"勉县时期"，

---

① 胡亮，诗人，诗评家。

都算是我整个近四十年诗性生命历程的"初稿"或"底色"。这一"初稿"与"底色",既是之后从事诗歌写作和诗歌理论与批评之探索和追求的基点,也是可能的局限。从文化学角度而言,我和我们这一代大多数同辈们一样,经历了农业文明(乡村小镇)和工业文明(现代都市)两个阶段;从美学角度而言,又是由古典传统和现代潮流相互冲撞相互交融所构成。二者之间的矛盾所形成的内在张力,成为我创作与批评的原发点。

我写诗三十多年,一直没有固定的风格,原因是既非天才后天又营养不良,不具备原创性的语言意识,只是捡拾的记忆而非刻意的经营。但有一点我是一直坚守的,即力求做到不失真情实感和生命意识。

直到近两年,开始《天生丽质》实验组诗的刻意探求,我才算找到了一点真正属于自己独创的语言形式。对此诗人柏桦认为"非常有想法,也非常特别,它简直是再造了一个文本,其意义不仅是实验,而是预示着丰富的可能性之一种"。洛夫也认为这组诗"企图从古典诗歌美学中去找回那些失落已久的意象与意境的永恒之美,是一种极具挑战性的实验"。其实这正是我绕了一大圈,最后还是回到了"勉县时期"经由古典诗歌的滋养所启蒙的对汉语诗性的初悟之结果,当然也必须要有这个"绕"的过程。我甚至想和可能的同道一起,创立一个"现代禅诗诗学"流派,来弥补当下极言现代和唯西方诗学是问的缺陷,以探求葆有汉语诗性之本源性感受的现代汉语诗歌的本质特性,拓展现代汉诗的审美域度。

至于从事诗歌批评,打一开始起,就是想写点随感性的"文章",而不是做"学问"。我上大学学的是经济专业,搞诗歌批评以及间而涉足文艺评论,完全是爱好所致,性情使然,写作与阅读中,有话想说,便随缘就遇地一路说了过来。虽然,自大学毕业后就一直在高校工作,并硬是挤进教师队伍,混上教授职称,但毕竟不是科班出身、学院正宗,是以也一直未上"学术产业"

的轨道，只是个"业余选手"而已。如此处境，不免尴尬，却也便由尴尬生了如履薄冰般的虔敬，且因"业余"而少了功利的促迫、学科的驯化以及专业的拘押，得自由自在之言说的爽利与率意。不过有两个原则是我始终坚持的：一是有感而发，二是成文章，有可读性。

再引申开来说。古典文论包括古典诗学在内，在不乏学理探求的同时，大都自成好读有味的文章或诗话，恰好应合了现代西方"批评是另一种自在的写作"的说法。这一点对我影响很深。我承认由此也带来我的诗歌理论与批评缺乏体系性和学术严谨性的问题，并尽量在不失自己批评风格的前提下，做一些这方面的弥补，力求将现代学理架构和传统文论肌理有机地融会贯通，使之更坚实更有味一些。

问题是评论诗与写诗一样，"怎样说"是远比"说什么"更重要的事情；诗本无达诂，只在仁者见仁智者见智，"见"得有味没味上分高下，而没有一个唯一正确的"见"的。记得五年前在温哥华与痖弦先生就此问题专门聊过一次，他也是倾向于诗歌批评要在学理的基础上，多一点批评家个在的感觉和才情才好。顺便在这里提一下，痖弦的诗歌理论与批评文章就是这方面的典范，尤其是他的点评式小文，足可与古典诗话相媲美，可以说百年新诗批评史上无出其右者。而洛夫也曾经指出我的诗评中有古典诗话的影子，别有特点和味道，并表示激赏。可惜当代大陆诗歌理论与批评的主流走向，是向西学看齐的，一时很难有什么改变。这大概也是当代诗学一再为诗歌创作界所诟病，陷入理论空转和话语缠绕之痼疾的原因所在吧。

胡：七十年代可称之为你的"汉中时期"。

你在成为一个"工人作者"和"民歌诗人"的同时，开始现代诗的写作。我饶有兴趣但又深感迷惑的是：你如何在这两种界面的写作中求得平衡？主流的认可与乎心灵的享乐如果是两码事，何者成为当时写作上最大的内驱力？

沈：我们那一代开始写作时，正逢"文化大革命"。我的家庭出身本来就不太好，又因兄长沈卓1968年冬在西北大学不堪忍受批判屈辱而跳楼自杀，打成"现反"后，一直背着个"反革命家属"的"罪名"，自此从下乡到进工厂，都要为此"挣表现"以求生存，再加上对发表的渴望（潜意识里当然不乏所谓"扬名正身"的念头），故写了不少符合当时要求的诗公开发表。但私下里的主要写作，还是一些抒发个人情感的诗作，包括古体诗形式的和新诗形式的，写完后除同朋友交流外，主要是藏起来安慰自己的苦难人生和苦涩灵魂。

同一主体，两种写作，前者可谓"动手不动心"，明知是哄人蒙世的东西，只是图它现实的功利，后者才是真正发自心灵而求修身养性的东西。我从不讳言这里面有人格缺陷的问题，因为实际上并没有人逼着你去写那些迎合时代的作品，后来更知道我们这一代诗人中，有很多人并未因生存的险恶而去俯就时代的认可，很是惭愧！

好在心里揣着个明白，主要的精力还是放在后者的写作上，虽因地处偏远，难得得风气之先而未赶上第一波即朦胧诗诗潮的开启，但很快就主动地投入到了第三代诗歌的大潮。这其中，写于1975年秋天的《红叶》一诗，发表在1979年第12期《诗刊》上，后被选入由伊仲晞主编、广西人民出版社1982年出版的"文革"后第一部《爱情诗选》，以及后来在甘肃《飞天》月刊的"大学生诗苑"和"诗苑之友"专栏上发表的作品，也大多是在这一时期所留下来的"密藏作品"。

现在看来，正是有了对这一早期"双重写作"的忏悔与反思，才促使自己较早看透了体制性写作的危害，也较早义无反顾地彻底与体制性写作分道扬镳，确立民间写作的立场，并一直为之鼓与呼——从上世纪八十年代初至今，我基本上没有再在官方刊物上发表作品，并早在1982年就创办民间诗刊《星路》，或算是一个证明。

胡：1981 年，你大学毕业留校工作，此后可称之为你的"西安时期"。当年，你的组诗《写给朋友也写给自己》在甘肃《飞天》月刊的"大学生诗苑"上刊出，按照徐敬亚的观点，"大学生诗苑"可以视为后来所谓"大学生诗派"的雏形。你同意此一观点否？你认为"大学生诗派"的诗歌史意义何在？

沈：由张书绅先生主持的甘肃《飞天》月刊"大学生诗苑"和"诗苑之友"诗歌专栏，可以说是当代中国大陆诗歌史中不可或缺的重要篇章，不仅形成了所谓"大学生诗派"的雏形，而且构筑了几乎整个第三代诗歌诗人们"试声"与"发声"的大平台，其广泛而切实的影响力与推动作用，不亚于朦胧诗。

这里不妨简要回顾一下当时的背景：那时朦胧诗曙光初露，尚处于半公开传播状态，而刚刚全面恢复出刊的各省官办文学期刊的诗歌栏目，大都掌控在"文革"前出道，后中断了写作和发表而于"文革"后复出，并占据要津的一批中年诗人编辑手里。这些活跃在体制内的编辑诗人们，其诗歌意识基本上还停留在"十七年"诗歌的模式中，且又急于自己发表新作以扬名正身，便很难顾及到新生力量。尽管包括《诗刊》在内，偶尔也发表一点新锐作品，但大都基于当时思想解放运动的大背景而略表姿态做点点缀，不真当回事的。我对此曾在九十年代初做过一个粗略统计，将近十年间官方文学刊物的诗歌栏目，编辑间交换发表作品的比率竟高达百分之九十多，而当时民间诗刊诗报的存在，基本上还处于"地火运行"的状态，难得发为广大。

正是在这样的艰难过渡时间段，有《飞天》这样一个平台之造山运动般的崛起，可以想象，它对当时绝大部分还如"孤魂野鬼"般在黑暗中摸索的先锋诗人们的感召有多么大！那简直就是民间诗歌或地下诗歌的公开版，形成了和主流诗歌截然不同的第二诗坛。实际的结果是，后来成为第三代诗歌的代表诗人们以及其代表作品，大多都是在这个平台上首先亮相的，包括于坚在内的许多重要诗人，多年后还对此深表感慨和怀念，尤其是对张书绅先生表示极大的敬重！

当然也不可否认，由于时代所限，《飞天》的这两个诗歌栏目当时也仅仅只是一种新生力量的历史性集结与展示，尚缺乏明确的诗学主张，这大概也是后来渐渐被当代诗学界所忽略或看轻的原因所在吧。但仅从精神力量而言，那绝对是一次历史性的重要推动。我想，如果有有心人将这两个栏目的作品重新作一个整理编选出版，无疑是一份极为珍贵的诗歌文献。

胡：1986年10月，你以"后客观"为旗帜，独自一人参加了《诗歌报》和《深圳青年报》的"中国诗坛·1986现代诗群体大展"。请试描述"后客观"之具体内涵，并列出你自己践行此一诗学理念的代表性作品。

沈：参加那次大展，一是应徐敬亚的来信——我至今很吃惊他能向那么多诗人亲自写信邀约，二是看重他的先锋意识和民间立场。至少就我个人而言，绝非趋流赶潮凑热闹，而是郑重其事的三思而行。

"后客观"旗号的打出，基于当时已成雏形的一个对第三代诗歌尤其是以韩东为代表的"他们"诗派的认识，即后来成文为《过渡的诗坛》中的主要观点，认为这类诗歌的主要美学特征在于"真实世界的客观陈述"，以区别于此前主流诗歌之"想象世界的主观抒情"的美学特征。

韩东1982年大学毕业分配到陕西财经学院任教，我们很快就认识了。当时我自己的诗歌观念，还徘徊于传统与现代之间，与韩东全新的探索不能完全对上号，倒是我大学同班一起写诗的丁当与他一拍即合，成为同道。我从理性上也深知韩东们的探索是一个划时代的新路，但在具体的写作中一时转不过弯来，便想出来这么个"后客观"的思路，企图在吸收"他们"的手法中再保留点自己的东西以求区别。后来就有了这一时期的几首代表作，如《上游的孩子》、《致海》、《看山》、《十二点》、《碑林和它的现代舞蹈者》、《过渡地带》及再后来的《惊旅》、《淡季》等诗，实现了"后客观"的某些想法，即在口语加叙事之客观陈述的调式中，适当保留意象与抒情的成分，走了符合自己生命体验和语言体验的路子。

同时，这也是我多年来一方面坚持为"他们"及第三代诗歌张目，一方面又较早提醒"口语"和"叙述"一路诗风一旦滥觞后可能出现的问题之所在的起因。

胡：作为一次空前的飞行聚会，"现代诗群体大展"展出了一代诗人的自由与梦想、狂欢与谵妄、嚣叫与暗哑，其影响所及，不仅仅是在文学领域成为一个重要事件。

你认为"现代诗群体大展"的诗歌史意义何在？

沈：一个文学或艺术事件的发生有无意义，有多大的意义，不在于它是怎样发生的，发生得像不像样子，以及规模的大小或形式的标准，而在于它"就这样发生了"，并有效地产生了历史性的影响力和推动力——这是一个公认的常理。

1986年的那场"现代诗群体大展"，过后看去确实有点"鱼龙混杂"、"一哄而起"的样子，但在那个时代背景下，又确实起到了登高一呼而群雄并起继而狂飙突进的作用。后人诟病多在于嫌其泥沙俱下，乱立山头乱举旗，没个章法。其实这不重要，春潮初起时都是泥沙俱下的，但万物随之而勃发。

至于诗歌史意义，我真不知该作何归纳，想到的只有两点：其一，提前开启了第三代诗歌大潮的闸门，并以"青年性"、"前卫性"、"民间性"和"后崛起"为标志，集约性地公开为民间先锋诗歌鸣锣开道；其二，有效而全面地展现了一个过渡时代之诗歌现场的驳杂样貌，强调并确立了探索性诗歌写作的历史作用与历史地位，并深刻影响后来的先锋诗歌发展。

在此需要补充指出的是，这次"大展"也衍生出后来才逐渐显现出来的两个负面作用：一是无意间遮蔽或至少是延搁了"朦胧诗"诗学的深入影响，二是引发或暗结了沿以为习的"运动情结"。对此，我在多年多篇文章中都有论及，此处不再赘言。

胡：在参加大展的同时，你在《文学家》发表了《过渡的诗坛》一文，全面评价第三代诗人，从此转入理论与批评。

1991年后，你渐次分力于台湾现代诗研究，提出"三大板块说"，并专文论及洛夫、痖弦、罗门、郑愁予等诸多诗人，几欲自成一部台湾现代诗史。

台湾孤悬海外已有六十年，较之大陆，其对于西方文化之引进与中国文化之传承，均更为充分而完整。台湾现代诗固然在西化与归宗的两个极端，以及两个极端之间的若干过渡地段，都苞开七色之花，蒂结五味之果，提供了各异其趣的美学类型；但是，较之大陆现代诗，台湾现代诗似乎仍然具有一些共性特征。请试总结之。

沈：我在评论洛夫的文章中有这样一段话，似可拿来作为对台湾现代诗共性特征的一点指认："得西方现代诗质之神而扩展东方现代诗美之器宇，获古典诗质之魂而丰润现代诗美之风韵，为中国新诗的成熟与发展，提供了更多有益于诗体建设的元素和特质，使之具有更明晰的指纹和更丰盈的肌理。"

这是就文本价值特征而言。就人本亦即主体精神之特征来看，又不妨以我整体评价"创世纪"诗人之诗歌精神的三点指认作为借用，即其一，"现代版"的传统文人精神；其二，优雅自在的"纯诗"精神；其三，多元开放的探索精神。

就文本价值特征来看，大陆虽一直讲"两源潜沉"，其实光顾着赶补西方的课，进而赶与西方接轨的路了，古典一源，大多是在理论家那里说说而已，少有切实而突出的创作体现。像洛夫的现代禅诗，周梦蝶和郑愁予的新古典主义诗风，我们就很难找到堪可比肩而立的大陆诗人和作品。

具体到语言感觉更不一样。大陆诗歌语言尽管很爽利，很明锐，表现力很强，但大多缺乏细微精致的肌理，多以思想、精神和生命意识与生存体验取胜（这一点台湾诗人尤其是中生代之后的台湾诗歌是没法比的）。尤其近二十年，不是过于翻译语感化，就是过于口语化叙事化，一直缺乏对汉语诗质之特性的发掘与再造。这里的问题是缺乏对可谓"大陆形态"的现代汉语之意识形态化、资讯化及单一化的反思，或者说过于信任与依赖这种习以为常的语言形态，以致习为广大而难成精微。若再展开来说，其实整个新诗至今都存在着因语言形式的粗陋而导致"道"有余而"味"不足的遗憾，是一个挥之不去而需要我们长期探究的根本问题。

就人本价值特征来看，差别更大；尤其是"现代版"的传统文人精神和优雅自在的"纯诗"精神这两点，我们实在差得太远。而我一直认为，从发生学的角度而言，正是这两点才是保证诗歌写作之纯正与久远的根基。生存的挤迫，时代的鼓促，"运动"的推力，都可能产生重要的诗人和重要的作品，但真要做能超越时代而深入时间广原的重要而又优秀的诗人，恐怕没有这两点精神的支撑，是很难成就其功的。很多大陆先锋诗人或成名诗人，一提起台湾诗歌就人云亦云地轻言"格局小""语言旧"，其实并未潜心研读其文本和体味其精神的真正价值特征之所在，也由此一再忽略了此一近在身边的借鉴与反思，实在是一个一误再误的误区。

这个问题说到底，还是文化形态不一样所形成的人格差异、心理机制差异和精神气息差异。著名画家陈丹青先生曾调侃性地表示过一种看法，大意是说比起上一世纪二三十年代的那一代文化人，我们在"长相"上先就输了一筹。这里的"长相"，无疑是指"精神气息"了。若拿此说法来看两岸诗人与诗歌品相，是否也有点意味深长的体悟呢？而借镜鉴照，我们自可发现，大陆半个多世纪来的诗歌历程中所出现的种种缺憾，大概总与或多或少地缺乏像上述台湾诗人之文本与人本的特征有关。

胡：上世纪九十年代以来，你曾先后编选《西方诗论精华》、《台湾诗论精华》和《诗是什么——二十世纪中国诗人如是说·当代大陆卷》在海峡两岸出版。

请你简要概括西方与中国、台湾与大陆诗论之同异。

沈：这个问题大得有些吓人，真不知该如何回答。

若仅以《西方诗论精华》和《台湾诗论精华》相比较，我在编选中设立分辑栏目时就发现，像"诗"、"诗人"、"诗歌本质"和"为诗而诗"这四辑在《西方诗论精华》中占相当比例的语录，在《台湾诗论精华》中就没办法单列成辑，说明台湾诗歌理论中对这类有关诗歌本体的讨论少有涉及，占主要成分的是关于具体诗歌创作经验类的言说，以及对语言形式和技巧问题的关注，形成台湾现代诗论的一大特点。

例如台湾中生代著名诗人、诗评家白灵先生，先后在九歌出版社出版了《一首诗的诞生》、《一首诗的诱惑》和《一首诗的玩法》三部书，就是专门讨论现代诗创作技巧的专著，活做得非常细，多年再版长销，影响很大。九十年代中期我曾经读到过有一期《创世纪》刊发集体讨论简政珍两首短诗的发言记录，长达两万多字，逐字逐句地细抠，连标点的使用都不放过，各抒己见，毫不客气，真正的细读啊！当时就很感动，慨叹大陆诗歌理论与批评界就缺乏这样的细活。这些年好一些，大家开始注意深入文本细读的讨论了，算是进了一大步。

由此再反思大陆诗歌理论的整体状态，还是有一个长期存在的问题，就是空话、大话和套话太多，有关思潮、运动、发展状况的言说太多，有的则成了诗歌政治时事报告（我自己也写过不少这方面的文章），而深入诗歌本体和诗学本体的研究成就不大。虽然也不乏这方面的提倡，问世的文本也不少，但不是隔靴搔痒，不切实际，就是套用西学，兀自空转，缺乏原创性、本土性以及与当下创作紧密联系的见解，以至多少年来真正影响到诗歌创作的一些重要观点和振聋发聩之声，反而多出自一些优秀诗人那里。

这里要细究下去，可能还存在一个理论话语的言说方式问题：既没有西方学者说得那样精确而俏皮，以及富有逻辑美感，又没有古人说得那样微妙而感性，只是堆积学识，罗列资料，再加上缺乏才情和艺术感觉，不成文章而味如嚼蜡，你就是有所发现，也没人待见。这个问题由来已久，要彻底扭转，还有待时日。

胡：关于大陆现代诗，你对于坚、伊沙、麦城用力最多。1992 年，于坚完成长诗《〇档案》两年后，你就借助北京大学"批评家周末"的平台，发起召开"对《〇档案》发言"专题座谈会，打破了批评界的失语状态。毫无疑问，你是最早意识到此诗重要性的批评家。对于伊沙与麦城，你也有同样的推举与彰显之功。我认为，你所做的这些工作，对于确保本阶段诗歌史的深刻度与公正性具有重要意义。

对此我想知道：是你的文化秉性和诗学观点与这三位诗人相接近——我在你的一些作品，比如《十二点》中发现了你和他们之间确乎存有一种奇妙的血缘呼应——还是纯粹出于对他们的重要性的尊重，引发了你的批评激情？

沈：自打小爱好文学艺术，到后来涂鸦入道，我都一直是一个"审美杂食动物"，学养杂，兴趣也杂，缺乏"崇一而重"的执著。但细回想起来，又并非随波逐流的被动反应，还是有隐在的立场与选择的。正如你所体察到的，至少在文化秉性上，还是有自我的取向与定位：一是反主流宰制，乐于为新生的和被遮蔽及被忽略的一些人和事摇旗呐喊，所谓"拾遗补缺"，打点边鼓；二是体制外思维，包括话语体制在内的所有被体制化了的，都不愿"入流"，想着有无另辟蹊径的可能。

这种心态说白了，就是不愿做大家都在做的事，不愿说大家都在说的话，不愿挤在一起找不到自己。所以无论是写作还是批评，我的出发点都不在重要不重要，而在有没有打动我的兴趣点。这显然不是一个有为的诗人和合格的诗评家应有的态度，但天性使然，好像总是专业不起来。

我与于坚结识二十多年，行迹往来不多，但自诩是他各种作品的最恳切而忠实的热爱者。这种热爱既非友情所惑，也非其声名大小，就是喜欢读，读来有兴趣，总有新的震撼，没有审美疲劳。于坚通过各种文体所体现出来的那种独一无二的视角与说法，在当代中国文学界（不仅是诗歌界）是最具有原创性的。尤其他的诗歌，不但有效地担负了他对存在独到的观察与体验，而且开辟了新的道路，将我们长久以来不知如何表达的种种，那些与我们真实的存在真正有关的部分，显现出真切的肌理和异样的诗性光芒，从而使现代汉诗对现实与历史的承载方式和承载力，发生了质的变化，并提升到一个更加开放和自由的境地。其《〇档案》与《飞行》两部长诗，历史性地完成了两个超级命名：对二十世纪中国文化专制之典型代表"档案话语"的命名，和对进入现代化之"飞行时代"当下中国文化心态的命名——这不是什么"客观评价"，而是作为一个一直在潜心读文学思考文学的文学人的切实感受。当年在北京大学做访问学者读到他的《〇档案》时，我真的是非常震撼，可周围的人大都无动于衷，不谈及，也无评论，让我大为惊讶！一者看不下去这样的失语状态，二者想为谢冕老师主持的"批评家周末"补个漏，以免有负历史，我才多次冒昧建议，获得"计划外"的"对《〇档案》发言"专题研讨会的召开。过后我整理了近万字的发言纪要，却始终发表不了，最后拿到海外刊出，影响面不大，至今遗憾。

我与伊沙认识二十年，且同在一个城市，可以说是看着他怎样一步步走过来的。伊沙最早的评论文章是我写的，后来又跟踪研究断续写了几篇。伊沙在诗坛上一直是个备受争议的人物，我为此也承受了不少误解与压力，但他的存在在这二十年的当代中国诗歌发展中，绝对是个绕不开去的重要话题。我甚至在和别人辩论时极端化地提出过一个发问：你就说伊沙的诗是一堆垃圾，这堆垃圾又何以能带动起那么大的簇拥而拱起一座山系？仅从文化学的意义来说，这样的问题你就不得不正视。这也正是当初我刮目相看而为之鼓呼的动因所在：一个真正的异数和另类。

与麦城的结识，完全是遭遇性的。朋友介绍认识时，我并不知道他的写作情况，后来看了他早期的作品，吓我一跳：在八十年代中期就写出那么优秀的作品而一直被埋没，实在难以置信，于是又激起我"打抱不平"和"填空白"的激情。后来就熟悉了，却是打心底里喜欢他的诗，与"历史责任"无关。尤其是他的语言，在当代诗歌中可谓一绝，真正专业的阅读，大概没有不喜欢的：叙事与意象的有机整合，寓言化叙事的有效创化，对精练的守护和对意象的原创性营造，以及玄思意味与悲悯情怀，都是让人心仪的。而且这是一位真正纯粹的诗人，只是愿意为诗而活着，绝不希求由诗而"活"出些别的什么，实在难得。

其实所谓"推举"与"彰显"这样的活，我干得多了，还有李汉荣、杨于军、中岛、孙谦、古马、南方狼、吕刚、高璨等等，并不一定都具有你所说的"重要性"，但确乎是从各个方面打动了我的诗学趣味，觉得有话可说而说的，并相信他们在当代诗歌发展中都是有独特贡献而最终会重新为历史所认领的。不过话又说回来，当代中国诗歌的版图实在是过于辽阔和庞杂，对于像我这样边缘而业余的所谓诗评家，也只能是挂一漏万地做一点力所能及的事而已，最终能起多大的作用，也只有留待将来的历史去认证了。

至于你提到的"奇妙的血缘呼应"，也可能存在，因为我的诗歌写作和诗歌阅读本来"血缘"就很杂，"呼应"的可能性也就很大。且认为搞诗歌批评，如果没有这样的"呼应"，而仅仅只是盯着"诗歌史"、"文学史"来择其重要而为之，大概也是有问题的。

胡：你所做的另外一项工作则同样重要，有可能更加重要：1996 年，与李震等编选《胡宽诗集》出版，次年在北京文采阁策划并与吴思敬先生共同主持召开"胡宽诗歌作品研讨会"，有效地完成了对一位杰出诗人的追认。

另外，今年初，你在《你见过大海：当代陕西先锋诗选》序言中指出：胡宽"开启了陕西先锋诗歌的先声，并潜在性地影响到后来的先锋诗人写作，成为出自陕西本土的先锋诗歌精神的源头，同时也使得他个人的创作成就，获得和早期北京'今天'派诗人的探求不差上下的历史意义而为历史所记取"。你同时指出，胡宽"有'陕西的食指'之称"。但是我认为，胡宽和食指不可类比。食指是一位前现代主义诗人，胡宽是一位后现代主义诗人；食指，正如多多所说，是"我们一个小小的传统"，但是胡宽，似乎从没有成为任何陕西诗人的美学上游；食指是源头，而胡宽，仿佛是来自外星与未来的大海；如果真有诗人受到胡宽影响，那么他肯定还在去胡宽的半途。不知你同意我的观点否？

沈：拿胡宽和食指比，确实有点问题。问题的关键在于食指通过后来的不断被经典化而影响广大，成为公认的"传统"部分。胡宽却一再隐匿于时代的背面而不被人了解。即或是后来被我们发掘出来，彰显于世，也好像因时过境迁而不为重视，除在理论界还时而有新的研究者光顾外，很少再影响及广泛的阅读层面和当下的诗歌写作。而且，胡宽在活着的时候也很少影响到别人，既不发表作品，也基本不和写诗的人交流，没有进入任何的诗歌团体和圈子，完全是独往独来。所以我特别斟酌地说他"潜在性地影响到后来的先锋诗人写作，成为出自陕西本土的先锋诗歌精神的源头"，强调的是"潜在性"和"精神性"，实际的影响确实如你所说，"没有成为任何陕西诗人的美学上游"。但我们在总结历史的时候，对这种孤立而卓越的个案性存在，是绝对不能疏忘的。

为此，我也十分欣慰于能在《你见过大海：当代陕西先锋诗选》这部新的诗选中，再次追认这位诗人的存在价值和诗歌史意义，为将来更为全面而公正的诗歌史书写，留下一己之见。

胡：1999年2月，你在《出版广角》发表《秋后算账——1998：中国诗坛备忘录》，后来成为世纪末诗学大论争的导火索之一。十年过去了，你认为这场大论争的诗歌史意义何在？

沈：首先感谢你澄清了一个事实，即我的那篇"惹祸"的《秋后算账》是先发表在由刘硕良先生主编的非诗歌刊物《出版广角》，而后才出现在《诗探索》上的。但诗歌界很少有人看到前者的发表，误以为就是为"挑起论战"而直奔《诗探索》去的。再次澄清此事的原因，在于说明当时代表"民间写作"一方的"反叛"，确实不是一场有预谋的所谓"阴谋"，而是一种散点式的不谋而合。我当时到会上后一时也懵了，因为两边都是同道或朋友，突然间争执到水火不容的地步，并硬是将我的文章归入"阴谋"之作，高调批判，我也只能是被动应战了。

如今十年过去，我还是坚持认为这是一场发生在纯正诗歌阵营内部的、有着十分重要的诗学意义和历史价值的论争，而不是后来被一再曲解的什么"内讧"或"无聊的话语权力之争"。还是前面谈到"现代诗群体大展"时所说的，一个文学艺术事件不在于它是怎样发生的，发生得像不像样子，而在于它"就这样发生了"。"盘峰论争"爆发的时间和形式不无偶然性，但还九十年代中国大陆诗歌一个公正全面的历史真实的吁求与辩白，是迟早要发生的事。

至于这场大论争的诗歌史意义何在，只能从这十年的诗歌现实来反观其影响。现实的结果是：在经过对官方诗歌批评空间的长期宰制之反抗，再经由对唯北京中心/学院中心为是的诗歌批评空间的精英化、单一化而致狭隘化之反拨后，"民间立场"试图重建诗歌批评空间的意向得到了历史性的呼应，并逐渐回到真正多元互补的健康状态，回到丰富深广的大地和共同呼吸共同拥有的天空，已成不争的事实。

这个结果，这个认识，其实在"盘峰论争"一年后，我在题为《中国诗歌：世纪末论争与反思》的长文中已有所思考和论及。此文后来被连续转载十次，其中一些主要观点，现在看来还依然有效。

胡：你和当代中国先锋诗歌一起走过了三十多年，并一直在场守望至今。可否在此以你的经验与观察，就新世纪十年诗歌及回溯先锋诗歌三十年的历程，谈一点新的认识或总结？

沈：这个话题最近刚好有一点新的想法，这里不妨先点个题，供大家参考。

步入二十一世纪的中国新诗已走过整整十年的路程，并以其十分突出的文化学特征与美学特征，将这十年与其他阶段区分了开来，同时也越来越明显地暴露出它的负面问题，提醒我们适时予以总结。

自朦胧诗"新的美学原则"的崛起算来，当代中国大陆新诗发展历程，大体经历了四个阶段的革命性跨越。这四个阶段，概括而言，可分别表述如下：

第一阶段，朦胧诗时期，可谓意识形态与审美形态双重意义上的革命。

这次革命，以反意识形态暴力和反文化专制主义为旗帜，一边纵向回归"五四"文学传统，一边横向接纳西方文艺思潮，重在"写什么"上开启新的道路，以求获取人性、诗性的复归而重建现代诗歌精神和现代诗歌品质。

第二阶段，滥觞于整个八十年代的"第三代"诗歌运动时期，可谓文化形态与生命形态意义上的革命。

这次革命，以"生命写作"和"反文化"为主旨，消解二元对立的、意识形态化的写作立场，从"写什么"为主的单一维度，过渡到以"怎么写"为要的多向度展开，促使当代大陆诗歌全面进入真正意义上的"现代汉诗"发展阶段。

第三阶段，"九十年代诗歌"运动时期，可谓语言形态意义上的革命。

这次革命，以"民间写作"和"知识分子写作"为主力，共时性地将现代主义、后现代主义、新古典、后浪漫等诗歌思潮并置分进，而又对诗歌语言与诗歌表现形式的探求赋以共同的关注，并引入以"口语"与"叙事"为主的新的修辞策略，有效地扩展了诗的表现能力与表现域度。

第四阶段，"新世纪诗歌"时期，可谓诗歌生态意义上的革命。

这次革命，以"民间诗歌"立场的全面确立和"网络诗歌"的迅猛发展为标志，彻底告别延续半个多世纪的文学创作与文学传播之主流机制，全面地、毫无保留地返回民间，以体制外写作和体制外传播为新的运行方式，在"自由创作""民间传播"的理念支撑下，集结为新的阵营，并一步步由边缘而主流，进而成为真正代表当代中国诗歌发展的方向、坐标和重力场。

这是一次划时代的剥离，一次超越文学而具有文化史意义的进步。它不仅是对"五四"新文学传统的恢复，更是对以《诗经》为源头的中国古典诗歌传统的恢复。有了这样的恢复，便有了可以持之恒久的自信和由这自信所保证的不可限量的未来。

　　经由上述四个阶段的合力奋进，作为"现代汉诗"意义上的当代中国大陆诗歌，终于形成了属于自己的精神传统，而不再左顾右盼、无地彷徨。可以说，这是新诗百年发展最好的时期，似乎已没有什么外来的力量，可以阻遏或妨碍她的正常生长。而与此同时，显而易见的是，一个造山运动的时代随之结束了，一个狂飙突进的时代也随之结束了——告别"革命"，我们无可选择地被进入到一个无中心也无边界的平面上，开始游走式的、新的行程。尤其是，在诗歌生态获得空前多元、空前自由、空前活跃的同时，也随之出现了空前游戏化、时尚化、平庸化和同志化的现象，令人颇为担忧。

　　无论在任何时代，诗都应该是一种尖锐而突兀的存在，一种在时代的主流意识背面发光，在文明与文化的模糊地带作业的特殊事物。这种特殊事物的终极使命，在于使个体的诗性与神性生命意识，得以从社会化的类的平均数中跳脱出来，重返本初自我的鲜活个性，由此恢复历史记忆与文化担当的责任，并适时给出理想与未来的前景，以映照现实之不足与缺陷。

　　从这一意义而言，无论在任何时代，诗又应该是不断超越现实的羁绊而为未来所服役的一种事物。因此，原生态的生存体验，原发性的生命体验，原创性的语言体验，是诗人在任何时代都不能忘记的法则。也只有遵从这个法则，诗与诗人才会免于被所谓的"时代精神"所辖制（在当代中国语境下，这个"时代精神"常常与主流意识形态混为一谈），成为坚持开放在时间深处的生命的大花。

　　显然，诗的发生及其存在，在任何时候都非一种快意宣泄的"游戏"，而是一种生命的"仪式"，这是需要我们时刻提醒的根本法则。

　　可以说，新世纪十年，中国新诗热闹了十年。比起过去的艰难，这样的热闹也算一种合理的补偿。问题是，诗人是超越时代与地域局限的人类精神器官，而非时代与时尚机器的有效零件。当下中国文化形态，引诱的是欲望，追求的是流行，操作的是游戏，满足的是娱乐，刺激的是感官，造就的是"没有灵魂的享乐的人"。这是比意识形态更具有杀伤力的一种东西。诗人们必须对此有所警惕。

胡：你以前提出现代汉诗的"三大板块说"，影响广泛，现在又提出"四个阶段说"，很有分量，我们期待它的反响。

最后我想提一个有关诗歌批评的具体问题：多年来，你以诗歌批评名重海内外，请问一篇批评文章必须具备哪些条件才能臻于上乘之境？

沈："名重"一说，我实在承受不起。

要说一篇批评文章必须具备哪些条件才能臻于上乘之境，我也只能依我个人多年的摸索和经验简要言之：一是要有学养，这是基本的储备；二是要讲学理，这是现代文论的基本要求；三是要有综合性的艺术感觉，不能只一门心思钻在诗里面，同时最好有一点自己的诗歌创作经验；四是要有问题意识；五是要讲情怀，有担当；六是要成其文章。

另外，有二十世纪西方音乐评论教父之称的哈罗德·勋伯格在谈到乐评时，曾提出影响评论家评论水准的几大要素，即背景（文化背景、生存背景）、品位（艺术品位、人格品位）、直觉（艺术直觉、生命直觉）、理想（艺术理想、人生理想）和文字能力，大概也可借用过来，提示我们的诗歌批评该如何更能臻于上乘之境。

2009 年 11 月

[增订版]

II

沈奇诗学论集
ON POETRY AND POETS

沈奇 著

中国社会科学出版社

大陆诗人论

【辑一】

【辑二】

2

飞行的高度

论于坚从《〇档案》到《飞行》的诗学价值

引言：从批评说起

在世纪末的中国诗坛，大概没有哪一位诗人遭遇像于坚这样尴尬的批评处境：一方面，作为坚持民间立场之纯正写作阵营中最具影响力的代表人物，不断在官方（如《人民文学》等）和海外（如《联合报》等）获奖，大获张扬；一方面，在备受阅读层面（包括诗界以外的阅读层面）的好评和赞誉的同时，却又总是为诗歌批评界（尤其是学院批评）一再冷落或叫作疏淡，以至又屡屡让海外的现代汉诗诗学界独享其成。双重的尴尬使于坚难免有些"恼火"，他讨厌"主流认同"的阴影，也反感"国际接轨"的幻影，在无奈中接受这些"阴影"与"幻影"的些许慰藉之后，来自纯正诗歌批评阵营的冷淡越发显得让人难以理解。诚然，在经由非批评通道而早已立身入史的于坚而言，这种"恼火"有时看来不免多余，但又无不透显出这位诗人某些未泯的童心和赤诚的情怀——他一直在纯正诗歌批评界那里寻求着一种理所当然的认同，以安妥这样的童心与情怀，因为历史已经认领了的这种"认同"，在新诗潮勃发至今的二十年中，是怎样的亲切、怎样的可敬和怎样的重要，以致使整个纯正诗歌阵营，形成了一种无法绕开他去的批评期待，乃至不管这种"认同"是否也会发生必不可免的错位或告竭。

"我以为作为一个中国诗人，在这样的一个时代，最荣耀的莫过于在北大这样的地方讨论他的作品……"这是于坚在1994年12月15日下午，出席北京大学部分师生由谢冕教授主持的"对《○档案》发言"座谈会上的由衷之言，至今读来让人感叹不已。显然，对学院批评"认同"的"期待"，在于坚心里也是一个颇具分量的情结——遗憾的是，四年过去了，这情结依然为尴尬所"认领"。

是于坚"错开"了批评界？

还是批评界"错开"了于坚？

不是说错开了于坚就是批评的失职，其实这是两方面的问题，让人感兴趣的是这问题中包含的某些启示：经由前新诗潮（主要是朦胧诗）批评的辉煌成就，似乎也逐渐形成了某种"批评期待"——期待新的"北岛"、新的"舒婷"、新的"朦胧"（以致有了"后朦胧"、"后新诗潮"的含混定位）以及新的"海子神话"，以沿着既定视野扩展中心不变的批评格局。于坚显然是作为这一期待视野之外的"异类"突起于批评家面前的，他使他们同样感到尴尬，从而被迫选择了仅属于诗歌史范畴的认领而非诗学范畴的认同。因此，便再一次错开了为九十年代中国诗歌贡献了《○档案》和《飞行》两部巨作的于坚。这其中，已将于坚视为功成名就的历史人物，是可能的心理机制。同时，于坚一再被看作同样已功成名就的"他们"诗派的一分子，亦即划归为已有定论共识的流派诗人之一，大概也是一个潜在的批评盲点。其实就创作而言，无论是八十年代还是九十年代，于坚都完全是一头卓然独步的雄狮，加盟"他们"，也只是气质相近而非风格相投。"我的梦想只是写出不朽的作品，是在我这一代人中成为经典作品封面上的名字。"① 这"梦想"可说已经实现或正在实现，那么何谈"尴尬"呢？历史常常让一些优秀的人物成为孤独的狮子，该消解的是于坚不必要的"恼火"。而对批评的盘诘，就本文而言，也只是为我同样可能力不从心的诠释，作一点铺垫——我只是不愿再"错开"，无论是作为读者还是批评者，出于良知还是出于责任，我都无法再绕开于坚所提交给我们时代的诗的高度，去作其他的言说。

补遗：对《〇档案》发言

在当代中国诗坛，于坚一向被指认为具有前卫性、先锋性和实验性的代表诗人，属于超越时代步程的前沿人物，而于坚自己则声称："我实际上更愿意读者把我看成一个后退的诗人。我一直试图在诗歌上从二十世纪的'革命性的隐喻'中后退。""在一个词不达意，崇尚朦胧的时代，我试图通过诗歌把我想说的说清楚。""我是一个为人们指出被他们视而不见的地狱的诗人。"②

于坚在做这样的告白时，已完成了他的巨作《〇档案》，在人们的各种误读和批评界的广泛失语面前，诗人不得不做出这样一些自我诠释。其实，"后退"的态势，是于坚很早就确立的创作立场。退出什么？退出新诗沿袭至朦胧诗依然滥觞的审美范式——高蹈、抒情、翻译语感化，意象迷幻、隐喻复制、观念结石以及精神的虚妄和人格的模糊，失去了对存在发问、对当下发

---

① 于坚：《关于我自己的一些事情（自白）》，《棕皮手记·自序》，东方出版中心1997年版，第11页。

② 于坚：《棕皮手记·1994—1995》，《棕皮手记》，东方出版中心1997年版，第285页。

言的尖锐性。"人说不出他的存在，他只能说出他的文化。"① 这是于坚一直关注并力图在自己的创作中予以解决的核心问题。把话说清楚，并发掘过去和当下诗歌中存而未说的东西，以重新恢复汉语在当代诗歌中的命名功能，遂成为于坚诗歌的大抱负。这一抱负的立足点，在于转换话语，落于日常，活用口语，再造叙事，使语言不再空转。语言是文化的本根，文化的疾病首先是语言的疾病。新诗对古典诗的革命，在于古典诗的语言在新的生存现实面前打滑、空转，随后新诗自身也渐渐被打磨得空转起来，失去了重新命名的功能，成为一些虚幻的空中楼阁。对此，于坚返身他去，由诗性的歌唱转而为诗性的言说，视日常为理想之体，注重对意义的刻写而非意义本身，回到动词、名词及一切词的根部，客观、坚实、健动、去蔽、朗现、裸呈，以一种不无试错、证伪的态势，通过对汉语隐喻系统的解构，引领人们返回存在现场，从而极为有力而深刻地改造了我们时代的诗歌语境，同时也就改造了我们时代的诗歌精神。

这一语境和精神的集中体现，便是《0档案》。

于坚创作和发表《0档案》时，正值诗坛沉迷于"海子神话"时期。当普泛的读者和批评家们，为第三代诗人创化的口语写作和冷抒情弄得不知所措时，突然在最后一位现代神话写作者海子那里，找到了追怀浪漫诗歌的巨大宣泄口，一时关于"麦地"、"玫瑰"和"王"的"海子式意象仿写"，泛滥于整个诗坛，将一场悲剧弄成了盛大的节日。《0档案》可谓生不逢时，孤独者必须再次接受孤独的磨炼。沉浸在重返神话与浪漫中的人们，不可能对这部毫无诗意可言的什么《0档案》发生兴趣，以海子为荣耀的北大部分学生，甚至干脆称《0档案》是"一堆语言的垃圾"。这是典型的中国式文化心态，当存在日益暴露出它历史

---

①　于坚：《棕皮手记·从隐喻后退》，《棕皮手记》，东方出版中心1997年版，第243页。

的狰狞与现实的粗陋时，人们所做的不是去清除垃圾，而是踩在垃圾堆上幻想玫瑰的抚慰。其实我们几乎像用旧钞票一样，一再污染和蹂躏了那些曾经多么美好的浪漫语词，使它们变得模糊不清，充满虚妄的唾沫和焦煳的体臭——我们只剩下夸大其词、言不由衷的虚空外表，而远离存在之真实！

　　尽管，批评界对《〇档案》的冷淡和滞后，是有各种原因的，但无论从诗学的角度还是从诗歌史的角度，我们都不可以绕开这座突兀而起的独在高峰，而言说九十年代现代汉诗的总体进程。《〇档案》所体现的那种巨大的实验力量和完全生疏的形式魅力，是前所未有的。这是一种智慧和意志的而非激情与想象的写作，"用具体、精确、明晰、富有逻辑的语言描述事物"（于坚语）是否能成为诗？《〇档案》做出了极为出色的解答。在这部对文化专制之典型形态即"档案话语"的解构性"命名"的鸿篇巨制中，诗人彻底洗刷了新诗传统中一味追求形而上和浪漫感伤与矫情的遗风，将自己置于"非诗"的边缘，以此来拓殖现代汉诗语言新的表现域度和对历史与现实的穿透力。指认、检视、形而下、以物观物、客观陈述，以所谓"垃圾式"的语言来书写语言的垃圾，以对话语结构的颠覆来抵达对精神暴力的颠覆，所有这些看似与诗性相去甚远的干巴巴的东西，经由于坚式的特殊编码，均产生出异质的活泛和意趣。读于坚的《〇档案》，总使我想到瓦雷里（Paul Valéry）评价爱伦·坡（Edgar Allan Poe）的那段话："明快的魔鬼、分析的天才，逻辑与想象力、神秘主义与精确计算的最新式、最有诱惑力组合的发明者，研究特殊现象的心理学家，研究和使用全部艺术手段的文学工程师。"

　　作为一个被视为"另类"的诗学事件，《〇档案》令当时的批评界长时间处于静场状态。最终，在事隔近一年的1994年年底，经由笔者的提议与鼓动，终于引发了由谢冕主持的北京大学"对《〇档案》发言"研讨会。遗憾的是，这一由笔者整理的唯一对《〇档案》进行学术研讨的会议纪要，仍因各种原因，未得以在国内公开发表，仅于1995年的《台湾诗学季刊》第四期上刊出。这里，不妨借这篇记要作一些摘要性的补遗，以便增加一些整体性的认知——

文学博士陈旭光发言指出："进入九十年代，与席卷中国文化界的新保守主义思潮相应，先锋诗中有了一个明显的'回返'现象，即日益丧失在文本中无情解构、颠覆的反叛姿态和先锋精神，'回返'一种与传统和解或与大众传媒共谋的温情与保守。正因如此，我特别看重逆此潮流而动的于坚的《〇档案》写作。它以主题的严肃性，深入到个人生存之集体无意识领域的深刻性及形式上的走极端而保持了难能可贵的先锋精神。"同时，在对于坚先前的短诗和《〇档案》写作比较之后指出："于坚首倡并有效地实践了强调语感、语势的口语写作。这种口语破除语言中的文化性厚积而与个体内的生命体验更为接近乃至同构对应。在他那些短诗的静态文本下面，总是潜行涌动着一种真实的生命呼吸，而在《〇档案》中，'人'死亡了，主体'缺席'，文本完全静止、平面、无限堆积，没有生命的气息……"陈旭光这里对《〇档案》的文本质疑，或许正是于坚所要通过文本达到的效应，因为无论作为文化形态还是现实作用，"档案话语"正是这种让人死亡、让主体缺席而毫无生命气息的东西。《〇档案》是一种典型的指认性写作，语言与意义处于一种直接的、自然的关系中，可诉诸此时此地的语境，作者只是指认，将指认后的思与想完全留给读者。

文学博士孙民乐认为："《〇档案》有可以意识到的诗学背景，诞生于对诗歌语言的一种独特的设定和追求，即诗歌语言应屏蔽语言的历史沉积和文化诗意，还语言以原初的'命名'功能。"并深入文本精细地分析道："《〇档案》以杂沓'堆垛'的语言策略，打破了横向组合的亲和关系，语调的排泄或倾倒和高密度的铺排，几乎阻断了意义缝合的可能。……没有意义的承诺，只有声音和形体的扭结和横陈，汉字由此似乎回到了仓颉之前的自在和自然状态，它的物质性从历史幽灵和文化迷宫的禁闭与羁绊中脱颖而出，走向了诗的前台。这是一次真正的'语言的'建构，尽管语调的历史印痕和文化内蕴并未完全飘然而去，尽管人们依旧可以轻易地从中读出各种历史的、社会的、人生的主题，但这些主题的承载者和承载方式已发生了质的转变。由此，与其说它是一种诗体形式的创造，不如说它是一种诗歌语言的发现。"

文学博士尹昌龙则特别指出："《〇档案》中的'〇'有一个虚构的喻义，即对自我的消解，而通过社会话语——档案，来看自己，用一种戏仿档案的讲述方式，在对档案话语亦即社会话语规范的解构中找到裂隙，从而在这个裂隙中呈现出个人稀微的真实，这是这部作品的特性所在。"

文学博士林祁认为："档案是我们熟悉到几乎不注意却又是严重存在的一种文化，人们绝不会想到此中能写诗，于坚偏冒了这个大险。由此他不可能遵从历史的审美习惯，遵从英雄式的、抒情性的表现方式，迫使他另辟险径。他发现档案形式的严密里有裂隙，庄严里有滑稽，简单的词语后面有深刻的社会文化背景，利用这种档案形式拆解档案话语，是一次大胆而成功的先锋性实验。"

杨鼎川教授指出："《〇档案》有意地亵渎诗的高雅，因而多少带有粗鄙化倾向。我使用'亵渎'和'粗鄙'不带贬义，对于那样一段可悲的历史，对于那种以类去消除个性、以政治抹杀人性的现实，谁还能认为应当用优雅的语词和风格去抒写？"

谢冕教授在最后的总结性发言中指出："于坚和他的《〇档案》的价值在于，他所显示出来的人的语言存在的特殊困境，比同时代的作家和诗人要涵括得多得多。他所要显示的，在《〇档案》中已表现到了极致，是我们每个中国人都深切感受的。通过各种语词的有意味的拼凑和堆积，到达一种高度，所堆积的是一个非常宏伟和有深度的东西，震撼人的东西。诗人不应该忘记历史，忘记是文学家的不幸，诗人必须直面自己所面对的大地和天空，面对自己的内心世界。于坚是这样做的，和那些游戏式的诗人不一样，和那些粉饰性的诗人也不一样。"在做出这样的充分肯定之后，谢冕关切地问道："我最终想知道的是，作为《〇档案》这样'自杀性'的创作事件，对诗人于坚的创作生涯意味着什么？于坚和他所代表的这批诗人，下一步写什么？怎样写？你为此所付出的代价，会导致你怎样的新的选择？"

——三年以后，在继续创作了大量高水准的短诗和极具创建性的诗学文论的同时，于坚又向我们提交了另一部惊世骇俗的长诗巨作《飞行》，它所抵达的新的高度，既回答了谢冕先生的悬疑，也验证了陈旭光博士发言中最后的猜测："于坚这样做是意图要'置于死地而后生'吗？"

实则《〇档案》所开启的诗歌新地并非"死地"而是"极地"——是远离九十年代旧梦重温之普泛诗歌现场而生发新的生长点的"极地"——于坚创造了这样的道路，也就必然有能力使之不断拓展与延伸。

认领：《飞行》的高度

《飞行》一诗，初稿于1996年12月，此后一年中，四次修改，1998年8月发表于《花城》文学双月刊，刊出后，又复改定一次，以最后的定本获首届王中文化奖。前后五次修订，可见于坚对这部长诗的重视。定本计五百三十八行，其中最长的一行诗多达三十一字，大部分在二十字左右，算来全诗万字有余，体积庞大，气势恢弘，无论是其精神含量还是艺术含量，都属"航空母舰"或"空中客车"一类的大诗史诗之作，长而耐读，富有奇趣。假若说《〇档案》是一部推向极端的实验性文本，《飞行》则是一部经由整合的经典性文本。二者有共同的品质，如戏剧性、小说企图、命名功能及高密度的铺排、堆垛之语言策略。也有不同的风格：《○档案》是单向度的推进，《飞行》则充满了复合的光晕；《○档案》是对"档案话语事件"的个案性深度剖析，有清场的作用，《飞行》是对"时代精神领空"整体性检视梳理，有建构的意义——我则称之为"超级命名"。

于坚对他的这部巨作题名为《飞行》，在我看来，既是实指，又别有深意。飞行是亘古以来人类的梦想，这一梦想在普通中国人中的实现只是晚近的事情。登上现代飞行器，脱离赖以扎根生长的土地，在一万米高空回视过往的一切，对每个人而言，都无异于一次"精神事件"！我们知道，当宇航员飞离地球，在太空中回望漂浮于黑暗中那颗闪亮的蓝色星球时，曾经发出怎样的惊叹而于一瞬间改变或叫作重建了自己的世界观。这样的"精神事件"，对于刚刚由那么多动荡、忧患、闭锁、文化专制与物质匮乏中走出而重新认识自己与世界的中国人而言，无疑更具震撼力，且更具复杂性。由这一特殊角度切入，遂使诗人的一次短暂飞行变为有巨大穿透力和涵括性的时代表征：现代与传统、梦想与现实、个人天空与历史风云、私人话语与全球一体化以及生态伦理、环保意识等等，无不经由于坚式的"飞行"，得以诗化的展开。"二十世纪的中国诗尚未完全意识到，他们有义务为一个与乡土中国完全不同的汉语新世界命名。"[1] 于坚在《飞行》中出色地实现了对这一"命名"的企及——由此，在对二十世纪中国文化专制之典型代表"档案话语"做了《○档案》式的独特命名后，又对二十世纪末中国人的"精神心空"做了《飞行》式的独到命名——如此两个重大的命名由同一位诗人完成，这在我们的时代里，是极为罕见的。

前文曾提到，《○档案》的命名属于单向度的个案深入，《飞行》则具有整合性的效应。当代中国诸般有代表性的文化景观和

---

[1] 于坚：《棕皮手记·从隐喻后退》，《棕皮手记》，东方出版中心1997年版，第245页。

世态景象，在《飞行》的视阈里，都得以诗性的触及、激活、指认与追问；跨度大、容量大、蕴含深，上天入地，通古涉今，无远弗届，大开大阖，颇具史诗气象。《飞行》的题旨如此凝重与宏阔，落于文本，却无涉文化诠释和价值判断，只在呈示与体认，如同那个巨大的飞行器，只在运行和运行的姿态，无所谓运的是什么，目的何在。"伟大的诗歌是呈现，是引领人返回到存在的现场中。"① 在这里，诗人几乎是用一种抚摸性的眼光，逡巡于"飞行"中所视、所思、所想的一切，依然有批判的锋芒、质疑的灵光、盘诘的烛照，但更多了些达观的情怀和宽容的气息，乃至不避怀旧的意绪亦即文化保守主义的嫌疑，至少是消解了极端性的、不断革命、不断求新求变追逐"现代化"的所谓"先锋立场"。在极言"现代"的喧嚣里，维持心灵的清醒和笔端的沉着，用冷静的头脑支配明朗的墨水，对东西方意识形态、语言形式和表现策略保持从自身经验和由母语根性出发的体认，其实是诗人于坚持之多年的写作立场（这从他许多诗外的文本中也时可见到），只是在《飞行》一诗中，得到了最为集中明确的表现：正负承载，内外打开，"心比一只鸟辽阔比中华帝国辽阔/思想是帝王的思想但不是专制主义/而是一只在时间的皮肤上自由活动的蚊子"——这便是《飞行》的姿态，由此姿态所抵达的"命名"，方可"对于人理解他所置身的世纪的状况，是有益的、客观的、真实的"。②

　　当然，人们有权利对于坚这种"向后退"与"软着陆"的姿态是否为期过早持以质疑，而从诗学的角度来说，题旨的轻重与姿态的偏正都是次要的，关键要看"命名"的过程是如何展开，

---

①　于坚：《棕皮手记·诗人何为》，《棕皮手记》，东方出版中心1997年版，第238页。

②　于坚：《棕皮手记·1986—1989》，《棕皮手记》，东方出版中心1997年版，第257页。

是否有诗学价值。《飞行》全诗，无非写一位诗人由本土飞往他国途中，于九个小时的特殊时空中所视、所思、所想的种种而已。这既是特殊的时空，又是偶然而普泛的集合，关键是要给出有"命名"性的说法。《飞行》的"说法"亦即"命名"的展开，与于坚以往的作品有很大的不同。《飞行》的题旨是复合性的（传统与现代、梦想与现实、个人天空与历史风云、乡土中国与全球一体化以及生态伦理、环保意识、家园情怀等等），由此生成的语境，也便焕发出复合的光晕。就我个人的诗学观念而言，我更看重这种经由整合而重构的复合品质，窃以为这是一位大诗人理应追寻的路向。落于文本的分析，可看出以下几点变化：

1.　**主、客互动，重新引进抒情之维**

于坚的诗风，向以客观化著称，极少主观色彩，重在剖析存在的肌理，摒弃精神乌托邦的升华，所谓讲言传不讲意会。早期的《尚义街六号》及后来的长诗《〇档案》，是这一诗风的代表。于坚对此总结为"诗是动词"、"日常的"、"不言志，不抒情"，注重"事件"、"仅仅到'看'而不到'心'的事件"和"细节"与"具体"①，并指认"语言，只有当它被'客观'地使用着的时候，它的一切奥妙才会显现出来"。② 如此的客观必然带来阅读的生冷与滞重，为此于坚有机地引入"小说企图"，着力于对戏剧性细节的捕捉，加之其言物状事的特殊语感（理趣、机巧、精确、道他人之不可道），使之语境变得别具一番灵动与活泛。这种诗风，一举洗刷了长期泛滥于现代诗中的情感夸饰和想象虚浮的弊端，同时也大大拓展了现代诗的表现域度，于坚于此是有创造性贡献的。但完全客观的负面是对抒情的完全放逐，且不说

---

　　①　于坚：《棕皮手记·1992》，《棕皮手记》，东方出版中心1997年版，第278—279页。

　　②　于坚：《棕皮手记·1986—1989》，《棕皮手记》，东方出版中心1997年版，第243页。

这种"完全放逐"是否合理，就诗的审美情趣而言，它至少是一种损失。其实在于坚的另一些作品中，如早期的红高原系列，后来的《阳光下的棕榈树》、《避雨之树》等，并未因抒情因子的存在而失去个在风格，或许还增加了些特别的亲近感。放逐是一种反拨、一种清场，之后的重构应是情理之中的。这种重构在《飞行》中有了突出的显现，在客观陈述（真实世界）与主观抒情（想象世界）之间，融合了一种新的语境，使热爱于坚的读者，十分欣喜地进入了一个更新的阅读视野："在机舱中我是天空的核心/在金属的掩护下我是自由的意志"，"神赐的一天多么晴朗/天空系着蓝围裙就像星期天的妈妈"，"碰上这一天我多么幸运太阳升起了/万物中的一员我也是光辉中的生命/神啊我知道你的秘密"——"我"终于由幕后走向前台，抒情的长笛悠然奏响：

> 我听不见大地的声音了
> 听不见它有声音　也听不见它没有声音
> 大地啊　你是否还在我的脚下？
> 我的记忆一片空白　犹如革命后的广场　犹如文件袋
> 戎马倥偬　在时代的急行军中我是否曾经　作为一只
> 　　耳朵软下来
> 谛听一根缝衣针如何　在月光中迈着蛇步　穿过苏州
> 　　堕落的旗袍？
> 我是否在某个懒洋洋的秋天　为一片叶子的咳嗽心动？
> 我是否记得在故乡的夕阳中　一把老躺椅守旧的弧线？
> "小红低唱我吹箫"　"回首烟波十二桥"
> 哦　我是否曾在故国的女墙下梦见蝴蝶　在蝴蝶梦里成
> 　　为落花？

如此优美的声音，在于坚以往的诗歌中，是很难听到的，错落于《飞行》的叙事交响中，相生相济，交互映衬，颇有"云揉山欲活"、"水流石更鲜"的审美效应。同时，从文化心态和精神背景而言，也透显出一种反思与整合的机制。当然，于坚的抒情自有他个在的品质，那是坐实之后的务虚，有可辨认的肌质和可信任的亲近感，如一条自然生成和展开的河流。

2. 叙事与意象的杂糅并举

于坚擅长写实，精于叙事，那一支如雕刀般的笔能将石头写活，让干巴巴的事物泛起诗意的灵光，这样的才能在当代诗人中是独一无二的，《〇档案》的成就便是一个典范。传统中的诗人，"一具体就诗意全无"（于坚语），全靠想象，靠等待灵感以经营意象为能事，也便时时有掉入隐喻复制的陷阱和既成价值的泥淖之危险。对日常生活的诗性言说，即是对事象的诗化处理，剥离了文化外壳，露出存在之真，让真实的生活，抵达诗的现场，抵达维特根斯坦（Ludwig Wittgenstein）所说的："神秘的不是世界是怎样的，而是它是这样的。"如此的体认，在于坚，早已成为他的"传统"。以事象入诗，要有独到的选择和构成，它比挥洒性情要困难得多，于坚于此可谓驾轻就熟。然而意象毕竟是诗的核心元素，过于密集，易造成语境的黏滞，过于删削，也会显得诗质稀薄。于坚舍意象而求事象，是自我设置的诗学"攻关"，意在拓展现代汉诗的表现疆域，而当这一疆域为之创造性地拓殖之后，于写实/叙事中有机地杂糅进意象元素，是否会生发更加丰富、饱满的气象呢？

《飞行》对此作了肯定的回答：

　　现在　脚底板踩在一万英尺的高处
　　遮蔽与透明的边缘　世界在永恒的蔚蓝底下
　　英国人只看见伦敦的钟　中国人只看见鸦片战争　美国
　　　人只看见好莱坞
　　天空的棉花在周围悬挂　延伸　犹如心灵长出了枝丫和
　　　木纹

　　长出了　白色的布匹　被风吹开　露出一个个巨大的洞
　　　穴下面
　　是大地布满河流和高山的脸　是一个个自以为是的国家
　　　暧昧的表情

　　可以看出，于坚在《飞行》中经营的意象，也有不同于我们熟悉的、见惯不怪的特殊质地。它是非修饰的、非刻意的（所谓"语不惊人死不休"），由叙事语流中自然带出来的，具有庞德所强调的那种"爽朗"、"坚实"、"具体性"的品质，我则将之称为"事象中的意象"，或"意象化的事象"。《飞行》一诗中，充满了这些"外熟里生"、"平中见峭"的意象化叙述，时时让人扼腕叫绝——写跨国飞行"穿越丝绸的正午向着咖啡的夜晚/过去的时间在东方已经成为尸体我是从死亡中向后退去的人"；写"一片落后于新社会的高原"，"在那里时间是群兽们松软的腹部"；写"一架劫持了时间的飞机/它要强迫一部农历在格林尼治降落"并成为"本世纪最前卫的风景"；写"山鹰在仰视着我们的飞机/天空中的旧贵族/它曾经是历史上飞得最高的生物/但现在它在我的脚底下犹如黑夜扔掉的一条短裤"；写逃亡似地"涌向现代去"的人们，"犹如干燥的树枝抓住了烈火的边缘"……这样的意象，明确、畅达而意味悠长，没有阅读的障碍，却又不失所谓"回肠荡气"的审美效应。

　　回头还得说叙事。于坚开当代诗学再造叙事之先河，很快拥有了不小的号召力。分延至九十年代，不少诗人都加入叙事的行列，但大多将其贬损为日常生活的琐碎絮语，缺乏选择与控制的事象"提货单"，失去了诗性叙述的特质。至今，于坚依然是保有这种特质的高手，在《飞行》中更是运用自如——"我可以在思维的沼泽陷下去扒开烂泥巴一意孤行/但我不能左右一架飞机中的现实/我不能拒绝系好金属的安全带/它的冰凉烫伤了我的手烫伤了天空的皮"；"肢解时间的游戏依据最省事的原则切掉多余的钟点/在一小时内跨过了西伯利亚十分钟后又抹掉顿河"；"当你在国王的领空中醒来忽然记起你已僵硬的共和国膝盖"——正是这样独具魅力的语感，支撑着叙事的诗性展开，成为耐读好读的叙事。可以说，于坚对叙述语言的诗性锻造，到了《飞行》一诗，已发挥至炉火纯青的地步。

3．杂语并陈，纯驳互见

以杂语的形式，指陈众声喧哗、众音齐鸣的过渡时代，是世纪末文学写作中一个颇为诱人的语言策略。这策略在于坚以往的创作中，已时有涉及，但只是到了《飞行》一诗里，才得以完整的确立。就文体而言，杂语之"杂"，非杂乱之杂，而是对充满矛盾、差异、相悖的语调进行有意味的并置，使之在互相摩擦、相互投射中作能指间的自由追踪与嬉戏，在竞相发言中，产生千姿百态的歧义。在此，于坚以他一贯的语言风度（是"风度"而非普泛意义上"风格"），进入一种完全开放型的语流状态，使其语感成为没有固定目标或题旨限定的自由运动——叙述、抒情、事象、意象、口语、书面语、专业用语、俚语、古语、窃窃私语、俗话、官话、套话、指陈、描绘、联想、吟诵、拼贴、嵌扦、跨跳、回闪、明喻、暗讽、质疑、盘诘、戏谑、感怀、理性、感性、上意识、下意识、主体、客体、即物、形上、历史、现实、当下、手边、来、去、视、听、想……如此的杂陈并举于一首诗中，可说是空前的。而所有这些，都在于坚化或"飞行"式的编码中，得以从符号性的沉睡中醒来，活跃、自足而又有机地汇集依从于一种完整而和谐的形式统摄下，从而形成一种奇特壮观的含混与漂流的美。这一语言策略的成功运用，一方面削减了线型有序之横向排列所造成的固化指涉，一方面使读者有更多的时间逗留于文字之间，体味其无穷的语感魅力。

由此，不妨作引申一步的推想。所谓"飞行"，其实就是一种"漂流"，一种暂时脱离身份定位（符号化）之过渡形态中的"精神漂流"，它既是一个"事件"，又是一种"状态"。在那个完全现代化、机械化、程序化了的特殊时空中，无论是"事件"还是"状态"，都是含混的，悬疑无定的，过去和未来都被暂时搁置，只剩下"当下"、"手边"之偶然的集合。在强大的、被完全劫持的"物"的宰制中，精神成了无所依附的浮游物。这种既非家园也非荒原的过渡形态，恰好对应了世纪末悬浮杂陈的中国语境，"飞行"成了一个"飞行时代"的超级喻体，这无疑对于坚这样着重力处理"当下"、"手边"、"具体"情态的诗人，具有巨大的诱惑力。于坚敏感地抓住了这个"超级喻体"，并以与之相契合的语感和语境，予以了划时代的命名——在惊叹诗人那种驾驭语言的才华的同时，又怎能不为诗人这份把握时代脉搏的心智而叹服！

4．原创与整合

于坚是位极富原创性的诗人，这一点，几乎无人质疑。这种原创，总体而言，主要源自对传统新诗诗学全面的、恣意而肯定的"冒犯"，并逐渐创造了某些不可复制、不可替代的诗学规则，拥有一定的号召力。然而我总以为，一位真正成熟的大诗人，不仅应具有不可或缺的探索与实验精神，更应具有对一个时代的成就予以收摄与整合的能力。打个不恰切的比喻，大诗人建构的，应是一座综合了整个时代风貌的建筑群体，而非一个妄自孤傲的所谓个在风格之"高标独树"——单向突进的原创之后，整合是必然的重涉。多少年来，作为研究者，也作为诗友，我一直期待着我们时代这位重要的诗人，能在独创与继承、自由与收摄之间展现更开阔的艺术空间。正如诗人自己所认识到的："八十年代的前卫的诗歌革命者，今天应该成为写作活动中的保守派。保守并不是复古，而是坚持那些在革命中被意识到的真正有价值的东西。"①《飞行》一诗，正是对这一认识的出色验证。

---

①　于坚：《棕皮手记·1994—1995》，《棕皮手记》，东方出版中心1997年版，第243页。

　　很明显，《飞行》中的语调，包括语调下潜藏的文化心态，已不再如于坚以往诗作中那样纯粹和单一，而呈现纯驳互见、多元共生的样貌。骨架和肌理依然是"于坚风"的，但多了些别样的、包括非"于坚风"的韵致，被有机地吸纳、渗化进来。古典的高远、浪漫的幻想乃至感伤怀旧的温情，都在"飞行"的视野中，得以眷恋性的回视与返顾："从未离开此地但我不再认识这个地方/旧日的街道上听不见黄鹂说话/七月十五的晚上再没有枇杷鬼从棺材中出来对月梳妆/谁还会翘起布衣之腿抬一把栗色的二胡为那青苔水井歌唱?"在杂语并陈的现代体认中，不时悠然划过的这些优美婉转的"守旧的弧线"，令人惊异而叫绝！实则正如诗人所指认的，所谓面向现代的"飞行"，只是在"预料中的线路中""按图索骥"，"对于这个已经完工的世界"，我们已"无言以对"，个人存在的真实性，正成为当代最尖锐的问题。于是对那些"过时了的"、"依附着大地的一切"，对自然、田园、古典遗绪的眷顾，便成为可疑而难以回避的情结——而这，才是真实的现代，才是由"档案时代"步入"飞行时代"之过渡形态中，我们中国人自己的现代感。对此，我不能确认是诗人于坚文化心态的暗中转换，还是作为《飞行》文本结构中的应有语境，但至少从诗学的考查而言，我已欣喜地看到，在边界巡猎已久的于坚，正如期归来，开始了他精耕细作的时代——

　　　　我知道如何与风一致　又像花岗岩一样坚硬
　　　　如何像高原的花朵那样舒展繁荣　又像冬天的心那样简
　　　　单清秀

　　　　　　　结语：于坚何为？

　　从《〇档案》到《飞行》，于坚以他的语言天才与艺术魄力，历史性地完成了两个诗的超级命名：对二十世纪中国文化专制之典型代表"档案话语"的命名，和对进入现代化之"飞行时代"的世纪末中国文化心态的命名。这样的命名，及其所发生的诗学价值，在当代中国诗坛，是唯一的、不可复制也无法替代的。

我曾在《过渡的诗坛》一文中，将历史上的诗人划分为重要的诗人和优秀的诗人，并指出因了历史与个人的局限性，重要的诗人常常并不一定就优秀，而优秀的诗人也常常并不就一定是重要的。同时，我也曾在另一篇《谁是诗人》的文章中，将当代诗人划分为知其名而不知其诗、知其诗而不知其名、既知其名也知其诗三种类型。以此指认于坚，应该说，这是一位不断超越自身也不断超越时代的、既知其名也知其诗而重要又优秀的诗人——只是因了近距离的呼吸，更因了中国式的、传统文化心态的作怪，人们总喜欢于过去和未来寻找"偶像"，而低视行进于当下时空的那些高大挺拔的身影。

而诗人是自明的，诗人的意义并不存在于诗之外，而只存在于诗之内。《飞行》之后，我想，不会再有人提出对这位诗人下一步写什么的疑问——高度已经确立，剩下的，只是继续前行，展开更为广阔的领域——我相信，这才是于坚真正的愿望，在这个世纪末。

1998 年 12 月

隆起的南高原

于坚论

在应邀作首届"新诗界国际奖"评委，推选其"奖掖卓有建树、潜质深厚的大陆中青年诗人"之"星座奖"候选人时，我毫无犹豫地将于坚列为第一人选，并写下了这样的"推选评语"："原在、原创、原生态，客观、智慧、浑融畅达；和世界真相保持联系的精神立场，立足本土、当下、日常的诗歌视角，创造新的诗意的语言才能；对现实和内心的诚实，逻辑与想象的奇妙结合，陌生而极富表现力的形式感——由此造就的于坚诗歌，不但有效地担负了他对存在独到的观察与体验，而且开辟了新的道路，将我们长久以来不知如何表达的种种，那些与我们真实的存在真正有关的部分，显现出真切的肌理和异样的诗性光芒，从而使现代汉诗对现实与历史的承载方式和承载力，发生了质的变化，并提升到一个更加开放和自由的境地。于坚以此证明：中国新诗不再是西方诗歌影响下的仿生，而已独立为自在自足的艺术世界，并拥有新的自信和主动。"

最终，于坚获得了此项大奖。尽管此前于坚在海内外已多次获奖，但我认为，只有这一奖项的获取，是带有总结性和历史意义的。所谓尘埃落定，所谓水落石出，在于坚这样一再被误解、被遮蔽的诗人这里，有着特别恰切的注解。记得上个世纪的最后一个月里，《于坚的诗》作为人民文学出版社"蓝星诗库"的"品牌"诗集，正式出版发行。这看起来又像是一个"隐喻"——二十世纪的中国新诗，是以"于坚的诗"作为终结也作为新的起点而谢幕的；而那个从黑暗中出发的"外省地主"，经由近二十年不合时宜而又一意孤行的外省写作，也终于有了一个总结性的亮相，并得以历史性的认领。好事接踵而来——三个冬天过去，《于坚的诗》已印行第4版，另一部2000－2002三年作品的结集《诗集与图像》，以"中国先锋诗典"的名号，于2003年9月由青海人民出版社推出。而五卷本的《于坚集》也已于2004年1月问世。这显得有些滑稽，一直不合时宜的外省写作，如今暴发户般地名正言顺——天下谁人不识君，只是早课变成了晚自习，好在该补的课终于补上了。

诗的新世纪，由此有了一个可稳得住身的重心，而于坚不再孤独。

二

黑暗时代的外省写作——这是于坚的出发，也成为一个时代的漫长尴尬。

在于坚的辞典中，"黑暗"即"遮蔽"——被意识形态所遮蔽，被主流文化所遮蔽，被诗歌潮流和社团运动所遮蔽，以及被翻转为另一种庙堂意味的朦胧诗所遮蔽，被一再失语的批评家和反复阉割的文学史所遮蔽……这重重的遮蔽，对于群居亦即寄生性的诗人而言，可能早已窒息而死，但在独立的诗人那里，却转化为原创的效应。"在时代的急行军中"，"作为一只耳朵软下来"

（《飞行》·1996），"我得以在大多数的时候和世界的真相保持联系"（《世界在上面诗歌在下面——答诗人朵渔问》），同时"知道怎样像一棵橡树那样扩张"，并且"优美地生长"（《飞行》·1996）。黑暗造就了一匹真正的"黑马"，在蜂拥的道路之外，他"可以率领马群"，"也能够创造马群"（《黑马》·1987）；"在此崇尚变化、维新的时代，诗人就是那种敢于在时间中原在的人。"①

原在、原创、原生态，正是这些最朴素的词，造就了一片在黑暗中隆起的高原，成为当代中国诗歌殿堂之外的另一块领地。过去从未有人将这领地的路标指给我们，是于坚独自在其中行动自如，将我们长久以来不知如何表达的种种，那些本初、自然、日常、当下的事物，那些与我们真实的存在真正有关的部分，习而不察的部分，显现出生动的细节、律动和与人与生命微妙的联系；他将"翘起的地板"或"棕榈之死"称为"事件"（事件系列），为一个划破手指的啤酒瓶盖所沉思（《啤酒瓶盖》·1991），如此之类的惯常贴近之物（人物、动物、事物、物质、物体、万物等），在于坚的笔下重新复活，鼓起筋腱与纹理，泛起真切而动人的灵光，让我们惊奇诗原来可以如此无所不在，而一个天才诗人的观察，能够如何更深入细致地超越哲人、艺术家和虚位的上帝，当然，也超越虚妄的知识与身份。

由此，"去蔽"一词，成了于坚包括诗学与散文随笔在内的所有写作之宿命般的标志、立场和方式。当这个词作为外来观念为批评家们炫耀为某种话语时尚时，于坚早已在他一意孤行的外省写作中，身体力行着其实质性的所在。穿越知识的谎言、虚伪的理想和或旧或新的精神乌托邦，回返真实、回返原在、回返生存的实境和所有与我们普泛生命相联系的具体事物，以及这一切

---

① 于坚：《于坚的诗·后记》，《于坚的诗》，人民文学出版社 2000 年版，第404 页。

的细节与肌理，"像一个唠唠叨叨的告密者"（《作品 89 号·1988》），指认、暴露、呈现、以物观物、目击道存，入常境而出奇意，以素直之质发诡异之采，使真实仿佛梦境，由梦境返回真实。海德格尔（Martin Heidergger）说：诗唤出了与可见的喧嚷的现实相对立的非现实的梦境的世界，在这世界里我们确信自己到了家。于坚告诉我们：还有另一种诗，它从梦境中返回"可见的喧嚷的现实"，揭示其存在的真相，让我们惊惧而又有某种解脱感地看到，我们有着怎样的"家"！这其实并不矛盾，有如黑夜与白昼的存在。只是因了长期"瞒"与"骗"的文化驯养，使普泛的诗人们更容易舍真实而求虚幻，厌切近而慕阔远。但真的诗人，"应当深入到这时代之夜中，成为黑暗的一部分，成为更真实的黑暗，使那黑暗由于诗人的加入成为具有灵性的"①。2000 年版如此生成的诗，比这个时代的哲学更接近思想的法则和真实的绝境，也更接近生命本身。

"从开始向着后来后退，却撞进未来的前厅"（《飞行》·1996）。当哲学家们在那里痛心疾首地发问：我们对苦难的言说为何总是失真时，于坚以其诗人的写作越过了这道门槛。他不但恢复了汉语诗歌对日常人生与日常事物的真实言说，还以《○档案》与《飞行》两部长诗，"历史性地完成了两个超级命名：对二十世纪中国文化专制之典型代表'档案话语'的命名，和对进入现代化之'飞行时代'的当下中国文化心态的命名"。② 其后的《哀滇池》（1997）、《读康熙信中写到的黄河》（2002）等诗，以及系列散文写作，则又超越性地深入到对现代化灾变的拷问和对古典精神遗迹的挽留——向前探求与向后收摄，既是先锋的，又是常态的，"我可以在写毕的历史中向前或者退后"（《飞

---

①　于坚：《于坚的诗·后记》，《于坚的诗》，人民文学出版社 2000 年版，第403 页。

②　沈奇：《飞行的高度》，原载《当代作家评论》1999 年第 2 期。

行》·1996），而"诗人的力量在于他的独立"（雨果语），这独立经由于坚，让当代中国诗歌拥有了新的自信。

三

喜欢读于坚，不仅在于他说出了存在的真实，为长期幽灵般浮荡的现代汉诗，找回了一个可信任可亲近的肉身，更在于他说出真实的同时，那种完全个在而又富有亲和性的、原生态的说法。"在一群陈腔烂调中／取舍推敲重组最终把它们擦亮／让词的光辉洞彻事物"（《事件：挖掘》·1996），这是与去知识之蔽同步展开的语言去蔽，是远离中心的外省写作的必由之路。这条路由于坚走来，显得格外轻松自在，似乎无需开创，只需走来就是。确实，比起那些油漆过的语言，那些装修过的说法，于坚好像只是退回到语言的原在、说法的本初，只是将油漆剥离、装修去掉，显现出与存在之真实相融相济的朴素、坚实与从容，以及无所不在的活力。然而，这对于被知识的谎言、文化的矫饰和精神的虚妄症弄得面目不清、以至于只剩下油漆和装修的现代汉诗而言，无疑是一次破天荒的、带有清场性质的"去蔽"之为。当代中国诗歌因此有了另一片语言天地，在这里，万物得以真实的存活与显现，世界复归敞亮与鲜活，而一切健康的心智，也重新获得了同样健康的语感的呼应。

最终，是不同的语感区分了不同的诗人，也区分了不同的诗歌写作。杰出诗人的不可模仿性，正在于其独在的语感，也正是在这一点上，对于坚的阅读，成为这时代不可或缺的认领，而一旦有所领略，你就再难以割舍——在那些看似笨拙、平实、拖沓、松散、叠床架屋长而又长的诗行中，耐心的读者会渐渐沉入那前所未有的语言经验而为之着迷：大巧若拙，笨而有分量，这分量不是量的堆积，而是存在之质的支撑，一块沉入水底的石头的坚实与深刻；平无矫饰，实而可靠，没有一个蹦起来而没有着落的语词，却又不乏精妙的理趣和逻辑的美感。如"离开了水水果们一动不动"（《事件：探望患者》·2000），这样的句子平实吗？"拖沓"倒确实是个问题，有违汉诗诗语简约的本质。这与于坚诗中大量的铺叙有关，这样的写法，放别的诗人那里，早被"拖"死了，于坚却有本事让其在整体的架构中拖而不滞，沓为复沓。究其秘，在于其言物状事之铺叙中，所体现出的那份逼真与活脱，以及对不乏戏剧性效应的各种细节的捕捉，当然，还有对节奏的良好把握；"松散"也是个问题，当代诗歌整体性的弊病。不过，在于坚的诗学词典中，你不妨将"松散"这个词置换为"松软"，并借由"松软"一词把握到于坚式诗歌语感最本质的特点。于坚向来反感因密植意象而浓得化不开的朦胧，更反感由观念结石而僵化的形而上之生硬，他要让现代诗的神经松弛下来，以求达观而有肌理；软则润展，有汁液，有生殖力，切近生命的律动，自然的法则。大地是松软的，老虎的皮毛是松软的，但却从不缺乏内在的张力。至于那长长的句式，别怕，潜心去品味，自会发现，相对于这句式所负载的内容，以及它丰富的纹理而言，依然不失精简，何况，其中还不时有绝妙的比喻、怪异而合乎情理的意象，让人流连忘返。

　　总之，现代汉语的诗性可能，在于坚的语感中，得到了最为活跃的挖掘与体现——口语、俗语、成语，叙事、抒情、写实，意象、事象、抽象……于坚无一不赋予其新的生机，为现代汉诗语言的广泛流通，发行新的货币。因了叙事的天才，于坚创造了最接近散文而又最富于诗性张力的诗歌体式。作为抒情高手，他又拥有诸如《河流》（1983）、《高山》（1984）、《避雨之树》（1987）、《阳光下的棕榈树》（1989）、《避雨的鸟》（1990）等精品力作令人叹为观止。这是另一种抒情，纯净、性感、从容而又充满智慧的抒情。与此同时，于坚还为二十世纪的中国诗学，留下了从《拒绝隐喻》到《诗言体》等一系列重要学说，其影响性与号召力，非一代人所能消化。尤其是《诗言体》，那是应该人手一册的诗学"科普读物"，其对传统诗学的清理和立足当代的发问，都具有开创性的意义。

　　由此我们发现，经由近三十年的一心一意、孤独前行，于坚式的外省写作，那片远离时代潮流而默默隆起的高原，有着怎样的海拔与宽阔——仿生与原创，泡沫与潜流，幻影与实体，时代与时间，作为终结也作为起点，这片高原成了一道鲜明的分水岭！

四

　　不是一直喊叫着要寻找大师吗？

　　其实大师就在我们身边。只是国人总喜欢去死人堆里寻找，凡活着的，皆侧目而视，等"盖棺"再作"定论"。这是我们的传统，最悠久也最没出息的传统。再加上这浮躁的时代，谁还会认领大师的存在呢？

　　　　今天　有什么还会天长地久？
　　　　有谁　还会自始至终　把一件事情　好好地做完

　　　　　　　　　　　　　　　　　——《飞行》

　　于此，我们只能相信：在做着这样的言说并予以身体力行的诗人，终将会拥有不朽的未来……

　　　　　　　　　　　　　　　　　　　2003 年 12 月

斗牛士或飞翔的石头

初读伊沙

一

在第三代后的青年诗坛上，伊沙正成为越来越引人注目的人物。这不仅表现在他那种推土机式的掘进速度，坚实而有效，两三年内不断有作品闪耀于海内外各类诗刊，而且主要表现在他所显示出来的那种特异不凡的诗歌品质。

作为诗人，他给我的总体印象是一位敢于直面现实且不断从现实中猎取"现代启示录"的、冷峻而自信的"斗士"。

作为他的诗，则总使我想到一个荒诞而可爱的比喻——飞翔的石头。

他带来的是另一种诗美：带有几分荒诞意味的、现代寓言式的特殊题旨，坚实、简洁而又灵动如飞翔的石头式的语言风格及现代斗牛士般的诗人气质。

这正是他的迷人之处。

二

　　诗到语言为止。中国现代主义诗歌，尤其是第三代诗人们的先锋作品，其主要着力点正在于对现代汉诗语言的大面积实验和突破，并取得了相当的成就。尤其是在传统式主观抒情已令人发腻，"朦胧诗"的密集意象令人发困，而叙事诗已被历史性地宣判"死刑"之后，以于坚、韩东、丁当为代表的一批先锋诗人，给似乎很难在现代新诗中再度生辉的叙述性语言以起死回生、点石成金般的再造，以特有的精神贯注和诗性组合，使这种看似"口语化"、实则如金属般硬朗爽气的语感成为第三代诗人最重要的标志和贡献。

　　处于基本同一文化大背景下的伊沙，仅就语言来讲，无疑受了上述第三代代表诗人们的影响，但最终又实现了自身的二度选择和再造，显得更硬朗、更简洁，也更爽气、更自然。对于传统的诗歌欣赏者，他的语言简直就像一些滚动着的、原始的石头，粗粝地开始且粗粝地行进着。这些语言的"石头"几乎完全抛弃了经典的诗意和韵律，也无意滞留于意象的营造与抒情的浸染而直接进入叙述。这是一种铤而走险的语感，弄不好就会偏移或完全脱离诗性文本。但伊沙把握得比较成功，冷峻、实沉、直接而又老到，给人一种特殊的艺术撞击（已不是"感染"），乃至猛然间撞了个跟头的感觉。

　　试举例笔者颇为欣赏的《夜行者》一诗：

　　　　伸手不见五指的黑夜
　　　　我撞翻了一位盲人
　　　　我也被撞翻

　　　　在这最黑的夜晚
　　　　他主动放弃了竹竿

> 我被迫放弃了双眼

> 他朗声大笑
> 不像我恼羞成怒
> 他在嘲笑我吗？
> 笑我有眼无珠

> 我干脆抠出
> 两粒黑夜里的废物
> 随手扔在一旁

> 拉着盲人的衣角
> 走向灯火辉煌

　　全诗仅十五行一百个字，却将一个魔幻式的现代寓言讲述得惊心动魄，意味深长。明目者反撞倒了盲目者，荒诞事件的发生皆因二者同处于一个"最黑的夜晚"。而被撞者大笑，笑明者实为不明；而撞人者恼羞，恼盲者实胜明者。在这不可知更不可预料的世界中，失败的明目者终抛弃了那"两粒黑夜的废物"，与盲目者一起重返混沌，跟着感觉走，走向"灯火辉煌"的深处——何等深刻的象征寓意。而文字本身却几乎无一处修饰，不动声色到极致。尤其那一句"我干脆抠出/两粒黑夜的废物"，其内在气度与表述风格直如海明威的风格，让人叫绝。类似的绝句在伊沙诗中比比皆是：写"大街像一截空肠子"，醉酒后的现代都市牛仔感觉"今晚我额下的车灯雪亮/一个人走在大路上"（《公路酒店》），以车灯比喻兴奋中的亮眼，堪称现代诗中绝笔。而雄鸡的啼叫则"像一把手术刀/切开了我的眼球"（《半夜鸡叫》）——读这样的诗句，真有点白刀子进、红刀子出的痛快感，一切的修饰、造作、营构乃至生发和过渡等都已剔除尽净，唯留下本真意义的语句在伊沙式的组合中碰撞出金属般的声音和光泽。

研究伊沙语感经验的意义，不仅在于他对第三代诗歌语言有机承袭和再造，更主要的则是对与他同辈以及更年轻的诗人们的一个极有价值的提示：就初入诗坛的年轻诗人们来说，不可没有文学修养，更不可修养太甚直至把修养作为一种修养，即所谓假贵族意识；告别这种修养，忠实于自身粗粝而坚实、直接而自然的个体生命之体验，方能进入真正的、纯粹的、完全属于自己个性特征的诗之语感——于是常常需要这样说：不妨粗粝地开始！

三

在当代诗坛，我们常说重要的不在于"写什么"而在于"怎么写"。聪明的伊沙却似乎在这两方面都耍了"花招"。就伊沙诗歌的总体风格与品质来讲，他引人注目之处尚不仅在语言（怎么写）方面，而主要在其特异不凡的、更具现代意识的诗歌出发点。

年轻的伊沙，从一开始就较为准确地把握住了他自己天性中的审美特质。正如他自己所说的："我不是'拒绝者'，但我重'选择'。'局限'造就了作家和诗人的独特性。"这种清醒的艺术把握是一个年轻诗人得以自立与发展的先决条件。伊沙的特殊性在于，他似乎总是以一种"斗牛士"般的勇敢和冷静，以一个现代社会各个层面中，或荒诞或寻常、或偶然或普遍且均具有现代启示录意味的事件之"目击者"，进入他的角色，以他那双细长而锐利的小眼睛，找到一些寻常诗人们所目不愿及或目不能及的特异审视角度，切入他诗的内核，并予以轻松、自由地表现。

这样，伊沙的诗便取得了一种独特的风格与价值——他比别人更具体、更直接、更逼真地进入存在的真实状态，且显得那样刚正、磊落、锐气而不乏调侃和灵动。

伊沙的诗性视觉不仅比别人特异而且也比别人深入和广泛。

这是他诗歌品质中的又一长处。一条简简单单的《大学的走廊》，一个极普遍的生活镜头：一个男生看一位女生把一条走廊"平静似水地"走完，却在伊沙式的诗性"抓拍"中，抽象出一种意味深长的现代心理和现代审美情趣。那种心理与形态的把握已是十分地道，而视觉的冷寂与怪诞，又引发读者真切的体味与梦幻般的联想。他写《色盲》，"饱受颜色的折磨"，便"只晓得光明与黑暗的色泽"，"今生勉强下完的一盘棋/是我帮你吃掉了/我的车"，最后"死在城市的红绿灯下"，而临死前的一瞥中，"我看到了爷爷/一个色盲农民/一生收获/猩红的麦子。"反讽意味中的现代悲剧意识，让人欲哭无泪。他写《命运之神》，一会儿用"闪电/将一棵巨树/修剪成炮筒/吐放青烟"（典型的伊沙式语言风格）而轻易放过仅距五米的"我"，一会儿又将"手伸向三百里外/点石成金/把一只跳跃池塘的癞蛤蟆/指为蛙王"。这样的恶作剧，命运之神是常常要玩玩的。在《星期天夜间的事件》中，上帝在休假，"我"也酣睡，本来相安无事，谁料"我的屋顶"及"另有九间房屋"，却被上帝修"大脚丫子"时无意间掉下的"指甲"之"弹片"轰然穿透……现代人的危机感和荒谬感，在寓言式的诗性叙述中，揭示得别具深刻。即或是偶尔触及爱情的诗篇，伊沙也能寻找出出人意料的切入点：

> 有一种漩涡
>
> 静止不动
>
> 但那种神秘的力量
>
> 你无法抗拒
>
> 你这初航的少年
>
> 无法摆脱
>
> 覆舟的命运
>
> 这是生命之海的
>
> 百慕大

　　经历与魅力
　　全在于此
　　这是一个夏季
　　你盯着爱人
　　手臂上的牛痘
　　忽然感动不已

　　　　　　　　　　——《漩涡》

　　多么奇妙的"角度选择"——读多少爱情诗篇，第一次见到以爱人手臂上的"牛痘"为焦点，且颇为新奇地"变焦"为"漩涡"，使初恋的少年"无法摆脱/覆舟的命运"——那一种"斗士"式的冷劲、怪劲、表面从容而内心着实投入的"牛"劲，也确实让人"忽然感动不已"了。

　　如此让人感动的，还有《神秘的女孩》、《秋天交响乐》、《江山美人》、《蚊王》、《9号》、《探监日》、《饿死诗人》、《感谢朋友》以及他的长诗《杂居病室》等等。

　　　　　　　　　　　四

　　伊沙和他的诗作很快赢得了诗人和批评家们的普遍好评，而以青年评论家王一川的评价最为准确和重要："看起来都是日常用语、日常事物，但却是对童话、神话、历史、人生的特殊'重写'。这种'重写'总是对世界的一次寓言式或象征性摆弄。这正像我们生活本身就是对历史的'重写'一样。词语看来是同样的，但经词组合的规则、语境变了，意义自然会大大改变。我相信有一天，会有许多人吟诵他的诗！"

　　对于如此年轻的诗人，王一川博士的评价不无激励之意，但其"寓言式或象征性摆弄"与"特殊'重写'"之语，是颇为确切精到的，概括了伊沙诗歌的本质性风格。同时，笔者认为，伊沙这一风格的形成，主要得益于其诗歌立场的严肃性与写作过程中的轻松感。而这正表明了诗人主体人格的坚实与真诚，也正是我们从伊沙诗歌品质中所应主要汲取的东西。

伊沙是个有血性、有思想、有现实责任感的青年诗人，这在与他同年龄段乃至更高年龄段的诗人中是十分难得的。不难看出，他的艺术追求源于对第三代代表诗人们的认知，而他的艺术气质，却颇有点向朦胧诗派诗人"回归"的趋向。伊沙的这一主体人格品质，决定了他毫不逃避地直面现实而又先锋性地超越现实。冷峻的目光，超然的心态，冰山式的风骨，调侃反讽之中渗着血液里的悲悯与赤忱，不动声色之中透着骨子里的警觉与审度，鬼气而又霸气，机智而又不显机智，总是那样的坦然、直接而从不故弄玄虚……所有这些可贵的诗歌品质，无不来自那种石头般刚正、纯粹的人格力量。在此，伊沙再次向我们昭示：语言的生命感来自对语言的生命意识，作品的现代感来自主体生命的现代投入。只有那些确信自己的生命是真实而饱满的、是无所畏惧和充满信心的诗性之灵魂，才能得以不仅找到自己独特的艺术表现方式，且能如此自由如此轻松地表现出来。

五

作为第三代后已初具影响的青年诗人，伊沙显得特别沉着冷静，且还有几分固执。在对十年中国现代主义诗歌运动作了深刻反思和总结自身创作历程之后，他是这样确认他的诗歌理想的："我已坚信，必须创造一种有'质感'同时诗艺完美的诗歌。所谓'质感'，就是与这土地千年、百年的干戈，与我们这些俗人、俗中国人血液的干戈。这是真正坚实的'现代精神'。同时将呈现一个艺术家对现实抗拒力的强弱，这是东方式文学艺术大师的必具素质，而逃避的指数永远是零。……在这个新旧交替的世纪末，中国的大师将肯定被认为是民族精神领域的'启蒙者'。"

这就是伊沙——从他身上，我们欣慰地看到，一种对朦胧诗派诗人和第三代诗人们的深度审视和有机结合的意识已经出现，并正贯注于创作实践，这也正是历史赋予伊沙他们这些第三代后诗人们的神圣使命。当然，就作品而言，我们可以在深入考究之中发现许多远未成熟和完善之处，比如缺少必要的控制和加强，缺乏对"诗艺完美"的难度追求，过于偏重叙述性语言且大多是线性地展开，缺少意象的点染和多层面的深入，造成一些作品感觉平面和直露，而总体的艺术效应则总是多于轰击而少于渗透，弄不好就会掉进"一次性消费"之陷阱（这便是我前面所说的"铤而走险"，其深层的理论问题，有待另文探讨），而对诗这种文学中的文学来讲，这则是本质性的偏移和失误，等等。

这样的一些问题，设若放在一般的、无"根"的青年诗人身上，很可能真的会成为陷阱而难以自拔，乃至逐渐断送其艺术生命，而对于伊沙这样年轻气盛的诗坛"斗士"，这块十分执著而又清醒的"飞翔的石头"，则可能也应该仅仅成为"初航"时的过程。在坚实而不乏粗糙的开始之后，在已明确认识并已树立了"质感"和"诗艺完美"的"航行目标"之后，我们有理由相信，在未来的岁月里，在正变得越来越宽广的诗歌航线上，他会飞翔得更优雅也更壮阔。

1992年1月

伊沙诗二首点评

　　以浪漫主义为初始态势的中国新诗，历七十余年探寻和发展，在世纪之交的时空下，又复归披着现代主义外衣的浪漫主义主流，实在令所有真正严肃诚实的先锋批评家们为之发窘。他们终于发现，传统依然且始终是强大的，无需提醒和加强便影响着所有的进程。普泛的当代中国诗人们甚至连浪漫主义的瘾还没过够，更何谈对现代主义的深入以及后现代主义的涉足？随着实验诗歌在九十年代的全面式微，一种空心吟诵和复制的"时尚"便主导了诗坛的流向。脱逸于现实拷问，疏离于生命本真，诸如"玫瑰"和"麦地"式的乌托邦意象，像这个时代的通货膨胀一样不可抑制地流通乃至泛滥，使我们的现代汉诗再次变得更"丰富"也更贫乏。

　　正是在这一"语境"下，伊沙的出现成为九十年代大陆诗坛一个刺目的亮点和令人兴奋的话题——他对生存真实的承担精神，对实验诗的重涉与推向极限的独自深入，以及较为彻底的后现代创作态势，使我们对于中国实验诗歌未来的掌握重新恢复了信心。1994 年出版的伊沙诗选《饿死诗人》（中国华侨出版社），在发行数月之内便告脱销以及大量追随与呼应乃至仿效者的出现，显示了伊沙诗歌具有原创性的特殊质素和重量，也同时昭示了至少是青年诗坛对我们这个时代诗歌的期望。

在截至目前的伊沙诗歌创作中，《结结巴巴》和《饿死诗人》是最具代表性、影响也最大的两首作品。在九十年代的中国诗歌中，它们可能不是最优秀的，但无疑是最重要的作品。前者代表着伊沙诗歌语言实验所抵达的一个特殊向度，后者则是伊沙诗歌精神的宣言性文本。让我们由此获取一点对这位青年诗人之诗歌精神向度和语言向度的基本认知。

极限实验或对失语时代的命名
——简析《结结巴巴》

《结结巴巴》一诗写于 1991 年，诗人当时的主要创作动机，是想制造一个独一无二的诗歌文本。很幸运，这个契机被伊沙抓住了；更幸运的是，这首看似带有"施暴"性质的纯形式实验，却无意间楔入了这个时代的隐痛之处从而抵达了为时代命名的高度——在这里，形式完全代替了内容进而成为内容（"有意味的形式"）。这在当代诗歌中，是一个极为难得的"范本"，显示了诗人独特的形式能力和决不随波逐流的精神力量。

语言是文化的本根，文化的疾病首先是语言的疾病，诗人伊沙对此有原在性的敏感；对复制的本能反抗，对惯性写作的高度警觉与拒斥，使伊沙的创作，一开始就具有对当下诗歌的文本形式/文化蕴含的挑衅性与干预性。于是，用"病态"的语言方式去冲击或解构"常态"诗语方式，便成为无可回避的挑战——当进入九十年代的诗坛，再度成为意象与观念的牧场，普泛的诗歌语言完全脱离当下生存/生命体验的真实而在那里虚假地空转，从而幻化为一片失去血性的风景时，伊沙以他"斗牛士"般的姿态，及时而诡异地亮出了这把"结结巴巴"的刀子。

利用结巴的语式作诗歌语言实验，是伊沙的一个发明。有意味的是，一般实验诗歌常犯的实验与阅读分离的毛病，在这首更极端、更具"试错行为"的实验诗中却得到消除。它非但没有拒斥阅读，反而刺激了阅读的快感（顺便指出：阅读快感是伊沙诗歌的一大特点也是其最大贡献，它使处于后现代语境下的诗歌阅读进入新人类的"文化餐桌"成为可能——这是我们一再忽略的重大命题，而伊沙率先作了有效的探求）。一首将我们所熟悉的诸如意象、节奏、韵律等"诗歌元素"几乎完全剔除干净且"结结巴巴"的分行作品，仍然充满且加强了诗的冲击力，这本身就极具文本研究的价值。它接近"摇滚"，但又完全迥异于歌词；它含有于坚、韩东们口语诗的承传，且更坚实有力，更富口语自律性亦即更无需氛围性东西的补充。它有点"语言狂欢"味道，但形式上又显得很整齐，有一种新奇的秩序感——狂欢而不狂乱，结巴而有秩序，由此产生出一种让人哭笑不得的、极特殊的反讽意味和幽默感。是的，它太特殊了，特殊到难以阐释乃至拒绝阐释，你由不得只沉浸于阅读，而一切尽在这"沉浸"之中了。

而这首诗在阅读之外所抵达的表征意义，我们只能称之为"命定的契合"，一种源自伊沙诗歌立场的必然旨归。语言的意义存在于语言的表现过程中。以粗暴消解虚妄，以结巴为失语命名，伊沙的抵达是深入的。进食和言说是作为人的口腔器官的生物功能，而在当代人/诗人这里变成了"二等残废"。只有发霉的"口水"，没有真实的言说，在失语的时代里只好作结巴，这是一个时代的困惑；而作为人类"精神先知"的当代诗人们的言说，既跟不上新人类"狂奔的思维"，又跟不上代表行为能力的新人类的"腿"，只好陷入"莫名其妙的节奏"之中，其空前尴尬的处境，不仅揭示出当代诗人/文化人的精神偏瘫和主体破碎，更触及到语言困惑的深层命题。

　　当然，所有这些言外之意皆是作品完成后才形成的，写作中的伊沙们对此"一脸无所谓"——暂时的，他们只要求回到一种真实，回到生存的真实和言说的真实。而当我们为普泛的诗歌中，那些语言的焦煳味和精神虚妄症所腻味后，再来读伊沙，和他一起"结结巴巴"一番时，自有一种特殊的快感，一种文本与读者双重自我领会的诗性愉悦，并于这愉悦中体味到一点失语后的语言之思。

【附】

结结巴巴

结结巴巴我的嘴
二二二等残废
咬不住我狂狂狂奔的思维
还有我的腿

你们四处流流流淌的口水
散发的霉味
我我我的肺
多么劳累

我要突突突围
你们莫莫莫名其妙
的节奏
急待突围

我我我的
我的机枪点点点射般

的语言
充满快感

结结巴巴我的命
我的命里没没没有鬼
你们瞧瞧瞧我
一脸无所谓

拒绝抚慰或面对逃逸的诗性"呕吐"
——简析《饿死诗人》

《饿死诗人》这首诗，在九十年代中国诗坛，曾被广泛流传，其影响（尤以青年诗坛为甚）不亚于当年韩东的那首《关于大雁塔》，乃至最终成了伊沙诗歌的缩写代码。诗人也自称这首诗"是我诗歌精神的宣言性作品"。

读《饿死诗人》，有一种痛快淋漓的"排泄感"，出了一口"恶气"，一腔闷气。那些由拖着农耕时代小辫子的诗人们所播撒的，充满矫饰、虚妄、闲适、无病呻吟、无关时代创伤和生命疼痛的所谓"麦地"、"玫瑰"和"乡土"诗歌的弥漫气息，被伊沙式的"宣言"，一炮轰成了碎屑。在一个被孱弱泡软了的诗坛中，人们为这位年青诗人极为真诚而坦率的愤怒而震撼，并由此激活了有良心（非关道德）、有血性（艺术血性）的诗人们对当下（生存真实）的诗性思考和言说。应该说，伊沙对九十年代诗歌写作所做出的特殊刺激（电击?），是由这首诗所引发而扩展的。

此诗写于1990年，正是大量的青年诗人们背对时代创伤和生命疼痛，"那样轻松地""开始复述农业"的时候（有意味的是，此时的小说家们，也同样"那样轻松地"，开始复述虚假的历史）。对"麦地/家园"的虚构和对"玫瑰/自慰"的制造一时成为风潮，由于坚和韩东开启的一脉诗歌精神由此阻断，而由韩东数年前提出批评的语言贵族化倾向再度泛滥成灾，颇有点越疼痛越要轻松，越委琐越要耍"高贵"的样子。于是那些"城市最伟大的懒汉"纷纷"做了诗歌中光荣的农夫"，而我们再度领受了中国诗人们的"精神阳痿"和"语言迷失"。

对此，这个时代的另一位重要诗人于坚也同样尖锐地指出："诗呈现真实，这种真实不是时事、史实、事实、现实，而是一种语言的真实、去蔽，是呈现人的存在状态……在垃圾堆中生活的我们，难道能满嘴玫瑰吗？"

伊沙要"饿死"的正是这样一批他曾称之为"不说人话的诗人"。当生活裸露出它全部的丑陋、病变和隐痛时，关于"玫瑰"和"麦地"的吟诵的真实性，便自然要受到拷问。诗，就其精神向度而言，有抚慰、呈请、呼唤亦即建造与给定现实相对抗的理想现实的一面，也有质疑、批判、呕吐亦即直接向现实发问的一面。遗憾的是，在前者的文本中，我们至今很难听到真正让人感到真切可靠的言说，大都充满了语言的焦煳味和精神虚妄症。伊沙是后者的坚持者，他拒绝抚慰，而且"呕吐"得更厉害。伊沙的"呕吐"本自两种"恶心"：一是对生存毒素的敏感（由此决定他彻底的实验意识和先锋态势）；一是对语言毒素的敏感，包括意象迷幻、隐喻复制、惯性趋滑、观念结石及常态范式等。这种"呕吐"带有强烈的排斥性，有时难免连正常的东西也一并"吐掉"，有一种为诗歌"洗胃"和对诗坛"清场"的效应，一种诗歌精神空间的负面拓展，导向语言意识的革命和生命状态的重塑，亦即抱有终结和重建的"呕吐"，不是闹着玩，需要更坚强的意志和承受力。这样的效应和拓展至今令许多诗人和批评家难以接受，同时也使不少同道为之亢奋和激活，其更深远的影响，恐怕不是现在便可作结论的。

既是一首"宣言性"的诗，便难免带有观念性的划痕以及直露的硬块，但就整首《饿死诗人》而言，我们依然感受到伊沙独特语感的魅力，一股中气十足、以饱满的精神张力贯注其中的语言冲击力，且不乏其特有的诡异和反讽意味。如"你们拥挤在流浪之路的那一年/北方的麦子自个儿长大/它们挥舞着一弯弯/阳光之镰/割断麦秆自己的脖子/割断与土地最后的联系/成全了你们"——在这样的诗行中，我们同时感受到北岛式的精神指向和于坚、韩东式的语言质地，且得以全新的整合与重铸。我认为，在对九十年代初中国诗歌现实和生存现实的诗性书写中，这几行诗是极具涵括力和经典意义的，开阔疏朗的语境，讽喻性的口吻，诡奇而又坚实的本色意象。它是宣言性的，更是诗的，真实的生存状态和真实的语言状态的统一，精神宣言与诗性言说的统一，在所谓"转型时期"郁闷和萎靡不振之中，伊沙让我们重新感受到什么是诗的力量。

【附】

饿死诗人

那样轻松的　你们

开始复述农业

耕作的事宜以及

春来秋去

挥汗如雨　收获麦子

你们以为麦粒就是你们

为女人迸溅的泪滴吗

麦芒就像你们贴在腮帮上的

猪鬃般柔软吗

你们拥挤在流浪之路的那一年

北方的麦子自个儿长大了

它们挥舞着一弯弯

阳光之镰

割断麦秆　自己的脖子
割断与土地最后的联系
成全了你们
诗人们已经吃饱了
一望无边的麦田
在他们腹中香气弥漫
城市最伟大的懒汉
做了诗歌中光荣的农夫
麦子　以阳光和雨水的名义
我呼吁：饿死他们
狗日的诗人
首先饿死我
一个用墨水污染土地的帮凶
一个艺术世界的杂种

与唐诗对质

评伊沙长诗《唐》

　　无论是誉还是毁、褒还是贬，伊沙的诗歌写作，都无可否认地构成了二十世纪九十年代以降，中国诗坛一大引人注目的焦点。尤其是"泛口语化写作"的泛滥成灾，使这位口语诗歌的集大成者处于空前的尴尬之中：是伊沙式的生命形态决定了他的语言形态，或者说，是口语诗这个"幽灵"历史性地选择了（应该说是"遭遇到"）伊沙这块"猛料"，从而得以创造性的发挥和发展，由此深刻地改变了现代汉诗的审美格局。本来，这样的"际遇"是不可模仿的，它不是一个流派，而是一种兀自深入的实验。然而模仿还是大面积地发生了，以致口语成了口沫，伊沙成了时尚，大量追随者皮毛式的仿写与复制，已开始败坏阅读者的口味，同时也间接地遮蔽着伊沙诗歌的内在质地与风骨——自我清场或再次突围，成为当下伊沙不得不面临的一大抉择。

　　至少在以下两个方面，人们对伊沙误解甚深：

　　其一，只看到其"游戏"语言，解构"诗意"，

蛮新鲜好玩的，不知其从不游戏精神，解构诗性和诗的力量，更
不知在其表面"一脸无所谓"的"痞相"下面，一直恪守着极为
严肃的精神立场；这立场的底背甚至可上溯至鲁迅思想的影响：
质疑传统，直面现实，为文化把脉挑刺以及对生存毒素的敏感。
我曾说：伊沙把顺口溜写成了诗，他的追随者们却把诗又写回到
顺口溜，其间的本质性区别，正在于这精神底背的不同。

其二，只看到伊沙的"硬"，没看到那"硬"后面的"软"，
亦即其逮着什么损什么的架势下面，其实还深藏着一腔悲天悯人
的情怀与善意；出自愤怒的"语言施暴"，发自悲悯的"精神虐
待"，冷嘲热讽之下，是为真实开道为理想清场的侠骨柔肠——
这样的"软"，伊沙自始至今，是从未丢失过的。

如此尴尬中，伊沙抛出了他最新的长诗力作《唐》，意欲重
新"扬名正身"。① 单从诗题看，伊沙这回是一下子从后现代
"逃逸"到了前古典，由当下的"硬"转而为"前朝"的"软"，
似乎要借此改变一下形象摆脱一点尴尬并将追随者甩到一边去
了。其实到位的研究者自会发现，所谓《唐》者，只是换了个
"汤头"，改"西药"为"中药"，其"对症下药"的那股子精气
神儿，依然是伊沙式的"独此一家"。而由后现代诗歌的弄潮儿
来与古典中国的诗圣诗仙诗贤们进行超时空的对话，本身就平生
几分荒诞意味，成为一种现代寓言式的特殊选材，和目下流行的
相互抚摸式的各种快餐式对话，已不可同日而语。当然更不同国
人（包括诗人们）惯常的做法，一说古典、说传统，要么化身而
入，做一场不着边际的高梦，了却一点无力于现实的浪漫情怀；
要么囿于二元思维的惯性，在对立的两端做一点什么"不俗"的
印证。伊沙写《唐》，也有追怀、有印证，但主旨在畅神，按诗
人自己的说法："要让我的《唐》灌满我个人现实的风！"就诗歌
美学而言，这也是另一种实验，而绝非什么"回归"之类的

① 伊沙：《唐》，原乡出版社 2004 年版，本文根据作者原稿撰写。

酸调。

"唐",盛唐、大唐、汉唐雄风,所有这些掷地有声的词——中国文化中的超级大词,无不和唐诗联系在一起。那是中国人自由之灵魂、独立之人格、诗性之生命意识,表现得最为畅快爽利而令所有后来的华夏儿女为之神往不已的境界!身处急剧现代化过程中的今日之国人,常有因"光脊梁穿西服"的困窘,而平生几份怀旧意绪的感念,乃至成为一种新的时髦,到了也只是一种脱离当下生存依据的"美丽的遁逸"。

伊沙的《唐》,是今人与古人、新诗与唐诗的一种对质性的交流,出发点,仍是对传统的反思与此在的认证。这种反思和认证,既有美学/诗学的指向,也有人学/文化学的指向,且是正负承载,不再一味解构、反叛,这在伊沙,不失为一次新的突破与超越。诗中不少篇章,仍是基于批判立场,借题发挥,刘传统文化在今天的投影中所衍生的精神负面,尤其是社稷思想、假隐士做派、耽于想象性消费的精神乌托邦等,以惯有的辛辣、谐趣和没正经样,予以现代性的辨析与淘洗。伊沙为诗,一向审真审智不审虚浮造作的美,立足于对现实、肉身和普遍人性的关切。与"唐"对话,也是如此,凡遇那些雅之酸、迂之腐、高蹈之可笑,总之弱化生命、以虚浮香艳的自我抚摸代替现实人生的东西,均不依不饶冷嘲热讽一阵,读来别有意趣。如暗讥社稷情结:"蜀道之难难于上青天/如果你是暗指仕途/凶险莫测/请允许我毫无感觉/仕途我不走/不如早还家"(《唐》之79),且明言"我不喜欢志在高处的男人/我恐惧/高处"(《唐》之8),并调侃道"以草木自比的人/成了幸福的草木/自比为美人的人/就是堕落的男人"(《唐》之1);再如嘲讽山林趣味"我体内的山中/就缺少一个这样的道士//他在涧底捆扎柴草/归来时又像修行者/煮白石充饥//所以/当我有了给人送酒/的愿望的时候/也只能把酒/送给闹市中的酒鬼"(《唐》之29)。不过,让人惊异的是,作为后现代浪子的伊沙,在这部长诗的大部分篇章中,竟是以"英雄所见略同"的态势，对唐诗中那些展现自由、自在、自然心性的东西，给予跨时空的理解乃至赞叹，以此重新认领古今一样的诗心、诗情、诗性生命体验，既"理解祖先之酸"（《唐》之19），又理解祖先之"甜"，并时时以此来反思当下的问题"他乡生出的白发／一到故国／就变黑了吗／唐代见到的青山／一到现在／就变秃了吗／／晓日、繁星、寒禽、衰草／／我纳闷于／唐代诗人／他的眼中／为什么会有那么多的风景／而今天的我／总是疲于经历人事"（《唐》之148）。更有意味的是，在长诗第46节中，诗人还由衷地叹道："哦／在幽州台上／我遇见了／千年以前的／我"——显然，伊沙在这里已坦然认领，在他的诗性生命中，流淌有"唐"的血液。正如诗人在其全诗之《题记》中所写到的："与自由的灵魂同在／诗，是唐的心"——后现代找知音，找到"唐"那里去，真有点不可理喻。这是否代表着一个新的伊沙的出现，还是一种别有意图的写作策略？我们只有拭目以待。

不过就《唐》而言，我更看重的是它的对话形式，而非它说了一些什么。当伊沙将这种虚幻而又真切的对话导入一种真正互文性质的语境中时，它已转换为一种纯粹的"语言游戏"，所谓"与舌共舞"，"与众神狂欢"（《唐》题记）。不管是别有用心的曲解、故意错位的误读，还是借道而行的戏仿与改写，都只在认证古典诗语与现代诗语之间，是否有异曲同工的精妙表现。像《唐》之102：

> 弄一蜀僧
> 抱把名琴
> 西下峨嵋峰来弹
> 这是李白干出的事情
>
> 用松枝掏耳后
> 他便听到了万壑松声

让灵魂洗过流水浴后
身体变成了一口晚钟

这个从肉到灵的
享乐主义者
也无法阻止
碧山秋云溶入暮色
黑暗漏出来黑色的光
将他照白

　　读来真有些不知魏晋、难分古今的味道，轻灵、浑涵而不失谐趣，令人莞尔。伊沙的语言才华，在这种千古一心不一言的相对又相济之中别开生面，另起张力，于生辣中见细腻，轻快中显沉着，且有了更多可激赏的语言肌理感，让人叹服：原来伊沙抢传统、玩意象、做细活起来，也是一把好手。实际是，伊沙通过这种特殊形式，已将一种精神的对话延展为一种语言的对质，企图以此来证明，两种诗歌语言的表现力度和意趣，以及跨越千年的古今诗人之心智与才华，并非天上地下、同文不同质，尤其在口语的层面，更常有惊喜的认同感。那个陈子昂顺嘴扔出的四句大实话、家常话，还有李白"我本楚狂人／凤歌笑孔丘"的直言不讳，便令"那后世的书生"唏嘘、把玩千年百载，怪不着连伊沙也想象站在幽州台上的那个主儿就是他自己呢！

　　看来，《唐》的创作意图，颇有点"野心勃勃"，而并非心血来潮玩一把新鲜花样。仅就阅读而言，全诗仍保留着伊沙"短、平、快"的风格（短者精练，平者坚实，快者爽利），以无题编号的小诗、短诗的形式、组诗的格局而统摄于以"唐"为名的长诗框架内，既有单元的独立，也有整体的绾束，大开大阖，进出自如，通透畅快，再加上镶嵌、拼贴、并置、叠架等手法的穿插运用，读来别具新鲜与生动。同时，由于伊沙在这种"对质"

中，采取了"通则通，不通则不通"的"乱针绣法"，使一部长诗既像正剧，又像闹剧，看似杂耍，却不失骨子里的认真而保有整体的旨归，所谓散发乱服其外，正襟危坐其内。

　　只是，这旨归于伊沙而言，虽处心积虑，酝酿已久，但初次介入下，还是有点隔山打虎的感觉，舍近求远，猛一下变了对手与招数，加之规模甚大，难免有失手之处，诗中不少章节显得牵强生硬，有的则意味寡淡而不知就里。但总体而言，这一探索之作的方向和意图还是颇令人欣喜的，并使我想到诗人那句曾作为一首诗的诗题的自诩——"历史写不出的我写"！

2002 年 3 月

提前到站

初读麦城

　　新诗潮二十年，应该说，已逐渐形成了一些新的诗学传统。这传统，就主要方面而言，大体分两脉路向生成和发展着：一是朦胧诗一路，以西方诗歌精神为底背，重在"写什么"上做拓殖，题旨高蹈，意象繁复，是为想象世界的主观抒情；一是第三代口语诗一路，以本土诗歌精神为要义，重在"怎样写"上求发展，转换话语，落于日常，是为真实世界的客观陈述。前者分延及九十年代之所谓"知识分子写作"，已显示退化乃至告竭，精神空间褊狭，语言意识陈旧，重蹈贵族化的覆辙，疏离于当下中国人的生存感；后者深入至世纪末，也发生了某些变异，其"叙事性"被一些仿写者，置换为"日常生活的简单提货单"，琐碎、唠叨、平庸乏味，失去了口语诗的真正风骨。

　　作为随同这两脉路向一起走过来的观察者和批评者，多年来，我一直在推想，有没有将这两种传统兼容并蓄于一体的写作可能？如果可能，又会是怎样的一种风格？1998 年岁末，经诗人钟鸣介绍，我认识了一直生活、工作于大连的青年诗人麦城，读到他多年深藏不露的一批旧作，欣然发现，这位诗人结束于十年前的写作，似乎早已触及到我所推想的那种路向，且"提前到站"，因了各种原因，再未能"运行"，长久地停息在历史的遗忘中！他的诗，不仅作为评论者的我此前一无所知，恐怕正忙着圈地划界、争名分、抢席位的整个诗歌界，也十分陌生。事后我翻遍二十年来的各种"著名"、"重要"的选本和年鉴，都没找到"麦城"这个名字——匆促前行的新诗潮，推举了多少取巧哗众的过客，又埋没了多少诚实自足的真诗人，实在是令批评界一再尴尬而必须反思的事情。好在真正的诗人，是以其诗而非诗人的名分存在于时间之中的，而历史也正是在不断改写中趋于公正与完整。同时，对于真诗人而言，历史的疏漏而致使其处于孤寂的客态状况，虽可能造成某种迫抑乃至挫折，但也常常衍生出某种保真与提纯的作用。深研麦城成熟于十年前的诗作之后，我欣慰地感到这一作用的存在：麦城诗歌创作从开始到自行结束，一直游离于各种潮流和圈子之外，不求闻达，没有野心，也就没了时尚的诱惑、风潮的影响，没了模仿他者或复制自我（以维持名分）的危险，只是静静地、冷眼旁观、超然独步的一个人。麦城不是天才，也不是那种开宗立派拓荒型的闯将，选择孤寂源自他的心性，而避开潮流则来自他对经典与整合意识的潜在认领。在朦胧诗遗风尚盛、第三代口语诗勃兴伊始的交互时空，麦城恪守自我，本真投入，有机汲取与融合这两脉路向的一些质素，为我所用，于八十年代末达到一个创作高峰，确立了个在风格，然后萧然停笔，且一停就是十年。诗人是否会在历史的返顾中重返诗坛，不得而知。批评者应尽的责任只是给出一个迟到的说法，以不再留憾于未来。

麦城的诗歌创作，集中于八十年代中、后期，与第三代诗人的崛起基本同步。其语感，明显受到口语化、叙述性、客观冷峭诗风的一些影响，但很快就找准了自己的角度，自己的方向感。可以说，在朦胧诗与第三代诗之间，麦城自行拓殖了一条可谓

"第三向度"的理路：口语的基调，不排斥书面语的有机融合；叙事性的语势，夹带意象的交互生成与作用；有凝重的题旨，却以轻灵、反讽的调式来表现，尽弃矫饰，不着高蹈。由此生成的语感，外熟里生，平中见峭，再辅以某些戏剧性手法与小说企图，其整体风格，无论就作品形成的时代还是就现在而言，都可以说是颇具超越性的。

读麦城的诗，首先感到的是亲近不隔。麦城骨子里是一位理想主义者，其持守的诗歌精神与朦胧诗人有相通之处。但他毕竟属于另一代诗人，教化的道义与意识形态情结已在这一代诗人的写作中自行引退。转换一种焦点，将自己收回到最单纯的深处，以新的视觉和说法，指认存在的另一些隐秘的侧面，以更本真、更深刻地表达现代人的生命意识和心理机制，是麦城诗歌的重心所在。这样的诗歌立场，决定了其语言的策略，只在指认、说出，平实、真切、澄明，或时有锐利的感伤，更不乏自我调侃似的戏谑，无不契合着这个时代的心理特征与文化语境：

> 你可以从那本没合上的书里
> 去一行一行地数一遍
> 还有多少现成的真理值得我们不去说遍所有的谎言
> 面对墙上的镜子
> 你也可以亲自鼓励对自己的微笑
> 甚至可以想入非非
> 当然，你早晚要从镜子里下来
> 一笔一画地做一次人民
>
> ——《视觉广场》

在对精神乌托邦自觉消解之后（在朦胧诗及其仿写者那里，这种精神乌托邦是一直被强调的东西），诗人处理的不再是意义而是事件——因文化焦虑与身份危机所引发的心理事件与精神事件，而这种"处理"也不再是蹈虚凌空的所谓"诗化哲学"，而是身在其中的触摸与感受，是坚实、直接的诗性言说——用我们自以为熟悉的、日常的语言，说出我们似乎也自以为熟悉实则不知就里的现代感。在这样的言说中，"真理与思念合伙塌方/逼你掉进绝妙的现代骗局"（《现代枪手：阿多——和英雄谈谈》·1988）。

现代意识是现代诗的精神底背，但这一"底背"在许多现代诗人那里常显得模糊不清，总是或多或少地夹杂有浪漫主义的遗绪，也就难免时常落入精神乌托邦的陷阱，无法置身现代意识的真境，显得虚浮而矫情，所谓"伪现代"。这里需要的是一种孤绝的气度，在尚未过渡到"非我"的失存境界之前，不做"追求圆融"、"复归理想"的清梦，而将个人存在之真实性的问题追索到底，所谓"一意孤行"。这一点，麦城在他创作的那个时代里，显得较为清醒和到位。是以在麦城的诗作中，时时能感受到一种特别的孤郁之气："我似乎无法再从脸上派出笑容/看守近年来的心情"（《今夜，上演悲伤》·1987）；"好时光被少数忧伤动用以后/我不得不更深地居住在别人的命运里/不得不把笑容/时刻揣在兜里/一有机会就戴在脸上"（《旧情绪》·1987）；"我们从另一个我们的脸上失散"（《现代枪手：阿多——与英雄谈谈》·1988）；"然后，每个人的脸上/去轮流展览几代人的尴尬"（《视觉广场》·1987）。可以看出，麦城的孤郁之气，非假贵族式的清高、孤傲、一副不食人间烟火、把世界整明白了的架势，而是置身于现实世界的"视觉广场"，"在困惑里接待生活"，于"尴尬"中体味存在之真味，落笔于日常视觉，由不经意处切入诗思，再由悬疑无着的茫然情态中化出，给人以刻骨铭心的现代警示。特别要指出的是，麦城的"警示"之语，不但毫无教化意味，还多一分调侃、反讽的情调，举重若轻，在该沉痛的时候坦然一笑，以轻喜剧式的态势表现悲剧意识，在轻灵（语感）与凝重（题旨）的悖谬中直抵"现代的私处"——这无疑是现代诗最拿手的本质特色，却常为当代中国诗人们所疏忘，以致成了稀有元素，而在麦城的笔下，却常有绝妙的表现。

试读《视觉广场》中这样一些诗句：

> 听说你已经绕过儒家的哲学
> 正存在主义地从通俗唱法的路上走来
> 最后走成最有希望敲门的人

将哲学名词"存在主义"置换为形容词来作状语用，且与"通俗唱法"相关联，以此荒谬的拼贴而成为"最有希望敲门的人"，充满反讽意味，对时代之文化形态作了颇为恰切而耐人寻味的指认。

> 凭着生动的美味咳嗽
> 我再次坐在椅子上
> 掂量如今剩下的几句话语
> 今后分几次感人

世界的虚假在于语言的失真，生命的失重在于存在的虚无，物化的时代里，感人的话语本已无多少余存，却还要"掂量"需"分几次"去使用，现代人精神的破碎感、无奈状，尽在这细微的"心理事件"之中了。且又是如此满不在乎视为家常地道来，越发显得荒诞而苍凉。

> 在无轨的电车
> 没有正确地把你的生活运来之前
> 我不太自豪地重新拎起古老的酒壶
> 倒出几滴可怜的西方的格言

旧瓶装新酒，对不对胃口无人过问，无根失所的现代人生，靠"几滴可怜的西方的格言"如何支撑一点"自豪"？情节化的精神速写，既是调侃之语，又是箴语，可视作对现代人文化心态的精妙命名。

其实上述这些简短的诠释，在麦城独具风骨的语感面前，都显得过于勉强。麦城的诗，很少落脚于明确的旨归，成为肤浅意义的载体。从他所有成熟的作品中都可以发现，诗人倾心于诗之写作，正是那份与其心性和语言禀赋相契合的绝妙的"说法"而非"说什么"。当然，由于其恪守的诗歌立场，也使他免于像某些第三代诗人那样，陷于空心喧哗式的语言游戏。研究麦城，使我首先为之所动的，正是他这种既有别于朦胧诗又不同于第三代口语诗的特殊语感，所谓"外熟里生"、"平中见峭"的指认，可做如下细部解析——

一、意象

在流行的诗学观念中，意象是诗的核心元件，写诗就是经营意象。第三代口语诗破除了这一观念，不但放逐了抒情，也极端化地放逐了意象，取富有戏剧性的事象（有意味的情节）代替之。这样做，其正面效应，是局部消解了因意象繁复所生成的语境黏滞生涩之弊端，增加了清明畅亮的阅读快感。其负面效应，是很快衍生出只见口沫、不见诗质的粗卑化倾向，所谓空心喧哗式的口语欢快。麦城生逢其时，左顾右盼之后，似乎采用了"取法乎中"的策略，在叙述语式中保留了意象的成分，使其诗的阅读，既有清通疏朗之畅泻，又有断续有度之逗留；既有文本外之后张力（这是口语诗的重要特质），也不乏文本内的韵致。特别值得称道的是，麦城诗中的意象，大都是由叙事过程中自然而然带出来的，不着半点刻意。像"你们各自的生活表情/好像在夜晚被人动过"，"电影里的话语容易生病/你们不会一下子/掏出自己的手相/在如今的这个世界里交换心意"（《今夜，上演悲伤》·1987）。这样一些诗句，表面看去纯属叙述，却又处处暗藏有"意"的蕴藉，读着很顺溜，想着又不尽其然，可谓事象化的意象、意象化的事象，既自然，又机智，不动声色而声色俱生。由此带出麦城诗意象的另一特点：自明性。这种自明性表现在诗中的意象既与非意象成分有所关联，互动相映，同时又具有一定的"独立"性质，亦即若将其从诗篇中单独抽离出来，又是一些可独自照亮自身且具有独立意蕴的小诗，或叫做"断章"。这是现代诗中别具美学意味的一种特殊现象。为此近年一些诗人已有意地专门创作这类"断章"式的诗篇。前文所摘引的麦城诗作中的那些片断，大都具有这种性质，显示了诗人早慧的语感才能。

二、语境

清明有味，是麦城诗歌语境的基本特色。"朦胧"之后，第三代口语诗人大都在语境追求上转向"清明"，但"清明"好求，是否"有味"，则又另当别论。麦城的诗，以叙述语体为骨架，肌理分明，气息纯正，轻松自如地委婉道来，亲切可感，毫无生涩，但感触之后，又似乎没抓牢什么，有更多的分延与底蕴在初步阅读之后等着更深入的品味，可说是语境透明而暗涵奇诡。这里的关键在于，其一，有意象而不围着意象打转转，意象服从于整体叙述语体的需要而自然生发取舍，显得疏朗有致；其二，局部意象的欠缺由于整体暗示性的完美和叙述的机智有趣而得到补偿，不显空乏；其三，叙述本身常做以超现实的幻化，有隐秘的成分包含于内，亦即对物象的指陈中有心象的投射，带有一定的寓言性意味。譬如这样的诗句：

> 后来，你从失效的成就里退下来
> 可爱地坐在工业的某一个门口
> 看一个孩子
> 跟随树上醒来的果实
> 在树下一遍一遍地成熟
>
> ——《今夜，上演悲伤》

字句表面无一生僻，都是寻常熟悉的话语，但进入特定的语境，便平生几分异趣。尤其"工业"与"成就"和"成熟"三词，变得意外陌生而神奇，像童话，似寓言，又是精神现实——所谓"精神事件"、"心理事件"和"外熟里生"的指认，即在于此。再譬如：

> 从那条裤筒里
> 你翻不出可行的道路和人性的下落
> 甚至连那双湿鞋
> 使一孩子走错了所有的夜晚
> 离命运结束还差三个动作
> 假树像真树一样
> 也在秋天里大量伤感
>
> ——《叙事》

　　语言很平实，让人感到是在叙述一种真实的事情，实则却又很荒诞，是一种超现实的叙事，以平实的语感亲近阅读，留冷峭的回味于阅读后，此即"平中见峭"之所谓。麦城"玩"这种语感，似已到随心所欲、驾轻就熟的地步，在同时代写作中，已属独步潇洒。

　　三、汉语意识

　　无论是中国新诗发轫期，还是大陆新诗潮崛起时，受西方翻译诗歌的影响而致语言欧化、洋化、翻译语体化，一直是长期困扰汉语诗人的一大弊端。由于坚、韩东"他们"诗派所开创的口语诗，之所以在今天越来越受到普遍的阅读欣赏，大概正在于对此弊端的有效清理。有意味的是，在十年前的麦城诗作中，我同样看到了这种清理意识的存在，虽然不尽彻底，但在那样的过渡时期，年轻的麦城已属难能可贵。至少，读麦城的诗，少见洋腔洋调的遗风，即或是于口语中夹杂着的书面语，也是当下本土生成的话语，鲜活、纯朴、有时代感。深入研读麦城的诗自会发现，他的写作一开始就对汉语语言有特别的领悟，遣词用语处处可见独到的心智，而不是"流"上取一瓢，随便拿来就用。任何语言，在不断地流通（被使用）中，都会很快结成一个硬壳（概念化、所指、定义），形成某种范式，使新的言说打滑落套，于写作也便失去原创而坠入互文仿写。所谓"汉语意识"，一是要有意识地消解洋腔洋调，一是要下工夫挖掘汉语特质，开发新的诗歌语言资源，包括对不断生成中的民间活话语及口语的吸纳，和对已定型语言的改写，这些在麦城的诗作中都可见得端倪。将寻常话说得不同凡响，把家常词用得出乎意料，可以说是麦城诗歌语感的一个独到之处，且不是从哪学来的，明显来自诗人天性中的那份语言幽默感和诙谐感。试举一例：写"穷孩子"："一个穷得像一株不弯曲的树/穷得非常正确的孩子/一个穷得像一张没有污点的白纸/穷得非常干净的孩子"（《穷孩子》·1985），在这里，"正确"与"干净"两个最普通的词，得到了最生动、贴切的用法，像两枚用脏了的硬币，被重新磨洗后再度鲜亮。再如"在街心湖畔的河岸上/用渔竿指出从前掉进深渊的童年"；"趁黄昏没有叠好晚霞的图案/你可以另选一批微笑/甚至可以另选一个祖国"；"现在，城里几乎无人点亮灯光/向我提供一块可读的晚间人生"；"我穿上衣服/准备去某一首歌里拆除一段时光"；"从那扇门里/你发现婚姻还在活着/同时，发现一直延长到/孩子不止一次用门里的哭声/给你带路"。旧词新用，死词活用，使之自干瘪的"词壳"转变为元一自丰的意象话语，焕发出本真而异样的新光彩——而这，不正是诗人作为语言艺术家最理所应当而又首当其冲的贡献吗？

　　研究麦城，有一份欣喜，也有几分遗憾。欣喜于十年前的诗歌进程中，竟有那样一列"提前到站"的诗歌快车，穿越过渡的时空；遗憾的是这样的"列车"过早"停运"，再未展现其可能更具魅力的风度。应该说，麦城所拓展的创作路向，至今仍有其前瞻性的态势，可惜未做更深入宏阔的展开便告中断。从已有的作品看，质量也未完全稳定，有些参差不齐。部分诗作中，因意绪的跨跳过大，产生不恰当的断层或过度分延，缺乏必要的收束和控制感。就诗人的创作能力看，这些缺陷都是可以在新的进发中逐渐予以纠正弥补以臻更加成熟的，只是我们无法预测，这种新的进发，对于一个已中止写作十年的诗人是否还有可能？

　　多年前，我曾将诗人的写作分为瞬态写作与终生写作。前者系诗性生命历程的瞬时记录，随缘就遇，不着经营，或断续持之，或勃发而止，每有闪光之作，但常难以形成大的局面，产生经典性的影响。后者则是持之一生投入的创造与归所，有方向，有规模，吐故纳新，融会整合，重拓殖也重收摄，不仅个在风格鲜明，且有一定的号召力，对诗歌艺术的发展多少有所推动或拓展。以此看麦城，大体属于前者，却又觉不尽其然。实则无论"瞬态"还是"终生"，关键在于投入创作时的那一份心态、那一种心理机制，我常将其简化称之为"呼吸"。无论因为何种原因，呼吸不自由了，谈"瞬态"或"终生"都无意义。以此再看麦城，又觉其坦诚洒脱、不做功利之争的爽气，且又从未放弃诗性情怀的可爱——这种爽气与情怀，在今日日趋"生意场"样态的文坛，已越发显得珍贵。由此我想，麦城不复重返诗坛，也无大憾，总还留下了不少真诚之作的好诗于过往岁月。或有重新投入创作的激情与新的能量，也定会保持其本真的立场、个在的风格和独具魅力的语感，为跨世纪的中国诗歌，做出新的奉献。当然，作为不无偏爱的研究者和诗友，我更愿看到后一种情况的出现——毕竟，我们的诗坛，还是高手不少而真人不多，麦城是真人，诗坛有理由期待他的身影，重新闪耀于群星灿烂的现代汉诗长河之中。

1999 年 2 月

在困惑里雕刻时光

评《麦城诗集》

一、诗与诗人

发现麦城，肯定麦城，经由这种发现与肯定，促使一位曾经被埋没而品质不凡的诗人重新出发，并很快在海内外汉语诗界取得强烈反响，应该说，这是世纪之交的中国诗歌，一个不小的收获。

一位曾经的诗歌青年和今日的诗人企业家，在非诗的时代里，在财富的包裹中，依然如此看重诗的存在，显然不是消遣，也非功利，而是一种朝圣，或一种宿命。诗是麦城的初恋，这初恋深深伤害过他；诗是麦城生命初稿中许下的诺言，这诺言至今苦苦地纠缠着他；诗是麦城心中的灵山，只有这灵山能安妥他早年就皈依艺术与诗的灵魂——这灵魂善良、真诚、忧郁而充满悲悯。

这决定了麦城的创作是不携带任何生存需求的，他只是愿意为诗而活着，而绝不希求由诗而"活"出些别的什么。我是说，这是一位真正纯粹的诗人——在他这里，诗成为首要的，诗人则居于次位；他对诗的爱永远是作为第一次的，永远地忠于诗本身而非其他。他从未想象过要像纪念碑一样在年代中坚持不朽，而只是为了在片刻间不可侵犯不可腐蚀地存在，只是为了偶然间以诗的形式，把一些事物重新弄清楚，然后将其欣慰地转告黑夜，转告在黑夜中同他一样醒着的、精神的朋友们。

也许，诗神正是要借这样的纯粹的诗的灵魂，在诗之外，向我们说明些什么？

"初恋"的伤害，加深了麦城的孤郁气质，而"诺言"的纠缠，使他从不敢将诗的写作，变为一己的情感宣泄，或名利场中的追逐。这是一位有"道"的诗人，这样的诗人在今天已经很少了。他把人生看得很透，"曾经沧海难为水"，骨子深处埋着不少悲剧意识。这决定了他的虔敬——对知识、艺术、语言、良心和道义的虔敬，因此，他从不敢自负也绝不会虚妄，更不知"玩诗"为何物。即或成名之后，也依然如履薄冰，没有这些年愈演愈烈的所谓"诗人气"，老子天下第一，膨胀得不得了。其实这是一个诗人大于诗、诗坛兴而诗歌衰的时代，而麦城是一位在场的游离者——在诗的场中，游离于虚妄浮躁的诗坛。

纯粹、超脱、虔敬以及爱心——阅读麦城，阅读《麦城诗集》（作家出版社 2000 年 9 月版），首先感念的，正是这样一种已属稀有元素一般的诗歌精神。

太多太多江湖味的诗坛；

太多太多糨糊状的诗歌。

是麦城，让诗和诗人重新恢复水晶的名誉、水晶的品质和水晶的光耀！

就诗坛而言，麦城曾是一个"穷孩子"，"一个穷得像一株不弯曲的树/穷得非常正确的孩子/一个，穷得像一张没有污点的白纸/穷得非常干净的孩子"（《穷孩子》）。今天，当我们将如此富有的荣誉给予他和他的诗时，这"穷孩子"的"干净"与"正确”会变质吗？

我相信初恋的真诚和诺言的郑重。

二、语感与语境

现代人类本质上是一种语言的存在。现代诗就是给这种存在之居所开门、打天窗，或许再放置几面诡异的镜子。

语言的意义在于它的使用，有多少种用法，就有多少种语境、多少种意义。这“用法”，在诗人这里，就是“语感”。有无特别的语感，已成为识别现代诗人写作好坏良莠的首要标志。正是语感，将这一个诗人与另一个诗人区别开来，将一个诗人与一群诗人乃至一个时代的诗人区别开来。

麦城诗歌的语感很有个性。我这里说的是“个性”，没说“特别”。“个性”是天生的，“特别”或可借鉴摹仿得来。个性有内源性的质素之光，从一开始，他就是这么说话，这么思考，这么使用着语言、编排着语言的，然后就这样进入诗的写作。一部《麦城诗集》，收入麦城八十年代旧作和近两年新作两大部分，中间隔了近十年，但怎么看，那种麦城式的语感都是一致的。这种一致，这种个性，显示了诗人早慧而久经磨砺的语言天赋，乃至无需指明作者，也能一下子辨认出他语感的指纹、语感的气息：

　　　　解开农业的上衣纽扣
　　　　找到我表情的上级
　　　　发给我的这份表情
　　　　古代的冷勾结了现代的冷
　　　　半个爱情拎着一个婚姻
　　　　用哲理回家
　　　　世界把我剩下来
　　　　坐在工业的某一个门口

随便抽出几句，就可知麦城语感的个性所在。首先，他喜欢或者说敢于用实词、大词，原本已概念化、社会化、意识形态化了的词。诸如"工业"、"农业"、"人口"、"制度"、"国家"、"财富"、"债务"、"气候"、"政权"、"人生"、"语言"、"词语"、"观念"、"概念"、"传统"、"纪律"、"思想"、"上级"、"道德"、"美学"、"汉语"、"中文"等等只适用且经常出现于公共媒体包括社论、文件、档案中的词，却十分频繁地进入麦城的诗行，经由麦城的改写（应该说"改排"即重新编码），生发出异样的美学效果。一方面，这些大词的进入，使麦城的诗有一种现实感。正是这些词构成了我们基本的生存环境，我们无法脱身他去，且时时遭遇它生硬而强大的存在或叫作进入。另一方面，在麦城这里，进入则是为了改写，经由这种改写，或可称不断的错位编码，所有这些十分日常也十分熟悉明确的大词，一下子变得突兀、疏离、别有用意以至虚幻起来，生发出多重含义以及歧义与反讽，包括还原、缩小乃至自我解构。这是社会学向诗学的奇妙转换，知识话语向生命话语的奇妙转换。在这种转换中，原本生硬僵死的语词，像被涂上了一层超现实的清釉，出现了一种被雅克·马利坦（Jacques Maritain）称之为的"诗性意义"（区别于概念的、逻辑的意义），从而也就给由这些词构成的现实予以了新的指涉与命名，带给读者一种提升了的认识与被重新洗亮的视觉。

这种麦城式的语词改写，还大量体现在对名词和动词的使用上。在我有限的阅读与研究中，可以说，麦城是近年诗歌创作中，在此方面最具魅力也最让人难忘的一位诗人。读他的诗，常常会为其动词、名词的奇特配置和巧妙挪用而会心一笑或惊心叫绝，而且绝不显刻意，总是那么随手拈来，就成为一意想不到的"语言事件"。诸如"支付——笑容"、"放松——真理"、"分配——传统"、"护理——表情"、"抚养——打算"、"定做——悲哀"、"委托——涛声"、"征收——状态"，以及"苦难减价"、"真理紧张"、"思念塌方"、"阴谋生锈"、"观念占线"、"雪花减肥"、"目光调往外地"、"香烟燃烧出唯心主义"等等，在不断的错位与改制（语言制度之制）亦即不断发生的"语言事件"中，来体现现代人的"心理事件"。

可以看出，通过这一系列的改写，已形成风格鲜明的麦城语词谱系和意象谱系。这一谱系的特点在于：其一，强烈的反讽意味；其二，由明晰的抽象意义和含蓄的未限定暗涵互相交织，形成一种有复合肌理的语言质地；其三，由于构成其谱系的主要语词大都是日常熟悉的，是以使麦城诗歌的整体语境呈现一种清明有味的境界，在熟悉中敲出陌生，在亲和里见得深切，既好读，又耐品味。由此，不但以诗的方式对时代的文化状况和心理状况做出了更深层次的介入与指涉，同时以这种个性化的语感，参与了当代中国人审美感知和表达方式的重构，从而也就有效地改造了我们时代的诗歌语境和精神语境。

显然，如果拿本节开头的比喻作对照，麦城自当属于那种善于玩"诡异的镜子"的诗人。只是这种"玩法"也有弊病：一是不容易"玩"，难度太大，因而会造成阶段性的重复感和乏力；二是具体于文本中，易出奇句难就奇篇，造成一首诗好似另一首诗的分延的感觉，难以求得篇构的独立与完整。这些难点在麦城的作品中已见端倪，因此我也曾向诗人提出不妨多写些断章式的东西，干脆先不求谋篇，只求谋句，或可避开难处，尽情发挥其特长。譬如诗集中《在困惑里接待生活》一组诗，就是很出色的断章体式，自由洒脱，无篇构的束缚以至言犹未尽。而《作文里的小女孩》之文本一、文本二的对照出现，也无疑透露了句构篇构间的困惑，有待新的突破。

三、玄思与格言

中外诗歌，一直有一条"玄学诗"的路子。分延至现代汉诗，则有台湾的纪弦、简政珍，大陆的杨炼、欧阳江河、严力、钟鸣等为代表，诗学家陈仲义则将其命名为"智性诗学"，并归纳出三点，即"潜在的哲学背景高度"；"内在的思辨力量"；"智慧的'诗想'转化"。[①]

若硬要归类，麦城的诗大体靠近这一路向，但也有明显的区别。说大体靠近，其一，麦城写诗，确实"诗思"大于"诗情"，思辨的色彩很浓，乃至不乏诡论、玄想，以及幽微神秘的内省与直觉性的哲思和冥想；其二，麦城的诗歌题旨，大都集中于对时代的文化结构和心理结构的处理，这正是"玄学诗"或"智性诗学"的主要题旨所在；其三，诗思的展开，是理性的、智性的、非激情、非感性，潜沉宁静，多以清凉微温的陈述来组织，并可见逻辑肌理。

试读这样的诗句：

> 那么，什么样的存在形式
> 来替我指挥丢失的传统
> 并迫使后人用相声作为信仰的盘缠
> 拦住彼此的怀旧念头
>
> 　　　　——《生活在大连的这种经历》

显然，其字里行间处处可见的文化色彩、思辨意味、内省情愫、逻辑肌理和沉稳矜持的语言风度，都颇具"玄"与"智"的品质，置于"智性诗学"的框架中去衡量，也是颇具品位和代表性的。

但麦城的创作，毕竟是在一种几乎与这十多年的中国诗歌潮流完全隔绝的时空中，独自摸索走出来的，因此必然带有更多些的原生态的东西，更个性化些的质素，而无法与任何流向合辙押

---

①　陈仲义：《智力的结构与智慧的"诗想"——智性诗学》，《扇形的展开——中国现代诗学谫论》第四章，浙江文艺出版社 2000 年版。

韵。区别确实是明显的。首先，他的诗尽管处处落视于文化，但绝无一些"文化诗"的装腔作势、掉书袋、酸腐气，而是深入到文化心理深层的自我盘诘与辨析。其次，尽管麦城诗中的玄思味很重，有如一个用诗行思忖的智者，但他没有将其弄成理念的硬块，或化不开的郁结，而是呈现为一种和谐到位的感性之思、诗化之思，有分明的肌理和清朗的语境。所谓骨骼清奇，眉清目秀，不着玄怪，从而避免了这路流风常易携带的晦涩玄奥的毛病。另外，叙述性语式和意象化语式的有机结合，包括幽默、反讽的点染，以及戏剧性的架构和寓言性的绾束，也使得麦城式的玄想之诗少了许多同路诗风的黏滞感，显得既神秘暧昧，又澄明率真，既坚实，又富有柔韧性。若抛开学理化的诠释，纯以直接印象去说，颇有点像智慧的老人与嬉戏的儿童共身而语，于亲和中进入深刻的诗与思之交流。像这样的诗句："她把我揣在裤兜里的手/很好地拿了出来/她说，手长期揣在兜里/容易成为匕首"（《一滴钻石里的泪，降在了大连》）。手与匕首的联想，何等奇崛老到，慑目惊心，其转换中暗涵的玄机，触及到很深的心理机制，交流与闭锁以及伤害之危机等等，但说出这些的那份语气、那种口吻，却又是那样孩子般的轻松与调皮。

在我不断引用这些诗句的同时，我便自然想到麦城诗的另一大特征，就是保留并提升了诗性格言的传统。格言、警句、箴语，本来是古今诗歌一个很好的传统，它既是一首好诗中的高光点、核心或关节，自明自足而又照耀与支撑整体，更有给阅读者亮眼提神的审美效应。只是一方面被浅情近理的伪哲理诗搞坏了名声，好像写诗就只是为了"点睛"而连龙都画不好；另一方面则被这些年所谓的能指、所指闹得有所妙指也不敢指了，造成一个长久的误区。其实即或在先锋诗中，好的、真正具诗性意味而诗思独到的格言也并不坏事，照样起核心与关节的作用。甚至，真是由现代意识和现代诗美情趣合成的、水到渠成天成自然的格言诗，也为何不可登现代汉诗的大雅之堂呢？《麦城诗集》中诸如《必须》、《本真》、《原来》以及《在困惑里接待生活》中的一些断章，我认为就是现代意识和现代审美很强的新型格言诗。比起大量流质的、絮絮叨叨没骨没劲的糨糊诗，这样的格言诗反而在不失现代诗审美质素的前提下，恢复或增强了诗的气质、诗的力量。

对麦城诗的这一特征，孙绍振在《当代作家评论》2000年第3期"印象点击"专栏对"2000年新诗大联展"的评点中，也特别指认麦城的作品常能"相当轻松地从冷峻的反讽上升到格言的高度。他的《必须》充满反讽，又几乎都是格言，即就是连圈子外的读者读起来也都不需要太费事的"。孙绍振先生在这里既肯定了格言是一种高度，又肯定了这种格言对诗的阅读所带来的亲和效应，是十分中肯的。确实，假如我们能拨开虚妄与膨胀的迷雾，静下心来回顾一下，这多年集结于各类选本或进入权威批评家视野被奉为好诗佳作中，究竟有多少可铭记传诵，或至少在记忆的回放中，能大体涌现其基本的意境、核心意象和关键诗句呢？恐怕不会太乐观。这其中当然有各种原因，但缺失对诸如核心意象和警句格言的提炼，也许是不大不小的一个问题。散漫、郁结、黏黏糊糊、无节制的叙事和失控的口语，使大量的诗看上去形象模糊，换句通俗的说法，可谓脸大眼小，体肥心瘦。

相比之下，麦城的诗不但骨正神清，而且有让人喜爱的漂亮的"诗眼"。眼睛是心灵的窗户，对审美交流与审美记忆而言，这"窗户"也同样重要。说起来似乎是老掉牙的诗美传统，但不该丢弃的到什么时候也不能丢弃。像北岛的《回答》（"卑鄙是卑鄙者的通行证，/高尚是高尚者的墓志铭。"）；顾城的《一代人》（"黑夜给了我黑色的眼睛/我却用它寻找光明"）；舒婷的《神女峰》（"与其在悬崖上展览千年/不如在爱人肩头痛哭一晚"）；王家新的《帕斯捷尔纳克》（"终于能按照自己的内心写作了/却不能按一个人的内心生活"）等，不都是因了诗中那闪亮的眸子，让我们被一下子击中并永远地记住了这样的诗和这样的诗人吗？

好的诗句，精彩的格言，都具有特殊的增值效应，它不仅是它自己，它还带出其他的什么，产生无限的分延或晕染，这在麦城的"诗眼"中显得尤其突出。"门在墙上活下来/墙死于墙体的深处"（《在困惑里接待生活》）；"好时代被少数忧伤动用以后/我不得不更深地居住在别人的命运里"（《旧情绪》）；"我们从另一个我们的脸上失散"（《现代枪手"阿多"——和英雄谈谈》）；"痛苦是大人发给我们的"（《旧情绪》）。这样的"诗眼"，几乎在麦城的所有诗作中都会于不经意处闪电般地朗现，令人叫绝，且比传统的格言，更多些言外之意，有弥散性的暗涵和追加的深度，过目难忘而又品味不尽。

诚然，在现代诗的广阔视野中，格言或"诗眼"确只是惊鸿一瞥，不值小题大做。若要为追求格言或"诗眼"而写诗，更是蠢材才会干的事。但在不失原创性和个性的前提下，顺畅自然地带出这漂亮的一瞥，朗照全局，又何乐而不为之呢？大概也只有蠢材才会故意放弃。

四、困惑与悲悯

诗的实现最终是语言的实现，但作为一体两面的语言背后，必有其相辅相成的精神底背作支撑。麦城的诗骨子很正，其生命形态与精神构成，有现代知识分子求知、求真、求美的高蹈，也有正直向善的平民意识之诚朴。前面说过，因了天性中的敏感，他对人生看得很透，而经由长期文化、艺术与思辨的浸染，他又对生存充满了困惑，二者相加，形成了麦城诗歌主体精神的孤郁气质和悲悯情怀。表面看去，在麦城的诗句中，诗人的情感似乎总是冷冷淡淡的，实际上那份从未缺失过的多情善感都已上升为困惑与悲悯的境界，并最终使创作主体成为这时代生存意识与文化心理的敏锐而深切的诗性感官。

"在困惑里接待生活"——是的，"困惑"，一个多么准确而关键的词。在这个越活越实在且看似越活越明白的时代里，其实我们内心的深处，隐藏着太多的困惑，多到我们已无法说出具体的困惑是什么。公众遗忘了的心境，正是诗人耿耿于怀的地方，实则"困惑"恰是这时代最核心的心理症结："从冰里取出海洋/从火里取出森林/从脸里取出泪水/从我里取出人间/之后/交给一个什么样的我们"（《停靠在大连港的汉语》），这发问是极为深刻的。我们确实只是恢复了生活表面的真实，接踵而来的新的困窘与迷失，并未因此而消解。作为时代最敏锐的精神器官，诗人在新的困惑里延伸着新的、更高层面的诗思。

麦城的困惑是具体的，细致入微的，且处处点在了这时代的穴位。质疑面具人格，拷问文化变异，在时代总体话语与个人生命话语的冲突中探幽洞明，于精神生活的缝隙处打捞人生的缺损与忧伤以及残存的浪漫情愫，从而不断惊醒我们在追逐实利的烦劳中，悄悄掩埋了的隐痛，点击时代华丽的外衣下，暗自蔓延着的溃疡。显然，这是一种伴随着文化思考和生命意识的"困惑"，但诗人仅止于"困惑"而不凸显思考，这使麦城的诗，时时浸漫着一种悬疑的意绪和气氛，使我们得以在微妙的提示中，进入对生存真实的内省和对文化困境的反思。

由此形成了麦城诗歌"小处敏感，大处茫然"（转借卞之琳语）的精神品质。提问而非回答，内省而非争执；用冷峻掩深切，从反讽出悲悯。特别是悲悯，已成为我们这个浮躁而功利化的时代越来越稀有的情怀，而麦城几乎将这种情怀融化为所有诗行的底色，成为最深层感动我们的部分：

> 在古人永远迟到的车站上
> 站满了受苦难委托的人们
> 每个人的手里
> 紧紧地握着一张过期的车票
> 和半支香烟

烟雾，再次捆住他们内心的哀愁
火车无论怎样开来
都无法改动忧伤的日期

　　　　　　　　——《识字以来》

　　这是令人心仪的诗歌境界，这样的境界，在体肥心瘦、平庸叙事的当代中国诗坛，已经缺失很久了，而语言的实现之后，麦城诗歌的精神价值，正体现在对这一缺失的弥补亦即对这一境界的再造之中。

　　"在困惑里接待生活"，在困惑里雕刻时光。有谁，在这样地醒着，醒于物质的暗夜，醒于财富的鼻息，而为了初恋的记忆，执著地守望着那个诗的诺言，并注定要长久地等待，一个迟到的回应?!

　　还是用诗人自己的诗句来做这篇散论的结尾吧——

有一天
我要离开这里
走向一个时刻
像火把崇拜日出去崇拜自己

　　　　　　　　——《想象》

　　　　　　　　　　　2000 年 10 月

"水，一定在水流的上游活着"

论麦城兼评其长诗《形而上学的上游》

上游，水出发的地方。

所有的水——物质的、精神的、语言的、生命的、形而下的、形而上的；载舟之水、覆舟之水；甜水、苦水、活水、死水；水源、水质、水流、水面……"谁最先浮出水面/谁就先拥有上游"（《形而上学的上游》之十一，以下简称《形》）。

上游，为成熟走失、永远想回而回不去的地方。

我们从那里出发，奔赴梦想、奔赴繁华、奔赴欲望和对欲望的控制、奔赴对旧的反叛和对新的占有、奔赴角色与身份、奔赴奋斗与迷惘、奔赴那条永远的不归路——作为上游的反词，那个叫"下游"的存在成为诱惑也成为陷阱，而"水，一定在水流的上游活着"（《形》之四）。

永恒的母题：关于此在的盘诘和彼岸的追问；

永恒的悖论：出发的地方成了"彼岸"，而"此在"成了不在的在，一个不断推移的、无法真正抵达的"抵达"。

　　只有语言作为存在的源头，为意欲"还乡"的人们系紧了鞋带，逆流而上，作一次思之诗的跋涉。当然，你依然不能真实地回去，那个"上游"，依然只能是形而上的；吸引你的，不是能不能回去，而是语词的历险、言说的快意、思想的痛感，一种在智力的节日里突然降临的、对生存之寓言化的追问！而"所有伟大诗作的高尚诗性，都是在思维的领域里颤动。"（海德格尔Martin Heidergger 语）

　　命名由此开启。假设的钥匙后面，没有哪扇门是唯一的通道；这是由语词的奇境构成的一片扑朔迷离的风景，聪明的读者最好只管领略，莫问诠释，而批评家将遭遇可能的尴尬。

> 一个词
> 惊动了一个人的写作动机
> 也惊动了人间的香火
>
> ——《形》之十三

上

　　阅读麦诚，在当下汉语诗歌阅读（尤其是专业性与研究性阅读）的版图上，无疑是一个夺目耀眼的亮点，一个让人对现代汉诗的发展重新拥有信心与期望的所在。

　　在经历了可谓诗歌政治学意味的世纪交替的热闹之后，现代汉诗似乎陷入了一个可疑的间歇期，一个平面化的繁盛局面。爱诗、写诗的人更多了，好诗、名诗却相对减少了，二者没有必然的因果关系，只是共同构成了困乏的现实。新手蜂拥，名家落寞；语感趋同，个性趋类；浮躁、粗浅、游戏化的心理机制，无标准、无难度、只活在当下的创作状态；写，变快了，诗，变轻了；味道，变得更淡了，阅读，变得更模糊了……大树刚完成轮廓的勾勒，复被疯长的野草所遮没，繁荣的平面化遂不可避免。

孤芳自赏或诗人间相互激赏性的阅读依旧如火如荼，但那种足以惊动批评家疲惫而困顿的眼光的作品，真正重要而又优秀的作品，毕竟不多见了。尽管，此间也有于坚的长诗《飞行》的问世（1997－2000），台湾洛夫三千行巨作《漂木》的出炉（2000），海外北岛隔世而归的《北岛诗歌》的出版（2003），以及伊沙野心勃勃的《唐》的实验性写作等，但若将其置于当代诗歌整体版图去看，还是显得相对稀少，难以满足专业批评的阅读期待。

正是在这样的背景下，麦城诗歌的横空出世，及其持续上升的影响力，遂成为间歇时空中的视阈焦点。从1998年的悄然复出，到2000年《麦城诗集》的出版（半年内两版），此后不断吸引批评家惊异目光的一批批新作的发表，直至长诗《形而上学的上游》的隆重登场，麦城的存在，以及对这一存在之密集的关注，已不再是任何无稽的传言与庸俗的猜疑所能遮蔽的了。所谓"麦城现象"的负面阴影，已被其文本的光彩涤荡净尽。诗的历史只对诗的文本负责，也只有诗的文本，书写着各个诗人的历史，或重或轻，或短暂或长久。当然，表面看去，麦城如此一步到位的成名，确实有少了一点惯常该有的过程的嫌疑，好似一出未见彩排便一举成功的大戏。然而，一方面历史只认正式的演出，不管其是否彩排怎样彩排；另一方面，所谓"过程"只是逻辑的推理，而艺术的创生并不完全按逻辑出牌。其实对麦城而言，"过程"也曾存在，但却非成长的过程，而是被遮蔽的过程。先是在出发时，被朦胧诗成名诗人的巨大影响所遮蔽，继而在途中，又因游离于第三代盛大的运动形态之外而耽延。由此有了一个被长久"冷藏"的"麦城诗歌"，今天的批评家，只需将其置于当时的先锋诗歌流程，稍加还原，就会发现那是多么大的一个误失——麦城成为迟到的"先锋"，这样带来的结果是：他始终是个在的，没有过"影响的焦虑"，故而较好地保存了原生态的东西，并避免了角色化的出演。而现代汉语的步程，一旦消解了运动情结与角色意识，进入常态发展后，麦城的这种"个在"与

"原生态"，便显得格外珍贵而突出。

低姿态，慢先锋，麦城姗姗来迟而步步持重。实则积蓄良久、有备而来，高段位出手而一步到位，确然难以寻索到一个由仿写到成熟的梯级发展过程。而说到底，还是与诗人的语言天赋有极大的关系。论思想，麦城可能不够博大深广；论形式，麦城也许尚欠丰富多彩。但要论语言，麦城则无疑是天生奇才。潜心研究者自会发现，正是语言，成为麦城诗歌写作的唯一理由，或者，再加上一点思想的惊扰，而思想在麦城这里，正如罗兰·巴特所言：是由词语的偶然组合得来的，进而"带来意义的成熟之果"。与语言约会，与智慧言欢，与远方的朋友或自我的沉默部分聊天，是麦城式诗歌写作的本质所在。在这样的写作面前，那些为追求功利的激情和不朽的欲望的写作，都顿时显得黯淡无光。而诗歌总是凭借特别的语言手段从内部更新的，这正是麦城作品价值的不同之处。

这一价值的具体体现，其一，是叙事与意象的有机整合。上个世纪九十年代后，叙事作为一种修辞策略，迅速由先锋诗歌蔓延至整个诗坛，显为新贵。但在大多数诗人那里，叙事成了一具空网，只见脉络，不见肌理。语词不再是鲜活的生灵，而沦为叙事结构的奴仆。这不但有违汉语诗性的本质，也大大削弱了诗的表现力（尽管扩展了表现域），写诗成了说事。这对视语词的奇境为第一要义的麦城而言，肯定是难以认同的。他借用了叙事，但只在辅助结构的开展，以叙事为脉络，以意象（包括十分精到的格言、警句）为肌理，使每一首诗既成为一件完整的织物，又是富有多视角审视的、有丰富肌理可品味的织物；既避免了单纯叙事的平淡沉闷，又避免了单纯意象堆砌的繁冗高蹈。一句话，让意象穿上叙事的外套，松弛的外表下，仍是坚实的肌体和深沉的灵魂。

其二是对寓言化叙事的有效创化。当代诗歌进入叙事滥觞后，多数诗人陷入了日常叙事的泥沼，尽管那里也不乏诗性的存在，但就诗乃至一切文学的本质而言，寓言性仍是更高层面的价值追求。因为正是寓言性，使诗具有了将文学叙事提升到哲学的高度，为历史和现实重新命名的高度，正是这一高度，将优秀的、经典性的诗人与一般诗人区别了开来。麦城诗歌，尤其是近年的一批新作中，可以说包含了当代先锋诗歌的所有基本元素：口语、叙事、戏剧性效应及小说企图等，但不同之处在于，他最终都将其整合到一个个让人惊异而叫绝的现代寓言中，以超现实意味的寓言化言说，为当代中国文化转型与精神裂变的诸种现象，予以有效揭示和深度命名。

其三是对精练的守护。精练是诗歌文体的基本美学特性，而这一特性在当代诗歌写作中，正成为需要特别提醒和加倍守护的底线。叙事成了无鱼之网，口语成了无网之鱼，空而散漫着。正是在这里，麦城显示出他特别的语言仪表与风度——这仪表是独出心裁又老练得体，这风度是适可而止又丰盈复杂。在以量取胜、怎么写都行的当下诗歌写作潮流中，麦城的这种姿态未免显得保守，但却保证了坚实的品质。简而有味，有活力、强度和准确性，方经得起长久而苛刻的品味。麦城因此还写出了当代诗歌中难得的小诗佳作，如五行的《布局》、六行的《本真》、九行的《水》等。实际上，诗人的语言才华，正是在简而不是在繁上方见高低，这不仅是一种美感风范，更是一种优秀诗人的素养所在。

其四是对意象的原创性营造。对现代汉诗说原创，总有点底气不足的感觉，我们毕竟是借用别人的图纸造了自己的房子，原创的基因打何而来？然而我们也毕竟写了近一百年的新诗，总该有些自己的感受与积蓄了。何况，近二十多年的急剧现代化进程，已造成身在其中的现代性语境，而诗人又必然是这一语境最敏感的器官。"措辞上热情的个人指向"（马拉美 Stéphane Mallarmé 语），使麦城在现代诗的意象创造上，一直葆有原生态的鲜明个性，从而既避免了落入隐喻复制的泥淖，又具有惊人的自主特性与命名效应。如"手长期揣在兜里/容易成为匕首"（《一滴钻石里的泪，降在了大连》·1999），"假树像真树一样/也在秋天里大量伤感"（《叙事》·1987），看似信手拈来，不着刻意，却令人过目难忘，并引发深度共鸣，正如马拉美所曾称道的那样：鲜明、易于吸收、可供猜度。原创的另一含义在于，麦城所营造的意象，不是对旧意象或公共意象的改写，亦即赋旧意以新象，而是新瓶装新酒，以对语言结构的改变，来揭示文化结构的改变，进而揭示现代人存在本质的改变，重在立言，非为意象而玩意象。传统意象，象重于意，敷彩以悦目；现代意象，意重于象，立言以动思，是谓深度意象。于此之道，麦城可说是驾轻就熟，在不断说出别人想说而说不出来的"说"的同时，麦城又提供了那么多前所未有的新奇的"说法"，难怪当这位曾经"名不见经传"的"新锐"诗人，一朝行走于诗坛，便吸引如此密集的关注目光——原创是艰难而稀有的，但也因此而成为第一义的诱惑。

　　然而，因密集的关注带来的"焦虑"的"影响"，还是不期而然地发生了。在批评家和媒体那里，因担心"错爱"或"偏爱"的"嫌疑"，期待被关注者能够拿出更高水准的作品；在诗人麦城这里，背负关注的迫抑，也难免要考虑对这份关注的期待有新的回应。当然，诗人不是"期货"，写作不可预定，尤其是诗歌写作。但同样的压力，可能毁掉一位诗人，也可能改变一位诗人，皆取决于其人格的力量和才华的储备。作为纯粹为诗而诗的诗人，麦城绝不会为诗之外的什么压力，改变自己的写作动机和写作方式，但为写出自己更满意的作品，作自觉自律性的艺术调适，是必然要经由的过程。迫抑成了动力，两方面的动因再次相遇，颇有点"共谋"的意味，其实是又一次的机缘凑巧。或许"偏爱"麦城诗歌的批评家们已然注意到，这列"提前到站"的诗歌列车在重新发车后，已悄悄提速，并小心翼翼地调整着路线图。而与此同时，由创作意识的强化所带来的负面影响也随之而来：局部语感的重复，结构套路的似曾相识，起承链接的逻辑关系的过于紧密，留白与跨跳的不足以及气息的郁滞等。单从每首诗审度，依然魅力不减，且时有让人惊异之处，但总体的平面已渐生成——这是一次优良品种的大面积耕种，而丰收之后，哪怕仅仅为着防止品种退化，也该有一次新的突破。

"好雨知时节，当春乃发生。"

2004年，又一个诗的春天里，麦城拿出了他的长诗新作《形而上学的上游》。①

下

大概，几乎所有成熟的诗人，都有过创作长诗的梦想。但以长诗作为成熟诗人的标志，尤其是传统理念中的长诗，在现代语境下，实已成为一个逻辑神话。现代汉诗是以现代性（现代意识和现代审美情趣）为精神底背的，而现代性的一大显著特征是破碎性——人成为多种文明形态的混合，成为不确定的、分裂的碎片。从这一角度而言，"碎片"成为最真实的所在。以一体化的完整结构和序时性的宏大叙事为本的传统长诗写作，在这个碎片化的世界里显得头重脚轻，无所适从。一些诗人由此热衷于所谓组诗的写作，但组诗只是用一组诗在那里写一首诗，依然有一个预设的一体化的结构框架，有时甚至免不了复制。以碎片的形式表现碎片的本质，关键在于要断开宏大叙事的逻辑结构链条，让语词成为自主的要素，肌理不再屈从于脉络，核心意象独立为自明的主体，无须承担对辅助部分的照应，而智力的深层结构隐而不见，大量的断裂与空白透露一种意味深长的沉默，离散的视点，随遇而安的结构，真正的自由，自由中更真实深切的抵达——由碎片而整体的抵达。这是另一种"长诗"写作的梦想，

---

① 全诗载《作家》杂志2004年第5期，本文系根据作者原稿撰写。

这梦想一直吸引着有作为的诗人们。从早期北岛的《太阳城札记》，到上个世纪九十年代严力的"诗句系列"，及至 2001 年出版的于坚的《便条集》，都有类似的追求，但也都似乎未尽其意，一直等到麦城的这首《形而上学的上游》的出现，方填补了这一梦想的长久遗憾。

实则对麦城来说，《形而上学的上游》的写作并非一次刻意的追求，我们可以在他的旧作《现代枪手"阿多"——和英雄谈谈》（1988）中找到相近的情景意味，在《在困惑里接待生活》（1988－1998）中找到相近的形式感。重新出发后的麦城，似乎因叙事的加强而疏远了隐含在此类代表作中的本原质素，而终于在《形》诗里重新找到了感觉，得以更充分的发挥，并成为再次跃升的跳板。

这首诗总长 162 行，分为 18 节，冠以一个总的诗题。但这里的"节"只是一个页面的概念，实际每一节都是相对独立的单个一首诗，有其自身的题旨、意蕴和形式感，同时又暗自与其他"节"的诗结合为一个有意味的联合体；这种联合没有必然的上下文关系，但又不乏弥散性的指涉意味，并共同追求一个总体大于各个局部相加的意义价值与审美效应。有如一个大房子开了十八扇门窗（从某种意义上讲，现代诗就是给存在的居所"开天窗"），向内看，是同一户"生活"，向外看，则每一扇门窗都通向不同的"风景"，具体在这首诗中，即为不同的"情景"。

问题是，这些"风景"实在过于迷离与诡秘，走进它，无异于一次语言奇境的探险。

首先得弄清谁制造了这些"风景"？

艾略特（Thomas Stearns Eliot）在《诗的三种声音》一文中指出："第一种声音是诗人对自己或不对任何人讲话。第二种声音是对一个或一群听众发言。第三种声音是诗人创造一个戏剧的角色，他不以他自己的身份说话，而是按照他虚构出来的角色对另一个虚构出来的角色说他能说的话。"① 由此形成不同的表现形式：其一形成单向度的抒发或自语；其二是对象化的倾泻；其三则构造了某种情景，诗人化身各种角色，在其中展开或自语、或旁白、或主观、或客观的言说与对话——这正是《形》诗的"声音"方式，弄清这一点，我们就不会被诗中变来变去的"说者"与"说法"弄晕了头。

下来该弄清这些迷宫幻影似的"风景"到底想表述些什么？

尽管，十八扇"门窗"开向不同的方向，暗藏着不同的意趣与题旨，但深入领略中，还是可以觉察到大致的类别与隐约的脉络，一种离散性的互文关系和呼应共振。至少，全诗的开头一节和结尾二节，都有意地共用了火车/车站的意象。我们知道，正是火车，以及所有日新月异的现代交通工具，彻底改变了存在的形态和现代人的生存方式。时空由此被重新编制，运行的轨道成了体制与时尚的隐喻，而车站则成了命运的节点。长诗的开头，火车呼啸而来，一个已经上车的孩子，"坐在尾节车厢里"，"端起玩具枪"，"瞄父母离婚的背景"（《形》之一）。"背景"是文化的代码，"离婚"喻示"家"或"家园"的解体。诡异的细节，超现实的情景，第一块"碎片"的镜像，已经表明，这将是一出寓言化的荒诞剧。最后二节诗中，火车与车站重复出现。历史的"碎片"朦胧回放，"铁轨/从毛泽东时代的夜色里/铺过来之后"，"一个人影/和他的前程/开始交付使用"。人成为"人影"，主体的消解；"前程"有待"使用"的结果而定，选择成了被选择。结果是"忧伤倚靠着火车的时速惯性/哀求着悲伤/在下一个山谷/减速"（《形》之十七）。"减速"一词不言而喻，它已成为这时代中的清醒者们挥之不去的心理情结。然而，这样的"乘车感受"，并不能阻止那些更多尚未搭乘加速奔向现代化梦想的列车

---

① 　艾略特（Thomas Stearns Eliot）：《艾略特诗学文集》（王恩衷译），北京国际文化出版公司1989年版，第194页。

的人们，前仆后继地涌向有铁道的地方——全诗结尾处，又一个孩子出现了，这回诗人给出了这孩子的明确身份："乡村孩子"，在"目睹了扳道岔的全过程"之后，"他的好奇/与道岔的移动/合并在了一切"，开始期盼，"什么时候/他八岁的向往/能被扳道工/从这一边扳到另一边"……看似虚构的情景，却直抵真正的现实，现实中所有景象的根由。也许连诗人也不忍这样的剧目再演下去，由不得插入一句结语："另一边，是哪一边？"（《形》之十八）而结论也早已隐含在全诗的第一节中："铁，总是输给车轮"。它使我们想起诗人多年前的两句诗："火车无论怎样开来/都无法改动忧伤的日期"（《识字以来》·1987）。

　　奔赴——改变——再奔赴，"生活在别处"，"别处"又在另一个"别处"，存在成了居无定所的漂流，时代成了变化莫测的万花筒，筒里的秘密，是一把彩色的物质碎片，而诗人的使命，正在于对这碎片的真相与本质，予以特别的揭示，以作为一个时代的证词。

　　更深的追问由此展开。流动的"风景"有如超现实的"切片"，一个"切片"中藏着一个虚拟的"故事"，意象是故事中的主角，不再有一对一的隐喻关系，而指向更多的歧义、更深广的象征。

　　"我踮起脚尖/够油画里的那把钥匙/这里那么多的门/没有一扇有锁孔"（《形》之六）。这是对"方向"的追问。"油画"可视为"向往"的代码，"向往"有那么多的门，却失去了开启准确"方向"的"锁孔"。因此，"你"只能"没有多少向往地站着"，"像看着玻璃电梯里的我/那样地站着"（《形》之二）。"隔离"的命题分延而出：被孤独所隔离，被冷漠所隔离，被无归宿的漂流所隔离，被自我的角色化所隔离，被身份和与身份有暧昧关系的什么东西所隔离，"戴上手套/用手套上的手指/一层层地揭开亲人的伤痕/你捂住双耳/掩盖着来自身体左侧的哭"（《形》之八）。荒诞的情景，暗示着一些被日常隐而不露的精神伤害。"手套"

的意象惊心动魄，它与"包装"、"包裹"、"掩饰"、"掩盖"等同构，指向人性的分裂与迷失。而我们一生奋斗的目的，无非是想活出人的尊严，但现实的残酷性在于，尊严又总是可望而不可即。在现实的语境中，更多的时候，为了生存以及发达/发展的需要，"尊严"甚至是一个需要隐匿的词，偶尔涉及，也只是在某个内省的"一刻"与之"秘密接头"。（《形》之十五）与"尊严"相对的是"游戏"。这是现代人生最本质的谜底。命运不再依存于人的生命质量，而是依赖于不断变化的所谓"游戏规则"提供可能的"机遇"。这是时时处处在上演着的人间喜剧，诗人用了全诗最长的一节（一首）给予绝妙的指认：借用麻将牌局，揭示游戏化的人生。"游戏"的焦点，自然是"财富"。"发财的'發'字/蹲在幺鸡的身后/鼓捣它把游戏里的财富/叨过来/喂你当下的命运"。精当的描述，精妙的隐喻，全是"流通"中使用的语词，在诗人的重新配置中顿生新的光彩；普通的词转化为专业的词，而原本日常的物事转化为象征性的对象。在看似绝无诗意的地方生长出诗意，让生存的破绽，从时代经验中某些习而不察的部分显露出来，这已不仅仅是一词"才华"所能胜任的了。当代诗歌经验中，将麻将牌局作为素材并写出如此深刻意涵和生动意趣的，当属此诗唯一。诗中那位"阿拉伯表哥"的出场，更是神来之笔，作为"戏"内的角色还是"戏"外的喻体，都有深不可测的点化作用，且极具反讽的效果，让人忍俊不禁。而化身"戏"中的诗人，最终还是局外人，抓了"西风"，抓了"南风"，抓了"北风"，"还未等我看到东风/窗外树上的叶子/已落满街道"（《形》之十六）。"游戏"还会进行下去，但最终的落寞，已悄悄降临。

　　另一出"游戏"在第十四节诗中上演：一位管道工在生活小区贴了一则揽活的广告。事情很平常，但广告的内容和广告人的身份却耐人寻味。这位"具二十多年工作经验"的"管道工"，除"专修暖气阀门/和疏通上下水管道"外，"如需要，亦可/疏通各种社会关系/并负责权力的安装/调试和维修"……一个在现实生活中可能只会归于下层族群甚而弱势群体者，却向人们广而告之，他们是多么熟悉现时代的游戏规则。一则由"黑色人物"杜撰的"黑色幽默"，戏仿式的寥寥数笔，便将存在的私处暴露无遗。结尾尤其微妙："联系方式/列宁在一九一八"——我们由怎样的历史语境中走来，又生存于怎样的现实语境中，在此已不言自明。（《形》之十四）

与此在的荒诞相映照的，是另一些可称之为"文化乡愁"之记忆的"碎片"的组合："童年"、"乡下"、"田间"、"绿扣子"、"啄木鸟"、"分不开山羊和绵羊的姐姐"、"祖母和外祖母"……不时在"天堂的后视镜"里明丽而尖锐地闪现。"后视镜"的借喻极为老到，赋予发行已久并在"流通"中渐显滑腻的"乡愁"以新的意蕴，从而将文化转型与精神裂变的"追问"推向更深切的境地——"山羊在镜子里/啃着城里的百货"（《形》之三）；"祖母和外祖母/脸上的皱褶/被手风琴收起来"（《形》之五），而"乡音"进了"实验室"，"将远和近递给了物理"（《形》之四）……精神的物理化、机械化，使原本自然素朴而又不乏诗性/神性之充盈的生命，被抽换为一只"空杯"，而"神碎了一地/——在你身后"（《形》之五），"身后"是远逝的"上游"，物质时代的精神"乡愁"。在此，作为忧郁的典型意象，"乌云"和比"乌云"更忧郁的"高尔基的大胡子"，被诗人所借用，并发出一声悠长的叹息："谁先浮出水面/谁就先拥有上游。"（《形》之十一）

至此，全诗的母题隐隐呈现。作为尚有"乡音"为精神底背的六十年代出生的诗人麦城，在其近年的写作中，乡村/前现代经验与都市/现代后经验的扭结与互证，已成为一个越来越凸显的精神特征。至《形而上学的上游》，则成为一次集约性的展示。在那些看似唯智力与语感的把玩为是的背后，我们处处可以感受到诗人发自内心深处的悲悯情怀和苦涩意绪，如瓦斯般地渗漏浸漫于字里行间，一经会意"点火"，便会燃起一连串与生存的困惑有关的思之烈焰。

当然，作为一个现代诗人，"说什么"总是次要的，所有思想/命题的推绎只能归于语词的推绎、形式的推绎。形式翻转为内容，并和内容一起成为审美本体的有机组成部分，是现代与传统的根本分界。但与此同时，将形式翻转为内容后，进而抽空并替代内容，成为唯一的审美本体，也正是一部分走向极端的所谓先锋与实验性文本的根本问题之所在。换句话说，仅有语言才华的诗人，只能成为一个玩诗的诗人；仅有情怀的诗人，也只能成为一个借诗抒怀的准诗人，只有二者的有机融合，方能成就杰出的诗人。诗是对语言的改写，经由语言的改写而改写生命、改写世界。"一个词/惊动了一个人的写作动机/也惊动了人间的香火"，诗人在前述两组不无印证与互补关系的"风景"写照的同时，突涉闲笔，谈起了"写作动机"，其实闲笔不闲。无论是关于下游/此在的追问，还是关于上游/他在的追问，最后终将导向对存在之文化背景的追问和语言形态的追问，也只有在这样的追问中方可既"惊动一个人的写作动机"，"也惊动了人间的香火"，使诗的存有成为存在之灵魂，也方能发生"血，从另一个人的阅读里/向外地流"的生命体验与艺术体验同步的美学效应（《形》之十三）。

同样的闲笔出现在《形》诗之七，借关于一条"狗"的画法的演绎，来追问文化变构的内在机制。别有意味的是，诗人明言这是一条"西方的狗"，因此，"忠诚落在纸上/也是杂色的"。至于谁在画这条"西方的狗"，没有说明。但无论是怎样的阅读，大概都会莞尔意会，且于意会的莞尔中，惊叹有关对当下文化背景的艺术化指认中，再没有比麦城这样的"画"法更绝妙的了。特别应指出的是，这节诗若抽离于全诗的"联合体"作单独欣赏，也是现代汉诗中不可多得的天才之作：虚拟与真实的浑然一体，戏谑与诡奇的和谐共生，以及多解到无解的纯形式推绎，无不令人叫绝！而一旦置于这首长诗中，则成了足以注释全诗艺术本质的"点睛"之笔，使我们豁然反省，原来上述所有有关这首诗之意涵的诠释，全是一种未得其门而入的"误读"。在麦城这里，所有的"追问"都是语词的追问、形式的追问，以语词与形式的推绎导引意义的推绎的追问。使碎片成为"碎片"的角色，使脉络成为肌理的舞台，使水成为酒的容器，使诗的追问比哲学的追问更逼近真理——当然，在这个"杂色的"、早已失去共同精神脉息的世界里，诗人也早已清醒地认识到，所有的追问，最终只能是"从自己开始/并由自己结束"（《形》之九）。

　　而无论是诗的历程还是生命的历程，所谓成长的困惑最终也只会归于语言的困惑。"好时光被少数忧伤动用之后/我不得不更深地居住在别人的命运里"（《旧情绪》·1987）。将"别人"置换为"语言"，一切便昭然若揭。"神碎了一地"，最初的水成了最后的水，出发成为终结。此时，只有诗人的声音"最先浮出水面"，告诉我们："水，一定在水流的上游活着"！

　　一个形而上学式的意象。

　　一个穿透时代的箴言。

　　或许它期待的不是诠释，而是一个长久的倾听与不期而遇的共鸣。

2004 年 3 月

《钟山》：十大诗人（1979—2009）

排行榜推荐评语

评语，推荐语，授奖词等，是所有现代文论中，最为微妙而难就的一种特殊文体：既不同于一般文章，又不同于相近的批注、提要、引言、按语、断想等；既要字斟句酌而简要精妙下"判语"，以极为有限的文字"中的""立论"，又要不失内在统一结构，有大体脉络作隐形关联，最终达至对所"评"、所"荐"、所"奖"者的高度概括和精确表述，成为经得起历史认证的独家"定论"。

此类文字，2004年应邀出任"首届新诗界国际诗歌奖"评委时，曾出手为试，后以《"东方诺贝尔"档案》为题作辑，在"诗生活"网站发表，居然成为我在站诗文中点击率最高的篇什，可见"兹事体大"。2010年应邀作《钟山》文学双月刊"十大诗人（1979—2009）评选"推荐人，再次出手，"精雕细刻"而虔敬有加，成就此一自认够"范"的推荐评语辑录，增补于此，并作为本卷"辑二"开篇，以飨相关读友并求证于方家。

于　坚

　　和世界真相保持深刻联系的精神立场，立足生命与生存之日常细节的诗歌视角，创造新的诗境的语言才能；对现实和内心的诚实，逻辑与想象的奇妙结合，陌生而极富表现力的形式感，及对诗性叙事的天才发挥——于坚的诗歌世界，不但有效地担负了他对存在独到的观察与体验，而且开辟了新的道路，将我们长久以来不知如何表达的种种，那些与我们真实的存在真正有关的部分，显现出真切的肌理和异样的诗性光芒，从而使现代汉诗对现实与历史的承载方式和承载力，发生了质的变化，并提升到一个更加开放和自由的境地。同时还为当代中国诗学，提供了一系列具有创建性的重要学说。于坚以此证明：中国新诗不再是西方诗歌影响下的仿生，而已独立为自在自足的艺术世界，并拥有新的自信和主动。

　　代表作品：
　　《于坚的诗》，人民文学出版社 2000 年版
　　《于坚集》（1－5 卷），云南人民出版社 2004 年版

洛　夫

　　精湛的意象，孤绝的气质，富于创造性的形式追求和独自深入的精神境界——持续半个多世纪而丰赡浩瀚的洛夫诗歌创作，得西方现代诗质之神而扩展东方诗美之器宇，获古典诗质之魂而丰润现代诗美之风韵，为中国新诗的成熟与发展，提供了更多本体性的元素和特质，使之具有更明晰的指纹和更丰盈的肌理。尤其对"放逐诗学"的拓殖和"天涯美学"的建构，极为深刻地表

现了漂泊族群的集体悲剧意识与过渡时代的精神荒寒，以及于文化碎裂中重建生命家园、再造人文关怀的彷徨心境，使之成为跨越两个世纪之汉语世界独具价值的精神谱系，从而使我们真正领略到中国人自己的现代生命意识、历史感怀和古典情怀的现代重构，同时获得熔铸了东西方诗美品质的现代汉诗之特有的语言魅力与审美感受。

代表作品：

《洛夫精品》，人民文学出版社 1999 年版

《漂木》（长诗），台北联合文学出版社 2001 年版

《洛夫诗歌全集》，台湾普音文化事业有限公司 2009 年版

北　岛

简约而精美的形式，丰富而深刻的内涵，缜密而统一的风格；对精神现象之独到的省视，对词语历险之特殊的专注，对独立的非面具化非类型化之写者立场持久而孤傲的坚守——由代言到内省到深入语言的奇境，汉语诗歌的抒情传统之现代性转换，在北岛艰卓而富于艺术自律的创作中，得以历史性的过渡，从而成为有号召性与影响力的、勾勒出现代汉诗的现代性品质之轮廓与基质的第一人。前期作品，以其正义与自由的呼吸，推开被黑暗锁闭的门窗，传播人的尊严和美的信念，在纠正生活方向的同时也纠正了诗的方向，影响及整个时代的良知与美感；后期作品，于独白的抒写中，建构与世界相通的诗意与诗境，并将修辞行为提升到一个同人生经验和人类意识和谐共生而更趋完美的境界，为跨越世纪的当代汉语诗歌，贡献了更为精湛的技艺资源和超凡脱俗的精神源泉。

代表作品：

《北岛诗歌集》，南海出版公司 2003 年版

《结局或开始·中外名家经典诗歌·北岛卷》，长江文艺出版
　社 2008 年版

牛　汉

岩石般粗砺而坚实，火焰般狂野而热切；来自骨头，发自灵
魂，立足于脚下的土地，取源于本真生命的真情实感，继而以本
质行走的语言风度和不拘一格的艺术形式，在时代风云、人生忧
患与艰难困苦的命运中，寻求不可磨灭的人性之光和生命尊严，
并赋予思想者、寻梦人、海岸、草原、大树及热血动物这些核心
意象以新的诗意和内涵，使之成为当代中国诗歌最为难忘的艺术
形象和生命写照——牛汉的诗，境界阔大，气息沉郁，是永不为
时代所驯化、为苦难所摧折的独立人格与诗化人生所发出的呐喊
和追求；跨越时代的局限与意识形态的困扰，牛汉的诗歌创作，
最终作为纯正诗歌写作的人格化身和生命写作的杰出代表，为中
国新诗的现实与未来，留下了无可替代的精神力量和艺术财富。

代表作品：

《温泉》，人民文学出版社 1984 年版

《牛汉诗选》，人民文学出版社 1998 年版

昌　耀

在个人与时代、艰生与理想、静穆与躁动、地缘气质与世界
精神的纠结与印证中，昌耀以散发乱服的语言形态和正襟危坐的

精神气象，气交冲漠，与神为徒，经由崇高向神圣的拜托，以一种"原在"与"抗争"的态势，在充满质疑、悲悯、苦涩而沉郁的言说中，为那些在命运之荒寒地带的原始生命力和真善美之灵魂写意立命，进而上升为一种含有独在象征意义、彰显大悲悯、大关怀、大生命意识的史诗性境界——跨越两个时代的诗人昌耀，以其孤迥独存的诗歌精神和风格别具的艺术品质，深入时间的广原，人诗一体，有苍郁之高古，有深切之现代，沧桑里含澄淡，厚重中有丰饶，境界舒放，意蕴超迈，卓然独步而高标独树，成为真正意义上的现代西部诗歌之坐标、方向和重心所在。

代表作品：

《命运之书》，青海人民出版社 1994 年版

《昌耀的诗》，人民文学出版社 1998 年版

周伦佑

因苦难而生，为正义而发，由思想而诗；"刀锋"上站立的"大鸟"，"石头"里爆裂的"果核"，"伤口"中熔炼的"水晶"——以此生成的周伦佑诗歌与诗学之双重文本，具有跨越思想史、文化史和诗歌史而凸现综合价值与特殊意义的重要标志。作为"非非"主义诗歌创作与诗歌理论的代表人物，周伦佑以其宿命般的英雄主义和理想主义之悲剧命运，在深入骨头的自我"变构"、深入存在的本质洞悉、深入体制的本土解析、深入文化的诗学探求中，大开大合，独领风骚，集美学与人本、现实介入与精神超越、价值解构与理想重建于一体，神思与文采谐行，深刻与尖锐并重，而重铸汉语诗歌的青铜之质与火焰之采，并以其骨重神寒的现代知识分子之承担精神和决绝立场，为当代中国诗歌树立起一个特立独行的思想家诗人之典范形象。

代表作品：
《在刀锋上完成的句法转换》，台湾唐山出版社 1999 年版
《周伦佑诗选》，花城出版社 2006 年版

舒　婷

通和古典与现代，融会素直与曲婉，深入时代与人生的潜流，找寻个我生命经验和群体情愫的契合而直启社会心理潮汐之触点：现实感伤，情志追怀，理想诉求，于清隽蕴藉之诗意境界，传达她独自深入的灵魂的歌吟，和被这歌吟洗亮了的诗性人生——传统面影与现代气质的完美融合，常态写作与个在探求的经典体现；立足于整合的再造，着眼于重构的承接；诗心谨重，诗意优雅，诗味醇厚，诗理融明，化欧化古，明己润人，而种玉为月朗照天下——作为在当代中国影响最为广泛的诗人舒婷，以其独觉自得的人文精神和诗美风格，在新旧两个传统之间，搭起了一座守常求变、兼容并蓄以求典律之生成的坚实桥梁，大大推进了诗歌深入浅出、雅俗共赏的审美维度，具有承前启后的历史意义。

代表作品：
《舒婷的诗》，人民文学出版社 2003 年版
《一种演奏风格：舒婷自选诗集》，作家出版社 2009 年版

顾　城

在充满观念困扰和功利张望的当代中国大陆诗坛，顾城诗歌之"精神自传"性的、如"水晶"般纯粹与透明的存在，标示着

别具意义的精神鉴照与美学价值——脱身时代，返身自我，本真投入，本质行走，消解"流派价值"和"群体性格"之局限，成为真正个人/人类的独语者，并以其不可模仿、无从归类、极富原创性的生命形态和语言形态，轻松自如地创造出了一个独属顾城所有的诗的世界：澄淡含远，简静留蕴，畅然自得，境界无涯，富有弥散性的文本外张力，进而提升到一种真正抒写灵魂秘语和生命密码的艺术境地——当代汉语诗歌艺术在顾城这里回到了它的本质所在：既是源于生活与生命的创造，又是生活与生命自身的存在方式。

代表作品：

《顾城的诗》，人民文学出版社 1998 年版

《顾城诗全编》，上海三联书店 1995 年版

海　子

海子是上世纪八十年代末以来对当代诗歌产生了深远影响的诗人。在中国社会艰难转型的当口，他以"精神家园"之最后守望者的姿态，矗立主潮诗歌的边沿，以巨大的热情，包藏万有的襟怀，持续不竭的创造力，在短短十年时间内留下品质上乘数量可观的诗歌作品。其代表诗作，深刻触及了社会巨变中，理想主义者内心的痛苦与孤独，并以悲悯与不甘的复合心境，及暗自保留的一脉青春原型的抒写意味，将一曲"大地""村庄"和"麦子"的挽歌，演绎为诗性与神性生命的歌吟与殇礼。且以其身心合一的诗性本质与天地淋漓的艺术灵性，于单纯与极端中，呈现富有生命力的韵律与节奏，和纯净而丰沛的精神意绪，意象简明，境界宏深，焕发出异质的光晕，成为二十世纪中国现代浪漫主义诗歌的绝响。

代表作品
《海子诗全编》，上海三联出版社 1997 年版
《海子的诗》，人民文学出版社 1997 年版

翟永明

　　从角色到本真，从张扬到沉潜，作为当代中国"女性诗歌"的代表人物，翟永明以独自深入的个在生命体验与语言探求，在对"女性意识"做出开拓性的经典表现之后，更以超越性的心性和全面的艺术修养，抵达融女性与人性为共有本质意识之触角的诗歌视阈——一个现代女性，在入世与出世之间，现实与梦想之间，现代与传统之间、世事之"常"与"变"之间，创生融"通灵"与"审智"为一体的"灵魂叙事"，以及对人性与生存之灰色地带的深刻考证——意识超凡，内涵别具，精神容量大，审美外延深，内在深潜的生命波动与独立思维的艺术气质，共同构成其诗性生命历程的沧桑谱系，在海内外形成广泛影响。

　　代表作品：
《称之为一切》，春风文艺出版社 1997 年版
《终于使我周转不灵》，河北教育出版社 2002 年版
《最委婉的词》，东方出版社 2008 年版

2010 年 5 月

世纪之树

感受牛汉诗歌精神

　　感受牛汉，是感受一棵世纪之树的风仪。在当代中国诗坛，老诗人牛汉的存在，已成为纯正诗歌的人格化身。有论者曾将牛汉的影响与艾青相提并论，当然一个在其诗歌精神的影响，一个在其诗歌艺术的影响，就二者的分量而言，确有比肩而立之势，不算过誉。实则从朦胧诗到第三代诗及其后，二十载新诗潮的风云际会，数不清有多少青年诗人从一米九〇的牛汉身旁走过，发现自己也长高了许多。

　　牛汉与新诗潮尤其是先锋诗歌的关系，可以说是粘着肉、连着筋、扯着皮，一脉热血，息息相关的，绝非如有些老诗人那样，仅是道义上的一种高姿态，缺乏生命意义上的理解与沟通。其实无论是作为诗的存在还是作为诗人的存在，真正的牛汉形象，是随着新诗潮的发轫而树立起来的。换句老百姓的话说，是随着新诗潮一起"重活了一趟人"。1923年出生的老牛汉，前五十多年的人生，大都随历史的风云折腾得七零八落：抗战、流亡、参加民主学运被捕入狱、做党的地下工作……好不容易解放了，又很快因胡风集团案关进秦城监狱，从大牢熬出来，再接着熬"文化大革命"……等解冻的春潮漫过大地，如他自己所言"已是遍体鳞伤"，唯一没有改变的，是那份刚强如初的人格和一颗永不驯服的灵魂。大概正是因为有这样一份生命背景的灼痛，牛汉对新诗潮的参与、支持和理解，方是发自内心而心心相印的。

朦胧诗代表诗人北岛，早年作为知青返城回到北京后，一段时间衣食无着落，找到"牛伯伯"，牛汉毫不犹豫地安排他在自己主持的《中国》文学杂志当个不上班的编辑，按月发给生活费。多年后北岛成为一代名诗人，忘不了常去"牛伯伯"那儿坐坐，后来出国远去他乡时，也是抹着眼泪同"牛伯伯"告别的。

二十世纪八十年代中期，第三代诗人，包括一批青年先锋小说家纷纷崛起。时值牛汉主持《中国》大型文学期刊，老先生披肝沥胆，一改早期《中国》四平八稳的样子，全力发表新锐诗歌和先锋小说，一时成为除民间报刊外，刊发实验性、探索性文学作品最为集中的重镇。后虽停刊，但那一段短暂而卓尔不凡的历史，至今为人们所感念不已。

牛汉对青年诗歌界，不仅有精神上的融通，更有艺术上的理解。记得有一次我与他谈到有"后现代诗人"之称的伊沙的创作，牛汉坦率直言：我不懂什么后现代这些新名词，但伊沙的诗我还是喜欢看，读了不少他的作品。他看起来写得很随便，没有那么多讲究，其实骨子里还是有硬的东西存在的，是他自己独特的生命体验的发言。我为老先生的这份理解颇感震动，要知道，连许多青年诗人都非常排斥伊沙的作品的，我却在一位横跨半个多世纪的诗歌老人这里，听到了颇为中肯的评价。可见牛汉的诗心是从未老化过的，他似乎一直都处在"在路上"的状态，且总是走在最前面的队列中，高大威猛，虎虎有生气。

认识牛汉十多年了，感受最深的就是"老头"的这份永远鲜活年轻的精神劲。1988年隆冬，第一次去北京牛汉家拜见先生，中午饭后进门，在书房一聊聊到天黑。我约请先生上街吃晚饭，先生笑着说："哪能吃上门学生的饭，再说也不能扔下你师母在家不管啊？"师母那时正病着，牛汉一是仗着自己身体硬朗，二是怕雇保姆麻烦，里外自己一个人忙着。先生接着领我进客厅，取出一套火锅餐具，乐呵呵地说道："早就准备好了，专门买了二斤内蒙古的好羊肉片，咱俩今天就涮羊肉吃，给你师母熬的粥，你想喝也喝一碗。"那羊肉真是鲜，但我吃不过老牛汉。我是一筷子一筷子地涮，先生是一小碗一小碗地涮，二斤羊肉，我吃了有三分之一，其他全归了先生的胃，看得我眼馋心热，叹服"老当益壮"，真正好"大汉"！（牛汉同辈文朋诗友常这样叫他）末了挨了一顿训："小伙子吃不过我老头子，真没出息！"

也亏了"老头"有这样的好胃口。牛汉前多半生，历经磨难，等得以全身心投入他所热爱的事业，已是五十多岁的人了。而一旦投入，更是日夜兼程，不管不顾地向前赶。《中国》停刊后，他负责主编《新文学史料》，那是极耗神费功的"细活"，为了还未来一个真实的文学史，牛汉倾尽心血，使其成为海内外研究中国现代文学的一份最重要的刊物。一边还得全力投入创作，写诗，写散文，近年更是平均一年出一部书，还有各种会议、出访，接待上门求教的一茬又一茬青年诗人……无论做什么，他都抱着一腔诗人的热忱，从不敷衍。一般老人，到年龄都多少有些世故，牛汉却到老率真如孩童，里外透明，不掺半点假，更无半点大作家名诗人的架子，谁走近他，都会为他的真诚所融化。当然，这样做人做事，也便更累了些他自己，老人却从未为此更改过自己真名士、真诗人的本色。1991年，为请牛汉为自己的新诗集作序，托我两个休暑假的学生赴京去老人家催稿。俩学生慑于牛汉盛名，有些胆怯，我说你们只管去，保管不为难。不久回来，感慨得一塌糊涂，说这回才算是见了真正的大诗人，知道何为"高山仰止"。原来先生根本没把他俩当外人，更没有因二人是文学圈外的就减了热情，照样海阔天空聊在了一起。因为太忙，序言还没动笔，看两位学生带有小录音机，便口述让学生录下来带回给我。待整理出来，叹服"老头"思维好生敏锐清晰，更比纯文字稿多些明快鲜活。抄清再寄牛汉，老先生看我如此认真，便也认真起来，仔细改写一遍复寄于我，这份手稿，遂成为我书房的一份珍藏。诗集出版后，大家都说牛汉的序写得真好，实不知那是先生口述的杰作，后来又收入他的散文随笔集《萤火集》中（中国华侨出版社1994年9月版）。说起来，这些都是小事，却又正是这些小事见出大家风度。牛汉人真，在诗界、文学界是出了名的。他想骂你，当面就骂。认识你，就当朋友对待。一旦发现谁人品有问题，立马就跟他断交，毫不含糊。实则心底里又很善良，该原谅的，天大的事他也会化为云烟。当年整牛汉时，周扬有相当大的份。周扬病危时托儿子叫牛汉到病房，拉住手道歉，牛汉凄然劝慰："我们不都是受害者吗？"随后还出席了周扬的追悼会。望着他那高大苍凉的身影，到场的人都感佩牛汉的心胸仁厚宽广。

正是这一份心胸、这一种精神，成就了牛汉晚来的艺术大境界。大凡诗人，多中、青年成名，此后皆囿于已有的成就，再有作品，也少有超过成名作的，成为复制性的延展。即或如艾青这样的大师，"文革"后复出重新投入创作，尽管不乏精品之作，但与其早年经典诗作相比，依然是减了不少成色。老一代复归的诗人中，大都在二次爆发的创作热情中，写过一些不失水准的力作，但总体上还是未成大气候。唯有牛汉，横贯整个新时期诗歌进程，越写越精纯，越写越大气，真正抵达了真诗大诗的境地，为海内外所瞩目。

当代中国诗坛，多年来，一直以"生命写作"和"现代诗性"为其突进的旨归，但在实际的创作中，真正能深入这一境地者，并不多见。于"生命写作"，大都或误读为青春激情的快意宣泄，或变异为诗意人生的简单"提货单"；于"现代诗性"，则多以投影西方观念为能事，或囿于技术/语言层面的引进与复制。

　　显然，生命体验的深浅与主体人格的强弱，是能否真正企及这一旨归的关键所在。牛汉的诗，从早年到晚近，一以贯之：立足脚下这块土地，取源本真生命的真情实感，"写出我们中国人现时空下自己的现代感"（牛汉语）。潜心研究牛汉作品者都不难发现，从一开始，诗人的写作重心就未被所谓的"艺术修养"所游离，而完全投放于对生存的质疑和对生命的叩寻中去，虽然粗粝却充满质感；以生命的体验去求艺术的创造，而非以艺术的修养去网生命的体验，这是牛汉区别于其他诗人的最重要的标志——一句话，牛汉的诗来自他的骨头、发自他的灵魂、源自他以血与火铸就的中国式的现代文化精神，是在岁月莫测的苦难与创痛中，一个永不为时代所驯化的独立人格所发出的呐喊与追求。

　　具体于作品中，在早期，是"埋在冰层里的种子/静静地/苗长着明天的美丽的生命"（《鄂尔多斯草原》·1942），"是从地下升起的/反叛者的声音"（《地下的声音》·1944），是"狂暴的迫害"中，"一个不屈的/敢于犯罪的意志"（《在牢狱》·1946），是为温暖寒冷的祖国，"将自己当做一束木炭/燃烧起来"的赤子之心（《落雪的夜》·1947）；在"十年动乱"时期，是"当人间沉在昏黑之中"，独自"在云层上面飞翔"，"黑色的翅膀上/镀着金色的阳光"的鹰（《鹰的诞生》·1970），是"在深深的地底下"，"不甘心被闷死"而"凝聚成一个个巨大的根块"（《巨大的根块》·1973），是有着"火焰似的斑纹"、"火焰似的眼睛"和"一个不羁的灵魂"的"华南虎"（《华南虎》·1973），是被伐倒下去"比站立的时候/还要雄伟和美丽"，"生命的内部/贮蓄了这么多芬芳"的一棵"高大的枫树"（《悼念一棵枫树》·1973）；在重新复出崛起的新时期，是"永不会成为温柔的平原"的"有血性的""铁的山脉"（《铁的山脉》·1980），是"在料峭的春寒里""不枯不凋"，有着"带血的年轮"的松树（《一圈带血的年轮》·1986），是"流尽了最后一滴血/用筋骨还能飞奔一千里"而"扑倒在生命的顶点/焚化成了一朵/雪白的花"的"汗血马"

《汗血马》·1986）——这便是牛汉，牛汉的诗和诗人牛汉，是一个透明、坚实、不掺假、不走样的统一体。说真话，说人话，不为流行所动，不为功利所惑，以独立人格发言，是其恪守的精神立场；不造作、不矫饰，追求大意象、大境界、大生命感，是其一贯的艺术风貌；不守旧，亦不盲从，坚持探求中国人自己的现代意识和现代诗美，是其鲜明的艺术品质。由此，作为时代之"带血的年轮"，作为历史之"不沉的岸"，作为扎根现实土地的"巨大的根块"，作为理想生命之天空中"以飞翔为归宿"、"从不坠落的鹰"……牛汉的诗，已成为跨世纪中国新诗进程中，一笔巨大的财富，为越来越多的人所珍视，所热爱。

　　1996年夏，牛汉应邀赴日本参加第十六届世界诗人大会。会上无意间安排"老诗人"首先发言，牛汉一马当先上台，一米九〇的伟岸，半个多世纪的沧桑，一番讲演下来，"震翻"了会场。据说后来的会议日程全乱了——到会者无论发言还是日常交流，全围绕"牛汉现象"转了——此时的牛汉，已是73岁的高龄！

　　感受牛汉，总让我想到惠特曼（Walt Whitman）在其《草叶集》序言中所写的一段话："他满怀不熄的热情，他对命运的巨变，对顺利与不顺利的各种情势的凑合漠不关心；日复一日、时复一时地，他交纳着自己美妙的贡赋……他相信自己——他蔑视缓一口气。他的经验，他的热情的感受和激荡不是空洞的声音。任何东西——不论是苦难，不论是黑暗，不论是死亡，不论是恐惧，都不能使他动摇。"[1] 作为跨世纪的诗歌老人牛汉的存在，无疑正成为中国诗歌的精神源流，以至使我们常常设想：设若没有这棵世纪之树的照拂，世纪交替的中国诗坛，该平添多少寂寞和冷清呢？

1998年2月

---

　　[1]　惠特曼（Walt Whitman）：《草叶集·序言》，转引自《西方诗论精华》（沈奇选编），花城出版社1991年版，第30—31页。

倾听：断裂与动荡

阎月君论

　　以《月的中国》一诗成名的阎月君，多年来，一直为这片定位性的"月色"所遮蔽，使人们越来越疏忘了对这位女诗人更深层面的、心路与诗路历程的全面而清晰的把握。即或在九十年代里逐渐"热闹"起来的女性诗歌研究中，我们也很少见到对阎月君的重新审视，似乎那已是一个远逝的星座，不再辉耀于当下的诗坛。这显然是一个严重的缺失，尽管这种缺失在当代诗歌理论与批评中，已是屡见不鲜的现象：陷于运动情结，缺乏科学态度，使我们在匆忙的赶路中，留下了多少不足和遗憾！总是注目于新的、更新的，而疏于对"战场"的清理和对成就的收摄。世纪黄昏，当我们终于疲于赶路，可以冷静地坐下来，对来路进行一番整合性的回视与梳理时，我们方发现，那些为我们疏远了的星座，依然闪亮如初，且放射着新的光彩。

　　由此重涉阎月君的诗歌世界，我惊异地看到，她有着毫不逊色于任何耀眼星座的独在的光芒。批评界对她的疏淡，其一源自进入九十年代后，诗人在做创作调整中很少发表作品而不再活跃；其二是对其成名作《月的中国》之后的作品，缺乏足够的研究和到位的认知，粗率而人云亦云地将其归于所谓"比较传统"（即不够新潮和缺乏先锋性）的一路。这里暂不论我们常拿来做价值判断的"传统"一说有多么含糊和混乱，仅就阎月君总体的创作理路而言，也绝非一词"传统"所能定论的。她以现代意识为底背，杂糅东西方诗质，且经由实验而整合传统与现代的精神立场和艺术风格，都是所谓的"传统诗人"所无法企及的。世纪之交，尘埃落定，是否有整合意识，已成为判定一位优秀诗人的根本所在。今天，当我们看多了那些从"流"中取一瓢，随意"勾兑"出各种所谓"新潮先锋"的芜杂之作后，再重新审视阎月君的存在，自会发现这是一位从"源头"出发、扎根甚深且不乏探索精神的诗人。尤其是她那种将个人与时代、女性与男性融合为一的宽阔视阈和超越性气质，更是当代女性诗歌中极为难得的优秀品质，由此成就的作品，方经得起时空的磨洗和历史的汰选。

让我们重新认识这片迷离的"月色"。

一、走进月色："寻找一只溺水的月亮"和 "原始的飞翔之姿"

阎月君的诗歌创作，主要集中于 1984－1988 五年间，呈现出厚积勃发的高峰状态。这其中，以《月的中国》、《山的随想》、《春日的午后》等作品为代表，形成前期阶段，其诗歌视点主要是投向外部世界的，承接朦胧诗的余绪而着力于对传统的再造。随后两年（1987－1988 年）其视点重心则转向内宇宙，以超现实主义的风格，把对时代的某种精神现象和思考融化到个在的生命体验中去，拓殖出新的精神和艺术空间，形成后期阶段。

对于《月的中国》等一批前期代表力作，谢冕先生曾给予很高的评价，指出："她以微带苦涩的清丽和不乏传统风情的现代意识造成了深邃的诗情。她在诗中糅进了复杂意绪的现实思考，但又与悠远的历史相交融。"并认为阎月君的这些作品"成功地写出了中国特有的充满忧患的传统心态"。"拓展了新诗潮的审美空间。对于抒情式史诗那一路诗风，作了另一走向的补充"。①

可以看出，作为新诗潮的权威发言人，谢冕先生对月君这一批诗作是极为推崇的，由此奠定了她在八十年代的诗人地位。此时的阎月君，我称之为"蓝色月光"时期：现代意识的底背，现实主义的诗思，新古典的韵致，诗风清丽而高远，有含蕴很深的流畅线条和韵律。其代表作《月的中国》，更是一曲横贯古今的长歌，一首具有经典意味的抒情史诗。

一般而言，女性为诗，多从个人情感和私人生活场景出发，即或有外视的目光，也是以小我的视角去扫描，时间长了，沉溺其中，便很难拓展开更阔大的精神堂庑。月君的出发，则落实于脚下的这块土地和背负的那段历史，先看清了外在的世界，再回视内在的自我，其精神堂庑的深邃超迈，在当代女性诗人群落中，是屈指可数而难能可贵的。不同的出发必然导致不同的建构，无论是对历史/现实的言说还是对族类/个我的拷问，月君都是站在超越性的立场上，去审视存在的荒谬、历史的泥泞和时代的困惑，去倾听断裂与破碎的生命波动，而从没有自怨自艾、自我抚摸的女性化演出。正是这种对包括女性意识在内的角色意识的自觉清除，方保证了月君较一般女性更为纯正坚实的诗歌品质。这不仅表现在她比其他女诗人的创作，在视阈上更为舒放扩展、内外打通，即或在后期一些深潜于个我生命体验的诗作中，也总能触摸到一种精神的硬度。

应该指出，月君在其前期创作中，对历史与现实的切入，绝非简单的"寻根"或"挽歌"之作，她给我们的，是更深入的思

---

①　谢冕：《新诗潮的另一种景观——序阎月君的诗集〈月的中国〉》，《月的中国》，春风文艺出版社1989年版，序第2—5页。

考和更孤绝的情怀。那是以"心上的秋",去写"月的中国"、写"圆明园"、写"昭君出塞"、写"你已非你"的时代之"春日的午后"……在这里,"月"的意象别有深意:她既是传统的"月",与渴望、期待、追思、怀恋以及理想的守望同构;又是现代的"月",与失落、迷惘、孤寂、忧郁以及幻灭的伤痛同构。在这片诗的蓝色月光里,不乏对古典辉煌的追恋,"寻找一只溺水的月亮"而希求重新索回那"原始的飞翔之姿"(《老城》),但更多的是对五千年文化遗传的深刻质疑与拷问,以"拒绝你亘古的野心从内部侵占我"(《爱仇》)。历史的梦想与历史的异化和现代人的觉醒,交织为这片月光的基本题旨,而对伤痛的言说则成为最撼动人心的诗句:

> 囚过千年无论如何不囚亦满是血迹斑斑
> 每见蓝天翅膀战栗　一阵破碎的呼喊
> 一种风湿就在体内就在血流之间
> 怕见雨天怕见阴天最怕说从前
>
> ——《春日的午后》

应该说,直到世纪之交的今天,尤其是在历史情怀和现实关切被过分消解之后,重读这样的诗句,我们越发感到一种深入骨髓的震撼力,为其当年所抵达的深度而叹服。作为在朦胧诗处于巅峰时期步入诗坛的阎月君,无疑受到这派诗风的影响(我们知道,她是那部最早结集且影响也最大的《朦胧诗选》的编选者之一),但月君在此主要承传了朦胧诗的精神立场,避开了过于密集意象而致诗质黏滞的弊端,以自己的语言质素和审美感觉,"作了另一走向的补充"。

对于朦胧诗的精神立场,我一直认为,它是新诗潮以来,最为重要的一脉传统(新的传统)。遗憾的是,第三代后的大多数诗人皆远离此道,或沉溺于个人私语,或陶醉于空心喧哗,似乎历史的断裂与生存的危机已不再存在。无论是现代还是后现代，作为当代诗歌的精神底蕴，终究还是要经由对有信仰的时代（包括古典的辉煌）与我们所处的混乱时代的对照，来显示世界的真实面目。不可否认，在月君的前期作品中，显然有一种外在于诗人本真生命体验的预设的主题、一种"类型"性的言说起着主导的作用。但一方面，诗人在这一主导下并未失去个在的风格，且写出了一批有分量的作品；另一方面，诗人在这一主导中找到了精神的底背，并成为此后创作中坚实的支撑。我们进一步会看到，即使当诗人从外视转为内视，进入纯精神状态的言说中，那份批判的立场和质疑的目光也从未游移过。而这，也正是保证一位诗人的创作，有方向感、有精神底蕴的根本所在。

同时还应该看到，处于这一时期的诗人阎月君，毕竟还有青春的激流提供富氧的诗情和宽展的视阈，在幻灭与忧伤的"月色"里，去探求意义的旨归。此时的诗风，多游走于传统与独创、继承与自由之间，有古歌的韵味和现代的锋芒。诗人还善于将心境化为风景，在所有的景物中闪亮着心的吟诵，在心的吟诵中展开自然的画卷，写来明美亮丽而又不乏深沉。加之意象语与口语的杂糅，清丽与浓郁的有机切换，使之充满了张弛有度的审美张力，成为现实与梦想的凄美怆词。

显然，这是一片渴望飞翔的"月色"，从历史的纵深和现实的根部出发，在哲思中承受诗人的痛苦，"在现实的帷幕和超现实之间/用龙卷风卷来铺天盖地整整五千年的中国问题"，然后"像风中的旗帜/因找不到方向而疯狂地将自己摇晃"——抬头看月，"月亮是故乡的月亮/是照了唐照了宋照了你莫名的根系/使你的皮肤/不由分说地成了黄色的月亮"，且"使你透过落日嗅出了血缘的腥味"（《忧伤季节》）——这是极为现代性的历史指认，也只有"打捞"过那"溺水的月亮"的人，才能经由传统而更深地抵达现代，使其"全部的飞翔的努力/都与陨落有着千丝万缕的联系"（《看夕阳的感觉》），于是诗人沉下头来，收回幽怨绵长

的目光，返回自身，探寻个在生命之内心，这片更为深沉繁复的
海域：

> 仅仅用一个年代的苦闷
> 作为海水的背景
> 我在船只下沉的时候
> 注视你们
>
> ——《海水背景》

二、走出月色："看我涉水而来
谛听蚕在茧里边血迹斑斑"

　　早在创作《月的中国》的同时，阎月君便已在刈历史的回声
和岁月的断裂之倾听中，开始注意由个在生命的体验，实现对外
部世界（历史/社会/族类）的反射与审视："我们顽强坚守的记
忆之门/如何经得起岁月的点射/更何况此生已倦/我纤弱的足载
不动许多东西"（《你已非你》）。找不到开启向未来的门，更失落
了开门的钥匙，而"世界善于隐藏/世界不愿被发现"，诗人便
"在一种离心的销蚀里"、"在上帝的废品堆里"（《背走灰烬》），
燃起一片自焚式的大火——至1987、1988两年中，诗人则完全
为这片大火所燃烧，进入创作的巅峰状态，写出了一批完全个在
的、重量级的作品。就我个人而言，我认为，这些作品更能代表
诗人的本源质素，真正独属于阎月君的诗歌世界——我将之命名
为"红色月光"时期。

　　首先需要提及的，是那首写于1985年的《战争的声音》。在
对岁月的倾听中，诗人随意的惊鸿一瞥，便发现内在之"陷落的
渊源"更是"不可言传"（《真实的布景》），"我永远有和自己格
格不入的东西/有对我自身的恐惧"。而"你张开的怀抱救不了
我/救不了这纯粹的动荡来自岩石的深处/我永不安宁的目光"，

诗人进而惊悸地发现："在我里面永远有不可收拾的东西"！在这里，"纯粹的动荡"这一命题十分重要，是女性的，也是男性的，是一个人自我的争战，是人生如影随形的灵魂的纠缠，一切清醒地活着的人的不可回避也无法解构的灵与肉、梦与真、岩石与海浪、现实与幻想的冲突与矛盾，是"永不熄灭的战火"——即使是爱情以及家园，"你张开的怀抱"也"救不了我"！而所谓现代诗人（以及一切现代文学与艺术家）的天赋使命，不正在于成为这种"战争"的体验者和指认者，让人类在这样的倾听中，认清其真实的存在？月君的这次"陷落"是超前的，直到十年之后，我们才在小说家林白的长篇《一个人的战争》中，得以另一种文本的复述，这也再次成为对中国当代诗潮的前倾态势和先锋意识的一个典型证明。

那轮出发时期的、蓝调的圆月，在这样的"陷落"中，碎裂为一堆无序而尖锐的、燃烧的瓷片，一堆使灵魂发热又使躯体发冷的物事，有如冰原上的大火，使我们为之战栗而死、而复活——"写作，便是以某种方式打碎世界和重组世界"（罗兰·巴特 Roland Barthes 语）。诗人由此开始执著于在一瞬间去"点燃"些什么，而不再有目的地去"生产"什么，只是指认而不再确认。这是一个内外打开的世界，历史与现实由主题退化为背景，突出的是物之下、欲望之中的人的灵魂之"动荡的血/忧伤的红"（《残局》），"诞生的血和自渎的血"（《杏花三月》）。在此，诗人尖锐地指出："那有史以来曾经燃烧和炙烤过我们的天堂的圣火/如今是另外一种火/另有强迫在不经意的时候/将重重伤害我们"（《白色火焰》），这样的提示直抵现代性的根本：人是自身的伤害者、异化者，人用自己的手将世界推向深渊！

在这片燃烧的"月光"中，出现了一系列带血带痛的关键词：创伤、忧伤、恐怖、血迹、挣扎、呻吟、疼痛以及灰烬……此时的写作，正是"旋风般地跨越一切，短暂而热狂地在他、她和他们之间逗留"。而语言也"不是囊括，而是运载；不是克制，而是实现。当本我模棱两可地表露出来时，她并不保护自己抵御那些她惊奇地发现变成了自己的陌生女人。"① 诗人完全潜沉于自身，投入她个在的诗性记忆与言说之中，成为一种语言符号与隐秘的意绪不期而遇、轰然共鸣的产物，以突然降临且意想不到的深度来展现情感经验的特殊性，抵达一种对真实存在的突然洞察和揭示。由此生成的语境，也变得格外迷离和驳杂，充满空白、间隙和阴影，又充满突兀、弹性和光亮，闪耀着无限的自由之光，时时在丰满的意象语之中，突然插入散文化、口语化、叙事性的段落，以此将现实与超现实、上意识与下意识、灵视与物视以及事件与梦幻收摄杂糅为一，给人一种诡异奇崛、悬疑迷幻的现代美感。

细读这样的诗句：

> 有时候你的缄默是泛着蓝光的苹果
> 需要一把锋利的刀子
> 需要在淋漓的血中和伤中　接近深处的迷

> 敕勒川　阴山下　风吹不吹的问题
> 青草满地　牛羊肯不肯吃的问题
> 一个上午钥匙在锁眼里转动
> 李清照的门帘会不会卷起的问题
> 问题的问题
> 埃及式的使你困惑的司芬克斯之谜

> 你无须躲避风暴　在你之外无风暴
> 风暴只能是你自己

---

① 埃莱娜·西苏（Hélène Cixous）：《美杜莎的笑声》，《当代女性主义文学批评》，北京大学出版社 1992 年版，第 205 页。

> 五腑的山林和波浪　震中和震级
> 自己的石头和自己的脚的问题
>
> ——《我以我残存的水》

这里甚至出现了反讽的语境（这在整个新诗潮中，都是作为"稀有金属"而缺失着的），而在《月的中国》中作为意欲唤回的那些闪着历史光芒和神性的东西，在此成了被彻底解构的对象，这样的深度，在整个当代女性诗歌中，都少有人抵达。也许，真正优秀的女性，天生就比其他人更能抵达幻灭与怀疑的深处，且最能坚持守望在那里，不愿在现实的进逼中，在老去的岁月里从那里撤出来。她们总是同时用两双眼睛注视着这世界：现实的、梦想中的，男性的、女性的，悬疑和悖谬便就此如藤蔓一样，缠裹了她们的一生，也便使她们比一切人都更深地触摸到存在的本质。

在这种"用全部的生命作为人质/强盗般向自己勒索"（《残局》）的"纯粹的动荡"中，诗人早期持有的那份历史情怀与现实关切，有如被吸收的钙质，融化在新的血液中，使其审视的目光，更加明澈和深沉："而你将是世界之外睁开的眼/是永远的日和月/是锐利的眸子看穿这一切。"由此诗人告诉人们："你们作为我的同类/将逃不出一种遗传从树林到流水/我使你们完整和破碎/使你头发潮湿猛然感悟到/冰冷的星际的心事"——在这首题为《背走灰烬——纪念一位为艺术而死的女诗人》的长诗力作的结尾，诗人更这样写道："你们去生我去死/并在风中/我背走沉沉灰烬"。显然，此时的诗人，对历史与现实已由《月的中国》时的正面承载转而为负面承载，不再背靠什么东西，而成为真正个在的深入绝境，在坍塌与破碎的异己之生存体验中，对遗传的毒素和生存现实后积的毒素，进行"清场"式的审视，以启明在沉沦中吟痛的心灵，进而叩问个体的有限生命如何寻得自身的生存价值和意义。

与这首长诗相并重的，是写于同期的组诗长卷《兰花四月》。全诗以"城"（与"围困"、"迫抑"、"焦灼"、"梦魇"、"战地"、"败坏"等同构）为核心意象，以超现实的手法，对现代人的生存困境，进行散点式的扫描，在几近绝望的心灵视野里，燃爆苦涩的、怀疑的、充满智性又充满至深的悸动的诗之思："让思想看见回声，让生活中/无端的病兆看见这座城/让南风沿着四月的边缘走/看浪漫主义地壳起伏人生无家可归的梦"——一句奇诗，却触及到一个世纪的命题：在一个一切都走向不归路的时代里，人何以找回"家"、找回浪漫主义的"梦"？即或有"道路在远方呼啸着"而"何人不在/自我的泥泞之中"？（《时与空的变奏》）在这里，个人的真实性及其限度，世界的真实性及其无常，再次成为诗思的焦点。当"城"以及"茧"欲以它"类"的力量，将个在的生命化为它的平均数时，诗人对个人精神的独立与自由的追索便越发尖锐了："笼子里攥紧双拳困守着/一种安全感/一种不用舒展不用生下根去的家畜的安全"（《老城》）。可以看出，在一种精神内质深度之光的探照下，诗人对存在的拷问，已上升为对现代人整体生存状态和集体深层心理的关注，诗行间充满着庄严、热烈的苦味，无论在精神的内涵和艺术的表现上，都达到了相当的深度，具有史诗的底蕴和厚重感。

然而当诗人真的将这一切都看透了时，她无疑正将自己逼临一个精神的悬崖：

> 这份孤独　在夕阳中是悬崖上母猿的孤独
> 妈妈
> 最深重的绝望莫过于此
> 你要我以怎样的无奈坚持这种族？

从这段写于 1988 年题为《爱仇》一诗的结尾句里，从那个凄绝的"？"中，我们似乎触摸到了那经由"自焚"式的燃烧而后"陷落"的月光背后，真正潜在的心声——其实一切的陷落都与重建有关，有如一切的恨都因爱而生；没有大爱就没有大痛，没有大关切就没有大悲悯，没有大渴望也就没有大失望。就此而言，一切的诗人，在骨子里原都是理想主义者；是光的存在、梦的存在，使他们洞见到黑暗之黑和现实之荒谬，只是在不同的诗人那里其承载的方式不同而已：正面承载者，是呼唤、是吁请、是祈愿而建构；负面承载者，是呕吐、是质疑、是批判而解构。一切历史（包括人生）进程，都包含正价值和负价值的双重在性，诗人有责任将正负两面都予以诗性的思与言说。这里我想到著名学者、"九叶派"老诗人郑敏先生语重心长的一句话："我一直希望女性诗人的内心视野，要有一些历史的成分。"① 在研读阎月君的作品中，我看到了这种希望的所在。我是说，在当代女性诗歌进程中，在女性角色意识由觉醒而张扬而成为女性诗歌之"主流话语"以至泛滥的语境下，是阎月君，以一种孤绝的态势，卓然独步于历史与现实的广原和作为人类共性的意识深处，上下求索，正负拓展，将对自身命运的审视与整体生存状态的审视、个人记忆与集体记忆收摄融会于一，达到一种外部世界与内心世界的融合、现实和梦幻的融合、智性与感性的融合以及传统与现代的融合，在存在的昏暗中开启生命的亮眼——纵观比较之下，其拓殖的精神空间之宽广宏深，在整个当代中国女诗人的群落中，都是不多见的。

　　由此，即使写爱情，也落于一种融合视阈，置于生存的大背景中，譬如那首凝重凄美的《无标题》：

　　　　爱你的身体在暮色中俯向我
　　　　感觉背上很沉　无形的

————————

　　① 郑敏先生在 1995 年 5 月 20 日北京"中国当代女性诗歌研讨会"上的发言，沈奇记录。

伤口很深

像村间的屋顶　堆满秋天

并渐渐有微冬的寒意

这情调　自古就适合于我

在你的土地上流连　且不时有

　　被种植成什么的感觉

……

而镌刻在你胸膛里面的那些

残星或者　残月的故事

将构成我们的雪　无论如何都是要

落下的吗

诗中透显的爱不仅是两性间的情爱，更有许多潜在于爱恋之后的什么，浸漫、弥散于诗行之中——人、土地、历史，都在瞬间融合于这复杂的情感之中，反凸现出爱的艰辛、深沉和厚重，有一种复合的光晕。对此，或许有人会怀疑：一个女诗人完全放弃（实则并非）女性意识的言说是否也是矫情？而我只能说，在这个太多"自我抚摸"与"空心喧哗"的过渡时代里，月君所持有的诗歌立场，是一种超迈而高贵的选择！

三、化身月色："而我是一个在刀锋
上从事缝纫的女人"

从"蓝色月光"到"红色月光"，从"呼唤"到"呕吐"——在经由五年高峰状态的创作之后，那支"自焚的烛"，似乎真的"在风中背走沉沉灰烬"而寂然了；季节"露出败坏的眼神/如同蓄谋"（《兰花四月》），沉默与间歇成为无奈的选择……只是从后来复出的作品中，我们才透视到，在诗人的心路历程中，那"一只失血的手"依然一直默默地"将苍茫执拗地敲

着"（《时与空的变奏》），且最终敲出了"虚无"，发现"人并没有真知，人不过只是前行"。① 而作为诗人，便只有这"执拗地敲着""苍茫"的"失血的手"，这"敲"的过程是真实存在的——诗人不再仅仅是"溺水的月亮"的"打捞者"，更可以化身为月，悬置此在，在语言的清晖里点燃自我救赎的诗性生命之光："生根有生根的烦恼漂泊有漂泊的寂寞/你仅仅代表不肯连贯的一些句子"（《我以我残存的水》）。

于是写作成了唯一的"拯救之路"——"我的职业是面对一座辉煌的大厦/设法使语言开门"（《忧伤与造句之一：写满字迹的纸》）。在这一意识的开启下，一向惯于在燃烧的激情与想象中放任自我、驱使语言的月君，开始同语言共呼吸，以使纯粹的生命状态与纯粹的语言状态达到统一。情感意绪的静静积蓄和沉潜，使得一部分作品的语境也变得澄明起来，显得超逸空濛，清隽旷达——我将其称之为未展开的"银色月光"时期。

说"未展开"，是因为对阎月君而言，步入这片"银色月光"是颇有些惶惑的："要知道火焰一直是我的伴侣/穿在我身上是这件火红的风衣"（《面容》）。作为时代的良心、理想幻灭的指证者，月君一直是执著于直面人生的近距离燃烧的。我们看到，写于 1988 年以后的许多作品，大都仍保持了这种风格，有些甚至是前期作品的复制，显得困乏和破碎。诗在本源上，是生命郁积的宣泄，但其生成的过程，却又是控制的艺术。其实在月君前期（包括早期）创作中，这种控制感曾得以很好的把握，后来却有些流失和缺乏再造。

因此，在阎月君这一时期的创作中，我特别看重那些渐趋收摄力与沉凝感的篇章，组诗长卷《忧伤与造句》便是其主要代表作。在这首分十节长达二百行的组诗中，语言被重新分配了——

---

① 埃莱娜·西苏（Hélène Cixous）：《从潜意识场景到历史场景》，《当代女性主义文学批评》，北京大学出版社 1992 年版，第 212 页。

诗人显示出一种智慧的而非纯激情与想象的写作能力，在一贯持有的人·土地/生存·历史的融合视阈中，又加入了语言的视点，自我诘问，自我清理，别生一派气象。在这里，诗人诗思在质疑过历史与现实、肉体与灵魂之后，追索到对语言的质疑："没有一个词是靠得住的/实词呆头呆脑/虚词近于无赖/介词小心翼翼/形容词奇奇怪怪。"语言是文化的载体，而我们又是语言的载体，作为生命与存在的本质联系，语言是"不知道家在何处"的漂泊者最后可依傍的一片基地，可如果连语言都出了问题不再可靠，又该如何呢？诗人进而问道："什么能充当这座大厦的依傍/支撑到天老地荒/有没有确信无疑/值得一锤子钉下去的东西"？可以看出，无论是何种质疑，诗人都从未放弃对断裂之后的弥合、陨落之后的复生，那一份痴心不改的追寻。然而诗人最终依然失望地醒悟到，这份追寻是遥遥无期的，是一个永远在途中、几近空落而又不能舍弃的期许，于是诗人浩叹："人从事物的蒙昧中独自醒来/人朝前走没带上原因和理由/人行走孤独而伤心/人是被理由和原因抛弃了的人"，而最终"我的诗只剩下疑问"（《忧伤与造句之四：没有一个词是靠得住的》）。

《忧伤与造句》的出现，标志着阎月君对新的诗歌意识的开启，尽管还未形成大的局面，却有着潜在的前景。同时，它还标志着诗人在对世界（历史与现实）的真实和人的真实这两个向度的深入探寻之后，又步入到对语言的真实这一向度的探寻——还是那片月色，那片对人/土地/历史的大关切、大悲悯，只是因了语言向度的加入，显得更为清越和沉着，一种深度弥漫的智性之光，照亮了新的诗性生命之旅。

三个阶段，三个向度，三重复合的光晕，我们最终听到的，是诗人四句断章式的告白：

> 我一生都在寻找美的痕迹
> 却只找到了被摧残的痕迹

在美的事物上我都看到了伴随的眼泪
我一生的坚信被不安代替

——《我一生都在寻找美的痕迹》

这便是阎月君，一位为诗与真而痛苦燃烧的女诗人。在她的诗歌世界里，有清丽的浪漫主义的余韵，有浓烈的现代主义的情怀，有斑斓的新古典的色彩，有深沉的现实主义的质地，"有太多的属于这世纪的忧伤"（《低调》）。她以低调的、充满批判与怀疑的目光审视这世界，却又从未放弃对理想的持有；支撑她的写作的，是一种坦诚、一种追寻、一种为追寻和坦诚所燃烧的痛苦，以及一些不安于沉沦的动荡的情绪……总之，是一种精神，一种圣徒般为诗与真而"自焚"的精神，而正如萧伯纳（Shaw Bernard）所说的："所有值得一读的书都是由精神写成的！"

作为阎月君诗歌的研究者，我更想到古典诗学中的一种说法，借以概括这位诗人的艺术品质和精神品质，似乎颇为精当，也算是送给诗人的一句赠语，伴她走入未来的历程——

山壮水明
骨重神寒

1996 年 10 月

秋水静石一溪远

论赵野兼评其诗集《逝者如斯》

一

是怎样一种心绪使然，让赵野选择"逝者如斯"这样一句古语，作为他这部以编年体例为其近二十年创作成就作总结性的重要结集的书名呢？如此发问看起来有点不着边际，但直觉告诉我，它或许正是进入赵野诗歌创作之心路历程的当然入口。

结集此书时，赵野不足四十岁，按时下的标准，尚属青年诗人之列。然而，诗人却早已在写于2002年一首题为《中年写作》的诗中，透露了远非"青春写作"所能企及的超然心迹：

是不是阳光下的一切
已经被人说尽
但岁月仍在继续
总有独特的感动
仿佛客观的血液里
秋刀鱼咸咸的烙印

　　沉默和表达之间
　　谁更深入、执著

　　自诩式的发问，客态式的盘诘，隐隐秋意，如挂霜的月光，浸漫于字里行间。显然，青春的血液在此已提前认领"沉默"与"客观"为"诗性生命更深入、执著"的归宿。它既是出于诗人独特的个人心性的认领，也是出于冷眼旁观之历史辨识的认领："拒绝时代的胁迫/和那些虚妄的可能性/将纯洁词语的战争/进行到骨头深处"！这已无异于一种新的诗歌立场的宣言。若再联系到发出此一宣言的诗人，曾经是二十世纪八十年代第三代诗人风云聚会中，大学生诗歌的领军人物之一，便有了特别令人深思的意味。而此时的现实，意识形态与商业文化的合谋，已化为无处不在的"胁迫"；而现实中的汉语诗歌，也在旧的种种"虚妄"尚未得到清理时，新的种种"虚妄"又尘嚣其上，"偶然和紊乱"已成为其唯一合理的指认。值此时代语境，清醒而保持独立的诗人不止一人，但赵野似乎走得更远、更孤绝，乃至有"遁世"的嫌疑。秋意本天成，这种"秋意"一直可以追溯到诗人更早的作品中。写于1986年的《此刻，你一定愿意》一诗中，便可见如此人淡如菊的诗句："你一定愿意沉默如/冬日的池水/偶尔一只鸟儿//从山下飞来，告诉你某人走了/某人还在"。十年后的《冬日》一诗中，诗人更如此表白："因此我相信，我本想成为的/角色早已死去""我相信那些面具会同/这个世纪一起消逝""我唯愿在尘嚣中变得清晰/毁灭中变得坚定"。到了二十世纪末的冬夜，诗人在《关于雪》的诗中，则更为直接地表露了这一脉"秋意"之最终的告白：

　　　　如今大幕还没落下
　　　　我只想退场，细细回忆
　　　　感动过我的优雅身影

　　和那些<u>改变</u>命运的细节

　　我努力表达
　　美洲般的欢乐
　　却一次次沦为
　　俄国式的忧伤

　　正是在这里，我们找到了"逝者如斯"的源头，"退场"与"忧伤"，带着宿命的味道，成为诗人心路历程之贯穿始终的注脚——这位早慧的诗人，四十岁以前便写出了他最好的代表作的诗人，似乎从一开始，就看穿了为功利所驱迫、为"运动"所裹胁、为虚妄的历史期待所诱使的当代汉语诗歌的"命运"，而早早选择了"在宿命的一角"，远离潮流，如"微暗的火"，在闲静处燃烧，"淡漠所有的诗歌时尚，以自己的方式接近诗的真理"，[①] 以求"……战胜偶然与紊乱/像一本好书，风格清晰坚定"（《夜晚在阳台上，看肿瘤医院》·1990）。

二

　　显然，经由这样的辨析，有将赵野的诗歌立场，纳入中国传统文人之隐逸与独善文化心理的嫌疑，这对一位曾经一再被归为当代中国先锋诗人行列的青年诗人而言，似乎有极大的不妥。但问题在于：一者，所谓"先锋"的指认出于何种价值取向？亦即是"社会学"意义上的"先锋"（所谓走在时代的前列），还是美学/诗学意义上的"先锋"（异出时代的主流）？二者，诗人本人是否认同这样的指认？是身份的认同还是价值的认同？

　　实则时至今日，随先锋诗歌一起走过二十多年历程的诗人和

---

　　①　臧棣：《出自固执的回忆》，《逝者如斯》，作家出版社 2003 年版，第 7 页。

诗评家们都已清醒地认识到，"先锋"一词，从一开始就包含了两种指涉：其一标示对立于官方主流诗坛而带有民间或独立个人属性的诗歌立场。其二指涉所有带有探索性、实验性的写作方向。而前者后来渐渐演变为一种姿态，乃至在不断的"pass"式的运动中，转化为先锋诗歌阵营中自我对立的心理机制；后者则越来越变得边界模糊、标准不一，只剩下一个指向不明的空洞理念。且就探索与实验而言，也多强调了横向的发展（与世界接轨），而疏于对纵向深入的关注。由此反观赵野的诗路历程，便可了然：他既是先锋的，又不是先锋的。从诗歌立场看，赵野的独立性显得更为彻底，即或在先锋诗歌成功"突围"，继而成为当代诗歌新的主流，并热衷于解释"历史"从而企求被"历史"所解释时，赵野不但未有"分一杯羹"的窃喜，反生"只想退场"（《关于雪》·1999）的"秋意"，明其道而不急其功，乐于尚在旅途的客态立场。尽管"整整二十个秋天了／我还怀念我们的革命"（《往日·1982》·2002），但这种"怀念"，从一开始，在赵野这里，都只是"……观察者而不是评判者／更不是干预者"，"既不炫耀也不羞怯"，并自信"它会不战而胜，它会使我／脱尽躯壳，获得秩序"（《忠实的河流》·1986）。

从写作方向看，赵野属于当代先锋诗人中，不多几位舍横向进取的"阳关道"而于纵向深入的"独木桥"作孤独探求的诗人之一。在先锋诗歌的进程中，人们虽一直在强调着"两源潜沉"，但时风所致，大多还是陷入了唯西方资源与现代潮流为是的单一取向，以致仿生与欧化的现象大面积发生，最终引发所谓"汉语性"的诗学反思。而在赵野这里，西方也好，东方也好，现代也好，传统也好，都是一条精神的河流，取其滋养但不为其所溺。同时，出于自甘边缘的澄明心境，所谓方向的选择自然就成了心性的选择，而非"时代的胁迫"。从赵野大部分代表性的作品中可以发现，诗人的心性中，无疑带有中国文化和中国审美精神的深度基因，一种优游自在的人生态度，及对汉语诗性的极度敏感，使其自然而然地倾心于古典精神的认领，而远离当代先锋诗歌运动中，各种极言现代的喧嚣。当然，这种认领并非将与世界接轨转为与传统接轨，而是将古典精神化合为现代意识和诗性生命体验的有机组成部分，一种映照或参悟。一方面，"他诗中的古意，并不是被现实中那种非古意刺激出来的，而仿佛是来世者的携带物……"①；另一方面，这种"古意"更成为诗人与之长久对话的一种精神气脉，以此印证历史的虚妄和现实的荒诞，从另一个维度深入现代性的追问。再者，对赵野来说，诗歌在历史叙事和现实叙事之外，更应当是一种内心叙事。"心境"一词，几乎成了赵野诗性言说的出发与归宿的唯一枢纽，而在赵野式的"心境"里，有什么能比纯净的古意更能暗合"适性为美"的古训呢？

由此，守势不妄，归根曰静，以现代意识追怀古典精神，不是刻意寻觅的什么境界，而是于淡泊超然之中，去探寻诗性与心性之和谐共生的丰盈与坚实，呈现一派无奇的绚烂——走进赵野，我们会惊喜地发现，现代汉诗的进程中，原也有如此沉静高远的一脉河流，让我们复生一种回到精神故土的感动与欣慰。

三

逝者如斯，唯江河不废，月色依旧。

百年来现代化的梦想与实践，彻底改变了中国人的生存现实。在被迫承受的文化错位中，作为文化心理最敏感的器官，新诗也一再在追随与彷徨中，不断调整着自己的步程。我们经由新诗的书写，寻求真理、追求光明、针砭现实、呼唤理想，使之成为思想、灵魂、人性以及自由精神、独立人格和本真自我的隐秘居所与真实通道，并由此于"写什么"方面，穷尽历史、现实、

---

① 钟鸣：《关于"象罔"》，《逝者如斯》，作家出版社2003年版，第137页。

庙堂、民间乃至个体肉身，于"怎样写"方面，又旋风般地将西方自浪漫主义直至后现代主义的各式招数玩了个遍。进入新世纪，更大规模地上网冲浪，在即生即灭的狂欢中，抽空了诗之为诗的本意与精髓。

　　然而，正是在这时，那缕几度明灭的文化乡愁，复如暮霭沉沉，浸漫于诗国大地。"笔墨当随时代新"，"新"到最后，我们又将站在哪里？诗言志，诗缘情，诗使我们得以舒放、得以宣泄、得以热狂，得以与世界接轨与人类意识通合，得以解除面具人格回返个我的生动，得以在语言的狂欢中释解生命的郁积，得以在瞒与骗的文化语境中确认存在的真实——这都没错，但最终的遗憾是，我们一再疏忘了诗还有另一些功用，更本源更精微的功用：清凉与澄明；一片月光，一缕心香，一种祖传的古意，洞穿时空，照拂我们日渐模糊和俗化的心灵世界——对于空前浮躁而只活在当下的国人来说，如此的照拂，难免陌生乃至隔膜，但对于那些未完全失去文化记忆的"还乡人"来说，则无疑有"回家"的感动，以此索回向来的灵魂与心境。

　　这便是赵野诗歌的立身所在了——一部《逝者如斯》，一不见历史风云，二不见现实尘嚣，横溢漫流于诗行中的，只是一派穿越历史与现实而为天地立心、为命运立言的情境与意绪，带着微凉的秋意和"祖传的孤独"，以"云卷云舒的气度"（《忠实的河流》·1986），铺展于时代的背面。"逝者如斯"，如斯流逝复流转的，是一条以情境为旨归的河流，无有固定的指向，也没有设计性的紧张，更不受时代的胁迫和虚妄的裹携，只是任语词的生灵自在漫游，并将诗人"默默的感动/渗透到最幽深的角隅"（《二月》·1987）。在此情境中，诗的动机并不只为将可见的东西用诗的形式重复一遍，而是将看不见但应该看见的东西变为可以感受到的东西。赵野因此写出了当代汉语诗歌中最为纯正的抒情诗，并由此确立其不可重复不可替代的精神个性和语言个性。

　　从精神个性看，维系于两点：一是古典情怀，一是悠游心境。而这，正是绝大多数先锋诗人视为危途弃之不顾的取向，赵野却留在了这里，且从一开始就认为："从虚静出发，你可到达充实/绚丽，丰富和妙不可言"，"这是一种古老的方式，却也不乏现代意识"。① 如此的精神取向，使诗人难免在悠然辨识现实风物的同时，频频追述往事，冥想古代，诗中到处闪回着"前朝"的语词："帝国"、"王朝"、"君王"、"宫殿"、"青铜"、"烽火"、"羌笛"、"铁甲"、"刀戟"以及"古老的命题"、"古老的名称"、"古老的事物"、"古老的面具"、"古老的契约"、"古代的夜晚"、"古代的光荣"等等，形成一种古今交错的特殊语境。在这种语境中，现实被抽象，历史被虚构，一切均被纳入一种超现实、寓言化的情境叙事，并最终导入那个无处不在的抒情主人"我"的心境之中，而化为一片月色、一缕秋意、一派只知流动不知为何流动的云烟。因此，为何活着，又为何写作，成为赵野诗中反复重临的核心命题："我的余生只能拥有回忆，我知道/我会死于闲散、风景或酒/或者如对面的黄雀/成为另一个人心爱的一页书。"（《旗杆上的黄雀》·1991）在这一命题的统摄下，所谓对"古意"的追怀，便成了情理之中的对话元素，成为特别适合于诗人内心叙事的语言策略，并由此从另一条切口，触及到另一种现实：心理的现实、命运的现实、文化困境的现实，从而使看似凌虚蹈空的古典情怀，有了别具深意的现代性脉动。

　　从语言个性看，可以用诗人《字的研究》（1988）一诗中的"质朴、优雅，气息如兰"之句来做概括。同时，这首诗也为我们把握赵野不同凡响的语感基质，提供了特别的启示。作为中国文化和中国审美精神的指纹，汉字的存在决定了中国人思与诗的基因的存在。正如诗人在另一首题为《汉语》（1990）的同类作品中所写到的："在这些矜持而没有重量的符号里/我发现了自己的来历/在这些秩序而威严的方块中/我看到了汉族的命运。"联

----

① 　摘引自赵野早期诗作《夏之河》，未收入《逝者如斯》。

系到赵野外文系毕业的语言背景，这样的母语情结就显得尤为突出，也再次理解到诗人何以那样执著地选择"古意"作为此在之"秋意"的对话元素之潜在动因了。具体而言，赵野的诗歌语言，首先给人的强烈印象是其清晰的肌理与淡远的蕴藉，所谓用尽深心意不乖，因隐示深，由简致远。诗中的物象、事象、心象、意象，皆由平实中来，不着迂怪，使其"面"上的阅读显得特别清朗舒畅。但读进去后，却发现在那些看似平淡如水的语词下面，有多样的意涵深隐洞明，延展开难以归纳与总结的多重阐释空间，使其"底"上的阅读平生几份欲罢不能的萦绕潜沉。"面"上给的少，"底"里藏的多，这正是汉语诗性的本根所在。试读这样的诗句："吐纳山川的气息，又捏碎/手中的玻璃，我无意/割断脉管，也不在乎/损坏一些器皿。"（《冬天雾霭沉沉》·1991）"吐纳"与"捏碎"两个平常动作，经由极端对立地并存于一人一瞬，而又平静道来，顿生诡秘之烟云，语词后面那一种冷入骨缝的孤寂与沉郁，令人不寒而栗！无论说什么，说的意涵何在，那种"吐气如兰"、虚静通幽的说法总是持之一贯的优雅从容，这是赵野诗歌语言尤为让人心仪的地方。更多的时候，读赵野的诗，我们并不欣赏他在说些什么，而只是陶醉于诗人所营造的那种静了群动、空纳万境的语境与心境，并由此展开阅读者自己的联想与遐思。诗是一种开启、一种邀约而非完整地给予，这一诗学原理，在赵野式的诗风里，得以贴切的体现。也正是这种优雅与从容，保证了诗人十分单纯的写作状态和几近匀质的品貌，甚至分不清其作品的早期近期或成熟未成熟期，形神之间的均衡、集中与和谐，以及虚实、曲直、疏密、张弛、开合、起承、整散、断续、正反、藏露等辩证关系，从一开始，就已见得心应手之异禀，而非刻意修为所得。（试读其早期作品《河》）

　　其实，无论是精神特征还是语言特征，以及由此生发的写作机制，诗人自己在代表诗作《诗的隐喻》（1992）中，已作了最为恰切的诠释：

趟过冰冷的河水，我走向
一棵树，观察它的生长

这树干沐浴过前朝的阳光
树叶刚刚发绿，态度恳切

像要说明什么，这时一只鸟
顺着风，吐出准确的重音

这声音没有使空气震颤
却消失在空气里，并且动听

客观，平静，空明而修远。三两寻常意象，一脉旷达心绪，似乎什么也没说，却弥散许多感念。既是对诗的隐喻，又是对存在的隐喻。世事无常，历史无序，天地万物没有必然的对应关系，只是偶尔的鸟声，"使空气震颤"，它不改变什么，但"动听"！这情境，我们都体验过，但未能如诗人这般"动听"地言说出来——这言说是当下的，又是久远的；是古典式的，又是现代性的。我们暂时还说不清诗人何以能将现代与古典如此轻松和谐地融为一体，但却清楚地知道，这样的一种诗歌品质，在当代中国的诗歌写作与阅读中，已经缺失很久了。

当然，在《诗的隐喻》中，我们还是找到了诗人识窥上乘、旷远不野而诗风清健、诗心自由的"内功"秘籍——一词"态度恳切"，已尽得赵野为诗为诗人的风骨所在而无须赘言了。说到底，还是"心境使然"。当代诗人，无论庙堂、民间、先锋、常态，都不少心思，许多诗内诗外的纷争，无不和心理机制的病变有关，而如赵野这样葆有平和心态与虚静心境者，实不多见。赵野以如此心境来书写心境的如此，已成为一种特殊的诗歌现象，也因此改写了先锋诗歌的情感特性、审美趣味和语言标准，这也正是研究这位长期以来不显山不显水不为人称道的诗人的价值所在——

"众鸟之一鸟，群花中之一花"，逝者如斯，"笛声吹开梅花"后，那人远去，而"风景起源于一片静默"。①

2004 年 11 月

---

① 摘引自赵野早期诗作《阿兰》、《风景》，未收入《逝者如斯》。

"太阳拎着一袋自己的阳光"

严力诗歌艺术散论

一

在当代中国先锋诗歌的阅读中，严力的作品一直有着少见的长效效应。从朦胧诗时期到第三代诗歌运动，从九十年代到新世纪，这位诗人似乎从不过时，一再分延及新的阅读空间，以其富有亲和力的语感魅力和强烈的问题意识，不断激活人们对他的关注，同时，也有机地融入了不同时段的先锋诗歌进程，成为其不可或缺的活性因子。严力由此而成了先锋诗歌界的常青树，一位跨越三个时代而总是在场的"老先锋"。从接受美学的角度而言，严力的存在，无疑已具有了某种"经典"的意义。

我们知道，新诗潮以降的中国当代先锋诗歌，是一个不断"后浪推前浪"乃至"后浪埋前浪"的运动过程，其强大的惯性延续到新世纪，才渐趋消解。由此生成的"运动情结"，驱使大量的诗人只关注同时代的作品，而不断 pass 或搁置前行代的遗产，造成阅读空间的非连续性和非经典性，并因此影响及现代汉诗之典律的形成，留下不少的历史缺憾。潮流所致，只有极少数诗人得以幸免，得以穿越不同时代、不同群落，在不同的阅读空间逐渐形成带有坐标、重心与方向性质的影响力。这其中，至少从最为敏感也最为挑剔的青年先锋诗人的阅读层面来看，严力是始终备受关注与青睐的。显然，在严力的诗歌作品中，存有某些非同一般却又可以为不同时代所共同接受和借鉴的诗美元素。这种诗美元素既具有先锋性，又具有常态性；在一时滞后的常态那里它是先锋的，在过时的先锋那里它又是常态的。我是说，严力的先锋性，从一开始，就不同于所谓"引领潮流"而时过境迁便随之失效的那种"先锋"。在那种"先锋"中，严力从未占有过重要而醒目的位置，有时甚至还显得不合时宜。这也是这位诗人总是被批评界所容易忽略，且总是被各个诗歌时代的代表人物所遮蔽的原因之一。严力的先锋性在于他总能避开各个时代诗歌主潮的驱使（包括官方的主流和民间的主潮），找到更具个人性的语感方式和更具超越性的生存体验，并持久而有效地将其规模化、风格化。

　　实际上，从文本的纵向阅读中可以很明确地发现：正是严力，在当代中国先锋诗歌写作中，最早转换话语，落于日常，合理地运用口语与日常事象组成超现实语境，并经由富有黑色幽默与反讽的修辞策略，在赋予各种尖锐题材以先锋性的表现形式的同时，也赋予了这种表现所特有的亲和性和审美快感——在严力出发的那个时代（从作品写作日期看，最早可追溯到上个世纪七十年代中期），这些都是罕见的诗美元素。一直要到九十年代被归属为"民间写作"流向的作品中，直至延伸到新世纪青年诗歌以及网络诗歌的写作中，这些元素才被大面积地重新认领与播撒，乃至发为显学，成为时尚。也正是到了此时，人们才回头认识到，严力"老先锋"式的存在，有着怎样穿越时代的价值——他所代表的，是真正可以不断深入未来、进入新人类文化餐桌的诗歌潮流：那种感受的丰富与表达的单纯，那种把中国带给世界、把世界还给中国的健全心性，使"他的作品保持了最好意义上的青春"，[1] 并让我们想到艾略特（Thomas Stearns Eliot）的那句名言："诗人必须深刻地感受到主要的潮流，而主要的潮流却未必都经过那些声名最著的作家。"[2]

二

1954年出生的严力，十九岁便开始了他的现代诗创作。在朦胧诗那一代诗人中，作为学理意义上的现代汉诗的"现代性"之追求，大都有过一个复杂而充满差异的转型期，能于试声阶段，便很快确立其鲜明的现代意识和现代审美特质的，严力算是不可多得的一位。让文学回到人，回到文学自身，作为新时期文学思潮的先声，在严力这里，很快就被提升为对普遍人性的关注，而非与意识形态或主流话语二元对抗的角色化存在，同时将潮头初起时的题材热亦即写什么的当务之急，迅速转换为对语言的关注、怎么写的关注。一些后来作为成名后的严力之标志性的形式特征、语感特征和题材特征，在其出发的阶段，便已较为充分地显露了出来。"原因很简单/我追赶字眼的那套经验在队伍前面"（《擅长》·1987）。

因此，在严力的早期作品中，很难找到什么与所谓时代精神或时代背景纠缠不清的关系，他是独立的，更是自由的，那种超越性的目光，是从一开始便确定了的。写于1974年的《小甲虫》、《他死了》，以及稍后的《歌》（1977）、《无题（二）》（1979）、《更多的是反省》（1980）及《史诗》（1981）、《不要站起来去看天黑了》（1981）等，实际上已预演了以后代表作品的

---

① 艾略特（Thomas Stearns Eliot）：《叶芝》，《艾略特诗学文集》（王恩衷编译），国际文化出版公司1989年版，第169页。

② 艾略特（Thomas Stearns Eliot）：《传统与个人才能》，《艾略特诗学文集》（王恩衷编译），国际文化出版公司1989年版，第3页。

基本语感和题材视阈。在这些作品中，我们已读到了严力式的黑色幽默、严力式的口语欢快和严力式的本土化了的超现实语境，读到"思恋还在我床上过夜/以往的吻/从我的眼睛里面提出井水"（《他死了》）、"走吧/夜路早已熟悉/为了把你的鞋给黎明穿上/光着脚/走吧"（《歌》）、"那些大城市里/挤满了在街头梳毛的鸟/但镜子走开了/镜子对自己的长相有更多的自信"（《史诗》）、"今天的耳朵一直占线到七十岁/好不容易拨通喂喂喂/传来的语言已经是一篇悼词"（《不要站起来去看天黑了》）。而另一首六行小诗《根》（1981），则已显示了诗人以最精简的语词、脱口秀式的语态、充满谐趣的诡辩术和举重若轻、一语中的式的穿透力，为不同时代之不同精神现象和文化现象作具有命名效应的经典诠释之风采——《根》是对"文化乡愁"的命名，之后的《还给我》（1986），是对"现代化反思"的命名，以及《烂绳子》（1988）对所谓"社会转型"之虚假阐释的命名，和《我是雪》（1989）对生命虚无与荒诞性的命名。四首诗都属小制，似乎随手拈来，却无一不具有四两拨千斤的分量。尤其是那首二十年来在海内外产生深广影响的《还给我》，世界性的命题与人类意识的角度，使一首短诗具有了史诗般的价值，而由此恢复了诗人的荣耀。

实则在寻求尽快确立个在话语方式的同时，严力并未疏忽对题材的开掘，只是这种开掘"别有用心"，他寻求的是更为丰富的体验和更为广阔的视阈，以免成为一时一地之时代潮流或时尚话语的类的平均数。无论是出于时势的驱使，还是出于自由天性的自然选择，命运总是给了这位诗人更多的考验也同时给了他更多的机遇。自1985年赴美留学开始，在长达二十年异国他乡的"世界公民"式的生涯中，作为诗人的严力，对于一位当代中国诗人面对世界、反视本土、应该写什么以及如何写的问题，已是洞若观火、了然于心了。此时的严力，两栖双向，在对话中交流，在交流中对话，以中国之眼看世界，以世界之眼看中国，愈发看清了时代之痒、生存之痛、文化之积弊，强烈的问题意识遂成为其题材开掘的聚焦点。由此生成的作品，也便有了"严肃而平和，深刻而尖锐，具体而混沌"的复合质素。① 值得指出的是，在这种交流与对话中，严力既未成为西方强势话语的附庸，也未陷入狭隘的民族主义的老套路，而恪守诗人与艺术家"独立之人格，自由之精神"的本色，以诗的言说，在场而又超然的言说，把真实的中国带给世界，把世界的真实带给中国，在有效扩展现代汉诗的表现域度的同时，更为这种"表现"增强了世界性的视角和人类意识的底蕴。

试读这样的诗句：

> 要干掉战争这个老家伙就必须
> 在受伤时不仅仅依赖民族的血型输血
> 而是把地球的健康写进自己的病历
>
> 我是一个独立的酒瓶
> 适合世界上任何一个桌子
> 我不拒绝任何容量的酒杯
> 在宽宏的地球上
> 我就是不允许战争这个老家伙和我干杯
>
> ——《干掉一个老家伙》（1994）

以"地球的健康"作为"民族的血型"之参照系，显示了创作主体作为世界公民及地球人的立场，而其言说的口吻，又完全是平民化的、个人性的。

---

① 沙克：《修补良心的现代艺术家严力在行动》，转引自《还给我——严力诗选·1974—2004》，原乡出版社 2004 年版，第 233 页。

再如《中国人点滴》（2003）一诗：

> 说到赚钱的事情
> 中国人早就发现了：
> 比可口可乐更流行的饮料
> 就是人走之后的那杯凉茶
> 只不过它还在市场化的过程之中
>
> 说到强者的风范
> 中国人的比喻也很简单：
> 再强的强者撞在弱肉们组成的墙壁上
> 也必会昏倒
> 有的人就此没有醒来
> 而醒来者
> 大多数成了墙中的一块新砖

对民族劣根性在新的生存环境下的变种衍生，揭示得可谓入木三分，而这种揭示，若无别一种"健康指标"作参照，是很难得以如此深刻又如此轻松的"鉴照"的。

更为重要的是，长达二十年的两栖双向、独往独来，一方面造就了诗人严力"复眼"看世界而带有强烈问题意识的超然视觉，一方面也形成了他乐于以体制外写作为归所的诗歌立场。这里的"体制"，包括官方的、民间的、中国语境的、西方语境的，以及各种时尚潮流等，一概未能将一颗天生自由的诗性灵魂拘押于其中。事实是，"老字号"的先锋诗人严力，历经国内海外各种风云际会，却从未真正隶属于过哪一派哪一流，而永远只是他自己"这一个"。甚至连由严力创办主编的《一行》民间诗刊，也被他办成了一个海内外先锋诗人自由出入的诗歌广场，既无门户之见，也无明显的流派趋向。后来的历史与现实已经证明：正是这种独立、自由的非体制人格，成为保证一位诗人或作家之写作的有效性以及长效性的关键所在。对已成为中国知识分子文化潜意识的"体制人格"及"体制合作主义"，严力似乎有一种本能的排拒，而"世界公民"的"复眼"，更保证了这种本能的不受腐蚀。"国家占有了所有的地理表面/我只能住下建立自己的内在"（《谢谢》·2003）。这里的"地理"指文化地理，为公共话语即体制性话语所统治的"地理"，而诗的本质就在于跳脱这种"地理"的羁绊与驯化，重返个我的生命本真。因此，对真正的诗人以及一切诗性生命个体而言，"'地下'/是一个关键词/'地下'/更是一个永恒的住址"（《关于地下》·2002）。选择这样的"住址"并不再左顾右盼，严力的那双"复眼"，遂有了异样的执著与从容。

三

　　当代先锋诗人与艺术家，一般而言，大都作到尖锐的做不到广阔，作到深刻的做不到亲和。读严力，则常有两者兼具的审美快意。尖锐与广阔的矛盾，来自创作主体生存体验的广狭及人格力量的强弱，深刻与亲和的相悖，则与其语言天赋和美学趣味息息相关。严力既是先锋诗人，又是著名的前卫画家，无论是在他的画中还是诗作里，我们都不难发现其强烈的问题意识和由此形成的题材选择，广披博及，且时时点在时代的"穴位"上，乃至不时有观念凸露以及观念演绎的嫌疑。但严力的优势在于守住了"亲和"，这是新时期以降的各类先锋艺术的突进中，急于"深刻"的人们所一再忽略了的审美元素。读严力读久了，自会体味到一种悖论式的现象：原来"深刻"也可以轻松道来，而"尖锐"更可以迂回而出，且广阔，且亲和，且充满阅读快感。这是那些端着架子、皱紧眉头、凌空蹈虚而满是妄念的创作者所无法想象的。我们一再将现代诗弄成政治、弄成运动、弄成青春大"Party"或者翰林文字、庙堂意识以及别的什么，只有那些生来健康的诗人（我是指心性的健康）才始终记着一个常识——说到底，诗只是一门艺术，一门如何想着法子打比喻说"可意会而不可言传的话"、把存在的真与人性的善还给人的艺术，尤其对现代诗而言——而这份"健康"，严力从来不缺，以至当他在谈到十分重要的"题材问题"时，也会做出这样轻松的判断："选择合适的题材会让你发现自己的天赋。"①

是的，是天赋，语言的天赋，通过改写语言来改写世界从而将世界的真相轻松而又深刻地转告人们的天赋。这种"改写"在许多诗人那里，只是刻意求创新，刻意去生造一些"前所未有"的晦涩意象或匪夷所思的奇情异技，以及精神乌托邦化的呓语梦话，结果让世界变得反而不真实，乃至令人望而生畏。在严力这里，"改写"一词回到了它的本义。具体而言，即只在改写，无涉生造，同时还必须获得整体的创造性艺术魅力，以造成既亲和又陌生化的审美效应。除了有机地切断高度通约化了的语言逻辑链条，以求切断我们同世界习惯性的逻辑关系而获得个在视角之外，诗人严力不再强行改变我们日常交流中的基本语言样态，而着重力和机心于它的重新剪辑与构成上。这有点像他的绘画创作，构图简括，观念性较强，语言元素不求繁复，够用为止，主要在图式、观念及语言元素的构成与协调上下工夫。如此生成的作品，无论其诗其画，皆读来语境畅朗，语感亲近，有直接明快的审美享受，而读后的回味，则平生几份增殖效应，有不断加强加深的文本外张力令人难以释怀。尤其于诗，在有效保留了语词的原生态（包括原生态的生活细节与生存肌理）而致亲和不隔的同时，又经由新的语序编码，构成出人意料的联想空间和充满歧义的灵动意涵，于合理处生不合理，于不合理处生合理，看似随手得来，实则处处匠心独运。

---

① 严力：《诗歌的可能性》，《还给我——严力诗选·1974－2004》，原乡出版社2004年版，第189页。

譬如那首多为人称道的《酒和鬼相遇之后》（1987）。明明写的是酒鬼，却偏说是"酒和鬼相遇"，将司空见惯而见惯不怪的"酒鬼"一词很顺溜地拆开，遂将一个平常的酒鬼变为"一个酒和鬼在他体内相遇之后的人/躺在纽约下城的街上/他原封不动的十点钟也躺在那里"，平常顿生异常，现实成了超现实。接下来，"他好像曾翻了十二点钟的一次身/有人在他身边放了一罐/下午一点钟之后的啤酒/啤酒被另一个酒鬼顺手的四点钟拿掉"。戏剧化的情景中，原本作为主角的"酒"与"鬼"，暗自被"时间"替换："一辆救护车的下午六点把他运走/看热闹的邻居告诉我/他死于昨天的夜里/昨天有夜里的一场大雨"……非理性的"酒"与"鬼"一步步被理性的"时间"（在时间观念空前强化的现化语境中）所宰制，而生命的无常与生存的无奈，尽在这与"时间"同样理性的记录中被演绎得淋漓尽致。诗中所有的语词都是日常流通的语词，所有的情景都是日常可见的情景，却经由这样的"改写"，转化为十分诡异的画面和发人深省的意涵。这种用日常细节编排超现实意境，用平常话语说出不平常的意趣，在严力的诗作中，已成为随处可见且随心所欲般的绝招。

四

一位优秀诗人的风格形成，主要在于其语感的不同凡响，而语感的差异则来自其修辞策略的不同取向。在这一点上，我们得承认，严力确实是现代汉语之语词世界里，最机智也最调皮的"大孩子"之一。高度资讯化、通约化的现代汉语，在严力的诗歌写作中，似乎无需增加什么特别的因素或强敷的色彩，照样会变得新奇、生动起来，产生丰富的诗性表现力。这里的秘密通道有三条：

其一，对动词的高度重视和精妙使用，以及动宾关系的戏剧化重构。例如："这一年里书籍都团结在书架里"；"笼子去为鸟儿建立天下"；"哭出眼泪里咸的知识"；"穿暖冬天这冰凉的棉

衣";"很小的食欲在很大的盘子里呻吟";"椅子的姿势垄断了/所有坐下来的话题";"那路/吃掉许多脚印"等;

其二,对日常语词之日常所指的解构性改写,使之陌生化,歧义化。例如:"气球的气数已尽";"一年里只有风在风尘仆仆";"一条死后才成为野狗的狗";"一个酒和鬼在他体内相遇之后的人";"我看见了黑还在继续暗下去"等;

其三,将明喻的修辞作用发挥到极致,以求"从既成的意义、隐喻系统的自觉地后退"(于坚语)。①例如:"我最沮丧的是申请青春却被增大的年龄拒绝";"用历史的蛀牙去咬现在的糖";"秋天的突然出现使绿色的情绪措手不及";"……坐了一屁股第三世纪宗教的寂寞";"一条烂绳子松开的历史";"他看到所有的家具/比猫还会撒娇";"夜晚像狗/叼吃着门窗里漏出的光"等。

从上述随意的少量抽样中,我们已可充分品味到严力诗歌语言的风味所在。准确地说,应该说是"风度"所在——母语的风度,现代汉诗的风度。作为当代中国先锋诗人群落中,较早国际化了的严力,虽然在其诗歌精神方面,带有明显的西方艺术气质,如理性、观念化、辨析性及问题意识等,但在语言层面,却始终是一位"被母语套牢"的诗人(严力语)。②

这种自觉认领的"套牢",一方面,保证了诗人与母语语境中的存在脉息息息相通,保持在场的亲和性与写作的有效性;另一方面,也促使诗人在母语的语境中,以国际化的视野,不断擦亮其盲点,开启其亮点,增加其更多现代意识和现代诗美的可能性。就此而言,应该说,严力是有特殊贡献的。在现代汉诗的语

---

① 于坚:《棕皮手记·从隐喻后退》,《棕皮手记》,东方出版中心1997年版,第246页。

② 严力:《套牢和解套》,《还给我——严力诗选·1974—2004》,原乡出版社2004年版,第209页。

言世界里，严力颇像一位精明的投资人，无须挖空心思地苦恼于怎样去更多融资，只是悄悄改变其投资的方向，便获得了丰厚的回报，从而向我们证明：仅就现代诗的写作而言，对作为现代汉语形态的母语，无论是盲目地信任或盲目地不信任，都是不可取的。一种语言有自己的身世，也有未知的奇遇——诗人严力对现代汉诗的创造性贡献，使我们对现代汉语的诗性表现之可能空间，有了更多的自信和希望。

而关键是，作为诗人，当代中国诗人，你除了要拎着"一袋/生活的重量"之外，更要学会如何找到"一袋自己的阳光"拎在自己的手中：

> 很久很久地
> 我继续站在路口品味自己的生命
> 日常是多么自然
> 太阳拎着一袋自己的阳光
>
> ——《早市的太阳》（1995）

这便是严力诗歌的秘密之所在了——而率真使人大气，而持久使人富有，三十余年的诗路历程，"老先锋"严力还是那样活力四射，风度不减当年。尽管，晚近的严力诗歌创作，渐渐出现了一些为他自己所形成的风格时尚所束缚的迹象，比如间或的重复、缺乏控制的过多分延而影响及效果的集中、部分语感的惯性顺滑及赘语的衍生等，有待破茧重生，再创佳绩。但对这位诗人的阅读与研究，在当下的诗歌进程中，依然显得十分亮眼和富有价值。当然，作为严力诗歌的持久钟爱者，我们更期待着在新世纪的"诗歌早市"上，看到这位"拎着一袋自己的阳光"的阳光诗人，以更新的光耀，不断擦亮我们日渐疲惫的眼神。

2005 年 4 月

异质与本真

李笠诗歌艺术简论

从北欧起雾的眼神，到故国发烫的呼吸，客态双栖，互证互济——跨越一九八〇年代、一九九〇年代、及新世纪三个时代的诗人李笠，以其特殊的、东西方穿透性的生命体验、语言体验和时空体验，为现代汉语诗歌的当代进程，提供了一份具有特别价值的诗歌履历。

身居欧洲、中国、进而东西穿行等多元文化语境，行走汉语、英语、瑞典语等多种文化地缘场域，"漂泊者诗人"李笠，以开放的心态和本质的行走，在华丽的物质世界之外，在溃疡的意识形态之外，在生硬的水泥世界之外，在空心喧哗的公共话语之外，兀自特立独行，以其沉郁的诗思和奇崛的意象，深入文化血缘与地缘之纠缠、冲突、盘诘与印证的多向度复杂体验中，极其敏感而富有张力地表现出一个国际性的"边缘人"和"漂泊者"，对现代社会、现代文明及现代人性中，那最深刻最细密处的忧伤、忏悔与悲悯，从而建构为一个极具代表性的经验世界。

这个经验世界再次向我们表明：现代诗的自由，不仅是解放了的语言形态的自由，更是解放了的人之精神形态的自由。

　　母语与非母语；

　　"在家"与"在路上"；

　　"异乡人""狂舞的孤影"，追梦人迷失的记忆；

　　"渡己"与"渡世"；

　　以及，生命的真实与言说的真实——

作为文本化的李笠式诗歌写作，一手伸向存在，一手伸向语言，听由"漂泊者"个在的生命波动与生存困惑之本源性驱动，以错位的语感折射文化的错位感，以复杂的语言形式打造复杂意绪的合理容器，以风的自由和铁的明锐，解析灵魂，拷问存在，为越来越平面化的当代中国汉语诗歌，重新找回尖锐而突兀的先锋品质。

　　——这是另一种意义上的"先锋"：不是为了打捞虚构的荣誉，而是为了抵达生命的真义而安妥一颗漂泊的灵魂，并由此获得真正可称之为跨越性的、具有国际视野和人类意识的诗歌品质。

　　也许，我们从他的文本中，至今依然不难发现，因意象的迷离和观念的凸露而导致风格的游离不定，但这都不足以影响到我们对他的作品中，那远离体制和时尚的驯化，出自原生的发声方式和异质力量而裸呈的心音心色之欣赏与感佩，并由衷地慨叹：在诗以及所有艺术性创造活动中，内心的真实与自由，确实比什么都重要。

2008 年 5 月

收复命运

评中岛和他的诗集《一路货色》

一

　　据说西方形式主义美学早就验证了：人的感官是很容易疲劳的。作为一个长年读诗的人——无论是专业性的阅读，还是欣赏性的阅读，这些年，疲劳的发生是日益频繁了。为叙事的泛滥（絮叨、啰嗦、雾化、无戏剧性兴味和寓言性绾束）的疲劳，为口语的恶化（粗鄙、单调、重复、无任何约束和诗美元素可言）的疲劳，为纯属纸上的运动而失去人气的技巧性演练的疲劳等等，阅读真的成了一种功课而非快事。郑重其事地接待来访的客人，令人惊喜的朋友式的聚叙却越来越少。正是在这种疲劳中，完全随意地，从搁置案头的《零点地铁诗丛》中，抽出中岛的《一路货色》翻读起来。我不得不永远清楚地记得：那是 2000 年 7 月 22 日的深夜 11 点多，166 个页码的诗作，我欲罢不能地一口气读完至午夜 1 点半，在极度激动又十分愧疚、乃至咒骂自己何以多年疏忘了这位年轻的诗友的复杂心情中，结束了这次遭遇性的阅读体验，准备休息。这时我才感觉到，双眼酸困难受得厉害，尤其是左眼硬得像一块石头，不时掠过尖锐的疼痛，下意识地闭了右眼，才发现眼前一片漆黑，左眼失明了！第二天到医院检查，诊断为"中心视网膜炎"，视力尽管不久就恢复了，但严重的损伤和难以消解的炎症至今困扰着我，无法恢复正常的阅读和写作——跨世纪的诗意之旅，一下子戏剧性地搁置于"零点地铁"中的"一路货色"……又一个夏日降临，终于能勉强恢复一点状态，拿起笔梳理这多年不遇的阅读体验时，首先便想到诗人张小波在为这部诗集写的序言中的最后那句话："也许中岛终身都在力求连接这样的事实：'上帝说，要有光，于是有了光；但是，人瞎了……'"① 这句"妙言"竟在我这里预言了一个不得不发生的阅读事件，同时它是否还会暗示：阅读中岛，实际上还是一个特别的诗学事件呢？

　　在为"历史货轮"起运的当代诗歌"集装箱码头"上，即或是亲近的朋友们，也只注目于作为《诗参考》主编的中岛，而一再忽略了诗的中岛。这想起来有些荒唐，却或许是中岛的宿命——这个"在俗世中奔波"的"行吟诗人"，这个满心的善良和忧伤而又一脸"无所谓"的"老资格"单身汉诗人，这个一直想融入"日常生活"而又总是留守于"实用时代"的"某个背面"并"在想象中折磨自己"的"背时"的诗人，这个天下谁人不识君而又"让自己在交往中累死"的诗歌浪子，几乎经历了这个时代做穷人又做穷诗人的所有尴尬和磨难，却依然捂着伤口坚持"让我把生命中的刺再一次拔出/再一次为善良做一次深刻的呼吸"，并想着"去更高处摘下/每盏灯的思想/在漆黑的时候/把所去的道路照亮"（以上引句均为中岛诗作名或诗句，下同）。宿命般地漂泊，宿命般地守望，宿命般地写下这漂泊与守望的证

_____

① 张小波：《中岛的存在·〈一路货色〉序》，《一路货色》，青海人民出版社1999年版，第6页。

词，然后又宿命般地孤寂与忧伤——"但愿上帝知道我是真心地活着"（《我的呼吸就是拒绝死亡》），但"上帝"从来不言语……

重读中岛，我从疲劳走向疼痛，感受久违了的直击人心的力量和人诗合一的生命的呼吸！

二

假如有人同我一样如此深入而反复地研读中岛的诗，肯定会同我一样首先发出痛心的惋惜乃至责骂：这家伙怎么能这样草率地处理那些难得的体验和独到的诗感？漫不经心，毫无打磨，哪黑哪歇乃至中途而废，太多的流失与残缺，使许多作品心到话没到，入境而未入味。有的写得太实而突然卡住，或者顺岔道分延出去再收不回来；意绪飘然而至，又常去向不明，有时则含糊不清地悬置在那里。"一个闪电击在天上／另一个闪电击在水中／此时我分不清／是花朵开在病句里／还是病句开在花朵中"，借用诗人《花朵和病句》中的诗句来形容中岛诗歌的"美学问题"，真是再合适不过了。

这似乎是一位肆意浪费自己诗才的诗人，以致在他真诚的言说中总是携带着不少杂音。但真的是在"浪费"吗？我们知道，世上没有一位诗人不想把每一首诗都写好，何况在中岛的杂音干扰中，我们又总是能找到一些天成自然的精彩表现，有的则已成为当代诗歌中难得的佳作，像《无所谓》、《在想象里折磨自己》、《放弃从前》、《有时候》、《我显得无力》、《生命不能拿到超级市场出售》、《他坐在上午的某个背面》、《场景与等候》、《花朵和病句》等等（其实无所谓"等等"，这些年一部诗集能有七八首诗能让人明目惊心忘不了，已是一件近于奢侈的"诗学事件"了）。可中岛式的"美学问题"依然让人尴尬，我甚至怀疑正是这些大量的杂音和缺陷，掩盖了中岛诗歌中优秀的品质，使人们一再将他搁置于一边，"从来就缺少对话的声音"。

生活中的中岛，是一个"一不小心"就"可能会掉进生活的陷阱"里的人；诗歌中的中岛，更是一个"一不小心"，就随时会掉进"初恋"的陷阱里的人——是的，是"初恋"，这是打开中岛式"美学问题"之门的钥匙：我是说，尽管中岛已有十多年的写诗经历，但奇怪的是，诗人至今仍是处子般赤裸地进入写作状态，从不考虑"经验"的问题，而总是"情不自禁"、"多愁善感"和"半死不活"，老病常犯，也从来不改，一种永远的"初恋"状态。这个写诗与做人从来不设防、没经验、随性情的小个子男人，总是在诗歌女神面前欲说还休、欲哭无泪，因为想"迎接得太多"而手足无措而泥沙俱下而扎手扯心——"扎手"的是那一种粗粝而坚实的语感，"扯心"的是那一种掏心掏肝的情感。诗人由此而"无奈"，但正是这"初恋"的"无奈"，在任由"美学缺陷"存在的同时，却又"在这个实用的年代里"，"保存"了一己的"真实的经历"，而没有"去随意浪费掉我们的个性"（《在实用的年代》）。因此，正如张小波所指认的："他的诗歌看不出师承，也没有明确的美学指向——我这样说绝无贬损之意；他为我们提供的，只是心灵投射向虚无的碎片，无所皈依，却根据某种规律不时地飘过我们眼前"。[①]

　　同样，"初恋"的说法也绝无贬损之意。既非"青春期写作"的矫情，也非"中年写作"的矜持。在这个讲求经营或唯技艺是问的实利时代里，这"初恋"代表着真诚、纯正和率意，由此生成的写作，不是技艺的出演，而是生命的内呼吸，"尽管呼吸有点紧张/但却充满了生命的本性"（《我想去大街找点爱情》），且从不"附加保鲜剂"（《保存至今》）。

三

　　沈浩波在题为《他砍疼了自己写诗的心脏》一文中，指称中

---

　　①　张小波：《中岛的存在·〈一路货色〉序》，《一路货色》，青海人民出版社1999年版，第5页。

岛为"在俗世中奔波的行吟诗人",且"是那么的与众不同",实在是知己者的中肯定论。沈文进而认为:"中岛与他的诗是一种紧密的合二为一,不存在谁驾驭谁,不存在控制、克服、处理等技术过程,完全就是他自身的性情、经历、境遇、梦想、谵妄、自卑……完全就是中岛的身与心。"①

正是这样:中岛的诗歌写作,是一种铭记而非表现,是诗人本真生命的分泌物,在特殊的呼吸中,揭发自我的面目,见证周遭的事物,为寻求沟通与理解或仅为自慰而吟唱。熟悉中岛的朋友们都知道,这个活跃于整个九十年代的中国民间诗歌界的"风云人物",在现实生活中,却一直是个背运者、失意者,尝尽了这个繁华时代背面的各种苦味,"辛酸成纠缠不清的账目"(《心情不好我们都一样》)。对于这个至今仍是单身一人且天生有些自卑感的城市漂流者来说,诗就是他的自信,写作就是他的家,而他创办的《诗参考》,就是他唯一的行李、唯一的伴侣。自卑而敏感,失落而真诚,匆促而率情率意,可以说,就诗这门手艺而言,中岛似乎一直处于临界状态,但就诗的精神而言,少有人如中岛这样深入到这个时代的最幽暗处,"在人群中穿透年代的隔层/在悲剧里打磨如初的欲望","这些年/我积满了阴影"(《这些年》)。中岛的诗,正是这时代的阴影之最深刻的证词。至少,他代表了一个可称之为"漂泊族群"的精神指向,而这个精神指向,又正无可挽回地在扩展为整个时代的趋势,由此我甚至相信,中岛的诗必将拥有一个更广大深远的影响,让更多的人感到那为致命的忧伤所击中的畅快的一痛!

是的,是致命的忧伤,以及总是失意的欲望,还有那一种混合着欲望与忧伤的打量或叫作窥视,构成了中岛诗歌的精神底色。透过别人的欲望看自己,透过自己的欲望看世界;透过"人

---

①　沈浩波:《他砍疼了自己写诗的心脏》,《一路货色》,青海人民出版社1999年版,第167—168页。

模狗样"的欲望看失魂落魄的欲望，透过忧伤的欲望看欲望的忧伤，以致对忧郁的欲望、对欲望的绝望！这个骨子里仍存有善良美好的理想人格和浪漫情怀、为寻求爱与幸福满世界奔波的诗人，最终在那些太多太多的"纠缠不清的""辛酸账目"中，看清了生存真实的面目和这时代最深层的心理机制，从而发出无非都是"一路货色"的指认，和"我说：要有爱/于是就再也没见到爱"（《我显得无力》）的叹息！在我有限的阅读中，当代诗歌中，少有人像中岛这样，把普通人在世俗生活中的失意和忧伤，写到如此揪心蚀骨的地步：

> 我们没钱也快乐
> 内心保存着一种纯洁
> 但谁会在你失落的时候
> 伸过一双温暖的手
> 有太多的传说
> 让你死了又活
> 有太多的不幸
> 让你无法相信这个世界
> 谁在怀疑
> 满是泪水的盲人
> 在看着蔚蓝的天空
>
> ——《我把死亡变得更清晰》

而"时光如逝/我们依然是我们/城市依然是一脸/无所谓的样子"（《无所谓》）。"城市"在这里成了"现代社会"的代码，成了欲望实现或失落的竞技场，由此形成存在与生存的紧张状态，以及为调适这种紧张状态所生发的新的紧张，这构成中岛诗歌的另一基调。"我们的日常生活/排得井井有条/就是一不小心/可能会掉进生活的陷阱"（《日常生活》），而"我们绽放的时候/身体没有张开/我们弯腰的时候/心却总想直起来"(《使自己达到最亮》)。由此分延出荒诞的色调：对着想象中的女人自渎(《在想象中折磨自己》)，或"想去大街上找点爱情/就可以享受一点伤痕的感觉"(《我想去大街上找点爱情》)。这是何等凄凉的"感觉"——因欲望而生的忧伤最终竟演化为对忧伤的欲望，而自渎竟成了救赎的代码！陷落于都市化/现代化/欲望化的现代人生之真实处境，在中岛的诗中，得到了极为深刻而独到的诗性诠释。有意味的是，在这种诠释中，诗人一直同时身兼两种角色：既是在场者，又是旁观者；即是窥视者，又是被窥视者，身心分离，灵肉互证，体现出至深的现代意识，且时时渗透出看透了一切而终归于"无所谓"的荒诞情调——一边提示周遭，大家都是"一路货色"，谁也别充大爷！一边提醒自己："生活就是这样/你无法看得太清"(《生活就是这样》)，而"创伤掠过我的安静"后，自会"飞向另一处"(《花朵和病句》)，轻描淡写之下，一缕超然的意绪透露出诗人精神质地的另一侧面。

　　这是中岛，诗人中岛——上帝给了他也许是一切不幸之根源的小个子的同时，也给了他审视与超越这不幸的敏锐的目光；上帝给了他漂泊者的命运的同时，也给了他见证与言说这命运的诗性的智慧。清醒的目击者，忧伤的见证人，勇敢的守望者——他自认是这时代的"杂音"，却以这"'杂音'里的内涵"(《有时候》)，为这时代的阴影部分（也是最真实脉动的部分）做出了精彩的命名——

　　　　　　精神病院就是英雄们的所在地
　　　　　　他们不至于虚伪成木偶
　　　　　　出彩的语言
　　　　　　无从考证的信仰
　　　　　　梦幻一样的快乐
　　　　　　它们都是烟云中的圣者

从来也不把自己看成是真的

　　　　　　——《别把自己当真》

四

读中岛的诗，有一种特别的痛快感。你会随着他的诗去哭、去疼、去揪心，去感同身受地忧伤与悲悯，间或也会生发一阵会意的微笑，但唯独不会乏味或不知所云——假如你尚未为了美学而忘了人学，因为诗意而忘了诗心，因为技艺而忘了风骨，因为功业而忘了善良。是中岛，经由他特殊的生命形态所生就的特殊的语言形态，为陷入叙事迷障和口沫泥淖的当代先锋诗歌，保留了一份直击人心而不乏蕴藉的艺术力量。他的诗是个人的，也是时代的，由日常进入，由荒诞化出，不仅是一个漂泊族群的写照，更深入到普泛的人性：本能、欲望、虚无，华丽下的溃疡以及善良的期待与叹息……生命的真实，语言的真实，由命运内在的压力所生育，远离了时尚的投影和潮流的诱惑，遂拥有了不可复制也不可替代的独在品质。

俗话常说"人活一口气"，其实诗也是活一口气的。有人气的诗会从诗人的手稿走向另一位诗人以及更多诗爱者的心里，从身体到灵魂，触动以至震撼读到他的人们。没人气的诗或缺少人气的诗则只能活在纸上，最后只剩下一点"纸气"。貌似繁荣的九十年代诗歌写作，其实大多数已变成了一种不痛不痒的纯粹的纸上运动，真正成了"余裕之事"，一些高贵的呓语或粗劣的话语狂欢的堆积物。我们依然感佩于那些"为诗的构成而写诗"（韩东语）的诗人，他们为这门古老而又现代的手艺的承传与发展，做出了不少杰出的贡献，但同时也派生出不少纸上的"里尔克"、"洛尔伽"、"艾略特"或什么"斯基"，导致生命性言说的萎缩和技术化言说的膨胀。我在这里似乎在犯一个常识性的错误，将生命与语言割裂开来谈问题，其实谁也知道这是一体两面的存在。诗的实现首先是语言的实现，但语言的实现亦即诗的构成的实现的同时，总须有那么一口气、那一脉生命的搏动在其背后支撑，你不可能毫无生命体验或情感冲动地去触动语言，好比去做一门功课。"文以气为主"，没有人气的灌注，生命搏动的灌注，技艺有何用？感佩不是感动，令人敬而远之的"人物们"如今已太多太多，而技艺的操练已令人生厌——回首处，中岛的存在蓦然惊心！

我一向将诗人分为三类：一般写诗的人、诗人和诗歌艺术家，中岛显然属于诗人一类，且由于他的天生敏锐和特殊遭遇，使他成了这一类的优秀分子。中岛写诗没有野心，只是随缘就遇任性而为，却又从未从根本上偏离诗的基本审美规律。他的问题主要在于"用力不均"（沈浩波语），敏于句构而失于篇构，在窥视、打量和自言自语的节律中一挥而就。这种本真、自然甚至有些原始亦即总是停留在初级阶段的写作，限制了他在诗学层面的更高发挥，但奇怪的是，却似乎并未影响到他富有个性的感染力。这一方面是因为，中岛的诗歌触角，总是跃动在存在的最敏感处，总是处在第一现场和第一时间中，充满真实、直接的感性力量。另一方面，那种"够用为止"的语感，恰好合乎了诗人自由洒脱的心性，尽弃矫饰，不着经营，更无涉互文仿写，一派仗气爱奇的淋漓畅快，平生许多亲近感。而一旦在葆有这些基本品质的同时，再稍稍用心用意控制到位一点，他就会"蹦"出一些十分完整而精彩的篇章。像《我坐在上午的某个背面》一诗，冷僻的角度，诡异的氛围，明净自然的语感，如一缕清风的滑过，却留下余韵久长的弥散性暗涵，将一个现代人的落寞写到了极致而又不动声色，极为老到。再如《场景与等候》一诗，纯属对一次"约会"的客观描述，写得像一篇现场记录，无半点刻意处，却由于剪辑的得当和浸漫于语气中的那种冷漠无奈的情调，遂使全诗在看似一览无余的陈述后，生发出耐人寻味的戏剧性兴味。这两首诗，都属于叙事风格的都市生活流一路的作品，这类作品这几年很盛行，但大多都写得太实、太水、太简单化，反是中岛在处理这类题材时，能将实的写虚，写出言外之意和意外之思来。你得说，在貌似随意中，中岛其实还是有不少鬼才的。

见证、铭记与自白，这种写作姿态决定了中岛的基本语言体式是叙述性的、口语化的，但他没有走极端，依然持够用和合心性的态度。有节制的口语，有内含的叙事，甚至还有机地保留了意象的杂糅，这使他的诗像他的人一样短小精干，精神头十足而又不时灵光一现。虚与实，明言与含蓄，在大多数情况下，都得到了和谐的融会，有时则会产生惊人的绝句和警言，这是纯粹玩口语和玩叙事的诗人无法获取的。像前文中所摘取的许多诗句，以及"朋友们人模狗样地进出/我在泡沫的背后打量着日子"（《章》）；"我们一如既往地打动别人/就是为了收复/我们自己的命运"（《收复命运》）；"我并没有把问题的声音提得更合理/麻木的呼吸/使生锈的李节没有了风度"（《无题》）；"我无法超越的都在我的过程中淡化/仿佛越来越多的鸟儿都要起飞/但是降落的地址却再也不容易找到"（《生存的尽头，我遇见了鲜花的贩子》）等等。正是这些精彩的诗句，冲淡了许多篇构不足的缺憾，使我们相信：诗人在深刻地表现了当代中国"漂流族群"的另类处境的同时，也构筑了别具一格的另类诗美——简约、爽利、自由、合心性，它是传统的，也是现代的，更是真诚而独立的。

五

在即将结束这篇文章的时候，我不能不回到对中岛另一诗歌角色的注目中来——这个以诗为生命依托和归所的小个子男人，在创作的同时，还主办着一份当代中国最具影响力的民间诗刊《诗参考》。没人清楚他为这份横贯整个九十年代而持续壮大的诗刊付出了怎样的牺牲，只知道他因此至今没有一分钱的积蓄，没有成家，没有固定的职业，甚至时常过着民工一样的生活，只有友情和诗情是他唯一的报酬和慰藉。无论是民间还是庙堂，中岛和他的《诗参考》都是这时代最感人的一首诗，没有人能再与之相比！

于是我有幸见到并深深记下了这样一个场景：1999 年 11 月 12 日，当资深诗歌评论家孙绍振先生在出席北京"龙脉诗会"中，翻阅刚出刊（14、15 期合刊）的《诗参考》后，在发言中感慨地称许褒奖这份民间诗刊，认为它一期顶过十期公开诗歌刊物，予以高度评价时，在场的中岛一时竟愣怔在那里，涨红了瘦削的面孔，激动得不知所措！那一瞬间让我震惊，一种面对彻底的虔诚而生的肃然起敬！据说后来的两天中岛为此欣喜若狂，像成家立业生了孩子一样，我则于震惊之余在心里悄悄地流泪……诗是什么？何谓诗人？在一个非诗的年代里，我们为何如此痴迷而坚忍地守望着诗性人生的存在，不惜付出一切？最终，我还是想到了中岛的诗作，那是诗人最贴切的回答，并有理由相信，当历史重新检视这个时代时，会珍重这些深沉的诗句：

> 我获得了什么
> 这并不重要
> 诗歌是我多年居住的场所
> 我从来就缺少对话的声音
> 除了我
> 还会有谁绽放
> 我终生都会守候一个人的到来
> 一个未知的人
> 我不会茫然地接受任何人
> 尽管你们一直把我拒之度外
> 尽管我自己也拒绝自己日子慢慢地过去我慢慢地老了
> 但我的心永远在等

> ——《除了我还会有谁绽放》

2001 年 6 月

两个"莽汉"与一个"撒娇"

读李亚伟、默默诗合集《莽汉·撒娇》

一

将近二十年前，由徐敬亚、孟浪合作策划发起的"'86中国诗坛现代诗群体大展"，为"第三代诗歌"作了一次令人"晕眩"（孟浪语）的"历史性的集结"（徐敬亚语），[①]并因此成为当代中国诗歌史一个不免混乱却有效的浓重记忆。混乱是时代的印记，有效是时间的认领。风云聚会后，各路"英雄"依存于各自不同的来路流散于各自不同的去向，新的历史继续收割新的诗性人生与文本。

如今再回首，午后斜阳里，人们或许会暗生一缕怅惘：原来，那竟是现代主义新诗潮的最后一次激情的狂欢！春潮般的浑浊里，那一份纯真激情的投入却不能再生而令人追慕。此后的岁月，庙堂者入了庙堂，江湖者守着江湖，社会转型，转出许多

---

① 语出《中国现代主义诗群大观·1986－1988》，同济大学出版社1988年版，前言第8、4页。

稍加经营便可立身入史的"多元席位",引得无数旧英雄新英雄竞相折腰,分流归位,水静流深,只是激情不再。

潜流与泡沫,从此各行其道。

诗坛从不缺泡沫,虽即生即灭,却也装点了一路的风景。潜流则另当别论。有一潜而折戟沉沙、再无踪影者,也有潜而不没,大隐隐于市者。只是,一向浮躁而功利的当代诗坛,面上的风景都足够乱人耳目,哪还顾上水流下面的物事?遮蔽已是时时存在乃至天经地义的了,所谓后浪推前浪,早成了一浪埋一浪的把戏,谁还管旧时人物的成就与新声呢?如此带来的问题,一是如云的新手们,总是错把仿生当创新,无知者无畏,当下即历史;二是不断的取而代之中,没了坐标、重心与方向,现场即版图。是的,新的狂欢同样不乏激情,只是有点变味,让人不免怀念起那个伟大的 1980 年代,并时时想着,那些远去了的身影,可有踏歌归来的兴会?

二

又是一个秋天,北方的秋天。内蒙古、额尔古纳、首届"明天·额尔古纳"中国诗歌双年展,一群"当红"或风华正茂的诗人中,冒出两位旧时人物——"莽汉主义"领军李亚伟,新"撒娇派"掌门默默。同样的寸头,寸头下有些起雾的眼神,眼神里波澜不惊的散漫,散漫里隐约可见的优雅……没有角色,本真客串,履历交给传说,风度留给自己;"老莽汉"古道热肠,代乡友梁平来领奖,显着滑稽。"新撒娇"生性好玩,赶场子凑热闹,顺便向诗友们散发新出炉的《撒娇》诗刊,一派"娇气"十足的样子。两个人物,1996 年冬与李亚伟在北京匆匆见过一面,默默则是初次认识。但作为诗的记忆,可谓久远而深刻。在那部有名的"红皮书"《中国现代主义诗群大观·1986－1988》中,除了"朦胧诗派"、"非非主义"、"他们文学社"三大板块,我本就熟悉外,其他各路"生力军"中,当时印象最深的,就是"莽汉主义"、"海上诗群"、"撒娇派"、"圆明园诗群"等不多几派。由于我也以"后客观"名号参与了此次大展,在纸上风云中与二位聚会过,二十年后旧知新识,便多了一份特别的意绪,三五天诗会过后,竟有点相见恨晚的怅然了。由符号的记忆到形象的了解,传说与现实的印证中,透过大致相近的赖样、粗口、一脸"坏笑"的皮相,让我刮目相看的,是两位旧时人物,历二十年淘洗而依然故我的那份"真",真人、真气、真性情,像俗人一样平实,又透着智者的从容。这二十年中,历史捉弄人,使多少端起架子做诗人的人物们,因失真而令人敬而远之,又有多少放下架子做凡人的诗人们,因本色而如石头般沉入水底,不为人知。而"莽汉"依旧,"撒娇"依旧,不温不火,不急不躁,却又不失一种真名士真风流的优雅。对此,让我一下子想起当年刘漫流为《海上诗群》执笔撰写的"艺术自释"文中的那句话:"他们本来并不想做什么艺术家,在他们诗中所做的一切,不过是想恢复人的魅力而已。如果一首诗不是出自本性,而是因为命运,那将是他们最大的悲哀。"①

当然,"人的魅力"不等于诗的魅力,诗人最终还得以诗的魅力立身入史,而两个"魅力"之间,又常常不尽统一,当代诗坛的许多龃龉,总因此而生。遂有了进一步的好奇:在两位不失人的魅力的旧人物那里,诗的魅力可否"依旧"?

或许,正是因了在额尔古纳诗会中一见如故聚叙而生的信任,"老莽汉"与"新撒娇"竟选中我为两位即将出版的二人合集写点什么,便得以在心仪其"人的魅力"之后,复进入其诗的魅力的再认识。起初答应下来,是觉着好玩:两位风格迥异的"出土文物"同台亮相,或可生出些别样的光彩来?待潜心细读下来,方知"莽汉"也会"撒娇","撒娇"本即"莽汉",不同

---

① 转引自《中国现代主义诗群大观·1986—1988》,同济大学出版社1988年版,第71页。

的语感、样式和生存体验下面，那一种不掺假的真、不造作的痴以及骨子里的狷狂率意，竟成了不经意间耦合的同质异构之妙对——这，就更有点意思了。

三

先读"老莽汉"。

诗界人物，有一举成名的，有苦熬成名的，有因诗成仁者，有因人成诗者，李亚伟当属前一类。当年第三代诗人风云聚会，作为"莽汉主义"的发起人之一，出手便甩出《中文系》、《老张和遮天蔽日的爱情》、《苏东坡和他的朋友们》等名篇，成就了其不可动摇的历史席位。然而，有名诗的诗人也有有名诗的苦恼，时过境迁，当年的代表作成了一顶铁帽子压在头顶，难以以新面孔示人，便总得呆在旧席位上。二十年后，我们在诗人自序小文《天上，人间》中读到这样的告白："我喜欢诗歌，仅仅是因为写诗愉快，写诗的过瘾程度，世间少有。我不愿在社会上做一个大诗人，我愿意在心里、在东北、在西南、在陕西的山里作一个小诗人，每到初冬，在心里看着漫天雪花纷飞而下，推开黑暗中的窗户，眺望他乡和来世，哦，还能听到人世中最寂寞处的轻轻响动。"这还是"莽汉"吗？当年闹出那么大"响动"的"莽汉"何以会落到"怡红公子"般的寂寞缠绵？再看诗人为二十年首次结集的诗稿之各辑，所自诩的那些稀奇古怪的命名，以及同样稀奇古怪一点也不"莽汉主义"的后期诗作之名，不由你不怀疑：其一，当年那些针对"莽汉主义"诗歌的诠释，是否有误？在诸如"反文化"等社会学式的指认下，是否疏漏了对其更本质性的诗学取向的认领？其二，在明显不同的前后期作品中，哪是角色出演？哪是本真所在？两个李亚伟之间，又有着怎样的心理机制的贯通和美学趣味的嬗变？

显然，在身心尚未分离的《中文系》时期，"莽汉"的横空出世，虽不免带有愤青的色彩，但骨子里仍属本色化的角色出演，只是因了浓重的时代印记，使得"他们在词汇中奋战/最后倒在意义的上面"（《仁望者》）。即或不断有新的欣赏者，为在那样的年代里，便有如此酣畅淋漓的语感愉悦而惊异，但总抵不过"意义"之认领的坚硬。也许连诗人自己也渐渐厌倦了"铁帽子"下的那种"历史身份"，成名之后的李亚伟，开始了一个漫长的遁逸，"在极为可疑的时间里"（《破碎的女子》），写着一批又一批"极为可疑的"、非"莽汉"式的作品。由现实而超现实，由"硬汉"而"妖花"，由代言式的大叙事而"在细节上乱梦"、"在唯一的形式上发疯"（《妖花》）……经由名人而行人或饮者的位移，在"天空被视野注视得折叠起来"的迷醉中，新的语感似"如烟的大水"，在"内心的花纹"与"天空的阶梯"之间流荡浸漫，使形式的追求成为更多复杂意绪与生存状态之多种可能的容器。由此，诗人自己将其前期名作做了这样的定位：男人的诗——习作：反对文化的肇事言论。而在之后的《行人》一诗中，则隐隐透露了位移后的诗学取向："这是事物混淆得悲壮的季节/死去的语言仍在表达盛大的生命"，而"我将上路去斗争沿途的城市/在形式轻轻取消内容的夜晚/当我说出最优美的语言/而又不表达任何意思的时候"。

如此，饮者"莽汉"为我们打开了一片让人迷乱费解的行走的风景——这里再没有《中文系》式的畅亮确切的坚实意涵，甚至难以揣摸语词后面大概的喻意，只有意象的乱花迷眼，意绪的酒色迷人，以及充满烟云感的超现实语境令你心醉神摇。这里"上面是浅浅的浮云，下面是深深的酒"（《深杯》），"空中的阶梯放下了月亮的侍者/俯身酒色的人物昂头骑上诗中的红色飞马"（《天空的阶梯》），"在无形光阴的书页上写下下流的神来之笔"（《无形光阴的书页上》）……是的，比起具有"共名"效应的"莽汉"代表作，后续的李亚伟，确有"等而下之"之嫌，但"下"到神来之笔而新生，总比抱着时来之章作守财奴要好得多。何况，这又是怎样令人迷醉的神来之笔呵——"云从辞海上空升起/用雨淋湿岸边的天才"（《梦边的死》），"星星们正在水底打钟"（《水中的罂粟》），"大雪以一种文盲的姿态落在书中和桥头"，"我读着雨中的句子在冬季的垂钓中寻死觅活/旋即又被粮食击碎在人间"（《好色》），"这时要想想道德和法律/一颗糖就控制不住自己的甜味/无端端地柔软，透露出愉快的气息"（《渡船》），"秋天的情感轻如鸿毛/让人飘起来/斜着身子表达，而且/随便一种口气就可以歪曲一个男人"（《东渡》）。看似平常的语词，组合起来却有了不可名状的诡异感，尤其那一种空明而修远的烟云气息，与其迷离怅惘的饮者意绪相得益彰，分延出更为纵深的境界。在这样的语感中，诗人还会时时抛出一些美艳惊人的意象"一群女人挂着蓝眼皮从岛上下来洗藕"（《深杯》），"看见那些粗壮的树伸进黑夜用枝条怀上苹果"（《远海》）……这还是"莽汉"吗？

到了我们发现，经由饮者的遁逸，诗人为我们更为自己勾兑了一"深杯"怪味的"鸡尾酒"——这是一种奇特的混合：苏东坡的豪放、兰波（Arthur Rimbaud）的迷醉、达利（Salvadow Dail）的怪诞，"旧时意境和才子情怀"、"政治情绪和文人恶习"、"新世纪游子""淘空的内心"，以及"烈酒与性命的感受"、"传统的美酒和孤独"等等。也许，这杯怪味的"鸡尾酒"不如纯正的"老白干"喝着顺溜，爽口爽心，可要细品下去，自会在另一种回味里，"听到人世中最寂寞处的轻轻响动"。并且了悟：在天上人间的迷走中，诗人何以会偶尔发出一声"老莽汉"式的叹息："我永远不知道/我和资本主义的女人能整出些什么事来"（《东北短歌》），原来在饮者的醉感后面，始终藏着一杯更深的幻灭感！

于是有了两个"莽汉"——"前莽汉"属于历史，"后莽汉"属于诗人自己，合起来成就了一个完整且更为真实的李亚伟。并且我相信，假若在未来的某个时空，人们不再以现行的模式书写文学史，而换一种眼光打量这位诗人，自会在"后莽汉"式的行走中，得到更多的惊叹与由衷的认领。

<h3 style="text-align:center">四</h3>

再看"撒娇"。

有两个"莽汉"，却只有一个"撒娇"——一以贯之的"撒娇"，二十年如一日的"撒娇"，生命不息，"撒娇"不止，在这条道上，没有人像默默这样走得如此彻底、如此决绝、如此快意，也便最终走出了一段自己的历史与笑！

我们知道，在1986年那次"后崛起"的现代诗群体大展中，诗人默默是以"海上诗群"的身份登上历史的舞台的。许多年后，默默却以《撒娇》诗刊的新掌门身份，开始引领"撒娇诗派"的新历程。这种身份的转换何以发生，我们不得而知也无须去知，只是在经由默默改写的《撒娇自语·代复刊词》中，更加明确了这一诗派的诗学取向："一种温柔而坚决的反抗，一种亲密而残忍的纠缠，一种执著而绝望的企图，一种无奈而深情的依恋；一种对生活与时代的重压进行抗争的努力，一种对情绪与语言的暴力进行消解的努力，一种对命运与人性进行裸露的努力。"① 当然，这样宣言式的告白依然不能给出学理性的明确定义，但毕竟有了几个关键词大体勾勒出其基本的指向：消解、裸露、反抗和依恋。这使得一直含混不清的"撒娇"诗歌，开始显露可索寻的脉络，而在其新掌门人的作品中，则展现出这一指向中最大可能的丰富肌理和动人魅力，进而成为其代表性的经典文本。

就词的本义而言，"撒娇"原是一种弱者的行为，一种残留在成人世界的儿童语汇，"一种无奈而深情的依恋"，这使"撒娇"的诗人有了合理的心理依据，因为诗人多是这世界中的弱

---

① 见默默主编《撒娇》诗刊2004年第1期，时尚周刊出版社2004年版，第7页。

者，并保留了儿童的眼光注视着这破碎的成人世界："我是中国孩子"，"永远不长大多好"（《第一颗人造卫星发射》），"我好不容易学会忠诚/却发现世界早已背叛我"（《又馋又饿》），"世界空了"、"中国没了"、"我带着根在地上漂泊"（《小沙弥》），"我终于成不了烈士"（《停电》），"一切所作所为都是那么卑鄙/一切无所事事都是那么优雅"（《我和我》），于是永远也长不大成熟不了的诗人，只愿扮演自己的角色，"把自己封为大彻大悟的疯子/痛痛快快地撒娇"（《中途休息》）。

在此，历史与现实、往事与梦想、成人与儿童、实情与幻象、真话与假话、神圣与恶俗以及真与假、美与丑、正与邪、对与错等等，全被搅拌、粉碎然后涂抹在一个平面上——哈哈镜式的平面上，相互指涉、印证、对质、嬉戏、消解或被消解……细心的读者会注意到，诗人也曾有过另一种"撒娇"，《旧新闻》里的"撒娇"："红石头的梦里是红星星和红月亮的婚礼"，缤纷的意象糖纸包着一些些浪漫主义余绪的甜。但更多的时候，诗人认同的是这样的"撒娇"："你像一块灰色的橡皮/把地板、墙壁、青春欲望、老婆的脸蛋/擦得嘻嘻哈哈/再也不惦念被浪花欺负的海鸥/心里只有废墟、没洗的袜子、疯狂的维生素"（《你瞪着狗看》）。这一核心题旨，在《手指的流露》一诗中，得以尤为精到的表现：诗人以"手指"（一种求索）的多种指向，来表达"深情的依恋"：从"雪亮的手指"到"柔软的手指"到"冰冷的手指"到"粗糙的手指"到"佝偻的手指"，从"玫瑰的方向"到"波浪的方向"到"悬崖的方向"，从"语言的方向"到"奇迹的方向"到"梦的方向"，从"歌声的方向"到"妈妈的方向"到"城市的方向"直至"幻想的方向"、"时间的方向"，无一不是方向，而又处处不是方向，诗的结尾，"突然又耸起一根手指/指着虚无的方向/面对你我含笑终生"——无方向成了终极指向，只剩下"往事像份吃不完的点心"，且轻轻问一声："剃了光头/你的思想冷吗？"（《上海人》）

"世界空了"！只留下话语的狂欢供我们"撒娇"，且以"撒娇"的话语指认这空了的世界——正是在这一切入口中，"撒娇"诗人确立了其独特的诗学依据和审美理念。这个入口比起当代大多数先锋诗歌的取向来说，都显得过于狭小，也很难拓殖宽广的路径，但也因此有了他独在且难能可贵的风貌。流质的、絮叨的、嘻嘻哈哈的，琐碎的、无序的、一点也不正经的，乃至还有些些轻薄……但当这些表象的"能指"被杂糅性地纳入一种诙谐、滑稽与戏谑的语感机制和悲天悯人的潜在语境中后，"撒娇"就不再是词源学意义上的"撒娇"，而成为一个时代最微妙的痒和最有效的反讽。

读读那首长达30节的《咩嘎喔哞》吧——让人喷饭而乐又扪心而痛的成人童话与现代寓言。那是真正搔在了时代痒处的讽刺杰作，而它那匠心独到的形式感，更使我们对"撒娇"话语的功能与潜质，抱有更多的信任和激赏。

这是怎样一种快意的话语撒欢呵——即时、即兴、形而下、形而上、戏拟、漫写、杂交的口语、卡通式的意象、没头没脑、胡天胡地、小孩说大人话、大人说小孩话、复沓、错位、"闲聊波尔卡"、"江水滔滔口涎滔滔"（《不能在一起》）、怀旧、造梦、对话、"与酒作战与床妥协"（《一个人能干什么》）、"今年的衣服去年就脏了/和天空接吻/我满嘴自己的霉味"（《短章·冬》）、是说者也是被说者、是演员也是看客、是犹大也是耶稣、是清醒更是暧昧——总之，在我们陷落其中的所有的存在背面，"裸露"着一双刻意"撒娇"的眼睛，诡秘地笑着，嘻嘻哈哈地唠叨着，直到你忘掉身份、去掉面具、沉入与诗人一样的快意"撒娇"之后，便会听到话语狂欢的可爱泡泡下面，传来一声叹息：世界空了、中国没了，我们都只有带着根在地上漂泊……

其实，这种话赶话归纳出来的意旨，对默默的"撒娇"而言，已显得有些牵强附会了。这位可谓成人诗人中的儿童诗人，无论是"消解"什么还是"依恋"什么或者"反抗"什么，其出发和归所，都只有言说的醉意而非对什么而说。因了诗人那份童心不散、真气乱窜的健康天性，默默顺其自然地选择了诙谐与戏谑以及流质的语感作他"醉意"的快感点，并不再在乎其他什么时尚或前卫的形式革命与修辞策略，自管自地"撒娇"为乐。实则对于诗人来说，保证一种写作的有效性，首先在于心性与笔兴的和谐共生，亦即生命形态与语言形态的统一与亲和。一方面，对于一个凡人与弱者，诗人明白，没有什么比诙谐更强大的手段能对抗世界和命运的嘲弄；另一方面，诗人也确实在这种充满诙谐的"撒娇"中，发现并有效地展示了自己的天赋，从而将自己与同时代的旧式人物新式明星区别了开来，同时也为一向难以定位的"撒娇"诗歌奠定了可辨识的坐标与方向。读默默的诗，我们甚至能感同身受地触摸到诗人"撒娇"中的那份内心的快感，当然，这种快感也会经由那些"撒娇"的诗行传染给我们，在思想之冷与精神之荒寒中，享受一刻快意的慰藉——在这个物质的时代，在这个"整个世界是一堆机器的梦境"（《阴森森的八小时》）里，经由一位诗人和他的作品，能获得如此的慰藉，我们还苛求什么呢？

"撒娇"不娇，几度风流，几度迷失，终于在默默这里，找到了它适切的骨骼与皮肉，当然，还有风度。

五

诗读完了。读诗前的疑惑却仍未全释。

两个"莽汉"，一个"撒娇"，同台亮相的偶然与必然后面，是否还能挖掘出一点什么启示？

作为诗友，也作为评论者，我最终想到的只有这一点：在这个价值失范的年代里，拿什么来指认一位诗人的真伪与高下呢？

独立，自由，虔敬，还有健康！

健康的人才会"撒娇"；

健康的人才能做"莽汉"；

　　健康的诗人才足以在沉入历史的深处时，仍发出自信而优雅的微笑。

　　这似乎是常识，但我们什么都没忘，就是忘了这个常识——因了浮躁，因了虚妄，因了无所不在的功利的促迫……

2004 年 10 月

执意的找回

古马诗集《西风古马》散论

在极言"现代"的现代汉诗写作中，一位叫"古马"的诗人，将自己最具代表性的一部诗集，取名为《西风古马》（敦煌文艺出版社 2003 年版），显然是刻意而为的。它既表明了诗人不免矜持而充满自信的一种姿态，又表明诗人正是想通过这种"不合时宜"的命名或者自诩，告诉他所身处的时代，他执意要奉送给历史的，是怎样特别的一份礼物——西风，西部，古马，古歌，种月为玉，"饮风如酒"，"我行其野"，叩青铜而抒写，那些"眉毛挂霜的灵魂们"亘古不变的诗心、诗情与诗性生命意识，并由此提示：诗，不仅是一种创新，更是一种找回。

（写下这样的开头，在同处西部的西安，夜已经挂霜，点燃一支烟，我对自己说：今晚，我要在"先锋诗"的外面过夜，听西风中的古马，在唱些什么……）

研读古马的这部诗集，我首先注意到其中一首很一般但又很特别的诗：《我梦见我给你送去葡萄和玉米》。此作不是古马的诗风所在，甚至连题材都远离整部诗集的取向，似乎是偶然而为的一次习作，但却在不经意中透露了诗人在"西风古马"的意旨取向中，其潜在的创作心理机制。诗不长，却完整而富有戏剧性地叙述了一位"寻上门的乡下亲戚"，带着"黏带泥土的不安的根"，为身居现代化都市中的友人（或亲人?）送去"西域的葡萄"和"匈奴人在向阳的山坡上种出的玉米"的情景。事是虚拟的，是"我梦见"中的事，但因此而更显真实而迫切。关键是这虚拟情景中对送礼人心理的刻画：在两种身份（乡土与都市、传统与现代）即两种生命形态的对峙中。"我被你紧张盯着的双脚"，有"看不见的根须/在你客厅的地板上寻找裂缝"。（多么细腻的捕捉!）尽管如此，执意的"送礼人"依然要借诗人之口（当然，实际上是诗人借"送礼人"之口）喊出那久藏于心底的"执意"——"就像闪电穿透了乌云/它们急切穿过水泥和一切隔阂//扎进你心灵的沃土/请你啊接受远比这些葡萄和玉米丰盛的东西"！这里的"它们"，是"青铜之声"，是"生命之霜"，是"身体里的铁"；是"青山口/一支喇叭花年年吹红/娶进嫁出的都是云烟"（《青山口》），是"渠水汩汩/一棵白杨追着/星光的羽毛，漂流/在村子外面"（《鸽子》），是"一粒沙呻吟/十万粒围着颂经"（《敦煌幻境》）……总之，是我们在所谓的成熟中走失了的某些东西，是我们在急剧的现代化中丢失了的某些东西，是我们在物质时代的挤压中流失了的某些东西，如今，被一位敢于"原在"的诗人，一位在西部"原在"的诗人，——执意地"找回"，并"不合时宜"地奉送给他所身处的时代，而等待着时间的认领。

　　——这便是古马，"西风古马"，经由他的"执意"，在有效地找回了"西部诗"的真义的同时，也有效地找回了当代诗人的位置。"世界将由美来拯救"，西部的美，在古马的笔下复活并重新命名，为贫血而单调的当代诗歌，注入铁的沉着和月的澄明。

而这一切，在古马这里，却显得异常低调，表面的矜持后面，甚至还保留着几许羞涩，西部汉子的矜持与羞涩。这个执意的"送礼人"，清醒地知道自己"不合时宜"，却无法放弃"用诗的牛角，对人性中最本质、最原始的事物吹奏低音的关怀"。（古马·《创作自述》）当然，他也因此与浮躁的时代拉开了距离，并为自己留下了恰切的位置，同时，也为所谓"西部诗"留下了恰切的位置。

（又是"西部"，一个随时被拉出来做各种填充的大词——仅就诗而言，在"西部"的名义下，有过多少暧昧不清的"填充"？先是"新边塞诗"，继而"黄土地诗"，以及由此延伸出来的各种大同小异的名号，但其实质总难脱风情歌手与文化明信片式的套路，以致屡屡被纳入官方诗歌版图，成为其陈旧观念的最后一片"大牧场"。而真正的"西部"——她的灵魂、她的风骨、她孤迥独存的美，一直在期待着她真正的情人与歌手，为她留下真正能与之匹配的诗。于是有了昌耀，有了沈苇，有了叶舟，有了与她更贴近些的古马……）

是的，更贴近些——我是说，作为古马的"西部"，似乎更符合其本原的品性与质素。昌耀的高蹈，沈苇的宏阔，叶舟的迷醉，都不免过于强化了主体精神，而在古马这里，则是柔肠寸断式的眷恋和寻寻觅觅的歌吟，一种亲近而又疏离的客态抒情。在我看来，这正暗合了西部美的本质——西部之美，绝非昏热的想象或虚伪的矫饰可言，她只发自那些简洁到不能再简洁、原始到不能再原始的事物本身，而成为苍凉的美、粗粝的美、最朴素又最纯粹的美。在这样的美的面前，你可以做她的儿子，做她的情人，甚而成为她的奴隶，却很难成为她的主人——她的美总是那样平实而又出人意料，而她那远离现代喧嚣的洪荒的灵魂，又总是那样深沉而不可企及。对此，选择谦卑而非凌驾，醉心寻觅而非妄言，像一个"拾荒者"，在解密后的现代喧嚣中，找回古歌中的天地之心，在游戏化的语言狂欢中，找回仪式化的诗美之光，与"古道"有约的"西风古马"，从另一个向度贴近西部，为她奉献别样的诗章。

（"古道"，一个多么老旧而又可亲的词！"古道热肠"，"人心不古"，"古风依旧"，"古典情怀"……"古"是个好词啊，可人皆慕现代而此调久不弹。古马弹了，弹西部的古道、原道、人道、自然之道——但不是老调重弹，而是找回中的再造，是以现代意识和现代审美理念，作"西风古马"式的现代诠释。在这种诠释中，那一脉从未断流过的"古歌"，在新的吟咏中，散发出新的韵致和涵蕴。）

其实说"诠释"，并不准确，一词术语，怎能套住"渊源有自，踏雪无痕"（燎原评语）的"蹄印"。细读古马的诗，自会发现，处处可见"微言"之肌理，清峭而细腻，却少有"大义"之妄障，素直而玄秘。而更多的时候，这位诗人，这位以本初人性与自然之美为归所的歌手、情人和"拾荒者"，只是乐于"在青苔下面／青青地想"（《青山口》）。一句"青青的想"，活脱脱勾画出诗人的主体风神。这"想"，是"念想"，不是思想，而这"念想"才是诗的真义、西部的真义啊！

真的，对于西部，除了"念想"，你还说什么？她是已经完成的创造，只是常常被人遗忘；她是拒绝思想的诗想，只是常常被人忽略。在这里，融入便是发现，找回便是创造，聪明的古马，似乎一开始便深悟此道，方在低调的"念想"中，在"念想"式的贴近中，触摸到西部诗美的本质所在。

（"青青的想"，青青的咀嚼，看似青涩的语词后面，有青铜的音色，简明而沉着，有青草的呼吸，细小而深切……化大为小，以小见大，以精微见雄浑，以肌理示本质，以"一粒沙呻吟／十万粒围着颂经"的意味，青青地告诉你：在西部，神秘的不是想象，而是即目直取、以心换心的万般风物！）

于是，我们才理解，在《西风古马》的开篇杰作《青海的草》一诗中，诗人何以这样起首：

> 二月啊，马蹄轻些再轻些
> 别让积雪下的白骨误作千里之外的捣衣声
>
> 和岩石蹲在一起
> 三月的风也学会沉默

是祈愿，是劝慰，更是认领和接纳。那缓缓舒展开来的语调，有一种让人心头发颤的韵律，如无名的乐音渗入灵台，淘洗，澄明，敞开，融入，然后领受"青青的阳光漂洗着灵魂的旧衣裳"……这首仅仅只有十行的小诗，却分明有着古往今来、地久天长、袖里乾坤般的境界，浸漫着平近而又修远的意绪，让人觉着整个青海、整个西部，尽在这十句之中的感受里了。这里的关键，在于诗句与诗意的比重。看是十行五节，但每一节都无一不是独立而自明的绝句与短章，散点分延，再收摄为一，便有了部分之和大于整体的文本外张力，弥散开来，余韵悠长。这种如前所述，以精微见雄浑、以肌理示本质的语感，已成古马的"绝活"。正是这种"绝活"，将古马与其他诗人彻底区别了开来，而不在于他都写了些什么。也正是从这种语感中，我们方领略到了另一种西部的诗性，更本原、更地道、也更难忘。

（西部的诗、诗的西部，一匹执意要寻根问底的"瘦马"，终于重新找回了，你真正的风骨。）

一说西部，便要说"气势"，古马的气势是：

> 神从箱子里摸出一块红糖

> 神啊
> 万物都是你忽闪着眼睛的孩子
>
> ——《日出》

一说西部，便要说"神性"，古马的神性是：

> 星空下的雪山
> 像一位侧身让路的藏人
> 让爱情走过
>
> ——《爱情青海湖·青海青》

一说西部，便要说"灵魂"，古马的灵魂是：

> 青草叫喊的声音
> 孤寂的火
> 和空气融在一起
> 在白昼的心中完成着凡人的祈祷
>
> ——《一座长满青草的空羊圈》

一说西部，便要说"苍凉"，古马的苍凉是：

> 杨树尖顶的月
> 正被一把唢呐吹得下雪
>
> ——《雪月》

一说西部，便要说"孤寂"，古马的孤寂是：

> 用落叶交谈
> 一只觅食的灰鼠

像突然的楔子打进谈话之间
寂静，没有空隙

——《罗布林卡的落叶》

一说西部，便要说"缠绵"，古马的缠绵是：

青海湖
两只飞到远处去谈情说爱的白鸟
是我绕到她脖颈后面的双手

——《青海青》

一说西部，便要说"生命感"，古马的生命感是：

一双花布鞋加快了
那条乡间小路的
心跳蠢蠢欲动的虫子
竖起耳朵
谛听春雷

——《甲戌年正月廿五》

在这样的语感中，古马写出了如此坚实直白而又直击人心的诗句："流水是前程/石头是孤独"（《流水·石头》）；在这样的语感中，古马写出了如此熨帖而峭拔的口语："白杨树/村庄宁静的女儿/月光的姊妹//白天姓白/黑夜还叫白杨"（《白杨树》）；在这样的语感中，古马写出了如此贴切而诡异的意象："星星的眼/老天爷漏风漏光/漏一粒人影在路上"（《西宁组歌》）；在这样的语感中，古马写出了如此清丽而惆怅的意绪："月亮/用那只银碗/把自己端到什么地方"（《露宿草原》）；在这样的语感中，古马会如此感受秋意："叫声最亮的蟋蟀/秋天的玉/镶在我的帽子上"

（《寄自丝绸之路某个古代驿站的八封私信》）；在这样的语感中，古马会如此亲近自然："穿着簇新的蓝/天空像是过年的孩子"（《午后的诗行》）——化天地之心为日常之物，化神性生命为俗世之在，"将前西部诗人喻象中辉煌的大太阳，收聚为少年手中一颗神奇的钻石"。① 这"钻石"不通过什么去说明什么代表什么象征什么，而只是以自身晶莹而奇异的光芒，幽幽地折射出古往今来的西部，"那种盲目的拒绝一切的蓝"！

（无理而妙，妙在肌理，种月为玉的诗人，深得个中三昧！）

是以整部《西风古马》中，无古、无今、无传统也无现代，又是古、是今、是传统也是现代——乡土中国、现代都市、自然神性、日常风物，古典诗质、现代理念、民歌元素，意象、口语、明喻、隐喻、通感、复沓等等，经由"西风古马"式的杂糅通合，化为异质混成而别具一格的强烈的形式感。

具体而言，一是其诗句的"精"。精练、精确、精灵古怪，且富于饱满细腻的肌理感。无论是叙述还是歌吟，古马都时时注意保持局部诗意的独在品质和良好弹性，有诗眼、有警句、有可独立品赏的韵味，不依赖于结构而存活。这种古典诗歌的优良传统，在古马的笔下生发出异样的光彩，方得以一当十、以小见大的审美效应，让人惊羡。故古马的诗很瘦，瘦成一把筋骨，不带半点多余的赘肉。作品多以碎片、断章组成，且许多诗中的精彩部分，均可分离出来成为独立自明的另一首诗。可以想见，如此构成的篇章，该有着怎样的局部张力与文本外张力，以及为人称道的那种"留白的不确定意旨"。②

----

①　燎原：《追逐星光的羽毛·〈西风古马〉序》，《西风古马》，敦煌出版社2003年版，序第6页。

②　梅绍静：《向你推荐古马》，《西风古马》，敦煌出版社2003年版，第298页。

其二，是其结体的"怪"。连得怪，断得也怪。似乎无联系的，硬是"连"在了一起。却又突然断开，另起一搭，不搭界，搭那内里的意蕴，看去突兀的断开中，萦绕起胡天胡地的联想。意犹未尽，却又断了，或戛然而止，悬在半道，出人意料，细琢磨，又觉断得有趣，断出了特别的味道，让你多一些"青青的想"、青青的咀嚼。在这种可称之为"古马体"的特殊形构中，每一行诗句都是明确的，得以质朴与酣畅，组织起来却平生一派无以名状的烟云，生发峭拔与诡异；现实化为超现实，肌理化为妙理，风物化为风情，有化为无，无中生有，"云揉山欲活"。"活"得是什么？说不清楚，只是觉着心里有什么在忽悠忽悠地萌动着，有如人到西部，那种什么都看到了又似乎什么都没看明白但又确实觉到生命中多了些什么东西的感受——而这，不正是诗的西部、西部的诗那亘古不变也无须变的本质所在吗？

（写到这里，作为一篇散论，我也该戛然而止了。却又疑惑：这算论吗？却又自释：这不算论吗？面对古马的诗，说到底，宁取赏析，不可过度诠释，或许，才能得到的更多。"蝴蝶干净又新鲜"，这样的诗句，到心里就扎了根，还要诠释吗？"森林藏好野兽/木头藏好火/粮食藏好力气"，种月为玉的诗人，藏好了老酒，喝就是了，醉就是了，还说什么？

是的，不说了，剩下的，让霜天的月去说吧……）

2004 年 10 月

诗城独门

评陆健诗集《名城与门》

走进陆健，走进陆健的《名城与门》（文化艺术出版社1992年版），在诗友之间，或许是一种必然而至的缘分，而在作者与批评者之间，则是一次意外的开启与激活。

走进陆健，首先是走进了一种特殊的诗歌现象，一个迥异于潮流之外的创作族类。从朦胧诗的十年（从1976年算起）到朦胧后的十年，从北岛到于坚，两度大潮，风云际会，对于主要注目于先锋诗人和实验作品的批评家们来说，"陆健"可能是一个较为生疏的诗人名号。包括我自己在内，也是在一种半生半熟的印象中步入他的诗歌文本，然后得以感动与惊喜。他使我一下子想到我于1992年的春天（恰正是陆健完成这部诗集之时），在一篇题为《终结与起点——关于第三代后的诗学断想》的诗论中提出的那个观点："我们还一再疏忽了冷静而沉着地游离于朦胧派诗人和第三代诗人之外的，对整个现代主义新诗潮做深层参与且保持独立诗性和超越目光的，可称为边缘性诗人的从作品到人格的关注和研究。他们是另一族类的诗人，也许历史从他们肩头跨过去时，不会断裂和陷落。"① 对于先锋批评家们而言，当历史大踏步前进时，这种对"边缘性"的疏忽，似乎是无可指责的，但当尘埃落定，在反思、梳理与整合之际，对这一疏忽的补偿便成为必须。实际上，近年为诗歌理论与批评界所关注的许多热点话题，诸如"新理想主义"、"新历史感和时代精神"、"个人写作"、"本土气质"以及"母语写作"与"语言问题"等等，在上述边缘性诗人那里，反而能找到更切实的指认与验证。潮流造就的是不断探索和创新的历史，与其推举而出的重要的诗人，边缘造就的是个在的诗歌品质和由此产生的优秀的诗人，是对新疆域的精耕细作，对新艺术空间的收摄、凝定与整合。当然，这里所说的"边缘性"，必须排除那些对新诗潮完全持排斥、拒绝与不理解、仍囿于传统新诗观念和与主流话语藕断丝连的诗人群落，他们是另一种存在，也从不甘自认是边缘。

　　正是在这样的思考之下，我走进陆健，走进当代诗人中"不可复制的一个人"（《门之二》），走进我期待已久的那种指认——我是说，至少就陆健的这部《名城与门》而言，他为我们开启了一扇特异不凡的独在之门，一扇有许多理论话题可言说的诗性之窗——"在深不可测的透明中/有一只鸟正攀缘"（《门》）。

二

　　以古今中外文化名人为题的诗作，在当代诗坛不乏所见，有一段几成大小诗人必应之题，记忆中仅写梵高的作品就不下百首，可见已成为当代诗人们有意着力之题旨。但最终将其成就为

------

　　①　详见本书卷一。

一部诗集，并由此拓殖出一片独立的精神空间和艺术空间者，陆健和他的《名城与门》似是唯一。从诗歌史的角度而言，说陆健独辟蹊径，填补了当代诗歌的一页空白，也不算过分。这不仅体现在诗人如此着力于一个题材而予以集约性的展现，成就了一派大气象，且体现在诗人不同于其他作者而独在的观点、角度和言说方式。

作为历史的聚焦点，一个时代的文化名人，便是那个时代之文化的精魂和眸子，自然会牵动诗人们的目光和灵感。只是在大多数以文化名人为题的诗作中，这些精魂和眸子常常仅止于一种引发、启悟或感召，亦即仅是一个话题的支点而非话题本身，诗人们大都自说自话，很少就那个"支点"本身做更深的探究。或者说，这些以文化名人为题的诗作，依然只是诗人自身生命体验和人生体悟的另一种样式的表白而已，真正对文化名人本身的切入则多泛泛。由此带来的缺憾是显见的。名人们仅成了一些脆薄的投影，而由他们所凝聚的深厚的历史背景和文化蕴涵则多已流失。

《名城与门》则不同。诗人以一整部诗集的规模，来展现一个世纪之中国文化名人的代表人物，其本身就构成了一个宏大而深远的历史空间。在这里，诗人既是名人/文化/历史的造访者、对话者和重新塑造者，又是对这一造访、对话和塑造行为本身的叩问者、思考者和独语者。名人是历史的碑石，构成一个时代的文化景观和精神殿堂。陆健对他们的造访，既非单纯地借先行者的精魂浇后来者心中的块垒，又非被动地仅止于对先行者的写照而示后人。诗人起于造访而落于对话，在以新人类的眼光赋予名人们新的认知之后，便着力于代表新人类与先行者进行心灵的交流与撞击。在由此构成的巨大的精神张力场中，诗人既与历史交谈，又和自己争辩；既深入对名人/先行者心路历程的追寻，又执著于对造访者/新人类心路历程的叩问。两种角色，交叉换位，多重视点，全息造影，最终，不仅为我们再造了一座诗化的文化

"名城"，同时为我们开启了步入这座"名城"之别具深意的诗性之门——让我们知道："一种怎样的形式完成囿限/精神于何等范围里舒展/巨石之轻，青春之古老/大师站在麦穗的光芒上面"（《门之二》）。

三

以名人为题，做文学写照，应该说，仅就诗歌而言，是一条很难再拓殖出什么新意的老路子了。对此，先锋诗人们多已弃之不顾或仅偶尔为之，而在一些传统诗人手里，又少见有新的突破。这是一种挑战，选择这种挑战，得有超越性的形式能力和独自前行的精神力量。陆健知道："艺术以'不择地而出'，以自由为最高宗旨，诗歌尤甚。划定一个范围，无异画地为牢；面对一个个具体人物，几近陷自身于孤立无援的境地，艰难且危险……"然而诗人还是选择了它，并获得了巨大的成功——在如此传统而日显局促的领地上拓殖出如此鲜活而灵动的意蕴和境界，《名城与门》的意义价值是显而易见的。实际上，自这部诗集问世以来，确已影响日盛，深获包括台湾诗界在内的广泛好评。需要批评界更进一步研究的是，诗人陆健是如何在这片旧领地上说出了许多新的东西的同时，所展示的那些不同一般的、新的说法。按诗人自道，即如何"在限制中迸出灵魂的欢呼"。①

在限制中创新，以寻觅最恰切妥当的表现形式——对于经由两个十年的探索与实验浪潮而逼临世纪之交的现代汉诗而言，这是一个有意味的重大命题。"保守主义过于经常地保留错误的东西；自由主义则过于经常地放任自流，置约束于不顾；而革命者则过于经常地对永恒事物加以否定。"艾略特（Thomas Stearns Eliot）的这段名言，在今天看来，似乎正好切中我们的诗坛时

---

① 陆健：《名城与门·自序》，《名城与门》，文化艺术出版社1992年版，序第1页。

弊。细研陆健的《名城与门》，不难发现作者对这一时弊的超越意识，显示出一些我们期待中的新的形式能力，这正是这部诗集特别吸引论者的关键所在。

先说结构——这是《名城与门》首先让人刮目相看的一大艺术特色。整部诗集由六十一首作品组成，其中四十八首分别写了四十八位现当代中国文学艺术大师和文化名人，中间穿插进十三首（实际是十二首，其中一首重复出现于序诗和尾诗）同以《门》为题的诗，有机地将四十八首"名城之咏"串联在一起，形成类似音乐套曲和协奏曲的效果，且有一种建筑美的艺术效应。说起来，这些似乎都是传统的结构手法，但经由陆健的再造，且运用于这样一种诗歌样式中去，便顿生新意。四十八首书写名人的作品，如同四十八种不同音质的乐器，在同一时代场景和文化语境中众音齐鸣，交相辉映。穿插于其中的，则是那十二首如小提琴般的独白式演奏，相辅相成，相融相衬。由此，本是分散的单首作品，合成为一部交响诗，且又不失每首作品单个的风采和意蕴，兼有组诗的韵致，又逼临史诗的气势——就笔者所见，在当代诗歌中，这种构成尚属独创。

新的结构，不仅带来的是一种新的审美感受，更重要的是，它为拓展诗作所要开启的精神空间提供了一种张力机制。我们随诗人/造访者步入"名城"，与大师们对话，在历史的投影中检视自己的来路，再随诗人走出"名城"，倾听造访者心灵之门的洞开与回响。如此回旋跌宕，我们方能和诗人一样，感受到"体验的快感像煨熟的炊烟/在一个精细的盒子内充分"（《张贤亮看见》）。

应该指出的是：好的、新的诗歌结构，不单是一门技艺，更是一个诗人心智成熟的标志。诗，就其生命含义而言，确实不是一门技艺，而是一种生命存在下去的方式。但就其艺术意义而言，又确实是一门技艺，一门可以使诗成其为诗而非其他什么东西的艺术。当诸如"生命写作"等有关诗歌精神向度的"启蒙话语"，已普及到任谁都会喊几句的时候，对技艺的关注便上升到新的高度。在大量完全无视技艺、不知结构为何物的诗歌作品中，我们得到的只是些生命破碎的记忆断片与肤浅而无节制的流泻物，是没有孕育与生长过程的"水果沙拉"或"罐装食品"，是供一次性消费的诗歌快餐，经不起历史的汰选与时空的打磨。由此反观陆健，显然是对此有自觉认识的成熟的诗人，通过他的《名城与门》，他向我们显示了在有价值的传统之约束中，锤打出自己的道路的能力和风度——这是一种技艺的风度，更是一种生命的风度。

四

诗是语言的艺术，"诗人是语言借以生存的手段"（奥登Wystam Hugh Auden 语），语言问题，已成为近年中国现代诗学注目的焦点。这里的关键是如何重新认识民族语言与西方语言的结合问题。瓦雷里（Paul Valéry）说诗人必须回到"语言之源里饮水"，对当代中国诗人而言，这"源"有两个：其一是古典汉语之源，其二是现代汉语之源；前者是本土之源，后者系外来之源。由于文化境遇之故，古典汉语在二十世纪发生了巨大的断裂而成末势，我们的新诗基本上是由现代汉语之源浇灌拓殖的。这一语言态势，一方面促使我们对现代意识和现代审美情趣的进入，一方面，也造成了某些有价值的传统文化根性的丧失。古典诗歌的辉煌，在其思、言、道之三位一体的圆融贯通且通达无碍。现代汉诗的问题，恰在于其思、其言、其道常有相悖之病，说出来的和想要说出来的之间，常存有相当大的落差，难得抵达对经典的企及。实际上，经由七十余年的流程，现代汉诗也已形成了一些利弊相间的传统，只是由于频繁的诗运浪潮使人们少有心境去认真反思和梳理这些传统。这其中，如何将古典诗歌中尽管有限而却不可完全抛弃的某些功能机制，有机地移植于现代汉诗中来，以再造与重铸新诗语言传统，当是一切有志之诗人必须面对的重要命题。

在陆健的《名城与门》中，我看到了对这一命题的企及，并有其独到的深入。

细读《名城与门》，我们会发现，陆健所具有的语感，是无法作简单归类的。口语诗、纯意象诗、新古典、超现实、结构、解构乃至禅意，在这部诗集中都有迹可寻，但又非简单的复制或组合。这显然是一位有高度语言自觉、修为非浅而又深具整合能力的诗人，在他的笔下，语言成多种成分的杂糅、融会、互动、共生，抒情性的、思辨性的、叙述性的、戏剧性的，独语、对话、隐喻、白描，多功能，多向度，和谐贯通，总体上又呈现出一种接近透明而又内凝的语境，显得明澈而静穆，有一种内在的自明之光。

这样一种语感，用于《名城与门》这样的题旨，尤生奇效。我想，这也许正是这部诗集之所以获得海内外各个层面的诗人、诗评家为之倾心的缘由吧？前文说到，诗人陆健在《名城与门》中，实则为自己设置了一个十分艰险的"高难动作"——造访名人，叩问历史，检视一段中国文化的内在理路以反观今日国人的心路变迁，对诗而言，可谓承受不轻。而既是诗，且是人物诗、思之诗，则必须造型要传神，思辨要精湛，非简单的议论、粗糙的描写和浮泛的抒情所能达到（这也正是在一些传统新诗人手里，将此种题材写败了胃口的原因所在），必须有综合性的语言能力，方能险中取胜。陆健不仅取胜，且显得游刃有余，实在令人叹服。无疑，独具的语感恰好契合了这一题旨的需求。试举证分述如下：

先说抒情。严格地讲，陆健所操持的抒情语势，早已脱逸于传统诗学中所谓的抒情之说，属于一种冷抒情的现代范畴。这是经由内敛和沉淀了的一种思辨之情，冷凝而坚卓，有一种骨感的美，突兀峭拔的美，一刹那间将存在之眼洞穿朗照的思芒之美。试读《天豪石刻》中这样的诗句："石头里的灵魂发出呻吟／历史的面庞红润起来"。情不可谓不深，却不露声色，如渗漏的瓦斯，等待思想的引爆；似浸入石中的血丝，可见而不可企及。

作为思着的诗，情必须潜影而行，让位于叙述性语言作主要的载体。在以意象为根本的传统诗学观念中，叙述性语言似乎只能是意象元件的串联材料，难以以自身活色生香。这一观念，经由当代中国第三代诗人代表人物们的革命性实验，予以了彻底的改观。《名城与门》中的主要语式，即属于这种重铸后的叙述语式，且经由陆健的改造，有机地保留或者糅合进一些与叙述和谐共生的意象语，显得更为老到与精妙，构成集中最为让人击节的艺术享受。尤其是在用于状写人物时，状貌、传神、通灵，皆寥寥数语而全得之，实在是当代诗歌中难得的绝唱——

如写山水诗人孔孚：

> 孔孚每逢溪流都要洗脸
> 之后眼睛里有鱼啼
> 头发贮满鸟声
>
> ——《孔孚山水》

仅此三句，诗人孔孚的人品、诗品、风采、神韵皆跃然纸上，生动如握。

写冰心老人：

> 冰心，总是从容
> 总是在中心的旁边居住着
> 把一件事等待到白头
>
> ——《雅士冰心》

以从容的语势写从容的老人，清水白石之间，高山流水之音，冲淡、舒展，一句"总是在中心的旁边居住着"，真个便道尽了世纪老人一个世纪的从容，而如此简净的语词后面的那脉余韵，又是那样的绵长而久远。

再如写作家王蒙："总觉他是放不下微笑的"，仅此一句，已尽传神之妙，让人觉着真是再没有比这句更妙的说法了。而"脚落在地上乃现实/抬起/即是小说了"（《王蒙的步态》），更让人忍俊不禁，会心叫绝！

按说，叙述性语言是一种很实的语言，主要功能只在言物状事传达信息，入诗，则很难如意象那样有丰富的蕴藉和隐喻功能。然而到了陆健笔下，却反生一种奇效，乃至成了一手"绝活"——语实意不实，言近而神邈，遣词运句不着一字生涩，好似随口说出，而那说法的后面，却有一个不小的寄寓空间作深度弥散，所谓博至于约，寄深意宏旨于言外。最能体现这一特色的，是写造访叶圣陶老的几节诗：

> 门待了一会开了
> 这位老者使人放心
> 老者宁静，双鬓、头顶上
> 那么多季节，站着
> 他慢慢俯首像风不仅吹动一棵树
> 而是吹动整片森林，仿佛我身后
> 站着整个人类
> 一队迷途的乡亲回到该走的道路
> ——《拜访叶圣陶老》

这是叙述，像不着色彩、无意构思的速写与白描，乃至不回避叙事的成分；没有多么深奥的语词，更无涉繁复玄奇的意象，但谁都能感受到，在这晓畅、平实的几句话后面，蕴藏浸漫着一时难以体悟穷尽的许多意味——有关文化、有关生命、有关历史的遗想与存在的困惑，等等。

　　如此的举证之后，我们已经看出，陆健对叙述性语言的再造，显然是走了另一条路，这条路来源于对古典的创化而非仅止于当下语境的启悟。在现代主义的语境中，保持一份古典（以及经典）的明净与浪漫时代的幻象，是陆健得以特行独立的风骨所在。为此，诗人在他的叙述语言中，还依然保留了一些意象的成分，以与他独到的叙述风格相映成趣。

　　说到意象，陆健更有他自己的把握：不滥用，不落俗套，不趋流行，在精简中求奇崛，于不经意处见玄妙，加之与其叙述性语式的有机配置，十分亮眼而过目难忘，有时则起着画龙点睛、朗照全诗的审美功用。如《弘一法师》结尾二句："单蕊的芳魂承受善意眉峰淡淡禅坐/披晚钟的碎片身躯不着一字"，真可称当代诗歌意象中的绝笔！再如"虎足松弛在悬崖边如花灿灿"（《胡松华在光明树下》），"马蹄犹如蝴蝶/倒向回忆的人满头花香"（《舞蹈的陈爱莲》），"雪降落空白充斥在它们之中/梅花抱紧冻伤的幽蓝"（《门之三》），"一只金斑花豹/起坐，观看自身丽晖泛滥的皮毛/光滑似水，随月色而走"（《门之八》）。仅此几例，便可见陆健营造意象的功力之深：诡异、玄奇，如林中响箭，空谷足音，多成绝唱。作为批评家，我无权排斥那些以密集堆砌意象为能事的诗作品，但作为诗人，我却一直倾心于那些能合理使用意象，形成更多的文本外张力而不致过于黏滞与生涩，亦即既有意象的突兀奇崛、幽邃曲回，又不失语境透明的诗作——陆健和他的《名城与门》，正是这一脉诗风的典范之作。

　　同时，我还特别注意到，诗人不仅在语言上注重对古典诗的创化（包括不避讳用文言虚词），即或是在为许多诗人们已弃之不顾的节奏和韵律上，也用心良苦地进行了有机的创化。整部《名城与门》，细读之下，均可感受到这种化传统为现代、化陈旧为鲜活的特别的韵味，包括字词的配置、语气的顿挫、语意的跨跳与断连，皆深含控制的心机。像"抚木成花/指云即为流霞/无扰之黄昏/在分行的句子里/屠杀一段实用主义//有一种海"（《王蒙的步态》），读来颇有三分古典诗词的韵致。由此，从结构到语言到节奏到韵律，我们看到了一位真正成熟的诗人追求艺术完美和怀抱经典意识的雄心与努力；而这两个词（"完美"与"经典"），在当今许多诗人那里，已经很少有所企及的了。

五

总括上述，可以这样认为：诗人陆健和他的《名城与门》，在灿如星河的当代诗坛中，至少有两点是值得我们重视的：其一，在以诗的形式书写历史与现实人物这一不可或缺的特殊领域里（有如中国画中的人物画），做出了卓然独步的深入与建树；其二，在对古典诗质与现代诗质、传统新诗与现代新诗的融会贯通的艺术探求中，走出了　条可资研究与借鉴的新路子。

打通"古典"与"现代"，整合"移植"与"本土"，坚持个人写作与探索，又不失对现实与历史的关注，以写出我们自己的现代感，创生出我们自己的现代审美诗质——这已是世纪之交一切有远见卓识的中国诗人所倾心共赴的道路。在这条路上，诗人陆健应算是早行一步者，且已显示出坚卓的脚力。诚然，就其整体的创作成就而言，陆健尚未形成更大的影响，然而就其潜在质素而言，这是一位可期以厚望的诗人——勤奋、执著、睿智而沉稳，"那些孤单的峰峦的骨骼/是因为奔波/才没能死在兄弟们中间……"（《门之六》）

1996 年 5 月

展开的河流

评《陆健诗选》

似乎已不再是行色匆匆的年代了——在诗坛，许多人已背着"收成"回家，或怀揣声名的"支票"，挤向"沙龙"寻找着自己的"位置"。尽管，距离那个预约的"庆典"还相当远，而仍在路上的长途跋涉者已越来越少见了……

正是在这样的、仍处于过渡形态的季节里，我再次见到诗人陆健，遂为他一如既往的行色和朴实执著的气息所感染。虽然已是午后之旅，他依然在路上，依然以青春般的热忱，甘于"用全部的自己去拥抱一小片世界，并注定要和自己做终生的搏斗"。（陆健语）浅近的功利无法安妥这位诗人的灵魂，那份对生命的诗性许诺，成为一个一再后移的"所指"——正如友人所指认的，他是一位"在日积月累中逐步显示其光芒的诗人"。（杨吉哲语）

这是真正意义上的"生命写作"：虔敬、沉着、坚实，深厚的内驱力，不断投入而又充满专业风度。十年前，陆健曾在他的诗集《爱的爪痕》后记中写道："我确信自己能够成为诗人，但只能是披肝沥胆才能学有所成的那一类。"十年过去，陆健没有匆促磨出一把剑去吓人，而是依然不动声色地"磨"着，而岁月也正重新确认着像他这"类"的诗人们，对于整个过渡时期的中国诗坛，有着怎样重要的存在价值——正如我曾经预言的："也许历史从他们肩头跨过去时，不会断裂和陷落。"

陆健的创作横穿整个八十年代，然后，以潜流式的稳健常态深入九十年代的广原。此时，许多曾经的激流飞瀑，多已滞留为湖为沼，他却在自省、自律、自我推进之中，展开为一脉水静流深的长河，在集结中开启新的步程。"这条河不断变幻着他的姿态，不慌不忙地向前流去。它没有震耳欲聋的惊涛，有的只是不断拍击着岁月与人生堤岸的、顽强的生命波浪。"（单占生语）

如今，这条河流已成为一个自足的整体——诗人以现代意识为底蕴，兼容浪漫主义和现实主义情怀，承领传统的余泽，不断吸纳新的营养，遂以多元整合的态势和边缘深入的路向，成就为一派独在的艺术空间和精神空间。

所谓"边缘深入"，是说陆健的创作路向，一直既迥异于主流诗歌之外，又游离于先锋浪潮之外，既不设防，又有所拒绝，丰实的主体，向整个存在打开，落实于笔下时，却又恪守契合自己本源质素的选择，不为潮流所迷失。应该说，陆健不是一个富有原创性的诗人，但绝对是一个在经典和实验的投射下，善于吸收、创化和精耕细作的诗人。在历史的推进中，他可能显得不那么重要，但却保持着常在常新的优秀品性，自甘认定的"边缘角色"，恰好成为这一品性的保护和滋养，并在不断的深入之中，具备了"多元整合"的能力。这一能力的有与无、大与小，已成为世纪之交的时空下，判断一位诗人能否走向未来的重要标志。

由此我们看到陆健的诗歌世界，有着相当广阔的视野和多彩多姿的景色。其作品的内容涉及历史、文化、人生、爱情、理想、苦难、人物与儿童，形式上则无论长诗、短诗、组诗以及史诗，都有独到的建树。诗人还创作了两部可称之为"专著性"的诗歌专集《名城与门》和《日内瓦的太阳》。前者以类似音乐套曲的新颖结构，为四十八位"中国现当代文化名人"塑像；后者以系列长诗的形式，以史诗的气韵，借助对国外七位历史名人的追述，切入对西方文化的诗性思考。这两部"专著"，精神含量大，艺术品质纯，结构独特，风格迥异，在海内外产生了相当的影响，显示了诗人深厚的艺术功底和创造力。这种创造在陆健，常常是苦心孤诣式的锻造，是深入语言的冶炼和打磨。当代诗人中，包括一些成名诗人，其思与诗之间，亦即其所要表现的和通过文本表现出来的之间，常有较大的落差。陆健则不然，不但少见这种落差，还常有"溢出效应"，即表现出来的时常会超过其所欲表现的，显示了诗人扎根甚深的修养和异于常人的"工作状态"。欣赏陆健的作品，我们会时时感到，无论是对意象的创化，还是对叙述性语言的再造，是写实还是抒情，诗人都有成熟老到的把握，诗行之间，篇章之中，见古典的韵致，亦见现代的意味，有综合性品质的光晕辉耀其间，令人折服。

　　总之，这是一位"在限制中获得自由而迸出灵魂的欢呼"的诗人，这样的诗人是值得信任的，而"信任"在这个时代，已成为最后的尺度和依据。有过"青春写作"历程的陆健，在经由长途跋涉的磨砺之后，已以一个成熟的诗人姿态步入跨世纪中国诗人的行列。可以想见，在更新展开的诗路历程中，在那个被执著的目光擦亮的远方，诗人陆健，必将还艰难的人生一个金子般的承诺，而无悔于他深爱着的、脚下和心中的一切。

1997 年 6 月

守望、挽留与常态写作

李汉荣论

一、常态写作：清茶与老酒

在一个刻意求变、求新而近于杂耍的时代里，李汉荣的诗歌写作，无疑有些不合时宜。这是一位固执且有点守旧意味的诗人。这位诗人要说的话，以及他说话的方式，来自另一个源头，这个源头是这位诗人初恋时的认领，而一旦认领便再也不改初衷——有时，我们不得不蓦然了悟，原来固执也是一种美德，而"守旧"，也并非就不可以守出一片新天地。

这里牵扯出另一个让人肃然起敬的词：忠实。忠实于一种初恋的认领，不管她是否不合时宜，只管倾尽热忱地去追求，有如香客，路就是庙堂，固执就是结果，收获的只是一片真诚的燃烧——这不正是诗的真谛、诗的精神之所在吗？在这样的"所在"中，"佛"和"基督"、"新约"和"旧约"、今人和古人、天才与凡夫都是可以"殊路同归"的。

这是生命的托付，而非角色的出演。

是以"常态"——非实验、非先锋、非前卫、非一切非本真的角色，回到写作的本质、本源、本色、本根，由平常中见出不凡，由限制中争得自由，由守望中获取飞跃——关键既不在于怎么写，也不在于写什么，而在于写什么怎么写之中是否有自我的真心性，是否抵达生命形态与语言形态的和谐统一。有此和谐统一，有此真心性，写作就脱身于功利的迫抑，化为常态，化为自由，化为从容，无论走在怎样的路向上，向上、向下、传统、现代，都可以走出一种风度、一种境界。

读李汉荣，首先感念的，正是这样一种归于常态写作的诗歌精神。

从八十年代到九十年代，从世纪初到世纪末，中国新诗的发展中，有太多的"创新族"、"伐木者"、"实验员"，而一直缺少守住已有的诗美元素来精耕细作的"老实园丁"。总是断裂中的革命，失于守护中的演进；只见风帆的招摇，没有坚实的船体的构筑，难免飘摇不定，导致哪一个路向都有浅尝而止的遗憾。正是在这里，守旧、固执和由此生发的常态写作，方有了新的价值。

汉荣的写作，正是这方面比较典型的个案。浪漫、古典、抒情、山峰、海洋、星空，以及乡土中国、文化传统、为母亲的歌吟、与古人的对话等等，说的和说法都与这时代的诗歌主潮不搭界，你甚至难以找到朦胧诗的影响，更别说第三代、后现代、叙事策略、口语风尚……显然，诗人的根扎在更远的源头，且非刻意的选择，而是自发的倾慕，遂成为初恋的心仪，在持久的守护中与时潮对话——是对话不是排斥，并由此填补了某种缺失。在秦巴山间汉江上游的陕西汉中那块"小地方"，李汉荣就这样笃笃定定地守护着他的古典、他的浪漫、他的古典与浪漫的现代重构，在咖啡、啤酒和可口可乐管领风骚的时代里，执意向人们奉送绿茶的清纯和老酒的醇厚，奉送汉语诗歌的文化根性和精神本质，引领我们从时间的背面进入另一种时间，从生命的内部获得另一种生命，复归沉静、清明与本真，免于成为时尚通约下的平均数。从九十年代初的抒情长诗结集《驶向星空》（陕西人民教育出版社1993年版），到新世纪伊始的短诗集《李汉荣诗文选诗歌卷——母亲》（华艺出版社2001年版）、《李汉荣诗文选诗歌卷——想象李白》（同上）的问世，一个路向、一种风骨而成百千气象，李汉荣只在告诉或证明——

只要有"天地眼"，只要有"万古心"，只要是真诚投入和虔敬守护，今天的诗歌，抒情依然并不过时，古典依然是鲜活的源流，而浪漫依然是永远的诱惑！

同样，只要酒是好酒，茶是珍品，无论是哪种牌子，何方出产，终归会得到承认与青睐。李汉荣人在边缘，作品却能入选《百年文学经典》（北京大学出版社）和台湾尔雅版《新诗三百首》，且一直不乏热爱他的读者，都在证明他的固执与守旧，照样在多变的时代占有不可或缺的一席之地。

二、挽留：浪漫的余晖

在当代中国诗歌，浪漫已成世纪的余晖。

新诗起步时，曾借浪漫的翅膀由爬行而飞升，此后浪漫主义一直成为新诗创作的主流，进而被时代弄变了味，逐渐走向背弃初衷的反面——浪漫成了虚妄，抒情成了矫情，龙种成了跳蚤，无怪乎今天的大多数诗人们，都像躲避跳蚤一般，将其放逐而不顾，从西方转借的"叙事"，由民间生发的"口语"，遂取代"抒情"而成为现代汉诗的新潮。人们不再做"浪漫"的"高梦"，只活在当下，活在现实的平面当中。

然而在这块土地上，种龙种真的只能生跳蚤吗？

其实浪漫本是汉语诗歌乃至整个中国文化的根性所在呀！

屈子的浪漫、李白的浪漫、苏东坡的浪漫，《诗经》的浪漫、唐诗的浪漫、宋词的浪漫……连"搞哲学"的庄子，也把哲学写成浪漫的诗篇，连汉字的创生和构成，也无不充满着浪漫的诗意，何以今天的现代汉诗，独视"浪漫"为瘟疫?!

矫枉必须过正。我也曾在题为《"说人话"与"说诗话"》的文章中说过："对我们这样充满虚伪和矫饰亦即'瞒'和'骗'的高阁文化而言，它一向缺少的都不是夜莺，而是牛虻!"① 问题是我们常常顾此失彼，变手段为目的，有如今天的先锋诗歌找回了真实，却又远离了诗歌。而实际上，冷静想去，我们一向既缺少"牛虻"，也缺少真正的夜莺——是假夜莺败坏了夜莺的名声，但不能由此否定夜莺的存在价值。诗人既是真实世界的客观叙述者，又是想象世界的主观抒情者;前者让我们在思之诗中见证现实、指认存在，后者如海德格尔所讲的那样:唤出与可见的喧嚷的现实相对立的非现实的梦境的世界，在这世界里我们确信自己到了家——现代人的精神之家、灵魂之家、神性生命意识之家。这个家的门上写着两个大词:"浪漫"与"梦想"。这个家曾是无数诗人的初恋，却又因一味的虚浮高蹈和伪贵族气而致"黄钟毁弃"，只有少数当代诗人执意留在了"初恋"的诺言里，以真正纯正明净的夜莺之声和大吕之音，挽留那一抹世纪的余晖——李汉荣便是这其中的一位。

让我们看看这位忠实于"初恋"的诗人，是怎样在抒发浪漫之情的:

> 以辞别的姿态
> 站在平原和群山之外
> 站在语言和时间之外
>
> 但没有哪一座山

---

① 详见本书卷一。

能够比你更为深刻地进入了土地
进入了泪水、血液的本源

当落日将你道路般漫长的身影
投向祈祷的河流
你谦卑的匍伏，使万物深信
你是站起来并且站得最高的土地
你是一个神圣的手势
永不收回的手势

这是李汉荣写于九十年代初的抒情长诗《献给珠穆朗玛峰》中的诗句，从中不难看出其音色的纯正和意境的高远。同时，经由这部长诗，诗人还表达了对真正的"浪漫"与"梦想"之追求的"圣化诗歌"的理念：

走向你，是一种朝圣
你固守的蔚蓝和莹洁
渐渐注入了浑浊的血脉
从一个神圣的角度俯瞰
才发现往日低洼的远方
那是沉沦得多么可怕的远方

显然，诗人将神性生命意识的高扬视为诗的终极归所，因此把所有诗的眼神"都种进了那最高的山顶"。（李汉荣诗句）为此汉荣在致笔者的信中，明确表达了他的诗观："必须与实用化的世界拉开距离，艺术才能成为人的星辰和参照，才能进入人的精神生命。诗是一种创造，而不是表现，不是对现实的解释和反应。诗是超时空又烙满时空胎记的一种形而上的存在。因此，只有超越世俗，超越通用价值体系，诗才会重返自身。"在这一理念导引下，李汉荣连续创作了几十首系列抒情长诗，以星空、大海、长河、雪峰为核心意象，构筑起一个超现实、超时空、幻美而又逼近真实的象征世界。在这个由诗人巨大的想象力和精神源创造出来的象征世界里，一切诗歌心象都披上了一层莹洁神圣的光芒和英雄主义、理想主义的色彩，加之激光般的诗性激情，闪电似的诗性思辨，以及诗人主体形象天马行空式的热狂投入，使之形成了独具魅力的"圣诗效应"，使我们仿佛进入了一种新的灵魂和宇宙的创生状态，而感到神圣的惊惧和令人战栗的力量，其幻美而高远的境界，恰如诗人诗句中所说的那样：如蓝天卧躺下来的一部分/如梦境未被经历的一部分。

这"一部分"，在整个九十年代的现代汉诗创作中，都是一个特别的存在。我是说，当人们在这个时代毫无保留地放逐了浪漫与抒情的时候，李汉荣却坚持并发展了这一路向的写作，有效地恢复了抒情的力量和浪漫的荣誉。这里的关键是，诗人并未一味沉溺于"高梦世界"而听任"思想旷工"。对现实的拷问，对现代性的思考，始终如筋骨般支撑着其精神绿浪的汹涌，使之高蹈而不虚浮，宏阔而不空洞，浪漫而不矫情，优雅而不酸腐，从而使浪漫主义诗风在当代诗歌中，有了别样的风骨。看来，即或是在我们这里最易变味的诗美品质，在真诚与执著的信仰之照耀下，依然能焕发光彩，而人格的独立和不可替代的精神个性，依然是诗人在这个时代占有一席之地的根本保证，不管他选择了怎样的路向，是保守还是前卫，是传统还是现代。

三、守望：古典的投影与田园的倾诉

而毕竟，"高处不胜寒"。

历来的诗人们，总是同时既是天空的飞鸟，又是大地的常青树。有如"辞别"是为了更清醒的归来，向上之路也是为了开启向下之路的另一出口。高视阔步式的系列抒情长诗之后，李汉荣重返短诗的创作，并逐渐将目光收摄于两个核心意象：其一是古典/李白意象；其二是田园/母亲意象。前者，是阅读中的诗之思，经由对李白的重读，追慕"狂"与"真"的古典精神；后者，是回忆中的诗之情，经由对母亲的"重读"，倾诉"善"与"美"的田园情怀。二者共同构成一种诗意栖息的精神家园，以反衬只活在当下、活在物欲和实利中的现代社会之虚假与恶俗，这样的诗歌立场，在李汉荣而言是一以贯之的，所谓不改初衷。但在具体的写作中，诗人则创造性地将两个主题发展成两部"诗歌专著"：《想象李白》和《母亲》，各自围绕一个总题和一个主体意象，繁衍成一部诗集，集中的每首诗都是独立的，有分别不同的品相，但总起来又具有家族谱系的特征，形成总体的旨归，别有意趣和分量。在我有限的阅读中，这尚是个特例，也应该是当代诗歌一份特别的收获。

　　诗集《想象李白》，主要由六十二首短诗和几篇诗性散文组成。一首诗一个角度，有自况式的还原，也有对话式的辨析，现代诗人与古代诗仙的跨时空交流，化合为古典精神现代重构的诗性世界，似幻似真，亦古亦今，构思新奇，立意不凡，别有蕴藉。

　　显然，诗人作别当代，独与李白对话，绝非一时心血来潮。这既是"读五车书"后的抉择，也是"行万里路"后的认领。正如诗人在附录中的散文里所指出的："李白诗给我最强烈的印象就是狂与真。""狂是狂放"，"是一种删除了心理障碍、文化尘埃等等人为的羁绊而达到的自由、奔放、通达的生命状态"，"真"就是"率性地做人，率性地说话，率性地写诗"，[①] "世上有很多的诗人，也有很多诗，但只有少数诗人能说出万物投影于人的内心时的感觉，只有少数诗既传达了诗人自己的感受又传达了人类

---

　　①　李汉荣：《古中国的醉意》，《李汉荣诗文选诗歌卷——想象李白》，华艺出版社2001年版，第143页。

共同的感受。李白正是这样的诗人，他化身于万物，他成为万物的替身；他沉浸于月光，他成为月光本身"。① 可以看出，李汉荣的这份认领，正是要从对李白的"万古心"、"天地眼"之"狂"与"真"的追慕中，重新找回我们缺失已久的精神元素和审美风范。李白既是古典的，又是现代的；李白既是中国诗歌精神的真正代表，也是中国人自古而今最为自由、旷达而独立的生命亮点。选择李白，就是选择古典精神之父，在追索与领略中重新认领这份遗产，实际上，也就重新开启了新的、不可重复也不可替代的生命意识，而不再生活于他者的思想模式和时代总体话语的陷阱之中——经由这样的转换，古典的投影便不再是镜中花、水中月，而凝聚成现代主体的基质和底蕴。"刚刚被鸟们翻阅过的天空/仍是/盘古的表情"，而"月光，就是他/一生的行李"，古典的李白，复活于现代的解读，我们和诗人一起，生出一份异样的目光，去重新审视这世界和我们自己。

这部诗集的语言，也有了不少新成色，不再是单一的倾诉，而有机地引入了叙述、口语、戏剧性、小说意味以及书信体等元素，使想象中的李白，不单单是精神性的揣摩，更有具体的行为与性情，让李白多角度地活起来，让唐朝多方位地活起来，活在现代语境中诗意的描绘与歌吟中。集中的《李白醉酒》、《霜晨：李白早行》、《李白的天真》等诗，都属不可多得的佳作，诗思独到且时有现代禅机的透射以及谐趣的横生，由此也弥补了由于主题单一而间或出现的重复感、片断感和篇构不足的缺憾。

诗集《母亲》，看上去是一个极为普泛的选题，李汉荣却赋予她不少新的内涵。现代社会的所谓进步与发展，无非是急剧都市化、工业化、商业化、时尚化的过程。在这个过程中，我们获取的是物质的丰富和形象的文明，以及话语的繁复与欲望的直接，却渐渐丢失或至少部分地丢失了纯真、自然、诚朴的情感方

---

① 李汉荣：《在月光里漫游》，同上书第 144 页。

式，成了失去香味的塑料花和新潮而空洞的"新人类"。这是无可挽回的历史进程，但诗人正是在这里有了他存在的价值：守望与提示。在李汉荣笔下，"母亲"不单单是一个"亲情"或"乡情"的概念（这两个概念已被无数肤浅的诗人写得乏味不堪），而是一个涵纳了至真至善至美的情感方式、生命根性和文化"乡愁"的精神母体——她既是具体的、形象的，人人都可以从中寻找到自己母亲的记忆的，又是诗性的、意象的，超乎一般怀旧意绪而渗透了现代意识的。有如诗人追慕李白，是为了追回中国文化的精神之父，诗人追忆母亲，也是为了追回现代人日益丧失的情感之母。古典的李白，现实中的母亲，在诗人这里组合成一个新的"家"，在这个"家"里，诗人借父亲（李白）的酒意，发出感叹的声音："这是菊花、艾草、粮食、月光混合的声音，是时间被充分发酵又仔细过滤后发出的声音，是民间和土地最真挚的声音。这是真正（生活的）酒的声音"。在这样的声音里，我们会重新回到母亲的记忆里，亲近"那些生动的脸，辛苦的手，朴素的语言"（《想象李白》附录散文《梦李白》），并确信，我们真的回到了该回到的那个"家"。由此可见，两部诗集，构成了一种复调关系，李白是月光，母亲是月光下的田园，认领这万古明澈皎洁的月光和一生难忘难舍的田园，便是认领任何时代都不可轻易舍弃的"诗意的栖息"。

　　由此，在《母亲》的诗行里，诗人的情感变得格外纤细、敏锐而又深沉，意象的经营也显得十分亲近和自然。这里有童话式的浪漫，也有苦涩的咏叹。写"我家的炊烟"，"在竹林里转了个弯儿/对着我点了一下头/便无语地溶进了天心/我闭起眼睛倾听/那炊烟变成了母亲的一句悄悄话/黄昏也伏在我的身边/静静地偷听"（《炊烟》）。写母亲编的"草帽"，"整个原野浓缩成这朴素的一轮/大自然单纯得/就像这一圈一圈的波纹/在烈日下述说宁静的绿荫/只要走在母亲的呢喃里/苦夏也是可以忍受的一段路程"（《草帽》）。而当现代化进程中的国人沉迷于各种俗滥的节日庆典中时，诗人却凄婉地提醒我们，我们的母亲——文化的母亲、人性的母亲、自然与诗的母亲，却"没有自己的生日"，而失去根性记忆的现代人，也便失去了真正"神圣的节日"（《生日》）。

　　读《母亲》诗集，是一种情感的"森林浴"，在现代汉诗的阅读中，这种感受已缺失很久了。不过遗憾的是，李汉荣在这部诗集的写作中，过多地依赖于倾诉式的语言方式，求意不求工，缺少必要的控制和修剪，使之不少篇章失于单调或松散。更重要的是，对现代诗而言，语言不是工具，语言就是精神本身。读李汉荣读了十多年，一直叹服于他在告别浪漫的时代里守望浪漫，在消解深度的时代承载深度，在想象力贫乏的时代显示他超人的想象，但所有这一切，都似乎一直没有能有机地解决他在语言上常显得比较传统乃至保守的问题。那么，这是否隐含着其精神资源仍有一些未至化境的区域在作怪呢？我想，这不仅是李汉荣的问题，也是这一路向的诗人们，大都存在的问题。当然，这只是推想，而推想总是不怎么确切的。

2001 年 12 月

烛照一层特异的生存意蕴

评孙谦诗集《风骨之书》

十年前，台湾《蓝星》诗刊举办首届"屈原诗奖"，大陆青年诗人孙谦以一组《魏晋风骨》诗作入围获奖，引起两岸诗界的瞩目。我当时已开始涉足台湾现代诗的研究，知道两岸诗歌交流中存在许多误差，对一向不知名的孙谦在彼岸突获大奖，开始是抱有疑惑的，认为可能又是"撞大运"碰巧"撞"上了。及至后来仔细研读了其获奖作品，方诚服其实力所在，并得知他就在离西安不远的宝鸡市工作、生活，是我的近邻，便打听到具体地址，去信联系。有意思的是，后来孙谦尽管一直与我保持着极为疏淡却从未中断的书信联系，但始终没有见过面，心知这是位"特殊诗人"，不但其诗、连其人都扎根在另一个源头，并非故意的特立独行，而是其本源质素的与众不同。

按照大陆学者的某种传统说法，新诗至今形成的大体格局，仍是由四个"球根"孕育发展而成，即：浪漫主义、现实主义、现代主义和新古典主义。仅以大陆二十世纪下半叶的新诗走向而言，前二十多年，是革命浪漫主义和所谓现实主义的主流，且"主流"得有些走形，并未得其真义；八十年代以降至今，则是现代主义倡行的时代，从思潮到文本，都有了长足的进步，成就斐然。但于新古典，包括新乡土诗一路，却一直乏善可陈，远远不及台湾新诗在此方面的努力。而我一直认为，新古典诗歌应是中国新诗更能有所作为的一个走向，尤其是它更易于接通汉语传统和古典诗质的脉息，以此或可消解西方意识形态、语言形式和表现策略对现代汉诗的过渡"殖民"，以求将现代意识与现代审美情趣有机地予以本土内化。正是基于这种认识，我才特别看重孙谦的存在，也理解了台湾诗界对他的青睐。至少在大陆的新古典诗路中，孙谦是有其不凡的表现的，只是有点生不逢时，只能在边缘孤居独行，默然而沛。好在终于有了这样一个机会，由台湾蓝星诗社来出版他的第一部诗集《风骨之书》，也能使我有机会来为这位未曾谋面的诗友说几句感佩之言。

　　《风骨之书》分两卷结集：卷一"魏晋风骨"，收诗二十首，是地道的新古典风格，也是诗人的代表作；卷二"岁月风情"，收诗二十余首，则是诗人另一派风格的展现：浪漫、抒情与现实的交响。由此两翼展开，内在的"风骨"却是一致的："在貌似故意躲避时代意义的态度中，却以心灵摄取历史演变进程中内在的旋律，以一种高级的生命方式、言说方式显露深在的企望，进而完成时代参与者和见证者的角色。"① 显然，孙谦不是单一的新古典诗人，强调其新古典一面，在于他为此路薄弱的诗风作出的贡献，而具体从两卷作品来看，也还是卷一的新古典风格更具特色和分量些。这二十首诗以现代诗人的视角重新解读魏晋人物的诗作，各自独立成篇而又有内在题旨的一致性，是真正意义上的组诗佳构。其《刘琨·重赠卢谌》一诗的开头一节，可视为诗人创作这组诗的精神寄托与心理趋势之所在：

---

① 　台湾蓝星诗社 2003 年版，以下所引均出此处。

夕阳像一块石头无声地沉坠江河

浮云上漂流的岁月

在视阈所及没有落脚之地

烈风重重地撞击我的胸膛

把深深的骨头里的热血和梦想摇撼

——正是这种在现实中"没有落脚之地"的遗世之伤，使诗人在魏晋人物那里，找到了一种"灵的眺望、心的气象"的"契合点"，使"历史与现实、梦幻与生存的沟通成为可能"。诗人于现实之"空"中，溯寻古典之"实"，从魏晋风骨中掏出一瓮老酒，一脉醉中之醒、醒中之醉的诗性生命之光，来"烛照一层特异的生存意蕴"（《阮籍·大人先生传》），以宣泄古今同然的入世之痛、出世之郁和怀世之悯。当然，诗人经由这种对传统文化精义和古典精神的现代诠释，最终要叩问的是"在枯朽死亡和污浊面前／在阳光月光和星辰的旋转中／谁能持有清白／通体透明不存芥蒂"这样严肃的生命品质的命题（《刘伶·酒徒颂》），进而抵达"与时间和命运的冲突、对立与抗争"和"对人道的担当"、"对世道的挑战"以及"对天道的探询"之"内在的深度"。

从语言上看，这组诗格调高古，气息凝重，时有冷峭奇崛的意象令人惊心扼腕。如《嵇康·广陵散》起首二句："做人，抑或做一棵竹子／你胸膛里的酒和血这样想"，颇有"黑云压城城欲摧"之势。再如《陶渊明·归园田居》中的诗句："他张开一直握着的手掌／原来自己的骨头就在掌握中／他一挥手把骨头抛出去／那骨头就变成了苍碧的原野／依着山的边缘移动／他吐气若兰"，"掌握"一词用其本意，极为精到，而"骨头"与"原野"的意象转换，既意外又恰切，再加之"依着山的边缘移动"的分延，顿生"云揉山欲活"的灵动。我尤其喜欢此诗中"一炷琴香还没燃尽／秋天就漫上手背了"这样的语感，由叙述中自然顺畅地带出绝妙的意象，不显特意和滞重，而内涵又很深切。整体而言，二十首诗中，凡特别出色者，大都写得很顺畅，有紧有松，肌理清明，如《嵇康·广陵散》、《阮咸·阮》、《陶渊明·归园田居》、《左思·咏史》等。多数篇章，则因用力过重，造成意象密集和气韵迫促而稍嫌滞涩了些。不过，或许诗人正是要借这种滞重感，来传达其骨重神寒的诗歌精神，也未必没有道理。

卷二"岁月风情"，实是夫子自道，一部现代诗人的精神之书，且处处浸透着挽歌情调。其中《插花》一诗，可谓点睛之作：

> 在器具上，穿过季节的手
> 为日子安置亮丽的梦想
> 不是打造和捏塑
> 是在荒凉的心情中剪辑
> 在丛生的意念里接近
> 或走进，一种缺失的精神

可以看出，在此"岁月"中所"荒凉"与"缺失"的，恰好是"魏晋风骨"中的"热血和梦想"。跨越时空，两相对照，颂歌与挽歌，追古而悼今，一体两面，皆在于"一个时代可以是另一个时代的镜子"，鉴照而追索的是同一题旨："人性的觉醒和觉醒的人格力量。"有意味的是，涉笔当下时代，诗人的那枝笔反而没了返身魏晋之作的那种沉着与优雅，时时暴露出语言的芜杂与心态的游离之弊端，显得有骨力而无神采，好诗佳作不是很多。这里的关键在于缺乏控制，想说的太多，又任由倾诉性的语言牵着走，便失去重心而致散乱。譬如《铸剑》一诗中写"铁块在火焰里逐渐苏醒/被这么久违的激情所浸漫/飞扬的醉意，于无言中软化/软得像一轮水中颤悠的朝日/软得像一团带血的赤婴/软得易于感动，易于受伤"，意象极为生动而传神，却因诗中其他部分过多理念性语词的说明与挤压，失去了整体感染力的强度。孙谦写诗，其内驱力来自生命郁积的爆发和对生存真义的思考，根骨很正，只是尚缺乏语言层面的深度内化，未能将言说的迫抑转化为更为沉着的表现。

　　然而最终，一部《风骨之书》的亮点，不仅在于使新古典一路的诗风，有了一个可资参照的坐标，同时让我们领略到一脉久违了的诗歌精神：那种沉郁如老酒的入世之痛、出世之郁、遗世之伤和怀世之悯，那种如剑芒般尖锐的思者之骨、之气、之峭拔的姿态。多年的边缘行走使孙谦成为"在时代最暗处发光"的诗人，写作对这样的诗人而言，早已不再仅仅是诗意的亲近或诗艺的修为，而"只是一种保持生命本色的努力"，"一种改换生命的方式"，并由此"烛照一层特异的生存意蕴"。在一个空前浮躁而功利的时代里，这种诗歌精神已属稀有之物，可以想见，持有它并坚持下去的人，必将写出新的更有分量的《风骨之书》，而成为"被恒久的光芒所照亮的人"。

2002 年 5 月

[注]

　　文中所引作者语，皆出自孙谦原《风骨之书》书稿后记《绝响之上的回声》一文，后正式出版时此文未随书刊出。本文系依据作者提供的书稿清样撰写。

静水流深
评杨于军和她的诗

当今中国诗坛，已拥有不少诗的高手能手，但却缺乏那种天造自成式的、特殊的诗人。前者大都是从诗中发现了自己的灵魂进入创作，后者则是从自己的灵魂中发现了诗。这是能手与天才之间最根本、也是最让人沮丧的分野。

当我们大都在苦苦地寻求着适合表达我们各个不同的感知世界的方式的时候，她却似乎从具有自己的精神世界时候起，就同时"荒谬"地具有了这精神世界的表达方式；这方式中纯净透明的诗意，几乎是与她的躯体和感觉同时降临这个世界的——对她，你无从寻找她学习和借鉴的轨迹，从而也就不可被模仿；她一开始就来自她本身，以她似乎先天就具有了的、就成熟了的、就再也不可干扰、不可侵蚀、不可更改的深刻而敏锐的体验方式，看透了这整个理性和感性的世界的结构，以及这结构中的缺陷、隐秘和未知，并固执地用她特有的风格，自言自语地、不事张扬地走上了我们的诗坛——先是《陕西青年报》试着发了她的诗作，接着是《星星》率先辟专栏推出她的组诗"白色的栅栏"，并附评论惊呼"很难相信这是她的处女作"。近水楼台的《当代青年》在西安交通大学找到这位身边的"新星"，一下子发了她九首整整两大版的诗。然后是《飞天》、《诗刊》、《人民文学》、《作家》、《诗歌报》等一系列无一例外的惊异而盛情的"接待"——仅仅一年，年仅 22 岁的校园女诗人杨于军竟连续发表近百首作品，入选数种诗集——1987 年，在新星纷呈、群雄割据、庞杂纷乱的中国诗坛，杨于军悄然而至，完成了一个谜一般的奇迹！

　　天才是存在的；"天才和愚者只差一步，他们都和一般人离得很远……"

　　优秀的诗人深刻地解说世界，平庸的诗人生动地模仿世界，天才的诗人则轻松地创造世界。

　　然而她没有"震动"——如那些历史性的、重要的诗人们；

　　她只是"渗入"——如那些纯粹的天才的诗人们。

　　静水流深。在她的诗中，始终闪烁着一种有深度光源的目光——它存在着，并且不可能被忽视，它首先需要的是凝视而非简单的评价……

二

　　那是 1986 年一个深秋的早晨，于军拿来了她的诗。确切地说，是写在两个小小的日记本上的、许多还没分行的日记性的"作品"。我以为这个早晨又将为一种礼节性的文学拜访和求师所破坏。然而当我随便顺着读下去几页，便发现我被一种完全陌生的诗的魅力所吞没又最终被其高举。一个为我们所忽略和压抑了的、深澈而又高远的感觉世界展现在我的眼前，使人一时感到了窘迫、惶惑而不知所措——我"虚弱"地不敢当面评价，且带有三分不服气、不相信；天才常常就在我们身边，我们却习惯了抬头去在远方寻找偶像，"是人们自己的呼吸，模糊了他们自己"……晚上，当我独自面对这些日记般平易单纯的句子，将它们以诗的形式排列起来，并试图以做"老师"的习惯予以"斧正"时，我不得不面临又一次挑战和窘迫——这些简单朴素的句子，一经她的组合，就仿佛获得了另一种生命，取得了自己的意义，达到了一种奇异的效果。"人们不知道它来自何处，更不知道它将去向哪里"。在那小小的日记本上，它们看起来只是一些新奇的片断，但此刻却都成为一件件完整的艺术品——像丝一样柔韧，又像铠甲一样坚实，拒绝了所有的影响，更谈不上更改。

我猝然间"老"去——我们这些被历史称作"老三届"的过渡性人物们，面临的是怎样一种挑战！

我甚至怀疑她来自另一个世界，属于另一个族类的诗人。她似乎从未涉足过我们的世界，而只是与自然界的事物一样单纯、适度、不惊人也不刺目。她几乎不受任何创作规律的限制和束缚，亦不致力于任何特殊的局部美或主题取向，只是那样随意天成，平易而自然，如朝露之生成，如暮霭之浸漫，如一棵小树的发芽，又没有一句可移动、可删除的部分：

> 实在的生活
> 仿佛一次就是一千次
> 我已厌倦
> 可我不会离去
> 街上的人已经很多了
> 连同秋天无可挽回的叶子
> 落在每一个方向都成为一种象征
>
> 植物被带走后
> 泥土就坚硬起来
> 等待雪

等待雪还要好多天
每一天都是好多天
没有人清楚过
我知道

每一次用力都拉下一层帷幕
在年代之间
你不想属于什么
你要生命作为一种纪念

天就要亮了
我走得足够完整
就像忘了还有家
还有许多不会转动的眼睛
我静静地听着
以往的日子纷纷落在眼前
也许这就是那种
孩子般的
要把一切都记一辈子的任性
而悲剧
也不会总是又古老又简单

——《尝试》

　　这就是杨于军的诗，是她的处女作，是她的代表作，又是她的习作——因为她的诗很难按常规的标准去划分好坏优劣，你只能说你喜欢或不喜欢。按她的话说："单纯得让人沉默，孤独得使人迷惑，自由得让人绝望；相信喜剧，需要悲剧，一支挺悲的歌无数次地标明灵魂的节日——有谁明白这快乐的方式呢？"

三

　　真正的创作其实不过三年，可正如她自己说的，在她很小很小的时候就感到了诗，感到了她自己和万物一起生长的生命，那时，她的诗是写在她和自然之间的。

　　二十二个春秋，她的人生几乎没有什么情节，但却整个渗透了一种情绪，一种内在的诗的精神进程。

　　她的血液里潜流着南方热情的阳光，可她的记忆里却满是冰冷雪白的北国冬日。她从小在北方的冰雪中长大，在半年都沉浸在冰雪中的世界中长大。严寒是一种力量，也是一种智慧；那空漠、那寂寥、那冷静、那孤独、那沉郁，那纯净到单调的空间，那黑与白的尖锐色调，那关于北极、西伯利亚和白夜的传说与想象，使她的感觉世界充满了纯净而尖锐、准确到极点又敏感到极点的情绪。这情绪引导她深入到自己的内心，拒绝受别人的侵扰，除了间或地同自己的哥哥说几句话外，她总是喜欢独自守在窗前，用她白白的、硬硬的手指，一边在布满霜花的冰凌和玻璃窗上画一些无规则的图案，一边自己和自己争论着这个太老太老的世界——时间长了，她便接近了"上帝"，进入一种明净、清纯、超然的、不可破毁的情感世界，再也无法容忍那些已经成熟了的、规范化了的、钙化了的、沉积了的东西进入这"白色的栅栏"之中。在这孤独的体味和审视中，她自然地产生了诗——"我感觉，只要稍微一疏忽，心就沿着一个奇怪的轨道运行，它自己在写诗，在夜里写那些到早晨我就记不起来的东西。"

　　——严寒给她以深刻，孤独给她以敏感，上帝带着诗，在北方，完成了又一个杰作：

　　　　过去的我
　　　　总在我要去的地方等待我
　　　　让情绪成为我身上

最真实的部分

————《自述》

即使没有用心也会感觉
很冷的时候
我逃开一切温暖的触摸
或许手已经被吻得很热
心却继续着硬而冰凉
你太不像一首诗
可你是抒情而真实的
真实得不留想象的余地
你说你已不是个孩子了
那么你看见的月亮一定和我的不一样

————《感觉》

四

因此，我们在她的诗的世界里，首先感受到的，便是那种宁静深澈的孤独感。但这种孤独绝非那种无精打采的情绪，无病呻吟的做作，而是充满了一种内在的张力，一种青黄而近成熟并提前预感到坠落的果子的孤独。"我用整个生命凝视一幅画——从前画着太阳的地方，现在已成为一个空洞。"

每一座房子都可能是我的家
而这时我感到我已习惯了行走
习惯了听自己的脚步声
于是我望着更远的地方
把手插进空空的口袋

————《自由之四》

我是秋天最后一片叶子
也是冬天第一片雪
从不可知的远方落到这里
等待风离开
把我的心抚平
靠在地上
宁静地呼吸

——《宁静的日子》

这是生命本原的呼吸。在这呼吸中，人们虚妄浮躁的血液会神秘地退潮，清静而又透明地僵直在她的诗中。于是你重新面对着自己，发现自己的灵魂早已在躯体之外长成了另一片落叶林，以另一种方式，期待着雪，期待着洁白的回忆和述说：

在远方
在灵魂靠近的那边
土地很宽容
并不急于要我们成为什么
……不安的是我们自己
准备睡去的时候
还会为每一阵脚步
睁开眼睛

——《大孩子》

在这些透明直白的诗句中，似乎都有一个不见得总看得见却又分明触及到你的生命内涵的"核"。它发散出某种特殊的摸不清的东西，黏附在你被触动和引发的感觉上，使你随着她固执的黑色的舞步，进入一个雪白雪白的、原始的情感世界。在这个世界里你获得了一种解脱，一种说出心底秘密的快感，一种宣泄了在整个现实世界无法宣泄的心迹的轻松，一种无我的宁静，一种可爱的平和。所有那些给任何人都无法解说得清的情绪，在这一刻，在这白白的空间里，在这白白的诗的栅栏所围成的空间里，得到了实在而亲切的呼应与交响。

　　我终于明白了她何以特别喜欢黑与白这两种尖锐、硬朗而原始的对比色，并成为她诗句中主要的色谱。这使我洞悉到她隐秘的内心——一种在黑夜中作狂热之冥思奇想而在白昼里作冷眼的、全息摄影式的观照的心态，一种实际上是可怕到极点的理想主义者对人类本质意识作不倦探求和苛刻参悟的心态。而这一切，均来自她那天性中宁静的孤独和深切的敏感："我想与其夹杂在人们中间不知所以然，还不如独自在什么地方呆上一会儿。成熟起来是很难的事，深刻也是痛苦的，可我还希望纯洁而不是单纯；我用'理解'对待一切，我固执得从没有后悔过。""诗是生命的幻象，是对生命神秘的内在执著而又无可奈何的追寻；并且创作是在翻译自己的生命。诗给我提供了另一种生活方式，在这里，我感知——我存在着"。

　　是的，她存在着——在她的诗里，她成为一个孩子，同时又成为一个"先知"。

五

　　深入研究一下这位二十二岁的女诗人和她的作品，我们会发现，她的诗的根子似乎扎在一个我们不熟悉的地方——我们不得不相信，当她从小一个人那么长久、孤寂地凝望那冰雪中的城市和原野时，她的眼睛里一定渐渐生长出了一种特异的视角，她的心底里一定渐渐酝酿出一种特异的感觉。

　　因此，她的诗格外是本能的，表现了她天性深处的东西，保持了她自己对生命、自然和世界独特的感悟，和由此产生的独立的诗情。她的日记式的、毫无功利性的创作，给她的诗带来一种特有的宁静和淡漠；她似乎太不推敲，太任凭自己的兴致和随意，只是自然地展开而从不制作。她甚至拒绝了创造，只是来自那偶然的风、偶然的雨、偶然发生的灵感，从而产生一种异常的诗美，一种祈祷式的平衡、纯净和静穆，没有半点令人不安和浮躁的成分，而在骨子里，却有一种原始的、未被侵蚀的生命力在涌动。

她常常借助一些不合理的细节，巧妙而自然地把她内心的争论与合适的景物融合为一，把奇异的冥思与真实的世界吻合一起，以纯净、客观和略为冷僻的描述造成一种特定的情绪氛围，让人们沉浸在其中，获得一种特有的顿悟、神秘和透明感：

> 宁静的时候
> 总会想起点什么
> 生命很奇怪
> 沙漠里
> 一个少年把最后一些树叶喂了羊
> 为了今天他只能这样做
> 谁知道明天会怎么样呢
>
> 从来都是人抛弃那些房子
> 被抛弃一次
> 里面就多一个故事
> 而生命
> 在冬天里奇怪地成熟
> 为春天准备了另一条假设
>
> ——《沙漠上的生命》

同时，她的诗又格外是"被动性"的——对她来说，创作中的"自我"，已不再是一个为历史所困扰，为自身的情感所困扰的主观实体，而是一种游离于现实与灵肉之外的"内心太空"；我们是什么并且是谁？我们为什么存在并且将会变成什么？我们和自然是怎样的关系应该是怎样的关系？这些永恒的生命之谜只是像几颗亮星悬浮在这太空之中。她凝视着这太空，完全空虚、完全孤独、完全被动和微微有点警觉地凝视着，前后上下一片空白，她存在于这一时刻的中央，只为了偶然间把一些事物弄清楚，甚而只是仅仅为了享受那一刻的空明澄澈——在这种被动的状态下，她自身的节奏、自身的梦境、自身精神的原型体验，连同以往生活中积蓄下来的冥思奇想和印象，都鲜明活泼地进入她的感觉世界而缓缓地燃烧起来。记忆和想象与诗神达成了默契，成为自觉的、毫不思虑的诗的意识，而创作成了为生命的音乐填词——"我的感觉，有时甚至不能叫作诗的感觉，在它漫游的时候，与诗这种形式邂逅；它本身可以自己永远游荡下去，但我知道我毕竟在这里，毕竟得让我自己附着在某种形式上"。

这样，她的诗便具有了某种直觉的成分——无需像纪念碑一样在年代中坚持不朽，只是在片刻间不可侵犯不可腐蚀地存在。诗行中充满了一些永知和永不可知的矛盾而又和谐的象征与暗涵，却又好像若有若无。没有注定的应验，在某一个时刻里悄然而至，因过于淡漠而又显得特别沉重；情绪平行渐进，存有心灵深处的维系，触及到我们情感中最深切的部位和生活中最细微之处，使我们重新回到那古老、原始、含糊而明澈的感觉世界；在她的诗中，一切都是可感的了，在实在与切近中又隐约着虚幻和遥远，仿佛一种祈愿与生俱来，带有一种宗教冥思的意味。并且因了希望的适度而保持了透明的纯粹性和全然的感悟性。她的诗的述说与我们整个世界达成了一种说不出的密切关系；我们原来忽略了的、潜藏在皮肤下面血液深处的东西，经由她超然宁静的述说而音乐般地显现了，并且比别人说得更亲切、更质朴、更新奇诱人。在她的诗中，她不仅仅是表现出一些空间而且创造出一些空间，使生命的神秘性和永久性在这扩展了的空间中，产生更清晰的纹理和更丰富的光晕。"诗，应该是这样一扇窗子，通过它，在同一片土地上你可以望见不同的风景；诗，应该是这样一条路，从另一个方面把你导向生活，导向世界。只是这扇窗户隐在墙壁中，要你长久注视才能发现，同样，这条路很深，深在皮肤之下，只有用感觉才能找到"。

听听她的"夜雨"：

你一直一直在敲门
等我醒来
你就走开了
你一定站了很久
影子陷进门板
我用阳光涂了好一阵都没涂掉
我只好坐在房子里
把邮票贴满墙
就什么也听不见了
可我感觉天在下雨
随便望出去
你就是走在雨中的人

奇特的想象，微妙的表达，浅浅的忧郁，浅浅的激动与宁静，把人们送回到敏感单纯的多梦季节——"它是生命本身，在一种强意志主宰的情绪下行走，有些倦怠，有些不甘，有些荒诞——她是这样的一个人，心很沉的时候，样子很轻松"。

我想，于军的这段话，是对她自己和她的诗最恰当、最形象的注释了。

六

作为一个诗人，尤其是青年诗人，其创作大都要经历三种超越过程才能进入自由王国：其一，要及时地、从"自慰式"的、"初恋"性的创作意识中超脱出来，进入自在、自重、客观的层次；其二，要及时地、从对前人、他人的"临摹"到"否定"中超脱出来，寻找到容纳自己提高了的意识和个性特征的新诗美；其三，在进入成熟期后，能及时地从创作意识中超脱出来，重返生命意识，让诗的创作成为一种血液的流动、生命的呼吸而不是其他。

令人惊异的是，在杨于军的创作中，这一艰难的过程竟被她轻易地超越了——或者说，对于她根本就不存在这种过程。在她的诗中，我们既无法去挑选什么代表作，又无法弄清哪是她早期的处女作，哪是成熟之作；她似乎一开始就成熟了，就不再受任何影响地、顽强地维持了她自己。在杨于军的诗中，我们得到的总是作为第一次的、更接近自然、接近生命本源的、新鲜而原始的体验与感觉。诗，似乎已成为她身心中一种自觉的官能，一种自然的呼吸：

> 在你的画室里
> 每个季节都只是过客
> 你把印象画成背影
> 省略了表情
> 这样你把悲剧演得格外成功

——《预言》

我最终发现她的秘密在于她对诗的爱是永远作为第一次的——对于她，诗是一种生命的开始，也是一种生命的归宿。"一辈子，搭好多房子，最后，不是睡在其中的某一间，而是在一个明朗宁静的上午，在黄亮亮的阳光下离去……"

"我总是在很远的地方站着、看着、感觉着，人们把我落得很远，而我自信我始终在人们前面，没有什么目标，但我希望，希望该是模糊的，该是因模糊而永恒的"。

1986 年 12 月

[注]

文中所引文字，均摘自杨于军致本文作者书信。

活在时间的深处

评杨于军诗集《冬天的花园》

认识于军整整二十年了。

至今，我还十分清晰地记得，二十年前的1986年10月6日晚，我应邀去西安交通大学作一个诗歌讲座，第一次见到于军的情景。

那次讲座的主要内容，来自我出道当代诗歌评论的第一篇正经文章《过渡的诗坛》，为以"他们"诗派为代表的第三代诗歌摇旗呐喊的激情之作。我将这种激情带到了现场，一千多人的听众——一个充满诗性的青春部落，也随之激情澎湃了三个小时。伟大的二十世纪八十年代，几代人的激情与梦想同时在那个年代喷发与张扬，留下难忘的记忆。讲座结束后，送别的人群里幽幽地苍白出一张沉静而略带羞涩的女生面孔，代表交大文学社向我致谢。匆促中没能记住她的姓名，却没忘那羞涩中的沉静，沉静里一种特意不凡的气质……过后我才知道，那时的西安交通大学，虽是理工科名牌大学，但受时代风潮所致，文风很盛，活跃着一批才华横溢的校园诗人，如马永波、仝晓锋等，以及后来的夜林、蔡劲松、方兴东等，杨于军则是他们中的佼佼者，既是交大外语系的尖子生，又是文学社里的骨干分子。这批交大出身的青年诗人，后来大多都成了我忘年之交的朋友，而那一晚无疑是最难忘的美好的开端。

讲座之后的第二周，于军带着她的诗稿单独找到我，这才算正式认识了。

初读她那些写在小小的笔记本上从未发表的诗作，我就大吃一惊。凭着十多年阅读和创作的经验便知道，她的诗歌天赋，远非一般的青春期诗歌爱好者或当时颇为繁盛的一般校园诗人可比；她的诗完全来自于她自己，也完全属于她自己，野生植物般地自然长成，而"像太阳一样没有性别/像月亮一样没有本质"（《夏天（4）》）。待到后来与于军熟悉了，且仔细地研读完她的第一批作品后，我方叹服何为真正的天才诗人，并在连续成功推荐发表了她的一系列作品后，写出了我那篇为许多诗人和诗歌爱好者所称许的诗评文章《静水流深——评杨于军和她的诗》，连同她的作品一起，在那个以诗为青春理想的年代里，留下了一抹难以磨灭的印记。许多年后，我的出生于1980年后的学生们，依然在这篇文章和为这篇文章所引用的于军的诗中，读出了新的感动、新的叹咏："我分不清是沈奇的诗评吸引了我，还是于军的诗勾住了我的魂，总之，我在这篇诗评中读到了单纯真挚的交流与依偎信赖的温暖……这样诗歌世界的偶遇，这样如上帝 joking 般的巧合，和谐而美丽，仿佛散落人间两端的真诚、纯洁、高尚的拼图，完美地凑合在了一块。"① 读着又一代校园青年文学爱好者如此感性的文章，我深深地庆幸在我三十多年的诗歌生涯中，有过"这样诗歌世界的偶遇"，且绵延至今，成为我生命中最为深刻的记忆与念想。

---

①　吴心韬：《一个诗人与一个诗评人》，未刊稿。

不无遗憾的是，这样的"偶遇"竟是那样的短暂——如彗星般的闪耀之后，又如彗星般的寂灭……1988年大学毕业后，于军惜别她钟情的诗的校园、诗的西安，回到冰城哈尔滨，后又南下广东台山，出嫁、工作，为人妻、为人母，安安静静地沉入日常生活中，并渐渐远离了诗坛，很少再发表作品……而当代诗歌的进程是如此急促和充满变数，极高的淘汰率和近于残酷的竞争，使那些自甘边缘不计功利而唯以一颗真纯的诗心为归属的诗人们，很难逃脱被忽视乃至被埋没的可能。以于军当年的诗歌影响，若再顺势扩展几年，无疑会进入名诗人的行列，而一举奠定她在当代中国诗歌史上的地位，可惜她就那样匆忙而又安静地幽幽而去。当然，如今看来，这样的思考，对于军这样的诗人而言，似乎完全没有任何意义。读她的诗便可知道，这是一颗天生明澈而早熟的灵魂。这颗灵魂不但早早看透了世间名利的虚无，甚至早早看透了生命本身的虚无——仅仅二十岁的时候，她就已在《大孩子》一诗中透露了这样的心境：

> 在远方
> 在灵魂靠近的地方
> 土地很宽容
> 并不急于要我们成为什么
> 不安的是我们自己
> 准备睡去的时候
> 还会为每一阵脚步
> 睁开眼睛

由虚无而认领存在，这颗灵魂便如流水般随缘就遇、不计不争，"在夏天美好地流动/在冬天美好地结冰"（《冬天（4）》），"我只是一小块/随时准备融化的冰"（《太阳》）。由此，无论作为友人或作为历史代言者所发出的遗憾，其实都可以释然。真正的知音最终会理解到：这是一位为时间而非为时代写作的诗人，一位因此而活在时间深处的诗人；她的诗是匆忙赶路的当代中国诗歌进程中必然会忽视的部分，也是未来中国诗歌历史中必然要重新记取的部分。只有时间是最后的决定者，时代留下的遗憾，自有时间来作弥补。

堪可告慰的是，在经历了每个人都要走过的现实生活的道路之后，阔别二十年的诗人杨于军，又那样安静地幽幽而归，重返诗坛——她似乎重新获得了写作的"自由"，乐于把春天做过的梦，在秋天再做一遍，并以一贯的优雅与纯净，连接两个生命季节的诗心诗意，互为镜像的投影里，有静电触人，而惊醒了所有还记挂并热爱着这位诗人的眼睛和心灵：

> 从遥远的地方走来
> 我又沿路返回
> 在路上
> 我遇见自己
> 这时候
> 夏天已经过去
>
> 我又在看那条路
> 怎样穿越夜色
> 在夜里
> 每一座房子都可能是我的家
> 可是我感觉　我已经习惯了行走
> 习惯了
> 听自己的脚步声
> 于是我望着更远的地方
> 把手插进空空的口袋

——《自由（4）》

二

二十年后重读杨于军，惊叹岁月的变换并未能改变什么。

一方面，将她当年的旧作置于当下中国诗歌的现场去看，依然如钻石般闪亮而毫无逊色，不失其常在常新的阅读效应；另一方面，对比她前后两个阶段的作品去看，完全像同一个季节里长出的植物，有着一贯的气质与魅力。这使我再次想到尼采的那句话："宁静的丰收。——天生的精神贵族是不大勤奋的；他们的成果在宁静秋夜出现并从树上坠落，无须焦急地渴望，催促，除旧布新。不间断的创作愿望是平庸的，显示了虚荣、嫉妒、功名欲。倘若一个人是什么，他就根本不必去做什么——而仍然大有作为。在'制作的人'之上，还有一个更高的种族。"[①] 无论是出发时的早春，还是重新归来时的初秋，她好像一直在固执地向我们证实：在天生的优秀诗人这里，诗的存在既不是需要不断改进的语言艺术，也不是需要不断深入的生活艺术，而只是与生俱来的诗性生命之本身。这样的诗性生命，一开始就提前形成了一切，成熟了一切，也一开始就提前领略了一切，预言了一切，剩下的，所谓诗的完成，只是一种记录，只是随缘就遇、无须刻意的一些文字的显现而已。

由此，读杨于军的诗，先得理解她独有的心境，看似平淡，却处处透着诡异。那双早慧而又过于沉静的眼睛，从最初的诗意中，便看透了季节的开始与结束，以及我们熟悉而不觉的"日子"里暗藏的玄机，也便早早地决定与命运握手言和，留着一点略略的不甘和浅浅的惶惑，藏在自己黑黑的长发和如长发般宁静的心事里，那样自信地而深沉地告诉自己同时也告诉可能的友人：

---

① 尼采（Fridrich William Nitze）：《出自艺术家和作家的灵魂》，转引自沈奇编选《西方诗论精华》，花城出版社 1991 年版，第 47—48 页。

我将唱起没有人唱过的歌

让你感到雪之后的温柔和空中陷得很深的星星

——《昨天》

　　如此的心境自是真水无香，纯净如一块"随时准备融化的冰"，而"融化"始终没有到来也无从结束。"她想出走/推不开雪封住的门/她就在镜子前/细心穿好妈妈的衣服"（《十二月的诗》），并且，"让孤独成为一件美好的事情"（《自由（2）》）。在这里，"镜子"的意象十分关键，是打开诗人独在心境之门的钥匙。实际上，绝大多数的时间里，诗人是在对另一个自己说话。那个贯穿几乎所有诗作中的第二人称"你"，正是诗人另一个自己的"代码"，一面虚拟的精神"镜像"，其中变幻着诸如恋人、上帝、命运、自然等多向度的指涉，互相对话，互为印证，"像两面对立的镜子"，"镜子里的路没有尽头"（《夏天（3）》）。在这样的对话与印证中，外部的现实世界显得那样空洞而虚假，内心的精神世界反而成了世界的本质性存在，而这正是诗的真义之所在。也就是说，当诗性自我饱和为一个完整的世界而非等待填补的另一半或另一部分时，所谓个我的"孤独"，方能成为"一件美好的事"，成为一个人的宁静的狂欢！在这样的"狂欢"中，我们才会不免伤感但却很惬意地对自己说一声：终于，我回到了我自己的家——

从来都是人抛弃那些房屋

被抛弃一次

里面就多一个故事

而生命在冬天奇怪地成熟

为春天准备了另一条假设

——《沙漠上的生命》

是的，是"宁静的狂欢"。在当代汉语诗歌中，大概很少有诗人像杨于军这样，将这种"宁静的狂欢"写得如此敏感、深切而又明澈。看看她那些反复出现或不断重涉的诗的题目：《自由》、《命运》、《昨天》、《曾经》、《冬天》、《夏天》、《自述》、《童话》、《小孩》、《病中》、《自述》、《长大的梦》、《离开的人》……无一不与季节和成长有关，似乎该说出些很哲理性的话题，但最终都仅仅止于意象化的存在，将可能涉及的或沉重或深刻的题旨，统统消解在无所归属的、彻底而完美的、梦幻般的宁静中：

> 白天我快乐地和人们在一起
> 夜晚来临就旧病复发
> 我的床上空无一人
> 情绪在各自的时刻到我身边静坐
> 像忠实而胆怯的女孩
> 许多歌就这样诞生了
> 连同我的爱人
> 从月光中醒来
>
> ——《四月（1）》

正是这种独有的心境，生成了于军诗中独有的语境。更多的时候，于军诗歌让我们着迷的，并不是她说了些什么，而是她以诗的形式作自我清理和自我盘诘时，那一种独特的"发声"方式。诗，原本就是沉默的语言，不得已而说，说不可说之说。难得的是，于军好像特别善于将这种"不可说之说"，化为一种自然而然的心语的流泻，而非诗歌修辞学的演绎。步入她的诗行，有如步入一条月光下静静流淌的小河，波光荡漾里，泛着童话的残片、梦想的遗绪、恋人的絮语、女巫的眼神以及……融雪的过程。尤其是那"流淌"的声音，总像隔着一层薄薄的冰，冷冽而又恳切，迷离而又真实，且带着一种祈祷的意味，使人确信而沉迷：

我也不再把自己想象成什么
每一道波浪都是纯洁的
忧郁或快乐
流进沉沉的夜色
流过一颗心
像我的记忆
像那些翻开的书本
告诉或不告诉我什么
都让我宁静

——《自由（2）》

　　显然，相比较于大量讲究修辞和注重技艺的当代诗歌，于军的诗歌语言显得特别素净和更为自然，乃至有些过于散文化的嫌疑，缺乏节奏的变化，也疏于更多意象的经营。然而，当于军守住这样的本色自然和别样素净并将其发挥到极致时，这"素净"与"自然"也便成为她的一种风格化了的语感。这语感不轻浮也不滞重，更不会随时代话语的更替而变质或失效，正如于军自己所说的："纯净的东西才比较耐久。"当诗人以这种语感将我们带进她所导演并独自主演的那一幕幕超现实的心理场景时，便生出如上文中所说的"看似平淡，却处处透着诡异"的诗美品质，令人沉醉于其中。也正是这种语感，方能时常在不经意之中，以最简单的意象反映并揭示最隐秘和最本质的心理意绪与生命细节，并将诸如交流与屏蔽、现实与梦想、孤独与眷恋以及对无法逃避的逃避等潜在的命题，于隐隐约约中阐释到微妙的境地。在如此诞生的、可谓自然天成的分行的文字里，我们得以跳脱越来越时尚化、类型化的各种话语的困扰，找回最初的惊奇，以及孩子般睁大的眼睛，且以平常心予以认领并安妥了一段不知所云的灵魂，纯粹的诗的灵魂。

三

也许，每一个生命，都有他无可选择的宿命。作为一位女诗人，这宿命的力量似乎更加无法抗拒。诗之于军，既是她生命前行的脚前灯，更是她安身立命的栖息地。无论她因为何种缘故，离开我们多远多久，终会听从诗神的引领，重新回到诗国公民的中间，完成她生命的初稿，与我们一起分享诗的慰藉，那永远令人神往的"宁静的狂欢"！

有些秘密的漏洞，存在于时间之外，是诗的语言之灯，让它在一瞬间显形；

有些神奇的感觉，存在于事物之外，是诗的灵视之光，让它在一瞬间永存。

而春天留下的遗憾，也终于在秋天得到弥补——自1988年与于军分别后，至今我们再也没见过面，只是断断续续地保持着通信联系。出于最初的信赖，十多年来，她几乎将所有她发表或不愿再发表的诗作手稿都寄给了我，并就此在我的书房里静静地待了二十年。曾经的"偶遇"变为久远的"托付"，让我为之骄傲而又不安。我知道这"托付"的重量，却惭愧总没能力将之与诗界分享。而因了我所不能知晓的缘故，这些珍贵的手稿的主人，也似乎一直以"得一知己而足矣"的态度，对她作品的出路无置可否，以至于连渐老渐忙乱的我自己也渐渐疏淡了。

而"童话"总会适时复活，无论在人间，还是在诗界。

当又一个秋天来临，"复活"了的诗人于军从遥远的南方来信，告诉我她要结集她的诗集准备出版，让我寄去她的手稿时，我真是感到莫大宽慰！

如今，当我在西安酷热的夏日书房里，为这部整整牵挂了近二十年的诗集，责无旁贷地写下这长长的序文时，只能充满感恩地在心里说：上帝是存在的。上帝为每一个生命所安排的宿命都别有深意，只是我们常常不能完全领会而已。

　　而憔悴之后便不再憔悴——纯粹成一泓秋水；此后，所有的日子里，你向所有的虚空随意伸出手去，都会碰响一片奇异而真实的、诗意的轰鸣……

2006 年 7 月

雪线上的风景

诗人沙陵散论

一

　　四十年代即投身现代诗运的诗人沙陵，迄今已持续走过半个世纪的创作历程。我们知道，在这个艰难的半个多世纪里，作为渴求真实与自由的诗性生命之旅是何等的不易。许多人倒在这条路上，或者弃步退出。偶尔的收获，只似雪间春草，难得有丰盈的欢欣——对于沙陵这一代中国诗人来说，能坚持跋涉到世纪交替的广原，已是一部史诗的完成，而无愧于生命初期那绚烂的许诺了。

　　半个多世纪，沙陵始终以诗的情怀，守望在他所生活、工作的西北内陆，在这片远比其他诗歌板块更为板结与苦涩的区域里，扮演着探索者、实验者和提问者的中心角色之一，如苦行僧一般，义无反顾地一路泼洒着他的虔敬与爱心——走过"十七年"，走过"文化大革命"，走进风云际会的八十年代现代诗歌大潮……最终，无论是作为诗人的存在还是诗歌艺术的存在，至少在西北这块诗歌版图上，沙陵的诗路历程，已成为一种精神的感召：当更多、更年轻的诗人、诗爱者走近他，走进诗人那个除了一尊儿子为他所塑的铜像和一沓沓诗稿一堆堆书之外，几乎清贫到一无所有的蜗居时，没有不肃然起敬的——以诗为生命的唯一呼吸，此外再无别的眷顾，如此的真诚、执著、纯粹，使所有认识沙陵的人们，重新理解到何谓真正意义上的"生命写作"。

> 荒原上
> 羌笛七窍
> 通向生命希冀和苦涩的
> 吐纳，流韵为蹊
> 袅袅越过瀚海丛芜，漫过天际
> 一条路
> 一如溶冰为溪为瀑向着遥远

溶冰的过程，化苦难为歌吟的过程，一生在路上，化一肩风雨为卓越的诗情——长诗《远行者足迹》，正可视为诗人诗性生命之旅的自我写照。

二

由于特殊的历史境遇，岁月将沙陵分解为两种诗性角色：作为职业依附的诗歌工作者和作为生命归所的诗歌创作者。前者，真诚到永远；后者，探索到白头。二者合一，造就了一位对当代中国诗歌有着双重贡献的诗歌老人。

如果说作为诗歌创作者的沙陵，尚有着化蛹为蝶的嬗变过程，那么，作为诗歌工作者或诗歌活动家的沙陵，则呈现为始终如一的热忱与敬业，以艺术的良心和永不设防的童心，恪尽诗歌园丁的职守。五六十年代，作为西安《工人文艺》的编辑，他便在十分板结的土地上，播撒过为当时的"耕作方式"所难以接受的思想种子，影响波及西北数省。而真正进入有胆有识有创造性的"园丁角色"，是在以"解冻的脚步""迎迓久违的春天"（《树的故事》）之八十年代——复出于诗坛的沙陵，在步入午后斜阳之旅的征程上，一边敞开"归鸟"的歌喉，展示新的艺术生命，一边以资深诗歌编辑的心胸，为同行者和后来者，拓殖一片可信赖的园地。由他所主持的原《长安》文学月刊的诗歌栏目，一度曾成为新锐诗歌的重镇，影响之大，在八十年代前期的同类文学期刊中，可以说无出其右者。经沙陵亲手编发的作品中，不仅有牛汉、绿原、曾卓、王尔碑、孔孚、孙静轩等老诗人的代表诗作，如《悼念一棵枫树》、《一个幽灵在中国大地游荡》等，更有顾城、北岛、杨炼、舒婷等朦胧诗代表人物，在此频频亮相，作为新诗潮的浓重投影，为历史所铭记。

作为一位诗人编辑家，沙陵不但奉职担道义，为新诗潮的发展竭尽鼓促之力，更将这一份源自主体人格的诗意情怀，化入日常生活之中。可以说，离开诗的创作，诗的交流，为诗而活着的沙陵便不知该如何"打发日子"。从八十年代到九十年代，从五十初度到七十高龄，朦胧诗人、第三代诗人，西北的、外地的，得到沙陵启蒙、影响、理解以及激励的中青年诗人，可以开列出一个长长的名单：早期的顾城、胡宽、沈奇、刁永泉、商子秦、渭水、杜爱民，后来的秦巴子、刘亚丽，乃至后现代诗的代表人物伊沙等等，至少就陕西青年诗坛而言，几乎无一没有登门拜访过这位永远乐于与先锋诗歌为伍的老诗人，在他那间唯诗为要的蜗居里，或取得艺术的启悟，或感受精神的支撑。可以想见，若能将绵延近二十年中，交流于诗人沙陵案头房间所有关于诗的谈论记录下来，将会是怎样鲜活、真实而弥足珍贵的一部当代陕西诗歌发展史。

尤其应该指出的是，作为沙陵这一代诗人，几经历史风云的淘洗和主流意识形态的改造，以及生存的困扰与挤压，仍能矢志不改，恪守艺术的良心，在对真理的叩寻和对谬误的自省中，以赤子般的热忱拥抱同时求证于新诗潮，实在是极为难得的！这不仅有对外在压力的承受，更有对来自自身裂变痛楚的化解。我们无从知道，诗人为此付出了怎样的代价，而只能欣慰地看到：正是这与生俱来的真诚品性和不泯的童心，造就了晚年沙陵那一份职业诗歌活动家的声誉，也同时成就了作为诗人的沙陵，在并非天才式的艺术创作道路上，那一份晚来的成熟与丰盈。

三

　　编诗，写诗，与诗一起经历并见证半个多世纪的历史沧桑，最终在对历史的揭示中寻找并复归真实的诗性自我，以纯正的写作来校正多半生的寻寻觅觅——这是沙陵式的诗路历程，也是一代诗人的宿命。

　　由此，纵观沙陵的诗歌创作，可以说，是一个漫长的，不断破壳再生、除旧布新、排杂提纯的过程。完全由新诗潮潮头出发的年轻诗人们，恐怕很难全部理解这一代诗人的艺术成长史；包括这一代诗人中的大部分，也多已在经年日久的"驯化"中，成为异常岁月的遗民，再也难以成为纯正诗歌的发言人——历史曾经将他们逼至寸草不生的雪线，只有极少数"基因纯正"的诗人，没有沦为匍匐的苔藓，依然以可能不尽挺拔但却不失大树风姿的身影，投射一抹"雪线上的风景"（《抒怀》）。

　　考察这一"阵营"的分化是颇有意味的，它触及到有关诗人精神质地的命题。将写作视为一种对良知、爱心、理想亦即整个精神生命的拯救，还是视为因社会需求（订货）而又由此获取现实功利以改变人生际遇的工作（生产）方式，是区分真诗人与伪诗人、一时诗人与一世诗人的根本所在。当历史解冻，新诗潮如春水漫过板结的大地时，多少以"过来人"自居的老诗人，站在已成定势的旧有立场上，对新生的力量横加阻遏，乃至至今还在那里做着"社会学层面"的卫道之事。实则作为诗人，他们从未能跨越社会人的局限进入过审美人的范畴，作为诗的艺术创造，更从未能抵达专业写作的范畴。显然，精神质地的杂芜决定了其艺术质地的贫乏，最终只能作为旧时代的胎记留在旧时代的阴影里。

沙陵，则无疑是这一"阵营"中的"异数"。在非诗的岁月里，沙陵也经历了漫长的苦闷、彷徨和失落，乃至为了不致使为诗而存在的那枝笔过于锈死，也作过一些附会性的写作。然而在精神的深处，他始终未曾改变出发时那份艺术的真诚与信念。我是说，沙陵是那种有艺术良知作最后支撑，而不失其纯正的诗人。由此我们方可深入理解到，他何以能在解冻的初期，便能毫无犹豫地投入最初的潮头，甘冒风险地为之鼓与呼。也正是这纯正的诗歌精神，保证了诗人在经由漫长的封闭和曲折的探求之后，一朝得以自由而真实的歌唱，便能很快回归艺术的本位，在自觉的反省和不断的提纯中，焕发崭新的艺术生命。身老旧岸，心逐新潮。这种"逐"，在沙陵绝非赶潮趋流，而是源自诗人与生俱来、从未泯灭的对真善美的忠贞：

> 世界呵，无情地丢弃我们
> 它带我们走得很远很远
> 又把我们毁于一旦
> 但是，我们仍然是在
> 敲打着那门窗
> 希冀得到世界的真实……
>
> ——《无标题的断思》

艺术的新生来自生命体验的新生，诗艺的提纯来自诗歌精神的提纯。自八十年代以来，凡是走进沙陵、与之交流过的青年诗人，无不向我们证实：他们面对的是一位和他们一样年轻而富有探索精神的诗人，他不仅理解新一代的艺术追求，更时时诚恳地以他们为师为友，汲取新的营养，拓殖新的路向——"天老，路远/熄灭不了的/心上火，不倦的眼"（《题画》）。万里识途归来，瘦骨雄心，厚蓄勃发：一部《归鸟集》，又一部《非非集》，以其质，以其量，以其浓郁的思辨色彩和纯净的抒情风格，最终确立了沙陵应有的诗歌地位。

四

所谓成熟诗人的成熟作品，或者说所谓具有专业风度的诗歌写作的基本标准是什么？我想，无非是两点：其一，经由诗人的言说，他说出了一些为我们日常体验所忽略了的存在的秘密或叫底蕴；其二，他的这种说法，为诗歌艺术的发展，或多或少地有新的开启或补充。也就是说，为诗的言说方式，提供了一点或更多些的新的说法。

这样一种认知，对于在新诗潮中自由生长起来的诗人，似乎已成为一种常识（当然，对那些非专业写作者而言，依然总是一种"秘密"），但对于沙陵这一代诗人们而言，却有一个破壳再生以重新获得这种认知的艰难过程。也正是这一过程，无情地淘汰了这代诗人中的大多数，同时再造了他们中的真正优秀者。

正是从这一角度，我们发现沙陵诗歌的特殊价值，亦即其诗歌艺术的特征所在。

细读诗人的两部代表诗集《归鸟集》与《非非集》，无论是长诗还是短诗，是咏物，还是抒怀，都始终贯穿着一种对生活与艺术的思考与理解的传达，使诗行中充满了特有的沧桑感和思辨色彩。是"传达"而非"传教"，这是沙陵有别于传统思辨性诗人的一大飞跃。我是说，在沙陵式的诗性思考与理解中，总是以一种叩寻的方式，一种作为悬疑未定的"过程"来提出的，而非指向一个业已具有确定意义的论断，这无疑是一个质的跨越。诗与哲学结缘已久，但凡真正深刻的诗作，无不包含着一些哲学性的关切眼光。然而对诗的哲学性之理解，在许多诗人那里，都将"关切"误读为"关联"，将"眼光"置换为"眼镜"，许多所谓

"哲理诗"，只不过是对人们已知的世俗道理、社会观念及至意识形态话语的一种诗型诠释，或叫作分行说教。强烈的历史感使沙陵这一代诗人们，有意无意间将诗的思考引向一个意识形态化的所指，从而减弱了诗的美学效应。沙陵最终走出了这种困扰，成为自己灵魂的真实发言人，并将这种"走出"亦即其转化的过程，也有机地融入了新的思考中。越接近晚近的作品，诗人对"硬性思考"的化解越趋近自然，越具有现代意味，着意于情怀与目光，而非观念："寻找风的来临/重新认识自己"(《生之形态》)。

同时我们也注意到了强于思辨的负面作用。跨越不等于完全抵达，乐于在事物中寻求因果关系的思维习惯，以及永远追随时代精神的激情，限制了诗人沙陵作更深广层面的拓殖。在不少作品中，思考依然只作为明确的动机而硬性存在，未能更有机融入现代审美情趣中，显得夹生或枯干。这使我更加喜欢诗人那些不太刻意思考的作品，那些"流水载着落花——/一队飞去的蝴蝶"(《意念》)般的精美短诗，如《失落》、《山雨》、《山野》、《山中》、《渴望》、《山中古刹》、《小城》等。"如果真有南天行云一朵/湿于明眸之睫/即使一句轻轻的耳语/也会绿透干涸的沙原"——在这样的诗句中，我们似乎更能触摸到诗人的本色，理解到那份独在的心魂。

五

其实就诗而言，尤其是就完全以一个新的、发展中的语言系统来言说的现代汉诗而言，说什么尚是次要，怎样在说着，才是首要的问题。在这一点上，诗人沙陵倒真是倾尽了一生的心血。

作为沙陵的发蒙弟子，早在七十年代初期接触中，我便知道，他一直在苦心琢磨着，如何在现代汉语的诗性言说中，有机地嫁接古典诗质的语言功能(在那个年代，这无异于"盗火"或叫作在雪线上做着绿化梦)。这一要害问题，在新诗潮的奔涌中，一再被悬置，仅只在部分所谓"新古典"诗人那里，被偶尔触及。直到九十年代，方经由九叶集代表诗人、诗学家郑敏先生郑重提出，引起诗界重视。沙陵则一直默默地在自己的创作实践中，做着卓有成效的实验，并初步确立了他自己的语言风格。这同样是一个艰难而漫长的过程，靠的是坚定的信念和良好的修养。现代诗的先天性弊端，是翻译语感的侵扰，尤其是在缺乏起码的古典诗质认识的许多青年诗人那里，已完全成了对翻译诗歌的本土仿写，汉语诗质的审美特性几已荡然无存。沙陵经由他持之一生的探求，对此做出了有效的拓殖。如果"不可翻译性"可作为诗歌艺术的一个基本本质属性的话，沙陵的诗歌语言是具有这一品性的：它是现代的，又是中国的，是融古典汉诗诗质于现代汉诗肌体，从而更真切地传达了现代中国之现代意识与现代审美情趣的——这一品性，无论在老一辈诗人中还是在年轻一代诗人中，都属稀有而须发扬光大的。

具体到文本。沙陵的诗，大都以精练的实词和短语为载体，短促、跳跃、空间跨度大，形成很强烈的节奏感，也给读者留下了更多的想象与互动余地。在意象的营造上，沙陵很少避生就熟，重复他人或自己，可谓苦心孤诣求奇崛于原创。其中具代表性的，是《舞风——看黑人健美舞的演出》一诗，试读这样的诗句：

> 白昼的一端
> 夜的边缘
> 阵阵奔突的漩涡诡谲莫辨
>
> 腾空而起的黑色风暴
> 占领了心灵的空间
> 动，动是梦幻的绚丽
> 静，静是大理石的成熟

> 快乐的笑，一出唇
> 绿了森林的季风

可以品出，这样的语感，有一种运动着的雕刻般的韵致，生辣硬朗，如风似电，有很强的张力感。再如《纤夫》中的佳句：

> 几度涨潮？几度春秋
> 只一群水花
> 湿了家乡荒芜的云
>
> 落潮的汐音，在
> 青山外，黄昏里，时逢
> 三月怯寒
> 风怯怯，雨怯怯，挽住纤夫留纤声

这是典型的沙陵式语境：化古通今，典雅纯净，一步三折的顿挫中，确能更契合饱含沧桑感的底蕴。这种语感经沙陵半生研磨，可以说已运用自如，独具风韵：于短诗，能取微用宏；于长构，能知密守疏。即或因诗人一直未能完全摆脱因果/线性思维惯性的困扰，致使一些作品有架构单调之嫌，却也因了这份语感的别致，做了不少美感上的补充。

　　而最终，我们更感佩至深地看到：已逾七十高龄的诗人沙陵，依然满怀不熄的热情，在临近生命雪线的边界上，铺展他新的风景线。无须预测这片新的风景的价值，它存在着，以如此持久而热烈的姿态延伸着，就是一切。在结束这篇散论时，我的思考再次回到出发的地方，重复这样的论断：是的，对诗人沙陵来说，在经历了半个多世纪的风风雨雨之后，能坚持跋涉到世纪交替的广原，留下这片雪线上的诗之风景，已是一部史诗的完成，而无愧于生命初期那绚烂的许诺：

> 从静中走来的是
> 林中……断断续续的回声
> 这准是
> 秋的迟到的通报
> 我推开黄昏
> 风寒，已把青枫点燃……

——《秋声赋》

1997 年 11 月

沉默者之光

评关雎诗集《沙漠中央》

这是一部迟到的诗集（《沙漠中央》，中国文联出版社 2002 年版），而终于在非诗的年代问世，让所有了解关雎的人们，既不免于欣慰中抱憾，又于遗憾中更增感佩。

至少在陕西当代诗坛，关雎一直是个异数，一个没有确切诗人身份的诗人，但所有有着这种"身份"的诗人和诗爱者都知道，他是一位真正意义上的诗人，一个纯粹的歌者。没有观众，没有舞台，严格地说，当然也就没有演员。时代先后编制了多少角色，而多少人又因出演得及时或精彩，复将角色转换为身份再换回功利，由审美人回到社会人，艺术便只是唬人的行头而已。关雎于诗，由爱而生，由爱而终，一步踏出，再不回头，爱了四十多年，只是如与亲人至友般地厮磨着，再无其他所求。他只为自己而歌唱，或者说，他只为歌唱而歌唱，遂于寂寞中，葆有了超然的襟怀和独立的风骨，即或成为"一块补天时忘了的铁矿石"（《在茫茫沙漠的中央》）也在所不惜：

我拣起这一枝枯萎的丁香，
形容憔悴了却依旧芬芳。
既然在朱颜当日你就结满了愁怨，
又何必用惨淡的笑把自己勉强。

　　这首写于二十世纪六十年代初诗人出发时的小诗《无题》，实际上已宿命般地成了诗人诗性生命历程的"自题"写照。关雎提前认领了这份宿命，也便同时认领了超越现实功利的艺术理想，并跨越两个时代的困惑，将写作化为本真生命的托付和诗性人生的仪式，水晶般地留存于个我的记忆中，温暖并照亮着他的家庭、他的朋友和他的命运。

　　其实作为一个中国诗人，关雎并非没有担当，两个时代的脉息在他的诗中都有强烈的反映，有时甚至是咄咄逼人的表现。这是关雎这一代以理想主义为底背的诗人无法消解的精神立场，从而导致大部分的诗作，都因各种不可遏止的指涉欲望而显得过于理性与板滞，且未走出体制性话语的束缚。

　　即或如此，关雎和他同时代的诗人们的差异依然是明显的。这首先在于诗人在无法他去的体制性话语的总体架构中，始终持有一份不失个在的体验方式和言说角度，从而避免了亦步亦趋式的角色出演。换句话说，关雎对时代的担当仍是对自我的担当，亦即对时代在个我生命中所打下的烙印所激起的思考与追问的担当，给这份不得不在场的担当一个诗性的指认或见证，这与那种从应和出发，传声筒式的所谓现实主义诗歌自有其本质性的区别。写于上世纪八十年代初的《热泉》一诗，已充分拉开了这种差异的距离，成为此路诗风中不可多得的力作。

　　到了九十年代的写作中，关雎终于大跨度地跳脱了体制性话语的羁绊，变直抒为曲言，以大量的悬疑性语气代替惯常的肯定性语式，消解所指，增加歧义，有分延，多余味，自由，洒脱，平生几分现代意识与现代审美意趣。《关于树叶和鸟的论断》、《对话大丽花》、《童话：小狐狸的家事或者他缘何踏雪无痕》等诗，均属此类佳作，可谓晚来的眷顾中，一抹亮丽的风景。

　　然而所有这些不免价值判断性的品评，于关雎而言，都显尴尬。素心谁可裁？唯有真诚在！老梅着新芽，不与春风开。正如诗人在后记中所表白的，即或连这部结集的出版，也只是为四十余载的诗性生命历程留一个念想和归宿。沉默者自以沉默为怀，但那缕真诚的诗意人生之光，想来不会永远隐没——至少，在一个越来越物质化的时代里，它会以它童话般的纯真存在，为热爱它的人们所长久挽留与追怀，并以此告慰诗人几近一生的寂寞和苦寒。

2003 年 3 月

裂变与再生

牟心海诗歌创作散论

一

当代中国新诗理论与批评，自新诗潮以降，其重心即开始转移，唯实验、先锋是问，渐成显学。从朦胧诗到第三代诗歌到九十年代诗歌，可以说是亦步亦趋。其间也不乏对"归来"或叫作"复出"的老诗人，如"七月派"、"九叶集"派等新的创作予以特别的关注，从而历史性地实现了从诗体建设到诗学建设的突破与重构。然而与此同时，无论是在官方诗坛还是在民间诗歌阵营中，沿袭文革前"十七年"主流诗歌创作理路而存在的诗人和诗歌作品，依然可谓"根深叶茂"，撑持着一个十分庞大的局面，甚至可以说是"多半壁江山"。由此形成了当代中国文学进程中一个很特别的现象：两种路向，各自为阵而又互动为边缘——新诗潮自外于主流诗歌，边缘拓展而举步维艰，但其影响尤其是其生发的理论与批评却渐成显学，由边缘而主潮；主流诗歌一如既往地占据庙堂要津，亦显亦贵亦热闹，但有关其创作的研究却日趋式微，或有者也缺乏新的诗学价值可言，遂难免由主流而边缘了。有意味的是，这种颇为吊诡的现象似乎从未引起人们的重视，且一直相安无事，你走你的独木桥，我走我的阳关道。至少就新诗潮之理论与批评而言，那个依旧"根深叶茂"的主流诗歌之庞然大物，好像根本就不存在，或者是无暇顾及乃至无必要顾及其存在，从而留下一个悬置已久的空缺，难以还历史以完整的诉求。

问题正由此提出：其一，"十七年"新诗传统为何至今仍如此根粗枝繁，香火不断？其二，现代汉诗有没有从中可汲取的诗性元素？其三，由这个路向出发的诗人在今天发生了怎样的变化？这种变化对当代诗歌有着怎样的意义？

显然，这里的前两个问题，是有待整个诗学界来共同研究与探讨的大课题。而作为既受过"十七年"新诗传统的影响，又和新诗潮摸爬滚打了二十年，可谓"过渡性"的诗学研究者而言，我更感兴趣的是第三个问题——旧营垒里是否有新人物的生成？而那又是怎样的一种再生？正是在这样的思考之中，我遭遇性地进入了对牟心海诗歌创作的阅读与审视，欣喜于找到了一个有代表性的个案：三十年代末出生，六十年代进入诗坛，经过"文革"的空白，于新诗潮的影响下重新出发，从而开始了一个艰难而漫长的"脱胎换骨"式的人生历程与艺术历程，并经由持之不断勤奋写作而终得一个晚来的成熟——这成熟虽"不在中心"、"不在视野"而"显得清冷"，但"这里也有追求"（《边缘》诗句中语），这一代人"多角形的酸甜"（《泪》），令历史难以忘却！

二

从"十七年"新诗传统路向走过来的一代诗人，可说是"尴尬的一代"诗人。预设的所指，统一的意义价值，类型化的语言模式，以及不无社会功利的创作心态，即或真有才华和热情，也无可避免地受制于那个时代总体话语的拘束。这样的写作，注定是要被美学史删除掉而仅为过渡形态的文学史所记录的一种非诗性存在。一旦时过境迁，这种写作，要么依旧寄生在旧体制话语上做量的堆积，要么就得选择向死而生的"重活一趟人"。这种"尴尬"是空前的，求新求变更是百倍的艰难。实际上我们早已看到，他们中的大多数，已无可避免地成为死抱不放或变调变腔不变味的僵化守旧者，以熟练工式地复制维持着一个庞然大物的存在，亦即以寄生的庞大来护拥寄生体的庞大，以免过早地流离失所。这也许是这一路向的诗歌，从创作到流布依然在今天十分畅行的主要原因之一，而其类型化、模式化的写作方式，又因极易为新的诗歌熟练工所掌握，也便有了新的接班人而历久不衰。

中年再生，是尴尬更是挑战，它考验着这一代诗人艺术根性的所在。彻底消解对"贫血的奶娘"的依赖是一种艰难，更艰难的是对新的美学营养的选择与吸收，它需要一个消化功能健全的胃，更需要一个健全的人格。对牟心海这一代诗人来说，当年的投入诗歌（以及一切文学）创作，除爱好和热情外，大多还潜藏着以此来安身立命，从而改变人生际遇的心理机制，我称之为"携带生存"。这种心理机制是一种动力，也是一种反动力，它最终导致创作目的性很明确，功利化，不纯粹，变目的为手段，化事业为生业，面对新的美学要求，自然难以再生。显然，人格的纯正与否，在这里成了最终的决定性因素。而正是在这一点上，牟心海获得了迎难而上而求再生的基本保证——无论是从他的作品中，还是从他的做人中，我们都可以发现到，这是一位有根守道的诗人，这样的诗人不会因语境的改变而完全失语，他自会找到他新的立足点。至少从诗人创作于九十年代的三部诗集中可以看出，中年午后的牟心海已基本消解了那种社会功利的迫抑，写得自在从容，且时时渗透出一息淡泊自适的明澈气息，甚至让人想到，由于天性使然，打一开始，诗人就并未因早年艺术环境的恶劣而改变了自己的心性，它只是暂时被冷藏，一旦解冻，自会回返真实的自我。

当然尴尬依然存在，人格的纯正并不能完全保证艺术的纯正。思想上，受主流意识形态的影响，难得超越；艺术上，受"十七年"诗歌模式的长期渗透，更难得排除。即或在初步重建了个在创作道路之后的九十年代写作中，也可以找到"十七年"诗风影响的回潮。如《太阳雨》诗集中写南国之旅和《空旷也是宇宙》中写三峡之旅的一些诗作，又不自觉地返回到旧时的味道，乡风乡韵，浅情近理，空泛而陈旧。显然，艺术上的再生是漫长而复杂的过程，新旧的转换，双重角色的撕扯，都非短时间里可解决的。而人格的力量在这里再次起了决定性的作用。渐变需要量的修正，依靠长途跋涉的脚力，在不间断的探求中，牟心海最终还是比较彻底地摆脱了体制性话语的困扰，至新世纪伊始出版了长诗集《身影》，诗人已基本从旧的阴影中走出，步入一个自由而广阔的艺术新境地。

由九十年代的创作回溯纵观，可以看出，诗人牟心海的创作主体，经历了两度再生：一度是由非我亦即社会性、体制性话语向个我亦即个人性话语的转换再生，由此产生了《太阳雨》和《空旷也是宇宙》二部短诗集，整体风格纤细清丽，意象迷濛，情感沉郁，但缺少稳得住的重心。第二度是由个在的小我向大我亦即由个人性话语向人类性话语的转换再生，由此有了《身影》这部长诗合集的问世，其诗思上升到一个阔大的自然观、人类观和宇宙观上面，气象宏大，视阈开阔。尽管语言的表达还不是很到位，但其初步拓展的精神境界已非往日可言。尤其是当我们将其置于整个"尴尬的一代"诗人群落中作以比较时，更会惊异地感佩到——老而非老的诗人牟心海，已经跨出了多么不易的一步而走得那样洒脱、那样年轻！

三

我曾在评论老诗人沙陵，题为《雪线上的风景》一文中指出："可以说，这是一个漫长的，不断破壳再生，除旧布新，排

杂提纯的过程。完全由新诗潮出发的年轻诗人们，很难全部理解
这一代诗人的艺术成长史：包括这一代诗人中的大部分，也多已
在经年日久的'驯化'中，成为异常岁月的遗民，再也难以成为
纯正诗歌的发言人——历史曾经将他们逼至寸草不生的雪线，只
有极少数'基因纯正'的诗人，没有沦为匍匐的苔藓，依然以不
尽挺拔但却不失大树风姿的身影，投射一抹'雪线上的风景'。"
这样的指认，似乎同样适用于牟心海的诗歌创作。再生的过程是
渐进的分延与升华，尤其是思想与艺术的裂变与转换，包括对
"十七年"诗歌影响的扬弃和对新的美学思潮的吸纳。

　　转换的前提是清理，首先是对过去那种"造神"进而"代神
立言"的乌托邦式的虚假诗思的清理。在写于 1993 年的《也是
回答》一诗中，牟心海在深沉的反思中做出了这样的回答：

　　　　不必琢磨神的许诺
　　　　远航的船已经搁浅；
　　　　还怨恨什么桅杆的高与低

　　诗人的诗思已由虚空返回现实，有几分失落的惆怅，更多的
则是旷达明澈的心境。正是这种落于平实而又不失反思的心境，
构成了牟心海《太阳雨》和《空旷也是宇宙》两部短诗集作品的
基本语境。在这种语境里，过去那种浮光掠影式的社会现实之写
照，也渐转换为深入生命、深入存在的深层思考，进而纳入自然
和宇宙意识的新坐标，重构创作主体的精神空间和生命形态。由
此，诗思的开阔也不断拓展着表现域度的开阔，个在小我的低吟
浅唱也渐转变为大我的高视阔步。及至《身影》一集，在主题的
开掘上，至少有三个方面的拓展：其一，批判性、质疑性思考的
加强。这在《都市站立的语言与风的舞蹈》一诗中表现得尤为突
出："空腹的城打着声声饱嗝"；"高扬的欲望，摇碎了蓝天"；
"欺骗与谎言散发胭脂的香气"等等，让人惊异于曾经惯于在阳

光与春色中游走的诗笔，如今也有了如此犀利的锋芒。其二，对现代化、都市化的反省。作为曾经两个不同经济与文化时代的诗人，这种反省是别具深刻的，他们对中国式的现代化、都市化之弊病，可能看得更透彻，体会更深刻："化了妆的笑容/感化不了情绪的僵硬"，"几代人追求的梦幻/折磨着一颗颗幼小的心灵"，而"轻松脱为疲劳失去记忆/辨认不出你与我/包房的秘密与大排档的敞亮/交汇出一条起伏的热线/今天的阴晴呼唤明天的时令/杯里照样漂荡着半个月亮"（《都市站立的语言与风的舞蹈》）。有关现代化、都市化的反省，已成现代汉诗写作中的一道主风景线，但由牟心海这一代诗人笔下写出，则别具一种意味。那种爱不得又恨不得惊诧而又无奈的复杂情感，和由此生成的语感韵致，是更年轻一代诗人们无法替代的。其三，即是对自然元素的引进。这在牟心海这样的诗人而言，是必然要发生的"美学事件"。他们毕竟怀揣过一个非常单纯美好的精神世界，而无论是旧的现实还是新的现实，都一再使这种情怀失落而破碎，转而借由自然的真善美来寄寓和托付，则成为一种必然的选择。"聆听大地的低鸣/收藏太阳的光芒"，这样沉雄深厚的诗句出现在写于世纪末的长诗《高原：神秘与神奇的浇铸》中，代表着诗人的精神空间和思想境界，又有一次高海拔的跃升。

　　思想观念的转换自然会带来艺术观念的转换，在牟心海这里，这种转换具体呈现为三个方面：其一，悬置观念，着力于语言的表现和意象的营造。在"十七年"新诗创作模式中，几乎每一首诗都有一个预设且必须抵达的主题方向，所谓"思想的升华"，语言完全成了完成这种抵达的"交通工具"而失去自身的诗性价值，亦即仅仅只是以分行排列的诗歌外形，去阐述一个公共性的、社会化的浅情近理，且"情"是阶级感情与政治热情，"理"是主流意识形态投射的理，最终使诗歌沦为时代观念演绎的花式。这个症结已成那个时代过来的写作者艺术机制的顽疾，成为新诗创作的魔障。正是在这里，牟心海跨出了重要的一步，至九十年代的作品中，诗意已超越了题旨，表现替代了表达，返回生活和生命的个在体验，逐渐消解了社会观念的层层硬壳，诗中开始出现了许多的疑问意味，不再轻易滑落于一个明确的所指，由迷蒙而沉郁而诗味渐深渐浓渐入佳境，可谓向现代诗性迈进了可贵的第一步。

其二，变流俗通行的"哲理诗"为具有个性化思辨意味的抒情诗。哲理诗的概念在当代诗学中一直比较混乱，"十七年"诗歌尤其将其奉为"理想境界"，似乎所有的诗人最终都是哲学家，实际上却无一不将其弄成了空泛的豪言壮语。同时，由于时代观念的影响所致，大量的初级诗歌爱好者，也多年习惯于从诗中寻求"人生哲理"，视为读诗的终极价值，而置诗的审美价值于不顾，有如中学生在陈旧的教育模式中，习惯于从所有的文学作品中去寻找一个干巴巴的中心思想。这种阅读风尚转过来更刺激着"哲理诗"的倡扬，使几代诗人趋之若鹜，实则却无一不落入了一个非诗的陷阱。诗是感性的，也是理性的，也需以寻求真理的发现来作为诗的骨骼、诗的灵魂，但诗的这种发现同哲学的发现不是一回事，诗甚至不避讳对已发现的真理的再次言说，关键是诗看重的是它独有的"说法"而非说的是什么。多年流行的所谓"哲理诗"，正是在这个关键点上犯了本末倒置的美学错误，且流误甚广，以至先锋诗歌干脆将其弃之不顾。但在由"十七年"走过来的一代诗人心中，对"哲理诗"依然是旧情难舍，看得很重，常常不自觉地便往上靠。牟心海的诗作中，这样的"旧情"也遗留不少，但有了质的变化，如《太阳雨》一诗中这样一些诗句：

> 天是个忧愁的空间
> 天也是个喜悦的时间
> 偏偏又同时装进心里
> 构筑了时张时缩的心灵宇宙

> 看不出什么征兆
> 也不知到底是什么意象

　　显然，诗人在这里是想要说出点什么高深的哲理的，但好在他没有说出发现了什么，而停留于一种发现中的思考状态，将意欲发现的东西悬置在那里，不再说明，或者是表达一种无法说明的情状——而这，才正是诗意之所在，因为诗的本质正在于是邀约的互动而非明确的给予。我进而发现，在牟心海风格转换中的九十年代诗歌写作中，这种以思辨性代替哲理性、以悬疑语境代替确定语境的追求，已大大改变了过去诗质稀薄的状况，诗人不再是什么居高临下的观念的代言人，而化身为谦卑的审美的探路人，其诗，也自然由单一的理路变为"多解的方程式"（牟心海语）了。

　　其三，由现实向超现实的过渡，"为社会和自然重新造型"。"十七年"诗歌的写作，基本是一种流于社会学层面的诗形解说，尤其忽视精神层面的深入，更谈不上对诸如潜意识、超现实层面的触及。这种束缚，在牟心海近年的创作中，已逐渐得以解脱。为此，诗人引进了新的参照系：天、地、人和历史、现实、幻象。从《太阳雨》到《空旷也是宇宙》再到长诗集《身影》，诗人的视阈越来越展阔越深入，纵横古今，串联时空，穿越外在与内在，拓殖新的精神领地。在这样的视阈里，人不再是单一的政治动物和经济动物，而有了与天、地互参的精神品性，现实也不再是浮泛的现象或事件，而是渗透了历史反思与超现实想象的精神质地。走向内心，走向自然，走向超越了狭隘的社会功利和地域文化，具有人类性和宇宙观的人性深处，来探寻诗性生命意识的新境地——这样的一种诗学理念，在其最新一集的《身影》中，得到了较为集中的体现——写《莽原涛声》："把简单转为繁复的思考"，"拥抱这厚厚的绿意"，"这天然的纯净与古老素朴/浇灌着那残存原始的真涵"，"它是自由空间的生成"，"神灵就在这阔大的寂静之中"，而"什么是卑劣什么是崇高/民族的命运生命的呼叫/这涛声都已做出深刻的回答"；写《水潮吟》："水有灵魂/灵魂能够上天/也能附体/驾着宇宙的季风/在空旷中飘荡它的旋律/是心的波动/画出生命肌体颤动的图像/世间动脉与静脉/在畅达中交流"；写《高原：神秘与神奇的浇铸》："显露体魄直白内心世界/掩饰与遮挡已被西风吹去"，"母亲河的源头深深藏起/谁能说清她的诞生/生命在此生存在此/谁又能探视她的秘密"，而"这里不再有王权/有的是另一种崇拜/高山长河心中的偶像/气势撑天的大地神秘与神奇的浇铸/直进高原感受天意的奇迹"；写《老墙身影》："老墙躺卧着/长长地爬动/它没说什么也没做什么"，"而象征挑起民族精神/我们欣赏光彩/我们审视阴影"；写《沙尘之魔》："在人类进步的胯下追求与现存的背离/繁衍多端无生命的向往/谁会同情洒向太空的血与泪/嗅不到一点人味"，而"倦怠被埋进沙山/疑惑生出新的根须/存在是发问也是回答"；写《都市站立的语言与风的舞蹈》："生活在这里声音相互碰撞/各自争抢自己的站立"，"新思维构造新的建筑/高耸的林立便是陈旧的坟墓"，而"聚集这里编排自己的往事/却不是为后世制造风景"；写《人生：生命的流水》："无穷的天在心中却是很小很小/无际的地在脚下却是很窄很窄/走出天中之天/，走进地外之地/每个人都在寻求/营造一个自我天地"……无需更多的抄录，也可由此见出，牟心海已步入一个怎样的艺术境地：那个干瘪虚假的旧我已被彻底化解，而过渡期低吟浅唱的小我，也渐渐地过渡到一个贯通天地人神和历史与现实的大我境界。在这里，现代意识和现代审美意味正越来越上升为主导的支撑，并预示着更成熟的收获的可能。

四

由中年而午后斜阳，由裂变而再生，虽举步维艰而终玉汝于成。然而必须看到，这个"成"，在牟心海而言，尚只是再生后新的出发，而远非接近纯熟的抵达。

深入具体的作品分析可以看出，就诗的构思来说，虽已走出了"十七年"诗歌线形结构之起承转合的禁锢，但随之带来的问题是，过于散乱的视点而致碎片感，语感犹豫而又飘忽，诗思敏锐而又审慎，缺乏每一首诗作独立饱满的内核，看多了，一首诗常常像是另一首诗的分延或复写。表现在短诗方面，多以"雾"、"雨"、"梦"、"影"为主要意象，虽清丽动人，如"涩涩秋雨"，但由于大多纯以高雅迷离的书面语入诗，与其比较到位的现代意识发生隔膜，表现出来的与意欲表现的之间，有不少落差，所谓意识到了，语言没全到。这些问题在其长诗的写作中稍有好转，显得自信和从容了许多。命题重大，气势不凡，意蕴沉雄而博大。其表现形式，仍是短诗中的语态，乱针绣出，形散神不散，显得丰厚而多彩，且有了些稳得住的重心感和可感受到的语言肌理。尤其是《高原：神秘与神奇的浇铸》和《都市站立的语言与风的舞蹈》两首长诗，其思想深度和艺术品性都比较到位，是诗人近年创作中不可多得的佳作。

总的来看，牟心海在由裂变而再生后的诗歌创作，其重心还是集中于对题材的突破与拓展，在怎样写亦即语言的创化方面，虽也尽力吸收新的诗美元素，但一时还显得夹生而未至化境。缺憾与不足是明显的，但老而未老的牟心海，毕竟经由艰难的"脱胎换骨"，将自己带入了一个新的地平线——六十初度，在出版于九十年代和新世纪伊始的三部诗集中，已呈现出新的质素和广阔的视野。这是一种渐进的升华，请听诗人自己的告白：

> 这块流血的岩石
> 浮不起来
> 也沉不下去
>
> ——《雨中孤行》

　　这是一个颇为深沉而凝重的意象，可以视为"尴尬的一代"诗人及其所代表的那一代人过渡性生命状态的造型，也同时是诗人自身的情感形态之投射。断裂与再生的沉浮两难，成为这一代人宿命般的存在，而对它的直面与认领，已是觉醒的开始：

　　　　拥抱白雪　雪已燃烧
　　　　我也在燃烧
　　　　失去了世俗
　　　　便与雪同时发出纯洁的微笑

　　　　　　　　　　——《只听到雪发出的疼痛声》

　　可以看出，连这首诗的诗名都充满青春气息，而诗句中透显的自如、惬意、复归自我后的欣慰，正是诗人经裂变而再生后心态的生动写照。读牟心海的诗，常常会发现，这是一位很难被世俗世界完全掠去的，可称之为纯真型的诗人。仅从诗人的生平简历即可得知，一直从政且很早就身居较高领导岗位的牟心海，最终还是将人生的主要追求俯就于艺术，既是事业的归属也是精神的托付，难舍那一份诗意的生存。有过失落而从未衰老，人在世俗而心系诗境，写得深浅好坏另当别论，那一脉诗性生命意识的搏动，确是从未缺失过的。尽管大半生虔敬的诗路历程，并未给牟心海带来多高的荣耀，可他依旧虔敬地落座于诗坛后排的某个角落，散发着阳光般的透明与洁净：

　　　　这一切是描绘也是记载
　　　　是自身生命运动的展示

　　引自《水潮吟》的这两句诗，可视为牟心海诗歌精神的最终写照。由旧我而新我而本真自我，由描绘而记载而诗性生命运动的自然展示，经历了如此心路与诗路历程的人，不该有一个更为成熟而丰厚的收获吗？

　　当然，最终的收获依然是生命意义的收获，对于牟心海一代人而言，所谓艺术的桂冠，恐早已成身外之物了。由此想到笔者自己的两句诗，抄录于结尾处，算是对远方诗友的一点回应，也同时结束这篇不短的散论了——

　　　　憔悴之后便不再憔悴
　　　　纯粹成一泓秋水

2001 年 10 月

风清骨奇心香远

评吕刚的诗

　　吕刚的诗，有特别清爽的快感：形式简约，蕴藉幽远，风韵泠然；不虚张，不扭曲，不沾世俗病；风清骨奇，情真怀澄，清逸之气袭人。尤其是那份透明的语境，在重蹈语言贵族化、繁复化的当下诗坛，已成为稀有品性，至少就我个人的诗美倾向而言，认识吕刚，大有闹市逢旧知的惬意。

　　按说搞评论的人，不应该以个人的审美好恶去影响评论立场，其实，所有的评论家在履行批评职责时，自己心底里，都还是持有一份不无私在的倾向性的。客观归客观，真遇到对自己口味的作品，难免就多出些主观的投入，不仅是理论的观照，更有性情的契合。研究现代汉诗这多年，理论上过了几个来回，阅读作品时，客观理解之外，仍持有一份个在的挑剔，寻觅着符合自己诗美取向的品质，尤其在"语境"方面。

　　现代汉诗在语境取向上，一直存在着两种主要类型：一是繁复/朦胧的美，一是单纯/透明的美。前者常因所谓"晦涩"、"怪异"、"看不明白"，为非专业性的读者所诟病；后者常因被误导为所谓"明朗"、"平实"、"浅显易懂"，为非专业性写作者弄变了味。

从专业的角度看，繁复/朦胧之美，来自对"意象化语言"的营造，注重经由密植意象及其附带的表现手法，增强语言的歧义性和张力感，运用得当，很有阅读冲击力与震撼性。同时也就容易造成阅读的滞重感，局部张力的饱和与不间断地刺激，反带来整体效应的空乏，所谓"张力互消"，非不懂，而是"难以消化"。作为研究，是一回事，作为欣赏，就难免有些"隔膜"了。在一些非专业性写作者那里，更演化成一种矫情和伪贵族气，造成意象"肿胀"或散漫无羁，看似"繁复"，实则是混乱，一些碎片似的流泻和堆拥，自己心里没整明白，拿语言蒙人。读者诟病，多因这些流弊所生，反影响了对真正到位的繁复/朦胧美的理解。

单纯/透明之美，来自对"叙述性语言"的再造，注重事象与意绪的诗性创化，简缩意象，引进口语，以"高僧说家常话"的手法，追求文本内语境透明而文本外意味悠长，有弥散性的后张力。读者很轻松地完成了阅读，却为阅读后所开启的诗意之领悟久久浸染，欲罢不能，有绵长的回味和互动的参与感，所谓读者的"二度创造"。这种语境，看似好进入，其实很难把握。"高僧说家常话"，首先得是"高僧"而非"家常人"，"家常"的是"说法"，"说什么"、"怎样说"，骨子里却有极独到的选择。持有这类语境的诗风，又可以"寓言性"、"戏剧性"、"禅意"分脉，是熔铸了中西诗质后，发挥汉语的特性，在现代汉诗中的拓殖，也是笔者多年来最为倾心和尽力鼓吹的一脉走向。至于一些非专业写作者，将"语境透明"误导为所谓"健康明朗"、"贴近大众"，鼓噪出一些浅情近理的"流行诗"，轻消费、软着陆、小情调、伪哲理，虽红火一时，其实什么也不是，更与上述诗脉风马牛不相及。

吕刚的诗，显然属于追求"语境透明"这一路向的，且有独到的深入。他的诗大都很轻小，有的竟精短到数行十多个字，有现代绝句的风采，但轻得有价值，有大的蕴藉，如瓦雷里（Paul Valéry）所言"像鸟儿一样的轻，而不是像一根羽毛"。这大概与诗人潜隐内倾的气质有关，诚实观睹，幽微勾勒，不事铺排张扬。在一个浮躁虚妄的时代里，这是难得的品性，保证了诗人纯正的立场和有方向性的个在写作。从诗中可以看出，诗人的精神底背是极具现代性的，对存在有深刻的质疑和敏锐的思考，虽含而不露，却不失潜在的立场。而其艺术根底，却源自古典，传统的滋养很深，不是那种从"流"上投入、缺乏根性的艺术浪子。

　　由此决定了吕刚的诗歌创作，是一种源自心性和修养的本色写作，无涉功利，却有个在的追求。吕刚多年"潜伏"于诗坛的边缘，自甘冷寂，大概自己也知道，单是他那份冷峭的语感，那种将语言逼回到最单纯的深处，再重新发掘其可能的诗性品质的探求，恐怕也难有多少知己者。有如让喝惯了咖啡、可口可乐的人学会品尝清茶，且是那种采自明前、雨前的雪间春芽，非行家不可理喻，反误以为"寡淡"。

　　就语境的单纯性和透明性而言，吕刚确已走到极致，稍一失手，也确实就易陷入"寡淡"之境，这也是他一部分未到位的作品诗质稀薄的原因所在。但在诗人那些成功的作品中，却有不同凡响的陌生化审美效应，令我们离开熟悉的诗意，进入另一种诗美境界："如空中之音，虽有所用，不可仿佛；如象外之色，虽有所见，不可描摹；如水中之珠玉，虽有所知，不可求索。"（明·黄子肃《诗法》）

　　试读其代表作《感应》：

　　　　一只乌鸦
　　　　重重的　立在
　　　　新开的玉兰上

> 我的心
> 上下晃动了
> 好些日子……

　　全诗仅此六行二十七字，起于"感应"，止于"感应"，求悟性于直观，求真意于平淡，只透消息，无涉其余，但"其余"却在，在读者对此"感应"的种种感应之中。另一首《玉兰花开》与《感应》异曲同工：

> 静静的
> 看一树玉兰花开
>
> 起初　你欲说什么
> 没有说
> 后来　你想做什么
> 没有做
>
> 再细细看了
> 玉兰如玉
> 心　如兰

　　全诗一人一树，相对而已，说在欲说未说，做在想做没做，澄怀观照，留虚白于物我之间，剪影似的一道小风景，立得久了，却有隐约的况味渗浸出来，亦如诗人一样，看兰如玉，观心如兰了。诗的结尾句，利用了汉语的特质，收意外之功，也是这种语感的精妙所在。这样的语感到了《在秦俑馆里》一诗中，则更收奇效：

> 一个单跪的兵俑

站

起

来

向我耳语……

走

过

去
又跪成一个兵俑

　　诗仅二十字，通过特殊的汉字排列，形成玄妙的形式感，一词"耳语"，一个省略号，一段虚拟的戏剧性情节，不无荒诞而又充满诡奇地点化出现代人的历史感，重意轻象，简妙通幽，令人叫绝。

　　可以看出，诗人善于从寻常光景的一瞥之中，洞察生活沧桑和人性内质。落于笔墨，则讲究如国画似的知黑守白，只道其仿佛，勾勒轮廓，从具体的情境切入，由清空的蕴藉化出，意渺理曲，颇似中国传统的禅诗一路。但细察之下，又有不同，关键是诗人所持有的精神向度不一样，是有深切的现代意识作底蕴的。是以将这种语感，用以处理一些大的题材，也能举重若轻，于简约中见深蕴，有生疏的艺术感染力。如写海湾战争的《海湾》，肃穆冷凝，道他人之未所道；写文化反思的《文字之苦痛》，玄诡迷离，颇具寓言性与反讽意味；写人生变故的《女兵》、《妈妈》等，速写般的几笔，便将生存的本质及其变迁，于隐约之间，道尽苍凉，有渗入骨头的冷澈。

　　同样，这种语感用于有抒情意味的作品，也见功用，成为冷抒情的典型语境。如《太白印象》中的前半部分："当目光/落在那片雪上/我的指尖也渐渐冰凉了/冰凉的手指/顺着一株冷杉滑下/山岚也就歇在一块石头上"，运用通感，人景融溶，亦真亦幻，无一字形容，清通道来，本色中见异样的蕴致。另一首写太白山的诗《太白的雪》，则使这一语感发挥得极为出色，成为吕刚最具代表性的佳作：

> 覆盖在最底层的　不易看见的
> 那一片　那一粒　白色精灵
> 最初　摄取了谁的魂魄
> 养育自己
>
> 肥起来　大起来的
> 是天宝年间的某一天
> 唐代最好的诗人经过这里
> 用上好的诗歌
> 拯救大片的草木
> 　　成群的兽禽
> 连同六月的阳光
>
> 后来
> 人们就很难靠近雪
> 只是在寒气没有杀来的时候
> 携着愈来愈老的
> 传说　退下山去

一问，一答，一分延，短短十六行的一首诗，却有了史诗似的意蕴。语言无一字生涩，结体也只是线性跨跳，纯以叙述，不着意象，却有深沉隽永的意味浸漫于诗行之外，语句间处处充满硬质的力度，有一种骨感的美。

由此可见，对吕刚的诗风，尚不能简单归于"禅诗"一路，尽管这路诗在现代汉诗中已颇具影响，且越来越为人们所看重。仅就"语境"而言，吕刚的追求与"禅诗"有相通之处，但其精神取向要更宽展，更现代些，见古典悟性，也见现代感性和现代理性，读来通达无碍，亲近自然。

应该说，吕刚不是那种具有拓荒性和原创力的诗人，而属于善于吸取经典之光来照亮自己道路，于继承中找到契合自己心性的领域，然后埋头精耕细作而发扬光大一类的诗人。其实经由两个十年的新诗潮激荡，现代汉诗很显然已由拓殖期转而为收摄期，每一个创新的艺术空间，都需要凝定之后的深入，需要真正沉下心来"把活做细"的人。这不仅要有才华，更要有对才华的控制感与纯正持久的艺术品质。在吕刚其人其作品中，我看到了这种控制感的存在，这种品质的闪光。虽然就总体而言，吕刚尚未形成什么大的气象，但他所深入的境地和他的写作态度，是让人可信任的，有如在他的诗中，你挑不出什么"警句"，却有一种整体的效应，让你放心，并深信这位年轻而冷僻的诗人，会一次比一次，写得更好。

1997 年 6 月

为诗的诺言书写寂寞

评刘文阁的诗

　　诗是诗人许予生命的诺言，并因此在这个欲望急剧物质化的时代里，认领一份寂寞的洗礼，且视之为不得不的宿命。在八十年代新诗潮初起时，诗人或可在那个视精神启蒙为荣的文化语境中，获得些许精神贵族的光环之照慰，及至商业文化和消费时尚全面主宰时尚的今天，真正的诗人，则只有寂寞可守了。而诗的诺言，正是在这寂寞中显出它特殊的价值，为诗人所更加珍重：

　　　　我知道今夜
　　　　豪奢在街上横冲直撞
　　　　冷漠离得很远
　　　　功利离得很近
　　　　我也知道诱惑就在门外
　　　　举着它的拳头

　　　　但我暗暗告诉自己
　　　　别怕

没有哪条黄金的锁链

能带走这些翅膀

带走诗的光芒

——《想起老电影》

这是诗人刘文阁在世纪交替的时空下，写给自己也写给这个时代的诗性告白，这告白让我们欣慰地看到，在中国、在北方、在这个已辨别不清是传统还是现代的西安城中，仍有如此执著的生命，为诗的诺言而寂寞地燃烧。

文阁写诗已十多年了，先后有《进程》、《与菊同行》、《蝴蝶在门前死去》三部诗集出版。新千年伊始，他又以一部新结集的《诺言》，为默默前行的诗性生命饯行。也许，认定了诗除了作为诗性生命的许诺外，再无其他什么期许，文阁除了醉心于写作，从不解诗之外的经营为何物，因此，文阁在今日诗坛的名头似乎并不叫响，但他笔下结晶的诗质，却一直颇有成色。"比之一些更具先锋性的青年诗人来说，刘文阁不曾以极端性的写作为自己聚拢批评的光圈，但却使古典性写作在自己的两全努力中，有了更广阔的前景。"诗评家燎原的指认是中肯的。"远离路/便远离了劫持/远离导游/你离自己更近"（《与众不同》），而"那真挚纯朴的情感/明星们永远学不像"（《月下树》）。面对扬沙飞絮的浮躁诗坛，文阁自诩："我们紧握手中的石头/识别飞尘和泥沙/把亮闪闪的金子/留在内心深处"（《沉默是金》）——这些写于出发时的早期诗句，早已勾勒出诗人至今初衷不改的风骨，尘埃落定，当我们抖落一肩虚浮的潮流之泡沫后，走近文阁，走入他信守"诺言"的诗行，有如"回到了一粒健康的麦子"（《秋天以前的诗人》）。

主体风神的端肃中正，使文阁的诗创作，很快便摆脱了青春激情型写作的羁留，进入心中有数、脚下有路的常态发展，形成契合自己生命形态和审美心性的艺术风格，"在九十年代中期成为引人注目的个例"（燎原评语）。就题材而言，文阁的诗多落视于历史人物、文化遗迹和现实症候，以文化批判的眼光切入题旨，有精微的洞见而不落"宏大叙事"的迁阔，举重若轻，以小见大，骨力劲健而风姿隽爽。至《诺言》一集，则集中于对日常生活的诗性观察与思考，追索经由商业文化和消费时尚的切割，碎裂为琐屑的生命何以存在？检视是一只什么样的手，在这个时代里"完成了这都市／却打碎了灵魂"，并指认何以"风来雨往／那些碎片既不会死去／也长不出新芽"？而且，"踩着任何一个碎片／在深夜都无法回到家中"（《灵魂碎片》）。以历史鉴照现实，以现实反思历史，且将之时时浸润于对曾经灿烂的古典、正在颓败的自然和渐行渐远的美好人性与精神家园的眷顾情怀之中，由此形成的意义张力，使文阁的诗作，处处见得现代性的锐气，又处处弥散着古典的光晕。

载道而不失风姿，在于心性，更在于语言。文阁的诗歌语感颇有些少年老成的味道，上路不久便自成一体，运用自如。细究这一语感特征，可用"夹叙夹意"四字指称："叙"即叙述语，"意"即意象，以叙述为经络，以意象为关节，而致语境清朗又不失意趣。这里的关键在于如何把叙述语写得有诗味，而不完全依赖以经营意象为能事，导致语境混浊且阅读滞重。文阁于此道显然心有灵犀，他不乏创造意象的能力，诗中常有"妙意"横生，见得功力，但他更注重怎样在叙述中活色生香，让叙述自身活泛起来，加以意象的点染，自是相得益彰。"树没有许多杂念／因而个子长得很高／歌飘得很远"（《树悲》）。这些早期的诗句，便已显露出诗人拿捏叙述语的素质，"四时更加简洁／市场的刀锋／只裁出旺季淡季／而感情一词的能见度／却越来越差"（《神经》），新近的字里行间，自是越发老到了。

而实力和成就并不能等量而观，文阁写诗十多年，虽一直保持在一个稳定的水准，却也同时陷入了一个等级重复的局面，有待新的突破和飞跃。部分作品题旨过于明确，语感的娴熟中也渐少了异质的追求，尤其是至今缺少有影响力的重头作品，让诗友抱憾。做人，可以不显山不显水，默然而沛；作诗，则该有不断的探求，见流水也见波峰。好在文阁在同辈诗人中，始终保有纯正的心态，不躁不懈，是准备终生恪守"诺言"的诗人，那么，新的丰沛和突出，自是可期可待的了。

2000 年 1 月

气血充沛　风神散朗

评刘向东诗集《母亲的灯》

　　作为和大陆现代主义新诗潮一起摸爬滚打过来的诗评人，在世纪末最后一个北方的夏日里，与完全不属于这一新诗潮以及后新诗潮的青年诗人刘向东"遭遇"，研读他如此厚重的诗集《母亲的灯》（作家出版社1998年版），有一种莫名的尴尬和不确切的感动。已经很久了，我们疏忘着那在"另一种视角"中展开的诗与思，只管赶自己的路，赶那条标示着"现代主义"的路，淡远了"离乡背井"的怅惘，也不再做"回家"的打算。我们已渐渐习惯了将出走时的"老家"，置换为旅游或"还乡"的对象，以"现代之眼光"作客态的"垂顾"，不再问询"老家"的心在怎样想；我们也渐渐习惯了享受精米细面以及"汉堡包"、"肯德基"之后，将"光顾""杂粮食府"作为一种时尚来讲求，而不再虑及这"时尚"是否糟践了"杂粮"的本味……一个"光脊梁穿西服"的时代，诗人曾经成为这时代的宠儿，且又最终，成了这时代的弃儿——依然

"在路上"，不想"回家"，但"家"的意味，显然在薄暮中有了新的诱惑、新的提示——此时"遭遇"《母亲的灯》，有一种特殊的感动以及尴尬。

不可否认，新诗潮的"赶路人"，大多都是有着坚卓而远大的抱负的，由此开辟了一个全新的诗歌艺术世界。但潮流的推拥下，也裹挟了不少投影仿生的赘物和滋生了许多无根的妄念；在虚拟的镜像中自我抚摩，在生涩的观念里自我缠绕，在残余的精神乌托邦中私语，在虚妄的"国际接轨"幻影里争斗，以及华贵而苍白的语言奢侈……而现实依然是现实，现实不仅有潮流、有风云、有时尚，也有堤岸，堤岸上的防护林，林子后面的麦浪、村庄和远方的山，以及不变的乡音、乡情、乡土的气息和"母亲的灯"；都市之外的故乡，潮流之外的原野，石头的语言，土地的呼吸，世道人心的真切脉动——这是供奉《母亲的灯》的地方，是诗人刘向东扎根生长的地方，来到这方诗的土地，方使我们突然省悟："读了很多麦子诗/让人感动的/依然是麦子"（《麦子》）。

读向东的诗，确有读一片成熟的麦田的感觉，散发着质朴的美感和实实在在的生命气息。诗人以"入世近俗的平民态度"，发挥其"对具体事象的朴素叙述能力"，经由"一系列准确、本真的细节提炼"，"注重完整的境界，内凝的骨力，淳朴的情韵，浑重的气格"，使其诗作"焕发着一脉沉稳自在温暖的人情味"，且处处"显出一份抱朴守真的健康生机"。[①] 在极言现代唯言现代的当代诗歌盛宴中，向东的诗有如"绿色食品"，让人蓦然回首，眼为之一亮！这是一脉久违了的诗歌传统，由于总是被一批又一批伪现实主义诗人一再败坏了其应有的风骨，是以为唯先锋和实验是问的新诗潮诗人们弃之不顾，认定其不再会生发什么新

---

① 　陈超：《独自歌唱》，《母亲的灯》，作家出版社1998年版，第249—252页。

的东西。向东却固执地守在这脉传统中，继承其纯正的基因，剔除其非诗性因素，独自深入地予以拓殖与再造。

说是"独自"，其实挤在这一习称为"乡土诗"之路向上的诗人并不少，但大多都成了盲目的追随和无根的仿生。至于追随的是什么，何为"乡土诗"的本根，少有深思熟虑者，只图了进入这一路向的浅近、快捷、易生效应，所谓"轻车熟路"，遂于信马由缰中很快走失了自己。向东的"独自"，在于其心性的独立超拔，倾心"乡土诗"的创作路向，是源自本真生命的选择，而非功利性地挑拣哪条路好走能走出名堂来。一方面，面对时代风潮，"诗人不是感应风云的飞鸟，也没有置身在文化冲突的锋面上"，[①] 抱元守雌，潜沉于与本真生命脉息相契合的乡土情怀中，以独在的感受发出直面现实的朴素言说。另一方面，就"乡土"而言，向东既未陷入居高临下、回访采风式的客态角色，视"乡土"为一片填补现代化缺陷的风景，也未沉溺于抱乡守土的怀旧意绪，置现代意识与现代审美于不顾。化"风景"为心境，创作主体本身就是那片故乡热土的人格意志，与乡土同呼吸、共命运，直至成为乡土真实的精神器官和真切的诗性神经。落实于创作，就不是简单的"旧瓶装新酒"，而必然是对这一"传统工艺"从里到外的个性化改造，使之生发出新的光彩和力量。正如陈超所指认的："'故乡'在他的笔下，不是被剥夺了的精神飨宴，不是终极关怀的'家园'，而是一种活生生的'当下'、'手边'。他并没有失去它。这更切实的本原物象，与其说是刘向东找到的'客观对应物'，不如说是他直接面对的、有质量、有温度的现实。"并由此指称刘向东为"现代乡土诗人"。[②]

①　张学梦：《沉浸与超拔》，《母亲的灯》，作家出版社1998年版，第294页。

②　陈超：《独自歌唱》，《母亲的灯》，作家出版社1998年版，第249—253页。

立场决定着风格，心境改变着语境，化身为乡土的人格意志，向东的诗歌语言，就必然呈现为土地般的坦诚、山风般的爽净、岩石般的坚实和如山枣、麦粒一样的质朴而饱满，尽弃矫饰，不着洋相，一派北方汉子赤诚相见、直言快语的淳朴大气。正是这种大气、这种淳朴，使向东一些诗质较稀薄的作品也平生几分快感，不显得那么干枯。而在那些成功的作品中，这份大气则使其语感变得特别的富有冲击力，看去清明无奇，读来却有后味，似乎直白了些，细嚼又不同一般；清清爽爽地完成了阅读，多的是亲和，少的是障碍，然后是撞心口子的热和动肝肠的感念。"写老牛和秸子？你们普普通通/是生命，是生活，你们本身/就是诗篇吗？怎么看也不是风景"（《亲人·老牛和秸子》），自问自解中，是诗人不变的立场：乡土不是风景，而是朴素生命的生存现实，是长大出走后，呵护我们真情与照亮我们良心的那盏母亲手中的灯。"那些零乱的脚印/其实有共同的方向/东奔西走或南来北往/总是去追赶阳光……//现实真实/昼夜有星辰/未来可信/遍地是渴望"（《另一种视角》），直言直语中，是诗人恪守的语感：不刻意去经营意象、扭曲语言，清水白石，快人快语，追求的是清白下的真情，快直中的实感，以此抵达生命体验的原生态，不掺假，不走调，气血充沛，风神散朗，坚实而鲜活。这样的语感，这样的立场，其实在诗人题为《仿佛你压根儿就不是庄稼》一诗中，已由诗人自己做了最为恰切的诗性诠释：

轻轻一捻高粱粒儿呵
就是红红儿的高粱酒
不是祖传的粗瓷大碗
怎配你的血性和灵性

这"粗瓷大碗"，不正是向东的诗歌语感？这"血性和灵性"，不正是向东的诗歌精神？有了这样的语感和精神，方能写下这样的诗句：

> 风雨中拉住你的手呵
> 趾头就生出坚实的根
> 看你一眼，我沉思一生
> 想了爹想娘，又想祖宗

　　读这样的诗句，任你是洋诗人、土诗人，是先锋、是传统，恐怕都会被打动、被震撼而忘乎什么路向、潮流的计较。

　　刘向东的诗歌精神，源自对本土文化的认同；刘向东的诗歌语言，源自对母语特性的追求。暂不论这种认同的深浅与这种追求的高低，至少，他做到了二者之间的和谐共生，很少扭曲或顾此失彼。而这种和谐，看起来是诗美品质中最基本的要求，却在当代诗歌中一直是未得以很好解决的问题，即使在许多成名诗人那里，也常有缺失。再者，向东惯用的语式，大都属直抒性的，非有独具的人格力量与生命感悟灌注其中，难以再生发出新的诗美光彩。而向东的"血性和灵性"，使之直而不白、抒有蕴藉，从而基本避免了这种语式容易产生的诗质稀薄的缺陷，只是在个别急于归于一个过于明确的题旨的诗中，暴露出其语感的局限和不稳定。

　　同时我还注意到，在诗人诸如《山谷中的向日葵》一类作品中，显露出别具风骨的特色：客观、冷凝、控制有度，不单单依赖情感的驱动，只作沉稳旷达的呈现，留更多的意蕴与审美空间于诗行之外，还是向东式的语感基质，但其肌理显得更清峻疏朗，更有弹性也更含蓄。遗憾的是，诗人似乎并不看重这种格调，或者这种格调一时还不被其热烈奔放的心性所认同，使之只是偶尔露峥嵘，未形成大的格局。

　　不过，一部《母亲的灯》，已使年轻的刘向东，至少在中国"乡土诗"的版图上，占有不可忽略的地位。同时，从他的作品中，我们也强烈地感受到，这是一位心胸宽展、艺术自觉性很高的诗人，且有着不同寻常的创造活力。可以想见，在跨世纪的中国诗歌进程中，尤其在相对薄弱的"乡土诗"之新的发展中，他必将有更大的作为而辉耀于未来历史的记忆中。

1999 年 7 月

纯驳互见　清韵悠远

评彭国梁诗集《盼水的心情》

最早读到彭国梁的诗，是 1992 年的春天。在旱渴的北方古城，收到诗友江堤寄来的一册《新乡土诗研究资料》第一集，卷首便是国梁的组诗《月光下的诱惑》，其中《水声》、《茶青色的池塘》两首，令我感到意外的惊喜，如啜清露，如品珍茗，可以说，正是从这一组诗中，使我加重了对"新乡土诗"存在价值的认识。正如我在后来所撰写的《回望与超越——评"新乡土诗十年"》一文中，谈及这组诗时所说的："在这些作品中，完全东方化的审美韵味和本土化的现代意识，得到了很好的创化，无论是整体的构思、意象的经营以及节奏感的把握，都十分讲究，经得起高品位的阅读与欣赏。"并由此指认："作为'新乡土诗'主要发起人之一的彭国梁，是一位艺术修养比较深厚的诗人。语感老到，意象新奇，融古典的韵致与强烈的现代感于一体，是其突出的风格特征。"①

　　如今六年过去了，终于又读到彭国梁一部新结集的诗作《盼水的心情》。也许是彭国梁出于对我上述指认的信赖，寄来清样的同时，要我为之写点序语，如此重托，反而使阅读变得滞重而拘束起来了。其实对诗的认识，亦类同于对人的认识，妙在邂逅，妙在不期而遇、不经意之间，过于明确了目的，反有碍于亲和无忌中的灵光一现。然而，当我断断续续地进入国梁的诗中，随诗人一起时时跳脱燥热、喧嚣的城市生活和风乱、云诡的季节困扰，去"俯瞰田野"，去"走一回湘西"，去品味"月光打湿了草帽"的情景时，我终于渐渐沉静了下来，感到有一扇爽净的木门随诗人的呢喃而打开，走进去，是一片久违了的、清新鲜活的"精神原乡"，令人迷醉：

　　　　　　没有分针与秒针的表
　　　　　　被洗衣的少女
　　　　　　当作耳环
　　　　　　两根异样的针钻进耳垂
　　　　　　一根欣喜　一根迷茫
　　　　　　在太阳和月亮的山岗

　　　　　　　　　　　　——《在太阳和月亮的山岗》

　　从时间的背面，进入另一种时间，彭国梁的诗之根，扎在一块我们曾经亲近熟悉而后逐渐背弃了的土地上。现代人的困惑，其基本的根由，在于时空的困惑，因成熟的出走而渐次失去本真自我的困惑。我们知道，中国是一个农业大国，几乎所有的中国人，都曾经是泥土和乡野的孩子，以此构成他们世代相传的文化

———————————

　　①　全文载《新乡土诗派作品选》（江堤、彭国梁、陈惠芳主编），湖南文艺出版社1998年版。

根系和精神底背。那"根系"是贫弱而又深切的，那"底背"是亲和而又迷茫的。是所谓"现代化"的开启，深刻地改变了这一"根系"和"底背"的存在，成千上万的青年人，通过包括"成为知识分子"的各种通道，一批又一批，从农村走进城市，由乡下人转换为城里人——整个现代化的进程，无非便是这样一个青春族群身份转化的过程。身份的转换必然带来的是"心"的转换，是以有人称这个时代是"换心的时代"。然而转换后的境遇并未能与出走时的梦想"心心相印"，乃至更多的其实是"事与愿违"，他们从此陷入了一个"进退两难"而身心分离的"现代时空"，焦虑和尴尬，成为这个族群也基本上便是这个过渡时代如影随形的情结，成为与其原初根系和底背，相悖相映衬的新的文化根系和精神底背。我们获得了什么？我们丢下了什么？我们从哪里来？我们向哪里去？我们是谁？同一个现代性的命题，短促而尖锐地降临在中国的大地上——作为他们中的一员，彭国梁的诗正是以此为出发点，在"现代"与"传统"之间，在"城市"与"乡村"之间，在"身份"与"本真"之间，在"生存"与"理想"之间，"为两个无法组合的词／设计出路"（《有毒的蘑菇》）。

　　实则整个当代中国诗歌的精神路向，一直存在着"都市风味"与"乡村意绪"的两脉走势，契合着我们时代的两种基本生存样态。"新乡土诗"派打出"两栖人"的旗帜，无疑企图在这之间寻求第三种走向，以触及和揭示处于过渡时空中的群落，那一息更为敏感、更具典型意味的脉搏的跳动。作为"新乡土诗"的代表人物，彭国梁的诗之思，始终围绕这一基点铺展开来，形成了他独在的风貌。身移城市，心在乡野，以乡野的心质疑城市的荒诞，又以城市之身二度体味乡野的暗涵，在这种交错与杂糅中，呈现一种眷恋，一种无奈，并在这无奈的眷恋中，追索着美学与美德不可分割的诗性想象：

城市的鸟装模作样

在主人做好的窝里吃吃喝喝

父亲是一个不会种田的农夫

把我栽培成一棵在城市的喧嚣中

跌跌撞撞的水稻

我只得使出浑身解数

抵抗干枯

——《俯瞰田野》

　　抓住"两栖人"尴尬处境与生存焦虑的时代焦点，切入进去，拓殖一片新的诗性想象空间，是"新乡土诗"诗人们在当代中国诗歌格局中，独领风骚的创作思路。在这条路上，多年来，彭国梁的步子一直走得很纯正，有很好的方向感，在真诚认定的方向中，不断拓展新的内容、新的题材、新的感觉和新的语言。比起《月光下的诱惑》时期，国梁这部新结集的《盼水的心情》，显然有了不少新的变化和追求，尤其是在对题材和内容的处理上，不再拘泥于站在一极看另一极的二元视点，而呈现一种交错杂糅、纯驳互见的景象。由此生发出语感的变化与手法的变化，使之诗质在保留过去持之一贯的清峻硬朗之外，又多了些炫奇、诡异乃至反讽的意味，亦即在古典的纯净之外，更多了些现代意识与现代审美情趣的渗透。

　　纵观大陆或海外断续出现的新、旧"乡土诗"，似乎一直难以摆脱一个怪圈，即一提"乡土"，就与传统现实主义诗歌的理路画等号，坐实于表现乡风乡情的窄狭题旨之上，惯于"土法上马"，沾不得现代意识与现代审美，以保其"纯"，实则是画地为牢的做法，因之路越来越窄，有的则中途夭折。以江堤、彭国梁、陈惠芳为代表人物的"湖南新乡土诗"派，从一开始，就注意到了这个问题，锐意走出一条新的路子。经由国梁的这部《盼水的心情》更可看出，不仅在题旨上，而且在表现手法上，都与以往的"乡土诗"有着质的区别和变化。

《盼水的心情》分四辑，从艺术品质看，大体可分为两类：一类沿袭诗人《月光下的诱惑》时期的风格，题旨单纯，手法单一，追求平实中见清新的韵致，兼具现实主义和新古典的意味，有骨感之美，重清明，不重奇玄。就我个人的审美情趣而言，其实我倒更喜欢国梁的这一类诗，至少那份很纯又很老到的语感，让人更觉有亲和性。像这样的句子："一把从铁匠铺出来/就再也没有回去过的锄头"，没有一字生疏，中正硬朗，看似落得很实，其实言近意邈，平实的语词后面，有说不尽的暗涵。再譬如一句"没有牌照的村庄"，只是说出事实，却不无深意。这类诗中，有不少咏物和写人的作品，纯以白描速写的手法，清简勾勒，不着渲染，却极为精准传神，颇得汉语诗质的神韵。如一首写《瓦》的小诗，三节十六行，极尽言简意赅之妙，语词的排列和节奏的调度，更是于不露声色中见匠心独运。起首一句"悬在半空/春/夏/秋/冬/听满屋子的动静"便道人之所未道，将平凡物事中不为人注意的内在蕴藉，破空道出，令读者为之一振。接下来写"一只猫从身上悄悄走过/树叶子说/有风"，看似轻描淡写，却有诡异的意味让人一时回不过味来。第二节两行："阳光到此瘫痪/雨水绕道列队而行"，三个动词用得绝到妙处，活现其精神。南方瓦屋顶那一片活脱鲜明的印象，尽被水彩画般地描摹出来，又如一节小夜曲般地萦绕回荡，没有深刻的观察和童心式的情愫，难至此佳构。第三节以短促的节奏、大幅度的跨越，寥寥数语，写尽"瓦"的身世与沧桑："青泥/火。窑/无所谓苦与乐/碎了。一个小孩拾起来/在清清的河面上/打水漂"。品味这样的诗，你得惊叹诗人对汉语质地理解的精微和运用的得当。都是普通的词、普通的意象，一经这样的营构，皆活色生香起来，可谓爽口而味厚，是咏物诗中的佳作。另一首《蒲团上的鸟》，也属此例，结尾一节："蒲团由稻草编成/稻草内部/藏着少女的乳香/一只鸟站在蒲团上/相信故乡"。乡情写到这份上，才是真正到位的乡情，清纯幽远，余韵绵长，不矫不饰，尽得其味。另有写人的几首，其中《母亲》一诗大为精警，纯以白描打底，稍加点染，其形其神其景其情，皆朴素无华、通达无碍地表现出来，其中对叙述性语言的诗性创化，颇见功力。如开头一节"母亲起床开门/首先进来的是空气与鸟鸣/空气与鸟/在父亲的遗像前/描述清晨。"中间一节"母亲把黄昏送走/端着灯/照墙上的影子/照影子的寒冷"，只是言物状事，速写般的清简，而语词的背后，却有清冽的气息流动，传递浸人的暗涵。结尾一节，更是于清明中求真味的典型笔法，固守乡土、如泥水一样朴实无华的母亲身世，在同样朴实无华的诗句中，得以最深沉的"记录"。是的，只是记录，但这记录的笔管里，灌注的却是赤子凝重深切的缅怀之情，慨叹之音：

> 母亲梳头发
> 握一把苍老在手上
> 母亲扫地
> 扫来扫去　都是陈旧的
> 灰尘

另一类，也是这部诗集的绝大部分作品，则更多地采用了城乡打通、散点收摄、角色互换、杂糅错动的超现实手法，使之平添了几分现代意趣。虽然语感还守着那种国梁特有的清韵，但意象的营造，已不再简约，显得繁复驳杂起来。在这一部分作品中，其人、物、景、事以及词语本身，都失去了明确的身份指代，于一种交感的意绪中动错换位，迷离游走，行则行，止则止，不刻意统摄归纳，成为一道道流动不居的风景线——

写稻草人"一只脚站在田里/美名曰深入泥土/脚背上/泥鳅从望远镜中/观察城市"；写水草"被乡愁的刀刃割破/疼痛掉下来/点点滴滴/粘在一汪不知深浅的/情绪上"；写阳台上的花草

"不是腰痛就是背痛/我抚摸着爬壁藤的大腿/一筹莫展";写"瘪瘪的谷粒身在茅草中间/寻找湿润的动词";写童年的一次壮举"一个异想天开的孩子/小手伸进田野的动情区/撩起了禾苗的渴望";写"一棵新鲜的白菜/站在床角的晨风里/像个姑娘";写"走一回湘西/扔一条牛仔裤在某棵树下/某棵树的根/便因了牛仔裤的腐烂/心事重重"——这是些多么清新感人的意象!诗人对这种意象的经营,在这部诗集里,简直到了随心所欲、处处可见的地步,再加那些别致的诗题,粗心的读者甚至可能有读"童话诗"的误会。而这或许正是诗人所欲求的意境:在这种人、物交错,景、情交错和时、空交错的通感语境中,"现代人"、"两栖人"的困惑与无奈的题旨,确然得到了更为深刻的凸显。这一特质,在诸如《对前途只有预感》、《油菜花开遍安乡》、《金牛角皮鞋在城市流行》、《走一回湘西》、《长满羽毛的羊》等代表诗作中,表现得尤为突出。而在《电动狗背上的茅屋》一诗中,诗人更将荒诞的意味附着在一个可能真实的现实细节中:在城市出生的"岁半的儿子",玩一个背上有茅屋的电动狗,结果是儿子只盯着"电动狗一跳一跳/笑容可掬"而"听不见茅屋内的哮喘/听不见酱油一样的滴哒",最终是"茅屋被掀翻在地","儿子拍着手/一二一地走过去/猛踢电动狗的屁股/电动狗拉屎了/茅屋的碎片中滚动/两节五号电池"。一则童话式的现代寓言,经诗人的点化,其渗漏出的言外之意,反讽况味,颇让人为之玩味再三。

同是写对城市的厌倦和对乡野及自然的眷恋,在彭国梁的笔下,已不再是一对一的浮泛比较或浅情近理的"忆苦思甜",而幻化为清新鲜活的通感意绪,《对前途只有预感》一诗便是其典型之作。作为都市人代码的"我",乘车去乡下换换活法,一出发就感觉自己像一颗"被城市吐出来的","隐隐作痛的牙齿",而"预感"乡野小镇上,"也许会有适合我的牙床"。这种感觉到了乡野的路上,格外活跃起来,对着"不穿紧身裤的草垛"、"不挂项链的花生"、"不收门票"且"胸前佩着野花"的"禾苗",

找回童心、复归本真的"我"，终于可以舒心惬意地"坐在一块青石板上/从皮鞋里倒出/城市的噪音"。而更让"我"神往的是，"小镇上没有我的妻子/也没有缠住不放的女人/只有一口井/里面住着/我从未见过的清流/与柔情"；这里的"妻子"与"女人"，自是城市戒律与城市欲望的代码，而以"一口井"的清流与柔情作生存理想的指代，真是精妙之极！下来的一节，因心境改变而改变了的视野中，一切平凡的物事都变得如童话般鲜嫩娇美："汽车在中途打了个喷嚏/下去一筐玉米/又上来两筐乳鸭/没涂口红/前方就在前方/窗外刚吃过早餐的太阳/格外温馨"，读这样的诗句，真有沁人心脾的美感，至少在我个人的阅读经验中，还没有见过别的诗笔，能将为旅人心境幻化了的乡野情味，写至如此亲切可爱的境地。诗的结尾，语言落得很实，立意却特地奇崛：向有"胡子诗人"之称的美髯公彭国梁，这次终于让他的胡子也诗意了一把，且"诗意"得恰到妙处：

> 我有一种预感
> 在小镇　我会理发
> 我会让营养不良的胡须
> 与某一条田埂
> 成亲

可以看出，进入《盼水的心情》创作期的彭国梁，在保持先前不计功利、本真投入的诗之性情前提下，开始着力于技艺的强化，无论是对题旨的开掘，还是对意象的拓殖，都下了一番心力，取得不小的功效。只是细读之下，便会发现，仍有不少作品有夹生之嫌。究其因，似有以下几点：其一，局部意象的奇玄常冲消整体的和谐通达，显得突兀和游离；其二，一些速写式、印象式的急就章，缺乏题旨的收摄，给人以片断、不完整或未完成的感觉；其三，部分意象过于生僻冷涩，变成一些无所归附的空洞能指，造成整首诗的艺术效果不集中；其四，因朦胧与清明的并置，导致语境含混，风格不统一；其五，不少探索之作，主观色彩过重，缺乏必要的控制，减弱了阅读的亲和性。

当然，这些都是诗人在超越旧我时，必然要出现的问题，而问题便是挑战，真正成熟的诗人，正是在对挑战的直面中展开新的里程的。尤其对于像彭国梁这样有方向感、有自省能力的诗人而言，上述问题，更应是激发新的迸发的动力——如此大面积的耕作，丰盈的收获中有少许青涩，该是情理之中的事。作为诗友，也作为喜爱国梁作品的读者，我期待着另一个秋天里，品尝他更为纯熟的诗之硕果。

1998 年 7 月

奇异的果实

评麦可的诗

  对诗的言说，似乎越来越困难。尤其是青年诗界，太多摹写的、流质的东西，缺乏本原质素，常常成为诗歌风景线（本土和他者）的一抹投影，可以观赏，却很难进入更深一步的文本分析。不由常想到：在这个复制性的年代里，"原创性"是多么难得而愈显可贵。

  由哈罗德·布鲁姆（Harold Bloom）所提出的"影响的焦虑"一说，在今天仍在坚持诗歌写作的中国诗人身上，尤其是在新生的诗人那里，显得愈发沉重而复杂。传统的影响并未远离我们，西方诗歌的影响，更是新诗生来便如影随形的东西，朦胧诗人们的巨大成就，第三代诗人们的全面突进所取得的业绩，均对后来者形成了一种多重的挤压和迫抑。在现代汉诗的广阔疆域中，似乎已没有什么未开垦的处女地供新手展示才能。一度因"运动情结"扭结在一起的诗歌大军，已渐次分化为"专业性写作"与"业余演练"两脉流向。而成名的新老诗人们，已经在海内外各种"论坛"上，开始进入对"历史"和"成就"以及"地位"的回顾、梳理与书写——尽管"过渡"并未完成，而"间歇"似已过早地降临。

于是，对"实验"的重涉和对"原创"的整合，便成为更新一代的诗人不可回避的挑战——要么成为经典（本土/他者与历史/当下）的模仿，要么在对多重"影响的焦虑"的消解中，重建个我之独在的言说。对于诗的时代而言，这既是终结，又是开端。

在思考着这些问题的1997年的春天里，我读到了由远在哈尔滨的马永波寄来的麦可的一批诗稿，上面赫然标出"麦可遗作·1971—1996"！又一位有才华的年轻诗人离我们而去，而我们几乎还来不及熟悉他的名字、认识他的作品，这让我又一次感到震惊——诗人的不断自杀和早夭，已成为这个年代里，比诗还让人无措的"事件"。我不知道未来的诗歌史，将如何"处理"这些"事件"，眼下可能做的，只是虔敬地沉入诗人留下的遗作，说出一点真实的感受。

要真正进入麦可的诗歌世界，不是一件容易的事，你必须拥有和诗人一样的知识谱系和符号背景，或许还必须具有麦可式的生命体验和语感体验（在麦可，这两者是完全一致的、共存的），方可进入诗人短暂而非凡的创造中，所构建的这座"小巧又繁复的"诗之"花园"：

> 说出它的人对语言充满迷恋
> 对节制而精确的事物和状态，迷恋
> 叙述，使他抓住了瞬间，从瞬间返回到内心。
> 在枝条发芽时，他就指出了
> 季节的假象，和眼底里深藏的失望

这些引自诗人《夏天和一只瓶子》诗中的句子，在我看来，已可意象化地触摸到这位独特的诗人之独特的诗心所在——迷恋语言，迷恋叙述，抓住瞬间，返回内心，然后指出"季节的假象"，指出"被我们遗忘而突然出现的事物"（《奇异的果实》）。
这样的诗歌品性，按我的粗浅分类，可归之于"微观诗人"。诗
人将自己逼临于精神的悬崖，而后深潜于存在"根部"，以此揭
示人类意识深处的本真存在——在这一诗歌维度中，麦可是高
手，一位天生"做细活"的高手："对光明和热情的想往/却促使
我愈加趋近于黑暗的纵深"（《哀歌》），"而到处弥散的窒息者的
气味/使我的视线一再折回内心的镜面"（《精灵之舞》），并最
终"……看到了历史的失明"（《纸上的字》），"说出了真实的视
力"（《约会：茨维塔耶娃》）。

　　于是在麦可身上，我们可以找到如下"角色"的复合：在窥
视镜下工作的医生、印象派画家、具有知识考古意味的哲人、沉
浸于阅读和审视文化的人、夜游症患者、语言迷宫里的探险者或
者巫师……以及"一个卖花孩子，自己走进了花的根部"（《相
约》）——这里的关键不在"角色"的"复合"，我是说，在麦可
的创作中，以复合性"技术"处理复合性"材料"，是其最为独
特的诗性所在。

　　所谓"复合性技术"，是指麦可的诗歌语言，兼有绘画、音
乐、雕塑以及散文等艺术特质的融入，同时在流质的画面与乐感
下面，有很硬的诗之思作内在的支撑。读麦可的诗，常感到诗人
很诡异地在用画笔作解剖刀，剖开事物的肌理，又以解剖刀作画
笔，画出这些肌理的意味。这有赖于诗人对意象性语言和叙述性
语言的有机合成，在意象与叙述的相互映衬下，显得既美幻又富
有质感。如"那些闪亮的铜管乐器就要从露天/搬来，我们留下
来清理现场，等待/新的秩序……"以及"沉思一只鸟的死亡/沉
思它斑斓的尸骸和冻土层的清香"（《十月》），复合性的语感加上
极为老到的用词，使之找到了意象与叙述间最微妙的契合，有很
强的阅读冲击力，又深藏言犹未尽的蕴藉。而那种控制到位的节
奏，更如缓缓流淌的冰河，泛着阳光针芒般的思考和时间之岸诡
秘的投影。

尤其值得批评家研究的，是麦可诗作所处理的"材料"的"复合性"。这是一位以知识和智慧为写作要义的诗人，所有的情感、意绪与生存经验，均被诗人置于知识的背景下，予以语言智力的精微考察。麦可的诗歌写作，更多的时候，是通过"心智"（阅读与思考）的间接经验，而非通过"躯体"（情感与行为）的直接经验作驱动的，是一种较为典型的"知识分子写作"或"书斋写作"，一种诗性的思或思之诗。在这样的写作中，我们已很难再找到现实的对应点，一切均被纳入文化镜像，乃至成为"典故"，闪烁其间的，是叙述者缓缓移动的巡视的目光、阅读的目光、审美与哲思的目光、解剖与考据的目光——在这目光里，历史语境与现实语境、虚幻与真实、镜与像杂糅互动，形成有多重含义的隐喻谱系，引领我们深入到存在的昏暗之处、间隙之处，倾听诗人极为精细的体察和出人意料的言说。仅从题材上看，诗人很少注目现实的物事，而像一位"暗房工作者"，专注于与"材料"的对话——这些材料包括各种文化遗产、精神遗迹、远去的大师们的身影、艺术家的灵魂以及"不在此时的鸟，和那些无人看顾的遗址"（《纸上的字》）。

必须补充说明的是，以上的指认，不含有价值判断的指涉，只是想标示出麦可创作的特质所在，并由此认定，在很难再看到有什么新的拓殖的当下中国诗坛，麦可出乎寻常地展示了一种艺术与精神的原创性态势。他的诗，是写给更优秀的诗人和批评家读的作品，当然，也可以说，是完全写给诗人自己的作品，经得起苛刻的审视和久远的打磨：

> 应该承认，能看见另一重生命景象的
> 是满足无言的人，像夜晚晃动的窗子上
> 闪烁的反光。当我置身现实的冬天
> 我终于走到了灵魂显形的镜子前
>
> ——《纸上的字》

研读一位尚属陌生而又已离去了的诗人的遗作，对于仍在爱诗写诗同时从事诗歌评论的我而言，实在是双重的痛苦。接触一个天才的灵魂而随即分手永别，使这个春天多了一份悲怀。在这些奇异的语言的果实面前，谁能不为种植了这些果实的那双手的突然断垂而哀伤和遗憾？关键的遗憾是，我们从这短短不足两年的创作成果中，触摸到的尚只是一个独自深入的态势而非抵达。同时，在不乏原创性的诗质背面，我们依然可以发现某些"投影"的反光。我是说，麦可所营造并围于其中的话语场，似乎太少本土的气息，乃至使我相信，这些诗翻译成英语，可能比汉语本身还要更精美。尽管，我为我说出这样的话深感负疚，但作为一个诚实的批评家，我不能不指出这种"他者话语"所投射的阴影，是如何长久地困扰着现代汉诗的进程，以至天才的麦可亦未能幸免。双重的痛苦是诗人已不能再作更多的展开，而有待新的后继者更新的深入——在七十年代出生的诗人麦可这里，我看到了一种新的整合意识在世纪之交的闪光，并由此让我们自信：这不是终结，而是更卓越的开端。

1997 年 4 月

火焰剥夺一切也剥夺自己

读高崎的诗

手中有三部高崎的诗集，按照结集出版的先后，分别是《复眼》（香港长城文化出版公司1991年版）、《顶点》（人民日报出版社2000年版）、《征服》（作家出版社2002年版）。三部诗集，我断续翻阅了近一年时间，这种漫长与拖延，在我的诗歌阅读中是少有的。现在回味这一过程，慢慢可以理出一点头绪了。其一，认识这位"其身份中混杂着丘陵和海岛两种迥异的地理基因"（庞培语）的东部诗人后，一直对其高古的面相、孤绝的气质及寂寞自守的写作状态，抱有深深的敬意而不敢轻率对待他的作品；其二，尽管从直觉上发现高崎的诗比较古怪，不是我乐于追踪（就诗潮而言）和善于把握（就诗质而言）的一类创作，但有诸如西川、臧棣、庞培、树才等名诗人及沈泽宜等名诗评家的赞赏在前，遂使我的阅读有了加倍的小心而滞缓；其三，最关键的是，即或如此虔敬与认真，但实际的阅读依然充满困难或者说是不适，并最终发现，对高崎诗歌的解读，我是难以胜任的。他属于我不熟悉的异数，便只能谈一点感觉和这感觉所引发的思考。

读高崎的诗，总体的直接感受是：气质高贵，意境高远，语感高蹈。

假如认同诗是人格的文本体现这一理念，高崎的诗中所体现的主体人格，则大体是趋于浪漫情怀、理想色彩和终极价值追寻的一种类型。"一边是狼嗥，一边是月夜"（高崎语），前者是现实担当的喻指，后者是理想求索的代码，一种现代知识分子之诗性/神性生命意识的典型代表。不屑于作现实生活的感应器和公共与时尚话语的类的平均数，连同写作方式也选择了远离尘嚣的孤居独处而洁身自好，处处可见这位诗人所恪守的超凡脱俗之人格取向。细细品读一下诗人那首气宇非凡的《日出》便可体味到，其内在的精神高度和热忱，是非一般诗人可以企及的。

气质是意境的底本，所谓人至何境，诗至何境。"在无边宗教的天空下/孤立/我就是开始/我就是任何方位的边缘"（《自觉》）。神遊八荒，怀柔万物，悲天悯人，亦殇亦湜，浪漫，现实，自然，俗世，心象，物象，指涉，印证……皆潮水般奔涌于笔下，又云团般弥散于纸上，汪洋恣肆，无可规范，如夜观星空，目醉神迷而不知身在何处。读高崎，知诗人的想象力有多超常。经由这种想象力的拓展，高崎作品中的诗歌意境，显得格外广阔深邃乃至玄诡莫辨，既脱俗，又脱熟，充满新奇感。诗人在《躁动》一诗中有这样的诗句："无缘无故，我不会沿历史的虹梯而下/我如云朵朝八十个方向突然分裂/陌生是崭新的另一种本色"，似可作其意境高远之追求的恰切注脚。

然而最终困扰我的，是对高崎诗歌写作的语感的把握。首先，我惊异于诗人在已属午后斜阳之旅的诗歌创作中，仍充满着近于青春期写作式的激情，以致大部分作品都有用力过猛而缺乏控制的嫌疑。佳句连连，整体散裂；肌理丰富，意旨含混。在倾泻式的语势推动下，常有令人惊艳叫绝的警句妙意亮眼动心，但整体读下来，又常有无从全面把握的迷惑。尤其是其高密度的意象纠结，难免平生许多生涩与滞重。显然，这是一位刻意追求诗的写作难度和原创性的诗人，正如高崎自己所言："……对文本操作从来具有'品牌意识'。我不想以粗糙的赝品诳世，因为中国于真正意义上的艺术文本无多，我只想以艺术的极致，铸就自己献身于汉语文本的一个结体。"（《复眼》前言）对创造"抒情奇迹"（同前）的渴望，使诗人在具体的写作中，几乎是步步求险，句句在意，而偏离了如丹纳所说的对"效果的集中"的掌控，造成整体小于局部之和的缺陷，且每首诗的独立性减弱，成了另一首诗的分延或改写。尤其因用力过度，常生一些意到语不到的夹生，造成阅读障碍，如"他的图腾和植物，落入陡峭的胃里"，"事关全体鲜花和萼的月光的汹涌"，"静物的外套没有噪音的一切"，"在这一条平铺直白的语言难以叙事的不容易激动的与时有惭愧的线条之上"等等。当然，有评者将此归为"超现实主义"写作的风格使然，但任何中断有效阅读与诠释的风格，都不能算是有效的风格。

由此出现了一个有趣的现象，即高崎的许多诗作，是可以无序阅读的，乃至可以倒读以及重新排列组合。试举例八行的《箴言》：

　　　　火焰剥夺一切，也必然剥夺自己
　　　　将一切投入火中，并非终点都是渣滓
　　　　部分是金，是箴言，是鸟王
　　　　火焰的阶梯
　　　　盲人所要冀求的道路
　　　　温暖是一个适度：近之疯狂，远之淡泊
　　　　明洁的精神将肉体的物质点燃
　　　　所有的脚步朝下，唯火向上

试将原诗改结尾一行为起首行，逆序倒读，照样成立，没什么结构上的不妥，意旨也大体未变。甚至还可以随意另行组织，譬如：

> 温度是一个适度：近之疯狂，远之淡泊
> 明洁的精神将肉体的物质点燃
> 盲人所要冀求的道路
> 火焰的阶梯
> 部分是金，是箴言，是鸟王
> 所有的脚步朝下，唯火向上
> 火焰剥夺一切，也必然剥夺自己
> 将一切投入火中，并非终点都是渣滓

　　这种现象，一方面说明高崎诗歌局部语言的品质不凡，单个意象一旦到位，便有自明自立的属性，可脱离结构而生发诗美效应；另一方面，也明显印证了诗人在对一首诗的独立性即完整结构把握的不足，使局部与整体处于过于松散的游离状态。前述所谓一首诗像是另一首诗的分延，以及云团状诗意的指认等等，其内在原因，恐正在于此。

　　其实，以高崎的艺术修养，只需放松心态，不必一味求奇求险，剑走偏锋，唯高蹈、极致是问，给语感的"天马"稍稍紧紧缰绳，其丰富的想象力和对意象的创造性经营，自会生发合理奇效的。此时，我们不但能欣赏到一些令人击节的佳句妙意，如"山岗冷静含有一个敏感的黄昏"（《没有风暴的日子》）；"许多人在命运的伤口里便秘"（《命运与老人——赠 Y·B》）；"打开岁月的窗子一泻千里／落下又浮升的是／灿烂又鼠疫般的欲望／在口隆口隆循环"（《理解》）等，也能领略到既富肌理之美，又得篇构之佳的完整感受，如《日出》、《清楚》、《天涯海角》、《理解》、《分裂》、《圣地》、《果实》等作品。

　　同时我还发现，高崎的语感并非只长于高蹈的抒情与繁复的意象，于叙述性语言的创化也颇具功力。如《日蚀》一诗，虽然整体语境还是沿袭其惯有的超现实风格，但语相上糅进了叙述性的成分，一下显得顺畅而清爽起来，有皮有肉有骨，坚实可解。诗中"无聊的琴音从无聊的中指滑落/像脱毛的鸡在赤裸裸的黄昏奔跳"两句，虚实相宜，自然生谐趣，是颇为到位的意象化叙述的妙句。可惜诗人似乎并不看重此种写法，只是偶尔为之而已。这便分延出另一个话题，即高贵的气质、高远的意境是否就一定需凭借高蹈的语感来表现？同时，单位面积（一首诗或一行诗中）的密集意象所形成的过分的张力，是否反而会削弱审美张力的效果？是以在对高崎长久的阅读中，我常常会不由自主地停下来，如庞培所说的那样："……找到合适的房间"（庞培·《顶点·序言》），当然是心理的房间，来调整阅读的状态。并常常遗憾诗人过分挥霍了他难得的语言才华，尤其对我这样一直患有"恐高症"的读者或批评家而言。

到了，我想到了高崎《东山魁夷之画〈湖〉》一诗中的几句诗，似可回赠于诗人作创作心理调整的参照——高人悟道，衰年变法，或可另造佳境而复生奇迹？

> 水面没有一丝含糊其辞的柳影。
> 没有睡莲，极其羞红的时分。
> 没有小姑娘的忧伤。
> 没有云的秘密。
> 整个湖岸，如北海道的一次拉网
> 如雪花在响亮中的一个层次；
> 插入安详，
> 插入停泊的某种犹豫
> 或理念。

2005 年 1 月

水晶的歌吟

读高璨的儿童诗

有一种说法：青春情怀总是诗。其实这里说的"诗"，只是指诗的意绪和诗的精神气象，在青春年华里容易滋生与发扬，而要论诗的感觉即"诗心"、"诗眼"，则还得说童真"视界"（世界）总是诗。德国诗人、哲学家诺瓦里斯（Novalis）直接将"童话"推为"诗的法则"，认为"童话可以说是诗的准则，所有的诗意都必须是童话式的"。美国大诗人桑德堡（Carl Sandburg）在《关于诗的十条定义》中，很诗意地说："诗，是在陆地生活，想要飞上天去的海洋动物的日记"，无疑已是一则很生动的童话，也是一首很美妙的小诗了。①

童心、童话、童真世界，才是孕育诗及一切人类艺术的本源，或者说，我们每一个人的生命的初稿，无一不是充满诗的跃动和诗的视角的诗意世

---

① 卡尔·桑德堡（Carl Sandburg）：《关于诗的十条定义》，转引自《西方诗论精华》（沈奇编选），花城出版社1991年版，第6页。

界。然而遗憾的是，无论是在古典中国，还是在现代中国，是在旧体诗的长河里，还是在新诗的山系中，用汉语写作的儿童诗（以及儿童文学和儿童艺术）一直极为薄弱和贫乏，既乏经典，又乏普及，乃至长期无人问津。中国儿童，稍一懂事，就迅速被成人的知识世界和审美世界所吞没，成为"小大人"而失去该有的那一段诗意年华、童真人生，造成整体民族心性的过于世故及老化，这已成为大家公认的不争的事实。由此，在汉语世界的诗与艺术园地里，如何加倍努力地去发现、去呵护那些来自儿童、来自我们生命初稿的美的元素与作品，以逐渐弥补历史与现实的缺憾，已是一个十分迫切的命题。

当代中国，一直在呼唤文学大师、艺术大师，其实，没有小草繁茂的绿地，哪来大树生长的条件？

于是，在这个冬天，在又一个诗的淡季里，当我偶尔读到年仅十岁的小女孩高璨的儿童诗集《夏天躲在哪儿》和她的一些新作诗稿时，有如预先领略了春天的气息，回到了诗的原乡，在一种特别的感动中认领久违的童真的诗意、水晶的歌吟！

童心为诗，其优势，在本真、在纯净、在想象力，其弱点，在缺乏经验，易模仿、少自我。因此，儿童诗创作，最忌"熟"、"俗"二字——"熟"由模仿而生，与他人混同，说大家都说"熟"了的话，见不出自家的真面目、真心性；"俗"由矫情而生，急于成"熟"，自觉或不自觉地靠拢成人世界，成为成人话语或时尚话语及主流话语的投影，失去朴素纯净之美。应该说，这是判别儿童诗以及一切儿童文学创作之好坏的基准。

以此来看高璨的诗，尽管部分诗作（如《假如我是声音》、《我常幻想》、《只要》、《时间》等诗）也有为升华主题、拔高思想性而出现"失真"、"早熟"的弊病和刻意追求"远大境界"的隐患，影响到情感与想象力的本真呈现，但总体而言，还是很好地保持了儿童诗的美学特征，显示出璞玉浑金的不凡品质——小诗人天生好素质，有敏慧的语感和超常的想象力，对现代诗的理解也比较到位，方向明确，脚步坚实，加之高璨的热情与勤奋，得以较快形成自己的格局与风采，作品一经发表或印行，便获得广泛好评，可以说是当代儿童诗创作的一个令人惊喜的重要收获。

读高璨的诗，尤其是那些非刻意而为天成自然的作品，常有小风送爽、新月照人、清露明眼的美好感受。儿童的目光，如银的纯净；儿童的想象，如水的幻化。单纯鲜明的形象，纯朴清丽的语言，在字面上不超出儿童的理解力，内里又不乏超越性的丰富联想和深厚蕴藉，所谓"小景之中，形神自足"（冯友兰先生语），秀嫩天真而诗意盈盈。小诗人甚至能合理而出色地运用"通感"诗法，在自然化的人格、人格化的自然的交互意境中，充分调动儿童特有的视觉、听觉与触觉的天然浑化，妙意通灵而生动感人。

像"风旅行过哪里/我不知道/风从不留下照片"（《风到过哪里》）这样的妙句，即或放在成人诗人那里，也是难得的佳构。《水粉画》一诗，代自然立言，平实中见贴切，结尾一句，"我想见见自然先生/学学他的绘画"，足显童心之爽真。《小云朵的选择》中，在"大地一片焦渴"而"几片云飘来/张望了一阵"，"一群云登上高楼/给家家户户的玻璃窗/留下了一张张照片/也飞走了"的特意安排中，让"一朵掉队的小云追上来""变成一阵雨"，为大地解渴，当"太阳为小云朵披上彩带/她却害羞不见了"，充分表现出童心的善良美好与羞涩情态，毫无造做而真切感人。再例如《夏天的风雨》一诗，写"狂风和雨/来得快/走得急/却在短短的狂欢中/做了一次清洁工/洗净了门窗/洗亮了天空/没留下一句告别话/回家了"，立意和用语都很准确熨帖。尤其结尾一句"回家了"，看似简单，其实难得，用在这里，比什么样的奇思妙想都更能打动人。

童诗要写好，先得自然，后讲贴切，然后才说得上加华敷彩。高璨的诗，在这方面颇具天赋与悟性。像《湖》一诗中，让

"小湖""变成一台电视机/好多东西全摄进/现场直播",就是一个既自然又贴切且在自然贴切中又不乏情趣的典型意象。

另外,一般儿童诗写着写着就容易犯急于"说理"的毛病,总想给世界有个自己的"解释",所谓"主题",所谓"思想性"。其实这些东西都是诗中的"硬物",在儿童的"消化系统中",很难化解为有形有色的意象,弄不好反伤天真意趣。高璨也难免受整体陈旧落后的教育(包括诗歌教育)环境的影响,每每想通过诗行来表述自己的"理想",给自己的儿童诗补点"钙",有些"骨感美"。好在在这种追求中,小诗人总能保持住情与理、诗与思之间的平衡点,不致伤及基本的诗意,尤其难得的是,她对"思想性"的触及,常常是以提问题的方式而不是给出答案的方式来表现,使之仍处于感性的鲜活与朴素之中,值得肯定和发扬。

如《错了》一诗,立意很深,触及的是生命与存在的"错位"这样的大命题,小诗人却用"鸟笼装错了鸟宝宝"、"铁笼关错了兽宝宝"、"鱼缸进错了鱼宝宝"三个意象作了很形象的概括后,再以两行纯儿童心态和语态的问话结尾:"领错了这么多宝宝/那该怎么办",只在指认、在暗示而不表明什么,这是诗的方式,真正儿童诗的方式。

而从近期在《星星》诗刊(2005年12期)发表的《镜子和狗》一诗中,我更为小诗人颇为老练(真的只能用"老练")的诗性叙事才能所惊叹——其严密独到的构思,富有细节的戏剧性追求和寓言性意味,及其透过儿童心灵所折射出来的极为微妙与深刻的悲悯情怀,都是同年代诗人和同类作品中极为难得的精品佳作。同时期的其他一些近作(如《春融化在绿色的石头上》、《一朵野菊花又开了》等),也处处显示出剥离他者话语影响而渐趋完全独立原创的非凡境界,让我们看到:一个更成熟、更富有独创性的少年诗人已然向我们走来……

天赋异禀,厚望可期。1995年出生的小诗人高璨,在人生的初稿上，正书写着她不凡的创造与追求。但愿这创造与追求能伴随她一生，既滋养小诗人自己的美好前程，也能为这日益物化的世界，增添一份诗的美意与慰藉。当然，我们更期望这棵诗的小苗最终能长成大树，为诗的中国播撒更丰美的绿荫。

2006 年 1 月

荒火之舞

读杜迁诗集《火焰的回声》

　　杜迁是我的学生，为学生出书写序，做老师的自是责无旁贷。其实教中文的老师，打心里原本是有些怕给学生写序文的，尤其是为爱好创作的学生写此类文章——大学不培养作家，课堂上教不出诗人，这有如马棚里长不出宝马良驹一样。可学生自个迷上了创作，你又不能去阻止他，于是激赏也不是，怕鼓励错了方向，校正也不是，怕误伤了天才，再要碰上老师自个也是走火入魔兼顾创作的，那便有了双重的尴尬。如此尴尬为文为序，大多怕都成了应酬文字，走走形式而已。好在我所在的大学所教的学生，皆十分的务实，也便少了这份尴尬。而终于有了这样的"际遇"，还非一般"业余选手"式的"打扰"而是真正值得激赏值得举荐的奇才之作，便尤感快慰与激动——在我不长不短的写作生涯中，第一次以师长、同路人和欣赏者三重身份写序，颇有点踌躇满志的新奇感觉。

　　教书之外，我也写诗、写诗评，且是先做了诗人、诗评人而后做教书先生的。自己成长的经历，让我常常怕去面对和自己一样曾经经历而正在被对方经历的文学人，尤其是无以数记的文学青年，这是一种连我自己也说不清道不明的奇怪心理，且总是无法化解。我只知道，至少就诗的创造而言，真正优秀的诗人都是天生的，不是成长起来的。我的诗人朋友麦城有一次很诚恳地对我说：作为诗评家，你知道好诗好在哪里，但作为诗人，上帝却没给你那只特别的手，所以经常够不着！这话让我绝望又让我清醒；绝望而不再虚妄，清醒则得以澄明，从而安心本质行走，或可留下一点真正属于自己的东西。事实确实如此，优秀的诗同优秀的诗人一样，其成熟的过程有如植物的生长一样不露痕迹。那是基因使然，学不来（作为学生）也教不会（作为老师），这很残酷，也很真实，真实得让人相信上帝确实是存在的。由此，面对杜迁的这部处女作结集，让我有一种摆脱现实身份困扰而恢复读者与评论者角色的惊喜；学生的杜迁也便转换为诗人的杜迁，成为我的同路人，我欣赏而感佩的对象——面对这样的处女作，我真的深深为之惊叹——这是以"初稿"完成"成熟"的创作，这是以"出发"步入"密室"的探求；我甚至不能说他比我写得好这样的话，因为这是从另一个源头走来的诗人，而且，他一开始就握住了上帝的那只手，虽然一时还不免有些无名的慌乱和不知所措。

　　读杜迁的诗，直觉的感受，是面对一片未经驯化的生命的荒火，在遭遇诗的语言诱惑后，所迸发的蓬勃激情与炽烈燃烧。在这片荒火的背面，是历史的黑与生命的暗，是炭与铁的底衬，构成红与黑的基调。这基调色彩分明却含义模糊，只是以燃烧的快感引发文字的奇遇让你惊奇而无法释怀。以冷静的所谓专业的眼光去看，这位年轻诗人的那支笔有些缺乏控制，大量的诗作给人以局部惊艳而整体不够完整与精到，常常显得有些用力过猛或心力相悖的遗憾，但你若读久了，真的读进去了，你就不再会冷静，也无所谓专业不专业，只是迷醉于那种被吞没又被高举的感觉，并最终明白：荒火的燃烧没有章法，既不受灯火管制，也非烛光的设计，更不具备霓虹灯的花样款式，但它是生动的、活跃的，原始的生动，野性的活跃！

这是生命的荒火——雄奇、开阔、热切而自然，时有强赋的色彩，但总不失本质的率真。莫名的忧伤、莫名的愤怒，没有目标的发问、没有归宿的游走，以及看似逃避而转身他去中的寻寻觅觅……这荒火与狭隘的时代精神无关，与浮躁的时尚气息无关，甚至抽空了时空的界限，成为超现实中的生命现实，却又处处和生命的存在状态相联系，并时时闪烁着集体无意识中，那一抹独自醒着的、敏锐而执著的、诗性的目光——"塞在喉咙里箭一样的风/让我在这河边/只会流泪 忘了/看老人脸上/面对食物的喜悦"（《延河凿冰人》）；"荆棘早已像成熟的眼睛/透过肉和心脏/洞悉了所有的秘密"，"我需要九个太阳/让它们做我/这个冬天的压岁钱"（《奴隶情人》）；"能逃避的只有身体了/眼睛却在刹那露出荒芜"（《繁华季节的荒芜》）；"以火的名义 请烘干我的肢体/剩下易燃的炭和骨头"（《库布其舞女》）。

这是语言的荒火——峻切而又散漫，生猛而又微妙；高密度的意象如岩浆喷发，黏滞中有微明的灵犀，随情性的意绪似春潮泛滥，率意里带初生的清新；豪情与柔情并存，长啸与低吟共生。而无论是啸、是吟、是歌、是哭，是个我的盘诘、是历史的追问、是与自然的秘语、是共天地的商量，是叩问、是质疑、是追索、是缅怀，字里行间，或不合逻辑，或不尽完善，或失于狂野，或失于迷乱，但那富于原生态的语感，那语感中与青春脉搏相呼应的鼓胀的血管和暴凸的肌肉，使你只能正视而不必详察——那语感有劲道、富生气、见心性、得天趣，横生逸出，"想要逃离那种深陷"，诡异奇崛，不再追求"过于完整的节奏"（《小站外的天》），从而别具一派风度。写高原荒凉的爱情："像一对哑口的石头/只会用碰撞来表白心迹"（《窑洞里的灯》）；写命运莫测的"掌纹"："起于劫数 灭于微笑/安然纵一索浮萍""白螺壳的掌纹中/开放出顽石一般的痴"（《掌心》）；写北方血性男儿的豪气："给我一口酒/我能给它喷出一天雾气/把长安城里的桂花都醉了/让每一个被忽略的女人/都能有火一般的醉颜"（《雾中行》）。

是的，这更是北方的荒火——它的"燃烧目的"与"发音方式"显然不同一般。年轻的诗人从陕北黄土高原走来，带着北方早熟的孩子的眼光与情怀，带着这片土地特有的可称之为"异质混成"的生存意识和文化底蕴，更带着没有被设计、被作弊、被同化的、原初而本色的诗性生命意识与诗性语言意识，向着日益物质化、时尚化、虚拟化的时代，向着失血的话语狂欢和华丽的精神溃疡，放肆地播撒他原始的血气、原始的激情和涌流着现代意绪的原始的古歌，让我们为之血脉膨胀而回望，而彷徨，而惆怅，而向往……而真实地荡气回肠或无地忧伤。

请读这首二十岁北方年轻诗人的年轻杰作《青海湖》：

> 一大滴饱含盐分的水
> 滚动在高高的高原上
> 那究竟是眼泪还是汗液
> 谁的故事拥有
> 如此豪迈的排泄物
>
> 肯定是夸父　站在阳具形的山峦上
> 脱下了裤子　他是想
> 跟太阳比一比
> 看谁体内的那团火
> 烧得更旺些
>
> 是应该有几条疏浚的河
> 让惯吃泥巴的儿女
> 汗液里　多一些太阳的元素

是应该让传说真的发生一次
群鸟饮了这水　配得上海阔天空

青海湖　青海湖
你青色的内脏深不见底

在渴死的路上
一首泪汪汪的情歌
催动了排泄的欲望
无声而震撼的滚落
碎溅在善男信女的眼睛里

可以看出，在这首可算是杜迁的代表性诗作中，已多少显示出一些暗中控制的迹象，预示着年轻诗人对诗歌技艺之成熟把握的不凡心智。我同时还发现，在偶尔处于有控制的写作状态时，与缪斯"热恋"中的年轻诗人，甚至能很老练地写出诸如《海明威》这样的人物诗力作，其结构的老到、叙事策略之诗性化的拿捏以及结尾之精妙，恐怕连许多成名诗人都会油生感佩。包括对著名诗人洛夫所发明的"隐题诗"的娴熟仿写，以及在诸如《梅城七日》等诗中对谣曲调式的合理运用，都颇见其语言功底的多面与深厚。

总之，这位尚在大学读书，可以说对所谓"诗坛"一无所知而只为自己蓬勃的诗性生命意识写作的年轻诗人，无疑是一位值得二十一世纪中国诗歌进程深深期待的，优秀而特殊的"种子选手"——而现代汉诗的版图是如此辽阔，辽阔到必须经由极高的淘汰率和近于残酷的竞争，才可以避免被忽视乃至被埋没的可能。为此，作为不无偏爱的老师，望尘莫及的同路人，更作为负责任的现代汉诗研究者，我愿借这篇小序，郑重向我的诗友、我的同道、我付之半生心血的中国诗歌界，推荐这位刚刚上路的诗人——并暗自坚信：这样的郑重，这样的寄许，一定会获得未来的诗神，那一声欣慰的应答。

2006 年 4 月

有现实穿透力的诗性叙事

读谭克修诗集《三重奏》

谭克修的《还乡日记》、《海南六日游》、《县城规划》三组诗，自问世两年多来，不断被转载、传播、评说、获奖、入选多种诗选，成为诗人名世的标志性作品，也渐渐成为新世纪以来并不多见的形成广泛影响的重要作品之一。显然，在连续的野草疯长、灌木成林、见林不见树的审美疲劳中，克修诗中的某种特殊品质，让人们为之眼亮而心动了。在这个失去边界也没了方向的平庸时代里，这种难得的眼亮与心动，似乎正生发出某种能让我们稳住脚步而聚焦视野的意味，算得上一个不大不小的"诗学事件"。现在，克修又将这三组诗连同有关文章及访谈合为一集，以《三重奏》为书名出版，使诗歌界可以重新全面认识和评价其价值所在，值得祝贺！

当代汉语诗歌从传统的抒情调式、意象思维谱系中抽身出来，步入叙事、口语和日常言说以及网络狂欢的场域后，变得空前活跃与繁荣，颇有些"广阔天地，大有作为"的态势。从想象世界的主观抒情到真实世界的客观陈述，从蹈虚凌空的生命知识化写作到直面存在的知识生命化写作，经由"第三代诗歌"和广义的"九十年代诗歌"的强有力拓展，现代汉诗的表现域度确实展现出了前所未有的丰富与广阔。只是，除少数优秀诗人在这一不乏社会学意义和文化史意义的进步的同时，还能葆有美学意义的进步之外，大多数普泛的诗人们，都仅止于那跨出的第一步，将手段翻转为目的，以革命或狂欢替代了实质性的探索。什么都可以写，怎么写都行，成了新的所谓"先锋意识"，诗人们于此义无反顾且空前狂热而极端，并以与这时代同样浮躁的心态和"大跃进"式的姿态，在通往新疆域的大道上一路狂奔。与此同时，诗歌创造也被迅速地平面化、平均化、平民化以及平庸化，到处莺飞草长、万象纷呈而到底云烟变灭、大树寥寥，只有以量的极度膨胀来填补整体下滑的质的空乏。

这其中，作为最初生气勃勃的驱动力而又转化为能量衰减的反制力的"叙事"与"口语"，无须再论争，早已成为普适性的诗歌修辞方式乃至话语狂欢的首选，由此形成的新的诗学谱系，也早已发为显学且推为时尚。虽然开始的锐气已被大大削弱（因大面积的仿写与复制），但偃旗息鼓还为时尚早。同时应该看到，这一谱系的深入发展，并非必然就要陷入非诗化的泥沼或平庸的结局，只是过多的"二手货"及赝品，造成了鱼龙混杂的难堪局面。我们经由诗回到了存在的真实，却又唯真实为是而淡远了诗的本质，变口语的爽利为口沫的随意，变叙事的活脱为说事的便利，且大有愈演愈烈的趋势，一再遮蔽了其本来的重心与方向。尤其是，自新诗潮以降的现代汉诗之发展中，一直未得以很好清理与消解的运动情结和功利思想，更使得后浪推前浪总是演化为后浪埋前浪的心理机制，导致一代又一代年轻气盛唯我独尊的诗人们，总是只顾眼前当下，流上取一瓢，勾兑新的时尚，一再疏于对已有典律的发扬与整合，也就总难以将任何可能性转化为经典性，只是一味趋流赶潮而已。于是，当此之时，便需要有新的人物站出来，在韩东之后，在于坚之后，在伊沙之后，为这已空前泛滥而日趋困乏的时尚写作，给出新的有效的证明——证明叙事与口语尚有英雄用武之地，并未耗尽其本来的诗性品质，且在具体的作品中，予以可信任的出色表现。

这样的新的人物，近年不乏涌现，但谭克修的成功，似乎更具代表性。

细读克修三组代表诗作之前，我首先仔细研读了其颇有影响的诗论文章《汉语诗人当前面对的五个问题》，明显感觉到，这是一位厚积薄发、有备而来的诗人。这个"有备"，不仅是作为一个成熟诗人在诗歌创作之经验与修养方面的积累，更在于其对所处时代之精神生活与社会生活的深入体验的贮备。

我们知道，在重新步入诗坛之前，谭克修曾有过一段短促而多彩的诗歌创作之初恋阶段。以大学生活为背景的这段主要来自阅读体验而生发的"试声"写作，虽始终受制于"仿生"的困扰而未能确立其创作的本源方向与重心，但作品中所显露出的诗感和语感都颇见天赋，不算太差。克修并未沿着这条大多数诗人都沿以为习的老路子走下去，而是以"断裂"的方式，毅然作别"青春期诗恋症"的诱惑，一头扎入"一种对社会接触面尽可能广、能让自己有所历练的生活"中去，以他所从事的城市设计工作辐射开去，广泛而深切地在现实人生中摸爬滚打，并成功地打造了一位年轻的实业家的良好基础。此时再返身诗坛，"多年来远距离对诗歌的思考与这些年的生活经历突然一起合谋，促使我在很短时间内完成了系列组诗：《还乡日记》、《海南六日游》、《县城规划》"。①

由间接而直接，由仿生而原生，由反射而自明，重返诗坛的谭克修显得格外沉稳和自信。从带有个人诗学纲领性质的《汉语

---

① 谭克修：《诗歌理想和现实生活的合谋——答〈诗歌月刊〉访谈》，全文见谭克修诗集《三重奏》，花城出版社 2006 年版。

诗人当前面对的五个问题》一文中可以看出，此时的诗人，以多年客态身份对诗坛诸般问题的勘察而发出的思考，有着怎样清醒而准确的把握。尤其对"日常经验写作"的反思，可谓振聋发聩。诗人也由此确立了自己的创作理念："优秀的诗篇不会停留于对生活和事件进行简陋记录和概括、就事论事的即兴表演上，而应该具备开阔的视野和对现实强大的穿透力，是一种能通过自身亲历或大众熟悉的'小事件'反映出'大意识'的博杂的诗篇，能最终达到准确、真实地与社会面貌及时代进程相关联，具有某种'见证'意义的诗篇。"①实际上，这段话也正是诗人对其三组代表诗作不无自诩意味的定位之评，并将其命名为"《见证》系列组诗"。

仅就艺术品质而言，严格地讲，《还乡日记》、《海南六日游》、《县城规划》三组诗，并未臻完善，尚有一些欠缺之处。如结构上显得过于平顺，节奏滞闷，组诗中各分节的独立完整性不够，导致题旨的分延与收摄间缺少有机的联系，不少篇有未尽意之嫌等。但毕竟瑕不掩瑜，其整体独具一格的诗性叙事方式、语言肌理与寓言性内含，已充分显示了诗人自信而老到的艺术修养。具体说来，至少有两点值得重视，并且可以为当下诗歌所借鉴。

其一，对现实世界的穿透能力和对时代症候的概括能力

由抒情而写实，现代汉诗对现实生活世界的重新接纳已成为主潮，但或许是受到九十年代以来个人化写作风尚的影响，这方面的作品大都局限于过于世俗琐屑的小打小闹，从而普遍成为物质狂欢、肉体狂欢和话语狂欢的浮面折射，或成为日常经验的简单提货单，难以深入存在的本质，并予以整合性的表现。

谭克修的三部组诗，首先选题就很典型：一写"乡村"，二

---

① 谭克修：《汉语诗人当前面对的五个问题》，全文见谭克修诗集《三重奏》，花城出版社 2006 年版。

写"县城"，三写"旅游"，都是当代中国社会"转型"、"换心"的"敏感地带"与"关节点"，处理好了，就有窥一斑而见全豹、牵一发而动全身的功用。这显然是诗人处心积虑的选择：看似书写现实，实为见证历史——民间的视角，知识分子的立场，以客态入世而展春秋笔法，在不动声色、了无褒贬的客观记录中，处处暗藏反讽意味和悲悯情怀。

　　由此，诗人的一己之"识见"遂上升为带有寓言性质的特别之"事件"，且以流动不居的主题，将现实世界之宏观与微观切片交错放大或拉近，造成既具体又深邃的空间感，让"事件"中凸显的细节本身，来说明事件自身的意义，并将指认真实转化为见证存在，从而直抵现实的内在裂变与复杂蕴涵——那华丽下的溃疡（《县城规划》），那转型期的"破伤风"（《还乡日记》），那富于解构意味的反讽："行政中心广场被规划成扇形图案：打开的/扇面是斜坡草坪，表示政府倾心于民众/握着扇柄的政府大楼造型简洁有力/沿民主的等高线而下，主体建筑保持了/关系的均衡。再下面采用曲意逢迎的/古典园林。最后消失于重重的迷宫之中"。那充满辛酸哀伤的咏叹："他们的房子空空荡荡。这些/佚名的木柱、木方、木板/依然抱在一起，抱着/他们晚年的空虚和寂静/堂屋坐不稳一束远道而来的/风，在方格床单上，找寻/我去年的折痕。墙壁上空空荡荡/一座老式挂钟，踮着脚尖/在时间的角落里徘徊/看着木头的颜色暗暗加深"。以及华丽时代之"集体的梦境"中那不经意间显露的灵魂的破绽（《海南六日游》），等等。

　　最终，纪实转变为抽象，现实转变为超现实，且不下判语，也不开处方，只是生动而微妙地呈现世道人心之紊乱的脉相和潜在的危机，而一个时代的本质症候，也就在这一咏三叹式的"病相报告"中，得以确切而深刻的"见证"——这"见证"既不"高屋建瓴"，也非小感小伤，甚至还有点彷徨与不知所措，却让人长久难以释怀而思之深远。

其二，对叙事的反思与重构和对诗性叙述与潜抒情的复合表现

跨越世纪的先锋诗歌，重在转换话语，落于日常，借叙事、口语拓宽道路，一时天高地阔，但很快因无节制的挥霍，造成两种非诗性倾向：一是沉溺于日常经验的简单还原，不求深意；二是缺乏语言肌理，仅靠结构撑着，无可品味。说到底，诗是具有一定造型意味的语言艺术，要多少有些言外之意，而非简单粗糙的分行文字。若将写诗比为建筑，那首先是所用材料决定着建筑的品质，其次才依赖结构的支撑。一些传统材料，如木头、石头、竹子、布，即或不进入建筑结构，我们也可以单独欣赏其微妙的纹理，纯用钢筋水泥码起来的"经济实用房"，怎么欣赏也没多少看头。

对此，身为建筑设计师的诗人谭克修反思道："诗歌不会像小说一样依靠事件本身的实际进程就能完成自身"；"以为在写作中拄着一根时髦的叙事拐杖就能奔跑起来的人注定会摔得很惨"；而"叙述与抒情并非一种简单的对立关系"，"往往需要它们的合力"。[①]落实于创作，谭克修有效地实现了对上述反思的校正——我们在其郑重推出的《见证》组诗中，终于领略到一种纯正而又独特、没有沾染时尚风气的叙事风格。在这种叙事中，所叙之"事"（事物、事件、事象）既有足够的、经过精心剪辑的有意味"细节"供人玩味，使"事象"兼有"喻象"的功能，处处有埋伏，有言外之意，形成显文本下隐含潜文本的复调关系，进而上升为寓言性的叙事。同时，又赋予这些"细节"的叙述本身，以自明、自足、自有意味的语言肌理和诗性文采，而非仅仅为抵达某一预设题旨而作为运载工具式的乏味过程。大概欣赏这三组诗的读者都会有一种意外的惊喜：原来真正到位的诗的叙事，其语

---

①　谭克修：《汉语诗人当前面对的五个问题》，全文见谭克修诗集《三重奏》，花城出版社 2006 年版，下同。

感也可如传统抒情诗一样弹性良好而多姿多彩，且不乏隐喻功能和象征意味。像《县城规划》的第一节，每一句都在"说事"，而每一句的"说"又都暗含"说"之外的说，亦即说法本身就意味深长，堪可流连玩味。细心的读者可能还会发现，整个看似客观冷峻的叙述语式下，其实还深藏着一种潜在的咏叹调式，乃至有意无意地保留了不太响亮张扬的尾韵，既与其文本后面主体精神的悲天悯人之情怀相协调，又赋予叙述以鲜活润展的气息，不致过于直接和干涩，我则称其为潜抒情。这种融诗性叙述与潜抒情为一体的复合调式，可算谭克修的独到绝活，也是他"对传统文脉的尊重，对某种强烈情感的控制"及力求重构叙事的诗歌理想的精彩表现。

综合上述分析，再复读《还乡日记》、《海南六日游》、《县城规划》三组诗，可以说，诗人在《汉语诗人当前面对的五个问题》一文中，提及其所心仪的瑞典诗人托马斯·特朗斯特罗姆时，所称许的那段评价："简约、朴素的语言在缓慢行进中显出特有的敏锐，不动声色之中将身边的寻常事物推展到了深远的诗意之境"，在克修的这部代表诗作中，也得到了较为到位的体现。这种体现是如此骄人，以至似乎在证明：一位严谨的、具有历史野心和独到方法的诗人，正沉着而坚实地重新加入优秀诗人的队列，并号召我们，"以一种稳健、务实、隐忍的作风，去抵达可能会姗姗来迟的汉语诗歌的'明天'"。

2005 年 11 月

有备而来：注意这只"狼"

读南方狼诗集《逐鹿集》

　　读南方狼，读而不舍。在一个高淘汰率且易于疲劳的文学时代里，这，无疑是个异数。思之：起于惊诧，惑于期待。

　　惊诧者，感其有备而来。

　　当今中国诗坛，受浮躁功利之时尚文化语境所惑，渐与其"接轨"，生出些莫名的热闹与繁荣来。纷纭聚会中，多过客，多玩家，多趋流赶潮之辈。或乘兴而来，或败兴而去，或得了些甜头留了下来，成就一些不大不小的光景，但毕竟是被动的，有些光彩，也是折射而生的光，并不来源于自身。读南方狼，由文本推及人本，感觉是真正以诗为宗庙、为归所、为生命托付的香客与圣徒，怀揣"青铜"（南方狼诗中的核心意象），心存高远，种月为玉而孜孜以求。落于创作，舍"先锋"，守"常态"，于整合中求个在，看似有"少年老成"之嫌，其实意在上下求索之修远。其纯正、其诚恳、其沉着中的勤勉与勤勉中的优雅，无论为诗、为诗人，

都显露出不同一般的修养与素质。若再将这样的修养与素质置于
"80 后"（1980 年后出生的青年诗人群落）、网络时代、后现代喧
哗等语境中稍作比较，便解何以惊诧且更生感念了：

> 青铜在暮色里苍老，我藏匿
> 袅袅白雾，神州万里飞雪
> 无数次弥漫，掩埋与重现
> 谁掌护一盏枯灯独坐焦土
> 查阅这巨大的伤势
>
> ——《鸿慈永枯》

期待者，感其才气不凡。

由寂寞而"显学"，新世纪以来的诗歌热，颇有些乱花迷眼
的架势。但细察之下，多开了些谎花，野花，没有自家精神、自
家香型的"大棚花"。"先锋"变味为"冲锋"，"叙事"降格为
"说事"，"口语"泛滥为"口沫"，速生速灭乃至即生即灭，可谓
野草疯长而大树寥寥。究其因，多仿生，多摹写，多徒凭心气、
意气、灵气而为诗、为诗人，终归少了份不可或缺的才气。这里
的"才气"，既指天赋所予，又含修为所得，是才情与心香的化
合为一。读南方狼，细读深读，知其为诗有道，既来自内在诗性
生命的冲动和情感需求，又有充分的文学修养和文字功底作涵
养，所谓有来路有去路，有根有底，方得自家精神独特品质。见
于文本，其诗思横生逸出，不拘一格，尤其那一份语感，因了学
养的驳杂和功底的扎实，颇有复合意味，耐人品赏：抒情，叙
事，新古典，超现实，无论何种题材，写好写坏，那活跃在诗行
中的繁富、奇崛、古雅而不失母语根性，也不失现代意趣的语言
肌理，总是让人留恋不已。这种有因承也有创化、见心香也见才
情的路子，比起太多一根筋式的所谓"先锋"，所谓"探索"，所
谓"现代"、"后现代"等"流"上舀一瓢便随意勾兑以蒙世的诸

多走向，实在值得更长远的期待——

> 在雪球中心钻木取火
> 暖热一条细小的冰河
> 血液开始澎湃．从未来的殷红后面
> 将奔涌梅花与孔雀鱼的斑斓
> 石壁，一地光明的碎片

> ——《茧》

　　读南方狼，读而不舍，其实还源于一个最初的诱因：在如此年轻的诗性生命中，我竟惊喜地读到一缕在当代诗人与文学家中难得一见的传统文人脉息，从而让人刮目相看。逾四十年的阅读经验，加上与当代先锋诗歌摸爬滚打二十余年的亲身体验，使我渐渐悟到，于诗与文学，我们都太多功利的驱使、时势的拘押和体制与时尚的迫役，将原本优雅自在的诗意生存，变相为携带生业或美其名曰"事业"的刻意追逐，遂生出许多的芜杂与病变。诗是诗人写的，诗人自身的生命形态决定着其作品的品质优劣，或可凭一时之勇、之敏感驰名于一时代，但在时间的淘洗下，终只是过眼烟云而已。诚然，在今天这样一个唯与时（时代、时尚、时势之时）俱进是问的时空下，谈文人传统，谈优雅精神，颇多不合时宜乃至迂，然现实与历史已一再证明，少了这份传统，缺了这点优雅，至少就诗而言，几乎就是断了其发生与发展的根本，只剩表面的热闹而已。

　　由此我注意到，南方狼将自己的诗人形象定位为"行吟者"，颇见其心意所在。[①]"行吟"不是"追逐"。"行吟者"以"吟"为乐，以"行"为归所，随缘就遇，自然生发，或热狂，或冷

---

　　①　见《南方狼访谈录》，南方狼诗集《狼的爪痕》"附录"，学苑音像出版社2004年版。

凝，或名世，或自得，皆不失真情实感、真见地、真风采，持之长久，总有一点真正可以传世的东西留下来。当然，定位不等于定型，何况年轻的诗人风华正茂，且难免受时势的诱惑，但出发时给自己这样一个提醒，也已奠定了长途跋涉的心力。何况，从作品中也可隐隐看出，这是一位从源头走来的青年诗人，加之家学的影响，生活的历练，那一份渗入血液的优雅精神与文人传统，大体是不会因时而失的。

如此一路走来，1982年出生的南方狼，已将生命的初稿展开为一片丰茂的广原。其诗思所及，遍涉历史情愫、现实观照、古典意绪、文化乡愁、人生感悟、民族意识、乡情乡音、行旅行吟，可谓视野广阔，野心勃勃；其诗歌形式，则小诗、组诗、短诗、长诗以及仿洛夫创生的隐题诗，无一不认真尝试而深入探求，且每每出手不凡，多有收获。其诗歌技艺，尽显酣畅，时见野逸，现代语感中潜藏古典韵致，超现实主义风格里杂糅庄禅意味。尤其在意象的经营上颇见才情，或清通，或繁密，或灵动，或诡异，或精警，或朦胧，或因用力过甚而失于黏滞，却也时有独到之处而令人击节。譬如写"星空"，"上面瓦蓝的大典/密布牙痕/我爬上星空清点蠹虫"（《在红岩村仰望星空》）；"而静止于我头顶的/依然是一小堆一小堆/细碎的钥匙"（《在秦皇岛的北郊仰望星空》），尽显妙思奇想，道前人、他人所未道。另外，特别长于以历史情愫与古典意绪作参照，追索生命的来历与存在的悖谬，并已形成辨识其风格的特色所在，也是"少年老成"的南方狼比之同辈诗家的过人之处——

> 如果是在马鞍上
> 我会醒着
> 将眼前这尺油画具体到
> 一角霓裳，一篮橙香
> 一串金刚铃

或是一篷梦里的蓝辉

千百年前的事儿忽然近了

那时作坊盛行

人畜的脚印比车辙纷繁

而风中游丝单纯晶莹

步子放出去了就是他乡的月

收回此刻，谁把公路网收紧

滤干阳光雨露

囚禁天涯蝶舞

——《驾车驰过菜花烂漫之地》

　　读南方狼，读之既久，通览纵观后再综合比较，也便渐渐发现其写作中的问题。主要一点，太依赖于才气与激情，缺乏经验的磨洗和必要的节制，常以语感的酣畅（有时已降为光滑）掩盖了整体诗感的青涩与缺损。加上出手太快，写得太多，重肌理而乏构思，以致总体水准上佳却一直缺乏精品力作的立身入史，显得方向感不很明确，也难以形成凸显风格的重力场，而这正是判别一位成熟诗人、优秀诗人的重要标志。

　　然而，对于如此年轻的诗人而言，或许过早的成熟反生拘束，适当的游离疏放、随性任意，也许会生长更多的可能，取得更丰厚的成就。令人可喜的是，从新近的一些作品中可以看到，在保持赤子情怀、行吟风采的同时，开始多了些内敛、素直、沉厚的品质；奇崛而合于理，酣畅而守乎意，不枝不蔓，及文及质，渐入佳境。其中一组《南方短歌》（包括前引《茧》一诗），皆五行小制，读来珠圆玉润，秀色袭人，极尽精练清俊之能事。另一组写《按摩小姐》、《电梯小姐》、《迎宾小姐》、《陪聊小姐》、《KTV小姐》、《售楼小姐》的短诗，以春秋笔法写人叙事，妙呈世态，曲尽心象。哀婉凄迷的意绪氛围背后，暗藏含泪带血的青锋，直刺时代背光的私处与华丽中的溃疡。这组诗作不但取材独特，含义深刻，而且写实不坐实，通以意象思维勾画人事，诗味浓郁而寄寓深远，实为近年同类作品中最为突出而优秀的佳作。看来年轻的南方狼真是潜力可待，值得当代诗坛寄予厚望，而切切注意，这只有备而来的、南方的"小狼"，还能为我们展示多少"触目惊心的爪痕"（南方狼语）——

　　　　当青丝耗得发白，谁将沐浴
　　　　前方更为眩目的光明

　　　　　　　　　　　　　　　　　　——《隧道》

　　　　　　　　　　　　　　　　　　　2006 年 4 月

追索 "秋天的厚度"

读海啸长诗三部曲

新世纪以来的中国诗坛，诗人海啸的名字，越来越成为一个醒目的标记——这位集诗歌创作、诗歌编辑、诗歌活动为一身的诗人，在近十余年间，除先后出版诗集《爱的漂泊》、《最后的飞行》、《心存感动》，及编著多部出版外，又于2003年创办《新诗代》诗刊，并提出"感动写作"诗学理念，在诗歌界引起强烈反响，其凝重而坚卓的步履，艰难求索、虔敬笃诚的诗歌精神每每令诗界感佩至深！与此同时，自新世纪第一个夏日，到2005年的初冬，诗人更以跨越五年的心力与激情，创作了题为《祈祷词》、《击壤歌》、《追魂记》的长诗三部曲，从而既成为海啸个人诗歌创作历程中一座高耸的纪念碑，也是新世纪以来当代中国诗歌进程中一个令人瞩目的重要收获。

海啸的这三部长诗，秉承其"强调价值、尊严、情感等基本元素在诗歌中的重构，提倡人性之光和汉语之美，反对肮脏、虚伪、暴露和歧途，以感恩、悲悯的情怀，直面现实，胸怀天下，以重构精神元素和诗歌文本"的"感动写作"之诗歌观念,① 以宏大的结构，超常的想象力，繁复奇崛的意象，深沉的情感与高远的意蕴，将带有潜自传性质的"精神生命史"与广被博及的"文化史诗"意识冶为一炉，创生出一片宏阔、驳杂、奇幻、迷离而动人心魄、发人深思的诗性生命奇景，令人叹为观止！进入新世纪的当代汉语诗歌，在众声喧哗与网络狂欢的推拥下，越来越分化为碎片似的浮泛繁华之时，海啸通过他的这三部长诗的创作，试图重新确认"诗歌的重心"，以求穿越时代的迷障而深入未来，显示了一位严肃诗人的良知与风范，实在值得我们予以更多的关注。

就内容而言，这是一次深入存在、深入"生命的暗夜"（王家新语）的苦心寻觅：人与自然、人与历史、人与社会变革、人与现代文明、人与时尚文化等命题，在当代中国语境下的裂变和异化等，在三部长诗中都有不同层度的探究；这更是一次深入现代人之精神荒寒地带的深情歌哭：在"上升"与"埋葬"之间，在"古典"与"现代"之间，在"天心"与"人心"之间，在物质狂欢、肉体狂欢和话语狂欢的背面，挽悼并呼唤"对生命、自然的尊敬和感恩"，"对世间万物的悲悯情怀"，"对爱情、亲情、友情的珍爱"，"对灵魂的植入与拷问"和"对母性的无限热爱"，成为三部长诗中最为闪光而让人难以释怀的精神质地。诗人以"西风入你胸怀，便/低下头去"的强者、清醒者的意识与目光，"击"时代裂变之"壤"，"追"现实迷茫之"魂"，寻寻觅觅，且歌且哭，如香客的祈祷而情深意切。三部曲各自题材取向和题旨的重心虽然不同，面貌也各具特色，但那种来自诗人独自深入的生存体验、生命体验所生发的人文情怀，却是贯穿始终的，成为其共有的精神底背与气息，并形成有机的意义链接，而不致散漫

---

① 详见海啸：《感动写作：21世纪中国诗歌的良知》一文，原载《新诗代》第二、三期合刊"感动写作专号"，学苑音像出版社2005年月版，以下引文同此。

或沉闷。

从语言形式来看,三部长诗虽都存在着因过多弥散性分延,而致枝蔓繁紊、整体脉络不是十分清晰的问题,但其充溢于诗行中的那股子悲悯情怀和为天地人心立命的真纯之气,已足以鼓荡起诗意盎然的冲击力。尤其是由超现实语感所营造的语言奇境及突兀密集的意象肌理,令人处处留恋,时时顾盼,动情动思,回肠荡气——这里有"向你致敬的繁星 波浪般/流露哀辞。乳香的酒杯/及火把,铺满大地"的宏阔,也有"莲藕向心处,蜻蜓踮着/足尖,踩疼背景"的纤细;这里有"我身后奔跑的脚印长成一棵棵树/开满洁白的桃花"的幻美,也有"梦想与梦想阻隔/城市的玻璃在一场雨里浮动"的深切。开放而富有质感的抒情调式,随意绪自由伸展的节奏律动;蒙太奇式的意象切换,原生态化的情感铺衍;酣畅与生涩并行不悖,想象与现实互动有致——三部长诗,有如三片未经开垦的莽原,杂花生树,郁风流韵,充满富氧的空气和异质浑成的遐想空间。

总之,诗人海啸经由这三部长诗的创作,试图要为"所有背负/苦难,顶戴香草的人们",重新找回诗性生命意识的精神原乡,找回以"保护人的本真心灵,拯救人的自然情感"(卢梭Jean-Jacques Rousseau语)为宗旨的诗歌良知和人文理想,虽尚未臻完善,未至化境,但其苦心孤诣之所在,已无疑为当下过于破碎、隔膜,各自自以为是的诗歌话语境况,及肤浅、平庸,只活在当下与时尚中的诗歌风潮,竖起了一座难能可贵的精神高地——显然,这是一位深怀历史使命感的诗人。在野草疯长的时代,正是这样的诗人和他们的同行者,常以"使命的肋骨"支撑博大而深沉的呼吸,让血液在存在的虚假与浮泛中,保持必要的浓度,并以大树般的成长追求,为我们执意索回"秋天的厚度",使真正以诗为生命归所的人们,对现代汉诗的发展,抱以新的自信与希望。

2006 年 5 月

知青、诗人、与足球话语

读《渭水抒情诗选》

当我在这个平静的春天，翻动着老友渭水厚厚的诗稿时，我知道，我是在翻动一部特殊的历史。诗行，只是这种历史的别一种记录方式而已。

渭水是老三届"知青"诗人部落的佼佼者，一位较典型的知青诗人。血热、心真、口快、语爽，富于同情心和社会责任感，还有顽固的理想主义症。同时又颇能吸取新的东西，在暗自里调整着自己的步履，脸上却总是悬挂着不服输的神气，即或有时身陷泥淖，也总是把头仰得老高。

渭水本质上是个精神诗人——以气为主，以气取胜，兼之敏锐、机智、活跃、永远热情忘我地投入。读他的诗，在语言与形式层面，可能不一定会特别感动，但只要你深入读下去，迟早会激动起来，诗里行间，总是激荡着热血男儿一腔纯正阳刚之气，冲击波一样地撞击着读者。

这是位永远以年轻的心态抱拥生命和时代的歌者，其诗思广披博及，触须很多，说明了他切入存在的能力。作为北中国的儿子，他写了不少一往情深，富涵历史底蕴和生命思考的黄土地之歌，如《关于龙》、《安塞腰鼓》等，为诗界所称道。同时也常常潜回自身，对个体生命在现时空下的存在状态作深沉的诗性思辨，由此产生了以《面世》为代表的许多富于哲理性的短诗，写得自然、顺畅、清亮，显示了诗人另一层面的诗质。

渭水真正有影响的作品，是他几首社会抒情诗，尤以那首《1986：阿兹特克世界大战场》的足球诗，让诗界美美"过了一把瘾"。那么多现代诗人，且个个爱足球爱得发疯，都没能写出一首像样的足球诗，可见难写。渭水却写成了，且属重量级的，终于在"足球"上找到了自己的最高、最集中的感奋点，一歌而成绝唱——激情、大气、充满现代意识和现代诗美品质，每读一次，都有重经一次世界杯的感受，并由足球现象引发诸多现代话题、现代感受，是能穿越时空的一首力作，是我们这个诗人足球"部落"的骄傲。

由此我曾鼓促渭水：不要怕写社会题材的诗就一定会掉进非诗化的陷阱，关键在你怎么写。中国向来缺少真正意义上的现实主义诗人，真要写出个中国的叶甫图申科（Yevgeny Aleksandrorich Yevtushenko），也是了不得的。渭水深具这样的素质，同时，他又是一位有自省能力和超越能力的诗人。随着诗人步入中年之旅，且从时代的大冲撞中渐渐冷静下来，一种日趋沉着深远的诗思代替了往日浮面浅近的诗性反应。"足球话语"亦即以人类意识为参照的生命话语重返诗人的心灵，促使他在九十年代的第二个春天里，写出了另一部可与其"足球诗"比肩而立，且更有分量、长达三百行的诗作：《水的哭泣》。

水是生命的元素，是这个世界最平凡而又最不容忽视的一种存在。在中国人的哲学中，水又是人民的代码。"水可载舟，亦可覆舟"，是我们最普及的格言。"世界上没有任何一种物质，能够拒绝水的恩赐"（《水的哭泣》题记），"人类的每一步进程／连同我们的血肉和灵魂／无一不存在于水的此起彼伏之中／无一不存在于水的滋润沐浴之中"，"而那蓝色的地球已失去光彩/不再纯净"，欲作"自然之主"的"虚妄与蒙昧"的现代人类，正面临着自然的报复。而历史，更是充满着各样的污染，时代的血脉中，"已患了难于治愈的贫血和败血症"。诗人为此浩叹："在世纪的长河之中/我们显得何等渺小何等无能，"但最终又看到水的存在、看到作为"水的化身"的"芸芸众生"存在的力量。

在长诗的结尾处，诗人深情地向水祈祷，向水一样普泛的生命祈祷：

> 为了整个地球整个人类更加干净
> 我们该重新
> 擦亮这同样泛着粼粼水波的眼睛
> 重新
> 走向文明

重涉重大题材，渭水显示了他宝刀未老的驾驭能力，且较前多了几份控制和深入。虽然从艺术角度看，这部作品还有待更细致的打磨，但其显露出来的新的眼光和品质，使我们对这位新现实主义诗歌的骁将更加满怀信心。

十年结集，十部长诗，近百首短诗，渭水足可告慰人生的了。

是呀，"我们何等渺小，我们何等伟大"（渭水·《面世》诗题记），"渺小"是我们的诚实，"伟大"是我们的自信，有了这份诚实与自信，再加上对艺术的严肃精神，我们终会写出更年轻、更当代的作品。

1996 年 5 月

"远风敲门"留诗忆

读于炼诗集《三套车》

读于炼诗集《三套车》，印象最深的，是"远风敲门"这个意象。窃以为，正是这个意象，代表了诗人整部诗集的创作动机和美学方向，同时，似乎也可代表与于炼有同样写作目的与精神品质的一路诗歌的基本风格。

> 远风轻轻敲门
> 往事总愿在潮落时光临

这是题为《某日》一诗中的开头两句。第一句的"远风"显然对应第二句的"往事"。不过此时"在潮落时光临"的"往事"，非纪实性的再现，已然化为如风的意绪，从远去的岁月深处"轻轻"吹来，且"轻轻"地"敲"此在人生的灵魂之"门"——这扇门为记忆而留存，因记忆而打开，以求在记忆中梳理人生的来路，清理生命的郁积，找回为成熟走失了的那个本来的自我、诗性的自我。

这里的"潮"可解为"命运","落"即间歇；在命运的间歇中回首往事，总会有"往事如烟"、随记忆之风而来且随记忆之风而去的感觉。这感觉是天生带着些诗意的，只是有人便随"烟"又去了，有人则将它用文字记录下来，真的成了诗。

由此，从发生学来说，诗人大体可分两种：一种是为艺术而诗，为诗这门特殊的"手艺"（语言艺术）而克尽创造性劳动之责的写作者，可称之为"诗人艺术家"；一种是为人生而诗，拿诗这种形式来记录生命体验、生存感受和生活记忆的写作者，是大多数被称之为"诗人"的普泛存在状态。读前者的作品，我们主要看他在"怎样写"；读后者的作品，我们主要看他在"写什么"。当然，优秀的、经典的作品必然是二者兼备的，但取其一而得其成者，已是超越凡俗是为"上帝的选民"了——尤其是在我们这个急剧物质化、时尚化的时代里。

再看这首诗的结尾：

> 遥遥中走不出你身影般
> 清新的白云
> 只能燃一支香烟
> 静坐在火炉旁
> 等待远风敲门

这里透显出诗人面对回忆/写作的心境：是"等待"，不是刻意的求索，一种随遇而安的淡远的眷恋。这种心境，宜于与诗相约，即或没有奇遇，也会有真纯的收获。

于炼的诗，正是在这样一种心境中展开的——先是为安妥自己的灵魂，再是为有着同样人生经历的"同路人"存影写照，在回忆中同唱一首歌——那"不知结局的开始"，那"日历上的笑声"；那"荒野"中的"背影"，那"深爱"中的"不幸"；"故乡"、"往事"、"归途"、"流沙"；"白桦林"、"三套车"、"深圳风"、"海南情"……从下乡知青的青涩岁月，到风云际会的午后之旅，如此的诗题，串起诗人多半生的思想、情感与精神历程，也为一代人的心灵史留下了一抹淡远而深切的、诗意的投影。

这"投影"具体到《三套车》中，一直有一个激发作者灵感的倾诉对象"你"，绰约于诗行的深处，可以说，整部诗集都是为这个"你"而作的。正如诗人在《再版后记》中所言："对你的回忆不管是生锈的冲动，还是没血的伤口；不管是永远的等候，还是青春中的一次季风，我都愿意拿起停歇了多年的天蓝色的笔，用天空的颜色对过去进行一次过滤"。这个"你"，在作者那里，可能有一个隐秘而确切的所指，但在读者这里，我们如果将其置换为一个在今天已经显得十分奢侈的"理想"一词去看待的话，整部诗集的意义所在，就豁然开朗了。

不过，作为同一代人的笔者，我最终欣赏的，还是诗人贯注于诗行中的那一脉历经沧桑而初衷不改的真情实意，并能以如此淡远清明的心境，将其轻轻吐述——不为什么"文学"的野心，只是想在生命的某一时刻，和远逝的岁月中，那并未全然消磨掉的诗性生命的"初恋"重新会面，享受一刻安恬的慰藉——而这样的心境，在空前浮躁与功利的当下时代里，无论是作诗人还是作别的什么人，都是何等的难能可贵呵。

也许，只有这样，才值得所有热爱生命、热爱诗歌的人们，以诗的名义，"对飘遥的远方做一次追忆！"（于炼语）

2006 年 7 月

飞翔的起点

读孟想的诗

　　我不知道在我们如此辽阔的当代诗歌版图上，一年复一年，一代又一代，该有多少并非无才的年轻诗人们，被过于贫乏单薄的诗歌批评界所疏忘、所遮没，而寂寞在个我的孜孜以求中——又一个响晴响晴的北方冬日里，当我读到寄自温州的孟想的诗稿时，不由再次为这样的感慨而深深激动了。

　　五年前的深秋，在参加于温州举办的一个现代汉诗诗学研讨会中，经当地名诗人高崎介绍，与孟想认识。当时他以本名洪道从与大家交往，似乎不愿贸然以诗人自居。相处几日中，只见他热情地为到会长者服务，或默默待在一边听人交流，自己却很少说话。那种低调、沉着和诚恳，让我感念不已，知道这是一位不同一般的文学青年。分手后，孟想一直与我保持断断续续的书信往来，但也仅只是执弟子礼，问候牵念，无涉具体要求，颇有点古风犹存的韵致，让我这观念前卫而做人传统的所谓"诗评家"，更生感念。同时也暗自在心里揣摩着：有着如此情怀的道从，一定是将他的文学爱好当作

"梦想"般的珍藏在心底，不肯轻易示人而持之以重的。

　　果然，当五年后忽而就收到他发来的诗集书稿，不无惊喜地初读后，方欣慰于我当初的印象和后来的揣摩没错——和他的笔名寓意一样，诗之爱好与写作，在孟想而言，既是一种生命意义的高远寄托，又是一种具体生活方式的个在取向，皆无涉现实功利的蝇营狗苟。再细查其写作经历，竟然已二十年之久，却还依然"不能够充分自信地认为自己是一个诗人"（孟想来信中语），更遑论其诗名的有无了，可见其心理机制的虔敬和谦恭，这与这多年当代青年诗歌创作中，那种趋流赶潮、各领风骚三五年的浮躁状态显然大不一样——如此生成的诗歌写作，不管其品质高低，是否成名成家，那一脉自然、自在、自由、自重的精神气息，首先就保证了作为诗性生命意识的基本认同：

　　　　没有落草为寇，远离英雄辈出
　　　　花香中的女子
　　　　只想做一只美丽的蝴蝶

　　欣然诵读《瓶子》中的这些诗句，了然原来有"道"而"存"的诗人"孟想"，在热闹的诗坛之外，在纷繁的人世之中，竟然一直葆有着这样从容与淡定的"梦想"啊！现在，我终于可以坦然以"诗人孟想"来称呼昔日的"道从小友"了——而且还可以坦然地向当代诗歌界介绍：这是一位素质不错的诗人。

　　首先是诗视角度的不错。

　　　　在这一个
　　　　玩法不断翻新的年月
　　　　星星永久提前回到遥远，而盲人的
　　　　双目分明看见了一切

　　　　　　　　　　　　——《公园》

　　"盲人"而有"双目",并"分明看见了一切",显然不是
"盲人",而是心里透亮的诗人自诩:"盲"于世而"明"于诗,
如同那"提前回到遥远"的"星星"一样,看穿了这"年月"
"不断翻新的""玩法"——这"玩法"让世界、让当下的中国发
生着真正"翻天覆地"的巨变,以至变得我们无所适从、无家可
归、无地彷徨、无梦可寻、无"遥远"可回,便只剩下"玩法"
自身主宰着这"年月"——于是只有"摇头":

> 学会摇头。在一个偶尔的迪吧
> 不知不觉的音乐,再次堕落的她
> 酒陪着我,一盘黑色的冬天陪着我
> 剩下整个沙滩,从迷乱的眼中
> 荡漾到所有的人类头上。音乐继续
>
> 已经失去地球的存在!从传说中搬回
> 自己的躯体,等于欠下地球一次生命
>
> ——《摇头》

　　可以看出,这样的诗视角度是极具现代意识的,并且代表了
孟想这一代人的深刻体验,形成孟想诗歌基本的精神背景:迷乱
的青春,迷失的理想,迷惘的当下,迷离的未来,迷梦无着的暧
昧季节:

> 刻意在秋天眺望春色
> 丈量到的距离
> 正好是忧伤的雨季
>
> 春色消逝。秋天远去

看着风景的人
被困在风景的光束里

————《望远镜》

由此，对唯一能安妥漂泊灵魂之纯真爱情的渴望或失望，便成为无处不在的意绪，浸漫于孟想的诗思之中，也是他写得最好的部分：

液态的四月，被一阵不期而至的风
吹拂着。如果爱情有飞的欲望
不是纸鹤不是缥缈的云絮，那一定是
火焰的双翅从灵魂中腾空而起

————《给》

从这些随便引摘的诗句中已不难看出，孟想的诗歌语感也是相当不错的：纷繁而开阔的想象力，鲜活而奇幻的意象营造，令人应接不暇；时而洒脱，时而冷峻，且不乏反讽意味，颇多文本外的张力，堪可回味深思。

你看他怎样写《文化艺术节》：

文化人，艺术家，政客……
粉墨登场。在野狼和山兔隐没的年代
以绝对精神病人的姿势进入角色
谁敢冷眼相觑，谁能刮目相看
这是一个需要举行国际级辩论的问题

好脾气和无声无息构成整个节日的风格
下半夜开始见鬼的街道
还要照样见鬼。不谙行走的双脚

刹那减轻了步伐。叛逆者的心头
消失的血液，在漫长的黑夜回荡
而夜色上空的星们早已习惯沉默

　　这种意象化的写实能力与叙述风格，早已超乎一般，常常让人惊叹其少年老成的不凡表现。再读《波钵街在摇晃》：

青春的前脚
和一杯倾倒在吧台的鸡尾酒
不会有更多区别
但是人生的后脚
分明踩坏了时光中的叶绿素
在氧气欠缺的旷野上
有的人眩晕了，有的人
被爱情的幌子所迷惑
流落在夜半街口
被路标指到了另一个方向

　　似乎已无须再引证阐发什么了，我们已充分欣赏到并信任于孟想作为一位诗人的基本素质之所在。然而素质的具备并不能代表理想的发挥。缺乏对才华的"管理"以及缺少由交流带来的修正，写得多，思考的少，不善修改，造成孟想长期沉湎于一己所得而迟迟不能进入有方向性的创作，成为耽搁已久的遗憾。

　　具体于文本，大量的作品中，局部的惊艳被整体的迷离所消解，断连之间缺少有机的内在联系，肌理丰富，脉络欠工，多佳句而少佳篇，且越到后来，越陷入听任才气挥霍的地步，反让人留恋起他早期诗歌中那一脉爽净明快的风格，如《擦肩而过》、《在细雨中行走》等诗：

在日益匆忙的水泥路上
老朋友似的小雨
又一次拍响了我的肩
我不撑伞。我只撑着往年
在南方，我习惯了潮湿，水分充沛

我喜欢慢慢地在细雨中行走
和更多的人不同
慢，那是因为怀想飞翔
这不是唯一的方式
但可以找回孤傲的对手

——《在细雨中行走》

　　这是孟想作为诗人飞翔的起点。作为诗评人，作为忘年之交的诗友，我喜欢这"起点"中所显露的纯粹与自信，并愿以此为提示，祝"道从小友"以新的纯粹与自信，在终于开始正式起航之后，扩展其"诗人孟想"之更深远而独到的飞翔——以惯有的沉着、从容、与淡定，以及不断"找回"的"孤傲"。

2008 年 12 月

真实与自由

侯马《他手记》散论

一

　　新世纪当代中国诗歌，着实热闹了十年。一边是"制服诗人"们虚浮造作的历史叙事，一边是"游戏诗人"们自得其乐的活在当下，和其所处的时代语境无一不合拍，以致成了这十年主流话语的合理组成部分。即或是此前一直艰难成长的先锋诗歌，也在空前自由的写作与空前便捷的传播通道豁然降临后，堕入了表面形式的巨大狂欢之中。"世界是平的"，连"先锋"也正在被纳入"消费"的"时尚"，乃至整个文化体系都在加速度地时尚化。

　　表面看起来，"时尚"好像是市场经济和商业文化的发展必然产生的文化形态，与意识形态的主导无关，其实正是主流意识形态的有意合谋与有效利用和鼓促，才使"时尚"如此普泛而十分强势地攻掠了几乎所有的"消费空间"（假如把诗的创作与传播及欣赏也纳入这个"消费"概念的话）。而时尚的结果必然是趋于一致化、平面化、平庸化，引诱的是欲望，追求的是流行，操作的是游戏，满足的是娱乐，刺激的是感官，造就的是"娱乐至死"而"没有灵魂的享乐的人"。这是比意识形态更具有杀伤力的一种东西。而无论是意识形态，还是意象形态，都是对人的"意识"的一种异在的控制。只不过，前者是公开的、硬性的、暴力性的一种控制，后者是隐性的、软性的、迷幻性的一种控制。

而无论在任何时代，诗的存在，都应该是一种尖锐而突兀的存在，一种在时代的主流意识背面发光，在文明与文化的模糊地带作业的特殊事物。尤其是先锋诗歌，在中国式的现实经验里，在现代性的语境下，质疑存在，追问真实，一直以来，都是它得以发生与发展的本质属性，也是其赖以高标独树的不二利器。堪可告慰的是，尽管近十年来的先锋诗歌，正越来越沦落为一种姿态和标记，钝化、细琐化、宣泄化、乃至游戏化，失去了它应有的锐气和力量，但总有那些真正为自己负责也同时为历史负责的诗人和他们的作品，适时填补时代的缺憾，让其重新拥有新的自信和稳得住的重心。

在此，诗人侯马和他的"特种诗歌文本"《他手记》的问世、获奖和随之引发的持续性的关注与反响，无疑是新世纪十年来先锋诗歌一个颇为重要的收获。仅就这部作品而言，其内容之驳杂、思想之深刻、诗感之明锐、内涵之丰厚，尤其是对历史记忆与现实担当的跨时空整合，以及横行无忌的形式探求，都是这十年诗歌中难得一见的。它甚至造成了一个"诗学事件"，让包括笔者在内的众多诗评人一时不知该如何对之言说：在对包括"散文诗"在内我们所尚能勉强认同的所有现存汉语诗歌形式进行了空前彻底的"冒犯"后，却依然不失诗的意味和意义，乃至隐隐透出一种史诗般的灵魂和风骨，实在是令人不可思议的一种挑战。尤其是它所抵达的空前自由与尖锐的写作境地——既是文本的自由挥洒，又是人本的自由表达；既是思想的尖锐认证，又是艺术的尖锐探求，并由此在与时俱进的主流诗歌之外，在即时消费的流行诗歌之外，重新恢复了当代中国先锋诗歌的责任和荣誉。

"作为一件极具探索意义和文本价值的成熟力作，《他手记》是对诗歌形式主义的反对，却又从本质意义上捍卫了诗歌的尊严。它是思想之诗，命运之诗，信仰之诗，人之诗"。首发《他手记》并授予其"十月诗歌奖"的《十月》文学杂志在其授奖词中所下的如此判语，可谓高度概括且分量不轻，我们不妨就此展开更深一步的讨论。

二

任何的文学与艺术文本，都脱离不了形式和内容的水乳合成；形式为体，内容为魂，道成肉身而行世感人。诗以及一切艺术，无论是传统还是现代，总是灵魂不死而形式多变，亦即是对世界的说法的不断改变而改变着世界的存在与发展，这似乎已成公认的定律。新诗的诞生并滥觞百年，更是从语言形式上翻转千古而反常合道，继而成为百年中国人尤其是知识分子与年轻灵魂言说自由心声和生命真实的优先选择。

这种选择的关键，在于对自由言说的倾心和对认领真实的追寻。也正是在这里，新诗遭遇到它宿命般的悖论之所在：一方面一直为移步换形居无定所的无标准乃至形式不明所尴尬，一方面又不断为无边界无穷尽的探索创新所牵引而得以发展壮大。加之，百年中国风云激荡，对存在之真实的探求和对生命之真实的发现，成为几代中国人经由文学艺术所要获取的第一义的要旨，从而将灵魂的解渴推为至高的审美，新诗更是首当其冲，并最终从形式上归结为"无限可能的分行"（叶橹先生语）而任运不拘。由此，对语言形式的试验和对生存与生命真实的追寻，便成为先锋诗歌的标志性特征。

既是"任运不拘"而"形式不明"，又何来"形式主义"？"十月诗歌奖"的判语中显然有虚拟"反对"对象的嫌疑。但侯马的《他手记》又确实"反"了几乎所有的诗歌形式，以至对于尚持有一定形式与标准认定的笔者而言，只有将其指认为"特种诗歌文本"。

具体来看。一部《他手记》（依据江苏文艺出版社 2008 年 9 月版）共分四辑 480 则（或段、或首）结集，每则依序编号。其中 53 则分行并有独立的诗题，可算为 53 首现代诗。另有 29 则标有独立的诗题却不分行，可算为 29 首散文诗。其余近 400 则则既无标题也不分行，只以序号区分编排。同时，全部 480 则无论是排序还是分辑，除少数临近之间有大体相近的内容关联外，整体上基本无从找寻何以如此排序或分辑的逻辑关系或内在联系，只是就这么散乱而无由地"播撒"在那儿，有如我们这个时代同样散乱而无由地"播撒"着那些什么一样，透着一股既无序又合理的邪劲。从各则文字的长短来看，最短的一则只有 6 字（第 270 "诗歌就是停顿"），最长的两则都超过 500 字（第 90 "别针……"和第 385 "哦，雨加雪"），可谓随心所欲毫无理由地自在生发而不管不顾。再从结构样式上去看：有的像诗，有的真是诗；有的不失为格言箴语，有的就是随感断想；有的是精妙绝伦的小散文，有的则逼近超微型小说的绝佳境地；有的假扮"传统"之面相，有的极尽"现代"之能事。更有意味的是，有几则只要稍加分行处理，就是很精到的现代诗（如 008 "鸟儿……"、013 "水仙……"、014 "醉酒……"、096 "花儿……"等），诗人偏就散文式地摊放在那儿，还特意将同一则（首）"诗"分别用分行和不分行两种形式排列（第 211 和第 212），似乎在有意无意地提示读者：我不是不能"诗"，我就是要这样"诗"给你看——如此试错、倒错，杂糅、杂呈，混装、混用，整个一个从"前现代"到"后现代"的肆意拼贴，盛大而混乱的集合（愈发形肖我们时代了）。

实际上，仅就《他手记》中许多单个作品而言，处处可见诗人侯马不同凡响且具有综合性的写作能力和写作经验，有的则令人扼腕惊叹：如第 279"当酒与醋跪在粮食的灵柩前……"，就是一首绝佳的寓言性散文诗，用语精确，安排妥帖，寓庄于谐，不动声色里机锋如芒，且将所谓的"哲理诗"由普泛的社会哲理层面提升到生命哲理层面，寓意精深，余味悠长。再如上述第 90"别针……"，简直就是一篇十分精到而富有诗意的超微型短篇小说：两个青涩男女，一段中国往事，浓缩于一个别针的意象和一段公交车程的路途。心理，事理，画面，气息，以及时代背景，仅仅 500 余字，却已将年少的一瞥扩展为成长的记忆，并将这记忆带入历史的景深而交相印证。其整篇细节的捕捉，情节的拿捏，意绪的掌控，氛围的渲染，无不精致得当，读来凄美深永而难以释怀。

但问题是，作为如此"全能"的诗人侯马，又何以非得将这些似诗非诗的篇什统统纳入他统称之为"手记"的集合之中呢？

我们只能再次强行切入准学理性的推测：作为试验性的超级文本，诗人或许正是想借由这种杂糅并举的文本样式来表现这同样杂糅并举的时代语境（如前文所一再暗示的那样），以求以复杂的语言形式作为复杂意绪的合理容器。同时，诗人似乎还想借此向我们显示：正是"他"所代表的一代人的那种个人化的心灵形式，决定了"他手记"的语言形式，并以此试图重新恢复先锋性的"本质意义"和先锋性的"诗歌的尊严"。

而我们也知道，仅就新诗发展历程来看，文本样式和文本品质亦即诗型和诗性的存在，在具体创作与作品中常有背离之处；许多徒有诗型的分行文字其实并不具备起码的诗性要求而成为非诗，许多具有实验性、探索性的文本却又在深具诗性的同时，违背或超越常规的诗型样式。更重要的是，身处我们的时代，可以说，只要你还在用体制化的语言（或某种"模范语言"）和宣传性（或"布道式"）的心理机制在言说，哪怕是言说非体制性的生存感受，就依然可能只是失真的言说和失重的言说，难以真正说出存在之真实。而侯马式的"他"的出场，显然是另类的，不同凡响的。

是的，这真是一次空前的"冒犯"，一次空前的"反形式"而至"破坏的总和"，以及由此而生的一种跨文体写作的超级文本。我们无从知道或不能全部理解侯马何以要选择这样的方式来创造这样的文本（熟悉当代中国诗歌的人们都知道，这位诗人为我们贡献过不少精到的"合乎规范"的现代诗），只能直面它就是如此这般的存在着。而直面的另一个逻辑理由是：假如一位诗人经由这样的方式，已经代我们说出了我们所处时代的某些生命与生存的真实乃至真理，同时又表达得那样自由无羁、精妙而智慧，且不乏诗性的情趣、理趣、意趣及谐趣，并深含现实感、历史感和悲悯情怀，我们还有必要追问他是怎样说出来的吗？

当然，绕过这个弯，还得再深入探勘，诗人侯马是如何以这种看似非诗的形式诗着或说是实现着诗的意义，并成就为"思想之诗，命运之诗，信仰之诗，人之诗"的。

三

将侯马的《他手记》归于新世纪十年先锋诗歌的重要文本来看待，不仅在于其特别的语言形式试验和极其自由的表达方式，更在于经由这种表达，为我们所曾经历和正在经历的时代，做出了尖锐而深刻的真实认证，及其历史的纵深感和现实的丰富性。

作为这一复杂文本的叙述主体，《他手记》中的"他"，是以单数第三人称的"旁观者"立场和个人化的独特视角，来展开其广披博及而又不失焦点所在的诗性叙事的——转换话语，落于日常，散点式的扫描，碎片式的剪辑，见树不见林式的速写记录，看似散漫无羁，缺乏重心，却始终有个在的明锐与深刻，以及各自鲜活的律动与丰富的肌理感，既不失史诗般的总体架构，又避免了传统宏大叙事的空泛与生硬。按照福柯（Michel Foucalt）的说法，只有"踪迹"是可信的历史真实；借以偷换一个说法，只有"肌理"隐藏着存在的真，并真正能为我们看到和体验到。

只是因了长期大历史叙事的后设"脉络"式（所谓"规律"等等）知识驯化，我们对日常"肌理"的存在，从审美到审智都渐已退化寂灭，只剩下假大空的视角与言说。在"他手记"的世界里，没有所谓的"道理"，只有所以然的"肌理"——存在的过程，过程中的细节，细节里的体味与叹谓，然后成诗，成文，成灵魂中不可忽略而坚持存在的记忆。

在此需要特别指出的是，坚持持有这种"记忆"的"他"，是从 1960 年代出发，并横贯 1970 年代、1980 年代、1990 年代，直至新世纪十年的历史进程的"他"。从文化学的角度而言，这是真正所谓承前启后而彻底回返生命真实与生存真实，从而也彻底改变了当代中国文化形态的一代人。由此，当这个单数的"他"代表一个无限复数的"他们"，来述说有关成长的记忆、现实的关切、良知的呼唤、历史的反思、思想的痛苦，以及真理的求索时，实际上已构成了一部 1960 年代人的心灵史，并从时代主流意识的背面，为只活在当下而"娱乐至死"的人们，提交了一份足可警世洗心的"浮世绘"。

不妨具体领略一下这部"心灵史"与"浮世绘"的要点：

这里有对老一辈人生的重新认证："母亲的一生怎样展开。有十几年，她每晚出门，为街坊四邻、乡民村女看病，打针或针灸。这无私助人的品质言传身教给儿子，无人窥知她作为富农儿媳、军阀女儿笼络群众、救己救家的用意。"（第 039）历史场景中个人命运的隐在真相，在此昭然若揭；

这里有对集体无意识之奴性人格的冷静观察："做被迫的事情也保持积极的态度：他体会到了一个囚犯的体面。"（第 004）而"他已生活在思想的监狱里了，竟然还是畏惧肉体的监狱。"（第 155）是自我的检测，也是群体的存照；

这里有对女性生命意识的深刻揭示："一个女人的心灵史，竟是把自己头发留长剪短，烫弯拉直、铜黄染黑的历史。"（第 086），而另一个"她站在河滩洗衣。河水有些混浊，看来，她在意的是去掉衣物上的人味，而不是衣物沾上沙土。"（第 154）不动声色中的直击本质，让人不寒而栗；

这里有对时代语境的精妙讽喻："当代的神女峰，不是千年的伫立，是千百次地拨打手机。"（第 227）而"小市民是小市民的捍卫者，英雄却是英雄的反对者。"（第 267）社会转型中的文化病灶，为冷眼旁观的"他"一语中的；

这里有宏观视野中的慨叹："没有历史的城市，克制不住往高空生长的欲望。"（第 231）是以"他需要生育四个孩子，来统治荒原的四面八方"，"来表达对世界的一声叹息。"（第 236、237）

这里有微观窥探中的低语："他在祖国的道路上散步，为没感到幸福而羞愧。"（第 343）进而发现"一颗无比圣洁的心，渴望着非常世俗的生活。"（第 369）并且，"他所有的努力不是为了前进，而是为了回到零。"（第 476）

这里有对历史真实之黑色幽默式的反证："一支锃亮的枪，保持适度的威严，它参加过缔造历史的若干重大战役，因为品相完好，被陈列在博物馆里。事实上，它不曾射杀过一个人，甚至都没有射中过。"（第 360）

这里有对生命真实之美好意绪的悄然认领："遗落在皮座上的黑丝巾，一握之盈，她的柔软，她的芳香，从指尖到心尖。这朴素的思念，像深埋大地中古老的根系，悄然纤细而又坚韧地生长。"（第 328）

——这真是一个无所不在的"窥视者"和思想者：在"新近回国的流亡诗人""专心吃饭"的镜头中，"他"品味出了信仰的悖论（第 365"信仰"）；在伟人逝世哀乐响起的历史关头，"他"在"大师傅一边问：是谁？一边眯着眼睛，用勺子把苍蝇准确地捞出"的动作中，品味出常态人生的真谛（第 350"历史"）；在"格瓦拉的孝"（第 345）中，"他"对中国特色的文化语境的调侃入木三分；在打工者的"被褥"（第 315）中，"他"对底层民众艰难境遇的理解催人泪下——亲情，乡情，爱情，友情；家庭，社会，自然，俗世；乡村，都市，国内，海外；个人，族群，当下，往事……由生灵观照到心灵观照，由现实观照到超现实观照；大至历史反思、人性考证，小至惊鸿一瞥、自我盘诘，可谓"全息摄像"（心象、事象、物象以及意象），无所不及，目击而道存，存于细节，发为认证，并在处处闪烁诗的蕴藉和思的锋芒的同时，辅以悲悯情怀的润化和对真实之信仰的光晕，只在指认，不着论断，以看似情感之低调的"灰"呈现存在之底色的"杂"，而渐次逼近诗人所心仪的"大灵魂的大手笔"（第220）的至高境界。

　　总之，一部《他手记》，仅就其内容之庞杂和思想之深湛来说，确已不负"思想之诗，命运之诗，信仰之诗，人之诗"的称誉，并以其近于"现代启示录"性质的坚实品质，为当代中国先锋诗歌的深入发展，提供并开启了新的可能。

　　正如侯马在其《后记：关于"他手记"》中所言："《他手记》首先是对诗的反动，又是对诗的本质意义上的捍卫。他尝试这样一种可能，就是用最不像诗的手段呈现最具有诗歌意义的诗。"这里的"诗歌意义"，在我的理解，至少于当代中国诗歌尤其是先锋诗歌而言，在依然深陷"瞒"与"骗"以及伪理想、伪现实的文化语境下，作为诗的存在之第一义的价值，恐怕还得立足于对自由表达的追求和对认证真实的信仰——由此，如侯马《他手记》这样的"对诗的反动"和"对诗的本质意义上的捍卫"之先锋道路，我们或许还要走很长一段时间。至于这样的"可能"是否最终能成为"经典"，大概只有交付未来的历史书写者去认定了。

2010 年 7 月

"这里的风不是那里的风"

娜夜诗歌艺术散论

上世纪八十年代中期开始诗歌写作的女诗人娜夜，在跨入新世纪以来的当代中国诗歌界，以其持续上升的创作态势和佳作名篇迭出的骄人成就，连续获得《人民文学》奖、第三届鲁迅文学奖、中国当代杰出民族诗人诗歌奖、新世纪十佳青年女诗人称号及第三届"天问诗人奖"等，越来越显示出其不可忽视的重要性和影响力，进而成为"六十年代"出生的诗人，或所谓"中生代"诗人群体中，一个日渐突出的标高所在。

其实上述奖项和称号，对娜夜来说，都只是社会学层面的指认，真正深入解读者自会发现，娜夜实在不是一个可以做简单归类和简单认知的诗人。至少，在当代中国"女性诗歌"和"西部诗歌"这两个区域中，娜夜取得的艺术成就，无疑都占有相当突出的位置。而她独自深入的诗歌写作取向和其清音独远的诗歌精神品格，在这个既非诗的时代而又特别"闹诗"的时代里，更是具有特别的启示意义和诗学价值。

一

作为"女性诗人"，娜夜的诗歌写作，整体看去，其精神底背，还抱有一些源自骨子里的理想情怀与浪漫色彩，而一旦落视于具体的人和事，却总能一眼洞穿，看得很透，具有明锐而深入的勘察与"显微"能力。同时，又总是能以超乎女性立场的视野，去表现男女共有的人性世界——生与死、苦与乐、现象与本质，以及未知的意识荒原与裂隙等等。其从容、旷达、宽柔的诗歌精神，具有极大的包容性和穿透力。

我们知道，人类的心脏是没有性别的，但具体到生命意识和艺术感觉，女性与男性还是有所差别。差别的逻辑前提是：一般而言，女性似乎总是比男性要更"观念化"亦即更"他我化"（笔者生造的一个词，即以他者的存在为自我存在的前提）一些。这里的潜在原因，既有文化成因所由，也有女性自身的"基因编码"所由。由此逻辑悖反而言，真正优秀的女性，也便比同样优秀的男性更本质、更自我一些——尤其是在生命意识和艺术感觉方面。

比较之下，我们可以回首观察到：近三十年来的当代中国诗歌进程中，无论是"先锋性写作"还是"常态性写作"，男性诗人还是女性诗人，以及已成大名的种种诗歌"人物们"，都太多"运动性"的投入和"角色化"的出演——而娜夜，这位自甘边缘、潜行修远的诗歌女性，则是那些少数难得的、将诗歌写作作为本真生命的自然呼吸而成为一种私人宗教的诗人之一。

女性的，而又超越女性的。如此展开的"娜夜式"诗歌视角，广阔而又细密，陡峭而又深邃。

她写母性温润的情愫："——吹过雪花的风啊／你要把天下的孩子都吹得漂亮些"（《幸福》）；转过身，她又写女性命运的灰败感："这些窗子里已经没有爱情／关了灯／也没有爱情"（《大悲咒》）。于是，"一个忧伤的肉体背过脸去"（《覆盖》），然后固执地探寻："为什么上帝和神一律高过我们的头顶?"（《大悲咒》）。

落视"日常"，她写"——摇椅里　倾斜向下的我/突然感到仰望点什么的美好"（《望天》）；注目"神性"，她写"牛的神/羊的神/藏红花的神/鹰的身体替它们飞翔"（《从西藏回来的朋友》）。

在娜夜的诗歌世界里，"是真实的存在还是瞬间的幻象又有什么关系"（《幻象》），她关注意义，也关注身体，所谓"道成肉身"，并一视同仁地关注"灰尘"、"光"和"时间经过的痕迹"，然后"用思想"也"用嘴"，去"闻神的气息"（《自由女神像前》）。

——然后重返迷茫：

> 夕光中
> 那只突然远去的鹰放弃了谁的忧伤
>
> 人的　还是神的?
>
> ——《青海》

可以看出，在娜夜的诗中，有一种天然的艺术化气质和虚无化格调。正是这种"趋于虚无化的生命本真"（萌萌语），和视艺术与美为生命之所有的追求与归宿的精神取向，方使诗人所秉持的真实的个人和真实的诗性生命意识，得以从"与时俱进"的公共话语语境和浮躁功利的时代话语语境中脱身而出，始终葆有本源性的独立意识。

二

作为"西部诗人"，娜夜的诗歌写作，从一开始，便自觉摆脱了传统主流"西部诗歌"的浮泛模式，跨越"时代"语境和

"地域"界限，以现代意识透视真正意义上的西部精神与西部美学的底蕴所在，别有领悟而动人心魂。

何谓"西部"？何为"西部诗歌"？何谓真正的"西部精神"与"西部美学"？这些人云亦云大家都常挂在嘴上说习惯了的词，其实就其学理性命名而言，实在太多混乱和歧义。这其中，尤其以长期占主导地位的所谓"主题性"和"采风式"两个路数的创作理念与作品，所产生的负面影响最需要反思。

在这两路创作中，要么是虚假矫饰的"翻身道情"、"改天换地"、"新人新家园"等泛意识形态化了的"西部风情录"，所谓"现实主义"的"历史叙事"；要么是唢呐、腰鼓、黄土地，大漠、孤烟、胡杨林，以及高原、草地、雪峰、羊群、驼队、经幡等等早已被表面"风格化"了的、"泛文化明信片"式的空洞表现，且一再推为主潮，其实与真正的"西部"及"西部精神"根本不搭调。

仅就诗歌美学而言，我认为，真正的"西部精神"以及由此生发的"西部美学"之精义，可概括为三点：一是原生态的生存体验；二是原发性的生命体验；三是原创性的语言体验。此"三原"体验，转换为诗歌话语表征，则应该是人与自然、人与存在、人与命运之纯时间性（非时代性，所谓"新风貌"）和生命性（非生活性，所谓"体验生活"）的一种更深层的对话，且是一种充满苦味、涩味和艰生味的对话，消解了主体虚妄和主流意识驯养，重返神性与诗性生命意识的对话。

细读娜夜有关西部的诗作，可以发现，"西部"在娜夜的"诗歌词典"中，既不是什么题材与内容的特别所在，更不是什么"文化明信片"或"地域风情"式的特别所在，而是有关生存意识、生命意识、自然意识、及审美意识的特别所在——生命与自然的对质，向往与存在的纠结，以及生存的局限性与企求突破这种局限而不得的亘古的渴望与怅惘，成为娜夜式"西部诗歌"的核心题旨。

由此形成的作品风格，境界舒放，诗意苍润，常以峭拔而疏朗的思绪和可奇可畏的生动意象，精准传神地透显出"在这遥远的地方"，人与自然、人与存在、人与命运那一种不得不的认领与迷茫，以及由此而生的那一缕淡淡的清愁、那一声沉沉的叹咏。

正如其堪比《诗经》之"蒹葭"的经典之作《起风了》诗中所言："在这遥远的地方　不需要/思想/只需要芦苇/顺着风"——这才是西部的真谛，也是西部的天籁。

再读这样的诗句：

> 一朵云飘得时候是云
> 不飘得时候是云
> 羊一样暖和
>
> 被偶尔的翅膀划开的辽阔
> 迅速合拢
>
> ——《鹰影掠过苍原》

直叙中自声色有余，更尽见天地之心，透彻而高致，尽得西部诗魂的真性情、真境界。

三

无论是作为"女性诗歌"的写作，还是作为"西部诗歌"的写作，娜夜诗歌的内在艺术品质始终是一致的。

具体而言。其诗的内涵，有深切的现代意识，又暗含古歌般的韵致；是现代的"直面人生"，也是古典的"怀柔万物"。"冷眼"与"热心"，"看"与"被看"，无不饱含善意的"窥视"、真诚的质疑、纯美的叹咏，和原始而细密的忧伤与悲悯。

由此生成娜夜诗歌的语感，疏朗中暗含张力，松弛中弥散韵致，尤其对长短句配置的节奏感把握得颇为精妙。其诗思的展开常有大的跨度，却不失内在意绪的逻辑联系，致使情感的韵致和语感的韵律非常和谐地熔融化合而清通爽利。特别是她诗中惯有的"语式"和"语态"，时而直截了当，时而缠绵悱恻，集正襟危坐与散发乱服于一体，读来别有韵味。

试读其近作《睡前书》——

> 我舍不得睡去
> 我舍不得这音乐　这摇椅　这荡漾的天光
> 佛教的蓝
>
> 我舍不得一个理想主义者
> 为之倾身的：虚无
> 这一阵一阵的微风　并不切实的
> 吹拂　仿佛杭州
> 仿佛入夜的阿姆斯特丹　这一阵一阵的
> 恍惚
> 空
> 事实上
> 或者假设的：手——
>
> 第二个扣子解成需要　过来人
> 都懂
> 不懂的　解不开

全诗看似意绪飘忽，语感迷离，思路轨迹及其诗句建行跨跳很大，其实内在心理结构和精神结构非常严谨：基点是此一刻的现代夜色，夜色下的现代人之不眠心境，由此散点"荡漾"开去，以细节扫描为情节，以间或感慨为特写，"东拉西扯"中一咏三叹，看似毫无来由随意道出，却又暗含逻辑，虚中有实；所谓既是瞬间的幻象，又是真实的存在。结尾收视聚焦于"解扣子"的小把戏，以风情证虚无，可为神来之笔。而一句"佛教的蓝"，堪称现代汉语诗歌中难得一见的"诗眼"，令人惊艳不已！

关键是，此诗虽也以叙事性语式为体要，表面看似涣散，像一首分行的散文诗，但骨子里却别有"经营"：一方面在弥散性语感中，暗藏与心理和意绪相偕而生的现代节奏与独特韵律，一方面将意象有机"导演"为有戏剧性张力的"意象情节"，如电影之"蒙太奇"，亦幻亦真，悬疑所指。如此看似不经意之喃喃自语中，反而更为深刻地揭示出存在之切与生命之惑，读来奇崛、诡异、深沉，不可作泛泛浅解。

综上所述，可以说：在当代诗人中，娜夜是少有的几位，能有机地融会真实世界的主观视觉和叙事调式中的潜在抒情者，从而将她的诗歌写作与整个时代的潮流走向区别了开来，风规自远而独备一格。

四

总之，这位水静流深于西部边缘的女性诗歌写作者，是一位真正独立而具有超越意识的优秀诗人——我是说，她不是那种我们司空见惯的潮流式的诗人，她有源自自己生命本在的诗性智慧和诗性力量，支撑她在任何诗歌时代或任何她自身的写作阶段，都能从容展开其不同凡响的个在写作，而不为"时势"所左右；换句话说，娜夜是那种不因"时过"而"境迁"后便失去其阅读效应的诗人，这不仅因为她有其不可忽视的代表作乃至绝唱式的作品，更是因为她诗中对语言与存在独到而深入的关切与表现，所达至的不可忘却的阅读记忆。是的，她不容忽视，但也不在乎你何时提及。显然，这不是一个什么"定力"的问题，而取决于气质所在。

正如诗人自己所言："忠实于内心的真实感受和过分强调诗

歌的社会功能，优秀的诗人更多出自于前者。""我的写作从来只遵从内心的需要，如果它正好契合了什么，那就是天意"。①

谁念秋风凉，远山独苍茫。

> 而我仍属于下一首诗——
> 和它的不可知
>
> 　　　　　　　　　　　　（《摇椅里》）

——这是娜夜：女性的，超越女性的；西部的，超越西部的；时代的，超越时代的。她的存在，让我们常想到"那些高贵的 有着精神力量和光芒的人 / 向自己痛苦的影子鞠躬的人"（《风中的胡杨林》）。而作为诗人的娜夜，说到底，只是依从她固有的宿命般的气质，"尝试着"，在生命历程的所有细节里，"说出自己"，并欣然回首，倾听："——在那些危险而陡峭的分行里 / 他们说：这就是诗歌"。（《阳光照旧了世界》）②

2013 年 3 月

---

① 娜夜：《随想十三》，见《文艺报》2013 年 1 月 11 日第 5 版。

② 本文正题转借自娜夜同名诗作题目。行文中所引诗句，均摘自《娜夜诗选》（甘肃文化出版社 2003 年版）、《娜夜的诗》（敦煌文艺出版社 2009 年版）、《娜夜诗歌快递：睡前书》（《读诗》EMS 周刊第 142 期，2012 年 2 月版）三部诗集。

诗在西北

《明天》诗刊第二卷"西北诗群"导言

上

　　大西北——作为当代中国诗歌版图的一部分，一直享有着响亮的声誉。只有在这块土地上，诗才真正是文学中的文学，成为最高的理想和最虔敬的追求。人们不会忘记，当年由朦胧诗冲开新诗潮闸门后，接续而来的，是西部诗潮的强烈回应：由张书绅主持的《飞天》"大学生诗苑"专栏，几乎吸引了所有后来成为先锋诗歌代表人物的诗人们，在这里首发亮相；由《长安》、《阳关》、《绿风》所连接的诗歌风景线，一时成了二十世纪八十年代初中国先锋诗歌的大后方，以至连徐敬亚的《崛起的诗群》一文，也是在这里破土而出。随之而来的，是一连串闪亮的名字，辉耀于新诗潮的历史进程中：昌耀、韩东、丁当、胡宽、张子选、封新城、杜爱民、杨争光、伊沙、秦巴子、唐欣、叶舟、沈苇、北野、马非、李岩、李汉荣、古马、娜夜、人邻、林野、孙谦、师涛、朱剑……还有从这里起步而成名于其他诗歌版图的马永波、夜林、方兴东、谭克修等。当然，也有无数诗之过客从这里走过，留下一些有关西部的诗篇，但那是另一回事，与这一版图的构成与发展几乎无关。

为此，一直有待清理的是，作为诗的西北，尤其是现代诗理念上的西北，多年来，总是为两个模糊的指认所纠缠不清，即所谓的"新边塞诗"和"西部诗歌"。前者，其实是"十七年"社会主义现实主义诗歌之"边疆诗"一脉，在新时期的翻版与余绪，曾经风行一时，成为官方主流诗歌的"招牌"谱系。虽然它实际上并未形成现代汉诗诗学意义上的任何影响，但因其声势甚大，并一度成为新诗理论与批评之人云亦云的热门话题，是以不断生发新的诱惑，导致不少虚假的繁荣与无效的高仿，从某种意义上来讲，甚至拖延了这一诗歌版图的现代性进程。而所谓的"西部诗歌"，则是一个先入为主的理论神话，以地缘文化和地域经验为前提，再附会许多社会学层面的观念，企图强行归纳出一个"西部精神"与"西部风格"的流派框架，并将在西部写诗和写西部的诗以及无论传统与现代，统统收编于这一框架中，来进行空对空的宏大理论叙事。实则作为现代汉诗的"西北"概念，早已不再是一个单一走向的结构概念，而是多元并进的空间指涉。所谓"西部精神"与"西部风格"，已根本不可能对这一空前活跃又空前驳杂的西北诗歌版图，予以有效的指认和概括。唢呐、腰鼓、黄土地，大漠、孤烟、胡杨林，以及高原、草地、雪峰、羊群、驼队、经幡等等，都只是早已被表面"风格化"了的外部形象代码，而真正意义上的西北现代诗人，也早已不甘于"风情歌手"的虚荣，返身个在的生存感受与生命体验，以超越性的姿态，融入现代主义新诗潮的滚滚洪流之中，并成就了不可忽视的一方重镇。

因此，如果硬要为半个多世纪来的西北诗歌版图，梳理出一个大致脉络的话，我想可以试分为以下三种走向：

其一，以昌耀为代表的传统/经典之理路。西北的风骨，高原的灵魂，人与自然的对话，神性生命意识的张扬，古典精神的现代重构，在这一路向中找到了真正的代言者。假若确有一个独立的"西部诗歌"或"新边塞诗"存在的话，也只能以这一路向的诗人们为旨归。昌耀的历史地位已无可争议，他已化为一座超拔的山峰，高耸于百年中国新诗的历史版图。而在这一路向的后来者中，李汉荣的《致珠穆朗玛峰》、沈苇的《一个地区》、古马的《青海的草》、叶舟的《练习曲》系列、北野的《遥望西域》等，皆已作为现代汉诗不可多得的经典之作，为人们所记取，并将这一路向的写作，推向更具现代意识的崭新境地。

其二，以伊沙为代表的现代/探索之理路。这一理路在西部诗坛的被引入，无疑是具有历史意义的。它的开拓者即"他们"诗派的领军人物韩东。二十世纪八十年代初，韩东大学毕业分配至西安工作，很快与当地的诗人丁当、杨争光（后为名小说家）、黑山（徐烨）结为早期"他们"的核心，并开始播撒先锋诗歌的火种。此时虽有胡宽独自前行的现代性寻求，沈奇主办的民间诗刊《星路》（1983 年创办）的小心翼翼的现代性摸索，但整体而言，大都尚为"新边塞诗"和"黄土地诗"的风潮所左右，或沉溺于"十七年"诗歌余绪的回光返照。在韩东的强有力影响下，星星之火很快成燎原之势，由西安到兰州，沿丝路展开，西部诗坛终于有了第一批年轻的先锋诗人，并由此形成第三代诗歌的先声，改写了由朦胧诗主导的早期先锋诗歌的格局。之后韩东回返南京，使西部先锋诗歌写作一度陷入沉寂，但仍有丁当、张子选、封新城、杜爱民和部分的沈奇与后来的岛子在生发着影响。这其间，由秦巴子主办的《西部诗报》（1988 年创办）民刊异军突起，将现代意识植于"西部诗歌"的传统模式中，使之发生了深刻的变化，开辟了具有本土意味的现代西部先锋诗写作道路，并日渐形成新的影响力与号召性。而真正承接韩东的"香火"并终于将其发扬光大而成正果者，是九十年代初发力而后一直呼啸于当下中国诗坛的先锋诗歌之代表人物伊沙。尽管作为诗人，伊沙从未有过任何地域认同的理念，且以雄视天下为己任，但从生存的体认上，他又始终以作一个"西北人"为自豪为适意，甚至还创办了以《唐》命名的诗歌网站。当然，在伊沙这里的西北，不是文化明信片式的诗歌行头，而是充满新与旧、底蕴与时尚、压抑与抗争、传统与现代激烈冲突的生存体验；一个有着"杂交"气味的文化场域，使这位"血统不纯"的先锋诗人总能找到亢奋的能源而不断"雄起"。实际上，"西部"从来就是一个混血的地域，几张风景明信片绝不代表这块土地的存在之本真，反而显得虚假和奢侈。从韩东到伊沙，除了口语与叙事性的美学追求外，最根本的一点，在于其所建立的诗歌精神，始终旨在颠覆文化明信片式的虚伪写作，而以"说人话"的立场，指认这片混血的地域在异质混成的时空下，其真实的存在和这存在的本质意义。一度的沉寂被伊沙和他的同行者唐欣、马非、朱剑等所打破，西部诗歌重新拥有了它的骨头、它的肉身和与世界性的先锋体验同步共进的脉动与呼吸。持有这一路向之诗歌精神的还有秦巴子、李岩等人，只是他们采取了另一种言说方式，在传统与现代、先锋写作与常态写作之间，暗自调整着自己的步履，走得更为沉着，而不在乎姿态的高低。

其三，沿袭官方主流诗歌意识，以"新边塞诗"、"黄土地诗"及"西部诗"为旗号的一路走向。这一走向绵延至今，拥有众多的写者与读者，乃至成了"十七年"诗歌传统和新时期官方诗歌观念最后一片"大牧场"，并因此而经久不衰。其中，若下心品味，也不乏一些对土地、亲情、理想及朴素生命意识与古典意绪的追忆与眷恋，和对急剧现代化进程所带来的生存变化的困惑与感悟，其情也真，其思也深，其追求也虔敬诚朴而感人。但若从诗歌美学的价值尺度去考量，则其创作始终只是一种仿生与复制，且始终未摆脱"风情歌手"加"文化明信片"式的套路，一味"旧瓶装新酒"，以量取胜，即生即灭。诚然，由于生存的局限性，每个诗人只能从自己的生活境遇出发，但是否有超越性的目光和对诗之本质的最终认领，则是决定其平庸与卓越的关键。不可否认，因了一再滞后而陈旧的教科书的广大影响，和官方诗歌庙堂地位的号召性，这一路向还会在贫瘠而茫然的西部诗歌底层继续绵延，但最终将只能作为历史的胎记，留存于历史的记忆中。

三种路向，两大阵营，在新的世纪里，已愈见分明。不但诗歌精神和美学追求不一样，其呈现的方式也不一样。尽管日渐开放的官方诗坛，已越来越重视对非体制内写作的兼容与收编，但前两种路向的诗人们，依然乐于以民间的立场和民间刊物的方式来展现自己的成就。然而因为各种因素所限，这一版图中的先锋诗歌阵营，还很少得以一次联席集中展示，适逢《明天》提供了这样难得的平台，作为身在这一阵营其中且作长期观察与研究者，自是责无旁贷地成了主持人。遗憾的是，受篇幅所限，只能推出几位代表人物，且要顾及西北五省，难免有以偏概全之弊，但也不失为一次有益的尝试。至少，能在同一平台，将前两个路向的几位诗人拉在一起对话与印证，也足够成为一件有意义的事了。

让我们从西安开始，沿丝路走去……

下

若将二十世纪九十年代的中国诗歌历程称之为"伊沙年代"，实不为过。无论是正面的肯定，还是反面的质疑，是褒还是贬，是功还是过，伊沙都出尽了风头，成为绕不开的话题，成为高分贝的声响，成为不停歇的冲击波。他将口语写作推到极致，并因盛名不衰而引发大面积的仿写，也同时将其追随者逼到了非诗的悬崖旁。伊沙心怀"鬼胎"，从不做"清理门户"的"傻事"，任由其风起云涌，自个却闭关养气，不经意间，又抛出一部杂糅并举的长诗《唐》，让江湖一时又为之瞠目——以历史悠久、文化底蕴深厚为门脸的西安，出了这么一位"后现代浪子"，且发誓要与诗之长安城共存亡，实在让无数人莫名惊诧！

伊沙是个"怪胎"，却"怪"得有来路、有去路，自二十世纪九十年代"杀"回长安一路走来，惹得风生水起而终得名播海内外。如今回头看，无论西安还是西北，若没有伊沙承韩东香火且自辟生路折腾这么十几年，又该是怎样一种落寞的局面？尽管以伊沙之野心，从不以西安或西北为限，但大伙都知道，这家伙再怎么放眼四海，对大西北与羊肉泡馍的那份老感情，还是无限深厚的。

这次《明天》聚会，选了伊沙的四首近作，依然是老字号的伊沙风味，只是显得更醇厚，也更精心了些。四首诗有相近的戏剧性追求，但情节与肌理感不一样。《咖啡苍蝇》表面看有些絮叨和拖沓，但读进去后，却又有不厌其烦的妙意渐渐渗透出来。素材是诗人自身日常生活的一段实录，无非是无意间将一只苍蝇当作一粒别的什么连同剩咖啡一起吃进了嘴。但写着写着，就写出了某种超现实的荒诞感，使先前的啰嗦通通成为一个有机的铺垫。尤其那两句结尾"先前的记忆就此复活/慢慢打开"，如卤水点豆浆，一下将什么也不是的一段叙事，变成了一种有意味的形式，引人联想到别的很多东西。这种深藏不露的安排，近年伊沙已越玩越顺手了。《在母亲节的第二天晚上梦见母亲》，看似一出正剧，也见出伊沙一脸痞相后面的善与软，借母亲死去又回来的梦境叙事，肯定"好死不如赖活"的人世眷顾和对"天堂"的质疑，写得平静自然，不温不火。到了仍由不得露出了骨子里的硬，对"生活在别处"式的乌托邦谎言，发出质问，使正剧的后面弥散出反讽的意绪，令人唏嘘。《悬念》很单纯（美学意义上的），到位的读者，会品啜出单纯背后那一股子健康心性的阳刚之气，让人肃然而又会意。四首诗中，最可玩味的还是《动物搬家》，一则精妙的寓言，也是一出不乏深意的讽刺剧。全诗以戏谑甚至搞笑的语调写来，忍俊不禁的笑闹之下，明白诗人全是在借题发挥。"原在市内的动物园/要迁到终南山里去"，将"市"置换为"人世"、"现世"，将"终南山"视为虚无缥缈之理想国的代码，你就会更明白诗人在说些什么了。同时，也就会在读到"搬家"后，"一些动物傻呆在笼子里愣是不出来/一些动物疯跑到山中去就是不回来"、"还有一些动物一搬家就死翘翘了"这样的诗句时，爆发会意的狂笑——当然，这样的狂笑是要流泪的，那是更真实的悲悯和"终极关怀"。

　　在西北地界，秦巴子算是"老师傅"级的重要诗人了，也是最早将现代意识引进"西部诗歌"的诗人之一。近二十年的写诗生涯，不管诗坛如何风云变幻，这位以冷峻著称的诗人，总是始终保持着纯正的呼吸和本色的姿态，因此而总遭"无人喝彩"的冷遇，却又得大家诚挚的敬重。"盘峰论争"时，有诗友开玩笑说：秦巴子才是真正意义上的知识分子写作。这里是激赏巴子学识广博，见地深刻，洞明世事人心，作诗为人，总有一股子瘦硬耿介的"大夫"气与侠士风。此次选诗四首，均为近年力作。《冷场》一诗尽显中年风骨的沉凝与冷峭："在这水落石出的大地上/他的背脊像顽石一样拱起"，而若"再次亮相就是一剂完美的毒药"。看似绝情，一派萧疏，却又分明有一缕刻骨的爱心和为爱所伤的沉郁气息浸漫其中。《难兄难弟》显然是《冷场》的回声，"摔在地上的誓言像这个干燥的年份/一支烟就可以点燃身后的脚印"，将孤独和郁闷写得刻骨铭心，柔肠寸断！《焦虑症》中"椅子"的意象突兀诡异，是身份？是面具？何以又成为"欲望"的象征？道具化为角色，互为指涉中充满歧义的联想。意象的经营，在巴子的写作中早已炉火纯青，甚至常有溢出之嫌，浪费之憾，但也见出其深厚的语言功力。《雕像》一诗为现代知识分子造型："轻蔑挂在嘴角/超然写在脸上/眼神中的悲悯/泄露出制作者内心的秘密"，颇像诗人的自画像；"它是一些思想但从未进入图书馆/它是一种象征但不像任何人/它耸立在街心/让我们全都成为匆匆过客"，这样的诗句读来，如月光下出鞘的匕首，闪闪发光而又寒气逼人，那种狠，那种劲道，没有二十年的工夫到不了这份。为时代把脉，给乱象下针，一剂剂苦味的药，说不上治病救人，却常有清肝明目之功，读巴子其诗，知其用心良苦；低姿态，慢先锋，守常求变，不舍经典的追求，诗的巴子，颇具老师傅风范。

下一站到兰州。此次专辑只能选二人：唐欣和叶舟。一智者，一狂人；一高僧说家常话，一顽童道非常语；一虎，一马，守在西路第一关，寻常诗家，到此莫放高声。

唐欣为诗，从第三代写到新世纪，产量不多，精品不少，慢吞吞一路见山是山见水是水不经意间反成正果得大名，是个福人！"他悄悄地为人们演示了口语状态下的先锋精神、世俗生活，以及古典式文人情性这三者间奇妙的联系，创造出一种凝练、散淡、却又对现实内藏机锋的智性诗风"。徐江此一知己之见，极为精到。且看《验明正身》一诗，写体检，极平常的事，却写出了体制拘押之下人的世故与无奈状，且非愠非怒，只在那淡然一笑中的了悟。"年近不惑的人看上去／还行进在迷惘的旅程"，只两句文词，其余全是实录实写，不着"诗"相，但细品中会咂摸出一点点"禅意"；不是那种带"酸馅气"的禅，而是健康人的痒和智者的会意。《天凉好个秋》，写中年午后"看客"的心境，极尽达观之意。"扫地的人点燃落叶／那正是秋天的味道"，这样的诗句，读来颇有现代王维的境界，尤其置于"神明在天上吵嘴／妖精在夜里打架／大侠已上房／工友已下岗"之后，真个淡中出至味，家常见道心，以物观物，无中生有，却又充满浓浓的人间烟火气；不俗不馊，见性见情见禅机，且得三分谐趣以遣余兴。是真正的智者，总是葆有一份童心，童心无忌，只一派纯净洗心明世。《在青海某地停车》，透显另一种天籁："草原无垠的大床／邀请你躺下把身体摊开"，憨态可掬，且语感顺溜舒展如小风送爽。却又忽而转向"野合"、"野战"的念头，荒唐中见真趣。到了"突然发现蓝色的天空/有如深渊/这种恐惧多么无稽/好像我会顺着光线/向高处坠落/赶紧翻身坐起/我非牧人/对这种事少有经验"。俗与雅的对质，实与虚的盘诘，还"自然"以自然，在自嘲中与精神乌托邦幽一把默，天趣机心，尽显风流。新诗百年，有一宿疾久难治愈，即假模假式，或曰装腔作势，故令不少人敬而远之。到唐欣这里，尽弃矫饰，唯实话实说而不失诗味诗趣诗之境界，也算一大功德。唐欣自诩："我梦想的诗该是脱口而出又深含味道"，品其诗，不虚此诩。

　　读叶舟，则完全是另一种感受。要硬说有个什么"现代西部诗歌"风格的存在，叶舟该是个坐标。热烈、宽广、流荡，充满异质混成的激情和天马行空式的想象，以展现"大陆腹地深处的高潮与狂欢"（叶舟语）。字里行间，更带有一股子西北人的腥臊口味和苦涩情怀。叶舟的问题是缺乏控制，过于听任语感的自然生成和诗思的信马由缰，以致常有肌理丰富而脉络不清之憾。但这只是旁观者的一种看法，对写者而言，说不上是对还是错。尤其对叶舟这样的诗人，他似乎无论是对诗的热爱和于诗的写作，永远都处于一种狂热的初恋阶段，不做谈婚论嫁成家立业的打算。如诗人自己所言："我宁愿拒绝成熟，趋近于一个孩子眼中的发现。让自己的诗歌地图破绽百出、泥沙俱下，让自己的书写走在永生的路上，即使含有微明的真理和隐约的失败。"如此的诗歌理念成就了一位非凡的"怪客"，汪洋恣肆，泥沙俱下，昏明不辨而惊心动魄。这其实是个悖论。对于本来就一直处于"在路上"的现代汉诗而言，或许也只能任其伸胳膊伸腿自由发展，方能真正触及到一个可能的方向以及可能的典律，何况对叶舟这样天生狂野不羁、一身真气乱窜才气横溢之辈。于是我们只能投身其中，无须妄加评论，有如投身于西部大野广漠，一任天风游气扑面而来，并拣拾那些粗砺而又闪耀着异质之光的诗之陨石："我的脚，踩在荒凉的地球上。/有一些山川，有一些沟壑/必须去致意。"而"我所唱读的段落，不为任何人"。唯"袖里含云/

猝然的诗章，徒存下逶迤的边疆"。还苛求什么？有这些奇句可赏、情怀可叹，已足以一醉！

出兰州到西宁，当代先锋诗歌的青海，首推马非。就诗歌立场而言，马非与伊沙同属一路，但味道不同。伊沙有硬有软有多面性，马非则是一根筋式的白刀子进红刀子出，喝酒不用菜，一口一个真一个爽利明白。写起诗来，如证人提供，一句句掷地有声听个响，且"狠"。证人不能说谎，证人也不能啰嗦，证人更不能言之无物满口不知所云。有论者指认马非诗中"有与众不同的少年老成和充满良知的拯救意愿"（马海轶语），我颇认同，是以称他为"证人马非"——为生存的真实和存在的意义作证，非"少年老成和充满良知"不可为，且非为作证而作证，骨子里怀有一腔"拯救意愿"才是。《记北山寺的消失》为文明的错位和时代的荒诞作证："一幢摩天大厦拔地而起/它只用了短短一年的时间/就把一千五百年历史的北山寺/清除于我的视线/其容易程度/如我们随口吐出的一块痰"。有痰就得吐，可这口痰吐给谁会理会呢？现代化的错乱症又生就多少痰让诗人代一个民族去呕吐、去反省！《挨宰》一诗则是为自己作证。在"狡黠"而"美丽"的商业行为面前，扮演一个自觉挨宰的角色，"我甚至装作/真的喝高了/我给了她/比她要的/更多的钱"。看似一段"纪录片"，但如此的剪辑与叙述方式，却分明又成了一则寓言。诗人在这里刻意充当一回阿Q，实则是以毒示毒，以黑证黑，沉入昏暗以指认昏暗；这是马非式的另一种"取证"方式，让我们真切地看到，伴随商业行为而无处不在的日常伤害，已如何化为我们日常生活的一部分，无奈的承受又如何转化为无奈的认同而成为某种暗自蔓延的精神溃疡。《一个忧郁的男人》则更像希区柯克的电影，"证人马非"在此既是导演又是主演。银行、运钞车、警察、枪，柳树、忧郁的男人、心脏部位、打火机，所有的道具、场景及惊险要素都齐了，最终却将一再加强的悬念悬置在"雨"中。时代与个人，货币与人性，悬疑与歧义，被短短一首诗演绎得极为深沉而老到，且让我们惊喜，所谓诗的叙事，原可以达到如此的艺术效果。

作为宁夏的实力青年诗人代表，师涛自认"诗歌是一堆顽强的废话，就好像简单而残酷的人生"。"废话"而"顽强"，很有意思，仅凭这点理念，就可知这是一位有自己想法的诗人，而非一般的趋流赶潮者。所选六首小诗、短诗，大体都带有一些超现实主义的意味，诡异，玄妙，独自深入的想象力。超现实主义对台湾现代诗的发展起过主导性的作用，成就了不少杰出诗人和经典作品，在大陆的新诗潮进程中，似乎一直只是一些零零落落断断续续的影响，始终未成大气象。其实仅就意象的创造而言，超现实主义不失为一道颇为有效的法门，尤其在口语与叙事已泛滥成灾的当下先锋诗歌写作中，重涉超现实以解意象之渴和想象力之困乏，实在是聪明的选择。师涛的意象经营适度而坚实，有质感，含理趣，不故弄玄虚，对精神现实有独到的指认和超常的表现。一句"我的舌头上住着守夜人"（《废话》），就可品味出他的语感特质与精神指向。这是一位在上意识与潜意识交替地带之昏暗处作业的诗人，充满着对病态、残破、迷乱、忧伤、错位、悖谬的敏感。质疑的目光如暗夜电闪，于乱象中探求生命的真与理想的梦何以一再被搁置或碰碎。"每一个人都像在黑梦中一样可疑"（《黑梦》），"我熟悉的生活／就是这堆噪音／人们把它混合在一起／为天生胆怯的儿童治病"（《风声》），而"我继续做梦是因为我的痛苦醒着"（《病》）。诗人既是梦者，又是醒者，在二者的挤压下，通过语言的获救之舌，赋予存在以意义。当然，在诗人这里，"意义"不是一个硬物，不是一种给定的东西，而是一种气息，一种可能的引领。正是在这一点上，师涛有时会"越位"（借用足球赛用语）而行，在不可遏止的指涉欲望促迫下，脱离意象之思的整体推进，冲向过于明确的理念或题旨，有伤整体的艺术效果，若稍加控制，当有更佳表现。

最后一站是新疆，沈苇是当之无愧的首选。来自东南水乡的沈苇，何以选择了遥远的西部之西作为自己诗性生命的栖息地，而非过客式的造访，我不得而知。但自从偶尔读到他那首仅仅四行的《一个地区》，我便惊叹：这个"地区"终于有了它堪可告慰且为之自豪的恋人、知音与歌者——我是说，在这首经典之作以及沈苇同类作品中，西部的地域美感和精神气质，找到了与之真正匹配的诗性肌理、脉络和艺术感觉与"发声"方式，并有了标志性的代表作品和风格特征。

混血的西部，原生态的西部，多少年来，吸引着无数的歌者来此寻找梦想的归宿，然而留下来的，却大多是浮光掠影式的文字，一些观光或猎奇性的感叹，难以触及它本质的诗性。沈苇的不同，在于他赤裸地进入和融为一体的呼吸，进而成为其敏感的器官和虔敬的容器。在他那些表现到位的诗作中，西部不再仅仅是被夸饰性的目光作感性抚摸的外在景象，而是被深深理解后融入血液与脉动的生命实体。歌吟与沉思，抒写与雕刻，神性与物性，皈依与超越，以及自然与人，皆在一笔细含大千的诗写中和谐共生，光芒涌动。正如诗人在《诗》之一首中所写的："他的身体是大地的一部分，黑夜的一部分//他的额头时常碰到天空并被擦伤/落下几颗因疼痛而鸣叫的星"。而在收入此辑的其他几首作品中，我们时时会被某种可称之为"圣美"的诗句所"擦伤"，承领一种被吞没又被高举的洗礼——《废墟》一诗以古歌般的长调祈祷"家园"的复归："人哪，当你终于懂得欣赏废墟之美/时间开始倒流/向着饱满而葱郁的往昔"；《正午的忧伤》雕刻西部的阳光。那孤独而澄明的光芒，从未被这样精确而深切地表现过："阳光流泻，缺乏节制。一切都是垂直的/光线像林木，植入山谷、旷野、村庄、畜群"，"但稍等片刻，随着太阳西移/一切都将倾斜：光线，山坡，植物，人的身影/从明朗事物中释放出阴影，奔跑着"，辽阔中的细腻，如沐如浴的纯净，瞬间与永恒，在此融化为一。《植物颂》以童话写神性，人与植物的对质中还生命以完整的认领；《雪后》一诗以精美的意象与感恩般的情愫，为尘世作洗礼："原野闪闪发光。在眩晕和战栗中/一株白桦树正用人的目光向我凝视/在它开口之前，在它交出体内的余温之前/泪水突然溢满了我的双眼"；《沙漠，一个感悟》中，那句"我突然厌倦了作地域性的二道贩子"的结尾，让我们了悟：正是这种超越性的精神立场，保证了诗人与西部那种纯粹的联系而致完美的契合，并让一个地区成为一个世界的缩影，一部人与万物的交响！

读完沈苇，读过新疆，似乎该结束这次西北诗旅了——但我感觉一切才刚刚开始。一个时代结束了，又一个新的时代正更为宽广而自由地展开来。诗在西北。西北的诗或许不算最好，但肯定有最长久的生命力。西北留不住人，但留得住诗，留得住天长地久的诗性与诗心。这是另一种意义上的存在。它存在着，不证明什么，也不收获什么。它只指出一种真实的存在，使灵魂不再逃避；它只展示一种原初的诗意，使诗神不再孱弱。它不以任何赞叹而增添什么，也不以任何诅咒而减少什么。它存在着，千年万年，从远古到今天，就那样存在着，并以它粗野的道路，以它哑默的黎明和它那毫无怜悯之心的黄昏，使你成为另一种人……

而我最终想说的是：假如没有大西北，没有大西北的诗人与诗，我们诗的国度，又该是怎样的平庸和让人失望呢?！

2004 年 6 月

回看云起

《当代陕西先锋诗选》序

一

编选一部"当代陕西先锋诗选",是我蓄之多年的心愿,也多年在心里反反复复地酝酿,乃至成为一种挥之不去的情结。

从上世纪七十年代末到跨越新世纪的这十年,回首三十年的路程,按照伊沙的说法,我们这些坚持在这个曾经辉煌的诗歌帝都从事纯正诗歌写作和诗歌活动者,都是这座诗城的"守望者"。这一不免有些悲壮而苍凉的自诩,可以说,凝聚了几代陕西先锋诗人的心路历程,也时时激励着包括从这里走出去而成名于他处且时时回望难舍的众多诗友。如今,在我的学生、青年诗人杜迁的协助和诗友们的支持下,以1978至2008为时间段的这部《当代陕西先锋诗选》终于艰难结集,付梓在即,作为其始终的酝酿者和催生者,实在有太多的话想说而又不免感慨万千。

当然,首先得以主编的身份,向诗界和这部书问世后可能的读者，做一点有关此书编选的基本理念、大体框架及入选诗人的概要说明。

先解释书名。

所谓"当代"，自是指"文革"结束后乍暖还寒的上世纪七十年代末到新世纪这八年，恰好应合了作为社会学概念的"改革开放三十年"。集中所选作品，也大体以这三十年的创作为限，构成一个相对独立的子系统。

所谓"陕西"，在这部诗选中有两层指向：其一，属陕西籍并一直活跃于本省诗歌界的诗人；其二，虽非陕西籍，但其诗歌写作是由陕西起步并成熟且成名于斯时斯地的诗人，尤其是以其创作成就和创作风格，曾经影响到当代陕西诗歌发展并构成其实质性的内在理路者，包括具有重要作用并成为深度推动力而薪火相传的校园诗人——作为在中国名列前茅的高校所在地，活跃于西安诸多大学的校园诗歌，一直是这座诗城生生不息的精神源泉和希望之所在。

需要特别说明的是"先锋"的冠名。对此我曾犹豫再三，最后还是冒天下之大不韪，留下了这个似乎已然过时且不免有些暧昧的称谓。坦白地讲，若依照纯粹诗学或美学层面的"先锋"概念而言，本诗选中大概有大半数的入选诗人和入选作品都与"先锋"无关，有的甚至可能还有相悖之嫌。但是，其一，这三十年在陕西诗歌版图上发生过的、真正称得上"先锋"的诗人和其作品，大体已尽收于此集中，不负其名；其二，本诗选更深一层的"先锋"意思，是可称之为"诗歌社会学"意义上的"先锋"。具体而言，是指在这三十年陕西纯正诗歌写作进程中，于诗歌精神、诗歌人格、诗歌立场、诗歌风格等，在包括现代主义、现实主义、浪漫主义，以及新古典主义等各个路向的发展之关节点上，都多少起到了或开启、或推动、或表率作用的诗人及其创作与活动。

由此进而标举出"民间"、"先锋"、"实力"、"历史"这四个理念，作为本书编选的基本思路。

这里的"民间"，是指一种诗歌立场，而非诗人实际的社会身份。让诗歌回到民间，与当代中国人真实的生存体验、生命体验和审美体验和谐共生，以重建现代诗歌精神，并彻底告别官方诗坛一花独放的旧格局，以自由、自在、自我驱动与自我完善的民间化机制，开辟现代汉诗的新天地，是上一世纪波澜壮阔的中国先锋诗歌运动为我们留下的一笔至为重要的精神遗产。具体于当代陕西诗歌发展而言，本书所标举的"民间"，主要是指那些从一开始就摆脱或逐渐疏离于官方主流诗歌意识的困扰，试图以独立个在的诗歌人格与诗歌风格开辟新的诗歌道路，并由此拓展长期被单一化的诗歌生存状态的诗人和他们的创造性成就，从而使当代陕西诗歌呈现出前所未有的活力与生机——这对于文学观念相对比较封闭和陈旧的陕西来说，实在是一个十分艰难而来之不易的历史性转换。正是因了这些诗人和他们的作品的存在，当代陕西诗歌的发展，才算有了足以和整个三十年间空前高涨的中国现代主义新诗潮堪可比肩而行的"实力"，并成为这一历史进程中不可忽视的一列方阵。

这一方阵的形成过程，大致梳理下来，可分为八个阶段，并由此构成本选集的八个小板块。严格说来，各个阶段和各个板块之间，并没有十分紧密的因陈关系，且大多呈现为一种交叉互动的松散状态，但其内在发展理路，确实有着一脉隐在的精神关联，成为这一方阵赖以形成与发展的深度推动力，也成为其共有的历史印记。

二

本诗选集结集开篇，即以年逾八十的老诗人沙陵和已故诗人胡宽为第一单元，有其特殊的意义。

作为陕西老一辈当代诗人中的代表人物，沙陵的存在及其对陕西近三十年来诗歌发展的影响，一直是一个重要的话题。毋庸讳言，作为个人诗歌创作的诗人沙陵，其作品本身虽不乏个在风格和探索精神，但始终未能实现现代性的根本转换，而真正抵达他所抱负而孜孜以求的理想境界。然而，作为贯穿当代陕西诗歌全历程的灵魂人物，这位跨越两个世纪的诗歌老人，确然如一棵历尽沧桑不变色的常青树，感动并激励着几代陕西诗人，并以其资深诗歌编辑始终如一的明锐慧眼与艺术良知，在这片远比其他诗歌板块更为板结与苦涩的区域里，扮演着探索者、实验者和提问者的中心角色之一，如苦行僧一般，义无反顾地一路泼洒着他的虔敬与爱心——至少在西北这块诗歌版图上，沙陵的诗路历程，已成为一种精神的感召：如此的真诚、执著、纯粹，使所有认识沙陵的人们，重新理解到何谓真正意义上的"生命写作"。而即或是在他未臻理想境地的诗歌创作中，也不难发现，无论是长诗还是短诗，是咏物，还是抒怀，都始终贯穿着一种对生活与艺术的思考与理解的传达，使诗行中充满了特有的沧桑感和思辨色彩。可以说，至少在所谓"哲理诗"这一路数方面，沙陵将沿袭甚久影响广大乃至成为积弊的"社会哲理诗"转换为"生命哲理诗"，无疑已是一个质的跨越。由于特殊的历史境遇，岁月将沙陵分解为两种诗性角色：作为职业依附的诗歌工作者和作为生命归所的诗歌创作者。前者，真诚到永远；后者，探索到白头。二者合一，造就了一位对当代陕西诗歌有着双重贡献的诗歌老人。这位诗歌老人在体制内生活工作了一生，但其诗歌意识却从来都是个在而民间性质的，这也是他之所以为几代陕西诗人所尊重并引为精神导师的根本所在。

作为真正意义上的陕西先锋诗歌写作，胡宽可谓第一人，有"陕西的食指"之称。身为"七月派"代表诗人胡征的儿子，胡宽一直生活在父亲因受所谓"胡风反革命集团案"牵连而遭受各种迫害的历史阴影里，且因从小得了"哮喘病"并纠缠其一生而早早结束了他年轻的生命。这一病症实际上成了胡宽诗性生命的一个"隐喻"，并决定了他始终是一个被命运扼住喉咙而难得自由呼吸，却又要力图扼住命运的喉咙并用自由的灵魂来呼吸和呐喊以反抗命运的诗人，同时也决定了他所有的反抗都只限于对自我的拯救而难得率众而行。正如批评家张柠在《我们内心的土拨鼠》。①一文中所指认的，这是一位"把自己作为一名'英雄'从人群中分离出来"，"野心勃勃"地勤奋写作并满怀傲岸气质的诗人。韩东则指出在那样一种完全封闭的写作状态下，胡宽的诗歌品质可以和食指、北岛、多多相媲美，而且会在新的世纪里得到更多人的热爱和尊重。除了和身边有限的几位非主流非体制性的青年艺术家交流之外，胡宽生前既很少和诗人们来往，又不公开发表作品，但他特立独行的精神气质和领风气之先的先锋意识，依然如"地火的运行"，开启了陕西先锋诗歌的先声，并潜在性地影响到后来的先锋诗人写作，成为出自陕西本土的先锋诗歌精神的源头，同时也使得他个人的创作成就，获得和早期北京"今天"派诗人的探求不差上下的历史意义而为历史所记取。本诗选选编胡宽三首短诗力作和两部长诗代表作《雪花飘舞》、《土拨鼠》，其中《土拨鼠》一诗因本书篇幅有限只作存目备阅，特此说明。

诗选"辑二"，选韩东、丁当、杜爱民三位诗人的作品，也是陕西先锋诗歌三十年最具代表性的重要收获。

拉韩东作当代陕西先锋诗歌的代表，似有"拉大旗作虎皮"的嫌疑，但韩东这杆大旗又确实是在陕西这块诗歌版图上最早树起来的，且由此而直接开启了陕西先锋诗歌之真正意义上的发生与发展，并内化为灵魂与血液性的存在。韩东1982年秋由山东大学哲学系毕业分配至陕西财经学院工作，与西安的杨争光、徐烨、丁当、沈奇和尚在陕财就读的杜爱民等诗人认识，并很快成为其灵魂人物。此后近三年间，韩东在西安写出了他最具代表性的早期力作，如《有关大雁塔》、《我们的朋友》等，同时创办民

① 《作家》文学月刊1999年第12期。

间诗刊《老家》和进行他的诗歌观念的"布道"活动，一时风生水起，为陕西诗歌的发展开辟了一条新的道路，并延为传统，一直影响到八十年代末回陕的伊沙等人。仅就韩东而言，在陕西的这段诗歌历程，实际上是一次双向的开启，本诗选只是想客观还原其历史的真实而已。

丁当最初和与他同班的大学好友沈奇为伍，并一起创办民间诗刊《星路》，结识韩东后，按丁当自己的感言，才算找到了符合自己本源性诗歌理念的"组织"，可谓一拍即合而一发不可收拾。丁当的价值在于，他并没有成为韩东诗歌观念和其写作方式的投影与仿制，而是有机地保留了他个在的生命体验与语感机制，即于韩东式的口语与叙述语式中，十分机智而恰切地融入了他独特而具有原创性的意象元素，成为独出一门的天才创造，也成为韩东"西行播火"之最为经典的结果。在丁当身上，彻底的虚无主义和清醒的现实主义奇妙地合为一个极富现代意识的主体精神，从而将偶在与宿命、理想与现实的悖谬揭示与演绎得出神入化，极富穿透力，至今难有人望其项背。后来韩东调回南京工作，依然不忘知己，拉丁当一起创办《他们》，而丁当更是将《他们》视为唯一的文学殿堂，只"为《他们》而写作"（丁当语），显示出彻底的民间立场，在诗坛传为佳话。

杜爱民大学期间开始写诗，恰逢韩东在他就读的陕西财经学院教书，使其原本相近的诗歌追求很快得以确认而免生徘徊，也算难得的机缘。杜爱民真正的成熟，是1983年大学毕业分配到西北师范大学任教后，将受韩东影响所确立的诗歌理念有机地化入对"西部精神"的独到理解，以原生态的生存体验、原发性的生命体验和原创性的语言体验，写出了一批冷峻而隽永的精品力作，对滥觞于上世纪八十年代初所谓"西部诗歌"之"泛意识形态化"和"泛文化明信片"式的空洞表现，予以纠偏取正，获得极大反响。这期间，杜爱民还经沙陵介绍和沈奇推荐，认识著名"七月派"老诗人牛汉，在其主编的《中国》文学杂志（后停刊）连续发表诗作，成为当时被牛汉命名为"新生代诗人"群体的佼佼者。八十年代末复回返西安工作后，改以散文创作为重，淡出诗歌界，但手中的那支诗笔一直默然而动，时有所得，品质依然不逊当年。

诗选"辑三"，汇集沈奇、渭水、李汉荣、秦巴子、孙谦五位诗人为一单元。此组诗人风格迥异，各个不同，但其共有的价值属性在于：其一，都是长期坚持在陕西本土创作并影响及全国乃至海外的诗人；其二，都在各自所认定的创作路向上做出了创造性的探求，并有精品力作行世而成为其创作路向在陕西承前启后的代表人物；其三，一以贯之的个人化风格和民间性立场。

集诗人与诗歌活动家为一身的渭水，在二十世纪八十年代的陕西诗坛独树一帜，影响甚大。不可否认，作为诗歌文本的渭水，一直存在着缺乏明确的方向感和深入时间的经典之作的缺憾，但其在由政治抒情诗向社会抒情诗的艰难转向中，依然不乏个在的探求而成就不凡。其中，两部长诗力作《1986：阿兹特克世界大战场》和《水的哭泣——献给世界"地球日"二十周年暨新世纪的开拓者》及组诗《面世》，都是此一路向中让人难忘的重要作品。这是位永远以年轻的心态抱拥生命和时代的歌者，尤其是对诗歌事业的热情投入，更是让人难以忘怀——作为诗歌活动家的渭水，早在1984年就主持编辑印行了中国最早的民间诗歌丛书《长安诗家》十人集，随后又于1985年再次编印包括杨炼、王家新、岛子等在内的《中国当代青年诗人》丛书。熟悉当代中国诗歌历史的人们都不难想到，这样的举措在当年的诗歌生态环境中，要承担怎样的风险，其彰显的诗歌精神和民间立场理应为我们长久铭记。

李汉荣是我的同乡老友，多少年来，我一直为自己有着这样一位乡友诗人而自豪，同时也一直认为他的存在无疑是我们陕西诗歌界的骄傲——先后入选由谢冕主编的《百年中国文学经典》（北京大学出版社）、由张默、萧萧主编的《新诗三百首》（台湾九歌出版社）、由谭五昌主编的《中国新诗三百首》等海内外重要选本，其骄人的声誉早已超越他所寄身的陕西诗坛。诚然，汉荣的诗从来就与"先锋"无干，他是从另一个源头出发并坚持走自己道路的诗人，是我所称之为"现代浪漫主义"和"常态写作"在陕西乃至海内外的典型个案。在告别浪漫的时代里守望浪漫，在消解深度的时代承载深度，在想象力贫乏的时代显示他超人的想象，以抒情长诗《献给珠穆朗玛峰》为代表的诸多重要而又优秀的作品，充分显示出其音色的纯正和意境的高远，并一直不乏热爱他的读者，也便一再证明他的固执与守旧，照样在多变的时代占有不可或缺的一席之地。

作为陕西实力诗人的另一代表人物，秦巴子的诗歌写作一直影响广大而持久。其诗歌写作历程漫长而稳定，如一条水静流深的长河，没有故作姿态的掀波弄潮，却不乏内在的睿智与持久的力量。尤其是对社会与人生的明锐观察和精微透析，及融现实主义与现代主义为一体的诗性思维，构成其不同凡响的品质。从早年主编《西部诗报》开始，秦巴子就确立了他毫不动摇的民间诗歌立场，并将这种立场带入到他绵延近三十年的写作历程中。同时，即或在体制外写作语境中，秦巴子也一直保持着特立独行本色行走的风范，为诗界所称道。

"隐者诗人"孙谦，是陕西诗坛的一个"异数"。算起来，我与孙谦的诗歌交往已有十多年，其间还应邀为他在台湾出版的诗集《风骨之书》写过一篇很得意的序文，但至今我们未见过面。一个你熟悉其文本的诗人，总是像一座隐在远处的雕像般沉沉地存在着，不与你作正面的交流，实在是令人莫测高深。当然，就一部诗歌史来说，文本的存在是最根本的存在，一部《风骨之书》，已足以奠定孙谦无以替代的历史席位。《风骨之书》中的组诗《魏晋风骨》，曾获1992年台湾《蓝星》诗刊举办的首届"屈原诗奖"，从而使当代新古典一路的诗风，有了一个可资参照的新坐标，也填补了陕西诗歌的空白——仅就这一路向而言，孙谦既是先行者，又是集大成者。多年的边缘行走使孙谦成为"在时代最暗处发光"的诗人，写作对这样的诗人而言，早已不再仅仅是诗意的亲近或诗艺的修为，而"只是一种保持生命本色的努力"，"一种改换生命的方式"，并由此"烛照一层特异的生存意蕴"（孙谦语）。

　　身为本诗选的主编而忝列入选，使我不宜在此再作自我评价。作为诗写与诗评双栖的诗人，不免屡屡遭遇这样的尴尬——我自认不是多么优秀的诗人，但也不是不知道诗何以才能优秀而能潜心寻求且不乏偶得的诗人，加上耐得住寂寞和持之长途跋涉的脚力，总还是拥有了杂糅并举的综合风格和不断成长的精神历程。这里不妨借诗评家陈超的评语小作总结："沈奇的诗，有自己独特的情感背景。他诚朴而自明，不是寻新求异匆匆披挂，而是在透明的语境中，寄寓深永的历史叹息，将'暴戾的岁月，转化为细语的音乐，一种象征。（博尔赫斯·《诗艺》）他的写作准则是：仁慈、明净、诚朴、适度以及形式主义的快乐。"①

　　诗选"辑四"，汇集当代陕西诗歌进程中第一波高海拔崛起的大学校园诗人之代表人物唐欣、马永波、杨于军、仝晓锋、王建民五人作品。这五位诗人的创作，大体都成熟并活跃于上世纪八十年代中期，其影响从当时的西安校园到后来的全国各地，是继韩东、丁当、杜爱民之后，再次由校园崛起的先锋诗歌浪潮，也是被称之为当代中国"第三代诗人"群体中的陕西代表之主要部分。如今五位诗人几乎都已脱离陕西本土，但那段浪潮进涌的壮观景象，至今令陕西诗歌界难以忘怀，并构成了陕西诗歌发展中无可替代的一段重要历程。

　　客观而言，唐欣主要应归属于甘肃诗人队列。但作为西安籍的唐欣，在其文化地缘情结上却一直与陕西藕断丝连，双栖并

---

　　①　陈超：《清峭心曲诚朴诗》，见沈奇诗集《淡季》附录文之一，香港高格出版社2003年版。

重，至少算是半个陕西诗人。尤其在西安攻读硕士其间及其后，与陕西的伊沙、沈奇、秦巴子等诗人来往密切，并参与其各种诗歌活动，在陕影响不小。唐欣为诗，一言而蔽之：笔随心曲，本真呈现，从容而老到。尤其善于由普泛人生和世俗生活中发掘天籁之音、童心之趣，寓庄于谐，别具一格，特别是对口语的合理运用和对叙述性语式的天才发挥，几已至炉火纯青的地步，可谓不显山不显水而独辟蹊径的"慢先锋"。身为文学博士而心依民间情怀，不端不妄，尽弃矫饰，风骨迥然。近年调转北京京城教书，接连几批新作问世，更是宝刀未老，为诗界所瞩目。

马永波 1982 年由黑龙江考入西安交通大学后，很快在这所不乏人文环境的名校中成为校园诗歌的风云人物，也是该校近三十年来最早驰誉于国内外的成名诗人。当时的交大诗风很盛，可谓风云际会。来自北中国的马永波以他早熟的心智、娴熟的技艺、清冽的气息、沉郁而帅气的抒情格调，以及深厚的翻译诗歌的背景，赢得校园内外的广泛关注，是那个时期陕西先锋诗歌进程中一个特别醒目的印记。从收入本诗选的两首早期作品《秋天，我会疲倦》、《寒冷的冬夜独自去看一场苏联电影》可见其风格所在。如今永波已名重天下，著作甚丰，但我们依然怀念他早期的那一脉如白桦林般清纯而优雅的诗风。

同样来自北中国的杨于军，赶上了西安交大第一波诗歌风云的尾声阶段，并成为这一阶段的绝响。在八十年代中期的陕西诗界，没有谁能像杨于军那样，以一名名不见经传的校园诗人而迅速成为一颗光耀东西南北的新星。虽然她不久就长期离开了诗歌界，但近年复出后，风骨依旧不减当年。比较大多数女性诗人而言，她的诗格外是本能的，表现了她天性深处的东西，保持了她自己对生命、自然和世界独特的感悟，和由此产生的独立的诗情。她的日记式的、毫无功利性的创作，给她的诗带来一种特有的宁静和淡漠；她似乎太不推敲，太任凭自己的兴致和随意，只是自然地展开而从不制作。她甚至拒绝了创造，只是来自那偶然的风、偶然的雨、偶然发生的灵感，从而产生一种异常的诗美，一种祈祷式的平衡、纯净和静穆，没有半点令人不安和浮躁的成分，而在骨子里，却有一种原始的、未被侵蚀的生命力在涌动。真水无香，宁静的狂欢——这是我读于军二十多年诗歌历程始终如一的真切感受。

　　在八十年代中期的陕西校园诗歌中，仝晓锋的名头很是响亮，不仅和马永波、杨于军组成了交大核心主力，且与其他校园诗人及胡宽等校园外的先锋诗人交往甚洽，影响广泛。晓锋对现代诗的感觉十分到位，加之广博的阅读背景，眼界甚高，只有经典，没有凡人。如此有备而来，出手不凡。晓锋的诗内含朦胧诗的精神、第三代诗的语感，加上骨子里的浪漫主义气质，形成他特有的风格。收入本诗选的短诗《秋天的男人》和《石头》二诗，曾入选台湾九歌版《新诗三百首》，主编评之："非常别致而充满透亮的新鲜之感。""语言粗中带细，情绪的把握极有分寸，而寓意也极深澈。"组诗《献给我的孩子》至今读来依然是元气淋漓，荡气回肠，燃烧到骨头的深情热力和出人意料的奇绝意象合成史诗般的生命交响，为同类题材难得再有比肩的力作。可惜晓锋后来转而追求他的电影梦想去了，给喜欢他的诗友们留下不小的遗憾。

　　与交大校园诗人们同时活跃一时的王建民，来自青海，就读于当年的西北政法学院。本诗选入选诗人中唯有两位我没有见过面，前述孙谦，再就是建民。对作为诗人的王建民，我实际上早已疏忘，可一旦诗友们提及他的作品、作品中那一种特殊的语感和情境，我立即会"回放"起当年的记忆与记忆中难以磨灭的感觉。"石头不做表情／水不流泪"（《水缠绕在嘛呢石上》）"爱人歌唱你就得歌唱太阳／太阳有太阳的月亮／月亮有整整一年的夜晚／那么清凉／又无比漫长"（《歌唱》）"雪花一飘我就乱了／因为我身子里有个叫风的人／让风安生他就不是风了""乘风行走的雪花／也是个有道理的人吧"（《雪花飘飞的理由》）。这是至今仍不失"前卫"或曰"先锋"的、真正西部味的西部诗，现代意识加古歌情味，那一种返常合道、务虚于实的诡异劲道，如新开封的老酒，啥时喝来啥时为之一醉。

当代陕西先锋诗歌的第一个十年，在上述十五位诗人的合力打造下书写了浓墨重彩而精彩纷呈的辉煌一页。这期间，还应该有小宛、高铭两位女诗人和已故诗人路漫的不凡表现，岛子、赵琼两位重量级诗人的推波助澜。不无遗憾的是，或因远走他方联系不上或因个人委婉谢绝，无力全面展示而只能遗珠存念。

第二个十年的到来，由伊沙的北京归来而隆重揭幕。

诗选"辑五"五人，以伊沙、马非、朱剑"三剑客"为主，另选"冷箭"南嫫、"怪客"李岩，合成为横贯上世纪九十年代陕西先锋诗歌的实力阵容。正是这一阵容的强势存在，陕西先锋诗歌方有了稳得住的重心而笑傲于整个中国诗坛。

至今犹记，第一次见到伊沙，是南嫫陪同一起到我家中聚叙，直觉中便感到这"家伙"是陕西不出外地也不产的"独门剑客"：目光如电，咄咄逼人；语出不凡，底气甚足。且对陕西以及"天下诗坛"了如指掌，显然是有备而来来就要掀风起浪的主，而声势后面又隐隐透显一脉诚恳儒雅之气，恍惚有当年初见韩东情境的再现。此后的历史也证明了我这一直觉的不差，正如诗评家燎原所指认的："伊沙对于二十世纪末的中国诗坛具有特殊意义。他甚至一个人代表了一段诗歌时区。"自然，作为陕西诗人的伊沙，也几乎是一个人代表了陕西先锋诗歌后二十年这段时区而成为无可争议的核心与代表人物，并实质性地为这一时区带来了许多"原发性"的启示与推动。无须讳言，我是国内最早为伊沙写评张目者。首篇题目《斗牛士或飞翔的石头》，对其无出其右的精神气质和语感风范作了至今依然不失确切的命名性指认，之后更跟踪性地潜心研读与评介至今，无需再作赘述。只是想补充提及的是，本诗选约稿过程中，伊沙的来稿最为干净利落且照章办事，不必再费神，让人感佩其一贯严谨的敬业与自信。

　　"对西安短浅的现代诗历史而言，南嫫已算是'资深诗人'了"，这是伊沙回西安与南嫫认识后所做出的判断，并欣然于"与南嫫交谈令我第一次产生了'西安回对了'的感觉。"进而指认："并不多产的南嫫是以其自身的实力来证明其价值的"，"南嫫是陕西青年诗人中最具民间性的之一，这正是这个群落中最为匮乏的品质。"① 作为陕西为数不多的女性诗人，南嫫确实是较早自觉疏离于陕西主流诗歌之外，以其特异不凡的诗歌文本和同样特异不凡的诗歌精神为诗界所瞩目的一支"冷箭"。"突兀"与"超然"，是这支诗歌"冷箭"文本与人本的本质特性。这样的内在品质，既有天性使然的成分，同时也可以追溯到胡宽以来隐在的民间诗歌精神和先锋诗歌意识的传承。由此引发我以《角色意识与女性诗歌》为题，写出了较早反思当代中国女性主义诗歌的得失与清理角色意识之弊病的文章，并将南嫫的诗歌写作，推举为主动消解女性角色意识而以本色出场为写作要义，可谓"第三向度"的代表之一。如今重读南嫫，欣慰于所言无差——硬朗、直接、冷凝、简隽，如同"不可瓦解的晶体"，不动声色而致深度震撼。

　　当代中国诗歌中，以"乡土诗"为命名的创作流向一直此伏彼起，响应者不少，在陕西也发为大宗，但始终摆脱不了陈旧诗歌观念的影响，鲜有突破。李岩的存在，算是打破其局限的先行者。他不再扮演单一维度之乡村歌手的角色，而是徘徊于乡土与城市之间的"漂泊者"，形成其融"回归"与"清洗"的交叉视野，并坚持以个体生存体验为焦点来展开他的诗思，叩问存在，辨析灵魂。同时，这也是一位别有才情的诗人，一首《黄昏的隐者》短短五行，已尽显其老到干练的技艺，被我收入《现代小诗300首》中（山东文艺出版社2006年版）。语感清卓，意象峭

---

　　① 伊沙:《南嫫：红尘中找诗》，见南嫫诗集《一种姿态》附录文之一，陕西旅游出版社1999年版。

拔，冷峻而深沉的调式，使李岩的诗无须挂名便知出自何人之手。本诗选除选入其三首短诗力作外，还特意选入其长诗《北方叙事》，从中可见李岩笔下的北方，有着怎样不同于普泛乡土歌者的情感"细节"与"坚硬的质地"。

马非也是来自青海而发轫于陕西的青年诗人，且自认陕西一直是他的"诗歌故乡"，他的诗歌写作之出发与不断返回的地方。九十年代初期在西安读大学期间，马非便欣然与伊沙为伍，还和伊沙、夜林、逸子一起创办《倾向》民间诗刊，开疆拓土，风头甚健。马非的诗，看似轻松自由，爽利明白，随意而直言，其实随意里有少年老成的心思，直言中有曲意救世的情怀，以自嘲、反讽、目击道存的机智组合带有戏剧意味和寓言性的世象叙事，入口即化而回味有加。尤其是其文本与人本合二为一的本真与率性，可证之画家陈丹青的那句话："真的前卫既非大胆也无意挑衅，只是性格使然，只因他天生是这么个人。"细读收入本诗选的《略感疼痛》，便可知其风骨所在。

同是"游侠"，被誉为"小李飞刀"的"七〇后"朱剑，在直言取道的同门路数之外，又多了一点南方浪子的尖刻与奇绝，剑走偏锋，常有精简深刻之作令人惊叹而过目不忘。代表作《陀螺》、《磷火》被我欣然编入《现代小诗300首》，至今视为精品。朱剑早慧，童子功很扎实，来陕就读西安工程学院后毅然入伊沙"门下"而厚积勃发，先后为"下半身"、"葵"、"唐"等民间诗社同仁，是为陕西先锋诗歌在跨世纪前后十年间的狂飙突进作过贡献的"外来客"。"七〇后"青年诗人中，如朱剑这样深得伊沙诗歌精神要义而又独成格局者，实不多见，值得激赏与期待。

"辑六"实际上是"辑五"的一个分延编选，同属一个时区，只是为强调四位"校园诗人"的身份而单列。这是继八十年代中期第一波"校园诗歌"大潮后，于九十年代再次滥觞的新一波崛起，分属三所大学的夜林、方兴东、陶醉和谭克修是其当然的代表人物。作为陕西先锋诗歌"源头活水"的校园诗歌，在他们的出色表现中，得以再次活跃而滥觞。此后的这脉源流，便因时代的急剧转换即空前物质化、实利化后，不再为继而令人扼腕了。

此辑首选夜林，概因其具有综合质素。夜林天赋较高，具有很强的吸收和化合能力。细读其诗，底色中时见韩东、丁当、伊沙等的影响，但又不失其个在的视点和语感及意象，化得融洽，别有所悟。"好似有一个邀请/从明天的黄昏闯到内心/而我是昨日/黎明的孩子/在现在的路口张望天气/有一场雨还没到来"（《明天的邀请》）对"明天"的守望是夜林诗歌的核心意绪，这意绪越来越沉郁而凸显，成就其可辨识的诗美取向。《在海边》显然是其后来的力作，结尾一节："在这潮湿的年月/更有人用晒干了绿藓的钥匙/把那礁石当作一个人拱起的脊背/慢慢开启"，已预示着诗人告别同行的热闹而甘于寂寞的另一抹情怀所剪出的身影。

陶醉作为诗人，更多以是"校园青春"岁月中一段诗性生命的历程而非事功的取决，是以更能代表"校园诗歌"的某些属性：青涩、诚朴、恋恋一季而耿耿一生。《愿望抑或是岸》的诗题，似乎已暗示了这样的结果：爱诗、写诗，既是青春情怀必然的愿望，也是现实人生一道远去而眷顾于心的"岸"。回审陶醉的诗作，到处可见"影响的焦虑"，但依然守住了年少时独立春风怅望未来的心境和语境，让人有幽幽的感怀和秋水长天的触动："坐进这片秋天/听果子熟透的声音/从指缝间流过"。陶醉当年在校时，为广泛推动西安高校校园诗歌恪尽绵薄之力，功不可没。看是文本上的一时诗人，实为人本上的一世诗人。

作为当年同路大学诗友，方兴东进入状态较晚，却也写出了堪可告慰的好作品，还于毕业多年后结集出版了他的个人诗集。兴东的诗以个人成长历程的精神史为本，有感而发，朴实而清越，有到位的生活质感和情感肌理。收入本诗选的《树》与《病中的父亲》二诗，前者带有明显的青春标记和校园色彩，后者则尤显沉郁与深刻，如论者所言："在平缓的诗行中，一种生命的沉痛弥漫开来。"① 为同类题材的诗歌作品中难得的真情实感之佳作。

谭克修在此辑中，属于后发制人的实力诗人。当年钟情诗歌写作于校园时，疏于交流而影响不大。毕业多年后，忽而奇峰突起，不但创作上别开生面，还以个人之力，创办大型民间诗歌丛刊《明天》，设立"明天诗歌奖"，一时跃为焦点人物。代表作品《还乡日记》、《海南六日游》、《县城规划》三组诗，以其对现实世界的穿透能力和对时代症候的概括能力，以及对叙事的反思与重构和对诗性叙述与潜抒情的复合表现，成为诗人名世的标志性作品，不断被转载、传播、评说、获奖、入选多种诗选，成为新世纪以来并不多见而形成广泛影响的重要作品之一。以"断裂"的方式，毅然作别"青春期诗恋症"的诱惑，扎扎实实地沉入社会与生活的现实经历，捕获"准确、真实地与社会面貌及时代进程相关联，具有某种'见证'意义的诗篇"（谭克修语），克修为"校园诗人"走向社会之后的创作提供了一个可资借鉴的典范。

诗选"辑七"是一个特殊单元。所收三人，吕刚可谓"散仙"，刘亚丽自是"大家闺秀"，之道则堪称"怪杰"。三位诗人各自独得心源，无适无莫，潜心自在，看似与"先锋"无涉，却都能另辟蹊径而风格别具，是上世纪九十年代至今，作为陕西本土诗人创作中，以实力表现日趋坚实与丰厚而为诗界所瞩目的重要人物。

仅以个人诗歌审美取向来说，我一向偏爱吕刚的诗风：淡雅，精致，好读有味，是古典理想之现代重构一路在陕西的典型个案。如我所言，读吕刚的诗，有特别清爽的快感：形式简约，蕴藉幽远，风清骨奇，情真怀澄，清逸之气袭人。尤其是那份透明而又沉静的语境，在语言狂欢而不知节制的当下诗坛，已成为

稀有品性。吕刚多年自甘冷寂，大概自己也知道，单是他那份冷
峭的语感，那种将语言逼回到最单纯的深处，再重新发掘其可能
的诗性品质的探求，恐怕也难有多少知己者。他不是那种具有拓
荒性和原创力的诗人，而属于善于吸取经典之光来照亮自己道
路，于继承中找到契合自己心性的领域，然后埋头精耕细作而发
扬光大一类的诗人。本诗选除收入其早期三首佳作外，特别推出
其新近得手的四首精品，或可证明上述褒奖不假。

作为陕西女性诗歌创作之资深代表的刘亚丽，声誉卓著，收
获甚丰，却又低调行走，本色自然，无愧"大家闺秀"的风范。
亚丽为诗，可归于我所提倡的"常态写作"一类状态，且"常"
中有"变"，"变"在"常"中，反成就先行者的优势。其作品语
境开阔，心性敞亮，明净畅达而又沉稳节制。特别值得称许的
是，身为女性诗人，既不刻意凸显女性角色的强行出演，也不刻
意避讳女性意识的潜移默化，纯以生命与生活的独在体验和本真
感悟为出发和归所，写来优游不迫，舒缓而大气。

"怪杰"之道，诗龄不短，却"潜伏"多年，修为有备，于
新世纪勃然而发，个人创作成就斐然，还主编出版陕西诗歌双年
展《长安大歌》，推动民间诗歌运动，令诗坛刮目相看。之道的
诗歌写作，以现代意识和现代诗美追求为底背，多向度探求，驳
杂而灵动，虽未臻娴熟，但诗感超人，意识前卫，厚望可期。其
作品精于意象营造，每有出人意料的"怪招"，时见超现实主义
的魅影，题旨深幽，意境弥散，思绪大幅度跳跃游走且多重转折
叠加，显得突兀奇绝而又扑朔迷离。"我在静音键上拒绝另一道
思想的弧/没有喜剧，无关悲剧/只有十三秒哑笑"（《一场戏》），
细品这样的诗句，可知其不同凡响处。唯此等功力，常有用过了
劲之憾，若稍加控制，则必有大器晚成之待。

进入 21 世纪的陕西诗歌，在新老诗人们的再度合力推进
下，大有再造辉煌之势，令人倍感振奋。这其中，分别代表
"七〇后"、"八〇后"、"九〇后"三代后起之秀的李小洛、杜

迁和高璨，无疑是这一时区的最"亮点"——本诗选能以他
（她）们的集合作为收尾，既是一种欣慰，更是一种象征——
新的希望在于新的未来，而新的未来无疑正在他（她）们的手
中跃跃然而升起。

　　自然生成，实力表现；由边缘而中心，守个在而自重；沉
着、低调、本质行走——作为人本的李小洛，体现了新一代文学
人/诗人之创作主体的精神取向：既是一种生命托付，又是一种
生活方式，"一种沉静中的自省和豁达，使她超越了性别的局限"
（柯平评语），并"以退出'角逐'的精神自适展开了女性写作新
的角度。"（燎原评语）这种精神取向，在一向看重功利、携带生
存、为改变人生际遇投身所谓"文学事业"等传统主流意识所主
导的陕西文学界，确实是一个难能可贵的典型个案，也是我们理
解她何以能成为新世纪陕西诗歌进程之"亮点"的关键。作为后
起的女性诗人，李小洛的诗，从题材到语言，在我看来都很自
在，也较为日常化。尽管偶尔青涩、纷乱，但这也正是她自在状
态的一个显现；另外，似乎也是个心理不怯的诗人，没有所谓的
影响的焦虑，能以一种女性的方式介入生存的荒谬与沉重，且挥
洒自如，别有洞见。

　　杜迁是我的学生，亲见他恃天资纵才情，在读大三期间便有
厚厚一部高水准的诗集出版，成为新世纪前后落潮已久而再无潮
涨的陕西"校园诗歌"的绝唱。杜迁的诗，是一片未经驯化的生
命的荒火，在遭遇诗的语言诱惑后，所迸发的蓬勃激情与炽烈燃
烧。其语感峻切而又散漫，生猛而又微妙；高密度的意象如岩浆
喷发，黏滞中有微明的灵犀，率意里带初生的清新。年轻的诗人
带着北方早熟的孩子的眼光与情怀，带着这片土地特有的可称之
为"异质混成"的生存意识和文化底蕴，更带着没有被设计、被
作弊、被同化的、原初而本色的诗性生命意识与诗性语言意识，
向着日益物质化、时尚化、虚拟化的时代，向着失血的话语狂欢
和华丽的精神溃疡，放肆地播撒他原始的血气、原始的激情和迸

涌着现代意绪的古歌，让我们为之血脉膨胀而回望，而彷徨，而惆怅，而向往……而真实地荡气回肠或无地忧伤。这位对所谓"诗坛"一无所知而只为自己蓬勃的诗性生命意识写作的年轻诗人，无疑是一位值得二十一世纪陕西以及中国诗歌进程期待的优秀"种子选手"。本诗选特意让这位"种子选手"出任执行编选，也是想促其更加成熟以待未来。

另一位出生于1995年的天才小诗人高璨，更是新世纪陕西诗歌一个最值得欣慰与关注的"闪光点"。高璨天生好素质，有敏慧的语感和超常的想象力，对现代诗的理解也比较到位，方向明确，脚步坚实，加之十分的热情和勤奋，得以较快形成自己的格局与风采，作品一经发表或印行，便获得广泛好评，先后有谢冕、曹文轩、梁小斌、于坚等名家为之作评作序，激赏有加，可见其实力所在。这里的关键在于，作为由"儿童文学"起步的高璨，以其超常的阅读背景、成熟心智和天赋才情，很快摆脱了仿写和试声阶段的徘徊，融少年心性于娴熟技艺中，进入有方向性的写作而富于超越性的表现。仔细研读收入本集的《镜子与狗》和《老钟表》两首代表作，不难发现，无论从哪方面严格考量，都堪与成人写作中的名家名作媲美而毫不逊色。许多所谓的名诗人，终其一生都难有代表作传世，尴尬为只知其名而不知其诗的诗人。高璨出道未久便已有如此丰硕的收获，其不可预料的未来，显然早已在青春坚实的脚步里一层层铺就。

综合上述，全书编迄，计收30位诗人143首短诗，8部长诗（一部存目），3部组诗（选章），其中不少为新作 。其时间跨度为三十年。年龄分布分别为上一世纪二十年代1人，五十年代5人，六十年代18人，七十年代4人，八十年代1人，九十年代1人。入选诗人中，属陕西籍并一直活跃于本省诗歌界的诗人为20人；虽非陕西籍，但其诗歌写作是由陕西起步并成熟且成名于斯时斯地的诗人为10人，并大都有大学校园写作与交流背景。如此整体来看，虽然因各种原因，未能完全实现原计划中的人选与结构以臻完善，但基本上与理想中的大体样貌相差不远，堪可告慰。

三

众所周知，任何一种文学作品的编选，都是一种隐性的文学史书写，也不可避免地在取舍和结构中，体现或个人或群体性的某些价值取向与精神立场，因而也无须且不可能迎合传统文学史书写意义上的所谓全面、公正与客观。本诗选的编选更是如此，它只能是这三十年陕西诗歌发展全貌的一个特别的抽样、一抹别样的剪影，甚至可以说，是主编者个人所书写的一部带有深刻的个人化印记的当代陕西先锋诗歌史。至于更宏观更系统化的梳理，尚有待其他的编选来补充与彰显。

尤其需要再次说明的是，本书的所谓历史书写，是以诗歌作品选而非诗人选来展开的，以求充分还原和体现这三十年在陕西这一诗歌版图上实际发生过的先锋诗歌样态，因而有三分之一的非本省诗人作品融入其中，不足为怪。实际上，从地缘文化的角度考察，陕西早已是一个混血的板块，所谓的秦文化中心，实则已更多是一些负面的继承和延续而已。细算起来，近世在这个舞台上唱大戏演主角者，大多是外来之客。当代陕西诗歌也是如此，出"怪杰"，更出"游侠"，并共同担负起这一板块的发展与变化。尤其是世纪交替这十多年中，本土与外来的交汇互动的特点更加凸显，呈现出驳杂繁复、多元共存的崭新局面，也急需另外的书写来呈现这新的历史进程。

然而，正如我一再指出过的：所有这一切，都无法改变陕西文学界及文化界对诗歌发展的漠不关心：近三十年来，没有过一份能持久办下去的诗歌刊物（包括民间诗刊），没开过一次有分量的诗歌研讨会，没出过一部像样的陕西诗选，仅有的一部比较完整、有一定文献价值的诗选《长安诗家作品选注》，还是由日本汉学家前川幸雄先生编著，1995年在日本用日文出版的……

向以"长安"（在世界文化史中，这个名称不仅代表着汉唐帝都，也代表着诗国之都）为荣的所谓"文化大省"之陕西，按说，早该有自己的诗歌节、自己的经典诗选、自己的当代诗歌史以及当代文学史、当代艺术史、当代文化史等，让世人不仅是从口号上而是从文本上切切实实地感受到"文化大省"之博大精深，但至今仍是痛心者可望而不可及的一点理想而已，现实的状况未见有什么大的改观。

如此困窘的生存条件，多年来，迫使陕西诗人尤其是青年诗人们西出阳关、东出洛阳、南下北上以及远赴海外寻求出路，或"墙内开花墙外香"，或自生自灭，都似乎与陕西无关，难得有什么本土性的反响。当然，我们也知道，这不是一个诗的时代，普泛的公众远离诗歌，是文化转型之过渡时空的必然现象，真正的诗人也不再幻想成为时代的宠儿，而只寄希望于"无限的小众"，更不会为现行文学体制的功利计较与褊狭心态而放弃自己的艺术追求，也从来没有希望从现行文学体制中去获取一点什么。但作为体制本身，它有责任为文学的全面发展提供必要的呵护与激励。而所有这些问题，实际解决起来并不难，只是多年已习惯于有几位著名小说家撑足门面了事，从不细究这门面后面是否还存在什么缺陷和危机。

中华自古有诗国之称，世界上找不出第二个国家，诗与生活与人生的关系像我们中国人这么密切。可以说，诗的存在，已成为辨识中华文明和中国文化价值属性与意义特征的重要"指纹"——为陕西以及为我们所有中国人常常引以为荣而津津乐道的所谓"大唐精神"、所谓"汉唐气象"，说到底，其核心所在，无非是诗性生命意识的高扬与主导——没有诗为其精神、为其风骨，没有诗性生命意识的高扬为其底蕴、为其主导，无论是昔日的"长安"还是今日的"唐都"（西安），都只是一具没有灵魂的空城而已。

中华文化传统的灵魂是诗，"汉唐气象"的灵魂更是诗。尽管到了近世尤其当代，因了文化语境的巨变，这样的灵魂的存在，已不再为国人看重而呵护，但正因为如此，才是一切真正为历史亦为现实负责任的文化人与文学人，重新出发而再造国魂之处——作为坚持在这个曾经辉煌的诗歌帝都从事纯正诗歌写作和诗歌活动的"诗城守望者"，我们也只能以个人的微薄之力为其新的出发与再造而殚精竭虑。

曾经与"先锋"失之交臂，却从未失迎历史的吁求。从上一世纪八十年代初创办民间诗刊《星路》，到此时为这部填补历史空白的诗选为序，回看云起时，是香客也是过客，虽黑发换霜雪而初衷未改，依然怀抱初恋的热情，渴望迎接新的、诗性生命的朝阳——在此，我愿以丁当在二十世纪九十年代初为我的一部题为《生命之旅》的诗集所写的短序，作为本序的结尾语，并与所有共同走过这段历史，并为书写这段历史而付以热情响应与支持的诗友们，和这部几经艰难而问世的诗选之可能幸会的读者朋友共勉——

"时至今日，他仍在用心良苦地制造那些优美的情感玩具，尽管他不停地变换材料，尽管他愈来愈抽象，愈来愈苍凉。他是在用自己的血肉制造人类情感的玩具，幻想的玩具，来反抗这个世界的废墟。他的诗和生活都处于激情和良心笼罩之下。他一直苦苦地用一条他的准则来维持诗歌和日常生活。清醒地目睹着自己制造的玩具一个又一个地破碎，但他仍怀着极大的耐心修复它们。他的手指是多么灵巧，他的神色是多么庄严，而这个过程又是多么优美。"

2009 年 4 月

永久的风景

读卞之琳《断章》

现代诗人卞之琳先生的代表作《断章》，是中国新诗史上的一首名诗，两节四行，独步百年，至今读来仍让人眼为之一亮，心为之一动，激发新的美感与哲思，不失经典的魅力，是以被评论家誉为"永久在读者心头重生"的佳作。

原诗抄录于下：

> 你站在桥上看风景，
> 看风景的人在楼上看你。
> 明月装饰了你的窗子，
> 你装饰了别人的梦。

读《断章》，猛一下可能有些"绕人"，尤其诗中的那四个"你"字，所指为何，相互间是什么关系，是个关键所在。这里需先弄清楚诗中写了哪些人和事。依序排列，应是"你"、"桥"、"风景"、"人"、"楼"、"明月"、"窗子"、"梦"。这些人、事，被诗人用类似电影中的蒙太奇手法，剪辑编织进四行诗里，在相互关联与转换中，构成这样的情景画面：一个游人（偶然到此的过客或天涯沦落的游子，当是男子）即"你"之1，来到一陌生地（进入画面），"站在桥上"看眼前的"风景"（"风景"之1），而此时，被游人作"风景"看的风景中，也有一个"看风景的人"（"风景"之2）"在楼上"（游人眼中的"楼上"）"看你"。这里的"你"（"你"之2）指的还是那个游人，"站在桥上看风景的人"，而"在楼上"另一个"看风景的人"，想来应该是个女子（那"楼"是青楼还是绣楼、阁楼，倒无所谓的）。二者互看，各是看者，又是被看者；各是看风景的人，又是被作为风景来看的人。由此引出三、四两行即第二节诗中的感怀："明月装饰了你的窗子/你装饰了别人的梦。"这里的前一个"你"（"你"之3），当是那个"在楼上"的人儿了，此时已由"看风景的人"转而为明月临窗而望月思人的人了。后一个"你"（"你"之4）的所指，则需多一些想象。其一，可理解为"你"之3，即被"明月""装饰了""窗子"的楼上的女子，那眺月临窗的情影，不正好成为"你"之1、2即那桥上的游子之梦中的景致？其二，亦可进而理解为既指楼上的女子"装饰"了游子的"梦"，也指桥上的游子同时亦"装饰了""楼上"人儿的"梦"，所谓同是寻梦者而互为画中人。当然，画外还有一个人，那便是作者本人，那个描绘这幅画面、感怀这种情景的人，"他"虽未实际进入诗中，只作了一个客观描、述者，其实细心的读者自可体味到，字里行间处处皆有作者的心境所在——他成了最终的"看风景的人"，诗中的人和事，看者和被看者，皆化为另一片风景——可证之人生、诉之灵魂的精神镜像，邀约每一个看者，在这片风景中，重新审视如梦的人世，人世中的那个"你"。

　　将一首优美的诗作如此解说，显得很别扭。实则有心的读者只需按《断章》中的布局画一幅简单的示意图，便可将看似"绕人"的诗句，变为明晰的情景，至于对这情景的理解，自可仁者见仁，智者见智。尽管诗人自己针对《断章》的理解多有歧义，曾作解说道："我的意思着重在'相对'上。"（卞之琳·《关于〈鱼目集〉》）但这只是诗人形而上的思考，创作的触发点，具体为诗，作者并未将这种内在的思想硬核强行锲入，而是化为一道简约、隽永并充满象征意味的"风景"，引人遐想，发人深思。正因为如此，创作于1935年的《断章》一诗，方能穿越半个多世纪的时空，不断吸引着新的读者和研究者，并产生常在常新的诗歌经验。

2003年8月

澄明之境中的月光浴
读王小妮《月光白得很》

月亮在深夜照出了一切的骨头。

我呼进了青白的气息。
人间的琐碎皮毛
变成下坠的萤火虫。
城市是一具死去的骨架。

没有哪个生命
配得上这样纯的夜色。
打开窗帘
天地正在眼前交接白银
月光使我忘记我是一个人。
生命的最后一幕
在一片素色里静静地彩排。
月光来到地板上
我的两只脚已经预先白了

——王小妮：《月光白得很》

　　千古一月，诗的月，歌的月，非自信的后来者，不敢轻易对那片最朴素而又最深沉的月光做诗的言说。过于的"流通"，使命名的初夜作古于遥远的记忆，触目可及的，只是观念的投影或尘嚣的飞扬。王小妮一句"月亮在深夜照出一切的骨头"，顿使人抖落一生（也包括一身）的烦腻，剔肉还骨，唯一片空明，如沐如浴，令饮者（月之饮者）醉！

　　"骨头"是存在的真，非直面而彻悟者，难得想到用此词去呼应"月亮"。物质的暗夜，我们在白昼失明；"白银"的"天地"，我们在"深夜"清醒。"月光使我忘记我是一个人"，忘记作为类的平均数的我、非我之我，而"人间的琐碎皮毛/变成下坠的萤火虫"，独一份澄明的心境令"人"沉醉。只是诗人更有另一种孤绝的立场，抚月发问、临境而叹："没有哪个生命/配得上这样纯的夜色"，并代造物主感慨："城市是一具死去的骨架"。强烈的现代意识于此峭然而出，与千古之月默默对质。"月是故乡明"，"故乡"何在？只有"生命的最后一幕/在一片素色里静静地彩排"。"彩排"一词用意极深，悬疑意味中难觅旨归，且"静静地"，透一息诡异的凄清、料峭的顿悟。全诗结尾两行，方透露一点女诗人的气息。男士对月，多头重脚轻（写诗亦如此），难得本质行走。王小妮守住真实的细节，淡淡道出："月光来到地板上/我的两只脚已经预先白了"。是实写，尤是最高妙的虚写：承恩，感恩，是自然（上帝？）的呼吸使我们重获呼吸的自然，与澄明有约的一颗灵魂，在月光照拂之前，已预先将自己洗白了……

　　全诗四节十四行，无一字生涩，无一词不素，低调、本色、从容，质朴中得空灵。唯一瑕疵，第二句"我呼进了青白的气息"中的"了"字，似嫌多余。无"了"，"呼进"便成为进行式的情景，成为浸漫而弥散的悬疑状态，有更大的空间感和更真切的体味。一"了"，便闭锁了更多联想的可能，所谓"坐实了"

些。此诗迹近天成，但越是如此得来的诗，越要持一份警惕，精心去推敲修改而使之臻于完美。

另外，读这首诗，慧眼者更可在字里行间品味到一种特别清朗与优雅的写作心态。素心人写素色诗，朴素之美，美在人真，此诗可证。回头看，连诗的题目都素得让人稀罕，一下子便记住了——在一瞬间记住了永恒，在永恒里记住了瞬间——了悟创造原是不造（造作），对千古之月，怎么说，都不如这样说好：真的，"月光白得很"！

2004 年 6 月

以何种方式守望及守望什么

读余怒《守夜人》

钟敲十二下，当，当

我在蚊帐里捕捉一只苍蝇

我不用双手

过程简单极了

我用理解和一声咒骂

我说：苍蝇，我说：血

我说：十二点三十分我取消你

然后我像一滴药水

滴进睡眠

钟敲响十三下，当

苍蝇的嗡鸣，一对大耳环

仍在我身边晃来荡去

——余怒：《守夜人》

两种对峙的情态，遭遇在午夜：一方是苍蝇、
血，一方是蚊帐、睡眠、我；一方是强制性的侵
扰，一方是无奈的困守。这种状况其实很平常。与

恶心为伴，在困扰中生存，几乎已成为我们生命记忆的当然部分，无以逃脱。或以麻木对之，以厚皮肉和死魂灵；或者对抗，然而又常有不知如何下手的茫然，依旧是困扰。苍蝇年年生，黑暗夜夜长，这次第，怎一个"守"字难耐？

诗人却有绝招："过程简单极了／我用理解和一声咒骂"！"这招数"难免怪异，且有些消极，迹近"精神胜利法"。"咒骂"尚可理解，国人在无奈状中表达自我的主体性和自由意识以消解侵扰的"常规武器"。但何以理解对苍蝇的"理解"？反向思考，不理解又何为？动手捕捉？结果是捕苍蝇的动作越来越像苍蝇的动作，捉苍蝇的人最终成了苍蝇式的人，这荒诞，我们大概都经见过的。理解便是取消、抹掉或疏离，以返回个我的独立、自由与尊严，这才是需要真正守护的——看似消极，实是决绝！"《守夜人》提示一种新型态的反叛，它不崇尚反抗，而是通过价值比较的理解彻底唾弃伪价值体系。"台湾诗人黄梁在为余怒诗集《守夜人》（台湾唐山出版社1999年版）作序中的这句评语，可谓一语中的。不过，此诗的妙处在于决绝之中仍存难决。结尾三行，显然在提醒：苍蝇与人的对峙，无论如何对之，都依然是绵绵无绝期，唯留一个悬而未决的"守"字尖锐而真切，如燧石般闪亮在暗夜中。这种将诗意置于悬疑状态的写法，我喜欢！

喜欢之余，再品其语感：瘦硬爽利，筋骨之人下筋骨力，家常道来却劲道十足，连语词的节奏都带着一股子狠劲——诗到狠处方生奇，读《守夜人》，得此诗理。

2004年8月

迷途忘返别样看

读多多《我读着》

十一月的麦地里我读着我父亲
我读着他的头发
他领带的颜色，他的裤线
还有他的蹄子，被鞋带绊着
一边溜着冰，一边拉着小提琴
阴囊紧缩，颈子因过度的理解伸向天空
我读到我父亲是一匹眼睛大大的马

我读到我父亲曾经短暂地离开过马群
一棵小树上挂着他的外衣
还有他的袜子，还有隐现的马群中
那些苍白的屁股，像剥去肉的
牡蛎壳内盛放的女人洗身的肥皂
我读到我父亲头油的气味
他身上的烟草味
还有他的结核，照亮了一匹马的左肺
我读到一个男孩子的疑问
从一片金色的玉米地里升起

我读到在我懂事的年龄

晾晒壳粒的红房屋顶开始下雨

种麦季节的犁下拖着四条死马的腿

马皮像撑开的伞，还有散于四处的马牙

我读到一张张被时间带走的脸

我读到我父亲的历史在地下静静腐烂

我父亲身上的蝗虫，正独自存在下去

像一个白发理发师搂抱着一株衰老的柿子树

我读到我父亲把我重新放回到一匹马腹中去

当我就要变成伦敦雾中的一条石凳

当我的目光越过在银行大道散步的男人……

——多多：《我读着》

　　读多多的这首《我读着》之前，我先又一次通读了收有此诗在内的多多的一部诗集《阿姆斯特丹的河流》（北岳文艺出版社2000年版），包括诗集前黄灿然的代序文。如此郑重其事，主要是迫于多多这首诗的难解，试图通过对其作品整体风格与语境的重温，来找到一点感觉。

　　"令人怵目的现代感性"和"耀眼的超现实主义"，黄灿然的这一指认，十分到位地概括了多多诗歌美学的基本取向。把握这一取向的同时，还须注意到黄灿然指出的另一"多多式"的写作策略，即"他把每个句子甚至每一行字作为独立的部分来经营，并且是投入了经营一首诗的精力和带着经营一首诗的苛刻"。这一点似乎对解读多多的诗来说更为关键。新诗写作受翻译诗歌的影响，多重篇构而疏于句构、词构，多多于此独行一道，显示了他非凡的语言才能和与汉语诗性功能之传统的暗接。但在具体的写作中，如何处理好句构与篇构的协调关系，亦即肌理与脉络的和谐构成，并非易事。在多多这里，有些诗，句读也"耀眼"、"怵目"，篇读也清亮、了然，如《春之舞》等名篇，有大体清晰的脉络支撑着肌理的狂欢。而有些诗，则句读的可能与效应大大超过了篇读的可能与效应，肌理的狂欢之后，是对脉络索求的一片茫然，从而造成整体解读的困难，《我读着》一诗，便属于此类。

此诗虽只有二十八行，却密集了近二十个意象，分置于十多个超现实的场景中，且因诗意的大幅度跨跳，或换一种说法，叫散点式播撒，而形成亦真亦幻、迷离扑朔的弥散性语境。加之其背景模糊、时空交错、义涵深隐不明，造成篇读的难度，不易明确聚焦。但若干脆放弃对其脉络的追索，只是被动地沉浸于局部肌理的欣赏，则会有令人心醉神迷的审美感受浸漫开来，为诗中那些梦幻般的意象和迷雾般的意绪所深深感动。在这里，经由孩童视觉（心理视觉）的变焦，父亲被"读"成"一匹眼睛大大的马"，"他的蹄子，被鞋带绊着"（从未有过而又十分动人的绝妙比喻），"颈子因过度的理解伸向天空"。"理解"一词被赋予特别凝重的文化意涵，暗示着成熟的艰难与困顿。由父亲之马（种马？）到马群（族群？）分延出成熟生命的诸多细节，"外衣"、"头油"、"烟草味"，以及"结核"，以及"父亲曾短暂地离开过马群"这一个体生命的孤独与疏离。"结核"预示着"腐烂"的结局，另一个播种的季节里，"犁下拖着四条死马的腿"，"父亲的历史在地下静静腐烂"，而此时读着父亲长大的孩子，已将自己读成另一段历史，另一种迷惘的目光……如此被动地读着一个孩子对父亲的"读"，却也渐渐读出了一条隐约的脉络之线索：生命、时间、成长的困惑与幻灭感。"我读到一个男孩子的疑问／从一个金色的玉米地里升起"两句，是此诗中一条亮丽的标示，提醒着所有分延开去的诗意之可能的归所。

只是，在这勉为其难地略解二三之后，依然不解诗中结尾段第一行"像一个白发理发师搂抱着一株衰老的柿子树"意在何为？并由此想到一个有关诗歌技艺的问题：诗意的跨跳在何种程度会变为无效？而肌理脱离脉络也可独立欣赏之可能性的边界又何在？读多多，难，但总能有一些意外的收获，不失为一种尴尬中的快意。

2004 年 6 月

"说事"与写诗或借题发挥

读于坚《塑料袋》

一只塑料袋从天空里降下来
像是末日的先兆　把我吓了一跳
怎么会出现在那儿　光明的街区
一向住的是老鹰　月亮　星星
云朵　仙女　喷泉和诗歌的水晶鞋
它的出身地是一家化工单位
流水线上　没有命的卵子　父亲
是一只玻璃试管　高温下成形
并不要求有多少能耐　不指望
攀什么高枝　售价两毛钱　提拎
一公斤左右的物品　不会通洞
就够了　不是坠着谁的手　鼓囊囊地
垂向超级市场的出口　而是轻飘飘的
像是避孕成功　从春色无边的天空
淫荡地落下来　世事难料　工厂
一直按照最优秀的方案生产它
质量监督　车间层层把关　却没有
通通成为性能合格的　袋子

　　至少有一个孽种　成功地
　　越狱　变成了工程师做梦也
　　想不到的那种轻　它不是天使
　　我也不能叫它羽毛　但它确实有
　　轻若鸿毛的工夫　瞧
　　还没有落到地面　透明耀眼的
　　小妖精　又装满了好风　飞起来了
　　比那些被孩子们　渴望着天天向上的心
　　牢牢拴住的风筝　还要高些
　　甚至比自己会飞的生灵们
　　还呆得长久　因为被设计成
　　不会死的　只要风力一合适
　　它就直上青云

——于坚：《塑料袋》

　　一只塑料袋，最无"诗意"的物事，却成了诗人笔下的一个活物，一个戏剧性的角色和一个意味无穷的精灵。它使我想到梵高所画的那双著名的皮鞋，由惯常的视而不见中突兀在读者的眼前，呈现（或暴露）出那样丰富的肌理，陌生而又令人惊奇的肌理，以及隐约的情节、可能的意义，并由此改变了我们对事物的观察与体味。"艺术是对客体的艺术性的体验方式，客体本身并不重要"。希克洛夫斯基《以艺术作为技巧》中的这句话，在于坚对一只塑料袋的描述中，得到出色而恰切的印证。

　　熟悉于坚的读者都会发现，这位诗人的笔头，似乎多了一种功能：能将一切干巴巴的物事写活，且活出别样的诗性、诗味和诗的意义来。这种功能的具体体现，其一是对"细节"的把握，进而纳入戏剧化的组织中；其二是对"比喻"这一传统修辞法的高妙运用，使其看似琐碎繁冗的描述变得润展性感起来。靠了这种本事，于坚就能将最乏味的铺叙变成活色生香的"电影诗"或诗化的"摄影作品"。读《塑料袋》，如读（欣赏）一部动画片，或可叫作有动画意味的纪录片。跟着那只"成功地越狱"而"飞起来了"的"小妖精"，那只塑料袋中的"孽种"东游西逛一趟，你会渐渐忘了追问这"孽种"何以如此存在，而只是对这一"存在"本身的具体过程，那些角色的转换，情节的变化，以及种种行迹描述中的特别语感，语感中渗透出的言外之意等，发生新奇的兴趣，以致流连忘返。当然，你最终还是会依循传统的提示回到对"意义"的追问上来，比如会想到"异化"、"荒诞"、"现代性"等诸如此类的大词等，但那已是饱餐后的余兴，几近可有可无。"神秘的不是世界是怎样的，而是它是这样的"（维特根斯坦Ludwig Wittgenstein语）。而在诗人这里，"不是选好一个抽象的主题，然后以具体的细节装饰"（这是传统新诗的"经典"作法）。"相反，他必须建立细节，必须支撑细节，透过细节的完成达到文本中的细节所能指向的意义。意义来自于细节，而不是强加于细节"（布鲁克斯Cleanth Brooks语）。由此再一次证明：写什么永远是次要的，怎样写，写的技艺的高低，才是区别优秀诗人及作品与平庸诗人及作品的关键所在。

同是"说事"（所谓"叙事"），于坚将最不值说的事"说"成了诗，明白如话中平生许多趣味。而多少热衷"叙事"与"口语"的诗人们，却真的成了"诗到说事为止"，此中差别，不妨以《塑料袋》作一鉴照，或可稍有反省。

就诗论诗，此诗似无须过多阐释，只需欣赏就是。借题发挥，说点题外话，也算一种读法。

2004年10月

与诗有约
读张枣《预感》

像酒有时预感到黑夜和
它的迷醉者，未来也预感到
我们。她突然扬声问：你敢吗？
虽然轻细的对话已经开始。

我们不能预感永恒，
现实也不能说：现在。
于是，在一间未点灯的房间，
夜便孤立起来，
我们也被十点钟胀满。

但这到底是时日的哪个部件
当我们说：请来临吧！？
有谁便踮足过来。
把浓茶和咖啡
通过轻柔的指尖
放在我们醉态的旁边。

真是你吗？虽然我们预感到了。

但还是忍不住问了一声。

星辉灿烂，在天上。

　　　　　　　　　　——张枣：《预感》

　　有约方有预感，方生期盼，方使生命中的某些"时日"，接近"醉态的旁边"。

　　如此望文生义，不免浅薄，但面对这样一首颇具玄学意味和几近"空筐"结构的诗，大概真的就只能依每位读者"这一个"的直觉与经验，去做各个不同的体味与诠释了。

　　那么，依照我认定的诠释的路径，首先就得确定：与什么有约？

　　据说西方文化的根本在于与神有约。这样的"约"，就我们当下的文化语境而言，尚不免高蹈。在我看来，日常中的神性无非就是我们常说到的诗性，就诗人及一切具有诗性生命意识的人与事而言，诗性即神性。与诗有约即与神有约，所谓为天地立心，为生命立言。

　　下一步需要确定的是：谁在约谁？换一种说法即谁是约者？谁是被约者？或者说是诗在约我？还是我在约诗？具体到《预感》一诗中，将"有约"置换为"预感"，便可知诗人在此诗中给出的说法是诗（"酒"、"未来"、"她"）在约诗的追寻者（"迷醉者"、"我们"）而非诗的追寻者在约诗。这使我们想到另一种流行的说法：是诗在写我，不是我在写诗。我们并非因为有特殊的话题要说，才开启特殊的言说方式，而是因为先有了特殊的语言妙趣的诱惑，方说出那个与之相应的特殊的话题。在这时，"夜便孤立起来"，"我们也被十点钟胀满"，进入一个特殊时空。于此，语言不再被当作人的自然表露，而是作为具有自己法则和自己特殊生命的物质——"酒"和"她"，降临我们的身旁，与我们一起"迷醉"而重生。但凡有过诗歌创作之"深度迷醉"经验的人们，读张枣此诗之三、四两节，大概都会再重新"迷醉"一次。临界，微醺，在创造的边缘"胀满"，期待那一种不期而遇的诗意之旅，而且，等真的奇迹降临了，虽然我们已有所"预感"，像"未来也预感到""我们"一样，"但还是忍不住问了一声"，"真是你吗？"此时，诗人已如情人，如世间所有承恩而幸运的人们，抬头仰望，"天上"正是一片"星辉灿烂"！

　　然而，最终的问题是：面对如此令人迷醉的境地，我们先得回答孕育创化这一境地的那个"她"的发问："你敢吗？"你敢醉吗？你敢真的为醉而接受"醉"的难度吗？（写作的难度，生命的难度，真正的真、真正的善、真正的美的难度）张枣在诗的起始便劈头将这一本属于结尾才会产生的问题先行提了出来，实则已在"醉境"的入口设置了一道门槛，一道饮者与浅尝者亦即真诗人与伪诗人的分界线，由此方有了十分微妙的下一句："虽然轻细的对话已经开始。"

　　强行"引入意义"（尼采 Wilhelm Friedrich Nietzsche 语），我在张枣编织的玄妙的"筐子"里，放进了我所想到的"水果"，将一首《预感》，看作是对神性/诗性生命意识进入临界状态的一次生动的描绘，或者是对诗歌创作之心理机制和精神轨迹的一次精妙的解析。当然，我也想到过别的诠释路径，比如饮者与饮的命题，或与别的什么有约的命题，但都不如这条路径让我着迷。其实，如果这条路径成立，其他路径自然都可以成立。或者说，如果与诗有约有如此"预感"生发，那么，与别的什么有约所能生发的"预感"，大略也不过如此了。

2005 年 1 月

返璞归真　自然天成

读唐欣《在青海某地停车》

草原　无垠的大床
邀请你躺下　把身体摊开
但恐怕不能说　我们像花朵
一样开放　与云彩平行
在户外　这是难得的角度
顿时飘浮起来　不真实起来
大概这就是野合的好地方
（她是否同意）
大概这就是野战的好地方
（敌人准备好了没有）
不知名的小溪流　出自深谷
一拐弯　就再也不见
口衔香烟　眯起双眼
突然发现　蓝色的天空
有如深渊　这种恐惧多么无稽
好像我会顺着光线
向高处坠落
赶紧翻身坐起　我非牧人

对这种事　少有经验

———唐欣：《在青海某地停车》

这是唐欣的一首近作，一见之下，便生偏爱！古今诗歌，有一境界最难企及：返璞归真，自然天成。此诗可谓得此境界的最新佳作。

起首便透显另一种天籁："草原无垠的大床/邀请你躺下把身体摊开"，平顺、自在、憨态可掬，语感舒展如小风送爽，人皆解得而人人难得想到此种言说。尤其"大床"一词，用得极俗极艳而又雅极妙极，非智者童心不可得。且顺势牵起"野合"、"野战"的联想，荒唐中见真趣。至此稍不留神，自会滑向"天人合一"的老调，有现代意识作底背的诗人却笔锋一转："突然发现蓝色的天空/有如深渊　这种恐惧多么无稽/好像我会顺着光线/向高空坠落/赶紧翻身坐起"，且坦诚告白"我非牧人/对这种事少有经验"。俗与雅的对质，实与虚的盘诘，自嘲中与精神乌托邦幽一把默，机心天趣，亦庄亦谐，不经意中尽显风流。

学者曾有言："表象看不出的技巧可能是最高的技巧"；唐欣曾自诩："我梦想的诗该是脱口而出又深含味道。"读《在青海某地停车》，足可证之。

2004 年 8 月

向晚的仰瞻

读王寅《我敬仰作于暮年的诗篇》

我敬仰作于暮年的诗篇
我崇拜黑暗的力量
我热爱那些随风而去的灵魂
和英雄们罪恶的呼吸

等待受戮的皮肤变白了
没有什么能阻挡记忆
正如没有什么可以阻挡
明镜陪伴的余生

每天告别一项内容
飞逝的季节，归途的神经
把老年人培养成温顺的孩子
和上帝一起独自飞翔

暮年，最后的日子
昂贵秋天中的一块丝绢
疾风改变了无香的芬芳

　　也改变了悲剧的方向

　　　　　　——王寅：《我敬仰作于暮年的诗篇》

　　没有谁能够回到过去，也没有谁只活在当下，时间主宰了一切——黎明，黄昏，正午只是一瞬；只有记忆久久挽留着黎明的短促，只有灵魂默默预设着黄昏的散漫——晚钟响了，尽管诗人早已明白，死亡在每一分钟里发生，但生命依然期待着另一种诗性的诞生："每天告别一项内容/飞逝的季节，归途的神经/把老年人培养成温顺的孩子/和上帝一起独自飞翔"。

　　舒缓的节奏，祈祷似的韵律，明净如秋水，沉凝如霜叶；有西方诗质的气韵，大提琴般的低诉，却又那么自然地转换为东方诗质的肌理，如瓷器的内敛，布一抹清釉的光晕弥散清芬。一句"把老年人培养成温顺的孩子"，已将澄明的心境和盘托出。如此的心境中，一些曾经突兀的语词与事物，开始与命运握手言和："崇拜黑暗的力量"，理解"英雄们罪恶的呼吸"，静静等待"受戮的皮肤变白"，坦然面对"飞逝的季节归途的神经"，任"疾风改变""无香的芬芳"与"悲剧的方向"。这是预领的晚祷，向晚愈明的仰瞻；因悲悯而宽宏，因旷达而淡定。生命是如何展开又如何收拢的，渐渐有了可资永念的明晰轨迹，也正好拿来做"暮年的诗篇"之坚韧的衬里。惯于以水晶反射阳光、以桌面的木纹搅动海水的诗人，在此，以"昂贵秋天中的一块丝绢"，来形容"暮年，最后的日子"，成为全诗最亮眼的一个意象，深度意象，令人叹赏不已。

　　这首诗，是王寅新近的作品之一，收入刚出版的《王寅诗选》（花城出版社 2005 年版）"灰光灯 1993－2004"一辑中，算来，该是刚过不惑之年的诗性生命之留影。王寅在寄我的这本诗集扉页上题签了三行字："生死依然模糊不清/唯有无言的祈祷/发自内心"，恰好可以用来做为此诗题旨的说明，大概也连同这首诗一样，代表了诗人当下的心境。不少诗人与诗爱者，曾为王寅早期名作中的诗感及语感所迷醉。那种敏锐而又超然、前卫而又内在以及钻石般的优雅与迷离，在这首诗里依然如故，只是已化为一种无形的质地而显得越发优雅和超然，且多了一份宽展舒放的气象，让我想到里尔克（Rainer Maria Rilke）那首著名的《秋日》，不由得要读出声来。而能将带有传统咏叹意味的抒情调式，重新发挥得如此丰赡而又凝重，毫无矫饰之嫌，可以推想，诗人真的进入"暮年的诗篇"之创作期后，该有怎样一个值得期待的华年。

2005 年 4 月

寻常翻出新意来

读翟永明《在古代》

在古代　我只能这样
给你写信　并不知道
我们下一次
会在哪里见面

现在　我往你的邮箱
灌满了群星　它们都是五笔字型
它们站起来　为你奔跑
它们停泊在天上的某处
我并不关心

在古代　青山严格地存在
当绿水醉倒在他的脚下
我们只不过抱一抱拳　彼此
就知道后会有期

现在　你在天上飞来飞去
群星满天跑　碰到你就像碰到疼处

它们像无数的补丁　去堵截
一个蓝色屏幕　它们并不歇斯底里

在古代　人们要写多少首诗？
才能变成崂山道士　穿过墙
穿过空气　再穿过一杯竹叶青
抓住你　更多的时候
他们头破血流　倒地不起

现在　你正拨一个手机号码
它发送上万种味道
它灌入了某个人的体香
当某个部位颤抖　全世界都颤抖

在古代　我们并不这样
我们只是并肩策马　走几十里地
当耳环叮当作响　你微微一笑
低头间　我们又走了几十里地

——翟永明：《在古代》

在名诗人翟永明的作品中，这大概算是一首比较平常的诗。不过，让不平常的诗人写平常的诗，又有了些不平常的意味。当然，没有谁"让"诗人作这样的选择，它只是诗人此时此刻进入此一写作状态中的自然分泌物。而"自然"是个好词，对于成名诗人而言，它更属于一种风度的标识。

这使我想到唐晓渡在题为《谁是翟永明》一文中所指认的："尽管从一开始就被归入'先锋诗歌'的行列，但翟永明从来不追求表面的'先锋'效果，更不会将其视为某种特权而滥加使用。正像她总是凝神于静观和倾听一样，她也总是专注于语言本身：不仅从其固定陈规的鞭短莫及之处，而且从往往为那些一味'创新'的人们所忽视的、陈规自身的罅隙中发现新的可能性……"① 由"先锋"而"常态"，以"盛名"而"自然"，似乎正成为翟永明当下诗歌创作的新状态。渊停岳峙，无招胜有招，一曲《在古代》，将"文化乡愁"式的传统题材翻新得不同寻常，让人始而惊诧，继而会意而欣然认领。

　　全诗七节，四节写"古代"，三节写"现在"。"现在"即"现代"，不用"现代"用"现在"，一求语感的平实，二显心态的平和。而"现在"一词，就生存本质而言，又含有瞬间即逝无法在握的虚幻意味。看来此诗立意颇有"怀古"之嫌，实则只在对质，无存褒贬，两处的情景写得都很生动。写"在古代　青山严格地存在/当绿水醉倒在他的脚下/我们只不过抱一抱拳　彼此/就知道后会有期"，不着修饰，尽得风流。那一脉古意，被再现得精准传神，韵味十足，实实搔在了"古"之痒处。而以一词"严格"，指认"青山""绿水"在古代语境中的文化位格，可谓心领神会之妙笔，看似突兀，实为贴切。写"现在　你正拨一个手机号码/它发送上万种味道/它灌入了某个人的体香/当某个部位颤抖　全世界都颤抖"，既真实，又虚幻；细节是真实的，感觉是虚幻的，且一概被赋予某种不确切的迷惑与波动（包括另两节写"现在"的情景）。而以"体香"和"味道"与"手机号码"相搭配，以揭示现代人生存的物化、符号化与类型化状态，十分精妙，且无意间显露出女性诗人的诗思之细腻和敏锐。

　　古代，现在，两处都在写"交流"，人与人的交流，人与世界的交流。写古人的交流，用实笔，娓娓道来，煞有其事，越写越真切、越实在。尤其结尾一节："当耳环叮当作响　你微微一笑/低头间　我们又走了几十里地"，其真切曼妙的情态，宛若眼

---

①　　引自《唐晓渡诗学论集》，中国社会科学出版社 2001 年版，第 228 页。

前，令人为之倾倒而心驰神往。写"现在"，用虚笔，意象纷呈
而所指不明、充满歧义，越写越迷离、越虚幻，以此认证资讯时
代的乱象和现代文明的病状。二者互为镜像，实者（现实）虚，
虚者（古代）实，近者远，远者近，两相映照，何为真实鲜活的
个人之"诗意的栖居"，何为类的平均数之虚拟的存在，已是不
言而喻了。

　　这是诗面上的解读，难免牵强附会。其实此诗真正让人感念
的，是诗人灌注于诗行中的那一种优雅的气息和从容的语感，从
而将一个普泛的题材写出了特别的情调与风韵。尤其那一份熨
帖，显见是渐入化境之辈，方能从心所欲不逾矩的体现。由此，
心仪翟永明的诗爱者，大概可以告慰：读过《在古代》，"就知道
后会有期"的了。

2005 年 4 月

纯净的深度

读水晶珠链《无法沟通》

有太多话想说
导致我坐在人群中
一声不吭
像一片拥有全部声音的森林
静默在黑暗中
只听内心深处的大自然
偶尔
抛出一只鸟来

——水晶珠链：《无法沟通》

喝纯净水长大的八〇后，写起诗来，不管在选材和形式上如何折腾、花样百出，那一份轻松的心态和明净的语感总不缺乏，富有亲和性。

在水晶珠链的这首小诗中，我又于亲和之外读到了深切。粗浅印象中的八〇后诗歌，一般是不玩这种深沉相的，再严重的关切，也都会以游戏化的述说方式予以表达。《无法沟通》却有些异样，从情态到语态到其内涵，都郑重其事，近于肃穆，但又不玩玄，不玩传统路数中一沾"深切"便高蹈矫情的招数，只是以平常心态平常语气平实道来，反显得格外凝重，于"暮霭沉沉楚天阔"的意境中收摄出一个冷峭超拔的题旨来：现代人的精神处境——活跃与幽闭，个人空间的扩大与公共交流的困难，一种悖谬。全诗仅八行五十四个字，属现代绝句式的小诗类型。七〇后、八〇后的诗作，有一种喜短不喜长的趋势，是个好现象。但也容易流于平易或单薄细碎，又是个新问题。《无法沟通》的分量在于其深度弥散的文本外气息和意蕴。既有经由平实真诚的表面文字所产生的直击人心的力量，又有经由准确凝练的意象所引发的欲说还休欲罢又不能的感染力。诗中的两个意象："像一片拥有全部声音的森林/静默在黑暗中"，和"内心深处的大自然/偶尔/抛出一只鸟来"其实并无特别之处，乃至有些熟悉之嫌，但用在这里，并自然而有机地相承接相照应，就显得特别贴切，从而取得集中而和谐的审美效应。

一句实话（开头三行）加两个比喻，如此不同凡响，关键还在"准确"。一说意象，总要先想到"新奇"，实则"准确"才是最重要的。一味炫奇斗诡，反而真的"无法沟通"了——看来八〇后已深得此理。

2004 年 10 月

平实与空茫

读雷平阳《小学校》

去年的时候它已是废墟，我从那儿经过
闻到了一股呛人的气味，那是夏天
断墙上长满了紫云英；破损的一个个
窗户上，有鸟粪，也有轻风在吹着
雨痕斑斑的描红纸。有几根断梁
倾靠着，朝天的端口长出了黑木耳
仿佛孩子们欢笑声的结晶——也算是奇迹吧
我画的一个板报还在，三十年了
抄录的文字中，还弥漫着火药的气息
而非童心！也许，我真是我小小的敌人
一直潜伏下来，直到今日，不过
我并不想责怪那些引领过我的思想
都是废墟了，用不着落井下石

——雷平阳：《小学校》

一个世界已经死亡，散发着"废墟"的"呛人
的气味"，为记忆所认领；另一个世界尚不清楚，

或许到了也是废墟，另一种形态的废墟，有待现实的证明。生活期待创造、期待激情与奇迹的降临，但却始终只是重复地存在过。过渡时空，暧昧的间歇，郁闷的夏日，一段平常而又平静的往事之追怀，散发着怅然的意绪。

这是一首素朴、明净的短诗，写景、抒怀，上下两层，线性结构，读来平顺无奇，却有清晰的印象留住读后的回想，不会轻易忘却。单纯的诗，以及一切单纯的美，总有这样的效果。日常选材：废弃的小学，童年的记忆，寻访者的心绪，近似"成长日记"一类的题材。但诗人处理得不俗，未落伤感抒情加理念指涉的老套，只是让意绪牵动语感去展现细节，让语感代替思绪去寻找更深的思绪。这语感也很日常，如一篇小小的记叙文，说话式地低语着，只以本色的肌理呈现存在的真。诗中只有一个意象："……几根断梁/倾靠着，朝大的端口长出黑木耳/仿佛孩子们欢笑声的结晶……"因了比喻的贴切使全诗的语境有了跳跃与亮点。将记忆中童年的笑声与现实废墟中的黑木耳联系在一起，三十年时空的转换，没有比这更形象的了。当然，这形象并不特别，且容易导入"青春挽歌"式的套路，物是人非（在本诗中应是物非人也非），哀婉忧伤一番。在这一点上，自第三代诗人后，青年诗人们大都显得很成熟，宁落平实，不着矫情。此诗守住客观陈述的基本语感，让外在叙事与内心叙事互为镜像，只体现一种心境，不做或"情"或"志"的明确指涉。诗至后半段，由一块三十年了还在着的"我画的一个板报"，引发出一些思绪，似乎要"言志"了，好在依然只是"思绪"而未升华为什么"思考"，且妥当地停留在一种悬揣意味的状态中，以一句"都是废墟了，用不着落井下石"作结束，恰到好处。

但这种看似超然达观的心境，又颇让人猜疑。关键在那句与结尾句既有上下文关系，又有内在关联的"我并不想责怪那些引领过我的思想"。那"思想"曾"引领"一个孩子在我们都知道的那个荒诞的时代里，抄录充满"火药的气息"的文字，"而非童心！"诗中在此所用的触目的惊叹号似乎要强调什么，但后续的思绪却又显露出一派与现实认同、与命运握手言和的心境。可如此之后，我们又将立身于何处？或许这心境正是诗人要质疑的东西，"我真是我小小的敌人"，曾经的激情印证着此时的空茫，不管那激情是因何点燃——悖谬中的歧义，平实里的虚幻，一首小诗有如许引发且难忘，已属成功之作了。

2004 年 10 月

阳光礼孩的阳光浴
读黄礼孩《窗下》

这里刚下过一场雪
仿佛人间的爱都落在低处

你坐在窗下
窗子被阳光突然撞响
多么干脆的阳光呀
仿佛你一生不可多得的喜悦

光线在你思想中
越来越稀薄　越来越
安静　你像一个孩子
一无所知地被人深深爱着

——黄礼孩：《窗下》

　　好诗的诞生，有时会像植物生长般地不露痕
迹，自然天成，一种显现而非刻意之为。这样的诗读起来，常有"蓦然回首，那人却在灯火阑珊处"的惊喜，一瞥之下，便亮丽于目，了然于心，无须费神揣摩，就整个儿融化在了长久的记忆里。且可随时"回放"，不一定记得住每一行的诗句，却有一团明晰的"意会"，可人儿式地浮现脑海，让你再次感念——礼孩的这首《窗下》，便属此类佳作。

七〇后、八〇后的青年诗人，不管创作取向如何、技艺高低怎样，文本后面的那种阳光心态总是令人心仪。

《窗下》十行，句句都像被阳光上手搓洗过一样，透着鲜亮、明净和舒展。第一节两行，以"雪"的纯洁温润比喻"爱"的温润纯洁，自然贴切。复以"人间"喻指博爱，以"落在低处"指认爱的本质，看似随手指出的一个简单事实，却有了不凡的深意。爱在低处方显真切，人人明白的理，经由这样的说，便如露珠般晶莹剔透，映亮一种新奇的会意。第二节写雪后的阳光。一词"干脆"堪称绝配，配"阳光"，配"不可多得的喜悦"，没有比"干脆"更恰当了，却是第一次有人这样说，既通合（意会）又陌生（说法），所谓诗的命名效应，在此得以印证。而以"撞响"一词形容阳光的透亮和不期而至，更是不见心机胜见心机，被阳光"撞响"的那份欣悦之情，满溢了文字内外的所有空间，使一片小小的"窗下"，化为圣迹的所在。于是顺延出结尾一节。此时，"窗下"的"你"被过滤成"一个孩子"，在"雪"的淘洗、"阳光"的沐浴中"越来越安静"，只有满心的感恩浸漫开去，并"一无所知地被人深深爱着"。这里的"人"，是"人间"、人生、仁者，以及被生命照亮的自然。这里的爱是双向的，当诗人说出如孩子般一无所知地被人深深爱着时，他其实更是在说这阳光般的孩子，正一无所知地深深爱着这个世界。

愤怒出诗人，出峻急之作；安静出诗人，出澄明之作。其实更多的时候，诗是由混沌走向澄明的精神之旅。当然，这样的精神之旅，需要阳光做伴才行——读阳光礼孩的《窗下》，得安静，得澄明，得素朴之美，如饮一杯纯净水，爽口爽心，爽净一世界的浮躁与烦腻。且了然，原来诗同人一样，也是可以以本真素朴的行走，而成为永忆的。

2005 年 1 月

清简一苇天地心

读娜夜《起风了》

　　起风了　我爱你　芦苇
　　野茫茫的一片
　　顺着风

　　在这遥远的地方　不需要
　　思想
　　只需要芦苇
　　顺着风

　　野茫茫的一片
　　像我们的爱　没有内容

——娜夜：《起风了》

　　读到娜夜的《起风了》之前，我曾在我的记录诗学杂记的小本子上写过这么一段话：在西部作诗人，最犯忌的是矫情，最可笑的是想象。在这里，自然已想象好了一切，天地有最真实的情感，只需认领，无须造作。娜夜的这首诗，好像是专为这段话作印证的；或者说，我的这点偶发的思考，是专为诠释此诗作准备的。总之，当我打开设计素朴典雅的《娜夜诗选》，一读到《起风了》时，便如识故人，惊喜而又欣慰。

此诗之妙，可用简、淡、空三个字概括。

简：用笔简括，着墨简净，形式简约，题旨简脱，简到极致，却生丰富；淡：淡淡的语词，淡淡的意绪，淡淡的一缕清愁，淡淡的一声叹咏，淡影疏雾，细雨微风，不着张扬，却得至味；空：语境空疏，意韵空漠，空而明，平而远，以空计实，大音希声，留白之处，有烟云生，有风情在，有精神浸漫而言外之意弥散矣！

全诗仅九行五十余字，其中两行还是重复使用。就这，诗面上也没多说什么，只是寥寥数笔，将我们在北方、在西部、日常见惯的"野茫茫的一片""顺着风"在着（此处不宜用别的什么词）的"芦苇"描绘了一下，顺便平平实实地说了两句类似感言的话，便戛然收笔，有如中国水墨画中的大写意，一笔细含大千，诗意尽在诗句之无处，不在有处。这里的关键在于，如此有限的寥寥数笔，是否笔笔生力，搭在关节处，同时构成统一和谐的特定之语境，足以引发可能的联想和无尽的暗涵，而得言近旨远、空纳万境之妙。这是就形式美感而言，诗面上的说法。其实这首诗最终让人感念不已的，还在其内在的蕴藉：于无中生有中，精准传神地透显出"在这遥远的地方"，人与自然、人与存在、人与命运那一种不得不的认领与认同，以及由此而生的那一缕淡淡的清愁、那一声淡淡的叹咏——确实，"在这遥远的地方不需要/思想/只需要芦苇/顺着风"，这是西部的真理，也是西部的天籁。而一句"像我们的爱 没有内容"，已尽见天地之心，尽得西部诗魂的真性情。至于是怎样的"风"、怎样的"爱"，那"爱"何以"没有内容"，诗人没说，也没必要说，全留给读者自己去"思想"了。

概言之，这是一首可称之为表现终极情感的极简主义诗歌佳作。只是，在当下的时代，要怎样的心境，才能认领这一份简、这一份淡、这一份空呢？我只能想到"气质"使然。

相比之下，我们有太多的诗人说了太多的废话或呓语，忘记了用最少的语词和尽量简约的形式改写世界的人，才是好诗人。

2005 年 5 月

入　常

读卞之琳、彭燕郊、辛笛三位名家晚年诗作有感

　　中年午后，诗国行旅，读诗阅人，越来越心仪一句古语：至人近常。

　　至者，达，到达、通达，至深、至高而后化之，化为平常、日常，随心所欲不逾矩。其思，则自然生发；其言，则高僧说家常话；其道，则只在澄怀观照。如此思、言、道融会贯通，通达无碍，落于文本，必是铅华尽洗，清水出芙蓉，朗照人心而了无隔膜。

　　常人求至，至人近常；同理，常诗求至，至诗近常。这其中的区别，可比之于玉与石的不同，不在姿态外形之高低奇正，端看其是否有内在之光明照人润心神。

　　近读《诗探索》编辑部所提供的卞之琳、彭燕郊、辛笛三位前辈名家的三首暮年之作《午夜听夜车环行》、《湖滨之夜》和《寒冷遮不断春的路》，上面的一点小小思悟，似乎又再次得以印证而令人欣然。

　　置于百年新诗史观之，几多名家并非都是至

人，也有不少为诗为诗人都没"化"出来的。但这三位前贤无疑皆为大化之人，可谓"有口皆碑"。真至者必常，如玉般润着，光而不耀，直而不割，以平常心作平常诗，了无挂碍，何况暮年？此时为诗，说白了，只是借诗的形式说说话而已。不端架子不摆谱，更无涉炫奇斗诡之能事，只是返归人的基本情感意绪，随情性，本人格，率意直言而滋润化渣得至味。

当然，这种至味，在三首诗中有不同的体现。

在卞诗，乃至意而淡：由"午夜听夜车环行"这一日常事象中，演绎出悲天悯人的世纪末感怀，新旧、古今，终点、起点，一时浑然，"收班车吗首发车？听不分晓"……不分晓而听之、念之、祈祷之，方显听者胸臆中那份苍茫。有此苍茫心境，方化小小事象为大意象，如空谷足音，余响撩人。

在彭诗，乃至思而淡：湖滨之夜，忽发幽思，自设其问；观水问水，看天问天，再回头问人间、问自己，皆不着答解，只在观照，在自我盘诘，反显得澄怀如镜，空明中得鉴照。而其语感、语势、语气，皆平顺如家常，似乎没说什么，又由不得你往更深处去想。

在辛诗，乃至言而淡：九十抒怀，自我告白，必然偶然，皆归淡然；淡然而定，达观者方大自信、大乐观，方化一己之感慨为生命之彻悟——老则老矣，而心魂不泯，如老中国千年承传的杜鹃精神，依旧不弃不舍地在深情倾诉："寒冷遮不断春的路"！三节自白，用典结尾，好似一则寻常日记、家常短信，清水白石间，有深情浸润，沁人心脾。

平常三首诗，细品之，皆见性灵、见人格、见风骨。若硬加比较，辛诗稍嫌白，彭诗稍显空，唯卞诗虚实兼得，有更多想象空间供读者流连。深究之，未全脱意象思维，故多些嚼头。

清人查慎行（1650—1720），曾教人做诗，谓："诗之厚在意不在词；诗之雄在气不在貌；诗之灵在空不在巧；诗之淡在脱不在易"。

换现代诗学说法言之，即：求意厚不在词丰在落想不凡；求气雄不在貌壮在风度不俗；求空灵不在巧致在自然而然；求疏淡不在简易在澄明超脱。

以此再证三位前贤之作，或更可了然。再将此"了然"一起证之于当代中国诗坛之语境、心境、大环境，或更可反思："实验"之后，"先锋"之后，"时尚"之后，该是落于常态而重涉经典的时候了。

2005 年 9 月

【附】　卞之琳

午夜听夜车环行

又是啊，又一班街车在环行，
闹市中心区偏巷一角
又叫人听到，隐隐，遥遥，
有如从故宫寂寥的空庭，
有如隔世，从远古至今。
收班车吗首发车？听不分晓。
驾驶员、售票员，在串连今明朝，
巡航过千万户门外的冷清。

结尾呢开端？几许人长开眼？
几许人长相忆重圆的旧梦？
两岸悲欢数不尽，回眸

已即将和一个新世纪迎面，
且共祷多福，少灾，也少愁，
终点和一个新起点相通！

彭燕郊

湖滨之夜

躺在湖滨的草地上
忽然发现　水面
比地面高　却不知道
为什么　水面　会比地面高
长久长久凝望夜空
忽然发现　银河上面
还有一条银河　却不知道
为什么　有时候
这一条银河在上面　有时候
那一条银河在上面
话语　断断　续续
续续　断断　有时候
好像有很多话要说　有时候
又好像找不到要说的话
忽然觉得　你好像就在我身边
又好像　在很远的什么地方

辛笛

寒冷遮不断春的路
——九十抒怀

从潇洒少年
走到蹒跚步履的今天
我的一生该是交织了
多少的必然和偶然

人生七十古来稀
我已多活了二十年岁
有什么可感慨的呢
我也不过是一个人间的过客

天国里
已经有不少老朋友
正等着我去聚会
但在这多彩的世界里
我新结交的年轻朋友只会更多更多

漠漠轻阴的四月
都市里从远处传来
杜鹃鸟的啼鸣
是它深情地在倾诉：
寒冷遮不断春的路

拾一粒石子听涛声

谈我的诗作《上游的孩子》

　　《上游的孩子》一诗，是我多年写诗中，自己比较满意也比较看重的一首代表作。全诗抄录于下：

　　　　上游的孩子
　　　　还不会走路
　　　　就开始做梦了
　　　　梦那些山外边的事
　　　　想出去看看
　　　　真的走出去了
　　　　又很快回来
　　　　说一声没意思
　　　　从此不再抬头望山
　　　　眼睛很温柔
　　　　上游的孩子是聪明的
　　　　不会走路就做梦了
　　　　做同样的梦
　　　　然后老去

　　全诗十四行，仅八十五个字，简简单单、朴朴实实，似乎一览无余，一看就明了的。但几乎所有读到这首诗者，都说有一种说不出的撞击感，触动了生命深处的某些东西，且再也难以忘记。看似一粒纯白的石子，却有大山般凝重的内涵和深沉的回声，这是许多读者对它的印象或评价。评论家杨景龙先生在他编著的《中国当代大学生诗歌精选欣赏》（河南人民出版社1993年版）一书中，则拿此诗与韩东的《山民》一诗作比较，指出："沈奇在讲述'上游的孩子'的故事时，与韩东讲述'山民'的故事一样不动声色。但此诗也和韩诗一样极富引人思考的魅力，简洁的诗句留下了巨大的审美再创造空间，平浅的语言涵盖着极为深邃的思想。其间蕴积了一代年轻学子们深重的忧虑，这一股忧愤之情因为不是以直抒胸臆的方式写出，因而更具一种引人长久品味的力度……这几乎是纯客观的评述性的诗句，在你反复阅读时，便有了入骨的讽刺和悲凉意味。"

　　其实"讽刺"似乎并不存在，也非我原本的意愿，"悲凉"确实有些，但也似乎淡远于诗行之外。在这首诗中，我只想指出一种"存在"——一种普泛而久远的民族心态和生命形态的真实状况。生存的局限性和渴求突破这种局限的亘古意愿之间所渗透的悲剧性意味，是我多年来创作的一个主要命题。在《上游的孩子》这首诗中，这一命题得到了较恰切的契入、较深刻的凝聚和较纯粹的表现。"闰土"式的命运，不仅仅是鲁迅时代的产物，而是一个古老民族和这古老民族的文化结构与心理结构的恒久产物。从儿时到少年到青春，从上游到下游，从乡村到城市，我们大都很快就老了，温柔了眼睛，不再抬头眺望什么，"二十几岁便死了心/死了心还不服气/做一些老庄的梦/演一些叶公的戏/然后十倍的善良/让热情和幻想/好看而朦胧地/荒芜在那里"——是的，我们都很聪明，从小都很聪明，不会走路时就做梦了，但我们总长不成大树，便渐渐喜爱唱"小草"的歌……

　　这就是"上游的孩子"，是它的内核也是它的外壳，一粒石子是无所谓表象和内在的，而最本质的东西无须修饰。平平凡凡的十四行，如长河的一声低吟，如大山的一声叹息，没有想象，没有抒情，甚至没有一个修饰词和富有"诗意"的语句，却似乎一下子淘空了我半生的生命体验。

　　至今还记着写作这首诗的情景：那是 1984 年春节，我由省城回汉江上游的陕西勉县小城老家过年，见到许多当年一起上小学、上中学的伙伴们，却再也难以找回青春年少时的那种风发的意气、充满理想的情怀，大家都活得很现实，很平和，且对外面的世界，对早年的幻想有着怯怯的规避，一派乐天知命的气氛。也许是受了这种"语境"的感染，连我自己也觉着一种疲倦和空茫，一种被"存在"掠空而又似乎重新认识了"存在"的悬疑状态。我预感到，该有一点什么诗性的灵光要填补这幽茫的虚空了，却未料到那诗念竟来得如此突然又如此顺溜、自然和不容思考——在一个昏暗的冬日之薄暮中，当我在随手拈来的纸片上急急草就这八十五个字后，整个的人竟软瘫在那里，没有哪一首诗，包括上千行的自传体长诗也未能使我有这样被一掠而空的感觉。完全的精神虚脱中，只有一些断续的意念在闪回：故土、亲人、少年的伙伴、成年相逢后生硬的笑容和言不由衷的聚谈……"在这里长大的/总想走出去/从这里走出去的/总喜欢回忆"……惶惑中，我奇怪这首诗负载的过于凝重而其形体的过于单薄，于是几次试图将它改动添加点什么，却最终发现，它早已那么坚实而完整地凝聚在我手中的纸上，仿佛来自另一个世界，出自另一种生物的创造，一字也无法增减。我终于明白，我是和上帝对了一次话，而诗的最高境界近于禅语，凡属这样的对话这样的境界的记录（是的，我只是记录了它），是根本无法改动的。

　　诗成后，第一位读者是当年年仅八岁的儿子，他只看了一遍便似乎熟记在心了，且显出若有所思的样子。一年后，经诗友丁当转寄当时尚未认识的另一位青年诗人黄灿然，介绍给香港《新穗诗刊》1985年第5期"中国新一代青年诗人专辑"发表，引起反响。随后在国内《延河》月刊1985年12期刊出。不久又译介日文、德文、英文，先后入选人民文学出版社1986年出版的《情绪与感觉——新生代诗选》，四川文艺出版社1990年出版的《中国当代诗人传略·第一卷》，日本学者、诗人前川幸雄编著的《西安诗人作品选注》等海内外多种选本，成为大家所熟悉的一首代表作，亦成为我此后诗歌创作的一个崭新而坚实的起点。

1992年5月

[注]

　　文中所引诗句为我另一首诗作《过渡地带》的部分段落。全诗见本人诗集《生命之旅》，陕西人民教育出版社1992年版。

[增订版]

Ⅲ

沈奇诗学论集

ON POETRY AND POETS

沈奇 著

中国社会科学出版社

台湾诗人论

【辑一】

1

中国新诗的历史定位
与两岸诗歌交流

一、百年中国与新诗八十载

向晚落暮，又一个世纪末逼临我们这个东方大国。

至少中国的文化界尚能记得，当十九世纪落下帷幕，二十世纪即将开场之际，曾有多少仁人志士不无真诚而又热狂地预言：新世纪将是中国文化以及东方文化演主角、唱大戏，光复昔日荣耀，主导世界潮流的时代。

雄鸡唱白之后，转眼便是乱云低迷的薄暮。回首百年中国文化，我们面临的是怎样的反思与结论呢？

向以悠久、牢固、自足雄视天下著称于世的中国文化，在这个世纪里，遭遇到西方文化空前的冲击——大引进、大接种、大裂变、大解构、拿来、移植、冲撞、交汇……一条源远流长的东方文明大河，渐次离散为百湖千沼，呈现一片前所未有的驳杂、散乱和混沌。

　　无论从文化心态、文化性格到文化观念，无论是思维方式、情感方式还是审美方式，风俗、习惯、生活、语言等等，无一不受到中西文化碰撞和交汇的深刻影响，几千年传统文化的血缘就此断裂，由其构成的传统物质秩序和精神秩序随之拆解，而新的秩序尚未形成。这是一个破坏大于建设、离散大于凝聚、拒绝多于再造、剥离多于衍生、裂变强于整合和解构盛于结构的，漫长而艰难的文化再生之准备和过渡——祸兮？福兮？历史走到了这一步，自有它的道理，而界说有待另一个黎明，站在二十一世纪门槛前的中国知识分子，暂时面对的只是一个词：尴尬！

　　尴尬之余，尚有一点慰藉，即现代中国新文学及新艺术（以音乐、美术、电影为主）所开拓的崭新局面和所展示的宏大进程——以文学为发轫的"五四"新文化运动，最终也仅可以文学而自慰，这种"偏瘫"文化现象，恐怕是始作俑者所未料及的，而其中深含的历史成因，更是有待探讨的大题目。

　　在这一宏大的中国新文学（艺术）进程中，新诗则又占有独领风骚的特殊地位。以"五四"为起点的所有新文化之进发中，唯有新诗持续激荡，一浪高过一浪，并最终拥有辉煌的成就。这是一次创世纪式的、造山运动般的崛起，一次从语言到形式到内容的全新的出发，是百年中国文学中持续高耸的山系之一，其身影的投射，已远远超过了诗本身。

　　新诗成就的历史意义表现在五个方面：

　　1. 彻底的批判精神。

　　诗是人类生命一种最自由的呼吸，尤其是现代诗（国人故称自由诗）。因而新诗从本质上是不甘受现实的羁绊和传统的束缚的，具有最彻底的、先天性的批判意识——从思想的到艺术的，从社会形态的到个体生命的，其对追求自由表现的激烈程度及对历史现实的深刻影响，是其他文学文本无法企及的。

　　2. 超越性的先锋意识。

作为敏锐、轻捷、灵动和超验性的新文学品种，新诗已成为现代意识和现代审美情趣在现代中国传播和高扬的最主要通道。一切有关美学、哲学、文化的先锋性命题，无不率先以诗为载体而折射，并作超越性的实验和导引。这一先锋意识，已成为中国新诗发展中熠熠闪光的深度链条。

3．持续上升的艺术探索。

现代诗人有一种反传统的"传统"，是一些永不满足的艺术"冒险族"。由此产生的强大驱动力，推动着新诗不断地求新求变，超越已有的成就。这种持续不断的、加速度般的艺术探索态势，促使新诗在面对旧体诗的巨大笼罩和其他新文学品种的挑战中，及时调整自身的艺术形式并占有独立的领地，且比其他文学艺术较早地赶上了世界文学艺术发展的步程。

4．对东西方诗质的创世性熔铸。

新诗向有"舶来"之嫌，然历史已证明，正是这种"舶来"，使中国诗歌产生了革命性的飞跃。很难想象没有这场诗的革命，依旧泡在古典诗"残山剩水"中的汉语诗歌会是怎样的一种境况。而所谓的"中国风格"，也并未在这种"舶来"或"移植"中丢失，反而得到激活得到发扬，变近亲繁殖式的儒道互补为具有杂交优势的中西互补，为中国诗歌走出国门、走向世界奠定了坚实的基础。

5．与世界文学的接轨和对人类意识的认同。

让诗回到人、且最终回到对整个现代人类意识的认同上来，是熔铸了东西方精神、东西方诗质后的中国新诗，留给后世的最宝贵的遗产。在这个充满暴力、对抗、忧患和各种危机的世纪里，新诗（尤其是八十年代大陆现代主义新诗潮）已成为百年中国文化最真实的呼吸，成为向来缺乏独立人格的现代中国知识分子真实灵魂的隐秘居所，也同时成为东西方精神对话最真实的通道。不断消解狭隘的阶级利益与狭隘的民族利益的困扰，顽强对抗各种意识形态暴力的迫抑，最终以独立的现代精神人格和独特的现代艺术品质，率先走出国门，走向世界，与世界文学接轨，成为二十世纪人类文化宝库中不可或缺的一个重要组成部分——诗，再次为作为文学中的文学而骄傲；百年中国文化，也最终为拥有诗的辉煌而自豪和欣慰！

二、中国新诗的三大板块与台湾现代诗的历史地位

由于历史的原因，中国新诗自五十年代后，一直分割为海峡两岸各自为阵。进入八十年代中期，几度春风，交流渐开，使用同一母语而天各一方的两岸诗界方渐渐熟悉起来。一个大中国诗歌的概念由此提出，并成为世纪末中国文化一个夺目的亮点。

由这一概念出发，纵观八十年（至世纪末）中国新诗，似可分为三大板块。

第一板块为二十年代至四十年代初的新诗拓荒期。开一代先河，树百年高标，既有整体的推进，又不乏个性品质的闪光，其大业伟绩，已无可争议地为史家所公认。

第二板块为五十年代至七十年代的台湾诗坛。这是在特定的历史时空下，中国新诗的一次特殊繁荣期。因政治困扰而偏离正常发展渐趋萎滞的新诗进程，在这里得到良好的承传和拓展，使这一板块成为特殊意义的存在。

第三板块即中国大陆自七十年代末崛起，横贯整个八十年代和九十年代的现代主义诗歌大潮。群雄并起，流派纷呈，声势浩大，成就卓越，成为中国新诗八十年最为辉煌壮观的昌盛期。①

三大板块构成中国新诗山系的三座高峰，其共同的标志是：

1. 拥有一批有影响力和号召力的杰出诗人，及优秀的诗人

---

① "三大板块"是个粗略划分，尤其第三板块，自然还应包括近半个世纪来，在大陆坚持纯正写作的许多中、老年诗人和他们的艺术成就，但作为这一板块的主体，历史地看，当以八十年代以降之现代主义新诗潮为是。

群体；

2. 产生了大批有广泛影响的诗歌作品及经典文本；

3. 形成了整体的诗歌运动，并由此推动了中国新诗的发展，乃至促进了整个文学的繁荣；

4. 对新诗艺术的成熟有突破性的贡献；

5. 与世界文学的对接和与人类意识的交汇。

这三大板块中，第一板块已有定论，第三板块有待后说，本文着重在以大陆论者的立场，全面估价第二板块亦即台湾现代诗的历史地位——作为大中国诗歌的倡议者，我认为现在是到进入这种话题的时候了，过去那种大陆现代诗学中忽略台湾诗坛的存在，台湾现代诗学中忽略大陆诗坛的存在的不正常现象，是该彻底结束而融会贯通为是——这实在是一次两岸比肩崛起的"造山运动"，只是在时空上稍错前后而已，忽略任何一方，都是有缺陷的。

台湾现代汉诗，发轫于五十年代。经"移植"之开启，"超现实主义"之拓展，晦涩、明朗、传统、归宗、乡土、新古典、口白体、知性、感性之纷争割据，反思而后整合，憔悴而后丰盈，经三十余年，两代诗人之诗魂爱心的投入，终形成近八百位诗人、一千三百多部个人诗集、一百多部各类诗选、二百多部诗评论集、先后一百五十多家诗刊诗报的宏大局面，且进入多元共生、诗才代出的良性发展期。[①]

台湾现代诗的出发，落脚于"横的移植"与"纵的继承"之交叉坐标上，其起步是稳健的，方向是明确的。这里的"横的移植"，不仅是指西方诗质，也主要包括了西方精神；这里的"纵的继承"，既指中国传统人文精神和古典诗美，也含有对新诗前三十年成就的承传。

---

① 此处数据根据张默先生《台湾现代诗编目·1949—1991》统计，台湾尔雅出版社1992年版。

对西方精神的"移植"，实质在于强化一向孱弱闲适的中国诗人的批判精神，和对外来文化的消化能力。没有这一移植，诗质的移植只能落空。批判精神的强化和发扬，首要的功用在于保证了台湾诗人对中国新诗道路的清醒认识。他们在逐步摒弃了对政治的附庸和社会学的成分之后，专注于中国新诗的纯正发展，使之至于在政治危机中夭折，且最终获得了蓬勃的生机和新的高度，这实在是台湾现代诗对中国新诗首要的一大贡献。

批判精神的强化和发扬的另一重要功用是，它有力地激发了台湾现代诗人对处于危机时代的现代诗之深层意义的追求。从对个体生命意义的探求，到与当代人类精神的契合，以诗性的透视与思考，反映出民族与个人在时代嬗变中的生存体验和精神真貌，从而大幅度地扩展了现代诗的表现层面和哲学深度。这是台湾现代诗的又一重要成就。

相对于大陆八十年代现代主义新诗潮的代表诗人，主要是青年诗人来讲，台湾现代诗的拓荒者，亦即后来成为主将们的前行代诗人群体，其作为诗人的文化背景是大不相同的。中国传统的人文精神在他们身上因袭很重，以这种精神去沟通"现代"，便形成两种效应，即对现代性接受的不彻底性和对传统的再造意识。台湾诗人们尽管都切切实实地经由了各种现代主义以及后现代主义的文本演练，但在骨子里一直是充满犹豫和徘徊的。为此所进行的多次多年的论战，且以"归宗"、"新古典"为主要归所，即是一证明。这种上一代的不彻底性及过早的回归，甚至影响到新生代的发展，后浪未能超过前浪且渐趋整体乏力的现象，恐怕与此不无关系。

而对传统的再造意识，无疑是台湾两代诗人，尤其是前行代诗人最鲜明的特点。由此而形成的对现代汉诗之语言和形式的大面积实验和多向度突进，其丰富的经验和从作品到理论的丰硕成果，以及其严肃、科学的态度，都是深值大陆诗界借鉴，并必将为未来诗史所重视的。

　　诗是语言的艺术。现代汉诗面对的是急剧信息化了的、主要作为资讯工具存在的现代汉语，从而成为对现代诗人最大的挑战。台湾诗人为此自觉地投入了普遍而又富有个性的实验。总的看来，他们主要着力于对古典诗质的再造和古典诗语的重铸，有机地融合到现代汉诗中去，使其鲜活生动起来，有了新的表现功能和艺术张力。显然，这一实验取得了空前的成功，成为台湾优秀诗人们的显著成绩。但同时我们发现，这一实验深层动机中还夹杂着两个负面心理因素：一是对现代汉语的盲目不信任感，这是明显的；二是作为文化放逐者对传统的"归宗认祖"感，这是潜在的。作为后者，无可厚非。而前者则造成了台湾诗坛从作品到理论的一大误区，即一方面在对现代汉语尤其是口语的诗性表现功能的挖掘和创造上有所欠缺，一方面对大陆第三代代表诗人所创造的口语诗的特殊品质，一直缺乏理论上的正确认识；许多台湾诗人和批评家将其与台湾所谓"口白体"、"通俗化"等同一视，实在大谬不然。

　　对现代汉诗之意象的经营，是台湾诗坛特别突出的一大贡献。这一经营的长久性、全面性及深入的程度，都是前所未有的，可以说已成为台湾现代诗的一大优良传统。由此而创造的灿烂如星河的现代意象，不但极大地拓展了古典诗美以外的疆域，也大大增强了中国新诗的表现能力和丰富了现代诗的审美情趣。同时也应特别指出，这一"优良传统"到后来也渐渐出现了负面效应，即视意象营造为唯一之能事，唯一之尺度，陷入褊狭之见。其实现代诗是一种多种可能的展开，意象是其核心因子，但绝不是唯一。尤其在后现代诗中，着力点已集中于口语的创化和文本外张力的追求，以及整体性的戏剧效果或寓言性等。何况意象也分为大意象（篇构意象）和小意象（句构意象），而大象无形，大意无旨，意在象外，象外有象，不一而终。大陆先锋诗人的一些代表作品，对此已有突破性的发展，其深层的理论探讨有待另文详述。

台湾现代诗的另一贡献是对新诗理论建设的关注与投入。新诗八十年，强在作品，弱在理论，创作超前，理论滞后，一直是没解决好的一个问题。台湾诗人对此有强烈的意识，几乎所有有实力的诗人都在全力创作的同时，参与理论与批评的思考，尤其在具体的创作手法和技巧的研究上，有深入细微的创见，其著述之丰厚及严谨的科学精神，是深值借鉴的。

还有一点，即对长诗和史诗创作的热忱投入，表现出台湾诗人深厚的历史责任感。这也是中国新诗一直薄弱的一环。尽管台湾诗坛在这两方面的创作尚未达到一个较高的水准，但其持之恒久的创作态势是难能可贵的。

三大板块的划分，提供了一个宏观把握中国八十年新诗历史的尺度。随着二十世纪的临近结束，这三大板块，尤其是后两大板块的分裂状态也该临近结束了——一个历史性的对接与整合之"诗歌工程"，便成为世纪末中国诗坛最为注目的构想。

三、世纪之握：对接与整合

对接是历史的必然，整合是时代的呼求。即或暂时不能统一为一个诗坛，也应从理论上去全面、正确、完整地把握两岸诗界的过去、现在和未来，不断了解各自真实的存在，以共同推动中国新诗的发展。这是世纪末两岸中国诗人责无旁贷的历史责任，不必急躁，也不能荒疏。假如步入新的世纪的中国新诗，依然像现在这样写着两部新诗史，可就真的愧对后世了。

然而，由于长达四十多年的隔膜、不了解，一旦真的要说对接，确是一个复杂艰巨的"诗歌工程"。一方面，作为两大板块之间得有一个了解、熟悉和理论把握的过程；另一方面，两大板块各自内部的复杂构成，又成为影响对接的微妙因素。

从整体上看，大陆对台湾诗界的介绍和引进是较为积极、也较为客观和全面的。最早对之作全面介绍的，是人民文学出版社分别于1980年和1982年出版的《台湾诗选》（一、二册）。1982年，《星星》诗刊连载由诗人流沙河主撰的《台湾诗人十二家》专栏，精选精评，颇受欢迎。次年成书出版，一时传为佳谈。（流沙河后又于1987年出版《台湾中年诗人十二家》）此后从报刊发表到各种各样的出版物，介绍渐多，至1987、1988两年达到一个高潮。据不完全统计，这两年间仅结集出版的各类介绍台湾的选本，就多达十余部。其中由湖南文艺出版社出版的厚厚两大部《当代台湾诗萃》，收入二百八十余人千余首作品，连同1990年再版，前后发行数万套。此选集的编选虽不算上乘，但如此大面积、大容量的介绍，确使大陆诗界对台湾现代诗有了一个较完整的粗略认识，功不可没。1991年2月，由台湾诗人、诗选家张默主编的《台湾青年诗选》，在大陆由人民文学出版社出版，也是一次相当亮丽的展出。与此同时，台湾一些著名诗人的个人精选诗集也渐次在大陆出版。一些文学研究部门和部分高等院校也先后成立了一批台湾文学研究学会或相应机构，大量论文专著发表出版，以及大批台湾诗人来大陆访问讲学，渐成为诗坛盛事。

几十年的阻隔，交流初开，数年之间，能呈现如此局面，应该说，大陆文坛诗坛是堪可笑慰于历史的。这其中，潮流所至是宏观因素，而对台湾诗坛的存在形态（从诗人地位到作品成就的统一认同、明朗格局与历史定论等）做较明晰、较统一、较公正的介绍，则是不可小视的技术性因素。也正是因了这一因素的欠缺，导致了台湾诗界对大陆现代诗介绍引进的滞缓、模糊、芜杂，显得有些被动无力。

整体上看，台湾诗界对大陆诗坛的介绍有两种态势。其一是打开门户，从大陆自然来稿中，依各诗社刊物的艺术主张和用稿标准，予以取舍介绍，包括一些诗奖和纪念性选集，也一视同仁。如《蓝星》、《现代诗》、《葡萄园》、《秋水》、《新陆》等。作为同仁刊物，能腾出大量宝贵版面，坚持刊发大陆来稿，投入两岸诗界的交流，已属不易之举。但这种浮面的、形式上的、自然状态的运作，终难以产生深层影响，也不易取得历史效应。这其中有诸多非诗的因素，也有诸如资料占有较困难等缘故，但缺乏整体的理论把握恐怕是最主要的。

另一种即带有理论意识和历史眼光的态势，从研究入手，主动掌握，兼及自然来稿，以求更真实、更贴切、更全面准确地反映大陆新诗发展的状况。鉴于各种局限，这当然是更加不易运作的了。尤其是大陆诗坛的存在形态，与台湾大不相同。十年现代主义新诗潮，更使其错综复杂，形成官方与民间、保守与激进、圈子内与圈子外以及非此亦非彼、是此也是彼的多元驳杂局面。加之久积而勃发，两代青年，数十万诗爱者，规模宏大，难免鱼龙混杂，难以把握。但毕竟潮涨潮落，渐趋分明，且已于八十年代中期初见界定。关键是如何从理论上把握其脉络走向而不至偏失。

显然，能持这一态势进行有成效的运作且颇有建树的，当首推《创世纪》诗杂志。早在 1984 年 7 月（实际运作当然还在此前），《创世纪》第 54 期，便以近一半篇幅隆重推出"中国大陆朦胧诗特辑"，有组织有选择地刊发了包括朦胧诗全部代表诗人在内的、兼及部分热忱投入新诗潮运动的中、老年诗人共二十二位计四十六首诗作，并配发叶维廉、洛夫等台湾方面和谢冕、孙绍振、徐敬亚等大陆方面的八篇重要的理论文章，对崛起于历史新时期的这一划时代诗歌运动，做了从理论到作品的、较高水准和相当规模的集约性介绍，一时轰动两岸。据说身为社长的张默为此还专程赴港收集资料，其强烈的历史感和敬业精神，令诗界感佩。

朦胧诗后崛起的第三代（又称新生代）诗群，是大陆现代主义诗潮的又一高峰，与朦胧诗并肩构成整个中国现代汉诗的主体成就。对此，《创世纪》又于 1991 年 1 月第 82 期、同年 4 月第83 期接连推出"大陆第三代现代诗人作品展"之一、之二两个专辑，刊发"确具有相当的代表性，在第三代诗人群中都有较高的知名度"的二十八位青年诗人的近六十首作品，并附总编洛夫的"前言"。这一重大举动，诚如洛夫在第二辑"前言补记"中所言："……获得两岸诗坛和读者的热烈反应，都认为这个专辑除了产生沟通两岸现代诗与美学的功效之外，更具有影响深远的历史意义……"① 这种"深远的历史意义"显然是《创世纪》持之恒久的办刊思想，而于新的时期里，又焕发出新的光华。从第84期起，该刊干脆每期均用近三分之一的版面作为"大陆诗页"，以第三代及第三代后实力青年诗人为主，推出一批又一批代表作品，影响更大。显然，前后两次成功的作品展及洛夫的评介文章引发了多重效应。大陆先锋诗人为之感佩而心仪，纷纷投寄新作和力作，大幅度提高了自然来稿的品位，使持久全面的深入推介有了坚实的基础。编辑水准在这里也得到了高度发挥。有理论依据但不设框子，有整体把握而不失新的发现，目力所及，泾渭分明，主次有度，与大陆现代主义诗歌进程的实况颇为契合。仅至92期为计，两年之内，所介绍中，几已囊括了大陆第三代及第三代后青年诗人中的绝大部分代表人物，还推出不少新人。所发作品，也足以代表大陆先锋诗歌的最新成就。整个"大陆诗页"，已渐渐成为大陆现代汉诗发展的一个较及时而凝重的投影，其对接的广度、深度和准确性是超乎寻常的。

时代就此掀开了新的一页——两岸携手，再创一个新世纪，已成为苍茫暮色中的中国文化之提前跃升的一片曙光！百年回首，我们欣慰地看到，作为一个中国诗人是幸运的，也是深值骄傲的。尽管历史曾无数次地忽略了诗人们的存在，乃至扭曲中国新诗之纯正的发展，但最终仍是诗人们为二十世纪的中国文化留

---

① 洛夫：《大陆第三代现代诗人作品展（一）前言》，《创世纪》诗杂志1991年1月号总第82期；洛夫：《对大陆第三代现代诗人的观察》，《创世纪》诗杂志1991年7月号总第84期。

下了一片耀眼的亮色，且必将深入影响到二十一世纪中国文学的
进发，及现代中国人精神质地的深层变化。历史就这样走了过
来。不管未来的历史将怎样走下去，一个经由对接和整合的大中
国现代汉诗诗坛的形成和发展，将是必然的趋势，而一个"创造
出融合东方智慧与现代知性，表现二十一世纪大中国心灵的现代
诗"之新的现代汉诗大潮，也必将崛起于又一个世纪之初。①

　　——我们本是从同一个源头出发的，我们也应该重新走在一
起；手伸出便不再收回，世纪的大门已经叩响，而新的太阳正从
中国诗人们的肩头早早升起！

1993 年 3 月

---

　　①　洛夫：《对大陆第三代现代诗人的观察》，《创世纪》诗杂志 1991 年 7 月号
总第 84 期。

误接之误

谈两岸诗歌的交流与对接

　　发轫于八十年代初而于近年日趋繁盛的两岸新诗交流，看看已逾十年之久。这期间的前半段，主要是大陆对台湾现代诗的大量介绍，以后才逐步发展为"对接"性的局面。站在临近世纪末的时空下，回首看这一段"对接"历程，无论有多少偏差和缺失，都不失之为近八十年中国新诗史上，一件具有历史意义的宏大工程。所有为这一"工程"真诚投入和付出心血的两岸诗人和学者们，都会为未来之中国诗史所珍视。

　　然而必须看到，欲使这一历史性的"对接工程"能更好地发展下去，确需两岸有识之士对以往的交流有一个全面、冷静的检讨和再审视，以求在新的共识上进入更为科学、真实而真正为历史负责的新的进程。对此，于1992年底在台湾创刊的《台湾诗学》季刊，连续就大陆对台湾现代诗的编选、赏析、评介等问题，刊发了一系列讨论发言和专题文章，引起两岸诗界的注视，乃至引发了一些争论，无疑为两岸诗学交流的总结和再出发，开了一个好头。在此，本文无意参与这些争论，只是仅就这些年交流与对接过程中存在的诸多问题，谈一点个人之见。①

一

作为一种特殊的文学现象，两岸诗界的"交流"和"对接"，已成为两个不同内涵且有质的区别的理论概念。"交流"带有自发性、普泛性、随机性，"对接"则是设定性的，具有科学性质和史学价值；交流讲究全面，对接要求准确。"对接"及"对接工程"这一概念，笔者较早提出，但似乎一直未引起足够的呼应。已逾十年之久的两岸诗界之握手，似乎仍然滞留于浮面的你来我往的热热闹闹中，难得沉静下来从中理出一点头绪，把握一些脉络，化"交流"为"对接"，成为一项现代汉诗之诗学工程，以谢历史，以示后人。

这其中固然有诸如时空阻隔、意识形态困扰等外部原因的影响，但其主要因素还是源自两岸诗界本身。归结起来，大概有以下四个方面：

其一，缺乏足够的心理准备而致随意性；

其二，缺乏基本的理论把握而致盲目性；

其三，缺乏严肃的科学精神而致浮面性；

其四，缺乏历史的整合意识而致破碎性。

二

两岸诗界交流，是随着时代的推动而被动开启的，双方都没有足够的心理准备。随机随"缘"，各怀不同的动机，其投入后

---

① 有关资料详见《台湾诗学季刊》1992年12月号总第1期、1993年3月号总第2期之"大陆的台湾诗学专题"上、下两辑，及其后分延散刊至总第4、5、6期等文章。

的状态是可想而知的。

从最早于1980年和1982年由人民文学出版社出版的《台湾诗选》（一）、（二），到花城出版社推出的"席慕蓉旋风"，以致近年各种重量级、大部头的所谓"赏析"、"辞典"的问世，从形式和数量来看，大陆诗界的投入，确实够热切够广泛的。其中也不乏如流沙河所编著的《台湾诗人十二家》、《隔海说诗》等较有品位的介绍，但总体来说，大多流入随手拈来、随意推出之弊端。

或急于填补学术空白，或倾心于台港文学"有卖点"，是造成上述弊端的基本心理困扰。前者的意识无疑是良好的，也迎合了大陆诗界急于了解那个隔离甚久的彼岸文学状况的好奇心理。但让历史尴尬的是，一大批匆匆忙忙的"填补者"，却基本属于大陆现代诗学界的"落伍者"，大有乏于"此"转而求其"彼"的嫌疑。实则"求彼"未尝不可，这一新的领域总得有人去开拓，问题在于投入时的心态如何。仅从几年下来各方面的反应来看，确实处处可见因浮躁、急促、粗浅等不尽如人意的运作所留下的遗憾；"空"是填了，而"白"依然很多，乃至有意无意间形成"误导"。也难怪最终引起彼岸诗界有识之士的疑惑和不满。

"卖点"问题则十分明显，说穿了依然是个心态趋向问题。是拿"交流"做"生意"，还是真做学问？由此导致的商务性运作使本就随意化的交流更加错位。"席慕蓉旋风"就是一个典型。几近天文数字的发行量，其唯一的正面效应是激发了台湾诗人主动"登陆"的热情，而怎样"登陆"亦即如何正确向大陆诗界介绍自己，对台湾诗人来说，同样是心里没底。便只有各随"机缘"，先求得闻达，顾不得苛求理解，急于"归宗"、"认祖"的亲情心理成了主要因素。于是总是"见树不见林"，长期流于"知"而不"解"的浮面交流。

反观台湾诗界对大陆现代诗的引进和介绍，也同样由于缺乏心理准备，先是被动迟缓，后又发展为散乱无定，结果依然是"知"而不"解"，"见树不见林"。

三

长期的时空阻隔，各种历史成因形成的困扰，交流初开，"立场"不明，脉络不清，其随意和散乱应该说是一个正常的过程。关键在于要及时地进入理论把握的运作，以防止流于盲目。而这一点，正是两岸诗界交流和对接中最大的一个缺失。实际上，缺乏理论把握的交流，永远也进入不了对接的层次，而最终也就失去了交流的价值。

显然，"有急功近利之'心'，无理论把握之'识'"，已成为渐次冷静下来的两岸诗学界趋于一致的认识了。

进入八十年代后的大陆诗学界，一直存在着新与旧、激进与保守、先锋与传统、民间（非主流）与官方（主流）两种理论话语场，其理论素养、批评视野、诗学立场以及话语方式有着本质上的不同。尤其一批新生的青年理论与批评家们，为推进大陆现代主义新诗潮的崛起与发展，起了决定性的作用，其各自卓然不凡的理论建树，已为海内外所注目，并聚合为中国现代主义诗学新的基础与主导。

然而让人大惑不解的是，这些真正具有理论实力的大陆先锋批评家们，除少数几位间或涉笔执言外，大都鲜有投入对台湾现代诗的研究，而致"话语旁落"。这里有客观上的原因，如潜心于本土风起云涌的现代主义诗潮而无以分心等等。但实际上还是潜藏着一个理论误解的问题——"台湾诗美而小，就是那么回事……"这是长期人云亦云、飘浮于大陆诗界的一种普泛误识，也先入为主地迷惑了不少先锋批评家们。但不管怎么说，作为现代主义汉语诗学之雄心勃勃的拓荒者和执牛耳者，如此几乎是整体性地、轻率而又长期地将八十年（至本世纪末）新诗史中一大重要板块弃之不顾，实在是一种历史性的"误失"！

而"旁落的话语"根本不具备理论把握的能力——观念陈旧、角度褊狭、语言老一套，主观、表面、粗浅，模式化、单一化，一片浮光掠影，尽归"乡愁"、"回归"，乃至至今还在那纠缠什么"懂与不懂"、"晦涩与明朗"等为现代诗学早已弃之脑后不成命题之命题，其造成的理论遮蔽和误导是可想而知的。诚如刘登翰先生所言："实际上在我看来，这些都不能进入学术研究……"①当台湾诗学界在那里抱怨"新时期诗学表现在对台湾诗的诠释上，出现了理论的贫乏"时，② 实不知这只是"贫乏的理论"在那里诠释，而真正代表新时期诗学的理论和批评家们，却基本上并未介入。作为台湾诗界应该考虑的，倒是何以台湾现代诗"登陆"后，总是难以进入前卫理论和先锋批评的视野。

这是一次双向度的缺失——台湾诗学界对大陆现代主义诗潮从文本到理论的介绍，也同样缺乏全面的、准确的、本质性的把握。尤其对朦胧诗后亦即新生代、后现代代表诗人的研究甚少，基本上滞留于部分文本的选介，且多是以大陆向台湾各诗刊诗报自然投稿为基础，各自为阵，离散而零乱地介绍而已（除《创世纪》诗杂志有过几次有策划的、集约性的、辅以理论述评的大运作外）。

同样令历史遗憾的是，台湾有实力的理论与批评家们，也一直鲜有人潜心对大陆现代主义诗潮有到位的研究，以致"话语空落"。诸如"他们现在玩的我们早已玩过了"，以及以"先行者"自居的褊狭姿态也时有所闻所见（实不知这是从质到量都完全不同的两段进程），其潜在的心理情结有待他解。

---

① 刘登翰："大陆的台湾诗学讨论会"发言，见《台湾诗学》季刊总第2期，第33页。

② 游唤：《大陆有关台湾诗诠释手法之商榷》，见《台湾诗学》季刊总第2期，第9页。

四

没有理论把握的交流，再热闹，到了也只是一场"热闹"。两岸诗界的交流和对接，是具有历史意义的一个长久而细密的"系统工程"，一切随意性的、破碎的投入，只是不负责任的短期行为，并无大碍，也终无大益。前期交流中所出现的诸多失误和缺憾，有一定的历史必然性，有些是不可避免的。一些功利性的运作也未必就完全无益，可称之为"史的功利"，客观上具有开启和推动作用。但这段过程似已拖得太长，是该全面检视并予以清理和升华才是。而一旦真正进入"对接工程"，科学精神和整合意识就成了两岸诗人，尤其是理论与批评家们所应该首先直面而视的命题。

总是浮躁，总是附会，总是趋流赶潮充满功利性，缺少基本的科学精神和独立思考——这是近百年来中国文人的一个通病。两岸诗界毕竟出于同一文化根系，难免陷入同一历史怪圈，而这种弊病必须予以清除。

整合意识的提出基于这样两个认识：其一是对两岸现代诗在近八十年新诗发展史上的历史定位。对此笔者曾提出"三大板块理论"，即新诗发轫到初步成形的前二十年，台湾现代诗四十年，大陆七十年代末至今的现代主义新诗潮这三大板块。其二是随着两大板块的日趋全面、准确的对接，一个可称之为"大中国现代汉诗"的"场"已客观存在。

也就是说，两岸诗坛的过去、现在和未来之发展，都已不再是如同以前那样互不相关、各行其路的存在状态；从同一源头出发，用同一母语写作的现代汉诗，是到了该以一个宏大的整体而面对世界、走向新世纪的时候了。

我想，若能持有这一历史定位和宏观把握，那些任由"话语旁落"和"话语空落"的两岸先锋与实力理论与批评家们，或可自觉肩负起历史的责任，以科学的态度和方法，投入到这一意义深远的"对接工程"中来？

还需有一份超脱精神——超脱意识形态的困扰，超脱历史成因的困扰，超脱本土意识的困扰，超脱个人功利的困扰。尤其是理论与批评要率先超脱出来，将两岸现代诗的存在和发展作为一个整体，且纳入近八十年新诗之历史进程中去做客观、全面、准确的研究，在一个新的、基本共识的高度上形成"第三论坛"——"大中国现代诗学论坛"。

这实在是一个十分诱人的构想，若两岸诗界都能潜心向此方向努力，许多问题便会豁然释解。比如，无论是台湾还是大陆诗坛，多年来都因流派纷争、社团割据以及个人偏见等，难得见到比较公允、客观、全面，经得起历史再检视，有研究价值的诗和理论选本。对接的双方尚都不科学、不准确，又何谈科学、准确的对接？而历史已提供了这样的契机：设想能由两岸真正有理论眼光和科学精神与整合意识的理论与批评家们，或相互编选、或共同编选出全新的《台湾现代诗选》、《大陆现代诗选》、《两岸现代诗选》等，以及理论选本，既使两岸诗坛对各自有一个统一、科学的认识，又向世界展示一个统一科学的存在，那将是怎样宏大的局面而使对接真正成为对接呢！

历史的遗憾已成遗憾的历史，我们面对的是同一个世纪末的逼临和新纪元的到来。两岸诗界的交流和对接，在大陆，已走完一个形式上的回合，在台湾，才刚刚起步。而诗没有国界，所有的云原属于同一片天空（借用台湾诗人白灵的诗意）。为黄皮肤、黑眼睛、方块字共同元素构成的两岸现代汉诗，期待着一个新的出发和辉煌。

1993 年 12 月

台湾"创世纪"诗歌精神散论

在现代汉语诗歌的大中华版图上，台湾"创世纪"诗社的诗歌历程，无疑已成为一个颇具影响性的重力场，成为中国新诗在新的世纪的进程中，可资借鉴的重要资源与传统。一个民间诗社，在并不亚于大陆的各种外部环境（诸如意识形态暴力、文化转型困扰、工商社会迫抑等等）重重挤压下，能苦苦支撑五十余年，并创造了如此丰富而凝重的成就，显然是有一种不同一般的精神品质存在于其中的。两年前，在《创世纪》创刊五十周年之际，我为之撰写了题为《"回家"或创造历史》的纪念性文章，① 随后便一直在思考着能否从那种激情化的感想中，总结出一种可称之为"创世纪诗歌精神"的理论认知，以便更深入地理解和发掘这一重要资源与传统。

---

① 原载《创世纪》2004 年秋冬季号总 140－141 期合刊"创刊五十年纪念特大号"。

一种带有价值指认性的理论认知，必得先确定这一指认的参照坐标是什么，即对何者而言他是如此存在且有其独立性的。作为大陆诗歌评论者，探讨台湾"创世纪"诗歌精神，自然要以大陆同时期的诗歌历史来作比较，否则没有太大的现实意义。同时我也一直认为，这种基于同根同源而不同道路不同形态的比较（包括大陆与台湾、大陆与香港、大陆与海外等），或可称之为现代汉语诗歌之内部格局之间的比较，是远比中西诗歌之间的比较和古典诗歌与现代诗歌之间的比较更为重要的比较，也是更为切实和有效的一种比较。经由这种比较，我将我所认定的"创世纪"诗歌精神，粗略归纳为以下三个层面，并做简要阐释。

一、"现代版"的传统文人精神

凡长期关注和研究台湾现代诗并与其诗人有过交往的大陆人士都会发现，彼岸诗人从文本到人本，其精神气息比之大陆诗人总有所不同，其实说白了，就是多了一些中国传统文人和"五四"文学传统的遗风而令人心仪。这一点，在"创世纪"诗人尤其前行代诗人身上，有着特别突出的体现。

我们知道，奠定"创世纪"诗歌精神之基石的"创世纪"前行代诗人，大都有着军旅出身的背景，属于被痖弦称之为"饥馑边缘的战火孤雏、丧乱之年的流亡少年、当兵吃粮的小小军曹或低阶军官……把脚后跟磨破的一群"，[①] 而后又通过各种方式，完成了现代文化人的身份转换，并在这种转换中，继承与发扬了中国传统文人的风骨，且注入新的血液，将其提升为一种现代诗人的现代诗歌人格。由"兵"而"秀才"，由"秀才"而不失

---

① 痖弦：《创世纪的批评性格——〈创世纪四十年评论选〉代跋》，原载《创世纪》1994年9月号总100期"创刊四十周年专号"，第214页。

"兵"的"草莽性格与狂飙作风"，① 是"创世纪"诗人不同一般的诗性生命之特质所在。在文化/精神和家园/肉体的双重放逐中，在后来的台湾社会转型后的各种现实利益的诱惑与挑战中，能实现并执著于如此的转换，对于所有非此"族类"的人们来说，实在是难以想象的。我认为，正是这种转换中所形成的潜在心理机制——即俗话讲的"心气"、文言讲的"骨气"，决定了"创世纪"诗人诗歌精神谱系的基本点：以草莽求纯粹，以优雅化苦难，以文学艺术的创造性活动和天涯漂泊之独在的文化身份为终极归所，遗世而立，一种无奈中的超拔。

正如洛夫早在三十年前于《我的诗观与诗法》一文中所告白的："揽镜自照，我们所见到的不是现代人的影像，而是现代人残酷的命运，写诗即是对付这残酷命运的一种报复手段。"② 对"创世纪"诗人而言，诗，以及一切与诗、与文学、与艺术、与文化相关的事物，最初都可看作是"家"的转喻，是"文化原乡"的转喻，写诗便是"回家"，便是向"家人"和"故土"，传递游子"归宗认祖"的心声和不甘沦落的志气。而当这种"传递"久久没有响应时，身处永远的"外省人"（对台湾而言）和永远的"老兵"（对大陆而言）之空前绝后的生存绝境中的他们，也就只有跳出"时局"，安心"诗局"，不再作"回归"或"还乡"的梦——从"伦理家园"到"文化家园"，再过渡到"诗歌家园"，唯以诗与艺术的创造安身立命，舍此再无其他。③

这种看似无奈的选择，却暗合了中国传统文人的宿命。在这

---

① 萧萧：《创世纪风格与理论之演变》，原载《创世纪》1994年9月号总100期"创刊四十周年专号"，第40页。

② 转引自《台湾诗论精华》（沈奇编选），陕西人民教育出版社1996年版，第101页。

③ 《创世纪》诗人群体大都多才多艺，爱好广泛，既是诗人，又是其他艺术门类的专家或高级"票友"。如痖弦、管管的话剧、电影表演，洛夫的书法，张默、碧果的绘画等等。这也从另一个侧面说明其传统文人风骨之所在。

里，诗与艺术的创造，既是一种承诺，更是一种拯救；既是自我的拯救，也是一个漂泊族群在失乡、失根、失去身份归属后，挑战残酷命运而重获人生价值和存在意义的拯救。在中国文化语境下，这种拯救所唯一可汲取可凭恃的，只能是千古文人所秉承的"自由之精神，独立之人格"、"飘飘何所是，天地一沙鸥"的精神传统——对于这样的传统他们并不陌生，那原本就是他们文化人格与精神生命的"基因"与"初乳"，可谓顺理成章，并最终成为二十世纪下半的绝响！

由此我们可以看到，正是这种包括"五四"文学传统的承传在内的"现代版"的中国传统文人精神，使"创世纪"的诗人们，得以将最初靠着彼此为诗的爱好而燃烧的体温取暖，转换为一个族群的精神殿堂，继而将荒寒无着的"回家"之路，转换为创造历史的辉煌业绩。同时，也正是有了这样的风骨，使他们在后来左冲右突漫长而曲折的诗路历程中，得以在异质文化的侵扰下，自觉地恢复传统文化记忆的功能，追索汉语诗性的本源感受，将文人气息、文人学养、文人品格和"草莽性格与狂飙作风"一起注入现代汉语诗歌的创造之中，"终而完成一个现代融合传统、中国接轨西方的全新的诗学建构"[①]，从而成为百年中国新诗发展中，一脉新的传统。

这是"创世纪诗歌精神"的第一个层面，是他的内核、他的灵魂。

二、优雅自在的"纯诗"精神

"草莽出诗人，优雅化苦难"。这是多年前我与"创世纪"前行代诗人大荒先生的一次题为《丈量萤火虫与火炬的距离》的对

---

① 洛夫：《〈创世纪〉的传统》，原载《创世纪》2004年秋冬季号总140—141期合刊"创刊五十年纪念特大号"，第28页。

话中，谈到"创世纪"前行代诗人之诗歌生命形态所共有的特征时，所得到的一点感受。[①] 在过去的一个世纪里，"中国人是苦难的，他们恒常在两种文化的夹缝里，在不同的错位空间、风景、梦的夹缝里伤失穿行，承受着身体的、精神的、语言的转位放逐之苦"。[②] 这样的苦难，两岸诗人都经受了，但在诸如"创世纪"这样更多了一重"外省人"和"老兵"的惨烈处境之磨难的漂泊族群这里，苦难的分量便更加沉重。然而，也正是他们，在苦难的承受与诗和诗歌美学的创造之间，找到了"优雅"的"化合剂"，从而始终能以纯粹的诗歌精神（本节标题中的"纯诗"一词即为此意的另一措辞方式而非诗学意义上的"纯诗"含义）与独立的诗歌人格，拓展开属于他们自己的诗歌道路。

必须要赶紧说明的是，这里的"优雅"，不是指诗的优雅或写优雅的诗，更不是指生活的优雅，而是指一种超越生存现实的迫抑和摆脱浅近功利诱惑的、优游不迫的创造心态。长期以来，我们似乎一直误读了"愤怒出诗人"这句名言，也常常疏忘了鲁迅先生"峻急难成好文章"的深意；窃以为，有无"优雅化苦难"的心态，是决定诗人及一切文学艺术家，能否长久保持其纯粹的诗歌与艺术精神和独立的诗歌与艺术人格的前提。

实际上，在最初思考"优雅化苦难"这一命题时，我也曾注意到一些不同于大陆的现实因素的影响。比如，包括"创世纪"在内的属于军人身份的台湾前行代诗人们，在退役之后（基本在中年阶段），大都有较优厚的"终生俸禄"（相当于大陆的退休金）为经济保证，可以过衣食无忧的小康生活。若再有所兼职或别的收入，大概进入中产阶级的生活层面也不成问题。如此无忧的"经济人格"，再加上解严之后"政治人格"的无虑，似乎理

---

① 全文载《创世纪》1999 年冬季号总 121 期。

② 叶维廉：《被迫承受文化的错位——中国现代文化、文学、诗生变的思索》，原载《创世纪》1994 年 9 月号总 100 期"创刊四十周年专号"，第 11 页。

所当然可以被认定为是形成其纯粹优雅的"诗歌人格"的底背，其实不然。一方面，比较于大陆诗人而言，在当年大多数人根本不知"经济人格"与"政治人格"为何物的时候，我们的"诗歌人格"自是根本无从谈起。后来大家都多少恢复一点"经济人格"与"政治人格"了，却依然难以在"诗歌人格"上得以完善；总是避免不了意识形态化和社会化的困扰，总是携带生存、急近功利、充满欲望而心有旁骛，难得纯粹与优雅。一方面，仅就台湾前行代诗人而言，绝大多数在从事诗创作之后，便如香客般义无反顾地、一心一意潜心虔意地终生为诗"服役"，过起了"诗歌居士"般的日子，即或有优化"经济人格"与"政治人格"的机遇也毫不动心，且很多诗人的现实生活，也只能用"安贫乐道"而言之。

对此，痖弦曾在同笔者的一次对话中谈道："《创世纪》诗社和诗刊，一开始是哥们几个写诗的在一块玩一下，后来成了精神庙堂。没有发过一篇政治性的东西，非常纯粹而专注。在那样一个艰难污秽的世界里，这是我们最后的尊严，也是我们一生最有价值的贡献。那时大家写作态度非常纯粹，我认为你的诗没写好，你是我哥也不行。最有意思的是，在我们的理论意识尚不成熟完备的时候，就有强烈的纯诗意识，不受意识形态影响，现在看来，真是很难得。"他同时还颇为感慨地说："既然作诗人，当然就该从容一些、雍容一些。美的耕耘本身就是一种快乐，要沉得住气才是，要带着一种理想的色彩才是。台湾的周梦蝶是这方面的代表，谁都没有他那样纯净和自足自在，从不想诗写作之外的事，多安稳，多富足，多幸福！如果这样的诗人多了，社会也才会投入更多尊敬的眼色，诗人和诗歌才成为我们世界最美好的一道风景线。"①

---

①　引自笔者 2004 年 6 月在温哥华拜访痖弦先生时，于先生家中作题为《永远的红玉米——与痖弦对话录》之未刊稿。

这便是何以"优雅化苦难"的根本因素之所在了——在"创世纪"以及和他们有着同样命运与同样志向的台湾诗人那里，诗与艺术的存在，既不是宣泄苦难的简捷通道，更不是任何可借做他用的工具，而只是"安身立命"的一种"栖居"的方式——既是生命理想的仪式化存在方式，也是生存现实的日常化存在方式；我诗故我在，我在故我诗，我的创造诗意人生的行走就是我的家、我的历史。由此，人诗合一，气交冲漠，与神为徒，澹然自澈，而静水流深。人生变得如此单纯。从黑发的青春到白头的暮年，所有的爱恨愁苦皆为一个"诗"字所"收容"，爱诗、写诗以及一切与诗的创造、文学艺术的创造有关的事，都有如"做功课""做家事"一样去看待去"服役"，遂有持之一生而乐此不疲的"愚诚痴傻"，而"不能不叫人打心底里感叹：他们是把诗当作生命的一群，不管在外人眼中卑微或尊荣。他们是真正的诗的风格！"①

需要补充说明的是，如此以"优雅"化"苦难"，并非如"鸵鸟方式"般地对待苦难，而是跳出时局深入时间、于更深层面反抗命运的一种方式。正如痖弦在品评老诗友丁文智作品时所指认的："他的诗不是向时间下战帖，而是向时间递交和解书。他深深了解，人与时间的缠斗将无止无休，屡战屡败；虽败犹起，固然可以显出人的一种尊严，一种悲壮，但最终还是会败北下来。与其如此，还不如把时间给予人的种种，折磨也好、养育也好，通通吟之于诗，借着文学形象，把站在岁月面前进退维谷的自己解救出来。让时间时间他的吧，天地的仁与不仁，端看你如何去思考存在的意义，存在，又何尝不是一种温婉的抗议？以

① 这是台湾中生代代表诗人陈义芝在为祝贺《创世纪》创刊四十周年撰写的纪念文章《在时间之流——〈创世纪〉印象》一文结尾处所发的感叹，亦可视为代表台湾中青年诗人对前行代诗人几为绝响的诗歌精神的感佩之声。全文见《创世纪》1994年9月号总100期"创刊四十周年专号"。

时间为师、为友、为敌的丁文智，乃是以诗的悲哀，征服时间的悲哀了!"①

这是"创世纪诗歌精神"的第二个层面，是他的气质、他的品格。

三、多元开放的探索精神

跳出线性的"历史时空"，安心开放的"诗性时空"，新诗与生俱来的多元开放的探索精神，在"创世纪"诗人群体这里，遂得到切实完整的实现。这样的群体，"当在孤灯荧荧之下面对稿纸时，他们是绝对孤立的，个性俨然，各有面貌。但他们饮酒、海聊或集会正式讨论诗歌问题时，他们的言说却有着惊人的一致性。"②这种"一致性"，这种同质的诗歌立场，并非无门户之见或"小圈子"意识，而是以海纳百川的开放姿态和以世界性为视野的眼光，长久保持前驱姿态，不断发扬光大真正可称之为"多元开放"的探索精神，并取得历史性的卓越成就。

其实，作为新诗的传统，多元开放的探索精神，本是所有有志于新诗创造性追求的诗人们共同恪守的诗歌立场。只是相比较于二十世纪下半的大陆诗歌界以及台湾其他诗歌群体而言，"创世纪"诗人群体的表现显得更为宽展也更具有超越性一些。

具体说来，其一，在诗歌运动方面，不是唯求新求变求先锋而不断革命、不断断裂的方式，而是以不断修正与承接的方式，化"先锋"为"常态"，寻"典律"于"探索"，有来路，有去路，逐步形成自己的风格、自己的传统。纵观当代世界华文诗坛

①　瘂弦:《一壶老酒，一小碟时间——读丁文智时间意识与诗友聚谈作品之联想》，原载《创世纪》2006年春季号总146期，第153页。

②　洛夫:《〈创世纪〉的传统》，原载《创世纪》2004年秋冬季号总140—141期合刊"创刊五十年纪念特大号"，第29页。

的各种诗歌运动，过于新潮前卫的，总是有去路没来路，那去路也便不会长久；过于传统保守的，总是有来路没去路，那来路也便失去意义。在这一方面，"创世纪"融"草莽性格"与"学院气质"为一体的探索精神与运动风格，确实为我们提供了一个可资借鉴的范例。

其二，在诗歌生命形态方面，以开放的心态，将孤独个体的生命体验与一个特殊族群的漂泊意绪熔铸为一，并有机地将其提升为一个民族在被迫承受的文化错位中，于"放逐"与"回家"的彷徨境地，以诗艺的探求和诗性生命意识的塑造作为回归精神原乡的表征的主体形象。尤其是，在身处异质的文化中国与异质的乡土台湾之两难困境中，在文化血缘与政治地缘的纠缠和冲突中，保持独立的族群意识和民间立场，于地缘中追寻血缘，在血缘中认识地缘，宁可自甘"二次"放逐，也不妥协于时代的拘押。置于今日时代语境去反思，又何尝不是一个超级隐喻，代表了整个现代人，在物质的暗夜，在科技理性的促迫中，走向精神漂泊之路后，如何找回自我和家园的一个预演？而这，正是"创世纪"诗人群体为二十世纪中国诗歌之生命形态所提供的最为震撼人心的典型个案，也是其作为历史价值中最为闪光的深度结晶。

其三，在诗歌语言形态方面，较早摆脱各种主流与时尚话语的宰制，以世界性的视野，多元潜沉，强化基质，汲古润今，化西为中，求"现代"之异，不离"传统"之法，在现代性的诉求与汉诗语言特质的发扬之间，不断寻求可以联接的相切点，以强化中国人本源性的诗美感受。特别是在现代诗的意象经营上，惯于将古典诗歌中一些可利用的元素予以再造和融通，以涵纳中国文化和中国诗歌精神的深度基因，进而成为新的传统因子。在这一点上，"创世纪"诗人群体的有效探索和不凡成就，放眼二十世纪下半的新诗进程，大概难有谁可与之比肩而立的。

其四，在建构中国现代诗学传统方面，"创世纪"更是以一个小小的民间同仁诗社的力量，创造了独具特色、独备一格而雄视台湾进而笑傲世界华文诗坛的业绩。这里不妨沿用洛夫的总结："我们在这五十年内，先从'民族路线'具体化为'新民族诗性'，再从掉臂而去反抱西方现代主义到'修正的超现实主义'（或称中国化的'超现实主义'），然后回眸传统，重塑古典，并探求以超现实手法来表现中国古典诗中'妙悟'、'无理而妙'的独特美学观念的实验，最终创设了一个诗的新纪元——中国现代诗。这不仅是《创世纪》在多元而开放的宏观设计中确立了一个现代汉语诗歌的大传统，而且也是整个台湾现代诗运动中一个不容置疑的轨迹。"①如此业绩的获取，应该说，坚持多元开放的探索精神，在此起了关键性的作用。

这是"创世纪诗歌精神"的第三个层面，是他的状态、他的风度。

三个层面，一种精神——"失乡的人"不幸而有幸，从此再没有什么可失去的了，而漂泊中的精神世界总是任八面来风皆化为我有——这样的风度，这样的品格，这样的灵魂，不正是所有现代中国诗人们苦苦追求的最高境界吗？

四、结语

在半个多世纪坚卓而超拔的诗歌进程中，《创世纪》一直由他的三位创始人张默、洛夫、痖弦共同掌舵领航，史称"三驾马车"。当年台湾诗坛曾分别给三位带头诗人送了三个雅号，称张默为"诗痴"，洛夫为"诗魔"，痖弦为"诗儒"。若按"儒"、"痴"、"魔"的顺序重新排列，似乎恰好可以借用来形容上述"创世纪诗歌精神"之三个层面："儒"的灵魂，"痴"的品格，

---

① 洛夫：《〈创世纪〉的传统》，原载《创世纪》2004年秋冬季号总140—141期合刊"创刊五十年纪念特大号"，第28页。

"魔"的风度。

　　隔岸论诗，借镜鉴照，我们自可发现，大陆半个多世纪来的诗歌历程中所出现的种种缺憾，大概总与或多或少地缺乏这样的"灵魂"、这样的"品格"、这样的"风度"有关。诗贵有"心斋"，方不为时风所动，亦不为功利所惑，终得大自在。从某种意义上来讲，真正的诗不是写出来的，更不是喊出来的，而是养出来的，靠诗人的"心斋"养出来的。有大自在之诗心，方得大自在之诗歌精神。有了这种诗歌精神，落实于诗的创作，方无论品质高低，终不会作伪诗、假诗、赶时髦的诗，更不会为诗之外的什么去出卖自己的诗歌人格。近年由海外归来的著名画家陈丹青先生，曾调侃性地表示过一种看法，大意是说比起上一世纪二三十年代的那一代文化人，我们在"长相"上先就输了一筹。这里的"长相"，无疑是指"精神气息"了。若拿此说法来看两岸诗人与诗歌品相，是否也有点意味深长的体悟呢？

　　当然，那又是另外一个有待他论的话题了。

2006 年 9 月

重读洛夫

《洛夫·世纪诗选》序

一

　　阅读洛夫，既是在阅读一部现代诗人的精神史，也同时是在阅读一部现代诗的美学史。

　　回首二十世纪中国新诗，山回路转，潮起潮落，近百年中加入这创世般的滚滚诗潮中者，有如过江之鲫，不可胜数。而尘埃落定，我们发现，太多的仿写与复制，以及工具化、庸俗化的背离，使新诗作为一门艺术的发展，始终失于自律与自足，难得有美学层面的成熟。我们有太多或浅尝辄止、或执迷不悟的写诗的人，而缺少艺术与精神并重的诗人艺术家。诚然，一部诗的历史，是由大诗人和小诗人以及无数诗爱者共同造就的，但真正奠定这历史的基础并改变其发展样态的，是那些经由富于原创性的开启与拓殖，既拓展了精神空间又拓展了审美空间的杰出诗人——因了他们的存在，历史方有了稳得住的重心，而新的步程方有了可资参照的坐标与方向——新千年伊始，重读洛夫，重读洛夫于二十世纪中国新诗的历史长河，朗然于心的，正是这一种遗憾中的欣慰。

　　然而，较之台湾其他几位杰出诗人，历史对洛夫的误读，可谓最多。一词"诗魔"的命名，一词"蜕变"的指认，以及所谓"超现实主义之怪胎"的谬责，"回归传统之浪子"的误赞，历史解读中的洛夫，似乎成了移步换形、重心不稳、风格不统一的"多面人"。其实真正的洛夫只有一个，起步于"禅"（早期的《窗下》、《烟之外》等诗），落步于"禅"（晚近的《雪落无声》一集），中间是"禅"与"魔"的交错印证。"魔"之于形，源于洛夫的艺术"野心"，旨在经由多向度的美学追索中，得西方诗质之神而扩展东方诗美之气宇，取古典诗质之魂而丰润现代诗美之风韵，以求为新诗的"艺术探险"和诗学建设，带来更多有益于属于诗这种文体的因素和特质；"禅"之于心，源自洛夫的本然心性，旨在引古典情怀于现代意识之中，用"东方智慧，人文精神，高深的境界，以及中华民族特有的情趣"，[①] 来更深刻地印证现代人，尤其是经受精神和肉体双重放逐的台湾前行代诗人族群的历史之思、时间之伤与文化之乡愁，以加深现代诗的精神内涵。如此两面一体，那个视诗为"全生命的激荡，全人生的观照，知性与感性的统摄"[②] 的洛夫何曾多变？而今日再读其《石室之死亡》，所谓"西化"、"晦涩"的指斥，又有几处站得住脚？"我作品的血纯然是中国的"，虽追慕"诗人是语言的魔术师"之审美风范，但"血的方程式"从来"未变"（洛夫语）；"持螯而啖的我／未必就是爱秋成癖的我"，而"爱秋成癖的我"，也未必就不是那个"持螯而啖的我"（《吃蟹》）；"上帝用泥土捏成一个

---

　　① 　洛夫：《诗的传承与创新》，《洛夫精品》，人民文学出版社1999年版，序第6页。

　　② 　洛夫：《现代诗人的自觉》，洛夫诗论集《诗的探险》，台湾黎明文化事业公司1979年版，第110页。

我，/我却想以自己作模型塑造一个上帝"，且"暗自/在胸中煮
一锅很前卫的庄子"（《归属》）。这样的洛夫——"独与天地精神
往来"而"禅""魔"互证的洛夫，其实是始终如一的，并在持
久而不断超越的美学追求与精神开掘中，锤打出自己的道路，影
响了整个二十世纪下半叶的中国现代诗的历史。

二

　　人类的精神是由情感的争战和对意义的冥思所构成的。表现
在洛夫的诗歌世界中，这种构成则由"雪白"与"血红"两个核
心意象，亦即"白"与"红"两种色调的对立、摆荡与统一所体
现。"白"（雪、烟、雨、月、雾、风、灰烬、泡沫、蝉蜕等）代
表着出世之伤、时间之伤；"红"（血、火、灯、酒、虹、太阳、
石榴、罂粟等）代表着入世之痛、生命之痛；"白"即"禅"即
"对意义的冥思"，"红"即"魔"即"情感的争战"——这是洛
夫诗歌的两个母题，也是解读洛夫诗歌精神的两把钥匙。

　　大陆诗人、诗学家任洪渊在他题为《洛夫的诗与现代创世纪
的悲剧》一文中，曾将洛夫的创作分为三个时期：《石室之死亡》
（台湾创世纪诗社 1965 年 1 月版）的"黑色时期"，"原始混沌"
时期；《魔歌》（台湾中外文学 1974 年 11 月版）的"红色时期"，
"有色、有形、有我、有物的'血色'的生命"时期；《时间之
伤》（台湾时报出版公司 1981 年 6 月版）开始的"白色时期"，
"无色、无形、无我、无物的终极的空无"时期。[①] 这种分期，
其实已包含了"红"与"白"两个系列母题，只是单独将《石室
之死亡》看作另一系列。实则"黑"仍是"红"的变奏，或叫做
"红"的极致，死去的"红"就是"黑"，而且现在看来，这段特

---

　　① 全文见《诗魔的蜕变——洛夫诗作评论集》（萧萧主编），台湾诗之华出版
社 1991 年版。

殊的"黑",也并不"混沌"。《石室之死亡》是洛夫"红色系列"
母题的一次有意味的分延,且带有明确的精神指向与美学目的。
此前的洛夫,其实已写了不少近庄近禅的"白色诗作",如《窗
下》、《烟之外》等,与晚年的《雪落无声》(台湾尔雅出版社
1999 年 6 月版)形成回应。然而身处《石室之死亡》时代的诗
人,一方面因生存的危机感(冷战的低气压、与家园永绝的痛失
感等等)所生成的"勃郁之气",已无法再作"白色"的消解:
"天啦!我还以为我的灵魂是一只小小水柜/里面却躺着一把渴死
的勺子"(《石室之死亡》之五十九);一方面,视"写诗即是对
付这残酷的命运的一种报复手段"(《石室之死亡·序》)的诗人,
也正欲以一次具有穿透力的"艺术探险",来做一次火山爆发式
的生命与生存"突围"——这是一场"遭遇战",在"横的移植"
之狂飙突进的时代语境中,与西方"超现实主义"的迎面相撞,
只是不期而遇的耦合,且绝非摹写,而是具有"原质根性"(叶
维廉语)的对接:"宛如树根之不依靠谁的旨意/而奋力托起满山
的深沉"(《石室之死亡》之三),而"由某些欠缺构成/我不再是
最初,而是碎裂的海"(《石室之死亡》之一十六)。这真是一次
山呼海啸般的"报复"与"突围",是二十世纪中国诗歌中,对
"放逐"与"死亡"主题的最为壮观和经典的诗性诠释:化"禅"
为"魔"的诗人之思,以"目光扫过那座石壁/上面即凿成两道
血槽"的穿透力,狠狠地进入精神实体最昏暗的深处,最敏感的
浑浊带,在上意识与下意识的诗性交锋中,突破语言的理障,超
越语言的逻辑局限,以密集而慑人的意象,绘制出那个具有象征
意味的特殊时代之紊乱的"心电图",像地狱一样深刻,又处处
渗透着一种救赎的情怀。

　　在洛夫入世之痛/生命之痛的"红色"精神向度中,《石室之
死亡》可谓是"在最红的时刻"的一次"炸裂"与"洒落"(《死
亡的修辞学》),一次将历史的巨大伤口猛力撕开,暴露其全部残
酷与迷惘以求浴火再生的史诗性呐喊与命名,虽杂乱而不失丰

富，虽生涩而不失深刻。若无这一部颇多争议的杰作，洛夫的"红色系列"较之其"白色系列"，恐怕就要逊色许多。而"只要周身感到痛/就足以证明我们已在时间里成熟/根须把泥土睡暖了/风吹过/豆荚开始一一爆裂"（《时间之伤·之五》）。说到底，"那个汉子是属于雪的"，浴火再生后的那份澡雪精神，已是"如此明净"（《石室之死亡》之六十三）。

时代在生命之痛的呐喊声中"炸裂"，更在时间之伤的叹息声中寂然。比起死亡，那"简单地活着/被设计地活着"（《猪年二、三事》）且"浮亦无奈/沉更无奈"（《雨中过辛亥隧道》）的放逐人生，才是现代人最常态也最本质的"痛"。"迷失在文化的碎片间，和在肢解的过去和疑惑不定的将来之间彷徨。"①"一仰成秋/再仰冬已深了"（《独饮十五行》），冷（"灰烬"之"冷"）而且白（"蝉蜕"之"白"），尽管"在体内藏有一座熔铁炉"（《无题四行·之九》），但即或寻寻觅觅地攀登到历史的"绝顶"，找到的终还是"一枚灰白的/蝉蜕"（《寻》）。秋意本天成，雪魂自来生，在诗人洛夫，爱秋之淡美，爱雪之纯白，一直是他精神世界的底色。从湖南故乡"冷白如雪的童年"，到北美他乡，"大冰河"的"苍冥中，擦出一身火花"（《大冰河》），那双"雪的眸子"总是及时闪亮在"风过/霜过/伤过/痛过"（《湖南大雪——赠长沙李元洛》）之后的生命间歇，点燃禅悟的灯，在《月光房子》里，将血色的我，"还原为一张空白的纸"，然后《走向王维》，《解构》《猪年二、三事》，在《时间之伤》意义之冥思中，"看到自己瘦成了一株青竹"（《走向王维》）。

进入洛夫出世之伤/时间之伤的"白色"精神向度中，我们看到，落视于日常、亲近于自然的诗人之心之笔，越发显得自信与老到，可谓德全神盈，游刃有余。其间一系列精品佳作，可说

①　叶维廉：《洛夫论》，《诗魔的蜕变——洛夫诗作评论集》（萧萧主编），台湾诗之华出版社1991年版，第8—9页。

人皆称许，少有异议。问题是，洛夫的这种庄禅之"白"，是否就是所谓"回归传统"的"幡然悔悟"？其实不然。有品位的读者自会发现，这种"白"，既是洛夫古典情怀的本色，只需回到，无需"蜕变"，同时也是洛夫现代意识的升华，是"血的再版"，而非美丽的遁逸。在现代性的苦闷和危机中，亲近自然，是为了"重建人与自然的和谐关系"，"在自然亲和力感染下，发现自我的存在"，"心灵便有了皈依，生命便有了安顿，进而对人生也有了深刻的反思和感悟，因而得以化解生之悲苦"。① 而落视于日常，是为了审度那发自时代和生命更深处的声音，于寻常生活、日常世界中寻找生命的支点、生存的真义，并在审美愉悦中，滋养我们的心灵，驱除我们的精神荒寒。在这寂寞而澄明的"白"中，在这被寂寞和澄明洗亮了的视阈中，我们咀嚼到的，是诗人那一以贯之的孤绝与超脱，并同诗人一样，"把自身化为一切存在的我。于是，由于我们对这个世界完全开放，我们也就完全不受这个世界的限制"。②

　　总之，设若将洛夫诗歌精神世界的"红色向度"，看作是为清洗历史/生命的伤口而展开的话，其"白色向度"，则是为守护现代人心灵的质量而展开——神韵飘逸的禅意美感下，不是生命意识的寂灭，而是生命意识的深化，是雪中红梅、石中电火。有如诗人老来的风姿：一头雪峰般的白发下，是石榴般红亮的童颜！而尤其需要指出的是，无论是"魔"、是"禅"、是"入世"、是"出世"、是"超现实主义"、是"新古典"，在洛夫，都不是为了添几件唬人的行头用以蒙世，而是化入人格、融于生命，成为独立、个在、自足和超迈的诗性言说——这是大诗人、杰出诗人与仿写性、复制性的普泛诗人最本质的区别，也是洛夫诗歌世

---

① 洛夫：《诗的传承与创新》，《洛夫精品》序，人民文学出版社 1999 年版，第 3 页。

② 洛夫：《魔歌》，台湾中外文学 1974 年版，第 516 页。

界精神容量大、艺术原创性高、深具影响力和号召力的根本所在。

阅读洛夫，有人本亦即精神的震撼，更有文本亦即艺术的惊艳，二者水乳交融，和谐共生，使人们真正领略到一位诗人艺术家的创造魅力与写作风范。洛夫是诗人，也是诗学家，在持续近半个世纪的创作中，除奉献了极为丰富而优秀的诗歌文本外，还有多部诗学论著出版，其视点所及，关涉到现代诗从内容到形式到语言问题的方方面面，且多有精湛到位的独特见解。这也从另一方面证实了，洛夫是现代诗人中，为数不多的几位将新诗的创作真正视为一门艺术，且经由自身的创造，有力并有效地推动了这门艺术的发展的杰出诗人之一。强烈的艺术自觉和卓越的语言才华，使洛夫不但在各类题材的处理上都能别开生面，而且遍及小诗、组诗、长诗、中型诗等各种形式，均有名篇传世，还创立了新诗史上独此一家的"隐题诗"形式，令诗界惊叹！实验性、发现性、主动性、自足性，无一不贯穿于洛夫创作实践之始终，形成其高标独树的美感风范。

我们常说诗是语言的艺术，语言是诗的本质，有如炮制一百首平庸的"诗"，不如创造一个新奇的意象。如何将追求情感（以及精神和思想）奇遇的文字（作为工具的文字），转换为"文字的奇遇"（作为与精神同构共生的文字）之追求，确乎是现代诗创作的不二要义。洛夫向有"意象大师"之称，台湾诗人、诗学家简政珍在其题为《洛夫作品的意象世界》一文，开篇即称"以意象的经营来说，洛夫是中国白话文学史上最有成就的诗人"。[①] 诗学家李英豪在其《论洛夫〈石室之死亡〉》中，也指认："洛夫是最能使意象及修辞的张力达到自给自足的一个。"[②]

---

① 简政珍：《洛夫作品的意象世界》，《诗魔的蜕变——洛夫诗作评论集》（萧萧主编），台湾诗之华出版社 1991 年版，第 61 页。

② 李英豪：《论洛夫〈石室之死亡〉》，《诗魔的蜕变——洛夫诗作评论集》（萧萧主编），台湾诗之华出版社 1991 年版，第 329 页。

确实，仅就意象而言，洛夫真可说是"兴多才高"、"仗气爱奇"，乃至不惜时而犯一些因词害意的错误，尤其在前期的《石室之死亡》等作品中，甚至给人以迹近"雕琢"的印象。其实这种印象同样是由误读所造成，源于总是习惯于拿洛夫清明疏隽的中晚期诗风与前期的意象繁复作简单比较，褒此贬彼，以便得出"回头是岸"的推论。岂不知这同样是洛夫的一体两面。当"魔"则魔，当"禅"则禅，"魔"则繁复，"禅"者清简，且都服从于生命形态的精神呼求，形神互生，思言并行。在《石室之死亡》中，对应于"一片碎裂的海"和"炸裂的太阳"之精神形态，诗的语言张力皆被撕扯分割于局部，着力于句构，不求篇谋，是以意象密集，气息沉郁，有浓得化不开的语境，读之处处怵目，步步惊魂。在这样的阅读感受冲击中，实则一些看似"雕琢"的地方，也让人觉着是迫于强烈的创造欲望且可诉诸此时此地之语境的水到渠成的"雕"或"琢"，并非不得已而为之的生硬造作。

当然，最能体现洛夫整体美感风范的，还是其中后期亦即"白色路向"的诗风，人们大多都倾心于此，也有其审美意义上的合理性。在这一路向中，创作主体逐渐从社会角色、历史角色的困厄中超脱出来，悬置文化身份，潜沉生命本真，纯以诗心禅意，亲近自然，落视日常，亦啸亦吟，无适无莫，由"魔"之诗而人之诗，其思其言其道其情，自有一种合于人们阅读期待的亲和性和普适性。心境的转换自然带来语境的转换：由丰而简，由博而约，对于有"语言魔术师"之称的洛夫来说，自是稍加控制便可从心所欲而澹然自澈、风神散朗。此时洛夫，其一，不拘于一词一句的经营，注重篇构之妙，让一首诗成为一件紧凑完整的织物，线索分明，缀饰有度。许多佳作，从字句的披沙拣金到句式的起伏回荡，都既具匠心，又显自然，在畅美的阅读快感中品味悠长的余韵。其二是合理使用意象，在叙述性语式清清简简疏疏朗朗地娓娓道来中，于不经意处生发意象，辉耀全篇，使熟句（非意象语）变生，生句（意象语）变熟，张弛之间，妙趣横生。

挥洒自如处，每每如书法中的飞白，国画中的点苔，用在"关节"，点在"穴位"，令人叫绝。其三是多重视野的交叉运行，包括时间空间化，空间时间化，意象事象化，叙事理趣化，主客移位，虚实相生，明晰的抽象意义和含蓄的未限定含义互相交织，形成一种复合张力，深美宏约，有骨感而不失风韵。此三点，只是简略言之，难窥洛夫诗美之全豹。其实就诗的语言意义而言，关键是要有命名性，经由这样的命名，被书写的事物和语词，顿时生发出新的精神光源，且无法再重复，亦即一经如此命名，就无须再说什么。正是在这一点上，洛夫显示了他超乎寻常的大家气象。他的许多名篇力作，都给人以"到此为止"的感觉，亦即由他处理过的题材，似乎已再难以有别的"说法"超乎其上，所谓被他"说绝了"，如《边界望乡》、《午夜削梨》、《湖南大雪》、《金龙禅寺》、《烟之外》、《随雨声入山而不见雨》、《回响》、《危崖上蹲有一只独与天地精神往来的鹰》以及《石室之死亡》等等。可以说，阅读洛夫，欣赏洛夫，既是一次新奇而独特的灵魂事件的震撼，更是一次新奇而独特的语言事件的震撼。在这样的震撼中，我们的灵魂重归鲜活，跳脱出类的平均数，在重新找回的那个真实的自我中，复生新的情怀、新的视野，开启新的精神天地——而这，不正是现代诗最根本的使命和意义吗？"激流中，诗句坚如卵石／真实的事物在形式中隐伏／你用雕刀／说出／万物的位置"（《诗人的墓志铭》）。

　　从二十世纪五十年代初在台湾公开发表第一首诗《火焰之歌》，到九十年代末移民加拿大后出版晚近作品集《雪落无声》，持续半个世纪的创作，洛夫为中国现代诗史奉献了二十多部诗集、五部诗评论集和六部诗编选集，如此丰沛的创作量，虔敬如圣徒般的创作态度，在整个二十世纪下半叶的中国诗坛，恐无出其右者。同时，洛夫也是风云际会的台湾前行代杰出诗人中，最具有艺术自觉、文体意识和探索精神的一位，以至直到九十年代花甲之年，还创造出"隐题诗"这样"一种在美学思考的范畴内

所创设而在形式上又自身具足的新诗型"。① 诗人是一个民族精
神空间的开路先锋，诗人也更是一个民族审美空间的拓荒者。在
洛夫的诗歌世界中，我们不仅能获得强烈的我们中国人自己的现
代生命意识、历史感怀以及古典情怀的现代重构，更能获得熔铸
了东西方诗美品质的现代汉诗之特有的语言魅力与审美感受。我
是说，是诗人洛夫，让现代中国人在现代诗中，真正领略到了现
代汉语的诗性之光。在这样的诗性之光的照耀下，彷徨于文化迷
失和精神荒寒中的人们，方才觉得暂时回到了"家"，并欣然倾
听——

> 哦！石榴已成熟，这动人的炸裂
> 每一颗都闪烁着光，闪烁着你名字

2000 年 3 月

[注]

　　《洛夫·世纪诗选》，台湾尔雅出版社 2000 年 5 月版，本序文在原书中
题为《现代诗的美学史——重读洛夫》，后在大陆发表时更名为《重读洛
夫》。

---

　　①　洛夫：《隐题诗形构的探索（自序）》，《隐题诗》，台湾尔雅出版社 1993 年
版，第 3 页。

萧散诗意静胜狂

评洛夫诗集《雪落无声》

　　因了专业的需要和爱好的偏执，我可算是个长年累月读诗的人了。多年来，在这种诗的阅读中，总是难忘洛夫——他的诗句、他的诗意，总是在一次又一次阅读的浪潮冲刷之后，新月般地跃升于诗性记忆的海面，令人复归神往，不胜追怀！

　　爱读洛夫的诗，尤其对我这样的读诗人。沉溺既久，我渐渐习惯于将诗分为供研究的诗和供阅读的诗。前者需专心致志，以诗学的眼光考量其艺术价值高低新旧，成为一项"科研工作"，难免其累；后者则只需随心所欲，以欣赏的眼光领略其瞬间永存的审美感觉，有如一次快意的散步或邂逅式的恋情，赏心悦目。时间长了，遂窃以为后者似乎才真正契合诗的本质，且发现大凡好诗，总是既具有（且先具有）赏心悦目的阅读价值，也不失一定考量的诗学研究价值的。其实对诗评家而言，他既是诗的专业化研究者，又是诗的普通欣赏者，研究的目的除提供诗学价值之外，也有提高欣赏眼光的一面，假如连诗评家都已失去读诗的乐趣而不堪研究之累，这诗还有谁愿去读？是以近年与诗的接触中，愈来愈乐于纯以欣赏的眼光而非研究的心理去辨别诗的优劣，倾心于一见之下心为之一动眼为之一亮的感性了悟，而不再信任于"五马分尸"式的解读。正是在这样的阅读视阈里，洛夫的诗便在诗学价值的考量之外，更显示出一种雅俗共赏的阅读亲和性。这种亲和性，不仅是古今中外大诗人、好作品得以流传再生的基本属性，也正是历经几番实验、先锋之拓殖后，渐次进入常态发展的现代汉诗所首先要解决的问题。尽量减低阅读障碍，在字面上把话说明白，使之语境清明畅朗，而又不失字面后面无限的内涵，扩展文本外的艺术张力，从而让阅读成为快事，使品味更加绵长，这是我多年心仪的诗风——晚年洛夫的创作，无疑已成为这方面的高手而愈显其大家风范。

洛夫曾有"诗魔"之称，那是指诗人当年左冲右突，做多向度诗学探求而卓有建树的创造形态。那时的洛夫，无论在诗体的架构、诗语的锻造和意象的经营上，都用的是"加法"，刻意求新求变求原创，极为有力而深刻地影响了现代诗的发展，并为现代诗史留下了许多颇具研究价值的重要文本。但仅从创作主体而言，作为"诗魔"的洛夫，在狂飙突进的当年，难免有角色化的出演，暂时潜隐的另一个诗性自我，一直期待着蜕变后的复归，还原一位完整的洛夫。

考察洛夫的精神世界，有入世甚深的一面，也有出世甚切的一面；有张扬生命个性之西方意识的一面，也有倾心认同天人合一之东方意识的一面；极理性，又极感性；极粗犷，又极纤细。窃以为，这两面性的前者，是后天形成的洛夫，后者，则是先天本然的洛夫。前者在不免有些角色化的早期创作中，可谓已表现得淋漓尽致；后者则在其晚近的创作中，逐渐成为着力拓展的重心所在——由角色而本我，由历史风云而个人天空，由"魔"之诗而人之诗，由王者之诗而隐者之诗，由神品而逸品——一向善变的洛夫，这回终变回到原初的自我，虽无涉正误，但确是一种极重要的互补。而亲和由此生成：阅读洛夫，已不再有解析的负担，成为价值与审美、营养与快感并存共生的一件快事。此时的洛夫，洗尽尘滓，人清诗清，风神散朗，骨感清癯，澹然自澈，独存孤迴，平宁淡远，无适无莫。落于创作，多用"减法"，解构意识形态之残余，解构意义价值之归所，不再刻意而为，仅只随缘就遇，飒飒容容，不懈不促，更无涉炫奇斗诡。如此"减"下来，洛夫的诗显见是"瘦了"，"瘦见了骨"，方又呈现一派冷凝萧散的骨感之美——至新近在尔雅出版社出版的《雪落无声》诗集中，这种"骨感之美"已到了炉火纯青的境地。

《雪落无声》一集，大体是洛夫近十年（1989－1999）来诗作中，除《隐题诗》特集外的一个最新选本。对于这部诗集的基本风格，其实无须评论家过多赘言，诗人自己在其题为《如是晚境》的代序短文，和其题为《叶维廉家的后院》一诗中，做了直接和间接的说明。"选择'雪落无声'作为书名，主要是因为我喜欢这个意象，它所呈现的是将我个人的心境和自然景象融为一体的那种境界，一种由无边无际的静谧和孤独所浑成的宇宙情怀……"这是诗人在序文中的夫子自道，并进而由心境的告白转而为诗境的告白："近十年来，我常有'夕阳无限好'的惊悚，诗里面难免不时透露出一股萧散冷肃的味道，这正是前面所说的'满不在乎'的境界，不过这并非意味着颓废和放弃，事实上反而是对生命有着更全面的观照，对历史有着更强烈的敏感。"诗境的变化来自心境的变化。洛夫自九十年代以来，逐渐在形迹上淡出诗坛，沉潜书斋，一边分力于书道以养气，一边调整诗笔的走向，以契合新的生命观照。这一转折，在写于1988年的《走向王维》一诗中早见端倪："生得、死得、闲得/自在如后院里手植的那株蜀葵/而一到下午/体内体外都是一片苍茫。"这份"苍茫"，在整部《雪落无声》诗集中都可感受到，成为晚近洛夫诗思中深度弥漫的背景氛围。写于1995年11月的《灰面鵟》，则以"二度放逐"的命题，对这份苍茫的晚境，作了宿命式的认领。此时的洛夫，已决定离台湾移民加拿大。来台是被迫的"放逐"："我们从很远的家园飞来"，"羽翼的孤寂/从此传染给每一次飞翔"；离台是自选的"放逐"，是对"非我族类"的"过客"的身世与命运的最终认领后，决然以四海为家而不再做"回家"之梦的"自我放逐"——一生都在漂泊的路上，"故乡，只是秋风中/一声听不清楚的呼唤"。认领"放逐"，只是"不愿堕落/为一双在路旁破口骂人的弃鞋"，而"过客"的风骨更硬，"寒风中/我们只用一只脚/便稳住了/地球的摇晃/剩下的力气就只能做一件事：以小小的死/陈述/小/小/的爱"。这首以短歌赋大诗的力作，以寓言的方式，为世纪末恪守独立人格和精神自由的漂泊者们写真存照，既是自况，更是为一个特殊的文化族类传神，写得苍凉凄美而不失力道，堪称此类题旨之作中的绝唱。

认领便是安妥，远去他乡作故乡，心乡即故乡。孤居理气，襟抱超然，神澄笔逸，思新格老，由"魔"而人而隐者，其思、其言、其道，自是不计"鬼斧"，不着"神工"，只是淡然而出浑然而成而众美从之——"如是晚境"中的洛夫那支诗笔，不再"寻求矛盾，制造冲突"，唯守平实之意象、萧散之意味、清明之意境，举重若轻，逸韵自适。或作"马鸣风萧萧，落日照大旗"式的长歌大赋，如《出三峡记》、《杜甫草堂》、《大冰河》等诗，语词清峻，风骨劲健，"于苍冥中，擦出一身火花"（《大冰河》）；或作"明月松间照，清泉石上流"式的小令绝句，如《南瓜无言》、《未寄》、《后院所见》等诗，意象清简，韵致疏逸，于客观冷肃中透显深沉内质；或时涉闲笔，于日常一瞥中随手拈来，不脱不粘，近庄近禅，寄隽永于空灵之中，如《水墨微笑》、《或许乡愁》、《埋》、《叠景》、《秋意》、《风雨窗前》、《又怕》等诗。如此风格之追求，其实早已在"二度放逐"之前，诗人便告白于《叶维廉家的后院》中。这首可谓以诗论诗的小诗，既可看作领略《雪落无声》一集诗风的导论，也是领会洛夫晚近诗美追求的

"入境证"。做客诗友之家，且是异国他乡，难免反思来路，推想去处，诗之一生，繁过、荣过、上下求索过，而晚来何以归所？诗人自问自答："然而，被繁花围困的诗人/如何淡、如何远？/如何庄、如何禅？/这时，他正俯首从满地的落花中/寻找那一瓣/彻底解构后的自己"，诗人进而不无深意地顺便带出一闲笔："至于他后院子里偶尔冒出的/一丛/非常之欧洲的薰衣草/也只是一群过客"。显然，这是彻悟后的自问自答，是解构后的二度重构，当年欧风美雨的浸染，已为近庄近禅的心境所化解，而曾经繁复的语境遂化为清明。清明而有味，是东方的韵致，是大家的风范，也是一直潜流于洛夫艺术天质中的一脉本原活水，几经起伏，于中年诗风中，已渐成格局，晚来则归为主流，蔚然大观。至此，"江水洗过的汉字——发光"（《出三峡记》），在洛夫，这"江水"，是曾经沧海复为水之"水"，是繁华散尽后，清明岁月中的自在呼吸和本真写意。此时为诗，可谓"雪落无声"胜有声，萧散意绪静亦狂，无涉经营，不着迂怪，无论本事还是寄寓，都形踪空寥，淡然如烟，看似清水白石，却又禅机四伏，余味悠长。语言在有节制的平衡中，作自然而然的断连切转，且以叙事为本，化意象入事象，于具体中见机锋，不奇中见奇，体现一种超越时空、与天地万物和谐共生的淡远情怀。时而也技痒（别忘了，洛夫惯有"意象魔术师"之称），写星空"美哉，这个撒满了发光，的虚无之卵/的天空……"却不着刻意，似随口言出。更多数的，则是如"池子里躺着一个/只愿映照自己的天空"之类的意象，于叙述语中自然带出，言近而意邈。尤其值得称道的是，诗人还常在散淡的诗意中，时时扯出几根弹性良好的形而上的筋骨，亦庄亦谐，牵动得其他诗句有声有色，令人莞尔。

"储备整生的热量/只为了写一首让人寂寞的诗"《杜甫草堂》），寂寞是大美，唯大诗人方可出入其内，领略与呈现这"寂寞之美"的真义。应该看到，弃"魔"从"隐"后的洛夫，晚近诗风，思近庄禅，语近清明，绝不可以所谓"回归传统"、"迷途知返"之庸俗腔调作论，而是历经淘洗之后的兼容并蓄、冶炉自臻，是在更高层面上的升华与提纯。淡而知味纯，远而知思深，雨（语）淡风（思）细之中，那份曾"魔"曾"幻"的现代意识与现代审美的成分，从未有半点缺失，只是经由内化而更趋精纯罢了。这也正是洛夫的可贵之处：不仅持之一生创造活力不减，且持续提升艺术追求，从不重复自己或重复他者。是以阅读洛夫，总有一份不失期望的惊喜，并且相信这份永葆信任感的阅读期待，必将伴随这位大诗人延展到新的世纪以至更久远的未来。

1999 年 8 月

"诗魔"之"禅"

读《洛夫禅诗》集

上世纪七十年代初（1974），洛夫出版了他的代表性诗集《魔歌》，与其另一部重要诗集《石室之死亡》的前卫风格形成明显对比，似乎"诞生"了另一个洛夫，一时备受诗界注视。多年以后，诗人自己也谈道：《魔歌》是他艺术生命和语言风格趋于成熟的一个转折点。^① 在《魔歌》里，除《长恨歌》、《巨石之变》等名作外，引发人们特别关注的，是《金龙禅寺》、《随雨声入山而不见雨》等一些别具禅趣的小诗、短诗，由此得识，"诗魔"原来还有另一面风貌。实则诗人素有"禅心"。在洛夫这里，"魔"即"禅"，"禅"即"魔"，"禅""魔"互证，方是洛夫诗歌美学的核心。《魔歌》之后，整整三十年来，诗人一直"暗自/在胸中煮一锅很前卫的庄子"（洛夫诗句），创作了不少"禅诗"之作，并最终指称"诗与禅的结合，绝对是一

① 《洛夫访谈录》，北京《诗探索》2002年第1—2辑总第45、46辑，天津社会科学院出版社2002年版，第287页。

种革命性的东方智慧"。① 让阅读界和研究者一直遗憾的是，洛夫的这些"禅诗"，多年来均散落于各种选本中，难得集约性地全貌而观。如今，诗人终于将其精选结集，单独出版，既满足了人们长久的阅读期待，同时，又为近年渐次展露的现代禅思诗学研究，提供了一个典型个案，实在可喜可贺。

　　大陆诗学家陈仲义在其《扇性的展开——中国现代诗学谫论》一书中，将"禅思诗学"归为"新古典"一路，高度肯定其为"打通'古典'与'现代'的奇妙出入口"。同时也不无憾意地指出："（新诗）八十年来新禅诗实践者寥寥"，"专司于斯的诗人凤毛麟角"，"1917 年至 1949 年三十年间，大概只能找出废名一人"，"而后才是入台的周梦蝶"，"再后是部分的洛夫和孔孚"，"从总体趋向看，现代禅思诗学明显露出断层与失衡。"② 对此，笔者也曾在《口语、禅味与本土意识——展望二十一世纪中国诗歌》一文中提出："'现代禅诗'一路，我主要看重其易于接通汉语传统和古典诗质的脉息，以此或可消解西方意识形态、语言形式和表现策略对现代汉诗的过度'殖民'，以求将现代意识与现代审美情趣有机地予以本土内化。"并认定"现代禅诗由式微而转倡行，只是迟早的事"。③ 如今，"部分的洛夫"已越来越凸显出他在新禅诗一路的特殊价值和重要地位，而《洛夫禅诗》的出版，便也带有了几份既填补历史"断层"，又开启未来发展的意义。尤其当此极言现代、"光脊梁穿西服"而复生"文化乡愁"的新世纪之初，回头再全面领略洛夫的现代禅思之诗境，自会蓦

---

　　①　《洛夫访谈录》，北京《诗探索》2002 年第 1－2 辑总第 45、46 辑，天津社会科学院出版社 2002 年版，第 281 页。

　　②　陈仲义：《扇性的展开——中国现代诗学谫论》，浙江文艺出版社 2000 年版，第 109—113 页。

　　③　详见本书卷一。

然惊喜，这里确有另一番别开生面的天地。

由生命诗学而禅思诗学，在洛夫而言，不是美丽的遁逸，而是"血的再版"，所谓借道而行，换一种方式观照人生，审视世界。儒家的热衷肠、禅家的平常心，在诗人这里，乃一体两面，相融相济，相激相生，于互证中见别趣，且潜在的精神底背，仍是现代人的生存体验与生命意识，只是别有通透，而非无所住心，是以称之为"现代禅诗"。应该说，这是自新诗以降，有禅思诗学以来，洛夫有别于其他新禅诗的根本所在。这是一种"焚过的温柔"（《信》），而"你是火的胎儿，在自燃中成长"，"你是传说中的那半截蜡烛/另一半在灰烬之外"（《灰烬之外》）"葬我于雪"，隐我于禅，所隐所葬的，并非一个枯寂的空无，而是"一块炼了千年/犹未化灰的火成岩"（《葬我于雪》）。反观传统禅思，追求的是"悟入"、"空出"、"不即不离，不住不着"，求解脱，得逍遥，有中生无，无虑而自性清净，不但失却人生应有的关切与担当，且以弱化生命意识为代价，堕入寡情幽栖之个体心智的禅意游戏。入诗，则唯禅是问，将其固化为一种知性网罩，失去本初的心理体验和个在的审美追求，实则只是观念形态的诗型诠释，与真正的诗性生命意识相去甚远，所谓"酸馅气"即在于此。这种"酸馅"不换掉，凭你用怎样现代的诗法去重新包装，也难除其腐味，难消其隔膜。或许，这也正是新禅诗一路一直"式微"而"寥寥"的主要原因。洛夫于中年午后之诗旅中近庄近禅，自有其独在的出发点。一方面，是其卓然峭拔的人格精神和素直萧散的人文心境的自然取向。"静寂自内部生长/自你的骨头硬得无声之后"（《石头记》），方"裸着身子跃进火中/为你酿造/雪香十里"（《白色之酿》）。一方面，则主要是经由现代诗潮的淘洗之后，对富有"东方智慧"的古典诗美及汉诗本质的二度认领，以求"汲古润今"，在现代性诉求与汉诗审美特性的发扬之间，寻求可能的、更具超越性与亲和性的联结点。"我走向你/进入你最后一节为我预留的空白"（《走向王维》），这"空白"，正是那"革命性的东方智慧"，一朝为"我"所用，则顿开新宇。禅与现代诗，有隔处有不隔处，洛夫栖心于禅，看重的是禅道、诗道皆在"妙悟"。妙悟于思，因隐而示深；妙悟于言，由简而致远。以此助现代诗思，而非以诗心入禅道，洛夫得其所然。若仍拿上面的比喻来说，洛夫显然是用传统禅思之皮（"妙悟"之法之味）来包现代诗思之馅，这就从根本上弃绝了"酸馅气"，所谓借道而行，同途殊归，即在于此。

因此，读洛夫禅诗，从来不觉有隔；意不隔，语不隔，味也不隔。（新禅诗中，有此三不隔者，确实"寥寥"。）意不隔，在于洛夫的禅思，是一种立足于现代生命象境和存在维度中的游心于意，与性空为本、以禅为禅而弱化、虚化生命诗意与生存追问的传统禅道，有着本质上的不同。这种本于生命诗学的"禅化"，实则是对现代生命诗学的另一种"深化"或叫"澄化"。澄言以凝意，澄意以凝思；澄而不寂，静而不虚，"课虚无以责有，叩寂寞而求音"。（陆机·《文赋》）尽管如此"澄"下来，"体内体外都是一片苍茫"（《走向王维》），却有另一种目光和语感的生成，以此消解角色意识与语言困扰，复以超然心态和本初自性涉世入诗，反而"对生命有着更全面的观照，对历史有着更强烈的敏感"了。[①] 诗人浴火酿雪，虽"心中皎然"，但到了却"心惊于/室外逐渐扩大的/白色的喧嚣"（《白色的喧嚣》）；诗人近禅爱秋，悟"秋，美就美在/淡淡的死亡"，却又暗藏一句"天凉了，右手紧紧握住/口袋里一把微温的钥匙"（《秋之死》），于达观中见眷顾，挽留一缕人间烟火。一部《洛夫禅诗》，走笔处，时见灰烬、见蝉蜕、见泡沫、见雪见烟见苍白，也同时见蜡烛、见飞鸟、见石头、见火见光见红润。即或是较早的《金龙禅寺》之名诗中，诗人也有意让那只"灰蝉"，"把山中的灯火/一盏盏地/点

---

① 　洛夫：《如是晚境——〈雪落无声〉代序》，《雪落无声》，台湾尔雅出版社1999年版，序第4页。

燃"。而如《剔牙》、《沙包刑场》、《西贡夜市》以及《清明》一类诗作，更是直面现实丑恶与荒诞，于冷眼中迸射针芒。只是"白"也好，"红"也好，"静"也好，"动"也好，在洛夫禅笔下，均不再是刻意的冲突或暴张的矛盾，只是以实言虚，以虚言实，于静笃之语境中弥散悲悯之情怀、关切之深意，化曲思为直寻而"直致所得，以格自奇"（司图空·《与李生论诗书》）。如此由眼前物、日常事、当下境、平素心所生发的禅意诗语，又何隔之有？当然，作为一种语言艺术，其关键处，尚不在于你说的是什么，怎样说的，而在其说法是否有味道，尤其是你所操持的母语所特有的味道。味道隔，则一隔百隔；味道不隔，则其他的隔尚有化解的余地。百年中国新诗，要说有问题，最大的问题就在于丢失了汉字与汉诗语言的某些根本特性，造成有意义而少意味、有诗形而乏诗性的缺憾，读来读去，比之古典诗歌，总觉少了那么一点什么味道，难以与民族心性通合。洛夫以禅助诗，最得意也是其最成功之处，正在于此——助之简，助之净，助之清明灵动，助之澄淡涵远，助之素言淡语而得言外至味。素有"意象魔术师"之称的"诗魔"，大有"水停而鉴"（刘勰语）、重觅汉诗本味的兴头，以素直之质为体，略施诡异之采，自常境中入，由奇意中出，于静笃中见峭拔，于澄明里生悬疑，淡语亦浓，朴语亦华，自然呈现，邀人共悟，一时尽得禅思之别趣，且现代，且鲜活，且有味——汉语的味、东方的味、我们中国人所钟爱所珍惜所无法割舍的味。正是这种可信任而极富亲和性的"味"，使诗爱者选择《魔歌》为三十部"台湾文学经典"之一，而非洛夫自认为"我诗集中最具原创性和思想高度的《石室之死亡》"，[①] 今天看来，也是顺理成章的事了。

---

① 《洛夫访谈录》，北京《诗探索》2002年第1—2辑总第45、46辑，天津社会科学院出版社2002年版，第287页。

需要补充说明的是，洛夫深得汉诗语言本味的诗风，在诗人其他作品中，其实也早已水乳交融，只是在其禅诗中显得特别明显而已。那片被诗人自视为"最后一节为我预留的空白"，也确实在洛夫"进入之后"，不再"寥寥"，不再"失衡"，而焕发出新的异彩新的生机。现代禅诗由此有了具有影响力与号召性的代表人物，也便由此奠定了它得以新的发展的基础。每读至洛夫《走向王维》结尾处那充满自信的诗句，我总觉得，这不仅是诗人个人的自信，也是整个现代汉诗的自信——套用洛夫的语式来说：不但自信，而且还带点骄傲！

2003 年 4 月

［注］

《洛夫禅诗》，台湾天使学园网路股份有限公司 2003 年 5 月版。本文应洛夫先生之邀为序。

王者之鹰

洛夫《危崖上蹲有一只独与天地精神往来的鹰》点评

  诗的题目较长，在于这是一首"隐题诗"。"隐题诗"是洛夫的发明，并出版有《隐题诗》专集，在九十年代初的两岸诗界曾引起一阵不大不小的惊异。尽管因各种因素所致，这一"诗学事件"未得以更深广的研讨，但只要新诗的形式问题依然是个"问题"，就有洛夫的"隐题诗"作为此一"问题"的参照价值而存在。窃以为，这一基于对汉诗语言特质的创造性挖掘而生发的诗体实验，迟早还会被人们重新关注，复生新的意义。

  洛夫对他的这项"专利"，做过这样一个简略解释：标题本身是一句诗，或一首诗，而每个字都隐藏在诗内，若非读者细心，很难发现其中的玄机。《危崖上蹲有一只独与天地精神往来的鹰》一诗的标题，显然是一句不错的诗：意象突兀，气势逼人，一下子就打开了一种强烈的诗性境界，与整首诗形成既独立存在又相互指涉映照的审美效应。妙在十七个字作为全诗十七行打头起首的字隐入诗中后，全然不显牵强，如酒麯入酒，浑然一体，可见诗人的语言造诣之深。因"行行受制"，诗句间字面的跨跳就不免要大些，弄不好就造成意蕴的断裂，生涩或散乱。此诗却有一气呵成之势，语断意连，内息浑整而意象纷呈，可谓由限制中争得自由，由促迫中尽显潇洒，且因"限制"和"促迫"，更平生几分语感的奇崛和意境的曲回以及意外的节奏感。诗不长，分量却很重。起首一句"危机从来就埋得很深"，有点突如其来，但与全诗照应着去看，自解其来路何在——在那只"独与天地精神往来的鹰"的眼中，人类生存的各种危机（无论是精神的还是环境的），始终是一个潜在的、未能很好解决的问题，如此劈头提出，意在衬托出这只"鹰"的孤绝与超迈的风姿，及其洞察时世的清醒目光。二、三、四句借"上帝"的无奈，揭示"历史"的无常，啼笑皆非中，人间留下的更多只是"鼻涕与泪水的混合物"。这里暗合"上帝死了"之西方理念，现代人类的精神家园已成乌有之乡、"危崖"之所，孤寂与漂泊成了不得不的归宿，是以"一阵天风把亘古的岑寂吹成/只身闯入云端不知所终的风筝"。至此，前七句可算全诗的上阕，为"王者"之"鹰"的出场作背景烘托，同时也自成理路，为我们勾画了一幅纷乱莫测、危机四伏、"诸邦"（精神家园）"崩溃"无归路的世纪末乱象，极具现代意味。从第八行起转入下阕。"独有它"三字一行，承上启下，语气短促，而声势夺人。"它"即那只"独与天地精神往来的"超现实的"鹰"，是诗人主体精神的投射，也是融诗人与哲人、愤世者与创世者为一体的"超人"之化身。"它"与"天使共舞之后"（这里的"天使"当作"理想"之解），更不满现实之困厄，竟"奋力抓起/地球向太空掷去"，意欲使其脱离现有的运行轨道，去"命中我心中的另一星球"——这"星球"自是诗人理想中的精神家园了，但诗人依然心揣悬疑：即或如此，仍有几分"暧昧的存在"意味，"比传言还难以揣测"——到了，只有这充满独立之精神、自由之人格、超迈之情怀的创世精神是真实存在的，且让这只"鹰"永不得安宁，于孤独苍凉之景况中坚持着奋争与追求，从而在"危崖"、"断壁"上，不断留下"深陷的爪痕"，让世人惊悚："的的确确/鹰，乃一孤独的王者!"

古今中外诗歌中写鹰者不少，但像洛夫这样写出如此"王者"气象的，实在不多见。其实上述理解，也只是循字句浅识，若浑然读去，会更为其恢弘的气势、奇崛的意境所慑服。尤其以如此凝重而又深沉的题旨，却舒展于极为严谨而苛刻的"隐题"诗体之中，实在让人叹服诗人的语言技艺，确已至化境，为现代汉诗中难得的异品佳作。

2002 年 3 月

【附】

危崖上蹲有一只独与天地精神往来的鹰

危机从来就埋得很深
崖高万丈
上帝路过时偶尔也会
蹲在这里俯视诸邦——在焚城的火中崩溃
有些历史是鼻涕与泪水的混合物
一阵天风把亘古的岑寂吹成
只身闯入云端不知所终的风筝
独有它
与
天使共舞之后，奋力抓起
地球向太空掷去
精确地命中我心中的另一星球

神迹般暧昧的存在
往往比传言还难以揣测
来吧！请数一数断壁上深陷的爪痕
的的确确
鹰，乃一孤独的王者

刹那见终古

洛夫《未寄》点评

1999年秋，洛夫将他最新一部诗集定名为《雪落无声》，交由尔雅出版社出版，《未寄》即是其中的一首。诗人在自序中解释选择"雪落无声"作书名时说："因为我很喜欢这个意象，它所呈现的是将我个人的心境和自然景象融为一体的那种境界，一种由无边无际的静谧和孤独所浑成的宇宙情怀……"此时的洛夫，二度放逐（这次是自我放逐），寄身加拿大，亦客亦主，孤居理气，襟抱超然。落于创作，也由加法变为减法，神澄笔逸，字里行间，尽是繁华散尽后，清明岁月中的自在呼吸和本真写意。无论本事还是寄寓，都形踪空寥，淡然如烟，看似清水白石，却又禅机四伏，体现一种超越时世、与天地万物和谐共生的淡远情怀。

《未寄》一诗，即为上述心境的点睛之作，写于诗人1996年移民北美后的第一个秋天。全诗仅十二行三小节，以叙事为骨，稍作意象点化，极为空疏清简而又寄寓深远。起首两句一小节，起笔就平中见峭，自设其惑："昨夜/好像有人叩门。"一词"好像",化事象为意象,平生悬揣意味。静极思动,远在他乡作故乡,思乡情更切,是以生盼生寄,有人无人,那一扇心门,总在秋夜中待"叩"的,而亦主亦客的漂泊心境便一下子浓浓漫溢于这待寄的秋夜中了。因心动而幻听,实则并无人叩门。此时,想静下来也静不了了,是以错怪"院子里的落叶何事喧哗",依然是自设其惑。遂找个排遣的借口,将一院落叶之"喧哗""全都扫进""一只透明的塑料口袋",(在秋天,连塑料袋也清明得"透明"了啊!)未料却落得整个的"秋"都"蠕蠕而动"起来。此第二节四句,是写实也是写意,亦真亦幻而近庄近禅;借扫秋叶而理秋心,求静而获动,看是平常事,却于悖谬中见机锋。而以落叶入袋转喻为秋之蠕动,又何其自然贴切,且生动得让人叫绝!诗转第三节,又是一动:"一只知更鸟衔着一匹艾草/打从窗口飞过。"(为什么是"艾草"?屈子、端阳、一年一度的台湾诗人节等等,这"匹"草可谓负载不少文化乡愁呢!)先前是心动,此时是眼动;远走他乡,本为着忘却为着清静为着孤寂中的那种淡远与超然,不料人愈远心愈近,境愈静思愈动,依旧是"感时花溅泪,恨别鸟惊心"之况味。由此诗人顺笔落下一声叹息:"这时才知道你是多向往灰尘的寂寞"——这是正话反说,看似刻意求静,实则人非尘土,反衬那动的必然动的深切与无奈。诗的结尾从院中又回到屋内,经由心动(疑人叩门)、叶动、鸟动之后,诗人颇有点"此情难与君说"的困惑,是以连"写好的信也不必寄了"。这"信",自是远寄文化故土的信了,"剪不断,理还乱",干脆不理,然而诗人最终给出"未寄"的事由却是"因为我刚听到/深山中一堆骸骨轰然碎裂的声音",全诗也至此戛然而止,将前面信手拈来轻描淡写的叙事猛地收束于一个诡异骇人的意象上,使整首诗的意蕴由悬疑而入,经茫然而出,充满歧义。至于那"深山中一堆骸骨",到底有何所指,是归于寂灭之虚无,或是向死而生的涅槃?还是不求明解的好,只需惊喜于此一意象的诡异,再回观全诗,自有仁者见仁、智者见智的了悟。

　　回头解题，"未寄"实是寄了，有如诗中一波三折，处处求静而处处见动，正合了"静了群动"、"空纳万境"的境界，可谓于刹那见终古的典范之作。就诗质而言，十二行"秋词"，清明疏隽，淡然而喜，写得极为干净，还藏着几分戏剧性的意味，让我们再次领略到洛夫诗风特有的语言魅力与审美感受，且不敢轻视小诗的分量。

2002 年 3 月

【附】

未　寄

昨夜
好像有人叩门
院子的落叶何事喧哗
我把它们全都扫进了
一只透明的塑料口袋
秋，在其中蠕蠕而动
一只知更鸟衔着一匹艾草
打从窗口飞过
这时才知道你是多么向往灰尘的寂寞
写好的信也不必寄了
因为我刚听到
深山中一堆骸骨轰然碎裂的声音

孤绝之美

读洛夫小诗《诗的葬礼》

　　诗的品质不同，阅读的感受也自不同。都是好诗，好法却不一样。有的读来如春风拂面，一时美好，过后则无着落；有的读来如惊鸿一瞥，印象深刻，记忆却并不久远。最难得者，是那种读时惊心，读后牵心，隔长隔短，什么时候想起什么时候依然动心的诗作，即或背不出原句，也能清晰地回放其中的意象与情景，且不断与之共鸣而不能释怀。这样的诗，必然有其不同凡响的独到之处，从而或豁然开启了一扇久觅不得的经验之门（包括人生经验和审美经验），或猛然刺中了一处久痒而不得其解的体验之穴（包括语言体验和精神体验），是以痛快，是以过瘾，是谓孤绝之美！

　　孤者独出：异想奇思，至无人至之境；

　　绝者个在：想往绝处想，说往绝处说，语不惊人誓不休。

　　洛夫的小诗《诗的葬礼》，便是这样一首尽得孤绝之美的佳作：

把一首
在抽屉里锁了三十年的情诗
投入火中

字
被烧得吱吱大叫
灰烬一言不发
它相信
总有一天
那人将在风中读到

　　全诗仅九行四十八个字。论字面，无一生涩处；论结构，说话似的一顺溜写下来，没什么特别的构思；论内容，就一件事：烧情诗。可就这么读下来，却有惊心动魄之感，也被烧着了似的，有一种痛的打击，打击后发自深心的追思与认同。既是情诗，必被情感所浸透，三十年带血带肉扯心扯肝的情感，一朝了断，焚而烧之，怎能不痛得"吱吱大叫"。烧情诗的人没痛没叫，偏说情诗上的字叫；这些字平日活在情诗中，得情意绵绵而润、心血深深而养，活了三十年，活成另一种生命，怎能轻易死去，是以要"叫"。情诗的主人虽沉默着，只管烧，但心却没死，如灰烬般执著于一个期待：封存三十年的这首情诗，即使烧成灰，"那人"也"将在风中读到"！字在火中死去，灰待风来再生；火是现实，字是肉身，风是命运，灰是信念。生者生，死者死，不熄不灭的，是亘古不变的一个"情"字。诗人在这里叹咏的，正是情诗主人的那份执著，至于已成灰烬的那首诗，"那人"是否真的能在风中读到，已是其次了。

　　这首小诗，起得平顺，结得精妙，中间承上启下一个惊人意象"字被烧得吱吱大叫"，活跃全局而得其朗照，方显得"灰烬"与"风"的结尾既顺乎自然又意味深长。从立意而言，本属平常题材，关键是洛夫老到，惯于平常处下手，出不平常之思路之语感，得绝处逢生、险中求胜之功。其实孤绝之美，并不在语感的特异，而在人格的独立、心境的超拔，所谓说得绝是因为想得绝。试读洛夫另一首小诗佳作《昙花》："反正很短/又何苦来这么一趟/昙花自语，在阳台上，在飞机失事的下午//很快它又回到深山去了/继续思考/如何再短一点"。便可见得诗人的这份孤绝，并非偶尔所至，实已为融入人格、化入心境的生命体验了。

回头再品《诗的葬礼》之题，忽而想到，值此世人弃诗不顾、掉头别恋而诗运式微之时，为诗人者，若都能如行此"葬礼"的情诗主人那般孤绝与坚卓，或许方能救诗之再生？其实此诗是可以作此种以及别的多种读解的，读者不妨自行试之。

2002 年 10 月

痖弦诗歌艺术论

从痖弦公开发表他的第一首诗作《我是一勺静美的小花朵》至今，整整四十年过去了。这四十年，无论是在大陆诗坛还是在台湾诗界，都发生了许多巨大的变化。处于乱云低迷的世纪末之时空下，回首中国新诗七十余载的历程，重论痖弦诗歌艺术的意义何在？

痖弦是在台湾早有定论的大诗人，作为大陆论者，若仅是停留于一般性的介绍和评价，似无多大价值，且多有人做着。然而越是深研痖弦的诗歌文本，我越是发现，就大陆现代汉诗目下所提出的许多诗学问题而言，还是就对整个中国新诗近八十年之发展的反思而言，痖弦的存在都为我们提供了一个颇为重要而难得的研究对象。

对成名诗人的定位，我向来持三种尺度：重要的、优秀的、既重要又优秀的。从史学的角度去看，许多优秀的诗人并非重要；从纯诗学的角度而言，许多重要的诗人又不尽优秀。真正既重要又优秀的诗人，是那些既以自己的诗学观念对诗歌艺术的发展起过重要的开启与推动作用，又以自己的诗歌写作之质与量足以自成一家而影响于后来的诗人。这样的诗人，必在其写作中持有一个确定的诗歌立场，亦即有方向性的写作，它是一位诗人有创造内力的表现。由此而成就的作品，也必能深刻而独到地勾画出诗人所生存的那个时代的精神特征，从而取得超越其时代的意义价值；同时在这种"勾画"中，存有不同于他人的、且经得起时空打磨的语言质素，亦即以特有的专注深入语言并最终形成诗人独在的诗性话语方式，以此取得他跨越时代的艺术价值。

说到底，一首传世的诗或一部传世的诗集的根本品质是什么？是对存在独到的透视——通过本真生命的目光和诗性语言的穿透——在海德格尔（Martin Heidergger）看来，本真的诗既不是模仿，也不是描绘和象征，而是人的"真正财富和基本资料"，是"把人类从他的空虚无聊的命运中召回的一种方式"。对存在的开放和对语言的再造之双重深入，构成痖弦基本的诗歌立场，也由此奠定了他在整个近八十年新诗历史长河中的地位：痖弦是优秀的，也是重要的，是一位在中国新诗的意义价值取向和艺术价值取向进行了双向度探求而取得了双重成就的诗人。就整个中国新诗而言，痖弦是为数不多的几位经得起理论质疑的、真正彻底而又独具品位的现代主义代表诗人之一。由此我们才理解到，痖弦的作品，何以到今天的现代汉诗之进程中，乃至在一些后现代青年诗人的阅读中，仍放射着迷人的光彩，在我们的生命中投射一种新的战栗——他曾使你惊奇，而且现在，还要使你感到，更大的惊奇！

上

不少论者称痖弦为抒情诗人，实在是一种误读。在所有传统的抒情诗人作品中，我们总能多多少少地发现一些情感的和语言的夸饰成分，而痖弦没有。你不能将他再称之为什么歌手或抒情者。他是他那个时代的独语者——生命的独语；他是他那个时代的言说者——存在之言说。

在痖弦早期作品中，确含有抒情的成分，本体的、主观的、情感与梦想的。但即或在这样的初始状态里，痖弦的"情"也非一己之情怀，而含有铁的成分和金属的力度，含有对存在的关注，对空虚的、逃避式的想象世界的质疑。在经由"一勺静美的小花朵"、"从蓝天向人间坠落"的短暂抒情期之后，诗人很快宣布"神祇死了/没有膜拜，没有青烟"，并将诗思的目光投向存在："于是我忆起了物质们、矿苗们——/——我的故乡的兄弟姊妹们。"（《鼎》·1955）接着，通过《剧场，再会》（1957）一诗，彻底告别传统抒情的角色出演，走出"剧场"，直面生存的现实，在现代的、本真生命的诗性之光下检视迷惘的主体："我是浪子，也该找找我的家/希腊哟，我仅仅住了一夕的客栈哟/我必须向你说再会/我必须重归"（《我的灵魂》·1957）。

古典抒情，欧式风雨，在自省的年轻痖弦那里转眼化解为"住了一夕的客栈"。重归什么呢？首先是重归自身生存的这块土地上所发生的一切，重归现时空下我们自己的现代感，"追问存在的问题正激荡着作为此在的我们"（海德格尔 Martin Heidegger 语）——痖弦的诗歌立场由此基本确立。

从1957年至1965年，痖弦进入他称之为"成年"的、"建设我们的成熟"的创造期。由"野荸荠"而"盐"，由海而渊，由活的挣扎而死的默然，由质疑而沉寂，由外而内，由"断柱"而"侧面"而"徒然"而再"从感觉出发"——回声之后必是寂然，诗性生命终成一潭"深渊"——"对于仅仅一首诗，我常常作着它原本无法承载的容量；要说出生存期间的一切，世界终极学，爱与死，追求与幻灭，生命的全部悸动、焦虑、空洞和悲哀！总之，要鲸吞一切感觉的错综性和复杂性。如此贪多，如此无法集中一个焦点。这企图便成为《深渊》。"①

　　这段处于创作巅峰期的诗人自白，向我们显示了诗人的诗思向存在开放之后，其视野的宏阔与深沉。痖弦的"企图"不可谓不大，而他实现了——由此展开的九年之卓然独步的严肃写作，以不足七十首（按收入《痖弦诗集》1988年9月洪范版卷一至卷七计）精品力作，却几乎承载了那个时代的"一切"——从战时的凄惨场景到政治高压下的世俗生活，从"海洋感觉"到"一般之歌"，从"京城"到"庭院"到"土地祠"、"殡仪馆"，从"中国街上"到世界都会，从元首、省长、教授、上校到水夫、修女、疯妇、坤伶、马戏小丑以及乞丐——从生存到死亡，从现实背景到精神特征——以忧郁的目光、以反讽的口吻、以流浪者的思维、以智者的言说，体验、经历、洞穿，把所有的"存在"带入发光的诗的显示中，通过对个人生存窘态和公众生存危机的独特审视，揭示时代和民族的忧患，并最终抵达生命最深刻的精神内容。

　　应该看到，这样的一种诗之视野，在痖弦同时代的不少杰出诗人中都不同程度地存在着，也是他这一代诗人共同的诗歌精神。关键在于痖弦在对存在的开放之中，其视觉的角度和落点的特异，从而获得了独具的诗歌品质。

　　一、态度

　　消解而非反抗的态势，是痖弦面对存在不同于别人的首要特性——

　　"而你不是什么；/不是把手杖击断在时代的脸上，/不是把曙光缠在头上跳舞的人。"这里的"手杖"显然与"抗争"同构，而"曙光"乃是所谓"理想"的代码。宣布理想的幻灭与抗争的无意义之后，"我们再也懒于知道，我们是谁。/工作，散步，向

――――――――――

　　①　痖弦：《现代诗短札》，痖弦著《中国新诗研究》，洪范书店1987年版，第49页。

坏人致敬，微笑和不朽"（《深渊》·1959）。

由此我们发现，痖弦对存在的承载是一种负面的承载。这是冷静而超越性的。面对巨大的生存黑暗，消解是比抗争更为直接也更有意义的态度。在原本黑暗之极的处境中呼唤虚拟的光明，只会延缓黑暗的滞留，而持"看你能黑到怎样"之消解态，反促进黑暗的消亡。作为时代的良知和唯一清醒着的诗人知道："在他们的头下／一开始便枕着／一个巨大的崩溃"（《献给马蒂斯》·1961），而当"每颗头颅分别忘记着一些事情"（《下午》·1964）的时候，那"崩溃"岂不来得更快更彻底？

消解与解构，是属于后现代主义的命题，在痖弦的创作时代，它显然不是理论导引下的突入而系诗人诗之思本源特性的开启。正是在这一点上，显示了诗人超越时代局限的内力，而使他以《深渊》为主的一批代表作品，直到三十多年后的今天，仍闪耀着精神内质的深度之光。

二、角度

传统抒情诗以灵魂为中心，容易造成灵与肉的对立，主体与客观实在的背离。然而正是客观实在的事与物，构成了这个世界的主要存在。走出情与梦锁闭的现代诗，必须同这样的事与物对话，将它看作是可言说的世界的一部分。

痖弦对此深得体悟，且切入的角度更独到、更深入。从凡人小事中抽生命的苦味，在流动的生活场景中探寻其隐藏的精神背景，在空间里倾听时间的叹息，在时间中注意空间的变异。注目于事件，落视于物，且特别抓住其中的细节，予以放大、凸显和着意刻画，产生出人意料的、戏剧性的艺术效果。这简直成了痖弦的绝招，在他那些成功的作品中，我们时时感受到这样的惊奇："他的腿诀别于一九四三年"（《上校》·1960），"旗袍叉从某种小腿间摆荡；且渴望去读她"（《深渊》·1959），"……一颗星／斜向头垢广告而另一颗始终停在那里"（《非策划性的夜曲》·1964），"零时三刻一个淹死人的衣服自海里飘回"（《下午》·1964），"在毁坏了的/柴檀木的椅子上/我母亲的硬的微笑不断上升遂成为一种纪念"（《战时》·1962），"钟鸣七句时他的前额和崇高突然宣告崩溃"（《故某省长》·1960），这是实在的细节。还有诗人随诗思的运行而虚拟的细节："中国海穿着光的袍子，/在鞋底的右边等我。"（《佛罗棱斯》·1958）"宣统那年的风吹着/吹着那串红玉米"（《红玉米》·1957）等等。这些经诗人独到之眼"抓拍"的细节，即或不加润色，本身也就是诗的，具有撼人的力量。

从这样的角度出发，痖弦诗的视觉深入到存在的方方面面，诗行中充满了烟火味、汗味、血味、盐味、腥味乃至臭味，看似漫不经心，随手拈来，骨子里却持有冷峻的选择。由此使我们想到波德莱尔（Charles Baudelaire），正如瓦雷里（Paul Valéry）所言："……在波德莱尔最好的诗句中，有一种灵与肉的配合，一种庄严、热烈的苦味，永恒和亲切的混合，一种意志和和谐的极罕有的联结，这些都使他的诗句和浪漫派的诗句判然有别。"[①]瓦雷里在这里特别提到"意志"，是有其深意的。当一位诗人代表着整个一个时代和人类的一部分，在那里呕吐存在中的"赃物"以使人们清醒使世界爽净时，该具有怎样的意志！

三、方式

在对存在的开放中，痖弦一开始便形成了他自己的感觉方式。客观、冷凝、超然"情"外，同现实保持理智与情感的距离，将指涉欲望控制在一个恰当的、欲说还休的状态下，以此把握生命真正的脉搏和存在深处的悸动。同时兼取主、客观交叉换位的手法，形成事物、行为和心理的有机合成，以求在不动声色、原汁原味的陈述之中，沉淀对生命意义本真而凝重的感悟。这里显然杂糅了西方理性观照与东方感性体味的双重文化特性，

---

① 　瓦雷里（Paul Valéry）：《波德莱尔的位置》，转引自《西方诗论精华》（沈奇编选），广州花城出版社1991年版，第448页。

而这，正是痖弦所追寻的：不玄、不虚、不矫、不滞，灵动而沉着，冷峻而机智，使人常常联想到英国著名诗人奥登（Wystam Hugh Auden）的风格。

像在《远洋感觉》（1957）一诗中，当晕眩的感觉达到高涨以至"脑浆的流动、颠倒/搅动一些双脚接触泥土时代的残忆/残忆，残忆的流动和颠倒"时，诗思突然由主观转为客观，冷冷地提示"通风圆窗里海的直径倾斜着/又是饮咖啡的时候了"，而后结束全诗。

最能集中体现这种痖弦式感觉方式的，是其题为《从感觉出发》的卷之七的一组诗。

这真是一个全新的"出发"——"我们已经开了船。在黄铜色的——朽或不朽的太阳下，/在根本没有所谓天使的风中，/海，蓝给它自己看。"（《出发》·1959）何等冷凝的目光！在对物的还原中，也便还原了本真的自我。在对虚妄的幻想与神话的诀别中，重新审视自身生命的孱弱而获得另一种意义上的达观。于是"他们是/如此恰切地承受了/这个悲剧。/这使我欢愉。/我站在左舷，把领带交给风并且微笑"。

在随后的《如歌的行板》（1964）中，诗人以"广而告之"的形式和自我嘲讽的口吻，一气道出作为普泛生存状态下个体生命存活的十八个"之必要"，随之在结尾处顺势插入两个客观物象："观音在远远的山上/罂粟在罂粟的田里"，互补互映之下，生命的无奈状令人不寒而栗。

写于同期的《下午》更震慑人心："这么着就下午了/辉煌不起来的我等笑着发愁/在电杆木下死着/昨天的一些/未完工的死。"在这种被放逐出家园、被抛弃于异乡的现实的死中，诗人戏剧性地插入那一句长长的、代表着故土死而未死的牵念而又在现实的我等之回忆中扭曲了的"奴"的声音："（在帘子的后面奴想你奴想你在青石铺路的城里）"，从而使"我等"天天进行着的"未完工的死"显得格外惊心动魄。结尾处更来一句冷森森的发问："——墓中的牙齿能回答这些吗/星期一、星期二、星期三，所有的日子？"

这质问是一声轻轻的冷寂，却让生命无法承受。得去问存在，而存在依然如故："灯火总会被继承下去的——基督的马躺在地下室里/你是在你自己的城里/在好一阵咳嗽之后所谓的第二日来临"（《非策划性的夜曲》·1964）。

如此对生存的拷问到了《一般之歌》（1965）中几近绝望和寂灭："死人们从不东张西望/而主要的是/那边露台上/一个男孩在吃着桃子/五月已至/不管永恒在谁家梁上做巢/安安静静接受这些不许吵闹"。

而这寂灭是生的开始。因为诗人在此之前，已以他独特的感觉方式和代一个被放逐者族群"呕吐"的意志，将那个荒谬的历史创伤口撕裂为一个巨大的"深渊"，给岁月的颜面留下一个世纪的印记，给后来的生命之旅以恒久深沉的惊示。

四、民族性与世界性

在以上对痖弦作品的引述评论中，笔者有意识地消隐去诗人当时的创作背景：诸如离开大陆、南渡台湾、文化隔绝、政治高压、意识形态暴力与商业文化困扰等等。尽管这些无疑都是激活诗人诗思的基本因素，且在文本中也时隐时现地透露出对这些具体事件的指涉。

实则这背景是一开始就被诗人超越了的。它体现了痖弦诗歌精神的民族性与世界性。需要特别指出的是，这里的"民族性"是指"作为民族的"而非狭义之"为民族的"；这里的"世界性"也是"作为世界的"而非狭义之"为世界的"。一种观照而非目的。换句话说，在痖弦诗歌视觉的"聚焦"过程中，总是将所摄取的"对象"置于民族的、世界的坐标系中，从中透视出超现实、跨时空的本质意义。这种"透视"在其文本中具体分解为以下三个主要视点：

（一）生存焦虑/生命委顿

这是《痖弦诗集》中最集中的、占核心位置的一个视点。在卷二"战时"、卷三"无调之歌"、卷五"侧面"、卷六"徒然草"和卷七"从感觉出发"中均有较大分量的表现。这其中，除"战时"诸作品是对在非常时期下生存险恶的揭示外，其余均着力于在普泛的、庸常的、表面沉默而内心失衡的生存状态下，生命（个体的和族类的）的个性委顿和意义消解。这其中包括通过事件所构成的历史片断和通过行为所塑造的人物塑像，且均经由本土空间和世界空间的交叉观照，使之凝混为人类总体的心理危机。这一危机，在《深渊》一诗中，推到极致：

> 去看，去假装发愁，去闻时间的腐味，
> 我们再也懒于知道，我们是谁。
> 工作，散步，向坏人致敬，微笑和不朽。
> 他们是握紧格言的人！
> 这是日子的颜面；所有的疮口呻吟，裙子下藏满病菌。
> 都会，天秤，纸的月亮，电杆木的言语，
> （今天的告示贴在昨天的告示上）
> 冷血的太阳不时发着颤，
> 在两个夜夹着的
> 苍白的深渊之间。

在如此这般"接吻挂在嘴上，宗教印在脸上"，"为生存而生存，为看云而看云，/厚着脸皮占地球的一部分……"的生存状态中，诗人特别将视点投射到性——"一种桃色的肉之翻译"中；这一投射在许多诗中都有探照，而以《深渊》最为深切。尼采（Wilhelm Friedrich Nietzsche）说：醉感，在性的体验中最为强烈。在"我真发愁灵魂究竟交给谁才好"（《疯妇》·1959）的心理危机中，放纵肉体/官能遂成为主宰，成为以销魂来反抗

蚀魂、以泄欲来消解迫抑、以死求生、以醉求醒的唯一通道，实则已将生命推向绝境。这一深刻喻象，在捷克小说家米兰·昆德拉（Milan Kundera）的作品中，成为主要的支点，可见是一个世界性的"肉之翻译"。

（二）文化困境/文明危机

这一视点集中于卷四"断柱集"。"断柱"之命名，便是一个凝重的喻象，喻指古典的消亡、传统的失落和人类文明进入现代后的坍塌与破碎——这是百年中国最根本的危机，也是世界的隐忧。而作为遭遇文化放逐的诗人群落，对此尤感深切。

在这一充分显示诗人天才的，可称之为虚拟性文化巡礼中，痖弦的选点别有深意。第一落点自是中国，已同西方现代工业文明相搅拌了的中国（当时的台湾/今日的大陆）"公用电话接不到女娲那里去/思想走着甲骨文的路"，而"曲阜县的紫柏要作铁路枕木"（《在中国街上》·1958）；接着是四大文明古国的巴比伦："所有的哭泣要等明天再说"（《巴比伦》·1957）；是诞生一千零一夜之传奇的阿拉伯："或蔷薇花踩入陌巷的泥泞/或流矢们击灭神灯的小火焰"（《阿拉伯》·1957）；在宗教圣地耶路撒冷："以撒骑驴到田间去/去哭泣一个星夜……"，"圣西门背着沉重的十字架/去洗那带钉痕的手……"（《耶路撒冷》·1957）；在希腊、在罗马，只是"断柱上多了一些青苔"，"而金铃子唱一面击裂的雕盾/不为什么的唱着/鼹鼠在嗅古代公主的趾香/不为什么的嗅着"（《罗马》·1957）；还有世界之都、性与现代艺术的天堂之巴黎，正进入"一个猥琐的属于床笫的年代……"，"在绝望与巴黎之间/唯铁塔支持天堂"（《巴黎》·1958）；还有资本帝国之象征的伦敦："……再也抓不紧别的东西/除了你茶色的双乳"，而"乞丐在廊下，星星在天外/菊在窗口，剑在古代"（《伦敦》·1958）；更有现代工业文明之标志的芝加哥："……用按钮恋爱，乘机器鸟踏青/自广告牌上采雏菊，在铁路桥下/铺设凄凉的文化"，而"……所有的美丽被电解"（《芝加哥》·1958）；以及为战争所累的那不勒斯，度着"钢骨水泥比晚祷词还重要的年代"（《那不勒斯》·1959）；以及有过文艺复兴之辉煌的佛罗棱斯："在蓝缎子的风中/甚至悲哀也是借来的"（《佛罗棱斯》·1958）；以及西班牙、以及印度……以上种种，难免有诗人自己心象的投射与渲染，但作为基本的喻示，是确切而深远的。

（三）主体漂泊/家园幻灭

这是二十世纪人类一大文化遗产，现代哲学与文学艺术的一大主要命题。在台湾，常被一些浅层面的诗人们演绎为狭义的"乡愁"，而如痖弦等一批优秀诗人们，则最终抵达了这一命题的底蕴。去家离国，孤悬海外，历史嬗变所造成的主体漂泊，使台湾诗人们整体跨前一步进入了一个失乡的时代，而成为整个现代中国文化的一个巨大的隐喻。

也许痖弦抵达得更深——通过他的诗，他不仅以戏谑的口吻宣布了那些远大的航行和目标的通通消失，不再相信那些历史性的伟大主题和英雄主角，且最终连那种一厢情愿式的"乡愁"也渐消解摒弃，认同一种文化流浪者的思维（前文已有提及）。流浪者四海为家而永远不在家，对他而言，无家存在——于是他将思与诗的视点落于此在；当"家园"的内涵有待作新的界定而失乡的时代无从结束（作为民族的和世界的）时，所谓"回归"常常只是一种倒退。

这种带有后现代因子的决绝态势，使痖弦彻底超越了他所写作的那个时代，使他的诗在抵达今天时代的人心时，仍震颤着鲜活的感应和现实的警策。

由此我们理解到，何以在痖弦的大部分作品中，叙述主体总是以第三者的身份，以存在之见证人的形象和流浪者的口吻出现。水手、退伍上校、弃妇、"断柱"、"侧面"、"徒然草"、"无谱之歌"，这些典型形象和喻象在痖弦的诗中均别有深意——"在那浩大的，终归沉没的泥土的船上（故土？家园？孤岛？）/他们喧哦，用失去推理的眼睛的声音/他们握紧自己苎麻质的神经系统，而忘记了剪刀⋯⋯"（《出发》·1959）。而"活着是一件事情真理是一件事情"（《所以一到了晚上》·1963），"没有什么现在正在死去/今天的云抄袭昨天的云"（《深渊》·1959）。于是就这样"想着，生活着，偶尔也微笑着/既不快活也不不快活/有一些什么在你头上飞翔/或许/从没有一些什么"（《给桥》·1963）。

这便是《深渊》——一个东方式的"荒原"喻象。"深渊"是一种时空裂隙（心理的与物质的时空），一种寂灭与萌生的零度场，一个"不归路的时代"（irreversible time）之深陷的眸子。还有"盐"（痖弦曾以"盐"作为他另一选本的集名），与人类伴生的晶体，血与汗的元素，在西方，是真理的代码，在中国，与生命共存。"盐"的喻象是生存的喻象，一种本真生命的焦渴与言说，历史记忆之苦涩的结晶。

这便是痖弦——一位带有后现代主义基因的、彻底的现代主义诗人。他在为揭示一个族群的文化放逐中，同时昭示了一个民族乃至整个人类的文化放逐；他在为一个个失乡的个体生命做精神塑像时，也同时塑造了一个失乡时代的影像；他在为昨天的历史定义时，也定义了今天的现实！

> 你是去年冬天
> 最后的异瑞
> 又是最初的异瑞
> 在今年春天
>
> ——《给超现实主义者》（1958）

下

诗人的精神向度和语言向度，有如一枚银币的两面，应是和谐共生的。诗的言说（语言）如果同存在（体验）相背离，诗人的体验则将被扭曲而失真。为此，一切真正有大作为的诗人，无不以建构与自身天性和生命体验相契合的话语方式为己任。

在这个一切都走向"不归路的时代"，语言上升为中心问题：于现代哲学（尤其是后现代哲学）如此，于现代诗学亦然。现代汉诗的危机来自现代汉语的危机。以信息传递为主要功能的现代汉语，在本质上形成对诗之思的一种考验。而现代的诗人们也不可能转过身去复陷古汉语的泥沼。由此，如何在新的语言困境中确立新的语言立场，遂成为一种挑战。

痖弦是一位从一开始就确立了自己语言立场而十分到位的诗人："对于建立中国现代诗的语言新传统，笔者一直相信准确和简洁是创造语言的不二法门。"①

这里的"准确"，我理解为：其一，要与诗人的语感天性相契合；每位诗人的气质、修养、心性等精神内存，都先天性地决定着诗人对语言的潜意识选择和取向，亦即诗人照他的本性说话。其二，要与诗人对存在的感觉方式相契合，使之处于一种直接而适切的关系中，可诉诸此时此地的语境，自然而有所控制。

例如："战争和它的和平"，很平常的一句话，一加"它的"，再置于诗中特定的语境，顿时妙趣横生。但非生造，乃性情所致，以痖弦之心性方有此语言构成。

再如："他们呼吸着/你剩下的良夜/灯火/以及告别"，几无一字生涩，无一处斧痕，随口进出而掷地有声。于大家熟悉的词中敲打出鲜活、陌生的意象，在普泛的话语里爆裂沉甸甸的生命体味。

"简洁"一说，应理解为反修辞，追求语境透明，拨繁去冗而至中肯练达，且内涵不减。在台湾现代诗运中，痖弦算较早实验反修辞而至化境的人，并由此产生很大的影响。

---

① 痖弦：《现代诗的省思》，痖弦著《中国新诗研究》，洪范书店1987年版，第16页。

随便举一例："春天走过树枝成为/另一种样子"——怎样的简约、明快而又沉着、深切！不加修饰的短短一句，胜过无数对春的描绘和抒情。

像《忧郁》（1957）一诗的开头一节："蔷薇生在修道院里/像修女们一样，在春天/好像没有什么忧郁/其实，也有"；中间小节："四瓣接吻的唇/夹着忧郁/像花朵/夹着/整个春天"，以至整首诗中，全是由明净而平实的叙述性语言构成，但那份忧郁已远远比用各种要命的修辞所渲染过了的忧郁更忧郁，更到位，更深入读者的内心。

"准确"和"简洁"，是痖弦对创造现代诗语言的一个品质取向，他达到了——在他那个时代，能把现代汉诗语言"玩"到如此层次和境界的，大概不多。你必须承认，仅就语言素质来说，他真是个天生写诗的人——实际上，作为读者也作为论者，痖弦诗歌首先深深触动我的，正是他对现代诗的语言之独到的、质的创生。

现在要深入研究的是，诗人是如何进入这"不二法门"，在取得他诗歌的意义价值的同时，又那样轻松自如地取得了他诗歌的审美价值亦即语言价值的呢？

一、对口语的运用与对叙述性语言的再造

在痖弦的诗歌语言中，口语的成分占了相当比例，这是一个明智的选择。

语言的问题首先在于语言传统，即由语言的给定性而致的语言的遮蔽性。诗人要创造他自己的语言，必须经由对语言的去蔽而致敞亮，而后去探寻和建构新的语境。所谓去蔽，即消解前人在语言中填充的诸多"硬物"亦即"语言结石"（由各种理念、概念、观念、约定俗成之念等等所沉积）和叙述范式（定义、定形、定势）。面对语言，我们无不为前人影响的焦虑而犯窘。即或是新诗话语，历经几十年之打磨充填，也多生积弊。

每一位优秀诗人对语言的创造都有他自己的切入口，但有三

点是基本趋近的：其一、其二即上文所说的要与个人的语感天性
和对存在的感觉方式（其诗歌的精神向度）相契合，其三则是寻
找语言遮蔽性较小的部分予以重铸和创新，同时注意吸纳新生的
话语元素。

仅就诗歌尤其是现代汉诗来讲，显然，口语和叙述性话语正
属于这样的部分——它们一直为现代诗人们所忽略，尤其对那些
唯修辞和意象是问的诗人们来说，这简直就是块蛮荒之地。实则
正是在这片生地上，方生发出现代汉诗之崭新的语言之境。

口语粗粝，但鲜活、灵动、变化大、能动性强，且直接来自
生活。比起书面语言（古典的和现代的），它较少前人影响和理
性所指，可称之为"活话语"。叙述性话语则属于"结构性话
语"，本身没有明确属性，易于解构、去蔽而后重铸。由此我们
方理解艾略特（Thomas Stearns Eliot）的那些论断："诗界的每
一场革命都趋向于回到——有时是它自己宣称——普遍语言上
去"；"不论诗在音乐上雕琢到什么程度，我们必须相信，有一天
它会被唤回到口语上来"。①

对此，痖弦有明确的理论认知："至于语言的锻炼，首重活
用传统的语言。我们听乡村的地方戏、老祖母的谈话、戏剧的对
白，那种语言的形象，丰富而跳脱，真是足资采风。因此我们不
但要复活传统文学的语言（当然是选择性的），也要活用民众的
语言；从口语的基调上，把粗粝的日常口语提炼为具有表现力的
文学语言，这比从文学出发要更鲜活。目前我们语言的欧化和语
言的创新是自然的演变，只要不脱离自己语言的根，应该大量吸
收外国的语言、乡土的语言，来丰富生动文学的语言。"②

---

① 艾略特（Thomas Stearns Eliot）：《诗的音乐性》，《艾略特诗学文集》（王
恩衷译），北京国际文化出版公司1989年版，第180、187页。

② 痖弦：《现代诗的省思》，痖弦著《中国新诗研究》，洪范书店1987年版，
第16页。

当然，这认知是诗人在结束其创作后回过头来所得出的理论总结，实际的创造则是在诗人写作的展开中自然生成的。在痖弦的诗中，对口语以及歌谣等民间语汇的巧妙运用，对叙述性话语之诗性资源的发掘与重铸，达到了得心应手的地步。

如在《乞丐》（1957）一诗中，诗人将叙述者（诗人）的语感（文学性的、画面化的）和被叙述者（乞丐）的语气（口语和歌谣）杂糅融通为一体，产生了若作仅仅是客观陈述还是仅仅主观抒怀都无法达到的艺术感染和生命观照。细读这样的诗句：

> 依旧是关帝庙
> 依旧是洗了的袜子晒在偃月刀上
> 依旧是小调儿那个唱，莲花儿那个落
> 酸枣树，酸枣树
> 大家的太阳照着，照着
> 　　酸枣那个树
>
> 而主要的是
> 一个子儿也没有
> 与乎死虱般破碎的回忆
> 与乎被大街磨穿了的芒鞋
> 与乎藏在牙齿的城堞中的那些
> 　　那些杀戮的欲望

文白互参，主客互动，极尽凄凉、无奈中又残留那一分乐天知命式的调侃，反让人不敢向深处着想了。

像这样的诗句："到六月他的白色硬领仍将继续支撑他的古典"（《C教授》·1960），"到晚上他把他想心事的头/垂在甲板上有月光的地方"（《水夫》·1960），纯属叙述性语言，但因了痖弦式的变构——注意实词的运用（由名词、动词作形容词等），在日常话语中敲打出生疏的力量，以及对叙述对象之物理、事理、心理（纹理、肌理之理而非道理）的细微把握与准确刻画（应该说"命名"）——常使这种看似平实无奇的叙述语言反生异彩、出人意料，且显得更硬朗、更直接、更具经久不忘的诗性。

这里必须指出，痖弦对口语只是运用于该用想用之处而非口语化。在叙述性话语中也留了相当的空间于意象，同时主要服从于他"使用一些戏剧的观点和短篇小说的技巧"于现代诗的艺术追求。[①] 显然，这是一种有保留的运用和再造。彻底的口语诗的实验和对叙述性话语的更深创新，要到八十年代中期，在大陆第三代代表诗人的写作中才得以全面实现（在反修辞之后反意象、拒绝隐喻等等）。二者之间谁更有益于整个现代汉诗语言的创新和发展，尚是个有待深入研究的课题。

而痖弦对意象的创造则是最富特色、最能代表他艺术风格的。

二、浓缩意象与重构非意象成分

台湾诗学，向有唯意象是问之风。由此促进了台湾诗人对现代汉诗之意象空间的拓展，同时也形成了一定的遮蔽。近年略有改变，但未从根本上有大的转换，与大陆先锋诗歌在此方面的理论认知和创作实践均有质的差异。

仅就个人审美趣味来讲，我向来反感密集意象。我承认，我是个简单的人、平实的人，即使深刻也是那种平实的深刻，一块石头沉入水底似的那种深刻。因此，面对密集的、流变的、不断跳闪和断续无定的意象群，常感"受不了"。由此，在台湾成名诗人中，痖弦对意象的把握，方令我由衷地倾心和叹服——

痖弦的意象是一棵白杨树孤独在大平原的意象，是一株巨槐苍茫在老村口的意象，是一串红玉米闪亮在北方屋檐下的意象；

---

① 刘登翰：《痖弦论》，原载《创世纪》诗杂志1991年10月号总85、86合刊，第82页。

是孤峰之上一块飞来石的意象，是小鼠眼睛一闪间的意象；是"秋天的金币自她的乳头滑落"的意象，是"霓虹灯咳嗽得很厉害"的意象，是"每扇窗反刍它们嵌过的面貌/而一枚鞋钉又不知被谁踩进我脑中"的意象，是"在晚报的那条河中/以眼睛/把死者捞起"的意象，是"我的眉为古代而皱着/正经地皱着"而"你们再笑我便把大街举起来"的意象，是"要是碰巧你能在错误的夜间/发现真理在/伤口的那一边"的意象，是"那杏仁色的双臂应由宦官来守卫/小小的髻儿啊清朝人为他心碎"的意象，是"中国海穿着光的袍子/在鞋的右边等我"的意象，是"乞丐在廊下，星星在天外/菊在窗口，剑在古代"的意象；也有"栈道因进香者的驴蹄而低吟"、"钢琴哀丽地旋出一把黑伞"的意象，更是"落下柿子自那柿子树/落下苹果自那苹果树"的意象——这是痖弦营造意象的原则：自生命体验之树上自然地"落下"，不虚不飘，实实在在，没有一个是飞起来没有着落的；如成熟的果实，浑圆而凝重，且水冷冷、脆生生、鲜活生动；又如温玉，冷凝中带有生命的体温，在血里浸过，从心头滚过——更是盐，生命的盐、劳作的盐、情感和智慧的结晶，生存体验的自然分泌物。

对了，是晶体——它提示我由对痖弦意象的印象式分析回到理论认知。晶体意象的命名依据这样一些基本性质：意象是自我满足、自我澄明的；张力直接产生于意象块内在品质的放射中，不依赖于类似拼积木式的结构而产生；这种张力还分延于非意象成分使之诗性化；这种意象在一首诗（比如"红玉米"之与《红玉米》）或一段诗中是起统摄和激活作用的。

对痖弦而言，所谓浓缩意象有两个目的：一是"浓"，即加大意象的质量和自足性，使之饱满如实，圆润如珠，可谓大质量的、富有强度的浓缩性意象，以有别于泛滥于普泛诗人那里的、单薄、贫弱、缺乏独立内含的"絮凝性"（借用物理学的一个概念）意象；二是"缩"，即简约诗中的意象成分，使之不至过于密集而致"气氛浓烈，令人窒息"（痖弦语）。痖弦对此有至深的体味："意象要有约制，不能挥霍，要精简、精审地处理……用最少字数表现最大的内涵；以有限表无限。"① 痖弦的努力还不止于此。在上述浓缩意象并于核心意象的内涵负载上下工夫的同时，他还特别关注到作为一首诗中主要元件的意象语与作为附件的自然语、条件语之间的有机构成，着力于加大非意象成分的诗性化。为此，痖弦别具慧眼地引进了戏剧性效应（包括小说技巧），且取得了超凡的建树。

三、卓然独步的戏剧性效果与张力效应

所谓戏剧性，在痖弦的诗歌语言艺术中，体现为两个方面：

其一，是指诗人的诗之思在向存在开放的过程中，有意识地发掘和提炼那些本身就饱含戏剧性张力的生存情节/细节，以诗的语言予以客观陈述。

如在一场荞麦田里遇见的最大的会战中，上校的"一条腿诀别于一九四三年"，而这种诀别以一种"自火焰中诞生"的"玫瑰"留在了退伍苟活的上校的记忆中（《上校》·1960）。水夫的"妹子从烟花院里老远捎信给他/而他把她的小名连同一朵雏菊刺在臂上/当微雨中风在摇灯塔后面的白杨树/街坊上有支歌是关于他的"（《水夫》·1960）。再如《深渊》一诗中："你以夜色洗脸，你同影子决斗/你吃遗产、吃妆奁、吃死者们小小的呐喊/你从屋子里走出来，又走进去，搓着手……/你不是什么"，生存的危机感通过生存的细枝末节处渗漏出来，如渗漏的瓦斯，一点就爆，潜在的紧张感咄咄逼人，充满戏剧性效果。

实则我一直认为，这也属于一种意象，客观的、还原的、事态性的意象，或可称之为"潜意象"。意象派大师庞德（Ezra Pound）对此有过一段论述：意象可以有两种。意象可以在大脑

---

① 《痖弦谈诗》，《文艺天地任遨游》（郑明娳、丘秀芷主编），台湾光复书局1988年版。

中升起，那么意象就是"主观的"。或许外界的因素影响大脑；如果如此，它们被吸收进大脑溶化了、转化了，又以它们不同的一个意象出现。其次，意象可以是"客观的"。攫住某些外部场景或行为的情感，事实上把意象带进了头脑；而那个漩涡（中心）又去掉枝叶，只剩下那些本质的、或主要的、或戏剧性的特色，于是意象仿佛像那外部的原物似地出现了。① 以此去看，痖弦诗中的非意象成分，实则大都仍是深含有意象效应的，只不过是以另一种形态出现在诗中而已。

　　其二，是指诗人将诗中的各个语言成分视为戏剧性因素，在诸如矛盾、对抗、回旋、反切、插入、错位等戏剧性调度中，重构叙述语言，使之在新的编码中生疏化、奇异化、充满张力效应。说什么是重要的，怎样说是更重要的。在简约意象密度的同时，又能使非意象成分的语言也能紧紧抓住阅读者，且又完全不同于戏剧与小说语言，这是痖弦独具的语言魅力。

　　关于现代诗中的语言张力，诗论家李英豪在他那篇相当有影响的《论现代诗之张力》一文中作了这样的归纳："张力也常可存在于：特殊反语之间；矛盾语法（oxymoron）之间；既谬且真的情境（paradox）之间；复沓与句式的变奏之间；一个浓缩的意象与诗的其他意象之间；一个语字的歧义与假借之间；无数布列的主体和整首诗之间；示现（animation）与显现（epiphany）之间；诗中事件的连锁与省略之间；完美的形式与内容组合之间；内心联想与流动之间……"② 参照李英豪之论，细读痖弦这样的一些诗句："我和雨伞／和心脏病／和秋天／和没有什么歌子可唱"；"苍白的肉被逼作最初的顺从"；"任市声把我赤裸的双乳

──────────

　　① 庞德（Ezra Pound）：《关于意象主义》，转引自《西方诗论精华》（沈奇编选），广州花城出版社1991年版，第425页。

　　② 李英豪：《论现代诗之张力》，转引自杨匡汉、刘福春编《中国现代诗论》（下编），广州花城出版社1986年版，第182页。

磨圆";"你诠释脱下的女衫的芬芳的静寂/你诠释乳房内之黑暗";"目光老去而市场沉睡/房屋的心自有其作为房屋的悲苦/很多等候在等候"等等。这样的一种叙述语言，既不同于小说或其他什么语言，又有别于传统意义的意象语，却在不动声色之中充满了李英豪所说的那些张力。

在对戏剧性的追求中，痖弦还特别注意利用时空错位的效果，包括事件时空和心理时空。或将异质的意象和感觉强行镶嵌在一起，突兀而奇崛；或将完全不同时空下的事件与情节同构于一个特定语境之中，在荒诞中求深切。如此做法，常生奇效，成为痖弦语言艺术的又一绝招。

例如在那首著名的《盐》(1958)中："盐务大臣的骆队在七百里以外的海湄走着。/二嬷嬷的盲瞳里一束藻草也没有过，/她只叫着一句话：盐呀，盐呀，给我一把盐呀！/天使们嬉笑着把雪摇给她"。高度浓缩的历史情节，超现实的视觉构成，于生存的现实性中展示其巨大的荒谬性。诗中还以"二嬷嬷压根儿也没见过退斯妥也夫斯基"和"退斯妥也夫斯基压根儿也没见过二嬷嬷"作为开头句和结尾句，二者何干？却生扯了过来，形成别有深意的反讽意味，且将一个中国式的悲剧扩展为一个世界性的悲剧。这种"东（方）拉西（方）扯"和"前（时空）拉后（时空）扯"的手法，在痖弦诗中每每出现。对于大陆读者，不深入研究者，会以为是作者为躲避现实中的地区政治检审而耍的"招"，深入研究后则会发现，实是诗人诗歌精神和诗歌语言之世界性的具体表现，和作为戏剧性效果的一种艺术处理。

又如在《下午》(1964)一诗中："这么着就下午了/说得定什么也没有发生/每颗头颅分别忘记着一些事情/（轻轻思量，美丽的咸阳）"——括号中的两句诗，仅仅八个字的突如其来的回忆，一下子将此在之生存置于一个久远而凄美的历史大背景中，现实的描写与超现实的因素相辅相成（是谓痖弦之"制约的超现实"），由此异质情节和异在时空"摩擦"而生的，那种自生存死灰中迸溅出的记忆之火星，足以烫伤一切真诚的灵魂！

在步入非主观抒情的现代诗之新疆域后，痖弦卓然独步，一方面借用戏剧性避免直截了当的正面陈述，一方面重构非意象成分使之成为诗性叙述，从而使现代诗的语言探索在痖弦的时代里，得到了有效地深入和建树。

四、趋近完美的形式感

越是深入研究痖弦的作品，越会发现，这是一位对现代诗歌艺术修养甚高而又颇为讲究的诗人。除上述三个方面的艺术追求外，诗人对构成诗歌的每一种要素都有自己的实践要求。由此形成痖弦诗歌艺术的又一特点，即强烈的、趋近完美的形式感。

而这又是现代诗学中最敏感、最有争议的一个问题。

痖弦对此的看法是："……一开始，新诗便扬弃了旧诗的严整格律，在新秩序尚未建立之前，这点相当危险，直到今天，'形式'仍然是现代诗中最被忽视的一环。最理想的方式是具备一种形式感——形式的约束感。"① 这种"形式的约束感"之于痖弦，则完全是顺乎语感、发乎情势（内容）的，绝无刻意营构造作之弊，真正是"感"而非"见"。说其"强烈"，是说诗人对现代诗的形式危机一直持有一份明确的认知和强烈的实验态势。说其"完美"，则是就作品而言，浑然天成，不着斧痕，几近"自由游戏"的状态。

比如意象，痖弦向持简约而求练达，但到了《深渊》一诗中，则应内容的需求增加了一定的密度，经由丰繁而至深广。歌谣体的《斑鸠》、散文化的《盐》、"断柱"集的瑰丽明畅、"侧面"集的冷凝幽微，以及《如歌的行板》之中，那一口气十八个"之必要"的复调句式等，其表现的形式无一不与其所要表现的内容适切融和。诗人也特别看重对节奏的把握，和声、对位、复

---

① 痖弦：《现代诗的省思》，痖弦著《中国新诗研究》，洪范书店 1987 年版，第 12 页。

调以及其他，诗中有很强的乐感，而且其语言的节奏总是与其感觉的节奏达到一种高度的和谐。诗人更注意一首诗各个部分的谐调性，开启、递进、辐射、分延、插入、回应等，使其作品总是如同一件件完整而柔韧的织物，而其中的经纬组织又无不与诗人投入其中的感觉方式丝丝入扣。

这样的一种形式感，在痖弦的创作中是贯穿始终的，我们无从找寻什么发展脉络。一些基本的风格，是一开始就确定了的。写于 1958 年的《红玉米》便已至炉火纯青之境：

> 宣统那年的风吹着
> 吹着那串红玉米
> 它就在屋檐下
> 挂着
> 好像整个北方
> 整个北方的忧郁
> 都挂在那儿
>
> 你们永不懂得
> 那样的红玉米
> 它挂在那儿的姿态
> 和它的颜色
> 我的南方出生的女儿也不懂得
> 凡尔哈伦也不懂得
>
> 犹似现在
> 我已老迈
> 在记忆的屋檐下
> 红玉米挂着
> 一九五八年的风吹着

红玉米挂着

怎样纯正清澈的一种声音！音乐家据此可以顺畅地写出一部"北方交响曲"；怎样鲜活明快的一些意象，艺术家们据此该生发多少灵感？被放逐后的记忆，记忆中的人生、家园、故土以及历史与文化情结，全被那串火焰般燃烧在记忆之屋檐下的"红玉米"点亮了，如暗夜中的烛光，如漂泊途中的篝火，一点慰藉，一种依托。而陌生的南方的土地不懂，在这块土地出生的女儿不懂，犹如异质文化下的凡尔哈伦不懂一样。家园（广义的）的失落、传统的隔断、文化乡愁的郁结等等，尽在这流失的存在之中，在那串对北方的红玉米的记忆之中了。

读这样的作品，常使我想到一个问题：对于诸如痖弦这样的诗人来讲，"形式"意味着什么呢？是自然，是"水到渠成"，是风的律动、树的呼吸、潮水的起伏，是那串"红玉米"就那么平平实实顺顺溜溜鲜鲜亮亮地挂在"记忆的屋檐下"，然后倾听"宣统那年的风吹着"……于是我们发现，在真正成熟和优秀的诗人那里，对经验的整理和对语感（结构、形式）的呼求是同步完成的，是一种生成而非操作。一切取决于心态，放松、洒脱、沉凝，自如地呼吸，倾听和述说。这一点在痖弦身上表现得特别突出。在他几乎所有的作品背后，都有一种声音的存在，一种超然、太和、明澈的声音背景的存在。我觉得，其他所有的形式要素，都是由这声音导引而出的。即或是处理如《深渊》这样惨烈沉重的经验事实，那声音也一如既往地存在着，让人着迷："哈里路亚！我仍活着。双肩抬着头，/抬着存在与不存在，/抬着一副穿裤子的脸"。——"在这里，我们得到的是赤裸裸的经验事实，而不是'高等文化'的提货单：如此敏锐的目光所选定的简单事实，旨在从这平淡的描述而展开一种联想形式的内在的折反意义——在这种即兴结构里，经验和形式是不可分的，结构寓于经验本身——或说寓于经验的表现，诗行不再有什么规则的或可预见的节奏，而是在其自身措辞中找到这种分离的强度。"①

这便是痖弦——他的声音，他的灵魂，他对存在的独自深入和对语言的独特感受。在他那个时代里，他处于最佳状态，很快就成熟了，就彻底深入了，就预先领略、预先品尝、预先经受了，就纪念碑一般坚实地矗立在那儿了。"这是一个浓缩的、自发的灵魂的完美表达"（劳伦斯 David Herbert Lawrence 语），一下子就成了"盐"，一直"咸"在今天的口味中；一下子就成了"深渊"，使后来者久久凝目入神……

对痖弦诗歌艺术的研究，是历史的，也是现实的。说其深入，是说在痖弦时代的深入；说其完美，是说在痖弦时代的完美。而今天的现代汉诗是一种多向度的展开，而今天的诗人亦不再为所有人而存在。然而我们必须看到，作为一个到位的现代主义诗人，痖弦诗歌品质中的许多特质，于今天的现代汉诗之实践，仍是有所裨益和启悟的——他对存在的质疑，对生命的悲悯，对生存危机的叩问，他叩问中特殊的方式，质疑中独到的视点，悲悯中本真的情怀和他那种独在的声音，以及在对叙述性语言的再造中仍保留意象的和谐共生等等，在今天新的出发中仍是具有开启意义的。即或是他"金盆洗手"式的终止创作的举动，也别有意味，使我们想到尼采（Wilhelm Friedrich Nietzsche）的名言："不间断的创作愿望是平庸的，显示了虚荣、嫉妒、功名欲。倘若一个人是什么，他就根本不必去做什么——而仍然大有作为。在'制作的'人之上，还有一个更高的种族。"②

而生命的"盐"依然缺少，而存在的"深渊"依然存在，而

---

① 丹尼尔·霍夫曼（Danniel Hoffman）：《诗歌：现代主义之后》，转引自《西方诗论精华》（沈奇编选），广州花城出版社 1991 年版，第 447 页。

② 尼采（Wilhelm Friedrich Nietzsche）：《出自艺术家和作家的灵魂》，转引自《西方诗论精华》（沈奇编选），广州花城出版社 1991 年版，第 48 页。

那串"红玉米",依然悬挂于我们记忆（文化的、历史的、诗的）
之屋檐下——

　　北方的雪很厚
　　南方的雨很多
　　而水晶依然稀有

1994 年 6 月

另一种玫瑰
读痖弦《上校》

痖弦的《上校》，是一首置于百年新诗史的任何书写与编选中，都会让人亮眼惊心的经典杰作。

那纯粹是另一种玫瑰
自火焰中诞生
在荞麦田里他们遇见最大的会战
而他的一条腿决别于一九四三年
他曾听到过历史和笑

什么是不朽呢
咳嗽药刮脸刀上月房租如此等等
而在妻的缝纫机的零星战斗下
他觉得唯一能俘虏他的
便是太阳

历史、现实、时代、个人、生存、命运，以及战争……这些只有在长篇小说或史诗中，才能全面展现的主题，这些有关文学艺术评价的大词及其所代表的价值体系，却在一首仅仅十行不足百字的小诗中得以完美体现——你不得不惊叹：原来现代诗的写作，也可以获得毫不逊色于古典诗歌那样精炼、简约、以一当十的语言质量，和凝重、饱满、超强度的表现力。

是的，这"纯粹是另一种玫瑰"！

意象、口语、抒情、叙事、戏剧性、寓言性、小说企图，以及反讽、通感、意识流……这些分散于现代汉诗不同写作路向的诗美要素，却在一首仅仅十行，且不足百字的小诗中，得以集中展现——你不得不反思：何以这许多在后来者须经由所谓"实验"或"先锋"之苦心探求，方可略有斩获的现代诗性，却在1962年的四十多年前，就已有典范式的呈现了呢？

百年新诗，佳作如云，唯人物诗最是薄弱，也最为难写。痖弦的《上校》至今依然是高标独树，无人超越。

此诗分量之重，其一在于将历史感有机地熔融于生命体验与生存意识之中，并在两种时空的叠加并置下，高度凝练而又极为深刻地凸显人物的悲剧性命运，进而上升为对历史中的人生与人生的历史之终极性的叩问："什么是不朽呢？"；

其二在于以意象思维的精妙，润化叙事性结构和叙述性语式的枯燥，看似句句在说事，却又处处带隐喻、有象征——"玫瑰"之与"一条腿诀别"时的血光感受，"荞麦田"之与北方，"缝纫机"声与"零星战斗"巧妙而又恰切的通感，历史场景中的"火焰"与天天照样升起的庸常的"太阳"之荒谬的置换等。尤其那一句"他曾听到过历史和笑"，看似明白，细想则觉诡秘而颇生歧义、耐人寻味。加上全诗对人物背景、具体事件、历史与现实的虚化处理，以及如电影蒙太奇手法的精心剪辑，使一个具体的现实人物之人生记忆，上升为一个带有超现实意味的历史事件、生命事件，从而让一切有着历史之痛与生命之苦的人们，都能在此诗中得以深切的共鸣和永恒的鉴照。

真的，什么是不朽呢？

　　一首《上校》，百年经典——经典的选材、经典的构思、经典的细节、经典的剪辑、经典的节奏，而成为人物诗的经典、叙事诗的经典、小诗的经典、史诗的经典、现代诗的经典……而其基本的语感，正是我们当下流行的所谓"叙事"与"口语"，可我们又折腾出了些什么？

　　重心、坐标以及方向，其实早已在那儿了，何不先潜心领略一二以求心里有数、脚下有路方去折腾呢？

　　何谓经典？

　　《上校》作了回答："用最少字数表现最大内涵；以有限表无限"。（痖弦语）

　　何以经典？

　　《上校》证明：不仅在于什么修辞策略，关键是，作为一个真正的诗人，他是否曾听到过"历史和笑"！

2004 年 8 月

论张默兼评其组诗
《时间，我缱绻你》

在时间的路上
诗是永恒的伙伴

————张默·《诗的随想》

在时间的长河之岸，人有两种树立自己纪念碑的方式：一是通过自己的创造物，塑造起自己生命价值的雕像；一是通过历史所赋予的机遇，加上自身特具的禀赋，经由对创造型人物的支助与扶植，对创造性事业的参与和投入，从而最终在他人的或群体的纪念碑上刻下自己的名字。

有人一生只专注于前者————那是超凡而孤弱的、天才型的生命之旅；

有人一生只专注于后者————那是入世而真诚的、英雄式的生命之旅。

前者更多地依赖于天赋，所谓上帝的骄子，那是非努力可以达到的；

后者更多地依赖于热情，所谓全心投入和献身精神，那是非努力而不可达到的。

前者是本能的自觉；

后者是理性的抉择。

对于一般创造型人物，二者居其一则足慰平生而无憾了。但对于那些更优秀的人们来说，则可能兼而具之——那是既入世且出世，既代表着个体生命价值又代表着一个优秀群体价值的、圣徒式的生命之旅！

一

诗人张默，正是这样一位同时树立起两种纪念碑的歌者。

在台湾当代诗坛，张默可谓有口皆碑。作为诗的创作者，他已有七部诗集问世，其中不乏立身传世之作；作为台湾现代诗运的推动者，在早期"横的移植"之潮头初起中，有他的英姿。在作为《创世纪》诗社的创始人之一，力推"超现实主义"诗风中，有他隆隆的脚步。在乡土文学论战之前，是他提出了颇有诗学意义的"现代诗归宗"的口号，并成为《诗宗社》的主要人物，从而最终被诗界同仁誉为"诗坛火车头"；作为诗刊的创办人，文学刊物的编辑人，他是《创世纪》诗刊的主要创办者，其近四十年的历史中，有三十多年是他一人主编的。同时还先后主持《中华文艺》月刊、《水星》诗刊等编辑工作，且每有至功；作为文学新人的培育与扶植者，更不知有多少后起之秀得益于他，如沐春风而沾灌终生；作为出色的诗编选家、诗评论家，他则有十七种编选集、三种诗评论集为诗坛所称道。

由此，历四十年之诗歌活动，张默已成为一种具有特殊价值的诗歌现象。在他的血管里，似乎不曾流过一滴其他的血，一切都表现为纯粹的诗的火焰，从不会旁涉到诗燃烧不到的地方。这种充满殉道精神的现代圣徒式的生活方式，已经有了某种超诗、超诗人品质的存在——不是单一寻找诗，而是在寻找一种真正的、完全的诗之生命存在——第二生命的存在。作为诗的价值，张默有他的局限性。作为诗人的价值，他则几乎趋及完美的程度。他不是最优秀的诗人，但无疑是最重要的诗人。就这一点来讲，张默在当代台湾诗歌史上的地位是独在的、谁也无法替代的。也许，若干年后，当作为诗的张默和作为诗人的张默合而为一个诗性文本时，我们会从中发现更多更有意义的闪光之处。

二

包括诗在内的一切艺术创作，在本质上是纯然个体的活动。但作为文学艺术的整体发展，则还同时依赖于另一种驱动力，即作为创造者群体的不同组合而发动或促进的文学运动所产生的强大推动作用，使之不断繁荣而不致中断。

诗人的历史感由此提出——尤其在当代，在整个人类加速向物欲和即时消费的涡漩中沉沦，所谓诗及一切严肃文学艺术，已被商业文化挤压到一个冷寂的角落时，这一点显得尤为重要。现实的窘迫是，对于两岸诗人来讲，皆已不再是什么耐得住寂寞耐不住寂寞的问题，而是如何处理作为人的生存与作为诗的生存的问题。《蓝星》诗刊的再度停刊，撑持十年之久的《年度诗选》的被迫停止出版，已为进入九十年代的台湾诗坛敲响了警钟。在大陆，所谓第二次市场经济大潮的汹涌而来，正使包括诗在内的所有严肃文学面临一次最严峻的挑战。尽管真正意义上的文艺复兴根本就未成为现实，而短暂的"蜜月期"已然过去——两岸诗歌都面临着一次新的出发。

深入研究张默独特的、圣徒式的诗人形象的现实意义正在于此。在危机重重的现时空下的文学大环境中，很难想象单凭诗人个体的、孤寂而闲适的存在，能为现代人类找回那个失去的家园、诗的居所。

"我将追索的或许是那朝朝暮暮的撞钟人"，[1] 这句发自诗人

---

[1]　张默：《时间，我缱绻你》第6节诗句。

肺腑的诗句，为张默自身，也为所有现时代的诗人们，提出了一个强者诗人、亦即圣者诗人的人格形象。诗，这是我们与生命签订的协议，是我们真正内在的生命方向，亦是我们最后的避难所和栖息地——失去即意味着死亡！这里是圣地，是净土，文人相轻的祖传老毛病在这里已成为必须根除的东西。我们只能相重，只有我们自己能看重相互的存在。需要的是赤诚、宽容、理解和更多的投入——更多真正的撞钟人靠紧在一起，守望在这最后的营地，把诗之钟撞得更响！

诗，已不仅仅是天才歌者的宣泄，诗性灵魂的自慰，诗已成为"撞钟人"的"私人宗教"；重要的已不仅是偶尔的创造物，而是朝朝暮暮将那神圣的钟不停敲响的创造精神和创造过程。当几代诗人正同时在艰难的跋涉中，走到二十一世纪的门槛前时，我们从诗人张默匆匆前行的身影中感受到的，正是这种深沉的启悟——他和许多诗人最大的不同，乃在于他一直关心诗更甚于关心他自己作为诗人的名声或者作为诗人的形象。他深知诗比诗人更重要、更伟大，而"在艺术和诗里，人格确实就是一切"（歌德语）。

三

按照艾略特（Thomas Stearns Eliot）的理论划分，张默主要是一位中年诗人——有长途跋涉的脚力，持续不断的发展，相当的变化能力，同时不失去自我的特性——多样性而不是完美，以及滞后的成熟。

艾略特（Thomas Stearns Eliot）在对英国大诗人叶芝（William Buleer Yeats）的评价中指出："事实上，只有很少几个诗人有能力适应岁月嬗变。确实，需要一种超常的诚实和勇气才能面对这一变化。大多数人要么死死抓住青年时期的经历——所以他们的作品就成了早期作品毫无真情的仿制品——要么干脆抛弃激情，只用头脑写作，浪费空洞的写作技巧。还有一种甚至更坏的诱惑：爱尊荣，成了在公众中才能显示其存在的公众人物——挂着勋章和荣誉的衣帽架，行为、言论，甚至思想、感受都是按照他们以为公众是那样期待他们的去做。叶芝不是这样的诗人：或许这就是年轻人更接受他的晚期诗作的原因——因为年轻人眼里他是这么一位诗人：他的作品保持了最好意义上的青春，甚至在某种意义上，到了晚年他反而变得年轻了"。①

正是这样——仅就诗歌艺术来讲，比起洛夫、痖弦等并肩而起的诗友们，张默不得不等待一个晚来的成熟。

这种"等待"，无疑曾长久困扰着张默的创作，乃至成为一种"焦虑情结"。由此我们方能真正理解何以张默曾那样狂热地投入"超现实主义"的诗歌实验。对此，已有不少评论家谈到，且大多只是从当时的文学大背景和时代因素论及。笔者则认为，至少就张默来讲，那是一次并无充分准备、带有一定盲目性，且主要出于内在焦虑郁积而寻找外在开启的、"突围"式的实验。这实验对张默日后的创作不无好处，但对于骨子里主要属于传统型的创作主体来讲，它造成了又一次背离和延误。极富现代主义意味的性情外在和审美情趣（不但写现代诗，还画现代画），与相对传统的人格内在和价值取向（在生活中及诗活动中的传统文人风格），在张默身上奇妙共存而又相互争斗乃至撕扯，从而使"焦虑情结"愈演愈烈而难以消解。走出"超现实主义"，又投入"现代诗归宗"的实验，以及对诗歌活动的全方位、全身心投入等等。在所有这一切的背面，都隐含着一种寻求突破、寻求超越的心理动因：一种对诗性生命追寻的焦灼和紧迫感。

求新、多变、专心而勤劳，以坚忍不拔的毅力向前辈诗人挑战同时又向同时代诗人挑战——在这种焦灼的追寻中，一方面练就了作为诗人长途跋涉的脚力，作为诗的稳固上升的内质，一方

---

① 艾略特（Thomas Stearns Eliot）：《叶芝》，《艾略特诗学文集》（王恩衷译），北京国际文化出版公司1989年版，第167页。

面却又总是难以企及预期的成就和完美。心态超前而诗力滞后，在"焦虑情结"的迫抑下，总是习惯于把新奇、醒目的意象当作追求的主要目标，而忽视了整体精神的健全、饱满和升华，忽视了人格主体与审美取向的谐调共生——这正是全面理解包括张默在内的一批台湾现代诗人，其作为诗的存在与作为诗人的存在有一定差异的焦点所在。

四

这种差异，对任何一位以诗为生命归所的严肃诗人，都无疑是一个极为严峻的考验。

"焦虑情结"有其上面所说的负面效应，也同时具有激活新的创作能力的正面效应。关键看发生在怎样的诗人身上。在弱者诗人那里，它可能会断送其艺术生命，而在强者诗人那里，则可能反而会将一位并非天才型的诗人，推举到超乎本身才具的更高成就。

诗，在张默是一种许诺——对生命的许诺，对生活的许诺，对友人和历史的许诺。按张默自己的话讲，是"对生命的挣扎、拥抱与企盼"。张默不是天才型的诗人，但在其生命的本源中，确有一种诗的原生态的东西，鼓促着他对这种"诗的许诺"以始终不渝的热忱投入；同时在这火热的情怀深处，还持有一份理性的散淡，使他具有适时的自省。张默喜欢两种色调，其一是红色，"枫叶是我最喜爱的植物之一"，显示了诗人对燃烧、热情、成熟、荣誉等的渴求；其二是蓝色，"我对蓝色有出奇的好感"，显示了诗人对纯正、高远、宽容、澄明的认同。正是在这两种心理色彩中，我们寻找到作为强者诗人对"焦虑情结"反抗和消解的可能性，同时重新理解到他对诗歌创作和活动全方位投入，乃至旁顾甚多不惜影响其创作的心理机制。

许诺/焦虑/企盼/挣扎，由此构成张默整个诗创作的主体意象：时间意象。生命/时间/诗，在张默永远是三位一体的东西。

所有的许诺均落足于诗的许诺，而所有的焦虑又源自对时间亦即生命的焦虑。无论张默是否意识到这一点，以及在其诗中对此表现了多少，时间意象始终是其内在的发轫点，并展开为三个层面：

其一，对逝去之时间的追忆——由此生成作为诗人的历史感、使命感、乡情、游子情结，和作为诗的内在的传统约束及古典意味。

其二，对此在之时间的张扬——由此生成作为诗人的生命感、参与意识、持续的热情、青春活力，和作为诗的外在的求新多变、无所不包以及现代主义倾向。

其三，对未来之时间的超越——由此生成作为诗人的宗教感、殉道精神、理想主义，和作为诗的深沉、厚重及渐趋澄明、畅达、理性的本质特征。

纵观张默四十年的诗思脉络，对时间/生命的追忆（还乡归宗）、张扬（现代精神）和超越（终极关切、神性意识）一直是充溢其中的原生意象。只是这位如逐日者般追赶时间的歌者，似乎总未能真正静下心来为他的这一主体意象写部大作。然而这意愿肯定是时时在心底滋生着的。从浪漫抒情的青春岁月，到意象繁复的中年之旅，以至澄澈无我的斜阳漫步，一支关于时间的咏叹调在诗人的心弦上久久颤动——他应该将它写出来，那将是他诗性人生的一次总结和新的出发，那将是一首完整地、浓缩地、深沉地展现这颗苍老而又年轻的诗性灵魂的大诗：主题，依然是"对生命的挣扎、拥抱和企盼"；色调，依然是红与蓝；意象，则必然是——时间。

五

1992年夏天，六十三岁的诗人张默，在一度沉寂之后，终于写出了他进入成熟期后最为重要的作品——组诗长卷《时间，我缱绻你》（载《创世纪》诗刊1992年冬季号，以下简称《时间》)。全诗共四十节，暗合诗人四十年的诗路历程。每节六行，字数不限，亦可各个独立成篇。共计二百四十行，可谓鸿篇巨制。

> 时间，我锤炼你
> 一把劈风鏖火的石斧
> 不自觉的掂掂，千斤若鹅毛
> 许是生命的担子，沉重如昨
> 回首，日月在我的眉睫间舞踊
> 眺望，世界在你的发茨中开花

这是《时间》的开卷题诗，在组诗中列第二十一节，仅从诗人赋予这节诗的位置看，便可知它的分量。实际上，整部作品的主体意象和精华内蕴，已凝结在这短短六句之中。四十载风风雨雨，一万五千个日日夜夜，爱诗、写诗、编诗，以诗的生命追赶飞逝的岁月，以生命的诗谱写时间的编年史，如此匆匆，弹指惊雷一挥间，而"生命的担子"亦即生命的许诺，仍"沉重如昨"。这自然是另一种"沉重"——收获的沉重、使命的沉重、新的企盼的沉重、诗的沉重——"朝朝暮暮的撞钟人"是幸运的，他将时间撞成生命的乐章、诗的花环，他将血与火的年代撞成诗与歌的篇章，给生之苦乐一种诗意，让人保持人的本质，让精神生命的升华成为一代人取得的最高成就，让渴望不朽的幻想成为最终的慰藉——回首，是诗的舞动串起了坎坎坷坷阴阴晴晴的日月；眺望，是诗的花朵守望着死于非死的未来之彼岸——无憾的人生，无悔的岁月，诗人老了，但青春的热情依旧，晚来的成熟中，老了的诗人还给生命/时间一个溢光流彩的许诺！

仅仅六句的题诗，已使人如临大海，如登高山，其内在的大气底蕴透纸扑面，以至两肋生风，超凡脱俗。而当我们读完整部组诗，回头再领略这六句题诗，又会发现它潜藏的提纲挈领的作用。原来诗人在这里以浓墨重彩大写意的手法，有意将创作主体勾勒成一位雕塑家的形象，而整部作品，则正是由四十块意象雕凿而成的大型浮雕组诗，从而对诗人四十年的诗性生命/时间之历程，进行了全方位、多声部的诗性解读，成为张默漫长的诗歌创作生涯中一个不可多得的里程碑，更为台湾现代诗殿堂增添了一部颇有分量的精品力作。

六

一切对诗的解读都是对诗人生命的解读。生命/时间/诗，这一横贯诗人一生的主体意象，在这部带有心理自传性质的《时间》组诗中，得到了最集中、最充分的展现。

组诗题以"缱绻"，透露了诗人经四十年诗路跋涉后的苍凉疲倦之感，以此回首，逝去的岁月如奔如泻，其中几多浮沉、几多得失、几多苦乐，此时，均化为诗的烟云纷纭于心宇。

首先涌至笔端的，自是那一缕萦绕大半生的故土乡情，那一阙"千万遍千万遍唱不尽的阳关"① 到了凝冻成"一方头角峥嵘的巨石"，任怎样浮想雕凿，而"俱是灰褐褐的影子"（《时间》之1），其游子深情，还乡苦愿，再次成为生命/时间之缱绻的发端。

逝者逝矣，失者失矣，斜阳余晖中，尚有诗慰平生，酒暖衷肠！按下乡愁，诗人从时间的暗影里找回诗（之2）、找回酒（之3），狂饮高歌。怎奈这诗里酒里依然是"黄山的苍松"、"三峡之翻滚"、"浓荫蔽天的万里长城"（暗喻民族之根），是"绝尘超逸的黄庭坚"、"淳真高古的米芾"（暗喻文化之根），真是才下眉头，又上心头，剪不断，理还乱。终归是难掩赤子之心，一方面为两岸乍明还暗的状态隔海浩叹（之4），一方面又将这段痛

---

① 　张默：《无调之歌》诗句。

楚的历史置于时代大背景中，为临近世纪末的环球风云变幻发出无奈的感慨（之5）。

　　对故土、时代这些生存之外部局限的追思是表象的，渴求突破这种局限而为之奋争的过程方是生命存在的本真。于是，在自我调侃的心境里，时间化为"一堆窸窸窣窣的落叶"，在"萎谢"与"攀升"亦即死与非死的思考中，诗人做出了"或许是那朝朝暮暮的撞钟人"的人生选择（之6）——时间的主题意象由此卓然而立。

　　组诗1到6节，如潮头初起，声势夺人。此后（自第7节起）则放开闸门，横溢漫流，成镜湖、成飞瀑、成潭、成沼，静动张弛，咏叹讽喻，高旋低回，令人目不暇接。

　　随着诗思的展开，诗人或"搓揉"时间如"一束朝秦暮楚的藻草"，顿悟"永恒与璀璨，原不堪一握"（之7）；或"放纵"时间如"一匹佼佼不群的野马"，检讨"至爱的路"程中失误与徘徊（之8）；或"风流"时间如"一瓢烟波浩瀚的活水"，欣慰在智慧的导引下，生命"如一朵朵净洁的莲花"，且归一"自由自在的如来"（之9）；或"怫郁"时间如"一只古拙斑驳的破瓦钵"，"走不出自己设定的方圆"（之10）；忽而明快，"烛照"时间如"一廊笛韵琴音的童话"，遂借安徒生的嘴，自问"黄昏的天幕该用什么颜色打底"（之11）；忽而低沉，"幽微"时间如"一蓬重重叠叠的倒影"，伏案头而怀天下，操心"莫非人间的喜剧永远在连环的悲剧中打转"（之12）；忽而垂首，"婉转"时间于"一疋景随情移"的刺绣，几多心血凝注后，于不舍之舍中欲放下倦手（之13）；忽而振衣，"切割"时间以"一柄寒光闪烁的名剑"，几多奋争苦斗后，仍心系征程，不甘"就此休手，独坐空城"（之14）；于是壮怀"突兀"，激扬"一茎横七竖八的春梦"，任一同春过夏过迷乱过热狂过的诗之伙伴们如秋果般累累的诗句挂满梦的枝头。（之15）

　　往事如梦，梦依然在诗里；诗即时间，诗即生命，天若有情天亦老，唯有诗点燃着我们"不知老之将至的双睛"（之16）。

　　诗行至此，已入化境：

> 时间，我攀登你
> 一座苍苍烈烈想飞的远山
> 灿然，闯入我的视瞩
> 任轻薄的身躯在虚无缥缈的域外扬升
> 尖拔高峰，一排排鹤立的岩石挟着松姿的晚雪
> 令我不得不摘下一肩瘦瘦的巍峨，半节萧萧的傲骨

——《时间》之17

三位一体的生命/时间/诗，在这里——在晚云夕照下、苍烈远山前，悄然裂变为生命/虚无——诗——永恒/时间。

　　死亡的意象由此切入："所有的出出入入，俱将化为一只静止的花瓶"，而诗仍在，只是有了几分禅韵、几许空明；对死亡的反抗转化为认同，诗神与死神握手言和，"缱绻"为"一幅迤逦绝俗的长卷"（之18）……

七

　　按一般诗思，这幅"长卷"到此似可卷轴，然而对诗人张默来说，那将是违背其生命本质的断裂——是的，生命是终归于虚无的，但又是经由实在的；时间是永恒的，但又是瞬间可握的。而诗更将使我们变虚无为实在，化瞬间为永恒——生命/时间/诗，依然是三位一体，随不泯的诗魂，再现辉煌。

　　在向更深部展开的诗思里，不老的诗人由"一勺稻穗成行的薄暮"出发，时而"畅然款步梵高的画域"（之19），时而"急急奔向酸楚的从前"，再次陶醉于"语音的嫩蕊"、"俊彩星驰的意象"（之20）；仍有力"锤炼"时间，不畏"生命的担子，沉

重如昨"（之21），仍有心"追逐"时间，尽管常"拎着一尾清清
冽冽的夜，如絮"（之22）；难耐好奇，时时想"验证"时间的
"形象如何彩绘"（之23）；也喜"逍遥"，"在落絮如雨短笛轻吹
的牛背上""神闲气定"（之24）；而人生毕竟在征程，壮心如雁
阵，"在空空渺渺的天幕上行走/不沾惹阳光与尘土，不细数风暴
与山岳/喃喃静静，噙着一枚小小的惊喜/交给无声且不倦怠的翅
膀去完成"（之25）。

　　虔诚的诗路历程，超拔的生命形象——他以哲人的风骨"羽
化"时间，"往抵达不到的傲岸的巅峰/掷出一圈圈心灵的白浪"
（之26）；他以赤子的情怀"温暖"时间，温暖"包容的脸"、
"银杏的脸"，"管它是否来自同一个母体"（之27）；他"敲击"
时间（之28）、"剪贴"时间（之29）、"审判时间"（之30），而
终归在对中华文化的归宗认祖之深情中，"寻寻觅觅"、"一笔不
苟"、"如出一辙"（之31、32、33），且更感两岸"黄皮肤"式
的"钩心斗角"和同样黄皮肤式的世纪末反文化游戏，为今日之
中国文化的生存与发展造成何等的困境，乃至愤然喝道："看你
鬼精灵还能祭得出什么新招"（之34、35）。

　　从27节到35节，在近十节的篇章里，诗人于生命、时间、
诗的母题里连连注入文化的意象，并在36节中予以最深切撼人
的表现：

　　　　时间，我浑圆你
　　　　一棵没有年代的巨树
　　　　我抚摸，有一些刻痕，像　　山
　　　　我挖掘，有一些纹理，像　　海
　　　　我纵横，有一些气韵，像　　经
　　　　而你层层爆裂，酷似一根根急欲再生的断柯

以精卫之魂，再造文化；以女娲之魄，浑圆历史——这是怎

样的抱负，何等的气度！生命——时间——诗的主体意象，深化为生命/文化——诗——时间/历史的大诗史诗境界，这正是包括张默在内的一代诗人们心路历程的真实写照，而"断柯再生"的意象则无疑是对现时空下中国文化命运最精警的诗性界说。

全诗最后四节，诗人弥天澈地的诗思，最终又落脚于故土乡愁——这是出发，也是归宿，是台湾前行代诗人无以消解的命运。"我们从哪里来？我们向哪里去？我们是谁？"这一世纪性的命题在张默们的身上显得分外凝重深刻。

对文化的再造，对历史的浑圆——这一未竟的使命已成为生命的支撑而欲罢不能。而作为生命的归属，那一双如枫叶般"鲜红的瞭望"之眼①终还是投向故有的家园——"穿越"时间，老而未老的诗人又回到那"一亩绽放真情的泥土"，一颗心为"锄草的声音，犁田的声音，牛群汲水的声音"激动如"久久未被敲打的皮鼓"（之 37）。可这样的欢情又能有多少？如烟似梦，归来醒来，仍旧是"悲风望洋抚物，百川湍激如矢，流向不知名的远方"（之 38）。

而心依然不甘。沉浮在时间的汪洋里，一颗自称早已"习惯漂泊的灵魂"（张默语），"已不堪千顿万顿泥土的重压/已不堪凄风苦雨无情的腐蚀"，发一声最后的呐喊"天啦，人哦，你还要把俺折腾到何年"（之 39），并将最后的"远眺"，依然投向那"千万遍千万遍唱不尽的阳关"——

> 时间，我悲怀你
> 一滴流浪天涯的眼泪
> 怔怔地瞪着一幅满面愁容的秋海棠
> 嘉峪关之外是塞北，秦岭以西是黄河
> 我遨游，一遍又一遍，我丈量，一寸又一寸

---

① 张默：《枫叶》诗中意象。

啊！且让几亿兆立方的滚滚黄土，寂寂，把八荒吞没

　　　　　　　　　　　　　——《时间》之 40

　　这是世纪的悲怀，这是人类的愁肠。在又一个世纪末，所谓"乡愁"早已不单单是黄皮肤式的了——上帝死了，精神的"荒原"上，无数的灵魂在漂泊，而"无家可归状态变成了世界命运"（海德格尔 Hartin Heidergger 语）；人类自己放逐了自己，自己掠夺着自己，甚至连自然也已成为掠夺的象征——家园何在？也许只有在诗人的心底里，还存有一星返归家园的灯火。而时间依然是时间，欲望、荣耀、骄傲或沮丧以及企盼，一切都归于寂灭，归于空茫，唯有诗存在着，也许，那是我们横渡世纪、抵达彼岸的唯一的诺亚方舟？

　　——在诗人黄钟大吕般的《时间》之尾声中，我们听到的是这样的余音……

八

　　对任何一部文学作品的解读，都可以是多种方式的。诗人张默的这部《时间》长卷，首先震撼笔者的，是其整体意义上的深度和其内在的诗歌品质，故取被动投入而摒弃客观审视，以感觉为主，解析为次，随波逐流，形成以上初步的、散文式的解读。其中难免有曲解误读之处，尤以线性有序的流程披阅组诗，实已犯大忌，微力如此，且算一种方式，或可引发其他论家的深入剖析。

　　仅从全诗的结构来看，这是一部真正意义上的组诗，同时具有史诗的气韵和大诗（长诗）的仪式。组诗的概念多年来被搞得十分混乱，大多数所谓组诗，皆有生拉硬扯、虚张声势之嫌，徒有其表，不得要义。实则组诗常常比长诗难写，而既具组诗要素，又兼融长诗、史诗之特质，尤为难得。《时间》长卷为我们

提供了一个范例。本来，着力于这样宏大深广的题材，似该顺理
成章、一泻千里地倾注为长河大江般的、交响乐式的长诗样式，
而作者却将之处理为组诗套曲，在四十节各自独立而又相互渗透
的篇章中，运用明喻、暗喻、象征、用典、宣叙、层叠、反射、
衍生、浓缩、跨跳、交叉等多种手法，多触点、多角度、多侧
面、多层次地围绕生命/时间/诗这一主题意象展开诗思，收到外
看有型（有序），内看无型（无序），心凝而形释的艺术效果。打
开来看，四十首精短的小诗，有如四十处或深或浅的湖泊，各得
其所而又断连有趣。又似四十颗或明或幽的星子，各含内华而又
交相辉映；合拢来看，则如一派水系，浩浩荡荡，烟深波渺。又
似一圈星云，翻翻滚滚，云蒸霞蔚。其间意象或典雅、或奇崛、
或灵幻、或幽邃、或壮阔、或峭拔、或清丽、或冷峻，佳句叠
出，气象非常，令人时时击节叹服。

　　如此，组诗的结构，史诗的气韵，大诗的仪式，既保留了短
诗简洁、典雅的品质，又具整体构架所蒸腾的恢弘气势，"骨骼
英挺，如黄山的奇松"，"词藻雅致，如栖霞的枫叶"①——对于
一向苦于追求完美的张默来说，或许，这正是他所想要表现的？

　　当然，这样的一种结构，也有它不利之处。尤其本诗限定每
节必六行，无疑是自缚（实际上诗中许多长句已显憋屈欲以跳
脱）；若单一小诗作缚，自有收神凝气之效，用作长诗巨制，则
难免伤元神滞大气。加上每以"时间，我××你"这同样的起首
句联贯之于四十节，造成阅读心理上的倦滞，也削弱了语言张
力，影响韵律的畅流。设想假若作者不拘此小束，完全放开诗
情，随遇而形，大则大章，小则小节，或江河湖海，或溪流飞
瀑，而大构架上仍以组诗整合行之，或可另添一番气象吧？

　　纵观全诗，其 6、9、17、21、25、26、36、40 等节堪称上
品，抽出来单独看，各个生辉，放进全诗中更起中坚作用。个别

---

　　① 　张默：《时间，我缱绻你》第 2 节诗句。

节则失之语言的黏滞以及过于理念，有些意象也显熟套。部分诗句似可再作精炼，比如第二节中三、四、五起首三个"它的"，就完全可以去掉，等等。

颇有意味的是，整部作品诗思广披博及至时间、生命、乡情、友情、艺术、宗教、文化、历史、环境、战争乃至政治等等，却唯独没有涉及"爱情"，这其中的玄机，恐唯有诗人自己解说了。

九

"九"是个好数字，大数，功德圆满之数。

1992年之夏的诗人张默，也可谓功德圆满。

以"一肩瘦瘦的巍峨"，以"半筋萧萧的傲骨"，长途跋涉，上下求索——在对时间长久而深情的"缱绻"之中，诗人张默终于还给生命，还给早已与其生命融合为一的台湾诗坛和诗坛的老伙伴们，一个无憾的许诺！

艾略特（Thomas Stearns Eliot）说："如果到了中年，一个诗人仍能发展，或仍有新东西可说，而且和已往说得一样好，这里面总有些不可思议的东西。"[①]

是什么呢？

是真诚与智慧，以及持久的爱心与努力。

从这部《时间》长卷中，我们看到了这样努力的结果：相对于张默以往作品中的缺陷，一些可资弥补的新品质在此出现了，且由于生命底蕴的更趋深厚和博大，生发出新的意象，新的语言光泽。我们甚至可以预期，凭着这种上升的艺术力量，诗人必将有更成熟、更优秀的作品问世，而作为诗的张默和作为诗人的张

---

① 　艾略特（Thomas Stearns Eliot）：《叶芝》，《艾略特诗学文集》（王恩衷译），北京国际文化出版公司1989年版，第166页。

默之间长时间存在的差异，也该由此而弥合。

时间是公正的，每个人都会被记住，但每个人的伟大程度是与其期望成正比的——

> 出发的日子已经很久远了
> 时间的岩石上终于郁郁葱葱
> 就这样，写着、回忆着
> 大鸟般地鸣唱着——
> 生命之外，是另一种生命的
> 生成和永存

1992 年 12 月

[注]

《时间，我缱绻你》，见张默诗集《落叶满阶》，台湾尔雅出版社 1994 年 1 月版。本文依据原诗作撰写，后作为"附录"收入该集。文中结尾诗句摘自沈奇致张默《时间·生命·诗》一诗。

认领与再生

从张默手抄本诗集《远近高低》出版说起

　　有近半个世纪创作历程的诗人张默，最近将他的第十部诗集《远近高低》，以作者自己手抄本的形式出版印行，为两岸诗界传为佳话。此前，收到张默先生赠寄此一手抄诗集之"特藏本"时，便产生一些想法，觉得是一件含有特殊意味的事，待收到正式出版本，这些想法也渐次明晰，确认张默这一可称之为"现代诗行为艺术"的"文本"或"事件"的背后，是有许多话可说的——限于本文题旨，这里暂不论此部诗集作品的品质，仅就这一特殊的出版形式谈一点感想。

　　新诗走了八十年，便已进退维谷，渐为大众所疏离，实乃所处的时代变化巨大而致。突飞猛进的现代科技，在这个世纪里对人类生存环境所形成的改造能力，只能用"日新月异"一词来形容。这其中，尤以视听艺术的冲击为最烈，很快将新人类俘获其域，难得旁顾。紧接着是电脑的普及，网络的扩张，无一不将以文字出版为主渠道的新诗传播逼向"死角"（小说可借改编影视而复兴，散文则赖其平易和普泛的包容性而存活），这种困窘和尴尬是世界性的，并非中国新诗唯一境遇。问题在于，面对这一境遇，我们总习惯于避开直面的发问，要么钻社会学层面的牛角尖，拿曾经有过的"热闹"作对比纠缠不清，要么绕开现实不顾，执迷于一己的虚妄与清高。总之，很难老老实实地承认自己的"已死"，因而也就很难有其真正的"再生"。

显然，作为诗人在这个时代所持有的人格与心态，成为直面诗歌境遇以求有所作为的关键。对宿命的认领，则是考察其人格与心态的第一要义，所谓"置于死地而后生"。认领一种艺术的宿命，便是确认一种艺术的责任且安妥这一艺术的灵魂，不再无由地慌乱或躁动，乃至背弃其本质——在这个艰难过渡的时代里，这大概是唯一可行的思路。

拿这一思路看待张默的这次"诗的行为艺术"，就会理解到，它绝非诗人一时的突发异想玩个新花样。张默一生为诗服役，不仅凭热忱与激情，更有一份超乎常人的敬业与智慧，直面诗的现实境况，想着法子推动诗运的不断前行。狂飙突进的五六十年代，他和洛夫、痖弦一起创办了《创世纪》诗杂志，使之成为一方重镇、一脉高耸的山系；七八十年代，他的一系列重要编选，为台湾现代诗的发展历程，留下了一幅清晰厚重的版图，影响及后来的推进；两岸诗界交流渐开，他虔心投入，持久付出，为人们所感佩；及至九十年代诗运跌至低谷，他又参与"公车诗展"以求化大众，别开生面，最终又在诗集出版发行不景气的情况下，自费印行手抄本，再寻诗的生路以留存诗的精魂——凡此种种，在在说明诗人张默的一番番苦心孤诣，皆立足于对现代诗之当下处境的理性把握和对其最终宿命的虔敬认领，而后处变不惊，拿出自己的办法来，予以有效的投入——仅此一点，就个人而言，两岸当代诗坛，唯张默高标独树，呼啸奔行在最前列，无出其右者。

这是"文本"外的考察。落视于张默这部手抄本诗选本身，也不乏讲究。既是"行为艺术"，就该有艺术的含量，妙在诗人写诗之外，本就有一定的绘画、书法、装帧设计的素养，集于一身，落于一书，自是出手不俗。手抄影印成书，自然先得讲究那笔字要说得过去，这是一个基本条件，也是此种形式的一个基本限制，用惯电脑打字、笔下东歪西斜不成字形的新人类，恐难为之。张默的硬笔书写，虽不尽工稳，难求法度，但诗人多年笔下行走，早已自成一体，字形秀美，书写流畅，有味也好认，不妨碍阅读，尚具书意，且有"我手写我诗"的那一脉鲜活气息灌注流溢于其中，相比非诗人的那种硬笔书法家生抄硬写的字帖诗形式，自是多了一份意趣。集中还配以多幅诗人的抽象水墨小品画作、多帧诗人生活照及诗友楚戈的线描插图等，更是相映成趣，既冲销了单调滞重的可能因素，又增添不少审美快感，加之封面设计尤其素雅精当，颇具版本收藏价值，可谓一次成功的诗与艺术的美妙结合。

其实说起来大家都知道，张默重涉的这一诗与书法的结合形式，是我们中国文化传之千年的一门独特艺术。古人作诗，原本就是以手抄赠友的方式完成其传播的，根本谈不上什么小众与大众，纯系个人化的"行为艺术"。后来印刷业发达了，方为后人整理结集印行，渐次化得大众影响。而这种影响中，以书法形式这一渠道广为传播，一直是其一大得益匪浅的支脉。新诗倡行后，适逢印刷技术快捷发展，依赖既久，加之新诗越写越长，诗人们也就完全忘却或放弃了书法传播这一汉语诗歌独有的通道，实则是一不大不小的损失。这不仅是一个技术层面的缺失，更是一种文化层面的缺失。果然问题很快出现了，随着电脑的普及，文字出版的依赖遂成为空落，诗人被迫上网而变味，我们似乎又回到了出发时的原点，面临新的抉择。对此，张默溯流而上，找回这种祖传的形式，保留诗的特殊艺术品性，在世纪之交，开风气之先，出版手抄本诗集，实在是一次创造性的实验。

其实张默的这一实验是有深层次的心理机制作支撑的，它显示了一位资深诗人的敏锐悟性和传统素养，是以在有意无意间契合了一个重要的诗学命题：早在1996年3月，著名九叶集老诗人、诗学家郑敏在其题为《语言观念必须革新——重新认识汉语的审美与诗意价值》宏文之《汉语与诗》一节中就指出："需知自古中华书法与诗词就是一种综合艺术的密不可分的两个组成部分——诗歌如果只能通过阅读来接近群众，其受冷落是必然的，但如果能与书法结合，悬挂于壁，它就有机会如画如雕塑主动走入群众的视野，发挥汉字写成的诗所特有的空间/时间艺术价值。古典诗词之所以能在群众中至今占有重要地位是与书法、碑文、字画、对联等视觉艺术分不开的。……笔者的想法是新诗（至少有一部分）应当成为突出视觉美的诗，在诗行的排列、字词的选择都加强对视觉艺术审美的敏感，让新诗和古典诗一样走出书本，进入群众的生活空间——当然这仍需要看诗作者如何从发现诗的视觉及音乐节奏审美入手，使得新诗获得简练、精美、深邃的形式和内容，使之适合与视觉艺术相结合……时下不少青年诗人对诗的视觉审美的关系很少关心，只愿为宣泄自己的情绪而写，即使想创新，也很少站在新的角度考虑诗歌的兴衰的客观原因。"郑敏在此进而比较中、西语言文字特性之后指出："汉语文字主要是以视觉审美为主，特别是走出古典平仄声韵模式之后的新诗，不易如西方那样以朗诵来吸引群众，但如和书法、绘画结合好，就有可能与书画携手走入展览厅及百姓的客厅。"最后指出："如何让群众重新找到对中国的现当代诗歌的审美感觉是至关重要的。"①

　　郑敏这一高远独到的理论见地，及其前后一系列有关文章，发表后引起大陆诗学界和语言学界的很大反响，遗憾的是，却很少得到诗人群体的实质性反应。张默是否读到过这类文章（想来

――――――――

①　全文详见郑敏学术文集《结构·解构——视角：诗歌·语言·文化》，清华大学出版社1998年版。

可能性极小），笔者不得而知，但他的包括参与"公车诗展"，策划选编二至十行为限的《小诗观止》在内的近年一系列创造性活动，确实与郑敏的思考一脉相承而落于实践，及至手抄本《远近高低》的印行，已构成"张默式"的系列创意——这些创意在时下可能亦如郑敏的高论一样，人们仅为之一震而复归旧习，但谁又能断定：今天看来似有"孤芳自赏"的事情，明天不会成为时尚乃至"群芳争妍"的局面呢？后现代之后，或是古典的再造？历史的"心机"无法猜度，还是你上你的网，我抄我的书，急剧裂变与重构的时代，只能以各自认领的宿命去求再生——然仅就实验价值，张默这一系列创意，必为跨越世纪的中国新诗历史所珍视，或可在未来呈现其更新意义。

1998 年 6 月

在游历中超越

再论张默兼评其旅行诗集《独钓空濛》

一个世纪的结束，又一个世纪的开始，当代中国新诗的研究者们，有越来越多的目光开始投射于回望中的审视，并在这样的审视中，展开对过往历史的重新认识与书写。

从各种新的诗歌史的问世，到名目繁多的诗歌选本的出版，都在在显示出于此特殊时空"节点"，人们对历史经验之总结的渴求和对现实发展之前瞻的期盼。诚然，身处依然充满各种局限的当下时空，这样的总结与前瞻，不免难求尽善而歧见纷呈，但有一点或许是大家都基本认同的：当此"物质的暗夜"（海德格尔 Martin Heidergger 语）和非诗的时代，杂语与清音共鸣，文本与人本分裂，中心涣散，边界模糊，价值混乱，典律缺失，凡此种种，大概只有那一脉生生不息的诗歌人格与诗歌精神，作为新诗存在的底线，继而成为百年新诗历程中，唯一可资共同认领和凭恃的资源与传统。

诗人是诗的父亲。"一个诗人既然是给别人写出最高的智慧、快乐、德行、与光荣的作者，因此他本人就应该是最快乐、最良善、最聪明和最显赫的人。"①而"在艺术和诗里，人格确实就是一切。"（歌德语）可以说，在这个世界上，享有"诗人"的称誉，早已不仅仅是单纯文本意义上的认领，而更多是基于人本意义上的指待——最终，是一种可称之为"诗歌人格"的东西，及其所焕发的诗歌精神，感召并不断赢得普凡的人们，对这一过于古老的"艺术行当"（相对于现代音像艺术及亚艺术而言）依然心存眷顾和敬重。同时，在以日益矮化、平面化、以及游戏化的"话语盛宴"取代"生命仪式"的当下诗歌写作中，对纯正超迈的诗歌人格与诗歌精神的重新关注与呼唤，也正成为一个重要的命题，凸显在新世纪的现代汉诗之行程中。

正是在这里，不少研究者将审视的目光再次聚焦于台湾前行代诗人那里，也并再次重新发现：至少，仅就诗人气质与诗歌精神而言，他们的存在，才堪可代表百年新诗的精神资源和人格传统，并使之具有更为纯粹的表现形式和更为深刻而丰富的内涵。

在这一由特殊历史境遇和特殊生命历程所造就的诗人族群那里，"诗与艺术的存在，既不是宣泄苦难的简捷通道，更不是任何可借做他用的工具，而只是'安身立命'的一种'栖居'的方式——既是生命理想的仪式化存在方式，也是生存现实的日常化存在方式；我诗故我在，我在故我诗，我的创造诗意人生的行走就是我的家、我的历史。"②由此形成的创作主体，既没有功利的驱迫，也没有观念的焦虑，只是本真投入，本质行走，澹然自濯而风规独远；爱诗，写诗，为诗"服役"，只在为生命的前行，

---

①　华兹华斯（William·Words worth）：《〈抒情歌谣集〉序言》，转引自《西方诗论精华》（沈奇编选）广州：花城出版社1991版，第81页。

②　沈奇：《"创世纪"诗歌精神散论》，原载台湾《创世纪》诗杂志2006年冬季号总146期。

点起一盏脚前灯，照亮的是艰难或寂寞岁月中，独抱艺术良知和理想人格的人生路程，先温暖了一己的心斋，复感动所有尚葆有一份真善美之精神追求的灵魂。

也许，站在今天的诗歌美学立场上，我们可以对台湾前行代诗人的诗歌艺术成就有各种不同的认识与评价，但面对他们的诗歌人格与诗歌精神，大概只有高山仰止之叹。正如我在《台湾"创世纪"诗歌精神散论》一文中所指认的："有了这种诗歌精神，落实于诗的创作，方无论质量高低，终不会作伪诗、假诗、赶时髦的诗，更不会为诗之外的什么去出卖自己的诗歌人格。"①

而一旦进入这样的视角，作为台湾前行代诗人群体之主要代表人物的张默，就无可避免地跃然于我们的面前，成为一个绕不开去的重要话题。

二

再论张默，首先会想到一连串与其紧密相连的关键词——台湾现代诗、前行代诗人、《创世纪》诗刊、"诗宗"社、超现实主义诗潮、现代诗归宗、小诗运动、两岸诗歌交流等等，在这些足以贯穿台湾现代诗发展史的关键词中，无一不闪耀并凸显着被称誉为"诗坛火车头"的张默的身影。可以说，以多重贡献持续作用于台湾半个多世纪之现代诗创作、运动及思潮，并产生巨大影响者，当推张默为第一人！

再论张默，更会想到他一长列令人感佩的丰赡劳绩——写诗、编诗、评诗、组织诗歌活动，不间断地活跃于台湾诗坛近六十年；十三种个人诗集、六种个人诗评论集、二十二种编选集行世，不断惊艳于两岸三地及海外华文诗界；创办《创世纪》诗刊并历经半个多世纪艰难步程，至今还老当益壮独撑大局，为现代

---

① 　沈奇：《"创世纪"诗歌精神散论》，原载台湾《创世纪》诗杂志2006年冬季号总146期。

汉语诗歌历史创生并呵护一份独一无二的宝贵财富……如此等等，无不让人惊叹：该有怎样的人格力量和精神源泉，才能支撑这常人难以想象更难以企及的诗路历程？

无疑，在张默这里，所谓"诗歌人格"和"诗歌精神"的存在，已不单单是一般意义上的继承与发扬，更是对百年中国汉语诗歌之"诗歌人格"和"诗歌精神"的一种创造性注塑。也就是说，经由可称之为"张默式"的诗性生命历程的诠释和展现，一种可资借鉴和传承的现代"诗歌人格"和"诗歌精神"，才得以明确树立与彰显，也才值得我们认同：确有这样的人格与精神，作为现代汉语诗歌持续发展的深度链条，起着无可替代的历史与现实作用。

同时还应该看到，体现在张默身上的"诗歌人格"，既不是一种被刻意强调的理念，更非勉强为之的故作姿态，而是呈现为率性、率情、随心性展开的本真行走，以至化为一种不可模仿的"风骨"——这"风骨"带有诗歌伦理的意味，更有丰盈的诗性风采；这"人格"不是一堆观念的结石，而是一团燃烧的火焰——"在他的血管里，似乎不曾流过一滴其他的血，一切都表现为纯粹的诗的火焰，从不会旁涉到诗燃烧不到的地方。这种充满殉道精神的现代圣徒式的生活方式，已经有了某种超诗、超诗人的存在——不是单一寻找诗，而是在寻找一种真正的、完全的诗之生命存在——第二生命的存在。作为诗的价值，张默有他的局限性。作为诗人的价值，他则几乎趋及完美的程度。他不是最优秀的诗人，但无疑是最重要的诗人。"[1]

作家、画家、音乐家、艺术家以及哲学家、科学家、政治家等等，古今中外，只有"诗人"在超乎常人的劳绩与贡献之后，依然被有意味地挽留在"人"的称谓中，这"意味"何其微妙？

---

[1]　沈奇：《论张默兼评其组诗〈时间，我缱绻你〉》，《台湾诗人散论》，台湾尔雅出版社1996年版，第24页。

或许，在诗人之外的任何行列中，我们都多少能理解并接受其成就与人格的分离，但唯有在诗的创造活动中，我们总是更愿意看到并乐于接受，那些将人本与文本完美地融为一体的诗人的存在——阅读这样的诗人，不仅仅只在他所创造的诗性文本，更来自他所体现的诗性气质、诗性精神和诗性生命形象；有如我们不仅感动于梵高的绘画作品，也同时感动于梵高的艺术精神——在这样的阅读与感动中，人们更多看重的，是生命的重量而非艺术的"文身"。

放眼当下现代汉语诗歌领域，这样的阅读，这样的感动，似乎已越来越成为一种稀有的经验。也正是在这样的前提下，再论张默，重新认领他的存在，方才具有无可替代的特殊价值和典型意义。

三

如果将诗人的创作，大体分为先锋性、智慧性、艺术型和常态性、激情性、生活型两种形态的话，作为诗的张默，显然属于后者。张默不是天才型的诗人，但在其生命的本源中，确有一种诗的原生态的质地，使其在经由漫长的创作生涯之游历中，得以超越平凡而不断升华。

与那些充满了功利性"张望"的诗人之写作不同的是，在张默这里，爱诗、写诗首先是一种生活方式。怎样生活，就怎样写作；怎样呼吸，就怎样歌吟。不为什么丰功伟绩，只是一种诗性生命之本能的需要，只是以一颗淡定、平常的心，经由诗的写作，来守护还残留在生活中的希望与梦想，进而再转化为自由精神和独立人格的个人化宗庙。这样的写作，更多趋于精神向度的追求而非技艺性的经营，亦即写作的文本化过程，大多呈现为关于精神际遇的文字，而非关于文字的精神际遇，是以显得格外自在、诚实和素朴。诚如痖弦所指认的："他比较深沉、厚重、不炫才、不卖弄，常常以含蓄的手法探讨生命，诠释生命，以细腻的感受为经，以真诚的感受为纬，逼进事物的内里，写出人生的尊贵和庄严……在这方面，他甚至是偏向古典的。"①

正是这种"偏向古典"、可谓"心性性"（有别于功利性）的创作，任岁月更迭、人世变化，诗人内心的诗性和率性才得以常久保持而不减鲜活。在张默，这种心性更有一种阳光色彩，让我们常常想到艾略特（Thomas Stearns Eliot）在评价诗人叶芝（William Bulter Yeats）时曾指认的："他的作品保持了最好意义上的青春，甚至在某种意义上，到了晚年他反而变得年轻了。"②而，也正如白灵所言："张默是这岛上的红尘中极少数能把'诗'当作动词，而不只是名词的人。对他而言，'诗'是巨大的引擎，可以装在任何东西的身后，启动它、转动它，将它带离习惯的位置，因而发现了诗的无数可能。"③

同时也应该指出，从发生学的角度来看，以"心性性"和"可能性"所形成的创作心理机制，总是易于将创作实践导向一种随缘就遇式的发生（发声）方式，没有预设的标底和路线的规划，也便难以有把握有方向性地企及风格的至臻与经典的逼临。亦即这样的创作，更多的时候，要依赖于"外部"作用的激发，打的是"遭遇战"，拼的是"真情实感"。而对于一个诗人而言，可以说，再没有比"游历"（广义的"旅行"）这样的"外部""遭遇"，更能激发其诗性生命的真情实感的了——诗人在本质上是世界的漫游者和内心漂泊的流浪者，由于历史的成因，台湾前行代诗人尤其是以"创世纪"为主的军旅诗人们，更是这种漂泊

---

① 痖弦：《为永恒服务——张默的诗与人》，转引自萧萧主编《诗痴的刻痕——张默诗作评论集》，台湾文史哲出版社1994年版，第54页。

② 艾略特（Thomas Stearns Eliot）：《叶芝》，《艾略特诗学文集》（王恩衷译），北京·国际文化出版公司1989年版，第167页。

③ 白灵：《山的迷彩，水的乐音——张默的旅游诗》，张默诗集《独钓空濛》序，台湾九歌出版社2007年7月版，第11页。

与漫游最为壮烈和深切的体验者，且加之性格使然，到张默这里，便越发成为主体精神的核心所在，并渐渐内化为其不可或缺的写作心理机制。

实际的情况也正是如此。在经由早期注重形式、语言及形而上思考和超现实主义诗风的短暂实验后，张默便返身于更符合自己本源性审美取向，即以"真情实感"为原发力的写作道路上来，并越来越钟情于"旅行诗"或"准旅行诗"一类的题材，将激情与诗思的千山万水，皆归拢于那"千万遍千万遍唱不完的阳关"（张默名作《无调之歌》诗句），进而成为诗人"一个最自由最充沛的身心的自我"。①

由此，当张默以近六十年的诗龄，再次提交一部颇为厚重且不无总结意味与纪念意义的旅行诗集，并以《独钓空濛》命名之而惊艳诗界时，便成为一个顺理成章的事了。正如王浩翔先生所指认的："从《张默自选集》以后，旅行诗在张默的诗作中，逐渐成为大宗，直到近来出版的《独钓空濛》，更是辑所有旅行诗为大成的一部诗集。此书不仅将其人生旅程勾勒出大体样貌，亦是审视张默晚近内心转折的重要著作。"②

四

旅行而诗，古已有之。借山水梳理心象，沿行旅鉴照愿景，物我互证，澄怀观照，于特殊时空了然而悟而洗凡尘、振灵襟、逸韵自适。即使进入现代诗领域，旅行诗也不乏诗人们的钟情，成为常在常新的题材取向。实际上，作为世界的漫游者和内心漂泊的流浪者这一诗人本质，在现代社会的生存语境中显然是愈加突出了。真正的现代诗人，无不怀有严重的"怀乡病"，无不深

---

① 　宗白华：《中国艺术意境的诞生》，安徽教育出版社，2006 年版第 13 页。

② 　王浩翔：《我是千万遍千万遍唱不尽的阳关——试论张默的旅行诗》，《创世纪》诗杂志 2008 年春季号总 154 期。

切地发现，对于一切具有独立之人格与自由之精神的个体而言，所谓的"家"（家族、家园、家国）的存在，已越来越成为一种"借住"，而行走的世界才是可以安妥灵魂的居所。由被迫的"逃离"到自甘认领的"漂泊"，正化为一种宿命般的力量，驱使他们频频上路，乃至不再抱有"回家"的希望。由此，"居家"／"借住"与"行旅"／"漂泊"，也便化为互为"镜像"的美学功能，一方面以此鉴照和梳理"行者无疆"的心路历程，一方面也将"一路上的风景"，转换为情感的场所、灵魂的气候和诗性生命意识的"牧场"。

显然，一向"把'诗'当作动词"的张默，对"旅行诗"的写作自然是偏爱有加且独有心得。诗人甚至在《独钓空濛》的附录部分，特别编辑了一份《张默旅游系年》（简编）年表（仅以笔者个人阅读所及，这样的年表唯见此一例），同时还随诗作配有大量与之相关的摄影图片二百五十余幅，时间跨度超过半个世纪，且越到晚近越呈全身心投入之势，似乎在告白：我的行旅历程便是我的诗路历程与心路历程。也就是说，"旅行"在诗人张默这里，本身就是一种创作方式，一开始就带有文本化的意义。如果说文学作品是在"缔建一个世界"（海德格尔 Martin Heidergger 语）的话，张默则是经由诗性"旅行"（行走、跋涉、游历、发现……等）来缔建这个世界的。

具体到《独钓空濛》所缔建的"世界"来看，张默特意以三卷结集全书，分别为"台湾诗帖"、"大陆诗帖"、"海外诗帖"。三个板块，既是诗人行旅所及和作品内容的实际类分，也是诗人个体以及他所代表的那个特殊族群，心路历程与诗路历程的版图所在。如此"命名"，分明带有"隐喻"的意味，暗藏"家园"、"故国"、"彼岸／远方"三种文化地缘，从而建构为一个极具代表性的经验世界。细读三卷作品，无论诗人在写什么或怎样写，都无不暗自在对这三种文化地缘做着互动性的比较、纠缠与印证，在地缘中追寻血缘，在血缘中认领地缘。

分别三卷，于"台湾诗帖"，如向阳所指认："台湾的空间记忆和诗人的时间记忆相互交叠，使得张默笔下的台湾诗帖映现了1949之后来台作家的集体经验和生命印记。"①于"大陆诗帖"，如须文蔚所评"……把乡愁、记忆、历史、文化和追求永恒的渴慕，透过一场场超时空旅行的记录，以地志诗的形态呈现在世人眼前，也开拓了旅游诗的新风貌。"②于"海外诗帖"，如萧萧所言："我们可以感受到快乐出航时那勃勃而跳的心，同时也感受到旅者因见多而识广所闪现的智慧，那是吸纳杂音、芬芳嗅觉、拥抱璀璨、拍击绮思之后的智慧。"③如此三卷相生相济，不但构成别具一格的诗性行旅之丰饶景观，使人叹为观止，同时更将一般而言的"旅行诗"，提升到一个深具"文化学意义"的高度，令人掩卷而三思。应该说，这也正是张默《独钓空濛》不同凡响的首要价值所在。

从审美的向度来看，人们"在家中"的心境与"在路上"的心境自有不同。旅行中的诗人，既是与自然、与社会（人文景观）的对话，也同时是与另一个自我的对话；既是对已经经历过的生命体验与生存体验的诗性梳理，也是对还没有实现的人生愿景的诗性叩问。细读全书，可以发现，由早期《荒径吟》（1954）中，对"不羁的浪子"形象的设问，到中期《再见，远方——旧金山红树林偶得》（1993）中，对"仰泳千山万壑之间/谈笑自在/如/风声"之况味的期许，到晚近《昆仑之云》（2006）中，对"傲视一切，它它它/它是一册令人百读不厌的风雨帖"之空茫的

① 　向阳：《融时空于一心——导读〈台湾诗帖〉》，张默诗集《独钓空濛》卷一附文，台湾九歌出版社 2007 年版，第 105 页。

② 　须文蔚：《从忧国怀乡到超时空漫游——导读〈大陆诗帖〉》，张默诗集《独钓空濛》卷二附文，同上第 233 页。

③ 　萧萧：《灿亮的心灵，明亮的调子——导读〈海外诗帖〉》，张默诗集《独钓空濛》卷三附文，同上第 358 页。

认取，隐隐可见一条不断转换并呈螺旋形上升的心灵轨迹——由血缘而人文，由地缘而世界；由生灵观照而心灵观照，由现实观照而历史观照；由时代意识而时间意识，由个我情怀而宇宙情怀——由此心境所生成的语境，也当然大不一样，在作为一种独特的诗写形式存在的同时，也便获取了一种对自然山水、人文景观、生命与生存体验之深厚而独到的感知方式。

试读颇具代表性的短诗《草原落日》（1999）：

影子揪着我，我揪着风，风揪着草原

远远的山冈上，一颗亮闪闪的落日
似乎一口气想把最后的余晖
全部倾出

于是漫步在草原上的我，和
我的影子
被拉得同地平线，一，样，长

在这里，生命的"地平线"与历史的"地平线"以及与自然的"地平线"已合而为一，直抵天人一体、物我两忘而无适无莫的浑茫境界。设若将"影子"置换为"历史"（过往的人生），将"风"置换为"现实"（此在的人生），将"草原"置换为"心境"（永恒的诗性生命意识），再将"余晖"和"落日"与一位跨越半个多世纪的诗歌老人形象相联想，这首短短七行的旅行诗，不是已隐然显示出生命史诗般的气度了吗？

五

总结上述，复综观张默《独钓空濛》这部大著，毋庸讳言，或多或少，有人本意义大于文本意义的缺憾。尽管其大部分作品，都既不失专业风度，又充满自家精神，融灵魂叙事与诗性叩问于行旅感怀之中，处处可见自我的真心性、真感受，素直而爽利，鲜活而老辣，且不乏精品力作。但总体而言，在语言形式上尚缺少经典性的创造性表现。仅从诗歌美学的角度而言，诗歌作为一门独特的语言艺术，或许更能产生艺术价值的，应该是在语言的历史中的写作，而不是仅仅拘泥于历史的语言中的写作——古今中外，一部部诗歌史，说到底是诗歌写作的风格史，即体现在写作风格中的诗歌语言之变迁史。这是作为文本化诗人之张默的局限，也是大多数当代诗人之诗歌写作的局限。

　　然而到了的问题是：再论张默，我们最终要追索的意义何在？

　　其实答案在本文一开始便已给出：是体现在张默和与张默一起如此走过的诗人族群，那一种孤迥独存的"诗歌人格"和"诗歌精神"。这精神与人格体现于文本，或有这样那样的落差，但作为人诗合一的存在，便沉甸甸到不可估量！失乡——思乡——返乡——再失乡——再怀乡，直至两相（乡）皆不是，独自钓空濛——这样的大诗、史诗，已然由那"我站立在风里/满身的血液如流矢"（《我站立在大风里》（1967））的诗性生命在天地间镌刻，所谓文本的投影，则已是"伟大原不盈一握"（洛夫诗句）的了。

2008 年 3 月

历史情怀与当下关切

评大荒两部诗集

上篇

一个诗人的悲剧是什么？终其一生的创作而没有代表作品为读者所铭心，为历史所留存。

而一个诗人最大的慰藉，也正在于无论其作为诗人的际遇是得意还是落寞，总有立身入史之作存活闪耀在现时和未来的艺术长河之中——光荣只有一种：在历史留下你的诗人之名时，也留下了你的作品，哪怕只是短短的一首。

在一篇题为《谁是诗人》的评论中，我曾将诗人分为三类：其一是知其名而不知其诗的诗人，一生没有优秀之作，仅以量取胜，最后皆成过眼烟云，凑了一阵热闹；其二是知其诗而不知其名的诗人，在生命的某个时空，"神灵附身"，挥洒就几首天才性的佳作，就此洗手，有如昙花一现，是为"彗星式"的诗人；其三便是既知其名亦知其诗的诗人，他们在本质上和那些"彗星式"的诗人属于同一族类，只是坚持"定居"了下来，而成为以诗为生命存在方式和终极归所的优秀诗人。①

这一分类的建立，旨在将"质"的标准引进诗歌评论体系。中国向来是个"量"的社会，只是到了近些年，质的观念才逐渐进入我们的价值评判中。不在于你写了多少，而在于你写了些什么——在诗坛，一首天才的作品足以使其作者成为一位真正的诗人，而一个诗人的名分绝不可能使其非诗成为诗——这样的一种新的批评思想，正逐渐为人们所认可。

然而所谓"名家效应"，依然主导着诗歌批评界，大陆如此，台湾亦然。对此过多厚非是愚蠢的，但指出这种批评所易造成的忽略，并由此着力于对这种忽略所致的缺失之弥补，是一切对历史负责也对自身负责的、诚实的批评家们所应该做的。尤其当两岸诗界在长久的隔离之后，终于开始进入历史性对接而重写中国现代汉诗之大史全章时，这种弥补，这种全面真实地认识和估价台湾现代诗人及其作品的理论认知，显得尤为重要。

隔岸论诗，选择大荒和其二十多年前的惊世大作《存愁》作评，其题旨的要义正在于此。在台湾诗界，大荒不是大名家，但越过第一排那些一直叫响的名字之后，他无疑是最不可忽略的、重要和优秀的诗人之一。说其重要，是其拥有放在整个台湾现代诗重要作品群中都备显突出的代表诗作《存愁》，和一部以《存愁》为集名的，具有相当分量的代表诗集（台湾十月出版社1973年3月版）；说其优秀，是因为在大荒身上，集中了一位诗人应有的优秀品质：不媚俗，不凑热闹，不计功利，关心诗比关心诗人的名号为重，持久地注视现实而又执著地深入对现实的诗性思考和艺术表现——持重、严肃、孤寂而超拔。

不无遗憾的是，从现有的资料来看，无论作为诗人的存在还是作为诗的存在，大荒和他的《存愁》，在台湾诗坛一直未得到

---

① 　全文原载《诗歌报》1989年5月21日版。

应有的注重而一再被忽略。然而诗人最终是以他的优秀的、经得起时空打磨、岁月冲刷的作品而进入历史的。在两岸差前错后、比肩而起的现代汉诗之造山运动中，真可谓诗人如云，诗作如海，而潮涌浪卷之后，真正的传世之作，也正逐渐被认识和确立。在大陆诗界，明里暗里有一种说法，即认为台湾现代诗整体看去，大多是美而小的作品。暂不论此论的偏颇所在，即就大陆近年来诗坛而言，不也存在这一弊端吗？这是整整一个时代的缺失，看过就忘，用过就扔，太多的闲适、细琐、苍白和即时消费，所谓诗的时代意义和历史感，已遭严重消解。而作为"危机时代的诗人"（《存愁》诗集自序题目），我们又怎能全然脱离于这时代的挑战，或成绢花昏月下硬作矫情状的自恋诗人，或充当轻消费、软着陆式的文化快餐的代言人？时代需要诗的思考，历史需要诗的见证，人类需要诗的慰藉、诗的警策！由此，在今天的时代里，那些坚持直面人生、直面时代，直面二十世纪人类共同的困境而发出它诗性的叩寻之声的作品，便显得尤为可贵——这正是我选择大荒，重论《存愁》的理论出发点。

大荒，原名伍鸣皋，安徽省无为县人。1930 年生，曾任中学教师多年。初以小说名世，出版长篇小说《有影子的人》、《夕阳船》及短篇小说集多部，继而崛起于诗坛，诗剧巨作《雷峰塔》（台湾天华出版社 1979 年版），曾改编为歌剧在台北演出，颇为轰动。中年后又以散文倾倒文坛，有多部散文集出版。

除《雷峰塔》外，大荒还有多部诗集先后问世，但其代表诗集当属其于 1973 年出版的第一部诗选《存愁》。该集精选长短诗代表作二十多首，并自作序文《危机时代的诗人》。仅就诗而言，纵观大荒迄今三十年诗创作，颇似一棵倒置的大树——扎根甚深，起点颇高，出手即成横空出世之大气磅礴，一发而不可收拾，成名后则渐趋委顿，少有新的高度超越起势，实在令人遗憾。然作为立身传世之作的《存愁》一集，确已足以奠定大荒在台湾现代诗史上的地位。

诗进入现代，似已渐疏离史诗，多以短的抒情取胜。而能否写好长诗，却是印证一位诗人艺术能量和思想深度的标志。为历史作巨镜，为苍生刻大碑，是诗人大荒发自生命底蕴的意愿。故大荒的作品，一开始就避轻就重，以个体生命与历史交融为一，作为"血的蒸气"，作为"醒过来的人的真声音"（鲁迅语），关注大时代、大状态、大生命意识，且以大意象、大构架、大诗、长诗的艺术空间予以容纳和展现，充分显示了一位高品位诗人的大家气度。《存愁》集中长诗、组诗占了主要篇幅，即是一证。

这里有抒情长诗《儿子的呼唤》，四大节近一百七十行。诗人以不屑于作破碎的、失去理想的现时代之"孝子"的心态，以睁大而至变形的眼睛（充满现代意识的新视角），以发自诗心未泯之灵魂深处的孤愤的呼唤，向这个走向沉沦的时代发出声声叩询与质疑：

> 谁的灵魂呼喊没有水洗脸
> 谁的脸孔流亡，谁的姓氏倒闭
> 谁的手抓不住泥土
> 谁的鞋子没有乘客

而生存迫人异化："伤口便遗失痛楚，眩晕便习惯船舷/不钓明月，不捕云影/面包挤在心口，心挤在脐下/海上没留足印。缺少一枚银钮/我们便典当一纸人格"，于是，"在没有疑问的年月"里，"芜蘼填着时间的空白/模式填着思想的空间"，历史已只是"一枚生锈的铁钉/把守着紧闭一房淫荡的门扇"！而唯有时代的良心——诗人清醒着，成"斜度上的重量"，尽管"时间老了，挥风的拳僵了/罂粟花已哄睡了眼泪"，诗人仍坚持着"在第三象限的晚秋"，"沿着沙滩向沧波呼喊/父亲！你在哪"——这是一个世纪的孤儿发自世纪中叶（写于1961年除夕）的"呼唤"，而传至世纪末人们的耳中，听来仍是那样深切而发人深省。

　　与《儿子的呼唤》相交映的，有《幻影·佳节的明日》和《首仙仙》两首长诗。前者以诗人个人的人生际遇为切入口，分"夕阳船"、"西西弗斯的季节"、"远征"、"蝴蝶梦"四大章近二百行，写死亡，写战争，写爱情，写命运，写个人的抗争与时代的迫抑，失望与祈愿，再次发出独自清醒的漂泊者忧郁的浩叹："玫瑰已是最后/仍然有人拿去赌博/下封信将寄到哪里。"《首仙仙》则以一孩童离家出走、遗书自杀的真实事件为诗思的发端，展开为一阕审视现代社会之弊的苦歌："教科书是贫血的仓库/青春才美起来便宣告空竭。""冷漠！战粟！假面的回旋！""清醒是最冷的存在，你是最冷中最冷的清醒"，"长大的渴念就降成冷灰"，在这里，诗人再次发出呼唤："父亲，你在哪里"，"而父亲的呼唤一出门就让鲨鱼吞食；/你是一辆超速的婴儿车，/犹未获得如何操作/便悄然在山巅上失速！"——这是典型的大荒式意象，为一个失控的时代作了最精警的造型。

　　还有一首重要的诗《挽歌》，诗不长，仅五十行，但其凝重的意象，深沉的气韵，使人有如临深渊、独对荒原之感，句句如冰铁溅火，行行似暗夜电闪，将一个堕入物欲世界的现代人生存困境，哭悼得铭心刻骨。而哭者亦即这时代的清醒者的两难心态，在这里更刻画得让人惊心动魄："你是一把秋后仍然担任防务的蒲扇/不管从哪方面都扇不醒那些金脸"，"你是一口失锤的铁钟/费尽呼声都击不掉一声痛叫/你便勇敢如疯，挥拳击自己的脸孔/通过陷溺，你才认识深渊/通过历史的深渊，你才明白/何以诗总是拿去引火"，于是"钢铁豪笑的夜晚星星满含泪光/不能裁片月作卧毯或襄衣/你就竖汗毛为刺，落手为腿/你就他娘的兽去！"何等深切尖锐的现代意识！这样的诗句，即或是处于更深刻危机中的世纪末诗人们，又有几人能写出？

　　从上述粗略的解读中，我们已初步领略到大荒创作主体的基本风骨，这就是强烈的现代意识和深厚的历史情怀。

中国新诗之发展，在台湾进入六十年代，在大陆则为八十年代后，"现代"一词已成两岸新诗创作共同追求的价值标志。然而到底何为现代，真正到位的现代诗感是什么，很少有诗人深究。只是人云亦云，人随亦随，大多空怀一缕"现代情结"，骨子里仍是非现代性的。对于诗人而言，现代的本质意义在于诗人主体人格，亦即诗人的血液、诗人的骨子里是否涌流有现代意识的潮流——观念一日可新，手法一朝可变，而血若未换，则永远只是在现代潮流的岸边作湿衣状，无法真正进入现代"思"与"诗"的精神空间。

而所谓现代的极致，我认为，恰好是对"现代"——现代物质文明、现代商业文化、现代驯养方式、现代生存困境的一种深层反思及反叛，以求回归或重建人类精神家园；这种家园，人类曾经未明晰且不完整地拥有过而于现代全面失落——这是现代诗的出发，也是它的终结。

显然，在诗人大荒的血液里，我们听到了这种现代意识的强劲的潮声。它源自诗人天生的反叛精神、审视目光和敏锐感觉，再加上他对人生严肃的叩寻，对生命深刻的体验，使他较早地成为这个危机时代的清醒者，并从主体人格上展开为三个层面——

其一，作为失去之家园的"守望者"

大荒出生于长江北岸一个农民家庭，童年、少年、亲情、田园，贫寒而美幻，瘠薄的土地上正准备开一朵自由的精神之花，战乱便撑起十六岁少年虚妄的梦想，从此永离故土/家园而一直漂泊至人生的黄昏。正是这种起至根部的"家园情结"，使大荒成为骨子里的愤世嫉俗之理想主义者。在大荒的精神世界里，"家园"已不仅是一个简单的"乡愁代码"，而是一种生命归所的隐喻，一种终生不甘的追寻，一种神性的呼唤和依托，从而使个体生命从时代沉溺中昂起头来，在返回"家园"的路上，使生命展开为诗性的、悲壮而真实的精神历程——"焚语字为香/我是朝山，一步一叩首/奔向你，我的神呵！"①

其二，作为生存之现代都市的"叛逆者"

正是那缕始终未泯灭的"家园意识"，使漂泊台岛、栖身台北大都市的诗人大荒，一直对其生存的时代持有一份尖锐的批判、一瞥常醒的审视。随着这种批判的深入和审视的长久，诗人的目光便渐渐超越阶级、民族和时代，而为整个人类之生存困境发出诗的思考和思考的诗。这种超越是极为重要的，尤其对于常为狭隘的阶级利益和狭隘的民族利益所束缚的中国诗人，不迈出这一步，与人类意识对接，就无以深入现代意识的内核。而大荒的大部分诗作，至今仍使两岸新老读者发生强烈的共鸣之处，正在于此。我们很少在他的作品中，看到无关痛痒的闲适之词或自怨自艾的小我之情——"孤傲如菊/冷酷如莲/幽隐如兰/悲怆的灵魂/在寻大荒的路上"。②

其三，作为人类彼岸世界的"瞩望者"

拒绝与再造，乃是二十世纪人类精神历程的根本命题。拒绝不是目的，解构的意义亦在于将一种绝望的拒绝推向极致；而再造更非老式的"乌托邦"之虚妄，再造是拒绝之中一次新的或另一向度的出发，一种世纪末之家园"瞩望者"真实的、源自生命本真祈愿的诗性叩寻和言说——"这就是理由了/何以顶一头雪/依旧柏然、松然/且悠然采菊东篱/万里关山外/不论你的妩媚或你的跋扈/都是我的极目"。③"瞩望者"的人格形象，在诗人自己这深沉隽永的诗行中，得到了最真切的解读。

这种强烈的现代意识，在大荒身上，同时体现为深厚的历史情怀：赋个体诗性生命以大历史感，赋历史以个体诗性生命之大魂大魄，心灵包容历史，历史重铸心灵，在心灵与历史的两极中

---

① 　大荒：《惊蛰——致燃烧的灵魂之一》诗句。

② 　同上。

③ 　大荒：《倘我是中国——致燃烧的灵魂之三》诗句。

实现诗的大视野，这正是大荒诗歌的重心所在，即或是在后来一些乏力之作中，这一主体人格的光彩仍时时生辉而少有褪色。按大荒自己的话说："我是国事家事事事关心的人。"这种关心并未陷人具体事件之被动琐碎的表象反映中去，而是上升为渗透了一个民族乃至人类为超越时代局限、生存困境而寻求家园再造过程中的大悲怆、大痛苦、大叩寻，并将这一切又高度集中于诗人生命个体之一身，予以超常的、超前的、超人式的艺术再现——"牙齿为咬历史而紧闭/双肩为挑日落后的天空"。①

　　大荒这一创作主体的基本风骨，在其《存愁》集中《流浪的锣声》一诗里，得到最鲜明的"诠释"：

　　　　猛然一击，负痛从锣面抛出
　　　　发现自己已是一失去居所的蜗牛
　　　　赤身而卧，哭泣着
　　　　不知如何挽住那声苦楚
　　　　死亡犹未到达而已俯身冲下
　　　　就这时候，我的触手摸到
　　　　伟大原来不盈一握

　　这苍茫悲壮的"锣声"，穿越时空，至今仍敲得人心痛！而集这一主体人格力量之大成、集中体现大荒诗美本质者，则是作为《存愁》诗集篇首的长诗代表作——《存愁》。

　　《存愁》一诗，按大荒自注附记及后记所言，前八章原为十章，是诗人最早的原气之作，最后三章为改定组合为长诗时新写的，其前后近十年（1960—1968）酝酿修订，可见诗人对此诗的心力所重。全诗成稿共十一大章，二百二十行，不仅结构宏大，

---

　　①　大荒：《冬雷——致燃烧的灵魂之二》诗句。

气韵超凡，意象精深，且以其深切浓烈的现代意识与特异不凡的语言艺术的和谐表现，成为台湾现代诗创作中，一部经得起历史再审视的精品力作，即或放在整个二十世纪中国新诗大视野中，也不失为一部十分优秀的作品：

> 常是悚然，常被一羽毛击倒
> 常是迷失于幽暗的死狱
> 许多气息挤不出喉管
> 许多肮脏的影子践踏我的眼珠

　　这是长诗的起首一节，突兀冷峭，一句"常是悚然"，将世纪的浪子孤旅——醒着的过客之心态斜刺托出，肃穆之气逼人。以这样的态势进入"存愁"世界，诗人的思考"便被咬定是一堆炸药"亦即对现实的彻底解构："以黝冷的铁锤，在深井穿凿/我的工作是将井打成漏卮"（世界的暗夜如深井，诗人的使命是穿透它以漏进曙光），而"如竣工纪念碑终于竖不起来/我的名字必被解散为一负号"——在自热自闹自虚伪膨胀的时代表象之"美好的时刻"侧面，这个解构的"负号"冷冷地切入，"捧夜色洗脸"，以代表人类"把吃过自己心脏的那份狠洗净"！
　　强烈的反思与批判由此爆发，而首先需要"洗净"的，是那种由两岸同然的传统文化根性所遗传的意识形态暴力："不管有没有风，总是高悬七号风球/什么翅膀也不许飞，除掉蝙蝠"，而"凡是笑声都被雕塑起来/犹如娼优的脸谱，借给所有的脸孔/设若不配且无以租借/就用劲打自己的腮帮"，被政治一再阉割的民族灵魂之无奈状，在此得以最典型的诉证。而对此诗人只有言说，只有拔下上帝的胡髭"填空虚的烟斗"……（第二章）痛心疾首中，诗人意识到，必须死离这迷失的时代方能求得真生："殡仪馆是最安全的客栈/从焚尸炉出境，才是燃烧的灵魂。"由此诗人进一步指出：这是一场"剧烈"而又"冷寂"的、物化世界与神性生命、生存与尊严极端分裂的现代战争——他告诫世人，我们"在危险上生存"，且"必在某一刻跌下"（第二章）。

第四章写失去"伊甸"而又不甘沉沦的时代"落伍"者，尴尬而无奈的生存困境："我是一株遵循主的意志的蛇木／我只占一碗之地，饮一口露水／他们说我应偿付动物时代的罪孽"；第五章写现代人最根本的失落——宗教情怀的失落。救赎成为一种滑稽的演出，诗人只有讽喻撑着冷冷的笑："唾液在犯滥，诺亚垂死地呐喊／他的方舟昨夜被海盗偷窃"，于是"释迦牟尼的睛瞳因而有慈悲的尸体"，而"一群病人用甲种火烧理念的窄门"——荒谬的时代，美学也需"配给"，外来的假美，祖传的真丑，使诗人恨不能"将我的牙在河里溺毙"而不再言说，"而当我归去，在黯黯的荒野／我又遇到戴假发捎客／只要肯卖祖传的房屋／他愿付我全世界的月光"——叛逆者并非不肖子，诗人的恨乃源自更深的爱，他永不会去出卖祖传的房屋，但也无救于别人的出卖，便只有"依赖长满寂寞的躺椅／畏惧运动一如蛇蝎"（第六章）。

冷眼看世界，诗人更彻底地看到了这个危机时代的本质性病症："全部风景是一失尽风景的躯体／全部味觉是一世纪不洗一次的脚布。"两句惊世之语，给人以说绝言尽的震撼。接下来诗人则营造了一个更为让人震惊的意象：已趋溃烂而满身体臭如"脏女人"的生存现实硬拽住诗人"喂我以其淡淡的口水／要我抚摩其下体，并作她孝顺的孩儿！"诗人恐怖而至绝望，遂发出这个时代最惨烈的诀别（第七章）：

> 明天，我将去礼拜圣堂
> 我将向主作腐血质的祈祷
> 我求他将摇篮还我，将我缩小
> 将我复为一未生的原质

生存与尊严，历史与人，以及对"摇篮"（作为家园的代码）

和生命"原质"泣血的祈讨，使这四句诗逼近一个世纪性的经典隐喻，实在可以勒石刻碑，矗于世纪的诗语长廊。

不甘作时代卵翼下的蛆虫，诀别之后是深深的回忆和检视："回来，在小池边放芦叶舟的日子／我重新悼念种植铅笔的故事／想想那次泪洒蚱蜢的沙冢／猛然忆起我曾以刺刀戮杀我的兄弟。"值得指出的是，这代表一段中国惨痛历史的检讨的诗句，是写于距今三十多年前的时代，需要怎样的胸怀和眼光，而这正是诗人大荒穿越时空之生命真实和艺术真实的力量所在。不仅如此，诗人在检讨之后，更把嘲讽的芒刺直扎向荒谬时代的营造者："纺车要求继续其尊荣爵位／他宣称他是唯一的衣裳"；诗人欲于传统人文价值中寻求一点凭借，"去捞屈原的魂魄／他嘱我将离骚翻译成水／他已将版权卖给第二祖国！"这是何等的哀痛，而权贵们则在衰败中寻一方媚外的西药："凡外国萤火都视作灯笼／西风逐渐猛烈，他们要我／偃卧如鸵鸟，以臀抵挡蹴踢"（第八章）。

从创作时间上看，全诗前八章形成一艺术时空，其主体视觉是向外的，即带有生命体验的历史批判，艺术地为一个迷失的时代——顽腐的政治高压，窳败的社会道德，急遽的工业化进程等等存照留影，且敏锐地预示了这时代之后亦即后工业化文明的危机趋向，显示了诗人深厚的精神底背和处理大主题的艺术功力。然而仅至于此是不够的，诗人必须将主体视觉二度折返自身，向内探究为历史所重铸的生命个体的嬗变，从而由对外在现实的关注，转向更具普遍意义的人的生存形态及生命悲剧之本质意义的思考，把读者引向一个远远超出作品所写情境的时空境界，升华其生命意识。

对此诗人是自觉的，是本能也是智慧，促成大荒续写了最后三章，从而使整部《存愁》最终成为一部完整和谐的鸿篇巨制。

折返自身后的诗思，充溢着对个体本真生命的追忆、眷恋、叩问和彻悟，只有个体的生命过程是真实而辉耀的："曾经那样豪迈，指向日葵为活的黄金／击沉寂为音响，逼水为酒／一慷慨就是一首缠绵的情歌",雄浑之气如贝多芬之交响乐,令人回肠荡气!然而在社会、在命运、在人类整体无常无序的滚动之前,孤弱的个体生命只能守一份灵魂之无奈的诗意:"不再争辩常常争辩的主题/如何将愤怒摺成一袭柔软的内衣",而诗人更要守一份生命的尊严和真实:"当植物鄙弃泥土,我写赠言于水上/如果人类根本不高贵你就向鲨鱼臣服"(第九章)。于是诗人投目光于未来的生命,可他发现孩子们更是"第一口呼吸就是麻醉后的天空","而明日将是艰苦的雕像,犹未坐直/我已见你用窄窄的肩背抗拒巨石"(第十章)。由对此在之生存意义的叩问导引出代代因袭的生存悲剧,希望何在?诗人唯存一最终的苦恋,期冀生存大背景的转换,亦即两岸的统一,家园的重返——对于大荒这一代诗人,乡愁几已成为生命最后的维系,彼岸已渐成为宗教性彼岸的同一,且最终升腾为二十世纪人类漂泊之灵魂整体的"乡愁":

　　　　当口唇已焦敝而犹拒饮脚下的河水
　　　　当河水已将冻结犹未理解该褊袒那一岸
　　　　当两岸行将崩裂犹坚持不肯握手
　　　　他就颓然而卧,变成一枝横波的芦苇

　　　　不问倒影为何老仰望天上的流云
　　　　为何每个瞳孔都燃烧着忧戚
　　　　爱洗手的人呵,水也被洗出思想了
　　　　为何水必以盐证明身份

　　假如我们再试着将诗句中的"两岸"置换为现代人类困惑的此在生存之岸与失落已久的彼在精神家园之岸,我们不是已诗意地触及到二十世纪人类最根本的命题了吗?实则台湾的特殊历史存在,尤其是从大陆赴台的一代人之特殊生存处境(逐离精神故土，割断文化母体，以及老旧的政治与畸形的经济，膨胀的物欲与漂泊委顿的精神等等），已成为一个世界性的"隐喻"！由此我们方理解到，何以台湾诗人的作品，大都落题旨于这已深含宗教情怀人类意识的"乡愁"之上。

《存愁》的尾声，则将此乡愁推到更深沉绝望的境地：

> 硬是坚持到九月
> 只为观照地理上的菊花
> 读过二十遍雁行依然领略不到秋意
> 意念就是一株暮春的桃花
> 吹口风就落阵红泪

悲天之不天，悯人之非人，除了寥若晨星的诗人（世纪的独醒者），谁还解得"秋意"？时代依旧按无常的驱动力作昏热的行进，一切都是在无"所指"状态中离散和消解，而"彼岸"已成为一个一再被推移的"能指"符号，而"救赎"也只是诗人孤寂的自慰，真是"此愁绵绵无绝期"——"悚然"之最终，诗人的选择是唯一而纯粹、绝然而高贵、传统而又现代的——拒绝于世，再生于诗，返归生命的"原质"而死于非死之死——

> 那抉目而死于秋天的人
> 乃一拒食大麻精的蜻蜓
>
> ——《存愁》结尾句

在对大荒《存愁》诗作做了以上意义价值向度的粗浅解析后，我们必须同时指出其审美价值向度的特殊品质——没有后者，大荒这些以史入诗，以社会题材为主，可谓入世较深的作品，就很难抵达今天以及未来人们的深心。

大荒是位趋于理性化的诗人，对他的人生和这人生所处的时代有着长久而深入的思考。但大荒没有被这理性所"钙化"，而是以意象化的、敏感而睿智的诗性之思，来集纳和负载时代命题、历史叩寻和生命底蕴这样的大题材。大荒的诗歌意象大都突兀、厚重，深沉而又不乏新奇，富有哲学内涵和历史意蕴，可称之为"大意象"，所谓"孕大含深"。以此大意象来表现大主题，自然相得益彰，独具风格，且常常营构出超越题旨的时空境界，从而使作品拥有长久的艺术生命力。

其次是大荒诗作中特有的气韵。大荒是一位独步历史广原和生活化境的苦行僧，具灵秀狂狷之气、高逸华美之风。透过其深沉浩瀚的思维而流于笔端的，尽是发人深省和回荡不已的纯情表达——这是台湾评论家金钊对大荒散文作品的赏析之词，借用以评其诗，也颇恰当。因了天性的敏锐、多思、善感而又内向孤僻，大荒的艺术气质中有其阴柔的一面，而后来人生的坎坷磨砺，又造就诗人不羁的反抗意识和刚直品格。妙在大荒将这两种相克相生之气，亦即传统文人的儒雅与现代生命的焦虑融合为一，贯注诗中，使其兼具阳刚与阴柔之美，狂狷与深沉之气，登高山而临秋水，不媚不浮，超凡脱俗，抵丹田而开胸襟。

而最为体现大荒诗歌品质的，当属其语言造诣。纵观诗人作品，可以看出他汲取了不少西方现代诗歌的感知方式和表现手法，但在表现对象（选材）、意象营造（言说）上，则深植于现时空下中国人自己的现代感和母语特质之中。

冷、凝、沉——这是大荒诗语的基调。冷而不僻，出人意料，新奇而峭拔，常给人以强烈的艺术撞击感；凝而不涩，聚力于引而不发，内凝外释，句与句之间常有大的跨跳，似无从联结，但内在的气韵贯通，反生张力，回味有加；沉而不暗不滞，注意控制，不滥泄，不虚浮，自然就剔除了矫情的侵蚀。冷语异象下，有生命的大激情、大关怀、大彻悟之潜流汹涌，而非浪花泡沫之浮词俗语。

三种基调的融会，使大荒的语言给人以外冷内热、如铁似金之感，于撞击之后有更深的渗透力，读来直似冰里腾火光，火里溅寒冰。大荒一直尊崇杜甫诗风，是当代两岸诗坛难得的苦吟诗人，其对语言的苦苦创造可想而知。

大意象、大气魄、大诗语感，冷峭、凝重、高远、深沉，这些可称之为大荒式的诗美品质，在其早期作品，尤其是《存愁》诗集中，得到了最为充分而集中的展现。遗憾的是，后来的大荒似乎再未能回到其诗的"原质"，趋滑于乏力的流失状。

对于大荒，这实在已是无憾之憾，尽管我们不无期盼地守候着诗人新的"横空出世"，但有《存愁》铭心入史，又何憾之有？

下　篇

在近半个世纪的台湾现代诗运中，大荒可算是历尽潮涌浪卷而少有摆荡的一位，不计沉浮，默然而沛，坚守自己的方向。这方向就其艺术追求而言，是古典与现代的融会，思辨与抒情的熔铸，理趣与意象的共生；就其诗歌精神而言，是深厚的历史情怀和落于当下的生命关切，亦即为历史作镜、为苍生刻碑的创作立场。应该说，持有这一立场的台湾诗人并不少见，但能将其作为一生写作的支点，锲而不舍、深入持久，乃至已化为诗性生命的一份期许而如大荒者，也真为数不多。新近问世的大荒九十年代诗作结集《第一张犁》（台中市立文化中心1996年5月版），便是对其恪守的诗歌立场的又一份厚重的证明。

这是大荒的第四部诗集，共收入五十八首短诗和一部五场短诗剧。从题材上看，短诗中大部分是对历史事件与历史风物的重涉和开掘，即或是其他一些咏物赠答的诗作，也均深含对历史与时代的追寻与反思。一部诗剧，则是根据诗大雅《生民》及《史记·周本纪》有关神话与史料加以创制，且透隐出诗人关注史诗创作的雄心（大荒在七十年代末曾有大型长篇诗剧《雷峰塔》问世）。

以诗眼看史而反观现实、叩问当下，本是中国诗歌一大优良传统，在新诗发展中也不乏继承与光大。只是到了后来，渐入歧路，趋滑于工具理性和传声筒式的说教，社会学的成分加大，遂"钙化"了诗的艺术感染力，使人生厌。尤其到了多元共生的当代语境下，在告别集体乌托邦式的群体写作而进入个人化写作之后，诗人们更多转向内心求索，其历史情怀与当下关切之情便愈发淡薄了。诗国成了纯灵、纯情的世界，或仅止于个体生命体验的脆薄的投影。应该说，这是一种无可厚非的过渡性现象，但我总认为，这同时也是中国当代诗歌不完全成熟的一种表现。不能因为咏史言志之诗到后来走了歧路便弃之不顾，乃至视为畏途。有作为的诗人完全可以重铸这一脉诗风的灵魂，再造其不可或缺的艺术功能。而诗不能无"志"，有如人不能无骨。就我个人的理解，这"志"应是建立在历史感、时代感、凝缩了对人类整体生存状态和集体深层心理之关注的生命体验这三个基础之上的。当然，有无此"志"是一回事，如何言说此"志"是另一回事。实际上，在当下的两岸诗坛，这两回事都存在着普遍的缺失而有待弥补。

对此，诗人大荒在其长达三十余年的创作生涯中，一直持有清醒的认识，且从未因潮流的变化而偏离他认定的轨道。大荒曾有言："把志言得很艺术，诗就辐射出另一功能——提升人的情操，净化人的心灵，人的尊严性也必从此导出。欠缺这些，人之为动物，是无价值可言的。"① 显然，这种"功能"说源自传统诗学，并不新潮，但在这个普遍乏"志"缺"血"的世纪之交时空下，就显得尤为珍贵——这份"珍贵"，在大荒早期的《存愁》诗集中，便已有强烈的辉耀。此后经持久的磨砺、曲折的探求以及沉寂与困窘的考验，到了再度崛起于九十年代的《第一张犁》

① 大荒：《危机时代的诗人》，转引自《台湾诗论精华》（沈奇编选），陕西人民教育出版社1995年版，第24页。

集中，已是尽弃铅华，愈见本色了。

以史入诗，难在要给出新的说法，若就事论事，则易落于说教或卖弄知识之嫌。同时，这种新的说法还要与当下相关联，给人以新的诗意，并在这新的诗意中得以新的启悟或感染。这实在是一个很高的要求，是检验高手与庸常之辈的试金石。大荒于此道，颇有些驾轻就熟的大家风姿，敢于接纳各种与史有关的题材，写来从容不迫，常于险峻处见风光、平实中透鲜活。如篇首《第一张犁》一诗，写登临安平古堡，追怀开山圣王郑成功收复台岛，"认领"那一片海上的"新世界"时，诗人的笔锋直探英雄当年胸臆，写道：

> 你试用双手探测她的体温
> 竟触到一颗青春的心跳
> 大地发情了！你狂喊一声
> 便急急打造犁头
> 把泥土翻起一卷卷美丽的波浪
> 植字而成为诗歌
> 播种而成为粮仓

短短数行，将一段沉寂已久的历史翻新得如此真切而又如此幻美，在虚拟中抵达历史的真实，再现英雄的魂魄，读来振精神、消暮气，沐先烈高风而开当下胸襟，颇显诗家之笔与史家之笔不同之处。

再如，《致杜慎卿》一诗，写读《儒林外史》所得，名是言说古人，志在讽喻当下，其语境便别生一种意趣："打从猴子退化成人/地球就到更年期了/四维之外没有空间/两性之外没有匹配/我是她老掉牙以后才生的孩子/从人格到性欲都倒错过来"，写现代人生命质量的窳败，入木三分。诗人再作对比道："你（指《儒林外史》中的杜慎卿）是那个时候的公子哥儿/客串一下男人的一半/无非外遇外的外遇/我是后现代浪子/主演男人的一半/却是常数中的变数/于你为偶发的疯狂/于我则是命定的绝症", 由此诗人代现代人叹息: "我只能在太阳背面采光。"这一声叹息是如此低沉而又冷峭, 如一枚斜刺的冰刀, 挑开我们生存中的溃疡, 发人深省。而从读《儒林外史》扯上"后现代", 也足见诗人笔力的峭拔与诗思的开阔, 颇见功力。

给出新的说法是一回事, 如何诗化地"给出"则是另一回事, 这是以史入诗的又一大难度, 即其语言的难度。诗以意象取胜, 但写这类诗常因题材所限, 很难自由地发挥意象营造之能事, 事象和叙述性语言在此要占主要的成分, 如何就此生发出诗意, 全在于对语言的锻造, 而这, 正好是诗人大荒的长处所在。只要深入研究一下大荒诗歌的语言艺术, 便会发现, 诗人对非意象性语言的把握, 从一开始, 就显示出很高的才能。这一方面来自他深厚的语言功底, 另一方面, 一开始就选择史诗、长诗和诗剧这样高峻的诗路, 潜心探求, 经久历练, 那一份把握便越来越得心应手, 逐渐形成了独具的风格。大荒本质上是一位偏重于理性的诗人, 所谓白昼心性、思之诗, 其语言颇具知性的硬度。同时, 又不失理趣与意象的弹性, 显得肌理分明, 有一种骨感的美, 高古而又现代。由此, 诗人方敢写难写的诗, 处理难处理的题材, 别开生面, 独领风骚。

在《第一张犁》诗集中, 大荒的这种语感, 发挥得更加洒脱自如, 纯净而干练。其中许多篇章, 几乎全不事意象, 纯以事象理趣为主使, 缓缓道来, 冷冷说出, 看似不经心、不诱人, 散淡直白, 而细读之后, 方欣然会意, 且惊叹诗人能于如许生涩的题材上"给出"如许幽深的诗意来, 有如干枝梅花, "味"在远近有无之间。试读《黛玉焚稿》一诗中这样的句子:

然而我是大观园内一盏孤灯
以泪为油脂

我那表兄恰是我的火种
点一次
我透明的身子就枯些
我病恹恹的生命又亮些

　　没有什么特别的意象，纯以叙述性语言作载体，说话儿似的清明爽净，读来又分明觉着有一脉诡奇的意蕴萦绕于语词的背后，所谓平实中见奇崛；而写情至此，已深得"红楼"真髓，尽脱感情造作而更贴近生命的骨头。同时笔者还注意到，大荒在《第一张犁》集中，其语感比先前尚多了一份讽喻性和调侃意味，显得更轻松也更老到。譬如《老子出关》一诗中，便有这样的妙句："我的道被形容成一把破蒲扇／只能替伤口扇凉"，语轻意邈，极得神韵。为此诗人还时不时在这种语式中，有机地糅入一些颇为"新潮"的新语词，既贯通时空，又冲淡些干涩，且显示了诗人超然达观的心境。如前举"后现代浪子"之句。又如《秦淮河畔访李香君故居媚香楼》一诗中，写秦淮河："桨声、灯影、朱唇、翠袖／风流的行业／专卖销魂那种商品／小杜那首著名的七绝／除了杀风景／无非让船娘歌姬／唱过后庭花／多一个点唱节目。"亦古亦今，亦庄亦谐，横生一脉意趣。写至香君赴难："你挺身出风尘／解构花容月貌／教明日不知死所的群獠／认认／人格是什么样子／血性是什么颜色。"一词"解构"，顿使史的追怀化入当下语境，平生许多深长的意味。

　　其实无论古今之诗人，凡以史入诗，总是要借历史那一杯陈酿，来浇当下胸中之块垒的。而诗歌语言原本是思的脱颖而出，有怎样的心境方生怎样的语境。大荒在对他特意选定的历史切片作新的诗性解读中，既说出了新意，又给出了不同一般的新的说法，在一片为当代诗人多已荒疏的领域里，拓植出新的气象，充分显示了一位成熟的、高品位诗人的优秀品质。这一品质在这部诗集的一些非史事作品中，也有上佳的表现。即或如登临览胜、咏物赠答这样看似普泛陈旧的题材，经由大荒的处理，也多能生发出或苍朴凝重、或新奇别致的意蕴来，且均赋予历史的目光和落于当下的关切之情。譬如《土龙的呻吟》一诗，写我们赖以生存的土地被过分掠夺而濒临崩毁的情景，其开头与结尾的诗句就特别具大荒式风格："非我不肯帮你们挺着/是我根本挺不住自己"，话说得极平实，可似乎让人在忍俊不禁之下，又有一种被撞击的震动。"至于我，原本在沧海桑田间轮回/只是这一轮时间实在太短/桑树还来不及结椹/便随我夭折……"还是那种超然远观的语气，却又分明有一抹历史的苍凉感，浸漫于字里行间，引人于更深的回味中，感受诗人那一腔悲悯关爱的情怀。

诗是要有精神的，诗人是人类精神的开启者、承传者和呵护者。在一个历史经验与文化记忆普遍流失的时代里，诗人的职责是及时唤回这种记忆和经验。大荒正是属于这种有责任感的诗人。但问题在于，对于大多数已远离传统、远离历史经验与文化记忆而耽于眼下、手边和即时消费的"后现代浪子"而言，无论是大荒所操持的语言，还是他所处理的题材，似乎都有相当的隔膜感。读大荒的诗，尤其是他晚近的作品，没有相当的知识与语言背景，是很难进入其冷僻高古的语境中去的。尽管诗人也一直在作着沟通的努力，但其恪守的诗歌立场和语言修养，又很难完全为所谓的"现代"相认同。我们无权也没有理由去要求个在的诗人去改弦更张，更无法料知新人类将如何做出更新的艺术趣味和价值立场的选择。这里我只想起艾略特（Thomas Stearns Eliot）的一句名言："……一个诗人，假如在二十五岁以后仍然打算继续写诗，他就决不能忽略历史的眼光。"① 那么，一位诗爱者，假如在不再年轻的岁月里仍然要继续读诗的话，是否也应该持有一份历史的眼光呢？这其实是不言而喻的，我只是想借此说

---

① 艾略特（Thomas Stearns Eliot）：《传统与个人才能》，转引自沈奇编选《西方诗论精华》，广州花城出版社1991年版，第402页。

明：诗人大荒的作品，尽管尚有某些未完全突破的局限，但他基本的风骨，是我们这个时代所缺失的。他的诗，是为那些心智成熟了的人们所写的，或不为当下所青睐，却可能为历史所铭记。

1993 年 1 月—1996 年 7 月

诗重布衣老更成

大荒诗集《剪取富春半江水》序①

　　与诗人大荒一面之识而成忘年挚友，说起来，都是因心仪这位前行代诗人的人品、诗品而致，交流愈久，感念愈深，虽山迢水遥，只见作品不见人，也在在难以割舍这份浸润、这份感染、这份历久弥新的激励。即或是后来分力倾心拓展开来的个人对台湾现代诗学的研究，也源起于这初始的交流，由大荒而张默，而"创世纪"的主将们，直至全面的深入。由此经年尺牍，不觉已是七八年了。这七八年间，我几乎阅读了大荒包括诗以外其他文体在内的所有作品，也得友情之利（特别是张默、隐地的关爱）广泛研读了彼岸诗歌的主要作品，便也渐渐对大荒，以及与大荒并肩而起而前行的这一代诗人，有了更深的理解，并时常由衷地感慨：正是有了这一代诗人的存在与持久的奋进，历史才没

---

　　① 《剪取富春半江水》，台湾九歌出版社 1999 年 3 月版。本文根据大荒提供的诗稿撰写，后大荒以此集获台湾中山文艺奖。2003 年 8 月 1 日，诗人不幸因病去世，此序便成为笔者多年研究大荒的一篇纪念性小文，特收入此集，以志永念。

有完全断裂或塌陷。

　　大概正是因了对这份理解的信任，大荒不惜降格以求，要我为他新结集的这部诗集作序。向来为序者，多是名家或前辈，如今倒过来行事，虽是忘年知己，也不免有些惶然。只是老友心诚意挚，却之不恭，只好从命，来一次"违章作业"了。

　　这部新集，是大荒近几年诗作的一个精选本。就大荒个人的创作而言，大体仍遵循他持之多年的风格，只是视阈更广阔、语言更精纯些。但若将其置于近年整个诗歌发展状况的大背景下去看，就有了不少别具价值的认知。进入九十年代，两岸诗界都起了许多微妙的变化，彻底物化、商业化的社会与日益幽闭的诗歌，形成一种困窘与尴尬的局面。生存的问题实际上是越发尖锐了，而诗人们的言说却含混不清，只管自地高蹈、自恋、空心喧哗以及游戏化。不可否认，在"技术至上"风潮的推动下，诗的样貌与技艺是空前的发展和成熟了，诗的灵魂却有些走神，语言的狂欢下面，是精神的缺失、使命的缺失、乃至人格的缺失！新手依然层出不穷、出手不凡，成名者更是盯着"席位"、奔向"国际"……失重的时代，游戏的时代，妄自狂欢的时代，历史和诗神一起陷入了迷魂阵。

　　有狂欢就有守夜人——这是时代唯一没有缺失的规律，也是大荒持之一生不变的角色定位。有意味的是，这样的角色常常为并非显贵的布衣诗人所认领，似乎也是一个不变的规律。严沧浪云："学诗者入门须正，立志须高。"纵观大荒创作历程，可说是自一开始便根正志高，远离浅近功利，沉潜岁月，拒绝平庸，深入生命中的各个时空，以良知、救赎、历史情怀与现实关切为精神底背，以诗的方式对时代的文化状况和生命状况，做出深层次的介入和指涉。由此，历四十余载艰辛步程，为写作，大荒"积累的不是专业知识而是疑问"（布罗茨基 Joseph Brotski 语）；为诗人，大荒从来不屑搔首弄姿的票友形态，而自甘为以跋涉为庙堂的香客、与历史有约的使徒。无论是身处政治高压、工商风

潮，还是后现代语境，大荒为时代守夜、为历史补天的精神立
场，从未移步半分。"一吟悲一事"，事事关我心，离开时代所提
供的存在感受与问题意识，离开似乎与生俱来的历史情怀与现实
关切，大荒真不知该如何发出他诗的言说。

显然，大荒是一直看重诗的载道功能的。诚然，"道"载得
太重，或有伤诗之风姿、诗之筋骨，但一味话语缠绕、不着负
载，也难免成无骨之皮相、无根之浮萍，自哄哄人而已。对此，
多年不好声张的大荒，终于忍不住做了一点夫子自道："在台湾，
我大概是咏史最多的人，因此朋友们都戏称我是历史癖。历史与
地理构成人类生存坐标，避开它，你算老几呢？至于我，它既是
扛在背上的十字架，又是一架雷达——观照的范围。"① 话说得
很平实，也很形象。以历史之镜鉴照现实，本是中国文化和文学
一个悠久的传统，然而这一传统和能力，在这些年的诗歌中，已
渐渐成为"稀有金属"，多见诗的话语翻新，少见诗的负重之骨
感，淡远了世道人心和人文精神关怀，更遑论历史鉴照与现实改
造。正是在这一点上，历经岁月的淘洗，愈来愈显示出大荒的操
守与风骨之难能可贵。诗是"危机状态下的语言" （马拉美
Stéphane Mallarmé 语），诗是我们这个时代最深刻的需要，它赋
予社会、世界以精神的方向、目的和意义。轻的时代，重的诗，
大荒义无反顾地选择了后者：审视历史，关注人生，着力文化，
解剖时代，眷顾自然，恪守理想——从横空出世的《存愁》（台
湾十月出版社 1973 年版）一路写下来，有了《台北之枫》（台湾
采风出版社 1990 年版），有了《第一张犁》（台湾台中市立文化
中心 1996 年版），又有了以肝病缠身而诗风大健的这部《剪取富
春半江水》，1997 年，更以一首颇具反讽风格的《威尔莫特们万
岁》获台湾年度诗奖。一向我行我素自甘寂寞的大荒终得到诗界

_____

① 　大荒：《掉进猪笼草的飞虫》，原载台湾《创世纪》诗杂志 1998 年 6 月号
总第 115 期。

的褒赏，虽是晚来的慰藉，也可见历史的不薄。

《剪取富春半江水》新集，仍秉承大荒一贯的诗风，巡视于历史与现实之间，以独立的人格，独特的视角，独在的语感，在惊鸿一瞥中透显凝重的诗思，使读者在蓦然一惊中得以认识的提高和审美的飞跃，字里行间，充满社会血色和时代肌理。不同于以往的是，诗人近年临老返乡，几番故国神游，便多了些临山川形胜而发幽思的篇章，深情中更具郁结。一阕《寒山寺》："仿唐的钟声论记卖""我连敲三记都没听出一丝禅意"，夹叙夹议，冷冷道来，直刺商业文化的私处。集中大量咏史之作，不落窠臼，重探新意，以现代意识切入，见出洞察世事的超越，谨严端肃，颇具大道风情。从历史和自然中索回的启悟与感慨，更激发了诗人为时代把病疗伤的情怀，问题意识成了大荒近年诗思的重心，时作惊世危言之语，一组六首的《一杯水主义》及同类作品，辞正意邈，亦怒亦怨亦悲悯，理趣中见得深义。经由持久的磨砺，晚近大荒手中的这枝笔，愈发生辣与老到，在日渐人烟稀少的这一路诗风中，颇有举重若轻之风度。知黑守白，坐实务虚，反语正说，正话反说，语多调侃，辞近戏谑，常从轻喜剧的架势取悲剧的深度，嬉笑怒骂间，时有闲笔见机锋的妙趣。余光中先生称许大荒获奖之作《威尔莫特们万岁》时，所下"感性生动，知性深沉"八字评语，其实用来评价这部诗集中的大部分作品，也不为过。整个一部《剪取富春半江水》，读下来，除少量清溪奔快的山水短歌外，诗人着重力于史笔焦墨，为我们绘制了一幅幅惟妙惟肖之紊乱虚浮的时代心电图——作为世纪末的守夜人，大荒可谓又出色地尽了他一份布衣诗人的天职。

气郁伤肝不伤诗，诗重布衣老更成，不为浮云遮望眼，青山满目夕照明——行文至此，忽借句凑出四句顺口溜，似可作添足之结语，也算正经序言外，几句祝福老友的话吧。

1998年11月

蓝调碧果

碧果诗歌艺术散论

题释：或可作参照的背景材料

a、蓝（blue），蓝的、蔚蓝的、青色的、忧郁的、贵族意味的、出乎意外的；

b、调，情调、格调、调式、调性、调调；

c、蓝调（blues），乐名，源出于美国黑人音乐，略带忧伤抑郁的爵士曲调；

d、碧，碧绿、碧蓝、澄碧、碧玉、碧桃、碧云天、碧螺春（茶名，上品，其汤清澈鲜绿、清香幽远）、纯净、青涩、"一品深绿"；①

e、果，果实（浑圆、凝止）、果敢、果毅、果然、果子狸（亦称"白额灵猫"，四肢较短，夜间活动……），"植圆于青空之上"。②

f、碧果，著名诗人，男性，1932 年生。本名姜海洲，河北省永清县人。五短身材而具绅士风

---

① 碧果：《拜灯之物》诗句。

② 碧果诗句。

度，面善却不多言语。写诗四十余年，著有诗集《秋，看这个人》、《碧果自选集》、《碧果人生》、《一个心跳的午后》，及小说、散文集多种。①

g、"超现实主义，名词。纯粹的精神的无意识活动。人们凭借它用口头、书面或其他方式来表达思想的真实过程。在不受理性的任何控制，又没有任何美学或道德的成见时，思想的自由活动。"②

h、"生活在创作世界之中——进入这个世界并且留在里面——时常去光顾它——紧张并卓有成效地思索，靠深刻与连贯的注意与沉思冥想求得结合和灵感——唯此而已。"③

i、是否后什么现代主义？备考。

一、有几个碧果？
——或角色出演与本真言说

手边有两部碧果的诗集：作为1950－1988三十余年的一部碧果自选集《碧果人生》（台湾采风出版社1988年8月版）和作为诗人步入九十年代后的第一部结集《一个心跳的午后》（台湾黎明文化公司1994年5月版）。潜心研读之后，浮于脑海的第一个命题是：由两部诗集、四十余年创作历程所构建的碧果诗性话语世界中，有几个碧果在说话？

这是至关重要的，尤其面对碧果这样复杂而特殊的诗人。

在台湾现代诗运中，碧果一直被视为"异数"；作为《创世

---

①　现为创世纪诗社社长，专司写作，且善书画。

②　布列东（Andre Breton）：《什么是超现实主义》，转引自伍蠡甫编《现代西方文论选》，上海译文出版社1983年版，第169页。

③　亨利·詹姆斯（Henry James）：《笔记》，转引自伍蠡甫编《现代西方文论选》，上海译文出版社1983年版，第97页。

纪》诗社同仁，他不但"异"于"创世纪"之外的诗人行列，且"异"出"创世纪"班行，自守一道，特立独行，历四十载而"执迷不返"，并因此而"拥有"孤寂、误解乃至拒斥且至今期待着真正到位的知音。显然，要对碧果的诗歌世界进行恰切而深入的言说，确是一件颇为困难的事。我们面对的不是一个碧果，他的诡秘和多变常令人不知所措。一部《碧果人生》是多种觅向的展开，且每一种觅向中都既藏有结论又埋下问题——"而那人/仅仅是有权把各种声音与颜色有情无情地挥霍/终极仍然是/转身/走了出去。"（《人》）这是一节极有意味的诗句，一次诗人前三十年创作心机的唯一泄露。而最终的了然是诗人新一部诗集《一个心跳的午后》的出版，碧果人生就此得以完整地呈现——作为一张"底牌"、一抹本色、一个可能的归宿，这个"午后的心跳"使我们多少能捉摸到一点诗人最终要守望的东西。"这时刻该是约会自己的一种约会"（《孟冬冥思》），"那人乃一枚敦厚温柔成风的月/那人乃一株披衣慢步成雨的梧桐"（《那人》）。而此前的碧果也绝非玩"玄"或刻意向诗界挑战，只是从另一个角度，那样执著而又温和地、潜入式地、耐心静候知遇地提供关于诗性体验的另一种信息。

由此我们发现至少有两个碧果：作为角色出演的杂色碧果和作为本真言说的蓝调碧果。必须指出的是，就写作而言，两个碧果都是真实而严肃的投入。这看起来有些矛盾，而真正矛盾的是诗人创作历程所经由的那个时代。其实还存在另一个碧果：在智性的、"形式主义"的"杂色摇滚"与激情的、想象性的"蓝调抒情"之间，一些黑水晶球般的寓言叙事和小溪流般的纯真呼唤，一种不含操作也不面对什么的顿悟与天籁——就笔者个人而言，我更喜爱这一个碧果，且认为是其诗性生命最为本质的一面，可惜未为诗人所珍惜而至更深入的探求。

无论哪一个碧果，在过去四十余年的台湾诗坛，都一直是一位所得回报最少的诗人。诸如"看不懂"及各种误读，一直如影随形般地遮蔽着这位"异数"诗人的异质光彩。这里面有诗人自身的问题，更有诗界各种客观因素的困扰。但作为碧果的作品，最终总会寻找到它所针对的读者和所需要的批评家的。站在今天的诗歌地平线上，我们重新审视这位"异数"诗人，自会取得更新更清晰更趋一致的认识。

二、"当我的灵魂由一场争执中走过"，"河的变奏"便成为"僵局"①

一位诗人或作家，在他初始投入创作之时，遭遇的是怎样一种语境，常常影响到其后的创作觅向。设若当时身处的语境，与其自身本源审美质素相契合，自是如鱼得水，本真投入；设若相反或不尽契合，却又因"时势"所趋而不得不趋之，则必然会夹杂着或多或少的"操作感"于创作之中。如此，对"根性"较弱的诗人，则最终会完全失去自我，成为一个时代之某一主流诗歌观念的脆薄的投影。对"根性"较强的诗人，虽不致完全背离个在的本源质素，但也必因之而经历较长的扭曲或分延的"变奏"阶段。由此创作心理影响下的作品，或也有精品力作，但细察之中，那种或隐或现的"操作感"总是难以消解的。

这是解读碧果前期（尤其是初期）作品的一个至为重要的切入点。正是在这一点上，普泛的读者和批评家们常常因忽略而致"盲视"。作为《创世纪》诗社最早的同仁之一，碧果始于五十年代的诗歌创作，一开始便卷入了一场现代诗学的"争执"之中。在"横的移植"的语境中，在"超现实主义"的大旗下，他和他的"战友"们一起投入了如火如荼的"现代诗"之创世性的实验中去，而且还成为其中最为极端和长久的实验者之一。

---

① 题目中加引号之词句均借用碧果《碧果人生》和《一个心跳的午后》两部诗集中诗题或诗句，下同。

那是一个何等令人神往的、造山运动式的"狂飙突进"时代——在这样的时代氛围中，即或是不无功利性的"操作"也让人感到是一种纯正的创造！"一旗风雨在开始制造位置"（《齿号》），急于有所成就的浮躁感和"争当排头兵"的焦虑情结，在年轻的诗性生命体验中，渐渐衍生为一种异己的力量。

问题的关键在于：实验不是目的——有如身处今天后现代主义语境下的诗人们，不是人人都可以成为"后现代诗人"一样，当年身处超现实主义旗帜下的《创世纪》同仁们，也不尽都必然应该或可以成为"超现实主义诗人"。实验是一种必要的开启，一种可能的激活，经由实验这一过程而必须抵达的，则只能是为新的诗学观念所照亮和拓展了的、诗人自身所独在的本源性诗歌流向。

遗憾的是，在这场有关诗歌灵魂的"争执"中，碧果显得过于执拗乃至偏激。他在"实验室"呆得太久，似乎非要去"证明"一点什么不可，由此影响到他未能及时返回自身而取得更大的成就。我是说，他完全可以干得更好，以至成为第一排的人物。

对于今天的读者来讲，碧果所有的所谓"怪诗"（主要是前期作品）应该都已不再为怪了，若再以上述"实验性"和"操作感"去审视，更可了然。可以这样认为：作为"杂色碧果"时期的大部分作品，与其说是表现了某种特别的"表现形式"，不如说是表现了一种强烈的"不可表现感"——从语言形式的到生命体验的（也许从这一点上，去指认碧果的创作态势中含有后现代因子，倒不无几分道理）。当这种"不可表现感"着力于语言形式方向时，便产生了《纽扣》、《水》、《兵士的·玫瑰》、《神哦·神》以及最具代表性的早期作品《鱼的告白》。在这些诗中，语言经由诗人的"实验之手"被强行拆解、移位而后变构，传统的语义系统裂为碎片，大量的空白乃至需用多种标点符号来补充，诗人似乎患了"呓语症"，但悉心倾听又有他自身的"逻辑"。实则我们无须在此中寻觅更深的含义，诗人在这种实验中要"索取"的只是"一个由交错而构成的时空"（《拜灯之物》）——新的语言时空。为此，实验暂时成了目的，作为过渡状态下的这些诗歌文本，负载的不是要表现什么，而是可能会表现什么。

由此开启的"变奏"是漫长的，乃至时时给人以僵硬的感觉。我们不得不承认，这是一位真正彻底的探索型诗人，对此作任何价值性的判断都是错误的，真正需要追问的只是：诗人最终是否走出了已成"僵局"的"实验室"，而找到并构建了属于自己的、新的语言空间？回答显然是肯定的。经由对传统新诗话语范式的全面而极端的"反动"，碧果终于研磨出后来足以立身且至今异彩照人而不可小视的独特语感体验。而当诗人一旦消解了"操作感"，将此语感体验与其生命体验作自然而贴切的契合时，便产生出卓尔不群的艺术魅力——"错综的剧情不是安排/请不要驳回我的申诉/我们并没有绝望/扬弃故事/是因为可能会发生任何新的/等待。或者是/任何新的/判决。其实，我们应该都是自己的导演，而非/……而/非/风/雨"（《一九八三》）。

三、当"所有的争论均化为水声"，"河的变奏"则有了另一种"结论"

研究碧果，须持细致缜密的态度。这是一位心意埋得很深，具有很好的艺术控制力的诗人。他说出来的很少，想要说的东西又很多。他一直没有放弃形式上的探索，却又于多向度的变异中悄悄守住他不变的内在。他不事张扬，却又处处留意。细心的读者自会在其作品中找到他刻意留下的某些隐秘的通道，进入他所构建的诗性时空。

在《碧果人生》诗集中，收入两首同题为《鱼的告白》的诗，一写于1984年，置于开篇，一写于1950年，置于收尾。且整部诗集逆作品的写作时间倒序编排，让作者沿着这条"变奏"

的诗歌之河溯流而上，其心机何在呢？

显然，八十年代的这条"鱼"已不再是五十年代的那条"鱼"，它昭示着一个漫长的蜕变过程。那种"告白"的方式依然是"碧果式"的，但其"告白"的精神内容却有了不同质地："将美/归还予初生之婴/将丑/归还于/黑色的/土壤/一群舞者，将自己舞成柱形的阳光/自体肤/散发出煤的光泽/花的/缤纷。"（《鱼的告白》·1984）渐趋宽阔明畅的河流上，诗人的心境是如此旷达而明澈，颇有点如鱼得水的自如和达观。反观早年那条初生之"鱼"的告白："怀孕着那/飞跃的马蹄的梦/唉，而今，我却被泅禁于/这夜的圆镜中。"（《鱼的告白》·1950）两种"告白"横跨了三十余年的时间，再参照步入九十年代之《一个心跳的午后》的"告白"，我们会发现这样一个奇特的现象：作为诗人的碧果，在年轻时思考着死亡，在年老时歌唱爱情；在应该充满幻想和激情的青春岁月里持一分特别的冷峻和沉郁，其写作是那样的怪僻和矜持，而在应该宁静而致远的暮色黄昏中，却如火山喷发般地投入激情与想象的吟诵！

矛盾的人生，错位的时空，语言的变异源自精神的变异，对言说方式的质疑与反叛来自对生存方式的质疑与反叛——正是在这种双向交错的质疑、反叛与变异中，碧果对人生的诗性思考和探寻达到了一个至深的独特境地。

真正"耍怪"的，是那个荒诞的时代，是存在对生命的迫抑。年轻而早熟的碧果，在对现实的初步审视中，便从语言到精神皆持以完全不信任的态度。但就气质而言，他又不是一个"斗士"而只是一位"思者"、"言说者"，他只能返回自身，遁入感官世界中去倾听"肉体内的琴音"（《牙齿的哲学》）。逃逸是诗人碧果永远的命题，他只和自己争论，在自己构建的"有着二十七个浅绿色的方格"（《窗·盲鸟》）的小屋里成为"一方想飞而未飞的风景"（《窗是一方想飞而未飞的风景》）。这片特异的"风景"，选择"超现实主义"的表现方式，并成为其最极端的实验者，就碧果而言，既是那个时代的写作境遇，也是寻求自由思想消解精神束缚的必然过程。这种选择也许不尽契合碧果的本源诗性，但却为他开启了一方找回本我的天地。当"树被阉割了。房子被阉割了。眼被阉割了。街被阉割了。手脚被阉割了。云被阉割了。花被阉割了。鱼被阉割了。门被阉割了。椅子被阉割了。/大地被阉割了"。而诗人却因了这选择，有幸成为"一只未被阉割了的抽屉"（《静物》）。"抽屉"的意象是别有意味的，它几乎成了整个碧果诗歌创作的一个标志性的隐喻。它喻示着一种收藏而非展示，一种私人话语而非公共空间，一份诗性人生的个人档案而非历史的烦嚣演出。在这份档案里，我们看到的是对"表现"的表现和对生命体验的表现的双重书写。当这种书写着力于后者时，我们看到了更为本色的碧果——实际上，在迫于外部的挑战而作不无"操作感"的"杂色碧果"式的"变奏摇滚"中，那个本色的"蓝调碧果"一直存在着，且成为《碧果人生》中最精彩的部分。这个部分包括两类诗作：

其一是写于六十年代的可称之为"轻音乐"式的几首小诗精品如《溪流》、《春之讯》、《晨之晨》、《逃逸》和《拜灯之物》，代表性的是《溪流》一诗：

且叠起千层晚红
有山进入
乃蛇之躯
那女子
踩笛音而入画

牧童之脸
乃烟雨的小径
娟娟然
那株纤柳点醒一季

晨。竹帘轻卷

笛音中

有雪

寝自遥远

且叠起千层晚红

那女子 已

入画。

乃蛇之躯

闪闪。

在这样的诗里，浮躁和焦虑已完全消解，只是沉凝而清澈的"一品深绿"，自心灵的深处汩汩地流溢。意象依然有些诡秘，却不再生硬，是神秘体验之自然的生发。这一更具碧果本质的审美体验，到了后来的《一个心跳的午后》中，方得以全面的展开而更显丰盈。

其二是写于七十至八十年代的一部分可称之为"寓言性叙事"的作品，如《又是安适的一天》、《初春琐记》、《这就是风景》、《昨天下午我走出电影院之后》、《一九八三》、《当我走出家门前的红砖小巷之后》、《脚印》、《梯子》、《当我要离开的那一刹那之间》、《椅子或者瓶子》等。这些作品的风格似乎突然游离出碧果的"主旋律"，迥异成另一种语感体验：客观、沉着、平实而又充满智慧。冷僻的视点，陈述性的话语，不动声色的白描，平面化的呈示，却将存在的荒诞和破碎感揭示得"入木三分"，且不乏后现代式的反讽意味。尤其是《椅子或者瓶子》一首：

想入木三分

就必须把那张椅子放在那里

这就是别具风格的一种解决的

解决
方法。
像
一支空了的玻璃瓶子很武断地倒在那里

绝非醉了
那是独树一帜的
把结论
和
一把锯子与一副白森森的牙齿
制成的
你
和
我

但一闪而逝
其实我们根本就是在玩这种无法摆脱的
演出

幕落不落
都会有新的房客来
不容更易
一群犀牛中的一只不愿为犀牛的也是

犀牛。

　　这是智慧的写作——一种诗化的思与思着的诗。同样的语感，在《这就是风景》一诗中，更至化境：完全摒弃意象的营造，纯是直白的言说，言说一个活着的人与一块作为死之标志的石碑在墓地中同时倾听鸟叫的"寓言"。说得那样轻松、那样质朴，却说出了深入骨髓的一种人生况味。可惜的是，这样的作品，在碧果的整体创作中，一直未构成大的局面。是什么原因呢？

时间是最后的赢家——当"所有的争论都化为水声"时，生命的调色板上便只剩下那原初的本色。到了八十年代末，整个"创世纪"一代前行诗人，都在步入暮色的旅程中从各个向度回返本我的诗性（有的则不无遗憾地丢失了可能的更大成就的探索）时，碧果也蓦然发现："自此我始终无法把体内的月光排去"（《月光劫》）——那是忧郁的蓝色"月光"，一直未得到真正呼应而辉耀的爱的"月光"，激情与想象之舞诵的"月光"——向晚落暮，那久已生锈的月光会重新璀璨吗？

令人惊叹的是：奇迹真的发生了。

四、在"一个心跳的午后"，他把"最后的
一个角色"，"扮演得最为成功"

《一个心跳的午后》是一部诗与画合集，诗全部是爱情诗，画（与书法合成）也全部是有关爱情主题的为诗而配的画。诗计七十三首，首首带露含珠、情深意邈，令人沉醉；画共四十一幅，大都构图神奇、笔法老到、意趣横生。如此相映，构成一个瑰丽奇幻而不无神秘意味的诗之"伊甸"——进入九十年代后的碧果，在已六十初度之时日，突转诗向，仅用两年多的时间，便向诗界献出这部令人为之一震的"奇书"，你不能不为这种愈老愈年轻的心态，愈老愈旺盛的创作能力而倾倒。

在现代诗的国度里，爱情诗这块园地，已日渐委顿。浪漫主义时代的辉煌，早已成为昨日的记忆而为今人所淡忘。年轻一代宁肯在流行歌曲中去寻求爱的共鸣，也不愿去读那些不伦不类不深不浅不痛不痒的所谓"爱情诗"。这其中，除了现代人尤其是

现代青年的情感世界本身有了质的变化之外，现代诗人对爱情诗的表现形式缺乏新的把握是其关键所在。陈旧、平庸、矫情乃至浮情滥情，日益败坏着读者的口味，甚至连诗人们自己也渐渐厌弃而致荒疏无为了。

何况，在这个日趋物化，一切均被纳入商业化和即时消费的时代里，那种真正意义上的"罗曼蒂克"还有多少存在？年轻人都不信"这个了"，年老的人们又有何为？因而当我们偶尔听到那些发自不再年轻的歌喉中对爱的咏叹时，我们只能认为那是一缕伤感的追忆和怀念，很难相信其中有多少当下的真实情怀。

然而，在细读碧果这部《一个心跳的午后》时，我却惊异地发现：这"心跳"竟真是现实的、当下的、正在发生和发展着的，是对此在之现场的爱的礼赞，而非黯淡的目光中闪烁几粒追忆的星光——这是黄昏里复燃的火焰，这是生命中唯一的月亮，"骤然，时间又诞生于你我之间"，"透过生存，超越死亡/回首已发现/我所有的思念及梦/皆欣然肃立"（《第十五日·一九九一年八月十五日》）。重涉爱河，"轻吮一窗新月的奥秘"（《一个心跳的午后》），老碧果青春焕发，诗意盎然，爱得死去活来，"诗"得如痴如醉。三十年前那"一羽黑色的向日葵"（《齿号》）《蜕变》为今日《燃烧中的那朵玫瑰》，且"宁愿把生命与天地交换"（《第十四日·猫咪，归来吧！》），乃至发誓"我要在这泓小小的银泉之中/蜜一般地溺毙"（《夏日情怀》），"因你我已把岁月的尾端佈饰成一树紫色的/繁花"（《蜕变》），"花香引领着你我吐纳成泼墨的风景"（《风景的收藏与收藏的风景》），而"在天地之间/此刻的你我才是岁月的唯一"（《溢》）……

无须更多引证，我们已为这诗行中所散发的气息和光晕所迷醉。更无须去考证让老碧果如此为之"心跳"的那个被秘称之为"小蜜罐"、"小月芽儿"、"小猫咪"者是谁，而只认定这是上帝之手造就了这晚成的"伊甸"，使我们的诗人重燃想象和激情，复归本色之"蓝调碧果"。应该说，这种"波特莱尔式的蓝色"

（《蜕变的蓝色》）在以往的碧果创作历程中，是有意无意地被长期抑制和遮蔽了的。作为前三十余年作品选集的《碧果人生》中，我们几乎找不到一首有关爱情的杰作，其个中缘由，恐只有诗人自己清楚。也许正是由于这种压抑，造成了今天的一发不可收拾而成奇观。这里不仅有对情爱的火热吟诵，更有对性爱的真诚歌咏："今夜我又裸白在梦里未眠想你/管它舞台上茫茫烟火粼粼月光/我只想/缠绵在你那撮俏丽的尾形发绺之上/吞食一夜暖玉般的肤香"（《第七日·俏丽的尾形发绺》）；"今夜为何又掩窗遮月/裸坐的你正映入你的妆镜/百花不及于你，因/你已把自己舒放为一茎鹅黄的水仙"（《你依然是一茎入世的水仙》）；"在一方洁白如玉的田亩上/此刻的你我就是饲养春的汁液"（《春的诞生》）；"为使生命中的另一朵生命之花开放/你我已使体肤蜕变为一方丰沃的土壤"（《有题》）。值得称道的是，无论是写情还是写欲，在碧果那支磨砺多年早已得心应手的笔下，皆化入溢光流彩的奇异意象之中——心香、肤香、花香，灵光、泪光、月光，肤之田亩、心之田亩、自然之田亩，声、色、光、味，虚、实、幻、真，皆相融共生于同一语境里。如此，情欲成了如水似山的情欲，山水化为有情有欲的山水，徜徉其中，感受到的，是情爱之恋、生命之恋，也是山水之恋、自然之恋。而在这情恋欲恋山恋水恋之中，又可隐隐倾听到那一缕发自灵魂深处生命本源的忧郁的蓝色乐音，曲回萦绕，使你想到诗行之外还有一些什么更深幽的叹喟……

　　爱情诗难写，写好更不易。好的爱情诗，其要旨在"真"、"大"二字，真即情真，不矫不饰，敢爱敢言，"以我的骨骼为你生火取暖/而后在火的光华里吻你"（《夏日情怀》）；大则指境界大，化小爱为大爱，以激活生命、拓展精神空间，"唱一首野声野调的好听的歌/使燃烧在心中永恒不息"（《草香的初夜》）。以此看整部《一个心跳的午后》，应该说是一部难得的成功之作。尤其是碧果此前一直刻意追求的语言特色，在此集中得到了更恰切的发挥，使之在华贵典雅的古典风格中，仍处处弥散着现代的气息，实可谓九十年代台湾诗坛一束"秀出班行"的奇葩。

五、何为碧果？
——或个人化的语言向度与精神空间

在以上对碧果两部诗集三个层面的粗略描述之后，我们可以对这位诗人得出一点理论性的指认了。

现代诗是一种多向度的展开，因此，现代诗人的创造也应是多元共生的。一切或激进、或保守、或传统、或先锋等等表象的指认都是非关诗学价值的。今天的诗人，甚至依然可以去写浪漫主义的作品，而所谓后现代主义更非谁捞着就可身价百倍的什么"彩票"。实际上，就整个大中国新诗而言，哪一种主义的诗歌都未走到头，都需要更深入的探求和建构。

这里只有一个可通约的标准，即作为一个成名的诗人，你是否通过你的作品为现代汉诗拓展了一个新的语言空间和精神空间。拓展的大与小是一回事，有无拓展则是首要的。无论"异数"不"异数"，关键要看这一点。

纵观四十余年碧果的诗歌历程，诗人于此方面的努力是有成就的。他在现代诗语言与形式上坚持不懈的探求，使他由最初的怪诞、生硬而经由去芜存正、消解"操作"，最终形成了他自己的一套语感特性和编码方式，并由此营构了一个特异不凡、自足自明的意象天地。像诸如"一品深绿"、"一肢肉云"、"一牙骚动"、"一廊柔黄"、"一肌肤的梦"、"一尾裸白的鱼"、"一茎入世的水仙"、"一羽音的千山波动"，这些初看颇为生涩难解的诗句，在今天诗人和读者的眼中，皆成颇为亲切鲜活的创意而令人珍爱。尤其是他对诗行排列中独具匠心的节奏把握，更使过于散文化了的现代诗多了一分别具一格的调式，和由此生发的新奇的韵律感。

　　而语言之相即精神之相。无论在《碧果人生》中还是在《一个心跳的午后》，我们都能经由那些新颖诡奇的诗句系列，打开一扇扇富有神秘意味的窗口，窥视到另一片人生风景，拓展了我们对生命的体味和对存在的思考。然而必须指出，碧果给予我们的语言空间和精神空间仍有着极大的局限性。那只"抽屉"的喻象和那个"逃逸"的命题始终存在着，成为诗人终生的缺憾！细心的研究者会发现，在碧果的作品中，我们很难找到对真理、价值、终极关怀等超越性命题的切入。在大部分的时间里，诗人只是沉溺于稍嫌卑微的自我愉悦中，或甘作一只"抽屉"（只是避免不被阉割），或遁入"一个心跳的午后"（为了补偿苍白的黎明），那个充满激荡和危机的现实世界很少能进入到这个"贵族化了"的私人空间中来。他甚至很少写"乡愁"（我指的是文化乡愁），而日益内缩的精神主体在晚来的爱情火焰中，更软化为"跪月的人"（《跪月的人》），且向世界宣告："再也没有跃然的意象/我只想酿爱为酒"（《初秋感觉》）！

　　这便是上帝之手——当他给你一些什么的时候，常常又拿走你曾拥有的一些什么。

　　也许最终的碧果也就只是这个"蓝调碧果"？

　　至此，我也和张汉良一样，"反而对早年碧果的达达式行为产生乡愁"了……①

1995年1月

---

　　① 语出张汉良为《碧果人生》写的序言：《〈碧果人生〉中的个人私语》，《碧果人生》，台湾采风出版社1988年版，第16页。

异质之鸟、之蝶、之鱼或菊

评碧果诗集《说戏》

一个世纪即将落幕。在古长安的现代黄昏里，蓦然收到老碧果寄来的新结集的诗集《说戏》清样稿，翻览之下，灰蒙蒙的北方冬日之薄暮中，便灿然起一抹亮紫的菊影。在这菊影的照拂下，拜读三日，一首首来回看过读过琢磨过。悠然落于笔下的这篇文章之题目，竟也是如碧果般"超现实主义"了。当然，不是戏仿，是认真的。

是的，是认真的，因为那个超现实主义的、让我和张汉良先生（或许还有许多人）"产生乡愁"的早年碧果，那个依然有些"达达式"的怪味碧果又回来了。

先是这诗集的名字就有些怪。初读之，曾想碧果何不就叫这部诗集为《异形梯子》或《异质的鸟声》多好，名副其实。再二三读后，方解《说戏》之深意。人生如梦，时世如舞台，出将入相，悲欢离合，本我非我，梦幻现实……百年中国一台戏，大概就数碧果之族类体味最深。如今诗化人生，脱身戏外，再回头看这台戏，颇有些不说不快、欲说还难、愈难愈想说的况味了。最终还是得说，是"说戏"，不是"演戏"，更不是"戏说"；"说戏"是导演的活，因此戏的真假巧拙，只有导演最清楚。也只有导演最清楚，戏中的人生和现实中的人生为何是两回事，不像演员演久了，对此常犯迷糊而将"说戏"弄成了"戏说"。舞台在导演这里永远只是舞台，他必须清楚这一点，有如只有清醒地深入于现实之中的人，才知道何为超现实一样。

有意味的是，在碧果的这部《说戏》中，还真有两首剧之诗，一是独幕诗剧《我们是被孵育着的一个卵》，一是一景四场之独幕剧《原来如此》。两出剧的台词都很简单，但若细心结合"剧本"的其他成分去品味，自会发现它们的妙处。一个行走中的中年人，走了一辈子，左顾右盼，"四周都是路"，最终突然醒悟"俺就是一条路"——这个人，这句话，从"镜框式"的"舞台"、"紫色"的"灯光"、"交错横悬着的一些白色的布带子以示为路"的"布景"和（使人难以消受的）"噪音"之"音乐"中突兀而出，确实有些意味深长。可以说，这是一首表示中年午后之旅中困惑与顿悟的杰作，我更将其看作碧果诗路与心路历程的隐喻小结。那一句"他奶奶的，俺就是路"，不仅是自诩，更带着几分自得呵！《原来如此》一剧与此有同工异曲之妙。诗中"那人"与那人的"式样近似袈裟"的"那套衣服"的关系，无疑是全诗的锁眼。"那套衣服"乃非我之我，是现实中的角色之我，也是梦幻中的角色之我，入梦，出梦，再出而入之，通达无碍，无所谓裸身（本我）着装（角色），亦幻亦真，天人合一，"而后，他情不自禁地发出一声快慰的惊叹声——啊"，这"啊"的潜台词，恐还是那一句顿悟之后的大实话"他奶奶的，俺就是路"亦即"我就是我"啊！

起头先说这两首诗剧，是想首先导引出碧果在整部《说戏》诗集中重新确立的创作立场：超现实主义与现代禅意。从政治动物到文化动物到经济动物，半个世纪的中国，虚拟了多少"交错"的时代场景，出现了多少非我的历史角色。无论是"被那属于私我的壳困禁着"，还是在时代总体话语的包裹中成为"被孵育着的一个卵"，都激发诗人超越现实的"皮囊"寻找"翅的语句"（《翅的语句》），以异质之鸟之蝶之鱼的美学，"把自己超越在诗之中/熄灭胃的反面意义"（《把自己超越在诗之中》）。这是现代诗的本质所在，而抵达这一本质的路径，因诗人的生命型构与审美型构的不同，决定了其不同的行走的方式。碧果在早年起步时，便义无反顾地加入了超现实主义的行列，最后，仍是碧果，在这个行列中坚持了下来，成为硕果仅存的"孤独的老狼"（台湾新生代诗人诗论家孟樊语），化角色为本我，建构起真正属于碧果的"诗的居所"。现在看来，当年加盟超现实主义的诗人，大多是借道而行，一种策略性运作，只有碧果是从生命内里做了认同而最终成为自己的艺术归所。其实一位诗人的优秀，并不在于他服膺了哪一种主义，而在于他是否在他认同的这一主义中结了正果，继承并且有效地发展了它的美学特质。对于超现实主义，碧果有过初期的盲从，而后便进入长久的有方向性的自我挖掘，经由取长避短、外延内敛，逐步打磨出碧果风格的超现实诗学之异质之光。即或在分延及情诗十年的创作中（《一个心跳的午后》与《爱的语码》和正待出版的情诗《魔术师之手与花》），也渗透着这异质之光的闪耀，到了《说戏》一集中，又加入了现代禅意的整合，并增强戏剧性、寓言性的表现，冶为一炉，终使一度绝版的超现实主义之碧果，再度令诗坛刮目而视，重新领略其独具一格的修辞方式和意象系统。

　　现代诗的实现首先是语言的实现，改变语言惯性就是改变一种生存以及思维惯性而导引出新的意识，打开新的精神空间，逃脱总体话语对人的囚禁与驯化，这是现代诗的本根，更是超现实诗学的出发点。正是在这一点上，碧果显示了他不同凡响的才华。如果说早年碧果在语言的追求上，还有刻意或生涩之处，《说戏》中的碧果，则已抵达随心所欲之境了。这是一位无须标明作者名号，就可一眼辨识其作品语言特色的诗人，其原创性的修辞方式，既是对阅读的挑战，也是难得的激活。

读碧果的诗，一字也不敢疏忽，且要前思后想，上挂下联，语字的排列中处处有机锋隐藏，连同其空格空行都不乏心机的埋伏。尤其是大量的跨跳、留白或分延，运用得很特别，初读有些别扭，读进去了，弄明白了，又觉别有情趣。像"我们一勺一勺地食着/那碗粥/也一勺一勺食着我们"（《茶楼食过我们食过茶楼》），若将诗句中的"那碗粥"，先作前一句的宾语用一次，再作下一句的主语用一次（诗题中的"我们"也当如此看待），意思就更丰富也更深入了。再如"秋天的天空高而亮蓝/我已是一条午后无奈的长街/双目//凝视"（《坛子游戏》），"凝视"与"双目"之间空了一行，且单独成一节并就此结尾，好像这"凝视"已不是上节"双目"发出的，凭空孤独在全诗的结尾处，而"凝视"什么，也不说了，戛然而止，让读者续说去。其实不续说也罢，我们不是常常要不为什么地去凝视什么吗？那一种空茫感以及错位感以及空茫与错位中的荒诞感，尤其是置身这种荒诞中的悬疑状和失语状，不正是现代人最本质的生存感受吗？而这，正是一部《说戏》的主题所在，围绕这主题展开的修辞方式，无不在加强这一主题的深化。

我曾在《蓝调碧果》的评文中，指认早期碧果的大部分作品"有如说是表现了某种特别的'表现形式'，不如说是表现了一种强烈的'不可表现感'"。并认为其实验性的诗歌作品"负载的不是要表现什么，而是可能会表现什么"。现在看来，这一指认既是中肯的，又是偏颇的，偏颇在于将碧果的形式实验仅看作是"形式"的，是"过渡"而非目的。其实就超现实诗学而言，形式就是目的，就是品质。碧果咬定"超现实"不放松，纵有十年情诗之分延，回头还是"原形毕露"，出发便是归宿，只是略有生涩与纯熟之别而已。当年被视为耍怪或游戏的修辞方式，如今成为与题旨和谐共生的修辞风格。词性的转品变性，词格的互换易位，虚实、巧拙、奇正、显隐以及跨跳、留白、复沓、顶真等等，都已不再是修辞本身，而成为自觉的诗性话语方式，成为诗之思的肉身与魂灵。

重新领略碧果超现实风骨，除明显不同于他人的修辞风格之外，还须把握其已成体系的意象特征。至《戏说》一集的创作主体，似已"幻化为风儿的手指"（《惊晤》）或"液状般地飘移、纠扭了"（《人境之菊》），在这种幻化、飘移与纠扭中，物与人、镜与象、我与非我、角色与本真，都时时处于移形换位、互参互证之中，不可明辨。但潜心研读之下，还是可以抓住一些贯穿整部诗集的核心意象，如"鸟"，"一方受惊了的天空/满盈的是鸟飞中的翅翼/是潮来潮去的方向"（《诗的居所》）；如"鱼"，"一尾可能不被抽象的鱼/体肤完好地/优游而去"（《存在主义与鱼》）；如"蝶"，"双蝶飞舞而成禅"（《春想》）；如"菊"，"梦在一朵正绽放中的菊花里活着"（《人境之菊》）；如"镜"，"因左右始终把时间贮藏在一面镜中"（《镜的自辩录》）；如"风"，"风追捕自己而成为风/我们就是那风的样相/捕食品店流质的自己"（《把自己超越在诗中》）；以及"舞台"，"舞台上仅留你我的眼耳鼻口与手足"（《哲学鱼》）等。这些核心意象，有的作为非我、欲念之我亦即社会人的代码，与现实情景同构；有的作为幻我、嬗变之我亦即审美人的代码，与超现实情景同构；有的作为本我、禅悟之我亦即宗教人的代码，与自然情景同构。把握了这一线路，就不会被碧果繁复多变的叙事主体和交叉视阈所迷惑。当然，这样的归纳也不免牵强，实则在碧果式的超现实诗界里，上述核心意象都非固定的角色代码，同样处于不断的飘移与纠扭之中，鸟即蝶、蝶即鱼、鱼即菊、菊即鸟，本我、幻我、非我，造梦、入梦、出梦，互动、间离、叠加，形成多向度的读解空间，尽可自由出入，随意认领，以此生发无可限定的象外之象、景外之景、韵外之致、意外之意，而深得超现实诗学的奥义与妙趣。

如此说来，便沾着禅意了。"由超现实主义入禅"（孟樊语），乃碧果诗歌的又一妙处，并因此将碧果式的禅味与周梦蝶式的禅味区别了开来。梦蝶先生的禅可谓是古典禅意的现代重构，立足在传统，修一己之善果；碧果的禅可谓是现代意识的古典禅化，立足在现代，纠缠着一世界的烦忧和思考。梦蝶的禅清，碧果的禅就不免有些浊；梦蝶的禅是对现实的一种超脱，碧果的禅则是对现实的一种深入，是以浊、有烟火气，有质疑与批判的锋芒闪烁其中。《说戏》开篇第一首小诗《看见》，就是碧果式禅意的代表作，看似空灵，其实负载得很多，是一种让你沉下去而非飘起来的禅意，重在禅之非理性、非逻辑、破规范、随机缘的表现方式，只求机锋而无所谓抵达寂照圆融的境地，可谓现代禅诗的另一"功法"。

比起禅意来说，我更看重碧果近作中的寓言意味，它和戏剧性一起，相辅相成为《说戏》中最让人心仪的韵致。在这部诗集中，几乎所有意象都带有戏剧因子，在寓言性的叙事中扮演各类角色，加上虚拟的情节，写实的场景，看似没来由实则有来由的插话、旁白、画外音等，读来有声有色、似真似幻、引人入胜而又发人深思。

像《异形梯子》一诗，就直接上演了一出寓言性的荒诞剧：斜斜的一张空梯子依着屋檐戳在那里，之后有人往上攀成春夏秋冬的模样，这是场景和情节。接着插入画外音，"唔/早已不能自我于梯体与自身了/而荞麦田是荞麦田/而狗尾草是狗尾草/河也依然是河/井也依然是井/他却精致而高雅地活着/活着"（这里的"精致"和"高雅"二词用得也极精妙），下来剧情突转，如此"精致而高雅地活着"的那人，最终却活成了那张梯子，而梯子也已然活为一棵花果繁茂的树了。最后是作者（导演？）作结语：此刻他始才知晓，人为何把自己也能蜕变为梯子！典型的戏剧情节，典型的寓言性叙事，人与梯子一旦纠缠不清，梯子亦非梯子人亦非人了——至于那张梯子喻指何意，欲望乎？事业乎？乌托邦乎？或因欲望与事业与乌托邦所需而扮演的各种角色乎？全留给读者自己去推想了。可明确的只有一点：异化的主题以及对这主题的戏剧性和寓言化的表现。

如此解读下来，便有了一个新的碧果：依然是那个超现实主义的"碧果人生"（碧果早期诗集名），却多了一份老到与自信："错误乃我们生不为松为柏／而是落叶乔木的树种／（其实，落不落叶均很风雅）"（《一株超现实主义的树种》）。近半个世纪过去，这位台湾前行代诗人中的异数之异数，所发出的"鱼言"、"蝶语"、"鸟声"，越发不好"归类"了（《对鸟说》）。唯一可以看清楚的是他一贯前倾不断探索的创造态势，这态势让人相信，当大多数台湾前行代诗人，已然作为历史的深刻记忆留在了二十世纪的暮色中时，老而不老的碧果，或将再度活跃于新世纪的曙光之中？

当然，需要再度提醒诗人的是：倾心创造语言的人，也容易为语言所局限，因辞害意的阴影，依然是碧果诗中挥之不去的困扰，尤其是那种与当下汉语世界相牴牾而生隔膜的文言语气，和由此而生的士大夫味道，恐怕是有违新世纪的阅读期待的。由此我常想，以现在的超现实主义之碧果，若换一种更贴近时代活话语的言说语码，又该是怎样一番更新天地呢？

2000 年 12 月

[注]

《说戏》，台湾文史哲出版社 2001 年 2 月版，本文根据碧果提供诗集清样稿撰写。

管管之风或老顽童与自在者说

管管诗歌艺术散论

一、管管其人

要读管管其诗，需得先读管管其人——读其籍贯、生平、举止、嗜好、怪癖、异相、童心、长身、宽肩、阔嘴、直鼻、"马脸"（实则是标准的国字脸）、披肩发（年轻时则多留平头）、快性子、直肠子、亮嗓门以及其他等等。

比如管管为其散文集《请坐月亮请坐》自撰的"作者简介"，便很值得一读——"管管，本名管运龙，中国人，山东人，胶县人，青岛人，台北人。写诗三十年，写散文二十年，画画十八年，喝酒三十一年，抽烟二十六年，骂人四十年，唱戏三十五年，看女人四十年七个月，迷信鬼怪三十三年，吃大蒜三十八年另七天，单恋二十九年零二十八天；结婚八年，妻一女一子一。好友三十六，朋友四千，仇人半只。最近还担任电影'六朝怪谭'的男主角"。①

　　这样的"简介"文字，在当代两岸诗坛文坛，至少就笔者所见，唯有管管！字里行间，坦直、率真、幽默、大气，其为人为文，可见一斑。作此小传时，管管五十余岁（1929年生），至今多年过去，阅其人，读其诗，仍是如火如荼如疯如魔亦如当年，自称"劣性未改"，实则风采依旧——诗越写越老辣，人越活越精神，"一匹野马"，自五十年代末冲上现代诗坛，便一直特立独行至今。在台湾，常被称之为"头痛人物"，可谓异数中的异数。1991年春，笔者有幸与管管一会，相见之下，顿为其超乎寻常的老顽童性情和纯艺术家气质所叹服。暗自惊呼：此公跟别人不一样！套一句大陆老百姓的俏皮话：中国不出，外国不产。

　　无疑，这是一位天生要与众不同的诗人艺术家。而无论是作为人的不同还是作为诗的不同，皆在于管管自始至终都未被后天的什么（岁月、命运、教养、学识、功利等等）所消磨掉的那股真气、那颗童心、那份永远不羁的人格魅力，以及总是习惯将自身和外部世界均纳入审美的眼光去对待的独特情怀。当大兵时，他便"老喜欢弄一朵野花插在他的枪上"，"讨厌了别人，逍遥了自己"，还时不时"带着酒"，溜出军营"去听青蛙叫"，从而误了晚点名，"虽然有人嫌他，但他喜欢这么做。"作情人当丈夫了，仍要"在有月之夜在那个海上有渔火的海滩上裸行而歌"，自认"此非放浪形骸，而是一种近乎美的投入"；管管自称："吾爱晋朝，吾爱晋朝那种用战乱灌溉出来的一些奇特的花。这些花是开在一些人身上，或者书的身上。"② 做了诗人，且成为名诗人了，他却声称"吾会跟文学艺术一块玩，像跟山川草木玩一样，像男人跟女人玩一样。吾偶尔也会衣带渐宽。吾也曾有蓦然

①　管管：《请坐月亮请坐》（散文集）封底简介，台湾尔雅出版社1979年版。
②　以上均摘引自管管散文集《春天坐着花轿来》，台湾尔雅出版社1981年版。

回首那人却在灯火阑珊处的喜悦。但吾讨厌功利。也会痴迷，也会情深，也会掉头而去！吾讨厌不朽！""吾喜欢大自然，吾希望吾就是石头、树、花、草、鸟、溪、春天"。"吾写的诗也都是在吾那些喜欢中长出来的。技巧等等当然也很重要，但最后是看他的气韵生动天生丽质。虽然也可以修炼出来，但还得靠气质，人品不高，落墨无法。吾自有吾的面目呀。不管丑俊，真便是美。""能活得像诗，那也许比诗还动人。吾总想这么活。"①

这便是管管——一位把生命当作艺术去活，把艺术当作生命去"玩"的异端诗人。在一个人人都已变异的异化世界中，管管的异则是非异而异。在他的身上，很少中国传统文人和艺术家那种酸腐功利之气而异出班行，卓立不凡。从气质上看，他不像是中国诗人，至少不像是眼下的、普泛的中国诗人，似乎来自另一个星球的艺术族类；从文本上看，他又是纯种的中国诗人，操持着纯种的汉语语言；作为人生的管管，他不是个合格（中国特色之格）的"演员"，不会把人生作为一段戏演给别人看，而坚持返回本我，成为他自己的角色；作为艺术的管管，他又不是个作假的演员，不会将创作与人生当成两回事，而只是痴痴迷迷疯疯魔魔地用真实的生命去做鲜活的艺术创造——诗即其人，其人即其诗，这是解读管管诗与艺术的一把密钥——套用管管的话语方式，那是一些些梵高（Vincent Van Gogh）、以及克利（Paul Klee）、米罗（Joan Miró）、一些些金斯伯格（Allen Ginsberg）和一些些魏晋风骨……

二、老顽童与自在者说

按照新批评学的观点，文学批评只以文本为准，到文本为

---

① 管管：《管管诗选·自序》，《管管诗选》，台湾洪范书店1986年版，序第3—5页。

止，文本之外的东西均不能作为研究的参照。然而对于像管管这样的诗人，如此研究则未免褊狭而至满头雾水。作为一个诗与生命交融为一的诗人，可以说，管管的诗即他生命的注释，而管管的生命亦即他诗的注释。有如我们不能把日光晒昏了头的梵高与其画疯了势的向日葵分开去谈一样，我们也不能将诗的管管与人的管管分开去解读。管管的诗，向来被诗界称为难解之物，皆因为在这些完全失范的文本里面，存在着一个为普泛的读者和评论者完全陌生和不解的、异于常态的创作主体，由这个创作主体所操持的，是一个与其他诗风几乎毫无关联的、独在的诗之"家室"。管管在诗中大异于他人的言说方式是显而易见的，而诗人对这种言说方式的选择实则是对生命存在方式的选择——这是一位对所有既定的生命与言说规则和秩序有着天然反抗意识的诗人，所谓性情中人，大声爷气无拘无束咋想咋说的人。这样的反抗意识和性情，似乎是称之为诗人者都或多或少地存有些些，但真要成为一种持久而恒定的态势，则需要一股永不衰竭的生命原气、真气和一颗永不泯灭的童心作原动力，方可最终成就另一番天地。

这正是管管之风的来源所在——几十年真气不散，一辈子童心不泯，让诗歌写作成为本真生命之生存方式的组成部分，从而使写作主体成为无所顾忌、无从规范的独语者，成为不拘一格、率性而为的老顽童式的自在者说——一旦持有这种诗歌立场并由此立场出发后，便义无反顾地走到底、走到头、走出个样子来，走出一派风度、一种状态、一片他人不到的野生地。

试读写于 1978 年的《野马》一诗：

"他是一匹野马吗？"

一匹马冲破那人的肋骨栅栏脱缰而出！

　　　　一匹白的开着一身黑牡丹花的马，在雪里狂奔着，
他昂首摔掉骑在他身上的月亮狂奔着。"吾不要鞍！不
要缰！不要索！"在雪里狂奔着，他挥开四蹄，擂击大
地，"吾要击大地之鼓，吾不是达达的马蹄！"咚咚咚
咚！大地之鼓咚咚！

　　　　他擂过一座又一座山，他擂过一条河又一条河，他
擂过春秋，他擂过岁月。"吾要踏醒，踏醒这乾坤一
梦！"

　　　　他狂奔着，他狂奔着，他要奔出这天绳地索！去找
那雪中第一棵蒲公英！

　　　　那个人冲破他肋骨的栅栏脱缰而去

　　　　"你是一匹野马吗？"
　　　　"不，吾是一匹踏雪寻梅的驴。"

　　在这里，擂击大地的野马和踏雪寻梅的驴是两个相悖的意
象，前者喻指西方精神，原始的、入世的、张扬个性而狂放不羁
的；后者喻指东方情怀，审美的、出世的、禅意的、沉浸自然而
超凡脱俗的。奇怪的是，这两种精神质地在诗人管管身上得到了
水乳交融的和谐共生，且成为他诗歌中最本质的东西——既是
"野马"亦是"驴"，既非单一的"野马"亦非单一的"驴"；对
人生，出而入之，静而狂之；对艺术，"东"而"西"之，"西"
而"东"之；是真气不散的生命巨人和浪子，故而能抛弃文明的
一本正经，归于自然而然的原始生命；亦是童心不泯的艺术香客
和骑士，故而能穿过功利的云苦雾罩，找回孩提时代的天真浪
漫——正是基于这一大异于常人的精神质地，使管管"老顽童"
式的诗性言说达到了一个融复杂与单纯、具象与抽象、微观与宏
观、经验世界与超验世界、原始性与现代感为一体的非凡天地。

诗人在这个天地里自由进入，自由出走，不拘守于任何固定的价值形态和审美尺度，"一个直觉的生命就是他的道，他的诗"（洛夫语）。所谓只讲情不讲理，只管说不管解，率意爽言，如歌如啸如呢喃，自我愉悦和陶醉，且最终也愉悦和陶醉了他期待中的知音！

知人心则解人语。理解了"老顽童"式的管管，方能理解管管式的言说——那种奇异、自由、幽默、轻快、狂欢无羁的诗性言说……

三、话语狂欢与重拓诗语空间

读管管的诗，有一种特殊的语言快感——一种生命体验与诗性言说完全统一和谐而飞扬灵动的流泻之快感，与语言做爱（野合？）的快感——"主啊！那种欢快的离题话，那种变化的文笔多妙，尤其它似乎是漫不经心、妙手偶得的样子……"（蒙田Michel de Montaigne 语）

所有的诗人，都是语言之城镇中的居住者，时间长了，则或多或少或长或短地依照各人的感觉与爱好，占有这城镇中某些房间和街道，安居而乐业。当然，也就必然要渐渐受他住定的房间和徘徊于中的街道的影响与制约，在渐趋锁定的所谓"语境"中成为这语言城镇中的某种"继承人"、"守财奴"、"工匠"、"手艺人"、"小商贩"乃至"囚犯"等等。而设想假如有一个"野性未改"的流浪者来到这城镇中，会怎么样？他是"一匹野马"，一个不安定的漂泊者，在他那里，几乎没有房子的概念，或者说没有去建立这种概念的习惯。他只是听由自己的性情在这镇上的街道上逛逛，或者在这已成为定局的城镇的边上自己造一间房子。总之，他不愿做大家习惯做的居民，不管怎样高低贵贱世袭暴发有头有脸无头无脸的任何一种居民，而只是一个来到这"语言的城镇"中寻欢作乐的"浪子"！

　　由此分出了两类诗人（从语言的角度而言）：一种是经典性诗人，一类是拓荒者诗人。前者借承传、借鉴、修正、重铸、光大而再现经典之辉煌，是一种有来有去，有迹可寻，有规律可理，有范式可依的艺术创造；后者则面对既定的一切完全转过身去，跟着感觉走，拉着上帝（天性）的手，由对生命范式的反抗而至对言说范式的反抗，突破语言的理障，超越经典的局限，以非理性的方式去探寻和创造全新的诗语空间，从而带有原创性和不可模仿性的艺术特质。

　　管管显然属于后一种诗人：

> 　　吾们展览美丽的赤裸。吾们燃烧花式的面具——甚
> 之树叶。吾们不是什么。吾们是太阳的兄弟。吾们赤
> 裸。吾们不爱咀嚼文字与文字的私生子。吾们愤怒。吾
> 们就是吾们，不夹杂一点胭脂
> 　　走吧。沙漠。走吧。仙人掌。要不？往哪儿去呢。
> 吾们是太阳的兄弟。吾们愤怒。吾们燃烧。吾们敲碎各
> 代的图案。吾们赤裸。吾们要那么一种神
> 　　……
> 　　吾们不是谁的儿子。吾们不要脐带。吾们是太阳的
> 兄弟。吾们燃烧。去燃烧这些这些画廊。去捕捉刺刀尖
> 上一枚蝴蝶，吾们就是吾们
> 　　……
>
> 　　　　　　　　　　　　　　　——《太阳族》

　　使用一种语言就是采用一种生存方式，所谓精确性和经典诗意只是一种逻辑神话。管管的天性决定了他绝不会依从这种逻辑神话。反而是这种逻辑神话被他的语感、天性，解构为原生态式的诗语狂欢——是的，是一种狂欢，在当代两岸诗坛新老诗人中，很少有如管管这般将感觉与语态的原始合成推至如此极端和

彻底的境地，乃至不惜去触犯通行的语法规则与构词方式，而最终创构出一套可名之为"管管式"的编码程序和言说方式，从而拓展了现代汉语诗歌的表现能力和精神空间。

考察这种"管管式"的语感之生成是颇有意味的。

在台湾《创世纪》诗社同仁中，管管属后来居上的一员猛将。从年龄看，他与同辈的洛夫同岁，比张默、痖弦还长，但其诗龄却晚于他们数年。管管出道之时痖弦已成盛名，曾令其倾心。更年轻时则猛背古诗文，猛抄新诗句，然而背来抄去，面对古人、前人、同辈人以及倡导超现实主义诗风的"创世纪"同仁，管管显然曾陷入过一段不无尴尬的失语阶段；无所适从也不容适从，他必须返回自身去寻找本我的语感特质，成为唯一的管管而不是别的什么二世或翻版。失语导致了背叛，在汲取了该汲取的一切（包括超现实主义）之后，管管完全彻底地转过身去，从自己的天性中开掘出一股生猛鲜活灵动激扬的语感之流，横冲直撞，不断突破既成诗歌语言的规定性、通约性、单质性，心欲所至，意象乃成，气血贯畅，快意言说——在这种推至极端甚至有些肆意妄为的言说中，日渐衍生出两种大异于其他诗人的语象：谵语和悖语。正是对这两种语象的独特运用，使管管的诗即或是二流的作品也会打上特异不俗的烙印。谵语者，胡言乱语也，俗称："大白天说梦话。"读惯了正宗现代诗（极不科学的称谓，姑且这样区分）者来读管管的诗，会觉得一派胡言，满纸荒唐。岂不知对离经叛道的管管来说，这正是他苦心孤诣之所在。语言乃精神之相，人们是如何言说着，便是如何生活着。所谓人的异化，说到底乃是被语言/思维范式所异化（所谓文明的苦果），所以背离一种既定的言语方式，便是背离一种既定的生活方式，开启一种新的言说通道，便是开启一种新的生命通道。而在一个语言/生存已被高度公共化、通约化、规范化了的时代背景中，这种开启常常需持一份置于死地而后生的勇气和胆识。而这，正是上帝赋予那些真正优秀的诗人们之最根本的使命。

对于因特殊的历史所致，而成为文化放逐者之代言人的管管们来说，这样的开启具有更深沉的意义。在失去原有生存空间（文化的和家园的）之后，正是凭借这种诗性言说的探险，亦为自己开辟了另一个生存空间的自由——被抛弃后的自由，重新张望的自由，迷失于自主思绪中的自由。对此，管管走得更彻底，他把寻找精神出路的严肃主题置于诗性谵语的狂欢无羁之中，让好奇、快意、生冷不忌、嬉笑怒骂皆文章的心态支配语言的走向，而又不失其严肃思考的内在质地，成为顽皮的严肃，天真的智慧，直接刺激力和隐在的禅意，在惊人的想象力支配下的奇妙结合！而所谓谵语，就管管而言，只是由于其语言已完全摆脱约定的所指，热衷于相互追踪而不急于进入所指确切存在的区域，使确定的语义空间趋于含糊，而于新的置换、拼贴、掫转和跨跳中，创生出一种既超越现实又非同虚幻梦境的语言和精神空间，使存在的本真得以在这种全新的、非理性的言说中亮朗起来。

悖语之说，乃笔者生造，而又因管管所生；正话反说、反话正说、非此亦非彼、是此也是彼、既否定又肯定、似肯定又似否定，使语词与映像、映像与实体、思绪与言说处于一种歧异的悬浮状态，从而成为管管诗歌语言艺术中最为特异之处。例如那首著名的《荷》：

> 那里曾经是一湖一湖的泥土
> 你是指这一地一地的荷花
> 现在又是一间一间的沼泽了
> 你是指这一池一池的楼房
> 是一池一池的楼房吗
> 非也，却是一屋一屋的荷花了

读这样的诗，无理可寻，却又暗含曲径，那"径"通得什么"幽"，又全在读者各人自己的体悟。同样的怪作，还有《飞》、

《缸》、《多了或少了的岁月》、《春天像你你像烟烟像吾吾像春天》等。就精神向度而言，管管试图以这种令人悬揣的言说表现一种生存的迷惘、错位和无可把握感。而就语言向度而言，这种悖语式的运用，则是对语言的多义性、表达的隐喻性和语义的可增殖性的有效探寻。

除了上述谵语与悖语两大特性外，整体上看，管管的诗性言说，属于一种独白式的、游走性的叙述性话语。独白即自说自话，无涉宏旨（意识形态化的所谓主题性）；游走即居无定所，一切凭感觉而定；叙述性话语则避开了为抒情而抒情为意象而意象的虚妄、矫饰和腻美，质朴而气顺，兼及戏剧性和幽默感的有机运用，构成一派自由、轻快、奇异之诗性话语的狂欢景观，一种真纯的艺术醉感。在这种醉感中，你会发现话语已成为你的情人而非工具，言说便是目的而非过程，生命的郁积在此中消解，一片新的精神空间被狂欢的语言之手打开，徜徉其中，你便可和诗人一样重返本我而至真气顿生、童心盎然！

四、永远年轻的"牛仔"与老字号的"后现代"

这一节题目定得有点"悬乎"，然而它确是笔者在深研管管其人其诗包括其文之后，参照大陆诗歌现状，油然而生的一个命题；或许不无偏颇，但又自有意味在其中。

"后现代"之说，近年在大陆和台湾诗界皆已成热门话题。在诗人们眼里，那似乎是一座新的高峰，必欲先登之而可称雄于天下。理论与批评界也视之为一件新的锦袍，给谁披上，谁就会高人一等。实则这种梯级价值判断的思路，本身就完全是非后现代式的。所谓后现代性，是对现代性的反省，对人类现存文化的一次全面质疑，从而选择一种新的视点以提供可能的展开。因此，后现代绝不是一个必须要抵达的什么思想与艺术的制高点，而是一种有必要经由的过渡与开启，实际上作为后现代的炮制者，西方已在走出后现代了。

作为诗的后现代之说，更应该视之为当代汉语诗歌多元进发中，不可或缺或理应加倍关注的一元。对于诗歌生态环境来讲，它毕竟是一块新生地，打开了一条新的生路，起着洗刷旧诗质、激活新诗质的特殊功用。这里的关键在于，所谓后现代式写作，主要是指一种语言立场和心理态势，而很难圈定一种文本范式（圈定便是非后现代）。因此，对谁是"后现代诗人"，何为"后现代诗歌"此类理论指认，应持一份谨慎的态度，不可轻下断语，更无须争"后"而恐"非（后）"。

正是基于这一理论认知，在近年日趋热火起来的后现代诗研讨中，我总是不由自主地想到管管——无论就其写作心态而言，还是就其诗歌语言的实验性质而言，以及由此二者所透显出来的精神向度而言，管管都可算是两岸现代诗坛中，最早逼临"后现代写作"状态的诗人。在这里，我用了"逼临"一词而不是"成为"，在于其一，在管管创作的年代，所谓"后现代式写作"尚未被引进和炒热，亦即并没有产生一种足以成形而可趋就的后现代语境；其二，从另一个角度去说，管管也是最早逸出现代主义诗歌边界的一位诗人；其三，相对于眼下许多心浮气躁眼热情切赶"后现代"浪潮的诗人们，管管无意识的"逼临"是比"趋就"和"成为"更真实可贵的一种存在。

让我们具体到文本的分析上来——

消解深度模式、排拒载道、非中心、多元化、反对价值判断、反对人为煽情、张扬感觉、持守本能、以物观物、甘为凡夫俗子、追求偶然、不弃粗俗、纵情悦欲、消解指涉欲望、追求写作快感、以话语狂欢代替意义追寻、自我嘲弄、调侃、反讽等等这些"后现代因子"，在管管的诗歌文本中都或多或少地存在着，我们只有这样认为：这是一位天生与后现代有缘的前行者诗人。

试读这样一些诗句：

吾们切着吃冰彩虹　把它贴在胃壁上　请蛔虫看画展
把吃剩的放在胭脂盒里　粉刷那些脸　再斩一块太阳剐
一块夜　吃黑太阳　让他在肚子里防空　私婚　生　一
群小小黑太阳　生一群小　猪　再把月和海剁一剁　吃
咸月亮　请蛔虫们垫着咸月光作爱　吹口哨　看肉之洗
礼把野兽和人削下来　咀嚼咀嚼　妻说　应该送一块给
圣人尝尝

——《饕餮王子》

在这样一种呓语狂想式的言说中，我们看到的只是一些碎片
式的语象。这些跳跳闪闪的语象碎片既相互吸引又相互分离，既
相互构成又相互消解，既相互映照又相互遮掩，形成一股液态的
语流。而正是在这种混沌无序的液态语流的背面，渗漏出价值失
范、文化失落、家园失所多重困惑缠绕下的生存荒诞感。而这种
荒诞经由更为荒诞怪异的管管式言说，更消解为一种空心的喧哗
而倍觉荒诞——这正是后现代因子"作乱"的妙处。

对经典和范式的拒绝，使管管的诗性言说成为一种完全个人
化的写作，一种自我祈祷式的话语流泻，以求在这种祈祷中寻回
精神的本我和存在的本真。为了强化这种流泻的快感（在后现代
语境中，这种快感被认为是唯一的生命真实）管管甚至不惜冒天
下之大不韪，在其本就"没个正经"的言说中，拼贴古诗词句，
杂糅古典文言虚词（吾、伊、汝/且、且说/自……而下，于……
之上等），乃至时不时蹦出几句俚语俗词以及骂娘的话。以此驳
杂、破碎而怪诞的语言景观来表现这时代同样驳杂、破碎而怪诞
的文化/生存景观，所谓"荒芜之脸"（管管以此词作为他一本诗
集的集名），管管可谓第一人。

其实"后现代"也好，非"后现代"也好，这些理论指涉皆
与管管自身无涉。他只是凭着他的天性、他的真切的生命体验和
语感体验，写了那些他喜欢那样去写的东西，所谓酒酣神全而自

成其形。读他的作品，首先震颤于心的是蒸腾于文本之中的那一股子狂放不羁、信马由缰的"牛仔"精神，那种未被现代物性和工具理性所阉割过的、原生态的、形健神爽的本真自我。正如金斯伯格（Allen Ginsberg）所言："我是按我自己的神经脉络与创作冲动来写作的……区别是这样的：一个人坐在书房中用一种确定的预先构思好了的节奏模式写作或填诗；而另一个人则是按自己心理运动写作，并且（无意识地）达到了一种模式……也就是说，从呼吸中从腹腔与肺叶中……"①　而由这种"牛仔"精神和本真自我所生发出来的幽默感，更成为管管的诗性言说中最富魅力之处——他写站岗的哨兵："眼看着海把黄昏的红绣花鞋给偷去啦　眼看着狗子们把海的裙子给撕碎啦　这家伙　也不鸣枪　也不报告排长　只管把一朵野菊花插在枪管上欣赏　还说这就是那个女人　且一个劲儿地歌唱小调　小妈妈吾真勇健"（《把萤抹在脸上的家伙》），诙谐之中，尽见情致；他写爱荷华的松鼠："爱荷华的松鼠住树，不住笼子/并且在小路上跟行人散步，且跳狐步/吾想这里的猎人都死光了，还是猎人倒关在笼子里/总之，他们压根儿不曾知道/松鼠肉也好吃这档子事/这个，你去问老广他们最清楚"（《爱荷华诗抄》），亦庄亦谐、装傻打趣之中，反讽的意味愈见辛辣。即或是四句小诗《春柳》，也摇曳着一种调侃的韵致：

> 昨夜的春雨
> 淋弯，吾的瘦腰
> 难道这一街的落花
> 只教吾一个人打扫……

---

①　金斯伯格（Allen Ginsberg）：《塞尚、布莱克式体验及其他——托马斯·克拉克来访艾伦·金斯伯格》，《与实验艺术家的对话》，河南美术出版社1993年版，第363页。

读这样的诗句，你会得到一种智慧的愉悦，在会心的笑意里使沉闷的心朗亮起来。在这个"沉入物性的世纪里"（金斯伯格Allen Ginsberg语），生命已活得太累，对此，是作一个自我痛苦而痛苦他人，使生命更趋沉重而猥琐的诗人，还是作一位自我愉悦而又愉悦他人，使人生自由旷达起来的诗人，管管给了我们最生动的回答：

> 吾该是第一个见到光的动物
>
> ——《四方的月亮》

五、谁来管管管管？

客观地讲，在台湾现代诗人群落中，管管可算是一位有相当才华的优秀诗人。然而遗憾的是，上帝在赋予他这些特殊才华的同时，又给了他无节制的粗放乃至虚掷这些才华的"自由"，从而使其诗歌艺术创造的能力与其创造的成就，最终形成了较大的落差：

其一，整体成就的不足和缺乏重力场。通观管管诗歌，不乏自然的、妙手而得的精品佳作，但依其近四十年的创作历程，终未能构成一个足够辉耀的星座而只是一些散落的星子，尤其缺乏可作代表性的鸿篇巨制之"拳头产品"，实在令人扼腕！管管似乎一直是以散步状作长途跋涉，懒散和随意化成了他艺术进程中最致命的困扰和阻遏。如此之说，非关功利，更非鼓促重复（其实随意性反易造成重复），而是一个艺术精神问题：既然将此生与诗结缘，就该用"心"而不仅仅是用激情和智慧来写作，你可以不为要成为什么（比如地位与永恒）而急功近利去趋就什么，但却应该为可以成就什么而恪尽天职以慰平生吧？虚掷无异于自杀，粗放则近于亵渎，尤其在这样一个文化坍塌、物欲横流的危机时代里，作为一个不乏天才和创造力的诗人和艺术家，有没有理由近于奢侈地仅在游戏中自娱呢？

其二，空心喧哗与意义困乏。评价一位优秀诗人，不外两个标准：一是对审美价值的贡献，一是对意义价值的追寻。以此看管管，显然弱于后者。管管对现代汉诗的语言艺术与表现形式是有特殊贡献的，形成了自己独特的风格。然而在对其诗作再作更深入的透析之后，我们会发现这是一位只醉心于审美体验而对意义追寻始终保持沉默或持回避状的诗人。如此提出问题，似乎与对管管"后现代式"的态势之指认相悖。但我始终认为，所谓后现代式的写作探求，其意义只在对旧世界观、旧认识方式的解构或破坏，而在这之后，诗人和艺术家们，总还是要给出什么新的东西才是。在一种不无虚无精神的游戏态度支配下，管管写作基本上是依靠其天生的语言感觉力和不乏幽默感的智性操作为支撑，缺乏更深层面的精神体验，亦即以言说的狂欢代替了对生存真实的质疑和终极价值的追寻，从而容易给人以空心喧哗的感觉——我们随诗人一起去"跟文学艺术玩"、"跟山川草木玩"、"像男人跟女人玩一样"，确也不乏美感、快感、醉感（这是管管诗感的要素），可"玩"完之后是什么呢？诗人掉头他去，而我们依旧重蹈困惑与迷惘。

其三，缺乏克制的散文化倾向。台湾现代诗，向有两大病症，一是愈演愈烈的散文化倾向，一是越害越深的"意象症"；前者导致诗质稀薄，混淆诗与散文的界限。后者导致诗意黏滞，流于腻美和矫饰。一切艺术均是控制的艺术，失去控制则难免粗放而远离经典（这里的经典非指范式，而是一种剔除了杂质和赘疣的纯净与完美）。管管的诗歌语感原气足、流量大，沛然而发、生气勃勃以至横溢漫流，属于一种激流飞瀑式的流体语势，本就易于散漫游离。对此，管管少有警惕而大多率性而为，缺乏必要的克制，致使散文化倾向较为严重。比如收入《管管诗选》中的《飞飞传》五首一组作品，实已"异"出诗体边界而成非诗之作。

其实就管管的悟性而言，只要稍有用心稍加注意，便见奇效。像《管管诗选》中一些成功之作，以及写于后期的《爱荷华诗抄》（1982），近年在《创世纪》诗杂志发表的《之后之后》、《读经》、《悲观主义者学说》等作品，皆于内敛中不失自在风格，令人叹赏！

　　说到底，管管毕竟是管管，率真、怪诞而永远年轻无羁。于此提出谁来管管管管的命题，或许仅仅只是一份美好的期许——管管需要管吗？谁能管得了管管？就管管而言，是管一管好还是不管为妙？这实在是一个"后后现代"式的命题。

　　于是便只剩下这份期许——荷香不老，霜叶更红，或许这块自称"将雕未雕也许不雕"的"老顽石"，会在老而不老的向晚行程中，再造奇迹，不定何时，"蹦"出一派更朗亮的管管之风，而辉耀于中国诗坛呢？

1995 年 2 月

冷脸、诗心、豹影

辛郁诗散论

一、冷脸之冷

对于那些常常心浮气躁，仅凭青春激情或所谓闪光的灵感投入写作的诗人而言，辛郁的存在，无疑是一剂消火败毒的"凉药"。我这里用了"投入"而非"从事"，我是想说，不管是现在还是将来，真正能进入历史的诗人，是不能仅凭一时狂热而短暂的投入，所能成就一番诗的事业的。换一种说法，亦即你是否在你最终的"投入"之中，不仅开启而且凝定了你所选择的诗歌艺术空间，并且成为独立的、自足的、完整而恒久的存在，而不是某一潮流或观念脆薄的投影，甚或只是"青春期诗恋症"的匆促划痕。所谓"从事"则是另一种状态，那是以诗为生命归所，在艺术中寻求生命补偿，在生命中寻求艺术补偿的长途跋涉——这是"事业"，也是生活本身，是生命，是语言与诗的最终融合而同归时间与历史长河。由此又想到"终生写作"的命题——这是大陆先锋诗歌经由横贯八十年代的狂热探索与实验之"投入"以后，由一部分渐趋冷静而沉着下来的优秀诗人们，逐渐于九十年代的反思中提出来的。在这种反思中，我们开始发现，我们太忙于拓荒而疏于精细的耕种，不无虚妄和匆促的"投入播种"之后，坚持"从事"收获者便所剩不多。冷寂随之降临，而对冷寂所开启的意义也随之得到共识。其实，在彼岸诗坛，尤其是在台湾老一辈诗人群体中，这种所谓"终生写作"的命题是早已解决了的。值得更深的追问的是：何以同样也有过"狂飙突进"式经历的彼岸诗人们，却能差不多个个都脚力不减，愈老弥坚，不断超越自身同时超越历史的局限，最终成为一座座有体积有高度的诗之山峰而非一闪而逝的流星呢？这是近两年我研究台湾现代诗的过程中，最为深刻的体会和最为长久的诘问。同样，在对辛郁长达四十余年的诗路历程考察中，最先触动我的，又是这样的一种思忖。

实则早就应该有人指出：一个张扬的、放任的时代早已结束了——平静下来，作孤寂而又凝重、沉着的人，守住且不断深入，进入冷静而持久的工作状态——在一部分诗人那里，这是需要再三磨砺始能进入的状态，在辛郁身上，却是一种源自本色的恒久存在。从五十年代投入现代诗运至今，辛郁先后出版了《军曹手记》（台湾蓝星诗社 1960 年版）、《辛郁自选集》、《豹》（台湾汉光文化公司 1988 年版）、《因海之死》（台湾尚书出版社1990 年版）、《在那张冷脸背后》（台湾尔雅出版社 1995 年版）五部主要诗选，其量不算丰，却"一直在平实地写，宁静地写，无视别人的毁誉"（张默语）。持有一贯的品质，且越写越显精纯。仔细体察辛郁的诗路/心路历程，我们会强烈地感到，他首先是一个被自己个在诗性观察与诗性体验所充满着的人，而不是一场文学运动或诗歌浪潮的某种表征。在"那张冷脸背后"，是"来自水之深处/在火炼中/把回响/掷给众生"（《石头记事》）的石头般凝重的爱心、理想、责任和历史感，且将自己的这份"回响""定调为大提琴的／一个低音"(《在那张冷脸背后》)，徐缓、庄重、沉着而冷凝，没有絮烦的浮夸、放纵的奢丽及强敷的亮色，只是以"一小片寂／一小滴白／一小撮甜／呼唤他以／火的激情与山的坚韧"(《来自某地界的呼唤》)。

这便是辛郁式的"冷"——一种人格的矜持，一种艺术的控制感，一种更贴近骨头的诗歌立场，一种"不着色的冠冕"(辛郁诗语)，一种"冰河下的暖流"(洛夫评语)。在诗人题为《无题十四行》一诗中，有这样意味深长的四句："唱什么都无关紧要／但不要用鼾声伴奏／而且也不要用相类的手艺／解释疲惫的成因"，设若在这里将"鼾声"看作精神的空乏和言说的芜杂，将"相类的手势"看作对诗意的复制，我们对辛郁所持之纯正、本色、冷静的艺术，或可更为洞明。

辛郁有一句著名的诗句："生命，一个溶雪的过程。"(《谒泰山无字碑》)这是诗人六十初度，回返文化故土后所发出的感悟。然而这种持内敛而非张扬的冰雪性情和由此生成的诗歌品质，是在其初始的写作中就很快形成并成熟起来的。在其早期不无激情且尚未控制到位的散文诗作《青色平原上的一个人》中，诗人便已唱出："让我独个儿流浪在生命这种纸器上，然后让我溶解"——显然，那种"溶雪的过程"从这里已经开始，且持之一生。正是这种内敛的气质与目光，使诗人对人、物、我、存在与虚无、历史与人生常得以冷澈深透的观测和体悟，落实于创作，则常以小见大，以轻见重，以平实见深切，不着亮色而更见肌理，更显本质。试读这样的诗句："感悟一滴檐滴的力量／如此清澈，昂扬的生命"(《菩提叶》)，清澈于外，昂扬于内，于一滴檐滴中感悟生命的分量，诗人的内在气质，可见一斑。再细品味这样的意象：

　　　　无齿的唱盘
　　　　转了一圈又一圈

一种呼救之声被肢解
一丝气息凝成柱

——《参考资料》

唱盘无齿有如岁月无声，破碎的生命存在中连呼救也被肢解，现代人之精神空乏与心理危机在诗人冷冷的一瞥中，被透显得何等深澈！

冷凝的语感，冷僻的视觉，冷峻的思考——在这一切的背后，是诗人对特殊历史境遇所形成的文化放逐之苦的冷澈入骨的体悟。那个"豹"的意象是极为经典的，可视为诗人精神内质的鲜明写照："这曾啸过/掠食过的/豹"，被长期放逐之后，便渐渐"不知什么是香着的花/或什么是绿着的树"（"花"与"树"构成文化家园的象征），便只是"不知为什么的""在旷野之极/蹲着"——"蹲"，一种静态的、无目的、无方向的守望。于是这只"豹"只能自己依靠自己：他自己的情感，他自己身体的节奏，他自己可触觉的经验和他自己未完全泯灭的梦境。放逐是一种痛苦也是一种磨砺，"旷野"的风使他孤寂也使他冷静了下来；他知道他被抛入了另一种命运，一种混乱或无意义之中，似醒犹眠，似眠犹醒。而在这只"不知为什么"而"蹲着"的"豹"的深心处，却依然没有放弃着"一些什么"——他只是变得更为机警、敏锐、沉着而有力，只是将"生命的轻啸沉在/自己的内里"（《自己的写照》），试图在自己身上，并通过自己而及族群（被放逐者族群）身上，认识、唤醒和索回诗性的人生和家园的记忆；他知道，对于"被放逐者"而言，"也许/活着就是一种呼唤/永远地/响起自生的中央地界"（《来自某地界的呼唤》），于是他游离于醉生梦死的浮泛群体外，在"旷野之极"即孤绝的人生边缘，冷冷地"蹲着"，独立而矜持地——

等候一种意义的

初生与再现

——《来自某地界的呼唤》

二、诗心之思

诗人是诗性生命的代言人。而所谓诗性生命，并非一个异己于混沌生命之外的原初存在，而是经由诗人之眼，于普泛的人与事物之中，以哲学思想为内核、以意象语言为载体的一种发掘、提炼与展现。是以诗是无所不在的，只是因诗人所持的立场、视点和言说方式的不同，形成千姿百态的样式与风格，由此提炼的意义价值也便有所不同，尽管，它们最终的价值都是为着能够帮助人保持其人的本质。

从《军曹手记》到《豹》到《因海之死》直至最新的《在那张冷脸背后》，纵观之下，我们会发现，诗人辛郁的诗之思，一直维系于三个向度的展开与延伸——作为主体人格（诗心）的外化，可形象化地归纳于"老兵的歌"、"异乡人"、"捕虹浪子"三个典型形态。这三个主题取向，分别代表着诗人对现实人生、历史回声和生命理想的诗性考察与言说，并坚持在这些"……丰美而又重叠的交感中"以"人的沛然的主题突出一切"（《土壤的歌》）。

（一）在"一些混浊的酒意"中品啜人生——"老兵的歌"

在台湾现代诗人中，有相当一批，是出于经过战争血火洗浴的老兵之中，辛郁也是其中之一。这是一种极为特殊的人生遭遇，乃至超出了我们在一般历史常规意义上所认识的所谓"战争反思"。这场在特殊时空下所发生的历史悲剧，有着完全不同于其他战争悲剧的特殊意味；硝烟散尽，一群为时代所误的青春年少，不但身心备受伤害，而且被迫去国离家，且从此成为文化（精神家园）与乡土（现实人生）的双重放逐者。由此开启的台湾诗歌以及整个台湾文学的特殊领域，恐怕不仅在百年中国文学进程中，乃至在现代世界文学中，都是一个极为特殊的存在，一个值得深入研究的文学现象。同时，假如我们再将这种"放逐"置换为"被抛"，亦即经由与命运之征战搏斗的惊涛骇浪，尔后又复被抛入一个"似乎没有什么事情发生"（辛郁诗语）的生存空虚之中，由此生发的诗性思考与言说，就具有了超越历史事件、超越历史时空且超越族群的更高意义了。实际上，这种"被抛感"早已化为日常且成为当代人类普遍的境遇，成为世纪的命题。那些所谓轰轰烈烈之战争与爱情的什么"永恒的主题"，已随同浪漫主义诗歌的远去而消逝了，能否从庸常凡俗的生存现实中剥离出生命的奥义，已成为对每一位当代诗人的考验。

　　由此，"老兵"题材，遂成为台湾前行代诗人大都或深或浅涉入过的一方诗域，产生了不少优秀的作品。而真正能在此中做深入持久的探求，并将其提升为一种广义上的诗性思考与言说者，辛郁应算重要代表之一。

　　两首写"顺兴茶馆"的诗，是这一诗思向度的代表作。流落他乡，被抛于落寞的老兵们，唯有以茶叙旧度日，然"浓浓的龙井/却难解昨夜酒意"；落寞此身而难老此心，"尚有那少年豪情/溢出在霜压风欺的脸上/偶或横眉为剑"，却只是在"一声厉叱"中，"招来些落尘"，而"——他是知道的/这就是他的一切"（《顺兴茶馆所见》）。即或是这样堪可小慰战争创伤的一方处所，十六年后，也"轰隆一声走进了历史"，被所谓现代工业文明挤压碎裂成"分量不轻"的"一桩桩心事"，"压得人气喘吁吁"（《别了，顺兴茶馆》）。显然，在十六年之后的诗人视觉中，老兵情态已被置换为现代人整体的生存困境，使这一向度的诗之思延伸至更深层面。

　　人不能脱离意义而生存，精神的痛苦更多是由于对无意义生存和无意义事件（日常样态）的体验与恐惧所造成的。在"似乎没有什么事情发生"的混沌世道中，拷问生命的存在价值，于"……一壶在手/将一张战争划过的脸/栽在白白茫茫中"(《念沙牧》)苦寻生存的尊严、人的意义……这正是辛郁一系列"老兵的歌"所以能传神警世的底蕴所在——虽然,"昨夜他仍然无梦",但"他"却一直"在寻找一个适于眺望的/方位"(《老兵的歌》)。

(二)在"历史的回声中"追忆"逝去的梦"——"异乡人"

人是天生独立自由的动物,但同时又是无法完全脱逸于社会与历史维系的群体的一员,亦即兼有文化共性的动物,我们常说的生命意义,在我理解,正是这种"维系"所由。一旦断裂,便会出现精神上的虚脱或游离,使生存成为一种不稳定的、临在的状态——用意象化的语言说,即沦为"异乡人"。

双重的放逐带来的是双重的反思。在辛郁,"老兵的歌"与"异乡人"的歌在意义价值上有着异曲同工的作用,只是前者着力于现实性的诗性思考,后者着力于历史性的诗性思考;前者多落墨于生活的实在,后者多着眼于对"逝去的梦"的追忆,以及诸多形而上的探寻。"在钟摆的规律与真理的无定之间/欲言而无言地/置生之跳动于死亡的边缘"(《贩者之颜》)而灵魂已成为"一顶帽子",在异己的历史裂隙中游荡,"找不着一个头颅"。

由此激发的强烈的历史批判意识,在这一向度的诗域中得到了充分的展示,其笔触也更显浓烈而凝重。这里有对战争的反省:"在煮食铜铁之后/大地血红的颜面/为鼠们利齿所噬/黑色的灵魂互拥/被天的丧服所覆"(《黑帖》)。对此,诗人深厚的人道精神油然而生:"我很想/在矮生的/钢骨水泥的白木林丛/以我的体温/给它加一些杏红或鹅黄/让地层下的/生灵跃出"(《不题》);这里更有对历史错误的进程和此进程对人的异化、割裂,沦为新的"被抛者"而无以返回的生存困境的审视:"海像是坟场一样"、"鸟的翅膀生锈"、"到处是蒺藜/天空也长出铁丝网……岁月黏黏糊糊,沾在身上总甩不掉"(《永远是二对二·诗剧》)。于是,在"看似完好而内在俱已破裂的/你的每一个白昼每一个黑夜"里，"在死过而又未死透的藏青色的/你旧日的梦境中"（《岁月告别——致一男子》），"你的信仰踱着懒散的方步"（《第二主题》）。

如此的反省与审视中，诗人对逝去的童年、青春之本真生命和梦幻人生的追忆，便更加刻骨铭心，成为"异乡人"唯一《醉人的话题》——"只奈记忆中的笑声/永远不会风化或销蚀/这沉重的包袱我背着/呵，童年/你我之间醉人的话题"。请注意，这首诗系诗人六十岁后重返故土作"临老归客"之游时所写，我们完全可以将它看作被放逐者（我）与文化/精神家园（你）两者之间的历史性对话，而那一句"这沉重的包袱我背着"，真正如晚钟低回，撼人心魂！

那是怎样的一种"包袱"呢？是那份苍凉的历史感，一种没有归宿又不能放弃的生命维系。由此可以说，所有真正的诗人都只能是此在的"异乡人"——所以"叫辛郁（诗人）太沉重/的确沉重为的是/在这汉子的背上/驼着些黄皮肤的暧昧/驼着年轮过处/满眼的荒瘠"（《影子出走》）。而对"历史的回声"的追寻不等于返回，返回是另一种沉沦和失去；这追寻的目光永远只是指向那个永远不可能抵达和非此在的"家园"。是以我们才可理解，那"……渡过/千年风尘""去寻大河的归宿"的"落叶一般的过客"（《老龙渡口的艄公》），何以在终得以作故国登临时，反而发出的是如此的困惑与诘问：

　　　　但此刻我欲歌无词
　　　　通体清澈如水
　　　　流贯生命的一种轻狂
　　　　引我拾级而上
　　　　为的只是登钓台
　　　　看天下究有何物可钓

　　　　　　　　　——《秋日钓台》

应该看到，进入九十年代的诗人辛郁，通过一批重量级的"返乡"之作，不但超越了许多同类台湾诗作狭隘浮泛的所谓"乡愁"诗作，而且也成为诗人自身一次大跨度的飞跃，境界阔大而深沉。这其中，想来与诗人对诗之历史感的重新认知不无关系。我是说，由那双"异乡人"眼中"流到天涯的一滴泪"中，我们看到了一缕更澄明、更凝重、也更深远的诗思之晶芒。

（三）"他是捉不住自己而又如此不甘心的／苦苦地守望那虹"的——"捕虹浪子"

作为诗人主体人格亦即其诗心的外化形象，我将"老兵"视为其现实人生的"身份"，"异乡人"为其文化与历史"身份"，而"捕虹浪子"则是其灵魂的"身份"（"豹"的形象则是其整体诗歌精神的投影）——这是诗人辛郁真正本质的、最具代表性的身份。对生存现实的批判也罢，对文化／历史的审视也罢，其诗之思的最终指归，是要在"贫血的日子里"，以"野性的扩张"，去寻觅"一种叫再生的汁"（《未定的疆界》），使生命一次又一次顽强地复生以再造"生的跃动"、"芽的萌发"（《有朋来访》）。

这才是"异乡人""那张冷脸背后"真正的脉息——一颗为理想而默默燃烧着的心！诚然，在今天的语境下谈诗歌的"理想"，似乎有太过传统之嫌，而且，我们还有过那么多为虚妄的所谓"理想主义"所惑、所误、所害的惨痛记忆。然而我们在这里指认的是另一种理想：在一个一切都走向不归路，为世俗享乐、即时消费、金钱迷醉、物质钙化、科技肢解的时代里，给此在的生命一份诗性／神性的期许（只是期许而非虚伪的允诺）——没有这份期许，生命就成为一种空心状的浮游物，失去了作为人的存在的本质属性。作为这个时代的诗人的使命，就是给出并"苦苦地守望"那道理想之期许的"虹"——她存在着，有如她后面的那片蓝天，抓不到手中，揽不到怀里，却能通过我们凝望的目光，给我们空乏的生命注入一些其他物质所不能给予的什么……

实则所有真正的诗人在骨子里都是理想主义者。入世也好，出世也好，解构也好，建构也好，骨子里都是为着给人类更多地注入一些诗性/神性生命意识，无此，则便是对诗人存在意义的根本性背离。

在辛郁，那份理想的脉息是持之一生搏动着的，我们几乎可以在他所有的诗中都能触摸到这种搏动的回音。在《岁末写意》中，在《野岸》中，在《一九八三》中，在《沧浪之歌》中，诗的结尾之处，都有一抹"虹"的投影闪过，使人为之一振。人生艰辛，世路坎坷，"天被污地染疾/山不言水无语"（《兰变》），"而步履滞重的/辛郁仍在发掘/生的富丽"（《未定的疆界》），仍在"茫茫然垂向落日的脸"和"一具松脆的骨骼之上"（《茫茫然垂向落日的脸》），敲击出生命意义的火花。这火花在那首每每为人称道的《捕虹浪子》一诗中，则得到了最为灿亮的辉耀——

　　　　他是曾经植物过的
　　　　他是曾经动物过的
　　　　一种没有潇洒过的植物
　　　　一种没有豪放过的动物
　　　　他找不到一堵墙外自己的门庭
　　　　……
　　　　他设想自己是一把钥匙
　　　　如此艰辛如此执著他开启那门
　　　　……
　　　　他让泪皈依海洋
　　　　他让笑皈依天空
　　　　在刺痛了自己的脚掌之后他开始
　　　　用手行走

做生命理想的"捕虹浪子"和"守望人",为迷失的现代人类开启通往澄明之路的那道门,这是何等深切的胸襟和心境!尤其那个"钥匙"的意象,十分恰切而又奇崛,而那份"用手行走"的韧劲,更让人肃然敬仰——活在秋天,唱望春风,在不无悲剧意味的生命历程中,诗人的那颗心,却一直如暗夜之星般炽燃着……

三、豹影之姿

读辛郁的诗,除了上述体现在意义价值方面之强烈的现实感、历史责任感和理想色彩外,其体现在审美价值方面的品质,也颇值得探究。总括而言,可概括为清明有味、疏朗有致、虚实有度三个特色。

清明有味——这是台湾诗人张默近年特别推举的一脉诗风,而得其神髓者,辛郁应算其一。清者清纯、清正,明者明澈、明达,清明之中又须不乏意蕴。它要求诗人在创作中必须是本色"出演",而辛郁正是这样一位本色诗人。追寻辛郁的语感,来自生命本色的真诚与平和,率性而作,贵乎自然,心态和语态和谐共生;贴近生活,又非一般化的口语,有一种骨感之美而尽弃浮泛与造作。这样的语感,在其中期《因海之死》和近期《在那张冷脸背后》两首代表诗作中,得到完美的体现。试读下面的诗句:

> 你看不见吗
> 我在以云的鬃毛
> 制就我的猎装
> 是的南极我也想去
> 而且是那样
> 以银亮的水手刀

　　划一幅航图
　　纵放我飞翔的梦

——《因海之死》

　　平实的语感与平凡的题材融为一体，客观的描写夹着如梦的意象，从而穿过现实的障碍，达到心灵与现象背后的真正现实的融合，从没有经过修饰的事物中提取清明有味的意象，读来清新爽净，明达中别有深蕴。

　　疏朗有致——这是指辛郁对其诗的结构把握。疏者空疏，朗者朗现，"以沉着的跃姿"在叙事性的缓缓推进中，不失时机地突现意义的朗照，于舒展中见张力，于冷峭中见清朗，饱满的情绪化为弥散状渗透于诗行，看似散淡简约，内在的蕴藉并不少分量。辛郁有一首题为《寻》的诗，其中一些句式，我们若假借为对诗艺的描述来看，或可对诗人这一风格作别一番领会："而当我们饱饮/夜之清冽，以沉着的跃姿/越过那个说书人布设的/陷阱和沟渠"，"我们会寻见/生命的小绿树/受洗于风里雨里"。

　　我还特别注意到辛郁的这一疏朗风格，在其另一类"咏叹式"的精短小诗中不凡的展现，如《异乡人》、《船歌》、《秋歌》、《咏叹调》以及《因海之死》等。试读《船歌》中的这些诗句：

　　　由此西行，
　　　便是你熟悉的十三号码头
　　　在一串茉莉花上飞着一只粉蝶
　　　然后是一片雨云
　　　……
　　　然后是船在水上
　　　然后又是船去后那片懒散
　　　像一团尘丝那样荡着
　　　军曹　那船去何方

典雅的韵律，疏淡的情致，咏叹式的冷抒情，内在又深具现代意味；于简括而富跨跳感的结构中，有深远悠长的情思绵延回绕，令人沉醉。我将辛郁的这批诗作看作为超越浪漫主义的"浪漫主义遗脉"，或可称之为"现代浪漫主义"。现实与浪漫，本是辛郁内源性的双重诗性，尽可各展风姿的。

虚实有度——这里指辛郁对意象与事象的有机调度与和谐融会。从实在之境入笔，以虚缈之意淡出，是辛郁惯用的手法，源自传统，化为现代，颇得个中三昧。像"那个人/肿起他的幻觉给许多人/看"（《野岸》）这样的奇句，非"冷公"（辛郁在台湾诗界雅号）之笔不能写出，那一个"肿"字何等之实又何等之虚。在辛郁的诗中，我们还可常见到一些非常具体明确的人、物、事的细节描述，如"十点钟的阳光"、"茶馆的三十个座位"、"北去红场三百九十米"、"从辛亥路七段以降"、"我昂首引颈/成三十度斜角"等等，看似毫无诗性，但一经辛郁式的配置，常有奇效，有时还颇出反讽效应。试举《台北记事》为例：

> 从辛亥路七段以降
> 无关革不革谁的命
> 也不涉风月
> 我冷静地抓牢吊环
> 读着车窗外
> 台北的片断
> 越读　越不解

纯以事象写来，不露声色，平平实实，而细品之下，语词中潜隐的反思心态和反讽意味，比起纯抽象性的说理或纯意象化的隐喻，更见深切也更耐人寻味。同时应该看到，这种虚实相涵的笔法，实则正与诗人辛郁既入世又出世、入而出之、出而入之的人生态度相契合，故而能如此得心应手，常入佳境。

在台湾诗坛，辛郁可算一位有影响的优秀诗人，但也一直未能成为一位更具重要性的诗人。以笔者拙见，其根本原因在其诗歌中所呈现出来的意义价值与审美价值的较大落差。我们说一位诗人重要，是说他不但经由他的创作提供了全新的诗性生命体验，而且还同时通过对这种体验的诗性言说，为他所身处的那个时代的诗歌艺术发展，提供了新的启示和强有力的推动，亦即具有号召性和经典性。以此来看辛郁，似有诸多缺憾。就辛郁诗歌所蕴含所展示的意义价值而言，确已颇具气象。但诗人在诗歌艺术方面的探求则稍嫌逊色。譬如在意义的传达上所指太明确，缺乏丰盈的扩散性和深度的内延力。意象的营造也少突兀超拔之感，显得观念重于语言，趋于惯性写作，恰当而不重要，是以常仅止于对"事件"的追摹，而终未能更多地使诗歌文本本身成为一个"事件"，带有诗学性质的"事件"。

然而近年潜心观测台湾诗人，尤其是老一辈中坚诗人的经验告诉我，对他们绝不敢轻易作静态的论定——这些差不多个个皆俱长途跋涉脚力的"捕虹浪子"们，常有出人意料的裂变和飞跃，令你重新认识。即或如辛郁这样老成持重的诗人，我们也已看到，在进入九十年代之后的突进中，也渐显出一些新的态势和锋芒。不信，请听诗人在《写给儿子的诗》中，那深沉硬朗的夫子自道：

> 就这么单向的运行
> 让时间列车一趟趟
> 载我速去？不
> 我已备妥猎装与手杖
> 看一茎发的变色

1995 年 11 月

从"空山灵雨"到"永久的图腾"

杨平诗散论

一

自《空山灵雨》之"新古典"在两岸诗坛引起不少反响后，推出一部完全迥异于"新古典"风格的新诗集《永远的图腾》——这在正处于创作过渡期的诗人杨平，是一件必然要发生的"诗歌事件"。

历十余年热切虔诚的诗之投入，杨平已先后有四部诗集问世，而真正的"出发"只有两次：一是对"新古典"的未完全抵达的追寻而成《空山灵雨》（台湾诗之华出版社 1991 年 12 月版）；一是告别青春梦幻的直面社会人生，对"现代主义"的重涉而成《永远的图腾》（台湾诗之华出版社 1995 年 3 月版）。前者是对现代汉诗之审美价值的一次有意味的潜入，显示了诗人对现代诗之形式再造的注重和能力；后者是对现代汉诗之意义价值的一次集中叩寻，展示了诗人主体意识的渐趋沉着和深刻。

两种不同质的"出发"，形成一个互补的段次，由此杨平再次临近一个全面的终结和新的起点。

二

身处已进入后工业社会的生存环境中的诗人杨平，在其本应最深切地感受到这种生存的本质并予以诗性显现的创作盛年，却掉头遁入所谓"新古典"的"空山"，开始了"我第一次刻意的尝试，刻意地，以一支感性的笔，去拥抱古代中国的绮丽，和文学天空"。[①]

这是一次令大陆许多青年诗人大惑不解的"遁入"。在承认其"刻意的尝试"确有不少独到之处的同时，其"遁入"的动机则总是受到置疑：什么是中国诗的原乡？现时空下的中国诗的原乡应该是什么样？

实则对于杨平本身来说，这一"遁入"完全是来自他个人创作的"被迫"，而远非一种理论性主导的探求。由此，我们找到了进入杨平主体意识的通道——创作意识的迫抑与生命意识的遮蔽，以及由此生成的热情与深度，投入与控制，感性与理性，出世与入世的多重矛盾摆荡。

这里有必要对创作意识和创造意识作新的界定：创作意识仅止于对艺术作品文本生成的关注和投入，创造意识则包含由主体生命意识的自觉和艺术的生成之全过程。出于急功近利过于强化创作意识而促成艺术"产成品"的批量"生产"，会导致内在生命的弱化、稀释或空乏，乃至成无本之木的复制。

对于台湾当代青年诗人们来说，创作意识的迫抑是多重的。其一来自一大批上代成名诗人巨大成就的笼罩；其二来自大陆近十年造山运动式的现代主义青年诗潮的辉煌业绩之影响。还有台湾特殊的文化大背景和生存状态的促迫等等。由此生成的紧迫感促成新生代诗人们急于寻求多方面的"突围"以求开辟自己的诗

---

① 杨平：《空山灵雨后记》，《空山灵雨》，台湾诗之华出版社1991年版，第159—160页。

之领地。而"突围"的路径不外乎两条：一是诗的语言方式，一是诗的哲学深度。对此杨平一直有着直觉性的敏感。在经过早期纯精神向度的诗性躁动和赤裸表白后，他首先突入对语言的探求，而反溯传统的启示则成了他自然而然的抉择——所谓"现代手法"，似已被上一代大师们"玩了个遍"，不甘步后尘而拾余唾，年轻的目光便越过既有的现代而于古典中寻求新的现代之凭借——由此有了一部《空山灵雨》的生成。

在认真读了这部杨平的早期代表作后，我蓦然发现诗集的名字颇有意味，几乎概括了这部作品的基本品质：其成功在"灵雨"，即对现代汉诗艺术的异质追寻；其不足在"空山"，即现实生命意识的缺失或淡化。就"灵雨"而言，杨平确实在此集中充分显示了他对传统审美情趣把玩得精妙到位。灵动、典雅、清悠，是其显著的艺术特色。灵动于语言，在散与不散，奇崛平实之间别酿一种韵味；典雅于意象，在古与不古，古今相映之中独辟一番境界；清悠于气韵，在凡与不凡、虚与不虚、虚实幻化凡俗参悟之隙，偏生一派风情——如《坐看云起时》、《行到水穷处》、《怀古》、《道情》、《花舞鹤——溪头》、《冬日怀人——南台湾》、《花之邂逅——访友未遇》、《雪日听歌》等好诗。尤以《寺中》一诗为集中最佳，且属这束"灵雨"中"灵"而不"空"，于古韵别情中渗透了现代意识和现代审美意味的佳作。

《云无心以出岫》是此集中唯一一首长诗。著名诗人痖弦称："这朵出岫的云，并不是无心的，而是一朵心事重重的现代云！"且"充满时空换位，今昔倒错的趣味"。① 只是细究之下，总觉杨平在此长诗中的实验尚有夹生勉强之处，"倒错"和"换位"仅起了对普泛的古典式意象的"破"的作用，而并未用现代之心去统摄和化解这朵古典之云，以成为实质意义上的"现代云"。

————————

① 痖弦：《回到诗的原乡——杨平"新古典"创作试验的联想》，《空山灵雨》序，台湾诗之华出版社1991年版，第23页。

　　所谓全集的不足在"空山",也就在这里——"无心以出岫",空就空在"无心"之"无"字;不怕无,关键在怎么个"无"法。"心事重重"之现代人及现代知识分子的痛苦,在这部《空山灵雨》中呈现为一种借酒消愁式的负面消解过程,而不是以失而复寻的"古典家园"为导引,以对这种痛苦予以更尖锐深刻的表现。实则"雨""灵"可取,"山"则不敢"空",这一"空",整个失去了生命意识的深层凭借,弄不好就真成了"云无心""以出岫"了!

　　这正是"空山灵雨"诗外之"思"的意义。诚如痖弦先生所指出的"杨平在诗集中所试验得来的结果,更引发了不少新的问题,这对困局的纾解,新境界的拓展,都应该具有相当的意识"。① 这一意义最终给我们的启迪是:所谓"中国诗的原乡",不是一种模式的存有,一种给定的"所指",更非"寻根"、"返祖",而是一个深植于现代时空下中国人自身的生存困境和生命窘态之中,而向未来作多向度多种可能展开的"能指"过程。

　　在这一过程中,重要的在于投入而非得失,在于一种如圣徒般虔诚和热忱的诗歌精神——而这,在诗人杨平身上,是一直持有的可贵品质,并成为他保持不断进取态势的原动力。

三

　　《空山灵雨》出版四年后,杨平向诗界展示了他转向另一向度的探索成果《永远的图腾》。

　　这是一部真正能表现作为"危机时代的诗人"(大荒语)之本质意识的作品。至少就诗集中的前三卷作品而言,杨平确实突入了一个新的诗质层面。假作遁世的"浪子诗人",这次成了真作入世的"浪子诗人"——依然是浪子态,却有了另一种目光。

---

　　① 痖弦:《回到诗的原乡——杨平"新古典"创作试验的联想》,《空山灵雨》序,台湾诗之华出版社1991年版,第14页。

现实社会的众生相众物象皆纷纭于笔下，而在诗的编码、诗的诠释、诗的点化之中，均成为这个危机时代之有意味的"图腾"。于是"观照红尘的你/每每咧嘴笑了/复忘情地陷身其间/在另一战场中打拼！追求的/无非一个自我"（《唯战争远在世外》）。

当然这是完全不同于"空山灵雨"式的另一个"自我"了：

> 晚钟，一声声叠句的吟来
> 林风飘遥
> 一路漫步微笑的那人
> 举手投足的无非是高妙
> 无非是
> 手挥五弦的把一粒粒骚动的铅字
> 沿岸栽植成一簇簇纯粹的盆景
> ——而这些已是涨潮以前的事
> 千年优雅的传统暴雨般毁于一夕！

> ——《介乎于诗人之间》

这些诗句的造词用意，分明存有"新古典"式的韵味质素，但又有强烈的现代意识亦即现时空下的生命张力贯注其中，使之不再虚飘而富有底蕴。

对生存感悟的深入引发了语感的深入，在这部诗集的诸多佳作中，杨平展开了多彩多姿的语言探索。以不失理趣的叙述性的语言为基底，形散心凝，于平缓中持有内在的紧张感，或走险韵，或插入大白话式的不谐和音，或冷不丁冒出一两句警世之语，时而急转突换，闪露几许调侃的机锋或冷峭的意象……由先前古典意味的抒情语调，转向趋于后现代意味的客观陈述和冷抒情话语，从而将现代人之焦灼、无奈、不知所然之心律，予以深刻的呈现：

　　秃头大脑的自我主义者
　　固执的坚韧并依循原定之心灵皮码尺生活起居
　　喜爱巴哈、猫狗、园艺及
　　胖胸脯女人
　　——四十岁以后
　　虚荣于一枚徽章的孤独

　　而命运总是晦昧得不合时宜
　　年轮也随着一声警铃以光速前进
　　生命，令人气苦的蹉跎后
　　愤世嫉俗地期待某种未明感召——不遇
　　手一松——脑中风

　　呓语：我是谁

——《关于天才》

　　这种对生存状态的深层质疑，在诗集中有多处变调出现。如"——电子时代的男儿亦不失其本色：/室灯亮时：我是我/室灯一暗：你以为我是谁？"（《必也君子乎》）以及"——处于本体状态下的此刻/你真的是你吗？/刹那，真的可以永恒吗？"（《关于存在》）

　　一种为现实生存惊动起来的目光和批判意识，在杨平的笔下全面激活了——为《群相写真》（卷一·十首），考察《众生物语》（卷二·十首），直至"建立"《电话档案》（卷三·十首），什么"无所谓艺术家"、"或者预言家"、"不可知论者"、"不可语作家"、"可以语哲人"、"也许的狂人"、"白痴"，以及"非感性之交易所"、"一加一的上班族"、"类似女权主义者"、"背德者"、还有"BB女郎"等等。仅从这些诗名就可以发现，其诗思已不

再如《空山灵雨》那样游离脱逸于生命真实之外，而是如探针如
手术刀一般刺入生存经验之肌肤，使其诗质一下子变得深沉凝重
而有血性起来。

　　以"本市"（台北？）作为趋于后工业文化都市之包装而又迷
失于这种包装的喻象式背景，诗人的笔下呈现出一副副异变的、
荒诞而又真实的生存状态："你所了然的人类一如不堪查验的本
市/既非现实又非超现实或后设下/的某种状况：线条是/线条。
旁白是/旁白。"（《非感性之交易所》）在这里，"智慧型的商业大
楼看来都差不多——/日落后的世界蒸发成一团迷雾"，而"传真
机慰疗了芳心，面孔与面具合一/日夜渐渐定点化的律动"（《一
加一的上班族》）。在这样的"律动"中，爱情在变异："——女
为悦己者容/——郎吻介于狼之边缘/——公牛戏水以牴角互
嬉/——迢迢的远方有个女儿国"，看似大白话似的疯言戏语下，
隐藏着人性的沉沦："回归前夜，一张清纯的/十七岁面孔/玫瑰
星座加上血型与进口的保险套/刚刚缠绵的来到至乐之境——/一
声呢语未了/又闪过整夜惊疑的梦魇！"（《恋之外》）在这种"律
动"中，生命最终异质为："风干鱿鱼的你/咀嚼着/一嘴胆汁味
的苦涩/排开众人把一条病疲的影子/吊在日所难及的某处？/让
自己缩成单细胞/中性的几近无性"（《何以遣有涯之生》）。

　　在这种中性乃至无性的生存困境中，起垄断性异变作用的是
电视、广告和电话。广告制造出一个商业文化的巨网，电视则将
新人类潜移默化成失去文字阅读能力的"细小族"、"图像族"。
而电话这个现代人为自己发明制造的"怪物"，更由人际交往的
寄生物（媒介）渐渐转化为寄主物（主使），成为控制人类存在
的一种物质暴力。确实，除了电话，还有什么能记录下现代人最
普泛、最隐秘的存在呢？——《电话档案》，一个绝妙的诗性命
名，一次独到的诗性检视，由此形成的卷三中十首诗，成为杨平
这部诗集最闪光的深度链条。

　　这组诗整体构思新颖老到，十个短章的篇构、句构、用语、

造型、意象、节奏及至极细小的形式感，均各有不同而分呈异彩，艺术特质的追求与哲学深度的追求在这里得到了顺畅完整的契合。开首《楔子》，以错落不同的角度、长短不一的焦距，对电视现象进行宏观扫描，由使用电话的"偶然"性、"或然"性，揭示其影响现代历史、操纵现代人生活的"必然"性。第二首《午夜电话》，以电话铃声似的紧促节奏，将如虎侧卧在身的心理侵害、如溺水抓稻草似的病态依赖写得惊心动魄："一通午夜电话/一寸寸检验逼临惊疑饱涨到/幻灭底/梦/魇……"第三首《电话菩提》，插科打诨似地模仿"禅语"，却于短短十句四十六字中精警道破电话对人的物化状"身似光纤维/心如绝缘物"——是"人"之物？还是"物"之人？世人几人知？！此首将物化的人作"物"写，下一首《背德者》则将人化的物作"人"写：一部部电话"像教养良好的女子/风度的坚忍的不动声色的/在机场附近的旅馆——/思索着：青春体制幸福忠贞以及婚姻的定义"，物代人思索，且风度、坚韧、不动声色，真是精辟！第五首《BB女郎》更出奇招，将作为电话的附件 BB 机（传呼器）拟写为娼优女子，"永不过时永无休止或羞耻的"渗透进现代生活的所有细胞。"一俟高潮过去/又开始/扭曲不同按键组合的腰肢，陷入/不同街道公寓门匙孔下的深渊"，如此妙语深意之结尾，可谓道尽"BB 风情"。

组诗后面四首中，《讯息之外》一诗甚佳，短短十六行诗，看似平实的铺陈语句下，涌动着稠密的喻象和玄机。其语气与节奏尤其妥帖，以"一句句喋喋忽忽的高频率过耳"的"之必要"，同样"高频率"地显示出现代人对电话讯息的依附性，由人发明的工具已变异为役使人的一种存在，这恐怕是始作俑者未料及的吧？为此，诗人在最末一首《电话遗事》的结尾中意味深长地冷冷写道：

　　一台电话

> 无声息的坐在二十世纪的地球一角
> ——如一道自无而有的光
> ——如一颗自有而无的星

> 电话
> 或者瓶子
> 永恒
> 或者　虚幻

《电话档案》是杨平创作中一次特别的成功，它显露出诗人潜在的能量，似有无数向度的可能空间有待发展。遗憾的是，在强烈的突破意识的负面，我们隐隐发现了杨平似乎一直没有解决好的一个问题，这就是缺乏确定的诗歌立场。这种主体意识的游离飘移，若在创作初期，尚有一定补益，使之存有从可能境界召唤和寻求任何使其感兴趣的题旨与形式的自由。但进入成熟期后，若仍处于未定位状，则难免影响诗思的核心能更沉稳地深入和集中建树自己的风格。游离应是边缘扩展，核心诗思不可散，每位诗人均应持有一个坚实确定而独在的诗之"果核"，才能最终确立自己在诗之园林中的生态和位置。杨平这部新的、带有总结性的诗集中后两卷作品中，证实了上述缺陷的存在。除开部分因结集所需收入的早期粗浅之作外，一些新作也有脱逸"核心"，重蹈直白、理念、诗质较稀薄的旧辙的倾向（如《你是谁》、《挺进之歌》等）。只是在写于1990年的《疗伤的兽》一诗中，我们却又找到了期待中的、另一种自觉的杨平，这是自《空山灵雨》后自省自忖、"重解自我"、重返现代、重建主体核心的深沉的回顾与出发：

> 动物性的游走。
> 浪迹而不占据。

置身异于往昔的氛围

省思。观点。以及狙击

应时产物中的内在幻象

重解自我；背离了古老磁场

感觉没有极限！

出世与入世、传统与现代、逸入山水的浪子与深入红尘的浪子、诗与思，在这深度的"重解自我"中得到了融合，"果核"正在形成，"空旷的秋之田野/库存了另一无以伦比的生命宝藏"，由此诗人自信地发现：新的生命中，诗的感觉"没有极限"了！

四

从《空山灵雨》到《永远的图腾》，诗人杨平无悔地逼近一个段次的终结。这本应该是同步并进的创作历程，在杨平却显然分成了两次"出发"，由此而致的结果是：一方面延误了行程，不再年轻的诗人不得不等待一个晚来的成熟；一方面也锻炼了长途跋涉的脚力，永远年轻的诗人终会到达他希望的诗之高地。

在台湾当代诗坛，尤其是青年诗界，杨平是一个独具意义的存在。他虔诚如香客，热狂如情人，全身心地投入，多向度地探求，历十数载而不懈，其精神和成就令人叹服；此外，作为年轻的诗歌活动家，他在台湾创办诗社、诗刊，从事诗刊、诗集的编辑出版工作，已成为推进台湾青年诗歌发展的实力人物。同时，他还多次回大陆作诗的访问、诗的交游，为两岸现代汉诗的历史性对接，尤其青年诗界的深入交流竭尽诚心，卓有建树，传为佳话。

诗，在杨平，已不再是消解生存干涸郁闷的几阵"灵雨"，而正成为他生活的全部意义，生命中"永远的图腾"。稍稍拉长的"过渡期"已近终结，超越和深入便成为迫在眼前的挑战。这里首先需要的是如何在新的审视目光中，整合所有过去探索之得，以成为坚实的立足之处而开始新的出发。当然，持有不减当初的热忱和自信更是必须——在此，我们还是用诗人青春年少时那铿锵的诗句来为诗人壮行吧：

　　　　我必能建立自己的世界
　　　　一刀一斧的镂刻出
　　　　庄严高贵的殿宇

1993 年 2 月

生命之痛的诗性超越

朵思论

一

二十世纪的中国诗歌，是以拥有一大批优秀的女性诗人和她们的非凡作品而进入历史的，这是一个时代的伟大进步。同时我们还看到，在一些特别优秀的女性诗人那里，不仅以其创作填补了诗性空间的另一片蓝天，而且在这种历史性的填补中，对诸如传统的"闺怨"情结、性别角色意识，以及耽于单纯的情感宣泄等可称之为"初级层面"的诗性言说，进行了自觉的反思与清理。并最终和那些卓越的男性诗人们一起，汇入对人类共同面临的生存困境和生命意识的诗性思考与诗性超越中去，从而使那片女性诗歌的天空，显得更为亮丽也更为深沉。

就一般印象而言，考察女性诗人的创作样态，多给人一种清溪奔快、小湖澄澈的感觉，少有江河奔流至大海的大气底蕴。实际上，在相当多的女性诗人那里，经由一段最初的诗性旅途之后，确实常常会陷入一些困境：要么沉溺于精神上的"自我抚摸"，要么摆脱不了艺术上的自我重复，如湖泊般沉静封闭在那里。这是一个极有意味的现象，其隐含的问题需要我们从另一些女诗人那里去寻求解答。

实则无论是女性诗人还是男性诗人，其在艺术上的不断超越必有一个不断打开和拓展了的精神空间作支撑，精神空间不再打开或逐渐萎缩了，其艺术生命也必然随之委顿和锁闭。而精神空间的打开和拓展，又取决于诗人生命意识的强弱和生命激情的涨落，说白了，亦即是否不断有生命的"痛感"迫使你言说。

生命之痛与生俱来，孩子出生的第一声言说是啼哭而非歌唱。是诗人，不是诗人，男性或女性，我们对人生的痛苦探测得有多深，便对生命的热爱有多深。同时也就对生命的意义理解得有多深。人生来是完整的、个性的、自由的，人对外来的强制，命运的磨折，对不能自由发展自己以获得幸福的生存局限的反抗是天生的，且到了现代愈演愈烈。正是这种对生命之痛的不断追问和不断超越，才使诗人的言说成为人类存在的最本质的言说。这样的言说，在一些诗人那里，可能仅只是人生一段"高贵的选择"，一段过渡性的诗化生活方式，或对青春激流的诗性回应。在另一些诗人那里，则是最终已化为生命存在方式的不得不的归宿——生命之痛在他（她）那里如影随形，"写作乃是一个生命与拯救的问题"。"正是这种介乎死亡与诗歌之间的生存，这种以诗与生命为伴的生存，使我们直接感悟到，我们正置身于生命的进程中……这是一种仿佛先于出生或死亡而有的生存，仿佛一天都既是第一天，又是末日。这生存令人快乐而战栗……如同黑暗之途上一束颤抖的微光。"[1]

这样的诗人我称之为强者诗人，在他（她）们身上，生命历

---

[1]　埃莱娜·西苏（Hélène Cixous）：《从潜意识场景到历史场景》，《当代女性主义文学批评》，北京大学出版社1992年版，第219、220页。

程与心路历程与诗路历程是圆融和谐为一体的——他（她）们是上帝的选民，也是命运的造化；有生存际遇的促迫，更取决于诗人自身的内驱力："舍得让自己痛苦/获致了灵魂与艺术相互渗透的喜悦。"[①] 这样的诗人若是女性，则必然会摆脱"清溪""小湖"式的样态，由精神层面的不断超越而抵达诗学层面的不断超越，最终如那些卓越的男性诗人一样，呈现出一派大江长河般的诗性生命历程——这样的女诗人，在当代、在两岸及海外诗坛，正日渐增多和成熟起来，台湾诗人朵思即是其中的一位。

二

朵思，本名周翠卿，台湾嘉义市人，1939 年生。嘉义女中高中毕业，现为《创世纪》诗社同仁。1955 年十六岁时即以处女诗作《路灯》发表于《野风》杂志，之后一直倾心致力于现代诗的创作，至今已有四十年的历程。著有诗集《侧影》（台湾创世纪诗社 1963 年版）、《窗的感觉》（1990，作者自印）、《心痕索骥》（台湾创世纪诗社 1994 年版），作品广为海内外众多具有代表性的文学选集、大系和诗选所收录。另著有小说、散文集多种。

一般女诗人多早慧、早成，且早成定势，囿于自我重复，有的乃至昙花一现，难以为继。朵思也属早熟早成名者，且成名之后有过一个漫长的停笔阶段。所幸诗人并未就此消隐，于八十年代复出之后，以全新的崛起再现于诗坛，而且越写越好，至《心痕索骥》一集的问世，已成立身人史之势，奠定了她独在的诗人地位。应该说，这样一种不断超越而持之四十年的诗路历程本身，已是一个不小的奇迹。显然，在女性诗人那里，主体人格的强弱同样是决定其是一时诗人还是一世诗人的关键所在。

---

① 　朵思：《心痕索骥第二辑题辞》，《心痕索骥》，台湾创世纪诗社 1994 年版，第 53 页。

　　隔岸论诗，限于资料的欠缺，无从考证朵思实在的人生历程。不过，只要潜心研读一下诗人的作品，也可明显地感觉到，这是一位心性甚高而遭遇坎坷，对生命之痛有着特殊敏感和体悟的女性。早年的写作，源自生命天性的本质流露，源自"对星辰、花蕊、美学惊心的战栗/以及滔滔狂涌的向往"（《心与岛屿的交会》）。而憧憬的岁月转瞬即逝，青春的幻灭随之降临，与命运的抗争和对痛苦的超越，遂成为诗人命定的主题，成为一段漫长而艰难的心路/诗路历程。仅从朵思长达十余载的被迫停笔，我们也可想见，对于天性中深具诗性生命本质的诗人而言，那是怎样一种严酷的现实考验和生命挣扎。实则如朵思这样的女性，即或没有现实人生的苦难磨砺，那一颗过分敏感的心灵和那一份要将一切都看个透的目光，也同样会将其逼临精神的悬崖，"反复在上升与下降的梯级/不能毅然去选择某种单纯"（《变调》）。不同的是，现实的考验来得更为直接，它迫使年轻的朵思，在经由对女性个在的精神密室的初步探测之后，又迅速沦为有家无归的精神漂泊者——"我们的恋，便如那空空的兔穴/便如广大而不能耕作的土地，便如/刚张开口的蛤蜊，饥渴而/空洞"（《关于你·第三首》）。此后的岁月，便只是默默的一个人，独自上升，或是下潜。便在内心的深处，有了一块永远只属于自己的荒原，任谁也走不进去，只是以梦喂养，以诗耕种……从外部的人回到生命内在的奇迹，不仅是为着疗伤，更是一种前行，一种在存在与幻想之间寻找诗性本我的不断超越的历程。

　　直面人生，抗争命运，没有强敷的亮色，只是本真前行，且自觉地摒弃病态的宣泄与虚妄的矫情，这是朵思作为一位女性诗人最难能可贵的精神品质。正是这一特立不凡的主体人格之强力支撑，方使朵思在她的诗的世界里，最终拆除了想象界与真实界的界线，男性诗歌与女性诗歌的界线，而抵达对人类整体生存状态与集体深层心理的、深具现代性的诗性言说。

三

朵思诗歌的全面成熟，是在经由长期停笔而又于七十年代末复出之后。当然，其早期诗作，也有不少相当品位的佳作，如《梧桐树下》、《关于你》等诗。张默评价其有三个小小的特点："一种犀利，一种悒郁，一种温柔。"① 钟玲则称其"能以写实的笔触，深入探索在激情领域中的女性心理"。②

1990 年，朵思出版了她的第二部诗集《窗的感觉》，收入复出至整个八十年代的主要诗作五十余首。作品数量不多，但已成另一派气象，令诗坛刮目相看。

这是幻灭而长久沉默之后的复苏——依然在家中，但此时的家已成了"出发的地方"；而"窗"的意象成为寻求精神新地的隐喻。那"一种温柔"尚在，只是已化为对诗性生命之广阔的眷恋；那"一种悒郁"依旧，只是更加深沉更增"犀利"了——沉淀了怨忧与苦闷，被幻灭掏空的心洞开新的空间，在对精神之美、生命之真的皈依之中，一束渐趋澄明内凝的、理性的诗美之光，点燃了午后复醒的眼眸。

我们看到，这时的朵思，连写皱纹，也是那样硬朗旷达："岁月逼出来的光芒／毫不自卑的向发根／光彩地辐射而去"（《皱纹》），而屡为诗家称道的那首《盆栽石榴》，更是几经磨难而坚忍超拔的主体人格之光彩逼人的写照——"万丈豪情皆局限于这方／土地／在浅浅的泥土中／它却是树般的成长了"。生存的局限性与渴求突破这种局限的意愿，是亘古的命题，而在女性那里更为突出。"盆栽"的设定可视为家庭、婚姻之于女性，也可视为现代文明之于现代人。"肢体挥不到的天空／想让榴花灿开似锦／榴实累累／就任其自干瘦的枝叶间／吐出花蕊的火焰来"。在"浅浅

---

① 语出张默编《剪成碧玉叶层层》，台湾尔雅出版社 1988 年版，第 127 页。

② 钟玲：《现代中国缪斯》，台湾联经出版事业公司 1989 年版，第 125 页。

的泥土中"长成树，自干瘦的枝叶喷吐花的火焰，对生存局限的诗性超越创造了生命的奇迹！然而没有喜悦，只是淡淡的倦意中一点自持的沉思："雨幕纷繁"、"霭雾湿重"里，"我细看"这份奇迹，"竟分不出/那是太阳还是血"——是生命的血，也是艺术的太阳，在不无酸楚的奋斗中二者融合为一了。同样的主题，在另一首咏物诗《菊》中得到相应的表现："秋阳下/廊前那一抹瘦削的身影/潺潺的蜿蜒成河/千古的沉默都被唱响了"；依然离不开"廊前"（同"盆栽"同构），脱不了"瘦削"，却已有"被唱响了"的"沉默""蜿蜒成河"，且"在月光下濯过雨季的忧郁/全悠悠然灿开来/一排冷冷的傲岸"。天高花冷，诗人的心态已不同于往昔，苍凉静穆之中，有强者的风骨隐隐透视。仅就诗而言，更是不让须眉，可算现代咏物诗中难得的精品。

可以看出，复出后的朵思对其诗的土体精神有了一个重新定位，复燃的激情，不再指向世俗情感的得与失、苦与乐，而归于神性生命之光的精神照耀和提升：

　　　　当我碎裂如一片玻璃
　　　　凄切的心情漂泊似断续的雨声
　　　　请你且以你曾经耸立在我心目中的威仪
　　　　化育我，给我一股力量
　　　　一如结穗的稻序
　　　　给予我饱满的感觉

　　　　请你且以你曾经凝结在我胸臆间
　　　　柔腻的眼眸安抚我
　　　　当我抖落不尽一生的坎坷
　　　　每一举步便是险阻重重
　　　　请你谁指来生，我好扶稳忍不住激痛的心扉
　　　　继续拼斗与坚持

　　对这首题为《默祷十二行》的小诗，一般读者可能会想到一个失而复求的情爱指归，我却认为是超越小我之痛、寻求精神支柱的诗性告白，如树对土地和雨水的追寻，一种"根"的呼唤。诗人心中的"你"，是爱人、是亲人，更是含有理想成分和神明意味的一种虚拟的偶像，一个永不可能兑现的许诺与"诳指"，然而相对于此在的困厄与虚无，"他"却是唯一的真在；既是此岸的慰藉，又是彼岸的朗照。正是由于这种可称为"神性之光"的朗照，这首看似直白的诗，才有了超乎寻常的感人力量。

　　"此时的我/心思已似山高水阔"（《临镜》），"负荷沉沉的孤独"，不再和命运的"风雨""争辩"（《稻》）。在对过往情感经验的反思中，诗人的精神境界渐趋开阔和高远，对人生磨难也便有了新的理解。于是，我们在《轮椅上的汉子》一诗中，方读到这样的诗句："总是一边儿怨嗔人生/又一边儿跃跃欲试的准备前行哪！"而那张"驮载好多悲欢凄愁/步履维艰/滚滚前尘"的脸，"终仰成天边最最主调的朝暾"！

　　超越是漫长而艰难的，也是唯一值得欣慰的。生命之痛化为生命之诗，化为"我亲密的伴侣"，如"我的影子/用大地的容器/盛着，犹之/花钵盛着花姿的枯荣"。写于1986年的这首《影子》，颇具意味深长的象征。

　　整个八十年代之于朵思，是一个反思、整理和重新出发的过渡时期。在这个时期里，诗人似乎找到了新的光源（譬如对神性生命意识的初步体悟），但又摇摆不定，故而"塑造了许多不同变形/的我"（《影子》）。她依然有些依赖于"激情"的生发，同时忙于修复破碎的主体人格，缺乏固定的视野，目光有些游移和含混。然而朵思的特性在于她的执著和坚忍，在于她能永远把握住自己真切的生命痛感，在对存在与人生的不停拷问中，不断拓展自己的精神空间也便同时拓展了诗的视野。"告别从前的一盏灯/用另一种光，烧着自己炙着自己痛苦自己"，"最后，以最易于飞翔的姿势/影子附着光，从内心飞出"（《心痕索骥》）。

四

《心痕索骥》是朵思出版的第三部诗集，也是诗人进入九十年代、步入午后之旅的一次全新的冲刺。这冲刺是成功的，有着惊人的飞跃，且显示了诗人不可估量的实力。仅就集中题为"石笺"的第一辑十六首诗而言，几乎首首皆是力作，且构成了一个特殊的诗歌空间，成为九十年代台湾现代诗进程中不可多得的成就之一。

显然，经由八十年代的过渡，朵思对自己的诗歌立场有了一些新的把握与确认。这里首先是对激情的转化，作品中含有了更多思辨的成分。诗人在《心痕索骥》集中"后记"里明言："诗若只服务于作为诗人发泄情绪那样偏窄的场域，是一种亵渎。"这种确认，从理论上讲，该是不言而喻的，但落实于实际创作，尤其在女诗人的创作中，确非易事。

在朵思，这种对诗歌场域的拓展有两个方面。一是由对纯粹个体生存困境的拷问，扩展到对整个生存背景亦即生态环境的探测，包括社会的、文化的以及自然的。诗人就此创作了一批有关现实题材的作品，涉及对婚姻、家庭、日常生活的诗性思考，还有反映老兵、妓女、嫖客以及乡愁、环保等方面的。这些作品大都写得冷凝精警，不乏哲思，显示了一位成熟诗人的敏锐与犀利。但总体上看，尚缺乏更深的突入，有浅尝而止之嫌，未构成大的气象。

真正足以代表这一时期创作成就的，是诗人另一方面的拓展，这就是由对单一女性生命之痛的体验，转为对男女共性的生命之痛的深刻体味与诗性言说，且达到一个相当的深度。这在那些沉溺于性别角色意识和情感宣泄的普泛女诗人那里，是难以企及的。这是一次大胆而冷僻的尝试：诗人把精神医学带入她的诗性考察，由上意识沉入潜意识，沉入情感经验与精神实体昏暗的深处，探测主客体之间的浑浊地带，言说生存境况与内心期待的隐秘冲突。在由此开启的特异不凡的新的精神空间里，诗人顿时显得游刃有余，写出了一批重量级的作品。

这里有为人称道的《幻听者之歌》，短短八行，一连串密集的诡异意象，使你在超现实的时空转换中，体味生命无由的变异；这里有《梦呓抒情》，让我们"懂得冰凉从脊髓往上爬升寻找出口的/滋味……""懂得执著应该是在何种一高度/才能欲坠未坠"；诗人探测《精神官能症患者》，如何"因找寻记忆平原伫立的脚印/已让所有停留梦境的姿势，退回原点/重新出发"；诗人发现《忧郁症》患者，如何"爱从右侧的睡姿出发/想象胸腔被刀刃刺穿的窟窿正淌流/潺潺玫瑰红的酒液……"《当一张信纸将记忆点燃》，诗人惊叹："是什么孤寂让沉默解咒/逼你在渐渐解构的黄昏/伸手扶住我半榻梦境"；侧身《在昏眩的时空》里，诗人自问："力求心境澄澈，为什么锁住语言而后仍有/深深的想念？"带着梦影的真实，趋向澄明的眩晕，于病态人生寻觅生命本真，于变异时空筛留岁月底蕴——此时此境中的诗人主体，已成为"一座具有无性繁殖倾向的屋宇"《精神官能症患者》，使步入其中的所有男性或女性读者，都体验到一种更为真实而深切的感动与启悟。

为这辑诗"压阵"的，是长诗《石笺》，诗人还将其作为辑名。以石作笺，可见诗人着力之重。这首由三十余篇断章样式组成的长诗，实可看作诗人对自己重新开启的心路/诗路历程的追思与总结，从多个侧面反视来路和探寻前行。其坚实冷峭的意象、疏朗的语境、曲折迂回的奇思异想，均表明诗人从精神和艺术两个向度，都已进入了一个新的境界。而最能为理解这一境界作注的，是那首可作为今日朵思之诗观看的《第六感》：

> 游刃于过去与未来时空之间
> 我是锐利尖削、灵敏度高张的

一把刀斧。
刀劈神秘神髓
我是诸多感官外的异数
拥有超越时空感觉，横越生死视野
我的触觉于多次元诡异转折后，直奔
未来可能发生事端的现场
我是紊乱思绪中，透明频道上，可预见
洞悉一切的一注前卫光照。
……

　　这几乎是一篇诗学宣言，诗人为我们展现了一片可称之为
"复合视界"的诗歌场域：现实与超现实，真实界与想象界，男
性与女性，在这一视界中得到有机整合，从而使朵思的诗歌逼临
一个崭新的高度——我这里说"逼临"而非"抵达"，是想说总
体来看，几经"多次元"转折的朵思，仍面临着一个如何全面整
合和如何重新出发的问题——对生命中诸多层面的顾虑（朵思自
语），常导致视点的游移乃至散乱，缺乏对主干方向的收摄与确
立。然而，在今日实验与探索诗歌日趋式微的境况下，能如此敢
为"异数"，勇趋"前卫"，其不竭的生命动力和艺术敏锐力，确
实令人感奋而不可小视。

五

　　在如此执著于对朵思诗歌精神的内在理路作了以上追索后，
我们必须对其艺术特色作以简要的回视。
　　实际上，一位诗人或艺术家的成熟和深刻，绝不仅仅只是其
艺术的成熟和深刻，而必然是其生命本体的成熟与深刻。正是朵
思特殊的人生经验和对这经验的特殊体味，才有了朵思特殊的诗
歌才华与艺术表现力。诗路历程与心路历程息息相关，心境与语
境和谐共生，在对自己生命痛感的真切把握中予以同样真切的诗

性言说，使生命、语言与诗达到高度的圆融统一而独出一格——
这正是朵思诗歌最基本的艺术特质所在。

由这一基本特质所决定，朵思对意象的营造便别有韵致。在
题为《请勿解开诗的谜面》一诗中，朵思有一句"玄诡兼具而无
限柔美的意象"，正是对诗人意象追求的一个自我注解。"玄"指
其奥妙深刻，精微幽邃；"诡"指其诡异冷峭、不着俗墨；"柔
美"指其呈弥散状态的内在气韵，如云揉水绕般调和意象之山的
突兀，有刚柔相济的美感。试读这样一些诗句——"灰烬般一握
便碎的寂寞/如何捡得完"（《面对一屋子沉默的家具》）；"来信，
每一颗端正铅体字/都像从悬崖跌落山涧剔去肌肤的尸骨"（《锲
入大海的温柔》）；"弥漫着福尔马林味道的，伊/死白的嘴角/忽
然旋出/一枚欲坠的月亮"（《手术台上》）——从这样的意象中我
们会同时发现，作为台湾《创世纪》诗社的成员，朵思似乎一直
坚持着对超现实主义手法的运用，并予以有机的化解与整合，取
得了特殊的成就：她避免了生涩与黏滞，并守住了深邃和奇崛。

我还特别注意到朵思诗歌语言中，那一种清越纯净的品质，
一种对丽姿华影之世俗声色的自觉疏离。"不愿面对百花逐渐丰
盛的表情/雪，以及冷，悄悄走了"，这首题为《春》的两行诗，
似可作最好的佐证。有冰雪性情而不做女儿态，本真投入，不见
刻意，不事矫饰，其语感中有一种冷凝矜持的光晕，且组织肌理
分明，结构控制有度，形成较强的张力。同时，对语感的节奏和
韵律的变化也常有恰切的把握，显示了诗人既早慧而又久经磨砺
的艺术功力。

至此，我该结束对朵思诗路历程的粗略考察了。回味之中，
却蓦然发现一个有意味的细节：即诗人对"稻穗"这个意象的偏
爱。在早期的《梧桐树下》，有"一片稻穗摇曳如泛滥的灯火"；
在近期的《十五行诗》中，有"而稻穗却在丰沃土地或记忆的田
亩分别飘摇"（尚有其他篇目可见）。可知在诗人的深心处，对生
活和艺术的收获，有着不可动摇的期许。如今这期许已成现实，

四十年的追寻将风雨的记忆化为卓越的心情——虽人值晚秋而风采正盛，对一向自强不息、富于探索和超越精神的朵思来说，我们可望有一个更为凝重的期待。

1995 年 10 月

"意象的姿容"与"现实的身影"

简政珍诗歌艺术散论

一

研读简政珍的现代诗作品，常常会忘却他在两岸新诗界的另一重要身份，即作为中生代中享有盛誉而成就卓著的诗学家、诗理论与批评家的身份。按说，这种"忘却"对于指认一位诗人的创作成就与艺术造诣并无关系，真正的评价只应是仅就作品说话。但熟悉当代汉语诗发展的研究者大概都知道，这样的"忘却"，对那些在现代诗理论与创作两方面都试图有所作为的"两栖者"来说，有着怎样微妙的说明。

诗学家诗人——如此的双重身份，至少在大陆的"朦胧诗"之后和台湾的前行代诗人之后，似乎一直是一个不免"尴尬"的事。即或以台湾前行代诗人、诗学家叶维廉先生的盛名，也不免在与笔者的一次交谈中，说到两岸诗界总是因了他诗学方面的成就，而每每忽略了他的诗创作的所在时，语气与神态中都充满了十分的遗憾。我惊叹如叶先生这样的诗学家也心存此憾，进而猜想或许所有现代诗的"双栖者"，都暗自将诗人的名分看得比什么都重？

这实在是一个颇有意味的提示。而实际的情况是，近三十年来，两岸诗界以诗的创作与诗学的研究之成就取得双重并重的广泛影响者，确实不多见。大多数"两栖者"（尤其是先成名于诗学后投身于创作或一开始就双向并进者），都难免遭遇两相遮蔽的尴尬。看来，这其中不仅有"身份"因素的隐性干扰，也涉及对诗学家诗人本身，在具体的诗的写作中所处状态的深入考量，以及对其作品脱离其"身份"的影响后，实际真正所拥有的品质位格的合理判断与真确评价。

显然，简政珍是属于极少数没有遭遇此种"尴尬"的中生代诗学家诗人之一。究其因，我认为关键在一"专"字。具体而言，即腾空角色（作为诗学家的角色），心无挂碍，专心专意，进入纯粹的诗的"作业"。这种"专"的体现，在简政珍这里，无论为诗还是为诗学，都很到位，很彻底，都能进入一种创造性的、个在的"写作"状态，而双向并进、互不干扰。换句话说，简政珍的"双栖写作"，于诗，既非诗学"之余"（体现在心理机制和文本成色两方面的"业余"），于诗学，也非诗"之余"，各自自在、自足、自成体系，没有何者为重何者为轻或谁带谁的问题。这种角色的腾空与转换，说来容易，其实在具体的实现中有相当大的难度。想"专"是一回事，能不能"专"是另一回事，许多有过"双栖写作"经历而最终放弃者，大概对此都有深刻的体会。

同时，我在这里的表述中，仅以"写作"一词统一指称诗与诗学两种"作业"，也在于想追究：是否因为简证珍于诗学方面"作业"的特性，反过来有机地保证了进入诗的"作业"时，得以顺畅的角色转换呢？此中学理，有待深究。但仅从现象上看，反观简政珍的诗学文本，不难发现，这位学贯中西、造诣非凡、一直栖身于大学教育的典型的"学院型"诗学家，所成文本，却绝非那种来自"学术产业"流水线上批量产出的"研究报告"之类文字，而是融会了学术理论、艺术感觉及文字修养这三要素为一体的另一种自足的"写作"，是既有学理和问题意识支撑，又不失独到的感性体悟且好读有味的文章，是结合了学者诗学与生命诗学的诗性言说——而这，在当代两岸诗学以及文学理论界，早已是难得一见的稀有品质了。

是生命的知识化与虚妄化，还是知识的生命化与人格化？我在上一世纪九十年代末，针对"学术产业"的泛滥和"知识分子写作"的弊病提出的这一命题，在简政珍的诗学"作业"中，得到了明确的印证。窃以为，正是因了在诗学方面的非知识化、非学院化的诗性"作业"之特性，方使其在同时进入诗的"作业"时，能顺畅有机地从学术思维切换到意象思维，不致诗性缺失乃至"钙化"，所谓同是"写作"又何来转换。

二

每一位成熟的诗人，应该都有一些自己认定的诗学观念和诗歌理想，作为自己深入发展的坐标与方向。而一位诗学家诗人，更不乏这方面的修养，且可能比一般诗人更全面、更深入，也更清醒。然而，能否将这种修养，再通过自己的诗歌创作实践得以有效的实现，又是一个比角色的转换还要困难的事，也是判定"两栖者""双赢"水准的又一标志。

在这一方面，简政珍提供了一个典型范例。

简政珍的诗学著述甚丰，其中许多核心观点在两岸广为传布，影响不小。比如有关诗与现实、诗与语言、诗的生命感、诗的哲学内涵以及"意象的姿势"、意象性语言与叙述性语言的关系等，都有十分精湛独到的阐述。这些核心观念，在简政珍的现代诗创作中，也都有上佳的表现，成为理解与诠释简政珍诗作的理论依据。尽管作为诗人的简政珍，其作品也是相当丰厚（先后有七部诗集在台湾出版，一部诗与诗论选集在大陆出版，近期又在大陆出版了代表性的精选诗集《当闹钟与梦约会》），但其基本的诗歌立场和语言风格，还是较为明确的，并一以贯之地体现了他的那些核心诗学观念。就此而言，至少有两个方面，值得深究与借鉴。

其一，角色定位：主体的在场与隐匿，或真正意义上的知识分子写作

读简政珍的诗学文章，人们会强烈地感觉到一位学养丰硕、学理谨严、思想明锐而又高屋建瓴的学者风范，而一进入他的现代诗作品，则马上会发现在其依然不乏学者或叫做知识分子风骨的气息后面，还暗藏着一个充满平民化视觉的创作主体，并因此决定了诗人对题材的选择和对语言的要求。

从题材方面看，以平民视觉与草根精神深入社会与人生的方方面面，家事、国事、天下事事事关心，同时又将这样的关心，有机地提升到一个人文知识分子的批判立场上来，予以诗性哲思的观照，是简政珍现代诗创作主体的突出特征。换种说法，即作为诗人的简政珍，在学者的背景之外，首先是一位出入人生、勘察社会、立足于"存在"之现场的在场者，且将"在场"的方位，有意识地选择在时代的暗面与生存的灰色地带，以此窥探存在的真实样貌，追寻存在的本质意涵。

这样的角色定位，颇有点像一位为社会和人生把脉诊断的医生，直面的是现实，查寻的是病相，提交的是警示。对此，只要稍稍留意一下诗人作品的一些篇目与结集的命名，便可印证一二：从"江湖"、"广场"、"长城上"，到"街角"、"病房"、"下午茶"；从"政客"、"诗人"、"刽子手"，到"雏妓"、"老兵"、"流浪狗"；也不乏对"时间"、"语言"、"追逐自我的行星"的探究，更多是对"纸上风云"、"浮生纪事"及"历史的骚味"的拷

问。"写诗是诗人诠释人生,而这个诠释要来自有感的'阅读'。"① 诗人在这里特别地对"阅读"一词加了引号,以便与那种仅止于间接知识的阅读与体验、笔下只有"纸上风云"而没有深入存在的真情实感的写作区别开来。"我阅读的最大文本来自人生、来自社会;也就是说,一个只写个人的事的诗人,成就总是有限的。诗人必须去好好读更广大的人生,有更广大的体验,同时要注意细小的心灵的颤动,宁静中的颤动,因为很多动人的景象都在这细微之中。所以诗人首先要非常有感觉,对人生有敏锐的感觉,时时处处与外部世界有一种互动的精神交流。"②既是学者,又是平民;学者的眼光,平民的情怀,在简政珍这里得到了很好的整合,从而让我们看到:何谓真正意义上的知识分子写作。

同时,主体的在场,并不意味着诗人要以角色化的自我直接对现实发言,那样反而会失去"在场"的意义。这一点,作为诗学家诗人的简政珍,显得格外清醒与老练。一旦进入具体的诗的"作业",那位"医生"的角色便隐身而去,只留下富有现代意识的诗性灵视,"在门缝里窥探时光里流转的名字/把病菌咬噬的年岁交给听诊器回响"(《候诊室》),③ 乃至不动声色如X光机一样,以"全黑的布景展望流星如过客",进而提交隐藏在虚张声势的社会与人生之背面的"病相报告"。是以初读简政珍的诗,会有些"冷"的感觉,一时摸不到诗人"自我"的情感热度,也很难找到十分明确的题旨或高言大语式的"点睛"之句,有些茫然。但读进去读多了之后,自会体会到诗人的苦心孤诣之所在。

---

① 简政珍:《诗和现实》,转引自《台湾诗论精华》(沈奇编选),陕西人民教育出版社1995年版,第217页。

② 沈奇:《诗心·诗学·诗话——与简政珍对话录》,见本书卷一。

③ 本文中所有引用诗句,均出自简政珍诗集《当闹钟与梦约会》,作家出版社2006年版。

正如洛夫所指认的："……简政珍的灵视一向都投射在对人文的关怀和对现实的批判上，更重要的是，他在处理这种题材时，仍能掌握现实与诗之间的分际。"① 一方面，在诗的"悦情"与"醒世"之功能选择上，简政珍更看重"醒世"的作用，外表的灰冷与苦涩下面，深藏着对世道人心与生命本质的大关怀和大悲悯。"诗人看透现实时并没有得意的笑声，而是坠入清冷的空茫。"②另一方面，作为诗的言说，越是激越的情感和深沉的思考，越不能直接说出，"诗人只有腾空自我才能写真我，而真我已是我和外在世界的交相辩证"。③

如此，主体既在场又隐匿，既深入又超越，并严格"掌握现实与诗之间的分际"——这不正是作为现代知识分子的现代诗人之人本的存在，及现代诗之文本的存在，念念所求的本质属性吗？

其二，风格定位：意象叙述与哲学内涵，或富有生命感的智慧性写作

按说，作为典型的学者诗人，简政珍有足够的思想资源与理性经验，可供其进入诗的"作业"时"装点深沉"、"挥洒高蹈"，作"纸上风云"式的"凌空蹈虚"或"天马行空"。（这是许多"学院型"、"知识化"诗歌写作常见的毛病）。然而，细读他的诗歌作品，感觉却是十分的鲜活，没有学院气，不是那种只活跃在纸上的诗，而是生命意识很强且好读有味的诗。

当然，这种"好读有味"得去细品才行。若浅尝而止，可能

---

① 洛夫：《简政珍诗〈春讯〉小评》，转引自《九十年代台湾诗选》（沈奇编选），春风文艺出版社1998年版，第355页。

② 简政珍：《为何写诗》，转引自《台湾诗论精华》（沈奇编选），陕西人民教育出版社1995年版，第216页。

③ 简政珍：《诗的生命感》，转引自《台湾诗论精华》（沈奇编选），陕西人民教育出版社1995年版，第220页。

会在上述"冷"的错觉之外，又生出"平"与"涩"的感觉。尽管，在简政珍少数经营不是很到位的诗作中，也确实存在着些许因用力比较均匀，意象的分布过于密集且失于节奏调适而有平铺之嫌，造成一首诗的整体美感小于部分之合的遗憾，也时有因意象分延较多而至语意链接不畅的生涩感。但总体而言，其意象的经营、哲学内涵的支撑及富有生命感的语言形态，都可圈可点，堪称上乘而独成格局。

首先，作为一位既富学者之识又深得生存体验的现代诗人，简政珍特别善于将人们熟视无睹的社会与人生大大小小的"事件"，经由诗的写作，转换为陌生化的"美学事件"，以诡异莫辨的意象的姿容，雕塑并点化现实的身影。同时，在简政珍诗的视野里，这样的转换多从存在的细枝末节处着眼而落于日常的思辨，不做无端的高蹈。为《日子的流程》破题，也只是"起身探问鞋子/昨日的走向，今天的流程"；拷问《壁佛》的本相，也只是寻常一瞥："若说你的坐相尤胜格言/你的眼神已在等待风化"；质疑《时序》的存有，也只是淡淡道破："并不是要一点稳定的光/抽烟是让自己知道/还在呼吸"。敏感到极致，纤细到极致，而又克制到极致，矜持到极致。"日子的点滴是消散的浪花"（《当闹钟与梦约会》），"浪花"下有哲思的潜流涌动，且只是以潜流的形式暗自涌动在"浪花"之下，绝不做突兀的现身，以免落入所指的预设。即或偶有破题似的尾音，也多以设问式的语气化开："所谓放逐/是因为地球是一颗追逐自我的行星？"（《追逐自我的行星》）

可以看出，在简政珍的现代诗美学中，"事件"已成为一个辨识其风格所在的"关键词"。

这里的"事件"包含两种指涉：一是"现实事件"，二是"语言事件"，再经由每一首诗的创造，合成不同题旨与意味的"美学事件"。丰厚学识的培养加生存体验的积累，使简政珍的诗之"灵视"，常能于寻常事物中发现具有戏剧性因子的细节，并将其提升构成为具有新的隐喻功能的戏剧性"事件",进而产生寓言性和陌生化的诗美效果,使"现实事件"有机地转换为"语言事件"。

现代诗在"放逐"传统的激情化的抒情调式后,大多以有控制的智慧性的写作机制为本,并引进叙述调式为语言策略展开诗写的过程。这一"现代性"的获取,在简政珍的现代诗创作中,打一开始就显得轻车熟路游刃有余,关键就在于他能以戏剧性"事件"支撑叙述的骨架,并以"意象叙述"润活语言的肌理。所谓"意象叙事",按诗人自己的阐述,即"用意象的视觉性来推展叙述,而非抽象性的说明"。① 然而"视觉性"何来哲学内涵?端看对"意象"的经营。若说"意象"是"有意味的形象",则对"意味"的取舍又成为关键。简政珍诗的书写,可称之为一种"闪烁颠覆的语气"(《对话》)的"纪事"性书写。"纪事"不是明晰地倒述一个"事件",而是对于"事件"的经验和感受。这种经验和感受在转化为"意象叙述"时,其"意味"之取舍,在"简氏风格"中,则因主体位格所使,自然偏向于思辨性、哲理性和问题意识与人文关怀方面,从而得以在时时惊艳的意象之视角冲击下,品味其潜隐深藏的哲学内涵与生命感:"当我们还在文字里思乡/水泥已经遮盖了那一条河流的身世"(《中国》);"一条深黑的刹车痕/旁边留下一只破碎的/方向灯,塑料碎片/写意地延伸成各种象征/垃圾桶吐泻出/满地的本土文化"(《街角》)——满载意象视角的叙述,别有隐喻意味的意象,辅以"闪烁颠覆的语气"(这"语气"因不乏揶揄、反讽与黑色幽默的成分而具有"颠覆"性),简政珍式的现代诗美学风格,已然可窥一斑而见全豹了。

---

① 简政珍:《台湾现代诗美学》,台湾扬智文化事业股份有限公司2004年版,第341页。

三

隔海论诗，两相比较，不难发现：简政珍式的现代诗美学风格，对于当下大陆诗歌写作中存在的诸多问题，颇有不少可资印证和借鉴之处。尤其是他以学者身份而所坚持的平民化视角与草根精神，及由此确立的真正意义上的知识分子写作态势，以及别具一格的意象叙述风格，相比较于大陆诗坛大量"同志化"、"平庸化"的仿写，或凌空蹈虚不着人气的"学院型"写作，或泛滥成灾的指事化"叙事"与粗鄙化"口语"写作等等，都是一种实实在在的提示，并不失为堪可校勘的参照。

不过，多年形成的"自我中心"的心理机制，使大多数大陆诗人尤其是那些急于"先锋"的年轻诗人们，总是易于疏忘对来自彼岸诗人之经验之提示之参照的认领，造成一再的遗憾，也成为两岸诗歌交流与对接的宏大工程中，有待大家共同努力深入解决的课题。

2007 年 3 月

青莲之美
蓉子论

一

　　在一个无论是艺术还是人生，都空前虚妄浮躁的时代里，阅读和谈论诗人蓉子，颇具别有意味的价值。

　　作为人的蓉子，她本身就是一首诗的存在；作为诗的蓉子，则足以成为我们审度一位诗人之诗歌精神的、可资参照的标准。诚然，作为诗人，最终只应是以其作品来接受历史的确认的，但我们似乎愿意更多些看到，那些无论是作为诗的存在还是作为诗人的存在，都无愧于我们的敬意和爱心的诗人艺术家，以弥补人与诗的背离留下的许多缺憾。

　　蓉子，生活中的蓉子，写作中的蓉子，近半个世纪里，她在我们中间，持平常心，作平常人，写不平常的诗，做我们平和、宁静的"隔邻的缪斯"，散布爱意和圣洁。"你不是一棵喧哗的树"，"你完成自己于无边的寂静之中"（《维纳丽沙组曲》）——人与诗交融为一的一股清流，沉沉稳稳地流淌于整个台湾现代诗的进程之中，最终，成为一则诗的童话、一部诗的圣乐、一朵"开得最久的菊花"（余光中语）、一只"永远的青鸟"（向明语）、"一座华美的永恒"（庄秀美语）、"一朵不凋的青莲"（萧萧语）——

> 有一种低低的回响也成过往　仰瞻
> 只有沉寒的星光　照亮天边
> 有一朵青莲　在水之田
> 在星月之下独自思吟。
>
> 可观赏的是本体
> 可传诵的是芬美　一朵青莲
> 有一种月色的朦胧　有一种星沉荷池的古典
> 越过这儿那儿的潮湿和泥泞而如此馨美！
>
> 幽思辽阔　面纱面纱
> 陌生而不能相望
> 影中有形　水中有影
> 一朵静观天宇而不事喧嚷的莲。
>
> 紫色向晚　向夕阳的长窗
> 尽管荷盖上承满了水珠　但你从不哭泣
> 仍旧有蓊郁的青翠　仍旧有妍婉的红焰
> 从澹澹的寒波　擎起。

这是蓉子的代表作《一朵青莲》，是置于整个中国新诗之精品佳作宝库中，都不失其光彩的佳作。同时，在研读完蓉子的大部分诗作后，我更愿将这首诗看作蓉子诗歌精神和诗歌美学的、一种以诗的形式所作的自我诠释，足以引导我们去更好地认识与理解蓉子诗歌的灵魂样态和语言质地，亦即可称之为"青莲之美"的审美价值。

二

诗是诗人灵魂的显象。这种显象，在一部分诗人那里，其主要的成分，是经由后天的借鉴、汲取与磨炼，所凝聚生发的诗之思之言说，其中无论是思的经纬还是言说的方式，都可考察到他者之思之言说的投影或再造，缺少来自自身生命的本源性质地。在另一部分即真正优秀的、所谓"天才式"的诗人那里，这种显象则呈现为一种德全神盈而自然生发的气象，有内源性的生命之光朗照其诗路和心路历程，其思与言与道三者圆融贯通，成为和谐醇厚、专纯自足的小宇宙，且多趋于一种圣洁宁静的澄明境界。

以此看蓉子，显然属于后者，属于她自己诗中所追寻的"一朵静观天宇而不事喧嚷的莲"，以固有的"蓊郁的青翠"和"妍婉的红焰"，"从澹澹的寒波擎起"——这实在是诗人主体人格的精神品相之最恰切、最美好的写照！西方哲人曾将人生境界分为社会人、审美人、宗教人三层，其实还应加上"自然人"这一层。我说的"自然人"，不是混沌未开的原初自然，而是打通社会/审美/宗教三界而后大化，重返本真自我而通达无碍的天然之境。诗是诗人写的，诗之境界的大、小、纯、杂，自与诗人的精神质地息息相关，读诗亦如阅人，最终感念于深心的，还是其气质而非做派。同样，这气质、这境界，也因人而分为后天修成和先天生成，其根性所在起着决定性的作用。由此我们方可理解，何以连尼采（Wilhelm Friedrich Nietzsche）这样张扬"超人意志"的诗哲，也会认为艺术乃"宁静的丰收"，并指出："——天生的贵族是不大勤奋的；他们的成果在宁静的秋夜出现并从树上坠落，无需焦急的渴望，催促，除旧布新。……在'制作的'人之上，还有个更高的种族。"① 蓉子自是属于这"更高的种族"的诗人。在她几乎所有的诗作的背后，我们都可以或深或浅地感受到她那种从容、达观、温婉、澄明的高贵气息，使我们为之深深感动。精明的批评家还会更进一步发现，凡蓉子的成功之作，皆是与其心性最为契合的语境下的诗性言说，当这种言说偏离其本色心性，则常会出现干瘪，语词之下，不再有鲜活的气韵流动激荡。就此而言，我们也可以说蓉子是一位有局限性的诗人，难以拓殖更大的精神堂庑。确实，相比较于许多大诗人来说，蓉子的写作更为突出地表述了自我内容的需要，成为对自己诗性生命之旅的一种表达和纪念，除此之外，没有更多的奢望和野心。然而作为诗歌美学的考察，我们首先要判定的是作品形神之间的均衡、集中与和谐，其次才是所谓境界/堂庑之大小。"诗的目的乃是唤起人生最高的一致与和谐。"（瓦雷里 Paul Valéry 语）而这，正是蓉子诗歌世界最为本质、最为可取之处。应该说，命运将真正纯粹的写作赋予了蓉子，使她得以在诗的创造之中更创造了诗的人生；或者说，使本属诗性的人生，得以完全真纯自然的、诗的表现。我想，我们读蓉子，读蓉子诗的世界，最为让我们感念于深心的，大概正在于此。恰如诗人自道："淘取金粒，不是为着指环，是为了它珍贵的光辉。"② 也诚如评论家周伯乃所言："现代工业所造就的诗人，大都已丧失了原始的那种自然流露的娴静，而蓉子却是唯一能守住那分娴静的诗人。"③

"秋意本天成"（《薄紫色的秋天》），有"青莲"之根，方有"青莲"之质，且守着这份"天成"，"用古典的面影坐于现代"

---

① 尼采（Wilhelm Friedrich Nietzsche）：《出自艺术家和作家的灵魂》，转引自《西方诗论精华》（沈奇编选），广州花城出版社 1991 年版，第 47—48 页。

② 蓉子语，转引自周伯乃《浅论蓉子的诗》，见萧萧编《永远的青鸟》，台湾文史哲出版社 1995 年版，第 24 页。

③ 转引自周伯乃《浅论蓉子的诗》，同上。

（《梦的荒原》），"在修补和破碎之间"（《红尘》），"注视着光明的中心，一片寂静"（T. S. 艾略特 Thomas Stearns Eliot 诗句），"纵闪光灯与盛会曾经以煊耀/明亮了你的眼睛/而你却爱站在风走过的地方/怀疑那雾里的荣华"（《荣华》）——这便是蓉子式的"青莲"，青莲般的蓉子，是贯通了社会/审美/宗教三界而大化自然的诗性/神性生命本体：

> 一伞在握开阖自如
> 阖则为竿为杖
> 开则为花为亭
> 亭中藏一个宁静的我

> ——《伞》

这样的境界看似不大，却已深藏人生的真谛且抵达诗美的本质，所谓"淡然无极而众美从之"（庄子语）。不是刻意寻觅的什么境界，而是于淡泊超然之中，"去探询灵魂成熟的丰盈"（《七月的南方》），呈现一派无奇的绚烂。在一个一切都已被作弊、被污染的时代里，走进蓉子，走进蓉子式的"伞"下、"青莲"下，以及她"七月的南方"和"薄紫色的秋天"里，我们常有一种走进植满了圣洁的绿荫之精神故土的感觉，给我们烦腻倦怠的生命里，注入新鲜的氧和梦之光，并在诗人"暖而不灼"的精神的"阳光"里，"缓缓地渗出生命内里的欢悦"（《薄紫色的秋天》）。我想，无论是东方，还是西方，是现代，还是后现代，这样的一种境界，都是我们永远会为之迷恋而难以舍弃的。

三

对蓉子"青莲之美"的意义价值，亦即通过她的诗歌世界所给予我们的精神享受，应该说，无论是普泛的读者，还是众多的评论者，都有较为一致的认同。对蓉子"青莲之美"的艺术价值，亦即通过她的诗歌创作为现代汉诗之艺术发展所做出的贡献，恐怕就是仁者见仁智者见智了。

这里需要首先提示的是，评价一位在诗歌史有一定地位和影响的成名诗人，与评价一个一般性的诗作者，其标准是不同的。对成名诗人，我们必须用上述意义价值和艺术价值这两把尺子来同时衡量，即不仅要看其作品对拓展时代的精神空间有着怎样的功用，同时还应考察，通过其创作为推动时代诗歌艺术的发展，有着怎样的开启和拓殖。所谓"高标独树"、"开一代风气之先"而影响及后来，即在于此。新诗八十年，整体看去，毕竟还是处于拓荒和探索时期，着重力于载道，弱于对艺术形式的完善和收摄。因此，我们特别看重那些为新诗艺术的发展有所作为的诗人，并以此为不可或缺的价值尺度，去要求所有优秀而重要的诗歌艺术家。

作为台湾诗坛"常青树"，历经近半个世纪的创作最终未能成为重量级的大诗人，蓉子的局限性，正在于其艺术价值的相对薄弱。我这里用了"相对"一词，是指在较高层面上而言，未能取得双向度并重的成就。也只有建立在这样的认知基础之上，或许方能真正准确地把握"青莲之美"所已达到的艺术境地，从而更为完整、科学地评价这位为我们所敬重的诗人。

这就又要回到上文所提出的，作为诗歌美学的考察，首先要判定的是作品形神之间的均衡、集中与和谐，这是基本的尺度。抵达这一尺度，在自己的创作中收摄、凝定直至完善了此前艺术发展所开辟的路向，且生发出新的光彩，这已是足以成为一位优秀诗人的标志了。蓉子的创作路向，其底背是承接浪漫主义的，同时杂糅有现代主义的视点和新古典的韵致，尽管诗思广披博及，但总体上还是萦回于情感世界的主观抒情，这是一种局限。但从艺术考察的角度而言，"说什么"并不重要，关键要看是"如何在说"，看"说法"与"说什么"是否达到了高度和谐。我一直认为，短短不足八十年的中国新诗，其实无论哪一种"主义"都需要继续发扬光大，重新创化与再造。尤其是浪漫主义，我们似乎从未真正能抵达西方浪漫主义的真境，同时也抛掉了中国古典诗歌中浪漫的神髓，多见于假腔假式的追摹和演练，精神的虚妄症和语言的焦煳状成为伪浪漫主义诗歌难以消解的痼疾。正是在这一点上，我发现了蓉子诗歌的艺术特质，我是说，我在蓉子式的浪漫主义诗风中，终于听到了一种可称之为"纯正的抒情"的声音，一种质朴无华而又悠然神会的音乐化的情感世界。在这个不事夸饰、清明温煦的世界里，生命化为一片大和谐，具有内源性之光的"青莲"精神，得以最好的发挥。情与景、意与象融洽无间，浑然一体，一种气韵贯通的形式饱满状态，如满载甘液盈盈欲裂的葡萄般晶莹鲜活，令人沉醉！

纵观蓉子的代表作品，大体可概分为两类。一类如《青鸟》、《寂寞的歌》、《七月的南方》、《维纳丽沙组曲》及大部分精美短诗等，多属情感的自然流泻，不抑不驱，不事塑砌，唯以真纯的情感美，婉约的情绪美，流畅的音韵美和清明鲜活的人生感悟，和谐共鸣，感染读者。这类作品，得益于情感，也常受限于情感，虽整体构架上也有恰切的组织，肌理分明，但诗思的展开，一般都囿于线性的直抒铺叙，如歌如赋，难得有更多新奇的意象生发。然而，即使在这一类宣叙性、咏叹式的创作路向中，我们也可见到诗人蓉子的创化能力。至少，经由她的作品，那种情感与语词的夸饰遗风和不可遏止的所指欲望，得到了较彻底的清除，恢复与再造了这一脉诗风的清明纯正之传统。这一点，仍得益于诗人纯净如蓝天、如清泉、如圣洁的自然一般的心性，所谓"归根曰静"、"适性为美"；以蓉子的心境，方生此蓉子的抒情语境，在一片很难再造新意的路向中，拓殖出不凡的气象，而成为"永远的青鸟"。

另一类，便是以《一朵青莲》、《我的妆镜是一只弓背的猫》、《伞》、《白色的睡》、《薄紫色的秋天》、《我们的城不再飞花》等为代表的经典之作。这类作品，在蓉子的创作总量中，所占比例不大，却代表着诗人的最高艺术成就，可以说，一位诗人一生中能有此数首，已足以立身入史的了。诗人的诗思，在这类创作中得到了很好的抒发和独到的深入，情感、理性与信仰三者调和为一，理趣与情韵并重，着力于意象的营造，主体深隐洞明，有如月光溶于荷塘，扑朔迷离中有思的流光闪回浸漫。在这里，语言不再是单一的情感与音韵的载体，而成了自足自明的"诗想者"，有了更多的延展性，更多的想象空间，恰如诗人的诗句所形容的："它深渊的蓝眼睛有猫的多变的瞳"（《水上诗展》）。由此可见，诗人蓉子不仅是一位本色写作的典范，也同样是一位创造意象的高手。虽然这种创造，未能构成大的群落，却也如星子般闪耀于创作的长河之中，令人难忘。尤其需要指出的是，在这一类创作中，蓉子依然持有自己的本源质素，并未陷入唯意象是问的流弊，是以每有落笔，则必见奇观，虽气象不同，其内在的气韵，和那一种贯穿始终、和谐纯正的声音，却是从未扭曲而保持一致的。

　　和谐与纯正，是蓉子诗歌艺术最主要也是其最成功的特质所在。依然是那首著名的《一朵青莲》的诗作中，蓉子用自己的诗句，对这一艺术特质作了精美的注释："有一种月色的朦胧有一种星沉荷池的古典/越过这儿那儿的潮湿和泥泞而如此馨美！"这是典型的蓉子式的语境，也是典型的蓉子式的心境；语境与心境的和谐共生，方使抒情成为不含杂质、水晶般纯净的抒情，而"浪漫"一词，也便不再成为远离我们生存现实的虚妄之矫饰。从这样的语境中，我们更看到，这是一位忠实于本真生命的感知，远观幽思，不愿大声高腔地对世界发言的诗人。心中有自己的庙堂，灵魂有自己的方向，在众音齐鸣（思想的与艺术的）的时代里，恪守自己的感悟，自己和自己辩论，并将这感悟亲切地倾诉于世，为理解而非教诲。我们看到，诗人即或是进入对客观现实之批判性的诗思，也写得沉稳内在："我常在无梦的夜原上寂坐/看夜的都市像/一枚硕大无朋的水钻扣花/正待估"（《我们的城不再飞花》）。语词之间更多的是一种委婉沉郁的孤高之气，却有"星沉荷池"般的底蕴，久久渗浸于我们的感受之中。

　　这样一种语境，使我常不由地想到蓉子曾作过教堂风琴手这一早年的经历，实在可看作对这位诗人艺术品质的一个颇为有趣的"隐喻"。单纯而不失丰富，悠扬而不失坚卓，音色纯正，音韵和谐，在整个台湾现代诗的交响中，有如一架竖琴，占有不可或缺的一席重要位置。

四

> 这是失去预言的日子
> 在忧郁蓝的苍穹下
> 我们采摘不到一束金黄
> 很多很淡的颜色涌升
> 很多虚白　很多灰云　很多迷离
> 很多季节和收割分离
>
> 　　　　　　——《白色的睡》

　　这是诗人蓉子对我们所处时代所作的诗性指认，正是在这一指认中，诗人确认了她存在的意义。

　　"青莲之美"是以现代意识追怀"古典"的美。这里的"古典"不是什么意欲退认的生存方式，而是经由对人类诸如真、善、美等永恒价值的重新确认，来质疑"现代"中的缺失；以"青莲之美"去映衬存在的"泥泞"和"潮湿"，以至善至爱至纯净的情感之光去朗照生存的"虚白"和"迷离"——这是蓉子诗歌精神与艺术特色的本质所在。

　　至此，在我的评论中，似乎一直未提及蓉子作为一个女性诗人存在的价值，而这正是我最后想指出的这位诗人的又一特性：在蓉子的诗歌世界中，尽管处处可见女性的柔美和细腻的韵致，但皆已为一种上升为母性以至人类共性的光晕所笼罩；既消解了传统的"闺怨"等遗脉，又没有故意加强了的所谓"女性意识"的凸显。她甚至也很少去写什么样狭义的"乡愁"，而完全沉浸于她所建构的，超越性别、超越族类、超越时空的"情感教堂"中，播撒"青莲之美"的乐章。她使我们更深地认识到，浪漫是永远的诱惑，而人生需要激情，需要美的照耀和情感的依托。世纪交替，回首来处，穿过无数嘈杂、无数"虚白"、无数杂色的"涌升"，我们愈发亲切地感受到，来自诗人蓉子那充满圣洁的爱心和美意的"情感教堂"之低回的"琴声"，是怎样契合着我们灵魂的期待，填补着我们精神的困乏。从清晨到薄暮，从出发的时日到收获的季节，蓉子坚守在她的"情感教堂"里，不为纷乱的潮流所动，用一双优美的手、一颗博爱的心，为我们在"失去预言的日子"里，"在忧郁蓝的苍穹下"，采摘"一束金黄"，一束纯正和谐的诗性/神性生命之美的辉光，以照亮我们生存的灰暗。是的，在世纪的交响中，我们尤其倾心于那些黄钟大吕般的思之诗、史之诗，那些骨重神寒的诗性言说，以支撑我们生命的重负。同时，我们也难以割舍那"情感教堂"的一方净土、一片清音，以滋养我们干涸的灵魂，复生爱心和美意。

"紫色向晚向夕阳的长窗"，蓉子的"青莲"正成为世纪的"仰瞻"——或许，在后现代之后，在众声喧哗之后，在现代汉诗更新的出发中，蓉子式的"青莲之美"将重新为人们所认知，以其常在常新的"蓊郁"和"妍婉"，不断穿越岁月的"潺潺寒波"，"擎起"于诗的田园，去唤取更多的诗性生命的搏动和辉映……

> 岁月逝去唯我留步
> 我纤长的手指不为谁而弹奏
> ……
> 因我是端淑的神

1997 年 2 月

边缘光影布清芬

重读席慕蓉兼评其新集《迷途诗册》①

上

在两岸新诗界，恐怕没有哪一位诗人像席慕蓉这样，遭受阅读之狂热与批评之冷淡的尴尬境遇。就阅读而言，"席慕蓉旋风"持续刮了十多年，至今在两岸拥有数量可观的读者群，保持着骄人的纪录；就批评而言，却一直乏善可陈，至少在大陆诗评界，除中国社会科学院陈素琰女士一篇题为《不敢为梦终成梦——席慕蓉的艺术魅力》的长评颇具分量外，再难见到有诗学价值的批评文本。② 有意味的是，批评失语，编选却从不缺席，台湾九歌版的《新诗三百首》（张默、萧萧编）和大陆北京出版社版的《中国新诗三百首》（谭五昌选编）两部

---

① 席慕蓉新集《迷途诗册》由台湾圆神出版社 2002 年 7 月出版，本文依据诗人提供的结集稿件撰写。

② 全文见《台湾地区文学透视》，陕西人民教育出版社 1991 年版。

"世纪之选"，以及其他许多重要诗选，都收入了席慕蓉的诗，显然对其作品价值不乏认同，那么，又是怎样的原因，使两岸诗评家们面对"席慕蓉现象"如此少言寡语呢？

新诗发展到当代，渐趋成熟，有了一些可通约的共性，创作也便呈多层面的展开，不再一味求新求变。如此，一部分诗人为不断提高新诗的艺术品质，探究其新的生长点与可能性，坚持前卫性、实验性的写作，从而使尚且年轻的新诗之进步，有持续前瞻的牵引力，以拓展新的艺术天地；另一部分诗人则吸收已然为创作与欣赏均普遍认同的诗歌质素，落实于整合性、常态性的写作，使新诗的总体发展，有一个坚实的基础，以稳固并丰富其已有的成就。前者是拓荒者，是诗人中的诗人，为诗人的写作；后者是耕种者，是普通人中的诗人，为诗爱者的写作。二者只是路向不同、使命不同，只要是本质的行走，姿态之高低皆为次要，关键在于是否忠实于自己的气质。

以此来看席慕蓉的创作，显然属于后者——一位新诗园地中虔敬而辛勤的耕耘者，且只问耕耘，不计较收获，"独有一股清芬"（萧萧评语）而"成功地维持了她自己"（张晓风评语）。①或许，正是这"独有"的"清芬"，和忠实于自身艺术气质的本质性写作，使席慕蓉意外地获得了诗爱者的青睐，但它并非是诗人刻意追求的成功，而系机缘的造化。当前卫诗人们探索的脚步将读者过于遥远地甩在身后时，人们迟早会将他们普泛的诗歌目光，聚焦于一位可亲近的常态诗人身上，于是命运选择了席慕蓉。

席慕蓉的诗歌写作，本质上是私人化的，是一条总是怀着年轻心事的小河，唱给光与影的歌。这条河，"不影响诗坛上的任

---

① 萧萧：《青春无怨新诗无怨》，见席慕蓉诗集《无怨的青春》，台湾圆神出版社2000年版，第213页；张晓风：《江河》，见席慕蓉诗集《七里香》，台湾圆神出版社2000年版，第20页。

何流向，诗坛上的任何水流也无法影响她的清澈"。① 她只为她自身而流淌着，有如写给另一个自己的私人邮件，在多梦的夜里，记录一点如莲的心曲。这样的写作心态，在造势争锋的八九十年代的两岸诗坛，都属稀有，而由此生成的清逸、清纯、清丽之诗美品质，更有如一朵青莲，恬淡自适于浮躁喧闹的诗坛边缘。于是，无论是在诗坛还是在俗世，当整个时代的文化心态由历史风云转而退回到个人天空之时，与席慕蓉诗歌的不期而遇而生发的意外的亲和以至热爱，在普泛的诗歌读众那里，就成为一个必然要发生的"美学事件"了。轻柔、莹润、略带伤感和纯净的抒情，青春、光阴、一刹那间的美与永恒的爱的题旨，以及较少难度的阅读快感和容易亲近的语言形式——完全为个人烹制的烛光晚餐，一时成了诗歌大众的梦中盛宴，席慕蓉由此陷入既惊喜又尴尬的境地。

　　正如老诗人向明所指认的："她为我们的诗找回了许多失散的读者。"席慕蓉应该为此而惊喜。而尴尬在于，当现代诗在急剧膨胀的商业文化挤迫下，陷于空前孤寂之时，不期而遇的"席慕蓉热"难免令批评界生疑：她是否恰恰迎合了大众消费的口味而有媚俗之嫌？尤其在"席慕蓉旋风"登陆大陆诗坛时，正值"汪国真诗歌热"之际，人们很容易将二者"合并同类项"，不加细察而混为一谈，加之出版界过于商业化的炒作，遂使一向视先锋/实验诗歌研究为己任的纯正诗评家们，简单而轻率地认席慕蓉为台湾版的汪国真，自然不屑一顾了。

　　时代捉弄人，误区由此生成。尘埃落定，诗界已然明了，席慕蓉绝非汪国真，一是本真行走，一是角色化出演，二者有根本上的不同。但"畅销"与"热卖"的误解依然存在，对此有两个问题需要厘清：其一，畅销的文学作品是否就必然有媚俗的成

---

　　① 萧萧：《青春无怨新诗无怨》，见席慕蓉诗集《无怨的青春》，台湾圆神出版社 2000 年版，第 213 页。

分？其二，大众"诗歌消费"的口味是否就毫无诗学价值可言？实际上，这是不辩自明的道理。自新诗诞生以来，新诗的阅读与欣赏总是滞后于创作与实验，这其实是很自然的文学现象。普泛的诗爱者只为欣赏而阅读，不可能像后起的诗人们那样，为了获取新的创作经验而紧随先锋的步程，这是两种不同"目的"的"诗歌消费"，但对诗性生命体验与美学趣味的追求却是一致的，只不过诗爱者们更看重共性的品质，诗人们则着眼于对个性品质的审视而已。由此，实验性写作和常态性写作，才有各自存在的合理性，所谓提高与普及的双重必要。问题在于，由于当代诗歌思潮与诗歌运动的频繁发生和不断跃进，使本来就贫乏的诗歌批评资源只能集中于前瞻性的应对而无暇旁顾，从而对非前瞻性的常态诗歌写作便一再搁置，造成一个长久的盲点。应该说，遭遇批评冷淡的是整个常态诗歌写作层面，而非席慕蓉诗歌之特别际遇。由此才可以进一步说明，对"席慕蓉诗歌现象"的重新解读，旨在对整个常态诗歌写作的重新正名与定位。长期任运不拘、一味移步换形的中国新诗，正在逐渐清醒中认领一个守常求变的良性发展时期，而常态写作的重要性，也正日渐凸显。从这一视点重读席慕蓉，便可读出一点尴尬中的启示——市场将前卫姿态由主流推向边缘，时代又将一抹"边缘光影"推为市场的热点；市场无罪，时代无常，席慕蓉只是被动充当了大众诗歌选民们的"最爱"，并无意中开启了人们对常态诗歌写作价值的重新认识。而在这一价值领域中，席慕蓉诗歌无疑占有重要的一席，并非错爱与误会。

　　而说到底，"谁能为一束七里香的小花定名次呢？"（张晓风语）①

---

　　①　张晓风：《江河》，见席慕蓉诗集《七里香》，台湾圆神出版社2000年版，第27页。

下

　　投身绘画，抽身写诗，席慕蓉的艺术人生之旅，穿越二十世纪的黄昏，迎接二十一世纪的清晨，始终自甘边缘，以跋涉为目的，而"初心恒在，依旧素朴谦卑"。①　这个"初心"，是对艺术的"初恋"之心，只在热爱，只在投入，而不计成败与结果，实则反而得了艺术创造的奥义，以虔敬与单纯保证了持久与沉着。设若说，于绘画，席慕蓉尚存一份专业的敬畏而不无刻意的追求的话，于诗的写作，则完全是"生命的邀约"而只在随缘就遇地记录下岁月与光阴"蜕变的过程"（引号内为席慕蓉诗作名）。《青春·旅人·书写》，这是诗人一首作品的题目，其实正可看作席慕蓉诗歌写作的"提纲"——"青春"是她的母题，"旅人"是她的身姿，"书写"是她诗性生命的仪式；是"书写"而不是"创作"，一个素朴的词为诗人沉淀了一份明净澄澈的心境，使之跋涉的步程总是那样沉着而素宁。

　　持守平常心境，记录"边缘光影"，席慕蓉的诗歌路向自然趋于一种常态的写作而非语言艺术的冒险族。这是她的局限，也正是她得以立身之处；一是避免了无病呻吟，二是保证了基本的品质，这也是一切成熟的艺术家之所以成熟的标志：他（她）们知道能做什么不能做什么以及什么能做好什么不能做好。纵观席慕蓉二十余年的诗路历程，人们自会发现，她的作品始终保持着一贯的优雅风姿和工稳质素，达心适意而"清芬可挹"（萧萧语）。从《七里香》到《无怨的青春》，从《时光九篇》（台湾尔雅出版社1987年1月版）到《边缘光影》（台湾尔雅出版社1999年4月版）以及《世纪诗选·席慕蓉卷》（台湾尔雅出版社

---

　　①　席慕蓉：《生命因诗而苏醒》，《无怨的青春》新版自序，台湾圆神出版社2000年版，第5页。

2000年5月版）——在诗人那里，一部书是一座生命的驿站，甘苦自知；在诗爱者那里，一次阅读是一回故友的相逢，欣喜如旧。轻柔而不轻浮，单纯而不单调，高雅而不高傲；象清意沉，简中求丰，人静语素，和谐共生；"纯真人性的展示"加之"绘画与音乐的影响"（陈素琰语），以及青春、光阴、乡愁与梦的主题，共同构成了"席慕蓉风"的基本品质。比较于前卫诗歌而言，这品质不免有些传统乃至保守，但因了席慕蓉持之一贯的本真"书写"，却使之平生一种可信任的亲近之感而生发绵长的阅读期待。这期待，不是为了获取一种技艺的提高，而是邂逅一次诗性生命的"狭路相逢"。

　　挥别二十世纪，席慕蓉以一部名为《迷途诗册》的新作结集，馈答绵延至新世纪的席慕蓉诗爱者的阅读期待。整部诗集分三辑编排，收诗四十三首，其中除《现象》、《多风的午后》与《落日》三首，为八十年代旧作拾遗外，其他均为诗人近三年中的新作展示。

　　第一辑《四月栀子》和第二辑《色颜》，基本上是诗人多年一贯的主题与风格的分延和扩展，只是似乎增生了一些悬疑与自我辨析的意味，和隐隐渗漫出的恬淡而不免萧散的气息。"无视于时间的流逝/我的生命从容地在梦中等待"（《梦中街巷》）。"从容"一词，将"梦"的执著轻轻吐露。这"梦"，已不再是年轻心事与青春理想之无着的幻想和无由的忧伤，而渐次收摄于生命与诗的对质，并最终认领以诗与艺术为归所的救赎之途："无从横渡的时光之河啊/诗是唯一的舟船"（《光阴几行》）。诗人显然对这样的"对质"颇有几分着迷，诗集中有好几首作品围绕这一命题展开，并在其他作品中也时有涉及。在《诗中诗》里，诗人借由一朵雨浴后等待绽放的"白荷"，追索物质的生命如何升华为诗意的"梦与骚动"，叹咏那"无涉寂寞"而"何等饱满的孤独"中，"一种难以言说的憧憬/一种非如此不可的完成和再完成"，有如"饱满的花蕾因自身的重负而/微微垂首……"默默传递的，只是"对世间一切解释都保持沉默的/那最深最深的内里的我?"在另一首《早餐时刻》里，诗人更明确地指认了经由繁华而重归清明的诗性本我，如何化刻意为平常、化追索为自在，视诗的际遇为一种生活方式，"就如同一杯热茶一匙蜂蜜/一片马可波罗的核桃面包"，而"不是箴言不是迷津的指点/也不是必备的学历和胭脂"。由此诗人进一步发现："那些曾经执意经营的岁月都成空白"，而"无法打捞的灵魂的重量全在记忆上"（《光阴几行》），这"记忆""如花间/最幽微的芳香/在若无其事的/诗句中缓缓绽放"（《明信片》）。可以看出，在诗人中年午后的生命旅途中，诗的"书写"，已不再是一种述说精神生活的特殊方式，而已悄然更替为生活本身，一种不得不的生命托付与归宿："是青春建构了青铜的记忆，而这记忆才终于得以重铸了我们的青春啊!"（《记忆广场》）然而诗毕竟不是哲学，她提交的只是叩问而非解答，是以诗人在这种生命与诗的"对质"中，依然不断地发出疑问或悬置答案。在《四月栀子》一诗中，迷惑重新降临，面对"一树雪白的栀子正在盛开"，尽管"我其实有所提防"，也难免被往日梦境之"无限的温柔"所"淹没和包裹"，不免要追问"这芳馥浓烈比我的梦境还要疯狂/比我的记忆还要千百倍固执的花香啊/此刻想要传递给我的/究竟是生命中何种神秘的讯息"呢？其实，正是"这无从索求解答的疑惑与孤独"（《洪荒岁月》），让诗人成其为诗人，也使逐渐步入清明之境的席慕蓉之诗歌写作，仍存有一股令人着迷的黎明气息。诗人甚至在上述诗性化的自我盘诘与辨析之多向度探寻后，仍以《迷途》一诗表明自己，依然"在边缘和歧路上辗转跋涉/还时时惊诧倾倒于/这世间所有难以描摹的颜色"，并声言"可是谁又比谁更强悍与坚持呢/是那些一心要到达要完成的人/还是终于迷失了路途的我们"——这首诗改定于 2000 年 5 月 4 日，是席慕蓉最新的作品，并以此作为这部新集的书名，似乎在无意中表明，诗人仍在"迷途"中探求，并未因声名而陷入复制的图圄。

　　只是，理性的阴影毕竟悄然而至了。从旧作《现象》，到新作《诗的图围》等，席慕蓉的部分写作，已开始板结，失去往日那般优雅的肌理与色泽。这一"现象"在辑三《猛犸象》十多首诗中，暴露得更明显。自1989年夏天第一次踏上蒙古高原后，祖籍蒙古的席慕蓉，便一发不可收地迷醉于对新的"文化乡愁"的索寻之中，并在连续五部专题散文的写作之余，同时将这一主题带入了她的诗歌写作中。此类诗作，在1999年尔雅版的《边缘光影》一集中，已有亮相，此次是新的展示。应该说，历史与地缘文化题材的加入，无疑大大扩展了席慕蓉诗歌的表现域度，其中也不乏成功之作，但总体上看，尚未如处理其惯常题材那样驾轻就熟，时有生硬之感。这其中，诗人与新的素材以及由此素材生发的感受之迫抑，没能有效地拉开审美距离，造成匆促表达而难以超越其现实局限是一个因素，同时也受到同期散文写作之互文性影响，导致较多的指事、说理，减弱了意象的创化。看来，进入这一表现域度，对诗人席慕蓉来说，既是一个新的开启，又是一个新的挑战。同样的题材，在席慕蓉的散文写作中已获得极大成功，甚至有文化学意义上的特殊价值，影响不凡，能否在诗的表现中也别开生面，尚有待新的考量。

　　这里的关键在语言的转换，而席慕蓉诗歌的根本弱点，正在于一直未能从语言的层面上深入现代诗的艺术至境，耽于较为普泛的表现形式，着重力于情感的挖掘，是以在处理非单一抒情能胜任的一些题材时，便有些力不从心之感。诗是语言的艺术，而人是语言的存在物，改变语言的惯性便是改变生命的惯性，寻求新的语言之光便是寻求新的生命之光。包括席慕蓉在内，对于在常态写作之开阔地带耕耘的所有诗人们而言，这是一个需要时时警觉的命题。

　　然而最终，谁又能为一束七里香的小花设定款式呢？

2002年5月

美丽的错位

郑愁予论

一

中国新诗，在台湾自五十年代初，在大陆自七十年代末，经由近半个世纪的拓殖与扩展之宏大进程后，已逼临一个全面反思、总结的整合时代。恰值世纪之交，又逢新诗八十年，无论是内在进程所积累的问题，还是外在特殊时空点所激发的命题，是回视还是前瞻，都有了不同寻常的意味。

八十年，我们走得很辉煌，也很匆忙。空前的繁荣之下，是空前的驳杂；各种主义纷争、流派纷呈之后，是新的无所适从。仅就命名而言，我们已经有了"白话诗"、"传统诗"、"现代诗"、"朦胧诗"、"实验诗"、"口语诗"以及"后现代诗"等等，而每一个命名之下的诗学定位和诗体指认，又总是那样含混不清和充满歧义。当"创新"和"革命"成为最主要的驱动力时，众声喧哗或叫多元共进便成了唯一的选择和必然的结局。尘埃落定，我们终于发现，一些看似很新的命题实则早已在"传统"中解决，而一些很"传统"的命题依然成为今天的挑战——
八十年，一个辉煌的过渡而非抵达，而几乎所有的命题，都需要
站在今天的立场重新予以审视、梳理、定位和再出发。

正是在这一时空背景下，在世纪之交的又一个北方中国清朗
亮丽的深秋里，我开始进入台湾著名诗人郑愁予的诗歌世界，沉
浸在新奇而又悠长的诗与诗学的漫步之中。

这真是一种新奇的漫步——在对"后现代"式的喧哗领略以
后，在为各种样态的实验诗的冲击所淹没以后，在只谈"重要
的"、"创新的"、"探索性的"、"现代性的"而很少谈及"美的"
各种批评话语的缠绕以后，尤其是在被各种层出不穷的"主义"
轰炸得头昏脑涨以后，来到这葱茏幽美的"梦土"般的小世界，
顿觉鲜气扑人，芬芳满怀——"突然，秋垂落其飘带，解其锦
囊：/摇摆在整个大平原上的小手都握了黄金"（《晚云》·
1954），且闻"一腔苍古的男声""沿着每颗星托钵归来"（《梵
音》·1957）……于是，一颗烦乱的心得以安宁，而一些为喧嚣
所磨钝了的纤细的感觉也得以深切的战栗和共振——一切的声
音，一切的色彩，一切的形式，皆"云石一般的温柔，花梦一般
的香暖，月露一般的清凉的肉感——"，"它的颜色是妩媚的，它
的姿态是招展的，它的温馨却是低微而清澈的钟声，带来深沉永
久的意义。"[①] 我知道，作为读者，我比它最早的欣赏者晚了三
四十年，而它不但在当年使无数诗爱者为之迷醉为之疯魔，乃至
可以说造就了一代新的"诗歌族群"，而且，在今天的阅读中，
仍是那样鲜活和清越，激起新的回声和涟漪。仅从版本来看，我
所读到的《郑愁予诗集Ⅰ：一九五一——一九六八》，已是台湾洪
范版第五十一印！（初版于 1979 年 9 月）这一印数本身就是一个
奇迹，它使我想到瓦雷里（Paul Valéry）的一句话："有些作品

①　借用梁宗岱论瓦雷里（Paul Valéry）语，见梁宗岱著《诗与真·诗与真二
集》，外国文学出版社 1984 年版，第 19、7 页。

是被读众创造的，另一种却创造了它的读众。"显然，为诗人郑愁予所创造的读众，已成为一支绵延不绝的"诗歌族群"，而作为批评家的我，更需要追寻的是：是什么支撑了这种"绵延"？在这一"支撑"背后，又包含着怎样的启示于今天的诗歌步程呢？

是的，这更是一种悠长的思考。从终结回溯出发：所谓诗的"传统"是什么？所谓诗的"现代化"是什么？而在各种的主义纷争之后，回视郑愁予的存在，又是什么——

是精致的仿古工艺，还是再造的古典辉煌？

是复辟的逍遥抒情，还是重铸的浪漫情怀？

是唯美矫情的"乌托邦"，还是诗性生命的"新牧场"？

是早已远逝且该归闭了的陈旧精神空间之回光返照，还是依然恒在常新之隐秘精神世界的先声夺人？

总之，是美丽的"错误"还是美丽的"错位"？

实则，当我们对一位诗人提出如许多盘诘与思考时，本身就先已证明：这不但是一位优秀的诗人，同时也是一位重要的诗人。

二

要对郑愁予所创造的诗歌世界，作一番定位之论，实非易事而颇多困惑。因为我们很快会发现：他所深入的步程，或许正是我们准备退出的；他所拓殖的领域，或许正是我们所要否弃的。至少，我们很难轻易将他归位于哪一种主义，或指认他是哪一诗派的嫡裔。我们顶多可以依稀分辨出某些影响，而这影响也已化为诗人的血液与呼吸之中，成为自在而非投影。

于是有了我这个特殊的命名：错位。

这里的"错"是指错开，一种疏离于主流诗潮的别开生面，一种在裂隙和夹缝中独自拓殖的另一片"家园"。这里的"位"是指主位，亦即那些可以被我们指认且冠以各种"主义"之称的诗歌冠冕，这些冠冕之下所确立的诗歌立场，在郑愁予的作品中，都难以找到恰切的确认——他是独在的，无论在当年，还是在今天，他一直是一位只能称之为"错位"的诗人。正是这种"错位"，奠定了诗人在整个现代诗史中独有的地位，而对这种"错位"的深一步追问，更有着别具意味的诗学价值。

在未展开我的探讨之前，我从仅有的一点外围资料中，注意到台湾诗界当年的评价：根据《阳光小集》第十号"谁是大诗人"的评析，将郑愁予称之为"唯美抒情诗人之一"，他所得的评语是："抒情浪漫，贴切可亲，自然朴实与技巧成熟的作品都很动人，声韵最美，流传也最广，开创了现代诗的情诗境界，是台湾最佳抒情诗人，其作品以情感人，适合青少年做梦，但不够冷静审视，后期作品尤其浮泛、空洞，可见其近年来功力锐减。"同时指出"尤其在使命感、现代感、思想性方面，他的得分偏低，现实性更是得分奇低"。① 显然，这一论定是以台湾现代诗之发展主流为理论参照的，正确与否，暂且不论，所提出的问题，确已触及到诗人所"错"之"位"的基本方面，当然，还应该加上"自然观"，"语言观"等。让我们就其主要方面来加以重新解读。

郑愁予诗歌的"错位"态势，从台湾现代诗的发轫之期就已持有。当纪弦"领导新诗的再革命，推行新诗的现代化"，于五十年代初掀起以强调知性、放逐抒情和音乐性等为主旨的现代诗之狂飙巨澜时，郑愁予便已在投身其中的同时，悄然"错"出主流之外，默默耕耘于他自己的天地之中了。尽管，作为台湾现代诗的祭酒人，纪弦也曾夸赞过："郑愁予是青年诗人出类拔萃的一个。"称其诗"长于形象的描绘，其表现手法十足的现代化"。② 但在实际上，郑愁予诗歌所呈现的整体质素与风格，与

---

① 转引自萧萧著《现代诗纵横观》，台湾文史哲出版社1991年版，第147—148页。

② 转引自流沙河编著《台湾诗人十二家》，重庆出版社1983年版，第269页。

纪弦所倡导的诸"现代化"主旨可谓相去甚远、难归旗下，算是第一次大的"错位"。实则潮流之下，守住自我，在只属于自己的精神土壤中潜心耕作，正显示了一位早慧诗人的成熟之处。

这次"错位"，使郑愁予脱逸于前卫/先锋诗人的行列，潮流之外，难免传统/守旧之嫌。这里的关键在于，所谓"愁予诗风"是对传统的殉葬还是革新？

对此，或许做一点反证，倒能更好地说明问题。现代诗发展到今天，至少有三大弊病已渐为批评界所共识：一是严重的散文化，包括完全抛弃韵律之美；二是过分的语言西化，在许多作品中，中国古典诗美的语言质素已荡然无存；三是过多的知性造作，使诗的精灵日趋干瘪和生涩。拿此三点反观"愁予诗风"，自会发现，他不但"逃脱"了上述弊端之陷阱，反以其对传统的革新和上溯古典诗美的再造，弥补了这些缺陷。正如诗人向明所言："诗，如果是智慧的语言，郑愁予的诗就是最好的证据，充满了绘画与音乐性，郑愁予的诗和痖弦的诗，是当前现代诗坛最为人喜爱，就因为他们的诗都具有这种美。"而另一位颇具前卫风采乃至可谓最早涉足"后现代"创作意识的诗人管管，更由衷地赞道："现代诗人中，从古诗的神韵中走出，愁予表现了生命的完美，其语言、生活习惯、精神、风貌、能将古诗与现代协调而趋向完善，有中国古诗词的味道，但能植根于现代生活，不是抱残守缺之流。"① 依管管之风，能作如此首肯，我们当信之不谬才对。潜心研读郑愁予的作品（这里主要指其收入《郑愁予诗集Ⅰ》中的作品），不难发现，上述两位诗人的评定是中肯的。

显然，在适逢浪漫主义余绪与现代主义发轫的纷争之中，郑愁予选择了一条边缘性的，可谓"第三条道路"的诗路进程。一方面，他守住自己率性本真的浪漫情怀，去繁复而留绚丽，去自

---

① 　均转引自萧萧著《现代诗纵横观》，台湾文史哲出版社1991年版，第368、359页。

负而留明澈，去浮华而留清纯，且加入有控制的现代知性的思之诗；另一方面，他自觉地淘洗、剥离和熔铸古典诗美积淀中有生命力的部分，经由自己的生命心象和语感体悟重新锻造，进行了优雅而有成效的挽回。由此生成的"愁予风"，确实已成为现代诗感应古典辉煌的代表形式：现代的胚体，古典的清釉；既写出了现时代中国人（至少是作为文化放逐者族群的中国人）的现代感，又将这种现代感写得如此中国化和东方意味，成为真正"中国的中国诗人"（杨牧语）。试读这样的诗句：

> 巨松如燕草
> 环生满地的白云
> 纵可凭一钓而长住
> 我们总难忘褴褛的来路
>
> ——《霸上印象》

语词的运用，意象的营造，声韵的把握，都有着古瓷釉一般的典雅、清明、内敛和超逸，而内在的蕴藉却又完全是饱含现代意识的。这样的一种感受，在郑愁予的诗中处处可得。尤其在那些为人传诵的名篇之作如《残堡》、《野店》、《水手刀》、《赋别》、《右边的人》、《边界酒店》以及《错误》等诗中，更为强烈而隽永。可以说，经由这样的一种"错位"，郑愁予不但很快形成了自己卓异不凡的个人诗歌语感，而且为现代汉诗的发展拓殖了另一片新的"传统"——这"传统"曾迷醉了两代诗爱者，或还会以它特有的质素之光，为未来的汉语诗歌映亮另一片天空。

三

关于诗以及一切文学艺术的社会功用问题，一直是一个总在争论而总又不能（或许也不可能）归宗一家之定论的问题。在这样一个越来越为物质、技术和制度所主宰的世界里，诗人何为？

诗有何用？

别林斯基（Belinsky）说："诗人是精神的最高贵的容器，是上天的特选宠儿，大自然所宠信的人，感情和感觉的风神之琴，宇宙生命的枢纽器官。"狄尔泰（William Dilthey）指出："最高意义上的诗是在想象中创造一个新的世界。"而叶芝（William Bulter Yeats）干脆将诗定义为："永恒不朽的手工艺精品。"① ——这些过往大师们的高蹈之话在今天的时代里还有导引意义吗？

"唯美抒情"与"缺乏思想性"，是我们重新解读郑愁予诗歌必然要面对的第二个话题。美，是"愁予诗风"的第一标志，也是唯一得以公认的价值。无论是热狂的读者还是冷静的批评家，只要打开一部《郑愁予诗集Ⅰ》，你就无法不被其惊人的意象美、和谐的音韵美、浓郁的色彩美（绘画美）所战栗、所晕眩、所沉迷，我们的想象和感觉完全被诗行中所弥散的这些丰繁华美的语境所浸润和渗透了：

> 雨季像一道河，自四月的港边流过
> 我散着步，像小小的舵鱼
>
> ——《港边吟》

> 当我散步，你接引我的影子如长廊
> 当我小寐，你就是我梦的路
>
> ——《小溪》

> 莞然于冬旅之始
> 拊耳是辞埠的舟声

---

① 转引自《西方诗论精华》（沈奇选编），广州花城出版社1991年版，第63、90、96页。

来夜的河汉，一星引纤西行
回蜀去，巫山有云有雨

——《104 病室》

每夜，星子们都来我的屋瓦上汲水
我在井底仰卧着，好深的井啊。

——《天窗》

当落桐飘如远年的回音，恰似指间轻掩的一叶
当晚景的情愁因烛火的冥灭而凝于眼底
此刻，我是这样油然地记取，那年少的时光
哎，那时光，爱情的走过一如西风的走过

——《当西风走过》

无须更多采撷取证，这随意的"抽样"已经足以令人目迷神醉——而问题在于，这是"唯美"吗？

诗以及其他艺术，总得提供两种价值：一是意义价值，一是审美价值。愈是成功的作品，愈是二者相融共生，难分形意。而愈是纯粹的艺术（诗、音乐、绘画、雕塑等），愈是见形难见意，美感成了第一位的要素，成了一片无法耕种的峭岩，一抹不能浇灌的彩虹。而诗的意义价值在于对人类精神空间的打开与拓展，这种拓展有两个向度：一是呼唤的、吁请的、吟咏的，一是批判的、质疑的、呕吐的；前者落实于文本，常以想象世界的主观抒情为重，后者落实于文本，常以真实世界的客观陈述为重。两个向度，两脉诗风，一主审美、主感性、主建构、主提升，所谓"向上之路"，一主审丑、主知性、主解构、主沉潜，所谓"向下之路"，正负拓展，本不存在优劣对错之分。然而自"现代化"引进之后，现代诗运似乎一直注重对后者的开拓，疏于对前者的再造，以至我们已越来越难以听到真正纯正优美的抒情之声了。

　　而生的乐趣在于美的照耀，以此使冰冷的存在恢复体温，使窒息的生命得以活性，使干涸的目光重现灵视。在无名的美的战栗中，参悟宇宙和人生的奥义，本是诗以及一切艺术原初而恒在的"使命"，而当知性/理性/智性在更大范围内发挥作用，使诗人们的抒情热力渐趋消失和本色情感日益退场时，这"使命"又从何谈起？是的，过于传统、过于温和的抒情会失掉诗的力量，可由于力量而失掉美，失掉诗句的感性生命和韵律的运动也同样不合算。坦白地讲，作为一个批评家，多年来，我一直是"向下之路"的鼓吹者，因为我们长期以来太缺乏批判意识和独立坚卓的主体人格，缺乏大师气象和大诗力量。但作为一个诗人，或一个有选择性的诗爱者，我却更倾心于在众音齐鸣中去依恋一种纯净而典雅的抒情之风，在如此沉重的人生中啜饮一杯泛着月光的醇酒佳酿。而批评的要旨在于指出文本中的特有品质，有如物理学家研究矿石旨在发现新元素，无论是个人的好恶或所谓公论性的价值判断，都是不可取的。

　　由此而重返"愁予诗风"，我们或可会重新认识诗人所持的立场。这里有一首意味深长的小诗《野店》，我将其看作诗人从初始到成名后一直隐存于心的诗歌观念，亦即对诗作何用的"诗性诠释"：

　　　　是谁传下这诗人的行业
　　　　黄昏里挂起一盏灯

　　　　啊，来了，——
　　　　　　有命运垂在颈间的骆驼
　　　　　　有寂寞合在眼里的旅客
　　　　是谁挂起的这盏灯啊
　　　　旷野上，一个朦胧的家
　　　　微笑着⋯⋯

　　　　有松火低歌的地方啊
　　　　有烧酒羊肉的地方啊
　　　有人交换着流浪的方向……

　　就诗面而言，舒放展阔的情感，虚实相涵的意境，张弛有度的韵律，皆尽善尽美，可歌可吟，且有一种气韵贯通的形式饱满感，让人很难相信这竟是诗人十八岁时的出道之作！（写于1951年）而我更看重年轻的诗人在此对"诗人"这个"行业"别具深意的认知：他只是这个世界的"黄昏里"或叫着"暗夜里"（海德格尔 Martin Heidergger 的命名）"挂起的一盏灯"，这盏灯的作用，只是给那些"命运垂在颈间"、"寂寞含在眼里"的"漂泊者"（哲学家们对现代人的又一个命名）一个"旷野"（与"荒原"同构？）上的"朦胧的家"（精神的家园永远是"朦胧"的，非此在性的），且最终的作用只是，也只能是让"漂泊者"经由这盏灯下，交换"流浪的方向"……即或是如此粗浅的诠释，我们也已发现，这样一首小小的诗中的美和其深意，已非寻常。美得感人，且美得惊人；是经典之作，亦是警世之作。而它所透显的诗美观念，更是对诗人所拓殖的"愁予风"之最恰切的注解了。

　　显然，所谓"唯美"（怎样的美？），"缺乏思想性"（怎样的思想性？）和"只宜于青少年做梦"云云是有失偏颇的。我们在郑愁予所创化的这些美的、精致的、弥散着灵幻之光的诗性结构中，是能够听到生命的真实呼吸和对时代脉息的潜在呼应的，只是他发出这些声音的方式与别人不同而已。诚然，我们也能间或捕捉到这声音中，有些许自恋、自慰性的成分（尤其在初始创作中），且较少能超越族群性或社区性的精神层面，以抵达更深广的现代人类意识。但这已属于另一个话题，所谓境界大小的问题——在这一点上，倒真是有些值得深究的地方。

四

稍作留心和归纳，便不难发现，郑愁予早期作品中确有"唯小而美"之嫌："小溪"、"小河"、"小岛"、"小径"、"小巷"、"小鱼"、"小鸟"、"小浪"、"小帆"、"小枝"、"小寐"、"小立"、"小瞌睡"、"小精灵"、"小围的腰"、"小街道"、"小茶馆"、"小栈房"、"小铃铛"，以及"小小的潮"、"小小的水域"、"小小的茅屋"、"小小的宅第"、"小小的驿站"、"小小的陨石"、"小小的姊妹港"等等，整个一个小世界！而诗人所处的时代，又是那样一个大起大落大潮翻涌的时代——是逃逸？还是另一种"错位"？

应该说两者都是：是美的逃逸，也是精神的"错位"。这里的"错位"，主要是指错开以意识形态为中心的所谓"时代大潮"。因为年轻，也出于天性，诗人在不完全否弃对当下历史的关注的同时，更专注于自己的命运，不甘受意识形态羁绊的纯精神的命运。作为诗人，他有权力根据自身诗性生命的天赋取向，做出这样的选择。现实很少能完全满足诗人飞腾的想象力，且与其天性相悖，而在他想象的世界中，又很少一般意义上的所谓"现实性"。实则作为同一种人类诗性呼吸之不同向度与指归，在自然／精神中歌唱与在现实／真理中歌唱，其本质上是一致的，而谁也无权将内源性不同的诗人纳入同一条诗路历程。在郑愁予早期创作中，也写过诸如《娼女》、《武士梦》、《台风板车》以及《革命的衣钵》、《春之组曲》等颇具所谓"现实性"、"时代感"的作品，却顿显空泛、干涩，无法与其成功之作相比。显然，年轻而早熟的诗人很快把握住了自己只能写什么和只能怎样写，于是逃向自然（与精神家园同构），寄情山水（与诗性生命空间同构），寻找属于本真自我的"旅梦"、"不再相信海的消息"（《山外书》·1952），甘为"被掷的水手"，作"裸的先知"，而"饮着那酒的我的裸体便美成一支红珊瑚"（《裸的先知》·1961）。其放浪形骸，消解社会规范和文明异化的心性可见一斑。皈依自然与性情中的诗人如鱼得水，内外世界相互打开，形神圆融，灵思飞扬，乃悟到："既不能御风筝为家居的筏子，/还不如在小醺中忍受，青山的游戏"（《雨季的云》·1959），而"众溪是海洋的手指/索水源于大山"（《岛谷》），这里的"溪"自是个在的精神"小溪"，自我放逐于"海滨"（与上述"时代大潮"同构，故有"不再相信海的消息"之句）之外，索生命之清纯与洁净的水源于"大山"（自然与诗）的"小溪"，且向"山外人"宣称："我将使时间在我的生命里退役，/对诸神或是对魔鬼我将宣布和平了。"（《定》·1954）

由此，"愁予诗风"又有了"浪子本色"的指称。而关键在于，这位"浪子"经由他梦幻般的抒情所给出的"自然"，是仅止于为锈死的现实注入一针迷幻剂，或"悠然神会，不能为外人说"的消闲小札，或青春梦想的催情物，还是同时也蕴涵有对现代人诗性/神性精神空间的追寻、净化和提升？或者说，作为读者，我们在"愁予风"的沐浴中，是否如同洗"森林浴"一般，赋生存之冰冷与窒息以美的照耀和自由芬芳的呼吸，从而润化生命的钙化层（块垒），将凝冻幽闭于我们心中的激情与向往释放出来，重获清明而非迷失——而以此清明之眼反观尘世，便有了另一番被提升了的心境，另一种被洗亮了的视野？

在此，我不想作什么结论。我只想指出，所谓意境，不在大小，而在真伪。我同时看到（自是从诗中看到），诗人郑愁予在本质上是一个性情中人而非观念中人，这决定了他那份美丽的"逃逸"和"错位"，是出于真心、真意、真性情，有此一真，小又何憾？我们在他所创化的"小世界"里，感到了乡愁（现实意味的与文化意义的），感到了漂泊（个人的与时代的），感到了超越（物质的与精神的），更感到了一个消失已久的诗性/神性自然——在这里，自然不再是远离我们的背景，或仅作为诗性生命的某种外在的激活物，而就是诗性生命本身，或至少是与诗性生命一起散步、一起交流谈心的伴侣、情人或老友——"大自然是一座神殿。那里有活的柱子/不时发出一些含糊不清的语言"（波德莱尔 Charle Pierre Baudelaire 诗句），这"语言"与我们复归舒放鲜活的灵魂一起，歌而咏之，思而诗之，融洽无间，和谐共生，浑然一体，"缀无数的心为音符/割季节为乐句；/当两颗音符偶然相碰时，/便迸出火花来，/呀！我的锦乃有了不褪的光泽"（《小诗锦》·1953）。

　　在失去季节感的日子里创化另一种季节，在失去自然的时代里创化另一种自然——这便是诗人于"逃逸"和"错位"之中，一直苦心孤诣"编织"相送于我们的"小诗锦"，"垂落于锦轴两端的，/美丽——是不幻的虹；/那居为百色之地的：/是不化的雪——智慧。""以诗织锦"，真是小矣！可果真能"把无限放在你的手掌上/永恒在一刹那里收藏"（勃莱克 Blake 诗句），则小又不小、以小见大了——只是，当这位大诗人投入另一次"错位"时，却不再"美丽"而令人小憾了。

五

　　郑愁予成名甚早，且以一部《郑愁予诗集Ⅰ》，最终奠定了他在台湾现代诗坛中，无可争议的前排地位，同时也成为二十世纪中国新诗宝库中不可或缺的精品珍藏。

　　诗人在结束前期十八年卓异非凡的创作生涯后，随即赴美游学讲学而客居他乡至今。其间曾停笔多年，至 1980 年复推出新集《燕人行》，1985 年推出《雪的可能》一集，可谓其中期之作，1993 年推出晚近作品集《寂寞的人坐着看花》（均为台湾洪范书店出版）。

　　这是一次完全不同于前述性质的"错位"——错开本土、错开母语环境、错开"梦土"、"野店"和"醉溪"，在异国他乡中创化的新的"愁予诗风"，便渐渐有些变味。其中也可略见别一番乡愁，别一种禅意，以及对文化差异的反思之绪。但纵览之下，其整体展现的精神空间反显小了，几已成为纯粹的"私人空间"，而写诗也随之成了普泛生活的记录，成为一些淡淡漠漠送答记事的工具。"客居为侨，舒掌屈指之间/五年十年的/过着，见春亦不为计/见晨亦不为计/老友相见淡淡谈往/见美酒亦不/欢甚……"（《人工花与差臣宣慰》·1983），其心境情态可见一斑。"怀拥天地的人"，何以只剩下如此"简单的寂寞"（《寂寞的人坐着看花》）？生命弱化，精神软化，语感也随之钝化。先前灵动飞扬的意象多为观念缠绕的事象所替代，抒情转为陈述乃至述析，而又缺乏内核凝定的统摄。一咏三叹的华美韵律也转为宣叙性的滞缓散板，智性不断地侵蚀着先有的灵性，语言由情侣降为仆从，只是书写而无共吟同咏的情味了，缱绻芳菲的诗魂随变为空泛清淡的言说。一部《燕人行》，苛刻地讲，好诗不是很多，唯"所谓雪/即是鸟的前生/所谓天涯/即是踏雪而无/足印的地方"（《天涯踏雪记》）诸句让人难忘。只是到了《寂寞的人坐着看花》一集新近作品中，诗人方渐复入佳境，有了一些品格清奇的佳作。尤其一贴近大自然，那支生涩的笔又灵动起来，如《苍原歌》中，"大戈壁沿着地表倾斜/有马卧在天际昂首如山/忽然一颗砾石滚来脚下/啊，岂不就是风化了的童年"，颇具早期遗风，且添了些凝重。再如《静的要碎的渔港》中，更有"港湾弱水/静似比丘的心/偶逢一朵白云/就撞碎了"的素句，天心禅意，不逊当年。

　　总之，在对书斋化、学者型的新的"愁予诗风"的鉴赏中，我们时时会强烈地怀念起当年的"野店"风和"浪子本色"来。实则学者的灵魂与抒情的灵魂并非一定相悖，关键在于有无生命内在的激情以及痛苦逼你言说；或者，看你是否能在渐趋促狭的中年之旅后，化个人有限精神实体入更阔大的生命场，拓殖出一片更新的诗性生命空间来。说到底，诗是生命的言说，是生命内驱力的诗化过程，而"错位"即是"消磁"，亦即对存在之非诗非本我非诗性/神性生命部分的剥离与重构。同时，由于各个诗人的才具禀赋的不同，每个诗人还应始终把握住自己只能写什么和只能怎样写。由此更可反证早期的"愁予诗风"，绝非简单的"唯美抒情"之一己私语，而是深具通约性和开启性的生命、自然与诗性的新牧场、新天地——那"梦土上"孤寂的幽思和奔放的梦想，实则饱含着青春的激情和生命的热忱，而那些纯正的金属般的声音、丝绸般的幻美和天籁般的意蕴，至今仍令我们心驰神往而难以缺失。

或许，不仅是愁予，而是我们所有的诗人、艺术家，都将重涉一个"错位"、"消磁"而复回溯的时代?!

"而所谓岸是另一条船舷/天海终是无渡/这些情节/序曲早就演奏过"（《在渡中》）；

而"我的木屋/等待升火"（《雪原上的小屋》）。

——于是，在世纪之交的又一个北方中国清朗亮丽的深秋里，掩卷长思，我们期待着那久违了的"浪子"重新归来——"铜环的轻叩如钟"，在"满天飘飞的云絮与一阶落花"（《客来小城》·1954）里，听诗人唱道：

　　我已回归，我本是仰卧的青山一列

1995 年 11 月

与天同游

罗门诗歌精神散论

在可能的天堂和实在的人世之间，千百年来，无论是用灵视还是用肉眼，我们所能企及的，永远只是那一片蔚蓝——虚茫而又深邃、混沌而又明澈；它存在着，即使驾驶着宇宙飞船，以光的速度前行，也无法穷尽，它依然在你视野的前方辉耀着。它是这样的一种存在：我们既不能将它像玻璃一样敲下一块来做梳妆镜，又不能因它毫无实用价值而无视它的存在。抬起头，它就在我们眼前；低下头，它又在我们的心里。它唯一的功用在于提升和净化我们的目光，使之看到我们肉身的卑微与脆弱，同时也看到我们精神的宏阔与超迈。这是一种开启而非遮蔽，这是一种引领而非统治，这是人类所独自拥有的另一种目光——在人世之外，在自然之外，在实在的生活和"笼子"之外，照亮另一片风景——如另一只手，伸向你，伸向所有的人类，永不收回！这便是艺术，是诗，是诗性/神性生命意识所拓殖的人类精神空间，是唯一可能握得着的"上帝之手"——诗人罗门则形象地将其命名为"第三自然"，便由此确定了他的诗歌立场，为其服役一生。

因为气质的不同，也因为文化境遇的不同，实际上，古今中外的诗人们，在对人类精神空间的拓殖中，一直存在着外与内两个向度的进发。一部分着眼于人的内宇宙，深潜于个在的生命体验之幽微曲回，以此揭示人类意识深处的本真存在，可称之为"微观诗人"；另一部分则放眼于人的外宇宙，高蹈于人类整体生存状态与外部世界的互动之风云变幻，以此叩寻为历史和现实所遮蔽了的神性启示以洞见未来，可称之为"宏观诗人"。以此去看罗门，显然属于后者。虽然在他的诗之视阈中，也不乏对现实人生及个在生命体验的探幽察微之观照，但更多的时候，诗人是以"高度鸟瞰的位置"（林耀德评语）高视阔步在现世和永恒之间，存在与虚无之间，以其泼墨大写意般的诗之思，代神（诗神与艺术之神）立言，代永恒发问，以"将人类一切提升到'美'的巅峰世界"，来完成他的"第三自然"之追寻。① 与天同游以观照人世，以贯通天、地、人、神于"美的巅峰"——"双手如流"（罗门诗名句），诗人要推开的是一扇为尘世所一再遮掩起来的诗性/神性生命之窗，让我们在他的吁请中去叩寻"第三自然"的归所。对于这一超凡脱俗的诗人形象，罗门在其写于1989年的一首题为《与天同游的诗人》作品中，似乎做出了恰切的写照：

> 你不是从那些烟囱里
> 制作出来的烟
> 也不是在低高度

---

① 罗门：《内在世界的灯柱——我的诗话》，转引自《台湾诗论精华》（沈奇编选），陕西人民教育出版社1995年版，第55页。

> 走动的雾
> 你是以整座太阳的热能
> 从大地辐射
> 不断向上升华的
> 云

在一个主体人格普遍破碎猥琐的时代里，诗人罗门为我们所展示的这种"与天同游"的精神境界，确实令人感佩至深。无论诗人笔力所及，对其意欲追寻的这种境界表现了多少，仅就这种支撑其创造的精神源流之本身而言，在当代诗人中，也确是屈指可数的。也正是因了这一丰沛而宏阔的精神源流的灌注，方使所有读到诗人作品的人们，无不为之涌流在诗行中的那种"以整座太阳的热能"所迸发的"辐射"力所震撼！由此我们更看到，无论现代汉诗在其语言与形式上，发生和发展着怎样的实验与变革，其精神取向的深浅狭广，仍是第一位的因素。即或是身处后现代语境之下，诗，依然是精神的产物，而非工艺的制品。

二

在大陆诗学界，尤其在一些前卫/先锋诗歌理论与批评家那里，一直有一种先人为主的看法，即在缺乏全面深入研读的情况下，就主观认定台湾现代诗只是在艺术上有一定价值，而在精神向度方面的开掘"肯定有限"，所谓"小而美"、"堂庑不大"等等。大陆有实力的前卫/先锋诗评家们，多年来之所以一直鲜有人分力于台湾现代诗的研究，内中原因很多，但受这种人云亦云先人为主的观念之影响，也是其主要因素之一。

实则这确实是一个极大的误解。台湾现代诗从五十年代初全面勃兴至今，经由近半个世纪的深入拓展，实已取得了历史性的丰硕成就。诚然，在大部台湾诗人那里，我们确能感觉到，其对诗歌技艺的守望远远超过对诗歌精神的开掘，感情透支，诗思枯竭，唯剩下形式的重复，一些脱尽内涵的"空洞能指"。但声势浩大的台湾现代诗运，毕竟还造就了一批"重量级"的诗人，他们不仅以其各自独到的风格，极大地丰富了现代汉诗的艺术殿堂，也同时以其不同凡响的诗之思之言说，极大地拓展了现代汉诗的精神天地——诗人罗门即是其中之一。

在台湾，罗门曾名列十大诗人之列，这十大诗人各有千秋，而罗门的入围，依笔者所见，恐怕主要见其诗歌精神的"堂庑"之大。这样说，并非要贬低罗门在诗歌艺术上的成就，而是想指出，在对现代诗之精神向度的探求与拓殖方面，罗门是着力最重也最为持久的一位诗人，那份雄心和那种韧性，以及圣徒般的虔诚与坚卓，是极为难得的。我想，大概每一位为罗门所吸引的读者，首先感动于心的，便是透过诗行所喷涌而出的，唯罗门所独具的那种精神的冲击波和震撼力，以及那不竭的生命激情和时时要穿透一切的敏锐目光。

何谓"堂庑之大"？细研罗门的作品，笔者发现，在罗门的诗歌精神构架中，几乎已涵纳了现代人类所面临的主要命题——

（一）对现代科技文明的反思与对现代人生存境况的质疑

对这一主题的关注，在台湾，罗门是最早的开启者之一，也是最持久的拓殖者，故被评论者称为"城市诗国的发言人"。我们仅从一系列罗门此类诗作的题目，便可见诗人在此向度的掘进之深广：长诗《都市之死》、《都市你要到哪里去》、组诗《都市的五角亭》，以及《都市·方形的存在》、《迷你裙》、《咖啡情》、《夜总会》、《床上录影》等一系列以都市生活为题材的短诗，其中《都市之死》等一批代表作，尤其为论者称道，影响甚大。应该说，罗门对这一类题材如此着力，显示了一位大诗人慧眼独到的超前性。现代人的主要问题是都市所造成的，这里引诱的是欲望，追求的是流行，操作的是游戏，满足的是感官，造就的是"没有灵魂的享乐人"（马克斯·韦伯 Max Weber 语）——在这里，在这些由水泥、钢铁、马赛克与玻璃所拼凑的堆集物中，"脚步是不载运灵魂的"，而"神父以圣经遮目睡去"，"人们慌忙用影子播种，在天花板上收回自己"，并最终成为"一只裸兽，在最空无的原始"，而都市则化为"一具雕花的棺装满了走动的死亡"——现代科技文明所造成的诸般负面效应，在诗人意象化的诗句里，得到了极为深刻凝重的揭示。

（二）对战争的反省和对死亡的透析

诚如诗人所言："战争是人类生命与文化数千年来所面对的一个含有伟大悲剧性的主题。""是构成人类生存困境中，较重大的一个困境，因为它处在'血'与'伟大'的对视中，它的附产品是冷漠且恐怖的'死亡'。"[①] 战争造成巨大的非正常的死亡，而人类更大的悲剧在于那些日常的、生来就必须面对的死亡之阴影。这是生命之根本性的荒诞，并成为认知生命本质的基点。"……死亡带来时间的压力与空间的淡远感是强大的。迫使诗人里尔克说出'死亡是生命的成熟'；也迫使我说出：'生命最大的回声，是碰上死亡才响的'。"[②] 可以说，这些站在哲学高度所发出的理论认知，奠定了诗人对这一主题之诗性言说的坚实基础，由此成就的一批写战争与死亡的诗作，遂成为诗人为现代汉诗所做出的又一突出贡献。其中，长诗代表作《麦坚利堡》、《死亡之塔》、《板门店·38度线》等，更成为人们认识和领略罗门诗歌的标志之作。尤其是《麦坚利堡》一诗，无论就其审美价值来看，还是就其意义价值而言，都已抵达人类共识性的深度和广度，从而引起所有读者的强烈共鸣，为诗人赢得了世界性的声誉。

---

①　罗门：《麦坚利堡》附注②，转引自《罗门长诗选》，中国社会科学出版社1995年版，第41页。

②　罗门：《死亡之塔》题记，转引自《罗门长诗选》，中国社会科学出版社1995年版，第10页。

（三）对现代人精神困境的揭示和对走出这种困境的诗性的探求

这一命题实则已成为罗门诗歌精神的基石，亦即是他全部诗思的焦点所在。我们在诗人几乎所有的诗章中都可以找到这个焦点的闪光，而集中表现这一命题的，则以长诗《第九日的底流》、《旷野》和短诗《窗》、《天空》、《流浪人》等为代表作。在这些作品中，诗人创造了许多令人触目惊心的典型意象：

> 收割季前后希望与果物同是一支火柴燃熄的过程
> 许多焦虑的头低垂在时间的断柱上
> 一种刀尖也达不到的剧痛常起自不见血的损伤
>
> ——《第九日的底流》

> 猛力一推，竟被反锁在走不出去
> 的透明里
>
> ——《窗》

> 明天　当第一扇百叶窗
> 　　　将太阳拉成一把梯子
> 他不知往上走还是往下走
>
> ——《流浪人》

在这些可称之为"罗门式"的经典意象中，现代人焦虑、困窘和迷失的生存境遇，被揭示得入木三分，而在这种揭示的背后，我们更可感受到诗人那种超越个在体验，代人类觅良知、寻出路的阔大境界——由大悲悯而生发的大关怀。

至此，我们似可以给罗门诗歌精神的"堂庑"，勾勒出一个大致的框架。这个框架由罗门诗中的核心意象和常用的关键词梳理组成，并呈三个象限的展开——

第一象限：都市/人——在场的肉身/物化的生存样态——死亡；

第二象限：旷野/鸟——逃离的灵魂/迷失的生存样态——悬置；

第三象限：天空/云——重返的家园/诗意的生存样态——永恒。

三个象限构成三维想象空间，互为指涉，互为印证，诗思贯通天、地、人、神，产生宏大的精神张力，呈现一派与天同游、与地共思的雄浑气象。应该特别指出的是，罗门对第三象限亦即其所称"第三自然"的旨归，并未盲目而简单地落于"天堂"、落于"上帝"，而是指向代"上帝"立言的"艺术与诗"。诗人曾尖刻地将天堂比喻为"洗衣机"，而"谁也不知道自己属于那一季/而天国只是一只无港可归的船/当船缆解开岸是不能跟着去的"（《死亡之塔》）。由此诗人认为，人欲获救，于虚茫中找到永恒，必得"重返大自然的结构中，去重温风与鸟的自由"，这便是艺术的自由，诗意生存的自由。罗门是有宗教情怀的，无论是从他的诗作中还是其诗学理论中，都可以感受到这种情怀的存在。只是诗人并未将这种情怀上升为虚妄的宗教狂热，归于单一的宗教维度。诗人明白，即或诗人真能将自己打磨成一把开启"天堂之门"的钥匙，可能否找到"门上的那把锁"呢？这是一个世纪性的悖论。而正是在这一悖论之中，诗人方获得他存在的特殊意义："而你是唯一在落叶声中/坚持不下来的那片叶子/陪着天空"（《天空》），这里的"天空"与"永恒"同构，而"那片叶子"，便是诗性的灵魂，是经由艺术与诗之导引，重返精神家园的本真生存样态。"诗，是内在生命之核心，是神之目，上帝的笔名。""诗与艺术是传达我乃至全人类内在生命活动最佳的线索。"① 实际上，在哲学家们宣称"上帝死了"接着又宣称"人也死了"之后，艺术与诗，确已成为在这个世纪里依然觉醒着的人们的"私人宗教"——而这，正是罗门诗歌精神的主旨之所在。

三

经由以上对罗门诗歌精神的粗略分析，我们便可进一步把握其诗歌艺术的基本品相。纵观罗门的作品，其主要的艺术特质，似可归纳为以下三个方面：

其一是超越性。

罗门诗思灵动阔展，常有很大的时空跨度。无论处理哪一类题材，都能自觉地将传统与现代、本土与外域之视点融合在一起，放开去思、去言说，不拘泥于一己的情怀，或狭隘的历史观及狭隘的民族意识。表现在语言的运用和意象的营造上，也不拘一格，善于融进一些新的意识和新的审美情趣，创造出一些新语境。如此，便常常可以超越地域、时代与民族文化心理的差异，也便经得起时空的打磨，得以广披博及、长在长新的艺术魅力。

其二是包容性。

这主要来自于诗人创作中的大主题取向，无论长诗短诗，都能大处着眼，赋予较深广的底蕴。如屡为诗家称道的《窗》一诗，短短十一行八十余字，便营造出一派大气象，其开掘的精神空间已不亚于一首长诗的容量。这种包容性还表现在另一方面，即在罗门的诗思指向中，不仅有对现实犀利的批判，对存在深刻的质疑，同时也有对良知的呼唤和对理想的探寻，所谓"正负承载"，具有更大的震撼力。

其三是思想性。

---

① 罗门：《内在世界的灯柱——我的诗话》，转引自《台湾诗论精华》（沈奇编选），陕西人民教育出版社1995年版，第55页。

罗门本质上是一位偏于理念和知性的诗人，支撑其写作的，主要在于对意义价值的追寻而非浅近的审美需求。诗人大部分的作品，都可归为一种思之诗，弥散着浓郁的哲学气息，且常有一种雄辩的气势和思辨之美让人着迷。实际上这也正是中外杰出诗人的一个优良传统，正如笛卡儿（Rene Descartes）早就指出的那样："有分量的意见往往在诗人的作品里，而不是在哲学家的作品里发现。"只不过在当代汉语诗歌界里，罗门在此方面的探求，显得更为突出和执著。

而问题正由此提出——

细心研读过罗门所有作品的读者和批评家，或许都会发现这样的两个现象：一是其晚近的作品与早期一大批成名之作（主要是集中在六十年代的一批力作）相比，思想性更加突露而在审美价值上有所降低；一是就整体作品而言，在其创作主体所拓殖的精神空间与通过文本所凝定的艺术空间之间，存在着一定的落差。我们知道，罗门在六十年代成名之后，便开始分力于对诗学理论的研究，至今已先后出版了《时空的回声》（台湾大德出版社 1986 年版）、《诗眼看世界》（台湾师大书苑有限公司 1989 年版）、《罗门论文集》（台湾文史哲出版社 1995 年版）等五部论集，用另一种文体来拓展和张扬他的精神立场和诗学主张。应该说，罗门在这一领域的贡献也是十分突出的，显示了一位杰出诗人的雄心和才具。然而，当这一雄心发展到太过肯定，并急于使"可能"更多地转化为"现实"时，它对创作的负面影响就逐渐显露了出来——常为喷涌而出的观念的内驱力所推拥，急于言说而缺乏必要的控制，出现了一些人为的"预设框架"和"观念结石"，失去了原本自由而沉着的呼吸。例如《文学新社区的开拓者》（1989）、《有一条永远的路》（1990）等作品，便明显存在着这方面的缺陷。

或许，以上的批评，并不尽切合诗人的创作实际，乃至仅只是笔者的一己之偏见。但作为一个诚实的批评家同时也作为一个诚实的读者，在研读完罗门的作品之后，确实从内心深处，更怀念起那个创作《麦坚利堡》、《第九日的底流》等作品时期的罗门。当然，返回是没有意义的，但超越是一份真诚的期许，而罗门正是属于那种具有超越意识和能力的诗人。其实他一直在做着这样的努力。对于罗门这样的诗人来说，奇迹可能是会随时发生的——不竭的激情，总是活跃敏感的思绪，似乎永远年轻的心态，尤其是那份圣徒般的虔诚与坚卓，终会使他像在《旷野》一诗题记中所说的那样："以原本的辽阔，守望到最后。"

1996 年 7 月

时间、家园与本色写作

评陈义芝的诗

　　指认陈义芝是一位趋于本色写作的诗人，并非忽视他的创造性才具。本色不是幽闭，而是指在消解诸如"操作"的焦虑、"功利"的驱迫以及各种"风潮"的困扰之后，对澄明、自在、本真创作主体的一种重返。在许多当代诗人那里，这已成为一个问题，而在义芝这里，则是本源的存在。杨牧誉其创作"潜沉专一"，[①] 余光中赞其作品"淡中见奇"，[②] 痖弦称其为"很有特色的诗人"，[③] 想来大都有感于陈义芝从诗到人的这份本色品格。"游心自然，体察人世"，"为自己的土地与人民发言，把民族的历史、命运、传说、生活情态摆进作品里

　　① 杨牧：《评青衫》，转引自陈义芝诗选《遥远之歌》，台湾花莲县立文化中心 1991 年版，第 191 页。

　　② 余光中：《简评〈出川前纪〉》，转引自陈义芝诗集《不能遗忘的远方》，台湾九歌出版社 1993 年版，第 192 页。

　　③ 语出痖弦 1996 年 5 月 16 日致沈奇书信。

去"，且"以新的语法创生新的内涵"。① 这些一开始就确立了的诗歌立场，一直融会贯通于陈义芝二十余年的创作之中。读义芝的诗，有一种现实的亲近感，我是说诗的现实，经由几度风潮淘洗后的诗歌本原的质地感。尤其在因了教职和学术，浸淫于各种主义学说一段之后，再投入对几度拿起又放下的陈义芝作品的研读，颇有几分重返"中国诗的原乡"（痖弦语）的感受。

一

陈义芝，1953 年生，台湾花莲人，祖籍四川。台湾师范大学国文系毕业，七十年代初开始文学创作，为台湾新世代诗人群体中一位中坚诗人。曾创办文学刊物，担任教职及《读书人》专刊主编，现任联合报副刊副主任。著有诗集《落日长烟》（德馨室出版社 1977 年版）、《青衫》（德馨室出版社 1978 年版）、《新婚别》（大雁书店 1989 年版）、《不能遗忘的远方》（九歌出版社 1993 年版）、《遥远之歌》及散文集、编选等。

"始于自塑，终于动人。"经由二十余年的诗性生命之旅，诗人似乎已为自己拓殖了一块赖以驻足的精神土地，"创作变成天宽地广、真诚而喜气的生活"，"二十年间我出入各种生命情境，生息将养以抵抗卑琐之近利，诗的世界无疑是我一悠游自在的家"。② 显然，艺术上的成功使步入中年的诗人有一种回到"家"的喜悦。而"家"是出发的地方，从这样的"告白"出发，回溯诗人的来路，我们自会发现诗人个在的心路与诗路历程。这一历程维系并展开于两个象限之间：时间之河与回乡之路——两者的交汇构成陈义芝的基本精神背景。

---

① 陈义芝：《陈义芝诗观》，《遥远之歌》，台湾花莲县立文化中心 1991 年版，第 179—180 页。

② 陈义芝：《遥远之歌·后记》，《遥远之歌》，台湾花莲县立文化中心 1991 年版，第 177—178 页。

人是时空的有限存在者，仅靠了生命的繁衍和文化的承传，人类才在无限的时空中保存生生不息的历史记忆。然而就个体的生命而言，这种"类"的记忆并不能替代个在的追寻，有时还反而成为遮蔽乃至异己的东西。时空是无情的，而人又必须在有情的精神依托下度过短促的一生；历史的记忆（这里包括当下的生存情景）是浩繁的，而个在的生命又必须在这浩繁中找到自己的真实所在。由此，个人的真实性及其限度，便成为诗人们所切切关注的基本命题。

这里我首先想到陈义芝那首关于《树》的短诗：

> 望到最远的地方不是天涯是种子的家
> 听到最远的地方不是海潮是年轮的心涛
> 在最近的黄昏前站着最远的我
> 最远的梦啊
> 频频向最近的我哑哑发音

树的意象在义芝的诗域中，占有一个颇为重要的位置，这首诗，更是诗人创作主体的一个典型喻象。树（以及一切以大地为根的生命）与土地相连，与天空相望，做着飞翔的梦，却挣不开扎根的那方土地。其实我们生来都是想成为一只能自由飞翔的鸟的，到了却大都成了一棵树。于是眺望、倾听、回忆与思考，便成为"树之人"一生的精神维系，而这又统统与那个"最远的梦"息息相关。这"梦"在一些诗人那里，是未来式的，渴望奔赴的归所。在义芝这里，则是过去式的，是已逝去而化为记忆的东西，一个失落于"不能遗忘的远方"的"种子的家"——人是在成熟中走向失落的，只有"种子"（与"童年"、"家园"、"出发的地方"以及"真善美"同构）保存着对未来的梦想。而岁月不能倒流，身往前行，心恋旧梦，"一名沧桑的渡客逆着光用手檐/遮住眉，疲倦于张望"（《旅程》）。

可以看出，在陈义芝的诗思中，时间之河总是呈现为一条回溯的河，是已逝之水；在追忆和回顾中找回生命旅程中曾经的诗性意义，以"抵抗"当下的"卑琐之近利"，是诗人自觉选定的写作立场。因了个在的人生经历和本真天性所致，陈义芝在其精神层面，基本上是为回忆所包裹的，很难全身心进入当下情景，是以也很少处理当下题材。这不是逃避，而是一种脱逸；脱逸于当下的所谓"成熟"，从时间的背面进入另一种时间，以找回为"成熟"所走失了的真我，以此反视为现实所异化了的生命样态："你是时间啊我是时间中错置的人/你是梦啊我是梦里崎岖难行的路"，为此，诗人频频回首，苦苦寻觅那"如信仰一般认真的/我的童年"，从而不断地"回溯时光""一点一滴揭下烟尘泥涂的面具"（《重探》）。

这便是陈义芝的"时间之谜"了——作为肉体的人，谁也无法再回到过去，但作为精神的人，我们却可以返顾逝水，在生命的"初稿"中，在作为最初的旅行者的足迹中，寻回被岁月拿走的一切，以支撑现实的生存困境。由此我们明白：无论是对当下的自动退出（在回忆中写作）还是对现代都市文明的缺席（少有城市之作），在诗人陈义芝而言，都是为着给这个日益老化（世俗化、功利化以及所谓"现代化"）了的世界，找回一颗失落已久的童心和孕育那颗童心的乡土家园——海德格尔（Martin Heidergger）说："人之为人，总是对照某种神性的东西，来度测自己。"[①] 那么，诗人为诗，是否也总是对照某种已逝去的或期许中的什么来度测现实呢？我们看到，一旦进入这样的诗域，陈义芝便如鱼得水，灵动而鲜活。溯流而上，那些已逝的、带着朴素的理想和原始梦幻的早年的日子，便重新向诗人敞开，言说它复生的诗意，还乡的诗意！

---

　①　海德格尔（Martin Heidergger）：《诗是一种度测》，转引自郜元宝译编《人，诗意地安居——海德格尔语要》，上海远东出版社1995年版，第94页。

二

在陈义芝的精神历程中，"乡土中国"是一个永远的情结，是他诗性生命旅程的出发和归所，一个魂牵梦绕的"远方"之"家"。义芝将他最具代表性的两部诗集定名为《遥远之歌》和《不能遗忘的远方》，绝非随意。这个"远方"同诗人的"时间意识"一样，不是前瞻而需抵达的一个什么乌托邦理想，而是在回首中意欲返回的、被奔赴成人/城市的欲望步程所丢弃了的那片"温暖的土地"，那些在"那泥泞的小路上""寻索的心"（均为诗人的散文篇名）和"年轻的心事"。稍加留心便会发现：几乎诗人所有写得成功的作品，大都取材于此。尤以《居住在花莲》、《蛇的诞生——一九五三，花莲》及《大肚溪流域》系列等作品，更为我们留下了早期台湾乡村生活的动人画卷——那是贫困的热土，却是真实的家园；那是孤弱的童年，更是梦幻的摇篮。"尽管时局变迁，土地并没有背弃我们；凡血脉相亲的地方，都是我乐意献身、乐于归属的"，"年少，在安定的生活里，偶不免兴起'青山青史两蹉跎'的寥落；但'茅檐低小，溪上青青草'以及夜深儿女灯前的光景，未尝不是一种美、一种完成"。①

一句"完成"，道尽了"年少"的秘密。其实作为人的诗性生命层面，确实是在早年、在自然/田园的启蒙和亲情的润育中就完成了的，以后岁月只是如何保有或者找回这种"完成"而已。有意味的是，我们都未能在这种"完成"中继续待下去，无论出于"时局的变迁"还是自我的选择，我们都被一种无形的力量所驱使，纷纷离开田园热土，奔赴欲望的城市——走出贫困，却又走进困惑，于是对家园的二度寻找便成为共赴的命运。

从一些背景材料（散文集《在温暖的土地上》及写作年表

---

① 陈义芝：《在温暖的土地上·后记》（散文集），台湾洪范书店1987年版，第220页。

等）中，我们了解到，陈义芝在其出生的花莲乡下，并未待得很久，犹是童年便离开了那里，投奔外面的世界。但正是这种稚气未脱的出走，早年的记忆方成为刻骨铭心的眷恋。一方面，儿时艰难的生活折磨，使早慧的记忆尤为尖锐："父亲茫然的忙碌和母亲着急的痛苦，合成／一座仍要生活的十字架／在三天两头的饥饿中／在连续不止的地震里"（《居住在花莲》）。一方面，现代都市文明的虚妄与挤迫，又使本要告别的过去反成为亲近的吁请："如你已年老／后不后悔？／当初把桨伸向大海／没有把梦划回山林"——可以说，这是诗人作品中，最具分量和深意的四句诗。"大海"喻指普泛的世界，与动态的现代文明、类缘文化同构，"山林"喻指个在人生，与静态的田园生活、地缘文化同构。当大都市以它"类"的力量欲将年轻的诗人化为它的平均数，亦即化为同一的经济动物、科技符号和社会机器的挤压物时，诗人对个人精神的独立与自由之眷顾，便成为一个如影随形的"隐痛"：

　　门紧紧关起
　　夜更深了
　　疲惫的灯
　　苦力般亮着。

　　眼睑轻轻合上
　　唯泪是透明而贴心的
　　颤颤然
　　老想说话……

——《隐痛》

　　短短一首小诗，却已将异己的生存体验，将市声人语、红尘铜臭中的孤寂之情倾诉尽净。即或是暂离闹市，投入自然的怀抱以作悠游时，也难逃离这"失根"后的人生，无所依傍的况味：

"没有任何东西是存在的／除了心的呼喊"（《海岸入夜》）。在另一首更为出色的海岸诗中，诗人更"看见自己像莽莽草原上／一只背光站着的狐狸"（《在露天剧场》），凄美的诗句背后，是一抹无地彷徨的心绪，弥散于无从归属的旅程。

　　由此我们理解到，在陈义芝的笔下，何以很少进入对城市的言说，而将所有的凝视都尽数投向那个"不能遗忘的远方"。诗人对他成年的大都市，几乎是一种近于弃绝的态度。或偶尔落笔，也尽是批判的锋芒，如那首题为《故乡的阴寒——访台中静和精神病院》，字里行间无不透着解剖师式的犀利与冷凝："举起手有叶萎落／并拢腿如枯残的枝／你们用自己的血养白蚁／自己的肉塑僵尸"，诗人继而写道："此地（精神病院亦即现代城市文明）是你们的／故乡／你们是故乡的／阴寒"，显然，此在的"故乡"不是那个逝去的故乡，这里的"阴寒"映照着那个"遥远之歌"的"温暖"——诗人最终发现，出走竟成了自我放逐，成了从熟稔、亲近之地向陌生、幽暗世界的沉沦；出走的过程便是自我迷失的过程。那些逝去的存在，反成为真实，而当下的此在，反显得虚空，或可以作事业的寓所，却总难成为心灵的归所："以一人心跳应和千万人心跳／你是孤独的秒针，绕世界跑／在一座座陌生的城市喧嚣的灯火中／渴望看到从前／对映的脸"（《对映的脸——大肚溪流域之五》）。

　　由此"渴望"生成的焦虑情绪，成为陈义芝诗思的又一着力之处，三首同题的《我思索我焦虑》是其代表之作，也是诗人为数不多的、直接对此在发问的力作，意象诡异雄奇，题旨深沉凝重，有相当的厚重感。如其第一首的结尾："这世界，仿佛有人／其实没有／我握笔沉吟中看到／心头狂飞的蓬草"，将现代人生存的虚空与荒芜感，写得酣畅淋漓。与此题旨相近的，还有四首关于海岸的诗作，以天涯游子的心态，观测自然，质疑存在，到了发现，在现代文明的侵蚀下，连自然也已成掠夺的对象，显得虚假而空洞。游子依旧是一腔游子情怀，"落寞地站着，没有家"

（《海岸入夜》），只有那一抹被海水洗得更加沉郁的目光，伴"一颗颗星在夜空掘井／一支支蜡烛在海上流泪"（《热树林旅店》）。两组诗在题旨上均有很深的开掘，读来超逸放达，不乏隽永的力度。

除了在与自然的对话中，淘洗浑浊的城市自我外，更多的时候，诗人还是将诗的视点，落于对童年生活和乡土中国的回首确认上，试图以此剥离和捡拾被此在所覆盖、被岁月所销蚀的原初自我，甚而代父辈去索寻更为久远的失落之"根"。在纷纷乱乱的世纪之交的时空下，在全球一体化的喧嚣声中，读陈义芝的这批诗作，随诗人一起去重新亲近土地、童心、乡情，确有一种沁人心脾的清凉之感，并在这种清凉中，对历史和现实，有了一些更新的体悟。然而在这里，诗人遇到了一个未作更深探究和予以解决的悖谬：那只满载"年轻心事"的青春之"桨"，一旦"伸向大海"，是否还能以及怎样才能再"划回山林"？一方面，此时的"山林"已非当年的"伊甸"；另一方面，即或山林依旧，诗人也知道，在那田园牧歌的背面，同样存在着弱化生命的"阴寒"，亦即另一种孤寂、另一种遮蔽、另一种异己的力量。这是永远的悖谬——没有漂泊便没有眷顾，身在故土的故乡人未必就懂得故土蕴藏着的一切，倒是常生离弃之念（我们不都是这样"出走"的吗？）"生活在别处"，真的到了"别处"，又感到生活仍在"家"中，其实两者都不能完全安妥我们的灵魂。所谓"家园"，只是一个不断推移且永不能抵达的精神所指，而非一个实存的他在；作为一种参照，它只反衬出此在的困境，却不提交他去的路径。而所谓"回乡之路"，实则只是一种精神自救，它只拯救一种良心，而非建立一种行为；它只给出一种诗意的开启，以引领人们踏上二度寻找自我的过程。

遗憾的是，对这一极为关键的悖谬命题，陈义芝并未能经由他的作品予以更深的切入，仅停留在历史、文化与生活的层面，发乎情怀，落于情景和情趣，缺少更高层面的思。陈义芝诗歌的意义，在于其作为个我面对纷纭的世界和成年状态，重新索回某种永恒而鲜活的东西的努力之中。只是这种努力似乎一直囿于一种私人性的言说，过分偏于内视，打开不够。这里我不是要排斥私人话语，而是想强调，在这种话语的背后，应有一个内外打开的、深广的精神空间作支撑，方能使这样的言说也同时具有人类公共灵魂的思与说。应该说，这个问题在台湾新世代诗人中，是一个较为普遍的存在。比较前行代那些杰出的诗人来看，他们的诗歌精神堂庑，明显不够阔大，缺乏新的建构，从而常造成其诗歌文本中，诗与思的内部疏离，其深层的原因，有待另文探讨，此处只作问题提出。

三

作为个我生命历程的诗性记录，陈义芝在诗歌精神向度的探求，有待作新的扩展。相比之下，我更看重的是他在诗歌艺术追求方面，所表现出来的某些特殊品质：其一，有相当的整合意识；其二，有很好的控制感。

陈义芝的诗歌创作，始于七十年代初。其时正是台湾现代诗运刚刚结束"狂飙突进"的时代，各种诗潮在经历"溢出效应"之后，进入反思和重新进发的时期。此时入场，如何选择适于自己的路向，对每一位年轻诗人，都是一种考验。对此，陈义芝既没有作简单的继承，也未作盲目的再造，而是持一种整合的态势，作契合自己艺术修养和艺术气质的个在探求，所谓"本色写作"，即在于此。由此，我们在陈义芝的诗中，可以找到某些浪漫主义的余绪，又不乏现代意识；有现实主义的深厚基础，更有新古典的追求与创化。

读义芝的诗，有一种荡得开的通达感，在现代主义的语境中，保存了一份古典的明净和浪漫时代的幻象。既蜕其平庸与浮躁，又剥掉文化的矫饰，回到生命平凡而本真的诗意，也许并不很深入，却处处透着没有被流行观念所污染的清新。诗人善于从自然之美和事态之异中暗示和象征精神内在，"渊雅中见真情"，于言物状事中，"幽幽吐出一株／雪香的兰"（《最美的话》）。一组关于海岸的诗作，便是最好的见证：忧郁的色调，沉缓的节奏，从真切平易的现实场景中进入，由诡奇孤绝的茫然心绪中化出，意象的营构疏密有度，且注意到情景交织中诸节点的必要呼应和有机合成，显得既传统又现代，读来有一种梦态的抒情美，而骨子里又感受到一种现代意识的激荡。

整合带来多面，造就综合性的艺术功力，可以处理多种样式的题材。以现代笔法糅合浪漫色彩，来揭示现代文明的弊病，抒发现代人的角色焦虑与精神自救；以写实笔法融会新古典的特质，追慕"乡土中国"的年少情怀，探寻重返"家园"的诗性生命意识——这是陈义芝诗的两个主要路向。仅就艺术造诣而言，后者更为突出。读诗人这一路向的作品，常有赤脚入热土、清心闻天籁的亲近感。那些流经诗人笔下的乡土风情、童心俗趣，使我们每个人都重新发现我们"原本就是雨水／最亲的兄弟"（《雨水台湾》），并最终为一种母性的、包容性的大地情怀所抱拥而复生赤子之情。可以说，以《大肚溪流域》组诗及《蛇的诞生——一九五三，花莲》、《居住在花莲》以及《出川前纪》为代表的这类作品，已足以奠定诗人的地位，是两岸现代诗中不可多得而别具特色的精品佳作。

这种成功，除得益于上述整合意识外，更得益于诗人颇为成熟老到的语言控制感。陈义芝早慧，且很早就打下了坚实的语言功底，尤其是古典汉语的基础比较深厚，加之有选择地吸收了前行代诗人的一些语感经验，经由自己的创化，遂拓殖出个在的风格，无论是抒情还是写实，都有独到的韵致。

陈义芝的抒情，绝无滥泄之弊，闷约深沉，寄旨于言外。语言有轻滑的肌质，以疏淡意义与情感的滞重，接近透明而又内凝，如一层清釉，涂抹于对象之上，显得静穆而明澈，有一种内在自明的光。譬如《在露天剧场》一诗中那段屡为人所称道的结尾，便是典型的例证：

　　　　多少为传说而大声传说的故事
　　　　为痴迷而痴迷的人啊
　　　　南纬，梦中的秋天
　　　　神秘的舞踏
　　　　我合上双眼
　　　　看见自己像莽莽草原上
　　　　一只背光站着的狐狸

　　我们知道，诗歌创作中，抒情不难，难在写实，至少在许多年轻诗人那里，一进写实，便显乏力，即或一些成名诗人，也常难免其窘。陈义芝于此则反显驾轻就熟。常常地，诗人仅仅沿用我们传统诗学中白描的手法，将经由他特意选择的人、物、情景以及具体行为本身描述出来，便别开生面，意趣盎然：

　　　　带着一整座山的善意
　　　　从山里来的妇人，头上包着布巾
　　　　怀中抱着坐月子吃的鸡
　　　　"喂——"母亲腆着肚子老远地打招呼
　　　　小米粥般的笑脸漾开在
　　　　亮花花的大白天

　　　　　　　　——《蛇的诞生——一九五三，花莲》

　　几乎纯用叙述性语言，接近口语化，却丝毫不减诗的意蕴，清明、恬淡，且具现场感，其情景感同身受。这种语式，第一是恰切的选择，即对诗视所摄镜头的有意味剪辑，对细节和情态的准确把握；第二是抓住了事物自身的内在精神，平实的情境后面，有生动的气息隐隐流动。

诗人还常运用一种隐喻性叙述，如"仿佛有什么事要发生／却什么也没有／河水是流动的花气／云是没有脚的飞天"（《蛇的诞生》），读来极淡极平易，却有精神的深度弥漫浸润其中；苦涩生活中清纯的灵魂和一缕如风的向往，尽由这纯净如溪流的诗行缓缓地沁溢而出，显得极为本色而清隽。义芝对这种语式的运用，有时到了随手拈来便成绝唱的地步，连写青春年少时"脸上细密的汗毛"，也是"一步步走向天涯的草色"，确是"淡中见奇"。

这种写实性的语言功力，用于驾驭叙事性题材，便更见功效了。在《出川前纪》、《新婚别》、《麻辣小面——川行即事》以及两首《办公室风景》这些纪实性诗作中，诗人的那枝笔，越发显得老辣，写来精准传神，平实而不寡淡，瘦硬而不枯干，枝干突兀，触须柔韧，沉雄而又灵动，且不乏幽默、反讽的调剂。实则一位诗人若已拥有这样的语言才能，再稍加整合与创化，已足以进入创作史诗、大诗的领域而高标独树了。只是至今尚未见到陈义芝有更宏大的出品。

这便使我再一次想到关于"精神堂庑"的思考。在我看来，陈义芝的诗歌路向应视为现代诗潮（作为两岸整体去看的）的一种分延。暂时地，我尚无法确认这种分延拥有怎样广大的前程，但至少，它是本色的、个在的、生长着的，在主流诗潮的喧嚣之外，带来清隽和澄明的气息。然而我们评判一位诗人的价值时，不仅据以他对个体生命之精神空间的探测深度，更要看他对人类整体的精神空间的拓展有多深广。作为一个成熟的诗人，仅有本色是不够的，写作是一种拯救，这拯救不仅指向个我，更指向整个存在。今天的诗人，要有以思之诗的光芒朗照人类生存舞台并开启未来的"野心"，而不仅仅是作为个我的诗性居所。就此而言，陈义芝的诗歌创作已逼近一个有待再度超越的临界——作为同一代诗人，在海峡的此岸，我诚挚地期待着这位才华独具的诗人，能突破生存局限，开掘艺术潜能，拓展精神空间，创造一个更为壮美的天地，而不只是"坚持在石隙最真实最危弱的地方/垂挂三两行今生零落"（《树情》）——走出"树"的羁绊，复生飞鸟的心志，我们便会同时拥有大地和天空。

1996 年 8 月

梦土诗魂

评詹澈《西瓜寮诗辑》

在近年台湾现代诗的发展中，中生代诗人詹澈的创作成就正越来越为诗界所关注。自 1994 年起，詹澈以厚积薄发的态势，相继推出一系列以"西瓜寮诗辑"为总题的作品，以其厚重的精神含量、清新的语言风格、独自深入的乡土情怀，令诗坛人士刮目相看。1995 年，代表作《翡翠西瓜》入选张默、萧萧合编的《新诗三百首》；1996 年，以一组《西瓜寮诗辑》获第五届陈秀喜诗奖；1997 年，以代表作《勇士舞》入选《年度诗选》并获年度诗奖；1998 年，集十余载心血为一集的《西瓜寮诗辑》由台湾元尊文化出版公司隆重出版；尽管因各种因素，詹澈多年未能入选台湾《年度诗选》，但1997 年第一次入选，便获年度诗奖，也说明了台湾诗界对其近年突出成就的高度肯定。

潜心研读完詹澈的这部诗集后，我的第一感觉是：这可能不是一个特别优秀的文本，但确实是这个世纪交替的时空下，现代汉诗之最新成就中，值得重视和有研究价值的一个文本。

在这部诗集的出版导言中，有这样几句介绍詹澈的话："它是现代知识分子，是农运推动者，也是传统的农民诗人；从他的诗中，看到了对大自然的深情、农业工作者的革命情怀与理想、以及诗人冷静的美感与想象"。

从这里我们得知诗人詹澈，在台湾现代诗人的队列中，有着一个怎样特殊的身份背景；而身份也常常是立场的标志：代表谁言说或为什么言说，由此决定着诗人的诗歌立场，也同时决定着诗人作品的精神位格与艺术风格。

我们知道，随着"现代性"的滥觞，当代诗人（尤其是台湾诗界）大都扮演着积极的知识分子角色，其作品的表现对象，大都以城市意绪或超社会身份的精神空间为主，间或涉笔乡土或农村题材，也是以城市的视角、回忆的形式、过去时的情怀来展开，且只是将其作为一个参照的喻体，落脚处，仍是城市知识分子的立场。另一方面，许多打着"乡土诗派"和"农民诗人"旗号的创作，则长期陷入非诗性的泥沼；或执迷于所谓"新田园牧歌"似的小情小调，或自闭于所谓"风土"、"乡情"等社会学层面的诗形诠释，很少能够企及现代诗的基本精神内涵和艺术品质——一句话，当代两岸诗坛，一直少有真正意义上的、深具现代意识和现代诗美品质的农民诗人。

由此，詹澈的崛起，方使我们感到莫大的欣慰。他以其迥然不同的诗歌立场，完全不同于一般农民诗人的专业风度，以及到位的现代意识和富有时代感的当下关切，为我们打开了一片陌生而又亲切的诗性原野。这"原野"是我们在现代化的急进中，所一再疏忽了的，如今经由詹澈的拓展，重新焕发出她清新健朗的生命活力，使我们得以从一个新的侧面，倾听来自土地和劳动者真实的呼吸，带着诗之思的呼吸：

走在劳动向思想回归的路上

还有一些些
风中飞散的情绪
和爱情
在号称均富而又君父的土地上
还有不死的欲望
和一颗贫穷的种粒
和不死的善念芽点
和要不要继续在这土地上
生根发芽的疑问

——《走在秋分向冬至的路上》

二

关于土地，我们究竟都知道些什么？

我们——现代诗人们，学者们和教授们，以及那些为土地所生养，而后离开土地定居水泥地，渐次忘却了土地的人们，究竟对土地知道些什么？随着现代化以及商业化、城市化的急剧推进，"土地"正加速度离我们远去，成为时间的背面、空间的暗处，成为蜗居城市的精神漂泊者偶尔想起的、或可寄托一丝半缕新愁旧绪的几个语词……实际上，对于包括诗人在内的大多数现代知识分子而言，土地的存在，早已如出生时的胎记一样，为长大的身体所疏忘，以致我们从未对她作过真正的思考和言说。"梦想在远方"，"生活在别处"，无论出于何种原因何种借口，我们大都成了土地的"逃离者"，间或在回忆中泛起几缕故土情思，也已成客态之思，仅作为对此在的映衬，再也难以企及她存在的意义。应该说，只有那些长久而深入地与土地同在的诗人，才有可能成为土地真实的精神器官和真切的诗性神经，而我们都知道：那样的一种"同在"，已无异于"殉道"！

詹澈正是这样一位"殉道者"——以土地为"梦土"，以"诗的邮差"为己任，坚持生活于斯、创作于斯，代表"沉默的大多数"，向现代社会传递存在之最基础层面上，那一脉纯朴、深切的诗之呼吸："纵然死亡把我埋进土里/我还是会像腐烂后的种子/用手指的白芽探索身边泥土的结构。"这是诗人写于1996年秋天、题为《犁》的一首诗中的句子，此时，詹澈已在他的"西瓜寮"里"殉"了十多年的"道"。从这首诗中可以探测到，诗人以"犁"自况而坚守在他的"梦土"上的艰辛处境和矛盾心态，以及最终不可动摇的坚卓情怀："有时想愤怒地把我的犁举起/向山下的海用力抛出去"，"但，他还是被身后的力量拖住/——那像山、像生活一样沉重的一股力量"，正是这样的"一股力量"，使詹澈无论是作为诗的存在，还是作为诗人的存在，都与当代大多数诗人区别了开来。

按詹澈的自述，这部《西瓜寮诗辑》"前后写了十五年"，其中有许多是迫于生存的挤压、先"断断续续用小纸张记下了一些片段的句子"，"放了十年，再拿出来整理"的。对于这些直接分泌于土地和劳动的诗句，诗人在比较于生存的深重体验中，当年曾认为"那是无力的、奢侈的、多余的"东西。① 这样的忖度别有意味，实际上，诗坛确实一直存在着那些"无力的、奢侈的、多余的"东西，任由生命的意义和艺术的精神，一味消泯在话语的操作中的东西，败坏着现代诗的精神质地和艺术品质。也许正是从这一"忖度"出发，詹澈才决心在命运所抛给他的这片"梦土"中坚持下来，"继续和初月/和日出辩证/什么才是会变的光/什么才是土地里不变的意志/和体内不灭的能量劳动"（《路像人夜后的山谷》）。这种坚守的艰难是常人难以想象的，我们只能从诗人的作品中体察到一二：

----

① 　詹澈：《西瓜寮诗辑·自序》，台湾元尊文化出版公司1998年版。

站在空兀的石头上
站在被石头同化的影子上
被太阳和劳动蒸发了水分的肉体
只剩下盐渍一样的肉体
像埋着煤和金矿一样的深山
却因为夜色逐渐降临
而有着一股灼烧过的清泉
从眼眶的缝隙里泪流出来

（这不应该有
却已有的物质）

——《站在突兀的石头上》

这"物质"便是詹澈的诗情，分泌于"盐渍一样的肉体"，产生于"埋着煤和金矿一样的深山"，也便有了如盐、如煤、如金子一样纯正、质朴和坚实的品质。

这样的一种品质，不仅不是"多余的"，而且正是我们这个时代所一直缺少的。实则詹澈经由长达十五年的坚守，不但以其现代诗人的笔力，为我们刻画了一卷当代台湾乡村生活的变迁史，同时更为我们展现了一部诗化的、现代农村知识分子的心灵史——整部《西瓜寮诗辑》，就其内在的理路而言，正是这一心灵史的分行记录："诗和我，我和肉体、影子和大自然、石头和西瓜，都以各自相同或不相同的语言和文字沟通交谈。"在这种"交谈"中，"让在科技与自由经济体制中忙碌僵化、异化的心灵再生起一些净水的涟漪。显然，这样的诗路与心路历程，在我们这个时代是独在的，是任何其他的写作立场所无法替代的——这些来自存在之根部的诗情与诗思，给我们过于高蹈而苍白的诗之肌体，注入了一股特别鲜活而富氧的血液，使我们感受到另一种诗的力量、诗的气质、诗的魅力。

三

收入《西瓜寮诗辑》的作品，按照创作实践，共分五集，前两集近二十首，为早期习作，后三集七十余首，为 1994 年至今的成熟之作。两个阶段之间，相隔近十年，其创作题旨基本一致，但内在品质的确有根本性的变化。

从前期作品中可以看出，诗人虽然对他置身其中的土地与劳作，持有一份真诚的情怀，但诗思的触角并未深入，仅止于对乡村意绪和劳动场景质朴平实的感情描述上。间或也有一些敏锐的诗之思，却因未能有机地融入，常显得突露而生硬。想来此时的诗人，虽已有近十年的写诗经历，但迫于生存的困扰，心态未至沉稳。对他脚下的土地，诗人暂时还处于一种客态的倾听，心有旁骛而难以扎根。从一些简要的资料中可知，这一阶段前后，身为年轻的现代知识分子的詹澈，"经历过大都会的洗礼，有过社会改革者那样热烈拥抱意识形态的时期"。[①] 在经历了"足以用长篇小说容纳的经历"之后，[②] 诗人冷静了下来，最终认领了他的"现代乡村知识分子诗人"这一不无尴尬的特殊宿命，重返乡土，沉下心来，在新的劳作和思考中，继续他中断多年的《西瓜寮诗辑》的创作，并开始收获他晚来的成熟——对这一成熟的认知，我总结概括为以下三点：

其一，具有内源性的精神质地

重返"西瓜寮"的詹澈，已是与脚下的土地血肉相连、相依为命的主人，而非心有旁骛的过客。此时的诗人，目光更趋沉着，情怀更加深切，"手中紧握一团沙／心中就团紧一个星系"

---

①　李魁贤：《劳动与升华》，《西瓜寮诗辑》附录，台湾元尊文化出版公司 1998 年版。

②　詹澈：《西瓜寮诗辑·自序》，台湾元尊文化出版公司 1998 年版。

《星光与波浪》）。一方面，诗人在对宿命的认领中，彻底与土地融合为一体，以劳作的肉体去感受"地热从沙粒传导至鼠蹊"，感觉"星光借水分子渗入皮肤/真想就此止息/和水、和沙、和光/和夜同时融化"（《与夜河平行》），由此成为土地真实的精神器官；另一方面，诗人以现代生活浪潮洗礼过的灵魂，去触摸和体味在时代的剧变面前，土地的脉息发生着怎样的震荡和困惑，是以常常如"一颗巨石，在那里孤枕难眠/它独自亮起夜晚来临前的星光"（《动或不动的梦土》），由此成为土地真切的诗性神经。对现实的参与和自我的挖掘，成为詹澈这一时期贯穿始终的精神母题，在这一母题的统摄之下，诗人的精神位格与艺术品格，有了具有内源性之光的照耀，从而渐趋独立、鲜明、坚实而自信。

其二，具有独在性的题材开掘

《西瓜寮诗辑》立足于乡土题材，但经由詹澈的重新开掘，拓展出了新的天地。这里的关键，在于诗人并未在他身为土地的劳动者之后，放弃自身现代知识分子的精神立场，在注重感性体验中，贯注理性的思考，从而从传统的"采风角色"中超脱了出来，开掘出富有现代性的内涵，使一再陷入土风乡情式困境的乡土题材，得以向现代诗性展开。在詹澈的笔下，不乏对乡村生活的生动描绘，对自然景物的鲜活表现，时有不同凡响之处。但诗人一开始就明白，"除了给瓜苗灌溉/除了生活与风景/还有别的"（《风景之外》）。这"别的"才是诗人诗思的着力之处——土地和土地上的劳作者，在历尽沧桑之后，在时代风云的冲刷下，依然跃动着的那种激荡着理想与幻灭、裂变与再生的生命潜流，才是诗人真正一往情深的诗之灵魂——土地中的人格意志，以及对生存意义和价值观念的困惑与反思，使詹澈的"西瓜寮诗"较之以往所谓乡土题材的作品，有了质的飞跃和根本性的变化。正如张默、萧萧在其编著的《新诗三百首》中所评点的，詹澈的诗："具写实主义有闻必录的细腻风格，也有理想主义燃烧自己的浪漫个性。"① 直面乡村现实，深潜心灵世界，两个支点，一个题旨，且统摄于"西瓜寮"这一既平凡又特异的大意象中，坐实务虚，纯驳互见——由詹澈所创化的这一新的乡土题材风格，在当代两岸诗坛，可以说，是颇有开启性和范例性的诗学价值的。

其三，具有亲和性的语言风格。

读詹澈的诗，有一种特别的语言亲和性，如感受一粒粒"真实的西瓜/不知不觉已长大"，"无需历史辩证的法则/无需人性解析/在月光下发着微微的光亮/早已是个存在"（《翡翠西瓜》）。实际上，在代表作《翡翠西瓜》一诗中，诗人以通过对"工艺品西瓜"与"真实的西瓜"的隐喻性比较后，直接用诗句表明了他的诗歌语言观："想用最平白的语言/（像对着已过世的不识字的母亲说话）/想用最简单的文字素描翡翠西瓜/（像在像贝壳像贝叶的西瓜叶上写象形文字）"。当然，这样的告白只是一种立场的告白，实际的语言创化中，詹澈还是注意到了在平实、清新的语感基础上，不断吸纳和融合富有现代意识和现代审美情趣的语言质素，增强自己的语言表现力。这主要得益于诗人在真实的生存感受中，所获取的细微观察和精妙体味。像"初月薄如竹膜"这样的诗句，没有长久与月同在同呼吸的生活，绝难随口道出。再如形容河边的沙粒："蒸腾过白天的燥气/粼粼散发着寂静的光亮/好像星群彼此猜测着自己的名字"，真切而又精美，非外人所能及。尤其诗人笔下的云，简直就是诗人心灵的外化，淳朴而灵动，厚重而憨稚，常与诗人互为观照，传递着微妙的暗涵：

> 一朵云蹲下来
> 蹲在也是蹲着的山上
> 大概是被太阳晒累了

---

① 见张默、萧萧编著《新诗三百首》，台湾九歌出版社 1995 年版，第 752 页。

> 随着黄昏把姿势放软
> 我把手中的工具放在树下
> 蹲着看夕阳如何被云
> 吞进山的口袋
>
> ——《耳呗》

　　运用得当的口语，清明有味的意象，沉稳客观的叙述中浸满着如梦的意绪，一句"把姿势放软"，令人心为之一动，感同身受而亲近无隔。

四

　　对詹澈《西瓜寮诗辑》的研究，使我始终想着一个问题：对于那些并非天才型的诗人而言，如何在漫长的写作中，在纷纭的诗坛上，最终找到自己的位置，确立自己的价值呢？这其中固然取决于很多因素，但能否坚持契合自己精神气质的、有方向性的艺术探求，恐怕是其最关键之处——詹澈和他的《西瓜寮诗辑》便是一个有代表性的例证。

　　仅从纯艺术角度考察，应该说，詹澈的创作，尚有许多未完全成熟之处。比如诗思的展开缺少层次感，间或也涉及一些并置、跨跳等手法，但大都脱不了单一的线性架构，形式感不强。同时，一些未经有机处理的观念性语词的强行插入，以及叙述中过多关联虚词的使用，也都影响到部分诗作的艺术成色。但总体而言，詹澈在这部诗集中的表现——他的真诚、他的专纯、他的火热情怀与沉潜心态，以及对现实与理想、道德观与审美观的和谐融合，都是我们这个时代所欠缺而需珍视的。尤其是他对乡土题材的突破性拓殖，具有特别重要的价值，也由此确立了他在当代诗坛别具一格的位置。

1998 年 8 月

赤子情怀与裸体的太阳

论詹澈兼评其诗集《詹澈诗选》

一

经三十年诗路历程，无论作为诗的存在，还是作为诗人的存在，詹澈都已成为现代汉诗版图上，一个值得关注的亮点。可以说，在这位诗人的作品和人品中，交织着当代新诗创作及两岸诗歌交流等许多基本问题的显现，颇具研究价值。

詹澈是土生土长的新生代台湾诗人，但却始终持有大中国诗观及汉语家园意识，企求将此在的"家"与彼在的"家"整合为一，而摒弃狭隘的族群意识以及愈演愈烈的所谓"本土化"思潮，其超越时代局限的远大胸怀，已成为其诗歌精神的标志。因题材与身份所及，詹澈常被指认为"农民诗人"，但细察其精神气质，却又是典型的现代知识分子的脉息，包括传统儒士之济世情怀与担当精神，并经由诗的写作，将积弱甚久的"乡土诗"，提升到具有现代意识和现代审美的层面，赋予其新的品质与内涵。詹澈以社会革命者和诗人的双重角色行走于时代，承继"五四"传统，秉持当代知识分子立场，视诗为改造社会、重塑自我的路径，"独立不改，周行而不殆"。在诗歌日益被边缘化（外在）与游戏化（内在）的境遇中，依旧营魄抱一，不为名利位势所困，以诗为生命仪式、事业抱负、献身者的诺言，为日渐个人化、文本化的现代汉诗，注入难能可贵的人格力量。另外，因强烈的意识形态情结和载道意识的促迫，使詹澈的诗歌创作，长期在思与言的矛盾冲突中摆荡，难以顺畅抵达艺术上的完善，成为此类创作现象的典型个案，从而集中反映出现代汉诗进程中，艺术与人生、形式追求与精神追求之相生相克、两难处境的诸般情状，颇有代表性。尤其重要的是，在上述各种正负价值的复杂纠缠中，诗人最终破茧化蝶，完成了一个由非专业性写作到专业性写作、被动粗粝的"普罗"（Proletariat）化写作到精英化写作的艰难过程，以其饱满的生命人格和渐趋成熟的艺术位格，书写了当代台湾新诗史中，不可或缺的独特篇章。

三十年，从激越慷慨的年少到苍劲沉郁的中年，詹澈的诗路历程，在在证明着歌德（Johann W. Goethe）的那句名言："在艺术和诗里，人格确实就是一切。"

如今，诗人将这三十年中具有代表性的作品结集于一，作总结性的展现，既是一个历史性的总结，又是一个新的起点。由此全面重读詹澈，方更为明晰地把握到这位诗人从主体风神到艺术品格的基本属性——与历史同行，与土地同在，以生命为诗，以诗为人生的宗教与庙堂，行在诗，诗在行，孜孜以求，求献身者的诺言那赤子般的兑现！

二

研读詹澈的诗，首先会发现，一些为当代诗学逐渐疏远的理念，被一一激活，并焕发新的功用与生命力。譬如历史感、使命感、社会作用、时代心声、真理、良知、现实等等。这些本来属于诗和一切文学之基本元素的东西，在当代两岸新诗进程中，由于一再被诸如伪现实主义、伪浪漫主义及各类政治诗、宣传诗、伪哲理诗等所污染，弄变了味，逐渐为正常的写作与阅读所厌弃。尤其在现代主义诗潮滥觞之后，人们越发疏于对上述理念的清理与再造，任由这一原本优良的传统削弱下去。正是在这里，詹澈的存在有了他特别的意义。

结集出版这部诗集时，詹澈专门为之题写了一首题为《运动树》的序诗，其中有这样两句："你捡取贝壳当成号角／逆着风吹，吹开年轮。""年轮"即历史，"风"即风潮。风潮是表象的历史，"逆着风"，显示其孤绝的立场与批判的向度。与历史同行，就詹澈而言，非追随，非附庸，而是于质疑与印证中，剥去其华丽的外衣，裸呈其真实的律动，以恢复诗歌作为历史最真实的心声之传达的权利与荣耀。这种恢复，在詹澈这里，并未沿袭那种宏大叙事的传统套路，而是"捡取贝壳"亦即被时代风潮所遗落的部分，真正呈现历史肌理的部分，来"吹开年轮"。需要特别指出的是，这里的"风潮"不仅指社会与生活的潮流之变，也指向艺术与诗歌的潮流之变。我们知道，在詹澈步入诗坛的1970年代，台湾前行代诗人大都已功成名就而安身立命，并继续在其特定的历史轨道，即放逐——回家——文化乡愁与诗意栖息的理路上前行，优雅化苦难，诗文润余生，外部的风云变幻，多以作为诗与思的素材进入生活，而并不能动摇其基本的生存现实。与詹澈同辈的新生代诗人部落，则大多经由个人奋斗，成为城市白领阶层，为诗为文，皆系"余裕之事"，且为诗潮所迫，对诗艺的经营上升为首要，历史与现实已过滤为题材之不同，难有感同身受的真切体现。而此时的台湾，正经历着前所未有的急剧动荡与裂变，我们从诗中体验到的，却是太多小而美、轻而巧的喧哗与暧昧。由此，包括詹澈在内的少数非精英化写作的诗人所持有的诗歌立场，方显示出沧海横流的特殊价值，从时代的背面，为我们打开了另一卷当代台湾的心灵史和精神史，并向当代诗歌证明：诗歌不仅是被交流的一种语言的艺术，也同时是被交流的一种真理的语言。

　　"向下探索泥土的民主，/向上要求阳光的平等，/耐寒的种子正在发芽。"（《怀念友人》·1980）这里的"种子"喻指生活在底层的台湾人民，那些贫苦的果农、失去土地的人们、退役的下等兵、"工厂螺丝钉"似的劳工以及在黑暗政治和经济转型中被迫害、被捉弄、被欺诈的不幸者等等，在詹澈的前期作品中，成为主要的表现对象。在这里，不仅有呐喊式的代言，更充满为历史把脉的思辨，由此诗人不惜强行锲入许多政治概念和意识形态语词，来凸显历史阵痛的关键所在。资本、价格、分配、借贷、冷战、革命、WTO、CATT、制度、政策、财团、农会、民主、分配、中产阶级、无产阶级、知识分子……一个个生硬的大词在诗人的笔下被赋予血肉之躯，"在夜雾与晨曦交织的时刻"，在"严冬和晓春交进的时节"，在"台风与寒流侵袭的岛屿"（《春风》·1979）报道所谓"和平的春天"里的历史乱象与社会危机。因此，在詹澈而言，与历史同行便是与忧患同行。作为台湾农民运动的领袖和自由主义战士，诗人有足够犀利的眼光和亲历的体验，来指认那华丽下的溃疡和溃疡下的危情，更理所当然地认领历史情怀与当下关切为其诗人的使命与职责。"诗人是报警的孩子"，[①] 而在这个艰难的过渡时空，对诗人没有更多的要求，只要他能体现自己时代历尽创伤的良心。这是当代诗歌不可或缺的精神品质，但在后现代式的空心喧哗中，它已成为稀有金属，而在詹澈的诗歌中，这一品质被重新擦亮，放射出它直击人心的光芒！于是，我们不能不被这样的诗句所震撼："日子过着生锈的过程/不如用身体连结身体/以遊行的队伍把街市擦亮"（《遊行》·1996）；"是您！台湾，/旧中国掉落的一滴眼

――――――――――

　　① 勒内·夏尔（Rene Char）：《诗论》，转引自《西方诗论精华》（沈奇编选），花城出版社1991年版，下同。

泪，/流落在海上幻成一朵静止的云；/——一只静止的蚕，/像
是要在桑叶里眠成一团的茧?"(《打直你的腰杆》·1982)行动
中的历史，思考中的历史，以真诚投入和真实书写而展现的历
史，经由一位真正意义上的现代知识分子诗性生命的担当与投
射，为贫血的当代汉语诗歌，注入了富氧的激情和赤子情怀——
在他的身后，我们隐约可见艾青的身影、鲁迅的身影、杜甫和屈
原的身影，而由这些身影所铸造的汉诗之精魂，我们确实已缺失
很久了。

三

实则作为诗人，詹澈一直暗自以艾青为榜样，心仪其"一个
艾草似的诗人/艾草似的诗的命运。"(《艾草》·2002)从作品来
看，至少在两个方面，詹澈继承并发扬了艾青的诗歌精神：一是
对土地/农民的热爱与忠诚，并成为其始终关注的中心和表现的
主题；二是艾青式的忧郁与悲悯，并同艾青一样，将这种忧郁与
悲悯"看成一种力"(艾青语)、化成一种力。

有"农民诗人"之称的詹澈，从自然生命的始源，到诗性生
命的发展，无不与土地有千丝万缕的联系——生于农家，毕业于
农专，作农业技术推广工作，以至成为农会和农运领袖，经世济
民，生命的展开，步步不离土地，最终以诗的言说，作为土地的
化身与代言者。忠实于土地，在詹澈，便是忠实于人民，忠实于
祖辈相传的草根般朴素而热忱的生命形态，以及由此而生成的精
神谱系。在早期《写给祖父和曾祖父的诗》(1978)中，诗人如
此认领祖辈们的形象："胸膛像山壁一样坚硬/骨头像铁块一样坚
定/胸怀像泥土一样广厚"。后来，诗人又以西瓜的形象作比拟，
在《惊醒的石头》一诗中，对和祖辈们一样生活于土地上的乡
亲、那种憨直而隐忍的生存状态，作了如此深切的叹咏："它们
注视太阳又凝视月亮/没有眼睛但看过圆的形式/它们慢慢长成它
们意识的形状/和比邻而居的石头耳语"。当然，这种认领与叹咏

背后的感情是十分复杂的。在形而上的层面，诗人无不为这种朴素生命的草根精神而充满热爱；在形而下的层面，诗人又无时无刻地为这种生命形态的现实处境而充满忧郁。字里行间，正如诗人描写曾祖父墓碑铭文所指认的那样："字划深硬而憨直""有细细的裂纹"！

　　这是命定的"裂纹"，只能面对而无可躲避。及至诗人所处的时代，这"裂纹"是越发深刻了——急剧现代化、工商化的社会变革所产生的负面效应，伤害最烈者便是土地与农民，以及他们所代表的精神传统，从而很快使之沦为"最原始、最悲惨的人群"（《土地，请站起来说话》·1981）。我们知道，任何社会发展，都具有正负双重的价值在性，但作为"报警的孩子"之诗人的使命，只能站在其负面的观测者的立场，来发出"吹号者"（艾青）的呐喊。这其实是二十世纪知识分子角色定位的最终选择，也无疑是身兼诗人和农村知识分子双重身份的詹澈，所无可他择的根本立场。这种立场是孤绝的。无论是台湾、是大陆、还是整个世界，人们无不在为现代化的"福音"而迷醉，沉溺于物质主义与消费主义的快感中。文学与艺术的审美空间，也由历史风云转为个人天空，由载道立言转为感官化、游戏化、形式主义和价值虚位的后现代景观……此时，谁还为土地歌唱？谁还会倾听"用阳光和海水洗脸"的"番薯仔"的声音？而"我们已是模糊的阶级"（《有时会带一本书》·1995），在命运的重压下，只能"谦卑地弯下腰/或蹲下来/看见自己的影子缩成一块石头"（《站在突兀的石头上》）。这些同样如石头一般沉重的诗句，这些诗句中深深埋藏着的忧郁和悲悯的"裂纹"，不但为我们留下了一卷卷台湾乡村生活，从早期移民到晚近变迁的历史画卷，也为当代两岸诗歌，塑造了一个真正草根化的诗人知识分子的孤绝形象，其充满生存原味和生命原色的精神气质，正是当代诗歌虚位已久而切切期待的重要弥补——"你要把一生坚持的信念/还给泥土/化成无形而永恒的爱"，并且，"如一粒种子/甘于和泥土相依生存/且要生根"！(《别后已经五年——敬悼杨逵》·1985) 在这样的诗行中我们读到的是什么？不是炫耀的技艺，不是缠绕的话语，更不是空心喧哗式的语言游戏；这是石头中迸溅的火，是火中烧红的铁，是沉默的种子与泥土的对话，是坚果般的生命与大地相亲相拥的歌吟——在这样的诗人和他的作品中，我们终于重新感受到，诗人，作为"一个种族的触角"(庞德 Ezra Pound语)，诗歌，作为直道显世的言说，那一种深入存在根部的生命人格，和那一种直击人心根本的艺术力量。

　　与土地同在，便是与朴素的生命情感同在，从而使诗能够帮助人保持其人的本质。呐喊是呵护的反转，有如反抗因理想而生，"逆着风吹"的诗人詹澈，在不免浮华(形式)和空洞(内涵)的台湾当代诗歌中，绝地而生，生石头的语言和火的激情，以及直面现实的铁质人格，可谓独树一帜。同时，也为长期陷入或风情歌手或文化明信片式的两岸"乡土诗"，注入了新的元素、新的活力和新的风骨。

<h2 style="text-align:center">四</h2>

　　纵观詹澈三十年的诗路历程，大体可分为两个阶段：前期着眼于人与历史、人与社会的外部关系，国事家事，世道人心，激情燃烧，直言峻急，且带有明显的潜传记特征；后期逐渐转向对生命本身的关注，着眼于人与自然、人与文化、人与人自身的关系，视野开阔，诗思沉着，有了更为深沉的律动和较为细致的肌理。两个阶段的关键性过渡，是为两岸诗界所称道的《西瓜寮诗辑》的写作。依然是乡土题材，依然满载着时代风云镌刻的"裂纹"，也依然处处渗透着深入骨头的忧郁和悲悯，但其发出的声音和言说的旨归，不再是激越的呐喊与呼号，而复反转为呵护式的歌吟与理想化的吁请，从而生发出内源性的精神质地和内敛的、思辨的语言机制。诗人由此从青涩走向成熟，唯激情驱动的写作转而为有控制的艺术，而作为"普罗"化写作的出发，也开

始步入精英化写作的走向。

　　实际上，在强大的、充满宰制性的现代化语境中，诗的行动，已不再具有社会学意义上的功能。它只能回到文化的根部、生命的本源来发挥作用，经由语言的改写来改写世界，以保持人的本质，免于个在的生命沦落为公共话语的类的平均数，并带领我们寻找关于我们存在的开放的源泉。在詹澈的"西瓜寮"系列诗作中，那些由沉默的种子而茁壮成长为浑圆的果实的西瓜，那些"注视太阳又凝视月亮"、"长成它们意识的形状"且充满生活汁液的西瓜，早已幻化为朴素生命之忧乐情感和精神力量的喻象，任寒来暑往、风云变化而生生不息。何况，它赖以生存的土地，土地中蕴藏的祖辈相传的文化脉息，并未完全被现代化的"机器"榨取干尽，依然顽强地滋养着大地上的生命，滋养着那些热爱生命的人们。出于本源也出于新的眼光，詹澈于《西瓜寮诗辑》之后，开始大量摄取地缘文化、民族文化和带有文化考古意味的自然景观及原始生命形态作为新的创作素材，在世纪之交的前后十年中，先后写出了总题为"海浪和河流的队伍"和"兰屿祝祷词"两批诗作，为其诗的版图，扩展了更为深远的领域，也确立了新的坐标。

　　在这两辑作品中，与生命共舞，成为超越阶级意识与政治理念的主旋律。山脉、河流、海洋、岛屿，艾草、角鸮、椰子蟹、小凤蝶，阿美人、布农人、达悟族、卑南族，头发舞、勇士舞、千人丰年祭舞、八部音合唱，所有这一切，在华丽的物质世界之外，在溃疡的意识形态之外，在生硬的水泥世界之外，在空心的公共话语之外，兀自独立而自在地排演出充满原始活力和草根文化的生命大合唱，并经由诗人的编导而越发活力四射，撼人心魂！这是真正的力量与希望之所在呵，"历史隐没，时间的足迹浮起/它的影子和光芒，背着太阳/以一颗陨石的重量/从窗口压向书桌/书桌夹板在云层中龟裂"（《石头山》·1999）。诗人在此赋予"石头山"永不磨灭的生命的形象，在它"陨石"般的"重量"下，作为知识与社会身份的"书桌"，开始"龟裂"，暗示另一种身份认同的可能。显然，诗人的诗思，已由为"模糊的阶级"代言，转而为有声有色的生命本身立言，企求在生命的本源层面以及民间文化谱系中，索寻新的精神资源，以对抗华丽之溃疡的污染。诗人在布农族八部音合唱中听到："向天空，向地底/寻找传说中的太阳/呼唤原始，询问地神/寻找声音的象形/在土地和水的灵魂里/那，天籁"（《瀑布抽打山的陀螺——听闻布农族八部音合唱》·2000），相信那才是大地永恒的"念力"和"愿力"，而"其实他们就是山上摇摆的海浪/围着他们的岛/和裸体的太阳"（《勇士舞》·1997）——这是最终的认领：与历史同行，与土地同在，最终都须回到与生命共舞中来，这是诗的出发地，也是它最终的归所。土地的儿子跃身为"裸体的太阳"，一个更广大的精神世界在他眼前扩展开来，诗人的心理机制，也因此变得从容淡定，并在具体的写作中，有了更趋多样的形式感，语言的基质也发生了明显的变化。在那首《等待千禧曙光》（2001）的诗作中，我们欣慰地体察到，诗人那颗充满忧郁与悲苦的灵魂，开始融雪，复归润活，其徐徐舒展开来的语势与自然生发的意象，也分外明快与酣畅。"风松开手掌，云块开始溶解/每棵树看起来都柔软"，"一个世纪的身体慢慢消失/它留下影子等待阳光"，而"一首和旭日同时上升的长诗/等待你去完成，等待你的朗诵"……

五

以诗为生命的宗庙，献身的诺言对才具并不突出的诗人詹澈来说，显得特别沉重。精神与语言的落差，经验的独立性与艺术的独立性的背离，一直是詹澈诗歌难以企及真正成熟与完善的关键所在。尽管在晚近的作品中，我们已看到诗人强烈的形式革新和语感追求的努力，但其基本的问题还是没有完全解决。正如余光中先生所指出的："作者在命题、布局、比喻各方面均有所长，思路与感性也颇可观，但在语言的掌握上仍有精进的空间。简而言之，诗意甚旺，但诗艺尚应加强，才能火候到家。"①

　　"诗艺"是一个综合指标，具体到詹澈的诗歌写作，我认为主要是"语感"的欠缺，一直未能确立和自己的生命形态和谐共生的语言形态，即找到适合于自己的发声方式。这其中，首先是片面注重了诗的言志载道功能，疏于对其"言"、其"载"之审美功能的掌控，视语言为工具，拿来就用，加之激情性、倾泻性的写作机制，导致诗质比较稀薄。这一点，在前期作品中尤其突出。其次，在意识到语言与形式的迫切性之后，由于经验的欠缺，和长期形成的语言习惯及思维定式的困扰，使之常常只注意到局部意象与遣词调句方面的改观，而未能在整体语感上予以调整，难有质的飞跃，有时甚至因用错了心力或用过了劲，反生生硬。包括对文言语词、书面语和口语的混用，常有夹缠不清、互为干扰与消解的弊病。如"贴在你耳边细诉，如溪水向东款流"一句，"款流"一词从哪方面看都显造作，影响到整体语境的和谐。我同时注意到，诗人其实在不刻意而为时，也常有十分恰切明快的表现，如前述《等待千禧曙光》一诗就很典型。另如早期《缝好掉了的扣子》（1979），全诗不动声色，只在细节的描述："那颗掉了的扣子/是颗苍黄坚硬的扣子/像母亲苍黄坚硬的指甲"，"母亲的指甲/在台湾的土地上/艰苦地磨出择善固执的颜色"。语言如木刻般平实中显力道，意象的生发也十分自然贴切，整体语感与其内容相融相济，应该是詹澈本源质素的所在，但未能有机地确认与发扬。

　　幸好，由于人格力量的强力灌注，真情实感的本色投入，上述缺陷，以及那些不可遏止的指涉欲望，那些因题旨所需强行嵌入的各种概念、术语及信念等硬物，都被诗中岩浆般的激情、真

---

　　①　余光中：《种瓜得瓜，请尝甘苦——读詹澈的两本诗集》，转引自詹澈诗集《海浪和河流的队伍》，台湾二鱼文化事业有限公司2003年4月版，第28页。

情、悲天悯人之情烧化了，有如勃发的春潮滚滚而来，人们已不再注意裹挟于其中的杂质，而只为其力的涌动和真的喷发所感怀。这是詹澈不同凡响的优势所在。但作为一位越来越有影响、越来越显示出精英化写作气象的诗人来说，我们不能不在艺术位格上，对这位我们所敬重的诗人，抱有更高的要求和更大的期待。期待他在与历史同行、与土地同在、与生命共舞的同时，在保持生命原色、生存原味的同时，于未来的诗路历程，有更卓越的表现，以人诗合一的专业风度，收获一个晚来的成熟。

2004 年 12 月

为诗而诗

论隐地和他的诗

一、谁是诗人？

当偌大个地球在二十世纪翻天覆地的科技变革中急速化为一个小村庄时，曾经作为人类精神祭司的诗人，也渐渐成了"珍稀动物"。在由广告、音像、通俗读物以及各种商业文化所主宰的全频道的文化场景下，谁还爱诗？谁还读诗？谁还写诗？谁还想做诗人？

为大众文化和商业利益所切割下的现代诗（以及一切严肃文学和艺术），已经成为离散的孤岛。仍然固守在这孤岛上的住民，批评家们开始称之为"守望者"；居然乐于"移民"到这孤岛上（在许多"原住民"纷纷逃离的时代里）的新住民，人们称之为"天真"或"犯傻"。

纷纷乱乱的世纪末黄昏，无论在大陆还是在台湾，包括文化人在内的所有中国人，都变得空前实际而不再"天真"或"犯傻"了。

何谓"天真"？在今天的语境下，最好重新理解它——"天"者，自然也；"真"者，真实也，习惯的说法是相对于"成熟"而言，含有贬义和不屑。实则在一个从里到外都已为所谓的"成熟"污染得满身体臭且发着焦煳味的时代里，"天真"却成了最不"天真"的选择——成为本来的自己，返归本真自我，这才是真正意义上的成熟，为此而"犯傻"，实则是最聪明的做法。

不过，一般而言，遭遇诗歌，为诗而"疯魔""犯傻"，多在青春年少，且很快在尚未进入"职业选手"之前，大都如流星般地一闪而逝了。在大陆，明里暗里有一种说法：写不好诗的人才去写散文。实际也确有这种现象，且大有人在。同时许多成名的小说家也大都在创作的初始是由诗开始，随后转向写小说成名。且转了就再少有返顾者。诗，永远只是青春的恋人——似乎已成为古今中外文学的定论。

然而这一定论，在二十世纪末的最后几年里，却被一位叫着"隐地"的中年作家，在短短的时间里予以改写了——尽管隐地一直爱诗，且以一个有历史感的优秀出版人的胸怀，鼎力支撑长达十年的台湾《年度诗选》，影响之巨，无出右者。但隐地毕竟是以小说和散文享誉台湾文坛的，却能在五十六岁之际，突发灵感、一发不可收拾地转而投入现代诗的写作，并于短短两年之内，先后出版了《法式裸睡》（台湾尔雅出版社1995年版）、《一天里的戏码》（台湾尔雅出版社1996年版）两部诗集，且出手不凡，"一开始就达到相当的高度"，[1] 一时在两岸诗界传为佳话，成为世纪末两岸诗坛一个不大不小的"诗歌事件"——在大陆文坛，从未所闻，在台湾，怕也是一个异数，一种值得研究的文学现象。

显然，"隐地现象"绝非"老夫突发少年狂"式的"玩票"

---

① 痖弦：《湖畔·〈四重奏〉小引》，《四重奏》（王恺、艾笛、隐地、沈临彬诗合集），台湾尔雅出版社1994年版，第4页。

（这一点，起初恐怕有好多人在暗自担着心），而是有着主体人格和美学思考的背景作其支撑的。就其创作主体而言，可借用作家王鼎钧为隐地《一天里的戏码》诗集所作序诗《推测隐地为何写诗》中的佳句作证："诗在小说家的血液里/它们嘤鸣已久/突然一起飞出来，成集"；就美学思考而言，可证之诗人向明一段极为精到的评语："隐地的诗受人喜爱，主要是他于众多已经出现的诗中，提供了一种崭新的选择，更是在诗普遍认为难懂的谴责声中，他是唯一能让人轻易享受到诗乐趣的诗人。"①

诗心本存，诗艺独出——有备而发的隐地以他喷泉般涌现的一百首作品，已向诗坛显示了一位"职业选手"的品质，令人不可小视。

而谁是诗人？

有诗如其人的诗人，有人如其诗的诗人；有诗不如其人的诗人，有人不如其诗的诗人；有为诗而诗的诗人，有为诗人而诗的诗人；有唯持爱心为诗的诗人，有唯持野心为诗的诗人；有不写诗也是诗人的诗人，有写一辈子诗也不是诗人的"诗人"——而当我在《隐地论隐地》一文中，读到如此自白："隐地老早看清一切人类灾难的症结，而他仍然把文学当宗教似的信仰……他深信，人类唯有靠文学艺术才能得到救赎"时，② 我们会欣悦地承认：这位"诗歌孤岛"的新移民，是一位不写诗也有一颗诗心，一写诗就必然是真诚之作的真正的诗人！

二、主体：诗性人生的本真回归

隐地爱诗，由来已久，这源自他天生的诗人气质。这气质一

---

① 向明：《小评隐地两首诗》，转引自隐地诗集《一天里的戏码》，台湾尔雅出版社1996年版，第189页。

② 隐地：《隐地论隐地》，台湾《联合报》副刊1994年12月5日版。

直弥散于他各种样式的文学创作之中，临老返顾诗本身，实则是隐地对其诗人气质的收摄与回归。

　　早在读隐地的小说和散文时，我就感觉有一种特别的魅力。品味久了，发现这魅力正在于其散文话语之中的一脉"诗意"。我是说，那是一些浸漫着特殊诗意的隐地式的小说和散文。那样平实无华的语言，那样心平气和的叙事，那样不加经营的自然流泻，除了儒雅纯正的人格魅力之外，总还有点与艺术本质有关的什么吧？这就是"诗意的味素"。说到底，就作家的审美特性而言，隐地天生是个可以或者应该乃至必然要写诗的人——不是为成为诗人而写诗，而是为写诗而写诗——适性为美，率性为真，有真性情作底蕴，便成就了另一片风景；这片风景尽管尚未形成大的气象，但作为一种特殊的诗歌现象，一种特具的写作态势，已足以引发一些别有意味的诗学思考。

　　其一是纯正的写作心态。作为诗性人生的本真回归，隐地的诗思只来自于他自身，而非仿制或投影。由此保证了一个单纯的初始状态，使其成为一个真诚朴实的诗性言说者，而非为抒情而抒情、为想象而想象的虚妄主体。

　　其二是率直鲜活的诗性情态。不落套，不入流（时兴潮流之流），不设防，至情至性，本真出演，是隐地最令人叹赏之处。读他的诗如同读他的小说和散文，有一种特别的阅读快感，并同时能感受到诗人/作家自己也处于一种特别的写作快感中，何谓"平易近人"而又不落粗鄙肤浅，在隐地的创作中，我们可以找到一点答案。

　　其三是纯净平实的语态。语言是精神之相，有怎样的精神品相就表现为怎样的语言品相。反过来说，使用一种语言就是采用一种生活方式。隐地以知天命之年进入现代诗写作，对语言的选择自然见山是山，见水是水，清水白石，尽弃铅华。明朗、清爽、直接，只是平凡诗人之平凡而素朴的诗性言说，轻松灵动而又不乏智慧和情趣。

由此构成隐地诗作的基本质地：作为精神向度的归真和作为语言向度的返璞。应该说，这一品质在台湾现代诗发展过程中，是一个因各种原因未得以深入、且一再被误读和忽略了的；因误读而致所谓"口白体"实验的失败，因未深入而致粗浅干枯之所谓"明朗化"和"散文化"的泛滥。在隐地的作品中，也时有这样的影响而致空乏之作，但在其成功的作品中，我却寻到了失落许久的一脉"诗风"，体现在初涉诗境的"新移民"身上，就更显可贵。

这里还得说到"性情"。所谓"诗性人生的本真回归"，不是人人皆可想为而为之的，全在"性情"二字。对此，笔者有一种持之多年的说法：凡人都先由性情中来，入世渐深后，便渐次舍了性情，追逐观念，所谓要"成熟"、要"有思想"，久而久之，便成了"观念中人"而失去了本真自我。做平常人，或可就中得些"社会经验"，所谓"从众入流"，多得利、少吃亏；做文人，尤其是艺术创造者，若长久囿于其中而不得跳脱，则"吃亏"大矣——所谓作家和诗人的"中年危机"或"写作定势"，大抵源于此。以此看去，自会明白：隐地之所以能在中年午后之旅中，如此轻松地获得艺术新生，成为罕见的诗歌现象，全得益于那一份源于天性的诗性情怀，那一种永远年轻、洒脱、自由自在的创作心态。

三、诗艺：转换话语与落于日常

诗人痖弦曾在说到隐地的小说和散文时评道："……常于平淡客观的叙述中表现人性的变貌和时代的感喟，展现出青少年作家少见的观察深度。"[①] 而今进入诗创作的隐地，已不是青少年

---

① 痖弦：《湖畔·〈四重奏〉小引》，《四重奏》（王恺、艾笛、隐地、沈临彬诗合集），台湾尔雅出版社1994年版，序第4页。

了，但那一份"少见的观察深度"仍存在于他诗的视觉，而那一种平淡客观的叙述，在经由诗的转化后，更成为他诗中最具特色的艺术品质。

1. 平淡

在隐地诗中，准确地讲，是在隐地选择的这一脉诗中，平淡有其特定的含义：平，是指平实、不隔，而非干板，平铺直叙；淡，是指淡化：a. 指涉欲望；b. 繁复意象；c. 语言贵族化；d. 虚妄与矫情。现代诗无意间"培养"了一批不再读现代诗的大众，实在与这四点有关，不是错误，却未免是一种失误。诗，可以是一种最高蹈的语言游戏，也可以是一种最朴素的语言游戏，能以平常心看平常事，且以平常话道出不平常的"人性的变貌和时代的感喟"来，而又不失诗之本质，实则更是诗的正道而绝非末枝小技。"平凡一生/什么事都不曾发生/像一棵不开花的树/希望在落叶满地之前/唱出一声鲜红/光亮也来照照我这俗身吧"（《挣扎的心》）。读这样的诗句，感觉连诗人的那份忧伤也是明亮的、淡淡的，如梧桐夜雨（语），不是轰然而逝的震动，而是余韵久长的浸染。向明指认隐地"是唯一能让人轻易享受到诗乐趣的诗人"，大概正在于此。现代诗的基本困境在于：写得朴素了，常显肤浅；写得深刻了，又难免晦涩。隐地对此，在作为诗爱者时便深有体味，一旦投入诗的创作，便着力于对其二者之间的贯通，并取得成功。诗人每每用一种无拘无束的自然表现，和不乏调侃与幽默的轻松语调，来体现当下生命的真实脉搏，诗中的人情、事理都力求原始返真的声音，不造作，无矫饰，"质朴自在"（陈义芝评语），如奥·帕斯（Octavio Paz）所说的："既没有语言的决裂，也没有落落寡合，而是作为与街上的行人融通为一体的意志。"① 应该说，仅就这种轻松自如的表现形式

---

① 奥·帕斯（Octavio Paz）：《诗歌与世纪末》，《批评的激情》（赵振江译），云南人民出版社 1995 年版，第 57 页。

而言，隐地似填补了台湾现代诗进程中的某些空白，这也正是他之所以能很快获得好感、受到诗家和一般读者普遍欢迎的缘由所在。而自如的表现源自自在的心态。隐地以"诗坛平民"的心态进入创作，从一开始就彻底消除了作艺术/精神贵族的意识，反得了今日做诗人的真谛，这或许才是理解"隐地现象"的一把真正的秘钥。

2. 客观

现代诗的发展中，一直存有两个主要走向：一是想象世界的主观抒情，一是真实世界的客观陈述。前者以灵魂自我为中心，经由想象的构建和情感的张扬来超越现实，呼唤神性生命的复归。后者则以存在为对象，经由一个个被某个存在惊动起的诗性观照，予以冷静客观的显示，以此深入对人类生存真实的诗化的思考。新诗七十余年，前一走向一直有着深厚的积淀和良好的发展，后一走向则总未得以更深的拓展。在台湾，痖弦是此走向的集大成者，可谓高标独树，开辟了新的境地。在大陆，则是在进入八十年代中期后，经由第三代诗人们方得以再造和重拓。

隐地的诗，显然趋于后者，是一种智性的、客观的而非激情与想象的写作，排拒诗行中的赤裸表白和繁复意象，只求明达，不事张扬，骨子里又不失一种深切的价值关怀，与其在小说与散文写作中的艺术追求是一致的。对此，隐地曾说过一段颇有意味的话："以前我有点怕见诗人，总觉诗人说话的声音太大，好像也比别的艺术家更喜欢骂人。"① 这实在是一个极为微妙和精到的指认，使我们想到艾略特（Thomas Stearns Eliot）的那段著名论断："诗歌不是感情的放纵，而是感情的逃避；不是个性的表现，而是个性的逃避。当然，也只有有个性有感情的人才知道

---

① 隐地：《诗与我，我与诗》，隐地散文集《爱喝咖啡的人》，台湾尔雅出版社 1992 年版，第 77 页。

逃避它们意味着什么。"① 隐地对这种"声音太大"的逃避，落于创作尤见成效，形成他特有的轻灵、恬淡、简约而又不乏诙谐和暗示的语感风格。像"海棠花隔壁是海棠花/我的隔壁还是我"（《独孤之旅》），只是淡淡冷冷的一声低语，那份隐含的孤独却深入骨髓。再如："喝下午茶/是一种倾听"，"还有下午茶式的外遇"（《英式炸鱼》），读来何等明快，却又有一缕会心的况味幽默于语词之外。在《卡啡卡》一诗中，这种冷静切入又轻快跳出的语感，竟无意间抵达一种"后现代式"的拼贴效应，读来饶有别趣："让 KAFKA 和 COFFEE 相遇/它们混合成一杯可口的卡啡卡"——在这样的拼贴之下，人与沉重的历史相遇而又轻松地化解了历史的挤压，只留下瞬间的思与诗和与之邂逅的真实自我。即或在灵魂出窍的时刻也从未无视那具肉体的实在，"一天里的戏码/端看自己的心情"（《一天里的戏码》），因而能"把人生的无奈那样轻松地表现出来"（白先勇评语）。这便是隐地式的"客观"亦即隐地式的"诗化哲学"，比起那些充满着精神虚妄症和语言焦灼状的所谓"高迈"而"超凡入圣"的诗人们的哲学，隐地似乎更贴近现代人的精神语境，使我们感到亲近而踏实。"他希望每隔十年就能从坟墓里爬出来/出去买份报纸读读"（《热爱生命》），这样的诗句，我想，或许二十一世纪的读者会比我们更喜欢它的。

3．叙述

痖弦说的"叙述"是就隐地小说与散文而言，进入诗的写作，"叙述"便有了新的使命。叙述相对的是抒情（抒发、描绘等），而持客观主义诗观的诗人则只是选择"叙述"，所谓转换话语、落于日常即在于此。这实际上是一次难度很大的转换。要在看似非诗性的叙述性话语中生发出诗的语境，让普泛的日常现实

---

① 艾略特（Thomas Stearns Eliot）：《传统与个人才能》，转引自《西方诗论精华》（沈奇编选），广州花城出版社 1991 年版，第 271 页。

成为可作诗性言说的一部分，需要对语言有一种更高超的把握。消解书面语言的贵族化倾向，回到日常语言的大地，重铸口语，再造叙述，是这一脉诗人对现代汉诗最杰出的贡献。语言的意义在于词语的使用方式，语言有多少种用法，就有多少语境，多少意义。在卑微叙事中透显生存的敏感，于日常话语中敲击出诗性的光亮，实在是身处今日大众文化语境中的诗人们，不得不考虑的一种选择——不是妥协，而是进取，是整合，是经由对语言空间的开发和拓展而至对我们生存之精神空间的开发与拓展，并由此抵达与未来及新人类的对接。

　　落于日常的诗性视点，平淡客观的诗性叙述，是形成隐地风格的两个基本支点。落于日常并非没有理想，能在寻常生活中抓住生命要义的人，方是真正自由自在的人，既挣脱了肉身的羁绊又挣脱了观念的羁绊而永不住定的人，而这正是隐地的心性。"为这种寻常的家居生活他感动/一个屋顶下一个家/经过多少奋斗/才能抵抗外面的风雨"（《一个屋顶下一个家》）。话说得多平实，但我们为之深深感动。日常为理想之体，立足于现实思考生命，着眼于当下审视人生，便避免了诗思的大而无当和虚无缥缈。这里的关键在于，诗人的作品并未由此而沦为现代日常生活的简单提货单，而是在贴近我们身处的生活语境中，提炼出新的诗意、新的美感，且不乏对人生况味、生命质量独到的思考，并在这样的思考中保留了生活的原汁原味。如此的诗歌立场，必然要摒弃那些过于"高蹈"的言说方式，落于客观平实的叙述话语，从中开掘与其诗思相协调的诗美情趣。一旦进入这两者的结合部，隐地便很快步入佳境，所谓契合心性而运用自如了。正如向明所言："他能于寻常事物中，道出一般人习而不察的真理，天真和出人意表的趣味是他的诗的最大特色。"① 例如这首每为

---

　　① 　向明：《小评隐地两首诗》，转引自《一天里的戏码》，台湾尔雅出版社1996年版，第189页。

人称道的《法式裸睡》：

> 法式裸睡
> 是睡觉的一种方法
> 法式田螺
> 是一种吃田螺的方法
> 天下什么事都讲方法
> 比如摆脱丈夫的方法
> 吃西瓜的方法
> 以及做爱的一零一种方法
>
> 在一千零一夜里
> 睡着
> 是为了醒来
> 睡不着呢？
>
> 你就作诗
> 或者打蚊子
>
> 打蚊子
> 是为了睡着
>
> 睡着了
> 身体是蚊子的幸福天堂！

　　全诗只有半个形容词"幸福"（作为词组出现，只能算半个），其余全是实实在在的名词和动词，没有"抒情"，严格地讲，也没有营造什么"意象"。只是将睡觉、吃田螺、摆脱丈夫、吃西瓜、做爱、失眠、作诗、打蚊子这些看似毫不相干的日常行为，经由平淡客观的冷叙述，并置于一个诗化空间里。这里，并置什么，怎样并置，如何在大跨度的跳闪中不失隐在诗思之串联，是叙述的关键所在。智慧和幽默在这里起了大作用（如从做爱的一零一种方法巧妙地想到一千零一夜的故事，极尽诙谐和机智），且控制得恰到好处，于不动声色之中，使这一连串普泛的行为和事态在这一特定语境中有声有色地跳起舞来。"天下什么事情都讲方法"，裸睡是解决怎样睡得舒服的方法，写诗或打蚊子是解决睡不着的方法，所有的方法都是为着解决生存的质量，可到了求得了安稳的人身（人生），却依然摆脱不了成为"蚊子的幸福天堂"的荒诞结局。作为诗，重要的不是说出了这种荒诞，而是以一种怎样的心态、情态和语态在说着——隐地在此给了我们一个精彩而别致的新说法。

再请读《寂寞方程式》中的妙句："思想没有性欲/夜寂寞"；"主人老了/镜子寂寞"；"看不见船/河寂寞"；"等不到情人的抚摸/乳房寂寞"。中国诗人中少有幽默感，惯于板着脸作莫测高深状，在隐地这样的诗句中，我们方找到了一点稀有的感觉（持有这种语感的，尚有海外的严力、大陆的伊沙等）。其他如《民谣风》、《薄荷痛》中对性爱的诗性歌吟，令人会心一笑；《勃》诗中真纯可爱的儒雅心性，更难免忍俊不禁。"这世界已经让人很无奈了"（白先勇语）能在"无奈"中生出点幽默，给灵魂以瞬间的放松，何尝不是诗人的天职？只是，这需要另一种心态、另一种语感、另一种智慧。

四、为诗而诗

隐地在九十年代台湾诗坛的出现，至少具有下面两点意义：

其一，以成名作家的身份转而为诗，且取得斐然成就而别有建树，在当代中国文学进程中，开了一个先例；

其二，重新开启并激活了可称之为"口语化、轻松派诗歌"

的探索路向，从而弥补了台湾现代诗发展中此一路向的长久缺憾。

上述其一是表象的，其二方是实质性的。可以预言：我们很可能在不远的将来，会重新认识和估价"隐地现象"所产生的影响。尽管，就眼下的隐地整体创作来看，尚有诸多缺陷，譬如许多作品没有很好地控制，常出现急于说明题旨和点化哲理的弊病，有些诗则显得枯干，有流于"最简单叙述"的危险，等等。但可以相信的是，隐地所持有的基本立场和风格，以及由此所决定的创作路向，应该是属于未来、属于新人类的。

而作为诗人的隐地，更与闻达和功名无涉，他只是想写诗，只是在想写诗时就那么轻松自如地写下了这些诗，只是想在时光里种上一棵诗歌树，给将临黄昏的目光一抹神性生命的恒久慰藉。他说："我多么希望有更多的人能耐得住寂寞，走自己最初的路，把理想当作一粒种子，耕种自己的一片田地，自有乐趣在其中。"① 他还说："只要新梦不断，热情不减，我们就会永远是一位有活力的人。"②

这便是隐地，额头上总是闪亮着一片明净的天空的隐地——一个"到老都在织梦的人"（《梦碎六行》）。他对文学的深爱是永远的初恋，凭活力支撑，新梦不断。而诗是心灵之梦，靠热情喂养，能说出这样的话的人，能不成为一位真正的、还可能会是优秀的诗人吗？

1995 年 6 月初稿
1996 年 9 月改定

---

① 隐地：《变与不变》，《隐地极短篇》，台湾尔雅出版社 1990 年版，第 19 页。

② 隐地：《爱喝咖啡的人》，台湾尔雅出版社 1992 年版，第 206 页。

清溪奔快　小风送爽

评隐地诗集《生命旷野》

　　新千年伊始，隐地出版了他的第三部诗集《生命旷野》（台湾尔雅出版社 2000 年版）。比起隐地前两部诗集《法式裸睡》（台湾尔雅出版社 1995 年版）和《一天里的戏码》（台湾尔雅出版社 1996 年版），这部诗集的取名似乎严肃了些，让人疑惑隐地的诗风是否有变？潜心阅读后，方会意诗人风格依然，只是更多了些爽利与旷达，以及不失感性的文化思考。全书收入诗人近三年来六十二首新作，其中《洗耳朵之歌》、《快乐小猫》、《海洋的故事》、《无人阅读的 DM 从信箱折回它自己的家》、《四点钟的阳光》以及三行小诗《静物说话》等佳作，颇让人击节惊喜，感佩这位高龄"年轻诗人"的状态之良好。实际上，这位五十六岁才"像一阵突来的龙卷风似的卷进诗坛"（洛夫语）的"后中年前老年诗人"（林峻枫语），在创造了中国新诗史上第一个由小说家/散文作家转而为诗人的记录，从而成为两岸诗坛世纪交替时空下的一段佳话后，更以其持续高涨的创作热情和沛然勃发的创作实绩，向人们证实：隐地写诗，并非一时之兴，而确系蓄势已久，有备而来，既"一出手便直达某种高度"，又很快形成了"迥异于以现代诗为主流的当代台湾诗坛"① 的自家风格，为新世纪的台湾诗坛，投下了一抹新的亮色。

"高龄"而"年轻"，这种生命形态和艺术形态的双重特异，使隐地的创作路向完全不同于台湾三代诗人的基本样貌。所谓"蓄势已久"，是指他对自身诗性生命感悟的长久沉潜与认领；所谓"有备而来"，是指他作为台湾多年来诗歌发展的同路人，经由宏观（主持尔雅版《年度诗选》的出版）和微观（作为现代诗的热心读者）的纵览与细察，找准了现代诗存在的问题。如此造就的这位"特型诗人"，其出手自是别具一格，虽还说不上是"重量级"的选手，但出拳的招数，却颇能点到人们关心的某些诗歌"穴位"，有益于诗界对新诗现状的反思和作为再出发时的参照。概括而言，可称之为"转换话语，落于日常"；细作分析，至少有三点，是"隐地诗风"不同于他人的独到之处：

1. 日常化的视点

洛夫在题为《诗是隐地活得真实的理由》并作为《生命旷野》的代序文章中，指认隐地"确是一位从平庸的生活提炼纯净诗情的诗人"，可谓一语中的。隐地中年午后步入诗道，个体生命已是水静流深、波澜不兴，外在环境也正处于工商社会的常态发展，普泛生命随之化入庸常生活的平均数。此种"语境"，诗从何来？隐地偏偏从中捕捉到一个又一个鲜活生动的诗的"镜头"，且提炼出一种又一种不乏后现代意味的人生况味，再搅拌上悲悯的"辛"、讽喻的"辣"、调侃的"酸"、怀旧的"甜"、忧郁的"咸"，五味杂陈而又爽口爽心。对于已厌倦了家国乡愁之宏大叙事和炫奇斗诡之小技巧的诗歌读众而言，隐地端出的这些

---

① 洛夫：《诗是隐地活得真实的理由》，《生命旷野》，台湾尔雅出版社 2000 年版，序第 2 页。

"日常小菜"，无疑激活了人们的"胃口"，生发一种新的、富有亲和性的诗性体验与思考。应该指出的是，隐地的这种落视，绝非取巧，而是当代诗歌立场的合理转换，并由此扩展了现代诗的表现域度。隐地诗歌处理的是为大多数诗人所忽视了的、步入工商社会后世俗生活的精神事务，且在这种处理的背后，又处处透显着意欲唤回现代人业已失落的诗性生命意识的文化情怀，而这，正是现代诗面对历史新语境较为恰切的立场定位。"每一个朝代的猫都在玩它们自己的游戏"，且"只在意对方的耳朵和尾巴"（《快乐小猫》）；日常中的诗意，才是可信赖的诗意，一味高蹈，反消解了诗性生命的发展。"能于寻常事务中，道出一般人习而不察的真理"，且见得"天真和出人意表的趣味"，① 是隐地诗的最大特色，也是今天的诗人们所应留意的新视阈。

　　2. 生活化的语感

　　先天不足，后天不良，中国新诗的语言问题可谓如影随形，积习难改。诗人要说与众不同的"诗话"，又要说与众相通的"人话"，按说这应是为诗之常理，却又常"理不顺"。总是高蹈，总是虚妄，总是唯求"不同"而不管"相通"，只谈怎样培养读众，不谈如何亲近读众，从而不断制造阅读障碍，也就不断消解着诗的生存和发展，以至连小众也不众了。对这一危机，隐地在作了十几年的虔敬诗爱者之后，早已了然于心，且有批评文字发表，一旦自己也要写，必然要求自己对此有所警惕，有所作为。

　　读隐地的诗，第一快感正是他与众（诗人之众）不同而又与众（诗歌读众）相通的清新语感。"清"者清通，没有阅读障碍，但又非所谓"明朗"派的一览无余。隐地的"清通"是有内含的，且不乏语言肌理感，悦目、赏心、动思，水清而有"鱼"（余）；"新"者，新鲜，有来自当下生活的鲜活气息，也就自然

---

① 　向明评语，转引自洛夫《诗是隐地活得真实的理由》，《生命旷野》，台湾尔雅出版社 2000 年版，序第 3—4 页。

与当下的文化语境相契合。台湾诗歌语言，大体是两种路向（这里不包括"台语诗"）：一是杂糅有文言语态的"国粹派"，前行代诗人中大多趋于此种路向，且沿袭成风，虽很高雅，但也难免夹生，显得文化味重，人气味淡，常常疏离于现代语境；一是偏向翻译语态的"洋务派"，语势高蹈，语流黏滞，文人气很浓。两种路向的共同弊病是都偏重于书面语，未能有机地融入口语和吸纳不断生成着的民间活话语。隐地的语感之新，正是新在这一点上：既不"洋"，也不"土"，尤其不故作诗人状，怎么说话，就怎么写诗，是真正流动活跃于当下的现代汉语，读来如与友人小叙，得诗意也得人气。可以说，这种语感，是隐地对台湾诗歌语言的一个贡献，并且因为它特有的表现力和亲和性，很可能会影响及将来，成为一脉有号召力的新走向。

3. 轻喜剧式的诗歌情态

日常题旨，平民话语，幽默、睿智、明净，且总是有一抹淡淡的微笑的光晕温润其中，让人莞尔会意——这是隐地式的诗歌情态：冷抒情，喜剧性，在微笑中见悲悯。隐地的诗，很难用知性、感性去框定，或许是受到写小说和散文的影响，他从不直接去抒发感情，而惯于从富有戏剧性的事象中去追索理趣、抒写情怀，所谓"坐实务虚"。这使他的有些诗作题旨落得太实，缺少分延与晕染，一时把话说尽了。但在那些成功的作品中，却平生一份特殊的韵味，充满现代意识和现代审美情趣。尤其是那些具有喜剧化/寓言性的佳作，常让人会心一笑，成为隐地诗歌情态的一种标志。像《耳朵下雪》中对社会话语不绝于耳之聒噪的绝妙讽喻，《快乐小猫》中对生命常态的称许和对所谓"历史动物"的幽默解构，《镜前》中的自我调侃，《摄护腺》中的戏谑情态，无不让我们在微笑里，瞬间领悟社会与人生中那一缕喜剧化的悲剧意味，而这，正是现代诗最令人心仪的地方。1997 年诺贝尔文学奖得主达里奥·福（Dario Fo）就认为，在今天的时代，"笑，成为最有力的手段"，"在深深地认识到人类生存之荒诞和无奈之后，我们才能真正发自内心地笑出声来"。确实，笑是一种生命的净化剂，有时比愤怒还有助于清除社会和人生中的污垢与不洁。可惜中国新诗发展中，一直缺少这方面的传统，隐地轻喜剧式的诗性情态，不失为一种有益的补充。

为唤回日益流失的诗歌读众，台湾诗界近年力推小诗创作，隐地是其主要倡导者和主攻手。至《生命旷野》一集，隐地的诗越发精短小巧，大多只在十行左右，可见其用心良苦。当多元文化将新诗挤迫到一个极狭小的生存空间时，在未来相当一段时空下，诗确实难以再充当曾经辉煌的精神号角与灯塔的角色，而很可能只是物化世界之暗夜中的几粒萤火虫，以她微弱而素朴的光亮引发人们对她的重新认知和热爱。因此，小诗运动的推行，或许将是可能让诗重新获得生存发展的所谓"获救之途"。但小诗看似好写，其实难度很大。即以隐地而论，大多数作品都有速写性感觉，失于随意，缺乏研磨，显得诗质单薄了些。不过，细心研究者会发现，即或在此类作品中，也可见得良好的品质质地，可说是一些未经完美打造的水晶，而非一堆碎玻璃。而在隐地那些时而妙手偶得的佳作中，则让我们真正品尝到现代小诗的审美趣味：好读、耐品、爽利、隽永，既有眼为之一亮的惊艳，又有心为之一动的深思，且具有专业性阅读不觉浅、非专业性阅读不觉深的传播效应——而这，不正是当今诗人们孜孜以求的诗歌前景吗？可以想见，以隐地这样将晚霞作朝阳般燃烧的诗人情怀，假以时日，无疑将会在小诗创作的天地里，造就更为绚丽多彩的风景线。

2000 年 3 月

向晚愈明

论向明兼评其诗集《随身的纠缠》

一

在物质时代里，所谓"诗"，该是一种怎样的存在呢？

向明的回答是："随身的纠缠。"并以此作为他最新出版的一部诗集的集名。"就像佛家所说人们摆脱不了的贪、嗔、痴、妄诸念，诗其实也是一种随身的纠缠，所好的是它不会为人带来任何杂念，却能传达出一定的精神正义，不管那是一道虚幻的光环，还是一阵瞬间即灭的七彩烟雾，对诗人言，那是一种快感，一种过瘾。"

话说得很平实，却又如此深切。我不知道，置身于今日文化困境中的诗人们，对其所操持的这份"活儿"，还能作怎样高迈的解释呢？一句"随身"，道尽了诗人的宿命，一语"纠缠"，作为本真生命之不得不言说的甘苦快乐则尽在其中了。"对于一个醉心于诗文学的人而言，写诗，不断地把作品拿出来，命定是他一条永远走不完的路。边写边求新境，让诗的不断新生取代肉体的日渐衰老，更是他一生唯一的志业"。

由此两段摘自《随身的纠缠》（台湾尔雅出版社1994年版）之"后记"中的诗人自白，使我们触摸到了一颗纯正、赤诚的诗人之魂。诗贵有魂，无魂之诗只是一种文字游戏。而有魂无魂，同样是一种"随身的纠缠"，亦即是与生俱来而非修为所得的，这正是真诗人与伪诗人、一世诗人与一时诗人的本质区分所在。那份深爱、那份虔诚、那份殉道般的热情是天生的，与生命共呼吸、与血液共涌动的。正是有了这份呼吸，作为诗人的个体生命之树才得以常青；也正是有了这份涌动，作为人类的整体存在才有了神性之光而不致寂灭于物化的世界。诚然，由于诗人之魂在与语言之躯相遭遇中所持立场和切点的不同，其体现在作品中的艺术品质便也迥异不同，但作为作品的精神质地，却是与这份呼吸的深浅和涌动的节律息息相关的。诗人对语言的感悟能力确实难以完全超越天赋的局限，但只要持有这份深沉的呼吸和恒久的涌动，常可使一位并非天才的诗人最终走向优秀与不凡。在台湾现代诗坛中，向明正是这样一位代表诗人。

二

向明，本名董平，1928年生，原籍湖南长沙。从五十年代初开始新诗创作，至今已达半个世纪，是台湾"蓝星"诗社重要成员之一，也是台湾现代诗运不可忽略的人物。在群星灿烂、并肩崛起的前行代优秀诗人中，向明的诗歌作品产量不算丰厚，但其严谨的创作态度、诚挚的爱诗之心，以及对相契合于自身生命体验之语言风格的不懈追求，最终形成了他独具的诗歌品质，且越到后来，越显得炉火纯青。正如余光中所言："诗人多半老而才尽，向明却是后劲愈盛，大器晚成。他手里的那枝笔，挥的是反时针的方向，不是向冥，是向明：……他的招牌似乎不怎么耀眼，但店里的货色却是经挑的。"①

　　作为台湾现代诗的大陆研究者，向明吸引笔者之处正在于此。当然，在台湾的名诗人中，挥反时针方向不断超越而愈老愈盛的诗人尚有不少，如洛夫、余光中、张默等，但向明之向晚更明所给我们的启悟，确有他不同于他人之处。

　　大凡诗人的写作状态似可概分为三种：青春写作、才气写作、生命写作。历来诗坛，吃"青春饭"的占了多数，比起那些终其一生与缪斯无缘者，这种以青春激情亲近诗神乃至忘我投入的生命存在，已属超凡入圣，且常有天才之作出于其中，并时时以此青春激流有力地推动诗运的发展。但作为一个个体的诗性生命发展，仅凭青春激情的支撑显然是短暂而匆促的，大多如流星一闪便寂然而逝，留下的是如昙花般的瞬间辉耀。才气写作，更是可持而不可依托之势。诗人不能没有才气，但仅靠才气绝成不了大诗人，所谓可称一时之盛而难成一世之盛。古人讲文以气为主，那气是指生命之气而非才具之气。"真正的诗人是整个生命与诗的彻底融合和完全投入，是圣徒般的虔诚与献身。在这个世界的黑夜里，他代表人类向上帝发问，又代表上帝同人类对话。"②

　　而气有真、虚、沉、浮、纯、杂之分，所谓生命写作，不仅是指一种持之以恒不弃不离的全身心投入，还包含有在这种不断地投入之中，能自觉地不断消解这气中的虚浮羡杂的成分，使之生命体验和艺术体验得以逼近纯真沉凝的状态，且要将此状态持之一生而至化境。故近年大陆诗界在经历多年喧嚣激荡之后，于反思中又将此生命写作改之为终生写作，那意思是要指出，一般

---

　　①　余光中：《简评〈隔海捎来一只风筝〉和〈虹口公园遇鲁迅〉》，转引自向明诗集《随身的纠缠》，台湾尔雅出版社 1994 年版，附录第 177 页。

　　②　沈奇：《终结与起点》，沈奇诗与诗论集《生命之旅》，陕西人民教育出版社 1992 年版，第 215 页。

人所喊叫所理解的生命写作，仍含有青春冲动和造势的成分，只讲那一股子气而不讲气之炼化。

由此一视角去看向明，便可看到，这是一位得生命写作之真谛而能大器晚成的诗人。在长达四十五年的文学活动中，向明写诗、编诗、评诗，无巨细皆付深爱，皆着全力，所谓"客子光阴诗卷里"，故素有诗坛儒者之称。① 诗已化为他的一种生活方式，一种无时无处不在的"随身的纠缠"，而不全然是直奔诗人名分与尊荣的功利之业。落于写作，则无事不可入诗，或门前树、窗前花、妻的手，或夜读、晚眠、下午茶，大至巴黎印象，小至一条鱼被吃，乃至咳嗽、结石、痰、瘤等等，这种能在寻常生活中抓住诗性要意的人，必定是进入自由的人，是挣脱了功利羁绊、走向澄明之境的人。所谓向晚愈明，明的正是这一份澄澈的心境，从而得以保证一种单纯的写作状态，保证一首诗的"安全"亦即不失真纯。

由此我们方可体味到向明诗作的妙处。诗由语言生成，诗人之魂终要经由与语言的遭遇而附体成形。而每位诗人在此遭遇中，对语言的选择和重构，皆取决于他不同于别人的心境。有怎样的心境，便有怎样的诗境，单就艺术性而言，诗人与诗人之间，最终的差异亦即其艺术特质，皆由其作品的语境差异所定，且由此定风格、定品位。向明诗的特质，正源自那份自始纯正而向晚愈明的心境：于视点则以小见大、落于日常；于语言则简约平实，不事铺张。向明写诗，多以小构而少见巨制，其选材也少事大题，此非关能力而仍在心境。实则小构之难并不亚于巨制，能于短诗小令中见大旨趣者，更需功力。向明的小诗，能见大的容量，社会的、人生的、自然的，皆于日常小题中作耀眼的闪光。话说得不重不响亦不多，内在的分量却很足，常如一枚久炙

---

① 语出向明诗话集之书名《客子光阴诗卷里》，台湾耀文出版公司 1993 年版。

橄榄，要很长时间，才品得尽那绵长的心意。向明的诗歌语言，初看之下，有一种近于平面化和枯干的感觉，而细研之中，会渐解那一份言近旨远的况味。平面不是单薄浅显，而是在一个蓦然而至的瞬间找到足以承载诗思的简明形式，而不以外加的层叠意义为基础，使语言与意义处于一种自然而直接的关系中，摒弃为抒情而抒情的矫饰，为想象而想象的虚妄。在这种古典式的精约中，得以对常常企图超越或贯穿这种语义关系的那些边缘、赘疣和裂隙进行有效的抑制，使之语境透明，去尽铅华见质地，看似平实，骨子里却深含冷峻的选择。

这样的一种艺术特质，在向明以往的佳作名篇中，已多有表现。如为两岸选家和评者多次选中的《巍峨》、《瘤》、《烟囱》、《靶场那边》、《树的语言》等。到了新结集出版的《随身的纠缠》一集中，则愈显老到，有新的发挥。如此漫长的诗之跋涉，已届耆年而不乏脚力，更上高处，其心态之年轻、笔锋之劲健，确令人感佩！

三

《随身的纠缠》系向明的第六部诗集，收入五十八首作品。按作者自道，是诗人这五年（1988—1994）多来写诗"交出的总成绩"。作为大陆评论者，此前向明的诗作也多有读到，且有《青春的脸》（台湾九歌出版社1986年版）一集馈赠，但均未及细研。及至读到这部《随身的纠缠》，再结合诗人以往佳作作一潜心研读，顿有不评不足以为快的感觉。

这部诗集首先打动笔者的，是九首以儿童游戏项目为题的小诗：《滚铁环》、《踢毽子》、《跳绳》、《打弹珠》、《抽陀螺》、《跷跷板》、《荡秋千》、《捉迷藏》及《跳房子》。就笔者所见，两岸现代汉诗中，如此集中处理这种小题材者，尚不多见，不仅是童心使然，更有一枝惯于别人不经意处见旨趣的诗笔，硬是在这些看似儿童题材的视点上，写出了不凡的诗意。

实则要处理这类细小的题材，对即或是大诗人，也是一种考验，不是不屑，实乃难为。于尺幅空间见天地之大，在司空见惯的简单普泛之事实中，抽出于儿童于成人都可品味而得启悟的人生意味，确需一点独到的功力，稍弄不好，便易流于一般化的所谓哲理诗之浅近浮泛，而成平庸之作。

九首诗中，《跳房子》是一例外，排除了兼为少儿读者所写的因素，纯以这一儿时的游戏形式比作诗人在稿纸的方格上"跳来跳去"的"独脚（角）戏"，以此透显在这早已无人再玩这种诗的"游戏"的今天，一群从清晨（青年）跳到黄昏（老年）的诗痴们，知其跳到头也只是落入"好空白的／一方陷阱"而不得不为之的个中况味。诗仅短短十行，有此蕴涵，全赖构思奇巧，别生韵致。

其余八首均含有兼及对少儿读者诗性启悟成分。在一个日趋商业化和即时消费的所谓后现代文化语境中，这种对正在消失和即将消失的传统文化记忆的发掘和再造，无疑是很有意义的。笔者甚至认为，这些诗，完全可以作为当代青少年诗教的范本，是现代汉诗中特殊品类的佳作。其中尤以《跳绳》、《抽陀螺》和《捉迷藏》三首颇为到位。

《捉迷藏》从一个最普通的儿童游戏中，提取出现代人生存困境的底蕴：面对日益信息化、公众化了的现代社会，个体生命的独立性和神秘感被无情地消解而处处尴尬。即使"绝不再伸头探问天色／缩手拒向花月赊欠"，乃至"像是鸟被卸下翅膀／有如麦子俯首秋天"，也终因这世界已变得太小而"一转身就被你看见了／你将我俘虏／用尽所有传媒的眼线"——一词"传媒"，点化得全诗顿具深意。而开首一节中"连影子也不许露出尾巴／连呼吸也要小心被剪"两句，更是在极生动的描写中，浸透出现代人生存局限的深切苦味。

《抽陀螺》一诗写"被缚的生命"难由自主的窘昧。人生如陀螺，与时间的鞭影、社会的隐形之手形成一种悖论关系。完全跳脱这种关系，"自一双手中脱险"，那"突来的自由"反会让你"跌个跟跄/跌成一枚失速的星子"。而要"立定脚跟/趁势旋转"，且"就这样永不停歇/旋去一生/让抽身的鞭子/痛成/恒动的能源"，似乎也是一种不甘的悲剧。认可"被缚"的宿命而又要逃离这种宿命，如何在时间与空间之中找到自己人生的支点，完成一番"堂堂独立表演"而不至在昏然的旋转中失去本我，实在是无论初涉世者还是已经沧桑者，皆应咀嚼再三的一个意象化了的命题。

《跳绳》触及的也是一种"被缚"，但非外来之缚，而是有幸跳脱了这外来之缚的强者生命，为验证生命的意义价值而"自设的路障"，也就是诗人为这部诗集所取之名的那个可谓经典性意象：随身的纠缠。这样的"纠缠"，恰如"绊脚的绳索"，"一步刚跳过去"，"一眨眼/又横扫到脚前"，便"再跃而起"，"保持一种清醒的立姿/天地都不能围限"。而对于真正的强者生命而言，这种被诗人笑言为"童年的戏耍"的诗性人生的追索，是要"一直累到/泛白的鬓边"的。生之乐趣全在于那"再跃而起"的一瞬，在与那与生俱来不即不离的"随身的纠缠"的纠缠中，生命找到了它存在的意义。九首之中，此诗发掘最深，唯觉下段开首七句，似显太实了一些，乃至可以删去，则可能更为精警开阔些。

四

整部《随身的纠缠》，实则是诗人向明多种诗力的一次集约性表现。既持有一贯的于简约中见奇崛的语感风格，又在处理不同素材之中营造出不同的语境。如《山中回来》一诗的清丽澄明；《将军令》一诗的反讽意味；《冬景》中以自嘲而显旷达，那一份心境如冰雪透明；《喂鱼》于冷僻处示玄机，小小一首政治讽刺诗，却写得超然冷凝，那一种不屑胜过十声怒骂；《八种情绪》纯以客观陈述，不着渲染和指涉，内在却充满了紧张感；

《七孔新笛》与《碎叶声声》两首长诗，则显示了诗人以小令制套曲的另一番功力，其中诸多意象，特别鲜明。而全集中最为吸引笔者的，则是开篇第一首的《鹰击》与为许多诗家称道的《隔岸捎来一只风筝》一诗。

向明的诗，大多如干枝梅，枝干瘦硬简明，意象疏淡清雅，经年历久而自成一家。《鹰击》与《隔岸捎来一只风筝》二诗，却另出一种气象，显示了这位湖南籍的老诗人另一面火辣的情怀和沉雄的气势。此类佳作，还有《午夜听蛙》、《一方铁砧》等诗，但总的比例不是很多。笔者甚至认为，这在向明，实在是一种遗憾，乃至影响了诗人总体的成就。

《鹰击》一诗，可看作诗人六十初度仍蓬勃如初的一颗诗魂之自我写照：

> 犹之乎，一颗
> 奔向群山沸腾的落日
> 犹之乎，赶赴一场
> 必将沏熄，冷却
> 然后纷然解体的
> 流火行程
> 我瞠目、伸爪、展翅
> 乘势自虚空跃下
> 劈开千般面目的
> 海的咆哮
> 攫取泡沫间
> 忽隐忽现的
> 一丁点，生之存证

诗的基调，仍是那惯有的冷凝和澄明，持沧海千斛、我只取一瓢而作"一丁点，生之存证"的达观。但这一取不同于那些欲取不取或静观虚取之取，是以鹰击之势，自虚空跃下而"劈开千般面目的/海的咆哮"的"攫取"之取。取势不同，那份"生之存证"也就不同了，多一些血性，多一种遒劲，多一份生命活力的踊跃与生动。尽管无论是怎样的取，都赶赴的是同样"必将沏熄、冷却/然后纷然解体的/流火行程"，但当生命之诗魂能如落日般辉耀，且曾有鹰击般腾跃之姿留照存证时，这解体的行程便解于非解之解了。

《隔海捎来一只风筝》已为包括余光中在内的许多诗家赞赏不已，也确是向明老来诗作中一首力作。论立意，论气势，论意象之沉雄、风骨之高迈，都是难得的一次超越，几乎将诗人一生的心志尽收摄于其中。诗仅三十行，却行行生风、步步有势，意象突兀纷呈而相生相应，气韵一贯到底而又分延很深，于促迫中见舒缓，于平实中显峥嵘，初读心为之动，再读血为之涌，三读之下，有浩然之气激荡于胸中。一只小小的风筝，在年逾六十的诗人笔下，生出如此不凡的大气象，真是向晚愈明，不激动则已，"稍一激动还是扑扑有声"呵！

五

正是《隔海捎来一只风筝》一诗，最终引发了笔者对诗人向明总体创作之缺憾的思考。

《隔海》一诗所以触动我们身心的是什么？是那样一种为我们在其他的作品中未曾体验到的生疏的力量。应该说，在向明大部分的作品中，这种生疏的力量是比较稀薄的。这里不仅指其语言/审美向度，也包括精神/意义向度，而前者的缺失正源于后者的缺失。就语言向度而言，《隔海》一诗仍未全脱熟路，但其较其他作品大为拓展深入了的精神空间，却令我们有一种陌生的撞击感。而在大部分向明的作品中，我们得到的，大多是我们早已熟悉的传统人文精神和古典情怀在现代的投影。

传统与现代，在台湾诗坛纷争多年，最终还是依了诗人各自不同的心性与气质，作了各自的取舍而各显千秋。笔者认为，凡身处今日时代的诗人，不管你是用现代之手写诗，还是用传统之手写诗，那颗诗人之心和那双诗人之眼，则必须是现代人的，由此所得的生命体验方是与此息息相关的。而诗之要义在于拓展精神空间，儒道精神也好，古典情怀也好，作为现代诗人，均不能对其作简单的皈依，而应是经由现代意识之洗礼，亦即在与现代人文精神的大冲撞大交汇之中予以整合和重启，而后拓展一片新的诗性精神空间，此即现代诗之为现代诗的本质所在，所谓生疏的力量也即在于此。而现代性不等于现代化，人人都去操作同一种话语范式，这是被人们一再误读了的两个不同的概念。现代诗人们完全可以也应该是依从各人的文化品性和精神内质作各自不同的形式探求，但其内在的现代性意识，是断不可有缺失的。持体异而求性通，应是现代诗人们殊途同归的不二法门。

读向明的诗，有亲近之感，不隔。但这份亲近似乎大多是一种我们所熟悉已久的古典情怀的亲近，这种不隔也大多是我们较为习惯了的传统话语范式的不隔。如此太不隔或总是不隔，则反生疏离，因熟悉而生的疏离，难以激荡起陌生的情感。作为诗人，向明也入世，也出世，诗中所处理的题材也触及到现时空下社会人生的方方面面，且对现代性也颇为敏感，（试想假如没有"传媒"之句，《捉迷藏》一诗将怎样？）但细察之下，作为诗中的言说主体，似乎总难跳脱中国传统文化人的心态和视觉，总是多以用传统之心去体味，以传统之眼去审视，且最终大多归于传统情操而难以抵达更深的精神层面。以此精神向度与语言相遇，自然也就会囿于传统的话语范式，尽管向明在此种范式中也熟能生香活意，但毕竟是生于熟中，难有全新的艺术力量从中生发。

需要提示的是，上述传统之说，不仅指古典，也包括现代，中国新诗，已走过近八十年的历程，也已渐次形成了自己的一些传统。其中有的有待继承和发扬，有的也造成了某种新的遮蔽而有待敞亮和重铸。面对临近世纪末之现代汉诗的反思与再出发，我们应该拒绝的是什么？需要再造的又是什么？是摆在每位还在诗之旅程中跋涉的新老诗人们面前的命题。同样，对于"稍一激动还是扑扑有声"的诗人向明来说，那片向晚愈明的诗之天空，也该有、也必能有新的开拓，再展那"老不折翼"、"一路扬升而上"的"飞天大志"，让"时间在后面追成许多仰望的眼睛"。

1994 年 12 月

向明之"明"

评《向明·世纪诗选》

　　向明写诗近半个世纪，真正形成大的影响，是八十年代之后至今。此前不温不火不免寂寞，晚近则层楼更上，风光无限，为诗为诗人都可谓是"向晚愈明"了。这里有潮流的因素，更是诗人坚持自己的创作路向，锲而不舍的结果。新千年伊始，又出版了带有总结性质的精选诗集《向明·世纪诗选》（台湾尔雅出版社 2000 年版），让诗界对这位台湾元老级的儒者诗人，有了一个集中全面认知的好读本。

　　再读向明，有不少新的体悟，尤其对诗人的笔名，添了些意外的理解。研读向明的诗，其总体风格，原来是可以用一个"明"字来概括的，真是一字中的，名副其实了——语感明快，语境清明，"明"得准确，又"明"得新鲜；不拿"非理性的东西示人"，也不拿"让人感觉不关痛痒"的东西哄人；"在温和的后面表达刚健"之明，"在平淡的后面有一种执著"之明，明目（读来亲近）亦明志（读后有悟），无论是就审美价值而言，还是就意义价值而言，都抵达明澈隽永的境地，此乃向明诗品一以贯之的不变风骨，也即向明自嘲之"不可救药的保守主义者"的潜台词之所在。①

"保守"与"激进"，"承传"与"拓殖"，确实形成了现代诗诗人们在语言/形式问题上的两种基本态度，并以其各自不同的心性与才气，做出不同的选择，来形成自己的路向。我们知道，新诗之新，首在语言之新，以不讲"纪律"的语言冒险，来打破语言体制亦即旧文化纲纪对现代中国人的精神束缚，以开辟新的、契合现代中国人生命意义与生存真实的精神空间和审美空间，这是历史的必然。然而几十年下来，当"开天辟地"之举已成"广阔天地"之势后，如何重新考虑在散漫无羁的语言/形式冒险中，总结出一点可通约可遵从的基本规律来，作为一味求新求变求实验求前卫的有机互补，以求在不失现代意识和现代审美情趣的前提下，使这门新的语言艺术，有一个常态的、稳定的发展，确已成一些可称之为"稳健派"诗人们的共识，向明即是这其中一员。纵观向明半个世纪的创作，其手中的那支诗笔，不涉险，不要怪，中锋用笔，持正守常，以小见大，以明见澈，落重力于精炼和内含，在局限中求创见，在守成中求尖新。如此自甘"保守"，自是难有惊人之语、超常之作，但却因了适性而本真，因了内敛而坚实，中正明达，诚朴亲和，平中见峭，自成一家，实则比"冒险族"们更其不易。尤其在现代诗越来越多为"涩"（艰涩）、"怪"（怪诞）、"散"（散文化）等毛病所困扰，从而疏远广大读众的今天，向明这种自设的"保守"，其实是以退为进的明智之识。守语言的"纪律"，创诗质的不凡，这才是向明的高明之处。

而向明的"明"，是"明慧"之明，不是所谓的"明朗"之

---

① 以上引号内均系"向明诗观"语，详见《向明·世纪诗选》，台湾尔雅出版社2000年版，第4—5页。

明，是采自生活与艺术地层深处的矿泉水；有多种矿物质和微量元素，不是打开阀门就哗哗流的自来水，解渴而没有营养。这种"明慧"，尤其体现在小处着眼，孕沙成珠方面。向明的诗，选材小，且多来自日常生活；诗形也小，精短瘦削，有穿透力；诗中的声音也小，温文尔雅，不做高腔伟言，让人有信任感。如此"小"的背后，却有大的精神底蕴和诗美内涵作支撑，能在寻常人、事、物中挖掘出精警的生命哲学和生活奥义，能于寻常的字、词、句中敲击出陌生的诗意光彩和艺术火花，显示出向明以小品成大家的智慧。"冰冷的木屋里笔是一支银亮的烛光/把自大的夜赶出去，把角落里的小虫的意志燃亮"——写于早年出发时的四行小诗《笔》中的这两行警句，其实已表明了诗人后来持之一生的创作心态，今天读来，更觉亲切也更增理解。看来从一开始，向明就确立了自己谦和低调、以小见大的诗歌立场，气息纯正，不事张扬，力量在骨子里，闪光在角落中。落于诗作，则言之有物，咏物带情，以情言志，坐实务虚，虽然总体格局不大、器宇不宏阔，却处处有握得住的真情实感，和刹那间洞烛人生的低回趣味。我特别注意到，诗人以手稿形式置于《向明·世纪诗选》卷首的那首《蒲公英》，其结尾部分写道"就知道自己/只是大地任何一角/最最微不足道的/一株蒲公英/曾经努力生活过，也有小小的付出"——这是向明的另一种"明"，如此"明"着的诗格人品，应该说，在今日不乏虚妄的浮躁的两岸诗界，都是一种朗照的启示。

有意味的是，再读向明，我总是要联想到他对诗人隐地的那句评语："他能于寻常事物中，道出一般人习而不察的真理，天真和出人意表的趣味是他的诗的最大特色。"① 隐地转而为诗几年中，好评不少，但至今仍是向明这句最为恰切精当。现在明白

---

① 　向明：《小评隐地两首诗》，转引自隐地诗集《一天里的戏码》，台湾尔雅出版社1996年版，第189页。

了，以此论向明的诗，不也正中肯？原来此中也不免暗含了诗人自己的期许与追求，是以方一语道破与自己相近诗风的要义。只是仅就语言而言，向明在"天真和出人意表"方面，还欠缺了些，吸收新的时代与生活的语素不够，稍嫌刻板，或可作日后的调整，更增鲜活，不知先生以为然否？

2000 年 5 月

第一次的惊喜

钟顺文小诗《山》赏析

古今写山的诗多不胜数，大都借题发挥，言说诗人自己的情志去了。直接就山写山，给山这一自然物象一个恰切生动的诗化之"命名"而让人过目难忘者，仅就新诗作品而言，印象最深的，当属台湾当代诗人钟顺文的一首小诗《山》。全诗仅三行十四字，兹抄录如下：

憨直的傻小子

几度落发
几度还俗

此诗表面看去质朴无华，也就是一个比喻而已。写诗作文，都讲比喻，非常基本又非常重要的修辞手法。由此古往今来地"比"下来，再要比出点非常的新意来，实在已是愈"比"愈难了。是以有第一个将女人比作花的人是天才，再后来还将女人比花的人就是蠢材的典故。到了当代中国新诗创作中，许多先锋诗人干脆弃此传统手法而另觅语言策略，遂有诸如"叙事性"、"口语化"、"小说企图"等诗风的倡行。不过，从阅读与欣赏的角度来说，能于传统的手法中创出新意的作品，还是更受读者青睐的。小诗《山》的比喻，看似平常，随便想到似的，不着迁怪，却给人以"第一次"的惊喜，亦即所谓"陌生化"的审美效应。将"山"比喻为"傻小子"，既新奇，又亲切；既出人意料，又觉就该如此，好像大家都曾这么想来着，只是没"对上号"，一下子让诗人说中了，便有会心的认同和忍俊不禁的会意一笑。山不说话、不做态，是以"傻"；山也从不弯腰低头，是以"憨直"。因"傻"而本色行世，光明磊落，不失天真；因"憨直"而处世泰然，该落发时落发，该还俗时还俗，随缘就遇，发乎情性，本乎自然。以人喻山，"落发"即秋、冬的枯，"还俗"即春、夏的荣；以山喻人，"落发"即出世，"还俗"即入世。而不管荣或枯、入世或出世，在"傻小子"这里，皆于"憨直"的生命形态中化归为一种来则来、去则去的过程。持之不变的，则是那种自信、自在、自由的心性，和天人合一、泰然自若的精神气象，以及隐约弥散于其中的青春气息——原来"傻小子"是真人格，想来人若都有此品性，世界该会有多美好！得此深意，回头再品那三行十四个字，更觉其举重若轻、大巧若拙而又妙趣天成的不凡品质了。

一个"憨直"而可爱的比喻，成就了一首好诗，给人以"第一次"的美的惊喜。

这首小诗的作者钟顺文，祖籍广东梅县，1952年出生于印度尼西亚，1960年随家到台湾。著有诗集《六点三十六分》、《不出声的胚胎》，另有散文集、诗画集多种。诗人在海内外的名气不算大，但《山》这首佳作却多为流传，被各种诗选本收入，也足以告慰其艺术人生了。

2002年2月

成人童话与月亮情人

林焕章小诗《十五·月蚀》赏析

　　古今诗歌中，以月为题的作品，不胜枚举，且佳作多多，似乎很难再胜出。林焕章一首《十五·月蚀》，却独出心裁，读来别具兴味。原诗如下：

　　　　八点钟，月在我二楼
　　　　企图穿窗而过

　　　　十五那个晚上
　　　　我捉住了她
　　　　所以，你们
　　　　就有了一次月蚀

　　　　而午夜
　　　　她将衣裳留在我床上
　　　　所以，那晚
　　　　她特别明亮

　　月到十五明，这是人世普泛的月，几已成常

识，见惯不怪。而所谓诗人，正是要经由对事物之言说的改变，来改变人们对事物之惯常认识的人。此诗起题就将"十五"月圆之常与难得一见的"月蚀"之异扯来一起说事，造成一种"童话事件"，引人动思。

　　整首诗的字句表面，只是序时性地、不动声色地述说这"事件"的经过，告诉读者何以在这样的一个"十五"的月夜，那个我们习以为常的月亮，如何在经过"我"的窗前时因被我早早地"捉住"，而有了一次不期而遇的"月蚀"，却又复逃离"我"的捕获，重新"明亮"于人间。这"事件"明是作者的虚拟，却因细节的巧妙安排，和叙述的诚朴、真切与俏皮，又宛若真实，惹人心动。如此仿佛同诗人一起亲临其境一番后，回过神来，才恍然悟得，原来其中却隐隐然含着几份暧昧的意味，让人联想到一种纯美的"艳遇"，乃至会思及"风月"一词：诗人在此化身为天地间最痴迷的情人，竟至独拥月美于一刻，让人间"失明"；而为天地之情人的月儿，也一时独钟情于诗人，甘愿被"捉"，逗留至"午夜"后，方留衣作别，并因如此的"艳遇"而更为明亮。

　　何等幻美的意境，却寄身于如此平实、素净、短小仅十行的诗句，可见诗人的匠心独运之所在。

　　古今写月，或揽月为镜，鉴照心斋以言志；或携月为侣，释放性灵以畅情，皆是成人世界的月情月意。以现代童话诗创作驰名的林焕章，独以此诗将童心、童趣、童话语境带入成人世界的月意月情，点化得幻美如斯，令人叹羡！

　　诗中"她将衣裳留在我床上"一句，可谓全诗诗眼，极素净又极艳丽，带动全局生辉。而整首诗的童话语感，更使之添一份亦真亦幻的光晕，一下子就被打动了，复又久久迷恋忘返——好的现代诗，总是有这样的品质才是。

2008年4月

自适而美

吴晟"乡土诗"《泥土》赏析

作为新"乡土诗"为数不多的坚守者，吴晟的创作屡有佳绩，一直为人称道。《泥土》一诗，即是代表之一。

日日，从日出到日落
和泥土亲密为伴的母亲，这样讲——
水沟仔是我的洗澡间
香蕉园是我的便所
竹荫下是我午睡的眠床

没有周末，没有假日的母亲
用一生的汗水，辛辛勤勤
灌溉泥土中的梦
在我家这片田地上
一季一季，种植了又种植

日日，从日出到日落
不了解疲倦的母亲，这样讲——

清凉的风，是最好的电扇
稻田，是最好看的风景
水声和鸟声，是最好听的歌

不在意远方城市的文明
怎样嘲笑，母亲
在我家这片田地上
用一生的汗水，灌溉她的梦

这是一首完全写实的诗：实情，实感，实实在在的语言，本色呈现，不着迂怪，唯以内在的真诚和厚重感人；于语言形式方面，读来清明畅达，几乎无须阐释，便可解得。现代汉语诗歌写作，一般而言，写实最是难为，因为已不能再如古典诗歌那样假外在的形式美感来补写实的拙。如此，要将如泥土般平淡无奇的乡村生活之状态与感受，提升到诗性的语境和意境来表现，同时还要避免此类题材最为忌讳的虚饰与矫情，实属不易。

这里的关键在于诗人的角色定位和诗歌素材的选取与剪裁。

其实"乡土"是个"大词"，是与"现代化"这个超级大词相伴生相印证的"关键词"，所谓的文化"乡愁"之愁，大半与"乡土"的记忆有关，是挥之不去的文化与文学母题。只是我们的现代诗人们大多忙于追赶时潮，视都市为"先锋"，簇拥在"现代化"的语境中，疏于对"乡土诗"的耕耘而每每致以落寞。或偶有涉笔，也因"身份"的错位和感受的隔膜而不得要领。

《泥土》一诗中的作者，显然不是乡村记忆之"观光客"或"采风者"的角色，而是身在其中的存在者，是"泥土"中的成员，是"和泥土亲密为伴"的"我"，方能与"泥土"中的生活与生命真在有同质的感受，也方能说出这感受中最本质、最真切的部分。

同时，在选材和剪辑上，诗人有机地将有关泥土/乡土的记忆，一一纳入对母亲的记忆中来，两者相生相济，进而融合为一个具有普遍意义的母亲形象，从而使之渐渐生发出一种神性的光辉——在这里，母亲的梦想就是土地的梦想，人性的母亲与自然的母亲合为一体，展现出一种真爱、厚爱、自适而大美的诗性生命境界。

而无疑，所有对"乡土"的眷顾，都出于对"城市"的质疑。作为全诗总结性的结尾一节，诗人明确说出："不在意远方城市的文明/怎样嘲笑，母亲/在我家这片田地上/用一生的汗水，灌溉她的梦"。由此，诗人在以诗性的书写承载恢复文化记忆的同时，也承载了文化批判的功能，避免了一般"乡土诗"多以局限于乡风乡情的空泛呈现的老套路，也便使诗的内涵有了更为深刻的抵达。

从平实中见深情，从平淡中见深刻——作为新"乡土诗"的本质属性，吴晟的这首《泥土》，可说是较为到位的文本见证。

2008 年 4 月

清流一溪自在诗

夏菁诗散论

在台湾诗坛，夏菁可谓"元老级"的人物。五十年代初便已成名，随之和余光中发起蓝星诗社，曾主编《蓝星》诗页及《文学杂志》的新诗。七十年代后，虽长期旅居海外，但对新诗创作的热诚投入，始终不衰，先后出版《静静的林间》、《喷水池》、《石柱集》、《少年游》、《山》、《涧水淙淙》六部诗集。1999年，更以七十四岁高龄之夕阳热力和赤子情怀，出版了以森林文化和生态意识为主题的诗与摄影合集《回到森林去——山、林与人的融合》，显示了这位诗歌老人超前的题材意识和生生不息的艺术追求。横贯整个二十世纪下半叶，夏菁的诗歌创作，始终如一溪细长的清流，不显风浪，不事喧哗，蜿蜒萦回于台湾当代诗歌的浩浩流程之中。不即不离，欲忘尤记，如此特别的创作形态，是理解夏菁诗歌风貌的微妙入口。

欣赏夏菁的诗，易，且亲和无隔，很惬意，如沐清风，如饮清泉，如品"绿色食品"，爽目爽口（诵之有音乐美感）爽心。评价夏菁的诗，则难，难在找不到特别的说法，那些新潮的、时髦的、所谓学术化的理论话语，在如此中正平和的诗风面前，皆难免失语。实则这里已触及到有关诗歌批评的一个深层问题：当诗歌批评越来越远离感性的体验与欣赏，只在西方"五马分尸"似的诠释术语中打转转时，批评家是否已异化为"学术产业"的附庸，而失去了"生命诗学"的意义？由此，如何面对那些非实验性、探索性、前卫性亦即非"异类"的常态性作品发言，便成为一个问题。不可否认，现代意义上的批评，已不再是创作的附庸，不再充当"裁判"的角色而成为另一种类型的"运动员"，进行着另一种意义上的"创作"，所谓"自说自话"，"自成天地"，以有益于诗学本体的建设与发展。但与此同时，作为欣赏角度的批评，依然是不可缺失的一个功能，且因这多年的学术挤压而有待作新的填补，尤其是对汉语诗歌而言。对夏菁诗歌的批评失语，其症结恐怕正在这里。认识夏菁先生近三年了，对他的作品，我自己也是拿起又放下，放下又拿起，一时找不到新鲜的说法，现在看来，也是这种唯"诗学"是问的所谓"学术心态"在作怪。一旦换一下角度，以平常心平常读者欣赏者去看夏菁先生的诗，自会发现还是有不少话可说的。

新诗八十余年的发展历程，我曾经用"在路上"的形象化譬喻作指认。这种"在路上"的形态，一方面有不断新生的追求作驱动力，以尽快促进其发展、成熟。一方面也有重于拓殖疏于精耕细作的负面影响长期存在，所谓创业的多，守业的少，实验的多，整合的少，在后浪推前浪的同时，难免也有后浪遮埋前浪的弊端隐伏其中。新诗至今难以沉潜下来，进入诗体建设和诗学建设的常态运作，看来与这种匆促赶路的形态不无关系。拓殖与收摄，原创与整合，实验与继承，两者具有同等重要的价值。前者造就的是重要的诗人，后者造就的是优秀的诗人，兼具者造就的是既重要又优秀的诗人。以此去看夏菁，显然属后者行列中的一员。夏菁的创作，是继承性的、保守型的，继承的是古典情怀现代重构的抒情风格，守住的是契合自己心性的婉约、淡雅、素朴、清简之韵致。夏菁生性素宁平和，情感细腻，有女性化柔美的一面，更有童心晶莹清澈的一面，钟情山水，热爱自然，于人世守善持真，有"恂恂君子"之美称。了解了夏菁的这种生命形态，再回头看他的诗，自会发现夏菁的诗不是"做"出来的，而是一种顺乎天性的"化人"，追求一种天然的美，真正做到了生命形态和美学形态的和谐共生，不扭曲，不造作，"适性为美"，诗即人，人即诗，本真投入。这种"适性"、这种"本真"、这种由"适性"与"本真"所生成的和谐，其实是做诗人的第一要义，也是诗歌美学的第一要义。占有这一要义，其创作就必然是有价值的了。"当'现代派'运动在台湾甚嚣尘上，夏菁却有些缅怀其昨日的夕阳来了，并非他停滞不前，只是在行进的队伍中不时作审慎的回顾而已。对于传统，他主张批判地接受，扬弃杂质，保存优良的谷粒；对于簇新的事物，他保持实验及怀疑的态度。夏菁后期诗作，有一种淡淡的异国情调，用字经济，态度从容，表达精致，展现出一种出奇的自省、恬淡和练达。质言之，他的诗内容重于文字的装饰，本质大于技巧的挥洒。"由张默、萧萧主编的《新诗三百首》（台湾九歌出版社 1995 年 9 月版）中，二位编者对夏菁所作的这段评述，确实是十分恰切精当的。

就作品而言，夏菁的诗不免有些诗质稀薄之嫌，精神堂庑相对狭小，语言也略显平实直白。但到位的欣赏者会发现，这些外在的缺陷，常常会被诗人灌注于诗行中的纯正清明的气息所一一冲淡，渐得中正而不中庸、平和而不平俗的审美印象。清而不寡，简而不枯，素而不拙，淡而有味，守住一片小小的心地，在浅吟低唱中透显诗性生命的真善美，为滚滚红尘洒几滴清露，送几缕和风，实则也不失为一脉诗美流向。夏菁的问题在于一直未很好地解决语言与精神的关系，没能走出语言制度的束缚，变灵魂的奇遇为语言的奇遇，以意象之思去做精神之言，是以诗句落得太实，较少歧义，也就减弱了文本外的弥散意味。作为弥补，夏菁在其诗作的音韵美、精致化方面颇多追求，平添不少声色。而在晚近的创作中，似乎也开始注意到化实为虚、言近意邈的语言策略，悦目赏心之下，有动思之余韵。譬如同时收入《涧水淙淙》和《回到林间去》二集中的《消息》一诗：

> 冬天常常驶过一个农庄
> 马、冷落的铅丝网
> 树、干涸的河床
>
> 今早，我忽然觉得
> 有一些异样
> 嫩柳在丝丝飘忽
> 牡马在频频昂仰
>
> 马、树和我之间
> 互传着什么消息？
> 或仅仅是为了一片
> 乍暖的空气

开头一节叙事，语言非常干净，利落而又精确，不着闲笔，只在指认，以剪辑的灵动和节奏感区别于散文语式。第二节抒情。说是抒情，其实只在叙述性地道来，不事渲染，重在"异样"的情节，似乎要暗示一个铺叙的高潮的到来，却戛然而止，仅用同样的一小节作急促的结束。全诗仅此三节十一行，不见一个"春"字，却写尽了初春将临的那一股扑面的气息；似乎诗人在字面上说得太少，又觉话外之音很多很多。这样的语言策略和跨跳手法，在夏菁以往的诗中是少见的，悬置所指，悬疑意绪，留更大的空间与读者互动，于精致中见空灵，于淡远中见深沉。如此追求，显见诗人是向晚愈明，更趋成熟老到了。

行文至此，想到夏菁赠向明的一首题为《溪水》的七行短诗，实则可作诗人自况的最好印证，不妨抄录在此以作结尾，算是对这位老诗人一生诗品人品之意象化的最好评价吧——

　　一湾清澈的溪水
　　从不涨过警戒线
　　也不水枯石出

　　只是潺潺地前流
　　蜿蜒在我们这块荒原
　　"说不定，有一天
　　会绿杨夹岸"

1999 年 8 月

回家或创造历史

《创世纪》创刊五十周年感言

自 1954 年 10 月创刊，到新世纪的第四个秋天，台湾《创世纪》诗刊及其同仁诗社，已整整走过了五十年的漫长历程。纵观百年中国新文学，放眼整个海内外华文文学世界，《创世纪》已成为唯一一个坚持了半个世纪的奋斗且风华不减的民间诗歌刊物和民间诗社，实在是值得纪念的事。

五十年，占了中国新诗历程的五分之三。在这五分之三的时间里，正是新诗走向全面发展而至成熟的阶段。在大陆，经由老一辈诗人的再出发，朦胧诗的开一代风气之先，第三代诗人的多向度探求和九十年代诗歌的收摄与整合，确立并拓展了以现代汉诗为主导的新诗潮之地位和跨世纪的宏大进程。在台湾，经由前行代、新世代及其后来者三代诗人的杰出表现，为新诗的现代性诉求（包括其形式、语言到内涵），开辟了另一片丰富而坚实的新天地。对此，我曾在为纪念《创世纪》创刊四十周年撰写的《世纪之创：对接与整合》一文中，以新诗"三大板块"说，将台湾现代诗与大陆新诗潮定位于并肩而立的两大板块，予以历史性的认领。如今又是十年过去，在新世纪的曙光中，再回视台湾现代诗这一大板块，自会更明显地看出：在这一板块中，始终起着重要支撑和强大推动作用的，正是历经五十年风云而越发高标独树的《创世纪》诗刊，并最终成为这一板块的重心、坐标和方向，成为新诗近百年历史中十分珍贵的遗产，且在新的时空下，生发着新的意义和价值。

这是一个奇迹——一群渴望"回家"而不得的人，将诗的创造化为持之一生的"回家之路"，并由此浓重改写了中国新诗的历史，创造了这历史进程中，最为壮观而特殊的篇章。

五十年，《创世纪》为中国新诗贡献了洛夫、痖弦两位雄视百年的杰出诗人。他们富有原创性和经典性的代表作品，遍及各种诗型（长诗、短诗、小诗、组诗等）、各种题材（历史、现实、时代、个人、战争、乡愁、现代性等）、各种流派（现实主义、现代主义、超现实、新古典等）及各种手法（意象、叙事、口语、抒情、反讽、禅意等），并在每一领域中，都留下了绵延至今的深刻影响和广泛的号召力。

五十年，与洛夫、痖弦并肩而行的，则是一个品质不凡、叱咤风云的强大阵容。商禽、张默、叶维廉、大荒、管管、辛郁、碧果、简政珍等……无论作为诗人还是诗之作品的存在，这一阵容在新诗史上，都是一方不容忽视的重镇，并以各自的风采，书写着新诗美学不可或缺的重要细节。

五十年，《创世纪》为中国新诗诗学，贡献了叶维廉、简政珍两位卓有建树的诗学家。叶维廉的《中国诗学》，无论在大陆还是在海外，都已成为普及性的经典读本。近年由安徽文艺出版社出版的九卷本《叶维廉文集》，更成为学人和诗家心仪的典范。简政珍所著《诗的瞬间狂喜》、《放逐诗学》、《台湾现代诗美学》等论著，超越历史学、社会学式的普泛模式，深潜诗学本体，探幽析微，自成体系，颇多创建。他们的成就，为一向薄弱的现代诗学领域，增添了难得的基石，并在渐趋学理化和科学性的当代新诗理论与批评中，发挥着新的有效作用，其影响已远远超出了地域所限。

五十年，与叶维廉、简政珍之专业风度相互补的，是《创世纪》和《创世纪》诗人们对现代诗之诗学建设与诗体建设，一以贯之的关注和投入，习为风气，沿以传统，显示其优秀素质和历史感。对此稍加了解便会发现，几乎所有《创世纪》的诗人们，都或多或少介入过对理论与批评的思考与言说，或从学理出发，或依"感觉的深度"（痖弦·《创世纪的批评性格》），宏观、微观，皆不乏真知灼见。其中，洛夫的"大中国诗观"说、"天涯美学"论及《诗人之镜》等重要论述，张默《台湾现代诗编目》及其持之一生对史料的精心整理与耙梳，痖弦对早期新诗诗人的系列专题研究和大量以序、跋、赏析为体的评介文字，都已成为现代诗学宝库中的珍贵财富。这种"草莽学院"两路人马共振互动（痖弦语·同前）的"创世纪风格"，不仅在台湾，置于整个百年世界华文诗歌史中去看，都可谓独树一帜。尤其对日益沉陷于学术产业而不能自拔的当下理论与批评界，如何重获"生命诗学"的源头活水，实可从这"创世纪风格"中得以鉴照和启迪。

五十年，《创世纪》既是诗创作的重镇、诗理论与批评的重镇，又是两岸三地及世界华文诗歌交流与整合的重镇。百年中国新诗历程中，没有哪一个民间诗社，能如《创世纪》这样，在历史的重要关口，发挥如此重大的作用。仅以两岸诗歌交流而言，《创世纪》于64期至83期连续推出的"中国大陆朦胧诗特辑"、"大陆诗人作品专辑"、"大陆名诗人作品一百二十首"、"两岸诗论专号"、"大陆第三代诗人特展"及持续刊出的"大陆诗页"，都已成为两岸诗界难以忘怀的浓重记忆，为促进这一历史性的交流、对接与整合，做出了卓有成效的贡献。而进入新世纪之后，在《蓝星》、《现代诗》等诗刊、诗社相继停刊、解体，诗运处于空前低迷和边缘化的恶劣境遇下，《创世纪》却愈发"老当益壮"，独自支撑于危难之中，并作为凝聚、整合台湾及海外高层面现代诗创作与理论的唯一重镇，发挥着更为重要的作用。当然，从一个同仁刊物的风貌来看，《创世纪》因此也显得风格模糊，方向感不强，近于一种无边界也无中心的诗广场形态。但值此艰难时世，整合事大，风格事小，如此调整办刊理念，也是顺应历史进展的必要抉择。

五十年，在所有《创世纪》的成就后面，都隐含着诗人中的诗人之心血、智慧和忘我的奉献精神——他就是张默，《创世纪》的产妇、保姆、当家人与守护神。在太多功利、太多相轻、太多争斗、太多自以为是的诗歌环境中，张默的存在，有如泉水与火焰的存在，一种为诗而生、以诗为命、敬业殉道、纯粹而永生的诗歌精神的存在，由此才决定了《创世纪》的存在——"三驾马车"，一代风流，天才绝配，百年佳话，中国"缪斯"最得意之作，莫过于此！

五十年，一百四十期，一万八千二百五十个光荣与梦想的日日夜夜……民间诗社最长命的"长命猫"，同仁刊物最长久的"同心结"，自由写作最响亮的"正气歌"——从建立"新民族诗型"的探求，到"超现实主义"的狂飙突进；从两岸交流的推波助澜，到多元并存的水静流深。一路走来，虽也有过意识形态的困扰，东西诗质碰撞的冲击，终归于以诗为诗的理想和与生俱来的汉语诗性，化郁结为创生，在"怨"与"伤"的苦味中，作"纯"与"美"的不懈追求。五十年，乃至一百年中，没有哪一个族群，遭遇如此残酷而又如此漫长的文化/精神和家园/肉体的双重放逐，更没有哪一个族群，在遭受这样的放逐后，一齐选择诗为心灵的驿站，选择诗的创造为"回家"的路。如此生成的写作，既是"躲避文学为政治服务的另一条小径"（简政珍·《台湾现代诗美学》），也开辟了"生命写作"与"生命诗学"的广阔大道。至为关键的是，在《创世纪》以及曾与其同行的《现代诗》、《蓝星》等同一族群的这种写作中，绝非仅仅一群天涯沦落人围着一堆艺术与文学的篝火取暖，以抵御精神的荒寒，而是

"把诗当作唯一的信仰"，当作最终的家园，十分虔敬地、为诗而诗地走了一辈子。他们以诗的写作为理想人生，并以此来建造自己放逐人生的"家"——不仅作为精神慰藉，更是以创造者的身份进入真正的艺术的追求、文化的建设以及对残酷现实的挑战，并一起创造了百年新诗不可或缺而十分厚重的里程碑。思乡"把我撞成了/严重的内伤"（洛夫《边界望乡》），我将这"内伤"化为生命的诗行——所谓"生命写作"，所谓"语言是存在的家"，所谓"人，诗意的栖居"，正是在这样一个特殊的族群之坚卓超拔的诗的"创世纪"中，才得以真正的体现。而这"放逐"——"回家"——"创造历史"的内在理路，置于今日时代语境去反思，又何尝不是一个超级隐喻，代表了整个现代人，在物质的暗夜，在科技理性的促迫中，走向精神漂泊之路后，如何找回自我和家园的一个预演？"他在为揭示一个族群的文化放逐中，同时揭示了一个民族乃至整个人类的文化放逐；他在为一个个失乡的个体做精神塑像时，也同时塑造了一个失乡时代的影像；他在为昨天的历史做诗性定义时，也定义了今天的现实。"（沈奇《痖弦诗歌艺术论》）由此所形成的诗歌立场、诗歌情怀、诗歌观念，以及最后化合为一的特殊的诗性生命形态，才是五十年的"创世纪"所留给台湾、留给大陆、留给世界华文文学及文化最为宝贵也最值得承传和发扬的遗产。

五十年，草莽出英豪，优雅化苦难；

五十年，"衣上征尘杂酒痕"，"轻舟已过万重山"；

五十年，人尚健，梦还在，青山满目夕照明！

而，"什么是不朽呢？"（痖弦诗句）

被历史改写的人，最终改写了历史，并在这一历史性的改写中，为自己、也为人类，创造了诗的家园。

2004 年 8 月

世纪交替的诗之摆渡

《九十年代台湾诗选》序①

　　编完这部《九十年代台湾诗选》，正值香港回归盛典，全世界的华人都沉浸在这百年告慰的巨大欢欣之中。中国当代华文诗歌，就其主要板块构成而言，向有"两岸三地"之说，如今香港回归，世纪之交的目光，便更加凝重地落视于"两岸"，于是手边的这部诗选，似乎也就多了些额外的分量。

　　诚然，诗只是诗，诗人也只是这个"文化工业"时代里形单影只的独行者，诗和诗人所能够书写的，也只是"诗"的历史、人类精神遗迹的历史。然而作为中国诗人，似乎命定要在"诗"之外，更多地担负起一些什么：时代忧乐、民族兴衰、世道人心、文化乡愁……这如影随形、代代相传的"宿命"，是中国诗人可能的局限，也是他们必然的荣耀——历史常常在有意无意之间，赋予中国诗歌一些额外的负载，使其成为维系某种深度承

　　①　《九十年代台湾诗选》（沈奇编选），春风文艺出版社 1998 年版。

传与整合的"链条",从而使我们的诗人,不但成为这个民族最闪亮的眼眸,也成为最纯真的良心和最宽广的胸宇!

自八十年代中期开启的两岸诗歌交流,便是这样一个超越诗外、跨海跨代跨世纪的文化整合工程,一个人类诗歌及文化史上的特殊景观。经由两岸诗人十多年持续不断的热忱投入,由交流而对接,由对接而整合;在同一个刊物上切磋诗艺,在同一部选集中集结作品,你中有我,我中有你,互为学习借鉴,共同促进发展——多年隔阻,一经握拥,便再也分不开兄弟般的诗之情谊。实际上,经由诗人之握的文化大团圆、大整合、大统一,已在当代中国诗的版图上基本予以实现了,应该说,这同样是值得我们告慰于历史的一大盛事——从同一源头出发,用同一母语写作的当代中国诗歌,正以一个宏大的整体而面对世界,走向新的世纪。

整个八十年代,中国大陆对台湾现代诗的介绍,形成空前的热潮,各类选本、赏析以及个人诗集、诗评论集持续出版,加之报刊的推介,几成大面积覆盖之势。大陆诗界和广大诗歌爱好者由此逐渐对彼岸诗歌的存在,有了较为全面和明晰的认知,同时也多多少少地激活乃至滋养了大陆当代诗歌创作,成为在翻译诗之外,又一脉更为清新而亲近的源头活水。部分青年诗人和诗爱好者,更有找到了中国诗的"原乡"的欣喜,借鉴有加,追恋不已。两岸诗人在这一段时间里,可以说,度过了极为热烈的诗的"蜜月期"。

随着九十年代诗歌的整体沉寂,大陆对台湾诗歌近况的了解也渐趋冷落。颇有意味的是,彼岸诗坛对大陆诗歌的引介,反而一时兴盛起来。各类诗歌报刊纷纷辟出版面,或有策划有选择性地,或依从自然来稿的编选,大量地让大陆各类诗人登场亮相,乃至在台获奖和出版专集、选集,形成"热潮回流"。可见这一历史性诗歌整合工程,已成两岸诗界的共识,成为当代中国诗人无法割舍的"世纪之握"。

正是在这种彼热此冷的背景下，编选一部《九十年代台湾诗选》，以填补这几年的空落，无论是作为大陆研究台湾诗学者的责任，还是诗歌界切切以盼的期待，都是一项必须尽快付之实现的工作。虽然在商业文化的严重冲击之下，作为小众文化的诗，已处于一种十分促狭的境地，但我们知道谁还在写诗，谁还在读诗，哪部分人还在热爱着诗——正如奥·帕斯（Octavio Paz）所指认的，他们是"社会的头脑和心灵，是社会与行动的核心"，是"无限少数人"（希梅内斯 Juan Ramon Jimenez 语）。何况，作为世纪交替的"摆渡者"，两岸诗歌交流，已不仅只是诗人和诗爱好者互赏的艺术风景线，更是一份共同书写的历史的证明。

纵览九十年代台湾诗坛，尽管也同时因大众文化的冲击，诗的"卖点"降到低谷，但无论是个在的创作势头，还是集体推动的现代诗运，都依然保持着较为活跃的姿态。各主要诗刊及报纸副刊，辟出相当版面介绍大陆诗人诗作，持续深入，沿以为习；融理论与创作为一体的《台湾诗学季刊》于 1992 年底创刊，很快成为两岸诗学交流的重镇；由张默、萧萧主编的《新诗三百首》，首次打破板块界线，以"跨海跨代、世纪之选"的宏大结构，整合新诗八十年的成就，近千页的巨编，1995 年 9 月出版，八个月后即告再版，轰动两岸诗坛，一时传为佳话。

从创作实绩看：老诗人锋锐不减，诚如余光中评向明所言："……手中的那枝笔，挥的是反时针的方向"，"后劲愈盛，大器晚成"。其中：洛夫创生"隐题诗"，为现代诗艺别开一路，余光中出示"裁梦刀"，令追慕者刮目相看而惊喜不已；郑愁予的现代禅意，融会中西，周梦蝶的古典韵致，贯通古今；大荒的历史情怀与当下关切，罗门的都市扫描与"世纪病"诊视；管管老顽童式的后现代呓语，碧果忽发少年狂式的"爱的语码"；张默横空出世的组诗长卷，辛郁老而弥坚的长啸短吟；向明向晚愈明，好诗佳作迭出，纪弦真纯如初，嬉笑怒骂皆诗。中生代中，罗青的实验诗，生冷不忌，充满先锋意识，简政珍的思之诗，语渺意远，富有哲思意味；朵思以精神医学入诗，诡异骇俗，尹玲以战火文身浴血，动魄惊魂；苏绍连对现实、乡情的拥抱，透明中见本性，杜十三对生命、生存的叩问，敏锐中见精纯；陈义芝梦态抒情、史笔叙事，时有大家气象，沈志方现代取材、古典取意，每获意外之功；白灵儒雅纯正，诗思活脱灵动，杨平热忱执著，诗路广被博及；渡也的"民艺系列"，詹澈的"西瓜寮诗辑"，为真正到位的现代乡土诗开创新境；零雨的"特技家族"，侯吉谅的"交响诗"，一用诗探戏剧，一用诗写音乐，皆有独到风采。六十年代出生的年轻诗人中，陈克华笔如解剖刀，锋奇刃险，现代意识浓烈，林耀德虽英年早逝，却留下特异不凡的绝唱；鸿鸿的冷峭，唐捐的诡谲，罗仁玲的新异，颜艾玲的率真，白家华的智慧，须文蔚的精微，皆落笔不让前辈。更有五十六岁的"新诗人"隐地，中年午后之旅，以成名小说家、散文家的身份，转而为诗，一年内连出两部诗集，语言清新别致，语境透明鲜活，极富现代审美情趣，令两岸诗坛为之惊异而赞叹不已。

　　由此组合而成的九十年代台湾诗歌风景线，颇有乱花迷眼之感，无论哪一种主义、哪一脉路向，都有深入的探涉和新颖的创化。但潜心梳理之下也会发现，比起六七十年代狂飙突进时期，无论是创作阵容还是艺术资源以及心理素质，都相对有所减弱，不及当年那样齐整、丰沛和充满底气，处于一种再出发前的调整阶段。这些，对同样经由全面拓殖后逼临整合与再造的大陆诗坛，都是具有正负两方面启迪和借鉴意义的，也是这部诗选苦心孤诣之所在。

　　由此，在编选作品的同时，还收入对该作品的精短评文，除少量憾缺，由编者拙补为撰外，大都出自名家之手，这在大陆同类选本中，大概还是首次。台湾诗界，一向注重诗学研究和文本分析，每年出版的年度诗选，所收作品，均附编者评点。台湾大多数资深诗人，都具有较高的理论修养和赏析水准，于此可谓驾轻就熟。这些评点小文，承继中国古典诗话的遗脉，融会西方诗学的特质，有机地传达了诗作的精义，且有诗艺的启悟。所选之中，尤以痖弦、余光中、向明、李瑞腾、萧萧、张默、白灵诸位下笔精准干练，读来传神会意，有的更是绝妙小品文，有双重的艺术享受。如此，这部诗选实际上也从另一侧面，展示了九十年代台湾诗歌理论与批评的成就，虽说不上与诗作并重，也别具一派气象。

隔岸编选，难在资料的搜求，征询意见的不便。好在台湾诗界自1982年起，便年年由资深诗人组成编委会，编选年度诗选。前十年十卷，由为现代诗竭尽奉献的尔雅出版社发行人、诗人出版家隐地先生先后赐送寄来，成为这部《九十年代台湾诗选》的主要蓝本，实在感激不尽。此外，又得彼岸诗友张默先生、陈义芝先生代为约稿征询，终得促成此编，在此一并致谢！

全书编讫，计收入1990—1996年间，台湾新老诗家共八十四人近二百首诗作（包括一部长诗和九组组诗），均按简体姓氏笔画排序，是为台湾九十年代前七年诗歌的精品结集，以后作品，再择机编选续集。需要特别说明的是，尽管编者恪尽心力，但如此大跨度的编选，以一人之见，难免有偏颇和遗珠之处，还盼方家多加指正。而在诗歌出版不景气的大环境下，此书幸得近年在诗界享有盛誉的春风文艺出版社提供荣誉性出版机会，实为两岸诗歌之大幸事。

世纪之交，薄暮苍茫，曙光依稀。在这个特殊时空下，作为一种特殊的文学现象，两岸诗歌的交流与对接，有如守望者的舟船，坚持在风云变幻中摆渡着半个世纪的期盼和新世纪的梦想——一肩风雨，尽化作卓越的诗情，两岸诗情，皆聚成凝重的祈愿：愿乡愁不再绵绵，盼诗国再现辉煌！

1997年7月

沈奇文学年表

1951 年

元月一日，生于汉江上游、古定军山下的陕西勉县（古沔水）小城。

父，沈述善，银行职员，会计师；母，杨彩萍，初中文化，家庭妇女。父母一生清贫散淡，至善至爱，皆为儿女操劳。

1963 年

七月，勉县城关一小毕业。其间得班主任语文老师陈清如（女）、窦连成关爱，培养文学爱好。

1966 年

七月，勉县第一中学初中毕业，随之因"文化大革命"失学。其间广泛接触古典诗词及中外文学作品，并深得语文教师岳德新先生教诲培植，奠定写作基础。

1968 年

十二月，兄长沈卓在西北大学"清理阶级队伍"运动中，因不堪审查批斗受辱跳楼自杀，因此由家中次子转为长子而改变此后人生命运；

同月，带着兄长遗物和书籍在勉县乡下外祖母家做插队知青，之后在乡村务农、做小学教师、铁路民工，其间大量研读古典诗词并习作数十首。

1971 年

四月，告别乡村，入汉中地区钢铁厂当工人，开始八年工厂生活，并投入新诗习作。

1973 年

三月，结识下放老诗人沙陵、文艺评论家黄亦谦，得二人指导，开始新诗创作，大都"铁流、炉火、红心、豪情"之词，时有发表。同时写一些不能出世的作品藏于枕下，自我陶醉。

1974 年

一月，在《解放军文艺》第 1 期，由郭沫若选编并题书"新民歌选"专栏发表民歌体小诗《十万矿石一把抓》。

1975 年

四月，以"工人作者"身份，参加陕西省首届诗歌座谈会。

1976 年

四月，借调复刊后的《陕西文艺》（原《延河》）编辑部，一边做助理编辑工作，一边读书创作。

1978 年

十二月，考入西安基础大学（后改名为"陕西工商学院"继而再改名为"西安财经学院"）工业经济系七八级工业企业管理班。结识青年诗人丁当，为同班同学。

1979 年

十二月，首次在《诗刊》第 12 期发表旧藏小诗《红叶》。

1981 年

七月，大学毕业，留校工作；

组诗《写给朋友也写给自己》在《飞天》文学月刊第 7 期"大学生诗苑"栏目刊出。

1982 年

《红叶》一诗收入广西人民出版社出版的《爱情诗选》（伊仲晞主编）；

结识青年诗人韩东；

创办民间诗刊《星路》，发表韩东、丁当早期诗作。

1983 年

五月，创作 1200 行自传体抒情长诗《仲夏夜，一个成熟的梦》，未发表，后改定收入个人诗集《和声》；

九月，组诗《写给自己也写给朋友》在《飞天》文学月刊第 9 期由张书绅先生主编的"诗苑之友"栏目刊出；

十一月，经沙陵介绍认识著名诗人牛汉。

1985 年

组诗《写给朋友也写给自己》（三首）收入北方文艺出版社出版的《中国当代大学生诗选》；

代表诗作《和声》《海魂》收入贵州人民出版社出版的《当代青年哲理诗选》；

代表诗作《上游的孩子》《过渡地带》《巫山神女峰》在《延河》文学月刊第 12 期刊出；

代表诗作《上游的孩子》入选香港《新穗诗刊》总第 5 期

"中国新一代青年诗人专辑"（黄灿然选编）。

　　1986 年

　　代表诗作《看山》、《十二点》《碑林和它的现代舞蹈者》分别在《诗刊》第 4 期、《星星》诗刊第 4 期、《中国》（牛汉主编）第 9 期发表；

　　六月，在昆明结识诗人于坚；

　　十月，集数年思考为一发的重要诗论《过渡的诗坛》在《文学家》双月刊第 5 期刊出，系国内较早全面评介第三代诗歌的理论文章；

　　以《碑林和它的现代舞蹈者》一诗和"后客观"旗号，参加由《深圳青年报》、《诗歌报》联合举办的"中国诗坛·1986 现代诗群体大展"。

　　1988 年

　　四月，诗论《过渡的诗坛》，因被剽窃为他文所有发表在《诗歌报》而经该报核实后，以道歉方式并为正视听于 4 月 21 日头版头条重新刊载；

　　得诗人渭水相助，第一部自选自印诗集《看山》出书，收入短诗四十首、长诗两首。

　　1989 年

　　六月，代表诗作《上游的孩子》《碑林和它的现代舞蹈者》《过渡地带》入选人民文学出版社出版的《情绪与感觉——新生代诗选》；

　　七月，诗集《和声》由陕西人民教育出版社出版，收入 1974—1984 年早期作品之五十首短诗和一部长诗。

　　1990 年

　　五月，入选四川文艺出版社出版的《中国当代诗人传略》（第一卷），收小传、代表作目录及代表诗作十四首。

1991 年

五月，在西安结识台湾著名诗人张默、大荒、管管、碧果，随后渐次分力于台湾现代诗研究；

十一月，经年编选的近四十万字《西方诗论精华》，由广州花城出版社出版。

1992 年

四月，在香港中文大学《二十一世纪》学术期刊总第 10 期发表诗论《拒绝与再造——谈当代中国诗歌》；

十一月，诗与诗论合集《生命之旅》由陕西人民教育出版社出版发行，牛汉、丁当作序。

1994 年

三月，长诗《生命之旅》入选人民文学出版社《1990－1992·三年诗选》；

六月，编选《鲜红的歌唱——大陆女诗人小集》由台湾尔雅出版社出版发行；

九月，赴北京大学中文系，师从谢冕先生，作为期一年的访问学者；

十二月，提议、发起并参与北京大学当代文学研究所"批评家周末"关于于坚长诗《０档案》的专题研讨会，谢冕主持，于坚应邀出席。会后主笔整理会议发言文稿《对〈０档案〉发言》。

1995 年

二月，在《诗探索》春季号发表诗论《角色意识与女性诗歌》；

三月，在京拜访牛汉、郑敏、王富仁三位师长，获益甚深；

六月，在《中国文化研究》夏季卷发表诗论《中国新诗的历史定位与两岸诗歌交流》；

七月，在《文学评论》第 4 期发表《论痖弦诗歌的语言艺术》一文；

历时两年多的编选《台湾诗论精华》由陕西人民教育出版社出版发行；

九月，代表诗作《十二点》入选张默、萧萧合编的《新诗三百首》，台湾九歌出版社出版；

十月，代表诗作《上游的孩子》《看山》《十二点》三首，入选日本汉学家前川幸雄编著日文版《长安诗家作品选注》，并附详细评介。

1996 年

一月，应邀编选英年早逝的陕西先锋诗人胡宽遗作集《胡宽诗集》，同年七月由漓江出版社出版；

三月，编选《诗是什么——二十世纪中国诗人如是说·当代大陆卷》由台湾尔雅出版社出版发行；

十一月，评论集《台湾诗人散论》由台湾尔雅出版社出版发行。

1997 年

七月，应邀参加由福建师范大学、中国社会科学院文学所联合举办的"1997 武夷山·现代汉诗诗学国际研讨会"，发表论文《拓殖、收摄与在路上——现代汉诗的本体特征与语言转型》；会间结识日本诗人、汉学家佐佐木·久春教授；

九月，在北京文采阁策划并与吴思敬先生共同主持"胡宽诗歌作品研讨会"。

1998 年

十一月，应《出版广角》主编刘硕良先生之邀，撰写重要诗论《秋后算账——1998：中国诗坛备忘录》；

十二月，在大连结识诗人麦城。

1999 年

二月，《出版广角》第 2 期刊出《秋后算账——1998：中国诗坛备忘录》，随后获《诗探索》编辑部同意，在其 3 月号（1999 年第 1 辑）再次发表；

三月，应邀出任杨克主编的《中国新诗年鉴》编委，赴广州参加编委会会议，与故友于坚、韩东叙旧，结识青年评论家谢有顺；

《当代作家评论》第 2 期"沈奇诗歌评论小辑"，刊发《飞行的高度——论于坚从〈０档案〉到〈飞行〉的诗学价值》和《提前到站——评麦城的诗》两篇诗评文章；

四月，16 日至 18 日，在北京平谷县"盘峰宾馆"，参加由北京市作家协会、中国社会科学院文学研究所、《北京文学》杂志社、《诗探索》编辑部联合举办的"世纪之交：中国诗歌创作态势与理论建设研讨会"（后称"盘峰诗会"），之后被迫卷入纯正诗歌阵营内部的论争，先后在《北京文学》、《文论报》等发表有关文章；

九月，赴台湾南华大学作为期两月的参观访问和讲学。其间分赴淡江大学中文系、高雄师范大学中文系做诗学讲座，并亲历"九·二一"大地震；同时与众多台湾诗友聚叙论诗，获益良多，并有幸结识诗人出版家隐地，成为至交；

十二月，诗评论集《拒绝与再造》由西北大学出版社出版，尊师谢冕先生作序。

2000 年

一月，诗评《飞行的高度——论于坚从〈０档案〉到〈飞行〉的诗学价值》，获 1999 年《当代作家评论》优秀论文奖；

五月，完成反思"盘峰论争"的重要评论《中国诗歌：世纪末论争与反思》一文；

七月，《中国诗歌：世纪末论争与反思》首刊《诗探索》
2000 年 1－2 期合刊；之后，年内先后复载《东方文化》第 5
期、民间诗刊《诗参考》十周年专刊、民间诗刊《非非》2000
年特刊（总第 8 卷）、中国人民大学《中国现代、当代文学研究》
第 8 期、《上海文学》第 11 期、《中国新诗年鉴》2000 年卷、
《2000 中国年度文论选》，继而人大《文艺理论》2001 年第 2 期、
《中国新诗白皮书·1999－2002》等书刊陆续再刊；

八月，应邀出任由周伦佑主编的《非非》民间诗刊复刊编
委；

十一月，应日本汉学家佐佐木·久春教授之邀，赴日本出席
"东京·2000·世界诗人节"。

2001 年
二月，在台湾尔雅出版社出版诗集《寻找那只奇异的鸟》，
收入短诗 54 首，长诗 2 首，附录陈超评论文章《清峭心曲诚朴
诗——读沈奇诗集〈寻找那只奇异的鸟〉》；

诗学文集《两岸现代汉诗论评》在台湾三民书局出版发行；

十二月，在北京出席由中国首都师范大学、美国加州大学、
荷兰莱顿大学联合举办的"北京香山·2001·中国现代诗学国际
研讨会"，发表论文《现代汉诗语言的"常"与"变"》。

2002 年
七月，参加由日本《地球》诗社主办的"丝绸之路·西安·
第八届亚洲诗人大会"；

年内，《现代汉诗语言的"常"与"变"》一文，先后在《廊
坊师范学院学报》第 1 期、台湾《创世纪》诗杂志夏季号总 131
期、中国人民大学《中国现代、当代文学研究》第 11 期、《诗
刊》第 11 期（节载）刊出；

应邀出任由李青松主编的北京《新诗界》丛刊编委。

2003 年

九月，诗论《重涉：典律的生成》刊发于香港中文大学《二十一世纪》网络版总 18 期，之后复载北京《新诗界》总第 4 卷；

十一月，诗集《淡季》由香港高格出版社出版，收入短诗 58 首，长诗 2 首；

十二月，应邀出任"首届新诗界国际诗歌奖"评委。

2004 年

一月，在《非非》诗刊 2003—2004 年卷（总第 11 卷）发表重要诗论《体制外写作与写作的有效性》和《我们需要怎样的新诗史》二文；

五月，应邀赴加拿大温哥华参加首届"漂木诗歌艺术节"，之后分别做客诗人洛夫、痖弦家并做诗学对话；

八月，应邀出席由日本《地球》诗社主办的"第九届亚洲诗人大会·丝路之旅·新疆"诗会。

2005 年

一月，代表诗作《上游的孩子》《十二点》入选伊沙主编的《被遗忘的经典诗歌》，太白文艺出版社出版；

八月，三卷本《沈奇诗学论集》由中国社会科学出版社出版发行；

在北京参加由北京大学中文系、北京大学诗歌中心、首都师范大学文学院、首都师范大学中国诗歌研究中心联合举办的"中国新诗一百年国际研讨会"；

九月，应邀赴北欧里加出席第十二届拉脱维亚国际诗歌节；

十一月，应邀赴日本东京出席第十届亚洲环太平洋诗人大会。

2006 年

一月，编选《现代小诗三百首》由山东文艺出版社出版发行；

五月，应陈仲义、舒婷夫妇邀请，出席"中国·厦门·首届鼓浪屿诗歌节"；

十月，应邀出席由北京大学中国诗歌研究所、首都师范大学中国诗歌研究中心联合举办的"新世纪中国新诗学术研讨会"，发表论文《台湾"创世纪"诗歌精神散论》；

十一月，重要诗论《台湾"创世纪"诗歌精神散论》在台湾《创世纪》诗杂志冬季号总 146 期发表；

十二月，应邀与诗人杨克赴日本东京参加"日本诗人俱乐部法人化纪念国际交流会——中国现代诗的状况"专题演讲会；

在《文艺争鸣》第 6 期发表重要诗论《从"先锋"到"常态"——中国大陆先锋诗歌二十年之反思与前瞻》。

2007 年

二月，农历腊月二十九（公元 2007 年 2 月 16 日），母亲突发脑溢血病逝，享年 80 岁，伤痛至深；

三月，诗论《台湾"创世纪"诗歌精神散论》在《海南师范学院学报》（社会科学版）发表；复转载中国人民大学《中国现代、当代文学研究》第 7 期；

五月，文艺评论集《文本与肉身》由陕西太白文艺出版社出版发行；

八月，出席由日本《地球》诗社主办、在云南香格里拉召开的第十届亚洲诗人会议；

十月，在北京参加由首都师范大学中国新诗研究中心举办的"现当代诗歌：中韩学者对话会"，发表论文《新世纪诗歌面面观——答诗友二十问》，并以中英文《无核之云——沈奇诗体诗话（节选）》本作为会议交流文本；

十二月，在海口参加由中国当代文学研究会和海南师范大学联合举办的"二十一世纪中国现代诗第四届研讨会"，发表论文《怎样的"口语"，以及"叙事"——当下"口语诗"问题之我见》。

是年夏秋，开始投入实验诗《天生丽质》的写作。

2008 年

一月，《沈奇诗学论集》（三卷）修订本由中国社会科学出版社出版发行；

三月，在《诗探索》2007 年第 2 辑（理论卷）卷首发表《新世纪诗歌面面观——答诗友二十问》一文；

以《小诗近作十首》为题，在台湾《创世纪》诗杂志春季号总 154 期发表《天生丽质》实验诗 10 首；

五月，在澳门大学参加由澳门大学中文系、北京大学中国新诗研究所、首都师范大学诗歌研究中心和台湾中央大学文学院等联合举办的"第二届当代诗学论坛暨张默作品研讨会"，发表论文《在游历中超越——再论张默兼评其旅行诗集〈独钓空濛〉》；

九月，应邀赴台湾出席由台湾中央大学文学院和台湾耕莘文教基金会联合举办的"2008 两岸女性诗学学术研讨会"，发表论文《谁永远居住在诗歌的体内——试论：作为生命与生活方式的女性诗歌写作》；

十二月，与诗人赵野、周墙共同策划的"首届黄山·归园·诗与陶艺双年展——两岸主题诗会暨冰蓝公社陶艺展"于 6 日至 11 日在黄山与苏州举办。台湾应邀诗人罗门、郑愁予、管管、萧萧、白灵、詹澈等十五位与会；

诗论《谁永远居住在诗歌的体内——试论：作为生命与生活方式的女性诗歌写作》刊发于台北教育大学《当代诗学年刊》第 4 期"两岸女性诗学学术研讨会专号"；

《沈奇诗学论集》（三卷）修订本获陕西省首届文艺评论奖一等奖；

全年创作并修订实验诗《天生丽质》30 余首。

2009 年

一月，诗论《"动态诗学"与"现代汉诗"——再谈"新诗标准问题"》在《海南师范大学学报》（社会科学版）2008 年 4 期刊出后，复转载 2009 年第 1 期中国人民大学《中国现代、当代文学研究》；

四月，中英文版《诗与诗话》由高大庆所主持的香港高格出版社印行，诗友杨于军英文翻译。其内容为《天生丽质》组诗新作 30 首、《沈奇的诗》旧作代表作 10 首和《无核之云》现代诗体诗话 75 则；

五月，主编《你见过大海——当代陕西先锋诗选》由西北大学出版社出版发行；

八月，新世纪十年个人诗歌评论集《谁永远居住在诗歌的体内——两岸论诗》由台湾唐山出版社出版；

出席"第二届青海湖国际诗歌节"；

本月 23 日至 9 月 8 日，与诗人王家新、蓝蓝、赵野一行，应邀赴瑞典、丹麦参加"巴格达咖啡馆诗歌节"和"第 16 届哥特兰国际诗歌节"及丹麦诗人俱乐部诗歌节；

台湾《创世纪》诗杂志秋季号总 160 期发表《天生丽质》实验诗 6 首；

本月出版《诗探索》2009 年第 1 辑"作品卷"发表《天生丽质》实验诗 20 首；

十二月，应邀出席在哈尔滨召开，由《星星》诗刊理论半月刊和《诗探索》联合举办的"2009·天问·中国新诗新年峰会"；

同月，由人民文学出版社出版、著名诗学家骆寒超教授主编的《星河》诗歌丛刊总第 2 期发表《天生丽质》实验诗 14 首。

2010 年

一月，《星星》诗刊第 1 期"诗评家的诗"专栏刊出《天生丽质》实验诗 6 首；

由潘洗尘主编的《诗歌 EMS 周刊》2010－01－4 总第 36 期《沈奇诗歌：天生丽质（32 首）》出版发行；

创作长诗《祭母四章》；

二月，回勉县祭奠母亲去世三周年，焚诗稿《祭母四章》为悼；

四月，长诗《祭母四章》发表于《诗刊》（下半月）第 4 期；

在《诗林》双月刊第 2 期发表《天生丽质》实验诗 8 首；

六月，在北京参加由北京大学新诗研究所、首都师范大学中国诗歌研究中心举办的"中国新诗：新世纪十年的回顾与反思——两岸四地第三届当代诗学论坛"，发表论文《"自由之轻"与"角色之崇"——关于新世纪十年当代中国诗歌的几点思考》；

在《大河》诗刊第 3 期发表《天生丽质》实验诗 10 首，同时刊发洛夫评文《读沈奇诗作〈天生丽质〉》；

八月，诗论《角色意识与女性诗歌》一文，入选由谢冕任总主编、吴思敬任理论卷分卷主编的《中国新诗总系·理论卷》，人民文学出版社出版；

九月，诗论《"自由之轻"与"角色之崇"——关于新世纪十年当代中国诗歌的几点思考》发表于《南方文坛》第 5 期；

十一月，《钟山》文学双月刊第 6 期，以卷首头条位置一次性发表 50 首《天生丽质》实验诗；

十二月，《沈奇诗学论集》（三卷）修订本获第二届"柳青文学奖"；

集三十五年诗歌创作的总结性选本《沈奇诗选》由陕西师范大学出版社出版。

2011 年

三月，在北京参加由北京大学中国新诗研究所主办的《中国新诗总系》出版研讨会，提交论文《梳理、整合与重建——《中国新诗总系》初读谫论》；

六月，在天津参加由中国当代文学研究会和南开大学文学院

联合举办的"中国现代诗歌的语言"国际学术研讨会，提交论文
《我写〈天生丽质〉——兼谈新诗语言问题》；

本月出刊的《诗探索》2011 年第 2 辑理论卷和《南方文坛》
双月刊第 4 期同时刊出《梳理、整合与重建——〈中国新诗总
系〉初读谬论》一文；

九月，《钟山》大型文学双月刊第 5 期，大篇幅刊发诗体诗
话《无核之云》选章 66 首；

十月，在北京参加由北京大学新诗研究所和首都师范大学诗
歌研究中心联合举办的"新诗与浪漫主义"学术研讨会，提交论
文《不可或缺的浪漫与梦想——关于新诗与浪漫主义的几点思
考》；

十一月，本月出刊的《作家》第 11 期刊发《天生丽质》实验
诗 8 首；《诗歌月刊》11 期刊出《天生丽质》实验诗选章 13 首；

十二月，应邀赴大理出席"2012·天问中国新诗新年峰会"。

2012 年

四月，《诗探索》（理论卷）第 1 辑刊出《不可或缺的浪漫与
梦想——关于新诗与浪漫主义的几点思考》一文；

五月，诗论《回到单纯与自性——关于新世纪诗歌的几点思
考》在《诗刊》第 5 期发表；

由潘洗尘主编的《诗歌 EMS 周刊》2012－10－1 总第 165
期《沈奇诗歌快递：天生丽质（30 首）》出版发行；

九月，《诗潮》诗刊第 9 期刊发《天生丽质》新作 6 首；

至此，《天生丽质》六十余首先后在海内外各种报刊发表逾
三百首次；

十月，《天生丽质》诗集由文化艺术出版社出版发行；

十一月，《文艺争鸣》第 11 期"当代学者话语系列·沈奇"
专辑发表赵毅衡《看过日落后眼睛何用——读沈奇〈天生丽
质〉》、陈思和《字词思维·诗歌实验·文本细读——读〈天生丽

质〉的几段札记》、杨匡汉《走向瞬间的澄明——〈天生丽质〉解读》三篇评论，同时刊出万字长文《我写〈天生丽质〉——兼谈新诗语言问题》；

10日，由西安财经学院和陕西省作家协会联合举办的"沈奇《天生丽质》学术研讨会"在西安举行。谢冕、赵毅衡、杨匡汉、吴思敬、陈仲义、谢有顺、胡亮、孙金燕等专家学者，和《钟山》文学期刊主编贾梦玮出席会议，陕西著名作家贾平凹、红柯，评论家杨乐生、段建军、邓垦，诗人吕刚、之道，著名书法家、书法理论家钟明善教授，著名历史学家、考古学家、诗人周晓路教授等到会发言。著名作家陈忠实发来书面发言手稿。

2013 年

一月，《钟山》文学双月刊第1期，再次大篇幅刊发《无核之云》（续篇）52首；

三月，应中国社会科学出版社之约，再次修订校勘三卷本《沈奇诗学论集》以发行第三版（增订版），并补充近11万字新近诗歌理论与批评文章；

历时十年断续撰写修订的诗体诗话《无核之云》202首校勘结集，待出版；

四月，《诗探索》理论卷第1辑，辟"关于沈奇"栏目，刊发夏可君、段从学、霍俊明、刘波四位青年评论家关于《天生丽质》的文章。至此，有关《天生丽质》前后15篇评论全部在学术期刊刊出；

七月，在《文艺争鸣》第7期卷首"视点"栏目，发表重要诗论《诗心、诗体、与汉语诗性——对新诗与当代诗歌的几点反思》一文。

2013 年 7 月于西安大雁塔印若居

初版后记

　　从以诗人的身份发表第一篇谈论当代诗歌的文章，继而渐渐以新诗理论与批评之言说为个人写作爱好的主业，匆促间已有了二十年的历程。缺乏专业学养的支撑，只是凭着一腔热情和与现代汉诗一起同呼吸、共命运的在场体验，便一门心思地在这片孤寂而又十分艰难的场域里守望了二十年，写下了近百万字的东西，这是连我自己也始料未及的。

　　按中学学历算，我只是个初中毕业生。"文革"结束后，恢复高考，勉强挤进大学门，也只上了个两年半的大专，且学的是经济类专业，与后来重新找回的学问路子根本不相干。命途多舛，始终是绕着弯走路，难以顺畅步入理想中的阳关道。由此，涉足现代汉诗理论与批评，完全是爱好所致，性情使然，写诗读诗中，有话想说，便随缘就遇地一路说了过来。虽然，自大学毕业后就一直在高校工作，并硬是挤进教师队伍，混上教授职称，但毕竟不是科班出身、学院正宗，是以也一直未上"学术产业"的轨道，到了只是个"业余选手"而已。如此处境，不免尴尬，却也便由尴尬生了如履薄冰般的虔敬，且因"业余"而少了功利的促迫、学科的驯化及专业的拘押，得自由自在之言说的爽利与率意。然而，先天不足的局限始终如影随形般地困扰着我，乃至时时怀疑自己是否走错了道。当然，最终还是学会了坦然处之，底气不足，以真气补之，明白我只是在命运的驱使下，误打误撞地对当代中国诗歌说了一些该我说或者我该说的话而已，并因了对文字的少许敏感，还可以作到自圆其说、成其文章，也便渐渐乐在其中了。

因此，若硬要自己给自己这二十年的诗歌理论与批评作业做个总结，我只能说我一直恪守着这样一个信念：在场、直言、有我、有担当、有情怀，再将这种担当与情怀写成可以读下去的文字，如此而已。至于这样的总结以及由此而生的这部三卷本评论集的结集出版，对于已步入中年午后之旅的我是一种终结还是新的起点，已无从认定。我只知道，对于我们这一代人而言，写作曾经是一种个我精神生命的拯救方式，而现在又在物质时代的挤压下，转化为一种红尘道人式的生活方式。既然是生活，就无需规划，就"随你满是缺陷的性格／自然地铺展开去／成为一段无主题音乐／而不是一颗坚果"——写于十八年前的这几句诗，依然可以代表我此时的心境。

现在该说一下这部评论集的具体情况了。二十年散步状的体验与言说，大体形成了三个取向的集结：其一是对现代汉诗诗歌本质、诗学本体和诗歌运动的思考为文（包括几篇对话录），皆随感而发，不成体系，勉强捏成一团，凑成"卷一"，题为"诗学·诗潮·诗话"；其二是断断续续阅读当代大陆诗人作品的一些评论文章和赏析文字，其中除于坚、伊沙、麦城三位诗人系主动追踪研究为评为论外，其余大多是随缘就遇式的即兴之作，全无目的与计划，临结集合为"卷二"，题为"大陆诗人论评"；其三是十余年来分力于台湾现代诗人研究的文章，包括少量宏观论述文字，其中大部分篇什曾于1996年结集为《台湾诗人散论》一书，由台湾尔雅出版社出版。此次增补新文，重新结集，并特意分出"洛夫研究"（辑二）、"创世纪诗社诗人研究"（辑三）两个小板块，以示研究重心所在，并以"台湾诗人论评"为题，结为"卷三"。如此大概有个脉络，便于出版与阅读。同时，虽说是二十年的纪念性结集，但考虑到当下阅读的时效性等问题，所收篇目，还是以上世纪九十年代以来的文章为主，许多旧作便不再选入。

特别需要说明的是，收入此论集中的一百多篇文章和四篇对话录，除个别近作外，皆已在海内外各类书、刊、报纸及学术会议发表。是以在此特意向多年来支持和发表我的文章的香港中文大学《二十一世纪》、台湾《创世纪》诗杂志、《文讯》月刊、《台湾诗学季刊》、大陆《他们》、《非非》、《诗参考》、《中国新诗年鉴》、《文学评论》、《当代作家评论》、《文艺争鸣》、《诗探索》、《山花》、《作家》、《台港文学选刊》、《名作欣赏》、《诗刊》、《诗歌报月刊》、《文论报》、《特区文学》、《中国现代、当代文学研究》（中国人民大学书报资料中心）、《文艺理论》（中国人民大学书报资料中心）等表示最诚挚的谢意！

在此物质主义与金钱当道的年代，对诗的言说，早已成寂寞之事。我能得机缘凑巧，有幸出版这套个人诗学论集，真是莫大的幸运。对此，我只有满心的感激，深谢所有为此书的出版施以援手和付出关爱的人们！尤其感谢中国社会科学出版社和该社具体负责此出版事宜的任明先生及责编和校对诸公！更得感谢我的恩师谢冕先生、十余载忘年之交的诗人洛夫先生和二十年君子之交的诗友于坚，分别为三卷书稿赐文为序，其激赏鼓励之情，令我永志不忘！

感激的话是说不完的，尤其对像我这样一路坎坷走过来的凡夫俗子来说。记得十年前，在拜读完张志扬先生馈赠的他的大作《一个不得其门而入者的记录》一书后，偶尔读及其"后记"小文，十分感动地记下了其中的一段话："尽管我视觉中常有盲点，但生活中，对任何名分的情意，我还是有足够的敏感。"如今拿来借以表述我此刻的心情，真是再适合不过了——如此漫长与艰难的路程，谁能无助地走过？今夜无梦，我只是更加真实地想着你们：我的亲人、我的朋友、我生命中最为明亮而美好的记忆与念想……

2005 年 6 月 25 日于西安印若居